vinaria WEINGUIDE

DIE 4000 BESTEN WEINE ÖSTERREICHS

2021/22

EDITION LWmedia

vinaria WEINGUIDE

DIE 4000 BESTEN WEINE ÖSTERREICHS

2021/22

AUTOREN

Philipp Braun *(pb)*
Bernulf Bruckner sen. *(bb)*
Dietmar Bruckner *(db)*
Juliane Fischer *(juf)*
Erwin Goldfuss *(ego)*
Gerhard Heczko *(gh)*
Karl Kohl *(kk)*
Hans Pleininger *(hp)*
Werner Ringhofer *(wr)*
Peter Schleimer *(psch)*
Adi Schmid *(as)*
Uwe Schögl *(us)*
Viktor Siegl *(vs)*
Wolfgang Wachter *(ww)*
Johann Werfring *(jw)*

www.vinaria.at

VORWORT

Das Warten hat sich gelohnt: Mit dem Vinaria Weinguide 2021/22 stellen wir die mittlerweile 22. Ausgabe dieses für Weinfreunde unverzichtbaren Wein-Standardwerks vor. Das Erscheinen des Vinaria Weinguides bedeutet für die Vinaria-Redaktion jedes Jahr einen vinophilen Meilenstein, stellt dieser doch die in Worte gefasste Essenz einer über viele Monate laufenden Phase intensivster Recherchen und Verkostungen dar. Unverzichtbarer Bestandteil unserer Recherchearbeit ist der persönliche Austausch mit jedem einzelnen Winzer, der üblicherweise fast immer vor Ort erfolgt, auch wenn das im heurigen Frühjahr aufgrund der Beschränkungen nicht in jedem Fall möglich war. Dank der ebenso intensiven wie aufwendigen Methode ist der Vinaria Weinguide hinsichtlich Weinkompetenz und Aktualität unerreicht, weswegen er zahlreichen Weinfreunden und Weinfachleuten als Referenzwerk dient.

In der vorliegenden Ausgabe des Vinaria Weinguides stellen wir Ihnen knapp 400 Betriebe mit ihrer aktuellen Weinpalette vor – mehr als 4.000 Weine werden im Vinaria Weinguide beschrieben und bewertet.

Bei den Weißweinen stand heuer mehrheitlich der etwas wechselhafte Jahrgang 2020er zur Bewertung an, der mehr durch Frucht und Eleganz als durch die seine drei Vorgänger kennzeichnende Kraft charakterisiert ist. Eine Reihe von Reserve-Weinen in Weiß kam aus dem hervorragenden Vorgängerjahrgang 2019 sowie vereinzelt aus den davorliegenden Jahren. Der kraftvolle, strukturierte 2019er stand auch bei vielen Rotweinen aus dem gehobenen Qualitätsbereich im Fokus, dazu kamen Powerweine aus den heißen, trockenen Jahren 2018 und 2017. Im Prädikatsweinbereich stammen die Weine wie zuletzt aus diversen Jahrgängen: von ganz jung bis drei, vier Jahre alt.

Auch wenn im Verlauf der Jahre zahlreiche Verbesserungen in diversen Bereichen durchgeführt wurden, hat sich an den grundlegenden Richtlinien des Vinaria Weinguides nichts geändert: Aktuelle Berichterstattung, präzise Bewertungen nach nachvollziehbaren Bewertungskriterien sowie ein übersichtliches Klassifikationssystem stehen nach wie vor ganz klar im Mittelpunkt. Für die Klassifizierungen vertrauen wir auf fünfstufige Systeme. Bei den Winzern erfolgt die Bewertung in Form von Kronen, die aktuellen Weine bewerten wir einerseits mit Sternen, andererseits gegebenenfalls mit Attributen für Preis-Leistungs-Verhältnis, Trinkvergnügen sowie hervorragende Qualität (PLV, FUN, TIPP).

Österreichs beste Winzer und Weine

Fünf Sterne in Verbindung mit dem Attribut „TOP" sind die höchste Wertung, die wir im Vinaria Weinguide für Weine vergeben. Nach Nominierung durch den beschreibenden Autor müssen sich diese Weine in einer gedeckten Verkostung dem gesamten Vinaria Team stellen und eine Mehrheit an Stimmen für sich gewinnen; diese Hürde schafften heuer 103 Weine, rund 60 Prozent davon sind Weißweine, dazu ein Sekt, rund 30 Prozent sind Rotweine, der kleine Rest Prädikatsweine.

Viel Spaß beim Wein-Lesen und Degustieren!

Mag. Peter Schleimer
Chefredakteur

Erwin Goldfuss
Herausgeber

IMPRESSUM

Medieninhaber
C & E Content & Event GmbH
Ringstraße 44/1, 3500 Krems, Österreich

Verleger
LW Werbe- und Verlags GmbH
Ringstraße 44/1, 3500 Krems, Österreich
Tel. +43 2732 82000, Fax -82, office@lwmedia.at

Geschäftsführer, Herausgeber: Erwin Goldfuss
Geschäftsleitung: Mag. (FH) Claudia Altrichter, Alexandra Salvinetti
Chefredaktion: Mag. Peter Schleimer
Produktion & Organisation: Sabine Fischer, Ulrike Stattin, Isabella Fragner
Grafik: Birgit Frank, Laura Scheidl
Bildmaterial: Shutterstock, ÖWM, HBLA Klosterneuburg, Winzer
Korrektorat: Dr. phil. Antonia Barboric
Druck: Druckerei Janetschek GmbH, Heidenreichstein

ISBN-978-3-9504718-4-7.

Sämtliche Bezeichnungen in den Texten des Vinaria Weinguides beziehen sich gleichermaßen auf Frauen und Männer. Um der besseren Lesbarkeit willen wird in der Regel nur die männliche oder weibliche Form oder die Mehrzahlform verwendet. In Einzelfällen kommt das Binnen-I zur Anwendung.

INHALT

TOP-WEINE 2021/22

WEISSWEINE

Alphart, Traiskirchen
2019 Rotgipfler Rodauner Top Selektion

Atzberg, Spitz
2020 Grüner Veltliner Ried
Atzberg Obere Steilterrassen

Bauer Stefan, Königsbrunn
2019 Grüner Veltliner Hutzler

Christ, Wien
2019 Wiener Gemischter Satz
Ried Wiesthalen 1ÖTW

Tom Dockner, Theyern
2019 Grüner Veltliner Ried
Hochschopf Reserve

Sighardt Donabaum, Zornberg
2019 Gewürztraminer

Edlmoser, Wien
2019 Riesling Kalkstein Ried Sätzen 1ÖTW

Edlmoser, Wien
2019 Wiener Gemischter Satz Ried Himmel

Frauwallner, Straden
2019 Sauvignon Blanc Ried Buch GSTK

Fritsch, Oberstockstall
2019 Riesling Mordthal

Josef Fritz, Zaußenberg
2019 Roter Veltliner Ried Steinberg Privat

Fuhrgassl-Huber, Wien
2019 Riesling Ried Preussen 1ÖTW

Gebeshuber, Gumpoldskirchen
2019 Zierfandler Modler

FJ Gritsch, Spitz
2020 Riesling Dürnsteiner Ried Burg Reserve

Gschweicher, Röschitz
2020 Grüner Veltliner Ried Kellerberg WV-R

Hiedler, Langenlois
2019 Riesling Maximum Reserve

Hirtzberger, Spitz
2020 Grüner Veltliner Rotes Tor Smaragd

Hirtzberger, Spitz
2020 Riesling Ried Singerriedel Smaragd

**Weinhofmeisterei
Hirtzberger, Wösendorf**
2020 Riesling Ried Kollmitz Smaragd

Högl, Vießling
2020 Riesling Bruck Alte Parzellen Smaragd

Huber, Reichersdorf
2020 Riesling Ried Berg 1ÖTW

Kilger, Gamlitz
2019 Sauvignon Blanc Kranachberg Reserve

Kilger, Gamlitz
2018 Sauvignon Blanc Kranachberg Reserve

Kirchknopf, Kleinhöflein
2019 Chardonnay Ried Tatschler

Knoll, Loiben
2018 Grüner Veltliner Reserve

Knoll, Loiben
2019 Riesling Vinothekfüllung Smaragd

Knoll, Loiben
2019 Grüner Veltliner
Vinothekfüllung Smaragd

Knoll, Loiben
2019 Riesling Ried Schütt Smaragd

Kodolitsch, Seggauberg
2018 Chardonnay Ried Kogelberg Alte Reben

Kodolitsch, Seggauberg
2018 Sauvignon Blanc
Ried Rosengarten T.M.S.

Kollwentz, Großhöflein
2019 Chardonnay Gloria

Kroiss, Wien
2020 Wiener Gemischter Satz Ried Hackenberg

Fred Loimer, Langenlois
2019 Grüner Veltliner Ried Käferberg 1ÖTW

Maitz, Ratsch
2019 Sauvignon Blanc Ried
Hochstermetzberg GSTK

Muster.Gamlitz, Grubthal
2017 Sauvignon Blanc Ried Grubthal

Ott, Feuersbrunn
2019 Grüner Veltliner Ried Stein

Franz Pichler, Wösendorf
2019 Grüner Veltliner Ried
Kollmütz DB Smaragd

Polz, Spielfeld
2019 Chardonnay Morillon Ried Obegg GSTK

Prager, Weißenkirchen
2020 Grüner Veltliner
Wachstum Bodenstein Smaragd

Prager, Weißenkirchen
2020 Riesling Wachstum
Bodenstein Smaragd

Preiß, Theyern
2019 Grüner Veltliner Ried Berg Reserve

Prieler, Schützen
2019 Leithaberg Pinot Blanc Ried Haidsatz

Proidl, Senftenberg
2020 Riesling Pfeningberg 1ÖTW

Proidl, Senftenberg
2019 Riesling Generation X

Proidl, Senftenberg
2019 Riesling Grande Reserve

Rabl, Langenlois
2019 Grüner Veltliner Ried
Dechant Alte Reben Reserve

Rabl, Langenlois
2019 Riesling Ried
Steinhaus Rote Erde Reserve

Erwin Sabathi, Leutschach
2018 Chardonnay Ried Pössnitzberger Kapelle

Hannes Sabathi, Kranachberg
2019 Sauvignon Blanc Ried Kranachberg

Hannes Sabathi, Kranachberg
2017 Sauvignon Blanc Ried Kranachberg Reserve

Sattlerhof, Sernau
2017 Chardonnay Ried Pfarrweingarten

Sattlerhof, Sernau
2018 Sauvignon Blanc Ried Kranachberg

Sattlerhof, Sernau
2015 Sauvignon Blanc Privat

Schloss Gobelsburg, Gobelsburg
2019 Riesling Ried Heiligenstein Zöbing 1ÖTW

Schmölzer, St. Andrä-Höch
2018 Chardonnay Morillon Privat Emma 1

Stadlmann, Traiskirchen
2020 Rotgipfler Ried Pfaffstättner Tagelsteiner

Steininger, Langenlois
2020 Riesling Seeberg 1ÖTW Reserve

Stelzl, Schlossberg
2019 Chardonnay Ried Hirritsch Hube

Stelzl, Schlossberg
2019 Sauvignon Blanc Ried Hirritschberg

Johann Topf, Straß
2019 Riesling Ried Heiligenstein 1ÖTW

Richard Walzer, Gneixendorf
2020 Grüner Veltliner Ried Kapuzinerberg

Richard Walzer, Gneixendorf
2020 Grüner Veltliner Ried Kremser Gebling

Weszeli, Langenlois
2017 Riesling Heiligenstein 1ÖTW

Weszeli, Langenlois
2017 Riesling Seeberg 1ÖTW

ROTWEINE

Paul Achs, Gols
2019 Blaufränkisch Ried Spiegel

Altenburger, Jois
2018 Blaufränkisch Gritschenberg

Aumann, Tribuswinkel
2018 Cuvée Harterberg (50ME/40CS/10ZW)

Böheim, Arbesthal
2019 Stuhlwerker 1ÖTW

Familie Dockner, Höbenbach
2017 Cuvée Sacra Grande Reserve

Ernst, Deutschkreutz
2018 Blaufränkisch Ried Goldberg MB-R

Follner, Rust
2017 Liebe Pur (CS/ME)

Gesellmann, Deutschkreutz
2018 Blaufränkisch Hochberc

Gesellmann, Deutschkreutz
2017 G (BF/SL)

Grassl, Göttlesbrunn
2019 Cuvée Bärnreiser

Grassl, Göttlesbrunn
2018 Cuvée Bärnreiser Reserve

Gernot Heinrich, Gols
2017 Blaufränkisch Edelgraben

Gernot Heinrich, Gols
2017 Cuvée Salzberg (40ME/30CS/30BF)

Iro, Gols
2019 Meisterwerk (CS,ME,ZW)

Krutzler, Deutsch Schützen
2019 Alter Weingarten

Rotweine Lang, Neckenmarkt
2015 Raue Liebe

Gerhard Markowitsch, Göttlesbrunn
2019 Zweigelt Kirchenweingarten

Gerhard Markowitsch, Göttlesbrunn
2019 Pinot Noir Reserve

Gerhard Markowitsch, Göttlesbrunn
2019 Rosenberg

Gerhard Markowitsch, Göttlesbrunn
2018 M1

Lukas Markowitsch, Göttlesbrunn
2009 Lukas Reserve (ME/SY/CS)

Franz & Christina Netzl, Göttlesbrunn
2018 Privat

Anita & Hans Nittnaus, Gols
2018 Blaufränkisch Gritschenberg

Anita & Hans Nittnaus, Gols
2018 Blaufränkisch Jungenberg

Anita & Hans Nittnaus, Gols
2018 Cuvée Comondor (ME/BF)

Pöckl, Mönchhof
2018 Admiral (ZW/ME/CS)

Pöckl, Mönchhof
2018 Cuvée Reve de Jeunesse (CS/ME/ZW/SY)

Prieler, Schützen
2018 Blaufränkisch Goldberg

Johanneshof Reinisch, Tattendorf
2017 Pinot Noir Ried Kästenbaum

Franz Schindler, Mörbisch
2017 Grande Cuvée d'Or

Ernst Triebaumer, Rust
2018 Blaufränkisch Ried Mariental

G+R Triebaumer, Rust
2018 Blaufränkisch Ried Plachen

Wachter-Wiesler, Deutsch Schützen
2018 Blaufänkisch Ried Reihburg Reserve

PRÄDIKATSWEINE

Feiler-Artinger, Rust
2018 Ruster Ausbruch Essenz Weißburgunder

Kracher, Illmitz
2018 Sämling TBA Nr. 7 Zwischen den Seen

Kracher, Illmitz
2018 WR TBA Nr. 8 Zwischen den Seen

Proidl, Senftenberg
2019 Riesling spricht Deutsch WL

Angerhof Tschida, Illmitz
2019 TBA Sämling Ried Lüss

SEKT

Bründlmayer, Langenlois
2015 Sekt BdN Extra Brut Große Reserve

Österreichische Traditionsweingüter

1ÖTW ERSTE LAGEN®

AUF DER SUCHE NACH DER QUALITÄT IM WEIN

Nicht überall, wo Reben gepflanzt sind, wächst die gleiche Qualität heran. Es ist eine alte Weisheit unter Winzern, dass es Weinberge gibt, die – bei sorgfältiger Pflege – konstant jedes Jahr außergewöhnliche Weine hervorbringen, während woanders vielleicht nur einfach gute oder mittelmäßige Weine entstehen. Einige Parameter, die einen herausragenden Weinberg ausmachen, sind uns bekannt. Man kann sie aber nicht isoliert betrachten, denn ein karger Boden alleine etwa macht noch lange keinen großen Wein. Wesentlich ist immer das Zusammenspiel aus Bodenstruktur, Niederschlagsmenge, Luftströmungen, Exposition, Höhenlage und natürlich der Temperaturentwicklung im Laufe des Jahres und insbesondere zwischen Tag und Nacht.

Auf Basis dieser Überlegungen wurde im Jahr 1992 der Verein der Österreichischen Traditionsweingüter gegründet. Zielsetzung war, eben diese herausragenden Weinbergslagen in Österreich zu klassifizieren, um dem Konsumenten eine Orientierungshilfe in der großen Vielfalt der Weinherkünfte dieser Welt zu geben. **Lagenbuch bestellbar unter *www.traditionsweingueter.at***

LAGENKLASSIFIZIERUNG 2021

Kamptal | Kremstal | Traisental | Wagram | Wien | Carnuntum

ZUM BUCH

Der Vinaria Weinguide 2021/22 ist die insgesamt bereits 22. Auflage dieses Standardwerks, das sich den besten Winzern Österreichs sowie den empfehlenswertesten Weinen aus dem jeweils aktuellen Sortiment widmet.
Der Vinaria Weinguide ist vollgepackt mit vinophilen Informationen: von Winzern, Weinen und Rankings über Gebiete und Sorten bis hin zu Weingesetz und Fachbegriffen. Zusätzlich gibt es eine Fülle von Empfehlungen zu Vinotheken, Gastronomie und Hotels.

Der Vinaria Weinguide 2020/21 präsentiert Österreichs beste 400 Winzer mit ihren empfehlenswertesten 4.000 Weinen.

Die in diesem Buch porträtierten Weingüter verkörpern die Jahr für Jahr wachsende Zahl an Spitzenproduzenten im Weinland Österreich. Das bedeutet für Sie als Leser, aber auch für uns Redakteure nicht nur ein größeres Spektrum und mehr Auswahl an Betrieben, sondern auch eine stetig wachsende Anzahl von empfehlenswerten Weinen – mehr als 4.000 sind es heuer wieder geworden.
Hinsichtlich Recherche und Bewertung unterscheidet sich der Weinguide deutlich von allen anderen Weinführern im Lande. Der persönliche Kontakt zu den Winzern steht für die Redakteure der Vinaria im Mittelpunkt und stellt für die aktuelle Beschreibung der Weingüter und die präzise Beurteilung der Weine eine unverzichtbare Basis ihrer Arbeit dar.

Winzer-Ranking

Für die Aufnahme in den Weinguide gelten ebenso strenge wie transparente Regeln. Dazu gehören unter anderem die regelmäßige Teilnahme an unseren Blindverkostungen über mehrere Jahre mit kontinuierlich sehr gut bewerteten Weinen sowie die hohe Qualität des aktuellen Jahrgangs. Jedes Jahr stellen wir eine Auswertung aller Verkostungen der vergangenen Jahre zusammen und lassen auch jüngste bzw. aktuelle Tendenzen in die Bewertung einfließen. Ganz wesentlich ist für Vinaria allerdings ebenso die Betrachtung jedes Weinguts aus historischer Sicht – wie also die Performance über einen längeren Zeitraum aussah. Die endgültigen Klassifizierungen werden im Redaktionskreis diskutiert und festgelegt.
Die Auswahl an Betrieben, die in den heurigen Vinaria Weinguide Aufnahme fanden, umfasst renommierte Weingüter mit langer Tradition und Betriebe, die seit Jahren sehr gute bis ausgezeichnete Qualität produzieren, wie auch aufstrebende, qualitativ hochwertig arbei-

tende Winzer. Insgesamt werden knapp 400 Weingüter im Vinaria Weinguide 2021/22 ausführlich beschrieben und bewertet.
Kronen dienen als Wertungssymbol für unser Winzerbewertungssystem. Die Einstiegswertung liegt bei einer Krone. Weingüter, die eine Krone erhalten, erzeugen regelmäßig eine Palette an sorten- und gebietstypischen Weinen von mehrheitlich guter Qualität, Einzelweine können aus dieser Palette herausragen. Zwei Kronen vergeben wir für sehr gute Betriebe, die regelmäßig gute bis sehr gute, immer wieder auch ausgezeichnete Weine erzeugen. Drei Kronen gibt es für ausgezeichnete Betriebe, die der erweiterten Spitzengruppe angehören, und von denen auch regelmäßig Weine kommen, die zu den besten Österreichs zählen.
Die absoluten Spitzenbetriebe bewerten wir mit vier beziehungsweise fünf Kronen, wobei Letztere aufgrund ihrer exzellenten Qualität über viele Jahre und ihrer Fülle an Top-Weinen noch herausragen.

Aktuelle Jahrgänge

Das vor allem für trockene Weißweine vielfach aktuelle Jahr 2020 stellte einen quasi klimatischen Stilbruch zu den drei heißen trockenen Jahren davor dar: Zwar war der Jahrgang insgesamt betrachtet wiederum sehr warm, in der Vegetationsphase wechselten sich jedoch Sonne und Regen sowie Wärme und Kälte immer wieder ab.
Auf einen trockenen Winter folgte ein sehr warmer und sonniger April, in dem allerdings der Trockenheit wegen die Entwicklung der Reben nicht ganz so rasch wie erwartet erfolgte. Im kühlen Mai und besonders trüben Juni gab es teils überreichliche Niederschläge. Die Blüte erfolgte allerdings zu einem durchschnittlichen Zeitpunkt und verlief im Wesentlichen unproblematisch.
Der Sommer brachte sonnige, aber auch im Vergleich zu den letzten Jahren ungewöhnlich viele regnerische Phasen; längere Hitzewellen blieben ebenso aus wie hohe Spitzentemperaturen. Die häufigen Regenfälle führten zu starkem vegetativem Wachstum und auch zu

erhöhtem Krankheitsdruck. Sorgfältige Laubarbeit und eine gute Belüftung der Traubenzone waren daher wichtig, um der Ausbreitung von Pilzkrankheiten entgegenzuwirken. Lokale Hagel-Unwetter führten in einigen Bereichen der Wachau, des Kremstals und des Traisentals zu schlimmen Schäden; aber auch einige burgenländische und steirische Weinbauorte waren betroffen.
Auch der heitere September war speziell: Einerseits entsprachen die Sonnenstunden und Tagestemperaturen einem Sommermonat, andererseits gab es gegen Ende des Monats in vielen Gebieten hartnäckige Starkregen mit rekordverdächtigen Niederschlagsmengen. Die der Gesundheit der Trauben abträgliche feuchtwarme Witterung erforderte wiederum große Anstrengungen in den Rebanlagen. Relativ niedrige Nachttemperaturen wirkten sich positiv auf die Aromenbildung und Säurestruktur aus. Anfang September begann die Hauptlese, die sich vielerorts bis Ende Oktober zog. Penible Traubenselektion bei der Ernte war Voraussetzung für Qualität. Weniger stark von Wetterkapriolen betroffen waren das Burgenland sowie die östlichen Herkünfte Niederösterreichs – Carnuntum und Themrmenregion.
Der Jahrgang 2020 besticht in Weiß wie Rot durch klare Fruchtaromatik und Pikanz, die Weine sind etwas leichter, dafür rassiger als ihre Vorgänger. Bei Rot standen zur Verkostung vielfach Vertreter aus dem kraftvoll, strukturierten Jahrgang 2019 sowie dem opulenten Jahrgang 2018 an, beim Süßwein der übliche Mix aus dem aktuellen Jahrgang und zwei, drei Vorgängerjahren.

Wein-Wertungssystem

Unser Bewertungssystem steht auf drei Säulen und bietet dem Leser einen Mehrwert an Information und Entscheidungshilfen. Wie in den vergangenen Jahren bildet die schriftliche Beschreibung der meisten Weine die Grundlage unserer Weinbeurteilung. Weine, die aufgrund besonderer Eigenschaften hervorragen, werden darüber hinaus mit genau definierten Attributen versehen. So kennzeichnen wir Weine mit hervorragendem Preis-Leistungs-Verhältnis „PLV". Weine, die ihrer Balance und Komplettheit wegen besonders großes Trinkvergnügen bereiten, erhalten das Attribut „FUN" – unabhängig ihrer absoluten Wertung. Bei jenen Weinen, die mit „TIPP" bedacht werden, handelt es sich um Weine, die exemplarisch für ihre jeweilige Kategorie anzusehen sind.
Mit dem Attribut „TOP" und der damit verbundenen Höchstwertung von fünf Sternen werden die allerbesten Weine Österreichs bedacht – diese Wertung vergeben wir allerdings erst, nachdem sich diese vom jeweiligen Autor nominierten Weine einer gedeckten Endverkostung der gesamten Vinaria Redaktion gestellt und dabei eine Mehrheit an Stimmen erreicht haben.
Alle Weine werden darüber hinaus mittels einer Sterne-Klassifikation, die – analog zum Kronensystem bei den Winzerbewertungen – fünfstufig ist, bewertet. Grundsätzlich handelt es sich bei jedem einzelnen Wein, der im Weinguide angeführt wird, um eine Empfehlung der Vinaria Redaktion.

Top-Weine

Für die Vinaria-Top-Wein-Verkostung wurden heuer 216 Weine nominiert, deutlich weniger als in den vergangenen Jahren (2020: 254, 2019: 243 Nominierungen). In der Top-Wein-Verkostung wurden 99 Weine durch Stimmenmehrheit bestätigt. 64 trockene Weißweine, 33 Rotweine und fünf Süßweine sowie ein Sekt wurden schließlich mit dem Attribut „TOP" sowie der Höchstwertung von fünf Sternen geadelt. Außerdem wurden vier noch im Verkauf befindliche Top-Weine aus dem vorjährigen Guide dazugenommen.

VINARIA WINZER-RANKING

5 Kronen

Alzinger, Unterloiben
Bründlmayer, Langenlois
Gesellmann, Deutschkreutz
Grassl, Göttlesbrunn
Gritsch FJ – Mauritiushof, Spitz
Hirtzberger Franz, Spitz
Knoll, Unterloiben
Kollwentz – Römerhof, Großhöflein
Kracher, Illmitz
Krutzler, Deutsch Schützen
Markowitsch Gerhard, Göttlesbrunn
Muster.Gamlitz, Grubtal
Nigl, Senftenberg
Nittnaus Anita & Hans, Gols
Ott, Feuersbrunn
Pichler Rudi, Wösendorf
Pöckl, Mönchhof
Prager, Weißenkirchen
Prieler, Schützen am Gebirge
Proidl, Senftenberg
Reinisch - Johanneshof, Tattendorf
Sabathi Erwin, Pössnitz
Schiefer, Welgersdorf
Schloss Gobelsburg, Gobelsburg
Triebaumer Ernst, Rust
Tschida – Angerhof, Illmitz
Weninger, Horitschon
Wohlmuth, Fresing

---

4 Kronen

Achs Paul, Gols
Allram, Straß
Alphart, Traiskirchen
Altenburger, Jois
Arndorfer, Straß
Atzberg Wein, Spitz
Aumann, Tribuswinkel
Bayer – In Signo Leonis, Neckenmarkt
Beck, Gols
Buchegger, Droß
Christ, Wien
Domäne Wachau, Dürnstein
Donabaum Johann, Laaben
Donabaum Sighardt, Zornberg
Edlmoser, Wien
Eichinger Birgit, Straß
Feiler-Artinger, Rust
Follner, Wien/Rust
Fritsch, Oberstockstall
Fritz, Zaussenberg
Gager, Deutschkreutz
Gebeshuber Johannes, Gumpoldskirchen
Giefing, Rust
Gisperg, Teesdorf
Gross, Ratsch
Harkamp, Leibnitz
Heinrich Gernot & Heike, Gols
Heinrich Silvia, Deutschkreutz
Hiedler, Langenlois
Högl, Vießling
Huber Markus, Reichersdorf
Iby, Horitschon
Igler Hans, Deutschkreutz
Jamek, Joching

Juris – Stiegelmar, Gols
Jurtschitsch, Langenlois
Kerschbaum, Horitschon
Kirnbauer, Deutschkreutz
Kopfensteiner, Deutsch Schützen
Lang Stefan, Neckenmarkt
Leth, Fels
Loimer, Langenlois
Madl, Schrattenberg
Maitz, Ratsch
Mayer am Pfarrplatz, Wien
Mayr-Vorspannhof, Droß
Neumayer, Inzersdorf ob der Traisen
Nikolaihof Wachau, Mautern
Pittnauer Gerhard, Gols
Polz, Grassnitzberg
Potzinger, Gabersdorf
Sattlerhof, Sernau
Schmelz, Joching
Skoff Original, Eckberg
Stadlmann, Traiskirchen
Strehn, Deutschkreutz
Topf Johann, Straß
Triebaumer G+R, Rust
Wachter-Wiesler, Deutsch Schützen
Walzer Richard, Krems-Gneixendorf
Weszeli, Langenlois
Wieninger, Wien

Achs Werner, Gols
Aichinger, Schönberg
Aigner, Krems
Am Berg, Mittelberg
Angerer, Lengenfeld
Artner, Höflein
Auer Michael, Höflein
Auer Familie, Tattendorf
Bauer Christoph, Jetzelsdorf
Bauer Familie, Großriedenthal
Bauer Josef, Feuersbrunn
Bauer Stefan, Königsbrunn
Bayer Erbhof, Donnerskirchen
Berger, Gedersdorf
Biegler, Gumpoldskirchen
Böheim, Arbesthal
Brandl, Zöbing
Cobenzl, Wien
Deutsch, Hagenbrunn
Diwald Martin, Großriedenthal
Dockner, Höbenbach
Dockner Tom, Theyern
Dreisiebner Stammhaus, Sulztal
Ebner-Ebenauer, Poysdorf
Ecker – Eckhof, Mitterstockstall
Edlinger, Furth
Ehmoser, Tiefenthal
Ernst Harald, Großwiesendorf
Ernst Bernhard & Sylvia, Deutschkreutz
Esterházy, Trausdorf
Felberjörgl, Höch
Fidesser, Platt
Fischer, Sooß
Forstreiter, Krems-Hollenburg

Frank, Herrnbaumgarten
Frauwallner, Straden
Friedrich, St. Stefan
Frühwirth, Klöch
Fuhrgassl-Huber, Wien
Gilg, Hagenbrunn
Glatzer, Göttlesbrunn
Graben Gritsch, Vießling
Graf Hardegg, Seefeld-Kadolz
Gschweicher, Röschitz
Hagen, Krems-Rehberg
Hager Matthias, Mollands
Haider, Illmitz
Hajszan Neumann, Wien
Hammer, Rust
Hartl Toni, Reisenberg
Hillinger, Jois
Hindler, Schrattenthal
Hirtzberger Mathias, Wösendorf
Hofstätter, Quitten
Hundsdorfer, Neckenmarkt
Iby-Lehrner, Horitschon
Igler Josef, Deutschkreutz
Iro Markus, Gols
Jalits, Badersdorf
Jordan, Pulkau
Keringer, Mönchhof
Kilger, Gamlitz
Kirchknopf, Kleinhöflein
Klein, Pernersdorf
Kodolitsch, Seggauberg
Krispel, Straden
Kroiss, Wien
Krug, Gumpoldskirchen
Lagler, Spitz
Langmann, Langegg
Leberl, Großhöflein
Leithner, Langenlois
Leitner, Gols
Lentsch, Podersdorf
List, Siebing
Machherndl, Wösendorf
MAD, Oggau
Mantlerhof, Brunn im Felde
Markowitsch Lukas, Göttlesbrunn
Markowitsch Meinrad, Göttlesbrunn
Mehofer, Neudegg
Minkowitsch - RM, Mannersdorf
Moser Hermann, Rohrendorf
Müller, Krustetten
Müller Domäne WST, Groß St. Florian
Müller Domäne SST, Groß St. Florian
Müller Stefan & Walter, Klöch
Münzenrieder, Apetlon
Münzenrieder PMC, Apetlon
Netzl Franz & Christine, Göttlesbrunn
Öhlzelt Barbara, Zöbing
Pfneisl, Deutschkreutz
Pichler Franz, Wösendorf
Pitnauer, Göttlesbrunn
Platzer, Tieschen
Pollerhof, Röschitz
Pratsch Wine by S., Hohenruppersdorf
Prechtl, Zellerndorf
Primus, Grassnitzberg
Rabl, Langenlois
Reinberger, Grafenwörth
Reumann Josef & Maria, Deutschkreutz
Rotes Haus, Wien
Sabathi Hannes, Kranachberg
Sattler, Tadten
Sauerstingl, Fels
Schindler Harald, Mörbisch
Schindler Franz, Mörbisch
Schmid,Stratzing
Schmölzer, St. Andrä-Höch
Schneider, Tattendorf
Schönberger, Mörbisch
Schreiner Gernot, Mörbisch
Schröck, Rust

Schuster, Großriedenthal
Schwarz, Andau
Schwarzböck, Hagenbrunn
Schwertführer "47er", Sooß
Setzer, Hohenwarth
Sigl, Rossatz
Silberberg – Stmk. Landesweingut, Leibnitz
Skoff Peter, Kranachberg
Sommer, Donnerskirchen
Stagard, Krems-Stein
Steininger, Langenlois
Stelzl – Hirritschberg, Schloßberg
Stierschneider Paul – Urbanushof, Oberloiben
Stift, Röschitz
Stift Klosterneuburg, Klosterneuburg
Strablegg-Leitner, Eichberg-Trautenburg
Taferner, Göttlesbrunn
Taubenschuss, Poysdorf
Thallern – Freigut, Gumpoldskirchen
Tschermonegg, Glanz
Türk, Stratzing
Uibel, Ziersdorf
Unger Josef & Maria, Halbturn
Unger Petra, Furth
Wagentristl, Großhöflein
Waldschütz, Elsarn
Wandraschek, Krems
Weber Familie, Lutzmannsburg
Weber Alfred & Helga, Deutsch Schützen
Weinrieder, Kleinhadersdorf
Weinwurm, Dobermannsdorf
Wenzel, Rust
Wimmer-Czerny, Fels
Windisch Niki, Großengersdorf
Zuschmann-Schöfmann, Martinsdorf

Alphart am Mühlbach, Traiskirchen
AMSEE Pirker-Preisinger, Gols
Barbach, Perchtoldsdorf
Bauer Norbert, Jetzelsdorf
Bäuerl Johann, Joching
Bayer Erich, St. Michael
Benedikt, Kirchberg
Bernreiter, Wien
Beyer Josef, Roseldorf
Blaha, Röschitz
Blauensteiner, Gösing
Chesa Druschauna - Markowski, Göfis
Dachauer, Tattendorf
Dankbarkeit – Christine & Andreas Glück, Podersdorf
Deim Alfred & Markus, Schönberg
Deim Gerhard, Schönberg
Dopler, Tattendorf
Dürnberg Fine Wine, Falkenstein
Eder Wachau, Mauternbach
Eder, Gedersdorf
Ehn Weinhof, Engelmannsbrunn
Eichberger, Eibesbrunn
Eichenwald Weine, Horitschon
Eitzinger, Langenlois
Elsnegg, Eckberg

Engelbrecht, Etsdorf
Englhart-Schoderböck, Inzersdorf
Eschlböck, Hörsching
Etl, Halbturn
Fiedler - Grenzhof, Mörbisch
Figl Leopold, Traismauer
Fink, Großhöflein
Fink & Kotzian, Eggenburg
Fritz Rudolf, Krems-Thallern
Gießauf-Nell, Klöch
Goldenits Robert, Tadten
Gollenz, Tieschen
Greil, Unterstockstall
Greilinger, Schöngrabern
Grill, Fels
Gritsch Roman, Radlbach
Groll, Reith
Hagn, Mailberg
Haiderer, Unterbergern
Hauleitner, Traismauer-Wagram
Heggenberger, Tattendorf
Hellmer, Fels
Hirschmugl, Seggauberg
Hirtl, Poysdorf
Hofbauer-Schmidt, Hohenwarth
Hofer, Auersthal
Hutter – Silberbichlerhof, Mautern
Jahner, Wildungsmauer
Jöbstl Johannes, Gamlitz
Jöbstl Schilcherei, Wernersdorf
Kaiser - Winzerschlössl, Eisenstadt
Kemetner, Etsdorf
Klosterkeller Siegendorf, Siegendorf
Kolkmann, Fels
Kollerhof am Eichberg, Leutschach
Kroiss, Illmitz
Leindl, Zöbing
Liechtenstein Hofkellerei des Fürsten von, Wilfersdorf
Liegenfeld, Donnerskirchen
Lobner, Mannersdorf
Malteser Ritterorden, Maiberg
Mandl-Brunner – Arkadenhof, Rechnitz
Mang Hermenegild, Weißenkirchen
Mayer Matthias, Königsbrunn
Moser Hans, Eisenstadt
Moser Lenz, Rohrendorf
Nebenführ, Mitterretzbach
Netzl Martin, Göttlesbrunn
Neustifter, Poysdorf
Niegl, Brunn am Gebirge
Nigl Georg, Perchtoldsdorf
Nimmervoll, Engelmannsbrunn
Nothnagl Anton, Radlbach
Oppelmayer, Göttlesbrunn
Ott Andreas, Hagenbrunn
Pasler, Jois
Pfeifer, St. Anna am Aigen
Pferschy-Seper, Mödling
Pichler-Schober, St. Nikolai im Sausal
Pilch, Ehrenhausen
Piriwe, Traiskirchen
Pleil, Wolkersdorf
Pongratz, Kranachberg
Preiß, Theyern
Pröll, Radlbrunn
Rainprecht, Oggau
Redl, Krems
Reinisch Alfred, Tattendorf
Reiterer, Wies
Rixinger, Spitz
Rosenberger, Rohrendorf
Rosner, Langenlois
Salomon Josef, Falkenstein

Schaller vom See, Podersdorf
Schloss Dürnstein, Dürnstein
Schmid Andreas, Gobelsburg
Schneeweiss, Weißenkirchen
Schöller, Traismauer
Schwarz, Schrattenberg
Schwarz – Kitzeck, Greith
Seiler, Rust
Siedler, Reichersdorf
Söllner, Gösing
Steiner Julius, Podersdorf
Steinschaden Schiltern, Schiltern
Strawanzer - Martin Donabaum, Spitz
Studeny, Obermarkersdorf
Sutter, Hohenwarth
Tanzer, Krems-Thallern
Tauchner, Krems
Trabos, Kranach
Uhler, Wien
Urbanihof Paschinger, Fels
Völkl, Lengenfeld
Waldschütz Anton, Sachsendorf
Waltner, Engelmannsbrunn
Wieder, Neckenmarkt
Winkler, Lengenfeld
Winzer Krems, Krems
Woditschka, Herrnbaumgarten
Wolf Domaine, Gamlitz
Zimmermann, Theiß
Ziß, Röschitz

Bauer Michael, Kirchberg
Ecker Josef, Grafenberg
Eminger Willi, Niedersulz
Fein, Hagenbrunn
Gasslwasinger, Gießhübl
Hahn, Hohenruppersdorf
Haiden Hannes, Oggau
Haindl-Erlacher, Wolkersdorf
Jatschka, Stetten
Lambauer, Kitzeck
Lentner, Wien
Machalek Martin, Pernersdorf
Neunteufl, Viendorf
Preisinger Helmut, Gols
Ritter, St. Paul
Rögner Leo, Großengersdorf
Schloss Seggau, Leibnitz
Stadler, Falkenstein
Ulzer, Seebarn
Waberer, Mistelbach

WEIN-JAHRGANGSTABELLE

	Wachau	Kamptal	Kremstal	Traisental	Wagram	Carnuntum rot	Weinviertel weiß	Thermenregion weiß	Thermenregion rot
2020	★★★	★★★	★★★	★★★	★★★		★★★	★★★★	
2019	★★★★★	★★★★★	★★★★★	★★★★★	★★★★★	★★★★★	★★★★	★★★★★	★★★★
2018	★★★	★★★	★★★	★★★	★★★	★★★★	★★★	★★★	★★★★
2017	★★★★	★★★★	★★★★	★★★★	★★★★	★★★★★	★★★★	★★★★★	★★★★★
2016	★★★	★★★★	★★★	★★★★	★★★★	★★★	★★★	★★★★	★★★★
2015	★★★★	★★★★	★★★★	★★★★	★★★★	★★★★★	★★★★	★★★★	★★★★
2014	★★	★★	★★	★★	★★	★	★★	★★	★
2013	★★★★★	★★★★★	★★★★★	★★★★★	★★★★★	★★★	★★★★	★★★★	★★★
2012	★★★★	★★★★	★★★★	★★★★	★★★★	★★★★	★★★★	★★★★	★★★★
2011	★★★★	★★★★	★★★★	★★★	★★★	★★★★★	★★★	★★★★	★★★★★
2010	★★★	★★★	★★★	★★★	★★★	★★	★★★	★★★★	★★
2009	★★★★★	★★★★★	★★★★★	★★★★	★★★★	★★★★★	★★★★	★★★★	★★★★★
2008	★★★	★★★	★★★	★★★	★★★	★★★	★★★	★★★	★★★
2007	★★★★★	★★★★★	★★★★★	★★★★★	★★★★★	★★★★	★★★★	★★★★★	★★★★
2006	★★★★	★★★★	★★★★	★★★★	★★★★	★★★★	★★★★	★★★★	★★★★
2005	★★★	★★★	★★★	★★★	★★★	★★	★★★	★★★	★★
2004	★★	★★	★★	★★	★★	★★★★	★★	★★★★	★★★★
2003	★★★	★★★	★★★	★★★	★★★	★★★★	★★★★	★★★★	★★★★
2002	★★★★	★★★★	★★★★	★★★★	★★★★	★★★★	★★★	★★★★	★★★★
2001	★★★★★	★★★★★	★★★★	★★★★	★★★★	★★★	★★★★	★★★★★	★★★★
2000	★★★★	★★★★	★★★★	★★★	★★★	★★★★★	★★★	★★★★	★★★★★
1999	★★★★	★★★★★	★★★★★	★★★★	★★★★	★★★★	★★★★	★★★★	★★★★
1998	★★★	★★	★★	★★	★★	★★	★★	★★★	★★
1997	★★★★★	★★★★★	★★★★★	★★★★★	★★★★★	★★★★★	★★★★	★★★★	★★★★★
1996	★	★	★	★	★	★	★	★★	★
1995	★★★	★★★★	★★★★	★★★	★★★	★★	★★★	★★★	★★
1994	★★★	★★★	★★★		★★	★★★	★★	★★	★★★
1993	★★★★★	★★★★★	★★★★★		★★★★	★★★★	★★★★	★★★★	★★★★
1992	★★★★	★★★★	★★★★				★★★	★★★	★★★★

★★★★★ ausgezeichneter und großer Jahrgang ★★★★ sehr guter Jahrgang ★★★ guter Jahrgang

Wien	Nordburgenland weiß	Nordburgenland rot	Nordburgenland süß	Mittelburgenland	Südburgenland	Vulkanland	Südsteiermark	Weststeiermark	
★★★★	★★★★					★★★	★★★	★★★	2020
★★★★★	★★★★	★★★★★	★★★★	★★★★	★★★★	★★★★★	★★★★★	★★★★★	2019
★★★★	★★★★	★★★★	★★★	★★★★	★★★★	★★★★	★★★★	★★★★	2018
★★★★	★★★★	★★★★★	★★★★	★★★★★	★★★★★	★★★★	★★★★	★★★★	2017
★★★★★	★★★	★★★★	★★★	★★★	★★★★	★★★★	★★★★	★★★	2016
★★★★	★★★★	★★★★	★★★★★	★★★★	★★★★★	★★★★	★★★★	★★★★	2015
★★	★★	★	★★★	★	★★	★★	★★	★★	2014
★★★★	★★★★	★★★	★★★★	★★★	★★★	★★★	★★★★	★★★	2013
★★★★	★★★★	★★★★	★★	★★★★	★★★★	★★★★	★★★★	★★★★	2012
★★★	★★★	★★★★★	★★	★★★★★	★★★★★	★★★★	★★★★★	★★★★	2011
★★★	★★	★★	★★★★★	★★	★★	★★	★★	★★	2010
★★★★	★★★★	★★★★★	★★★★	★★★★★	★★★★★	★★★★	★★★★	★★★★	2009
★★★	★★★	★★★	★★★	★★★★	★★★★	★★★	★★★★	★★★	2008
★★★★★	★★★★	★★★	★★★★★	★★	★★	★★★★★	★★★★★	★★★★	2007
★★★★	★★★★	★★★★	★★★★★	★★★★	★★★★	★★★★	★★★★	★★★★	2006
★★★	★★★	★★	★★★★★	★★	★★	★★★	★★★★	★★★	2005
★★★	★★★	★★★★★	★★★★	★★★★★	★★★★	★★	★★	★	2004
★★★	★★★	★★★★	★	★★★★★	★★★★★	★★★★	★★★★	★★★★	2003
★★★★	★★★	★★★★	★★★★	★★★★	★★★★	★★★★★	★★★★★	★★★★★	2002
★★★★	★★★★	★★★	★★★★★	★★★	★★★	★★★	★★★★	★★★	2001
★★★★	★★★★	★★★★★	★★	★★★★★	★★★★★	★★★★	★★★★	★★★★	2000
★★★★	★★★★	★★★★★	★★★★★	★★★★	★★★★★	★★★★	★★★★	★★★★	1999
★★★	★★	★★★	★★★★	★★	★★★	★★	★★	★★	1998
★★★★	★★★★	★★★★	★★★★	★★★★	★★★★	★★★★★	★★★★★	★★★★★	1997
★	★	★	★★★★	★	★	★	★★	★	1996
★★★	★★★	★★	★★★★★	★★	★★	★★★	★★★	★★	1995
★★★	★★	★★★★	★	★★★	★★★	★★	★★	★★	1994
★★★★	★★★★	★★★★★	★★★★	★★★★★	★★★★★	★★★★	★★★★★	★★★★	1993
★★★	★★★	★★★★	★★★	★★★★	★★★★	★★★★	★★★★	★★★★	1992

★★ annehmbarer Jahrgang

★ schwacher bis mäßiger Jahrgang

WACHAU

Als Wachau bezeichnet wird heute der 33 Kilometer lange Abschnitt des Donautals zwischen Melk und Krems, Weinbau betrieben wird aber vor allem am linken Ufer von Schwallenbach bis Unterloiben. Zum Teil sehr steile Steinterrassen prägen das Landschaftsbild. Bei Spitz an der Donau zweigt das größte Seitental, der sogenannte Spitzer Graben, ab, der über Gut am Steg bis nach Vießling führt. Die wichtigsten Weinbauorte am linken Ufer sind, der Reihe nach, Spitz an der Donau, St. Michael, Wösendorf, Joching, Weißenkirchen, Dürnstein und schließlich Loiben; Enklaven am rechten Ufer befinden sich in Arnsdorf, Rossatz, Mauternbach und Mautern.

1.344 Hektar Weinanbaufläche
Die wichtigsten Rebsorten:
Grüner Veltliner, Riesling

Die überwiegende Mehrheit der Wachauer Weinbaubetriebe ist auch Mitglied des 1983 gegründeten Schutzverbandes „Vinea Wachau Nobilis Districtus", wodurch sie verpflichtet sind, ausschließlich Wachauer Wein zu führen und zu vermarkten. Die Weine der Vinea Wachau werden in drei „Gewichtsklassen" eingeteilt, sie sind ausnahmslos trocken und dürfen nicht aufgebessert werden:

„Steinfeder" steht für leichte, schlanke Weine mit maximal 11,5% Alkohol, „Federspiel" für elegante mittelgewichtige Weine zwischen 11,5% und 12,5%, die „Smaragd"-Kategorie umfasst kräftige, trockene Spätlesen ab 12,5% Alkohol.

Die Wachau weist verschiedenste Bodentypen auf, wobei in den Terrassenlagen meist verwitterte Urgesteinsböden aus Granit, Gneis und Glimmerschiefer anzutreffen sind, im unteren Teil der Hänge findet man öfters Löss-Auflagen, in der Ebene Löss und Schwemmsand. Klimatisch gesehen liegt die Wachau an der Schnittstelle zwischen atlantischem und pannonischem Klimabereich, wobei der Einfluss des Letzteren von Ost nach West abnimmt. Aus den zahlreichen Gräben, also den bewaldeten Seitentälern vom Waldviertel im Norden und vom Dunkelsteinerwald im Süden, strömen regelmäßig kühlere und feuchtere Luftmassen in die Weinberge ein, wodurch es zu relativ großen Temperaturschwankungen zwischen Tag und Nacht und einer kräftigen Luftzirkulation kommt, zu der auch der Donaustrom beiträgt. Neben den Leitsorten Grüner Veltliner und Riesling findet man diverse weiße Komplementärsorten wie Gelben Muskateller und Sauvignon Blanc sowie Weißburgunder, Chardonnay und Neuburger. Die Wachau verfügt über mehr als 100 Einzellagen mit einer bunten Vielfalt an Geologie und Boden, Klima und Topografie. Die Herkunft, das viel zitierte Terroir, steht im Fokus dieses Anbaugebietes.

Am 5. Mai 2020 wurde die Wachau per Verordnung Österreichs 15. DAC-Weinbaugebiet. Es wurde eine Herkunftspyramide eingeführt: Gebietswein, Ortswein und Riedenwein. Die Winzer verpflichten sich grundsätzlich zur Handlese. Steinfeder, Federspiel und Smaragd bleiben erhalten. Auf der Ebene der Gebietsweine ändert sich an der traditionellen Sortenvielfalt nichts, Gemischter Satz und Cuvées sind möglich. Darüber angesiedelt sind die Ortsweine. Die Spitze der Herkunftspyramide ist den Riedenweinen der Rebsorten Grüner Veltliner und Riesling aus 157 definierten Lagen vorbehalten. Sie dürfen nicht angereichert werden und – ebenso wie Ortsweine – keinen oder einen kaum merkbaren Holzton aufweisen.

Alle Karten: ÖWM

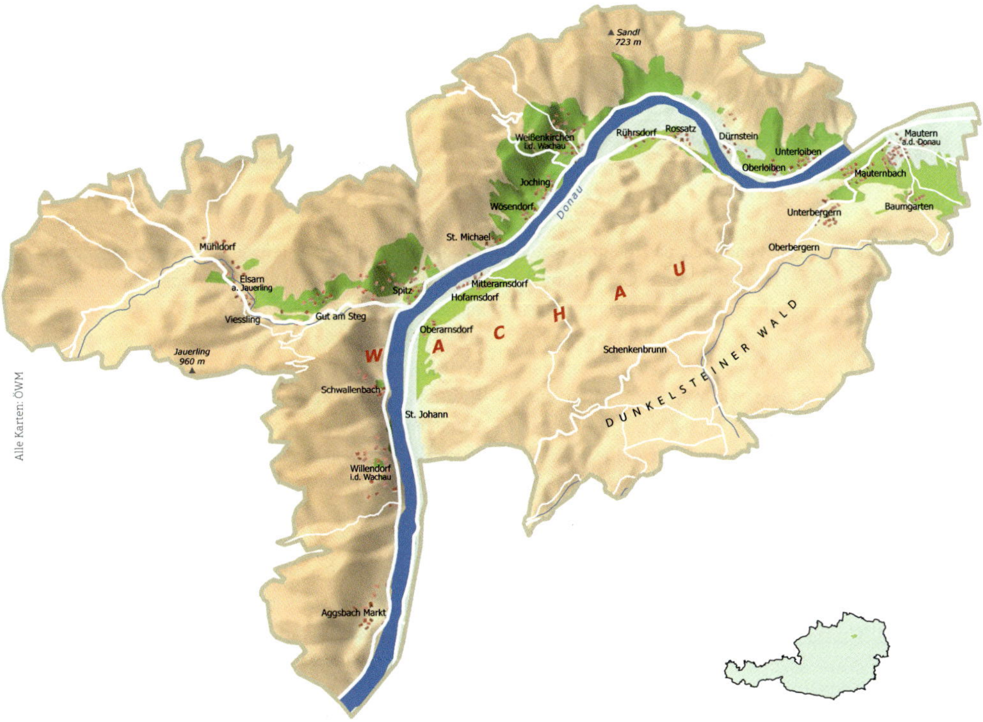

Weingut
Alzinger

Leo Alzinger
3601 Dürnstein, Unterloiben 11
Tel. +43 2732 77900, Fax-50
weingut@alzinger.at, www.alzinger.at
11 Hektar, W/R 100/0

Das Weingut Alzinger gehört zu den Leitbetrieben der Wachau. Den Grundstein legte Leo Alzinger sen. bereits im Jahr 1983, als er sich entschloss, die Trauben des von seinen Eltern übernommenen Weinguts selbst zu vermarkten. Von Anfang an hatte er klare Vorstellungen, wie sein Wein beschaffen sein muss: „Präzision, Klarheit, Geradlinigkeit, Filigranität und Lebendigkeit." Und Herkunft, wäre noch zu ergänzen. Sein Sohn Leo Alzinger jun. geht diesen Weg mit großer Konsequenz weiter. Seine Stilistik ist neben dem Vorbild des Vaters sichtlich von seinen Wanderjahren geprägt, die ihn unter anderem an einen der Hotspots deutscher Rieslinge führte, nämlich zu Müller-Catoir in der Pfalz.

Der verheerende Hagel am 22. August 2020 hat nicht nur dazu geführt, dass es den in der Gastronmie so bliebten Grünen Veltliner Ried Mühlpoint Smaragd heuer nicht gibt, er zeichnet auch für die auf-wendigste Lese in der jüngeren Geschichte des Weinguts verantwortlich. „Wir mussten die Erntemanschaft um 30% aufstocken", berichtet der junge Winzer. Der Qualität der Weine hat das alles aber keinen Abbruch getan. Die Charakteristika der unterschiedlichen Rieden hat er präzise herausgearbeitet.
Die Familie ist in der glücklichen Lage, Anteile an renommierten Lagen im östlichen Teil der Wachau zu besitzen, die zum Teil signifikante Unterschiede in der Zusammensetzung der Böden und in den mikroklimatischen Randbedingungen aufweisen. So zum Beispiel ist der obere Teil der Ried Mühlpoint von verwittertem Gneis geprägt, der untere Teil von tiefgründigem Lehm. Ganz andere Weine ergibt die Ried Liebenberg mit ihrem kühlen Umfeld und einem Boden aus Amphiboliten und Glimmerschiefer; der Grüne Veltliner wächst auf den höchsten Parzellen.Den mikroklimatischen Kontrapunkt stellt der Loibenberg dar, eine der wärmsten Rieden der Wachau. Je nach Parzelle gibt es aber beträchtliche Unterschiede, sowohl hinsichtlich Wind und Sonneneinstrahlung als auch hinsichtlich der Geologie. Der Grüne Veltliner der Familie Alzinger wurzelt in Löss, der Riesling in kargen und seichten Böden. Eine weitere, sowohl für Riesling als auch Veltliner prädestinierte Lage ist das Steinertal. Der Riesling stammt von den höchsten und kargsten Parzellen, der Grüne Veltliner von den tiefer gelegenen Terrassen mit tiefgründigem Boden. Die Ried Höhereck gilt als kleiner Bruder der Lage Steinertal, ist aber etwas wärmer und extrem karg. Am Fuß des berühmten Kellerbergs liegt die Ried Hollerin mit viel Gneis, Sand und ein wenig Lehm. Im Riesling Dürnstein Federspiel sind viele kleine Parzellen vereint, deren getrennter Ausbau sich nicht rentieren würde. *ww*

WACHAU DAC

★★★ S €€ GV

2020 Grüner Veltliner Dürnstein Federspiel + Sortentypisch, gelbe Äpfel, zarte Würze; pointiertes Pfefferl, apfelfruchtig, mittlere Länge, trinkanimierend, selbsterklärend.

★★★ S €€ GV PLV

2020 Grüner Veltliner Ried Hochstrasser Federspiel + Feingliedrig, ruhig, Anklänge von Wacholderbeeren, dahinter blitzt eine frische Frucht à la Äpfel und Steinobst durch; schließt aromatisch und strukturell an, feingliedrig, mittlere Länge, feinkörnige Würze und helle Steinobstnoten klingen nach.

★★★ S €€ GV

2020 Grüner Veltliner Ried Mühlpoint Federspiel + Sanfter Druck, ätherische Würze à la Fichtennadeln, Lageräpfel; die Würze kommt noch deutlicher, frische Frucht zur Untermalung, für ein Federspiel beachtliche Substanz, erdig-würzig im Nachhall.

★★★★ K €€€ GV

2020 Grüner Veltliner Ried Liebenberg Smaragd + Feingliedrig, noble Würze, getrocknete Kräuter, Wacholderbeeren, tief im Glas florale Akzente à la getrocknete Kamillen; fein strukturiert, Zug und Pikanz, im Finish auch Anklänge von exotischen Früchten à la Grapefruits, Boden kommt durch.

★★★★ K €€€€ GV TIPP

2020 Grüner Veltliner Ried Loibenberg Smaragd + Lössboden gibt einen cremigen, zugänglichen Touch, Anklänge von hellem Tabak, subtile Fruchtaromen erinnern an Kumquats und Mandarinen; Spiel und Spannung, elegant, viele Facetten, zarteste Würze mit exotischen Fruchtaromen verwoben, einige Kraft, im Nachhall elegante Würzenoten, in denen auch der Boden zu erkennen ist.

★★★ K €€€€ GV

2020 Grüner Veltliner Ried Steinertal Smaragd + Lagentypisch kühl, grünfruchtige Elemente, elegante Würze, ruhig strömend; saftig, fruchtbetont, noble Gewürznoten eingestreut, feinmaschig, lebhaft, gute Länge.

★★★ S €€ RI FUN

2020 Riesling Dürnstein Federspiel + Dezent, Pfirsiche, Nektarinen, tief im Glas Klaräpfel; toller Trinkfluss, akzentuierte Säure ohne Aggressivität, quicklebendig, die Frucht gibt den Ton an, mittelgewichtig.

★★★★ K €€€ RI

2020 Riesling Ried Liebenberg Smaragd + Glockenklar, reifer Weingartenpfirsich, auch rotfruchtig; viel reifes Steinobst, gut integrierte Säure, angenehm und lebendig, kräftig, präzise Struktur, winziger Würzehauch im Nachhall.

★★★★ K €€€ RI

2020 Riesling Ried Hollerin Smaragd + Charmant, zugänglich, ruhig strömend, sanfte Frucht, kein Marktschreier; tiefe und frische Frucht, primär Pfirsiche, einiger Stoff, frische Pfirsiche klingen lange nach. Als Sorte selbsterklärend.

★★★★ K €€€€ RI

2020 Riesling Ried Höhereck Smaragd + Charmante Frucht, exotisch angehaucht, Anklänge von roten Zitrusfrüchten à la Mandarinen, gewürzt mit Limettenblättern; saftig, frische Frucht, feine Pikanz, zartes Säurerückgrat, der karge Boden kommt durch, knackige Pfirsiche im Nachhall.

★★★★ K €€€€ RI TIPP

2020 Riesling Ried Loibenberg Smaragd + Nobel, kühl, Zitronenblüten, Limettenzesten, hauchzarte Gewürznoten, tief im Glas Steinobst; die Eindrücke vom Bukett finden sich auf dem Gaumen bestätigt, hochgradig elegant, Finesse, fast Understatement, zarter Schmelz, wirkt leichtfüßig, Zitrus und Pfirsiche im Nachhall, tolle Anlagen, beachtlich. Der etwas andere Loibenberg.

★★★★ K €€€€ RI

2020 Riesling Ried Steinertal Smaragd + Bereits im Duft Terroir im besten Sinn, feine Bodentöne, zarteste Frucht; im Geschmack kommt die Frucht deutlicher, bisschen Zitrus, knackiges Steinobst, einiger Druck, zugänglich, Schmelz, Boden kommt durch, gut integrierte Säure, Trinkfluss, lang, Reserven, aber braucht noch.

Weingut
Atzberg

3620 Spitz, Kirchenplatz 13
Tel. +43 1 336 01 97
office@atzberg.at, www.atzberg.at
2 Hektar, W/R 100/0

Bereits aus dem Jahr 1328 stammen die ältesten Aufzeichnungen über die mühsam rekultivierte Riede im Donaustädtchen Spitz; in diesem Dokument ist sie schon mit dem Namen „Ärzberg“ belegt. Sie liegt unmittelbar neben der ebenfalls zu den Top-Rieden der Wachau zählenden Singerriedel, mit der sie in früheren Tagen eine geologische Einheit gebildet hatte, ehe der aus dem Waldviertel in die Donau strömende Mieslingbach die beiden Lagen voneinander trennte. Der Boden – wie der ursprüngliche Name erahnen lässt – ist erzhaltig (rotes Gestein mit Gneis und Schieferstruktur und geringer Erdauflage) und zählt zu den kargsten in der Wachau. Auf den bis zu einer Seehöhe von 420 Metern hinaufreichenden Parzellen benötigen die Trauben eine längere Reifezeit, das bedeutet auch spätere Ernte, was nicht so sehr der Zucker-, dafür aber der physiologischen Reife zugutekommt. Hier bekommen die Trauben sowohl die Kühle des Spitzer Grabens zu spüren als auch die milderen Luftmassen des Donautals – eine klimatische Idealkombination.
Ganze 50 Jahre mussten vergehen, ehe dieser seit den 1950er-Jahren des vorigen Jahrhunderts brachliegende Weingarten wieder rekultiviert wurde. 75% Hangneigung und schmale Weinterrassen, die hier teilweise neu errichtet werden mussten, waren viele Jahre ein schier unüberwindlicher Hemmschuh, ehe sich Franz Josef Gritsch mit zwei Geschäftsfreunden dieses auch finanziell enorm fordernden Projekts annahm. Das Ergebnis ließ bereits mit dem ersten Jahrgang (2012) aufhorchen, als der Grüne Veltliner „Atzberg“ (heute mit dem Zusatz „Obere Steilterrassen“) auf Anhieb die Vinaria Höchstwertung von fünf Sternen erhielt. Wer diesen großartigen mineralischen Wein mit all seinen Facetten einmal im Glas gehabt hat, versteht, dass auf diesem Terroir keine Allerweltsweine entstehen, sondern Gewächse mit Weite und Tiefe, die alles das in sich vereinen, was die Wachau zu einem der erfolgreichsten Weinbaugebiete weltweit macht. *bb*

WACHAU DAC

★★★★ **S** €€€€ **GV**
2020 Grüner Veltliner Ried Atzberg Steilterrassen + Hochmineralische Nase, weißer Pfeffer, feuchtes Unterholz, reife Äpfel, Nadelwald; saftiger Trinkfluss, engmaschig, finessenreich; komplex, viel Sorte, viel Terroir.

★★★★★ **K** €€€€€€ **GV** **TOP**
2020 Grüner Veltliner Ried Atzberg Obere Steilterrassen + Konzentriertes Bukett, Zigarrenkistl, gebrochenes Urgestein, Wacholder, Schwarzpfeffer, eingehüllt in Spitzer Würzekühle, Tannenwipfel, feuchtes Moos, Minzblätter; geschmeidige Textur, kristallklar strukturiert, generöse Fülle paart sich mit hoher Eleganz, lang haftend; großer Stoff kündigt sich an.

© Robert Herbst
Wachauer Herkunft, garantiert seit 823 n. Chr.
ik-wachau.at
In der Wachau sind wir beim Herkunftsschutz schon immer einen Schritt weiter. Aktuell mit dem neuen **Wachau DAC-System.** Was bleibt: die bewährten Stilistiken Steinfeder®, Federspiel® und Smaragd®. Echt Wachau, garantiert.
Riedenweine lassen Sie die *typische Wachau* erleben. Entweder als Grüner Veltliner oder Riesling. Sie bilden die Spitze der Herkunftspyramide und spiegeln Wachauer *Terroir* in seiner kleinsten Einheit wider – der Riede. Weder spürbarer Holzeinfluss noch Anreicherung sind erlaubt.
Ortsweine werden aus Trauben eines einzelnen Ortes gekeltert. Nur traditionelle Wachauer Rebsorten sind unter diesem Etikett erlaubt, spürbarer Holzeinfluss nicht.
Gebietsweine liefern die geballte Vielfalt der Wachau. Entdecken Sie zahlreiche Sorten und Weinstilistiken, die in der Wachau zu finden sind. Sie werden sehen: Die Region ist seit jeher für eine Überraschung gut.
Wo Wachau draufsteht, ist 100% Handlese drin.
823 n. Chr. wurde die Wachau erstmals urkundlich erwähnt.

Weingut
Johann Bäuerl

Johann Bäuerl
3610 Joching, Weinbergstraße 16
Tel. & Fax +43 2715 2381
baeuerl@aon.at
6,6 Hektar, W/R 95/5

Das Weingut Johann Bäuerl ist bereits seit über 20 Jahren der Geheimtipp der Wachau, wenn es um Preis/Leistung geht. Die rigorose, fast tägliche Arbeit im Weingarten bildet den wichtigen Grundstein, im blitzsauberen, modernen Weinkeller wird das Werk, ohne etwas verändern zu wollen, letztendlich mit der Flaschenfüllung beendet. Ein wenig fühlt man sich bei einem Besuch im Weingut in die gute alte Zeit versetzt, das Hauptaugenmerk wird nicht auf moderne Degustationsräumlichkeiten gelegt, die sympathische Winzerfamilie und ihre Weine sprechen einfach für sich. Der Jahrgang 2020 war in der Wachau von allen nur möglichen Wetterkapriolen geprägt. Der Hagelschaden hielt sich zwar in Joching in Grenzen, der feuchte Herbst mitten in der Lesezeit stellte auch Johann Bäuerl vor größte Herausforderungen. Die Weine sind durchwegs leichter als im Jahre 2019 ausgefallen, ohne jegliche physiologische Reife vermissen zu lassen. Finesse, präzise Definition und Fruchtausprägung ziehen sich durch und vermitteln in jeder Kategorie großen Trinkgenuss. Der große Aufwand – mehrere Lesedurchgänge bis in den November hinein waren notwendig – hat sich gelohnt. *gh*

WACHAU DAC

★★★ **S €€ GV**
2020 Grüner Veltliner Ried Stein am Rain Federspiel + Fruchtbetont, frische Grapefruit, gelbe Kriecherln, feine Kräuterwürze, gelber Apfel, steinige, kühle Ausprägung; setzt nahtlos auf dem Gaumen fort, Frische pur, gelbe Birne, dunkle Zitrusfrucht, schwungvoll, Grapefruit pur im trinkanimierenden Nachhall.

★★★ **S €€ GV** **PLV**
2020 Grüner Veltliner Ried Pichl Point Federspiel + Saftige Williamsbirne, gelbe Apfelaromen, strukturgebende, dunkle Zitrusnoten, Kumquat, Orangenzesten, feine Kräuterwürze, dosierter, frisch gemahlener Pfeffer; anregender Fruchtmix mit gutem Tiefgang, Apfel-Birnen-Aromen im Vordergrund, Würze und Zitrusaromen, sehr guter Trinkfluss, saftig mit beachtlichem Abgang.

★★★★ **S €€ GV** **TIPP**
2020 Grüner Veltliner Ried Stein am Rain Smaragd + Dicht, hohe Traubenreife, knackiger, gelber Apfel, Birnenaromen, dunkle Kräuterwürze, eine Brise Pfeffer, rosa Grapefruit; druckvoll, ausbalanciert, reifer Fruchtkorb, bleibt dabei immer elegant, angenehme Frucht- und Extraktsüße, strukturiert, mineralische Anmutung, feine Würze, frisch gemahlener Pfeffer im langen Nachhall.

★★★ **S €€ GV**
2020 Grüner Veltliner Ried Pichl Point Smaragd + Kräuterwürze, ganz feine Apfel- und Birnenaromatik, präzise rosa Grapefruit, frisch gemahlener Pfeffer, richtig elegant; gute Fülle, saftige, vom Löss geprägte Frucht, harmonisch, ohne Ecken und Kanten, trinkfreudig, animierende zarte Bitternote im Finish.

★★★ **S €€ RI**
2020 Riesling Ried Ritzling Federspiel + Kühle Fruchtausprägung, saftiger, reifer Weingartenpfirsich, Marillenanklänge, sauber definiert, mineralische Assoziationen, passende Zitrusaromen; rauchig, Steinobst, Kumquat, sehr gutes Säuregerüst, leichtfüßig, noch ganz jung, Orangenzesten, klingt mit feiner Bitternote aus.

★★★★ **S €€ RI** **TIPP**
2020 Riesling vom Urgestein Ried Pichl Point Smaragd + Hochreif, dicht, unaufdringliche Steinobstaromatik, dunkle Zitrusnoten, ein Hauch Botrytis, braucht etwas Luft; auf dem Gaumen gleich präsent, zupackende, passende Säure, gut strukturiert, Weingartenpfirsich, saftige Marille, frucht- und extraktsüß, druckvoll, sehr gute Zukunftsperspektive.

★★★ **S €€ GM**
2020 Gelber Muskateller Ried Pichl Point Selection + Reife Banane, Mandarinenfilet, Orangenzesten, Kumquat, frisch, mit Luft Holunderblütenanklänge, dezente Muskatnote; Orangenfilet und Orangenschale, wieder Kumquat, grüne Banane, lebendig und richtig trinkig, animierende, zarte Bitternote, recht saftig und schwungvoll im Finish.

★★★ **S € ZW**
2020 Rosé Selection + Zarte rotbeerige Frucht, etwas Erdbeere und Himbeere, Rhabarber, helle Herzkirsche, dezente Kräuternote; gute Fülle, Frucht intensiviert sich, knackig-saftige Kirsche, süße Himbeere, frisch, sehr guter Trinkfluss, klingt mit feinen Orangenzesten animierend aus, ein ernsthafter, gelungener Rosé.

Weingut
Erich Bayer

Erich Bayer
3610 Weißenkirchen, St. Michael 4
Tel. & Fax +43 2713 2364
office@weingut-bayer.com, www.weingut-bayer.com
6 Hektar, W/R 95/5

Erich Bayer betreibt einen schmucken Heurigen in St. Michael, einem 15-Häuser-Hauerdorf mit alter Wehrkirche – schon das sind zwei Gründe, um bei einem Wachau-Trip dort stehen zu bleiben. Das kleine feine Weingut ist seit mehr als 170 Jahren in Familienbesitz und wird von Erich Bayer seit 2005 in fünfter Generation geführt. Wachau-typisch stützt sich der Winzer auf Veltliner und Riesling. Doch zum jährlichen Wein-Repertoire gehören auch der Chardonnay und Weißburgunder, die auch gut zur Heurigenjause passen. Man findet bei Bayer zudem Exoten wie den Frühroten Veltliner, außerdem einen heuer sehr sommervergnüglichen Gelben Muskateller. Ebenso findet man bei Bayer eine Steinfeder vom Veltliner – was dem Winzer hoch anzurechnen ist, da die leichten Steinfedern durch die reifen Jahrgänge immer mehr zu Raritätenweinen werden.

Bayers sechs Hektar Weingärten spannen sich von St. Michael über Wösendorf bis Weißenkirchen. Aus der kühlen Urgesteins-Terrassenlage Harzenleithen in St. Michael zieht Bayer seine kristallklaren mineralischen Rieslinge. Seine Veltliner-Smaragde hat Bayer in der Vorderseiber stehen, einer Berglage im Hinterland von Weißenkirchen. Dort hat er auch eine Parzelle mit 60 Jahre alten Veltlinerstöcken, die sind für seine Selektion, die er nach seiner Tochter Sophie benannt hat – und alle Jahre den Top-Veltliner ergibt. Die Kraft des Alters macht auch den Unterschied. Übrigens: Alle Smaragd-Weine gibt es ab September. *hp*

WACHAU DAC

★★ **S €€ GS**
2020 Gemischter Satz Wösendorfer Federspiel + Floraler Charme, weiche Frucht, bisschen Grapefruitzesten; salzig, Äpfel und Birnen, saftiges, trinkvergnügliches Federspiel mit Länge.

★★ **S €€ GV**
2020 Grüner Veltliner Ried Hochrain Wösendorf Federspiel + Helle Würze, Grüner Pfeffer, Grüntee, gelbfruchtig; kühle Aromatik, mineralisch, grüne Ananas, Zitrus, mittellang.

★★★ **S €€ GV**
2020 Grüner Veltliner Ried Harzenleithen Federspiel + Kräuterwürze, Orangen, Apfelschalen, getrocknete Kräuter; relativ stoffig, knochentrocken, Birnen und Äpfel, auch Zitrusnoten, Säurebiss.

★★★ **S €€ GM** **PLV**
2020 Gelber Muskateller Wösendorfer + Charmant, klassisch Holunderblüten und Muskat; straffe Frucht, Grapefruit, Wacholder, Feuerstein-Aromatik, knochentrocken, gute Länge.

★★ **S €€ RI**
2020 Riesling Ried Harzenleithen St. Michael Federspiel + Kühle Noten, klassisch nach Marille, viel Sortencharakter; klare Marillenfrucht, auch Nektarinen, mineralisches Finish.

★★★★ **S €€ RI**
2020 Riesling Ried Ralais Wösendorf Smaragd + Pfirsiche, Marillennektar, dezente Würze; kühle, straffe Art, knochentrocken, Zitrus, Maracuja, viel Pfirsich, Marillen, mittellang bis lang.

★★★ **S €€ GV**
2020 Grüner Veltliner Ried Vorderseiber Smaragd + Gewürzige Noten, Kräuter, bisschen Gerbstoff, Fülle spürbar; reife Äpfel, Birnen, grüne Ananas, Maracuja, schwarzer Pfeffer, mittellang.

★★★★ **S €€€ GV** **TIPP**
2020 Grüner Veltliner Sophie Smaragd + Südfrüchte, Streuobstwiese, wirkt sehr stoffig; super saftig, reife Ananas, Kernobst, rauchige Würze, sehr mineralisch, schöne Länge.

★★★ **S €€ CH**
2020 Chardonnay Smaragd + Weiche Textur, Pilze, Eibisch, geröstete Pilze, einige Würze; frisch, knackige Säure, Zitrus, Grapefruit, Blutorange, straffes Finish, lebhafter Chardonnay mit Biss.

★★ **S €€ PB**
2020 Weißburgunder Smaragd + Blättrig, Kräuterwürze, Quitte und Litschi, relativ sanft; nussig, weiche Frucht, leicht mineralische Ausformung, rundes, unkompliziertes Trinkanimo.

Weingut
Domäne Wachau

Roman Horvath (MW) & Heinz Frischengruber
3601 Dürnstein 107
Tel. +43 2711 371, Fax -13
office@domaene-wachau.at, www.domaene-wachau.at
ca. 400 Hektar; W/R 90/10, 2.500.000 Flaschen/Jahr

Die Formkurve der Domäne Wachau geht stetig nach oben. Im Sommer 2020 haben 500 Juroren aus aller Welt diesen Leitbetrieb zum besten Weingut in Europa und zur Nr. 3 weltweit gekürt. Weingutsleiter Roman Horvath und Kellermeister Heinz Frischengruber haben mit großer Konsequenz, aber auch mit Weitblick und Kreativität die Weichen für den Erfolg gestellt. Wenn es um einen durch die Stilistik unbeeinflussten Vergleich der Lagencharakteristika dieses klimatisch begünstigten Flusstales geht, ist man hier an der ersten Adresse. Kein anderer Betrieb nämlich verfügt über ein derart großes Portfolio an renommierten Rieden wie die Domäne Wachau. 80 Hektar Weingärten sind biologisch bewirtschaftet.
2020 war extrem fordernd, berichtet Heinz Frischengruber. Die härteste Prüfung stellte der Hagel am 22. August dar, der in Spitz teilweise zu Totalausfall führte oder den Ertrag drastisch reduzierte wie in den Lagen Axpoint und Singerriedel. Die Unterschiede zwischen West- und Ostwachau sind ausgeprägt wie selten, die Lese war enorm aufwendig, die Smaragde haben weniger Alkohol als sonst. Die Federspiele transportieren ihre Herkunft, sie sind trinkanimierend und doch seriös. Die Smaragde vom Grünen Veltliner brillieren mit sortentypischer Würze und Fokus, die Rieslinge sind komplex, quicklebendig und straff mit Zug und Spannung. Aus Platzgründen können wir nur einen Auszug aus dem breiten Angebot bringen. *ww*

WACHAU DAC

★★★ S €€€ GV FUN PLV
2020 Grüner Veltliner Federspiel Ried Kreuzberg + Wacholderbeeren, feine Frucht; trinkanimierend, Frucht und Würze verwoben, reißt nie ab, fast leichtfüßig.

★★★ S €€€ RI
2020 Riesling Federspiel Ried Loibenberg +Orientalische Gewürze, Quitten, Mandarinen, Steinobst; sortentypisch, Gewürze, Zitrus, warm getönt, einige Substanz, charmant.

★★★ S €€€€ GV
2020 Grüner Veltliner Smaragd Ried Kirnberg + Nobel, Feuerstein, Fichtennadeln; schließt aromatisch an, feingliedrig, fast sanft, helle Frucht eingewoben, trinkt sich leicht, viel sortentypische Würze im langen Abgang.

★★★★ K €€€€ GV TIPP
2020 Grüner Veltliner Smaragd Ried Achleiten + Fruchtbetont, fast exotisch, auch Pfirsiche, feinkörnige Würze; aromatisches Dacapo, stimmig, vielschichtig, ausgewogen, charmant, weißer Pfeffer im Finish und im langen Nachhall.

★★★ K €€€ GV PLV
2019 Grüner Veltliner Steinwerk Spitzer Graben + Glockenklar, individuell, zarte Frucht, florale Noten und Gewürze; Zitrus, knackiges Steinobst, hinten Gewürze, feingliedrig, steinig-kühl, Prise Tannin aus kleiner Charge mit Maischegärung, Substanz.

★★★★ K €€€€ GS TIPP
2019 Gemischter Satz Smaragd Uralt-Reben + Druckvoll, Äpfel, Würze, Honig, süße Blüten; viele Facetten, kräftig, charmant, Charakter, reife Frucht, Blüten, Honig u. Würze im Nachhall.

★★★★ K €€€€ RI TIPP
2020 Riesling Smaragd Ried Achleiten + Kühl, pfeffrig, Feuerstein, feingliedrig; Limetten, Säurespiel, kernig, im Finish dunkle mineralische Würze, in keiner Phase üppig oder langweilig.

★★★★ K €€€€ RI TIPP
2020 Riesling Smaragd Ried Kellerberg + Vielschichtig, druckvoll, fein, helle Blüten, Holunder, helle Frucht, Wiesenkräuter; viele Facetten, dezent exotisch, frische Litschis, Ananas, auch grüne Birnen, im Abgang und im Nachhall bodenstämmige Würze.

★★★★ K €€€€ RI
2020 Riesling Smaragd Ried Loibenberg + Lagentypische Gewürznoten, steinig, warm getönt, Grapefruits und Grapefruitzesten, tief im Glas Weingartenpfirsiche; saftig, Zug und Druck, Zitrus, Grapefruitsaft, hauchzarte Gewürznoten, elegant, der Gföhler Gneis ist prägend, Zitrus, Steinobst und steinige Noten im langen Nachhall.

★★★★ K €€€€ TR
2019 Roter Traminer Reserve Spitz + Druckvoll, Rosen, eingelegte Früchte, Litschis, getrocknete Kräuter; schließt aromatisch an, Power, angenehme Säure, lebendig, cremiger Touch, im langen Nachhall auch Karamell und Toffee.

ÖSTERREICH

★★★★ S €€€€ GV
2019 Grüner Veltliner V.D.N. + Wermut, getrocknete Kräuter, Trockenfrüchte, Datteln, Feigen, Zitrus; Wermut, feine Süße, animierend, Zitrus, Grapefruitzesten, Pep und Kick, lang, völlig eigenständig.

Weingut
Johann Donabaum

Johann Donabaum
3620 Spitz, Laaben 15
Mobil +43 676 931 31 50
info@weingut-donabaum.at, www.weingut-donabaum.at
8 Hektar, W/R 100/0, 80.000 Flaschen/Jahr

Johann Donabaum zählt zu den besten Winzern der Wachau. Er macht schon seit fast einem Vierteljahrhundert Wein. Sein Weingut wurde jetzt durch die beständig hohe Weinqualität mit der vierten Vinaria Krone ausgezeichnet. Die Donabaum Weine wachsen zum überwiegenden Teil im Spitzer Graben und weisen daher oft eine kühle Frische auf. Bei den Federspielen glänzt besonders der Riesling, der diesen kühlen Fruchtcharakter super transportiert.
Seine Smaragd-Weine bringt Donabaum mit diesem Jahrgang ab September in den Verkauf. Beim Veltliner gibt es drei Smaragde, wobei jener aus der Ried Kirchweg in Wösendorf mit seiner weicheren Frucht und in seiner sich schnell öffnenden Art sich von den strafferen Graben-Smaragden differenziert. Die würzige kühl-mineralische Spitzer Point bildet dabei das Veltliner-Lagen-Highlight. Bei den Rieslingen punktet der Winzer mit zwei Ortswein-Smaragden – dem milden Weißenkirchner und einem kantigeren Spitzer Graben. Und an der Spitze stehen mit dem Setzberg und Offenberg zwei Parade-Rieslinge – Ersterer strahlt mit seiner salzigen Mineralität und reifen Pfirsichfrucht, Zweiterer mit der schon rauchig-kühlen Grabenstilistik und exotischen Fruchtnoten.
Limitierte Editionen – wo Donaubaum normal die hochgradigsten Trauben in einem Veltliner und Riesling selektioniert – gibt es heuer leider nicht, das hat ein sommerlicher Hagel verhindert, der in den Spitzer Weingärten massive Schäden angerichtet hat. Dafür gibt es heuer, als Bonus-Wein, einen im gebrauchten Barrique ausgebauten Chardonnay 2019. Damit zeigt Donabaum, der selbst gern Burgunder trinkt, eine andere, aber sehr interessante, Wein-Facette der Wachau – und eine Spielerei, von der es nur drei Barriques gibt. *hp*

WACHAU DAC

★★★ **S €€ GV**
2020 Grüner Veltliner Peunt Federspiel + Schwarzer Pfeffer, Weihrauch, kühle Aromatik, Bitterorange; viel Sortentypizität und Mineralik, relativ straff – apfelig, trinkvergnüglich.

★★★ **S €€€ GV**
2020 Grüner Veltliner Ried Zornberg Smaragd + Apfelgelee, dezent rauchig, kühle Noten, zeigt auch Fülle; Williamsbirnen, Grapefruit, schöne Mineralität, dezente Weißpfefferwürze, mittellang.

★★★ **S €€€€ GV**
2020 Grüner Veltliner Ried Wösendorfer Kirchweg Smaragd + Relativ sanft, zugänglich, gelbfruchtig; super Würze, schwarzer Pfeffer, viel Kernobst, Quitten, auch Litschi, mittlerer Säurebiss.

★★★★ **S €€€€ GV** **TIPP**
2020 Grüner Veltliner Ried Spitzer Point Smaragd + Rauchige Würze, Weihrauch, grüne Ananas; viel Mineralität und betonte Würze, Grapefruit, Bitterorangen, knochentrocken, druckvoll, gute Länge.

★★★ **S €€€ RI** **PLV**
2020 Riesling Spitzer Federspiel + Feinwürzig, kühle Pfirsichnoten, viel Sortencharakter; Marillen und Pfirsich, Zitrus, hinten klirrende Säure, lebhaft, salzig, super Zug, enorm trinkvergnüglich.

★★★ **S €€€ RI**
2020 Riesling Spitzer Graben Smaragd + Bisschen ätherisch, Weingartenpfirsich und Marillen; saftige Marillen, rassige Mineralität, kühl-aromatische Graben-Typizität, endet mit straffem Zitrus.

★★★ **S €€€ RI**
2020 Riesling Weißenkirchner Smaragd + Milde Frucht, Pfirsich, Mandarine, Ananas, dezente Würze; viel Fruchtschmelz, fleischiger Pfirsich, dezente Mineralität, harmonisch von A bis Z.

★★★★ **S €€€€ RI** **TIPP**
2020 Riesling Ried Offenberg Smaragd + Exotische Frucht, Mango, auch klassisch Marillen, rauchig; breitschultrig, füllige Frucht, viel Pfirsich, reifes Zitrus, sehr mineralisch und straff, lässige Länge.

★★★★ **S €€€€ RI** **TIPP**
2020 Riesling Ried Setzberg Smaragd + Salzig, viel Zitrusfrucht, auch Exotik, Papaya, Kiwi, wirkt straff, dezente Mineralität; reife Pfirsiche, Limetten, salzig und straff, elegante Mineralität, druckvoll, super Länge.

★★★★ **S €€€€€ CH**
2019 Chardonnay Spitzer Graben + Füllige Burgunderfrucht, sautierte Pilze, zart-würzig, Vanille, weißer Nougat; geschmeidige Frucht, Mango, Mandarinen, Oliven, rauchiger, Tannin-betonter Graben-Chardonnay mit Länge.

Weingut
Sighardt Donabaum

Sighardt Donabaum
3620 Spitz, Zornberg 4
Tel. +43 2713 2287
sighardt@donabaum.com, www.donabaum.com
10 Hektar, W/R 85/15

Die Familie Donabaum ist seit beinahe 340 Jahren in einem historischen Gebäude auf dem Zornberg im ansässig. Das Weingut gilt als einer der angesehendsten Betriebe im Spitzer Graben – eine Stellung, die Sighardt Donabaum zu verdanken ist, der seit einem Vierteljahrhundert hier Regie führt.

Sighardt Donabaum verfügt über ein ansehnliches Spektrum an klassischen Lagen, das sich über die ganze Länge des vitikulturell nutzbaren Teils des Spitzer Grabens zieht: Dieses reicht von der donaunahen, bei der Burgruine Spitz gelegenen Ried Auleithen mit kristallinen Marmoreinschlüssen über Almenreith und Biern bis hin zu den steilen und kargen Rieden Bruck und Brandstatt in Vießling bzw. Elsarn. Bis zum Jahrgang 2019 war fast jeder Wein im Sortiment mit einer bestimmten Riede assoziiert. Zusätzlich war aber auch seit vielen Jahren jeder Sorte ein spezifisches, eine bestimmte Eigenschaft repräsentierendes Tier zugeordnet, das auf den jeweiligen Etiketten mit einer prägnanten wie attraktiven Grafik dargestellt wurde. Im vergangenen Jahr beschloss Sighardt Donabaum, seine Weine ab sofort schlicht als Wein aus Österreich abzufüllen, wodurch die Riedenbezeichnung trotz nach wie vor gleichbleibender Herkunft entfällt. Die seit vielen Jahren etablierte Zuordnung von Sorte und Tierart bleibt jedoch selbstverständlich bestehen.

Die klassische Sorte Grüner Veltliner dominiert mit rund 60 Prozent das Sortiment, daneben spielen natürlich Riesling sowie die aromatischen Sorten Gewürztraminer, Sauvignon Blanc und Gelber Muskateller ebenso eine wichtige Rolle wie die burgundischen Sorten Neuburger und Grauburgunder. Letzterer reift im kleinen Holzfass und stammt aus einem Weingarten vom befreundeten Winzer Paul Schandl in Rust.

Im Keller setzt Donabaum bei seinen Lagenweinen in der Regel auf Ganztraubenpressung und Spontanvergärung der trüben Moste sowie langen Hefekontakt der Jungweine. Fallweise erzeugt er auch maischevergorene Weine, die selbstverständlich gerebelt werden. *psch*

ÖSTERREICH

★★ S €€ GV
2020 Grüner Veltliner „Der Fuchs" + Leicht cremig-hefig, Sortenwürze, Zitrus, Pfefferoni, Wiesenkräuter; fest, mittlerer Körper, bisschen Kernobst, viele Grapefruits, zartherb.

★★★ S €€€ RI
2020 Riesling „Der Rehbock" + Charmante Fruchtfülle, Litschis und weiße Birnen, kühler Hauch, Kamille; saftig mit viel heller Frucht, Hollerblüten, knackig, leichtgewichtig, spritzig, verspielt, animierend.

★★★ S €€€ GV
2019 Grüner Veltliner „Der Bär" + Etwas rauchig, Blockmalz, Zuckermais, auch Gelbfrucht, Blütenhonig, tief; schmelzig, Unmengen Frucht, saftig und geschmeidig, noch ruppig und vierschrötig, langes fruchtsüßes Finish, Geduld.

★★★★ S €€€€€€ GV
2019 Grüner Veltliner „Der goldene Bär" Reserve + Cremig-rauchige Fülle, Pergamentpapier, Zuckermais, süße Linsen, Knäckebrot, ausgeprägt pfeffrig, bedeckte Frucht; schmelzig, schmalzig, wuchtig und rauchig, Gelbfrucht, recht guter Extrakt, dezenter Gerbstoff, burschikos, Geduld.

★★★★ S €€€€ RI TIPP
2019 Riesling „Der Hirsch"+ Rauchig-brotige Nase nach Früchtekuchen und Zuckerwatte, Dosenpfirsiche; saftig und fest mit strukturierendem Gerbstoff, etwas Zitrus, gelbes Steinobst, kompakt, griffig, recht gute Länge, abwarten.

★★★ S €€€ SB FUN
2019 Sauvignon Blanc „Der Gamsbock" + Dezente Pikanz, fein-schotig, ein Hauch von reifem Paprika, Hollerblüten, frische Exotik; Zitrus und Stachelbeeren, saftig, knackig, lebhaft und spritzig, anregend, transparent, elegant.

★★★ S €€€ NB
2019 Neuburger „Der Dachs" + Leicht cremige Nase nach Quitten- und Apfelkompott, würzig, reif, harmonische Fülle; erdig-würzig mit Milchkaffeenote, griffig, recht cremig, hinten leichte Säurepikanz, geradlinig.

★★★ S €€€ GM FUN
2019 Gelber Muskateller „Der Luchs" + Kühl, frisch, feinhefig, transparent, elegant, gelbtraubig, bisschen Litschi, Mandelhauch; elegant-saftig mit glockenklarer Frucht, recht feine Linien, puristisch, Biss.

★★★★★ S €€€€€ TR TOP
2019 Orange Gewürztraminer „Die bronzene Eule" + Wilde Würze, aromatisch, rauchig nach Rosenholz, Räucherspeck, Pumpernickel, reich und cremig; satte, schmalzige Substanz, reife Frucht mit Rosenholz, Rosengelee und kandierte Gelbfrucht, zartherb, feurig, kernig, robust, ziemlich lang, unkonventionell, aber super.

★★★ S €€€ PG
2019 Pinot Gris „Der Wolf" + Kühl-würzig, Wacholder mit Wiesenblüten, Kerzenöl, satt, Schwarzbrot, etwas rote Früchte; recht saftig bei mittelkräftiger Statur, vital, kraftvoll, deutlicher Tannin-Eintrag, recht lang, mittleres Spiel.

Weingut
Eder Wachau

Andreas Eder
3512 Mautern, Mauternbach 98
Mobil +43 664 210 97 15
office@eder-wachau.at, www.eder-wachau.at
7 Hektar, W/R 100/0, 50.000 Flaschen/Jahr

Die Weine von Andreas Eder brauchen viel Zeit, um sich in bester Form darzustellen. Die Weine bleiben lange auf der Feinhefe. Werden spät gefüllt, bekommen ganz einfach Zeit. Es sind keine Blender, sondern hochachtungsvolle Gewächse, denen man sich widmen sollte. Sie danken es dem Genießer. Schon die leichte GV Steinfeder brauchte einige Luft, um sich zu zeigen. Doch dann entwickelte dieser Wein eine tolle Frucht und einen tollen Körper. Selbiges gilt für die beiden GV Federspiele, wobei die Ried Süssenberg ziemliche Komplexität aufweist. Aus der Ried Süssenberg kommt ein großartiger 2019 Grüner Veltliner Smaragd. Ein Traum ist der 2019 Riesling Smaragd. Der spielt alle Stückerln. Betörend schön ist der 2019 Traminer Smaragd. Absolut sensationell, fast nicht fassbar der 2011 Grüne Federspiel – von ungemeiner Frische, das heiße Jahr wegwischend. Von fast Riesling-hafter Eleganz und seltener Finesse. Andreas Eder bewirtschaftet auch die Weingärten des Propstei Weingutes. Zwei hervorragende Vertreter dieses Gutes konnte ich verkosten. 2019 Chardonnay Ried Silberbichl und 2019 Grüner Veltliner „Sonnenkönig“ – beide sind kräftige Weine, die Größe ausstrahlen. Dann noch ein Hinweis auf zwei Weine aus dem großen Jahrgang 2017 namens LEOPOLD – ein Grüner Veltliner Smaragd und ein Riesling Smaragd. Gewidmet dem Vater von Andreas Eder. Es sind phänomenale Gewächse von enormer Substanz und Reichtum. Wertvolle Weine, die mit 25 Euro pro Flasche nicht überteuert sind. *as*

WACHAU DAC

★★ S € GV FUN
2020 Grüner Veltliner Steinfeder + Die Marille gibt den Ton an, brauchte einige Zeit, um sich zu entwickeln, eine hochwertige Steinfeder mit toller Frucht, einiger Balance, einer gebändigten Säure, kräuterwürzig, Mandarinen, vielleicht ist dieser Wein die hohe Schule der Steinfeder.

★★ S €€ GV
2020 Grüner Veltliner Federspiel + Kühle Aromen, Apricot , brauchte Zeit, wird elegant, entwickelt eine feine Würze, ein attraktives Pfefferl, Citrus, von erfrischender Textur, knackig, ein Federspiel auf hohem Niveau.

★★★ S €€ GV FUN
2020 Grüner Veltliner Federspiel Ried Süssenberg + Rauchige Noten, Apfelschalen, frische Birnen, Marillenfrucht, ungemein saftig, voller Frucht, von einehmenden Spiel, auch der Pfeffer bekommt seine Chance, ein sehr animierendes Federspiel von feinfruchtiger Art. Ganz klar Südwachau.

★★ S €€ GV
2019 Grüner Veltliner Smaragd Ried Raubern + Ein ziemlich würziger GV, viele Gewürze, Fichtennadeln, kräftig, ein Hauch von Karamell, dunkelfruchtig, Kaffeepulver, ein sehr herbstlicher Wein für Wildgerichte.

★★★★ S €€€ GV TIPP
2019 Grüner Veltliner Smaragd Ried Süssenberg + Ein faszinierendes gelbfruchtiges Bouquet, Löwenzahn, Kamille, weißer Pfeffer, Tabak, voller Fruchtcharme, von nobler Eleganz, kräftiger Körper, toller Rückhalt, vollmundig, in sich harmonisch, ein Traum in Veltliner.

★★★ S €€€ RI TIPP
2019 Riesling Smaragd + Frische Marillen, voller, ernsthafter Riesling, Frische, ziemlicher Stoff, alles gebündelt, voller Energie, mit einigem Charme, exotische Noten kommen hinzu, Ananas, Mango etc., sehr vielschichtig, tolle Länge, sehr kompakt, diesem Wein kann nichts mehr passieren. Der ruht in sich.

★★ S €€€ SB
2018 Sauvignon Blanc Smaragd + Ein hintergründiger Wein, Cassis-Laub, Mandarinen, fruchtbetont, kräftig, voller Würze, körperreich, einiger Tiefgang, gelbe Früchte, elegante Fülle, die Wachau schlägt durch. Ein Wein für Hauptspeisen.

★★★★ S €€€ TR
2019 Traminer Smaragd + Ein äußerst hochwertiger, überaus typischer Traminer von elsässischer Dimension. Ein Rosenbeet, Mandarinen, buttrige Noten, kraftvoll und ausdrucksstark, großzügiger Alkohol, eben Traminer in hoher Reife, das ist Stoff für Jahrzehnte. Großartig!!!!

★★★ S €€ GV TIPP
2011 Grüner Veltliner Federspiel + Es ist kaum zu glauben, ein gereiftes Federspiel aus diesem warmen Jahrgang von einer unvorstellbaren Frische. Dezente Firne, von Rieslinghaftem Flair, kühl, lebendig, mit feinem Säurespiel, frische Marille, feingliedrig und ziseliert, zartbesaitet, von erfrischender Kühle, das Ergebnis des nahen Waldes und der Donau. So etwas gelingt nur am Südufer der Wachau.

★★★ S €€€ GV
2019 Grüner Veltliner „Sonnenkind“ + Süße Pfefferschoten, dunkle Würze, kühle Gelbfruchtigkeit, mit einem warmen Timbre, viele Kräuter, ein mächtiger Wein, der Eleganz nicht verleugnet. Ein Ruhepol in dieser ach so hektischen Welt. Von sakraler Stilistik.

★★★ S €€€ CH
2019 Chardonnay Ried Silberbichl + Gelbe Früchte, eine blühende Wiese, feinste Vanille – ohne Holz, ganz typisch Chardonnay, frische Kräuter, ein immens saftiger Wein, ein Wachauer Flair ausstrahlend, großzügiger Alkohol, der in der Intensität der Donauaromen versinkt.

Weingut
Graben-Gritsch

Josef Gritsch
3620 Spitz, Vießling 21
Tel. & Fax +43 2713 8478
weingut@josef-gritsch.net, www.josef-gritsch.net
6 Hektar, W/R 100/0, 30.000 Flaschen/Jahr

Josef Gritsch präsentiert uns heuer jahrgangsbedingt ein strafferes Sortiment, das in puncto balancierter wie kompakt-dichter Weine in gewohnt pikanter Mineralik vollauf überzeugt.

Die aktuelle Jahrgangsstilistik ist quasi eine Spiegelbild der vom Winzer intendierten Weinstilistik, für die er weit über die Grenzen hinaus bekannt ist: Grüner Veltliner und Riesling mit einem präzisen Frucht-Säure-Spiel, gepaart mit viel Mineralik und Extrakt, was besonders auf seine Smaragde zutrifft. Das Weingut ist ein klassischer Familienbetrieb, traditionell in der Gesinnung und mit großem Respekt vor der Kulturlandschaft, zugleich innovativ, was das Qualitätsdenken betrifft. Josef Gritsch hat klare Vorstellungen von nachhaltigem Weinbau und Kellertechnik, die als minimalinvasiv zu bezeichnen ist. Ausschließlich Holzfässer in unterschiedlichen Formaten kommen zum Einsatz, sei es für die Vergärung ebenso wie für die Reifung der Weine auf der Feinhefe.

Der Grüne Veltliner weist im Portefeuille eine Präsenz von mehr als 70 Prozent Anteil auf und kommt wie der Riesling vornehmlich von den Spitzer-Graben-Toplagen Bruck und der benachbarten Ried Schön.

Der Grüne Veltliner Federspiel zeigt sich heuer von der besten Seite im kompakten wie würzebetonten Fruchtspiel. Die Smaragd-Linie überzeugt in kühlsaftiger und mineralischer Charakteristik. Überragend präsentiert sich die Grüne Veltliner Reserve-Variante von 2019 aus der Ried Schön. Die Herkunftsspezifik von den tiefgründigen Paragneis-Böden spiegelt sich in Extraktdichte samt mineralischer Komplexität dieses archetypischen Gewächses wider.

Welch enormes Potenzial in der bisweilen unterschätzten Paradelage Setzberg, genauer: in der Subriede Vogelsang steckt, demonstriert der Winzer mit dem Riesling Smaragd: Dieser verzaubert durch helle Fruchtfinesse, Tiefe und mineralische Komplexität. Last but not least ist auf die Riesling Edition Christina Ried Bruck zu verweisen, die nur in besonderen Jahrgängen wie 2019 gefüllt wird. Diese halbtrockene Version zeigt ein vielfältiges Fruchtspiel mit viel Exotik, Dichte und viel Verve, das sie für längere Reife prädestiniert. *us*

WACHAU DAC

★★★ **S €€ GV** FUN
2020 Grüner Veltliner Ried Schön Federspiel + Feines würzebetontes Bukett, kühle Anmutung, sehr saftig, kompakt, reifer Apfel, pfeffrige Würze, rauchig, mineralisch geprägt, feinziselierter Säurebiss, feinstrahlig mit tollem Spannungsbogen, gute Lage, Potenzial.

★★★ **S €€ RI**
2020 Riesling Ried Bruck Federspiel + Marille-Pfirsich-Melange, saftige Steinobstaromatik mit viel Biss, Limettenzeste, markante Fruchtpräsenz, geradlinig, extraktreich mit mineralisch getragener Tiefe, dicht, hat viel Körper, druckvoll bis ins lange Finale.

★★★★ **K €€€ GV**
2020 Grüner Veltliner Ried Schön Smaragd + Ein Früchtekorb von Exotik, Brioche, druckvolle Saftigkeit mit raffiniertem Extraktspiel, reifer Apfel, Ananas, kandierte Früchte, Limette, kühler Touch in Kombination von mineralischer Tiefe, feiner Chinapeffer, straff, viel Spannung, rauchig im Nachhall, ausdrucksstark, lang.

★★★★ **K €€€ RI** TIPP
2020 Riesling Ried Setzberg Smaragd + Feinziselierte Fruchtnase, Ananas, kühler Touch, am Gaumen straff, Weingartenpfirsich, Limettenzeste, etwas Exotik, geradlinig, knackige Säure, vital, toller Spannungsbogen, juvenil und noch etwas verschlossen, zeigt Potenzial, lang.

★★★★ **K €€€ GV** TIPP
2019 Grüner Veltliner Ried Schön Alte Reben + Vollreife Früchte, etwas mediterrane Trockenkräuter, enorme Fruchtpräsenz, kühle Noten, würzig, ausdrucksstark, Apfel, Ananas, strömt ruhig mit viel Druck, perfekt strukturiert, knackiger Säurebiss, vital, rauchig mit pfeffrigen Komponenten, mächtig und lang.

★★★★ **K €€€ RI**
2019 Riesling Christina Ried Bruck + (halbtrocken) Verspielte Fruchtnase, auf dem Gaumen straff, Weingartenpfirsich, Ananas, etwas Limettenzeste, zurückhaltende wie leichtfüßige Eleganz, trockene Anmutung, knackig, zeigt viel Tiefe, toller Spannungsbogen, druckvoll, braucht Zeit, viel Potenzial, lang im Finish.

Weingut

FJ Gritsch

Franz-Josef Gritsch
3620 Spitz, Kirchenplatz 13
Tel. +43 2713 2450
office@gritsch.at, www.gritsch.at
15 Hektar, W/R 100/0, 80.000 Flaschen/Jahr

Was Franz Josef Gritsch Jahr für Jahr aus seinen Prachtlagen in die Flasche zaubert, zählt zweifellos zum Besten, was die Wachau zu bieten hat. Er ist Eigentümer eines der traditionsreichsten Betriebe, des rund 800 Jahre alten „Mauritiushof", mitten im bezaubernden Örtchen Spitz an der Donau. Nicht weit davon steht freilich auch Neues, Modernes, in Gestalt des Kalmuck-Kellers. Der engagierte Winzer darf stolz sein auf die Ergebnisse seiner Arbeit und selbstverständlich auf die großartigen Lagen, die er bewirtschaftet, und deren Steinterrassen er in den vergangenen Jahren zum Teil erst mühsam rekultivieren musste. Sie erstrecken sich von Loiben, also der östlichen Wachau, bis weit hinauf nach Vießling, nahe der Anbaugrenze für Wein. Axpoint, Setzberg, 1000-Eimerberg, Hochrain, Klaus, Loibenberg zählen ebenso dazu wie die Ausnahme-Rieden Kalkofen, Dürnsteiner Burg oder Singerriedel. Letztere verzeichnete heuer allerdings, ebenso wie der Steinborz, einen Totalausfall wegen Hagelschlags.
Die Hauptrolle in den Weingärten spielen Wachau-typisch Grüner Veltliner und Riesling, ergänzt um einige weitere Sorten wie Neuburger (der leider heuer ebenfalls ausfiel), Gelber Muskateller und Sauvignon Blanc. *bb*

WACHAU DAC

★★ S €€ RO
2020 „Kalmuck Pink"

★★ S €€ GV
2020 Grüner Veltliner „Kalmuck" Federspiel

★★ S €€ GV
2020 Grüner Veltliner Ried Kirchpoint Federspiel

★★★ S €€€ GV
2020 Grüner Veltliner Ried Axpoint Federspiel

★★★ S €€€ GV TIPP
2020 Grüner Veltliner Ried Klaus Federspiel + Hefegebäck, Mineralien, Mangos, Waldboden; kühlwürzig, komplex, ausdrucksstark und fein balanciert.

★★★ K €€€ GV
2020 Grüner Veltliner Wösendorf Smaragd + Heublumen, Kandis, reife Äpfel, viel Schmelz, saftig, sehr einnehmend.

★★★★ K €€€€ GV
2020 Grüner Veltliner Ried Hochrain Smaragd + Helles Tabakblatt, Baumharz, weißer Pfeffer, Grapefruits, Kräuter; stoffig, klar gezeichnet, viel Terroir.

★★★★ K €€€€ GV TIPP
2020 Grüner Veltliner Ried Loibenberg Smaragd + Dunkelwürzig, Baumrinde, Thymian, Tabak, Tropenfrüchte; hat Tiefgang und eine prachtvoller Körperfülle, dabei stets klar strukturiert und finessenbetont; Bilderbuch-Loibenberg.

★★ S €€€ RI FUN
2020 Riesling Ried 1000-Eimerberg Federspiel + Grüne Marillen und Pfirsiche, zitrusbetonte Mitte; straffes Säurekorsett, mineralische Ader; jugendlich, beschwingt.

★★★ K €€€ RI
2020 Riesling Ried Setzberg Smaragd + Ananas, Mandarinen, grüne Pfirsiche, Limonen; kräftiger Unterbau, feines Frucht-Säurespiel, viel Schmelz, dennoch präzis konturiert.

★★★★ K €€€€ RI
2020 Riesling Ried 1000-Eimerberg Smaragd + Komplexe Fruchtfülle, Pfirsiche, Orangen, Marillenkuchen, feingliedriges Säuregerüst, dunkle Mineralität, extraktreich, klar liniert – modellhafter 1000-Eimerberg.

★★★★ K €€€€€ RI TIPP
2020 Riesling Ried Kalkofen Smaragd + Tiefgründig, Steinobst pur, Mineralien, reife Ananas, Maracuja, Kumquats; substanziell, kraftvoll, in jeder Phase souverän, klar und präzise; Ausnahmewein von einer Ausnahmelage.

★★★★★ K €€€€€€ RI TOP
2020 Riesling Ried Dürnsteiner Burg Reserve + Konzentrat aus dunklem Urgestein und verschwenderischer Fruchtpower, rote Pfirsiche, Mandarinen, Bienenwachs, reife Weintrauben; mächtiges Fundament, extraktsüß, hochelegant und voller Anmut; ellenlanger Nachhall.

★★ S €€ SB
2020 Sauvignon Blanc Ried Hartberg Federspiel + Zurückhaltende Nase, etwa Paprika und weiße Johannisbeeren; trocken, dezent.

★★ S €€ GM
2020 Gelber Muskateller Ried Hartberg Federspiel + Sympathischer Frechdachs, Hollerpesto, etwas Sämling; schneidig, knochentrocken.

Weingut
Roman Gritsch

Roman Gritsch
3620 Spitz, Radlbach 11
Tel. & Fax +43 2713 2208
wein@romangritsch.at, www.romangritsch.at
7 Hektar, W/R 95/5, 20.000 Flaschen/Jahr

Mitten im Setzberg, an dessen östlicher Flanke, liegt das als Familienbetrieb geführte Weingut Gritsch, an den ein beliebter Heuriger samt Gästezimmer angeschlossen ist, und von wo aus sich ein überwältigender Blick auf die Weingärten bis zur Ruine Hinterhaus öffnet.

Das Portefeuille von Roman Gritsch ist heuer erwartungsgemäß reduziert, lässt aber an seiner bewährten Linie von herkunftstypischen Weinen mit pointierter Lagencharakteristik nichts zu wünschen übrig. Und das zu einem ausgezeichneten Preis-Leistungs-Verhältnis.

Die Ried Setzberg ist quasi der Hausberg der Familie Gritsch besonders für den Grünen Veltliner. Der aktuelle Jahrgang gefällt in der Federspiel Kategorie mit einer feinziselierten Struktur und mehr Säurebiss als der Vorgängerjahrgang. Die Smaragd-Variante ist vom Jahrgang 2019 erhältlich, der mit extraktreicher Gelbfrucht und der so typischen kühlen Frische überzeugt, sein Potenzial aber erst in ein paar Jahren Flaschenreife voll ausspielen wird. Smaragdweine wird es von der letztjährigen Ernte keine geben, jedoch zeigen sich die beiden Federspiel-Rieslinge in beiden Varietäten besonders mit viel Fruchtfinesse und Vitalität. *us*

WACHAU DAC

★★ S €€ GV FUN
2020 Grüner Veltliner Federspiel + Frischer Boskop-Apfel, etwas rauchig, saftig kühle Frische, Limettenzeste, feine Thymian-Kräuterwürze, pfeffrig, knackig mit geschmeidiger Mitte, gut strukturiert, einladender wie klassischer Vertreter, gute Länge.

★★★ S €€ GV
2020 Grüner Veltliner Ried Setzberg Federspiel + Kühl-fruchtiger wie kräuterwürziger Auftakt, saftig-knackig, Lageräpfel, etwas Maracuja, rauchig, getrocknete Wiesenkräuter, knackig mit Säurebiss, kompakt mit gutem Volumen, vital, mittlere Länge.

★★★★ S €€ G FUN PLV
2019 Grüner Veltliner Ried Setzberg Smaragd + Vollreife Fruchtnase, Apfel, Ringlotte, feiner Kühletouch, viel saftige und vielschichtige Gelbfrucht, reifer Apfel, Quitte, Pfirsichanklänge, etwas Exotik à la Litschi, gut eingebundene Kräuterwürze, geschmeidig zugleich mit straffer Säurestruktur, stoffige Tendenz, dabei viel Biss, sehr animierend, lang anhaltend, Potenzial, sehr gelungen bei guter Länge.

★★ S €€ RI
2020 Riesling Federspiel + Marille, weiße Ribisel, etwas Kräuterwürze, saftig mit viel Säurebiss, vital mit straffer Anmutung, mediterrane Trockenkräuter, etwas strukturgebender Gerbstoff, klingt würzig aus, juvenil.

★★★ S €€ RI FUN
2020 Riesling Ried Tausendeimerberg Federspiel + Feinziseliertes Bukett nach Marille, pointierte wie hellfruchtige Marille-Pfirsich-Melange, weiße Ribisel, Thymian-Salbei-Würze, etwas rauchige Komponenten, straff, noch kantig, leichtfüßige wie spielerische Art, kompakt und fokussiert, mittlere Länge, idealer Sommerwein mit viel Frische.

Winzerhof
Haiderer

Anton Haiderer
3512 Unterbergern 11
Mobil +43 650 710 32 21
winzerhof.haiderer@a1.net, www.derHeurige.at
10 Hektar, W/R 95/5, 60.000 Flaschen/Jahr

Der Jahrgang 2020 war kein leichter in der Wachau. Hagel, viel Regen, Fäulnis, eine sehr aufwendige Lese, arbeitsintensiv. Schlussendlich stellte sich bei Haiderer doch Zufriedenheit ein. Die Weine sind knackig, von ziemlicher Kühle, rassiger Säure und viel Mineralität.

Unterbergern liegt am rechten Ufer – dem sogenannten Südufer – der Wachau. Thront über der Donau. Eine kühlere Region, welche von dem wärmeren Klima profitiert.

Der Rebsortenspiegel des Weingutes ist klassisch Wachau – Grüner Veltliner, Riesling überwiegend, ergänzt durch Gelben Muskateller und Sauvignon Blanc. Die Reben stehen auf den Rieden Donauleiten, Pülnhof – eine Subriede der Donauleiten – und Süssenberg. Diese liefert die kräftigeren Weine.

Die Steinfeder macht Lust auf mehr. Die beiden Grünen Veltliner Federspiele vom Pülnhof und Donauleiten – Glimmerschiefer & Gföhler Gneis – zeigen dann richtig auf. Das Riesling Federspiel Ried Donauleiten ist von rassiger Finesse und fordert den Gaumen. Sauvignon Blanc und Gelber Muskateller machen so richtig Spaß.

Die Smaragde brauchen naturgemäß mehr Zeit und werden sich erst im Herbst von ihrer schönsten Seite zeigen. Meine Favoriten kommen von der Ried Süssenberg; ob Grüner Veltliner oder Riesling – am liebsten beide.

Diese Weine kann man beim angeschlossenen Heurigen probieren und erwerben. *as*

WACHAU DAC

★★ S € GV — FUN PLV
2020 Grüner Veltliner Steinfeder + Feinpfeffrig, Melone, Apfel, Birne, Citrus, voller Rasse, dicht, fordernd, so richtig knackig, frisch, leicht, unkompliziert, straff und knochentrocken.

★★ S €€ GV
2020 Grüner Veltliner Federspiel Ried Pülnhof + (Gföhler Gneis) Weißer Pfeffer, Birnen, Wiesenkräuter, kühl und gelbfruchtig, salzig, Pfefferschleier auf dem Gaumen, klirrende Mineralität, straff durchgezogen, kernige Struktur.

★★ S €€ GV
2020 Grüner Veltliner Federspiel Ried Donauleiten + (Glimmerschiefer) Ein noch sehr verhaltener Wein, sehr guter Stoff, zeigt Biss und Grip, sehr mineralisch, Grapefruit, zieht auf dem Gaumen. Braucht noch Zeit. Ein Langstreckenläufer.

★★ S €€ RI
2020 Riesling Federspiel Ried Donauleiten + Steinobst, Melone, ziemlich steinig, Mandeltöne, etwas Weißbrot, dezenter Pfirsich, Orangenschalen, insgesamt exotisch, voller Pikanz, feingliedrige Struktur. Ein sehr guter, nuancierter Riesling.

★★ S €€ SB
2020 Sauvignon Blanc Federspiel Ried Donauleiten + Ein im Moment eher zarter Sauvignon, noch etwas schüchtern, aber knackig und voller Leben, reife Birnen, dezente Stachelbeeren, Hauch Paprika.

★★ S €€ GM — FUN
2020 Gelber Muskateller Federspiel + Überaus typisch, Zimt, Holler, Citrus, Muskatnuss, zarter Rosenton, glockenklar und quicklebendig, frisch, tolle Säure, reinigt förmlich den Gaumen.

★★★ S €€€ GV
2020 Grüner Veltliner Smaragd Ried Donauleiten + Gelber Apfel, auch Steinobst, weißer Pfeffer, etwas Leder, feste Struktur, dabei elegant und feingliedrig, weinig und voller Pikanz.

★★★★ S €€€ GV
2020 Grüner Veltliner Smaragd Ried Süssenberg + (Donauschotter) Dunkel getönt, Kaffeebohnen, schottrig, rauchig, traubige Fülle, hat ca. 5g Restzucker, der ihm sehr gut steht. Saftige Frucht, einige Tiefe, ein Grüner Veltliner für den Herbst.

★★★★ S €€€ RI — TIPP
2020 Riesling Smaragd Ried Süssenberg + (Donauschotter) Rhabarber, dezent pilzig, gelber Apfel, Marille, extraktreich, rassig, kompakt, einige Tiefe, da steckt ziemlich viel drinnen. Der geht seinen Weg!

Weingut
Franz Hirtzberger

Franz Hirtzberger
3620 Spitz, Kremser Straße 8
Tel. +43 2713 2209, Fax -20
weingut@hirtzberger.com, www.hirtzberger.com
25 Hektar, W/R 100/0, 200.000 Flaschen/Jahr

Franz Hirtzberger gilt als renommiertester Winzer von Österreich – mit seinem Riesling Singerriedel und seinem Veltliner Honivogl hat er zwei international bekannte Wein-Ikonen geschaffen. Hirtzberger Weine gehören generell zum Besten, was Österreich zu bieten hat. Vom Jahrgang 2020 wird vieles schmerzlich fehlen. Denn ein Hagelunwetter hat vergangenen August in Spitz für einen massiven Einschnitt gesorgt. „Der Herrgott hat uns viel Zeit gegeben, um mit den verbliebenen Trauben viel Zeit zu verbringen", sagt Franz Hirtzberger junior über die aufwendige Lese, bei der um jede gesunde Beere gerungen wurde.

Es gibt nur eine Mini-Menge vom Singerriedel, Honivogl und Axpoint waren ein Totalausfall, genauso wie die Riesling-Lagen Setzberg, Hochrain und Steinporz. Was diesen Weingärten abgerungen werden konnte, fand sich im Roten Tor Smaragd und ergab den neuen Riesling Steinterrassen Smaragd – beide Smaragde sind große Klasse, die nur von der grandiosen Singerriedel-Extremselektion getoppt werden. Wann immer Sie eine dieser Hirtzberger-Weinraritäten auf einer Weinkarte finden, schlagen Sie zu! Generell ist den Hirtzbergers dieser verhagelte, etwas leichtgewichtigere, straffe Jahrgang super gelungen. Ein Highlight, abseits von Riesling und Veltliner, ist heuer der Chardonnay – feingliedrig und frisch-frech mit viel salzig-mineralischer Wachau-Typizität.

Unabhängig von den kleinen Erntemengen bauen die Hirtzbergers an der Weinzukunft. Gleich hinter dem Stammhaus entsteht gerade ein ultramodernes, zweigeschoßiges Kellergebäude, das die neue Ernte schon schlucken soll und die derzeit beengten Platzverhältnisse auflösen wird. „Wir werden in der Produktion nicht größer", betont Hirtzberger junior, „sondern wir werden bei dem, was wir bewirtschaften, einen Qualitätssprung machen". Die Vorfreude wächst ... *hp*

WACHAU DAC

★★★ K €€€ GV
2020 Grüner Veltliner Spitz Steinfeder + Weißer Pfeffer, Kernobst, dezent Steinobst, klassisch; knackig, mineralisch, Limette, grüner Apfel, elegante, trinkvergnügliche Steinfeder.

★★★ K €€€ GV
2020 Grüner Veltliner Rotes Tor Federspiel + Dezente Mineralität, schwarzer Pfeffer, Grapefruit- und Orangen; balanciert, gelbapfelig, mineralische Würze, Bilderbuch-Federspiel.

★★★ K €€€€ GV
2020 Grüner Veltliner Wösendorfer Ried Kirchweg Smaragd + Fülle und Tiefe, rote Äpfel, schwarzer Pfeffer; viel Frucht, rosa Grapefruit, Maracuja, Mandarine, tolle Mineralität, knackige Säure.

★★★★★ K €€€€€€ GV TOP
2020 Grüner Veltliner Rotes Tor Smaragd + Dunkelwürzig, Quitten, Äpfel, Nektarinen; schwarzer Pfeffer pur, einiger Fruchtschmelz, Ananas, rote Äpfel, super Extrakt und Grip, beeindruckende Länge.

★★★ K €€€€ PB
2020 Weißburgunder Smaragd + Burgundische Fülle, Steinpilze, grüner Tee, Kräuter, dezente Mineralität; kühl, feste Mineralität, Grapefruit, grüne Banane, gerundet, mittellang.

★★★★ K €€€€ CH TIPP
2020 Chardonnay Smaragd + Viel Mineralität und Würze, tropische Frucht; Zitrus, Orangen und Maracuja, hinten schmelzig, eingelegte Pilze, endet salzig und mineralisch, viel Spannung.

★★★ K €€€ RI
2020 Riesling Steinterrassen Federspiel + Steinobstnoten, mineralisch und frisch, viel Sorte; mineralisch und saftig, viel Marillen, balanciert, kühle Aromatik, lässiges Federspiel.

★★★★ K €€€€€ RI TIPP
2020 Riesling Steinterrassen Smaragd + Strahlende Mineralität, Nektarinen und Pfirsiche, gute Tiefe; kühl aromatisch, viel Sortencharakter und Struktur, Pfirsich, salzige Mineralität, super Länge.

★★★★★ K €€€€€€ RI TOP
2020 Riesling Ried Singerriedel Smaragd + Super Fruchttiefe, fleischiger Pfirsich, reife Ananas, dunkle Würze, straffe Mineralität; leichtfüßig, weißer Pfirsich, super Mineralität, feinstrahlig-elegant, Top-Singerriedel!

Weinhofmeisterei
Mathias Hirtzberger

Mathias Hirtzberger
3610 Wösendorf, Hauptstraße 142
Tel. +43 2715 22955
buero@weinhofmeisterei.at, www.weinhofmeisterei.at
10 Hektar, W/R 100/0

Mathias Hirtzberger, der jüngere der beiden Hirtzberger-Brüder, macht seit 2014 seinen eigenen Gutswein und hat sich in dieser kurzen Zeit zum vinophilen Fixstern in der Wachau entwickelt, dessen Strahlkraft weit über die Region hinausgeht. Mathias Hirtzbergers Weinhofmeisterei, die er mit seiner Frau Hanna führt, ist mittlerweile auf zehn Hektar gewachsen. Seinen Fokus hat der Winzer auf Grüner Veltliner und Riesling gelegt. Die Trauben wachsen rund um Wösendorf und somit in Weingärten, die Hirtzberger quasi von seinem schmucken Weingut aus im Blickfeld hat.

Traditionen sind dem jungen Winzer wichtig. So verkorkt Hirtzberger ausnahmslos alle seine Weine. Und so kultiviert er aus Überzeugung Jahr für Jahr eine Steinfeder vom Grünen Veltliner, die das erste und immer ein sehr gelungenes Abbild des Jahrgangs ist.

Hirtzbergers zwei Federspiel-Weine sind ob ihrer engen Herkunft Ortsweine – aus Weißenkirchen, wo der Ortsteil Wösendorf dazugehört – und beides verlässliche Empfehlungen.

Mit seinen Veltlinern Greif und Spitaler schickt Hirtzberger immer den ersten Smaragd-Gruß an die Weinwelt. Seinen Lagenweinen gönnt der Winzer aber künftig mehr Zeit – denn sie kommen jetzt erst ab September in den Verkauf. Auf diese Weine darf man sich heuer freuen: Mit dem Smaragd aus der Lage Kollmütz hat Hirtzberger einen würzigen Parade-Veltliner mit viel Biss im Haus. Die Post geht bei den Smaragd-Rieslingen ab: Denn auf der einen Seite bildet einmal mehr der Riesling Kollmitz das Nonplusultra und zählt zu den allerbesten Weinen, die die Wachau heuer hat. Und immer interessanter wird der Riesling Ried Bach, eine Terrassenlage genau zwischen Kollmitz und Kollmütz. *hp*

WACHAU DAC

★★ K €€ GV
2020 Grüner Veltliner Stab Steinfeder, Weißenkirchen + Kühle Noten, gelber Apfel, rund; Apfel und Birnen gleichermaßen, dazu Zitrus, vor allem Limetten, rauchige Würze, feingliedrig.

★★★ K €€€ GV
2020 Grüner Veltliner Treu Federspiel, Weißenkirchen + Schwarzer Pfeffer, Mandarinen, etwas Zitrus, dezent rauchig; klassisch, schönes Frucht-Säure-Spiel, mineralisch, tropische Frucht, ausgewogen.

★★★ K €€€ GV
2020 Grüner Veltliner Greif Smaragd + Frisch, mineralisch, schwarzer Pfeffer, Kernobst; knackig, viel Zitrus, rosa Grapefruit, grüne Ananas, viel sortentypische Schwarzpfeffer-Würze.

★★★★ K €€€€ GV
2020 Grüner Veltliner Spitaler Smaragd Joching + Feine Würze, Quitten, gelbe Äpfel; saftig mit viel Frische, von Pfeffer und Mineralität geprägt, super Wachau-Typus, gute Länge.

★★★★ K €€€€€ GV TIPP
2020 Grüner Veltliner Ried Kollmütz Smaragd, Wösendorf + Feine Würze, tropische Früchte, gute Mineralität; viel Würze, zitrusfrisch, Grapefruit, viel Biss, feiner Gerbstoff, gute Länge.

★★★ K €€€ RI
2020 Riesling Zier Federspiel Weißenkirchen + Klassische Steinobstnoten, Weißer Pfirsich; puristisch, viel Mineralität und Pfirsich, knackige Säure – dadurch wirkt der Wein enorm straff.

★★★ K €€€€ RI
2020 Riesling Ried Bach Smaragd, Wösendorf + Feiner Pfirsichduft, wirkt saftig und elegant; Pfirsich pur, reifes Zitrus, lebhafter Riesling mit rassiger Säure und Mineralität, gewisse Länge.

★★★★★ K €€€€€ RI TOP
2020 Riesling Ried Kollmitz Smaragd + Füllige Pfirsich- und Nektarinenfrucht, straff-mineralisch, viel Typizität und Terroir; Marillen pur, enorm extraktreich, elegant und verspielt, Riesenlänge.

♛♛♛

Weingut
Hofstätter

Wolfgang Hofstätter
3620 Spitz, Quitten 2
Tel. & Fax +43 2713 2614
office@weingut-hofstaetter.at, www.weingut-hofstaetter.at

8,5 Hektar, W/R 95/5, 50.000 Flaschen/Jahr

Das Weingut Hofstätter ist ein renommierter Weinbaubetrieb hoch über Spitz an der östlichen Flanke des Setzberges gelegen. Gemeinsam mit seiner Frau Petra helfen Wolfgang Hofstätter die ganze Familie tatkräftig im Betrieb mit, der zudem im Sommer für kurze Zeit als Heuriger einlädt. Zu den Paradelagen des Weinguts zählen Steinborz, 1000-Eimerberg und die für den Riesling vorbehaltene Ried Singerriedel. Das aktuelle Portefeuille ist mit Bravour gelungen und präsentiert sich, verglichen mit dem Vorgängerjahrgang, mit etwas mehr Säurebiss sowie in transparenter Charakteristik. Das Credo des Winzers ist die Herstellung von herkunftstypischen Weinen in klarer Fruchtstilistik in pointierter Lagencharakteristik. Der Schwerpunkt liegt auf den Wachauer Leitsorten Grüner Veltliner und Riesling, von der Steinfeder bis zur Smaragd-Kategorie. Besonders gelungen und im Top-Segment angesiedelt sind heuer die beiden Burgundersorten Weißburgunder und Neuburger: Diese begeistern in ihrer jeweiligen gelbfruchtigen Charakteristik mit viel Extraktdichte und Fruchtschmelz. Zum Triumvirat schließt hier der Riesling Singerriedel Smaragd mit mineralischer Dichte samt feinstrahligem Fruchtcharme auf, der aber noch Reifezeit zur vollständigen Entfaltung benötigt. *us*

WACHAU DAC

★★ S €€ GV
2020 Spitzer Grüner Veltliner Steinfeder + Getrocknete grasig-würzige Nase, kräuterbetonte Aromatik, filigran, gelbfruchtig, knackige Säure.

★★ S €€ GV
2020 Grüner Veltliner Federspiel Hofi + Präsente pfeffrige Aromatik, balanciertes Säure-Frucht-Verhältnis, kühle Anmutung, pfiffig mit etwas Gerbstoffprägung.

★★★ S €€ GV **FUN**
2020 Spitzer Grüner Veltliner Federspiel + Glockenklare Fruchtnase mit viel Kräuterwürze, ausgewogen Nektarine, Zitruszeste, würzig geprägt, feingliedrig mit eleganter Anmutung, salzig, gute Länge.

★★★ S €€ GV
2020 Spitzer GrünWeiß + Markante Gelbfrucht, Apfel, Rhabarber, knackig mit straffer Fruchtführung, Darjeeling-Tee, burschikos mit feiner Säureabstimmung, dabei sehr genussvoll.

★★★ S €€€ GV
2020 Grüner Veltliner Smaragd Ried Harzenleiten + Saftige Gelbaromatik, Apfel, Kardamomwürze, kühle Noten, kräftig in bester Struktur, feine wie markante Säure, sehr stimmig mit vielen Zitrus-Pfeffer-Komponenten, Wiesenkräuter, ziseliert, zarter Fruchtschmelz, lang.

★★ S €€ RI
2020 Riesling Festerspiel Hofi + Würzebetontes Entrée, Stachelbeeren, weißer Pfirsich, rote Ribisel, knackig, saftig mit viel Substanz, druckvoll mit Grip, etwas Gerbstoff, noch kantig, vital.

★★★★ S €€€ RI
2020 Riesling Ried Tausendeimerberg Smaragd WA + Hellfruchtige Aromatik, Weingartenpfirsich, Stachelbeere, rauchig, toller Frucht-Säure-Spannungsbogen, konturiert, ziseliert, würzig, lang ausklingend.

★★★ S €€€ RI **TIPP**
2020 Riesling Ried Singerriedel Smaragd + Prägnant wie offenherziges Fruchtbukett, weißer Pfirsich pur, kühle Gelbfrucht, Limettenzeste, etwas Mandarine, mineralische Prägung, knackig, markanter Säureschliff, gebündelt, stoffige Textur, viel Fruchttiefe, extraktreich, juvenil, tolle Länge.

★★★ S €€€ NB **TIPP**
2020 Spitzer Neuburger + Duftet nach Nussbrot, Bergamotte, kühler Touch, frisches Fruchtspiel mit mineralisch unterlegtem Säurebiss, knackig, gelbfruchtige Komponenten, Walnuss, Mandel, feine Kräuterwürze im Nachhall, stoffige Textur, sehr attraktive Sorteninterpretation mit langem Finish.

★★★★ S €€€ PB
2020 Spitzer Weißburgunder + Frische wie delikate Walnuss, Amalfi-Zitrone, ungemein lebendiges Fruchtspiel, Quitte, Mandarine, Zitronenthymian, strömt ruhig mit knackigem Säuregrip, mineralisch, sprüht förmlich voller saftiger Vitalität, zeigt viele Facetten mit saftiger Mitte, zarte Honignoten, viel Präsenz und lang auf dem Gaumen, elegante Interpretation, einfach toll.

★★ S €€€ GM
2020 Gelber Muskateller + Duftig mit feinen Noten, Holunderblüten, rote Ribisel, rosa Grapefruit, schwungvoll, saftige Fruchtführung, trocken, elegante Würzigkeit im Nachhall, fein strukturiert, trinkanimierend.

Weingut
Högl

Josef & Georg Högl
3620 Spitz, Vießling 31
Tel. +43 2713 8458, Fax -4
office@weingut-hoegl.at, www.weingut-hoegl.at
10 Hektar, W/R 100/0, 60.000 Flaschen/Jahr

Im Norden des malerischen Wachau-Städtchens Spitz zieht sich der Spitzer Graben – ein Seitental neben der Donau – hinauf Richtung Waldviertel, direkt an die Anbaugrenze von Wein. Es sind schroffe, steinige und schwierig zu bearbeitende Steillagen, deren Weingärten bis in 480 Meter Seehöhe hinaufreichen. Die mittels Trockensteinmauern angelegten Weinbergterrassen, 57 z.B. allein in der Ried Schön, bringen hier auf Glimmerschiefer- und Gneis-Böden finessenreiche Grüne Veltliner und Rieslinge hervor. In den heißen Jahren wirken sich die kühlen Luftmassen des Waldviertels besonders positiv aus, denn die Reben benötigen zur physiologischen Traubenreife etwas länger, sind dem Wechselspiel zwischen warmen Tagen und kalten Nächten länger ausgesetzt. Dies führt zu einer erhöhten Anreicherung mit Aromastoffen und in der Folge zu feingliedrigeren, eleganteren Weinen.

Josef Högl und Georg, sein Sohn, versuchen Jahr für Jahr, diese Bedingungen in ihren Weinen möglichst explizit einzufangen. Dass ihnen das ganz hervorragend gelingt, davon zeugen großartige kühlwürzige Veltliner und finessenbetonte Rieslinge, wie sie anderswo kaum entstehen können. Grüner Veltliner Schön und Riesling Bruck existieren heuer „nur" als Federspiel und Smaragd, ohne die Auslese aus den Alten Parzellen – „dafür hatten wir zu wenig passendes Traubengut", wird uns beschieden. Neu sind heuer dafür die beiden im kleinen Holz vinifizierten Sortenvertreter von Sauvignon Blanc und Chardonnay, beides Kraftlackel von Format mit enormem Reifepotenzial. *bb*

WACHAU DAC

★★ S €€ GV
2020 Grüner Veltliner Terrassen Spitzer Graben Federspiel + Mineralien, Baumrinde, Limetten, Äpfel; feinwürzig, passender Säure-Touch, ansprechend, verspielt.

★★★ S €€€ GV
2020 Grüner Veltliner Ried Schön Federspiel + Nussig, dunkelmineralisch, Limonen, grüne Äpfel, Rhabarber; erfrischende Säure, kompakt, knackig, zitroniger Ausklang.

★★★★ K €€€€ GV TIPP
2020 Grüner Veltliner Ried Schön Smaragd + Kühle Würze, Steine, Nadelwald, Zitronenäpfel, Kumquats, Earl Grey; fest gebaut, stoffig, zeigt Strahlkraft, Finesse und Komplexität; Terroir pur.

★★★★ K €€€€ GV
2020 Grüner Veltliner Ried Kaiserberg Smaragd + Kornfeld, Zigarrenkistl, schwarzer Pfeffer, satter Fruchtschmelz, Birnen, Mangos, Orangenzesten; kraftvoll, saftig, mineralische Ader, wunderschön balanciert; langes Finale.

★★ K €€€ RI
2020 Riesling Ried Bruck Federspiel + Rosa Grapefruits, Lemongrass, grüne Marillen, gesteinsmehlige Aspekte; nicht gerade zimperlicher Säurenerv, lebhaft, puristisch.

★★★★ K €€€€ RI
2020 Riesling Vision Smaragd + Einladender Mix aus Pfirsichen, Marillen, Mandarinenzesten; der feine Säureschliff wird von viel Fruchtschmelz abgefedert; saftige, mundfüllende Textur; vollreif, harmonisch, lang haftend.

★★★★★ K €€€€ RI TOP
2020 Riesling Ried Bruck Smaragd + Grüne Weingartenpfirsiche, Ringlotten, Ananas; elegantes Spiel aus Extraktsüße und Säure, tief mineralisch, engmaschig; Sorte und Lage präzis definiert, tiefschürfend, extralanges Finish.

★★★ K €€€€ SB TIPP
2019 Sauvignon Blanc Reserve + Peperonata, süße rote Paprika, etwas Cassis, zart nach Bourbon und Kaffeecreme; dicht gewebt, hat Kraft und Fülle, Holz und Frucht im Lot; feine Länge.

★★★ K €€€€ RI
2019 Chardonnay Reserve + Heliotrop, Vanilleglasur, prononcierter Holzeinsatz, viel Röstaromen, Mokka, Crème brulée, nussiger Background; cremig, voluminös, langer Nachhall; Marathonläufer am Anfang der Strecke.

Weingut
Hutter – Silberbichlerhof

Friedrich Hutter
3512 Mautern, St. Pöltner Straße 385
Mobil +43 664 73543143, Fax +43 2732 830044
info@hutter-wachau.at, www.hutter-wachau.at

14 Hektar, W/R 96/4

Auch im Hause Hutter war der Jahrgang 2020 ein herausfordernder. Hagel, Regen vor der Lese, Botrytis, die man vermeiden musste, da steckt viel Arbeit dahinter. Beim Riesling bis zu 80% Verlust. Die Erntemenge lag bei der Ried Hollerin bei 500 Litern, bei der Ried Loibenberg bei 600 Litern. Wirtschaftlich eine Katastrophe. Die Weine sind 2020 leichter ausgefallen. Haben eine prägnante Säure. Benötigen unbedingt Flaschenreife. Neu ist die Flaschenausstattung. Neues Etikett, sehr übersichtlich, ausgesprochen gediegen.

Die Highlights in diesem Jahrgang sind Riesling Smaragd Ried Loibenberg – es gibt leider sehr wenig davon, taxfrei ein toller Wein. Überaus typisch ist der Grüne Veltliner Smaragd Ried Rothenhof. Ein wunderbarer Wein.

Zwei wertvolle Weine aus dem Jahrgang 2019: Riesling Smaragd Ried Loibenberg – ein Wachauer Kleinodium – und Grüner Veltliner Smaragd Ried Rothenhof – ein ziemlich perfekter Wein. Diese beiden kommen später in den Verkauf.

Nicht zu vergessen wäre der 2019 Grauburgunder Smaragd aus der Ried Silberbichl. Wildgeflügel und dieser Wein, das ist ein feudales Geschmackserlebnis.

Das Weingut Hutter-Silberbichlerhof bewirtschaftet Weingärten auf beiden Ufern der Donau – RIPARUM = beide Ufer.

as

WACHAU DAC

★★ S €€ GV **FUN**
2020 Grüner Veltliner Steinfeder + Momentan noch verhalten, bisschen Kräuter, etwas Steinobst, vibrierende Säure, knackig, rassig, grüner Apfel, dezente Pilze, frisch und lebendig, aber noch etwas Zeit brauchend.

★★ S €€ GV
2020 Grüner Veltliner Federspiel Ried Alte Point + Momentan gibt es diesen Wein in zwei Varianten – einer ist leichter, 12,4% Vol., frisch mit gutem Zug, der andere kräftiger mit 13,1% Vol. –, eben fülliger, fruchtiger, mit gewisser Exotik. Voraussichtlich werden sie miteinander vermählt. Wäre sicher das Beste.

★★ S €€ GV
2020 Grüner Veltliner Federspiel Ried Süssenberg + Erdige Noten, viel Boden, fast barock wirkend, kräftige Statur, Exotik, Kräuter, Feuerstein, noch total verkapselt. Der braucht nur Zeit. Sehr guter Stoff.

★★ S €€ GV **FUN**
2020 Grüner Veltliner Federspiel Ried Silberbichl + Ein feinfruchtiger, eleganter Wein, kalkige Aspekte, sehr typisch, fordernde Säure, gute Länge. Zwetschken, Birnen, ungemein attraktiv.

★★ S €€ RI
2020 Riesling Federspiel + RIPARUM = beide Ufer, Rhabarber und Steinobst, knackige Frische, schlanke Struktur, braucht Flaschenreife. Eher ein kleinerer Riesling, dem Jahrgang geschuldet.

★★ S €€€ RI
2020 Riesling Smaragd Ried Dürnsteiner Hollerin + Fruchtig, rassig, Eibischnoten, schlanke, aber doch dichte Struktur. Ein kleinerer Riesling, der sich – hoffentlich – zu seinem Gunsten entwickelt.

★★★ S €€€€ RI
2020 Riesling Smaragd Ried Loibenberg + Das ist Riesling – Marille, Pfirsich, mineralisch und gediegen, moderate Säure, der Wein entwickelt Frucht, zeigt Tiefe, von fast nobler, ja adeliger Eleganz. Klassisch Loibenberg!

★★★★ S €€€€ RI **TIPP**
2019 Riesling Smaragd Ried Loibenberg + Ein prachtvoller Riesling, fein und gediegen, kühl, ausdrucksstark, voller Saft und Frucht, Marille, Pfirsich, Orangenschalen, tiefgründig, Ananas, Mandarinen, kräftig, voller Harmonie, perfektes Säurespiel, voller Anmut. Ein Riesling, der bei all seiner Fülle über große Eleganz und Mineralität verfügt.

★★ S €€€ GV
2020 Grüner Veltliner Smaragd Ried Silberbichl + Weißer Pfeffer, Marzipan, Ringlotten, sehr gediegen bei angenehmer Kühle, fordernde Säure, kalkig, voller Frische, fast pfiffig, doch mit einer tollen Struktur ausgestattet, sehr guter Stoff, geht in die Tiefe.

★★★ S €€€€ GV
2020 Grüner Veltliner Smaragd Ried Rothenhof + (50–60 Jahre alte Reben) Viele Kräuter, toller Körper, gewisser Schmelz, noch sehr jugendlich, hat beste Anlagen, ein Wein für den Herbst.

★★★★ S €€€€ GV **TIPP**
2019 Grüner Veltliner Smaragd Ried Rothenhof + Gelbfruchtig, ungemein saftig, in sich harmonisch, Pfeffer, Ringlotten, Steinobst, sehr konzentriert, tiefgründig, schmelzig, rauchig, kraftvoll, dunkelwürzig, ein Maul voll Wein der hedonistischen Art.

★★★ S €€€ PG
2019 Grauburgunder Smaragd Ried Silberbichl + Das ist ein Kaliber, kraftvoll, Karamell in ausreichender Form, Maroni, mächtig, Wiesenblumig, tolle Frucht, intensiv, vollmundig, geht richtig auf.

Weingut
Josef Jamek

Dr. Herwig Jamek
3610 Joching, Josef-Jamek-Straße 45
Tel. +43 2715 2235
info@weingut-jamek.at, www.weingut-jamek.at
26 Hektar, W/R 95/5

Das geschichtsträchtige, von Herwig Jamek geführte Familienweingut Josef Jamek steht als Synonym für allerhöchste Weinkultur der Wachau, an das sich das gutseigene Restaurant im gediegenen Landhausstil anschließt. Nach den Prinzipien des naturnahen Weinbaus kommen aus den besten Terrassenlagen rund um Wösendorf und Weißenkirchen mit dem Herzstück Ried Klaus die feinziselierten wie unprätentiös-eleganten Weine. Die aktuelle Serie ist unisono auf demselben Top-Level wie der Vorgängerjahrgang angesiedelt, zeigt heuer aber um eine Nuance mehr an pikantem Säure-Frucht-Spiel in der Federspiel- als auch der Smaragd-Kategorie.
Als kleine Juwele und oftmals im Schatten der großen Namen stehend präsentieren sich die beiden Smaragde einerseits vom Weißburgunder und andererseits der Grüner Veltliner von der von Kalk durchzogenen Ried Liebenberg. Unübertroffen beeindrucken Jahr für Jahr die jeweiligen Smaragde von den Rieden Achleiten und Klaus. *us*

WACHAU DAC

★★ **S €€ GV** TIPP
2020 Grüner Veltliner Mariengarten Steinfeder + Würzige Fruchtnase, Zitrus, knackig mit klarer Fruchtführung, gelber Apfel, rosa Grapefruit, straff strukturiert, viel Biss, würzig im Nachhall, trinkanimierend.

★★★ **K €€€ GV** TIPP
2020 Grüner Veltliner Ried Achleiten Federspiel + Rauchig würzige Fruchtnase, saftig mit viel mineralischer Prägung, Stachelbeere, Limettenzeste, viel Kräuterwürze, rauchig, kompakt, zarter Schmelz, druckvoll und lang.

★★★ **S €€€ RI**
2020 Riesling Ried Pichl Federspiel + Würziges Bukett, hellfruchtige Aromatik, Pfirsich, Steinobst, Limette, knackig, verspielt, markante Säure, Kräuterwürze, mittlere Länge.

★★★★ **K €€€ RI** FUN
2020 Riesling Ried Klaus + Gelbfruchtige sowie teeblättrige Nase, sehr saftige Aromatik, Weingartenpfirsich, Limettenzeste, rassig mit feiner Ziselierung, zarte Kräuterwürze, knackig mit straffer Säurestruktur, feingliedrig, balanciert mit tiefer Mineralität, vital in unaufdringlicher Eleganz, sehr lang, Potenzial.

★★★ **S €€€ PB**
2020 Weißburgunder Federspiel + Frische Walnüsse, Holunderblüte, saftig mit pointierter Säure, feine Würze, gute Struktur, gleitet harmonisch, straff fordernd im Nachhall.

★★★ **S €€€ CH**
2020 Chardonnay Federspiel + Zitrusfrische, weiße Blüten, viel Gelbfrucht, Marille, Stachelbeere, saftig, feinstrahlig, balanciert, strömt ruhig mit animierender Säure, kompakt und ausgewogen, gute Länge.

★★★★ **K €€€€ GV**
2020 Grüner Veltliner Ried Liebenberg Smaragd + Gelbfruchtige exotisches Bukett, viel saftige Gelbfrucht, reifer Apfel, Steinobst, Ananas, Maracuja, dicht, extraktreich, geradlinig, perfekt strukturiert, pfeffrige Kräuterwürze, animierendes Säurespiel, druckvoll, salzig im Nachhall, lang.

★★★★ **K €€€€€ GV** TIPP
2020 Grüner Veltliner Ried Achleiten Smaragd + Vielschichtige, würzebetonte Fruchtnase, viel Gelbfrucht, reifer Apfel, Nektarine, etwas Mango, voluminöse Dichte, klar strukturiert mit vollreifer, knackig, viel Mineralik, Thymianwürze, reichhaltig, dunkelfruchtige Tönung, bestes Potenzial, toll.

★★★★ **K €€€€ PB** TIPP
2020 Wösendorfer Weißburgunder Smaragd + Frische Walnüsse im Bukett, saftig, dicht, Thymianwürze im Hintergrund, etwas Maracuja, Litschi, kompakte Struktur, vollreife Säure in perfekter Fruchteinbindung, harmonisch, strömt ruhig, kühler Touch im Nachhall, feinste Sortenausprägung par excellence, trinkanimierend bis ins lange Finish.

★★★★ **K €€€€ RI**
2020 Freiheit Dürnsteiner Riesling Smaragd + Nobles Steinobst-Bukett, saftig und knackig, viel Marille, etwas Ananas, dunkelfruchtige Charakteristik mit roten Komponenten, rote Ribisel, zart würzig nach Wacholder, reichhaltig und vielschichtig, viel Säurebiss, toller Spannungsbogen, druckvoll im Nachhall, sehr lang.

★★★★ **K €€€€ RI** TIPP
2020 Riesling Ried Klaus Smaragd + Vielschichtiges wie filigranes Würze-Duft-Spiel, geradlinig und geschliffen, Weingartenpfirsich pur, etwas Ananas, ungemein druckvoll, knackige Säure, tiefgründig, ausgeprägte Terroir-Typizität mit Darjeeeling-Tee-Reminiszenz, vielschichtig in unprätentiöser Eleganz, harmonisch, gediegen bis ins lange Finale, Chapeau!

Weingut
Knoll

Emmerich Knoll
3601 Dürnstein, Unterloiben 132
Tel. +43 2732 79355, Fax -5
weingut@knoll.at
17,5 Hektar, W/R 99/1

Nirgendwo wird Weintradition hierzulande authentischer gelebt als im Weingut Knoll, zugleich zählt der Wachauer Leitbetrieb aus Unterloiben mit seinen Weinen schon seit jeher zu den bedeutendsten Pionierbetrieben in Österreich. Seit vielen Generationen wird hier Weinbau betrieben, und bereits in den 1950er-Jahren wurden Bouteillen gefüllt. Heute wird der Familienbetrieb von Emmerich und Monika Knoll sowie deren Söhne Emmerich Knoll jun. (Keller) und August Knoll (Weingarten) geführt; die beiden Töchter Erika und Monika sind nicht im Betrieb tätig. Unverwechselbares äußerliches Markenzeichen der Knoll'schen Kreszenzen ist das nur von wenigen mit Gleichmut empfundene Etikett mit dem barocken Motiv des hl. Urbans, das seit 1962 die Flaschen ziert.

Die Familie bewirtschaftet knapp 18 Hektar Rebfläche, von der rund ein Drittel in ausschließlich händisch zu bearbeitenden Terrassenlagen liegt. Lagenmäßig ist man toll aufgestellt, umfasst doch das Lagenportfolio Weingärten in den berühmten Rieden Loibenberg, Kellerberg und der Quasi-Hauslage Schütt, dazu kommen Kreutles und Trum sowie die im benachbarten Kremstal angesiedelte historische Lage Pfaffenberg.

Wie es die Tradition gebietet, regieren Grüner Veltliner und Riesling das Sortiment, doch wird im Loibner Betrieb auch schon lange einer gewissen Vielfalt – sowohl in Sachen Sorten wie auch Klassen und Kategorien – gefrönt. An Komplementärsorten gibt es Muskateller, Gelber Traminer und Chardonnay sowie Blauburgunder. Folglich findet man in der in manchen Jahren fast ausufernden Weinpalette selbstverständlich die gesamte Bandbreite der Wachauer Kategorien von Steinfeder bis Smaragd, und dies ab Federspiel nicht nur von beinahe allen Sorten, sondern bei Veltliner und Riesling auch noch aus zahlreichen Lagenweinen aus dem opulenten Riedenportfolio. In geeigneten Jahren gibt es auch noch Süßweine, und das nicht zu knapp. Kaum verwunderlich, dass dabei in manchen Jahrgängen eine 25 bis 30 und mehr Weine umfassende Palette herauskommen kann.

Mit dem heurigen wurde der Jahrgangswechsel insofern vollzogen, als aus dem jüngsten Jahrgang nur mehr die leichteren Kategorien Steinfeder und Federspiel vorgestellt werden; die Smaragde, die frühestens im Herbst des auf die Ernte folgenden Jahres, teils auch später in den Verkauf gelangen, werden hingegen erst im übernächsten Jahr ins Scheinwerferlicht gestellt. So stellen wir heuer nochmals die Smaragde und Reserven aus dem Jahrgang 2019 vor, dazu kommt eine opulente Veltliner-Reserve aus dem Jahrgang 2018. Das zusätzliche Reifejahr hat den Weinen sehr gutgetan – die Zahl an Top-Weinen ist um zwei angewachsen. *psch*

WACHAU DAC

★★ K €€ GV
2020 Grüner Veltliner Steinfeder + Charmante Nase, elegante Apfelaromen, duftig, frisch; knackig, sehr straff, lebhaft, süffig.

★★ K €€€ GV
2020 Grüner Veltliner Loibner Federspiel + Glockenklare Birnenfrucht, bisschen pfeffrig, Dinkel, leichte Pfefferoni-Note; viel Grapefruit, kernig, griffig, straff, ziemlich kompakt, dezenter Schmelz, anregend trinkig.

★★★ K €€€ GV
2020 Grüner Veltliner Kreutles Federspiel + Dezent samtig, bisschen Renetten, Linsen, bisschen pfeffrig, Wiesenblüten; recht kernig, guter Fruchtbiss, eher filigran mit eleganter Frucht, leichte Olivennote mit Zitrus, schlankes Finish.

★★ K €€€ GV
2020 Grüner Veltliner Trum Federspiel + Anfangs Blütenhonig, etwas Kriecherln, dann viel Laub, Wacholder, Roggenbrot; strukturbetont, etwas herb und fest, etwas straff und bisschen geradlinig, trocken, Zitrus, rassig nach hinten.

★★★ K €€€€ GV FUN
2020 Grüner Veltliner Kellerberg Federspiel + Kühl, frisch, viele weiße Blüten, elegant, etwas Birnen, bisschen Salbei, ausdrucksvoll; ungemein saftig, erfrischend, lebhaft, feine Linien, kernig, sehr gebündelt, Biss, feine mittlere Länge, knapp am vierten Stern.

★★ K €€€ RI
2020 Riesling Loibner Federspiel + Dezenter Ausdruck, schöne Frucht, etwas florale Noten, bisschen frische Wiesenkräuter, recht schüchtern im Ausdruck; recht zitrusbetont, recht direkt, rassig, trocken, Biss, nur dezente Saftigkeit, hinten rassig.

★★★ K €€€ RI
2020 Riesling Loibenberg Federspiel + Recht würzig, mineralisch, dezente Frucht, Wiesenkräuter, helles Steinobst, Quitten, zurückhaltend; kernig, rosa Grapefruits, griffig, Biss, pointiert, rassig, hinten straff.

★★★ K €€€€ GV
2019 Grüner Veltliner Ried Kreutles Smaragd + Wachs, tiefe Fülle, etwas Salbe, reif, Eibisch, getrocknete Apfelscheiben, rauchig; kraftvoll, recht saftig, griffig, einnehmende Frucht, saftig, hell und kernig, lebhaft, Boskop, hinten Rasse, Biss.

★★★★ K €€€€ GV TIPP
2019 Grüner Veltliner Ried Schütt Smaragd + Kühl, rauchig, etwas Schoten, Lindenblüten, frische Kräuter, die Frucht bisschen im Hintergrund, Cox Orange; erfrischend, elegant gebaut, lebhaft, konturiert, noch sehr jugendlich, lang, sehr strukturiert, noch verkapselt.

★★★★ K €€€€ GV
2019 Grüner Veltliner Loibenberg Smaragd + Geht über vor Frucht, voll und samtig, glockenklar, Backapfel und Kriecherln, Roggenbrot, reichhaltig; wunderbar saftig, kraftvoll, Unmenge Frucht, ausgereift, cremig, süße Hülsenfrüchte, Zitrus im Finish.

★★★★★ K €€€€€ GV TOP
2019 Grüner Veltliner Vinothekfüllung Smaragd + Ungemein pfeffrig, ausgereift, Maisbrot, bisschen Plastilin, sehr gute Fülle, Wachsnoten, dann auch Schoten; schmelzig, cremig, bisschen Blockmalz, tolle Frucht, satte Fülle, ausgereift, Power, sehr lang.

★★★★★ K €€€€€€ GV TOP
2018 Grüner Veltliner Reserve Smaragd + Opulente, reiche Nase von großzügiger Aromatik, satte, viel Paraffin und Bienenwachs, Maisbrot, etwas Bananenchips, Marzipanhauch; kraftvoll, etwas gedörrte Fruchtaromen, schmalzig, gute Fruchttiefe, wuchtig, noch jung, lang, wow, toll.

★★★ K €€€€ RI
2019 Loibner Riesling Smaragd + Pikante Nase, etwas röstig, kühl, feuchtes Laub, etwas Mirabellen, dezent, recht ausgewogen; saftig, recht straff, leicht laktische Mitte, kernig, gewisser Biss, jugendlich, angenehm.

★★★ K €€€€€ RI
2019 Riesling Loibenberg Smaragd + Pikante Würze, sehr lebhaft, recht pfiffig, duftig, etwas Zitronenmelisse, helle Aromatik, elegant, helle Blüten; kernig, herzhafte, dabei elegante Frucht, lebhaft, viel Energie, pointiert nach hinten, mittellang, in sich schlüssig.

★★★★ K €€€€€ RI
2019 Riesling Kellerberg Smaragd + Cremig, etwas Wachsnoten, sanfter Ausdruck, Blumenwiese, viel Pfirsich, elegant, erfrischend; kernig, rassig, viel Zitrus, trocken, straff, fest, griffig, etwas asketisch, mittellang, spritzig, geht schön auf, viel Biss, lebhaft.

★★★★★ K €€€€€ RI TOP
2019 Riesling Schütt Smaragd + Rauchig, exotische Noten, rosa Grapefruits, pikant, frisch, auch hier helle bisschen Schalen, frisch, noch verkapselt; saftig, elegante Frucht, kernig, unglaublich energetisch, kräftig, fest, griffig, etwas fordernd nach hinten, sehr lang, tolles Potenzial.

★★★★★ K €€€€€€ RI TOP
2019 Riesling Vinothekfüllung Smaragd + Tolle Melange auch mineralischer Würze und satter Frucht, ausgereift, tolle Dichte, reichhaltig, tolle Fülle, ausgereift, kandierte Nektarinen, tief, flinsig, Weizenbrot; Riesenpower und Fülle, tolle Frucht, Riesenfülle, satt und saftig, geht über vor Frucht, Riesendichte, endlos, wow.

★★★ K €€€€ CH
2019 Loibner Chardonnay Smaragd + Zurückhaltende, dezent cremige Nase, viel Biskuit, Noten nach Kuchen, bisschen Steinobst; schön saftig, guter Biss, sehr klare Frucht, auch Grapefruits, kernig und knackig, erfrischend, gewisser Biss, hinten bisschen schlanker, anregend.

★★★ K €€€€ GM
2019 Loibner GM Smaragd + Bisschen rauchig und ölig, dichte Frucht, dunkles Laub, recht würzig, grüne Oliven, recht wilde Würze, eher weite Maschen, weich, eher mittlere Maschen, die Muskat-Frische ist verdeckt, hinten schlanker, einfach.

★★★ K €€€€€ GT
2019 Loibner Gelber Traminer Smaragd + Duftig, tolle Frucht, ausgereift, sehr traubig, lebhaft, gelbes Fruchtgelee, bisschen Kokos, etwas Wachs; voller Saft und Kraft, gewisse Gerbstoffstütze, trocken, fest, griffig, sehr saftig, wuchtig, lang, noch herbes Finale.

KREMSTAL

★★★ K €€€ RI TIPP FUN
2020 Steiner Riesling Ried Pfaffenberg + Rauchig, etwas verdecke Nase, dann kommen immer mehr Pfirsichschalen, bisschen hefig, Weißbrot, auch hier Kräuternoten, wandelbar, entwickelt sich; saftiger Fruchtschmelz, lebhaft, verlockende Frucht, griffig, trocken.

★★★★ K €€€€€ RI TIPP
2019 Riesling Pfaffenberg Selection + Recht würzig, flinsig, helle Fülle, pfiffig, Ananasnoten, auch kandierte Ananas, helle Frucht, auch etwas Quitten, elegant, duftig; ungemein saftig, voller Frucht, herrlich erfrischend, elegant gebaut, erfrischend, knackig, saftig, viel Biss, kernig, lebhaft, recht lang.

Weingut
Lagler

Karl Lagler
3620 Spitz, Am Hinterweg 17
Tel. +43 2713 2939, Fax -4
info@laglers.at, www.laglers.at
13 Hektar, W/R 95/5, 90.000 Flaschen/Jahr

Karl Lagler und sein gleichnamiger Sohn betreiben am Rand des historischen Ortskerns von Spitz ihren traditionsreichen „Weinberghof" in einem besonders malerischen Winkel des Donaustädtchens. Bis ins Jahr 1789 reichen die Wurzeln des Anwesens zurück. Umgeben von Weingartenfluren und Terrassen findet sich das adrette Ensemble aus Weingut und einem Vier-Sterne-Hotel mit integrierter „wein.kost.bar", die ab Anfang Mai den Besuchern offensteht. Die Covid-19-bedingte Gastronomie-Sperre nützte die Familie zur Renovierung und Erweiterung auf die doppelte Zimmeranzahl, nachdem die Kapazitäten in den vergangenen Jahren zunehmend ausgelastet gewesen waren – ein heißer Tipp für die weinaffinen Besucher der Wachau in Nach-Corona-Zeiten.

Zum Betrieb zählen Weingärten in einigen der besten Rieden, wie z.B. Burgberg, Axpoint, Steinborz, Setzberg oder 1000-Eimerberg. Leider beschied der Jahrgang 2020 der Spitzer Winzerschaft äußerst gemischte Gefühle, hatte doch starker Hagel manche Weingärten ganz oder zumindest teilweise geschädigt. So auch bei der Familie Lagler, die rund ein Viertel Ernteverlust zu beklagen hatte. Das ist auch der Grund, weshalb heuer einige Weine nicht in der Angebotsliste aufscheinen. Und wenn es auch nur ein schwacher Trost sein dürfte, möchten wir doch festhalten, dass uns mit dem aktuellen Jahrgang einige veritable Pretiosen vorgesetzt wurden. Vor allem die beiden Smaragde, der (freilich aus dem vorherigen Jahrgang stammende) Grüne Veltliner Axpoint sowie der Riesling vom 1000-Eimerberg haben sich eindeutig einen Platz an der Sonne verdient. *bb*

WACHAU DAC

★★ **S** €€ **GV**
2020 Grüner Veltliner Spitzer Steinfeder + Wiesenkräuter, Rhabarber, knackige Säure; leicht, schlank, trocken.

★★ **S** €€ **GV**
2020 Grüner Veltliner Spitzer + Kornfeld, Baumrinde, Radicchio; zart-herb nach Salbei; kompakt, klar strukturiert.

★★★ **S** €€ **GV** **PLV**
2020 Grüner Veltliner Ried Burgberg Federspiel + Würztabak, Limetten, schwarzer Pfeffer; erfrischend pikante Säure, stoffig, trinkanimierend.

★★★★ **S** €€ **GV** **TIPP**
2019 Grüner Veltliner Ried Axpoint Smaragd + Verlockender Duft, Waldhonig, Lindenblüten, süß-pfeffrig, dann Blutorangen, Mangos, reifes Steinobst; fester Unterbau, dichte, fette Extrakte, präziser Sortenfokus, finessenbetont bis ins urlange Finish; wunderschön.

★★★ **S** €€ **RI**
2020 Riesling Ried Setzberg Federspiel + Grapefruits, grüne Marillen, Stachelbeeren; zitrusgeprägt, mineralisch; sehr solide.

★★★★ **K** €€€€ **RI** **TIPP**
2020 Riesling Ried 1000-Eimerberg Smaragd + Pfirsichhaut, Agrumen, Honigmelonen; ungemein saftige Frucht, Orangenzesten, Ananas, Papayas; komplex, verschwenderisch, fein gemeißelt und hochelegant, mit langem Nachhall.

★★★ **S** €€€ **WB**
2019 Weißburgunder Ried Hartberg + Bienenwachs, Nusscreme, Haselnüsse; satte Textur, Säure ist im Extraktpolster gut verankert, im Ausklang Orange-Bitter; trinkreifer Klasse-Pinot.

★★★ **S** €€€ **NB**
2019 Neuburger 1000-Eimerberg + Walnüsse, Nussbrot, nach hinten etwas herb, Radicchio, Earl Grey, Kräuterbitter; flauschig weich, großzügig, homogen.

★★ **S** €€€ **SB**
2019 Sauvignon Blanc Hartberg Smaragd + Grüne Paprika, Holler; auch auf dem Gaumen stark paprizierte, grasige Schichten, getrocknete Kräuter, Tapenade; voluminös, laut, rustikal, aufgedreht.

MMOOOOAAARRRRRR
AUSTRIAN WINE
"KELLERKATZE"
(CELLAR CAT)
#austrianwine
AUSTRIAN WINE

Weingut
Erich Machherndl

Erich Machherndl
3610 Wösendorf, Hauptstraße 1
Mobil +43 664 350 40 53
office@machherndl.com, www.machherndl.com
8 Hektar, W/R 90/10, 50.000 Flaschen/Jahr

Die Weine von Erich Machherndl lassen sich heuer besonders viel Zeit, wir können deshalb nur einen Teil der aktuellen Serie vorstellen. Sie passen in kein gängiges Schema. Gemeinsame Elemente sind ihre Lagerfähigkeit, die Betonung des Bodens und die kompakte, geradlinige und druckvolle Art. Das gilt auch für das Federspiel vom Grünen Veltliner Ried Kollmütz, ein für diese Liga ungewöhnlich straffer Wein.

Der Winzer ist ein Querdenker im positiven Sinn, auf der Suche nach den Wurzeln, wie er selbst sagt. Überbordende Frucht liebt er weniger. Neben den in der Wachau üblichen Federspielen und Smaragden, je nach Witterung auch Steinfedern, wartet er mit einer Serie von Weinen auf, für die er die Bezeichnung „Pulp Fiction“ schützen ließ. Dahinter verbergen sich hochgradig individuelle Gewächse. Der Pulp Fiction Yellow besteht zu zwei Dritteln aus Frührotem Veltliner und Gelbem Muskateller, beide gemeinsam auf der Maische vergoren. Ungewöhlich ist auch der Grauburgunder aus der Ried Postolern, der den Namen der Lage wegen der DAC-Regeln nicht mehr auf dem Etikett tragen darf. Ein Teil wurde konventionell vergoren, der andere auf der Maische. Das verleiht diesem Wein einen besonderen, unverwechselbaren Charakter. Die beiden Chargen seien so unterschiedlich gewesen wie Kain und Abel, sagt Erich Machherndl. Erfahrungsgemäß weiß er auch den Rieslingen seinen individuellen Stempel aufzudrücken, aber die haben sich heuer zum Verkostungszeitpunkt einer seriösen Beurteilung völlig entzogen.

Das Weingut ist organisch-biologisch zertifiziert. Der Winzer verwendet jedoch auch Demeter-Präparate der biodynamischen Bewirtschaftung. *ww*

WACHAU DAC

★★★ S €€ GV **PLV**
2020 Grüner Veltliner Federspiel Ried Kollmütz + Kerniges, festes Bukett, Würze gibt den Ton an, Boden kommt durch; schließt strukturell nahtlos an, eng, fokussiert, Kräuter, hauchzarte Zitrusnote, für ein Federspiel ungewöhnlich straff und kompakt.

★★★ S €€€ GV
2020 Grüner Veltliner Ried Kollmitz Smaragd + Druckvoll, viel bodenstämmige Würze, Kräuter, Grapefruitzesten; charmante, fast süße Frucht fernab jeglicher Anbiederung, Würze, kräftig, Prise Gerbstoffe, strukturiert, aus einem Guss.

★★★★ S €€€€ GV **TIPP**
2020 Grüner Veltliner Ried Postolern Smaragd + Feingliedrig, der kristalline Boden ist zu erkennen, elegante Würze, tief im Glas Früchte à la Pfirsiche und Grapefruits; entwickelt Zug, feines Säurerückgrat, Zitrus, mineralische Akzente, hat Spiel, auf eine elegante Art sehnig und pikant.

★★★ S €€€ CH
2020 Chardonnay Smaragd Ried Kollmütz + Puristische Anmutung, kompakt, steinig, Kräuter, ein Hauch von grüner Frucht tief im Glas; die Frucht kommt auf dem Gaumen etwas deutlicher, Kräuterwürze dominiert, hat Zug und Säurerückgrat, dabei zugänglich, pikanter Abgang, gute Länge, hochgradig lebendig.

★★★ S €€€€ PG **TIPP**
2020 Grauer Burgunder Kain und Abel + (Ried Postolern) Dezenter Kupferton; anfänglich hauchzarte und sympathische Aromen nach Maischegärung, dann alte Birnensorten, wird mit Luft immer klarer und präziser, zeigt auch bodenstämmige Noten; saftig, frische Frucht, knackige Äpfel und Birnen, hinten auch Zitrus, trinkanimierender Zug, die Charge aus der Maischegärung steuert hauchzarte Gerbstoffe bei, ohne sensorisch zu dominieren, lebendig, gute Länge. Ungewöhnliche Sorteninterpretation.

WEINLAND

★★★ S €€€ CW
2020 Pulp Fiction Yellow + (FV/GM/PB/GV) Interessantes und völlig eigenständiges Bukett, Quitten, Quittensaft, Anklänge von Orangen und Orangenzesten, druckvoll; schließt aromatisch an, Kraft ohne eine Spur Fett, etwas Gerbstoffe, präsente Säure ohne Aggressivität, hochgradig individuell, präsentiert sich wie ein sehr gemäßigter Naturalwein.

Weingut
Hermenegild Mang

Alexander & Astrid Mang
3610 Weißenkirchen, Landstraße 38
Mobil +43 650 244 08 33, astrid@ weingut-hermenegild-mang.at
www.weingut-hermenegild-mang.at
10 Hektar, W/R 80/20, 40.000 Flaschen/Jahr

Das Brüderpaar Hermengild (der 18.!) und Alexander Mang führen ihr Weingut im Herzen der Wachau mit unterschiedlichen Verantwortlichkeiten. Alexander – er ist zuständig für die Weingärten – lässt, ganz im Sinne erhöhter Nachhaltigkeit, bei seiner Arbeit mit den Weinstöcken zunehmend biodynamische Aspekte einfließen. Sein Bruderherz kümmert sich hingegen um den Keller und auch um den Heurigen. Seit 1919 befindet sich der Betrieb im Besitz der Familie, seit 1287 ist der Name Mang urkundlich mit dem Weinbau und der Marktgemeinde Weißenkirchen verbunden. Der ehemalige Lesehof der Bürgerspitalstiftung Enns liegt im malerischen Örtchen Weißenkirchen unmittelbar neben der Donau und lockt mit seinem wunderschönen Gastgarten (inklusive eines bildhübschen Wintergartens!) im Laufe eines Jahres Tausende von Besuchern an, die hier mit bodenständiger Heurigenküche und feinen Weinen verwöhnt werden. Der Buschenschank hat übrigens Tradition – er existiert bereits seit 1949 und ist jeweils von April bis Juni sowie von August bis Ende Oktober geöffnet.

Terroir wird im Haus großgeschrieben, nicht von ungefähr verfügt man ja auch über ganz hervorragende Lagen wie Klaus, Steinriegl, Kaiserberg oder Lichtensteinerin. Ergo ist man bestrebt, die Unterschiedlichkeiten möglichst deutlich in den Weinen abzubilden – speziell bei den Grünen Veltlinern dürfte das heuer besonders gut gelungen sein. Interessant auch die Ergebnisse bei den Randsorten in Form eines Sauvignon-Klassikers und des in zart pastelligen Farben schimmernden Leichtgewichts namens Muskat-Ottonel. *bb*

WACHAU DAC

★★★ **S €€€ GV** FUN
2020 Grüner Veltliner Ried Steinriegl Alte Rebe + Grüne Äpfel, Rhabarber, Limetten; mineralisch, klar strukturiert, erfrischender Süffelwein auf hohem Niveau.

★★★ **S €€€ GV**
2020 Grüner Veltliner Ried Klaus Smaragd + Gesteinsmehlige, rauchig dunkelwürzige Facetten, Bergamotte, Kräuterbitter, Pfefferkörner; fest gebaut, deutlich Tannin; braucht ...

★★★★ **S €€€ GV** TIPP
2020 Grüner Veltliner Ried Kaiserberg Smaragd + Zitronenäpfel, Wiesenkräuter, Walnüsse, Birnen, Pfefferstreuer; saftig, ausgiebig, komplex, mit kraftvollem Fundament, hat Schmelz und Schmalz; bereits gut balanciert, schöne Länge.

★★ **S €€ RI**
2020 Riesling Steinriegl Federspiel + Stachelbeeren, Agrumen; knackiger Säureschub, Zitronenzesten, Melisse; lebhafter Stil, zitroniges Finish; jugendlich, frisch, trinkanimierend.

★★★ **S €€€ RI**
2020 Riesling Ried Lichtensteinerin + Präzise Steinobstnase, weiße Pfirsiche, auf dem Gaumen Grapefruits, Orange-Bitter; belebende Säure, extraktreich, phenolischer Unterbau, bleibt auf der herb-fruchtigen Seite.

★★ **S €€ MO** PLV
2020 Muskat Ottonel + Zartduftige, florale Nase, Rosenholz, Litschi, gefolgt von saftigen Zitrusnoten; veritables Leichtgewicht, beschwingt, charmant, übt sich in vornehmer Zurückhaltung; sehr ansprechend.

★★ **S €€€ SB**
2020 Sauvignon Blanc + Archetypische Nase, Brennnessel, grüne Paprika, Zitronengras; forsche Gangart, rassiger Säurebogen, laut, aber nicht vorlaut; klassischer Sortentyp.

BIO

Demeter-Weingut

Nikolaihof Wachau

Nikolaus Saahs
3512 Mautern, Nikolaigasse 3
Tel. +43 2732 82901
wein@nikolaihof.at, www.nikolaihof.at
22 Hektar, W/R 100/0, 100.000 Flaschen/Jahr

Quasi eine Keimzelle der Biodynamie im Weinbau weltweit, zählt der Nikolaihof der Familie Saahs in Mautern international zu den renommiertesten Weingütern aus Österreich. Das Musterweingut hat aber mittlerweile auch hierzulande dank der stetig zunehmenden Nachfrage nach bekömmlichen Weinen mit mäßigem Alkohol sowie dem verstärkten Trend hin zu Weinen mit Flaschenreife eine starke und weiter wachsende Fangemeinde. Die Ursprünge des historischen Nikolaihofs reichen bis in die Römerzeit zurück. Mit biodynamischer Bewirtschaftung nach den Richtlinien von Rudolf Steiner begannen Christine und Nikolaus Saahs übrigens schon Anfang der 1970er-Jahre zu arbeiten. Seit 2005 ist Nikolaus Saahs, jun. federführend im Weingut tätig.
Stammen die Federspiele aus dem jeweils vorigen Jahrgang, so genießen die Smaragde bzw. die Reserven aus den Weingärten in Krems-Stein eine längere Reifezeit – derzeit sind nach wie vor die Jahrgänge 2016 (Grüner Veltliner) und 2015 (Riesling) aktuell. Darüber hinaus stehen jeweils auch einige tolle Altweinschmankerl zur Auswahl, wie etwa die gefeierten „Vinothek"-Weine – Grüne Veltliner oder Rieslinge mit teils über 15 Jahren Fassreife. Vielversprechend ist die neue Serie unter dem Namen Semicolon, die Nikolaus Saahs mit Katharina Salzgeber kreiert hat – (teilweise) Maischegärung, weder Schönung noch Filtration noch Schwefelzusatz.
In der höchst empfehlenswerten Weinstube kann man sich an schmackhafter biologischer Kost und Säften sowie allen Nikolaihof-Weinen delektieren. *psch*

WACHAU DAC

★★ S €€€ GM
2020 Muskateller Federspiel + Helle, traubige Frucht mit Almkräuternoten, zart; saftig, Zitrus, rassig, spritzig, filigran.

★★★ S €€€ NB FUN
2020 Neuburger + Elegant, kühl, Mandeln, cremiges Biskuit, süße Gewürze, kandierte Orangen; saftiger Fruchtbiss, lebhaft und erfrischend, Zitrus, zarte Fruchtsüße, pointiert, elegant.

★★ S €€€ GV FUN
2020 Grüner Veltliner Hefeabzug + Leichte Würze zu Beginn, frische Gartenkräuter, Kernobst und Zitrus; dezent saftig mit klarer Zitrusfrucht, lebhaft, dezent knackig, ganz trocken.

★★★ S €€€ GV FUN
2020 Grüner Veltliner Zwickl naturtrüb + Elegant-samtige, feinhefige Nase nach Litschis, Birnen und frischen Kräutern; ziemlich kernig mit elegant-saftigem Fruchtentree, feine Linien, griffig, knackig.

★★ S €€€ GV
2020 Grüner Veltliner Federspiel + Elegante Würze im Duft, hell, Kamille, bisschen Renette; lebhaft, frisch mit heller Frucht, Grapefruits und Zitronenzesten, anregend, schlankes Finish.

★★★ S €€€ GV FUN
2015 Grüner Veltliner Federspiel + Recht volle Nase nach Zitrus und gelben Äpfeln, dezente Würze, Nelken; ungemein saftig, viel Frucht, überraschend vital, kernig, sehr schön.

★★★ K €€€€ GV TIPP
2017 Grüner Veltliner Im Weingebirge Smaragd + Recht dezent, Wachs und Backapfel, cremig-brotig, Wiesenkräuter, Fenchelsamen, Pfeffer; saftiges Entree, schön trocken, dennoch dezent fruchtsüße Empfindung, gediegene Kraft, reif, gewisse Länge.

★★★ S €€€ RI
2020 Riesling Vom Stein Federspiel + Dezente Frucht im Duft, Steinobst, Pfirsiche, leichte Würze, ruhig, ausgewogen, etwas Wiesenblüten; recht schlank, viel Zitrusfrucht, zartherber Hintergrund, rassig, strukturiert, asketisch, mittlere Länge.

★★★ K €€€€ RI
2016 Riesling Vom Stein Smaragd + Zitronenzesten, Mirabellen, Marillenröster und Pergamentpapier, getrocknete Kräuter; dezent saftig, elegant gebaut, anschmiegsame Frucht, mittleres Finish.

NIEDERÖSTERREICH

★★★★ K €€€€€ RI
2016 Riesling Steiner Hund + Rauchig, reife Fülle, nach gelbem Steinobst, kandierte Nektarinen, auch etwas Mangos; samtige Eleganz, erfrischend, geschmeidige Frucht, knackig nach hinten, mittellang, feinherb.

★★★★ K €€€€€€ RI TIPP
2020 Riesling Vom Stein Federspiel + 2014 Riesling Klause + Opulente Fruchtnase nach eingelegten Pfirsichen und Mangos, reichhaltig, gediegene Reife; wunderbar saftig, vital, jede Menge Frucht, elegant, ruhig strömend, ausdauernd, beachtlich für den Jahrgang.

ÖSTERREICH

★★★ K €€€€€ GT FUN
2019 Semicolon Gewürztraminer + Rauchige Würze, geröstetes Schwarzbrot, Dörrfruchtnote, Backapfel, pfeffrig, Paraffin, etwas Orange; filigran und leichtfüßig, trotz der Leichtigkeit guter Extrakt, Zitrus, zart maischig, griffiges Tannin.

★★★★ K €€€€€ RI TIPP
2019 Semicolon Riesling + Etwas rauchig-cremige Frucht nach Marillenröster und Kriecherln, Pergament und Kerzenwachs, helle Würze; saftig, strukturbetont, anfangs harzig, dann mehr Frucht, Grapefruits und sogar Pfirsich, vital, kernig.

Weingut
Anton Nothnagl

Anton Nothnagl
3620 Spitz, Radlbach 7
Tel. +43 2713 2612, Fax +43 2713 72969
weingut@nothnagl.at, www.nothnagl.at
10 Hektar, W/R 100/0, 95.000 Flaschen/Jahr

Anton Nothnagl bewirtschaftet rund elf Hektar in Spitz und hat sich in den vergangenen Jahren sukzessive in den Spitzer Graben ausgedehnt. Das hat im verhagelten Jahr 2020 den Schaden in Grenzen gehalten, weil das Hagelunwetter den Graben nur gestreift hat, die Weingärten im Ort aber voll getroffen hat. So konnte Nothnagl seine Wachauer-Weinpalette fast lückenlos füllen. Große Unterstützung hat der Winzer dabei seit fünf Jahren von seinem Sohn Christian.

Bei den Federspielen hat Nothnagl einen hübschen Veltliner-Lagenwein vom Steinporz. Weitere Riedenweine waren ob der geringen Mengenausbeute 2020 nicht zu schaffen. Daher hat der Winzer für seine international gesuchten sortentypischen Federspiele die Trauben aus unterschiedlichen Lagen zusammengezogen und als Wachauer Federspiele in die Flasche gebracht.

Auch bei den Smaragden hat Nothnagl einen gebietstypischen Wachauer Veltliner, der zugänglich und trinkvergnüglich ist. Einen weiteren hochwertigen Smaragd-Veltliner hat der Spitzer Winzer von seiner Parade-Riede, dem Setzberg, in die Flasche gebracht.

Sein bester Riesling des Jahrgangs kommt aus dem Spitzer Graben, wo Nothnagl eine „Selection" aus seinem Kalkofen Weingarten gemacht hat – ein lässiger Wein mit typischem Graben-Charakter, aber auch „Deutsch-Riesling"-haft angehaucht. Der merkbare Restzucker – weingesetzlich noch trocken – wirkt charmant, die Riesensäure gibt dem Wein viel Struktur. *hp*

WACHAU DAC

★★ S €€ GV **FUN**
2020 Grüner Veltliner Ried Steinporz Federspiel + Kräuterwürze, viel Kernobst, viel Sorte; relativ saftig, Birnen, Limetten, dezente Mineralität, ausgewogenes, lebendiges Federspiel mit Biss.

★★ S €€ GV
2020 Wachauer Grüner Veltliner Federspiel + Wirkt fruchtcharmant und zugänglich, Blüten, weißer Pfeffer, zarte Mineralität; Pfefferwürze, kräuteraromatisch, apfelig, relativ samtig.

★★ S €€ PB
2020 Wachauer Weißburgunder Federspiel + Cremig, exotische Frucht, Orangen, grüne Banane, frisches Gras; bisschen Grapefruit, dezente Würze, aufgeweckter Burgunder mit Biss.

★★ S €€ RI
2020 Wachauer Riesling Federspiel + Relativ aromatisch, Weingartenpfirsich, Stachelbeere, dezent schotig; relativ weiche Frucht, floral, bisschen Zitrus und Mineralität, schlankes Federspiel.

★★★ S €€ SB **PLV**
2020 Spitzer Sauvignon Blanc Federspiel + Paprizierte Frucht, Grüner Paprika, schotig, gerundet; Cassis, hinten Zitrus, Orangen, dezente mineralische Würze, knochentrocken, aus einem Guss.

★★★ S €€ GM
2020 Spitzer Gelber Muskateller + (halbtrocken). Fülliger Körper, Holundernoten, schotig, bisschen Limetten; schwarze Johannisbeere, Restsüße spürbar, aber durch klirrende Säure gepuffert.

★★★ S €€€ PB
2020 Spitzer Weißburgunder Smaragd + Relativ frisch, Banane, Litschi, Weißbrot, etwas Würze, cremig; geschmeidig, Restsüße gut integriert, Zitronencreme, rosa Grapefruit, Blutorange, saftig und rund.

★★★ S €€€ CH
2020 Spitzer Chardonnay + (Halbtrocken). Cremige Fülle, Pilze, Küchenkräuter, Thymian und Rosmarin; einiger Fruchtschmelz, exotische Frucht, Mango, Zitrus, leichter Säurebiss, solide Länge.

★★★ S €€€ GV
2020 Wachauer Grüner Veltliner Smaragd + Rosa Pfeffer, Orangen, Grapefruit und gelbe Äpfel; gewürzige Noten, Nelken und Zimt, Walnuss, Bratapfel, Feigen und Banane, kernig, etwas gerbstoffig.

★★★ S €€€ GV **TIPP**
2020 Grüner Veltliner Ried Setzberg Smaragd + Viel Mineralität und würzige Veltliner-Typizität, Granny Smith, Williamsbirne; saftige Frucht, Ananas, von schwarzem Pfeffer und Mineralität geprägt, gute Länge.

★★★ S €€€ RI
2020 Spitzer Graben Riesling Selection + Eingelegte Marillen, viel Sorte und kühler Graben-Charakter; dezenter Zuckerspitz, der von griffiger Säure und Würze geschluckt wird, Nektarine und Weingartenpfirsich.

★★★ S €€€ GV
2019 Grüner Veltliner Auslese + Relativ üppig, Quitten, Bratapfel, Sherry-Noten, schwarze Nüsse; schmelzig, röstig, Zuckerrest vom Alkohol und Säure gepuffert, jugendlicher Wein mit Zukunft.

Weingut
Franz Pichler

Franz Pichler
3610 Wösendorf, Hauptstraße 68
Tel. +43 2715 2307, Fax -15
weingut.pichler@aon.at, www.f-pichler.at
7 Hektar, W/R 100/0, 35.000 Flaschen/Jahr

Bald vier Jahrzehnte ist es her, dass Franz Pichler auf ein paar Kleinstparzellen sein Weingut gründete, in der Zwischenzeit bewirtschaftet er sieben Hektar. Der Wösendorfer Winzer sucht in seinen Weinen vor allem Sorten- und Lagenpräzision und tut dies in einigen herausragenden Rieden der Wachau. Sie ziehen sich von St. Michael über Wösendorf donauabwärts bis Joching und offerieren ein immens breites Spektrum an Bodenstrukturen und kleinklimatischen Bedingungen. Oft gibt es diese innerhalb einer Lage, so befinden sich beispielsweise die Weingärten auf dem Jochinger Kollmitz in unterschiedlichen Höhen, wobei oben Urgestein, unten jedoch Löss vorherrscht. Hier konnten im Vorjahr neue Weingärten übernommen werden, die mit 50-jährigen Reben vom Grünen Veltliner bepflanzt sind. Und auch westlich davon, in der Ried Höll, gib es eine kleine zusätzliche Fläche, auf der Riesling-Trauben gedeihen. Der Gaisberg wiederum definiert sich durch seine klimatische Kühle, während die Harzenleiten in St. Michael von der Wärme der steilen Steinterrassen geprägt wird.

Versteht man erst mal all diese Voraussetzungen und lässt sich wie Franz Pichler auch darauf ein, kann man aus ihnen ein Repertoire an Weinen keltern, das die Komplexität der Wachau widerspiegelt und die Sortentypizität der verschiedenen Varietäten kongenial mit dem Herkunftscharakter zu verbinden weiß. Sicht- und schmeckbar wird das heuer bei allen Weinen, die uns ins Glas gefüllt wurden, freilich in einer aufgrund der Frostschäden im Vorjahr erheblich reduzierten Angebotspalette. *bb*

WACHAU DAC

★★ S €€€ GV
2020 Grüner Veltliner Bachgarten Federspiel + Limonen, grüne Äpfel; feiner Säureschliff, mineralisch, ein Hauch weißer Pfeffer; saftig, klar strukturiert, ausgewogen; Wachau-Klassiker.

★★★★ K €€€ GV TIPP
2020 Grüner Veltliner Ried Kollmitz Smaragd + Kühle Würze, grüner Pfeffer, Tabakblätter, Anis, Baumrinde; kompakte, mittelkräftige Statur, vielschichtig, Orangenzesten, Grapefruits, auch kräuterherbe Motive; satte, sanfte Textur, schmelzig, lang ausklingend.

★★★★★ K €€€€€ GV TOP
2019 Grüner Veltliner Ried Kollmütz DB Smaragd + Honigwaben, Safran, Baumblüten, Orangen, nasser Stein; extraktsüß, kraftvoll, substanziell, zugleich reich nuanciert und fein gemeißelt; zeigt Tiefgang, Lage und Sorte optimal abgebildet; toller Veltliner, enorm lang.

★★★ K €€€€ RI
2020 Riesling Ried Kollmitz Smaragd + Grüne Pfirsiche, Limetten, etwas Stachelbeeren, ummantelt von zart salziger Mineralität; rassige Säure, aber auch einiges Fleisch; hat Verve und Spannung, schöne Länge.

★★★★ K €€€€ RI
2020 Riesling Ried Harzenleiten Smaragd + Kühle, etwas rauchige Frucht, rosa Grapefruits, Nadelwald, salzig-mineralische Schichten; pikante Säure, gut ausstaffiert, zunehmend Zitrus und grüne Marillen; quasi kristalline Fasson, großzügig, komplex und komplett.

★★★★ K €€€ WB TIPP
2019 Weißburgunder Gaisberg Smaragd + Bienenwachs, Mürbteig, Brioche, auch etwas Marillenschäumchen, Grapefruitzesten; stattliche Figur, viel Schmelz, setzt vermehrt nussige Akzente; fein gesponnen; facettenreich, gewaltige Länge.

Weingut
Rudi Pichler

Rudi Pichler
3610 Wösendorf, Marienfeldweg 122
Tel. +43 2715 2267
weingut@rudipichler.at, www.rudipichler.at
15 Hektar, W/R 100/0, 100.000 Flaschen/Jahr

Kompromisslos in der Kombination von Konzentration und Eleganz präsentiert sich der aktuelle Jahrgang bei Rudi Pichler. Er schließt nahtlos an den famosen 2019er an. Er zeigt sich heuer um eine Spur feiner ziseliert und etwas dichter im Extrakt. Leider bleibt ein schmerzvolles Manko, nämlich das der witterungsbedingten sehr gringen Erntemenge, was im Extremfall in der Top-Lage Achleithen eine Reduktion von zwei Dritteln gemessen an einer Normalernte bedeutet.

Grüner Veltliner und Riesling liegen im Federspiel wie in der Smaragd-Kategorie auf gleicher Augenhöhe, und das auf höchstem Level. Als besonderes Kleinod im Portefeuille zeichnet der hellfruchtig-finessige Kirchweg Smaragd ein Idealbild eines Rieslings. Unisono sind die Lagenweine als einfach groß zu bezeichnen, und auf die Sonderstellung der Ried Achleithen als „Primus inter Pares“ sei hier erneut kurz verwiesen. *us*

WACHAU DAC

★★★ K €€ GV
2020 Grüner Veltliner Federspiel + Rauchig-würzige Nase, saloppe Apfelfrucht, saftig, dicht mit brotiger Würze, gute Balance, ausgewogen, straffe Mitte, gute Länge.

★★★ K €€ GV
2020 Grüner Veltliner Terrassen Smaragd + Mediterrane Kräuter-Frucht-Nase, gelbfruchtige Saftigkeit, strömt ruhig, hellfruchtige Steinobstaromatik, Exotik-Anklänge à la Ananas, Maracuja, feste Textur, gediegen mit mineralischer Prägung, noch sehr jugendlich und verhalten.

★★★★ K €€€€ GV
2020 Grüner Veltliner Ried Hochrain Smaragd + Heller Tabak und Ringlotte, feine, etwas Waldhonig unterlegte Würze, saftig und ungemein druckvoll, großzügige Struktur, Pfirsich, Melone, viel Tiefe und archetypisch, ausgewogen und konzentriert, voluminös mit viel Potenzial, langes Finish.

★★★★ K €€€€ GV TIPP
2020 Grüner Veltliner Ried Kollmütz Smaragd + Vitales Duftspiel nach Blütenhonig, Chinapfeffer, Orangenzeste, Thymianwürze, modellhaft in Finesse und Konzentration, sehr lagentypische Charakteristik von kräuterwürziger Feinheit und Fruchteleganz, tiefgründig und ausgewogen, zeigt viel Temperament und Konzentration, zarter Fruchtschmelz bis ins lange Finale, einfach groß.

★★★★ K €€€€€ GV TIPP
2020 Grüner Veltliner Ried Achleithen Smaragd + Heller Tabak, ein Reigen heller Fruchtaromen, Steinobst, Apfel, Limette, feine Thymianwürze, etwas Salbei, druckvoll mit saftiger Fruchtpräzision, fokussiert, dicht, mit viel Eleganz, feine Darjeeling-Tee-Noten, beeindruckende Terroir-Interpretation, einfach groß.

★★★ K €€€ RI
2020 Riesling Federspiel + Frisches, zart würziges Entrée, Weingartenpfirsich, rosa Grapefruit, Limettenzeste, kernig mit fest verwobenen Maschen, kühler Touch, perfekt strukturiert, geschliffen und puristisch in mineralischer Prägung, toll..

★★★ K €€€ RI FUN
2020 Riesling Terrassen Smaragd + Getrocknete Wiesenkräuter in der Nase, feinziseliertes Fruchtspiel weißer Pfirsich, gut eingebundene Kräuterwürze, toller Säurebiss, besticht durch leichtfüßige Finesse, pointiert, ein hochkarätiger Lagen-Blend mit viel Trinkanimo, gute Länge.

★★★★ K €€€€ RI TIPP
2020 Riesling Ried Kirchweg Smaragd + Weißer Pfirsich, Apfel, Zitrus, sehr klar und burschikos straff, nuanciert in schlanker Struktur, engmaschig, strotzt vor juveniler Kraft, braucht viel Zeit, finessig, salzig im Nachhall, zeigt erneut beeindruckend das Potenzial dieser unterschätzten Lage.

★★★★ K €€€€ RI
2020 Riesling Ried Hochrain Smaragd + Stachelbeere, weißer Pfirsich, facettiert und charmant, feine tabakige Noten, knackige, ziselierte Säure, präsenter wie geschliffener Säurebogen, elegant und nuanciert, Hauch von Honignoten, sehr lang.

★★★★ K €€€€€ RI TIPP
2020 Riesling Ried Achleithen Smaragd + Weingartenpfirsich, reife Ananas, fein gezeichnet und intensiv, helle Fruchtaromen, fruchttief, feinziseliert mit viel Finesse, dicht, rauchig-mineralischer Unterbau, animierende Limettenzeste, toller Säurebiss, unglaublich viel Präsenz, fast schwerelose Konzentration, beste Perspektiven, modellhaft, Chapeau!

★★★★ K €€€ PB TIPP
2020 Weißburgunder Ried Kollmütz Smaragd + Helle Fruchtaromatik, blättrige Noten, feinporig, zarter Fruchtschmelz nach frischer Walnuss, feine Gelbfrucht, saftig mit kühlem Touch, feiner Säurehintergrund, herrlicher Weißburgunder in finessiger Version, beste Prognosen, lang.

Weingut **Prager**

DI Toni & Robert Bodenstein MSc
3610 Weißenkirchen, Wachaustraße 48,
Tel. +43 2715 2248
weingut@weingutprager.at, www.weingutprager.at
18,5 Hektar, W/R 100/0

Familie Bodenstein hat den in der Wachau keineswegs einfachen Jahrgang 2020 zweifellos ganz gut gemeistert; dies lässt sich nach der Verkostung der aktuellen Palette schon durchaus feststellen. So wird bei den Grünen Veltlinern ein Übermaß an bitteren Gerbstoffen, wie es heuer leider häufig vorkommt, ebenso vermieden wie ein allzu schlankes Geschmacksbild der Rieslinge, wie es so manche 2020er dieser Rebsorte kennzeichnet.

Bereits die Federspiele sind wohlgeraten. Der Veltliner gefällt unter anderem durch seine überraschend engmaschige Art, während den Riesling von der kalkreichen Lage Steinriegl hellfruchtiges Spiel und Reintönigkeit auszeichnen. Bleiben wir gleich bei der Wachauer Paradesorte, die im Weingut Prager immerhin 60 Prozent der Rebfläche für sich in Anspruch nimmt. Der Smaragd aus der bekannten Ried Achleiten war zum Verkostungszeitpunkt einfach noch zu verschlossen, um die lagenspezifischen Stärken ausspielen zu können, der hoch oben an der Seiberer Straße gelegene Wachstum-Bodenstein-Riesling hatte hingegen keine Mühe, seine typischen Attribute, wie vibrierende Frische und hellfruchtige Aromen, ins Glas zu zaubern. Die Spitze der Pyramide sollte über kurz oder lang jedoch dem legendären Riesling aus der Ried Klaus gehören, der das lagentypische Bukett in einer Klarheit verströmt, wie dies auch in größeren Weinjahren nur selten gelingt; die etwas schlankere Struktur wird die Klaus-Aficionados wohl kaum irritieren.

Damit zu den „grünen" Smaragden, bei denen die beiden Versionen von der Ried Achleiten noch ein wenig Zeit brauchen, um die vorerst nur angedeuteten Fruchtnoten zum Klingen zu bringen, tabakige Würze und sortentypisches Pfefferl sind jedenfalls schon vorhanden. Bereits einen großen Schritt weiter ist der kraftvollste Veltliner der Palette vom Zwerithaler Kammergut, der auch mit Steinobstfrucht und erstaunlicher Länge überzeugt. Ganz anders, aber insgesamt heuer vielleicht am überzeugendsten präsentiert sich das im Vergleich wesentlich leichtgewichtigere „Wachstum Bodenstein", das mit klirrender Frische, glockenklarer Frucht und hoher Rasse brilliert und nicht nur unter den Prager'schen Gewächsen eine Ausnahmestellung beansprucht. *vs*

WACHAU DAC

★★★ S €€€ GV
2020 Grüner Veltliner Ried Hinter der Burg Federspiel + Pfeffrige Würze vom Start weg, klar, lebhaft und eindringlich; feine Birnenfrucht, kompakt und erstaunlich dicht, strukturgebender Gerbstoff, straff und mit Biss ausgestattet.

★★★ K €€€€€ GV
2020 Grüner Veltliner Ried Achleiten Smaragd + Blütenhonig und Kräuterwürze sowie schotige Einflüsse, markant und herzhaft; fest verwoben bei mittlerem Volumen, dezente Birnenfrucht, ein bisschen Gerbstoff im Abgang.

★★★★★ K €€€€€ GV TOP
2020 Grüner Veltliner Wachstum Bodenstein Smaragd + Klirrend frisch, ganz helle Fruchtnuancen, weiße Blüten und Zitronenzeste, auch etwas Salbei, verlockend; zartblumig wie hochelegant, die feinen Apfel- und Zitrustöne bleiben bis zum rassigen Finale erhalten, gute Länge.

★★★ K €€€€€ GV
2020 Grüner Veltliner Ried Achleiten Stockkultur Smaragd + Speckig-rauchiger Beginn, Tabak und pfeffrige Würze, auch angedeutete gelbfruchtige Komponenten, fest geknüpft; dunkle Tönung, Schwarzbrot und Kräuterwürze à la Thymian, etwas herb und verhalten, ja unentwickelt.

★★★★ K €€€€€€ GV TIPP
2020 Grüner Veltliner Ried Zwerithaler Kammergut Smaragd + Blütenhonig und Mandarine im Duftspiel, feinmaschig und nuanciert, viele Details; Ringlottenfrucht und spargelige Würze, satter Schmelz, sehr pointiert und eigenständig, reichhaltig und dicht, gute Ausdauer, Potenzial.

★★★ S €€€ RI TIPP
2020 Riesling Ried Steinriegl Federspiel + Blumiger Beginn, traubige Melange aus weißem Pfirsich und Arancini, kalkige Untertöne; vital, ja temperamentvoll, doch auch ausgewogen, erneut helle Fruchtkomponenten, reintönig und rassig.

★★★ K €€€€€ RI
2020 Riesling Ried Achleiten Smaragd + Herbes Bukett nach Melone und grünem Pfirsich, auch heuige Würze, schwer zugänglich; auf dem Gaumen offener: Apfel- und Quittennote, noch kein ausgeprägter Lagencharakter, straff und nervig, erst am Beginn.

★★★★★ K €€€€€ RI TOP
2020 Riesling Ried Klaus Smaragd + Kakao und Minze, ja After Eight in der vielschichtigen Nase, Cassis im Hintergrund, animierend und vital; viel Temperament und Frische, wenn auch eher schlank strukturiert, kühle Eleganz und komplexe Aromatik, vornehm und rassig, ein Wachauer Solitär aus einem schwierigen Jahrgang.

★★★★ K €€€€€ RI TIPP
2020 Riesling Wachstum Bodenstein Smaragd + Weißer Pfirsich und Stachelbeere im feinstrahligen Bukett, lebhaft und schwungvoll, vibrierende Frische; Kernobst und herbe Beerenfrucht im Verein, spielt sich mit Luftzufuhr rasch frei, viel Spannkraft und fordernder Säurebogen, prägnant und vielversprechend.

Weingut
Rixinger

Friedrich Rixinger
3620 Spitz, Gut am Steg 8
Tel. +43 2713 2304
weingut@rixinger.at, www.rixinger.at
6 Hektar, W/R 100/0

Fritz Rixinger, Winzer aus dem Spitzer Graben, hat heuer enorm präzise Weine, die das kühle Terroir im Seitental der Donau hinauf zum Jauerling bestens unterstreichen. Der kühle Jahrgang hat die Lese weit nach hinten verlegt und die Weine generell auch deutlich leichtgewichtiger ausfallen lassen. Trotz seiner klassischen, knackig-frischen Weinpalette war das Jahr für Rixinger verhagelt, denn über seine Top-Lage – den Spitzer Singerriedel – zog ein Sommer-Unwetter drüber und hinterließ enormen Schaden.

Mengenmäßig rettete Rixinger beim Riesling-Singerriedel etwa zehn Prozent eines normalen Jahres – und der rare Wein überzeugt vollends. Aus dem Veltliner Singerriedel hat ein Rixinger nur eine homöopathische Rarität gemacht – 266 Flaschen hat Rixinger geschafft –, aber es ist ein außergewöhnlicher Wein, der erst in der zweiten Novemberhälfte geerntet wurde, nur zwölf Volumsprozent Alkohol hat, dem aber an Schmelz, Extrakt und Vitalität nichts fehlt. Ein super Wein, der etwas außerhalb der Rixinger-Singerriedel-Norm steht. Die Rixinger-Singerriedels gibt es ab September. Sollten Sie eine dieser raren Flaschen entdecken, zögern Sie nicht!

Eine weitere Spezialität des Hauses findet sich übrigens im Neuburger, wo Rixinger eine treue Fangemeinschaft hinter sich weiß. Denn der Winzer macht aus seinem Spitzer Graben Neuburger immer einen üppigen, fruchtcharmanten Wein, der von Mineralität und Säure geprägten wird und wodurch der Neuburger auch viel Zug und Frische bekommt. Der Wein ist daher ein facettenreicher Speisenbegleiter. *hp*

WACHAU DAC

★★ **S €€ GV**
2020 Grüner Veltliner Spitzer Graben Federspiel + Flieder, weiße Blüten, dezent mineralisch, weißer Pfeffer; typischer Graben-Wein mit kühler Aromatik, balanciert, Zitrusfrisch, Säurebiss.

★★★ **S €€ GV** **FUN**
2020 Grüner Veltliner Ried Zornberg Federspiel + Viel Kernobst, Quitten, rauchige Würze; viel Limette, schwarzen Pfeffer, kühle Noten, sehr straff, leichtfüßig, schönes Spiel.

★★★★ **K €€€€ GV**
2020 Grüner Veltliner Singerriedel + Kompottige Frucht, Bratapfel, Ananas, rosinige Noten, schwarzer Pfeffer; saftig, dahinter straff und mineralisch, eleganter Wein mit nur wenig Alkohol, dem es an nichts fehlt.

★★★ **S €€ RI** **PLV**
2020 Riesling Ried Kalkofen Federspiel + Marillenfrucht, dezent rauchig, Kräuterwürze; Pfirsich, Limetten und Blutorange, straffer, trinkvergnüglicher Graben-Riesling mit knackiger Säure, mittellang.

★★★★ **K €€€ RI** **TIPP**
2020 Riesling Singerriedel Smaragd + Fleischige Südfrüchte, Honignoten, merkt etwas Botrytis, Rosinen, geschmeidige Mineralität; saftige Fülle, Marillen, leichtfüßig eleganter Smaragd mit feinstrahliger Mineralität.

★★★ **S €€ PB**
2020 Weißburgunder + Burgundische Noten, Dörrfrüchte, dezente Würze, zeigt auch Frische; Pilze, relativ saftig, rosa Grapefruit, Banane, straffer Burgunder mit kühlem Graben-Charme.

★★★ **K €€€ NB**
2020 Neuburger Spitzer Graben + Fruchtsüße und Fruchtschmelz, Ananas, bisschen ätherisch; straff, salzige Dörrfrüchte, säuregeprägter Neuburger mit dezenter Süße, viel Trinkanimo.

★★ **S €€ GM**
2020 Muskateller + (Halbtrocken) Rotbeerig, aber auch sortentypisch Holunder, geschmeidige Fülle gepaart mit kühler Würze; rund und saftig, relativ straffe Säure, fruchtiger Schmeichler mit Biss.

Wachauer ADVENT

Schloss Dürnstein

04. bis 05. Dezember
11. bis 12. Dezember
18. bis 19. Dezember

jeweils Samstag und Sonntag 13–20 Uhr

freier Eintritt

romantischer Hof von Schloss Dürnstein * festlich beleuchtetes Schloss * funkelnde Ruine * bester Punsch und bester Glühwein * feine Schmankerl * Wachauer Weihnachtsbäckerei * Geschenkideen * Christbäume * Kunsthandwerk * Kinderprogramm * Turmbläser

Schloss Dürnstein Hotel | Restaurant
Pani Kovar Design und Behaglichkeit im Einklang
Nentwich
Domäne Wachau

www.wachaueradvent.at

LWmedia

Weingut
Schloss Dürnstein

J. Christian Thiery
3601 Dürnstein 2, Tel +43 2711 212
office@weingut-schloss-duernstein.at
www.weingut-schloss-duernstein.at
0,5 Hektar, W/R 100/0, 2000 Flaschen/Jahr

Was passiert, wenn ein Top-Wachau-Hotelier seinen vinophilen Ambitionen freien Lauf lässt? Dann hat er einen der besten Weinkeller der Region – den hat er! Oder er zieht ein eigenes Weingut hoch – das hat er auch gemacht. Die Rede ist vom Patron vom Schloss Dürnstein – Christian Thiery und seinem jungen gleichnamigen Weingut. Mit 2020 ist bereits der dritte Jahrgang in der Flasche. Ausgeschenkt werden ein Veltliner Federspiel und ein Smaragd Veltliner – die beide aus einer alten, aber weniger bekannten Riede kommen: dem Rothenhof, das ist eine Subriede des Loibenbergs und liegt ganz im Osten der Wachau.
Als Önologen hat sich Thiery Sepp Knorr geholt, den früheren langjährigen Kellermeister vom Weingut Bründlmayer. Und im Loibner Winzer Manfred Konrad fand Thiery für seine Rothenhof-Weine den Partner für Weingarten und Keller.
Die Lage Rothenhof ist ein alter Weingarten mit rund 50 Jahre alten Veltliner-Stöcken. Die beiden Weine sind jahrgangsbedingt etwas leichter ausgefallen als die beiden Vorgängerjahre – womit wir nicht über das große Lagerpotenzial sprechen, sondern mehr das Trinkvergnügen in den Mittelpunkt stellen. Vor allem das Federspiel ist ein attraktiver Einstieg in die Welt des Wachauer Weins – und punktet dazu noch mit einem ausgesprochen feinen Preis. Der Smaragd-Wein ist nicht für den schnellen Augenblick (auf)gemacht, dem sollte man ein bisschen Zeit und Luft geben. *hp*

WACHAU DAC

★★★ **S** €€ **GV** PLV
2020 Grüner Veltliner Loibner Ried Rothenhof Federspiel + Rosa Pfeffer, dezente Würze, gelbfruchtig, viel Birnen, einige Kräuterfrische und Mineralität; knackige Fruchtexotik, lässige Säure, kühle Würze und Mineralität, straffes trinkvergnügliches Federspiel!

★★★ **S** €€€€ **GV**
2020 Grüner Veltliner Loibner Ried Rothenhof Smaragd + Rauchige Würze, Weihrauch, dezenter Fruchtansatz; auf dem Gaumen präsente Südfrüchte, würzige Ananas, Kiwi, Williamsbirnen, viel Mineralität und strukturgebender Gerbstoff, mittelkräftiger Smaragd, Zeit geben.

Weingut
Schmelz

Thomas Schmelz
3610 Joching, Weinbergstraße 14
Tel. +43 2715 2435
info@schmelzweine.at, www.schmelzweine.at
12 Hektar, W/R 100/0

Thomas Schmelz macht enorm präzise Weine. Seine Veltliner und Rieslinge, die er im Federspiel- und Smaragd-Bereich in vielen Facetten ausbaut, gehören zu den besten Weinen der Wachau, Bei den Federspielen zeigt Schmelz mit fünf Veltlinern die Wachauer Bandbreite zwischen Wösendorf und Loiben – wobei das sehr straffe, mineralische Federspiel aus der Ried Klaus herausstrahlt. Beim mittelgewichtigen Riesling ist Schmelz zwar mit einem Wein nur schlank aufgestellt – sein „Stein am Rein-Riesling" ist aber alle Jahre eine sichere Bank für bestes Wachauer Trinkvergnügen.
Die Post geht immer bei den Schmelz-Smaragden ab, wo der Winzer beim Veltliner drei Lagenweine in feinen Terroir-Unterschiedlichkeiten serviert. Bei den Riesling-Smaragden überzeugt Schmelz noch mehr – mit einem feurig-straffen Weißenkirchner und einem fülligeren Dürnsteiner Smaragd; beides großes Riesling-Kino. Und mit seinen „Best of"-Weinen wandert Schmelz abseits der spezifischen Lagencharakteristik den Pfad, mit den besten Trauben des Guts Langstreckenläufer hervorzubringen. Mit der hohen 2020er-Säure läuft das ziemlich gut an ... *hp*

WACHAU DAC

★★ S €€€ GV
2020 Grüner Veltliner Loibner Federspiel + Kernobstnoten, Mandarine, Heuduft; Weißer Pfeffer, spritziger Apfel, Litschi, relativ weicher Kern, etwas breit, aber süffig.

★★★ S €€ GV
2020 Grüner Veltliner Ried Steinwand Federspiel + Sehr straff wirkend, steinig-mineralisch, Zitrusnoten; weißer Pfeffer, Grapefruit, salzig, erfrischendes Federspiel mit Säurebiss.

★★ S €€ GV — FUN
2020 Grüner Veltliner Ried Pichl Point, Joching, Federspiel + Limettenschalen, helle Würze, bisschen floral; schwarzer Pfeffer, Mandarinen, Orangen, Grapefruit, Hausklassiker mit Biss.

★★★ S €€ GV — PLV
2020 Grüner Veltliner Ried Klaus, Weißenkirchen, Federspiel + Apfelig, weißer Pfeffer, viel Mineralität; feingliedrig, straffe, mineralische Würze, Maracuja und Grapefruit, gute Länge.

★★★ S €€ GV
2020 Grüner Veltliner Tom, Wösendorf, Federspiel + Roter Apfel, bisschen Birne; exotische Fülle, Ananas, charmant, im Finish kühle Aromen und würzige Rasse.

★★★ S €€ RI — FUN
2020 Riesling Stein am Rain Federspiel + Würziger Riesling, Nektarinen, Grapefruit, süßapfelig; schöner Säurebiss, steinige Mineralität, weißer Pfirsich, herzhafter mittelkräftiger Riesling.

★★★ S €€€ GV
2020 Grüner Veltliner Ried Pichl Point, Joching, Smaragd + Viel Löss-Würze, reifes Kernobst, Quitte, Äpfel, Mandarinen; milde Säure, rauchig, bisschen Banane, Ananas, rund.

★★★★ S €€€€ GV — TIPP
2020 Grüner Veltliner Ried Steinertal, Loiben, Smaragd + Salzige Mineralität, griffig, kühle Würze, Südfrüchte; elegant wie stoffig, kühl-mineralisch, Grapefruit, Birne, gute Länge.

★★★ S €€€ GV
2020 Grüner Veltliner Ried Loibenberg, Loiben, Smaragd + Gute Fülle, getrocknete Früchte, Grapefruit, helle Würze; Feuerstein, Almkräuter, weiche Frucht, eingelegte Marillen und Birnen, mittellang.

★★★★ S €€€€ GV
2020 Grüner Veltliner Best Of Smaragd + Rauchig-füllig, zart-würzig, leicht salzig; Bitterorangen, Gerbstoff-Grip, super Säure und Mineralität, grüne Oliven, einige Reserven.

★★★★ S €€€€ RI — TIPP
2020 Riesling Ried Steinriegl, Weißenkirchen Smaragd + Feuerstein, Limetten, kreidig-kalkig, straff und engmaschig; saftig, fruchtsüß reifer Pfirsich, kühl-aromatisch, Riesensäure, langer Abgang.

★★★★ S €€€€ RI — TIPP
2020 Riesling Dürnsteiner Freiheit Smaragd + Viel Pfirsich, Stachelbeere, zarte Würze; feine exotische Frucht, Ananaskompott, reife Marille, viel Spannung, super Länge.

★★★★ S €€€€ RI
2020 Riesling Best Of + Mild und dezent, eingelegte Marillen; schmeichelnde Fülle, sanfte Säure, exotischer Fruchtcharme, Mango, eingelegte Pfirsiche, Botrytis-Schmelz, Anlagen für langes Leben.

Weingut
Schneeweiß

Moritz Schneeweiß
3610 Weißenkirchen, Landstraße 27
Tel +43 2715 2227
info@wachauerwein.at, www.wachauerwein.at
5 Hektar, W/R 90/10, 25000 Flaschen/Jahr

Das Weingut Schneeweiß gehört zu den alteingesessenen in der Wachau. Mit dem jungen Winzer Moritz Schneeweiß ist nun die fünfte Generation für die Geschicke dieses Familienbetriebes verantwortlich. Übernommen hat er ihn von seinem Großvater Anton, der ihm noch immer zur Seite steht. Der Fokus liegt auf fruchtigen Weinen mit dem für diesen Abschnitt der Wachau so erfrischenden Säurespiel bei gutem Extrakt. Die Familie verfügt über Anteile an den renommierten Lagen Achleiten, Vorderseiber und Steinriegel, ergänzt um die Rieden Lichtgarten und Ritzling. Insgesamt werden rund fünf Hektar Weingärten naturnah bewirtschaftet. Die aktuelle Serie entspricht ganz den Intentionen ihres Schöpfers: Die Weine besitzen Trinkfluss, keiner ist schwerfällig, auch die Basislinie lässt die Herkunft erkennen. In den Smaragden kommen die Böden der Rieden klar zum Ausdruck. Das Preis-Leistungs-Verhältnis ist attraktiv.

Das markante Anwesen in Weißenkirchen, direkt an der Straße gelegen, war im 17. Jahrhundert als Salzstadl in Verwendung. Heute sind dort auch stilvolle Ferienwohnungen eingerichtet, die Töpferwerkstatt von Sabine Schneeweiß und der Ab-Hof-Verkauf einschließlich kulinarischer Schmankerl wie hausgemachter Marmeladen und Edelbrände. *ww*

WACHAU DAC

★★ S €€ GM
2020 Gelber Muskateller + Gediegen, Holunderblüten, Zitronen, Kräuter; saftig, Zug, Zitrus, Anklänge von Kräutern und Holunderblüten, Säurerückgrat, gute Substanz.

★★★ S €€ SB **FUN**
2020 Sauvignon Blanc + Archetypisch, Buchsbaum und Cassislaub, schwarze Johannisbeeren, Stachelbeeren; aromatisches Dacapo, quicklebendig, glockenklar, mittlere Länge, fruchtig und grünblättrig im Nachhall.

★★ S €€ GV
2020 Grüner Veltliner Federspiel + + Leichtfüßig, Würze, Äpfel; animierendes Säurespiel, feine Frucht-Würze-Melange, mittelgewichtig, unkompliziert.

★★ S €€ GV
2020 Moritz Grüner Veltliner Federspiel + Sanfter Druck, Steinobst, Äpfel, zarte Würze; klare Frucht, ganz zart würzig, angenehme Säure, mittlere Länge.

★★★ S €€ GV **PLV**
2020 Grüner Veltliner Federspiel Terrassen + Riesling-haft, Pfirsiche, Boden kommt durch; beschwingt, glockenklare und filigrane Frucht, zart, trinkanimierend.

★★ S €€ RI
2020 Riesling Federspiel Ried Steinriegl + Weingartenpfirsiche, steinig; knackige Pfirsiche, Prise Zitrus, animierendes Säurespiel, mittleres Gewicht, trinkanimierend.

★★★ S €€€ GV
2020 Grüner Veltliner Smaragd Ried Vorder Seiber + Sanfter Druck, Pfeffer, bodenstämmige Noten, Äpfel, Hauch von grünen Walnüssen; schließt so an, sanfter Schmelz, einige Substanz, Äpfel, Kräuterwürze und Boden im Abgang und im Nachhall.

★★★ S €€€ GV
2019 Grüner Veltliner Smaragd Ried Vorder Seiber + Kompakt, gebündelt, steinige Anklänge, würzig, Lageräpfel; Fokus, Würze und Frucht ineinander verwoben, Schmelz, Kraft, gute Länge.

★★★ S €€ RI
2020 Riesling Alte Reben Ried Vorder Seiber + Einladend, süße Marillen und Pfirsiche, auch florale Akzente; Zug, Säurerückgrat, Steinobst und eine Prise Zitrus, schnörkellos, geradlinig, trinkanimierend, mittelgewichtig.

★★★★ S €€€ RI
2020 Riesling Smaragd Ried Steinriegl + Kühl, reife Zitronen, Pfirsiche, Limettenblätter, Zitronenzesten; schließt aromatisch an, Fruchtschmelz, Substanz, zieht durch, im Finish und im Nachhall Zitrus und steinige Akzente.

★★★★ S €€€ RI **TIPP** **PLV**
2020 Riesling Smaragd Ried Achleiten + Lagentypisch, kühl, weißer Pfeffer, Pfirsiche, zarteste Würze, Boden kommt durch; saftig, feingliedrig, glockenklar, kristalliner Boden prägt den Wein, pfeffrig im Finale mit kühlen Zitrusnoten und Limettenblättern.

★★★★ S €€€ RI **TIPP** **PLV**
2019 Riesling Smaragd Ried Achleiten + Gesetzt, Steinobst, bodenstämmige Aromen, ätherische und florale Noten; vielschichtig, einiger Druck, geschmeidig, balanciert, hinten floral und steinig, im langen Nachhall reife und getrocknete Pfirsiche.

Weingut
Sigl

Heinz & Adrienne Sigl
3602 Rossatz 175
Tel. +43 2714 6302
wein@weingut-sigl.at, www.weingut-sigl.at
8 Hektar, W/R 90/10

Der Jahrgang 2020 war ein sehr schwieriger, arbeitsintensiver. Der Hagel reduzierte die Erntemenge im Weingut Sigl um ca. 30% des Vorjahres. Doch gibt es auch Glück im Unglück, die renommierteste Lage des Hauses Sigl – Ried Kirnberg – war vom Hagel nicht betroffen. Das Weingut Sigl liegt mitten in den Weingärten mit einem tollen Blick auf die Donau. Man ist seit 2018 in Umstellung auf biologische Bewirtschaftung. Ab dem Jahrgang 2021 erfolgt die Zertifizierung. Die Reben stehen auf besten Lagen wie Himmelreich, Frauenweingärten, Mugler und Kirnberg. Auf diesen Rieden stehen überwiegend Grüner Veltliner, Riesling und Gelber Muskateller. Es sind Weine von straffer Struktur, voller Rasse, viel Mineralität, in ihrer Art immer sorten- und riedentypisch.
Der Wein meines Herzens ist ein Grüner Veltliner von der Ried Himmelreich. Die Weine meines Intellekts kommen von der Ried Kirnberg. Diese tolle Urgesteinslage liefert außergewöhnliche Weine. Ob Grüner Veltliner oder Riesling, Federspiel oder Smaragd – es ist immer Kirnberg. Doch auch der Rossatzer Ortswein und die Gewächse von der Ried Frauenweingärten verdienen höchsten Respekt.
Der Jahrgang 2020 lieferte auch einen zarten Riesling mit Restzucker namens „S-Type“, ein hochfeines Gewächs, das jede Weinsammlung bereichert. Das Gegenteil davon ist die „Stella“ Ried Mugler, ein mächtiger Grüner Veltliner 2018, der zwar im Holz ausgebaut wurde, doch dieses bestens eingeatmet hat. Der „M“ des Südufers der Wachau. *as*

WACHAU DAC

★★ S € GV **FUN**
2020 Grüner Veltliner Steinfeder + Eine kühle, knackige Steinfeder mit einiger Würze, rauchig, Apfel, knochentrocken, etwas rustikaler Touch. Citrus, Pfeffer, spritzig, voller Frische und Leichtigkeit, alles ist zum Trinken angerichtet.

★★ S €€ GV
2020 Grüner Veltliner Federspiel „Rossatz“ + Feine, mollige Nase, cremige Textur, teilweise BSA, der die doch etwas bissige Säure mildert. Gelbfruchtig, Kamille, Kräuter, pfeffrig, Citrus, auch mineralisch, Orangenschalen, guter Druck. Ein sehr guter Ortswein, der Lust auf mehr macht. Schliffige Textur.

★★ S €€ GV
2020 Grüner Veltliner Federspiel Ried Frauenweingärten + (Löss) Kräuterwürze, weißer Pfeffer, Marille, klar strukturiert, dezente Würze, Länge und Tiefe zeigend, tolle Säure, ein forderndes Federspiel, das ganz einfach Zeit braucht. Beste Anlagen!

★★★ S €€ GV
2020 Grüner Veltliner Federspiel Ried Kirnberg + Glockenklares Bouquet , kühl, glasklare Strukturen, feine Klinge, pfeffrig, salzige Mineralität, sehr eng und straff, zieht richtig auf dem Gaumen. Ein besonderes Federspiel.

★★★★ S €€€ GV
2020 Grüner Veltliner Smaragd Ried Himmelreich + Kräuter, Löwenzahn, kräftiger Charme, tolle Würze, cremige Textur, weißer Pfeffer, Birnen, große Pikanz, Tabak, noch sehr frisch. Einiges Potenzial.

★★★ S €€€ GV
2020 Grüner Veltliner Smaragd Ried Frauenweingärten + Dunkelfruchtig, Pfeffer, dicht u. würzig, sehr saftig, tolle Säure, voller Exotik, Nüsse, viele Kräuter, guter Druck u. Länge. Sehr typisch!

★★★★ S €€€ GV **TIPP**
2019 Grüner Veltliner Smaragd Ried Kirnberg + (60 Jahre alte Reben) Also, das eine Jahr Flaschenreife hat dem Wein so richtig gutgetan. Von herrlicher Harmonie, sehr homogen, etwas Honig, Pfeffer, dezente Exotik, schmelzig, viele Gewürze, reichhaltig, vielschichtig, äußerst angenehm.

★★★ S €€ RI
2020 Riesling Federspiel Ried Kirnberg + (Urgestein) Rhabarber, Steinobst, ungemein kühl, klassisch Südwachau, knackig, Marille, Ananas, Kräuter, ganz klar Riesling. Auf diesen Wein freue ich mich richtig.

★★★★ S €€€ RI
2020 Riesling Smaragd Ried Kirnberg + (Urgestein) Aber hallo, da geht es zur Sache. Marillen, Kräuter, Bergamotte, Orangenzesten, Ananas, enorme Mineralität, straff und eng, voller Rasse, ungemein tief. Das ist Zukunft pur. Riesling vom Besten!

★★★ S €€€ RI **TIPP**
2020 Riesling „S-Type“ + Ein Riesling mit 11,8% Vol., 23g/ Restzucker und 8 Säure – dem kann nichts mehr passieren. Alles ist noch embryonal, verschlossen, nach Reife schreiend. Schoko, Marillen, ziemlich kompakt und eng. Ein Riesling für die nächsten zehn Jahre. Gehört in jede Weinsammlung.

★★ S €€ GM **FUN**
2020 Gelber Muskateller + Mandarinen, Marille, Pfirsich, Zimt, Orangenschalen, Holunder, Ananas, ein richtiger Charmeur, leicht und filigran, von distinguierter Eleganz. Ein Frühlingswein par excellence!

★★★★ S €€ GV **TIPP**
2018 Stella Ried Mugler + Das ursprünglich eingesetzte Holz ist voll eingeatmet, dunkelfruchtig, Fichtennadeln, mächtig, doch nie ausladend, ganz viel Wein, ungemein reichhaltig, enorme Tiefe, schwarzer Pfeffer, Kaffee, Nüsse, Kräuter, dezente Röstnoten, ein Spur Exotik, füllige Eleganz. Das ist großer, langlebiger Wein, ein Grüner Veltliner der besonderen Art. Ein klassischer Wein für Hauptspeisen. Der „M“ der Südwachau.

Urbanushof
Paul Stierschneider

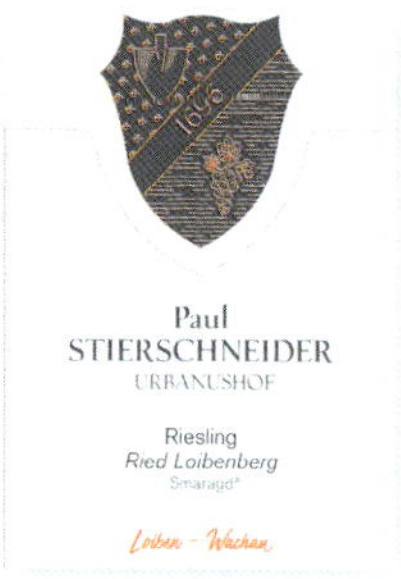

Paul Stierschneider
3601 Oberloiben 17
Tel. +43 2732 72750, Fax -28
weingut@urbanushof.cc, www.urbanushof.cc
5,5 Hektar, W/R 100/0, 35.000 Flaschen/Jahr

Es wird investiert im Weingut Paul Stierschneider. Ein neuer Keller wird gebaut. Neues Presshaus – Flaschenfüllung – Etikettieren: alle Vorgänge zentral konzentriert. Beim Jahrgang 2021 wird er eingeweiht.

Der Jahrgang 2020 war schwierig, viel Regen, Hagel, daher 20% weniger Erntemenge. Doch letztendlich wurde es ein guter Jahrgang mit sehr Wachau-typischen Weinen. Die Säurewerte sind Ostwachau-typisch nicht so hoch und akzeptabel. Es sind überaus trinkfreudige Gewächse mit moderateren Alkoholwerten.

Endlich gibt es wieder eine Steinfeder im Hause Paul Stierschneider. Eine sehr gute noch dazu. Der Rosé strotzt vor Trinklust und macht so richtig Spaß.

Das Federspiel Grüner Veltliner ist herausragend. Hart an der Smaragd-Grenze, ist es ein besonderer Wein voller Mineral und Sortenausdruck.

Wachau pur, von einer außergewöhnlichen filigranen Note, ebenfalls hart an der Smaragd Grenze kratzend ist das Federspiel vom Riesling Terrassen.

Klasse zeigend, von noblem Ausdruck – Grüner Veltliner Smaragd Ried Loibenberg. Tolle Rieslinge kommen aus der Riede Rothenberg – ziseliert und transparent – und aus der Ried Loibenberg – eine Spur üppiger und viel Potenzial.

Der Chardonnay Smaragd ist der beste seit vielen Jahren. *as*

WACHAU DAC

★★ S €€ ZW **FUN**
2020 Rosé Federspiel + Ein duftiger, kühler Wachauer Rosé, aus über 50 Jahren alte Reben, der sich knackig und frisch mit einer eleganten Finesse präsentiert. Flieder, Erdbeeren, Waldmeister, kein Saftabzug, klassisch, gut strukturiert, sehr stimmig, macht ziemlichen Spaß. Ein richtiges Erlebnis.

★★ S €€ GV
2020 Grüner Veltliner Steinfeder + Seit dem Jahrgang 2016 gibt es in diesem Hause wieder eine Steinfeder. Der 2020iger riecht nach frischem Heu, Apfel, Birnen, Wachau pur, spritzig, geradlinig, voller Frische, rassige Säure. Ein perfekter Wein zum Aperitif und für den Sommer.

★★ S €€ GV
2020 Grüner Veltliner Federspiel Ried Klostersatz + Frisch, kühl, Melone, Steinobst, weißer Pfeffer, dezenter Rauchton, Zuckererbsen, Kräuter, frisch und spritzig. Ein hervorragender Wein, der viel Spaß macht.

★★ S €€ GV **FUN**
2020 Grüner Veltliner Federspiel Ried Frauenweingarten + Rauchig, elegant, feinwürzig, zeigt einige Tiefe, knackig, aber insgesamt ausgewogen. Ein sehr schöner Wein mit gewissem Körper, der sich wunderbar trinkt. Sehr typisch.

★★ S €€ GV
2020 Grüner Veltliner Federspiel „produced by Valentin“ + Schwarzer Pfeffer, Pfirsich, erdige Töne, nussig, würzige Noten, eher kräftig statuiert, pikante Noten, guter Wein, der noch Zeit braucht. Das Werk von Sohn Valentin.

★★★ S €€€ GV
2020 Grüner Veltliner Federspiel Ried Schütt + Dieser formidable Grüner Veltliner kratzt hart an der Smaragd-Grenze. Es ist ein hochwertiges Federspiel, das sich durch ein tolles Aroma nach Pfeffer, Gewürzen, Mandeln und Kräutern auszeichnet. Feine Säure, eleganter Auftritt, sehr präsent auf dem Gaumen, reife Birnen, dunkle Tönung, rauchig, sehr vielschichtig.

★★★★ S €€€ GV **TIPP**
2020 Grüner Veltliner Smaragd Ried Loibenberg + Ein nobler, gelbfruchtiger Grüner Veltliner, ein ganz typischer Loibenberg in seiner gelbfruchtigen Art, seiner noblen Ausprägung. Sehr reife Trauben, sehr elegant, fein strukturiert, Kräuter, Birnen, Pfeffer, Kamille, voller Exotik wie Mango, Maracuja, Orangenschalen. Toller Stoff, ausdrucksstark und tiefgründig. Weine vom Loibenberg sind immer von einer inneren Harmonie durchzogen.

★★★ S €€€ RI
2020 Riesling Federspiel Terrassen + Wiederum in diesem Jahrgang kratzt der Wein an der Smaragd-Grenze. Sehr schliffig, Marillen, kühl und transparent, knackige Textur, filigran und elegant, sehr respektabel, feine Frucht, überaus typisch für Sorte und Wachau.

★★★★ S €€€ RI
2020 Riesling Smaragd Ried Rothenberg + Rothenberg ist eine Riede auf dem Loibenberg. Ganz feines fast – wolkiges – Bukett, Zuckerwatte, voller Transparenz, tolle Säure, sehr vielschichtig, glockenklar, keine Botrytis, zieht richtig durch, fein liniert.

★★★★ S €€€ RI
2020 Riesling Smaragd Ried Loibenberg + Ganz klar Loibenberg, voller Eleganz, saftige Frucht, Marille, Pfirsich, Mandeln, Marzipan, große Eleganz, noble Struktur, voller Pikanz, viel Mineral. Ganz toller Riesling mit einiger Zukunft.

★★★ S €€€ CH
2020 Chardonnay Smaragd + Aschantinuss, pralle, reife Trauben, noch gerbstoffbetont, der dem Wein den nötigen Rückhalt gibt. Kräftig, tiefgründig, langatmig, der beste Chardonnay der vergangenen Jahre.

Wein.Gut.
Strawanzer

Martin Donabaum
3620 Spitz, In der Spitz 3
Tel. +43 2713 2644
weingut@donabaum.at, www.donabaum.at
6 Hektar, W/R 85/15, 40.000 Flaschen/Jahr

Zum Stammhaus des Weinguts Martin Donabaum mitten „In der Spitz" samt traditionellem wie beliebtem Heurigentreff namens Strawanzer gesellt sich seit Kurzem an den Hängen des Setzberges ein schickes Apartmenthotel, von wo man einen sensationellen Ausblick weit in den Spitzer Graben hat. Tochter Julia und Sohn Michael sind bereits im Familienbetrieb integriert, und um Namensverwechslungen vorzubeugen, wurde „Strawanzer" in die Namensnennung mit aufgenommen.

Das Sortenspektrum im Weingut ist breit gefächert, was den Ansprüchen eines Heurigen geschuldet ist, und umfasst Muskateller, Sauvignon Blanc, Chardonnay und Weißburgunder und eine geringe Menge an Rotweinen. Das Hauptaugenmerk gilt aber den Spitzer Traditionssorten Grüner Veltliner, Riesling und Neuburger in der Federspiel- wie in der Smaragd-Kategorie. Nicht zu übersehen sind die Auslesen aus den Top-Lagen 1000-Eimerberg und Setzberg.

Neu im Programm ist der Riesling Offenberg, der, aus einer Altanlage stammend, mit mineralischer Dichte und Feinheit voll überzeugt und zukünftig die Smaragd-Linie gemeinsam mit der Ried Setzberg erweitern wird. Der 1000-Eimerberg Riesling 2019 hat aufgrund der naturbelassenen höheren Zuckerwerte die Smaragd-Kategorie überflügelt und wird dank mineralischer Struktur die Stärken in ein paar Jahren voll ausspielen. Ein klares Statement legt das Haus Strawanzer zugunsten der Süßweine ab, die erst nach ein paar Reifejahren angeboten werden und aufzeigen, dass auf diese Wachauer Juwelen nicht vergessen werden sollte. *us*

WACHAU DAC

★★ S €€ GV
2020 Grüner Veltliner Federspiel + Kühl-aromatische Fruchtnase, saftig, kompakt, reifer Apfel, viel Fruchtcharme, nuanciert, feine Säure, würzig im Nachhall, sehr gelungen.

★★★ S €€€ GV
2020 Grüner Veltliner Smaragd + Würzebetontes Bukett, saftig-kühle Gelbaromatik, straff und stoffig, kräutrige mit Pfeffer unterlegte Würze, feine Säurestruktur, nuanciert, gute Länge.

★★★ S €€€ CH FUN
2020 Chardonnay + Saftige Gelbfrucht und Exotik, Ananas, Maracuja, würzig, schönes Frucht-Säure-Spiel, knackig, etwas Steinpilzaroma, lebendig, zarter Schmelz im Nachhall, gute Länge.

★★ S €€ RI TIPP
2020 Riesling Ried Setzberg Federspiel + Blütenduftige Fruchtnase, saftig, Weingartenpfirsich, rosa Grapefruit, Limettenzeste, rassig, ausgewogen, fein zu trinken.

★★★ S €€€ RI PLV TIPP
2020 Riesling Ried Offenberg Smaragd + Feine Pfirsichnase, offenherziges Fruchtbild, Melone, weißer Pfirsich, etwas Maracuja, leichtfüßig und prägnant, fein strukturiert, seidig, harmonisch bis ins lange Finish.

★★ S €€€ SB
2020 Sauvignon Blanc + Saftig-knackige Aromatik, Stachelbeere, Ananas, Chinapfeffer, harmonisch, Schotentöne, zeigt Körper, kühler Touch, rauchig, präsente Säure, mittlere Länge.

★★★ S €€€€€ RI
2019 Riesling Ried 1000-Eimerberg + (halbtrocken) Ausgeprägtes, blumenduftiges Früchtebukett, saftige Fruchtfrische, Orange-Maracuja-Melange, ausgewogen mit feiner Säurestütze, rosa Grapefruit, strömt ruhig, druckvoll, mineralisch geprägt, gute Länge.

★★ S €€ GM PLV
2020 Gelber Muskateller + Feiner wie präsenter Rosenblütenduft, zart würzig, offenherzige Fruchtfrische, Holunderblüten, etwas Stachelbeere, feiner Säuregrip, knackig und vital, feiner Apéro.

WACHAU

★★★ K €€€€ CR
2018 Rosé Sekt Reserve + Vitale Rotbeerenpräsenz, Erdbeere, Waldbeeren, saftig, knackig, stoffig mit fein umspielter Perlage, zeigt Körper, angenehme Säure, feiner Apéro mit Anspruch.

★★★ S €€€€ RI TIPP
2017 Riesling Ried 1000-Eimerberg Auslese + (0,375) Honigwürzig, brotige Nase, saftig in cremiger Anmutung, Pfirsich, Ananas, Kumquats, kandierte Früchte, Kräuternoten, straffe Säurestruktur, viel Pfiff.

★★★★ S €€€€ NB TIPP
2017 Neuburger Ried Setzberg Auslese + (0,375) Blütenduftig und Walnussnase, etwas Honigton, saftiges Fruchtspiel, glockenklare wie umschmeichelnde Walnussnoten, Waldhonig, körperreich und dicht, perfekte Säure-Einbindung, feine Steinobstabrundung, knackig, zugleich mit delikatem Schmelz, lang im Finish, tolle Sorteninterpretation, erste Trinkreife.

VINOTHEKEN

DÜRNSTEIN

Vinothek Domäne Wachau
3601 Dürnstein 107
Tel. +43 2711 371
office@domaene-wachau.at
www.domaene-wachau.at

KREMS

Leopold
Vinothek, Bar, Shop
3500 Krems, Utzstraße 1
Tel. +43 2732 72897
office@vinothek-leopold.at
www.vinothek-leopold.at

Weinhimmel
3500 Krems, Untere Landstraße 35,
Tel. + 43 664 75041992
office@weinhimmel.at
www.weinhimmel.at

MELK

Wein und Wachau
Firma Gottwald
3390 Melk, Kirchengasse 5
Tel. +43 2752 54987
office@weinundwachau.at
www.weinundwachau.at

SPITZ

IWB - Hubert Fohringer GmbH
3620 Spitz, Donaulände 1
Tel. +43 2713 2029
vinothek@fohringer.at, www.fohringer.at

GASTRONOMIE/NÄCHTIGUNG

AGGSBACH-DORF

Residenz Wachau
Stella und Mario Pulker
3642 Aggsbach-Dorf 19
Tel. +43 2753 8221
info@residenz-wachau.at, www.residenz-wachau.at

Das Romantikhotel „Residenz Wachau" ist der Leitbetrieb am Südufer der Donau. Themenzimmer, große Seminar- und Wellnessbereiche und ein gut sortierter Weinkeller machen den Aufenthalt zum Erlebnis. Solide Küche und viele Schmankerl, Familienbetrieb, wunderschöne Terrasse. Für Hotelgäste: großer Garten mit Schwimmteich. Donauradweg und Schiffanlegestelle direkt vor der Haustüre, der Dunkelsteinerwald dahinter. TIPP!

ARTSTETTEN

Schlossgasthof Artstetten
Familie Niederleitner
3661 Artstetten, Schloss Straße 2
Tel. +43 7413 8303
office@schlossgasthof.at, www.schlossgasthof.at

Übersichtliche und interessante Speisekarte. Die Weine kommen aus der Wachau, dem Kamptal und dem Wagram, die Speisen aus der Region und teilweise aus der eigenen Landwirtschaft.

DÜRNSTEIN

Alter Klosterkeller
Jörg Grasl
3601 Dürnstein, Anzuggasse 237
Tel. +43 2711 292
office@klosterkeller.eu, www.alter-klosterkeller.at

Uriger alter Heuriger mit Baumpresse und riesiger, schattiger Terrasse mit Donaublick. Fast alle Weine vom Tegernseerhof Mittelbach, vieles glasweise. Deftige, aber sehr gute Schmankerlkarte. Nur wenige Minuten von der Schiffsstation Dürnstein entfernt, direkt an der alten Stadtmauer, inmitten der bekannten Riede Superin. TIPP!

Verlässlichkeit aus Tradition,
Qualität durch Hingabe
Gut zu wissen,
dass es noch etwas
von Bestand gibt
in Zeiten wie diesen.
Schloss Dürnstein
Hotel | Restaurant
Auf Fels gebaut im Herzen der
UNESCO-Weltkulturerbe-Region Wachau.
Nah, sicher und preislich attraktiv.
Schloss Dürnstein
★★★★★ Hotel | Restaurant
Hotel Schloss Dürnstein GmbH, Familie Thiery
3601 Dürnstein 2, Wachau, Österreich
T: +43 2711 212, www.schloss.at

Hotel-Restaurant Sänger Blondel
Familie Schendl
3601 Dürnstein 64
Tel. +43 2711 253
saengerblondel@aon.at, www.saengerblondel.at

Gutbürgerliches Restaurant mit sehr schönem Gastgarten vor dem berühmten blauen Barockturm. Übernachtungsmöglichkeit im angrenzenden komfortablen Hotel.

Richard Löwenherz
Franziska Thiery
3601 Dürnstein 8
Tel. +43 2711 222
hotel@richardloewenherz.at
www.richardloewenherz.at

Allein der malerische Gastgarten mit Blick auf die Donau lohnt den Besuch. Umso besser, wenn auch die Küche einiges zu bieten hat: Mit Martin Schnitzer steht ein neuer Chef am Herd. Das angeschlossene Romantikhotel ist nicht gerade billig, wird seinem Namen aber durchaus gerecht.

Schloss Dürnstein
Christian Thiery &
Maria-Katharina Thiery-Schroll
3601 Dürnstein 2
Tel. +43 2711 212
hotel@schloss.at, www.schloss.at

Die umwerfende Schlossterrasse ist der schönste Logenplatz der Wachau. Und was für einer! Mit wunderbarem Wintergarten samt versenkbarer Fensterflächen. Grazil fügt sich dieser ins Ensemble ein. Ein Meisterstück. Die Donau zu Füßen, die Blicke schweifen weit hinein ins Land. Dürnsteins exklusivstes und Niederösterreichs einziges Fünf-Sterne-Hotel bietet großteils mit kostbaren Antiquitäten ausgestattete Zimmer mit individuellem Charakter, die meisten klimatisiert. Alle Zimmer haben Blick auf die hoch über Dürnstein thronende Ruine, das pittoresk verträumte Städtchen oder die malerische Donau. Die Hoteliers Marie-Katharina Thiery-Schroll und Christian Thiery bemühen sich persönlich um das Wohl der Gäste. Mitgliedsbetrieb von Relais&Châteaux seit über 40 Jahren. Das Restaurant bietet eine Kombination aus exquisiter Küche mit regionalen, traditionell österreichischen und internationalen Spezialitäten. Wenn man Glück hat, bereitet Küchenchef Emil Széchenyi auch schon mal frisch gefangene Signalkrebse aus der Donau zu. Oder feinen Branzino in der Salzkruste. Die Produkte sind regionaler Herkunft, wo es sinnvoll ist und international, wo es notwendig ist. Flüssiger Flankenschutz kommt von der ausgezeichneten Weinkarte mit allen Preziosen aus der Region und vielen Schmankerln darüber hinaus, auch gereifte Raritäten und Magnums. Tolle Hausweine, u.a. vom Weingut Schloss Dürnstein zwei Parade-Veltliner. Das beste Marilleneis ever. Eigener Fährbetrieb Dürnstein–Rossatz, Motorzillenverleih (mit Fahrer). Leitbetrieb des wachau GOURMET-festivals, Eventlocation für Feiern aller Art. Must!

TIPP: Die neue Schloss-Greisslerei, wenige Meter entfernt an der Dürnsteiner Hauptstraße. Mit vielen Schmankerln der Schlossküche und aus der Region zum Mitnehmen und für kleine Imbisse. Original-Berkel-Schinkenmaschine, kleine Terrasse.

Vinotheks-Heuriger Dürnstein
Christian Thiery
3601 Dürnstein
Tel. +43 2711 212 777
heurigen@schloss.at, www. heuriger.schloss.at

Idyllischer Ableger von Schloss Dürnstein im romantischen ehemaligen Küfferkeller, 100 Meter vom Schloss entfernt. Mit uneinsehbarem Garten samt Terrassen, Schwimmteich und Gewölbekeller; ein Kleinod, eine Oase mit Blick direkt zur Donau. Grill auch für große Stücke von Fleisch und Fisch, warmes Speisenangebot von Specklinsen bis Roastbeef. Mittags oft Edel-Burger, u.a. Dry Aged vom Höllerschmid. Gut sortierte Vinothek. Do-Mo ab 17.00 Uhr. Tischgrill für Do-it-yourself-Griller. Auch für geschlossene Veranstaltungen. TIPP!

Wachau Living
Christian Thiery
Tel. +43 2711 212 888
info@wachau-living.at
wachau-living.at

Der Schloss Dürnstein-Mastermind betreibt in und um Dürnstein eine Reihe von Ferienwohnungen mit Hotelservice, darunter auch die historische Villa Schönthal. Wer die Privatsphäre einer Ferienwohnung liebt, aber den Hotelservice bis zu „full-board" nicht missen möchte, ist hier angekommen.

EMMERSDORF

Zum schwarzen Bären
Familie Pritz
3644 Emmersdorf, Marktplatz 7
Tel. +43 2752 71249
hotel@hotelpritz.at, www.hotelpritz.at

Beliebtes Land- und Seminarhotel, in dem das hauseigene Restaurant für seine wachautypische Küche mit saisonalen Schwerpunkten bekannt ist. Tipp für Liebhaber der deftigen Hausmannskost: Wachauer Weinlandschnitzel. Gut sortierte Weinkarte mit zahlreichen Raritäten aus der weiteren Umgebung.

JOCHING

Prandtauerhof
Familie Holzapfel
3610 Joching, Prandtauerplatz 36
Tel. +43 2715 2310
weingut@holzapfel.at, www.holzapfel.at

Behutsam renoviertes, altes Barockanwesen mit einem der schönsten Arkadenhöfe der Region. Gestandene Regionalküche. Feine Weine aus bekannten Lagen und hervorragende Destillate aus eigener Brennerei. Gemütliche Gästezimmer im Haus, eigene Kapelle. Top für Feste, beliebt für Hochzeiten, atypische Öffnungszeiten, 2 Hauben.

Weingut und Restaurant Jamek
Jutta & Johannes Altmann
Josef-Jamek-Straße 45
3610 Joching
Tel. +43 2715 2235
info@weingut-jamek.at, www.weingut-jamek.at

Die Wachauer Institution ist fast 110 Jahre alt und wird von Jamek-Tochter Jutta Altmann und Sohn Johannes geführt. Geboten wird hervorragende regionale Küche mit saisonalen Schwerpunkten, die über die Jahre hinweg nur marginal Veränderungen unterworfen wurde, aber wohl genau deshalb immer stimmig und perfekt zubereitet auf den Tisch kommt. Bekannt ist das Haus auch für seine Mehlspeisen wie die klassischen Marillenknödel. Traditionelle Gerichte von Oma Jamek (z.B. Topfen-Haluschka, Grammeleierspeis, Hechtnockerln). Dazu gibt es die hochklassigen Weine aus eigenem Anbau, die zu den allerbesten der Wachau zählen. Top-Familienlage: Klaus in Weißenkirchen. Viele Weine auch glasweise. Reservierung während der Saison obligat, traumhafte Terrasse und Wintergarten, etwas atypische Öffnungszeiten, 2 Hauben.

LOIBEN

Loibnerhof
Josef Knoll
3601 Dürnstein, Unterloiben 7
Tel. +43 2732 82890
office@loibnerhof.at, www.loibnerhof.at

Ob im Winter im 400 Jahre alten Stammhaus oder im Sommer im wunderschönen, riesigen Garten – der Loibnerhof ist einer der kulinarischen Hotspots der Wachau. Kein Wunder: Die Küche leistet sich selbst bei größter Auslastung kaum einen Ausrutscher. Auf den Teller kommen verfeinerte regionale Gerichte, bei denen vor allem die Saison die Akzente setzt. Klassiker sind z.B. das Butterschnitzerl vom Kalb, die gebratene Gänseleber und das Parfait, die Waldviertler Bio-Ente, die tollen Donaufische (inkl. Waller,

Huchen, manchmal Stör), Krebse aus der Traun, Hollerkoch und die unnachahmlich flaumige Cremeschnitte. Schönster Gastgarten der Wachau. Großes Bio-Angebot und immer saisonale Produkte aus der Region, auch vegane Gerichte. Fast die gesamte Weißwein-Palette von Cousin Emmerich Knoll auf der Karte, viele Raritäten, sinnvolle Ergänzung in Rot, multinational. 2 Hauben.

Wachauerstube Loiben
~~Gerald Diemt~~
3601 Dürnstein, Unterloiben 24
Tel. +43 2732 85950
bestellen@wachauerstube.at
www.wachauerstube.at

Kleinod im historischen Ortskern, direkt gegenüber dem „Tegernseerhof" der Familie Mittelbach. Schon ein Klassiker in der Wachau. Gemütlicher Schanigarten. Geboten werden eine sehr feine regionale Küche und tageweise Klassiker, wechselnde Karte, die sich auch saisonal orientiert. Sehr gute Weinauswahl. Gemütliche Terrasse im Ortskern.

Heuriger Konrad
~~Elisabeth & Manfred Konrad~~
3601 Dürnstein, Unterloiben 22
Tel. +43 2732 74443
weinbau.konrad@aon.at, www.konrad-loiben.at

Gemütlich-uriger Heuriger in der alten Kellergasse von Unterloiben mit den wahrscheinlich besten Eigenbauweinen aller Wachauer Heurigen. Sehr engagierter Winzer, der auf Steinfeder verzichtet, dafür tolle Federspiele und Smaragde füllt. Veltliner und Rieslinge, exzellenter Muskateller, alle mit schönem Reifepotenzial. Feine Hauerjause aus besten Produkten, etwa der luftgetrocknete Hirschschinken. Tipp!

MARIA TAFERL

Restaurant Smaragd im Hotel Schachner
Familie Schachner
3672 Maria Taferl 24
Tel. +43 7413 6355
www.hotel-schachner.at

Zwei Hauben hat Küchenchef Wolfgang Bauer dem Gourmetrestaurant „Smaragd" längst erkocht, dem Flaggschiff der Hotels Schachner Haus Krone und Haus Kaiserhof, unbestrittene Nummer 1 im Wallfahrtsort Maria Taferl. Die Häuser haben spektakulären Donaublick mit Wow-Effekt. Wolfgang Bauer ist ein Protagonist der verfeinerten Regionalküche mit allerlei Einlagen, sei es saisonal oder thematisch. Am besten man lässt sich vom Degustationsmenü überraschen. Top-Weinbegleitung mit ebensolcher Weinkarte, viele Schmankerl, reifere Jahrgänge, junge Winzer; gut sortiert auch bei ausländischen Rotweinen, etwa Bordeaux und Italien. Nächtigung ist kein Problem, die Hotels verfügen über weit mehr als hundert Zimmer. Tolle Skylounge mit Dachterrasse, dazu große Gartenterrassen. Heirats-Hotspot. Leitbetrieb des wachau GOURMET-festival. Hotspot der westlichen Wachau, wärend der Lockdowns wurde wieder kräftig investiert.

MAUTERN

Landhaus Bacher
Thomas & Susanne Dorfer;
Lisl Wagner-Bacher & Klaus Wagner
3512 Mautern, Südtiroler Platz 2
Tel. +43 2732 82937
info@landhaus-bacher.at
www.landhaus-bacher.at

Das Landhaus Bacher präsentiert sich konstant in absoluter Topform. Thomas Dorfer, bereits 2009 vom GaultMillau zum „Koch des Jahres" gekürt, mittlerweile mit 4 Hauben geadelt, läuft zu immer neuen Höchstformen auf. Seine Kü-

che zählt zum allerbesten in Österreich und zu den besten in Europa. Extrem kreativ, ohne jemals überkandidelt zu werden, bodenständig, aber modern – eine herausragende Symbiose aus Klassik und Innovation. Dorfer ist Motor der Jeunes Restaurateurs, Botschafter der ChefAlps und Gründungsmitglied im koch.campus.
Vier Menüs, davon eines vegetarisch, auf Wunsch mit Weinbegleitung, bereiten die Qual der Wahl. Tolle Geschmackskreationen mit dem Wow-Effekt. Kaum erwähnenswert, dass hier nur allerbeste Zutaten den Weg in die Küche finden, die dann sehr produktbezogen und geschmacksintensiv auf die Teller kommen.
Thomas Dorfer forciert fast ausschliesslich regionale Produzenten, hat im Moment Seefische komplett von der Karte verbannt, stellt die Herkunft seiner Zutaten in den Mittelpunkt. Großes Kino.
Erstklassig die von Susanne Dorfer (Tochter von Lisl Wagner-Bacher und Klaus Wagner) feinsinnig betreute Weinkarte, die zusehends ihre Handschrift trägt; mit zahlreichen Raritäten aus Wachau und Umgebung, Bordeaux und Italien, große Champagner-Kompetenz. Johanna Stiefelbauer und Andreas Rottensteiner im Service sind Legenden für sich, gehören fest zur Familie. Leitbetrieb des wachau GOURMETfestivals. Wenige gemütliche Gästezimmer im Laura-Ashley-Stil, die schon allein wegen des Frühstücks eine Reservierung wert sind. Sonntags durchgehend Küchenbetrieb, ideal für eine Lunch-Dinner-Kombi am Nachmittag.

Nikolaihof Wachau
Familie Christine & Nikolaus Saahs
3512 Mautern, Nikolaigasse 3
Tel. +43 2732 82901
wein@nikolaihof.at, www.nikolaihof.at

Ältestes Weingut Österreichs, heute Vorzeigebetrieb in Sachen biodynamischer Anbau, seit über 30 Jahren nach Demeter zertifiziert, mit feinen Weinen, die im angeschlossenen Heurigen-Restaurant auch glasweise verkostet werden können. Extrem langlebige Weine, die bis zu 17 Jahre (!) im großen Holzfass reifen. Etwas anders als die anderen Wachauer. Seit 2014 Österreichs erster Winzer mit einem 100-Punkte-Wein nach Robert Parker (Veltliner Vinothek 1995), neuerdings auch zwei Naturweine („semicolon"). Im Heurigen werden herzhafte regionale Schmankerln ausschliesslich aus Demeter- und Bioprodukten geboten. Wild aus eigenem Revier, im Herbst Gansl-Klassiker. Viele vegane Speisen auf der strikten Demeter-Karte bis hin zu fast kalorienlosen Konjak-Nudeln aus der gleichnamigen Wurzel. Bei schönem Wetter sitzt man am besten im stimmungsvollen Innenhof mit Kaiserlinde.

ad vineas Gästehaus Nikolaihof
Elisabeth & Martin Samek
3512 Mautern, Kainzstraße 14
Tel. 0676 4331828
wohnen@nikolaihof.at, www.advineas.at

Nur wenige Schritte vom Nikolaihof entfernt, bietet das im Wachauer Stil mit viel Holz erbaute Gästehaus 25 Zimmer vollklimatisiert mit Blick auf Göttweig und ein reichhaltiges Frühstücksbuffet – der Hausphilosophie entsprechend aus regionalen biologischen Produkten.

MELK

Kalmuck Wein | Bar
René Reinmüller & Mario Sassmann
3390 Melk, Hauptstraße 10
Tel. +43 660 5377388
office@kalmuck.net, www.kalmuck.net

Gekonnt durchgestylte Wein- und Cocktailbar in einem Melker Altstadtgewölbe. Zu kleinen Speisen – italienische Antipasti und regionale Schmankerln – wird eine gute Auswahl von Weinen aus der Region, viele davon glasweise, serviert, alles zu mehr als fair kalkulierten Preisen. Neu sind die Großflaschen im Sortiment.

MÜHLDORF

Weißes Rössl
Familie Siebenhandl
3622 Mühldorf, Markt 17
Tel. +43 2713 8257
info@7handl.at, www.7handl.at

Gemütlicher Gasthof mit bodenständiger, gutbürgerlicher Küche, etwas abseits der ausgetrampelten Touristenpfade. Preisgünstige Gästezimmer und Ferienwohnungen im Haus. Interessante Weine aus dem Spitzer Graben. E-Bike Verleih für Ausflüge in die umliegenden Weinberge im Spitzer Graben.

NÖHAGEN

Gasthaus Schwarz
Erwin Schwarz
3521 Nöhagen 13
Tel. +43 2717 8209
office@gasthaus-schwarz.at
www.gasthaus-schwarz.at

Der gemütliche Landgasthof von Erwin Schwarz ist seit Langem beliebtes Ziel für Genießer. Kein Wunder, geboten wird geschmackvolle, regionale Küche auf hohem Niveau plus einer beachtlichen Weinauswahl im glasweisen Ausschank. Große Speisekarte, fast alles aus der Region, legendär die Grammelknödel, die gebackenen Blunzenscheiben, die geschmorten Kalbsbackerln, die Freilandente, der Rostbraten vom Beiried. Unschlagbar der gebratene oder gebackene Karpfen. Ehrfurcht gebietend ist die Weinkarte mit hunderten Positionen der Winzerelite des In- und Auslands, die nicht ohne Grund den „Best of Award of Excellence" vom „Wine Spectator" bekommen hat. Zahlreiche Raritäten und gereifte Jahrgänge, auch in Großflaschen. Immer interessante (und auch gereifte) Weine glasweise. Unschlagbares Preis-Leistungs-Verhältnis, 3 Hauben.

ROSSATZ

Gasthof Naumann
Hannes Naumann
3602 Rossatz 21
Tel. +43 2714 6297

Im Herzen von Rossatz, sozusagen bei der Kirche ums Eck, hat die Bundesstraße 33 eine Depression aus zwei Engstellen zu überwinden. Zwischen denen versteckt sich der alte Gasthof Naumann. Ein Wirtshaus wie aus dem Museum. Mit alter Schank und ebensolchen Räumen. Einer großen Küche, wo neben dem Gasherd noch der Holzofen steht. Wirt Hannes Naumann passt perfekt in dieses Ambiente. Extravagant nennen ihn die einen, schräg die anderen. Gelernt hat er sein Handwerk bei Lisl Wagner-Bacher. In der Küche macht ihm daher niemand ein X für ein U vor. Seine Gansln sind die besten der Wachau, für viele auch die aus reinem Topfenteig hergestellten Marillenknödel. Die Wirtshausklassiker bis hin zum Wild gehören zu seinen Referenzen, die örtliche Jagdgenossenschaft hat hier ihren Sitz. Fast reiner Bio-Betrieb, im Gartl daneben gedeihen Obst und Gemüse, darunter viele rare Sorten. Gerne kocht Hannes Neumann auch auf Vorbestellung nach Wünschen der Gäste. Wenn er Lust dazu hat.
Kleine Weinkarte. Guten Standardweine sind leichte Veltliner, Rieslinge und Rosè von der Domäne Wachau und von Sepp Dockner. Als einziges Lokal der Wachau ist er ein BYO-Betrieb: bring your own – bring' deinen eigenen Wein.

RÜHRSDORF

Pulker's Heuriger

Bernd Pulker
3602 Rührsdorf, Rührsdorfer Kellergasse
Tel. +43 664 3935312
heuriger@pulkers.at, www.pulkers.at

Bernd Pulker sperrt den gemütlichen Heurigen schon Anfang März auf, hält bis Anfang November geöffnet. Im schönen, lauschigen Heurigengarten samt Salettl in Rossatz-Rührsdorf, inmitten der Weingärten, kann man zur ausgezeichneten hausgemachten Heurigenküche die Hausweine, aber auch andere nationale wie internationale Topware genießen. Tipp: der beste Schweinsbraten, wenn möglich mit Krusterl, oder man nimmt gleich den Kümmelbraten! Mehrfach als einer der allerbesten Heurigen Niederösterreichs ausgezeichnet. Schweinsbraten- und Magnum-Kompetenzzentrum. Nirgends kann man so große und gute gereifte Weine beim Heurigen trinken. Fixe Säule des wachau GOURMETfestival, immer wieder große Wine & Dine-Events, teilweise mit internationalen Gastköchen. Mehrfach zum besten Heurigen des Landes gekürtt.

Landgasthaus Winzerstüberl

Familie Essl
3602 Rossatz, Rührsdorf 17
Tel. +43 2714 6384
winzerstueberl@aon.at, www.winzerstueberl.at

Das Landgasthaus der Familie Essl liegt am rechten Donau-Ufer in Rührsdorf bei Rossatz. Das typische Ausflugsgasthaus ist nicht nur bei Touristen, sondern auch bei der lokalen Bevölkerung äußerst beliebt, weshalb Reservierung ratsam ist. In der Küche treffen mit Sohn Philipp und Vater Franz Essl zwei Generationen aufeinander. Das Ergebnis ist kulinarisch Innovatives mit einem kräftigen Schuss Erfahrung. Christine Essl schupft das Service und ist eine perfekte Gastgeberin. Serviert wird klassische Wachauer und Waldviertler Küche – verfeinert und zeitgemäß interpretiert, mitlerweile auf internationalem Niveau, längst vom Geheim- zum Fixpunkt avanciert. Schöner Garten. Weinkarte mit großen Wachauer Weinen, guten deutschen Rieslingen und einigen internationalen Positionen zu moderaten Preisen. Sehr gemütlicher, idyllischer Garten. Top-Wirt-Sieger 2016, mittlerweile 3 Hauben, Aufsteiger in der Wachau.

SCHÖNBÜHEL

Gasthof Stumpfer

Harald & Susanne Stumpfer
3392 Schönbühel 7
Tel. +43 2752 8510
office@stumpfer.com, www.stumpfer.com

Eines der wenigen Wirtshäuser, die über einen Campingplatz vor dem Haus verfügen, noch dazu einen direkt an der Donau. Mit Campingküche hat das Angebot von Harald und Susanne Stumpfer aber ganz und gar nichts zu tun. Harald ist nicht nur Wirt, sondern auch Biersommelier, Barista und Weinliebhaber, das macht sich im Angebot ebenso positiv bemerkbar, wie der Hang zu Regionalität und Authentizität. Stehen bleibt man hier dennoch nicht, für angenehme Überraschungen am Teller und im Glas ist der Gasthof Stumpfer immer gut. Die Wachau ist natürlich stark auf der Weinkarte vertreten, der nahe Dunkelsteinerwald macht sich auf der Speisekarte mit zahlreichen Wildgerichten bemerkbar.

SPITZ

Donauschlössel
Fam. Gritsch
3620 Spitz, Donaulände 3
Tel. +43 664 9156901
info@donauschloessel.at
www.donauschloessel.at

Der „Graben-Gritsch" aus Vießling im Spitzer Graben hat sich einen Herzenswunsch erfüllt und das Donauschlössel in Spitz wachgeküsst. Mit Genuss-Heurigen und Zimmern mit prächtigem Donaublick. Im Schlössel finden auch Gourmetveranstaltungen statt, sogar im Rahmen des wachau GOURMETfestival. Dazu die sehr guten Weine von Josef „Graben" Gritsch, der in Vießling auch einen exzellenten Heurigen mit Panoramablick auf die bekannten Lagen, etwa Ried Bruck und Schön, betreibt. Der „Graben" dient der Unterscheidung der weitverzweigten Gritsch-Community in Spitz, darunter einige Winzer.

Altes Schiffermeisterhaus
Martin Prankl
3620 Spitz, Hinterhaus 16
Tel. +43 2713 2323
office@gasthof-prankl.at, www.gasthaus-prankl.at

Martin Prankl setzt mit dem denkmalgeschützten Gasthof eine kulinarische Benchmark in der Westwachau. Klassische Wirtshauskost steht ebenso auf dem Programm wie internationale Kreativküche, die von Küchenchef Florian Fink und Sous-Chef Daniel Petz aus regionalen Grundprodukten kreiert wird. Großer Pluspunkt ist die ausführliche und preislich moderat gestaltete Weinkarte, die auch „alternative" Wachauer Winzer wie Veyder-Malberg oder Mutenthaler führt. In den nach berühmten Rieden wie Axpoint, Kollmütz oder Bruck benannten Suiten und Appartements kann man ausgezeichnet übernachten. Mit drei Hauben einer der absoluten Aufsteiger in der Wachau und Trendsetter, Wein-Hotspot, schöne Terrasse im Ortsverbund mit Donaublick. Tipp!

Laglers Weingut – Hotel Weinberghof
Familie Lagler
3620 Spitz, Am Hinterweg 17
Tel. +43 2713 2939
info@weingut-lagler.at, www.laglers.at

Komfortables Hotel in den Weingärten mit Sauna und Solarium. Im angeschlossenen Heurigen gibt es die ausgezeichneten, hauseigenen Weine und feine Schmankerln aus der Region. Top-Adresse und äußerst preiswert. Auch wenn man nicht hier wohnt, ist man zum Frühstück oder Verkosten gerne gesehener Gast. Tipp!

Das WeinSpitz
Martin und Alexandra Donabaum
3620 Spitz
In der Spitz 3
Tel. +43 2713 2644
weingut@donabaum.at, www.donabaum.at

Martin und Alexandra Donabaum führen nicht nur das Weingut „In der Spitz" und den Schmankerlheurigen „Zum Strawanzer", sondern seit kurzem auch ein bemerkenswertes Boutiquehotel, „Das WeinSpitz". Ein modernes, sich sehr gut in die Landschaft einfügendes Haus mit elf exklusiven Suiten, alle mit spektakulärem Weingartenblick. Tolles Frühstück und laufend Weinverkostungen. Am Ende des Ortskerns von Spitz. Tipp!

ST. OSWALD

Gasthof zur „Roten Säge"
Familie Bamberger
3684 St. Oswald, Urthaleramt 2
Tel. +43 7415 7328
bamberger@rotesaege.at, www.rotesaege.at

Ein ansprechendes, verträumt gelegenes Wirtshaus, das die neue Zeit geschickt mit Gemütlichkeit und Tradition verbindet. Das Leitprodukt der Region, das Weiderind, wird hier von Christian Bamberger mit Speisen wie „Carpaccio mit hausgemachtem Pesto" oder „Alt Wiener Backfleisch" zelebriert.

WEISSENKIRCHEN

Restaurant Heinzle
Familie Gerlinde & Gerhard Heinzle
3610 Weißenkirchen, Wachaustraße 280
Tel. +43 2715 2231
restaurant@heinzle.at, www.heinzle.at

Direkt am Donauufer gelegenes Restaurant mit ziemlich einzigartiger Fischauswahl. Schwerpunkte bilden Fische aus der Donau – bis zu Huchen und Stör – und aus dem Waldviertel. Klassische Küchenstilistik, große Portionen, eine Haube. Dazu passend eine Weinkarte mit allen großen Namen und dem Schwerpunkt auf der Wachau, immer wieder auch reifere Weine und Magnums verfügbar. Unschlagbar: die Donauterrasse, die nur vom Treppelweg vom Wasser getrennt wird. 1 Haube.

Kirchenwirt
Familie Wildeis
3610 Weißenkirchen, Kremser Straße 17
Tel. +43 2715 2332
hotel@kirchenwirt-wachau.at
www.kirchenwirt-wachau.at

Perfekte Lage für WachaubesucherInnen: mitten in Weißenkirchen liegt dieses traditionsreiche Haus als idealer Ausgangspunkt für Wachauer Entdeckungsreisen. Beim stilsicher eingerichteten Kirchenwirt bemerkt man schon seit geraumer Zeit permanente Ausbruchstimmung unterm Kreuzgewölbe, die dem traditionellen Haus neue Dynamik verleiht. Auf dem Teller regionale, frische Wirtshausküche vom Feinsten: unprätentiös, gemütlich, elegant-gutbürgerlich. Gut, dass man hier auch ausgezeichnet übernachten kann, schöne Zimmer, Gartenterrasse, 1 Haube.

Buschenschank Hermenegild Mang
3610 Weißenkirchen, Landstraße 38
Tel. +43 2715 2276
hermenegild.mang@gmail.com
www.weingut-hermenegild-mang.at

Direkt an der Donau in Weißenkirchen gelegen, ist das Weingut & Heuriger Hermenegild Mang mehr als nur ein Ausflugstipp; beachtliche Buschenschank mit einem der wohl schönsten Gastgärten der Wachau. Güdis Partnerin Elisabeth Mair war davor eine der besten Patisseusen weit & breit, was sich immer wieder in herrlichen Mehrspeisen dokumentiert. Dazu ein traditionelles Weingut, das sich in den vergangenen Jahren einer Qualitätsoffensive verschrieben hat. Kinderspielplatz. Auch für größere Gruppen und Feiern geeignet. Tipp!

Renaissancehotel „Raffelsberger Hof“
Claudia Anton-Krupp
3610 Weißenkirchen, Freisingerplatz 54
Tel. +43 2715 2201
office@raffelsbergerhof.at
www.raffelsbergerhof.at

Gediegenes Hotel in einem sehr schönen und behutsam renovierten Renaissancehaus. Mit allerlei Antiquitäten eingerichtete Komfortzimmer, Schmankerl- und Weinbar im uralten Keller.

Boutique-Hotel Weinquadrat
Gisela & Anton Schöpf
3610 Weißenkirchen, Landstraße 238
Tel. +43 2715 20008
info@weinquadrat.at, www.weinquadrat.at

Klein und individuell, lässig und komfortabel, von Gisela und Anton Schöpf liebevollgeführt. Nur 12 Zimmer, modernes Design. Mediterrane Atmophäre, stets – nomen est omen – gute Tropfen verfügbar. Im Ortskern, aber ruhige Lage. Hotel Garni, Weinverkostungen.

Das Bogerl
Lorenz Trautsamwieser
3610 Weißenkirchen, Kremser Straße 18
Tel. +43 660 43 88 710
buero@dasbogerl.at, www.dasbogerl.at

Junge Adresse in Weißenkirchen, Weinbar, Heuriger, Schmankerl, Lounge. Neben sehr guter Weinkarte auch exzellentes Bier und vor allem Gin. Treffpunkt auch der Wirte und Winzer. Weinverkostungen aller Art im alten Gewölbe aus dem 13. Jahrhundert; legere Athmosphäe, hohe Weinkompetenz. Zweites Standbein von Lorenz Trautsamwieser (mit Partner Bernd Mittermair) ist die MT Digital Wine Service GmbH, die „Blind Taste" betreibt, ein Angebot zum Verkosten und Testen von anonymisierten Weinen in Kleinflaschen für zuhause. Das hat geboomt in Corona-Zweiten.

WÖSENDORF

Hofmeisterei Hirtzberger
Hartmuth Rameder & Erwin Windhaber
3610 Wösendorf, Hauptstraße 74
Tel. +43 2715 22931
restaurant@hofmeisterei.at
www.hofmeisterei.at

Der alte Lesehof mit beeindruckendem Gewölbe und wurde vor einigen Jahren von der Winzerfamilie Hirtzberger aus Spitz erworben und von Grund auf saniert. Patron und Sommelier Hartmuth Rameder führt den Service souverän. Er ist Pächter und Chef im Haus, gemeinsam mit Küchenchef Erwin Windhaber, der sich sehr souverän drei Hauben erkochte. Die Stilistik der Küche ist regional vom Feinsten, intensiv und, wenn nötig, durchaus mit einem Hang zu Geschmacksträgern und zu schrägen Kombinationen mit Wow-Effekt. Besser geht's nicht. Und immer wieder überrascht das Duo mit neuen Ideen, Kreationen und Interpretationen.

Die Weinkarte wird zum Fest mit über 2000 Positionen! Breites und viel glasweises Hirtzberger-Angebot bis hin zu sehr gereiften Jahrgängen. Dazu einiges aus der Wachau, vieles aus Bordeaux und der neuen Welt, sinnvolle Naturweine. Schöne Magnumkultur. Montags geöffnet, wachau GOURMETfestival-Partner der ersten Stunde.

Die Hofmeisterei ist Flaggschiff und Flagship-Store der jungen „Wein-Hofmeisterei" von Matthias Hirtzberger, dem jüngeren Sohn der Dynastie. Seit sechs Jahren in Betrieb, bereits eines der bemerkenswertesten Weingüter der Wachau. Vielfach ausgezeichnet, auch von Vinaria.

KAMPTAL

Das Kamptal, das mittlerweile neben der Wachau jenes niederösterreichische Weinbaugebiet ist, das am meisten Prestige besitzt, wurde im Jahr 1985 als Kamptal-Donauland kreiert, den heutigen Namen erhielt es 1993. Früher war dieses Gebiet nach seiner zentralen Hochburg als Langenlois bekannt. Im Wesentlichen erstrecken sich die Weinberge des Kamptals tatsächlich am linken und rechten Ufer des Unterlaufs des Kamps.

3.907 Hektar Weinanbaufläche
Die wichtigsten Rebsorten:
Grüner Veltliner, Riesling

Das Wahrzeichen des Kamptals, das nach wie vor ein wichtiges Weißwein-Anbaugebiet darstellt, ist der weithin sichtbare, berühmte Weinberg Heiligenstein. Im Sommer ist es hier ausgesprochen heiß. Die Kernlagen des Heiligensteins verfügen über verwitterten Wüstensandstein, der intensive und doch elegante Grüne Veltliner und in der Frucht ungemein brillante, kraftvolle Rieslinge von großem Lagerpotenzial hervorbringt. Ähnliches lässt sich von der benachbarten Lage Gaisberg behaupten, die diesen Sorten ebenfalls Kraft und Mineralität verleiht. Aber auch zahlreiche andere Lagen von Zöbing, Langenlois, Lengenfeld und rund um den bekannten Weinort Straß im Straßertale ergeben ausgesprochen niveauvolle Gewächse. Über die beiden Leitsorten hinaus wissen die Winzer ebenso mit den Sorten Weißburgunder, Chardonnay und Sauvignon Blanc, zum Teil auch mit Traminer sowie Zweigelt zu überzeugen.

Wer dieser malerischen Weinbaugegend einen Besuch abstattet, sollte unbedingt das „Ursin Haus" in Langenlois aufsuchen, wo ein Informationsbüro und eine Vinothek untergebracht sind. Für ein Erlebnis besonderer Art sorgt das architektonisch bemerkenswerte „Loisium", das von Stararchitekt Steven Holl entworfen wurde und Vinothek, Weinerlebnis und Hotel umfasst.

Die DAC Kamptal wurde für trockene Grüne Veltliner und Rieslinge eingerichtet. Es gibt „Kamptal DAC" mit und ohne Ortsangabe (Einreichung zur Prüfnummer frühestens ab dem 1. Jänner des auf die Ernte folgenden Jahres) sowie mit Ortsangabe und Riedenbezeichnung (Einreichung zur Prüfnummer frühestens ab dem 1. März) und „Kamptal DAC Reserve" (Einreichung zur Prüfnummer frühestens ab dem 1. Juli). Alle Nicht-DAC-Qualitätsweine tragen die Weinbaugebietsbezeichnung Niederösterreich. Die Mindest-Alkoholgehalte liegen zwischen 11,5% und 13%, wobei Riedenbezeichnungen ab 12,5% zulässig sind.

Plank
a. Kamp
Kamp
Schiltener Berg
364 m
Stiefern
Schönberg
a. Kamp
Mollands
Reith
Schiltern
K
Schönberg
Neustift
Elsarn
A
See
Mittelberg
Zöbing
Kamptal-
warte
351 m
M
STRAßERTAL
P
Langenlois
Straß
i. Straßertale
Lengenfeld
T
Kammern
A
Hadersdorf
L
Gobelsburg
Engabrunn
Walkersdorf
Etsdorf
Diendorf
Sittendorf
Schloß
Grafenegg
Haitzendorf
Kamp
Grunddorf
Kamp

Weingärtnerei
Aichinger

Maximilian Aichinger
3562 Schönberg am Kamp, Hauptstraße 15
Tel. +43 2733 8237
kamptal@wein-aichinger.at, www.wein-aichinger.at
14 Hektar, W/R 80/20

Maximilian Aichinger, 29 Jahre jung, leitet seit drei Jahren das Weingut in Schönberg am Kamp. Der engagierte Jungwinzer ist Absolvent der IMC Fachhochschule in Krems, wo er internationales Wine-Business studiert hat, und kann auf wertvolle Praxiszeit in Australien zurückgreifen. Im Weingut wird er von Anna, der reizenden Frau Mama, tatkräftig unterstützt – sie ist in erster Linie für die administrativen Belange zuständig. Zum Portfolio des Betriebs zählen einige der besten Lagen mit höchst unterschiedlichen Bodenverhältnissen, wie z.B. der am Fuße des Manhartsberges gelegene „Rosenberg", auf dessen Steilterrassen Riesling-Trauben gedeihen, während auf dem Kalvarienberg und dessen kargen Böden mit Kiesel- Sand- und Schottereinschlüssen vornehmlich Grüne-Veltliner-Anlagen stehen. Diese beiden Sorten bilden auch den Schwerpunkt im Weinsortiment, ergänzt um einige Varietäten, die hier ebenfalls großartige Weine hervorbringen, wie z.B. der im aktuellen Jahrgang besonders gut gelungene Traminer – eine Sortenspezialität, die im Haus bereits lange Tradition hat.

Schön abgestuft sind wieder einmal die Veltliner, vom süffigen Kamptal über die würzige Löss-Variante bis hin zu den Weinen aus der Rieden Renner und Kalvarienberg, von denen erwartungsgemäß der Letztgenannte die Nase vorn hat. Besonders erwähnenswert sind heuer aber die Rieslinge – einer schöner wie der andere und gekrönt von einem überragenden Sortenvertreter aus der Ried Rosenberg. Ein Anziehungspunkt ersten Ranges ist auch die dem Weingut angeschlossene Weinstube, in der sämtliche Weine glasweise angeboten werden, selbstverständlich auch abgestimmt auf die zahlreichen kulinarischen Köstlichkeiten aus der Küche des Hauses. *bb*

KAMPTAL DAC

★★ S € GV
2020 Grüner Veltliner Kamptal

★★ S €€ GV
2020 Grüner Veltliner Löss + Tabakwürzig, gelbe Kirschen, Kräuter; stoffig, sympathisch rustikal.

★★★ S €€€ GV
2020 Grüner Veltliner Ried Renner Reserve + Walnüsse, Äpfel, Melonen; fest gebaut, extraktreich, ausgiebig, tadellose Länge.

★★★★ S €€€ GV TIPP
2020 Grüner Veltliner Ried Kalvarienberg Reserve + Kühle Würze, Zigarrenkistl, Tannennadeln, dann Mangos, Kumquats, Anis; extraktsüß, fein konturiert, hat Weite und Tiefe.

★★ S €€ RI PLV
2020 Riesling Im Schütt + Grapefruits, grüne Pfirsiche, Limonen; elegant und ausdrucksstark.

★★★ S €€ RI FUN
2020 Riesling Von den Terrassen + Pfirsiche, Marillen, mineralisch, saftig; fein balanciert, offenherzig, macht rundum Spaß.

★★★ S €€€ RI
2020 Riesling Ganze Beere + Weiße Birnen, Orange-Bitter, auch steinobstige Nuancen; strukturgebender Gerbstoff, moderate Säure, straff, individuell, delikat.

★★★★ S €€€ RI TIPP
2020 Riesling Ried Rosenberg Reserve + Weintrauben, Ananas, Papayas, Orangenzesten; fester Sockel, kraftvoll; facetten- und finessenreich, urlanges Finale.

NIEDERÖSTERREICH

★★ S €€ RO
2020 Rosé + Limetten-Erdbeer-Duft, grüne Bananen; leichtfüßig, hinten etwas herb.

★★ S €€ GS
2020 Gemischter Satz A2 + Rhabarber, Wiesenkräuter, erfrischend, trinkanimierend.

★★★ S €€ WB
2020 Weißburgunder Ried Oberalbing + Nussbrot, Walnüsse, auch Limonenzesten, Tropenfrucht und salzige Motive; cremig, stoffig, mundfüllend.

★★★ K €€ (0,5 l) TR TIPP
2020 Traminer Ried Wöhrleiten + Kamelienblüten, Sandelholz, Teerosen; reiche, reife Frucht, Rosen-Confit, Litschi, Kokosstreusel; extraktsüß, schmelzig, langes Finish.

Weingut
Allram

Lorenz Haas
3491 Straß im Straßertale, Herrengasse 3
Tel. +43 2735 2232, Fax -3
weingut@allram.at, www.allram.at
30 Hektar, W/R 90/10, 170.000 Flaschen/Jahr

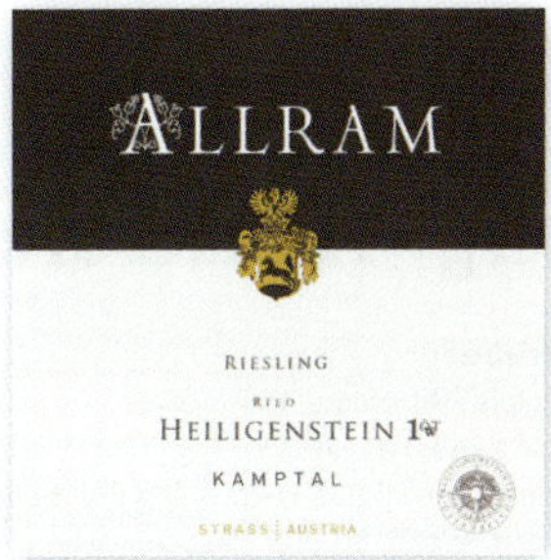

Für Lorenz Haas war 2020 ein „herausforderndes Jahr", zum Glück war der Hagel nicht so desaströs wie in der Wachau, die betroffenen Stellen sind gut abgetrocknet. Viel Handarbeit war nötig, die meisten Weingärten wurden in mehreren Durchgängen gelesen; anders als 2019, als es schnell gehen musste, konnte man 2020 fast gemütlich nach und nach lesen. Lorenz hat die Weine länger auf der Hefe gelassen, ist dank niedrigem pH-Wert mit weniger Schwefel ausgekommen und freut sich über „superschöne Säurewerte". Die Veltliner Strass und Hasel überzeugen als klassische Kamptaler. Die Alten Reben passen perfekt zwischen Orts- und Lagenwein. Die Trauben stammen „von allen Rieden, die zu klein sind, um einen eigenen Wein daraus zu machen". Die Lagen kommen aus großem Holz, wobei bei Rosengartl und Gaisberg nur ein paar Schwingungen zu registrieren sind. Die kleineren Fässer machen sich beim Renner deutlicher bemerkbar. Riesling Strass gibt es als freundlich unbeschwerten Einstiegswein und, erst kürzlich gefüllt, als 2012er, der eindrucksvoll zeigt, wie „kleine" Rieslinge reifen können. Rassig mit kaum spürbarem Restzucker gefällt der Gaisberg mit seinem beschwingten Fruchtspiel. Beim Heiligenstein steht natürlich wieder ganz klar die Herkunft im Vordergrund. Kalkig, kreidig, fast Chablis-artig verlangt der Papageno heuer nach einem Dutzend Austern. Die Einzelteile haben beim Grauburgunder noch nicht ihre Plätze gefunden – Zeit lassen, zumindest dekantieren. *db*

KAMPTAL DAC

★★ **S €€ GV**
2020 Grüner Veltliner Strass + Kernobstfrucht von Kräutern und Würze umspült, delikate Süße Richtung Marzipan; stahlig-straff, aromatische Birne hält bis in den Abgang, eigenständig.

★★ **S €€ GV**
2020 Grüner Veltliner Ried Hasel + Stahlig-straff, viel Kernobstfrucht, ruhig; resche, etwas Steinobst, herzhaft, knackig.

★★★ **S €€€ GV**
Grüner Veltliner Alte Reben + Reiche Apfelfrucht, kompakt, eher dunkel; sehr gute Substanz, steinig umfangen, angenehme Fruchtsüße, eine Spur Gerbstoff, Weingartenpfirsich, pikante Würze.

★★★ **K €€€ GV**
2020 Grüner Veltliner Ried Rosengartl + Zitrusfrische, kompakte Mischung aus Kern- und Steinobst, Tiefe und Spritzigkeit, dunkel und warm; reife, sehr pointierte Frucht, feine Hell-Dunkel-Kontraste.

★★★ **K €€€€ GV**
2020 Grüner Veltliner Ried Gaisberg 1ÖTW + Granny Smith und Golden Delicious, auch etwas Birne, zart röstig, bisschen vanillig, Prise Pfeffer, straff; resche Säure treibt die Frucht vor sich her, etwas Apfelschale im Gefolge.

★★★ **S €€€ GV** **TIPP**
2020 Grüner Veltliner Ried Renner 1ÖTW + Kompakte Fruchtsüße, Aromatik, konzentriert Richtung Apfelkompott, frisch, Südfrüchte; vanillig, süß, leicht salzig, straffe, fast rassige Anlage, pikante Säure.

★★★ **S €€ RI** **FUN**
2020 Riesling Strass + Mineralisch geprägte Frucht, deutlich rauchig, Feuerstein, getrocknete Marille, deutsche Stilistik; knackig, unbeschwert, Fruchtsüße schwingt mit, Minizuckerrest blitzt kurz auf, so soll Riesling sein.

★★★★ **S €€€€ RI** **TIPP**
2020 Riesling Ried Gaisberg 1ÖTW + Holunderblüte, Flieder, hellgetönt und freundlich, dann Steinobstnoten, reife Zitrusaromatik, ganz zarter Petrolton; kompakte Frucht, rassig mit ganz kleinem Zuckerrest, fester Zug.

★★★★ **S €€€€ RI** **TIPP**
2020 Riesling Ried Heiligenstein 1ÖTW + Angedeutete Riesling-Frucht, pfeffrige Pikanz, dunkelwürzig, Feuerstein; gepfeffertes Steinobst, gewisse Strenge, steinig, großer Ansatz, schon sehr gute, schwungvolle Länge, toller Wein, straffes Finale.

NIEDERÖSTERREICH

★★★ **S €€€ PB** **TIPP**
2020 Weißburgunder Papageno + Etwas Kern- und Steinobst, mittlere Substanz; frische Zitrusnoten, sonst recht streng, noch fehlt der typische Papageno-hafte Schwung, unplugged, finessenreich, guter Druck.

★★★ **K €€€ PG**
2019 Grauburgunder Reserve + Süßes Holz, hellfruchtig, frisches und getrocknetes Steinobst, Marillenduft, etwas Marzipan; Holz bleibt Thema, konzentrierte Frucht wie ein Chutney, salzig, auch gewisse Schärfe, knackige Säure.

★★★ **K €€€ RI** **TIPP**
2012 Riesling Strass + Reife, rauchige Frucht, herbstliche Tönung, trocknendes Laub, einige getrocknete Kräuter; fester Zug, straff, fast sehnig durch Zusammenspiel von salziger Mineralik und Gerbstoff, facettenreich.

Weingut
Am Berg – Michael Gruber

Michael Gruber
3550 Langenlois, Mittelberg 41
Tel. +43 2734 2965, Fax -90
office@weingut-am-berg.at, www.weingut-am-berg.at
15 Hektar, W/R 75/25, 80.000 Flaschen/Jahr

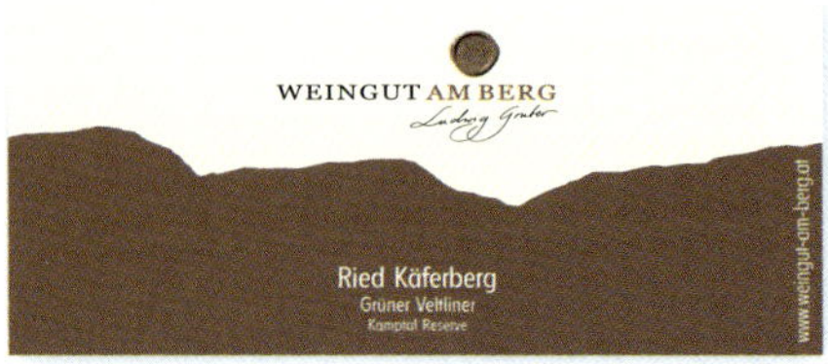

Michael Gruber ist ein bedächtiger junger Winzer, der mit Feintuning die Qualität vorantreibt. So gönnt er beispielsweise seinen Weißweinen eine recht lange Maischestandzeit, vorausgesetzt, sie besitzen die notwendige Substanz, um die Gerbstoffe einzubinden. Das fördert die Struktur und die Langlebigkeit. Besonders wichtig ist ihm, dass die Herkunft seiner Weine zu erkennen ist. Schon die Ortsweine erfüllen diesen Anspruch, bei den Lagen geht er noch mehr in die Tiefe. Insgesamt umfasst das Portfolio zehn Rieden mit zum Teil sehr unterschiedlichen geologischen Verhältnissen und mikroklimatischen Randbedingungen. Grob einteilen lassen sich die Böden in Urgestein, Löss und Lehm; interessant sind auch die Gemische davon. Der Schwerpunkt liegt auf den weißen Varietäten. Daneben werden Rotweine mit größter Sorgfalt vinifiziert. Den aktuellen Beweis liefert der 2016er Pinot Noir Reserve Ried Loiserberg, der 48 Monate in zur Hälfte neuen Barriques erzogen wurde, ein eleganter Wein, der das Holz weitestgehend weggesteckt hat.

Mittelberg liegt auf einem vergleichsweise hohen Plateau. Die Trauben aus den höher gelegenen Rieden geben geringere Zuckergradationen und damit weniger Alkohol, was absolut zeitgemäß ist. Der Grüne Veltliner Ried Steinhaus kommt von einem steinigen Boden mit dünner Lössauflage. Die Top-Lage des Hauses ist der Kellerberg. Dort wachsen die Grünen Veltliner auf von Löss durchsetztem Boden, die Rieslinge stehen weiter oben auf Paragneis, Schiefer und Quarzit. Der Loiserberg zeichnet sich durch kristallines Gestein mit dünner Humusauflage aus. *ww*

KAMPTAL DAC

★★ S € GV
2020 Grüner Veltliner Mittelberg + Gelber Apfel, dezente Würze; frisch, pikant, gute Substanz, fruchtbetont, Säure eingebunden, trinkanimierend.

★★★ S €€ GV **PLV**
2020 Grüner Veltliner Ried Kellerberg + Sanfter Druck, vom Löss geprägt, gelbe Äpfel, Kräuter, Fichtennadeln; cremiger Touch, gute Substanz, Fruchtschmelz, zugängliche Säure, im Finish und im Nachhall wieder Fichtennadeln.

★★★ S €€€ GV
2019 Grüner Veltliner Ried Steinhaus + Gesetzt, Lebkuchen, Bodentöne, getrocknete Kräuter; schiebt kräftig an, Würze dominiert, bisschen Gerbstoff für Struktur, gebündelt, kraftvoll, gute Säure, Reserven.

★★★★ S €€€ GV
2019 Grüner Veltliner Ried Käferberg + Gelassen, sanfter Druck, viel Würze, Lageräpfel; stoffig, Kräuter, bodenstämmige Würze, Prise Grapefruitzesten, dunkle Blüten, Trinkfluss, dunkle Würze hält sich lange.

★★★ S €€ RI **FUN**
2020 Riesling Mittelberg + Pfirsiche, als Sorte unverkennbar; belebende Säure, knackig, helle Frucht, Pfirsiche, mittlere Länge. Toller Einstiegsriesling.

NIEDERÖSTERREICH

★★ S € FV **FUN**
2020 Frühroter Veltliner + Fruchtbetont, fröhlich, Würzeschleier; lebhaft, animierende Kohlensäure, herzhafte Frucht, zugängliche Säure.

★★★★ S €€€ RI
2019 Riesling Ried Steinhaus + Interessant, sortenaffin, Lindenblüten, Steinobst, hauchzarte Würze; gute Substanz, feiner Biss, viel frische Frucht, im Finish hauchzarter Gerbstoff, ausgewogen.

★★★ S €€ GM
2020 Gelber Muskateller + Kräftig, getrocknete Holunderblüten, Muskatnuss, gelbe Zitrusfrüchte; schließt nahtlos an, voller Leben, einige Substanz, balanciert, ernst zu nehmend.

★★★ S € BO
2020 Bouvier + (halbtrocken) Eigenständig, spontan ansprechend, gebrannte Mandeln, rote Zitrusfrüchten, Blüten und Bratäpfel; frische Frucht, Restzucker sensorisch unauffällig, gute Substanz, Nektarinen und Äpfel klingen nach, süffig.

★★★ S €€ ZW
2020 Rosé vom Zweigelt + Ernsthaft, rote Beeren und Kirschen, Hauch Kräuter; saftige Frucht, zartes Gerbstoffnetz, gut eingebundene Säure, trocken, sanfter Druck, Essensbegleiter.

★★★★ S €€€ CW **TIPP**
2018 Burgunder Reserve Ried Loiserberg + (CH/PG/PB) Vielschichtig, gewürzbetont, Holz noch präsent, Walnüsse, Dörrobst, frisch; aromatisches Dacapo, gute Substanz, Säurerückgrat, lebhaft, langer Abgang, viele Gewürzaromen, Reserven.

★★★★ S €€€ PN **TIPP**
2016 Pinot Noir Reserve Ried Loiserberg + Tiefe Frucht, Powidl, Walderdbeeren, Hauch Minze; auf dem Gaumen etwas mehr Holz, satte Frucht, Hagebutten, Waldboden, viele Facetten, kühler Touch, Minze, „After Eight", zartes Gerbstoffnetz, lang, elegant.

Weingut
Kurt Angerer

Kurt Angerer
3552 Lengenfeld, Annagasse 101
Mobil +43 676 430 69 01
kurt.angerer@aon.at, www.kurt-angerer.at
37 Hektar, W/R 60/40

Dass Kurt Angerer zu den konsequentesten Winzern dieses Erdballs zählt, habe ich schon mehrfach von mir gegeben. Das hat er mit seinen aktuellen Weinen bestätigt. Es sind Weine von enormem Charakter und Komplexität. Immer Kamptal, ihre Herkunft nie verleugnend. Dass er sich nicht nur mit Grünem Veltliner und Riesling beschäftigt, sondern auch mit Semillon und Viognier, zeugt von seiner Weltoffenheit. Seinem Blick über dem Tellerrand. Dass die Rotweine von Kurt Angerer ebenfalls in einer eigenen Liga spielen, habe ich im vorigen Jahr hier geschrieben. Diese kommen dann im Herbst.

Die 2020 Grünen Veltliner sind durch die Bank hervorragend. Nicht nur Sorten-, sondern auch extrem lagentypisch. Dasselbe gilt für alle Weine von Kurt Angerer.

Meine Favoriten dieser Serie sind: Grüner Veltliner Spieß – der geht so richtig in die Tiefe. Enorm salzig. Der zieht auf dem Gaumen wie ein D-Zug.

Grüner Veltliner Ried Schreckenstein – diese burgundische Eleganz und subtile Feinheit adeln ihn zu einem ganz Großen. Ein unfassbar guter Wein.

Riesling Ametsberg – hier schlummert eine Granate. Großer Stoff. Sollte man erst im Herbst öffnen. Ein fulminanter Riesling.

Die beiden Exoten Semillon und Viognier sollte man unbedingt verkosten. Es sind prachtvolle Weine mit sehr viel Substanz.

Ich muss gestehen, dass ich nie ein besonderer Freund vom Pinot Gris war. Kurt Angerer hat es geschafft, meine Skepsis wegzuwischen. Angerers 2019er hat mich voll überzeugt. Ein imponierender Wein.

An Dramatik nicht zu überbieten ist der 2019 Grüne Veltliner Unfiltriert. Das ist Wein von Beethoven'scher Dimension. *as*

KAMPTAL DAC

★★★ S €€€ GV
2020 Grüner Veltliner „Eichenstaude" + Walnüsse, würzige Pfeffernase, dunkel getönt, dezente Exotik, Kräuterwürze, harmonisch, weiche Frucht, Tabak, ruhig strömend, typisch.

★★★ S €€€ GV
2020 Grüner Veltliner „Loam" + Gelbfruchtig, feiner Pfeffer, Mineralität, gelbe Früchte, ziemlich eng, toller Ausdruck, voller Rückhalt, hochwertig mit salziger Struktur und großer Eleganz.

★★★ S €€€ GV TIPP
2020 Grüner Veltliner „Spieß" + Steinig, Grapefruit, tolle Mineralik, Chablis-like, der zieht richtig durch, sehr eng, salzig, Citrus, sehr fest, voller Grip, ein starker Wein. Einige Substanz.

★★★★ K €€€€€ GV TIPP
2020 Grüner Veltliner Reserve Ried Schreckenstein + Exotische Noten dominieren, Mango, Ananas & Co., feinster Pfeffer, gelbfruchtig, hochelegant, nobler Fruchtschmelz, seidiger Glanz, edle Würze, vergleichbar mit Best of Burgund.

★★★★ S €€€€€ RI TIPP
2020 Riesling Ried Ametsberg + Fordernd-nerviger, immens strukturierter, spannungsgeladener Riesling, Aprikosen, Orangenschalen, Ananas, weißer Pfirsich, voller Rasse, Riesenpotenzial, tiefgründig, Klasse. Braucht noch Flaschenreife.

NIEDERÖSTERREICH

★★ S €€€ GV
2020 Grüner Veltliner „Kies" + Frische Kräuter, kühl, steinig und pfeffrig, Mineralität ausstrahlend, geradlinig, strukturiert, griffig, pikante Noten, trockene Würze, druckvoll.

★★★ K €€€€ SE
2020 SEmillon + Citrus, Pfirsich, gelbfruchtig, ein komplexer Wein, noch etwas vom Holzfass geprägt, Gewürznoten, der Wein hat beste Analgen.

★★★ K €€€€€ VI
2020 Viognier + Frische Kräuter, Fenchel, Gewürze, Fichtennadeln, tolle Struktur, Citrus Frische, verwelkte Rosen, ungemein saftige Frucht, elegant, Pomelo, kreidig, Zukunft.

★★★ K €€€€ PB
2019 Pinot Blanc + Vanille, salzig, eng, fest strukturiert, noch dominiert das Holzfass, ernsthafter Wein, sehr fest, braucht viel Luft, dicht, Kräuter, Nadelwald, Mandeln, beste Anlagen.

★★★★ K €€€€ PG TIPP
2019 Pinot Gris + Extrem attraktive Bratennase mit ganz feinen Vanillenoten, salzig, kühlen Aromen, Tannennadeln, das ist ein ungemein eleganter, charmanter, feingliedriger Pinot Gris von großer Klasse. Und bezwingender Würze. Imponierend!!!

★★★★ K €€€€€ GV TIPP
2019 Grüner Veltliner unfiltriert + Kräuter, Fichtennadeln, gelbe Früchte, dezente Vanillenoten, ein kräftiger, ausdrucksstarker Wein mit weißem Pfeffer, einer feinen Würze, feiner Tabak, dichte Struktur, viel Mineral, salzigen Noten, das ist ein enorm tiefgründiger Wein. Gehört dekantiert. Großes Glas.

Weingut
Martin & Anna Arndorfer

Martin Arndorfer, Anna Arndorfer
3491 Straß im Straßertale, Weinbergweg 16
Tel. +43 2735 2254, Fax -4
info@ma-arndorfer.at
www.ma-arndorfer.at
20 Hektar, W/R 85/15

Wenn jemand in der österreichischen Weinwelt besonders stilgerecht auf Konventionen pfeift, dann sind das Martin und Anna Arndorfer. Die beiden haben ihren Weg und ihre Kunden gefunden. Alle Weine glänzen durch selbstsicheres Auftreten, kräftigendes Gerbstoffgerüst, ordentliche Säure, die aber besonders natürlich wirkt. Und wichtig: Sie sind nie zu alkoholüberladen. Man solle „nicht beim vollen Glas verdursten", sondern mehrere Glaserl bekömmlich genießen können, meint der Winzer.

Das vergangene Jahr sei eines „mit Höhen und Tiefen und Happy End" gewesen. Spätere Vegetation, im November eine Phase, als sich die Weine verschlossen zeigten – zu schlank, nicht genug füllig. Sie brauchten mehr Zeit und wurden in den ersten 2021-Monaten ausdrucksstark. Das gelte besonders für die „Aromasorten" Riesling und Gelber Muskateller, um das Sortentypische zu entwickeln, ergänzt Anna Arndorfer.

Die Auswahl an unterschiedlichen Weinen erscheint unendlich und ergibt sich weniger durch die Rebsortendiversität – wobei man auch Chardonnay, Sauvignon Blanc, Roter Veltliner und sogar Neuburger findet –, sondern durch die verschiedenen Ausbauarten. Martin Arndorfer ist ein Tüftler und Freund von Weinen, die ungeschönt, unfiltriert und minimal geschwefelt in die Flasche kommen. „Der Weingarten kann mehr erzählen, wenn er nicht beeinflusst wird im Keller", meint er. Aufzuckern, Reinzuchthefe, Schönungen und Enzyme lässt er seit 2014 weg. Das aktuelle Sortiment könnte man so zusammenfassen: unprätentiös, natürlich, individuell und ohne Scheu vor Schalenkontakt. *juf*

KAMPTAL DAC

★★★ **S € GV** PLV
2020 Grüner Veltliner Strass im Strassertale + Gemütlicher Typ. Wachsduft, Eibisch, mürber Apfel, fleischig und saftig, Anis, breit.

★★★ **S €€€ RI**
2019 Riesling Strasser Weinberge + Vielschichtiges, gereiftes Bukett, Kräuterbutter, Zedernholz, etwas wachsig, athletisch, engmaschig, guter Spannungsbogen.

ÖSTERREICH

★★★ **S €€€ GM**
2020 Gelber Muskateller + Duftblumenstrauß, Maracuja, Kumquat, Löwenzahlblüten, Topaz-Apfel und nasser Stein, Rhabarbersäure, straff und guter Zug.

★★★★ **S €€ GV**
2020 Grüner Veltliner handcrafted + Leicht trübe, tiefgründige Nase, Blätterteig, Uta-Birne, auf dem Gaumen Mandarine, zarte Curry-Würze, weißer Pfeffer, straight, aber weich.

★★★★ **K €€€ CW**
2020 anina verde + Schimmernde Perlmuttfarben, GV-Most mit angequetschten Riesling-Beeren, auf dem Gaumen mit Ringelblumen, Josta-Beeren, immer luftig.

★★★★ **K €€€ CR** FUN
2020 rosa marie + Blutorangenfarben, Zweigelt-Saft mit Grüner-Veltliner-Schalen vergoren, entfaltet nach einer Weile mit Preiselbeeren und Weichselfrucht.

★★★ **S €€€€ GV**
2018 Grüner Veltliner PER SE + Ledrig, Rooibos-Tee und Biskuit, ein Hauch Blutorange, etwas tintig, schwarze Oliven, gesettelt, kernig.

★★★ **S €€ GS**
2020 Vereinter Schatz weiß + GM, GV, RR Osterpinze, knackig, erfrischend, weißfleischiger Pfirsich, Lemon Curd, weißer Pfeffer, ausgeglichen.

★★★★ **S €€€ GV** TIPP
2019 Grüner Veltliner Strasser Weinberge + Glänzt goldig, Duft noch etwas verhalten, erinnert an Tomatengrün und Kümmel, vollmundig, Frucht und Würze, ein Allrounder.

★★★ **K €€€€ GS**
2019 Gemischter Satz Terrassen 1958 + GV, NB, RI, öffnet sich nach einiger Zeit mit Pfirsichduft, Kumquat, Lindenblüten, Grapefruit, Bienenwachs, strahlt Wärme aus.

★★★ **S €€€ NB**
2019 Neuburger Strasser Weinberge + In der Nase an Baiser und Obstkuchen erinnernd, Mispeln und auf dem Gaumen Rhabarber, Kombucha, recht säurebetont und athletisch.

★★★ **S €€€ RV**
2019 Roter Veltliner Terrassen 1979 + Duft nach Basilikum und Kuchenteig, dann gekochte Ananas und Mandel, cremig, gesettelt und braucht niemandem mehr etwas beweisen.

★★★ **S €€€ GS**
NV Jahresrückblick + Da schwingen Flieder und Blätterteig mit, auf dem Gaumen eine Mischung aus Grüntee und Birnen-Shrub, großzügig,, erinnert an Crémant ohne Bubbles.

★★★★ **K €€€€ CW**
2018 die Leidenschaft weiß + CH, NB, GV, RR, intensiv duftend nach Vanilleschote und Honigmelone, salziges Finish, exotischer Charakterkopf.

★★★★ **K €€€€ ZW** FUN
die Leidenschaft rot + Granatapfel, Hollerkoch, kreidig und komplex, mit Tiefgang, im Abgang getrocknete Heidelbeeren.

Weingut
Familie Brandl

Familie Brandl
3561 Zöbing, Lauserkellergasse 1
Tel. +43 2734 2635
office@weingut-brandl.at, www.weingut-brandl.at
10 Hektar, W/R 100/0, 50.000 Flaschen/Jahr

Seit 1952 besteht das Weingut im Weinort Zöbing am Fuße des Heiligenstein. Und obwohl es mit seinen zehn Hektar Rebfläche zu den kleineren Betrieben im Kamptal zählt, hat es sich doch zu einem Vorzeigeweingut gemausert. Es ist ein reiner Familienbetrieb, in dem derzeit drei Generationen am Werk sind; Stefan, der Jüngste, repräsentiert bereits die fünfte Generation. Die Liebe zum Wein, die Fokussierung auf einige wenige Rebsorten, denen man dafür die volle Aufmerksamkeit schenkt, sowie eine klare Ausrichtung in Weingarten und Keller dürften die wesentlichen Pfeiler des Erfolges sein. Günther Brandl und sein Sohn bekennen sich kompromisslos zu einer vollkommen trockenen Ausbauweise, man sucht in den Weinen Frucht- und Lagentransparenz und verzichtet dafür auf das Spiel mit etwas höheren Restzuckerwerten, welche zwar, wie man sagt, „gefällige Weine hervorbringen, dafür aber oft Struktur und Klarheit vermissen lassen".

Mit den Paradelagen Heiligenstein, Kogelberg und Lamm verfügt das Weingut gleich über drei absolute Top-Rieden des Kamptals, aus denen die Familie großartige Grüne Veltliner und Rieslinge zaubert. Mit ihnen gelingt es dem Vater-Sohn-Gespann von Jahr zu Jahr, das unterschiedliche Terroir in ihren Weinen präzise abzubilden. Anerkennung verdient an sich die gesamte Palette des neuen Jahrgangs ob der Klarheit und Typizität, die alle Weine aufweisen. Besonders erwähnenswert sind der grandiose Veltliner Lamm aus 2019 sowie der Koglberg, von dem auch ein wunderschöner Riesling stammt, der heuer – zumindest im augenblicklichen Stadium – von seinem Kollegen aus der Ried Heiligenstein noch überstrahlt wird. Eine uneingeschränkte Kaufempfehlung können wir für beide abgeben – hier muss der persönliche Geschmack entscheiden. *bb*

KAMPTAL DAC

★★ S € GV
2020 Grüner Veltliner Kamptal + Getreideähren, Gartenkräuter, Limonen; saftig, dezente Säure; trocken, leichtfüßig, beschwingt; feiner Süffelwein.

★★ S €€ GV
2020 Grüner Veltliner Zöbing + Kräuternoten, Grapefruits; erfrischender Säurebogen, mittlere Maschen, klar gezeichnet, überraschend stoffig, ausgiebig.

★★★ S €€ GV
2020 Grüner Veltliner Terrassen Zöbing + Tabakwürzige Nase, gelbe Äpfel, Birnen, Fenchel; pikanter Fruchtbiss, kompakt, ausdrucksstark, aber auch feingliedrig.

★★★★ S €€€ GV
2020 Grüner Veltliner Ried Kogelberg 1ÖTW Reserve + Rauchig mineralisch, verführerisch, komplex; reife Mangos, Melonen, Wacholder, gegen Ende zu etwas Orange-Bitter; satte Fülle, Terroir pur.

★★★★ S €€€€ GV TIPP
2019 Grüner Veltliner Ried Lamm 1ÖTW Reserve + Bienenwachs, Nusskuchen, Orangenzesten, Melonen, etwas Würztabak; voluminös, fruchtsüß, glasklar strukturiert, finessenreich und tiefgründig; enorme Länge.

★★★ S €€ RI
2020 Riesling Terrassen Zöbing + Rosa Grapefruits, Kriecherl, Melisse; straffes Säurekorsett, Limetten; kräftig, vollkommen trocken, rassige Säure; lebhafter Stil, sehr ansprechend.

★★★★ S €€€ RI TIPP
2020 Riesling Ried Heiligenstein 1ÖTW Reserve + Rote Pfirsiche, Marillen, steinige Mineralität; tiefe Fruchtexotik, Orangen, Papayas, Honigmelonen, schmelzig, fokussiert, glasklar, lang haftend.

★★★★ S €€€ RI TIPP
2020 Riesling Ried Kogelberg 1ÖTW Reserve + Ananas, Ringlotten, Baumharz, Waldboden; salzig mineralisch, lebhafte Säure; viel Terroir auch im Finish; Potenzial!

NIEDERÖSTERREICH

★★ S €€ GM
2020 Gelber Muskateller Terrassen-Zöbing + Muskatduft, Weintrauben, Holunder, etwas Litschis, Limonenzesten; saftig, transparent, vergnüglich.

Weingut
Bründlmayer

Willi Bründlmayer
3550 Langenlois, Zwettler Straße 23
Tel. +43 2734 21720, Fax 3748
weingut@bruendlmayer.at, www.bruendlmayer.at
80 Hektar, W/R 70/30, 800.000 Flaschen/Jahr

Diesmal ist die Parade der Bründlmayer'schen Gewächse ein wenig anders ausgefallen, als man dies von den vorigen Jahren gewohnt war. Erstmals hat man sich nämlich dazu entschlossen, die besten Lagenweine frühestens im Herbst oder überhaupt erst im nächsten Frühjahr zu präsentieren, weshalb Sie Lamm, Heiligenstein & Co. hier nicht vorfinden werden. Ein durchaus logischer und konsequenter, ja vielleicht sogar überfälliger Schritt, der eben etwas Mut zur Lücke erfordert. Damit stehen naturgemäß die leichteren Weißweine von 2020 im Vordergrund, die dem Jahrgang entsprechend allesamt recht schlank und rassig geraten sind, und klare Fruchtaromen wie Reintönigkeit kann man bei diesem Weingut ohnehin in allen Ausbaukategorien voraussetzen. Aus dem Quartett der Grünen Veltliner sticht diesmal der ebenso reichhaltige wie ausgewogene Loiserberg mit ungewöhnlichen Fruchtakzenten hervor, aber auch der von der kühlen Eleganz der Urgesteinsriede geprägte, glasklare Berg Vogelsang ist immer einen Verkostungsschluck wert.

Von den Rieslingen geht der zartblumige, rassige Kamptal Terrassen schon über einen sommerlichen Terrassenwein hinaus, während der pikante und herzhafte Steinmassl wieder einmal mit rotbeerigen Aromen überrascht.

Sehr hübsch ist heuer der Zweigelt Rosé ausgefallen, wie diese noch immer unterschätzte Rebsorte eigentlich in allen drei Varianten gefällt. Sowohl der mit lässiger Kirschfrucht auftrumpfende Standard Zweigelt von 2018 als auch die mit Extraktsüße sowie Tiefgang und Länge punktende 2017er Reserve wissen vorbehaltlos zu gefallen. Auf den Rotweinjahrgang 2018 macht auch schon der tiefwürzige, markante Pinot Noir der Standardkategorie Gusto, wiewohl die Reserve vom Käferberg noch in den Fässern oder Flaschen schlummert. Aber da gibt es ja die auf dem Markt befindlichen 2016er und 2017er als Alternative, mit denen das Weingut ein neues Kapitel für diese Rebsorte aufgeschlagen hat. Gemeinsam mit den Reinisch-Brüdern vom Johanneshof wurde hier wohl ein neuer Maßstab für österreichischen Blauburgunder geschaffen.

Immer besser in Schwung kommen auch die perlenden Kreszenzen des Langenloiser Paradebetriebs: Bereits die Brut Reserve und der Rosé gefielen mit untadeligen Chargen, wobei Letzterer trockener als bisher ausgebaut sein dürfte. Schließlich fällt es äußerst schwer, eine der beiden Großen Reserven zu favorisieren. Für den Blanc de Blancs im Brut-Nature-Stil sprechen der Blütenduft, die fordernde, kompromisslose Art und bissige Säure, für den kraftvollen und engmaschigen Blanc de Noirs Himbeerfrucht, Charmefaktor und hohe Finesse. *vs*

KAMPTAL DAC

★★ S €€ GV
2020 Grüner Veltliner L & T + Sommerapfel gepaart mit Rhabarber sowie frischem Heu, offen und unkompliziert, herzhafter Biss, klar und erfrischend, typischer Sommerwein.

★★ S €€ GV
2020 Grüner Veltliner Kamptal Terrassen + Dezente Kräuterwürze, Salbei und Rhabarber, Apfelfrucht im Hintergrund, noch ein bisschen schüchtern, schlank und griffig, feinkörnige Struktur, sogar gewisse Eleganz.

★★★ S €€ GV
2020 Ried Berg Vogelsang Grüner Veltliner + Feine, klassische Veltliner-Nase, Rhabarber und heller Tabak, auch zarter Kräutermix, kühle Eleganz bei schlanker Struktur, klare Apfelfrucht, leichtfüßig und belebend.

★★★ S €€ GV PLV
2020 Ried Loiserberg Grüner Veltliner 1ÖTW + Rotbeeriges Entrée, auch ein Hauch von Birne, reichhaltig, rauchig und gediegen, kompakt wie kernig, etwas Renetten-Apfel, satter Schmelz, profitiert schmeckbar von der nervigen Säurestruktur.

★★★ S €€ RI FUN
2020 Riesling Kamptal Terrassen + Traubiger, zartblumiger Auftakt, feiner Kräutermix, durch Pfirsichschale ergänzt, noch bedeutend mehr Fruchtpräsenz auf dem Gaumen, Passionsfrucht und Weingartenpfirsich, glasklar wie lebhaft, rassiges Finish.

★★★ S €€€ RI
2020 Ried Steinmassl Riesling 1ÖTW + Wacholder und Braeburn-Apfel im traubigen Bukett, herzhaft und pikant, noch recht verkapselt, rotbeerige Aromen dann auf dem Gaumen, straff und fest bei schlanker Gestalt, zarte Frucht-süße vor dem langen Abgang.

NIEDERÖSTERREICH

★★★ S €€ ZW FUN
2020 Rosé Zweigelt + Klirrende Frische, Eiszuckerl und Erdbeere, pikante Würze, animierend, straff und kompakt, pfeffrige Akzente, beintrocken bis zum rassigen Abgang.

★★★ S €€€ ZW
2018 Zweigelt + Sofort mit lässiger Kirschfrucht präsent, auch nussige Anklänge, überraschend fein gezeichnet, angedeutete Fruchtsüße, rund und fleischig, geschmeidige Art, gekonnte, zurückhaltende Stilistik.

★★★★ S €€€€ ZW TIPP
2017 Zweigelt Reserve + Ausgereift und einladend, sehr saftig und präsent, nach Waldboden und Preiselbeeren, herb-würzig auch auf dem Gaumen, viel Pfeffer und Strahlkraft, etwas Zwetschke, passender Säurebiss, hat Tiefgang und Länge – hochkarätige Zweigelt-Interpretation.

★★★ S €€€ PN
2018 Pinot Noir + Forciertes, tiefwürziges Bukett nach Kornelkirschen und gerösteten Mandeln, noch ziemlich reduktiv, auf dem Gaumen wesentlich offener, geht über vor dunkelbeeriger Frucht, markant und lebhaft, rassiges Finish.

ÖSTERREICH

★★★ K €€€€ CW
Brut Reserve + Stete Perlage; Germteiggebäck und Birne im zarten Bukett, angenehmer Hefeschleier, konturiert und fleischig, recht trocken gehalten, sehr schöne und ausgewogene Charge, die helles Fruchtspiel mit Autolyse-Ton verbindet.

★★★ K €€€€ CR
Brut Rosé Reserve + Fein moussierend; rotbeerige, zartblumige Nase, aber auch pikante Kräuterwürze à la Rosmarin, schlank und leichtfüßig, angenehm trocken, sehr sauber und geradlinig, nervig im Abgang.

★★★★ K €€€€€€ CW TIPP
2017 Brut Nature Blanc de Blancs Große Reserve + Feine Perlage; Blütenduft und Gartenkräuter im Verein, auch etwas Grapefruit, sehr lebhaft und noch ein bisschen kantig (ganz frisch degorgiert), glockenklar und fordernd, erneut frische Zitrusfrucht, beintrocken, viel Biss und Länge.

★★★★★ K €€€€€€ PN TOP
2015 Blanc de Noirs Extra Brut Große Reserve + Zart und stetig perlend; überaus attraktives Duftspiel nach Himbeeren und Haselnüssen, feine Nuancen und kühle Eleganz, fruchtsüß, charmant und tiefgründig, viele Facetten und hoher Finessenfaktor, lange nachklingend – so wird's gemacht!

Weingut **Deim**

Alfred Markus Deim
3562 Schönberg am Kamp, Mollandserstraße 14
Mobil +43 664 350 23 12, +43 664 509 11 48
weinbau@deim.info, www.deim.info
20 Hektar, W/R/S 76/23/1

URGESTEINS-RIESLING
Ried Irbling 2020
Kamptal DAC

Für die Deims muss Wein etwas darstellen (und das immer noch zu sensationell günstigen Preisen), unter 13% ist da nichts drin. „Die 13,5% haben wir uns erkämpfen müssen“, meint Vater Deim, „voriges Jahr ist das im Vorbeigehen gegangen.“ Überall waren zwei Lesedurchgänge nötig; um die Trauben für die Kellerkatze zu bekommen, wurden allein zwei Hektar ausgedünnt. Die Mühe hat sich gelohnt, so viel sei schon verraten. Die Trauben für Veltliner und Riesling stehen überwiegend im Kamptal, ein kleiner Teil auch in der Wachau auf Böden, die vom Gföhler Gneis über Urgesteinsverwitterungsboden, Lehm-Löss bis zu reinem Löss reichen. Mit deutlichem Pfefferl präsentieren die „Alten Reben“ einen klassischen Veltliner, von den „Terrassen“ sind ein paar frische Steinobstnoten zugeflogen, während die „Kellerkatz“ mit exotischen Einschüben punktet. Der „Chefwein“ gefällt mit seinem burgundischen Ansatz, dem Wachauer Kollegen haftet eine gewisse Strenge an. Die beiden Rieslinge brauchen noch Zeit, wobei der Wachauer noch etwas schüchterner im Sortenausdruck ist. Muskateller gibt es als dezenten Stillwein und mit frecher Performance als Frizzante. Eine Augenweide ist bereits der Rosé vom Zweigelt, der Rote vom Klopfhartsberg steht dem in Fruchtfülle nicht nach. Der Eiswein vom Grünen Veltliner schließt das Sortiment mit fröhlichem Trinkfluss ab. *db*

KAMPTAL DAC

★★ S € GV
2020 Grüner Veltliner Alte Reben Ried Bernthal + Zischig-frische Frucht, knackige Äpfel, Hauch Zitronensaft, gefällig; herzhafte Säure, viel Zitrus, deutliches Pfefferl im Abgang.

★★★ S € GV
2020 Grüner Veltliner Von den Terrassen Ried Bühel + Sehr würzig, dezente Kernobstfrucht, fruchtsüß, ein paar Kräuter; saftig mit kecker Säure, etwas Gerbstoff im Abschwung, solide Länge.

★★★ S € GV — TIPP
2020 Grüner Veltliner Goldene Kellerkatz + Reifer gelber Apfel, süß und würzig; kleiner Zuckerrest (3) lässt die Frucht aufblitzen, pikante Schärfe im Abgang.

★★ S €€ GV
2020 Grüner Veltliner Ried Irbling „Chefwein“ + Gelbe Äpfel, dezente Würze, Zitronenzesten; gute Fülle, schwarze Oliven, festes Gerbstoffgerüst, pikantes Finish.

★★★ S € RI
2020 Riesling Bergwein Ried Ogratzthal + Sehr straff, etwas Steinobst; dezente Marille, vom Zuckerrest getragen, fordernd im Ausklang, braucht noch Zeit, Potenzial.

WACHAU DAC

★★★ S € GV
2020 Grüner Veltliner Ried Mauterner Silberbichl + Steinig-spröde, apfelfruchtig, Pfirsich, ein paar Kräuter; reife Säure, helle Frucht, hübsches Kernobst, solide Länge.

★★ S €€ RI
2020 Riesling Ried Mauterner Junge Point + Grüner Pfirsich, Zitrusaromatik; knackige Säure, braucht noch.

NIEDERÖSTERREICH

★★ S € FV
2020 Malvasier Ried Irbling + Neutral duftig, helle Blüten; kleiner Zuckerrest, zart nussig, unkompliziert.

★★ S € GS
2020 Gemischter Satz Ried Bernthal + (PB/RM/MT/FV/GV) Dezente Aromatik, ruhig, burgundisch; ordentliche Substanz, Kern- und Steinobst-Mischung, Kräuterwürze, Aromatik im Finish.

★★ S € GM
2020 Gelber Muskateller Ried Irbling + Zart Muskathaft, dezent im Ausdruck, gelbfruchtig, eine kleine Dosis Macis; Gewürznelken und Muskatnuss, gewisse Substanz, knackige Säure.

★★ S € ZW — FUN
2020 Rosé Zweigelt Ried Klopfhartsberg + Kirschduftig, deutet gewisse Geschmeidigkeit an; rotbeerige Frucht, grüne Kirschen, recht zischig, Karamell, weicher Schokokern, Erdbeermark, unkompliziertes Vergnügen.

★★ S € ZW — FUN
2018 Zweigelt Ried Klopfhartsberg + Fruchtintensiv von reifen Weichseln bis zum fröhlichen Waldbeerenmix; Gerbstoffe schon abgerundet, Säure sorgt für Pfiff, Frucht begleitet lange in den Abgang, auch etwas kühler ein sehr charmanter Roter.

★★ K €€€ GV
2019 Eiswein Grüner Veltliner Ried Wöhrleiten Gold Edition + (143 RZ) Bratapfel, Karamell, Honig, frisch; gute Harmonie, klingt fast trocken mit etwas Gerbstoff aus, ordentliche Länge, passt.

ÖSTERREICH

★★ S € GM
2020 Goldene Kellerkatz Frizzante Gelber Muskateller + Hübsche Muskatellerfrucht, staubzuckersüß unterlegt; gut dosierter Mousseux, geht auf auf dem Gaumen, freundlicher Sommerbegleiter.

Weingut
Gerhard Deim

Gerhard Deim
3562 Schönberg am Kamp, Kalvarienberg 8
Tel. +43 2733 8763
wein@deim.at, www.gerharddeim.at

14 Hektar, W/R 88/12

In einer generationenübergreifenden Zusammenarbeit bewirtschaftet die Familie Deim 14 Hektar Weingärten im nördlichen Teil des Kamptals. Die intensive Sonneneinstrahlung und die kühlen Nachtwinde aus dem Waldviertel fördern die Traubenreife und die Aromatik. Die unmittelbare Nachbarschaft zum Kampfluss sorgt zusätzlich für kühlen Charme. Auf den Löss-, Lehm- und Gesteinsterrassen fühlen sich insbesondere Riesling und Grüner Veltliner wohl, 75% der Anbaufläche sind damit bepflanzt. Die Familie Deim hat sich zu einer naturnahen Bewirtschaftung entschieden.

Gerhard Deim sen. und sein Sohn Gerhard legen größten Wert darauf, dass die Lagencharakteristika in ihren Weinen zu erkennen sind. „Die spezifischen Eigenschaften jeder Riede stellen wir über die Sorteneigenschaften." Zu diesem Zweck wird die Stockbelastung gering gehalten, mitunter werden die Trauben geteilt, was einen beträchtlichen Arbeitsaufwand darstellt. Die Basisweine werden primär im Stahltank ausgebaut, die Lagengewächse in Holzfässern. Teils liegen sie lange auf der Hefe. Für die lagenrein ausgebauten Grünen Veltliner werden Fässer aus Eichen- und Akazienholz mit 500 Liter Inhalt bevorzugt. Dank dieser kleinen Gebinde können auch einzelne Parzellen getrennt vinifiziert werden.

Der Boden der Ried Kalvarienberg besteht aus verwittertem Silikatgestein und Lösslehm, der vor Urzeiten stellenweise meterdick angeweht wurde. Mächtige, wasserspeichernde Löss-Lehm-Böden prägen die Riede Bernthal, eine windgeschützte Terrassenlage. Die steil abfallende Ried Irbling ist mit ihrem Boden aus verwittertem Gneis und Schiefer ideal für primärfruchtige, feingliedrige Rieslinge, die Temperaturwechsel zwischen Tag und Nacht sind extrem. Die kleinbeerigen Trauben stammen von 60 Jahre alten Reben. *ww*

KAMPTAL DAC

★★ S € GV — PLV
2020 Grüner Veltliner Weinzapfl + Hauchzarte Würze, Äpfel, knackige Mangos angedeutet; saftig, fruchtbetont, lebhaft, mittlere Länge, exotischer Touch im Nachhall.

★★★ S € GV
2020 Grüner Veltliner Kamptal + Hell getönt, Prise weißer Pfeffer, Äpfel; schließt aromatisch an, hinten ein Spritzer Zitronen, zugängliche Säure, preiswert.

★★★ S €€ GV
2020 Grüner Veltliner Schönberg + Recht druckvoll, pointierte grüne Würze, feine Frucht; bestätigt, was die Nase verspricht, sanfter Schub, Fruchtschmelz, harmonische Würze, gute Länge, elegante Pikanz.

★★★ S €€€ GV
2020 Grüner Veltliner Ried Bernthal + Dezent, Würze, samtig, Grapefruits und Ananas; druckvoll, geschmeidig, viel exotisch angehauchte Frucht, cremiger Touch, große Länge, fruchtbetonter Abgang.

★★★★ S €€€ GV — TIPP
2020 Grüner Veltliner Ried Kalvarienberg + Druckvoll, Boden kommt durch, fokussiert, zunächst exotische Frucht, dann reife Marillen, ätherische Noten; schließt nahtlos an, körperreich, Berge von Frucht bis in den langen Nachhall hinein, klare Struktur, Zitrus im Finish.

★★★ S €€ RI
2020 Riesling Schönberg + Glockenklar, sortenaffin, Weingartenpfirsiche; saftig, Zug, Säurerückgrat, lebhaft, viel Frucht, mittleres Gewicht.

★★★★ S €€€ RI — TIPP PLV
2020 Riesling Ried Irbling + Weingartenpfirsiche, grünfruchtig à la Kiwis und Galiamelonen; schließt aromatisch an, lebhaft, Säurespiel, glockenklare Frucht, Substanz, der Gneis-Schiefer-Boden ist zu erkennen, Reserven.

NIEDERÖSTERREICH

★★ S € CW — FUN
2020 Hauptsache Veltliner + (GV/SB) Beschwingt, zarte Würze, gelbe Frucht; animierend, Säurespiel, betont fruchtig, Zitronenzesten, Steinobst und Äpfel bis weit in den Abgang hinein.

★★ S €€ GM
2020 Muskateller Zwei Gärten + Kräuter, Zitrus, Prise Holunderblüten; Zitrus dominiert, unterlegt mit Kräutern, akzentuierte Säure, einige Substanz, frisch bei guter Länge.

★★ S € ZW
2020 Rosé + (ZW) Kirschen, dunkle Stachelbeeren, Himbeeren, Johannisbeeren; saftig, viel Frucht, zugänglich, ohne sich anzubiedern, Gerbstoffe nur zu erahnen, mittleres Gewicht.

★★ S € ZW
2018 Zweigelt KK + Kühle Frucht, Zwetschken, Heidelbeeren, Schwarzkirschen, Gewürze angedeutet; zartes Säurespiel, grüne Kräuter, frische Frucht, gut eingebaute Tannine, kühle Frucht und grüne Kräuter im mittellangen Abgang.

ÖSTERREICH

★★★ K €€ CW — FUN
50 : 50 + (50SB/GM) Freundlich, Kräuter, Holunderblüten, Stachelbeeren, Zitrus, Tropenfrüchte; auch im Geschmack so, perfekt abgestimmt, exotisch-fruchtiger Abgang und Nachhall.

Weingut
Eichinger

3491 Straß, Langenloiser Straße 365
Tel. +43 2735 5648, Fax -8
office@weingut-eichinger.at, www.weingut-eichinger.at
16 Hektar, W/R 100/0, 120.000 Flaschen/Jahr

Im Weingut von Birgit Eichinger wird Tochter Gloria immer sichtbarer. Die Winzerin gibt gern Verantwortung ab, vor allem das internationale Händlernetz macht Gloria federführend – und auch die gerade anstehende „Nachhaltig Austria"-Zertifizierung kam von der Jugend. Das Mutter-Tochter-Gespann wirkt gut eingespielt, verarbeitet werden bei den 16 Hektar ausschließlich Gutstrauben.

Basis ihres Weinschaffens sind die Strasser Weingärten und der dahinter liegende Gaisberg sowie sein Nachbar, der berühmte Heiligenstein. Mit 70 Prozent dominiert im Haus der Eichinger Ladys der Grüne Veltliner, der zwei Drittel der Fläche ausmacht. An der Basis gibt es einen Ortswein, dann nur noch Lagenweine – selbiges gilt beim Riesling, der ein Fünftel der Weingärten ausmacht.

Zu den beiden Kamptal-DAC-Klassikern zeigt Birgit Eichinger seit Jahren auch ein geschicktes Händchen beim divenhaften Roten Veltliner, wobei heuer nur jener aus der Ried Strasser Stangl vinifiziert wurde. Manchmal lässt das Weinjahr nicht alles zu. Dafür hat Eichinger heuer einen sehr lebhaften Chardonnay, der die Geschmeidigkeit der Sorte mit der Knackigkeit des 2020er-Jahrgangs bestens verbindet. Und an der Spitze der Eichinger-Weinpyramide stehen einmal mehr ihr herausragender Riesling Heiligenstein und ihr Veltliner Lamm, der in der Jugend unterschätzt wird, weil der teilweise im Holz ausgebaute Veltliner einfach immer nur mehr Zeit braucht. *hp*

KAMPTAL DAC

★★ S €€ GV
2020 Grüner Veltliner Strass + Weißer Pfeffer, bisschen Quitten und roter Apfel, fein ziseliert; Grapefruit, spritziger Apfel und knackige Birne, schönes Säurespiel.

★★★ S €€ GV
2020 Grüner Veltliner Ried Strasser Hasel + Viel Löss-Würze, gewürzig, gelbfruchtig, Apfel; griffig, guter Sortencharakter, Grapefruit, Granny Smith, mittelkräftig, gut eingebundene Säure, trinkig.

★★★ S €€€ GV
2020 Grüner Veltliner Ried Strasser Wechselberg + Einige Fülle, exotische Frucht, Weißbrottoast, dunkle Würze, Zitrus, Grapefruit, rauchig, puristischer Veltliner mit Biss, mittelgewichtig.

★★★ K €€€€ GV
2020 Grüner Veltliner Ried Strasser Gaisberg + Schwarz-Pfeffer-Würze, gelbapfelig, saftige Frucht, Birne und Quitte; weich, Grapefruit, Mandarinen, Würze wie Mineralität, trinkvergnüglich, mittellang.

★★★★ K €€€€ GV TIPP
2020 Grüner Veltliner Ried Kammerner Lamm 1ÖTW + Zarte Fruchtexotik, Banane, Mango, geschmeidige rauchige Fülle, viel Sorte; viel Würze und Mineralität, schönes Säuregerüst, Nektarinen, ziemliche Länge, Potenzial.

★★★ S €€€ RI PLV
2020 Riesling Strass + Steinobst, leichte Mineralität, Zitrus; kühl und lebhaft, saftige Marille, auch Pfirsich, aufgeweckter Wein mit viel Typizität und herzhafter Säure, solide Länge.

★★★★ S €€€€ RI
2020 Riesling Ried Zöbinger Gaisberg 1ÖTW + Kandierte Früchte, reife Marillen, gutes Volumen; dezente Würze, Litschi und Maracuja, Fruchtsüß, einige Mineralität, super Trinkfluss.

★★★★ K €€€€ RI TIPP
2020 Riesling Ried Zöbinger Heiligenstein 1ÖTW + Sehr straff und mineralisch, viel Pfirsich, typischer Heiligenstein, Feuerstein, kühle Aromatik, exotische, straffe Frucht, Maracuja, Grapefruit, Pfirsich, Blutorangen, riesen Mineralität und Länge.

NIEDERÖSTERREICH

★★★ K €€€€ RV PLV
2020 Roter Veltliner Ried Strasser Stangl + Weich, Vanilleschoten, Haselnuss-Schmelz, cremig, schöne Würze, Efeu, gewisse Fülle; saftig, gelbe Früchte, Ananas, cremig und rassig zugleich ist, Zuckerspitz bei Säurekick.

★★★ S €€€ CH
2020 Chardonnay Ried Strasser Gaisberg + Relativ würzig, Suppengewürze, Pilze, grüne Banane, gebrannte Mandeln; saftig, Pilznoten, cremig, knackiger Chardonnay mit etwas Salzigkeit, mittellang.

Weingut **Eitzinger**

Anton Eitzinger
3550 Langenlois, Kremser Straße 50
Mobil +43 676 573 03 35, Fax +43 2734 2867 4
wein@eitzinger.at, www.eitzinger.at
20 Hektar, W/R 70/30

Toni Eitzinger, der Junior, führt sein noch relativ junges Weingut in dritter Generation und kümmert sich, unterstützt vom Herrn Papa – ebenfalls ein Anton –, um Weingärten und Keller. Die administrativen Belange, inklusive Verkauf, werden in erster Linie von den charmanten Damen des Hauses erledigt – Nadja, die Juniorchefin, darf auf die tatkräftige Hilfe seitens der Schwiegermama Adelheid vertrauen. „Wir leben Wein aus Leidenschaft!", steht auf dem Betriebsprospekt des Weinguts, und wer einmal erlebt hat, mit welchem Feuereifer die beiden über ihre Weine zu erzählen wissen, versteht sofort, dass hier nicht nur ein plakativer Slogan den Ton angibt, sondern dass diese Devise im Haus täglich umgesetzt wird. Der engagierte Langenloiser ist ein Multitalent, was die unterschiedlichen Rebsorten und Stile angeht, welche man bei einer Querverkostung des Sortiments kennenlernen kann. Natürlich ist er damit nicht der Einzige im Kamptal – was jedoch immer wieder verblüfft, ist der gleichmäßig hohe Qualitätslevel über alle Sorten hinweg bis hin zu den Rotweinen.

Letztere zählen mit Sicherheit zum Besten, was in und rund um Langenlois vinifiziert wird, und wer daran Zweifel hegt, möge die aktuellen Weine aus Zweigelt und St. Laurent verkosten – speziell den beiden Gegenpolen, „Tradition" und „Barrique, gebührt ein Platz im Scheinwerferlicht. Bestens gelungen sind heuer freilich auch der reich bestückte Grüne Veltliner Schenkenbichl sowie die hochmineralische Riesling Reserve „Marie" aus der Ried Steinmassl. *bb*

KAMPTAL DAC

★★ S € GV
2020 Grüner Veltliner Ried Steinhaus + Fenchel, Melisse, Limonen, grüne Äpfel, pfeffrige Beitöne; expressiv, offenherzig.

★★★ S €€ GV
2020 Grüner Veltliner Ried Bockshörndl + Mineralisch, Kräutermix, gelbfruchtige Motive; kühlwürzig, Orange-Bitter, Tabakblätter; kompakt, vielschichtig.

★★★★ S €€ GV TIPP
2019 Grüner Veltliner Ried Schenkenbichl Alte Reben Reserve + Honigmelonen, Brioche, Orangenzesten, Bourbon; cremig, facettenreich, elegant; tolles Potenzial.

★★ S €€ RI
2020 Riesling Ried Fahnberg + Pfirsiche, Agrumen, grüne Ananas; knusprige Säure, straff gegliedert, trinkanimierend.

★★★ S €€€ RI TIPP
2019 Riesling Ried Steinmassl „Marie" Reserve + Gebündelte Frucht, Pfirsiche, Marillen, Maracuja, Kumquats; konzentriert, hochmineralisch und finessenreich.

NIEDERÖSTERREICH

★★ S € FV FUN
2020 Frühroter Veltliner „Primavera" + Kernobst, Limetten, erfrischend, saftig, pikant, trinkanimierend.

★★ S €€ GM
2020 Gelber Muskateller Terrassen + Holunder, Zitruszesten, viel Muskat; leicht und verspielt.

★★ S €€ SB
2020 Sauvignon Blanc vom Urgestein + Grüne Paprika, Brennessel, später auch Cassis, dunkle Stachelbeeren; pfiffig, Sorte klar definiert.

★★ S €€ CH
2019 Chardonnay + Baguette, Limonen, Nussbitterl, auch Orangenzesten; geschmeidig, sehr gediegen.

★★ S €€ ZW PLV
2019 Zweigelt Tonori + Weichseln, rote Ribisel, auch Blaubeeren; fest gebaut, saftig, kompakt, mittlere Länge.

★★★ S €€ ZW
2019 Zweigelt Tradition + Dichte Fruchtnase, Schwarzkirschen, Brombeeren, feine Tannine; satter Fruchtbiss, balanciert, samtige Fülle, hat Tiefe und Länge.

★★★★ K €€€ ZW TIPP
2018 Zweigelt Barrique + Brombeeren, Preiselbeeren, Baumrinde, etwas Bitterschoko, Tonkabohnen; feinmaschiges Tannin, tolle Fruchtfülle, klar strukturiert, finessenbetont; lang; Potenzial!

★★ S €€ SL
2019 St. Laurent Pablo + Waldfrüchte, Kräuter, frische Säure, Erdbeeren; glasklar, hat Charme und Chic.

Weingärtnerei **Engelbrecht**

Wolfgang & Gabriele Engelbrecht
3492 Etsdorf, Obere Marktstraße 1
Tel. +43 2735 2320
engelbrecht.wein@aon.at, www.engelbrecht-wein.at
21 Hektar, W/R 70/30

Was dieser Wolfgang Engelbrecht in diesem nicht einfachen Jahrgang 2020 gezaubert hat, ist mehr als beachtlich. Er macht Weine, deren Preise bei anderen Weingütern doppelt so hoch wären. Ein mehr als faires Preis-Leistungs-Verhältnis.
Ein vortrefflicher Grüner Veltliner Kamptaler Terrassen, ein ebensolcher von der Ried Galgenberg führt zum GV Ried Stein aus Engabrunn. Der 2019 aus derselben Lage zeigt dann auf, wohin die Reise geht. Reife ist durch nichts zu ersetzen. Bei den Rieslingen beginnt es mit einem feinnervigen „Sroakammerl". Der Ried Wohra sollte man noch Zeit lassen. Ein grandioser Riesling, der halt nach Flaschenreife schreit.
Die Burgunder-Sorten sind allesamt wohl gelungen. Grauburgunder – Weißburgunder – Chardonnay: Jeder einzelne sorgt für große Zufriedenheit.
Von betörender Schönheit ist die 2019 Traminer Cuveé – natürlich dominiert der Traminer, der Weißburgunder sorgt für den Unterbau.
Bei den Rotweinen finde ich den 2019 Spätburgunder hervorragend. *as*

KAMPTAL DAC

★★ S € GV FUN PLV
2020 Grüner Veltliner „Kamptaler Terrassen" + Gelbfruchtig-pfeffrige Würze, Löwenzahn, Kamille, wie eine Frühlingswiese, ungemein stimmig mit knackiger Säure, dezente Exotik, Orangenblüten, ein toller, überaus typischer Grüner Veltliner von hohem Niveau.

★★ S €€ GV
2020 Grüner Veltliner Ried Galgenberg + Kräuter, Pfeffer, Exotik, Ananas, Orangenzesten, weiße Blüten, rassiger Löss, Citrus, sehr typisch, dezent erdige Noten, gute Struktur mit dezenter Creme.

★★★ S €€ GV
2020 Grüner Veltliner Ried Stein/Engabrunn + Steinige Frische, Ringlotten, Quitte, Marillen, gelbe Früchte, ein toller Grüner Veltliner von feinster Textur, großer Eleganz, liegt eng auf dem Gaumen, salzige Mineralität, entwickelt Druck auf dem Gaumen, geht lang ab.

★★ S €€ RI
2020 Riesling „Stoakammerl" + Rauchig-dunkle Mineralität, Marillenhaut, feinnervig, rassig, gelber Apfel, braucht etwas Luft, um sich zu entfalten, Kräuter, spritzige Säure, ein herrischer Riesling, geht richtig auf, viel Substanz, straff durchgezogen.

★★★ S €€ RI TIPP
2020 Riesling „Graphit" Ried Wohra + Hier trinkt man reine Zukunft, anfangs dezente Reduktion, geht dann prachtvoll auf, Marillenröster, weißer Pfirsich, viel Steinobst, fein liniert, Grapefruit, stark auf dem Gaumen, sehr dynamisch, tolle Säure, engmaschig, sehr ausdrucksstark.

★★★★ S €€€ GV TIPP
2020 Grüner Veltliner Reserve + Weißer Pfeffer, viele Kräuter, herrliche Würze, hochelegant, unglaublich feingliedrig, steinige Mineralik, rauchig, Wiesenblumen, straffe Säure, ziemlich eng, sehr spannend, voller Strahlkraft. Ein Versprechen für die Zukunft.

★★★★ S €€€ GV TIPP
2019 Grüner Veltliner Reserve Ried Stein/Engabrunn + Dunkelwürzig, rauchig, gemahlener Kaffee, steinig, schwarze Pfeffer, gerbstoffbetont, viel Struktur, viel Zukunft, viel Stoff, kräftig und tiefgründig, viel Substanz, toller Körper. Bitte unbedingt dekantieren, ein großes Glas. Nicht zu kalt genießen.

NIEDERÖSTERREICH

★★★ S €€€ PB
2020 Weißburgunder Ried Kirchthal/Feuersbrunn + Ein fruchtbetonter Weißburgunder, Heublumen, gelber Apfel, Nüsse, Hauch von Honig, Orangenschalen, gehaltvolle Eleganz, ungemein saftig, liegt eng auf dem Gaumen, die Frucht verschlankt sich, feminine Struktur, weibliche Anmutung, charmant, subtil, seidiger Glanz.

★★★ S € CH
2020 Chardonnay Ried Galgenberg + Erinnert an feine Vanille – doch ohne Holz, Blüten, Mandarinenzesten, mittleres Gewicht, guter Druck, steinige Aspekte, Heublumen, feine Kräuternoten, feine Pikanz, bisschen Citrus, die Eleganz in Wein.

★★★ S €€ CW
2019 Traminer Cuveé + (TR, PB) Die Rosenblätter fallen aus dem Glas, gelber Pfirsich, Nüsse, eine wunderbare Symbiose dieser beiden Sorten, Frucht und Eleganz zeigend, vollfruchtig, weich und geschmeidig, die Saftigkeit in Person, Kräuternuancen, ganz feine Stilistik, so richtig schön, voller fruchtigem Charme. Toller Wein.

★★ K €€ PN FUN
2019 Spätburgunder – Pinot Noir + Weiches Timbre, Leder, Kirschen, Pilze, Orangen, Himbeeren, reife, mürbe Tannine, Unterholz, Moos, absolut typisch, wie aus dem Bilderbuch. Reif, jetzt herrlich zu trinken, der Wein ist gefestigt, höchst angenehm, da kann nichts mehr passieren. Von einer wunderbaren Harmonie. Ein höchst charmanter Pinot Noir, der keinen Wunsch offenlässt.

Weingut
Wolfgang & Sylvia Groll

Wolfgang & Sylvia Groll
3550 Reith/Langenlois, Reith 59
Tel. +43 2734 8522
info@weingut-groll.at, www.weingut-groll.at
11 Hektar, W/R 78/22, 50.000 Flaschen/Jahr

Wolfgang und Sylvia Groll freuen sich über einen fruchtbetonten Jahrgang, der Trauben in ausreichender Menge produziert hat. Der Veltliner „Vom Löss" hat sich seit der Sommerweinkost sehr gut entwickelt, er bietet gute Fülle bei moderatem Alkohol. „Vom Stein" gefällt in seiner süffigen Kombination aus pikanter Würze, kühler Aromatik und schon reifer Frucht. Ein richtiger Pfeffer-Veltliner kommt von den Amphibolit- und Löss-Böden auf dem Kogelberg. Vom Käferberg mit seinem eigenen, eher kühlen Mikroklima kommt ein erkennbar aus dem kleinen Holz stammender, mächtiger, dabei sehr lebendiger Wein. Guten Fruchtgenuss bei klassischer Sortendarstellung bietet wieder der Chardonnay. Der freundlich, aufmunternde Riesling „Urgestein" wirkt über die höhere Säure heuer etwas rassiger. Auf Lehm, Sand und Schiefer stehen die Reben auf dem Seeberg, wie jedes Jahr zeigt der Wein sich dunkler in der Aromatik und macht Spaß bei reifem Fruchtausdruck. In puncto Spaß ist auch der Muskateller wieder ein feiner Sommerbegleiter, im Zusammenspiel mit Welschriesling und dezentem Zuckerrest verwöhnt er als Frizzante das Kind im Erwachsenen. Zweigelt gibt es in dreifacher Ausführung, als charmanten Rosé, jugendlich verführerisch als Klassik und kompakt mit deutlichem Holzeinsatz als Reserve. Das Preis-Genuss-Verhältnis ist wie jedes Jahr ausgezeichnet. *db*

KAMPTAL DAC

★★ S € GV
2020 Grüner Veltliner Vom Löss + Freundliche Frucht, zart würzig, Stachelbeere, eine Prise Pfeffer; vegetabil-würzig, kecke Kohlensäure, feste Apfelfrucht, Pfirsichsorbet, süffig.

★★ S € GV
2020 Grüner Veltliner Vom Stein + Reife rote Äpfel, auch ein wenig nussig, ein paar Kräuter und Zitrusfrische; reifes Kernobst, gutes Volumen, fester Grip, deutlich mineralische Prägung.

★★★ S €€€ GV TIPP
2020 Grüner Veltliner Ried Zöbinger Kogelberg + Klassisch, ansprechend mit zartsüßer Frucht und begleitender Würze; geht mächtig auf, Säure und Kohlensäure bringen die Frucht zum Klingen, kraftvolle, dabei animierende Erscheinung, hat noch ein bisschen Zeit.

★★★ S €€€ GV
2019 Grüner Veltliner Ried Langenloiser Käferberg Reserve + Reifes, saftiges, gepfeffertes Kernobst, jugendlich; Frucht und Holz müssen sich finden, lebhafte Kohlensäure hilft der Frucht auf die Sprünge, dunkles, reifes Kernobst, auch etwas Dörrobst, braucht noch.

★★★ S € RI
2020 Riesling Urgestein + Fast ein wenig aromatisch, gelungene Mischung aus knackigem Pfirsich und reifer Marille, verführerisch; Steinmehl, kerniges Finale, macht schon Spaß, hat aber noch Zeit.

★★★ S €€ RI
2020 Riesling Ried Langenloiser Seeberg + Reife Frucht, im Hintergrund knackig beerig, eine Prise Pfeffer, getrocknete Kräuter; attraktive Agrumen-Vielfalt, geht sehr schön auf, knackige Säure, die viel Frucht über den Gaumen schwemmt, fruchtsüß, gute Länge und Volumen, straffes Finish.

NIEDERÖSTERREICH

★★★ S € CH FUN
2020 Chardonnay Selektion + Frischer, kalter Pfirsich, stahlig, zart röstig; kerniger Beginn, dann festfleischige Frucht, sehr gutes Volumen, ausdrucksstark, reife Zitrusnoten, feine Aromatik.

★★★ S € GM
2020 Gelber Muskateller Selektion + Ruhige Sortendarstellung, Limetten, Blutorange, auch Zesten, fruchtsüß; reife und dunkle Aromatik, erfrischende Zitrus- und Muskatnoten im Nachklang.

★★ S € ZW
2020 Rosé vom Zweigelt + Waldbeerenpotpourri, hübscher Hell-Dunkel-Kontrast; guter Fruchtausdruck, kleiner Zuckerrest (7), etwas Gerbstoff sorgt für Halt.

★★ S € ZW
2019 Zweigelt Klassik + Saftige Weichseln, auch ein paar Kerne Richtung Marzipan, süße Brombeeren; bringt viel Frucht auf den Gaumen, extraktdicht mit noch zupackenden Gerbstoffen.

★★★ S €€ ZW
2018 Zweigelt Reserve + Tintig, leicht toasty, vanillig, dunkles Beeren-Confit; viel klassische Zweigelt-Frucht hinter dem Holz, dunkle Beeren, Rumtopf, griffig, fein dosierte Gerbstoffe, gute Länge, noch recht jung und fordernd.

★★ S € CW
2020 Frizzante DanAnLe + (WR/GM, 16 RZ) Hübsch aromatisch, neben Blutorange auch ein saftiger Pfirsich, zart pfeffrig; im Zusammenspiel mit dem Restzucker ein sehr fruchtfreundliches Sommergetränk.

BIO

Weingut
Hager Matthias

Hager Doris und Matthias
Mollands, Weinstraße 45
3562 Schönberg am Kamp, Tel. +43 2733 8283
wein@hagermatthias.at, www.hagermatthias.at
15 Hektar, W/R 80/20

Mit Grünem Veltliner kann man bei Matthias Hager genüsslich durch das gesamte Sortiment spazieren. Am besten fängt man mit dem Pet Nat an. Er ist ein guter Beweis, dass Grüner Veltliner sich ideal für diesen unkomplizierten Sprudelspaß eignet. Es gibt aber auch eine empfehlenswerte Zweigelt-Variante. Dann kommt der einfachgestrickte Ortswein Mollands, ein appetitanregender Sortenvertreter. Beim Urgestein bietet sich ein Jahrgangsvergleich an – ebenso wie beim Riesling von der unterschätzten Lage Seeberg. Der „Vielfalt" ist teilweise auf der Maische vergoren und macht Freunde der Natural Wines glücklich. Zum Schluss ein liebliches Tröpfchen Auslese. Bemerkenswert: Auch der Süßwein kommt mit wirklich ungewöhnlich wenig Schwefelgabe aus und geht oxidativ ausgebaut deswegen in eine rauchige Sherry-Richtung.
Matthias Hager hat erkannt, dass die rechtzeitige Lese eine große Rolle spielt. 2020 wird weniger stoffig als 2019 werden, ist wieder höher in der Säure und niedriger im Gerbstoff. Beim biodynamischen (Demeter-)Winzer wird selbstverständlich alles spontanvergoren. Die Naturhefen balancieren das Zucker-Säure-Verhältnis am besten aus, meint Hager. „Weine sollen sich selbst ihren Weg finden." Das Vertrauen, dass gesundes Traubenmaterial und saubere Bedingungen das ideale Ergebnis liefern, macht sich bezahlt. Die Weine beweisen Langlebigkeit, Eleganz und Eigenständigkeit. Auch bei den jungen, fruchtigen findet man Seltenheiten: Eine Spezialität ist jedes Jahr der gleichgepresste Zweigelt Blanc de Noir. Aus Zweigelt-Trauben macht Hager überhaupt nur Gelungenes: Der Blanc de Noir Sekt ist das Beste, was man aus Zweigelt in Schaumweinform machen kann. Für Fans des frankophilen Sprudels eine regionale Alternative. *juf*

KAMPTAL DAC

★★★ S €€ GV
2020 Grüner Veltliner Mollands + Limettenschale, Strudelapfel, etwas Rhabarber, muntere Säurestruktur, fast prickelnde Frische, typisches Pfefferl, resch und einfach gestrickt, ein klassischer Typ und ein vielfältiger Speisenbegleiter mit appetitanregender Art.

★★★ S €€ RI
2019 Riesling Terrassen + Frische Marille tänzelt in der Nase und auf dem Gaumen, Grasschnitt, zart blumig, nasser Ton, ein schönes Beispiel für einen knackigen, feinen Riesling aus dem Lehrbuch, zum Jetzt-Trinken und zum Aufheben geeignet.

NIEDERÖSTERREICH

★★★ S €€ ZW FUN
2020 Zweigelt Blanc de Noir + Frisch-exotisch in der Nase, grüne Mango, Wiesenkräuter, Joghurt, Minze, zupackend, lebendig und säurebetont, perfekter Picknick-Wein mit leichtfüßigen 11,5 Vol.-%

★★★★ S €€ GV
2019 Grüner Veltliner Urgestein + Halbtrocken, fülliger Körper mit druckvoller Frucht, Pfirsichkompott, schöne Mineralität, angenehme Restsüße, ein Veltliner für Freunde von säurearmem Riesling.

★★★★ K €€€ RI
2019 Riesling Seeberg + Estragon, Zitronengras, Senfkörner, Blütenhonig, feinwürzige Noten, überzeugt durch Frische und Würze, entwickelt sich, 13 Gramm Restsüße sind gut mit der Mineralität kombiniert.

★★★★ K €€€ RI
2017 Riesling Seeberg + Duftet intensiv nach warmem Karamell, Erdnussbutter, Cassis, Laugenblätterteig, mollig, ausgewogenes Zucker-Säure-Verhältnis, optimal gereift.

ÖSTERREICH

★★★ KK €€€ ZW FUN
2019 Pet Nat Zweigelt + Ein Hauch Ribisel, Zitronentarte, Quittengelee, Mandarine, bisschen Brioche, frisch, duftig und luftig mit lockeren 11,5 Vol.-%, geht weg wie nix.

★★★★ S €€€ GV
2018 Grüner Veltliner Vielfalt + Frisch gemähtes Heu, Mirabellen, auf dem Gaumen Quitte und ein Hauch gelber Paprika, Waldhonig, leicht rauchig, ein Viertel Maischegärung bringt Tiefe und Haftung.

★★★★ K €€€ GV PLV
2018 Grüner Veltliner Urgestein Natural + Apfelkerne, Bittermandel, erinnert mit zartem Marzipanhauch an Elsbeeren, ausgeglichen nimmt er die Kraft vom heißen Sommer mit und wird nach ein paar Tagen weicher.

★★★★★ K €€€ ZW TIPP
2016 Brut Rosé + Briochekipferl, Herzkirschenmarmelade mit einem Schuss Weichsellikör, Lemon Curd, Hibiskus, Hagebutte, feinhefig, perfekt austariertes Zucker-Säure-Verhältnis.

Weingut
Hiedler

Ludwig & Dietmar Hiedler
3550 Langenlois, Am Rosenhügel 13
Tel. +43 2734 2468, Fax -5
office@hiedler.at, www.hiedler.at
30 Hektar, W/R 95/5, 225.000 Flaschen/Jahr

Ludwig Hiedler, der Senior, und seine Söhne, Ludwig und Dietmar, sind mittlerweile ein optimal eingespieltes Trio, das sich um die Geschicke des traditionsreichen Weinguts in Langenlois kümmert. Und wie es so geht, hat die Jugend auch bereits einiges an eigenen Ideen eingebracht und umgesetzt. So wurde beispielsweise bei der Vinifikation der Veltliner- und Riesling-Lagenweine auf die Verwendung einer einzigen Hefeart umgestellt, um damit den Fokus noch mehr auf die Unterschiedlichkeiten ihres Terroirs zu lenken. Das verwundert vor allem dann nicht, wenn man weiß, dass die Familie über Weingärten in einigen der herausragendsten Kamptaler Lagen verfügt, wie z.B. Thal, Kittmannsberg, Schenkenbichl, oder, für die Rieslinge, Gaisberg, Kogelberg und Heiligenstein. Hier findet sich – verteilt auf die genannten Rieden – eine unglaubliche Vielfalt an Bodentypen, die von Löss, Lehm, Quarzsand, aber auch Gneis, Amphibolit, Marmor, Glimmerschiefer bis zum berühmten Wüstensandstein der Riede Heiligenstein reicht.

Seit dem Vorjahr lässt man den Gewächsen aus Ersten Lagen ein Jahr länger Reifezeit, bis sie in den Verkauf gelangen – eine Maßnahme, die sich auch bei den aktuellen Jahrgängen bewährt, wie sich anhand der formidablen 2019er Veltliner und Rieslinge leicht nachvollziehen lässt. *bb*

KAMPTAL DAC

★★ S €€ GV FUN
2020 Grüner Veltliner Löss + Fruchtbetont, erfrischend, schwungvoll.

★★ S €€ GV
2020 Grüner Veltliner Langenlois + Rauchiges Entrée, Baumrinde, Waldboden; saftig, kompakt, straff, aussagekräftig.

★★★ S €€€ GV
2020 Grüner Veltliner Ried Thal + Salbei, Kräuter, auch Apfelmus, zartes Pfefferl; mittelkräftig, extraktsüß, glasklar.

★★★ S €€€€ GV TIPP
2019 Grüner Veltliner Kittmannsberg 1ÖTW Reserve + Bienenwachs, Mangos, Orangenzesten, Mineralien; kräftig, vollmundig, voll Schmelz und Eleganz; lang.

★★★★ S €€€€ GV TIPP
2019 Grüner Veltliner Schenkenbichl 1ÖTW Reserve + Kühlwürzige Nase, Nadelwald, Unterholz, Tabakblätter, auch weiße Birnen, Blutorangen; fest gebaut, tolle Finesse; bleibt lange haften.

★★★★ S €€€€€ GV TIPP
2019 Grüner Veltliner Maximum Reserve + Baumblüten, Heublumen, Süßmais, dunkler Würztabak, Orangenzesten; kraftvolle, substanzielle Mitte, gebündelte Frucht, Schmelz ohne Ende; tolles Potenzial!

★★ S €€ RI
2020 Riesling Langenlois + Grapefruits, Kriecherl, Zitronengras; knusprige Säure, lebhaft, animierend.

★★★ S €€€ RI TIPP
2019 Riesling Steinhaus + Weiße Pfirsiche, Marillenkuchen, mineralische Ader; enorme Fruchtfülle, Orangen, reife Limonen; erfrischende Säure, extraktsüß, stoffig, lang.

★★★★ S €€€€ RI
2019 Riesling Gaisberg 1ÖTW Reserve + Nasse Steine, Pfirsiche, legt zu mit reifer Frucht, Limonen, Orangen, Marillen; kräftige Statur, alles fein balanciert mit schöner Länge.

★★★★ S €€€€ RI
2019 Riesling Kogelberg 1ÖTW Reserve + Dunkle, kühle Würze, dann Steinobst, Rhabarber, Zitronenäpfel; Kraft und Fülle matchen sich mit Säurepikanz und Mineralität; tiefgründig, komplex, langes Finale.

★★★★ S €€€€ RI TIPP
2019 Riesling Heiligenstein 1ÖTW Reserve + Kreidige Nase, klare Steinfrucht, reich ausstaffiert, Pfirsiche, Aranzini, Zitronentarte; voll hintergründiger Extrakttiefe und doch nahezu schwerelos; klar liniert, großzügig und zugleich hochelegant; Prachtexemplar!

★★★★★ S €€€€€ RI TOP
2019 Riesling Maximum Reserve + Hinreißende Fruchtmelange, Marillenmark, Orangenbiskuit, Limoncello; mächtige Statur, herrlich fruchtsüß, saftstrotzend, dabei total ausgewogen, bleibt druckvoll, generös bis ins letzte Zehenspitzerl; ein Nektar zum Verlieben!

NIEDERÖSTERREICH

★★ S €€ WB
2020 Weißburgunder Langenlois + Baguette, reife Limetten, Birnen; ab der Mitte viel Zitrusfrucht, pikantes Säurespiel, stoffig, ansprechend.

BIO

Weingut
Jurtschitsch

Alwin Jurtschitsch
3550 Langenlois, Rudolfstraße 39
Tel. +43 2734 2116, Fax -11
weingut@jurtschitsch.com, www.jurtschitsch.com
62 Hektar, W/R 70/30

Alwin Jurtschitsch hat mir am Beginn seiner Winzerlaufbahn erzählt, wie wichtig ihm die einzelnen unterschiedlichen Lagen gekoppelt mit dem jeweils typischen Kleinklima sind. Riesling soll für ihn – auf den berühmtesten Kamptaler Weinberg bezogen – nach Heiligenstein und nicht primär nach Riesling schmecken. Mit seiner Frau Stefanie hat er die kongeniale Partnerin im vinophilen und privaten Bereich gefunden. Gemeinsam schaffen sie es Jahr für Jahr, ihren Traum zu leben. Die gemeinsame Grundsatzentscheidung am Beginn ihres Wirkens, auf biologische Bewirtschaftung umzustellen, war ein logischer Entschluss. Der Jahrgang 2020 zeigt sich auch beim Weingut Jurtschitsch von seiner besten Seite. Die bereits gefüllten Weine brillieren mit klarer, frischer Fruchtaromatik, animierenden Zitrusnoten und vermitteln bereits in dieser jugendlichen Phase sehr großes Trinkvergnügen. Die Fassproben der 1ÖTW-Lagen geben in diesem Top-Segment Anlass zu großer Vorfreude. Interessanterweise waren die Rieslinge heuer bereits etwas weiterentwickelt, die typische Mineralität des Heiligenstein noch nachvollziehbarer im Glas erriech- und erschmeckbar. Ein hervorragender österreichischer Schaumwein, reinsortig aus Grünem Veltliner mit null Dosage versektet, bringt einen würdigen Abschluss. *gh*

KAMPTAL DAC

★★★ **S €€ GV**
2020 Grüner Veltliner Stein + Kühle Fruchtausprägung, Assoziationen von Gebirgsbach und nassen Stein, Eleganz vor Kraft, blitzsauber, eine vielschichtige Veltliner-Interpretation; feine Fruchtvielfalt, animierende Zitrusnoten, frischer, anhaltender Abgang.

★★★★ **S €€€€€ GV**
2020 Grüner Veltliner Ried Schenkenbichl 1ÖTW + Elegant, tiefgründig, fein ausgeprägte, dunkle getrocknete Kräuter, etwas gelbe Fruchtaromen, Pfeifentabak, Kletzenbrot; Frucht intensiviert sich, frischer-saftiger Apfel, gelbe Grapefruit, Kräuterwürze und pointierte Pfeffernote im lebendigen Finish.

★★★★ **S €€€€€€ GV**
2020 Grüner Veltliner Ried Käferberg 1ÖTW + Tiefgründig, schwarzer Pfeffer, Wacholderbeeren, feine, saftige Apfelnote, gelbe Kriecherln, zeigt viele Facetten; frisch, saftig, nervige Säure, fleischiger Apfel, Gute Luise, Grapefruit pur, zieht richtig über den Gaumen, lang anhaltender Abgang.

★★★★ **S €€€€€€ GV** TIPP
2020 Grüner Veltliner Ried Lamm 1ÖTW + Komplex, großer Tiefgang, feinfühlig, hochelegant, feinste Kräuterwürze, vielschichtige Fruchtnuancen, wohldosierter, frisch geriebener schwarzer Pfeffer; harmonisch und ausgewogen, kraftvoll und zugleich perfekt strukturiert, animierende Zitrusfrüchte, ein großer Lamm-Veltliner kündigt sich an.

★★★★ **S €€€€ RI** TIPP
2020 Riesling Ried Loiserberg 1ÖTW + Klirrende Frische, zarte Steinobstaromen, feiner Weingartenpfirsich, kühler Gebirgsbach und nasser Stein; saftig, animierende Säure, präzise Marillenfrucht, etwas Mango, ergänzt von dunklen Zitrus-noten, Trinkvergnügen auf sehr hohem Niveau, bleibt haften.

★★★★ **S €€€€ RI**
2020 Riesling Ried Heiligenstein 1ÖTW + Herkunft vor Sorte, leicht rauchig, blitzsaubere Steinobstnoten, zeigt Eleganz und Tiefgang; lebendige Säure, etwas gedörrte Marille, leichtfüßig, saftig und gleich einnehmend, Blutorange und Mandarinenfilet im anhaltenden Finish.

★★★★ **S €€€€€€ RI** TIPP
2020 Riesling Ried Heiligenstein Alte Reben 1ÖTW + Dunkle Kräuterwürze, Mineralität pur, komplex, tiefgründig, zeigt immer mehr Facetten, feine Tabaknote, zart rauchig, hochelegant; deutet bereits in diesem frühen Stadium seine Klasse an, Weingartenpfirsich blitzt hervor, nervige Säure, richtig animierend, saftige Marillenanklänge und etwas dunkle Zitrusfrüchte im langen Abgang.

ÖSTERREICH

★★★★ **K €€€€ GV** TIPP
Jurtschitsch Brut Nature Große Reserve + Eleganter, ausgewogener Duft, feinfühlige Fruchtausprägung, reife Birnenaromen, etwas Quitte, Anklänge an Maracuja und Ananas, hochfein; zarter Mousseux, knochentrocken, lebendige Apfelnoten, Biskuit, gelbe Grapefruitfilets im noblen Nachhall.

BIO

Bioweingut **Kemetner**

Simon Kemetner
3492 Etsdorf, Obere Marktstraße 2
Tel. +43 2735 5147
weingut@kemetner.at, www.kemetner.at
9 Hektar, W/R 85/15

Das Weingut kann auf eine große Tradition zurückblicken.1641 erstmals urkundlich erwähnt. Doch von Tradition kann man nicht leben. Simon geht den Weg seines Vaters konsequent weiter. 2008 Umstellung auf Bio. 2011 biologisch zertifiziert. Die Weine werden besser und besser.

Simon übernahm im Juli 2019 den Betrieb, natürlich mit Unterstützung seines Vaters. Man richtet sich beim Rebschnitt und Ernte nach den Mondphasen. Das Weingut bewirtschaftet exzellente Lagen wie die Ried Karl – bedeutet „am Fuße des Berges" – und die Ried Wohra – eine perfekte Riesling-Lage.

Der Jahrgang 2020 ist bestens gelungen. Es sind knackige Weine mit einigem Lagerpotenzial. Die besten sollte man nicht vor dem Herbst öffnen.

Die besten sind: Riesling Ried Wohra, Riesling Ried Karl – beide sind absolute Klasseweine. Grüner Veltliner Ried Karl – und GV Alte Reben Ried Karl.

Dann gibt es noch einen maischevergorenen Roten Muskateller. Ein Wein, der einen nicht kalt lässt.

Einen Wein, den man schon jetzt mit großem Vergnügen trinken kann, ist der Grüne Veltliner Ortswein Grafenegg. *as*

KAMPTAL DAC

★★ **S € GV**
2020 Grüner Veltliner + Kräuter, dunkle Pfefferwürze, etwas Kaffee, frisch, knackig, lebendig, rustikaler Touch, ziemlich kernig, ein Gebietswein der fordernden Art. Muss sich noch abschleifen.

★★ **S €€ GV** FUN
2020 Grüner Veltliner Grafenegg + Feines, dezent rauchiges Bouquet, weißer Pfeffer, bisschen Exotik, gelbe Früchte, gute Frucht, auch eng auf dem Gaumen, passende Säure, ein hervorragender Ortswein, der sich bestens darstellt.

★★★ **S €€ RI**
2020 Riesling Ried Wohra + (Gföhler Gneis) Tolle exotische Noten, Ananas, Apricot , Mandarinen, ging richtig auf, war anfangs sehr verschlossen, aber dann ... vielschichtig, ungemein präzise, zeigt auf, stoffig, tolle Säure, so richtig klassisch Riesling mit Nerv, straff und dicht, ganz viel Zukunft.

★★★ **S €€€ RI** TIPP
2020 Riesling Ried Karl + Kräuter und Honignoten, Marillen, Pfirsich, etwas Kamille, fein und hochelegant, noch total verkapselt, doch mit sehr viel Substanz, steinigen Aspekten, eng, dicht, viel Mineral, Hauch von Schoko, feste Struktur, nicht vor dem Herbst aufmachen. Aber dann ...

★★★ **S €€ GV**
2020 Grüner Veltliner Ried Karl + Exotischer Touch, weißer Pfeffer, Ananas, frische Kräuter, gelber Apfel, Ringlotten, sehr elegante Note, feste Struktur, kompakt, druckvoll, tolle Länge, überaus typisch, der geht seinen Weg. Braucht den Frühling, um ganz aus sich herauszugehen.

★★★★ **S €€€ GV** TIPP
2020 Grüner Veltliner Ried Karl Alte Reben + Der erste Eindruck – ein besonderer Wein, ungemein gelbfruchtig, große Eleganz zeigend, Szechuanpfeffer, Marillen, Nelken, Löwenzahn, Gewürze, Honignoten, feinst strukturiert, saftig und fest, ganz viel Substanz. Ein großes Versprechen für die Zukunf.

NIEDERÖSTERREICH

★★ **S € RM**
2020 Roter Muskateller Ried Hofstatt + Citronenzesten, Holunder, bisschen Zimt, ziemlich rassig, Orangenblüten, wenig Frucht, knackig, wirkt etwas rustikal, ist forderndnervig, ein richtiger Kneippwein, straff durchgezogen.

★★★ **S €€ RM**
2020 #nofilter Roter Muskateller + maischevergoren Orangefarben, etwas naturtrüb, unfiltriert, unglaublich duftig, Orangen, Citrus, Pfirsich, Ananas, überhaupt toll exotisch, Holunderblüten, Mango, Zimt, gerbstofftrocken auf dem Gaumen, zieht nach hinten, ist ein hervorragender Essensbegleiter. Sehr individuell, zeigt Charakter und Festigkeit.

★★ **K €€ ZW**
2020 Rosé Zweigelt + Helleres Rot, Kräuter, ein Hauch von Erdbeeren, Blüten, Flieder, herb-trocken auf dem Gaumen, feste Struktur, kerniger Ausdruck, sehr eng, dicht, leicht mit einigem Druck, sehr ernsthaft.

Weingut
Leindl

Georg Leindl
3561 Zöbing, Am Wechselberg 12
Tel. +43 2719 2609, Fax -4
info@weingutleindl.at, www.weingutleindl.at
8 Hektar, W/R 100/0, 45.000 Flaschen/Jahr

Nach Jahren in Forschung, Lehre und Beratung erfüllte sich der Önologe Georg Leindl einen Lebenstraum und gründete 2013 sein Weingut in Zöbing, das zu den Österreichischen Traditionsweingütern gehört. Mit den Rieden Seeberg, Kogelberg und Heiligenstein verfügt der engagierte Winzer über Anteile an renommierten Lagen. Die aktuelle Serie zeigt, dass Georg Leindl ein Gespür für die einzelnen Rieden hat und deren Charakteristika sensorisch einwandfrei herausarbeitet. Feinheit und Eleganz kennzeichnen die Weine.

Der Seeberg mit seinem Untergrund aus Glimmerschiefer und Einsprengseln von Amphibolit ist nach Süd und Südwest ausgerichtet. Der Boden ist schluffig-sandig und überwiegend kalkfrei. Hier sieht Georg Leindl großes Potenzial für vielschichtige Veltliner. Der Kogelberg ist eine kühle Lage, dazu kommen noch starke Temperaturwechsel zwischen Tag und Nacht. Solche Bedingungen und ein Boden aus Glimmerschiefer fördern rassige Rieslinge. Auf dem legendären Heiligenstein mit seinem rötlichen, verwitterten Wüstensandstein und den Konglomeraten vulkanischen Ursprungs gedeihen feinwürzige Rieslinge großer Klasse. Irbling ist eine großteils steil abfallende Südlage, die sich tagsüber extrem aufheizt und in der Nacht durch die kalten Winde aus dem Waldviertel gekühlt wird. Der Riesling, der hier wächst, schätzt den Untergrund aus verwittertem Gneis und Schiefer. Am anderen Ende der geologischen Bandbreite liegt der Löss, und den finden wir in der Lage Eichelberg. Der Winzer liebt diese Riede, weil Trockenstress ein Fremdwort ist, und der Grüne Veltliner hier die besten Voraussetzungen für konzentrierte und komplexe Gewächse findet. In besonders guten Jahrgängen wird auch Viognier gefüllt. *ww*

KAMPTAL DAC

★★★ **S € GV**
2020 Grüner Veltliner Langenlois + Ruhig, kompakt, reife Pfirsiche, Äpfel, Kräuter und ätherische Aromen; saftig, würzig, sanfter Schmelz, gute Substanz, wertig.

★★★ **S €€€ GV**
2020 Grüner Veltliner Ried Eichelberg + Sanfter Druck, vom Löss geprägt, feine Würze, warm getönte Frucht; schließt kraftvoll an, zugängliche Säure, Fruchtschmelz, feinkörnige Würze klingt lange nach.

★★★ **S €€€€ GV**
2020 Grüner Veltliner Ried Seeberg 1ÖTW + Feingliedrig, Pfeffer, hauchzarte Kräuterwürze, elegante Frucht; feine Klinge, Schieferboden prägt Struktur und Aromatik, pfeffrig-fruchtig mit bodenstämmigen Aromen im mittellangen Nachhall.

★★★ **S €€ RI**
2020 Riesling Urgestein + Dezent, knackige Früchte à la Pfirsiche und Äpfel, zarte Kräuternote; Frucht-Kräuter-Melange, bisschen Zitrus, belebende Säure, feiner Zug, mittelgewichtig.

★★★ **S €€€ RI**
2020 Riesling Ried Irbling + Feingliedrig, Prise Pfeffer, sortentypische Pfirsiche; saftig, Säurerückgrat, viel Steinobst, kristalliner Untergrund kommt durch, passende Substanz, kühle Frucht klingt nach.

★★★★ **S €€€ RI**
2020 Riesling Ried Kogelberg 1ÖTW + Druckvoll, reife Weingartenpfirsiche, präzise; Riesling pur, stoffig, lebendig, tiefe Frucht, Schmelz, Schieferboden im Abgang und im langen Nachhall, freundliche Steinobstnoten im Finale.

★★★★ **S €€€ RI** TIPP
2020 Riesling Ried Heiligenstein 1ÖTW + Feingliedrig, elegant, Anklänge von Galiamelone, Karambole und knackigen Pfirsichen, bodenstämmige Noten; saftig, Trinkfluss, Steinobst dominiert, feines Säurerückgrat bis in den Abgang, Prise Zitrus und Limettenschalen im Nachhall, Feinheit und Lagencharakter.

NIEDERÖSTERREICH

★★ **S € GV** PLV
2020 Grüner Veltliner + Fichtennadeln, gelbe Äpfel; zarte Kohlensäure, Würze und frische Frucht verwoben, zugängliche Säure, mittleres Gewicht, im Nachhall fruchtig-würzig.

★★ **S €€ GM** FUN
2020 Muskateller + Wohltuend unplakativ, Holunderblüten, reife Zitronen, Anklänge von knackigem Pfirsich; schließt aromatisch an, angenehme Säure, gute Substanz, trinkanimierend, Kräuter und Zitronenzesten im Abgang.

★★★★ **S €€€€ VI** TIPP
2020 V + Vielschichtig, sanft, druckvoll, Gewürze, Honigmelonen, Süßholz, Feuerstein; Zug, fokussiert und lebhaft, viel reife Frucht, zusätzlich reife Pfirsiche im langen Nachhall, Riesling-haftes Finale.

Weingut
Thomas Leithner

Thomas Leithner
3550 Langenlois, Walterstraße 46
Tel. +43 2734 2552, Fax -4
kontakt@thomas-leithner.at, www.thomas-leithner.at
12 Hektar, W/R 70/30. 65.000 Flaschen/Jahr

Mitten im Herzen der Kamptaler Weinhauptstadt Langenlois befindet sich das kleine, feine Weingut der Familie Leithner. Thomas Leithner und sein Sohn – auch ein Thomas und 28 Jahre jung – machen vieles anders, verfolgen gezielt ihre eigene Linie und sind damit äußerst erfolgreich unterwegs, vor allem auch im Ausland. 70% der Weine gehen mittlerweile in den Export, vorwiegend nach Deutschland, Frankreich, in die Schweiz und in die Benelux-Länder, aber auch nach China, wo ein wichtiger Abnehmer gefunden wurde. Beim Junior handelt es sich übrigens bereits um den Ururenkel des Prof. Dr. Fritz Zweigelt, des Namensgebers jener von ihm aus St. Laurent und Blaufränkisch gezüchteten Sorte, aus der Österreichs beliebteste Rotweine stammen.
Das Vater-Sohn-Gespann geht seinen Weg konsequent in Richtung ökologischer und nachhaltiger Arbeitsweise, die dem Weingut – als erst drittem Betrieb in Österreich – die Zertifizierung des Systems „fair and green" einbrachte. Leithner-Weine sind niemals zarte, leichtgewichtige Säfte, sondern beginnen fast ausnahmslos bei 12,5% vol. Alkohol, meistens darüber. Und es sind auch nur noch wenige Jungweine unter ihnen, denn die Betriebsphilosophie zielt eindeutig auf ein- oder mehrjährig gereifte Gewächse ab, „so wie man sie im Ausland sucht", ergänzt der Senior. *bb*

KAMPTAL DAC

★★★ S €€ GV **PLV**
2019 Grüner Veltliner Steinhaus Reserve + Kornfeld, Äpfel, Limonen; feine Säure, mineralisch; saftiges Mittelgewicht, geschmeidig, substanziell, präzise, fabelhaft.

★★★ S €€€ GV
2019 Grüner Veltliner Steinhaus Privat Reserve + Rauchige, maskuline Nase, Tamarinde, Bergamotte; straff, kompakt, viel Kräuterherbe, Birnen, etwas Pfefferkörner; satter Biss.

★★★ S €€€€ GV **TIPP**
2018 Grüner Veltliner Steinhaus „X" Reserve + Dunkler Schiefer, kühlwürzig, Nadelwald, Anis, Orange-Bitter; komplexe, tiefe Fruchtfülle, Grapefruits; fest gebaut, klar strukturiert, extraktreich, großzügig in jeder Weise; bleibt lange haften.

★★ S €€ RI
2019 Riesling Steinhaus Reserve + Konzentrierte Frucht, Orangenschalen, Maracuja, Nektarinen; delikater, knackiger Fruchtschliff, stoffig, mineralisch; nach hinten etwas schüchtern.

★★★ K €€€ RI
2019 Riesling Steinhaus Privat Reserve + Gesteinsmehl, Kumquats, Limonen, baut sich druckvoll auf, engmaschige, Orangenzesten, Marillenkuchen, Papaya; kraftvoll, individuelles Finish, bisschen Kräuterbitter.

★★★★ S RI **TIPP**
2019 Riesling Steinhaus Privat Reserve + Kühlwürzige Frucht, Waldboden, Aranzini, kandiertes Steinobst, auch tropische Fruchtanklänge; milde, reife Säure, saftig, fruchtsüß, kraftvoll, alles gut austariert; langer Nachhall.

NIEDERÖSTERREICH

★★★ S €€€ RI
2019 Mantis Religiosa (CH/NB) + Teebutter, Zitronencreme, Vanilleschoten, Limonen, ein Hauch Ingwer; fließt satt und sanft über den Gaumen, spannender Dialog aus Fruchtsüße und Säure, röstig eingerahmt, rund; zerschmilzt förmlich auf dem Gaumen.

★★ S €€ RO **FUN**
2020 Zweigelt Rosé + Rote und grüne Beeren, Hagebutten; dann die blitzsaubere, erfrischende Erdbeerfrucht; klar gegliedert, lebhaft und trinkanimierend.

★★★ S €€ ZW
2015 Zweigelt + Rotbeeriger Auftritt, Ribisel, Kornelkirschen, Kräuterbeet; animierende Fruchtsäure, mächtiger Körper mit relativ fragiler Struktur, bisschen verhalten; hübsche Länge.

Weingut
Loimer

Fred Loimer
3550 Langenlois, Haindorfer Vögerlweg 23
Tel. +43 2734 2239
weingut@loimer.at, www.loimer.at
70 Hektar, W/R 80/20, 400.000 Flaschen/Jahr

Bei Fred Loimer hat man das Gefühl, er ist immer der Zeit voraus: In seinem Bio-Weinkosmos betrachtet der Langenloiser Winzer dabei nicht nur sein Weingut als Einzelplaneten, sondern stellt sein Tun in einen Gesamtkontext. Der innovative Winzer schließt mit Gleichgesinnten Kooperationen der Stärke – so wie in der Respekt-Biodyn-Gruppe.

„Die Qualität eines Weines, ja sein gesamtes Wesen, wird von seiner Herkunft geprägt." Das lebt der Winzer auf bodenständige und naturverbundene Art. „Wir nehmen viel auf von der Naturweinwelt." Dieser Natürlichkeit, ohne große Eingriffe, trägt Loimer auch Rechnung und bringt jetzt seine Top-1ÖTW-Weine erst zwei Jahre nach der Ernte. „Wir müssen dem Wein mehr Zeit geben, um stabil zu sein", sagt Loimer und geht damit schon wieder der Zeit einen Schritt voraus. *hp*

KAMPTAL DAC

★★★ **S €€€ GV**
2019 Grüner Veltliner Ried Loiserberg 1ÖTW + Roter Pfeffer, Hibiskus und Hagebutte, gelbfruchtig; relativ geschmeidig, Oliven, brotig, viel Quitte, mürber Apfel, endet mit Pikanz.

★★★★★ **K €€€€€ GV** TOP
2019 Grüner Veltliner Ried Käferberg 1ÖTW + Salzig, viel schwarzer Pfeffer, exotische Fülle, reife Grapefruit, Veltliner-Purist mit weicher Textur; dunkelwürzig, feine Säure, saftig, Orangen, Ananas, schöne Balance, knochentrocken, super Länge.

★★★ **S €€€ RI**
2019 Riesling Ried Loiserberg 1ÖTW + Würzige Steinobstfrucht, zart cremig, Marzipan, gute Tiefe; viel Schliff und Balance, Pfirsichnoten, dezent röstig, Gerbstoff-Grip, mittellang.

★★★★ **S €€€€€ RI** TIPP
2019 Riesling Ried Seeberg 1ÖTW + Füllig, zart cremig, reife Steinobstnoten, Nektarinen; tropische Früchte, Marillen, enorme Säure und Mineralität, super Spannung und Länge.

★★★★ **S €€€€€ RI**
2019 Riesling Ried Steinmassl 1ÖTW + Reichhaltig, eingelegte Oliven, Mango, gekochtes Steinobst; charmant fruchtsüß, rund, steinig, einige Mineralität, viel Pfirsich, robust und balanciert.

★★★★ **S €€€€€€ RI** TIPP
2019 Riesling Ried Heiligenstein 1ÖTW + Super Fruchtexotik, Mandarinen, Pfirsich, dezente Würze, Feuerstein; saftig und lebhaft, Biss und Mineralität, tropische Frucht, Orangen, rosa Grapefruit, Pfirsich, lässige Säure, Heiligenstein-Purist.

★★★★ **K €€€€€ PN**
2019 Pinot Noir Ried Dechant Langenlois + Rauchig-würzig, charmante Himbeernote, Sauerkirsche; saftig, Himbeere, burgundertypisch, ausgeprägte Säure, Lagerfeuer, kühl aromatisch, feingliedrig.

THERMENREGION

★★★★ **K €€€€ CW**
2019 Gumpold Gumpoldskirchen + (ZF/RG/CH) Marzipan und Oliven, würzig und rauchig, gute Fülle und Tiefe, zart burgundisch; schöne Würze, viel Fruchtexotik, cremige Fülle, burgundisch geprägter, kraftvoll-eleganter Wein.

★★★ **S €€€€€€ PN**
2019 Pinot Noir Anning Gumpoldskirchen + Süße Burgunder-Frucht, Lakritze, Linzer Torte; üppige Frucht, dunkle Kirschen und Himbeeren, ausgeprägtes Holz, Gerbstoff und Tannin, braucht Zeit.

NIEDERÖSTERREICH

★★★ **K €€€€ CR**
Sekt Brut Rosé Reserve NV + (NV: Non Vintage, ZW/PN/SL) Kirsche und Cassis gleichermaßen, kühle Würze; feiner Gerbstoff, Ribisel, Kirschen, Waldhonig, lebhaft-frisch, schöne Säurestütze.

★★★★ **K €€€€ CR/CW**
Sekt Extra Brut Reserve NV + (ZW/PN/CH/PB/PG) Viele Pilze, Waldboden, geröstete Banane, schöne Tiefe; fester Körper, Fruchtexotik, Orangenzesten, gute Fülle, nah am Champagner gebaut – bei österreichischer Spritzigkeit.

★★★★ **K €€€€€ CW** TIPP
2016 Sekt Blanc de Blanc Große Reserve Langenlois Brut Nature + (CH/PB). Wirkt enorm champagnerhaft, Waldboden, dezente Würze, Oliven, nussig; saftig bei viel Säurepikanz, Birnen, Feigen, lang präsent.

★★★ **K €€€€€ PN**
2016 Sekt Blanc de Noir Große Reserve Gumpoldskirchen Brut Nature + Karamell, getrocknete Kräuter, eingelegte Beeren; vollmundig, rotbeerig, gerundet, trinkvergnüglich.

ÖSTERREICH

★★★ **K €€ GM** FUN
2020 PetNat mit Achtung + Zart cremig, aromatisch, feine Holundernote, dezente Würze, gelbfruchtig; muskatig, betont trocken, Gerbstoff-Würze, Mandarinen, Zitrus. Sprudel mit Pfiff und Animo.

★★★ **S €€ CW**
Gluegglich Weiß + (NV) Muskatig, dezent Rosenduft, markante Würze; exotische Frucht, apfelig, gesunder Gerbstoff, messerscharfer Naturwein von mittlerer Länge, Trinkanimo.

♛ ♛ ♛

Weingut
Barbara Öhlzelt

Barbara Öhlzelt
3561 Zöbing, Eichelbergstraße 32
Tel. +43 2734 4857
barbara@weinberggeiss.at, www.weinberggeiss.at, www.verjus.at
6 Hektar, W/R 100/0

Barbara Öhlzelt ist eine zierliche Winzerin – ihre Weine bringt sie jedoch oft mit Essen in Verbindung, und das hat mit ihrem Partner, dem bekannten Koch Karl Schwillinsky, zu tun, der immer wieder in Öhlzelts Zöbinger Weinkeller auf dem Seeberg bei diversen Weingenuss-Abenden aufkocht. Die Termine sind immer schnell ausgebucht, vor allem jetzt, da die Leute nach eineinhalb Jahren Corona richtiggehend ausgehungert sind. Wer jedoch bei Barbara Öhlzelt auf eine Weinrunde einkehrt, kann als kulinarisches Häppchen auch Speisen im Glas mitnehmen. Weinmäßig hat sich wieder ein Stück bei Öhlzelt getan. Einerseits ist sie jetzt lizenziertes Mitglied der Österreichischen Traditionsweingüter, womit sie ihre Top-Lagen auch mit „1ÖTW" sichtbar macht. Beim Riesling sind das die Rieden Heiligenstein und Kogelberg. Das sind auch die beiden Highlights des Jahres, wobei der Heiligenstein-Riesling in seiner straffen Puristik einen Tick über dem etwas runder ausgeformten Kogelberg ist.
Persönliches Highlight der Winzerin ist ihr neuer Veltliner aus der Ried Lamm, einer der besten 1ÖTW-Lagen. Ihr Erstlingswerk hat sie großteils in neuem und gebrauchtem Holz ausgebaut – und der Wein hat sich gleich als spannendster und bester in der Öhlzelt-Veltliner-Welt obendrauf gesetzt. *hp*

KAMPTAL DAC

★★★ **S €€ GV**
2020 Grüner Veltliner Kellerweingarten + Grüne Oliven, viel Löss-Würze, schwarzer Pfeffer, Hülsenfrüchte, gelbfruchtig; würzig, exotische Frucht, Ananas, Mandarine, balanciertes Mittelgewicht mit Säurekick.

★★★ **S €€ GV** **FUN**
2020 Grüner Veltliner Zöbinger + Dezente Würze, Quitten, Orangetti, wirkt weich, Kokosflocken; rosa Pfeffer, kernig, viel Kräuterwürze, mineralisch, straff, Williamsbirne, gute Länge.

★★ **S €€ GV**
2020 Grüner Veltliner Kammern + Heunoten, mild, Hülsenfrüchte, leicht rauchig; weiter weich, reife Grapefruit, im Hintergrund etwas Säure, rund, unkompliziert trinkig.

★★★ **S €€€ GV** **PLV**
2020 Grüner Veltliner Ried Blauenstein + Südfrüchte, eingelegte Ananas, schwarzer Pfeffer markant, kühle Aromatik; saftig, Mango, Ananas, reife Birnen, dunkle Würze, stimmiger Veltliner.

★★★ **S €€€€ GV** **TIPP**
2020 Grüner Veltliner Ried Lamm 1ÖTW + Honignoten, Rosinen, wirkt üppig, leicht würzig, dezent nussig, Bratapfel; schmelzig, Schokonoten, mildes Toasting, milde Würze, Mandarine, gute Struktur, Zeit geben.

★★★ **S €€ RI**
2020 Riesling Zöbinger + Etwas Fülle, eingelegte Marillen, weich, bisschen; eingelegte Pfirsiche, barocke Riesling-Variante, jedoch mit Säureunterstützung, Feuersteinaromen, charmant zu trinken.

★★★ **S €€€ RI**
2020 Riesling Ried Blauenstein + Steinige Noten, lössige Würze, Weingartenpfirsich; fast knochentrocken, straffer, würziger und schlanker Riesling, animierender Gerbstoff, guter Biss.

★★✣★ **S €€€ RI** **TIPP**
2020 Riesling Ried Heiligenstein 1ÖTW + Straffe Mineralität, Pfirsich, Zitrus, etwas Würze, dezent salzig; viel Heiligenstein-Feuerstein-Stilistik; straff, grüne Ananas, Pfirsich, überzeugende Länge.

★★✣★ **S €€€€ RI**
2020 Riesling Ried Kogelberg 1ÖTW + Üppiger und weicher wie der Heiligenstein, mehr nach Marillen, bisschen Kräuter, rauchig; saftig, fruchtsüß, Marillen, sanfte Mineralität, guter Säurebiss.

NIEDERÖSTERREICH

★★ **K €€€ CW**
2017 Sekt Barbara Öhlzelt Extra Brut + (WB/CH – degorgiert Mai 2020). Cremig, sautierte Pilze, leicht röstig, bisschen Olivenbrot; geschmeidige Fülle, beschwingte Säure, Blutorange, Zitronenzesten, pfiffig!

★★ **S €€€ GS**
2020 Gemischter Satz „Gut gegen Nordwind" + Relativ füllig und geschmeidig, wirkt kräftig, exotische Fruchtnote, dezente Würze, Schwarzbrot; Mandeln, zart cremig, trinkiger, relativ fruchtsüßer Wein.

★★★ **S €€€ CW**
2020 HerzStück + (PB/CH) Dezente Würze, Apfelschalen, gemüsige und erdige Noten; gelbfruchtig, gelbe Äpfel, bisschen Quitte, Blätterteig, gute Balance, rund bei moderater Säure.

Weingut
Rabl

Rudolf Rabl
3550 Langenlois, Weraingraben 10
Tel. & Fax +43 2734 2303
office@weingut-rabl.at, www.weingut-rabl.at
80 Hektar, W/R 70/30, 500.000 Flaschen/Jahr

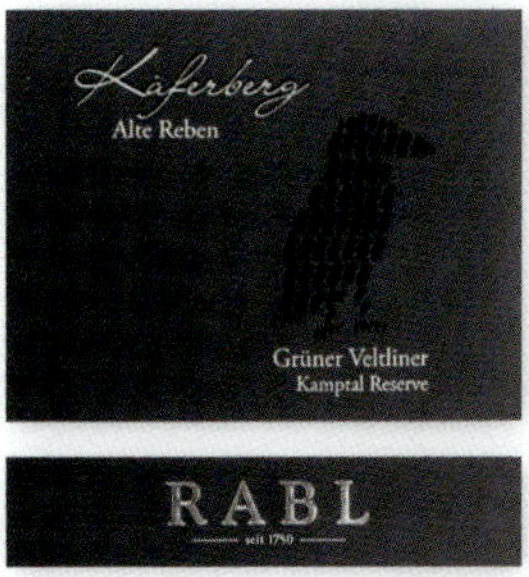

Rudi Rabl und sein gleichnamiger Herr Papa bewirtschaften ein traditionsreiches Weingut, dessen erste urkundliche Erwähnung auf das Jahr 1750 zurückgeht. 80 Hektar herausragender Weinlagen in und rund um Langenlois sind das große Kapital, aus dem das Vater-Sohn-Duo schöpfen kann und Jahr für Jahr auch großartige Weine vinifiziert, mit denen es den beiden immer wieder gelingt, das unterschiedliche Terroir ihrer Rieden in den Weinen einzufangen. Das setzt viele Schritte voraus, wie z.B. den Umstand, auf den Einsatz von Reinzuchthefen zu verzichten und nur mittels natürlicher Hefen spontan zu vergären. Selbst beim Einsatz von kleinen Fässer übt sich der Junior in nobler Zurückhaltung – das erfreuliche Resultat sind beispielsweise Grüne Veltliner, die sich trotz längerer Fasslagerung mit unverkennbarem Sorten- und Lagencharakter präsentieren.

Dem vom Witterungsverlauf her schwierigeren Jahrgang begegnete man im Haus mit einer besonders späten Lese. „Das hat sich heuer wirklich ausgezahlt", versichert uns der Junior, „denn wir haben dank unseres schlagkräftigen Leseteams auch sehr gut damit umgehen und vieles ausgleichen können". Eine Aussage, die wir nach Degustation der aktuellen Weine gern bestätigen wollen. *bb*

KAMPTAL DAC

★★ S € GV
2020 Grüner Veltliner Löss + Zitronenäpfel, grüne Bananen, Rhabarber; saftig, leichtfüßig.

★★ S € GV
2020 Grüner Veltliner Terrassen + Baumrinde, grüner Spargel, Zitruszesten, Kräuterbitter; herbes Finish.

★★★ S € GV PLV
2020 Grüner Veltliner Langenlois + Gelbe Früchte, Bienenwachs; kompakt, fruchtsüß, reife Limonen; animierend; hat Charme und Chic.

★★★ S €€ GV
2020 Grüner Veltliner Vinum Optimum + Baumharz, Honigmelonen, Tropenfrucht, Kandis, Kräuter; leicht phenolisch, herzhaft, rustikal.

★★★★ S €€€ GV TIPP
2019 Grüner Veltliner Ried Käferberg Alte Reben Reserve + Honigblüten, Tabak, Mandarinen, süß-pfeffrige Motive; vielschichtig, Bombenextrakt, finessenbetont; grandios!

★★★★ S €€€ GV
2019 Grüner Veltliner Ried Loiserberg Alte Reben Reserve + Safran, Melonen, reife Mangos, Sortenpfefferl; Fruchtsüße-Säure-Spiel; mundfüllend, lang.

★★★★★ S €€ RI TOP
2019 Grüner Veltliner Ried Dechant Alte Reben Reserve + Honigblüten, Heliotrop, Apfelmus, Kumquats, substanziell, tief schürfend, präzise und großzügig, tolle Länge.

★★ S €€ RI
2020 Riesling Terrassen + Stachelbeeren, Limonen, Zitronengras; pikante Säure, trocken, klar.

★★★ S €€ RI PLV
2020 Riesling Langenlois + Weingartenpfirsiche, grüne Marillen, Ananas; stoffig, delikates Säuregerüst, finessenreich, aussagekräftig.

★★★ S €€€ RI
2020 Riesling Steinberg + Gelbe Äpfel, Pfirsiche, Mirabellen, Nadelwald; rassiger Fruchtbiss, offenherzig, lebhaft; Klassiker.

★★★★ S €€€ RI TIPP
2019 Riesling Ried Schenkenbichl Alte Reben Reserve + Trauben, Orangenzesten, salzig mineralisch; volle Frucht, feine Säure, kräftig, engmaschig, finessenreich; lang.

★★★★★ S €€€ RI TOP
2019 Riesling Ried Steinhaus Rote Erde Reserve + Gesteinsmehl, weiße Pfirsiche, grüne Marillen, Limonen; saftig, pikante Säure, extraktreich, komplex, balanciert, voll Verve und Eleganz.

NIEDERÖSTERREICH

★★ S €€ SB
2020 Sauvignon Blanc limited

★★ S €€ GM
2020 Gelber Muskateller limited

BIO

Weingut
Rosner

3550 Langenlois, Großer Buriweg 29
Tel. +43 2734 4152
office@rosnerwein.at, www.rosnerwein.at
16 Hektar, W/R 75/25, 90.000 Flaschen/Jahr

Im Langenloiser Aufsteigerweingut bilden Vater Norbert Rosner und sein Sohn Stefan ein kongeniales Winzerduo, das Tradition mit Fortschritt bestens vereint. Mit modernen Trends setzte sich allerdings bereits Norbert Rosner auseinander, als er 2006 einen Kurs zur Umstellung auf die biologische Landwirtschaft besuchte und dieses Gedankengut gleich in die Tat umsetzte: Schon im gleichen Jahr wurde begonnen, nach organisch-biologischen Richtlinien zu arbeiten, 2010 erfolgte die Zertifizierung. Nach Absolvierung der Weinbauschule Klosterneuburg, diversen Praktika bei Weingütern im In- und Ausland sowie einem Studium an der Wirtschaftsuniversität Wien kehrte Stefan in den elterlichen Betrieb zurück, wo er seit 2014 vollwertig integriert ist.

Im Weingut Rosner liegen Schwerpunkte bei der biologischen Bewirtschaftung vor allem auf einer bedarfsorientierten Kompostierung sowie einem dem Erosionsschutz dienenden, Bodenverdichtung entgegenwirkenden sowie Biodiversität und Humusaufbau fördernden Begrünungsmanagement. In Sachen Pflanzenschutz stehen präventive Maßnahmen bei der Grünarbeit im Vordergrund, bei den eigentlichen Applikationen, die mit einem abgeschlossenen Recycling-Tunnel-System erfolgen, kommen neben im Bioanbau zugelassenen Mitteln wie Schwefel und Kupfer vor allem Pflanzenstärkungsmittel zum Einsatz. Die Unkrautbekämpfung wird selbstverständlich ausschließlich mechanisch.

Die Weingärten verteilen sich auf diverse Weingärten rund um Langenlois, die zum Teil als Einzellagenweine abgefüllt werden – etwa aus den Lagen Kittmannsberg, Spiegel, Hasel und Steinberg. Die Trauben werden im modern eingerichteten Keller im Buriweg verarbeitet.

Die klassisch ausgebauten Weine zeigen Sorten- und Herkunftstypizität und bestechen durch Reintönigkeit und Klarheit. Daneben gibt es auch diverse Spezialitäten wie den Zeitlos-Chardonnay aus gebrauchten Barriques sowie die ganztraubengepressten und rasch auf der Maische vergorenen, sehr gering geschwefelten Wildrose-Weine, die alle unfiltriert abgefüllt werden. Nach der Methode Ancestrale wird der gleichnamige Rosé-Schaumwein hergestellt – ein PetNat mit viel Charme. *psch*

KAMPTAL DAC

★★ S €€ GV
2020 Grüner Veltliner Langenlois + Recht pfiffige Nase nach Birnen und etwas Ringlotten, recht duftig, kühler Hauch, transparent; lebhaft und frisch mit gutem Biss, Grapefruits, spritzig, reintönig, schlank.

★★ S €€ RI
2020 Riesling Langenlois + Einladende Steinobstnase mit sanftem, ausgewogenem Fruchtausdruck, einnehmend samtig; recht fest, eher dezente Frucht, Zitrus, etwas herb strukturiert, rassig.

★★★ S €€ GV
2019 Grüner Veltliner Ried Kittmannsberg + Sehr würzig, Pfeffer, erdige Frucht nach alten Apfelsorten, etwas Zitrus, Sommerwiese; mittelgewichtig, würzebetont, dezentes Kernobst, mittleres Finish.

★★★★ S €€€ GV TIPP
2019 Grüner Veltliner Ried Spiegel+ Reichhaltige Melange aus Frucht und rauchiger Würze, etwas Mürbteig, cremig, weißes Nougat; saftige Fülle, guter Schmelz, dabei kernig, mittelkräftig, elegant-cremig, geschmeidig, mittellang.

★★★ S €€€ RI
2019 Riesling Ried Hasel + Hübsche, von floralen Noten durchzogene Sortennase, duftig, etwas Limette, Weingartenpfirsich, heller Rauch, Zitronenzesten; griffig, knochentrocken, viel Biss, richtig knackig, leicht spritzig, viel Zitrus, dezent saftig, mittlere Länge.

NIEDERÖSTERREICH

★★★ K €€€ CH FUN
2019 Chardonnay Zeitlos + Rauchig-würzige Nase nach Biskuit und Paraffin, etwas kühle Exotik, Kiwi und Ananas, sehr klar; Mittelgewicht mit kernigem Biss, klare Fruchtaromen, bisschen Grapefruit, straff, kompakt, mittleres Finish.

★★★ K €€ ZW PLV
2019 Zweigelt Reserve + Archetypische Sortennase mit vibrierend frischer Kirschfrucht, transparent, reintönig mit leichter Würze; saftiger Fruchtbiss, erfrischend, mittelkräftig, recht geschmeidiges Tannin, dezent pikant, mittellang.

ÖSTERREICH

★★★ K €€€ ZW FUN
Rosé Ancestral PetNat extra brut 2019 Blauer Zweigelt Schaumwein + Elegante, hefige Nase nach Flieder und rotem Fruchtgelee, harmonisch; filigran mit transparenter Frucht, auch Zitrus, lebhaft, knackig, Sommer-PetNat, sehr hübsch.

janetschek
DRUCK | MEDIEN | DESIGN
Ihre Werbung?
Natürlich + nachhaltig!
Wir drucken Ihre Botschaften auf Materialien aus nachwachsenden Rohstoffen.
Natürlich drucken wir!
Willkommen bei
janetschek
DRUCK | MEDIEN | DESIGN

Weingut
Schloss Gobelsburg

3550 Gobelsburg, Schlossstraße 16
Tel. +43 2734 2422, Fax -20
schloss@gobelsburg.at, www.gobelsburg.at
85 Hektar, W/R 80/20

Michael Moosbrugger und sein engagiertes Team haben auch mit dem Jahrgang 2020 Bemerkenswertes geschaffen. Dies trifft schon in außergewöhnlicher Weise für die leichteren Weine der preisgünstigen Kategorie zu, von denen etwa der durchaus an provenzalische Vorbilder gemahnende Rosé einen sommerlichen Durstlöscher hors classé realisiert. Geradezu modellhaft gelungen sind auch der ungemein animierende und prägnante Kamptal-Veltliner und der schneidige wie elegante Urgesteins-Riesling, die qualitativ den Ortsweinen so nahe kommen, wie dies noch nie der Fall war. Apropos Ortswein: Auch heuer gebührt dem in seiner Kräuterwürze-Steinobst-Allianz unverkennbaren Zöbing-Riesling ein Sonderlob für seine Individualität.

Von den zahlreichen Veltliner-Lagenweinen gelingt der Steinsetz Jahr für Jahr immer besser, und der temperamentvolle Renner scheint sogar das Zeug zu haben, an den überragenden 2019 anschließen zu können. Ein überragender Veltliner ist jedenfalls mit dem ungemein pfeffrigen und vor exotischen Fruchtaromen überquellenden Lamm geglückt, so viel stand bereits zum frühen Verkostungszeitpunkt fest; er wird aber erst im nächsten Jahr bewertet.

Von den Top-Rieslingen ist der Gaisberg mit seinem traubig-saftigen Auftritt schon sehr präsent, nur lässt ihn die ungewohnt rassige Säure heuer viel kerniger erscheinen. Noch embryonal wirkte die 2020er Version des Heiligenstein, die sich bei tiefer Pfirsichfrucht vorerst etwas kantig gibt, wobei zu bedenken gilt, dass der exzellente 2019er Riesling vom Heiligenstein bis dato noch gar nicht auf dem Markt ist, weshalb die Aufmerksamkeit vorerst auf diesen ganz großen Riesling gerichtet sein sollte.

2020 fällt mit der Feier des 850-jährigen Bestehens auch ein höchst ungewöhnliches Jubiläum an, denn im Jahr 1171 erhielt das Zisterzienserstift Zwettl seine ersten Weinberge rund um den Heiligenstein. Dieses seltene Ereignis fällt just mit der in diesem Frühling stattfindenden Einweihung des neuen Fasskellers zusammen, der mit seiner großzügigen, auf regionale wie natürliche Materialien vertrauenden Bauweise und dem an klösterliche Anlagen erinnernden, dominanten Kreuzgang zum neuen Wahrzeichen des Traditionsbetriebes werden dürfte.

Auch für das Weinsortiment sind einige Neuerungen zu erwarten: So werden die der historischen Weinbereitung verpflichteten Weine der Serie Tradition in Zukunft als Editionen erscheinen, wobei die reinsortige Bereitung und ein bestimmter Jahrgang künftig nicht mehr im Vordergrund stehen und jeweils drei Versionen zugleich vorgestellt werden. Den Auftakt wird freilich ein besonderer Jubiläumswein namens „Tradition Heritage 50 Jahre“ bilden, eine Cuvée von Weinen aus fünf Jahrzehnten, in die naturgemäß gleich einige Raritäten eingeflossen sind! *vs*

KAMPTAL DAC

★★★ S €€ GV PLV
2020 Kamptal Grüner Veltliner + Blumig und kräuterwürzig, nach Boskoop-Äpfeln und Zuckererbsen, sehr vielfältig und leichtfüßig, blitzsauber und mundwässernd, in dieser eleganten Ausführung beispielhaft!

★★★ K €€ GV
2020 Langenlois Grüner Veltliner + Blütenhonig und Williamsbirne im weit ausholenden Duft, eher breit angelegt, aber auch schwungvoll, einiges Volumen, brotige Komponenten plus Orangenzeste, ausgewogen und vielversprechend.

★★★★ K €€€ GV
2020 Ried Steinsetz Grüner Veltliner + Wacholder, Kampfer und Menthol erfreuen die Nase, temperamentvoll wie subtil, elegant und multidimensional, feingliedrig und dicht, ein Klasse-Veltliner, der dem 2019er in keiner Weise nachsteht.

★★★★ K €€€€ GV TIPP
2020 Ried Renner Grüner Veltliner 1ÖTW + Blütenhonig und vollreife Marillen im überschwänglichen Duftspiel, etwas Fleur de Sel, elegante Veltliner-Interpretation voll Esprit und pfeffriger Pikanz, harmonisch gerundet, laserartige Präzision, zeigt Schliff und Ausdauer.

★★★★ K €€€€ GV
2020 Ried Grub Grüner Veltliner 1ÖTW + Dezente Nase mit der lagentypischen Aromatik nach Williamsbirne und gerösteten Mandeln, kraftvoll angelegt, satter Fruchtschmelz, erneut Kernobst, reife Säure im langen Abgang, Reserven

★★★ S €€ RI
2020 Kamptal Riesling + Vollreife Marillen und Zuckermelonen, dahinter etwas Hefegebäck, saftig und eng verwoben, satter, gelbfruchtiger Schmelz, passende Säurestütze, rundum gelungen.

★★★ K €€€ RI TIPP
2020 Zöbing Riesling + Kühles, markantes Duftspiel, das einen Reigen von Nadelholz, Wacholder und Irisch Moos realisiert, auch weiße Pfirsiche, prägnant und herkunftstypisch, kühle Eleganz, viel Strahlkraft bis zum rassigen Finale.

★★★ K €€€ RI
2020 Ried Gaisberg Riesling 1ÖTW + Ein Reigen gelbfruchtiger Aromen, aus dem Ringlotte und Physalis hervorragen, traubig, saftig und schon recht präsent, feine Mandelwürze, ungewöhnlich kernig für diese Lage, unverblümt und lebhaft, einige Länge.

★★★★★ K €€€€ RI TOP
2019 Ried Heiligenstein Riesling 1ÖTW + Glockenklar und verführerisch, rote Beeren und Limetten im lebhaften Duftspiel, hochelegant und vielschichtig, bietet immer wieder neue Glanzlichter, rassig und lange nachklingend – quasi für die Ewigkeit gebaut.

NIEDERÖSTERREICH

★★★ S €€ GV FUN
2020 Schlosskellerei Gobelsburg Cistercien Rosé + Reduktiv und zupackend, nach Melisse und Rhabarber, feine Grapefruitnote auf dem Gaumen, ein fordernder, staubtrockener Sommerwein der gehobenen Art

★★ S €€ GV
2020 Löss Grüner Veltliner + Brotige Würzenote, ein wenig Rhabarber und Zuckerschoten, rauchig und gediegen, burschikos, ja eine Spur erdig, unkompliziert auf gutem Niveau.

★★ S €€ GV
2020 Messwein Grüner Veltliner + Weißer Pfeffer kitzelt die Nase, kühl, pointiert und anregend, Kamille und Agrumen, ja eine ganze Sommerwiese, reintönig wie straff, durch nervige Säure ergänzt.

★★★ S €€ GV FUN
2020 Urgestein Riesling + Intensiv würziges Bukett nach Grapefruit und Limette sowie etwas Quendel, fein verwoben, kühle Eleganz, ganz helle Aromen, stahlige Säure im Finale.

Weingut und Heuriger
Schmid

Andreas Schmid
3550 Gobelsburg, Schlossstraße 56
Fax +43 2734 2188-4, Mobil +43 664 220 43 84
trink@schmidwein.at, www.schmidwein.at
18 Hektar, W/R 70/30

Andreas Schmid als einen ambitionierten Winzer zu bezeichnen wäre nicht falsch, trifft aber doch nicht den Kern der Sache. Der Langenloiser zählt nämlich zu jener Spezies, die bei allem, was sie tut, in die Tiefe geht, bis in das letzte Detail. Das dürfte vermutlich der Hauptgrund dafür sein, dass die Weine von Jahr zu Jahr zulegen, permanent an Finesse gewinnen. Seit 1940 bewirtschaftet der Kamptaler sein Weingut in Gobelsburg in der dritten Generation, die vierte steht in Person zweier weininteressierter Töchter in den Startlöchern: Katharina ist Absolventin der HLF und der Kremser Weinbauschule, Verena, die jüngere, studiert derzeit an der HBLA in Klosterneuburg.

Einige der zum Betrieb gehörenden Lagen zählen zu den besten des Kamptals, die Riede Haid zum Beispiel, aus der wir dieses Mal den zum Teil im kleinen Holz ausgebauten Grünen Veltliner 2019 im Glas haben – ein trotz seines beachtlichen Körpers total feiner Wein. Als die wichtigste Riede erachtet man freilich den Gobelsburger Spiegel mit seinem tiefgründigen Lössboden, wobei heuer zum ersten Mal ein Riesling vom Loiser Berg präsentiert wird, der mit seinem prachtvollen Fruchtfächer und der kristallklaren Struktur auf Anhieb die Rolle des Protagonisten im Sortiment übernimmt.

Interessant ist auch der erstmals vorgestellte Orange Wine, ein Chardonnay und zugleich veritabler Kraftlackel aus dem Jahrgang 2018. Als quasi finessenbetontes Gegenstück muss unbedingt noch der feingliedrige, seidige Sankt Laurent vor den Vorhang. Wer alles kosten möchte, hat übrigens Gelegenheit dazu in der neu errichteten Buschenschank in Gobelsburg – ein TOP-Heuriger, der auch kulinarisch mehr zu bieten hat als üblich. *bb*

KAMPTAL DAC

★★ S €€ GV
2020 Grüner Veltliner „Vetlina" + Duftig leichter Sommerwein, verspielt und trinkig.

★★ S €€ GV FUN
2020 Grüner Veltliner Gobelsburg + Gelbe Äpfel, Fenchel, Melisse; saftig, fruchtsüß, feine Säure, komplett und süffig, macht rundum Spaß.

★★★ S €€ GV
2020 Grüner Veltliner Ried Spiegel + Unterholz, Wiese, Hülsenfrüchte; leicht phenolisch, getrocknete Kräuter; kompakt.

★★★★ S €€€ GV TIPP
2019 Grüner Veltliner Ried Haid + Mineralisch, würzig, weiße Ribisel, Äpfel, Kumquats; vielschichtig, Williamsbirne, Heliotrop; cremiger Touch, extraktreich, ausgewogen, finessenbetont, lang.

★★★ S €€ RI
2019 Riesling Gobelsburg + Stachelbeeren, Zitronenäpfel; feiner Säureschliff, kerniger Unterbau, glasklar modelliert; sehr ansprechend.

★★★★ S €€€ RI TIPP
2020 Riesling Ried Loiser Berg + Prachtvoller Fruchtfächer, rote Pfirsiche, Weintrauben, Grapefruits, mineralische Ader; reife Säure in Schmelz eingepackt, Orangenzesten, saftig, kristallklar; zum Beißen.

NIEDERÖSTERREICH

★★ S €€ RO
2020 Rosé (art of essentials) + Hagebutten, grüne Erdbeeren, Erdbeercreme; pikante Säure, beschwingt, unkompliziert.

★★ S €€ GM
2020 Gelber Muskateller (art of essentials) + Hollerbusch, Muskatnüsse, Litschi; später noch grüne Trauben, Zitronengras, erfrischendes Leichtgewicht.

★★★ S €€ CR
2017 Cuvée „Barbarossa" (CS/ME/BB) + Blaubeeren, Röstnoten, Bitterschoko; präsentes Tannin-Netz, stoffig, Kirschen und etwas Cassis im Ausklang.

★★★★ S €€€ SL
2017 St. Laurent Reserve + An Pinot erinnernder Mix aus roten Beeren; geschmeidige, feine Säure, klar liniert, hat Finesse, Eleganz und Strahlkraft bis in den langen Nachhall.

ÖSTERREICH

★★★ K €€€€ CH
2018 Chardonnay „Imagine" + Überreife Äpfel, Orange-Bitter, herb-nussig, ein bisschen wie alter Cognac; voluminös, feurig, mit überbordender Fruchtfülle; im Finish Vanille, wenn Orange Wine, gerne so!

Weingut
Steininger

Familie Steininger
3550 Langenlois, Walterstraße 2
Tel. +43 2734 2372, Fax -11
office@weingut-steininger.at, www.weingut-steininger.at
60 Hektar, W/R 90/10

Karl Steininger hat sich vor allem mit seinen Schaumweinen einen Namen gemacht. Kaum jemand sonst versteht es, eine derart unglaubliche Vielzahl von sortenreinen Weinen zu versekten, und das mit einem Qualitätslevel, den man nur als vorbildlich bezeichnen kann. „Guter Sekt kann nur von guten Weinen kommen", meint er. Dieses lapidar klingende Statement wird im Weingut freilich konsequent und mit großer Ernsthaftigkeit umgesetzt. Mittlerweile tut man das nicht nur in Form sortentypischer Sekte, sondern bildet mit den lagenspezifischen „Großen Reserven" auch das Terroir präzise ab. Dabei ist es längst kein Geheimnis mehr, dass das Weingut auch mit seinen Stillweinen einen Erfolg nach dem anderen einfährt, wie z.B. im Vorjahr, als sowohl Grüner Veltliner Kogelberg als auch Riesling Seeberg jeweils unter die Top 5 gereiht wurden.
Unterstützt wird er von seiner Familie, von Brigitta, der liebenswürdigen Gattin, Tochter Eva, die sich im Betrieb vorwiegend um administrative Belange kümmert, gemeinsam mit Peter, dem hauptsächlich für Weingarten und Keller verantwortlichen Schwiegersohn. *bb*

KAMPTAL DAC

★★ **S €€ GV**
2020 Grüner Veltliner Ried Loisium Reserve + Nüsse, dunkler Tabak, Salbei; kräftiger Unterbau, viel Würze, sitzt und passt.

★★★ **S €€€ GV**
2020 Grüner Veltliner Grand Grü Reserve + Vanilleblüten, Bienenwachs, reife Äpfel, Mangos; kräuterwürzig, schmelzig, engmaschig, offenherzig.

★★★ **S €€€ GV** TIPP
2020 Grüner Veltliner Ried Kittmannsberg 1ÖTW Reserve + Dunkelwürzig mineralische Nase, Tabak, Winteräpfel, Pfefferkörner; kräftig, extraktsüß, klar liniert; kräutriger Ausklang.

★★★★★ **S €€€€ GV** TIPP
2020 Grüner Veltliner Ried Kogelberg Terrassen 1ÖTW Reserve + Gesteinsmehl, Thymian; dann Orangebitter, Honigmelonen; gut unterfüttert, kühlwürzig, finessenbetont; Vorzeige-Veltliner.

★★★★ **S €€€€ GV**
2020 Grüner Veltliner Ried Lamm 1ÖTW Reserve + Frucht- und Würzefächer, Orangenzesten, Apfelmus, Mangos, Gartenkräuter; mineralisch, substanziell; tolles Potenzial.

★★★★ **S €€€ RI**
2020 Riesling Ried Steinhaus 1ÖTW Reserve + Mineralisch, reifes Steinobst, Mandarinen, Maracuja; kraftvoll, saftig, extraktreich, elegant, schöne Länge.

★★★★★ **S €€€ RI** TOP
2020 Riesling Seeberg 1 ÖTW Reserve + Marillenmark, Nektarinen, Orangenkuchen; fruchtsüß und schmelzig; kristalline Struktur, ausgewogen, stoffig, hochelegant, mit glanzvollem Finale.

NIEDERÖSTERREICH

★★★ **K €€€€ GV**
2018 Grüner Veltliner Sekt Reserve

★★★ **K €€€€ RI**
2018 Riesling Sekt Reserve

★★★ **K €€€€ SB**
2017 Sauvignon Blanc Sekt Reserve

★★★ **K €€€€ WB** TIPP
2018 Weißburgunder Sekt Reserve + Brioche, Sandelholz, Orange-Bitter; komplex, cremige Textur, herbe Eleganz.

★★★ **K €€€€ TR**
2016 Traminer Sekt Reserve + Kamelienblüten, gelbe Rosen; zart abgestimmt, extraktdicht, finessenreich.

★★★★ **K €€€€€ GV**
2016 Grüner Veltliner Sekt Steinhaus Große Reserve + Gelbe Früchte, Orangenzesten, Steinmehl; dicht, schmelzig, generös, zum Beißen.

★★★★ **K €€€€€ RI** TIPP
2016 Riesling Sekt Heiligenstein Große Reserve + Nektarinen, Rosenmarillen, Orangen, Maracuja; satt, sanft und glockenklar; gut balanciert, belebend, feinstrahlig.

★★★★ **K €€€€€ WB**
2016 Weißburgunder Sekt Panzaun Große Reserve + Nusscreme, Mandarinen, Grapefruits, Bergamotte; feiner Pinot, mineralisch, substanziell, lang.

★★ **S €€ GM**
2020 Gelber & Roter Muskateller + Hollerpesto, Litschi, Sämling, kernige Säure, pfiffig, überdreht.

★★★ **S €€ SB**
2020 Sauvignon Blanc + Grasig, saftig, Peperonata, Holundermark; fruchtbetont, kompakt, homogen.

ÖSTERREICH

★★★ **K €€€€**
2019 Cabernet Sauvignon Rosé Sekt + Erdbeercreme, Waldfrüchte; seidiger Grip; charmant und elegant.

Weingut
Steinschaden Schiltern

Manfred Steinschaden
3553 Schiltern, Obere Straße 32
Tel. & Fax +43 2734 8224
info@weingut-steinschaden.at, www.weingut-steinschaden.at
18 Hektar, W/R 80/20, 110.000 Flaschen/Jahr

Manfred Steinschaden sieht es realistisch: „2020 ist ein eher leichter, dafür sehr fruchtiger Jahrgang." Ohne „viel Ausputzen" wäre es bei diesen vielen Niederschlägen gar nicht gegangen, gerade bei den großbeerigen Sorten wie Burgunder und Muskateller war auch Botrytis ein Thema, das sie mit sorgfältiger Arbeit in den Griff bekommen haben. Die klassischen Veltliner sind „so, wie die Leute sie lieben". Frisch und saftig die Tradition, eine animierende Mischung aus Frucht und Würze bringt die „Selektion", und ein schon spätsommerliches Vergnügen kommt vom „Käferberg". Das reife, zum Schluss gelesene „Material" aus der Ried Dechant wurde 2019 für einen gelungenen Ausflug ins Holz genutzt. Der Riesling „Urgestein" zeigte sich noch recht verschlossen, während der „Fahnberg" schon beschwingtes Riesling-Feeling versprüht, beide brauchen noch Zeit. Der Gemischte Satz ist ein freundlicher Sommerbegleiter, bei den immer sehr ausdrucksstarken aromatischen Sorte hat heuer der Sauvignon eindeutig die Nase (und auch den Gaumen) vorn. Der Muskateller „hat sich erst über den Winter entwickelt", erfreut jetzt mit einer ruhigen, aber klaren Sortenpräsenz. Zweigelt gibt es als gemütlichen Rosé und als verspielten Priccolo. PLV kann man sich bei allen Weinen dazudenken. *db*

KAMPTAL DAC

★★ **S € GV**
2020 Grüner Veltliner Tradition + Frisches, saftiges Kernobst, kräuterwürzig, zart gepfeffert; gute Substanz, etwas Birne, recht pfeffrig, unbeschwerter Veltliner, leicht dropsig im Ausklang.

★★★ **S € GV**
2020 Grüner Veltliner Langenlois Selektion + Zart röstig, sehr gute Sortendarstellung, ein paar exotische Beitöne; angenehme Fülle, viel Kernobst, ein paar strahlende Aspekte, griffig mit viel versprechender Länge, sehr fein.

★★★ **S €€ GV** FUN
2020 Grüner Veltliner Ried Käferberg – Langenlois + Apfel-Birnen-Kompott, etwas röstig, Zimt und Vanille, frische Kräuter; viel Wein, hübsches Spiel von Fruchtsüße und pfiffiger Säure, tolle Länge.

★★★ **S €€ GV** TIPP
2019 Grüner Veltliner Vollendung Ried Dechant Reserve + Breit und ruhig fließend, ein wenig malzig, Birne, auch Quitte, Anis, Korianderkörner, dunkle Fruchtauslegung, darüber frische, strahlende Noten, spannend; Holz tritt mit einer kleinen Portion Gerbstoff in Aktion, frucht- und holzsüß, viel Kraft, die er sehr lässig auf die Papillen bringt, starke Erscheinung, solide Länge.

★★ **S € RI**
2020 Riesling Urgestein Langenlois + Sehr zart, eher würzig als fruchtig; auf dem Gaumen zeigt sich die Sorte mit Steinobst und knackiger Säure, dann fester Grip vom Urgestein, getrocknete Marille.

★★★ **S €€ RI**
2020 Riesling Ried Fahnberg – Langenlois + Fein Riesling-duftig, reifes Steinobst; hübscher Riesling-Auftritt auf dem Gaumen, dunkelfruchtig, reife Beeren, solide Länge.

NIEDERÖSTERREICH

★★★ **S € GS** FUN
2020 ST 1 Gemischter Satz + (NB/MT/FV) Knackiges Kernobst, frische Kräuter, angenehme Zitrusfrische; ansprechendes Süße-Säure-Spiel, weiße Ribisel, guter Fluss, griffig, hübsche Länge.

★★★ **S € SB** TIPP
2020 Sauvignon Blanc + Expressiv, dabei elegant, fast feingliedrig, strahlende Frucht, geeiste Holunderblüten, Stachelbeeren, knackig und animierend; weich und gerundet mit viel Sortenflair, griffiger, mineralischer Einschlag, dunkle Aromatik, Cassis und Holunderbeeren, noch etwas ungestüm, guter Ansatz, lang.

★★ **S € GM**
2020 Gelber Muskateller + Dunkelfruchtig, reif, gewürzbetont, traubig; ansprechende Säure bei gutem Volumen und kleinem Zuckerrest (4), bringt die Sorte mehr in die Nase als auf den Gaumen.

★★ **S € ZW**
2020 Zweigelt Rosé + Rotbeerige Frucht, Himbeerzuckerl, eine Handvoll frischer Kräuter; Beeren setzen sich fort, Weichsel, rote Ribisel, gemütlich mit passender Säure, fein.

ÖSTERREICH

★★ **S € ZW**
2020 „Priccolo" Frizzante Rosé trocken (18) + Verhalten beerig, rotfruchtig; lebendiges Mousseux, verspielt fruchtig mit deutlichem Restzucker.

Weingut
Johann Topf

Johann Topf
3491 Straß im Straßertale, Talstraße 162
Tel. & Fax +43 2735 2491
office@weingut-topf.at, www.weingut-topf.at
50 Hektar, W/R 80/20, 350.000 Flaschen/Jahr

Im Weingut Topf tut sich viel: Dass Weingutschef Hans Topf immer mehr von seinen beiden Söhnen Hans-Peter und Maximilian unterstützt wird und Aufgaben sukzessive zur Jugend wandert, haben wir schon berichtet. „Wir befinden uns auch in Umstellung auf Bio" sagt der Winzer. Das war ein logischer Schritt und bedingt nicht allzu viel Veränderung, denn die naturnahe und -schonende Bewirtschaftung wird schon dauerhaft praktiziert, auf Insektizide und Herbizide wird längst verzichtet. Das zertifizierte „Bio" sei aber fällig geworden, weil „der Markt danach fordert und viele Händler umstellen", sagt Topf, der sich heuer über die vierte Vinaria Krone freuen darf.

Auf 52 Hektar hat sich Topf im Kamptal ausgebreitet – sind alles Gutsweingärten, kein Traubenzukauf, somit hat Topf die Qualität von A bis Z selbst in der Hand. Seine besten Weine entstehen auf dem Gaisberg und auf dem Heiligenstein – abseits der dort wachsenden Rieslinge und Veltliner pocht sein Herz für den Chardonnay und Sauvignon Blanc, die er mit sicherer Hand im kleinen Holz ausbaut. Der Sauvignon ist eine „Spielerei", der Chardonnay seit 30 Jahren eine „Herzensangelegenheit". *hp*

KAMPTAL DAC

★★★ **S €€€ GV**
2020 Grüner Veltliner Ried Wechselberg + Rosa Grapefruit, gelbe Äpfel, dezente Würze; grüner Apfel, saftiges Mittelgewicht, schwarzer Pfeffer, Wein mit Struktur und Trinkfluss.

★★★★ **S €€€€ GV**
2019 Grüner Veltliner Ried Offenberg 1ÖTW + Lössige Würze, Kumquats, Anis, viel Kräuter, Nektarinen; Schwarzpfeffer, Grapefruit, mehliger Apfel, kompakter Wein mit Druck nach hinten.

★★★★ **S €€€€ GV**
2019 Grüner Veltliner Ried Gaisberg 1ÖTW + Mineralisch-kühle Würze, Exotik, Blutorangen, reife Banane; super Säure, saftig und Terroir-typisch, schwarzer Pfeffer, elegant und druckvoll, super Länge.

★★★★ **S €€€€ RI**
2019 Riesling Ried Wechselberg Spiegel 1ÖTW + Zarte Mineralität, viel Marille, dezente Würze klar und sortentypisch; griffige Mineralität, straff, viel Marille, auch Pfirsich, profitiert mit Belüftung.

★★★★★ **S €€€€ RI** **TOP**
2019 Riesling Ried Zöbinger Heiligenstein 1ÖTW + Exotische Frucht, beeindruckende Mineralität, viel Pfirsich, vibrierend; fleischiger Pfirsich, super Substanz und Mineralität, tolle Balance und Länge, verspielter Heiligenstein.

★★★★ **S €€€€ RI** **TIPP**
2019 Riesling Ried Zöbinger Heiligenstein 1ÖTW „M" + Wirkt fruchtsüß, Ananas, Mango; reife tropische Früchte, eingelegte Pfirsiche, dezente Mineralität, straffes Tannin, robuster Gerbstoff, viel Biss.

NIEDERÖSTERREICH

★★★ **K €€€€ CW/CR**
Sekt Brut Reserve + (NV: Non Vintage). Gute Frische, Orangenzesten, Grapefruitnoten, Pilze, grüne Oliven; spritzig, auch zart cremig, gelbapfelig, reifes Zitrus, bisschen Gerbstoff, stimmig-trinkig.

★★★ **K €€€€ ZW**
Sekt Brut Rosé Reserve NV + Bisschen Karamell, geröstete Mandeln, rotbeerig, helle Kirsche, leicht gerbstoffig; gebrannte Nüsse, Lakritze, dunkle Schokolade, zartbitter, schöner Biss.

★★★ **K €€€€ CW**
Sekt Brut Blanc de Blanc NV + Relativ spritzig, rosa Grapefruit, Bitterorange, bisschen nach Pilzen, rauchig, zart salzig; Williamsbirnen, cremig, rote Äpfel, substanzvoll, ausgewogene Säure-Süße-Balance.

★★★★ **K €€€€ CW** **TIPP**
2014 Sekt Brut Große Reserve + (Zero Dosage). Geschmeidig, zart-cremig, reife Birnen und Äpfel, reichhaltig und lebhaft; ungemein gebündelt, relativ üppig, Rosinen, süßapfelig, reife Grapefruit, Salzmandeln, super Struktur und Länge.

★★★★ **S €€€€ CH**
2018 Chardonnay Ried Hasel + Viel Fülle, Mandelcreme, Oliven, leichte Kräuterwürze, balanciert; elegant burgundisch, super Schmelz, exotische Frucht, Bitterorange, Schokobanane, super Biss, lebendiger Gerbstoff, gute Länge.

★★★ **S €€€€ SB**
2016 Sauvignon Blanc Ried Hasel + Weiche Cassis-Noten, relativ würzig, kalkig, fein gewoben; internationale Stilistik, straffes Holz, saftige Frucht, reifes Cassis, gute Länge, langlebig.

★★★★ **K €€€€€ PN**
2016 Pinot Noir Ried Stangl „HP" + Super sortentypisch, rauchige Frucht, schwarze Ribisel; wieder Ribisel, mit Belüftung auch Himbeeren, kühl aromatisch, interessanter Burgunder mit schöner Länge.

Bioweingut
Völkl

Oliver Völkl
3552 Lengenfeld, Langenloiserstraße 83
Mobil +43 676 918 61 21
info@weingut-voelkl.at, www.weingut-voelkl.at
12 Hektar, W/R 85/15

„Kein Trockenstress", so lautet das kurze, positive Resümee von Oliver Völkl. Wie fast überall sind die Weine schlanker, dafür recht fruchtbetont, die Menge war etwas kleiner als die vergangenen Jahre, aber man ist zufrieden. Mit Abholaktionen und einer verkleinerten Take-away-Karte sind sie ganz gut über die Runden gekommen, freuen sich aber natürlich wieder auf ein normales Geschäft im Weingut und Heurigen. Bei den Veltlinern steht reifes Kernobst, hauptsächlich ein Apfelvielerlei, im Fokus, bei moderatem Alkohol sind sie schon recht süffig. Die „Tradition" kommt aus dem großen Fass, lag zwei Jahre auf der Feinhefe und braucht noch etwas Anlauf. Der Riesling wurde gerade fertig adjustiert und stand leider nicht zur Verkostung bereit. Der Chardonnay präsentiert sich frisch und jugendlich in perfekter Sortendarstellung. Zweigelt gibt es als rosafarbenen Spaßmacher und als fruchtfreundliche Reserve. Das Preis-Genuss-Verhältnis ist wie immer ausgezeichnet. *db*

KAMPTAL DAC

★★★ **S € GV** FUN
2020 Kamptaler Grüner Veltliner + Zischiger Grüner mit erfrischendem Fruchtmix, etwas kühl unterlegt, Apfelsorbet mit Minze und einem Spritzer Limette; stoffig, etwas fruchtsüß, knackige Säure, solide Länge, klassischer Kamptaler.

★★ **S €€ GV**
2020 Grüner Veltliner Stock + Reifes Kernobstvielerlei, ein Hauch Banane, zart gepfeffert, etwas kühler Eindruck, Minze; herrliche Apfelfrucht und rosa Grapefruit, die Kühle läuft mit, fester Grip, erfrischend feiner Veltliner mit guter Länge.

★★★ **S €€ GV** TIPP
2020 Grüner Veltliner Ried Fuchsloch Reserve + Die Äpfel werden dunkler, rot, auch ein paar Birnen, feine Kräutermischung; Apfelaromatik wird noch intensiver, Limette, geht mit Luft Richtung Apfelkuchen, pfiffige Säure, sehr gute Substanz, etwas fruchtsüß, Pfefferl im Abgang, hält lange an.

NIEDERÖSTERREICH

★★ **K €€ GV**
2018 Grüner Veltliner Tradition + Äpfel sind noch eine Spur reifer, konzentrierter, eine feine Spur vom großen Fass, eine Prise Zimt; rund und füllig, zart vanillig, herzhafte Säure, lange Hefelagerung sorgt für breit aufgesetzte Substanz, gute Länge.

★★ **S € WR**
2020 Welschriesling + Reife Apfelfrucht, helle Blüten, fast ein bisschen pfeffrig; zitrusfrisch, feste gelbe Äpfel, ein paar Kräuter dazu, animierende Säure, unbeschwerter Genuss.

★★★ **S €€ CH**
2019 Chardonnay + Knackiges Gelbgrün, festes Steinobst, leichte Röstnoten, mit Luft Weißbrot, auch noch ein bisschen hefig; zupackende Säure, sehr frisch und jugendlich, etwas Gerbstoff sorgt für kompakte Erscheinung, geht mit Luft auf, süffig und anhaltend.

★★ **S € ZW** FUN
2020 Zweigelt Rosé + Mit Almkräutern aufgepeppte rote Beeren, Holunderblüten, Stachelbeere, einladend; rote Ribisel, Kohlensäure, eine Spur Gerbstoff und freche Säure sorgen für Biss, hübsche Länge.

★★★ **K €€ ZW** TIPP
2018 Zweigelt Reserve + Rot- bis dunkelbeerige Frucht in feines Holz gehüllt, Sauerkirschkompott mit Vanillestangerl, zarte Röstnoten; ein Schwall an süßer Frucht, belebendes Spiel aus schon anschmiegsam werdenden Tanninen, herzhafter Säure und sehr freundlicher Fruchtfülle, Prise Pfeffer begleitet ins Finale, schon sehr gute Länge mit viel Fruchtschmelz im Nachklang.

Weingut
Reinhard & Markus Waldschütz

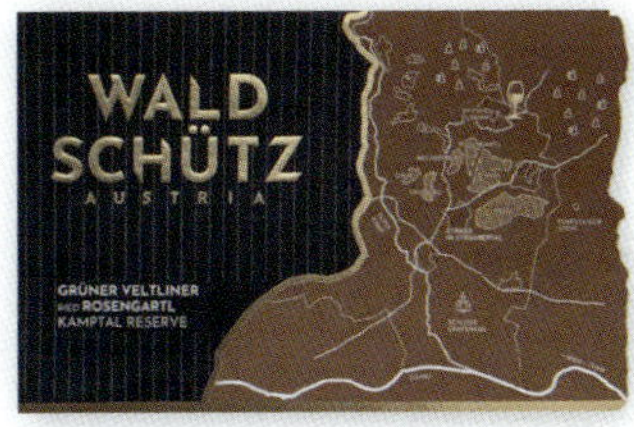

Reinhard Waldschütz
3491 Elsarn, Am Trautbach 3
Mobil +43 664 101 66 20
kontakt@weingut-waldschuetz.at, www.weingut-waldschuetz.at
35 Hektar, W/R 90/10

„Für das, was es geregnet hat", ist Markus ganz erstaunt, wie gut der Jahrgang geworden ist. In einer „kleinen Ernte wie seit zehn Jahren nicht" konnten sie Trauben mit einer sehr guten Reife einbringen. Die kühlen Nächte haben Aromatik und Säure bewahrt, für die Balance wurde in den meisten Fällen ein kaum wahrnehmbarer Zuckerrest gelassen. Erfreuen kann man sich heuer an einer wunderschönen Serie feinsinniger Veltliner. Der „Hasel" ist wie immer ein gelungener Einstieg ins aktuelle Weinschaffen, der „Stangl" macht für einen „kleinen" Veltliner ordentlich Druck, und der „Aturo" ist ein klassischer Veltliner in eigenständiger Interpretation. „Rosengartl 20" macht mit seinen ätherisch-harzigen Noten schon richtig Spaß, kommt aber erst ab November, der opulente 2019er ist mit seinem Auslesecharakter hingegen der perfekte Wein für die kalte Jahreszeit. „Die Rieslinge sind noch unrund", gerade der „Venesse" ist in seiner eigenwilligen Erscheinung trotzdem eine Versuchung wert. Der „Wechselberg" braucht Luft und präsentiert sich dann als feiner, klassischer Riesling; noch längeren Anlauf sollte man dem „Gaisberg" gönnen, dann gefällt er mit seinem Spagat zwischen Fülle und Leichtgängigkeit. Die Schmeckerten sind immer Musterbeispiele für Sortendarstellung und erfrischenden Trinkgenuss. Den Genuss auf die Spitze treibt Markus mit der Weißburgunder Reserve, Trauben von Löss und Schotter, im 500-Liter-Fass veredelt, ein bisschen dekadent vielleicht, aber in Zeiten wie diesen … *db*

KAMPTAL DAC

★★ **S €€ GV**
2020 Grüner Veltliner Ried Hasel + Fleischiges Kernobst, grüne, rote Äpfel, etwas Birne, animierend; festfleischig, knackig, feiner Gerbstoffgrip, etwas fruchtsüß.

★★★ **S €€ GV**
2020 Grüner Veltliner Ried Stangl + Recht würzig, Frucht im Hintergrund; klassische Frucht und Würze finden auf dem Gaumen schnell zueinander, vielschichtig, druckvoll, anspruchsvoller Spaß.

★★★★ **S €€€ GV** TIPP
2020 Strass Grüner Veltliner Aturo + Straff, zitrusfrisch, ein Hauch Himbeere, kalkig strenge Erscheinung, finessenreich; große Fruchtbrillanz, reife Säure umspielt das Kernobst, die kalkige Strenge findet sich wieder, erster Genuss.

★★★★ **S €€€ GV** TIPP
2020 Grüner Veltliner Ried Rosengartl Reserve + Rote Äpfel, Birne und eine Ahnung von Quitte, leicht harzig, Wacholder; ätherisch-harzige Noten, wirkt trotz kleinem Zuckerrest bröseltrocken, kalkig-straff, großartige Spannung, sehr guter Trinkfluss.

★★★★ **K €€€ GV**
2019 Grüner Veltliner Ried Rosengartl Reserve +Reif, sehr würzig, fruchtsüß nach Rosinen und Apfelspalten, reiner Abguss der Herkunft, Kräuter, Trockenobst, Honigwabe; Frucht braucht noch Zeit, sehr straff, deutlicher Restzucker, traubig im Nachklang.

★★★ **S €€ RI**
2020 Riesling Strass Venesse + Geeister Pfirsich im Kräutermantel, ätherisch, Zitronat-Zitrone und Mandarine, hübsch, wenn auch nicht klassisch; Sorte schüchtern, Süße-Säure-Spiel hinter massiver Wand aus Kalk, recht straff, gute Länge.

★★★ **S €€€ RI**
2019 Riesling Ried Wechselberg + Reifer Pfirsich, getrocknete Marille, ein paar Rosinen, Eibischblüte, respektabler Auftritt; konzentrierte Frucht setzt sich fort, kalkig-spröder Untergrund, braucht Luft, wird dann beweglicher, feiner.

★★★★ **K €€€€ RI** TIPP
2019 Riesling Ried Gaisberg 1ÖTW Reserve + Weihrauch, intensive Pfirsich- und Marillennoten, Trockenaromen vor strengem Hintergrund; appetitliches Süße-Säure-Spiel, kraftvoll zupackend, steinige Herkunft sorgt für straffe Ausrichtung, mächtiger, anfangs noch zaghaft auftretender Wein, Frucht baut sich über Tage auf, stark.

NIEDERÖSTERREICH

★★★ **S €€ SB** FUN
2020 Sauvignon Blanc + Vegetabil-würzig, grüne Paprika, Brennnessel, Cassis-Laub; feiner Schliff, dezent fruchtsüß, direkt, verlässlich.

★★★ **S €€ GM**
2020 Gelber Muskateller + Zestenallerlei von Kumquats, Blutorange, Bergamotte, Piment, macht Lust auf den ersten Schluck; fruchtsüßer Einstieg, peppige Säure auf steinigem Fundament, Nelkenpfeffer, viel Animo.

★★★★ **K €€€€ PB** TIPP
2019 Weißburgunder Große Reserve + Schmeichelndes Holz, etwas petrolig, Frucht noch verhalten; extrakt- und holzsüß, Produkt aus Herkunft und Machart, strenges Fundament, spannende Kombination aus Süße und straffem Unterbau, gefährlich süffig.

★★ **S €€ ZW**
2020 Rosé vom Zweigelt + Kirschen, helle Beeren, Staubzucker, knackig und ein paar cremige Facetten; herrlich rotbeerig, kecke Säure, viel Frucht, zarter Grip, appetitliche beerige Fülle.

Weingut
Weszeli

Davis Weszeli
3550 Langenlois, Großer Buriweg 16
Tel. +43 2734 3678
weingut@weszeli.at, www.weszeli.at
30 Hektar, W/R 100/0, 100.000 Flaschen/Jahr

Auf diesem historischen Weingut mit seinem beachtlichen Fundus an Weingärten in Top-Lagen in und um Langenlois lebt Ex-Unternehmer Davis Weszeli seine Vision von einem sich sachte in die Landschaft einfügenden und in größtmöglichem Einklang mit der umgebenden Natur stehenden Weinbau aus. Wurden über die Jahre die Praktiken bereits peu à peu in Richtung ökologische und biodynamische Bewirtschaftung adaptiert, so unterwarf man sich in den vergangenen Jahren auch den entsprechenden Zertifizierungsprozessen – 2020 gab es die erste biozertifizierte Ernte, und in absehbarer Zeit soll die Demeter-Zertifizierung erfolgen. Auch der Einsatz von Maschinen in den Anlagen soll langfristig reduziert werden, spezielle Weingärten – etwa auf dem Steinmassl, Käferberg und Heiligenstein – werden heute schon zum Teil mit dem Pferd bearbeitet.

Auch im Keller strebt Weszeli nach möglichst unbeeinflussten Weinen: Zusammen mit Kellermeister Thomas Ganser erzeugt er ungeschminkte Weine, die die jeweiligen Böden bestens repräsentieren. Während die klassischen Kamptaler Weine und manche Reserven im Stahltank ausgebaut werden, werden die Top-Reserven im großen Holzfass gereift. Die klassischen Veltliner kommen im Jahr nach der Ernte in den Verkauf, beim Einsteiger-Riesling vom Loiserberg ist der 2019er aktuell. Die Reserven kommen dafür erst vier Jahre nach der Ernte in den Verkauf – die heuer vorgestellten Reserven von 2017 folglich im heurigen Herbst. In den vergangenen Jahren hat die Qualität weiter zugenommen, und die aktuelle 2017er-Serie ist hervorragend mit kleinen Vorteilen für die Rieslinge. Bemerkenswert ist die Tatsache, dass alle Top-Riedenweine trotz toller Fruchtkonzentration und Komplexität mit 12,5% Alkohol auf dem Etikett ausgewiesen sind. *psch*

KAMPTAL DAC

★★★ S €€€ GV
2020 Grüner Veltliner Langenlois + Sortentypische Würze, schwarz- und grünpfeffrig, etwas grüne Hülsenfrüchte und Nusshaut; recht kernig und fest mit schöner Würze und Zitrusnoten, recht packend, kompakt.

★★ S €€€ GV
2020 Grüner Veltliner Steingarten + Ziemlich fruchtbetont, pikant, Renetten, auch Kriecherln, etwas Zwieback, Grapefruits; fest, betont trocken, Zitrus, zartbitter, hinten etwas rassig.

★★★★ S €€€ RI FUN PLV
2019 Riesling Loiserberg 1ÖTW + Einnehmende Nase mit dezenter Pikanz und pfiffiger Frucht, rote Pfirsiche, rosa Grapefruits; elegant, saftig, knackig, Pfirsiche, feinherb, erfrischend, mittellang, bildhübsch.

★★★ S €€€ GV
2017 Grüner Veltliner Purus + Hellwürzige, weißpfeffrige Nase mit schotigen Einschüben, Linsenbrot und Heublumen; mittelkräftig mit betonter Würze, etwas Grapefruit, saftige Mitte, zartherb, mittleres Finish.

★★★ S €€€€€ GV
2017 Grüner Veltliner Schenkenbichl 1ÖTW + Dezente Würze, Kamille, etwas Cantuccini, Windgebäck, eher sanft, ausgewogen; eleganter Fruchtschmelz, guter Extrakt, klassische Würze, kernig, knochentrocken, mittellang.

★★★★ S €€€€€ GV TIPP
2017 Grüner Veltliner Käferberg 1ÖTW + Ausgereifte Nase, Wachs und Ölfrüchte, auch Linsen, Paprikapulver, sehr dicht, luftbedürftig; reichhaltig und mundfüllend, saftiger Fruchtschmelz, sehr gutes Rückgrat, kernig und kräftig, langer Abgang.

★★★ S €€€ RI FUN
2017 Riesling Purus 1ÖTW KA + Fruchtbetont, reife Zitrusfrüchte, Ringlotten und Melonen, pikant, Blütenhauch; kernig und vibrierend frisch, Grapefruits, Steinobst, angenehm zartbitter, Charmebündel, mittellang, knapp beim 4. Stern.

★★★★ S €€€€€ RI TIPP
2017 Riesling Steinmassl 1ÖTW + Elegant, kühl, Weihrauch, frische Steinpilze, Ananas, Weingartenpfirsich, Marillenhauch, ausgewogen; geschmeidiger Fruchtschmelz, sehr saftig, feinherb, strukturiert, mittellang.

★★★★★ S €€€€€ RI TOP
2017 Riesling Seeberg 1ÖTW + Pikant, viel Frucht und feine Kräuterwürze, kandierte Ananas und Pfirsiche, etwas Mango, tiefgründig, samtig, Wachs; herrlich saftig, elegant, feingliedrig, beachtliche Säurerasse, ungemein saftiges Mittelstück, rassig-knackiger Biss, gebündelt mit ziemlicher Länge.

★★★★★ S €€€€€ RI TOP
2017 Riesling Heiligenstein 1ÖTW + Reichhaltig, nach eingelegten Pfirsichen und Litschis, reife Mirabellen, samtig und sanft, pfiffige Pikanz; sehr saftiges Entrée, zart cremig, schöner Fruchtschmelz, Zitrus, hinten dann sehr fest, legt zu, gute Länge.

ÖSTERREICH

★★★ S €€€ ZW
2020 PetNat Rosé brut nature + Hefig-expressive Fruchtnase, leicht geräuchert, Erdbeer-Rhabarber-Gelee, Wassermelone, Kräuter; lebhaft mit Biss, erfrischend, sehr zartgliedrig, Zitrus, forsch und straff, beintrocken.

Weingut **Winkler**

Manuel Winkler
3552 Lengenfeld, Gföhler Straße 32
Mobil +43 676 400 37 41
mail@weingut-winkler.at, www.weingut-winkler.at
37 Hektar, W/R 70/30

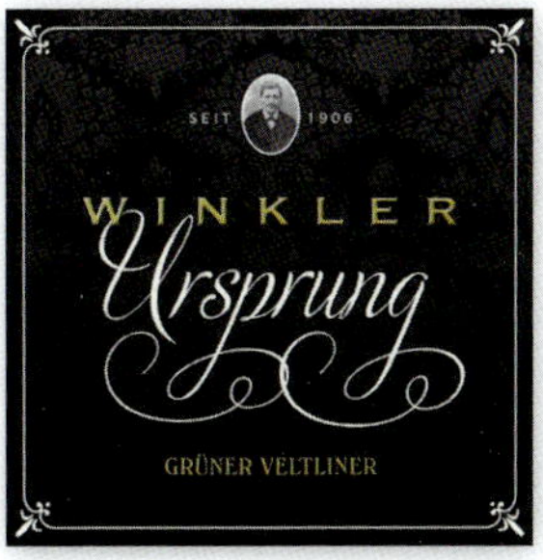

„Das Jahr verstehen und die besten Schlüsse draus ziehen", so lautet Manuel Winklers Konzept. Mit einem bis zu drei Wochen späteren Lesebeginn und dem Zuwarten auf die sensorische Reife hatte er im „schwierigen Jahr 2020" genug Zeit für beides. Zeit ist überhaupt ein Thema für den sympathischen Winzer. Von den 2020ern gibt es zwar schon vielversprechende Fassproben, gefüllt wurden Anfang des Jahres aber die ersten 2018er. Die Selektionen stammen von „allen Böden Lengenfelds", „Urgestein" ist selbsterklärend, und „Ursprung" bezeichnet einen einzelnen Weingarten, wobei diese mit Angabe der Parzelle (PZ) noch kleinflächiger unterteilt werden. Die Parzellen bezeichnen Einzelvinifikationen kleinster Einheiten, 0,22 ha beim „Limberg" und 0,35 ha beim „Pfeiffenberg", die sich durch besondere geologische und kleinklimatische Gegebenheiten auszeichnen. Der „Frauenberg" zeigt eine für Müller-Thurgau überraschende Säure, die weiße Cuvée enthält aber auch „Spuren vom Grünen Veltliner". Der „Spund" bringt für 12% eine wunderschöne Fülle auf den Gaumen, die „Selektion" versprüht Apfelaromen im Überfluss. Erstmals aus dem großen Holz stammt der „Urgestein", intensiv duftig und klassisch, bröseltrocken wie alle 2020er mit max. 13% Alkohol. „Parzelle 1919" vom „Pfeiffenberg" hat 2018 die schönsten Trauben seit Jahren hervorgebracht und bietet vollmundiges Veltlinervergnügen. Ried Limberg (PZ 1538), eine alte Kremstaler Lage, war Ausgangspunkt für eine teilweise im 300-Liter-Fass gewordene eigenständige Veltliner-Interpretation. Ein mächtiger Veltliner ohne Holz kommt von den Alten Reben der Lage Friesenrock. Die Selektion vom Muskateller zeigt sich schon trinkbereit in bester Verfassung. *db*

NIEDERÖSTERREICH

★★ S € CW
2020 Frauenberg + Zart pfeffrig, Variationen vom Kernobst, zitrusfrisch, mit Luft kommt Fruchtsüße, auch etwas Marille; verspielte Frucht, feiner Sommerbegleiter.

★★★ S € GV
2020 Grüner Veltliner Spund + Von Hefenoten umspieltes Kernobst, reife rote Äpfel, etwas Birne, Blumenwiese, honigduftig; zart röstig, straffer Background, klassische Veltliner-Frucht kann sich gut platzieren, animierend.

★★★ S € GV TIPP
2020 Grüner Veltliner Selektion + Konzentrierte Frucht mit Zimt Richtung Apfelmus oder gar Strudel gehend, intensiv, einprägsam; reife, zischige Säure, auf guten Extrakt gebettet, würziger und fruchtiger Veltliner, der jetzt schon Spaß macht.

★★★ S €€ GV FUN
2020 Grüner Veltliner Ried Pfeiffenberg Urgestein + Intensiv duftig, klassischer, rescher Veltliner, Prise weißer Pfeffer, sehr animierend; Birnenaromatik gesellt sich zur Apfelfrucht, steinig-straff, anregende Spannung, guter Fluss bei guter Länge.

★★★ S €€ GV
2018 Grüner Veltliner Ried Pfeiffenberg Ursprung PZ 1919 + Frische grüne und gelbe Äpfel, appetitliche Würze, ein paar Kräuter; ansprechende Kombination aus Frucht und Würze, guter Ansatz, braucht noch.

★★★ S €€ GV
2018 Grüner Veltliner Ried Limberg Ursprung PZ 1583 + Exotisch beginnend mit etwas Banane, Mango und Ananas, zart röstig, kräutrig-ätherische Würze; Ananas, reifer Pfirsich, Gerbstoff und Kalk sorgen für festen Halt, engmaschig, noch recht jugendlich, sehr gute Länge.

★★★ S €€ GV TIPP
2018 Grüner Veltliner Ried Friesenrock Alte Rebe + Straff mit einnehmender Kernobstvielfalt; erste Reife und noch jede Menge Leben, Würze und Frucht haben zueinander gefunden, mächtiger Veltliner, der recht geschliffen über den Gaumen rinnt, sehr gute Länge.

★★★ S € GM FUN
2020 Gelber Muskateller Selektion + Ausdrucksstark und doch elegant, dezent gepfeffert; zeigt auch auf dem Gaumen die Vielfalt des Muskatellers, fruchtsüß und knackig trocken, wunderbare Länge, viel Frucht im Nachklang, erfrischender Genuss.

VINOTHEKEN

GRAFENEGG

Vinothegg
Vinothek im Schloss Grafenegg
3485 Grafenegg 10
Tel. +43 2735 39939
info@vinothegg.at, www.vinothegg.at

LANGENLOIS

LOISIUM Kellerwelt
Betriebs GmbH & Co KG
3550 Langenlois, Loisiumallee 1
Tel. +43 2734 32240-0
weinwelt@loisium.at, www.loisium.at

Ursin Haus Vinothek & Tourismusservice GmbH
3550 Langenlois, Kamptalstraße 3
Tel. +43 2734 2000-0
info@ursinhaus.at
www.ursinhaus.at, www.langenlois.at

Das Ursin Haus beherbergt neben der Kamptaler Vinothek und dem Tourismusbüro auch die Bar „Café & Wein". Mit einer bestechenden Auswahl an Kamptaler Weinen, aber auch lokalen Spezialitäten ausgestattet, ist das Ursin Haus eine Fixadresse für alle Wein- und Genussreisenden.

SCHÖNBERG AM KAMP

Vinothek Alte Schmiede
3562 Schönberg am Kamp, Hauptstraße 36
Tel. +43 2733 76476
info@alteschmiede-schoenberg.at
www.alteschmiede-schoenberg.at

STRASS

Weinkontraste – Vinothek Straß
3491 Straß, Langenloiser Straße 199
Tel. & Fax +43 2735 3900
info@weinkontraste.at, www.weinkontraste.at

GASTRONOMIE/NÄCHTIGUNG

HADERSDORF AM KAMP

Esslokal
Roland Huber
3493 Hadersdorf am Kamp, Hauptplatz 16
Tel. +43 2732 217 72
reservierung@esslokal.at, www.esslokal.at

Den Start in die Selbständigkeit mit dem „Esslokal" hat Sternekoch Roland Huber, bis Ende Jänner 2020 Chef im Le Ciel im Wiener Grand Hotel, gewagt - und wie! Roland Huber macht gemeinsam mit seiner Frau Barbara dem zum Kunststaulager der Spoerri Stiftung gehörende Esslokal gehörig Beine. Der Chef gehört unbestritten zu den allerbesten im Land. Nach einem Jahr ist das Esslokal fixer Bestandteil der gastronomischen Szene zwischen Krems und Wien. Viele Stammgäste pilgern auch von weit her.

Huber realisiert seinen Traum von gehobener, aber nicht abgehobener Spitzenküche am Land. Von bodenständig bis asiatisch angehaucht, mit Elementen von Paris bis New York, tolle Kreationen, ganz viel Geschmack. Donnerstags bis sonntags sogar mit Frühstücksschiene von 09.00 bis 11.30. Romantischer Innenhof. Ehefrau Barbara ist die Herrin der Weinkarte, die auf das Kamptal setzt, mit viel bio und sinnvollen Ausschweifern in andere Regionen und ins Ausland. Gut trinkbare Naturweine gehören auch dazu. Viele Winzer sind Fans vom Esslokal, von Willi Bründlmayer abwärts. Großes Kino!

Färberstub'n
Stefan & Sissy Horky
3493 Hadersdorf am Kamp, Hauptplatz 12
Tel. +43 2735 2618
faerberstubn@aon.at, www.faerberstubn.at

Der diplomierte Sommelier und Gründer der Kamptaler „Wine-Trophy" Stefan Horky stellt auch in seinem Lokal die Weine aus der Region in den Mittelpunkt – die Auswahl übertrifft mittlerweile so manche Gebietsvinothek. Serviert wird dazu bodenständige Hausmannskost in bester Kamptaler Tradition, wobei so manche in Vergessenheit geratene Klassiker ihr wohlverdientes Comeback feiern.

LANGENLOIS

Heurigenhof Bründlmayer
Viktoria & Martin Schierhuber
3550 Langenlois, Walterstraße 14
Tel. +43 2734 2883
office@heurigenhof.at, www.heurigenhof.at

Der beliebte Heurigenhof Bründlmayer hat sich längst zum gastronomischen Hotspot der Region gemausert. Dank dem Schaffen von Martin und Viktoria Schierhuber als Gastgeber und dem innovativen Küchenteam um Marco Gangl und Lukas Humer. Ein kulinarisches Feuerwerk aus besten regionalen Zutaten, oft unkonventionell interpretiert, aber geschmacklich stets treffsicher. Tolles Degustationsmenü mit variabler Weinbegleitung, sonst kleine, aber feine Karte. Im Heurigenhof bekommt man neben feinen Köstlichkeiten auch so gut wie alle Bründlmayer-Weine und –Sekte glasweise, dazu viele Raritäten und gereifte Jahrgänge. Schöner Gastgarten im renovierten Renaissance-Innenhof. Ab-Hof-Verkauf des Weinguts Bründlmayer. Drei stimmungsvolle Gästezimmer. Leitbetrieb der gehobenen Gasthauskultur, 3 Hauben.

Braugasthaus zum Fiakerwirt
Jörg & Erwin Hartl
3550 Langenlois, Holzplatz 7
Tel. +43 2734 2150
office@fiakerwirt.at, www.fiakerwirt.at

Im Herzen der Weinstadt gelegenes uriges Gasthaus mit schönem Innenhof. Eigene Gasthausbrauerei, Weine ausschließllich aus dem Kamptal. Traditionelle, deftige Küche.

Restaurant Vineyard im Loisium-Hotel
Loisium Hotel Betriebs GmbH & Co KG
3550 Langenlois, Loisiumallee 2
Tel. +43 2734 771 00-0
hotel.langenlois@loisium.com
www.loisium.com

Das vom US-amerikanischen Architekten Steven Holl designte Wine & Spa Resort Loisium Hotel liegt mitten in den Weinbergen und wurde bereits zu einem der schönsten Spas weltweit gewählt. Die Küche ist jung, aber soldie, setzt auf regionale Produkte in zeitgemäßer Umsetzung. Eigenes Weinmenü, sehr gute Weinauswahl, laufend interessante Events. GrüVe-Lounge, Verkostungen, Kultur, Entertainment und Kulinarik. Auf Wunsch: Dinner im Weingarten. Tolles Designhotel, die Loisium-Weinwelt samt großer Vinothek vor der Haustüre.

Top-Heuriger Nastl
Renate & Günter Nastl
3550 Langenlois, Gartenzeile 17
Tel. +43 2734 2903
office@nastl.at, www.nastl.at

Die Original "Nastl Sausemmel" wurde von den Stammgästen vor mehr als 30 Jahren kreiert. Ein knusprig aufgebackenes Wachauer Laberl gefüllt mir herzhafter Brat'lfettn und würzigem Schweinsbraten wird mit frisch geschnittenen Zwiebeln belegt und rasch - möglichst noch warm - serviert. Sehr gute Eigenbauweine, gemütliches Ambiente, Langenlois-Klassiker.

MOLLANDS

Weinbeißerei
Hermann Hager
3562 Mollands, Altweg 5
Tel. +43 2733 780 80
genuss@weinbeisserei.at
www.hagermatthias.at

Luftige, moderne Architektur inmitten von Weinterrassen bietet die Weinbeißerei von Familie Hager. Hermann Hager, der sein Handwerk unter anderem bei Lisl Wagner-Bacher gelernt hat, liefert zu den – vielfach ausgezeichneten - Bioweinen seines Bruders Matthias Hager regionale Küche vom Feinsten. Die häufig biologischen Produkte kommen von Produzenten aus der Umgebung, das Wild von Jägern. Die Turopoljeschweine werden selbst gehalten. Eine der schönsten Terrassen des Landes. Top-Heuriger, einer der besten Österreichs und Ausflugs-Hotspot.

SCHÖNBERG AM KAMP

Weinstube Aichinger
Susanne Zimmermann
3562 Schönberg am Kamp, In der Kellergasse
Tel. +43 2733 8411, Mobil +43 664 527 52 39
weinstube@wein-aichinger.at
www.wein-aichinger.at

Die Weinstube, engagiert geführt von Susanne Zimmermann, bietet international ausgezeichnete Weine, Klassiker der Heurigenküche und saisonal abgestimmte Spezialitäten aus der Region bis hin zu kulinarischen Überraschungen. Laufend spezielle Menüs und die gesamte Aichinger-Weinpalette auf der Karte, fast alles auch glasweise.

Gasthaus zur Schonenburg
3562 Schönberg am Kamp, Hauptstraße 38
Tel. +43 2733 8202
info@zurschonenburg.at
www.zurschonenburg.at

In Schönberg, gleich neben der liebevoll restaurierten Gebietsvinothek „Alte Schmiede" im idyllischen Kamptal, fällt dieser modern anmutende Bau auf. Drinnen freundliche Gastgeberschaft und ordentliche Wirtshauskost mit österreichischen Küchenklassikern und Weinen aus dem umgebenden Kamptal. Schattiger Gastgarten im Innenhof. Neue Zimmer, jetzt insgesamt 18 Doppelzimmer

STRASS IM STRASSERTAL

Eisenbock's Strasserhof
Nina & Alexander Eisenbock
3491 Straß, Marktplatz 30
Tel. +43 2735 2427
eisenbocks@strasserhof.at; info@strasserhof.at
www.strasserhof.at

Stilvoll renoviertes Landgasthaus mit angeschlossenem Seminarhotel. Die Küche bietet bodenständige, regionale Spezialitäten, als Begleitung gibt es die besten Tropfen aus der Region – und deren gibt es viele. Immer wieder Winzerevents, nicht nur von „Gaisberg uncorcked". Viele Winzer als Stammgäste.

ZÖBING

Zur schönen Aussicht
Johann Gutmann
3561 Zöbing, Heiligensteiner Straße 32
Tel. +43 2734 2334
office@gasthaus-gutmann.at
www.gasthaus-gutmann.com

Gemütliches, urtümliches Wirtshaus mit Gastgarten hoch über der Straße, in dem die gute alte Hausmannskost hochgehalten wird (Gansl, Wild und Fasan im Herbst). Die leichte Küche sucht man hier zwar vergebens, aber dafür schmeckt's nach mehr. Topwirt-Aufsteiger des Jahres 2018 in Niederösterreich. Tolle Zöbinger Weinkarte, große, glasweise Auswahl. Eine Institution. Tipp!

MORE THAN YOU CAN WISH FOR ...
AUSTRIAN WINE
#austrianwine
AUSTRIAN WINE

KREMSTAL

Rund um die alte Weinstadt Krems erstreckt sich das Weinbaugebiet Kremstal, das bis 1985 schlicht „Krems“ hieß, kurz im Gebiet Kamptal-Donauland aufging und seit 1993 als Kremstal bezeichnet wird. Die Rebfläche ist auf drei unterschiedliche Zonen aufgeteilt, nämlich das eigentliche

2.368 Hektar Weinanbaufläche
Die wichtigsten Rebsorten:
Grüner Veltliner, Riesling

Kremstal und die historische Stadt Krems, deren westlicher Teil mit der Bezeichnung „Stein“ direkt an die Wachau anschließt, die östlich anschließenden mächtigen Löss-Lagen und die kleinen Weinorte südlich der Donau rund um das monumentale Stift Göttweig. Im Stadtgebiet und in der unmittelbaren Umgebung dominieren Urgesteinsverwitterungsböden, die ausgesprochen elegante wie rassige Weißweine hervorbringen. Ähnliches lässt sich von den Lagen westlich des Kremsflusses sagen, etwa oberhalb des Stadtteils Stein an der Donau.

Die übrigen Lagen der Stadt Krems, darunter so legendäre wie die Sandgrube oder der Weinzierlberg, sind von der Bodenstruktur her mit jenen des nördlich gelegenen Hochplateaus, das von Gneixendorf bis Droß reicht, oder mit den Böden der bekannten Weinbauorte Rohrendorf und Gedersdorf vergleichbar, wo mehr oder weniger schwere Lössböden dominieren, die hie und da von Schotter- und Sandablagerungen durchzogen werden. Die mächtigen Lössterrassen ganz im Osten des Gebietes finden mit dem Wagram ihre Fortsetzung. Eine Enklave befindet sich am rechten Donauufer unterhalb des Stiftes Göttweig, die bekanntesten Weinbauorte sind Furth, Palt und Hollenburg. Wie in der östlichen Wachau treffen hier die kontinentalen Einflüsse des Waldviertler Plateaus auf pannonische Klimacharakteristika aus dem Osten; dies alles wird vom Donaustrom als ausgleichendem Faktor stabilisiert.

Besonders attraktiv fallen in der Regel die Rieslinge vom Urgestein aus, aber auch die Löss-Veltliner von den genannten Lagen der Stadt sowie aus Rohrendorf und Gedersdorf sind vorbehaltlos zu empfehlen. Abgerundet wird die Palette durch Weißburgunder, Chardonnay und Sauvignon Blanc.

Seit 2007 gibt es die DAC Kremstal für Riesling und Grünen Veltliner in den Standardstufen „Kremstal DAC“ mit und ohne Ortsangabe, mit Ortsangabe und Riedenbezeichnung (Einreichung zur Prüfnummer in beiden Fällen frühestens ab dem 1. Jänner des auf die Ernte folgenden Jahres) und „Kremstal DAC Reserve“ (Einreichung zur Prüfnummer frühestens ab dem 1. Juli des auf die Ernte folgenden Jahres), jeweils trocken. Die Mindest-Alkoholgehalte liegen zwischen 12% und 13%, wobei Riedenbezeichnungen ab 12,5% zulässig sind, Reserven ab 13%.

Dross
Priel
Senftenberg
Stratzing
Imbach
Gneixendorf
Scheiblberg
486 m
Gedersdorf
Brunn
i. Felde
Rehberg
Egelsee
Rohrendorf
KREMSFELD
Stratzdorf
KREMS
A. D. DONAU
Neustift
Stein
Krems
Theiss
K R E M S T A L
Donau
Brunnkirchen
Palt
Thallern
Angern
Oberfucha
Hollenburg
Furth
b. Göttweig
Stift
Göttweig
Tiefenfucha
Krustetten
Paudorf
Eggendorf
Höbenbach
Meidling

Weinbau **Aigner**

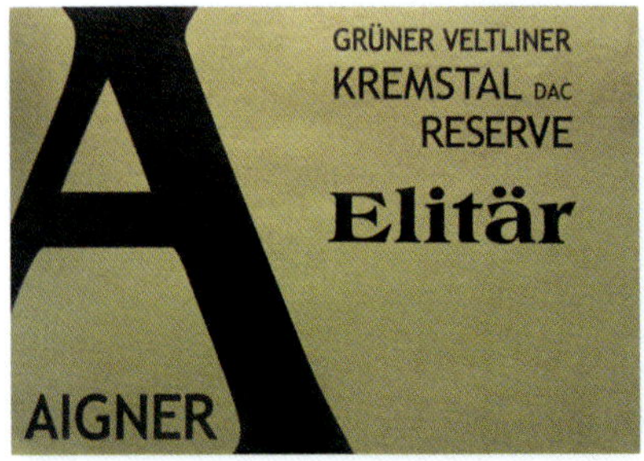

Wolfgang Aigner
3500 Krems, Wienerstraße 133 & Weinzierl 53
Tel. +43 2732 84558
info@aigner-wein.at, www.aigner-wein.at
17 Hektar, W/R 93/7, 120.000 Flaschen/Jahr

Er war seinerzeit zweifellos der jüngste Winzer im Gebiet, als er nur 21 Jahre jung den elterlichen Betrieb übernehmen musste – die Rede ist von Wolfgang Aigner, dem „Kremser Stadtwinzer", wie er oft genannt wird, weil sich das Weingut tatsächlich im Kremser Stadtteil Weinzierl befindet. Seit diesen frühen Jahren hat der engagierte Weinmacher sein Können immer wieder mit zahlreichen herausragenden Tröpfchen eindrucksvoll unter Beweis gestellt. Mittlerweile hat er freilich auch helfende Hände im Betrieb erhalten. Elfi, seine liebenswürdige Gattin, kümmert sich vorwiegend um den Verkauf bzw. um das schmucke Gästehaus im Herzen des Stadtteils. Christian, der Sohnemann, packt gemeinsam mit dem Herrn Papa in Weingarten und Keller an, und Tochter Birgit bringt sich – nach absolvierten Studien über Marketing- und Medienmanagement sowie internationale Wirtschaft – ebenfalls in den Betrieb ein, wo sie die Bereiche Marketing und Verkauf abdeckt.

Erfreulich sind auch heuer die Weine ausgefallen, vor allem die fünf Grünen Veltliner wissen sowohl mit ihren unterschiedlichen Profilen als auch mit ihrer durch die Bank klaren, blitzsauberen Struktur zu gefallen. Dass dabei die Lagenweine aus Sandgrube und Frechau eine besonders gute Figur machen, ist keine Überraschung – nicht zuletzt deswegen, weil sie erst ein Jahr später auf den Markt kommen und somit auch ihre erste Trinkreife erlangt haben. Aus der Frechau stammt übrigens der heuer neu vorgestellte Riesling, der auf Anhieb gefallen konnte und alle Anlagen für eine großartige Karriere besitzt. *bb*

KREMSTAL DAC

★★ **S €€ GV PLV** PLV
2020 Grüner Veltliner „Weinzurl" + Kräutermix, Fenchel, Radicchio; grüne Äpfel; saftig und aussagekräftig.

★★★ **S €€ GV**
2020 Grüner Veltliner Sandgrube + Äpfel, weiße Birnen, Mangos, Blütenhonig; mittelgewichtig, klar gezeichnet, kompakt, ausgewogen.

★★★★ **S €€€ GV** TIPP
2019 Grüner Veltliner Ried Obere Sandgrube Reserve + Dezent, Apfelmus, Orangenzesten, Melisse, reife Mangos und getrocknete Kräuter; kraftvoll, extraktreich, mit feiner Fruchtsüße; schöne Länge.

★★★★ **S €€€ GV** TIPP
2019 Grüner Veltliner Ried Frechau Reserve + Kühlwürziges Entrée, Waldboden, Moos, Anis; saftig, mundfüllend, voluminös, dabei klar strukturiert, generös, finessenreich, ganz dem Terroir verpflichtet; lang ausklingend.

★★★ **S €€€ RI** TIPP
2019 Riesling Ried Frechau Reserve + Steinobst, Grapefruits, Ananas, bleibt schön auf dem Gaumen haften; glockenklare Fasson, die delikate Säure wird von reichlich Fruchtschmelz ummantelt; zeigt Fülle und Eleganz; lang.

NIEDERÖSTERREICH

★★ **S € GV**
2020 Grüner Veltliner „Grünello" + Heuschober, grüne Bananen, viel Zitrus; burschikoser Stil, resch, leichtfüßig, schlank und rank.

★★ **S €€ CH**
2020 Chardonnay + Getreide, frische Brötchen, Agrumen, Zitronengras; knackig, lebhaft, mit Säurespitzerl am Ende.

★★ **S €€ GM**
2020 Muskateller + Intensiv nach Hollerpesto, Sämling; auf dem Gaumen gemäßigt, Muskattrauben, Holunder, deutlicher Säurenerv; keck und sympathisch.

★★ **S € RO**
2020 Rosé + Delikater Erdbeerduft, Beerenjoghurt; dann pure Grünfrucht, Rhabarber; erfrischend, trinkanimierend, vergnüglich.

Weingut
Berger

Erich Berger
3494 Gedersdorf, Weinbergstraße 2
Tel. +43 2735 8234-0, Fax -4, Mobil +43 664 113 99 58
office@weingut-berger.com, www.weingut-berger.com
25 Hektar, W/R 90/10, 200.000 Flaschen/Jahr

Nur ein paar Schritte abseits der Durchzugsstraße in Gedersdorf, nahe Krems, befindet sich das Weingut Berger, dem auch ein attraktives Gästehaus angegliedert ist – schlicht und einfach ein Refugium für weininteressierte Besucher, die hier nach einer ausgiebigen Degustation einen Ort der Ruhe und Entspannung finden. Erich Berger lässt es sich nicht nehmen, immer wieder mal mit seinen Gästen eine ausgedehnte Weinkost zu zelebrieren.
Dem Jahrgang 2020 blickt er mit etwas gemischten Gefühlen hinterher: „Qualitativ waren wir ja zufrieden, aber der Frost hat uns fast ein Drittel einer Normalernte gekostet", berichtet er uns, präsentiert uns jedoch im gleichen Atemzug eine sehr komplette Serie seiner Weine aus dem aktuellen Jahrgang. Sogar Neues ist dabei – ein dunkelfruchtiger Cabernet Franc, der freilich aus dem Jahr 2018 stammt und heuer auf den Markt kommt. Er war früher Bestandteil der Cuvée „Maxim" und wird mittlerweile reinsortig angeboten – kein Nachteil, wie wir anhand der Kostprobe feststellen durften.
Wunderschön sind heuer die beiden Top-Veltliner des Hauses geraten, der in gebrauchten Barriques ausgebaute Ried Wieland von 2019 – cremig, extraktsüß, finessenbetont – sowie das noble Pendant von der Ried Moosburgerin aus dem aktuellen Jahrgang – ein großartiger Veltliner aus großartiger Lage. Zum ersten Mal möchten wir aber auch den jugendlich verspielten Rosé vor den Vorhang bitten, der heuer mit umwerfendem Charme und einer tollen Fruchtbrillanz zu überzeugen weiß – mehr als nur ein einfacher Sommerwein, aber natürlich auch das. *bb*

KREMSTAL DAC

★★ S € GV
2020 Grüner Veltliner „Gedersdorf" + Grünfruchtig, Sommerwiese, Melisse, Gartenkräuter, erfrischender Säuretouch, schönes Trinkanimo.

★★ S € GV
2020 Grüner Veltliner Lössterrassen + Baumrinde, Radicchio, Kräuter; intensive Fruchtwürze, Nussbitterl, Bananen, Limetten, grüne Paprika; heuer etwas vorlaut, kompakt und solide.

★★★ S €€€ GV
2020 Grüner Veltliner „Optimis terrae" + Rauchig, dann gelbe Äpfel, Ribisel, Pfefferkörner; vielschichtig, stoffig, mittelkräftig; expressiver Stil, bleibt lange haften.

★★★★ S €€€ GV
2019 Grüner Veltliner Ried Wieland + Croissants, Eichenmoos, Blüten, Pfeffer, cremiger Touch; facettenreich, voll Fruchtsüße und Finesse, tief und lang anhaltend.

★★★★ S €€€€ GV TIPP
2020 Grüner Veltliner Ried Moosburgerin + Nobles Bukett, Waldboden, Orangenzesten, Mangos, kühle Würze, Baumharz, Zigarrenkistl, Mineralien, kraftvoll, großzügig, aber auch glockenklar und ausgewogen; bringt sowohl Lage als auch Rebsorte zum Klingen; feine Länge.

★★★ S €€ RI
2020 Riesling Ried Spiegel + Stachelbeeren, Grapefruits, viel Zitrusfrucht, auch grünes Steinobst; rassige Säure, trocken, puristisch.

NIEDERÖSTERREICH

★★ S €€ GM
2020 Gelber Muskateller + Hollerpesto, Fliederbusch, Sämling; jugendlich und etwas überdreht in knallbunten Farben.

★★ S €€ CH
2020 Chardonnay Ried Zehetnerin + Grüne Nüsse, Agrumen, knackiger Säurebogen, Rhabarber; straff gegliedert; Klassiker.

★★ S € RO FUN PLV
2020 Rosé vom Zweigelt + Erdbeerkuchen, Beerenjoghurt, Limetten; leicht, verspielt, mit viel Verve und von glockenklarer Machart; sehr gelungen!

★★★ S €€€ CF
2018 Cabernet Franc + Schwarzkirschen, Cassis, Blaubeeren, zunehmend auch Nelken; mürbes Tannin, sanfter Trinkfluss, etwas Nougat; kraftvoller Unterbau, gute Länge.

Weingut
Buchegger

Silke Mayr & Michael Nastl
3552 Droß, Herrengasse 48
Tel. +43 2719 30056, Fax +43 2719 78056
weingut@buchegger.at, www.buchegger.at
11 Hektar, W/R 90/10, 130.000 Flaschen/Jahr

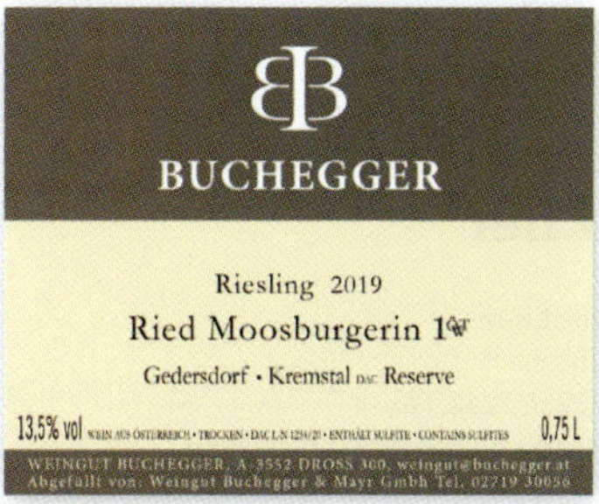

Das Weingut Buchegger hat seine Wurzeln in Gedersdorf, wo sich die gleichnamige Familie ab Ende des 19. Jahrhunderts dem Weinbau widmete. Bereits in den 1990er-Jahren gelang dem talentierten wie charismatischen Walter Buchegger mit seinen hervorragenden Weißweinen der Aufstieg in die Spitzengruppe des Kremstals. Im Jahr 2006 wurde der Betriebssitz nach Droß verlegt, wo Walter Buchegger mit seiner Partnerin Silke Mayr vom Vorspannhof eine gemeinsame Betriebsstätte gegründet hatte. Mayr führt seit einigen Jahren gemeinsam mit Michael Nastl, dem langjährigen Kellermeister beider Weingüter, das Weinwerk des leider früh verstorbenen Ausnahmetalents auf vortreffliche Weise fort.

Grüner Veltliner ist König im Buchegger'schen Sortiment – immerhin ein halbes Dutzend Vertreter mit erkennbar unterschiedlichen Stilistiken dürfte wohl für jeden Geschmack etwas bieten. Als Einstieg gibt es die vielerorts beliebte Holzgasse, gefolgt von den im Stahl ausgebauten Veltliner vom Geppling aus dem Kamptal sowie dem Pfarrweingarten, bei denen frische Würze und kompakte Frucht im Mittelpunkt stehen. Die vollmundige Reserve Leopold liegt für ein paar Monate im großen Holzfass. Unter den Ersten Lagen repräsentiert die Moosburgerin den klassischen, kernigen Stil, bei dem im großen Holz auf der Feinhefe gereiften Vordernberg stehen Fülle und Schmelz im Mittelpunkt. Bei den Riesling ist der Einstiegswein als Kremstaler Dorflage aus Gedersdorf deklariert, den Mittelbau stellt der von tiefgründigem Löss stammende Tiefenthal dar, an der Spitze stehen wiederum die Ersten Lagen vom Vordernberg sowie Moosburgerin, wobei Letztere zweifellos Primus inter Pares ist; sie verpasste den 5. Stern nur ganz knapp. Dazu gibt es noch einen tadellosen Roten Veltliner sowie einen hervorragenden Sekt Extra Brut 2016, der seinen schon sehr guten Vorgänger aus 2014 übertrifft.

psch

KREMSTAL DAC

★★★ S €€€ GV — FUN
2020 Grüner Veltliner Pfarrweingarten + Etwas rauchige Nase nach Biskuit, Würze, Linsen, Backapfel, Maisbrot; saftiger Schmelz, kernig, gute Frucht und Struktur, Orangen, fest.

★★★ S €€€ GV
2020 Grüner Veltliner Reserve Leopold + Reichhaltig mit cremigen Noten, Eibisch und Bananenchips, hellwürzig, reife Renetten; kerniger Biss, mittelkräftig, fest, saftiger Fruchtschmelz, etwas streng, griffig, hinten etwas schlanker.

★★★★ S €€€€ GV — TIPP
2020 Grüner Veltliner Ried Moosburgerin 1ÖTW + Kühl und duftig, weiße Blüten, auch Ringlotten, Williamsbirnen, hübsch, elegant; ungemein kernig mit eleganter Frucht, Grapefruits und Quitte, saftig, verspielt mit gewisser Tiefe, Ausdauer.

★★★★ S €€€€ GV — TIPP
2020 Grüner Veltliner Ried Vordernberg 1ÖTW + Würzig, reife Paprika, jede Menge Gelbfrucht, reif, Pistazien, frisch geriebener Pfeffer, leicht rauchig; mundfüllend, gute Substanz, viele Grapefruits, griffig, viel Biss, gute Säure, recht lang.

★★★ S €€ RI — FUN PLV
2020 Riesling Gedersdorf + Elegant und fruchtbetont nach gelbem Steinobst, unmittelbar ansprechend; saftig, gerundet, viel Steinobst und Zitrus, zartherb, aus einem Guss.

★★ S €€€ RI
2020 Riesling Ried Tiefenthal Gedersdorf + Etwas zugeknöpft, Trockenfrucht, Steinobst, dezent; saftig, schlank, gelbes Steinobst, zartherb, spritzig, mittleres Spiel und Finish.

★★★ S €€€€ RI
2020 Riesling Vordernberg 1ÖTW + Kühl, weiße Blüten und Wiesenkräuter, Limetten, weißer Pfirsich, pikant; knackig, mittelgewichtig, kernig, gebündelte Frucht, straff, mittleres Finish.

★★★★ S €€€€ RI — TIPP
2020 Riesling Moosburgerin 1ÖTW + Kühle Nase mit puristischer Frucht, weiße Pfirsiche, Nektarinen, Litschis, Tiefgang, transparent; knackig, mittelkräftig, glockenklare Frucht, kompakt, fein, ziseliert, mittellang.

KAMPTAL DAC

★★★ S €€ GV
2020 Grüner Veltliner Ried Geppling Gobelsburg + Dezent cremig, typische Würze, Boskop und Laub; knackig, mittlerer Körper, Biss, spritzig, feinherb, mittleres Finish.

NIEDERÖSTERREICH

★★ S €€ GV
2020 Grüner Veltliner Holzgasse + Kühle Birnenfrucht, frische Wiesenblüten; spritzig, lebhafte Frucht, schlank, trinkig.

★★★★ K €€€€ CU — TIPP
2016 Buchegger Extra Brut Sekt Große Reserve + Sehr elegant, pikant, Ananas und Orangen, feine Reife; präzise Frucht, tief, konturiert, saftig, erfrischend, viel Biss, subtile Länge.

Winzerhof
Dockner

Josef Dockner
3508 Höbenbach, Ortsstraße 30
Tel. +43 2736 7262, Fax -4
winzerhof@dockner.at, www.dockner.at
90+75 Hektar, W/R 80/20, 1,3 Mio. Flaschen/Jahr

Sepp und sein Sohn Josef Dockner sind ein längst eingespieltes und überaus erfolgreiches Team, das hier im südlichen Teil des Kremstals eine ungemein breite Weinpalette anbieten kann. Der Fokus im Weingut liegt zwar eindeutig auf den Leitsorten Grüner Veltliner (allein heuer mit acht Varianten vertreten!) und Riesling, die Vielfalt an Weinen ist jedoch eine geradezu unendliche. Ob es sich nun um Rebsorten wie Gelber Muskateller oder Sauvignon Blanc handelt, ob um ganz hervorragende Rotweine von St. Laurent, Pinot Noir, Zweigelt, Cabernet Sauvignon und Merlot – die Cuvée „Sacra" hat im Kremstal Geschichte geschrieben –, ob trocken, süß oder schäumend, in jedem Fall wird man im Familienbetrieb Dockner fündig.
Das Haus ist aber noch aus anderen Gründen ein beliebter Treffpunkt für Weinfreunde, zum einen ist das der TOP-Heurige am Weingut in Höbenbach, zum anderen ein wohl einmaliges Kellerensemble, die Sektmanufaktur auf dem Kremser Frauengrund, die heuer – nach zahlreichen Renovierungs- und Modernisierungsschritten in neuem Glanz erstrahlend – ihre Gäste begrüßen wird. *bb*

KREMSTAL DAC

★★ S €€ GV
2020 Grüner Veltliner „Krems"

★★ S €€ GV
2020 Grüner Veltliner Ried Himmelreich

★★ S €€ GV
2020 Grüner Veltliner Ried Frauengrund + Mineralisch, Honigmelonen, Rhabarber, pfeffrig unterlegt; delikates Säurespiel, einladend.

★★★ S €€ GV PLV
2020 Grüner Veltliner Ried Oberfeld + Gelbe Äpfel, kühlwürzig, Anis, Fenchel, Tannennadeln; schmelziger Trinkfluss, balanciert.

★★★ S €€ GV
2020 Grüner Veltliner Ried Gottschelle + Wildkräuter, Äpfel, später Grapefruits, Kräuterextrakt; fleischig, ausdrucksstark, facettenreich.

★★★★ S €€€ GV
2020 Grüner Veltliner Lusthausberg + Baumrinde, Mineralien, Pfeffer, dann mehr Frucht, Orangenzesten, Ananas; extraktsüß, komplex, finessenbetont.

★★★★ S €€€ GV TIPP
2019 Grüner Veltliner Ried Leiten „Privatfüllung Gudrun" Reserve + Kühlwürzig, Zigarrenkistl, Pfeffer, Bienenwachs; dicht, voluminös, klar konturiert, feinherber Ausklang; sehr gediegen.

★★ S €€ RI
2019 Riesling „Krems"

★★ S €€ RI
2020 Riesling Ried Gottschelle

★★★ S €€€ RI
2020 Riesling Ried Rosengarten + Steinobst pur, auch Ananas, Limoncello, mineralisch, rassige Säure; schöne Substanz, feinstrahlig

★★★★ S €€€ RI TIPP
2019 Riesling Ried Leiten „Privatfüllung Sepp" Reserve + Rote Pfirsiche, Marillenkuchen, Mandarinen, noble Fruchtsüße, elegantes Säurespiel, Schmelz ohne Ende, kristallklar, mit enormem Tiefgang; Potenzial!

NIEDERÖSTERREICH

★★★ S €€ GV
2019 Grüner Veltliner „Joe" Reserve + Crème Brulée, Eibisch, Vanilleglasur, dahinter Kräuterwürze; barocke Fülle.

★★ S €€ GM FUN
2020 Gelber Muskateller Göttweiger Berg + Holunderblüten, Limonen, Muskat, fein gezeichnet, hocheleganter Muskateller.

★★ S €€ SB
2020 Sauvignon Blanc + grüne Paprikaschoten, Brennessel, Sämling; Frechdachs mit Pfiff.

★★★ S €€ ZW
2018 Zweigelt Reserve „Joe" + Schwarzkirschen, Weichseln, zarter Edelholztouch; satt und geschmeidig, mundfüllend, sortentypisch.

★★★ S €€ SL
2018 Sankt Laurent Reserve + Rote und schwarze Beeren, etwas Dirndl, Schlehen; engmaschig, pikante Säure, vielschichtig.

★★★ S €€€ PN TIPP
2017 Riesling Eiswein Ried Rosengarten + Klassisch Pinot-hafte Nase, Waldfrüchte, Himbeeren, Erdbeerkuchen, reife süße Frucht, feingliedrig; setzt Eleganz vor Kraft und Fülle.

★★★★★ K €€€€ CR TOP
2017 Cuvée Sacra Grande Reserve + (50CS/40ME/10ZW) Cassis pur, Brombeeren, Kirschlikör, Nougat, salzig mineralisch, feiner Tannin-Grip, konzentriert, tiefgründig; „Sacra" at its best.

Weingut
Eder

Martin & Marina Eder
3494 Gedersdorf, Weinbergstraße 66
Mobil +43 676 346 73 25 oder +43 676 346 73 33
office@weinguteder.at, www.weinguteder.at

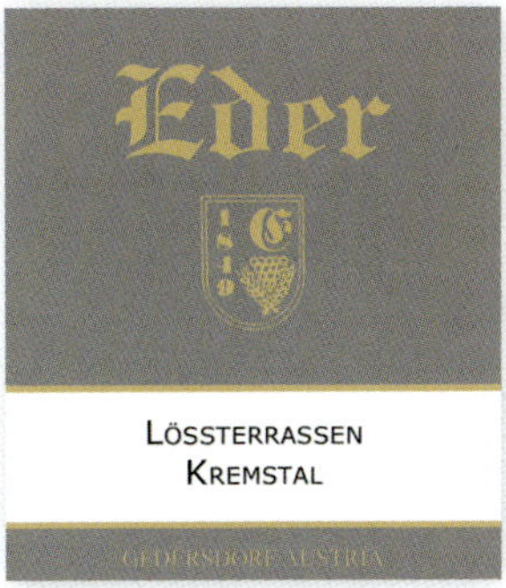

Seit 1849 betreibt die Familie Eder in Gedersdorf Weinbau. Seit 2013 wird das Weingut durch Sohn Martin Eder in siebter Generation geführt. Martins Schwester ist im Jahr 2017 eingestiegen. Das Geschwisterpaar führt das Weingut kongenial in die Zukunft.

Der Jahrgang 2020 war kein leichter, doch die Eders sind gut durch das Jahr gekommen. Einzig der Zweigelt wurde etwas ertragsreduziert.

Ein gediegener Winzersekt eröffnet die Verkostung. Sommerlich frisch präsentiert sich der Sämling. Duftig und frisch sind ebenfalls der Gelbe Muskateller und der Sauvignon Blanc. Beim Grünen Veltliner Ried Gernlissen besteigen wir die Löss-Terrassen – ein feinwürziger Wein mit gutem Zug. Der Riesling Ried Reisenthal ist in seiner vielfältigen Art sehr gut gelungen. Die Höhepunkte sind dann 2019 Grüner Veltliner Ried Spiegel – griffig und sehr typisch, 2018 Grüner Veltliner Ried Wieland Grand Reserve – mächtig und vollmundig. Beim 2017 Grüner Veltliner hat sich der Patron verewigt; „Martin" wird dieser außergewöhnliche Wein genannt. Unbedingt dekantieren sollte man den 2016 Riesling Limited Edition, einen Wein, der viel Luft benötigt, um sich in seiner vollen Blüte zu zeigen. Das ist ein Langstreckenläufer.

Ein Süßwein der besonderen Leseart kommt zum Schluss. 2018 TBA Grüner Veltliner – ein grandioser Wein, den man sich unbedingt gönnen sollte. *as*

KREMSTAL DAC

★★★ **S €€ GV**
2020 Grüner Veltliner Ried Gernlissen + Gelbfruchtig, Birnenmark, dezent rauchig, Kräuter, feine Würze, von transparenter Struktur, eleganter Note, rassiger Säure, guter Zug, sehr typisch, gutes Niveau, lössige Anmutung.

★★★ **S €€ RI**
2020 Riesling Ried Reisenthal + Steinobst, tropische Anklänge, Citrus, einiges Mineral, rassig, knackig, Riesling pur, gelber Apfel, Quitte, zieht auf dem Gaumen, da stimmt alles. Einiges Potenzial für die Zukunft. Tolle Pikanz, tolle Struktur.

★★★★ **S €€ GV** **TIPP**
2019 Grüner Veltliner Ried Spiegel + Schwarzer Pfeffer, dunkel und rauchig, Hauch von Holz?, Nüsse, exotisch, kernige Struktur, liegt straff auf dem Gaumen, guter Grip, gelbe Früchte, einige Substanz, Kamille, kräftige Würze, sehr ausdrucksvoll, sehr tief und fest. Hat sich im Vergleich zum Vorjahr verschlankt, wurde griffiger, sehr positiv.

★★★★ **S €€€ GV** **TIPP**
2017 Grüner Veltliner Reserve „MARTIN" + Gelb-gold, voller – schwarzer – Pfefferwürze, Kräuter, Gewürze, Kümmel, tolle Struktur, etwas Holz, Nüsse, Vanille, füllig, ungeheuer tiefgründig, mächtig, doch nie überladen, von irrer Substanz, geht richtig auf, tonig, total eng, erinnert an beste Chardonnays , grandioser Grüner Veltliner.

NIEDERÖSTERREICH

★★★★ **S €€€€ GV** **TIPP**
2018 Grüner Veltliner Ried Wieland Grand Reserve + (gebrauchte Barrique/Stahl) Goldfarben, warmes Timbre, eingebundenes Holz, gewürzig, Honig, Karamell, Bratapfel, Orangenzesten, buttrig, auch Exotik, ungemein vollmundig, tolle Säure, etwas Speck. Ein mächtiger Wein, zeitlos, füllig, nie fad, etwas Brot, Vanille, es ist alles im Lot, barock, tolle Würze, tolle Länge, der großzügige Alkohol wärmt. Meditationswein.

★★★ **S €€€€ RI** **TIPP**
2016 Riesling Limited Edition + 11% Vol., halbtrocken Hatte anfangs eine ziemliche Reduktion, verzog sich mit viel Luft, Marille, Pfirsich, Mandarinen, Ananas, feine – fast – Mosel-Nase, ein sehr feiner Riesling mit dezentem Restzucker, schöne Säure, ein richtig feiner Riesling mit Charakter mit großer Eleganz. Hut ab!!!

★★★ **S €€€ CH**
2017 Chardonnay Reserve + Gelbe Farbe, dezent buttrig, noch dominiert die Eiche, salzige Würze, dunkelwürzig, schwarzer Pfeffer, Gewürze, Nelken, etwas Karamell. Zimt, guter Druck, dezente Süße vom Holz, auch Süße von großzügigem Alkohol, Lakritz. Ein Wein, der unbedingt Essen benötigt, um die Mächtigkeit des Weines in die richtige Bahn zu lenken.

★★★ **S €€€€ GV**
2018 TBA Grüner Veltliner + 0,375l Fl. Kupferfarben, Karamell und Butter, feine Botrytis, etwas gedörrte Früchte, Feigen, Honigsüße, Marillen, ungemein harmonisch, süß, vollmundig, weiche Frucht, Teegebäck, ein sehr angenehmer Süßwein der gehaltvollen Art.

ÖSTERREICH

★★★ **K €€ CW**
2018 Sekt Brut + (Donauriesling + GV) Traditionelle Flaschengärung. degorgiert Dez. 2019 Sattes Gelb, Brioche-Noten, Weißbrot, Äpfel, Nüsse, mineralisch-würzige Noten, gelber Pfirsich, Blütenhonig, Hauch Kaffee, rauchig, hat Zug auf dem Gaumen, geht in die Tiefe, sehr ernsthaft, Hefenoten, ein hervorragender Winzersekt der kompakten Art.

Wein- & Gästehof
Edlinger

Josef Edlinger
3511 Furth bei Göttweig, Lindengasse 22
Tel. +43 2732 77622, Fax -17
j.edlinger@a1.net, www.edlingerwein.at
20 Hektar, W/R 85/15, 120.000 Flaschen/Jahr

Seit mehr als zwei Jahrzehnten führt Josef Edlinger sein Weingut am Fuße des Göttweigers, das sich bereits seit dem Jahr 1842 im Familienbesitz befindet. Der umtriebige Winzer repräsentiert die fünfte Generation im Haus, wobei Paul, der Junior, im Betrieb bereits fest Hand anlegt. Unterstützt werden die beiden von den Eltern des Seniors; die Frau Mama betreut das mit fünf Zimmern ausgestattete Gästehaus, der Herr Papa kümmert sich nach wie vor um die Weingärten, und Gabriele, die charmante Gattin, ist für Marketing und Export verantwortlich. Seit einigen Jahren prangt auf den Etiketten des Weinguts das Logo „zertifiziert nachhaltig" – ein Zertifikat, das nicht nur umweltschonende Maßnahmen in Weingarten und Keller beinhaltet, sondern darüber hinaus auch Richtlinien zu Klimaneutralität, Wassernutzung, Energieeinsatz, ja, sogar soziale Aspekte etc. berücksichtigt. „Das reicht über die Kriterien des biologischen Weinbaus noch weit hinaus", wird uns versichert.

Josef Edlinger bewirtschaftet Rebanlagen im Kremstal und in der Wachau, hat also höchst unterschiedliche Böden zur Verfügung, von Löss und Lehm über schottrige Böden bis hin zu kargem Verwitterungsgestein. Auf ihnen fühlen sich vor allem Grüner Veltliner und Riesling wohl – sie beanspruchen rund 70% der gutseigenen Weingärten –, aber auch Varietäten wie Chardonnay, Sauvignon Blanc oder Pinot Noir finden sich im Sortiment. Im vorigen Jahr als Vinaria „Best Buy"-Sieger ausgezeichnet, zählt der Grüne Veltliner Silberbichl auch heuer wieder zu den Anwärtern für einen Stockerlplatz, dem ihn freilich der aus der gleichen Lage stammende Riesling noch streitig machen könnte. *bb*

KREMSTAL DAC

★★ S € GV
2020 Grüner Veltliner Ried Höhlgraben + Getreide, Wiesenkräuter, grüne Äpfel, Limetten; schlank, spritzig, übermütig.

★★★ S €€ GV PLV
2020 Grüner Veltliner Ried Steinpoint + Gelbe Früchte, Mangos, Orangenzesten; kerniger Unterbau, reife Zitrusfrucht, kompakt, saftig, vielschichtig und ausdrucksstark; bleibt schön haften.

★★★★ S €€ GV TIPP
2020 Grüner Veltliner Optimas + Florale Nase, Baumblüten, Tabakblätter, rosa Grapefruits, Melonen; mineralische Komponenten, auch ein zartes Kräuterbitterl; steht auf einem kräftigen Sockel, stoffig, mundfüllend, finessereich; langer Ausklang.

★★ S € RI
2020 Riesling Furth bei Göttweig + Dezentes Steinobst, grüne Ananas, Rhabarber, Limonenschalen, straffes Säurekostüm, herbfruchtiges Finish.

★★★ S €€ RI
2020 Riesling Ried Neuberg + Junge Pfirsiche, Ringlotten, Ananas, Mineralien; mittelkräftig, reife Säure, feiner Fruchtschmelz, facettenreich, saftig und ausgewogen; offenherzig, lang.

WACHAU DAC

★★★★ S €€ GV TIPP
2020 Grüner Veltliner Ried Silberbichl WA + Delikates Zusammenspiel aus steinigem Boden und heller Würze von weißem Pfeffer. Birnen und Mandarinenzesten; eher fruchtals würzebetont, saftige Äpfel, Mangos; dicht gewebt, klar konturiert, hat Verve und Eleganz; feine Länge.

★★★★ S €€€ RI TIPP
2020 Riesling Ried Silberbichl + Verlockendes Bouquet, Marillenkuchen, reife Pfirsiche, Orangen, ummantelt von lagentypischer Mineralität; wunderschöne, fokussierte Frucht, großzügig und zugleich fein gemeißelt; genial die Symbiose aus kraftvollem Körper, Eleganz und Finesse; enorm langes Finale; Prachtstück!

NIEDERÖSTERREICH

★★★ S € GM FUN
2020 Gelber Muskateller Furth bei Göttweig + Kecke Nase, auf dem Gaumen zurückhaltender, Holunderblüten, Muskattrauben; erfrischender Säurebogen, leichtfüßig, peppig; Spaßmacher par excellence.etwas Bergamotte; süße, volle Frucht, extraktreich, mild; Gaumenschmeichler!

Weingut **Forstreiter**

Meinhard Forstreiter
3506 Krems-Hollenburg, Verkauf: Obere Hollenburger Hauptstraße 36
Tel. +43 2739 2296, Fax -4
weingut@forstreiter.at, www.forstreiter.at
54 Hektar, W/R 85/15, 500.000 Flaschen/Jahr

Im Jahr 2001 hat Meinhard Forstreiter das elterliche Weingut übernommen. Gemeinsam mit seiner Frau Isabella hat er den Betrieb tiefgreifenden Veränderungen unterzogen und erweitert – sowohl baulich als auch flächenmäßig. Seit dem Umzug in den moderen Verkostungspavillon mit Verkaufs- und Büroräumen direkt über dem Ufer der Donau ist auch Sohn Daniel voll ins Weingeschäft integriert. Der neue Wein im Portfolio, der Grüne Veltliner Maische, ist seine Kreation. Ganze Beeren wurden vergoren, der Wein wurde im Holzfass ausgebaut. Das Resultat ist druckvoll, expressiv und zugänglich. Überhaupt genießt diese Rebsorte einen hohen Stellenwert bei der Familie Forstreiter, es gibt sie in mannigfacher Ausprägung. Besonders herzuheben ist der Veltliner aus der Ried Tabor; die Trauben stammen von wurzelechten Reben, die mehr als 140 Jahre alt sind. Es handelt sich dabei um einen der ältesten Weingärten Österreichs. Das weiße Mammut, eine Reserve aus der Ried Hollenburger Kreuzberg, mutet burgundisch an und wurde in Holzfässern mit 500 Liter Inhalt ausgebaut.

Die Qualitätspyramide gliedert sich in Gutsweine, Gebietsweine und Ortsweine, die Spitze bilden die Riedenweine und die Reserven. Der Großteil des Sortiments entfällt auf Kremstal DAC. Im Portfolio finden sich auch Rieslinge, charaktervolle Rotweine, Gelber Muskateller, Sauvignon Blanc, ein Rosé und ein Sekt. Das Weingut ist „Nachhaltig Austria"-zertifiziert, Glyphosat ist tabu, alle Weine sind vegan. *ww*

KREMSTAL DAC

★★ **S €€ GV**
2020 Grüner Veltliner Kalk & Stein + Frisch, sortentypisch, Kräuter, gelbe Äpfel; Würze und Frucht in guter Balance, Fruchtschmelz, zugängliche Säure, mittlere Länge.

★★★ **S €€ GV**
2020 Grüner Veltliner Ried Kremser Kogl + Sanft, Löss zu erkennen, grüne Äpfel, feine Würze, Anklänge von Tropenfrüchten; geschmeidig, fast cremig, gute Säure, viel Frucht, im mittellangen Nachhall betont gelbfruchtig.

★★★ **S €€€ GV**
2019 Grüner Veltliner Ried Schiefer + Druckvoll, kalkiger Untergrund macht sich bemerkbar, Steinobst; vollmundig, cremig, Fruchtschmelz, ausgewogen, gut integrierte Säure, steiniges Finale.

★★★ **S €€ RI** PLV
2019 Kremser Riesling Schotter + Druckvoll, steinig, Kräuter, mit Luft dominiert Steinobst; Frucht, zugängliche Säure, glockenklar, sanfter Druck, gute Länge, Pfirsiche klingen nach.

★★★ **S €€€ RI**
2019 Riesling Ried Schiefer + Kalkig-kreidig, Wiesenkräuter, Pfirsiche und rote Äpfel; aromatisches Dacapo, feines Säurerückgrat, körperreich, lebhaft, fruchtbetontes Finale mit einer Prise bodenstämmiger Würze.

★★★★ **K €€€€ GV** TIPP
2019 Grüner Veltliner Ried Tabor Reserve + Kraftvoll, Senfsaat, Einlegegewürze, Physalis; viel Kraft, cremige Textur, feinkörnige Säure, Kumquats, Tiefgang, viele Facetten, sandiger Untergrund kommt im langen Abgang durch.

★★★★ **K €€€€ GV** TIPP
2018 Grüner Veltliner „Das weiße Mammut" Ried Kreuzberg Reserve + Melange aus Gewürzen, nussigen Elementen und reifen Früchten, nobel und druckvoll; schließt nahtlos an, kraftvoll, Schmelz, hinten Mandeln und Walnüsse, feinfühliger Holzeinsatz, langer Nachhall, Zukunft.

NIEDERÖSTERREICH

★★ **S €€ GM**
2019 Gelber Muskateller + Sauvignon-esk, Kräuter, Granny Smith und Steinobst; schließt mit dieser Aromatik an, hinten hauchzarte Anklänge von Holunderblüten, sanfte Säure, mittlerer Körper.

★★ **S € ZW** FUN
2020 Pink + (ZW) Erdbeeren, Stachelbeeren, Kirschen, zarte Würze; saftig, einladend, frisch, angenehme Säure, passende Substanz, fruchtbetonter Ausklang.

★★★ **S €€ GV** PLV
2020 Grüner Veltliner Ried Wagramer Rosengarten + Freundlich, sortentypische Kräuternoten, Steinobst und Birnen; viel reifes Kernobst, primär Birnen, Würze eingestreut, einige Kraft, weißfleischige Birnen klingen lange nach.

★★★★ **S €€€ GV**
2019 Grüner Veltliner Maische + Expressiv, fruchtbetont, kraftvoll, Hauch Eiche und Tabak, nussig; schließt mit dieser Aromatik an, Power, Schmelz, im Finish und im Nachhall Waldhonig und süße Blüten, beachtliche Länge.

Weingut
Rudolf Fritz

Rudolf Fritz
3506 Krems-Thallern, Fuchsleitenweg 1
Mobil +43 676 347 19 07
weingut@rudolf-fritz.at, www.rudolf-fritz.at
12 Hektar, W/R 80/20, 35.000 Flaschen/Jahr

Das beschauliche Weinörtchen Thallern zählt, obwohl es sich am rechten Donauufer befindet, zum Weinbaugebiet Kremstal. Hier, im südlichen Teil, liegt auch das Weingut von Rudolf Fritz, der am Fuße des Göttweigerbergs rund zwölf Hektar Weingärten bewirtschaftet, die zum überwiegenden Teil mit Grünem Veltliner und Riesling bepflanzt sind. Daneben „spielt" sich der talentierte Weinmacher mit Randsorten wie Weißburgunder, Chardonnay, Sauvignon Blanc, Gelber Muskateller und etwas Zweigelt, mit denen er immer wieder respektable Ergebnisse vorzuweisen hat. Der Absolvent der Kremser Weinbauschule verarbeitet ausschließlich Trauben aus eigenen Weingärten, wobei das Hauptaugenmerk auf einem gut funktionierenden Ökosystem liegt. „Bodengesundheit und Nützling schonender Pflanzenschutz gehören für mich zu den vorrangigen Kriterien", lässt er verlauten, „denn die Grundlage jeder Weinqualität liegt im Weinberg und nirgendwo anders!" So sind für ihn ein kurzer Rebschnitt, gezielte Laubarbeit und die strenge Ertragskontrolle ebenso selbstverständlich wie eine hohe Stockdichte mit extrem hohen Laubwänden und die teilweise bodennahe Rebenerziehung.

Mit dem aktuellen Jahrgang war der Thallerner trotz einiger Hagelschäden insgesamt sehr zufrieden, einige seiner Weine laufen soeben zur Höchstform auf – bei den Grünen Veltlinern sind dies der veritable Preis-Leistungs-Hit Frauengrund sowie die Reserve Schweren Zapfen, die sich mit ihrer kühlwürzigen Fasson heuer besonders attraktiv präsentiert. In seinem mittleren Gewicht ist der Riesling Steinhagen eine Klasse für sich, freilich noch getoppt vom komplexen, kompletten Riesling aus der Ried Brunnberg, der mit Tiefgang und Länge zu überzeugen weiß. *bb*

KREMSTAL DAC

★★ S € GV
2020 Grüner Veltliner Krems + Wiesenkräuter, Rucola, grüne Äpfel, Limonen, etwas Würztabak; kompakt, sortentypisch, trinkanimierend.

★★★ S € GV **PLV**
2020 Grüner Veltliner Ried Frauengrund + Gelbe Äpfel, Birnen; kühle mineralische Linien, Orangenzesten, Mangos; extraktsüß, klar gegliedert, saftig, viel Terroir; zum Beißen.

★★★★ S €€ GV **TIPP**
2020 Grüner Veltliner Ried Schweren Zapfen Reserve + Attraktives Frucht-Würze-Mosaik, Safran, Wacholder, Eichenmoos, Tropenfrüchte, kühlwürzig; fester Unterbau, vollmundig, schmelzig, glockenklar, setzt nicht auf Kraft, sondern Finesse; Prachtveltliner!

★★★ S €€ RI **PLV**
2020 Riesling Ried Steinhagen + Marillenkuchen, dunkle Stachelbeeren, Waldhonig, rosa Grapefruits, Orangenzesten; kerniger Mittelbau, extraktreich; toller Riesling fürs Geld.

★★★★ S €€ RI **TIPP**
2020 Riesling Ried Brunnberg Reserve + Expressive Fruchtfülle, reife Pfirsiche, Melonen, Papayas; engmaschig, kraftvoll, vielschichtig, fein konturiert, mit Tiefgang und Länge; wunderschön.

NIEDERÖSTERREICH

★★ S € GV
2020 Grüner Veltliner Ried Herrentrost + Weiße Ribisel, Kriecherl, Bananen; knackiger Fruchtbiss, reduktiv, aber nicht vorlaut; offenherzig.

★★ S € CH
2020 Chardonnay + Weiße Blüten, Heuschober, Baguette, Agrumen, später zart nussige Anklänge; delikate Fruchtsäure, mittelkräftig; astreiner, klassischer Burgunder.

★★ S €€ WB
2020 Weißburgunder + Dunkle Nusswürze, Nussbrot, herbe Einflüsse, viel Zitrusfrucht vom präsenten Säureschliff.

★★ S €€ SB
2020 Sauvignon Blanc + Kecke Nase, grüne Paprika, Hollerkonzentrat, Brennnessel, Tapenade; burschikos, für alle, die Intensiveres mögen.

Weingut
Hagen

Anton Hagen
3503 Krems-Rehberg, Seilerweg 45
Tel. +43 2732 78160
info@weingut-hagen.at, www.weingut-hagen.at
16 Hektar, W/R 95/5, 70.000 Flaschen/Jahr

Toni Hagen verfügt über exzellente Lagen, die sich in zwei Bereiche unterscheiden lassen. Zum einen sind das jene, die nahe der Donau liegen – zu ihnen zählen Sandgrube, Holzgasse und Weinzierlberg –, zum andern handelt es sich um die genuinen Kremstaler Lagen wie Thurnerberg, Kremsleithen oder den Rehberger Goldberg. Während die donaunahen Weingärten vom pannonischen Einfluss profitieren sowie vom Feuchtigkeitsversorger Donau, spüren die Rieden im Herzen des Kremstals die kühlen Einflüsse des Waldviertels in einem wesentlich stärkeren Maße. Und wo die Rieden an der Donau in erster Linie Sand- und Löss-Böden aufweisen, verfügen Letztgenannte durch die Bank über karge, steinige Bodenschichten. Das seit 200 Jahren im Familienbesitz befindliche Weingut des stets sehr bescheiden auftretenden Winzers steht ebenda, wo entlang des Kremsflusses einige der besten Weine des Gebiets heranreifen. Optimale Ergebnisse liefert freilich auch die an der Grenze zur Wachau angesiedelte Ried Altenburg (früher Pfaffenberg), aus der Toni Hagen und sein Sohn Lukas einen besonders mineralischen Riesling keltern, der Jahr für Jahr – gemeinsam mit dem aus mehr als 50-jährigen Rebanlagen stammenden Grünen Veltliner „Alte Reben" – die Speerspitze des Sortiments einnimmt.

Der Fokus im Betrieb liegt auf dem Grünen Veltliner, von dem wir gleich fünf vorstellen dürfen, die – nicht zuletzt aufgrund der kleinklimatischen Bedingungen – teilweise diametral voneinander abweichen. Zweitwichtigste Sorte ist der Riesling, gefolgt von einigen weiteren Varietäten wie Weißburgunder, Chardonnay oder Gelber Muskateller, für die das Vater-Sohn-Duo auch mit dem aktuellen Jahrgang ein ausgesprochen geschicktes Händchen beweist. *bb*

KREMSTAL DAC

★★ S € GV FUN
2020 Grüner Veltliner Sandgrube + Fenchel, Rhabarber, grüne Äpfel; pikant, verspielt, anregend.

★★ S € GV
2020 Grüner Veltliner Thurnerberg + Mineralisch, kühlwürzig, Sorte und Lage bestens definiert.

★★★ S € GV
2020 Grüner Veltliner Ried Rehberger Goldberg + Mineralisch, gelbe Äpfel, Bienenwachs; saftig, stoffig, Limetten; offenherzig.

★★★★ S €€ GV
2020 Grüner Veltliner Ried Holzgasse + Äpfel, Birnen, Unterholz, Orangenzesten, Pfeffer; satte, volle Frucht, kräftig, transparent, mit Tiefe und Länge.

★★★ S €€ GV
2020 Grüner Veltliner Ried Holzgasse Alte Reben Reserve + Toller Aromafächer, Zigarrenkistl, Minze, Pfefferkörner, Wacholder, reife Mangos; dunkelwürzige Mitte, dicht gewebt, konzentriert, jedoch voll Eleganz und Finesse; hervorragendes Potenzial, aber noch im Umbruch, nur Geduld.

★★ S €€ RI
2020 Riesling Ried Kremsleithen + Zartduftig, Steinobst, Zitronengras; schlanke, ranke Figur, feiner Süffelwein.

★★★ S €€ RI
2020 Riesling Ried Weinzierlberg + Weiße Pfirsiche, Grapefruits, Orangenzesten; extraktreich, stoffig, leicht herber Ausklang.

★★★★ S €€ RI TIPP
2020 Riesling Ried Altenburg + Verführerische Fruchtfülle, Nektarinen, Ananas, Marillenkuchen; mineralisch, kräftige Statur, extraktsüß, kristallklar, finessenreich; Riesling von Format.

NIEDERÖSTERREICH

★★ S € CH
2020 Chardonnay + Baguette, Blüten, Nüsse, Orangenzesten, saftig und ausdrucksstark

★★★ S €€ BP TIPP
2020 Weißburgunder + Nussbrot, Tamarinde, Weißdorn, pikante Säure; vielschichtig, sehr harmonisch, offenherzig und lang.

★★ S €€ GM PLV
2020 Gelber Muskateller + Muskattrauben, Rosenholz, Holunder; herrliche Säurepikanz, Sorte brillant eingefangen, dezent und nobel.

BIO

Bioweingut
Mantlerhof

Margit & Josef Mantler
3494 Gedersdorf, Brunn im Felde - Hauptstraße 50
Tel. +43 2735 8248-0, Fax -33
weingut@mantlerhof.com, www.mantlerhof.com
15 Hektar, W/R 100/0, 100.000 Flaschen/Jahr

Ehemals ein Wirtschaftshof des Stiftes Admont, befindet sich der traditionsreiche Mantlerhof mit seiner neoklassizistischen Fassade seit dem Jahr 1815 im Besitz der Familie Mantler. Das Weingut erfuhr bereits unter Weinbaupionier Josef Mantler sen. überregionale Bedeutung und Bekanntheit, im Lauf der vergangenen Jahrzehnte bauten Josef und Margit Mantler den Ruf des Traditionsweinguts dank bedingungslosem Qualitätsdenken weiter aus. Seit ein paar Jahren ist hier nun die junge Generation am Werk: Sohn Josef bildet mit seiner Schwester Agnes ein schlagkräftiges Duo im Weingut, das teils auch durch Schwester Viktoria verstärkt wird.

Die Betriebsphilosophie wird anhand von sechs Punkten beschrieben, die quasi als Gebote des Mantler'schen Schaffens herangezogen werden können: Dazu zählen die in vielen Bereichen schon lang gelebte und 2009 zertifizierte Bewirtschaftung nach biologischen Richtlinien und das starke Bekenntnis zu Einzellagen, die fast auf jedem Wein angeführt sind, sowie zum Jahrgang, und zwar derart, dass jedem Jahrgang sein unverfälschter Charakter zugestanden wird, ob die Reife niedrig oder hoch war; folglich gibt's keine technischen Eingriffe, Zugaben oder Entnahmen. Dadurch ergeben sich zwangsläufig vegane Weine als vierter Punkt. Das Bekenntnis zu Slow Food entstand durch deren Aufnahme der Lieblingssorte Roter Veltliner in die Arche Noah des Geschmacks. Zuletzt wird Regionalität unter anderem so geklebt, dass nur Trauben aus den eigenen Bioflächen verarbeitet werden. Die Weingärten befinden sich allesamt in klassischen Kremstaler Lagen rund um Gedersdorf. Neben Grüner Veltliner und Riesling werden noch die Signatursorten Roter Veltliner und Neuburger sowie Muskateller und Chardonnay kultiviert. Neu ist der Rote Veltliner Ried Ungut, der allerdings unzugänglich erschien und später beurteilt wird. *psch*

KREMSTAL DAC

★★ S €€ GV
2020 Grüner Veltliner Ried Weitgasse + Zurückhaltend, frisch gemehltes Brot, getrocknete Wiesenblüten, Zitrus; sehr schlank, Grünapfel, Zitrus, trinkig, frisch.

★★ S €€ GV
2020 Grüner Veltliner Lössterrassen + Ziemliche Würze, Knäckebrot, Leinsamen, Sesam, üppig, leicht rauchig; fest, griffig, dezent saftig, leicht herb, mittleres Spiel und Länge.

★★★ S €€€ GV
2019 Grüner Veltliner Ried Moosburgerin 1ÖTW + Röstig, würzig, Nüsse, Pfeffer, cremige Hülsenfrucht, etwas Renetten, Hauch von Milchblockmalz; viel saftige Frucht, gelbes Kernobst und bisschen Orangen, guter Schmelz, kernig, lang.

★★★★ K €€€€ GV
2019 Grüner Veltliner Spiegel 1ÖTW + Recht voll mit Gewürznoten, Wacholder, Vollkornbrot, etwas Blütenhonig, Hauch von kandierten Ananas; schmelzig, satte Frucht, ausgereift, griffig, schmalzig, feinherb nach hinten, wuchtig, lang.

★★★★ K €€€€ GV TIPP
2011 Grüner Veltliner Gedersdorf Reserve X + Opulent, ölig, würzig, satte Frucht, Wachs, Ciabatta, Teegebäck, weißer Pfeffer, Reifenote; kraftvoll, vollmundiger Beginn mit Zitrus, cremiger Touch, Orangengelee, saftig, fest, gewisse Länge.

★★ S €€ RI
2020 Riesling Ried Zehetnerin + Helle Anmutung, feinhefig mit glockenklarer Frucht; schlank, verspielt, Limette, kurz.

★★★ S €€€ RI FUN
2019 Riesling Ried Steingraben htr + Rauchig, viele Blüten, etwas Flieder, duftig, schöne Frucht, elegant; saftige Frucht, vollmundig, dunkle Blüten, Ananas, recht lang, sehr schön.

★★★★ K €€€€ RI TIPP
2019 Riesling Wieland 1ÖTW + Pikante Nase, Ciabatta, weiße Blüten, Weingartenpfirsich, hübsch ausgewogen; saftig, viel Frucht, dezente Säure, recht kompakt, etwas rosa Grapefruits, zartherb, hinten elegant, mittellang.

NIEDERÖSTERREICH

★★★ S €€€ RV
2020 Roter Veltliner Ried Reisenthal + Helle Noten, pikant, leicht hefig, schöne Frucht, Windgebäck, ein wenig Amaretto, sehr klar; elegante Frucht, dezent, mittelgewichtig, knackig, fest, hinten schlanker, mittellang.

★★★★ S €€€ NB FUN PLV
2020 Neuburger Hommage + Helle Frucht, gelbe Trauben, Walnuss, Weißbrot, Mirabellen; saftige Fülle, kernig, reife Frucht, leicht fruchtsüß, verlockend, balanciert, recht lang.

★★★★ S €€€€ RV TIPP
2019 Roter Veltliner Selection htr + Mollige Fülle, ausgereift, tief, satt, Kriecherln und gelbe Pflaumen, auch Wachs, Ingwer, süß-sauer; opulente Fülle, reichhaltig, opulent, Geduld.

Weingut
Vorspannhof Mayr

Silke Mayr
3552 Droß, Herrengasse 48
Tel. +43 2719 30056
vorspannhof-mayr@aon.at, www.vorspannhof-mayr.at
14 Hektar, W/R 95/5

Im Vorspannhof wird hinsichtlich Herkunft und mehrheitlich auch Sorten auf Tradition gesetzt, in Sachen Weinbereitung zählt das dynamische Weingut in Dross schon lange zu den Vorreiterbetrieben – bereits Anton Mayr galt als Pionier, und seine Tochter Silke macht es ihm nach. Dementsprechend ist der Weinstil deutlich von Traube und den verschiedenen Terroirs geprägt, zugleich erfreuen die Weine mit Vitalität und Kompaktheit. Bei den Sorten dominieren die klassischen Kremstaler Sorten Grüner Veltliner und Riesling, die es in vier bzw. drei Varianten gibt. Daneben pflegt man im Vorspannhof seit jeher Liebschaften mit den Aromasorten Gelber Muskateller und Sauvignon Blanc sowie mit Chardonnay, der hier stets klassisch ausgebaut wird. Neu dazugekommen ist ein Gemischter Satz von über 40 Jahre alten Reben aus überwiegend Grünem Veltliner und Riesling sowie zehn Prozent Rotem Veltliner.

Die Weingärten liegen in Krems sowie in den nördlich der Stadt in erhöhter Lage befindlichen Gemeinden Gneixendorf und Stratzing, wo ein deutlich kühleres Mikroklima herrscht als in Krems. Nach dem sehr frühen Vorgängerjahr war man erfreut, dass 2019 wieder halbwegs im üblichen Zeitrahmen lag. Dennoch setzte man auch bei der Lese 2019 überwiegend auf die kühleren Tageszeiten von frühmorgens bis mittags.

Die 2020er-Einstiegsweine sind jahrgangsbedingt recht schlank, dabei glockenklar, anregend und vital, insbesondere wieder der Grüne Veltliner Point. Von den Lagenweinen sticht heuer wiederum der Riesling Marthal heraus, dieser Lagenwein zeigte in den vergangenen Jahren zunehmend Charakter. Unter den durchwegs gelungenen Komplementärweinen gefallen der Muskateller und besonders der Sauvignon Blanc. *psch*

KREMSTAL DAC

★★ S €€ GV
2020 Grüner Veltliner Point + Leicht gewürzige Kernobstfrucht, Nelken, röstig, Äpfel, frische Wiesenkräuter; saftige Frucht mit gutem Biss, sehr knackig, lebhaft, spritzig, straff, viel Zitrus.

★★★ S €€ GV PLV
2020 Grüner Veltliner Ried Loiser Weg Stratzing + Kühle Nase, viel reifer roter Apfel, Birne, dezent-duftig, elegant, transparent, lebhaft; saftiger Fruchtbiss mit etwas Kohlensäure, recht kernig und fest, mittlere Dichte und Länge, anregend.

★★★★ S €€€ GV TIPP
2020 Grüner Veltliner Ried Kremser Gebling Reserve + Cremig-rauchige Fülle, gelbes Fruchtgelee, Linsen, dunkle Würze, typisch, Honigmelone, grüne Oliven; mittelkräftig, straff, dezente, dabei energetische Frucht, saftiger Biss, hinten spritziger, mittellang.

★★ S €€ RI
2020 Riesling Ried Kremsleithen Krems + Etwas gewürzig, Dosenpfirsiche, dezent, bisschen ätherisch, etwas Arancini, Gewürznelkenhauch; ziemlich spritzig, rassig, leichter bis mittlerer Körper, viel Zitrus, Steinobst, schlank gebaut.

★★★★ S €€€ RI TIPP
2020 Riesling Ried Kremser Marthal Reserve + Lagentypisch dunkle Aromatik, zurückhaltend, aber voll, gewisse Tiefe, Nektarinen, gelbe Birnen, Kardamom; sehr saftiger Fruchtschmelz mit recht satter Frucht, etwas Ananas, kernig mit Biss, strukturiert, recht lang, braucht noch.

NIEDERÖSTERREICH

★★ S € GV
2020 Grüner Veltliner Nussbaum + Frische, grünwürzige Nase, grüne Äpfel und Zitrus, kühl-parfümiert; schlank mit süffiger, leicht saftiger Frucht.

★★★ S €€ GemS
2020 Gemischter Satz + Frische, grünwürzige Nase mit pfeffrigen Anklängen, rauchig, auch Äpfel; straff, leichter bis mittlerer Körper, gelbe Grapefruits, Biss, recht saftige Mitte, spritzig, mittleres Finish.

★★★ S €€ GM FUN
2020 Gelber Muskateller + Duftig-kühle Aromatik, eher dezent mit grüntraubigen Noten und etwas Orangen; spritzig und recht saftig, ansprechende Frucht, Trauben und Orangen, knackig, pikant, zart fruchtsüß.

★★★ S €€ SB FUN PLV
2020 Sauvignon Blanc + Blumenaspekte, Iris, Lilienhauch, Hollerblüten, etwas kühle Kräuter und Weihrauch, frische Schoten, Zuckererbsen; ungemein saftig mit heller Frucht und dezenter Fruchtsüße, verspielt, lebhaft, spritzig, anregender Trinkgenuss, legt zu.

★★ S €€ RI
2020 Riesling vom Löss + Dezente Nase, Melone, Wiesenkräuter, typisch; spritzig, leichtgewichtig, fruchtbetont, unkompliziert trinkig, rassig.

★★★ S €€€ GV
2018 GV Eiswein Ried Loiser Weg + Rauchig, schwarzpfeffrig, dichte Frucht, kandierte Zitronen, etwas Sesam; saftige Fruchtfülle mit einiger Würze, Schwammerlhauch, mittlere Struktur und Länge, harmonisch.

Weingut
Hermann Moser

Martin Moser
3495 Rohrendorf, Bahnstraße 36
Mobil +43 676 423 20 24
office@moser-hermann.at, www.moser-hermann.at
22 Hektar, W/R 90/10, 90.000 Flaschen

Rund 400 Jahre ist der Name Moser mit dem Rohrendorfer Weingut verbunden, seit 2006 führen Martin und Carmen Moser den traditionsbehafteten Betrieb nunmehr in der 23. Generation. Das Weingut zählt folgerichtig zum Kreis der „Traditionsweingüter Österreich" und legt seinen Fokus, neben einigen Varietäten wie Gelber Muskateller, Chardonnay oder Zweigelt, vor allem auf die Sorten Grüner Veltliner und Riesling, aus denen der engagierte Winzer einige der schönsten Weine des Kremstals keltert. Die Reserven aus der „Ersten Lage" Gebling, deren Geschichte bis ins Jahr 1284 zurückreicht, sorgen Jahr für Jahr für stimmige Weine, welche die unterschiedlichen Bodenstrukturen dieser Ausnahmeriede wunderschön abbilden. Die zum Weingut gehörenden Terrassen befinden sich in verschiedenen Abschnitten mit voneinander abweichenden Bodenstrukturen – von reinem Löss bis hin zu verwittertem Konglomerat-Gestein. Sehen und schmecken kann man die Unterschiedlichkeiten des Terroirs am besten im wunderschönen Verkostungsraum, dessen breite Glasfront einen beeindruckenden Blick auf die gelben Löss-Terrassen des Gebling ermöglicht.

Martin Moser verschickt seine Weine heute in alle Welt. Rund 70% der Produktion verlassen unser Land, das meiste davon geht über den großen Teich nach Amerika bzw. Kanada. Aber auch Deutschland, die Schweiz, Dänemark oder Hongkong stehen auf der Versandliste des renommierten Weinguts. *bb*

KREMSTAL DAC

★★ **S €€ GV**
2020 Grüner Veltliner Per Due + Wiesenkräuter, Melisse, grüne Äpfel; kokette Säure, Zitrus, leichtfüßig, lebhaft, pfiffig.

★★ **S €€ GV**
2020 Grüner Veltliner Karmeliter + Kühle Würze, Anis, Minzblatt, Agrumen, dann etwas Orange-Bitter; mittelgewichtig, straff geführt.

★★★ **S €€ GV** PLV
2020 Grüner Veltliner Kaiserstiege + Lorbeer, reife Limonen, grüne Mangos, dahinter die klassische Gelbfrucht, auch pfeffrige Nuancen; kompakt, saftig, ausdrucksstark.

★★★★ **S €€€ GV**
2020 Grüner Veltliner Ried Gebling „Löss" 1ÖTW Reserve + Mineralische Nase, kräuterherbe Motive, Salbei, Orangenzesten; phenolischer Hintergrund, saftig, extraktreich, vielschichtig, mit schöner Länge.

★★★★ **S €€€€ GV** TIPP
2020 Grüner Veltliner Ried Gebling „Hannah" 1ÖTW Reserve + Rauchige Nase, dann Honigblüten, Heliotrop, Nusskuchen, reife Mangos, Bergamotte; kraftvoll, dicht, cremige Textur; sehr lang und aussagekräftig, tolles Potenzial.

★★★ **S €€ RI** PLV
2020 Riesling Kaiserstiege + Nektarinen, grüne Marillen, Limetten; knusprige Säure, mittelkräftig, fein gesponnen, zeigt Rasse und Sortenpräzision.

★★★★ **S €€€ RI** TIPP
2020 Riesling Ried Gebling „Kellerterrassen" 1ÖTW Reserve + Ringlotten, grüne Marillen; fest gewirkt, extraktsüß, Mandarinen; angenehm säuregestützt, facettenreich, sortentypisch und harmonisch, lang ausklingend.

NIEDERÖSTERREICH

★★ **S €€ RO**
2020 Rosé „Rosi Mosi" + Grüne Erdbeeren, Schlehen, Hagebutten, Zitronengras; knackiger Säureschliff, schwungvoll, trinkanimierend.

★★ **S €€ GM**
2019 Gelber Muskateller + Suggestive Muskatnoten, knackige Säure, ziemlich ausgeflippt; etwas für „Lautschmecker".

Weinkellerei
Lenz Moser

Kellereileitung: Michael Rethaller
3495 Rohrendorf, Lenz-Moser-Straße 1
Tel. +43 2732 85541, Fax +43 2732 85900
office@lenzmoser.at, www.lenzmoser.at
2.700 Hektar, W/R 50/50

Die Weinkellerei Lenz Moser verarbeitet Trauben von Weingärten mit 2.700 Hektar. Dazu kommen 50 Hektar aus Mailberg und 25 Hektar aus Siegendorf. Eine erkleckliche Menge, die von Kellermeister Ing. Rethaller und Marketingleiter Christoph Bierbaum perfekt gehändelt wird. Die Weine sind durchwegs höchst individuell. Immer regions- und sortentypisch.

Der Rosé Zweigelt 2020 ist sehr stimmig. Absolut typisch ist der 2020 GV Lenz Moser Prestige. Ungemein hochwertig ist der sich in seiner ersten Reife befindliche 2015 Grüne Veltliner Carpe Diem Reserve aus Mailberg.

Neu im Sortiment ist der NOAH – eine Rotweincuvée aus Mailberg, die im neu gebauten 1000-Eimer-Fass geschult wurde. Ein würzig-schliffiger Wein, der ein hervorragender Essensbegleiter ist.

Das Flaggschiff bei den Rotweinen ist die Cuvée MARIAGE aus Siegendorf. Ein Wein von hedonistischer Struktur. Eine wahre Freude, diesen Wein zu genießen.

Wir sollten mehr Süßwein trinken. Diese Empfindung kommt einen urplötzlich, wenn man die beiden Weine der besonderen Leseart im Glas hat. Die 2018 Beerenauslese ist ein unglaublich fulminanter Wein. Die 2017 TBA ist von einer pannonischen Schönheit, die bezaubernd ist. Beide Süßweine, die aus dem Burgenland kommen, haben einen mehr als fairen Preis. Man sieht – Größe ist kein Hindernis, um grandiose Weine zu keltern. *as*

KREMSTAL DAC

★★★ S €€ GV
2020 Lenz Moser DAC Grüner Veltliner + würziger GV, gelber Apfel, kühl, straff, kernige Struktur, sehr authentisch, charaktervoll, einige Tiefe, Tabak, Ringlotten, Senfkörner, guter Druck.

NIEDERÖSTERREICH

★★ S € ZW FUN
2020 Lenz Moser Selection Rosé Zweigelt + Ein leichter (11,5% Vol.) Rosé voller Frische und Kernigkeit, kühl, herb-trocken, dezente Erdbeeren, Fliedernoten, herzhaft und rassig, geradlinig, herzerfrischend, fast karge Frucht, knackige Frische.

★★ S €€ GV
2020 Lenz Moser Selection Grüner Veltliner + Gelbfruchtig, Kamille, Löwenzahn, Heublumen, reifer Apfel, Melonen, Hauch Citrus, schöne Säure, ein höchst angenehm zu trinkender Wein.

★★★ S €€ GV
2020 Lenz Moser Prestige Grüner Veltliner + Rauchig, Pfeffer, Kräuter, Mandeln, dunkel getönt, Kamille, gelbfruchtig, Grapefruit, Birne, gewisse Exotik, Weihrauch, sehr anspruchsvoll, feine Fülle, Mineralität ausstrahlend.

★★★★ S €€ GV TIPP
2015 Lenz Moser Carpe Diem Grüner Veltliner Reserve Mailberg + Viele Gewürze, Kümmel, Kräuter, äußerst pikant, elegant und gediegen, weißer Pfeffer, Veilchen, nobler Ausdruck, einige Substanz, sehr reichhaltig, viel Struktur, von innerer Harmonie getragen. Ein hervorragender Grüner Veltliner in gereifter Form.

★★★ S €€€ CR TIPP
2017 Lenz Moser NOAH + (ZW, CS, ME) Dieser Rotwein wurde im neuen, im Jahr 2017 gebauten 1000-Eimer -Fass ausgebaut. Die Trauben stammen aus Mailberg. Fein und elegant, fruchtige Note, würziger Schliff, Brombeeren, Ribisel, Kirschen, etwas Vanille, kein vordergründiges Holz, saftige Textur, harmonisch und höchst angenehm zu trinken. Potenzial!!!

BURGENLAND

★★ S €€ ZW
2018 Lenz Moser Prestige Zweigelt Reserve + (Andau) Rote & schwarze Beeren, Tomaten, dezente Schokonote, sehr saftig und elegant, feinfruchtig, ein cooler Zweigelt, etwas pfeffrig, gute Substanz. Macht großen Spaß.

★★ S €€ BF
2017 Lenz Moser Prestige Blaufränkisch Barrique + (Neckenmarkt) Ein würziger Blaufränkisch mit prägnanten Tanninen, Brombeeren, Kirschen, Mocca, Zwetschken, guter Rückhalt, viel Stoff, noch etwas Zeit brauchend. Der geht auf die Reise.

★★★★ K €€€€€€ CR TIPP
2015 Lenz Moser Carpe Diem Mariage Siegendorf + (CS/ME/CF) Ein Rotwein von absoluter Klasse, viele Aromen, Cassis, Tomaten, eingelegte Kirschen, schwarze Beeren, Schoko, Heidelbeeren, fleischige Struktur, vollmundig, weiche Tannine, etwas Vanille, mächtig mit enormer Substanz. Ein Rotwein von Größe für Hedonisten.

★★★ S €€ CW TIPP
2018 Lenz Moser Prestige Beerenauslese + (0,375l-Fl.) Ein herrlicher Seewinkler Süßwein, immer frisch, nie klebrig, Honigtöne, Blüten, Marillen, glockenklar, saubere Botrytis, hellfruchtig, seidig, exotisch, ungemein vielschichtig, perfektes Säurespiel, voller Pikanz. Ganz große Klasse. Eine fulminante Beerenauslese um einen mehr als fairen Preis.

★★★ S €€€ CW TIPP
2017 Lenz Moser Prestige TBA + Ein weichfruchtiger Süßwein, überaus fein, zwar süß, doch nie belastend, geschmeidige Struktur, Kräuterwürze, Honig, sämigseidig, so richtig wunderschön pannonisch, voller Harmonie, Orangenblüten, Pfirsich, etwas Karamell, perfekte Botrytis, getrocknete Früchte, hochkonzentriert. Ein äußerst großzügiger Süßwein von adeligem Ausdruck.

Weingut
Müller

Leopold & Stefan Müller
3508 Krustetten, Hollenburger Straße 12
Tel. +43 2739 2691, Fax -14
info@weingutmueller.at, www.weingutmueller.at
110 Hektar, W/R 80/20

Die Formkurve dieses beachtlichen Betriebs im malerischen Krustetten zeigt nach oben. Die ganze Familie ist engagiert, alle haben klar definierte Verantwortlichkeiten, mit vereinten Kräften zieht man an einem Strang. Das Weingut scheint erstmalig im Jahr 1270 als Lesehof in den Archiven des Stifts Göttweig auf. 1936 startete Großvater Leopold mit weniger als einem Hektar, sein Sohn Leopold expandierte und stellte die Weichen in Richtung Qualität. Heute widmen sich die dritte und die vierte Generation unter der Führung der engagierten Brüder Leopold und Stefan der Anbaufläche von 120 Hektar.

Die Stilistik ist ebenso zeitgemäß wie klar verständlich. Im Fokus stehen Frucht, Sortentypizität und Finesse. „Wir legen höchsten Wert auf sauberes Lesegut, Botrytis ist kein Thema“, hält Kellermeister Leopold Müller fest. Die Familie verfügt über eine Reihe renommierter Rieden mit zum Teil sehr unterschiedlichen Bodenverhältnissen und mikroklimatischen Randbedingungen. Die aktuelle Serie zeigt, dass die Lagencharakteristika klar erkennbar herausgearbeitet wurden. Die Leitsorten sind Grüner Veltliner und Riesling, aber auch die Rotweine wissen zu überzeugen, insbesondere die elegante Cuvée Diana von 2017. Beeindruckend auch der 2010er Riesling Reserve Ried Leiten, ein deutsch anmutendes Gewächs mit Rasse und Größe, das mit jeder Stunde Luftzufuhr jünger zu werden scheint. *ww*

KREMSTAL DAC

★★ S €€ GV
2020 Grüner Veltliner Ried Kremser Kogl + Ruhig, helle Fruchtaromen, Äpfel, hauchzarte Würze; saftig und trinkanimierend, zugänglich, mittlere Länge, Würzeschleier im Finish.

★★★ S €€ GV PLV
2020 Grüner Veltliner Ried Neuberg + Dezent, sanfter Druck, Äpfel, feinkörnige Würze; ausgewogen, zugänglich, Fruchtschmelz, feiner Zug bei einiger Kraft, feinherbes und fruchtig-würziges Finish.

★★★ S €€€ GV
2019 Grüner Veltliner Ried Gottschelle + Kraft, viel Sorte, dunkle Blüten, Blütenhonig, „Blockmalz“; schließt so an, zusätzlich Dörrobst, Power, im Abgang und im Nachhall auch bodenstämmige Noten.

★★★★ K €€€ GV
2019 Grüner Veltliner Reserve Ried Eichbühel + Sanfter Druck, getrocknete Apfelspalten, Gewürze, Cerealien; schließt kraftvoll an, cremiger Touch, reife Frucht, zugängliche Säure, gute Struktur, im langen Nachhall süße Blüten, Frucht und Würze, Potenzial.

★★★ S €€ RI
2020 Riesling Ried Silberbichl + Dezent, alte Apfelsorten, Steinobst und Blüten; schließt aromatisch an, belebende Säure, mittlere Länge, fast filigran, apfelfruchtig mit etwas Marille im Finale.

★★★ S €€€ RI
2019 Riesling Ried Leiten + Marillen und Pfirsiche, Bodentöne, nobel; aromatisches und strukturelles Dacapo, Finesse, glockenklare Frucht bis in den langen Abgang hinein, im Nachhall ein Hauch Pistazien.

★★★★ K €€€ RI TIPP
2019 Riesling Reserve Ried Goldberg + Kraftvoll, kompakt, reife Pfirsiche, mineralischer Touch, mit Luft Ananas; schließt nahtlos an, sanfter Schmelz, körperreich feines Säurenetz, Substanz, lebhaft, frisches Steinobst klingt lange nach, Reserven.

★★★★ S €€€€ RI TIPP
2010 Riesling Reserve Ried Leiten + (Vinothekswein) Deutsche Anmutung, Lindenblüten, zunächst dezente Alterstöne, klart mit Luft rasch auf und wird immer jünger, getrocknete Marillen und zarte Kräuternoten; lebhaft, jugendlich, viel frische Frucht, Marillen, Weingartenpfirsiche, Zitrus, mittleres Gewicht, im Abgang und im Nachhall auch grünfruchtige Aromen und ein Hauch Karamell, Lindenblüten und unaufdringliche Würze. Beachtlich!

NIEDERÖSTERREICH

★★★ S €€ SB FUN
2020 Sauvignon Blanc Göttweiger Berg + Stachelbeeren, weiße Johannisbeeren, grünblättrige Würze; schließt nahtlos an, lebhaft, einladende Frucht, Körper, grünfruchtig und würzig im Nachhall.

★★★ S €€ ZW
2019 Zweigelt Reserve + Schwarzkirschen, Blaubeeren, Kräuter; kühle Frucht, gut integrierte Gerbstoffe, glockenklar, saftig, mittlere Länge, Kirschen und Beeren im Nachhall.

★★★★ K €€€ CR
2017 Diana + (ZW/CS/ME) Vielschichtig fruchtig, noble Würze, Prise Kakaopulver, elegant und kühl; saftig, Trinkfluss, Zug, animierende Frucht, zartes Gerbstoffnetz, feingliedrig strukturiert, Gewürze, rauchig im langen Abgang, Finesse vor Wucht.

Weingut **Nigl**

Martin Nigl
3541 Senftenberg, Kirchenberg 1
Tel. +43 2719 2609, Fax -4
info@weingutnigl.at, www.weingutnigl.at
30 Hektar, W/R 90/10

Wie Martin Nigl es geschafft hat, aus diesem doch so schwierigen Jahrgang 2020 solch sensationelle Weine zu machen, ist aller Ehren wert. Es sind ungemein spannende Weine, höchst anspruchsvoll, von klirrender Mineralität, einer Substanz für viele Jahre. Solche Jahre sind Winzerjahre. Nigl ist einer der Besten. Es sind Weine, die jede Weinsammlung aufwerten.

Piri Veltliner und Piri Riesling – beide sind von einer Strahlkraft und Salzigkeit, wie man sie selten findet. Die Eleganz in Wein ist der faszinierende GV Herzstück Ried Kirchenberg. Die Rieslinge vom Goldberg und Hochäcker gehören zur erweiterten Weltklasse. Welcher der beiden letztendlich die Nase vorne hat, vermag man wohl erst in Jahren zu beurteilen.

Martin Nigl hat es seit seinem Durchbruch mit dem 1988 Riesling Hochäcker geschafft, über Jahrzehnte große Weine zu erzeugen. Es gibt nicht viele Winzer, die da mithalten können. Es wird wohl so erfolgreich weitergehen in diesem Gut. Sein Sohn gibt genauso Vollgas wie der Vater. *as*

KREMSTAL DAC

★★★ **S €€ GV**
2020 Grüner Veltliner Piri + Rauchig-tabakig, kühl und steinig, Steinobst, Marille, Ananas, noch streng, die totale Mineralik, Gesteinsmehl, zieht auf dem Gaumen, geht ganz langsam auf, bleibt eng, braucht viel Luft, wirkt fast Riesling-haft, das ist außergewöhnlicher Grüner Veltliner. Diese Kühle ist faszinierend. Absolute Klasse.

★★★ **S €€ RI**
2020 Riesling „Piri" + Nasser Stein, die absolute Mineralik, zügig auf dem Gaumen, Marillenröster, Riesling, wie es sich gehört, voller Rasse, ungemein tief, tolle Säure, knackig, enorm vielschichtig, zieht sich zusammen, das ist großer Stoff. Ein drucksvoller Riesling, der den Gaumen tapeziert.

★★★★ **S €€€€ GV**
2020 Grüner Veltliner privat Ried Pellingen 1 ÖTW + Herrlich gelbfruchtig, Kamille, viele frische Kräuter, Pfefferwürze, Grapefruit, Zuckerwatte, Mais, Melone, fruchtige Noten, ein feiner Wein der höchst angenehmen Art.

★★★★ **S €€€€ GV** **TIPP**
2020 Grüner Veltliner Herzstück Ried Kirchenberg + (Glimmerschiefer) Ein kühler, hocheleganter Wein, Kräuter und edle Gewürze, Löwenzahn, geht richtig auf im Glas, viele gelbe Früchte, von femininer Art, ein zarter Fettpolster ist da, der die filigrane Mineralität nicht überdeckt, voll von weiblichem Charme, Riesling-haft anmutend, viel Steinobst, Marille und Mandeln, die steinigen Aspekte bleiben, ein wahrlich edler Wein, von burgundischer Faszination, Orangenschalen, ungemeine Tiefe, diesen Wein hält nichts auf.

★★★★ **S €€€€€ RI** **TIPP**
2020 Riesling Ried Goldberg/Rehberg + (Amphibolit) Kräuternoten, kühl und hintergründig, Mandarinen, ganz feste Struktur, ziemliche Länge, Marillen pur, etwas Minze, steinige Textur, Wahnsinnssubstanz, man beißt förmlich in Stein, Orangenschalen, Ananas, ungemein tief, zieht unheimlich auf dem Gaumen.

★★★★ **S €€€€ RI** **TIPP**
2020 Riesling privat Ried Hochäcker 1 ÖTW + (Glimmerschiefer) Der Stein als solcher, reife Marillen, geht in die Tiefe, Ananas, gelber Apfel, Mineralik pur, gelbe Früchte, Wildkräuter, sehr dynamisch, straff und rassig, ein großer Riesling. Enormes Potenzial.

LANDESGALERIE
NIEDERÖSTERREICH
STATE GALLERY OF
LOWER AUSTRIA
Foto: Faruk Pinjo
DER SPEKTAKULÄRE MUSEUMSNEUBAU
präsentiert auf 5 Ebenen und 3.000 m² Ausstellungsfläche
hochkarätige österreichische Kunst am Tor zur Wachau.
lgnoe.at
Kunstmeile Krems
KULTUR
NIEDERÖSTERREICH

Weingut
Familie Proidl

Familie Proidl
3541 Senftenberg, Oberer Markt 5
Tel. +43 2719 2458, Mobil +43 676 556 51 85
weingut@proidl.com, www.proidl.com
22 Hektar, W/R 90/10, 90.000 Flaschen/Jahr

Das Familienweingut Proidl zählt seit Jahren zu den hervorragendsten Weißweinbetrieben Österreichs. Das liegt einerseits am klaren Bekenntnis zu Charakter und Ausdruck der jeweiligen Terroirs, andererseits daran, dass bei der Erziehung der manchmal durchaus rüpelhaften Kellerkinder auf wenig Intervention und somit Förderung der Eigenständigkeit gesetzt wird.

Der Aufstieg in die Weißwein-Elite Österreichs wurde schon in den Neunzigerjahren unter Führung des ebenso impulsiven wie kreativen Franz Proidl und seiner Frau Andrea eingeleitet. Mittlerweile ist Sohn sowie Weinbau- und Kellermeister Patrick – 10. Proidl-Generation – ein unverzichtbarer Bestandteil des familiären Teams; vinophile Neugier und der Hang zum Experimentieren sind ihm offenbar in die Wiege gelegt worden.

Neben den klassischen Sorten Grüner Veltliner und Riesling, die in zahlreichen Varianten ausgebaut werden, gibt es auch Chardonnay sowie Muskateller und Traminer, dazu einige Rotweine sowie Rosé. Neben trockenen Weißweinen gibt es hier auch regelmäßig Süßweine der Spitzenklasse – von Auslesen bis zu TBAs.

Die Weingärten liegen in und um Senftenberg – zu einem guten Teil in bis zu 60 Grad steilen Hanglagen mit steinigen, kargen Böden. Vitikulturelles Herzstück des Betriebes ist die direkt unterhalb der Burgruine Senftenberg situierte Top-Lage Ehrenfels mit Riesling und Veltliner, weitere Spitzen-Crus sind Pfeningberg und Hochäcker (Riesling) sowie Pellingen. Letzterer ist so gut wie noch nie und konnte heuer im Veltliner-Bereich den noch etwas verschlossenen Ehrenfels in der Jugend sogar übertrumpfen; wie es nach Lagerzeit aussieht, muss man abwarten. *psch*

KREMSTAL DAC

★★ S €€ GV
2020 Grüner Veltliner „Freiheit" Senftenberg + Kühl, duftig, frische Wiesenblüten und -kräuter, Hülsenfrüchte, Apfelhauch; schlank, frisch, dezente Zitrusfrucht, Grüntee, rassig.

★★ S €€ GV
2020 Grüner Veltliner „Rameln" Senftenberg + Recht würzige Frucht, bisschen röstig, Wiesenkräuter, frische Zitronenzesten, etwas Kamille; saftig, zartherb, kernig, schöne Frucht, strukturiert, gewisser Extrakt.

★★★ S €€€ GV FUN PLV
2020 Grüner Veltliner Ried Hausberg + Etwas kühlrauchig, dezent, glockenklar, recht elegant, etwas Quittenkäse und Teegebäck, Melisse; saftiger Fruchtbiss, kernig, elegant, Grapefruits, knackig, sehr gute Struktur.

★★★ S €€€ GV
2020 Grüner Veltliner Ried Pellingen 1ÖTW + Einnehmende Nase nach gelben Früchten, Bienenwachs, reichhaltig, süßes Biskuit, Süßmais, cremig; mittelkräftig mit ansprechender Frucht, recht griffig, elegant, gewisses Spiel, feinherb.

★★★★ S €€€€ GV TIPP
2020 Grüner Veltliner Ried Ehrenfels 1ÖTW + Reife Würze, pfeffrig, Hülsenfrüchte, süßer Fenchel, Backapfel, etwas Marzipan, Nelken, legt zu; recht saftiger Fruchtschmelz, Grapefruits und Gelee von roten Äpfeln, Quitte, recht lang.

★★★ S €€ RI FUN PLV
2020 Riesling „Steilheit" Senftenberg + Eher dezent, klassische Aromatik, duftig, frisch, bisschen Pfirsich, weiße Blüten; saftig, ungemein charmant, knackig, köstliche Frucht, gebündelt, mittellang.

★★★ S €€€ RI
2020 Riesling Alte Reben + Würzige Laubnoten, frisch gemehltes Weißbrot, getrocknete Wiesenblumen, verhaltene Frucht; eher schlanke Frucht, Zitrusbiss, rassig, trocken, etwas direkt.

★★★★ S €€€€ RI
2020 Riesling Ried Hochäcker 1ÖTW + Kühle, sanft-cremige Nase, etwas Lindenblüten und Pfirsichaufstrich, samtig, geschmeidig, noble Zurückhaltung; saftiger Fruchtbiss, mittlerer Körper, klassische Riesling-Frucht, zartherb strukturiert, saftige Mitte, fest nach hinten, mittellang.

★★★★★ S €€€€ RI TOP
2020 Riesling Ried Pfeningberg 1ÖTW + Exotisch anmutende Nase mit frischer, heller Frucht, Nektarinen und reife gelbe Ananas, cremig, Weißbot, Kräuter-Touch; ungemein saftig, kernig, bewahrt die hellen Fruchtnoten, auch Zitrus, frisch, sehr gute Struktur, rassig, gute Länge, fest.

NIEDERÖSTERREICH

★★ S €€ GM
2020 Gelber Muskateller Senftenberg + Kühl, Weihrauch, duftig, sehr frisch, dunkles Laub, gewürzig, Orangengelee; recht schlank, nette Frucht, zartherb, nicht allzu lang.

★★★ S €€ CR FUN
2020 Mercaz Rosé + Duftig, elegant, Malve, bisschen parfümiert, kühl, etwas Eiszuckerl, bisschen Hibiskus; eher zart, sehr elegant, recht saftig, glockenklare Frucht, frisch, traubig, verlockend, zart cremig, Charmebündel.

★★★★ S €€€€€€ GV TIPP
2019 Grüner Veltliner Generation X + Rauchig, Krokant, Marzipan, schöne Frucht, bisschen Nougat, dunkle Gewürze, Weizenbrot, Biskuit; kraftvoll, saftige Mitte, bisschen Melone, Marzipan, kernig, gute Struktur, Alkohol gut verpackt, lang, Geduld.

★★★ S €€€€€ GV
2019 Grüner Veltliner Grande Reserve Holzhammer „51" + Reichhaltig, satte Fülle, Biskuit, etwas rauchig, bisschen Bienenwachs; saftig, geht über vor gelbem Fruchtschmelz, wuchtig, mittlere Struktur, bisschen weiche Textur, mollig, reiche Fülle, lang, Geduld.

★★★★★ S €€€€€ RI TOP
2019 Riesling Grande Reserve + Herrliche Frucht, ausgereift, tolle Blütennoten, noble Zurückhaltung im Duft, mineralisch, exotisch, tiefgründig; Riesenfülle, messerscharf, markante Säure, fruchtsüß, sehr viel Maracuja, rosa Grapefruits pur, herrlich saftig, steinig, sehr lang trotz Säure.

★★★★★ S €€€€€€ RI TOP
2019 Riesling Generation X + Leicht rauchig, tiefgründige Frucht, kandierte Papaya, Guave, ruhige, reiche Fülle; schmalzig, köstliche Frucht, ausgereift, feinherb, herausragende Struktur, ungemein kompakt nach hinten, Riesenlänge, beachtlich.

WEINLAND

★★★★★ S €€€€€ RI TOP
2019 Riesling Proidl spricht Deutsch LW + Recht cremig, elegant, samtige Frucht, eingemachte Pfirsiche, reife Canteloupe, elegante Würze; herrliche Frucht, toller Biss, supersaftig, mundfüllend, packendes Säure-Süße-Spiel, sehr lang, Potenzial.

Weingut
Markus Redl

Markus Redl & Christian Redl
3500 Krems, Holzg./1190 Wien, Kahlenberger Str. 32/3/15
Tel. +43 1 370 83 27, Mobil +43 664 163 79 67
weinbau.redl@aon.at
2 Hektar, W/R 100/0

Markus und sein jüngerer Bruder Christian Redl sind Absolventen der Universität für Bodenkultur in Wien, wo Markus hauptberuflich beschäftigt ist. Christian arbeitet an der Höheren Bundeslehranstalt für Wein- und Obstbau in Klosterneuburg. Gleichsam nebenher bewirtschaften sie ihr zwei Hektar großes Weingut mitten in den Kremser Lagen, der Betrieb ist in der renommierten Ried Holzgasse situiert. Aufgrund ihrer Ausbildung sind Zufälle bei der Weinwerdung praktisch ausgeschlossen, ihr Handwerk ist wissenschaftlich untermauert. Sie teilen sich die Arbeiten in allen Bereichen, vom Rebschnitt über die Vinifikation bis zur Vermarktung. Sie sind überzeugt, dass die Basis der Qualität in den Weingärten liegt. Daher wird schon beim Rebschnitt individuell auf jeden Rebstock eingegangen – nicht zu viel und nicht zu wenig, damit die Rebstöcke auch nicht unterfordert sind. So bleiben die bis zu 100 Jahre alten Rebstöcke weiterhin erhalten. Für geschmackliche Abwechslung ist gesorgt, denn sie wurzeln entweder in Löss oder in Schotterboden. Komplettiert wird das übersichtliche Sortiment durch einen Riesling, und der wächst auf kargen und steilen Terrassen unterhalb der Donauwarte in Egelsee, der Untergrund besteht aus verwittertem Urgestein. Maschineneinsatz ist in dieser Lage ausgeschlossen, die jungen Männer müssen hier alles von Hand erledigen. Umso erstaunlicher ist die Preisgestaltung der Weine – jeder würde das Attribut „PLV" verdienen. Ausnahmslos alle Grünen Veltliner der aktuellen Serie sind als sortentypisch, fein und fruchtbetont zu umschreiben. Primus inter Pares ist der Kremser Vinitor, ein kraftvoller Wein, der Anspruch auf Terroir erhebt. Ungewöhnlich trinkanimierend präsentiert sich der Riesling von den Kremser Urgestein-Terrassen. *ww*

NIEDERÖSTERREICH

★★ S € GV
2020 Grüner Veltliner Kremser Weingärten + Freundlich, warme Frucht erinnert an reife Marillen und Anklänge von Mandarinen, dahinter zarte Sortenwürze; glockenklare Frucht, animierendes Säurespiel, zugänglich und selbsterklärend, mittlere Länge, für € 4,30 ein Schnäppchen.

★★★ S € GV PLV
2020 Grüner Veltliner Ried Kerschbaum + Grüne Äpfel, ätherische Würze à la Fichtennadeln; schließt aromatisch an, zusätzlich Anklänge von Pfirsichen, die sich bis in den Abgang halten und mit würzigen Aromen nachklingen, zugängliche Säure, für diesen Preis beachtlich.

★★★ S € GV
2020 Grüner Veltliner Ried Holzgasse + Fein und sanft, Bodentöne, würzig, reife Zitronen, gelbe Äpfel und Zitronenblüten; aromatisches Dacapo, lebhaft, saftig, als Sorte selbsterklärend, gute Länge.

★★★ S € GV TIPP PLV
2020 Grüner Veltliner Kremser Vinitor + Kompakt, viel sortentypische Würze, frisch, Pfirsiche und Äpfel; auf dem Gaumen steht die Frucht im Vordergrund, präzise Struktur, feines Säurespiel, Boden kommt durch, steinig-mineralisch im Abgang und im Nachhall, Frucht und Würze klingen lange nach.

★★★ S € RI FUN
2020 Riesling Kremser Urgestein-Terrassen Ried Braunsdorfer + Als Sorte unverkennbar, Pfirsiche geben den Ton an, begleitet von Zitrusnoten, kristalliner Untergrund ist zu erkennen; auch im Geschmack animierend und sortenaffin, viel Frucht, kristallklare Struktur, animierend-fruchtbetonter Nachhall.

Weingut & Gästehaus
Rosenberger

Josef Rosenberger
3495 Rohrendorf, Leisergasse 29
Tel. +43 2732 83843, Fax -4
mail@rosenbergerwein.at, www.rosenbergerwein.at
15 Hektar, W/R 90/10, 70.000 Flaschen/Jahr

Das in Rohrendorf westlich von Krems gelegene Weingut der Rosenbergers gehört zweifellos zu den traditionsreichsten Betrieben im Kremstal. Nächstes Jahr jährt sich die Geschichte des seit 1722 im Familienbesitz befindlichen Betriebs zum dreihundertsten Male. Geführt wird es heute von Josef Rosenberger, der seinen Fokus gebietskonform in erster Linie auf den Grünen Veltliner richtet, aber auch eine relativ breite Angebotspalette an weiteren Sorten in seinem Portfolio hat. Das beginnt bei zwei attraktiven Rieslingen und erstreckt sich über Aromasorten wie Gelber Muskateller, Sauvignon Blanc bis hin zu Weißburgunder, Chardonnay und blauen Trauben von Cabernet Sauvignon und Zweigelt, aus denen der engagierte Kremser Jahr für Jahr einen ansprechenden, heuer etwas laut ausgefallenen Rosé keltert.

Was Ausdruck und Sortencharakter angeht, haben heuer eindeutig die Veltliner das Sagen – schon der leichtfüßige Einstiegswein, nicht von ungefähr „Nachtfalter" genannt, kann mit Verve und Charme überzeugen, besonders hervorheben dürfen wir jedoch die Weine aus „Alten Reben" und den komplexen Gebling – beide in ihrer Art absolute Vorzeigeweine des Betriebs.

Ist vom Weingut Rosenberger in Rohrendorf bei Krems die Rede, darf auch nicht das dem Betrieb angegliederte schmucke Gästehaus unerwähnt bleiben, das von Helga, der charmanten Gattin des Winzers, liebevoll betreut wird. Wer einmal in einem der großräumigen, komfortabel eingerichteten Gästezimmer mit Loggia und Blick auf die Weinberge übernachtet hat, kommt immer wieder gern hierher. *bb*

KREMSTAL DAC

★★ **S € GV**
2020 Grüner Veltliner „Nachtfalter" + Radicchio, Gartenkräuter, grüne Bananen; knusprige Säure, klar, frisch, unkompliziert.

★★★★ **S €€ GV** **TIPP**
2020 Grüner Veltliner Alte Reben + Baumblüten, Moos, gelbe Äpfel; kühle Frucht und Würze, Orangenzesten, Mentholtabak; fest gebaut, schöne Konturen, extraktsüß, vielschichtig, fein balanciert; langer Nachhall.

★★★ **S €€ GV** **TIPP**
2020 Grüner Veltliner Ried Gebling + Waldboden, Steinfrucht, auch Mandarinen, etwas Bergamotte; kraftvoll, vielschichtig, stoffig und streichelweich, mit langem, kräuterherbem Finale.

★★★ **S €€ RI** **PLV**
2020 Riesling Exklusiv + Stachelbeeren, Nektarinen, ein Hauch Maracuja; später Orange-Bitter, delikates Säurespiel, kraftvoll, konzentriert, vom Gerbstoff klar strukturiert; ausdrucksstark, eine Spur rustikal, schöne Länge.

NIEDERÖSTERREICH

★★ **S €€ GV**
2020 Grüner Veltliner Kaiserstiege Lössterrassen + Kornähren, Äpfel, Kräutermix; saftiger Biss, Limonen, etwas Zitronat; ausgewogen und offenherzig.

★★★ **S €€ RI**
2020 Riesling Lössterrassen + Kandierte Marillen, Kriecherl, Zitruszesten; schmissige Säure, trocken, mit einigem Fleisch auf den Knochen; lebhaft, animierend.

★★ **S €€ GM** **FUN**
2020 Gelber Muskateller + Zartduftig, Holunderblüten, Rosenholz, dann die pure Muskatfrucht; fein ziseliert, pikant, unaufdringlich, lebhaft.

★★ **S €€ SB**
2020 Sauvignon Blanc + Grüne Paprika, Cassis-Laub, reife Stachelbeeren, zugängliche Säure, einige Substanz; klar liniert, Sorte gut eingefangen.

★★ **S €€ CH**
2020 Chardonnay + Vorwitzige, paprizierte Nase, dann Aranzini, Limonen; zeigt Sauvignon-hafte Schattierungen; fest gewirkt, tadellos, gefällig, Rebsorte kaum erkennbar.

★★ **S €€ PB**
2020 Weißburgunder + Nussbrot, Hülsenfrüchte, straffes Säurekorsett; zitrusbehafteter Fruchtbiss, quicklebendig; Kräuterbitterl im Finish.

★★ **S € CR**
2020 Rosé + (80CS/20ZW) Reduktive Nase, rote Paprika, Ribisel, Bananenchips; knackiges Säurekostüm, heuer ziemlich laut und plakativ.

Weingut
Josef Schmid

Josef Schmid
3552 Stratzing, Obere Hauptstraße 38
Tel. +43 2719 8288, Fax -18
weingut@j-schmid.at, www.j-schmid.at
20 Hektar, W/R 85/15, 130.000 Flaschen/Jahr

Josef „Pepi“ Schmid kann mit seinem Weingut auf eine bis ins Jahr 1865 zurückreichende Tradition blicken. Hier, im beschaulichen Weinort Stratzing auf einem Hochplateau, nördlich der Stadt Krems, macht der sympathische Winzer seit rund 30 Jahren bemerkenswerte Weine, die einerseits ihren Weg weit über die Grenzen hinaus in alle Welt finden, andererseits auch Bestandteil zahlreicher Weinkarten in der heimischen Spitzengastronomie sind. Der besondere Stolz des umtriebigen Winzers – er ist „nebstbei“ auch Bürgermeister seiner Gemeinde – gilt den herausragenden Rieden, die sich sowohl rund um Krems als auch in Senftenberg, mithin im genuinen Kremstal, befinden und die mit ihren unterschiedlichen geologischen und kleinklimatischen Bedingungen ebenso verschiedenartige Weine entstehen lassen. Rieden wie Gebling, Frechau, Sunogln wurden zu Recht der „Erste Lage“-Status zuerkannt. Dass zum gleichbleibend hohen Qualitätslevel der Weine eine moderne Kellertechnik ebenso das Ihre beiträgt, darf als selbstverständlich vorausgesetzt werden.

Im aktuellen Jahrgang überzeugt zunächst einmal mehr ein ausgewogenes Veltliner-Sextett, das die unterschiedlichen Reifestufen und Terroirs bilderbuchartig präsentiert – heuer neben den beiden Granden aus Gebling und Frechau besonders auch der vielschichtige „Alte Reben“. Eine Klasse für sich ist neuerlich der Riesling vom Sunogln – ein Ausbund von Noblesse und verführerischer Frucht. *bb*

KREMSTAL DAC

★★ S €€ GV PLV
2020 Grüner Veltliner Stratzing + Agrumen, Wiesenkräuter, erfrischend, leicht und verspielt.

HH S €€ GV
2020 Grüner Veltliner Pfarrweingarten + Kräutermix, Waldboden, Limonen, grüne Äpfel; strukturiert, saftig und ausgewogen.

★★★ S €€ GV
2020 Grüner Veltliner Kremser Löss + Sommerwiese, Rhabarber, ein wenig Kräuterbitter, Grapefruits; schöne Substanz, noch sehr jung.

★★★ S €€€ GV TIPP
2020 Grüner Veltliner Alte Reben Reserve + Baguette, Würztabak, Pfefferstreuer, reife Äpfel, Orangenzesten; fest gebaut, dicht, geschmeidige Textur, facetten- und finessenreich; lang.

★★★★ S €€€ GV TIPP
2020 Grüner Veltliner Ried Gebling 1ÖTW Reserve + Rauchige Würze, Nussbrot, Tabak, auch gelbe Äpfel, Grapefruits, Orangenschalen; kräftig, engmaschig, mineralisch, mit delikater Säure; großzügig bestückt, elegant und lang nachklingend.

★★★★ S €€€€ GV TIPP
2019 Grüner Veltliner Ried Frechau 1ÖTW Reserve + Blütenhonig, süßer Würztabak, Orangenbiskuit; druckvoll, fruchtsüß, etwas Pfeffer, Mineralien; finessenbetont, schmelzig, tiefschürfend und wunderschön balanciert; langer Nachhall.

★★★ S €€ RI
2020 Riesling Vom Urgestein + Limetten, Zitronenäpfel, grüne Pfirsiche, viel Zitrus; mittlere Substanz, klar konturiert, rassiger Säureschliff, puristisch, trinkanimierend.

★★★★ S €€€ RI TIPP
2020 Riesling Ried Sunogeln 1ÖTW Reserve + Nektarinen, Orangenblüten, Marillen, nasse Steine, zartherb umflort; Säure, Frucht und Extrakt in schöner Balance; tiefgründig, nobel und ungemein verführerisch.

NIEDERÖSTERREICH

★★ S €€ GM
2020 Gelber Muskateller Ried Galgenberg + Gelbe Rosen, feingliedrig, subtil, knackiger Fruchtbiss, Zitruszesten; lebhaft und „trinkig“.

★★ S €€ SB
2020 Sauvignon Blanc Stratzing + Peperonata, schwarze Johannisbeeren, dann grünblättrige Fortsetzung, präsente Säure, kompakt; Sorte gut definiert.

★★ S € CR
2020 Rosé + (ZW/CS) Erdbeeren, Ribisel, frische, fein integrierte Säure; super Sommerwein!

BIO

Lesehof
Stagård

Dominique A. & Urban T. Stagård
3500 Krems-Stein, Hintere Fahrstraße 3
Mobil +43 660 191 70 66
office@stagard.at, www.stagard.at
17 Hektar, W/R 100/0, 120.000 Flaschen/Jahr

Dominique & Urban machen Weine für Kenner. Das sind keine Blender, sondern Gewächse, die zu reifen verstehen, die auch ihre Zeit brauchen, um sich bestens darzustellen. Es sind immer authentische, spannende, langlebige Kreszenzen, die viel Luft benötigen, die man eigentlich dekantieren sollte.

Das Herz der beiden gehört dem Riesling, die aus den besten Kremser Rieden kommen. Davon kommen einige Granaten auf uns zu. Vom Jahrgang 2020 durfte ich vier Weine probieren – Urban GV und Urban RI –, ungemein stimmige und lustvolle Weine. Handwerk GV und RI – die große Klasse haben und einen auf die großen Lagen vorbereiten.

Bei den Lagen-Rieslingen, alle aktuell aus dem Jahr 2019, ist es schwierig, den besten zu finden. Es sind durch die Bank außergewöhnliche Weine. Vielleicht kann man die beiden Rieslinge vom Steiner Goldberg und von der Ried Grillenparz einen Tick darüber stellen. Doch ist auch der Kremser Kögl eine Bank. Taxfrei außergewöhnlich ist der 2019 Riesling Steinzeug. Ein Monument in Wein. Ich kann nur empfehlen, die Vinothek Wein.Cabinet zu besuchen und sich durch das Sortiment zu wühlen. Da findet in jeder seinen Lieblingswein oder -weine. *as*

KREMSTAL DAC

★★★ **S €€€ GV**
2020 Grüner Veltliner Handwerk + Dunkel getönt, Säureabbau, Holzfass, etwas Kaffee, vollmundig, fest, langatmig und gediegen, sehr weinig, höchst angenehm zu trinken, tolle, etwas mollige Frucht, ungemein saftig, weich, ein sehr schöner GV mit ziemlicher Länge.

★★★ **S €€ RI**
2020 Riesling Handwerk + ein Riesling voller Finesse und Spiel, Marillen, Kräuternoten, glockenklar und voller Frische und Leben, immer in der Balance, sehr elegant, ungemein süffig auf hohem Niveau, Mineralität zeigend, feines Säurespiel, äußerst präzise, ein Hauch von Erdbeeren. Riesling von fast femininer Anmutung.

★★★ **K €€€€ RI**
2019 Riesling Steiner Gaisberg + Salzige Noten, sehr eng, sehr straff, dynamisch, salzig, Mineralik pur, feste Struktur, zarter Rauchton, da wächst Großes heran. Das ist Riesling von fast burgundischem Ausdruck. Viel Zukunft.

★★★★ **K €€€€ RI** TIPP
2019 Riesling Steiner Goldberg + (Löss – 58 Jahre alte Reben) ein Aromabündel, reife Marillen, reifer Apfel, etwas Leder, viel Struktur, viel Stoff, ein Wein von großer Konzentration und Tiefe, endlos lang, rauchige Würze, von barocker Eleganz, viel Mineral, salzige Komponenten, gelbfruchtig, der Wein enthält viel Reichtum, viel Substanz, füllig, ein Riesling von majestätischem Ausdruck.

★★★ **K €€€ RI**
2019 Riesling Steiner Schreck + Marille und Kräuter, nussige Aspekte, ungemein tiefgründig, kraftvoll, immer eng und dicht, die Marillen gewinnen an Fahrt, dunkel und rauchig, anfänglich verhalten, doch dann sehr komplex werdend. Ledrige Noten, ein Riesling mit tollem Körper von einiger Intensität. Viel Substanz. Ein glanzvoller Riesling, äußerst hochwertig und langatmig.

★★★ **K €€€ RI**
2019 Riesling Kremser Kögl + (Glimmerschiefer) Brotig und salzig, Holzfassausbau, viel Mineral, Citrus, Orangenschalen, sehr eng, griffig und kompakt, füllig, kräftig, Marille, Hauch von Schokolade, tolle Säure, ein klassischer Riesling von fast nerviger Struktur. Ziemliches Potenzial.

★★★★ **S €€€€ RI** TIPP
2019 Riesling Ried Grillenparz + Herrlich kühl, steinobstig, ein Riesling, der auf dem Gaumen vibriert, elegant und lebendig bei großer Tiefe, viel Mineral, Ananas, Citrus, Orangenzesten, Feuerstein, Kräuter, salzig, rassig, noch total jung, weiße Blüten, straff, dicht, voller Finesse. Ein virtuoser Riesling.

★★★★ **K €€€€€ RI** TIPP
2019 Steinzeug Riesling + Kräftige Farbe, dunkel, Lebkuchen, salzig, ungemein kompakter Körper, hintergründig, Marillen, geht ganz langsam auf, stoffig, ungemein präzise. Gehört unbedingt dekantiert. Braucht enorm viel Luft. Ein Riesling von besonderer Textur. Hier kommen die reifsten Trauben aus den besten Lagen in die Flasche. Leider sehr limitiert.

★★★ **S €€€ GV**
2019 Kremserl Veltliner + ziemlich salzig, mineralisches Pfefferl, sehr burgundisch, Gewürze, Kräuter, Kümmel, fast jodige Anklänge, Walnüsse, Grapefruit, immens dicht, sehr eng, ein noch fast embryonaler Wein mit enormer Zukunft.

NIEDERÖSTERREICH

★★ **S €€ GV** FUN
2020 Urban. GV + Marillen, Apfel, Citrus, Grapefruit, Frischehauch, knackig, doch balanciert, dezentes Nusserl, etwas rauchig, pfeffrig, Holzfassausbau, guter Druck, liegt kompakt auf dem Gaumen, von innerer Harmonie getragen. Ein sehr eleganter, fruchtiger, überaus typischer GV mit exotischen Nuancen. Klasse zeigend.

★★ **S €€ RI** FUN
2020 Urban. RI +Kühles Steinobst, duftig, leichtfüßig, sehr elegant, feine Würze, schlanke, aber feste Struktur, druckvoll, dezente Exotik, sehr pikant auf dem Gaumen, ein Hauch Rhabarber, ein so richtig stimmiger Riesling mit hohem Spaßfaktor und einigem Niveau.

Weingut
Tanzer

Franz Xaver Tanzer
3506 Krems-Thallern, Thallerner Hauptstraße 1
Tel. +43 2739 2208, Mobil +43 676 520 46 26
wein@tanzer.at, www.tanzer.at
11 Hektar, W/R 85/15, 40.000 Flaschen/Jahr

Seit 1933 besteht das Weingut im verträumten Örtchen Thallern am Fuße des Göttweiger Bergs – hier macht Franz Tanzer (er repräsentiert die fünfte Generation im Betrieb und ist auch der fünfte Franz in Folge) gebiets- und sortentypische Weine, die sich sehen lassen können. Die Hauptrolle spielen standesgemäß Grüner Veltliner und Riesling, daneben findet man in der umfangreichen Angebotsliste Varietäten wie Chardonnay, Pinot Blanc und Gelber Muskateller. Sie zählen ebenso zum Portefeuille des Hausherrn wie ein Zweigelt oder der im kleinen Holz ausgebaute Cabernet Sauvignon, von dem wir heuer die formidable, im Barrique gereifte Reserve 2015 verkosten konnten.

Trotz der nicht immer optimalen Witterungsbedingungen im Vorjahr gibt es einige wunderschöne Weine, begonnen beim Veltliner-Quartett, von dem heuer der vielschichtige Goldbühel vor den Vorhang gehört, freilich erwartungsgemäß auch der überragende Talarin mit seiner feinen Abstimmung zwischen Holz und Frucht. Und bei den Rieslingen verteidigt der Sortenvertreter aus der Lage „Schweren Zapfen“ souverän seine Stellung auf dem obersten Stockerlplatz. Was heuer fehlt, ist der Pinot Blanc, von dem ein Teil der Ernte dem Hagel zum Opfer fiel. Es wird ihn aber trotzdem geben: in Form einer Beerenauslese im kommenden Jahr.

Weithin bekannt ist das Weingut außerdem für seinen als Top-Heuriger ausgezeichneten Buschenschank, der ein idyllischer Vorgarten angeschlossen ist. Es wird mit autochthoner Heurigenkultur aufgewartet, mit feinen Weinen und hausgemachten Köstlichkeiten. Unbedingt ausprobieren sollte man auch die diversen Liköre und Brände aus eigener Fertigung. *bb*

KREMSTAL DAC

★★ **S €€ GV**
2020 Grüner Veltliner Ried Frauengrund + Getreide, Äpfel, grüne Mangos, dann viel Zitrus; erfrischender Säurebogen, saftig, stimmig.

★★★ **S €€ GV** TIPP
2020 Grüner Veltliner Ried Goldbühel + Baumrinde, Waldboden, gelbes Kernobst, kühlwürzig, Havannas; kompakt, kraftvoll, extraktreich, mineralisch, zeigt viele Schichten; feine Länge.

★★★★ **S €€€ GV** TIPP
2019 Grüner Veltliner „Talarin“ Reserve + Vanilleglasur, Crème Brulée, Honigblüten, etwas Kräuterwürze, Safran; sämige Textur, voluminös, facetten- und finessenreich, die Sorte bleibt im Hintergrund; tolle Länge.

★★★ **S €€ RI**
2020 Riesling Ried Steinhagen + Steinfrucht, Mineralien, auch Limetten, grüne Ananas; mittelgewichtig, knackige Fruchtsäure, sehr solide.

★★★★ **S €€ RI** TIPP PLV
2020 Riesling Ried Schweren Zapfen „Antonia“ + Weingartenpfirsiche, Marillen, Orangen; satter, fester Kern, kraftvoll, wunderschöne Balance zwischen Extraktsüße und Säure; Sorte und Lage fein definiert, großzügig, urlanges Finish.

NIEDERÖSTERREICH

★★ **S € GV**
2020 Grüner Veltliner Ried Herrentrost + Gartenkräuter, Agrumen, Fenchel; schlank, rassiger Fruchtbiss, temperamentvoller Süffelwein.

★★ **S €€ CH** FUN
2020 Chardonnay Classic + Haselnüsse, Mandelbiskuit, reiche Fruchtwürze, Limonenzesten, etwas Kräuterbitter; klar strukturiert, ausgewogen; Trinkvergnügen pur!

★★ **S €€ GM**
2020 Gelber Muskateller Classic + Dezenter Auftakt, Litschi, ein Hauch Holunder, straffes Säurekorsett, Zitronengras, Rhabarber; leichtfüßig, spritzig.

★★ **S € CR**
2020 Rosé „Francesco“ + Weiße Ribisel, Erdbeeren, Aroniabeeren; leicht, beschwingt, einnehmend, schönes Trinkanimo.

★★★ **S €€€ CS**
2015 Cabernet Sauvignon Reserve + Melange aus Dunkelfrucht und Röstaromen; Kirschen, Cassis, Maronen, Schokonuss; delikat, mundfüllend, feinmaschige Tannine, geschmeidig.

Weingut
Tauchner

Barbara & Erwin Tauchner
3500 Krems, Weinzierl 28
Mobil +43 650 796 68 00
office@tauchnerwein.at, www.tauchnerwein.at
6 Hektar, W/R 85/15, 35.000 Flaschen/Jahr

Erwin und Barbara Tauchner – beide sind Absolventen der Kremser Weinbauschule – leiten ihr traditionsreiches Weingut (seit 1819 unter dem Familiennamen Tauchner) im Herzen der Donaustadt, genau genommen im bereits 1112 urkundlich erwähnten Stadtteil Weinzierl. Unterstützt werden die beiden von den Eltern des Kremsers – Herta, die Frau Mama, kümmert sich um Kundenbetreuung und Verkauf, währen der Herr Papa im Weingarten aushilft. In den vergangenen Jahren wurde einiges investiert, in die Kellertechnik, in die Weingärten – Letztere werden schonend und im Einklang mit der Natur bewirtschaftet. So wird beispielsweise auf durch eigene Kompostierung anfallende Rohstoffe Wert gelegt und zur Gänze verzichtet auf Mineraldünger. Handarbeit wird großgeschrieben in den Weingärten, die sich vom an die Wachau angrenzenden Steiner Pfaffenberg über Kraxen, Kremsleithen und Sandgrube mit riedentypischen Veltlinern und Rieslingen bis hin nach Gedersdorf erstrecken. Vielschichtige Bodenprofile mit Löss, Schiefer, Konglomerat und Granit-Gneis lassen riedenreine Weine entstehen, mit denen es Jahr für Jahr besser gelingt, das unterschiedliche Terroir präzise abzubilden.

Erwin Tauchner, „nebstbei" auch diplomierter Sommelier, hat im Zuge seiner Lehrjahre auch praktische Erfahrungen sammeln dürfen, u.a. im Elsass oder im spanischen Rioja. Dies dürfte nicht zuletzt der Grund dafür sein, dass neben dem Hauptfokus auf Grünen Veltliner und Riesling auch Jahr für Jahr ein bemerkenswerter Rotwein auf der Angebotsliste steht – der 24 Monate in gebrauchten Barriques gereifte Zweigelt, heuer aus dem Jahrgang 2018. *bb*

KREMSTAL DAC

★★ **S € GV**
2020 Grüner Veltliner Sandgrube + Wiesenkräuter, Melisse, grüne Äpfel; jugendlich, erfrischend, saftig.

★★★ **S €€ GV** PLV
2020 Grüner Veltliner Ried Weinzierlberg + Etwas Bananen, Tabak, reife Äpfel und grüner Pfeffer; mittelkräftig, kompakt, gut balanciert.

★★ **S € RI**
2020 Riesling Sandgrube + Anfangs schüchtern, Stachelbeeren, Pfirsichhaut, legt zu, Steinobst, grüne Ananas; rassig, trocken, puristisch.

★★★ **S €€ RI**
2020 Riesling Ried Kraxen + Baumrinde, Grapefruits; saftige Mitte, Steinobst, Blütenhonig, Zitruszesten, fruchtsüß trotz präsenter Säure; Sorte gut definiert.

★★★★ **S €€€ RI** TIPP
2020 Riesling Ried Kremsleithen + Mineralische Ader, Marillen, Orangen; Säure ist im Extraktpolster gut verankert; fest gebaut, großzügig, klar gemeißelt, lang.

NIEDERÖSTERREICH

★★ **S €€ GM**
2020 Gelber Muskateller + Muskattrauben, Holler, Litschi; burschikos, schlank, klar strukturiert, schönes Trinkanimo.

★★★★ **S €€ GV** TIPP
2019 Grüner Veltliner Ried Obere Sandgrube „Premium" + Bienenwachs, weiße Blüten, Haselnüsse; sehr fokussiert, Pfefferkörner, Orangenzesten; kraftvoll, komplex, mit seidiger, mundfüllender Textur, finessenreich; hat Weite und Tiefe.

★★★ **S €€€ GV** TIPP
2020 Riesling Ried Steiner Pfaffenberg + Steinobst, Waldpilze, Mandarinen, viel Mineralität; Säure und etwas Restsüße im Einklang; schmelzig, hat viel Charme.

★★★ **S €€ ZW**
2018 Blauer Zweigelt Selection + Schwarzkirschen, Waldbeeren, ein Hauch Mokka und Bitterschoko; kraftvoller Sockel, ausgewogen; langes Finale.

ÖSTERREICH

★★ **S €€ CW**
2020 Cuvée (GV/GM) „Green" Sommerwein + Kräutermix, Zitronengras, rauchige Motive; lebhafter Stil, leichtfüßig, pfiffig.

★★ **S € CR** FUN
2020 Rosé „Pink" Sommerwein + Erdbeeren, Streuselkuchen, Limonen; hat Verve und Esprit, klar liniert, homogen.

Weingut
Türk

Franz Türk
3552 Stratzing, Kirchengasse 16
Tel. +43 2719 2846-0, Fax -4
info@weinguttuerk.at, www.weinguttuerk.at
19 Hektar, W/R 90/10, k. A.

TÜRK
AUSTRIA
www.weinguttuerk.at

Man sieht sehr zufriedene Gesichter im Weingut Türk. Trotz des doch herausfordernden Jahrganges 2020 sind die Weine top. Etwa ein Drittel weniger als im Vorjahr. Enorme Selektion war vonnöten. Aller Aufwand hat sich ausgezahlt. Für Liebhaber gereifter Weine wurden ab dem Jahrgang 2016 Weine zurückgelegt und werden fünf Jahre danach wieder angeboten. Pro Flasche einen Euro Aufschlag ist mehr als fair. Ab sofort ist das Weingut Türk – zertifiziert nachhaltig AUSTRIA.

Primärfruchtige Weine findet man hier nicht. Schon „der Leichte" – ein GV – ist ein besonderer Wein. Die Weine bleiben lange auf der Hefe, daher werden die Lagen- und Reserve-Weine erst im September vorgestellt.

Die 2020 Kremstal DAC Gewächse sind glanzvolle Vertreter ihrer Region. Der Muskateller ist ein Traum.

Der ungemein knackige, ausdrucksstarke Rosé-Sekt 2015 ist erstaunlich gut. Noch nicht nach der Sekt-Pyramide, dafür ist die Produktion noch zu klein.

Ein Klassewein ist der 2019 Chardonnay Barrique. Die Reben stehen auf reinen Kalkböden, die sich im Besitz vom Salzburger Stift St. Peter befinden. Franz Türk hat diese Weingärten im Jahr 1993 gepachtet.

Den Abschluss bildet eine sensationelle 2019 Beerenauslese vom Muskateller. Eine verkappte TBA, ein genussvolles Erlebnis. Als alkoholfreien Drink kann man den aus Verjus, Holunderblüten und Zitronenmelisse kreierten JUZZ empfehlen. *as*

KREMSTAL DAC

★★ S €€ GV
2020 Grüner Veltliner Kremser Weinberge + (Löss) Pfeffrig, Orangenschalen, viel Exotik, Birnen, gelbe Früchte, rauchig, Tabak, duftig und weinig, seidiger Glanz, Kräuter, sehr in der Balance.

★★★ S €€ GV
2020 Grüner Veltliner Vom Urgestein + Da schimmert die Mineralik aus dem Glas. Voller Exotik, Pfefferschleier, kühl durchzogen, voller Pikanz, vielschichtig, komplex und elegant, rauchig, guter Druck, viel Zukunft. Zeigt Biss, ein höchst individueller GV.

★★★ S €€€ RI
2020 Riesling Kremser Weinberge + Dieser Riesling kommt von drei Weinbergen: Weinzierlberg 220 Meter Seehöhe – Goldberg 250 Meter Seehöhe – Wachtberg 360 Meter Seehöhe. Steinobst, Citrus, Orangen, sehr kühl, etwas fordernd, mit Biss, pickt auf dem Gaumen, etwas Rhabarber, fruchtig, mineralisch, zieht richtig durch.

NIEDERÖSTERREICH

★★ S €€ GM FUN
2020 Gelber Muskateller + Ein überaus gediegener, duftiger Wein, Holunderblüten, Citrus, Orangenschalen, Muskatnuss, Zimt, feine Säure, voller Pikanz, hochelegant, voller charmanter Frische. In sich harmonisch. Ein Traum in Muskateller!

★★ S €€ GV
2020 „Der Leichte" Grüner Veltliner + Dezenter Karamellton, fruchtig-frisch, sehr balanciert, die Säure hat man im Griff, etwas Bratapfel, Marille, Orangenblüten, feinwürzig, Kastanien, ein leichter, extraktreicher Grüner Veltliner, der nach viel mehr schmeckt. Charaktervoll, ausdrucksstark, sehr typisch. Viel mehr als nur ein Sommerwein.

★★★★ S €€ CH TIPP
2019 Chardonnay Barrique + Ausbau 13 Monate in teils neuen, teils gebrauchten Allier-Barriques mit 300 Liter Volumen. Das ist taxfrei ein genialer Chardonnay, perfektes Holz das natürlich noch dominant ist, doch nie aufdringlich, nie zu viel. Cremige Textur, kalkige Frische, Haselnüsse, feinste Vanille, dezente Rösttöne, gelbe Früchte, herrlich reife Trauben, Spur Lakritz, dezent rauchig, orientalische Gewürze, Nelken, tolle Exotik, warmes Timbre, buttrige Töne. Ein fulminanter Chardonnay. Tolles Preis-Leistungs-Verhältnis.

★★★ K €€€ CS
2015 Sekt Rose Brut Nature Zero Dosage + 36 Monate auf der Hefe. Traditionelle Flaschengärung, handgerüttelt, degorgiert Sept. 2020. Ein total engmaschiger, knochentrockener Sekt aus Cabernet Sauvignon von der Ried Thurnerberg. Dunkel getönt, viele Gewürze, klar strukturiert, salzig, tolle Länge, intensiv, dicht, straff durchgezogen. Ein Essensbegleiter par excellence!

★★★★ S €€€ GM TIPP
2019 Beerenauslese Muskateller + (0,375l-Fl.) Geerntet am 2. Jänner 2020 mit 31 KMW – also eigentlich eine Trockenbeerenauslese, die heruntergestuft wurde.
Halleluja, was für ein Süßwein – herrliches Bouquet , Exotik, Holunderblüten, Pfirsich, Orangen, Citrus, Muskatnuss, Honig, unglaublich elegant, pralle Muskatellertrauben, die den Gaumen verwöhnen. Perfektes Süße-Säure-Spiel. Von bestechender Feinheit, einer nie klebrigen Süße, ungemein delikat, von einer außergewöhnlichen Trinklust. Absolut wohlfeil.

Weingut
Petra Unger

Petra Unger
3511 Furth bei Göttweig, Lindengasse 22
Mobil +43 676 848 622 822, Fax +43 02732 76801
office@ungerwein.at,www.ungerwein.at
11 Hektar, W/R 85/15, 80.000 Flaschen/Jahr

„Ich liebe es, für meine Weinstöcke zu sorgen, als wären sie meine eigenen Kinder!" Dieser markante Satz ist nicht allein Liebeserklärung an die eigenen Rebanlagen, sondern spiegelt auch die Philosophie von Petra Unger wider, die mit viel Engagement ihr Weingut in Furth bei Göttweig am Fuß des vom gleichnamigen Benediktiner Stift gekrönten Berges betreibt. Seit mehr als zwei Jahrzehnten führt sie ihren Betrieb und tut das mit wachsendem Erfolg. Die Absolventin der Universität für Bodenkultur hat nach diversen Weinstudienreisen und einem Praxisaufenthalt in Kalifornien viel Fingerspitzengefühl entwickelt, das heute ihren Weingärten und natürlich den Weinen zugutekommt.
Rund elf Hektar Rebflächen werden von der charmanten Kremserin bewirtschaftet, und sie liegen verstreut zu beiden Seiten der Donau. Daraus resultieren Gewächse, die aufgrund ihrer Terroir-Unterschiede ebenso verschiedenartige Stile repräsentieren. Während es sich am südlichen Ufer der Donau (mit Ausnahme der steinigen Lage Gottschelle) vorwiegend um lössreiche Lagen handelt, in denen sich der Grüne Veltliner besonders wohlfühlt, bestehen die in Krems und Stein angesiedelten Rieden durchwegs aus mehr oder weniger kargen Urgesteinsverwitterungsböden, auf denen überwiegend Riesling-Reben ausgepflanzt sind. Zu ihnen zählen beispielsweise „Hinters Kirchl" und vor allem der Steiner Gaisberg, der sich, wie auch die am südlichen Donauufer liegenden Rieden Gottschelle und Oberfeld, mit dem Prädikat „Erste Lage" schmücken darf, da Petra Unger Mitglied der „Traditionsweingüter Österreich" ist. *bb*

KREMSTAL DAC

★★ **S €€ GV**
2020 Grüner Veltliner Furth + Lemongrass, Wiesenkräuter; vegetabile Fortsetzung, Radicchio; schmissige Säure, etwas Gerbstoff; mittelgewichtig, rustikal, geradlinig.

★★★ **S €€ GV**
2020 Grüner Veltliner Ried Hintere Point + Dezente Nase, Heuschober, Renetten, Limonen; kompakt, saftig, etwas Steinobst, Orangenzesten, ein Hauch Salbei; ausgewogen, kräuterherber Ausklang.

★★★ **S €€€ GV**
2020 Grüner Veltliner Ried Gottschelle 1ÖTW Reserve + Kornähren, Apfelspalten, Kumquats, gefolgt von gelbfruchtigen Motiven, Agrumen; kokette Säure, Melisse, Zitronenäpfel, engmaschig; gibt sich jugendlich, von einnehmender Akkuratesse; mittlere Länge.

★★★★ **S €€€ GV** **TIPP**
2020 Grüner Veltliner Ried Oberfeld Alte Reben 1ÖTW Reserve + Rauchig, mineralisch, dann pfeffrig tabakige Nuancen feines Tannin-Netz; kraft- und gehaltvoll, glasklar, mit fokussierter Frucht, reife Limonen, Mangos; tiefgründig und finessenreich.

★★ **S €€ RI**
2020 Riesling Furth „Terrassen" + Zartduftiger Auftakt, Marillenschäumchen, getrocknete Kräuter, Zitruszesten; rassiger Säureschliff, eine Spur Grapefruits; relativ eng geführte, lupenreine Machart, trinkanimierend.

★★★ **S €€ RI** **FUN**
2020 Riesling Ried Steinleithen + Schöne, klare Pfirsichfrucht, grüne Ananas, Limetten; mittelkräftige Substanz, straffes Säurekorsett, mineralische Ader, klar gezeichnet, trocken und aussagekräftig.

★★★ **S €€€ RI** **TIPP**
2020 Riesling Ried Steiner Gaisberg 1ÖTW Reserve + Weingartenpfirsiche, grüne Ananas, Grapefruits; präsentes, in viel Fruchtschmelz eingegliedertes Säurespiel, fester Unterbau, dicht, ausgiebig, vielschichtig, zart phenolisch; bemerkenswerte Länge.

NIEDERÖSTERREICH

★★ **S €€ GM**
2020 Gelber Muskateller Ried Satzen + Herbfruchtige Nase, Grapefruitzesten, Hollerbusch, Sandelholz; rasante Säure, Tannin-Netz, Bergamotte; sympathisch rustikal, pikant, schlank.

★★ **S € ZW** **FUN**
2020 Rosé vom Zweigelt + Kirschkuchen, Weichseln, ein wenig Rhabarber; auf dem Gaumen Waldfrüchte, grüne Beeren, Zitronat; frischer, lebhafter Stil, knackig, jugendlich, trinkig.

Weingut
®walzer

Richard Walzer
3500 Krems/Gneixendorf, Gneixendorfer-Hauptstraße 28
Mobil +43 676 666 63 40
wein@richardwalzer.at, www.richardwalzer.at
4 Hektar, W/R 95/5, 20.000-25.000 Flaschen/Jahr

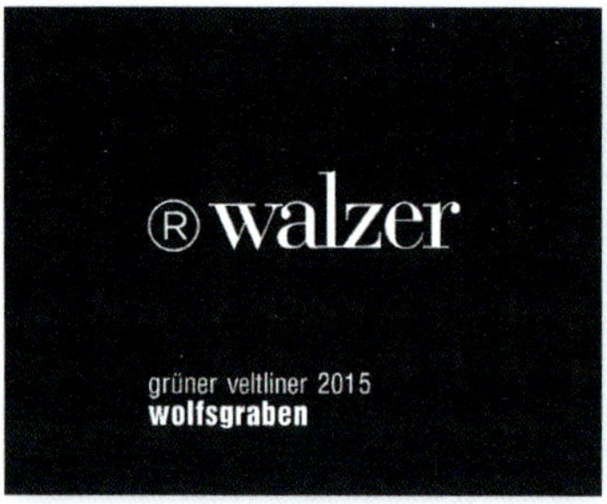

Richard Walzer macht auf einer vergleichsweise kleinen Rebfläche von 4,5 Hektar Weine, die mit ihrer kristallklaren Struktur, der präzisen Abbildung von Sorte und Terroir und ihrem unbestreitbaren Tiefgang heute zu den herausragenden Gewächsen des Kremstals zählen. Das ist freilich kein Zufall. Wer den umtriebigen Winzer kennenlernt und sieht, mit welcher Hingabe er sich seinen Reben und Weingärten widmet, mit welch alles hinterfragender Akribie er die Kellerarbeit verrichtet, versteht auch den Zusammenhang. Für ihn, der zu jenen Weinmachern zählt, die ihre Lese sehr spät einbringen, war das vergangene Jahr kein einfaches. Die im Herbst auftretenden Regenmengen haben vielerorts zu Fäulnisdruck bei den Trauben geführt, was einen enormen zusätzlichen Aufwand bedeutete und letztlich auch eine um ein Drittel verringerte Erntemenge zur Folge hatte. Was übrig blieb, bestand freilich aus gesundem, hochreifem Traubengut und sorgte wieder einmal für einzigartige Weine.

Die strenge Traubenauslese führte u.a. dazu, dass im aktuellen Jahrgang der Grüne Veltliner „Alte Reben" fehlt, weil die stark reduzierte Traubenmenge dem Wein aus der Riede Wolfsgraben, aus der die Trauben auch sonst stammen, zugeführt wurde. Der profitierte natürlich davon und mutiert heuer zu einem archetypischen, gehaltvollen klassischen Kremser Veltliner. Keine Frage, dass die kräftigen Gewächse aus den Lagen Gebling und Kapuzinerberg dennoch eins draufsetzen. Bei aller Liebe zu den Veltlinern nicht zu vergessen sind aber auch Riesling, Muskateller, der neue Rosé und eine Jahrgangs-Cuvée in Rot. *bb*

NIEDERÖSTERREICH

★★★ **S € GV** PLV
2020 Grüner Veltliner Ried Kremser Wolfsgraben + Heublumen, Zitronengras, hochfeines Säurespiel, Limonen, Äpfel; saftig, stoffig, glasklar liniert, erfrischend.

★★★★★ **S €€€ GV** TOP
2020 Grüner Veltliner Ried Kremser Gebling + Facettenreiches Bouquet, Tannennadeln, Waldboden, Grapefruits; kraftvoll, kühle Würze, Mentholtabak, reife Äpfel, Bergamotte; fokussierte Frucht, engmaschig, vielschichtig, elegant, mit langem Nachhall.

★★★★★ **S €€€ GV** TOP
2020 Grüner Veltliner Kapuzinerberg + Rauchige Nase, Baumharz, Tabak, Earl Grey, mineralisch untermauert; streichelweicher Trinkfluss, voluminös, saftstrotzend, großzügig, klar konturiert; punktet mit Finesse und Tiefgang sowie einem urlangen Finale.

★★★ **S €€ RI**
2020 Riesling „Schotter und Löss" + Stachelbeeren, Pfirsiche, Marillenmark, Limoncello; spannender Wettstreit zwischen knuspriger Säure und subtiler Restsüße, klar gezeichnet und fein komponiert.

★★ **S €€ GM** FUN
2020 Gelber Muskateller Krems + Limonenschalen, Holunderblüten, dann die volle Frucht nach Muskattrauben; rassige Säurepikanz; grüne Zitronen, Rhabarber; leichtfüßig, lebhaft, trinkanimierend.

★★ **S €€ CR**
2020 Rosé + (CS/ME) Hagebutten, grüne und rote Waldbeeren, Zitruszesten; delikater Fruchtbiss, Erdbeeren, Streuselkuchen, Limetten; leicht, erfrischend, ansprechend.

★★★ **S €€ CR**
Cuvée Wolfsblut non vintage + (CS/ME) Liaison aus roten und dunklen Früchten, Kornelkirschen, Brombeeren, Cassis, präsenter Fassbrand; viel Tannin, Röstkaffee, Mokka, Kräuterbitter; leicht herber, strenger Ausklang; Zeit lassen ...

Weinmanufaktur **Wandraschek**

Gregor Wandraschek
3500 Krems, Landersdorfer Straße 61
Mobil +43 650 660 64 07
rotwein@wandraschek.at, www.wandraschek.at
1,5 Hektar, W/R 20/80, 12.000 Flaschen/Jahr

Neues gibt es aus der Weinmanufaktur zu berichten – Wolfgang und Conny Wandraschek haben ab Anfang des Jahres die Geschicke des Weinguts in die Hände von Gregor, dem Junior, gelegt. Der Absolvent der Kremser Weinbauschule führt das kleine, feine Weingut gemeinsam mit seiner charmanten Barbara, die sich vorwiegend der administrativen Belange annimmt. Dass die Eltern dem ambitionierten Sohnemann in Keller und Weingarten weiterhin zur Seite stehen, versteht sich freilich von selbst.
Am Sortiment – und erfreulicherweise auch an den Preisen – hat sich seit dem Vorjahr nichts geändert. Nach wie vor dominieren im Haus die Rotweine, die heuer aus dem Jahrgang 2018 stammen, ergänzt um jeweils zwei Vertreter der Sorten Grüner Veltliner und Riesling sowie einem Rosé. Unser Augenmerk gilt zunächst den hervorragend gelungenen roten Gewächsen, beginnend beim genial sortentypischen Zweigelt über Cabernet Sauvignon und die besonders gelungene Cuvée bis hin zur Sortenvielfalt von Pinot Noir, Syrah und Merlot. Letzterer hat heuer mit seinem schokoladig-schwarzbeerigen Auftritt und der unnachahmlichen Eleganz heuer eindeutig die Nase vorn. Wie schon in den jüngsten Jahren erweist sich dann freilich die Grande Reserve vom Cabernet nochmals als das Tüpfelchen auf dem I. Sie fasst zusammen, was große Weine auszeichnet – Strahlkraft, Komplexität, Finesse und den langen Atem eines souveränen Gewächses. Ansprechend sind auch die Weißweine ausgefallen, alle voran die knackig grünfruchtige Riesling Reserve aus der Ried Windleiten. *bb*

KREMSTAL DAC

★★ S € GV
2020 Grüner Veltliner Ried Steiner Kögl + Rauchig, Kräuter, Zitruszesten; kompakt, beschwingt.

★★ K €€ GV PLV
2020 Grüner Veltliner Ried Steiner Kögl Reserve + Kühle Würze, Melisse, Grapefruits, etwas Tannin; kraftvoll, extraktreich; kräuterliköriger Ausklang.

★★ S €€ RI
2020 Riesling Ried Rohrendorfer Windleiten + Vegetabile Nase, Kräuterbitter, Äpfel; straffe Säure, Zitronat, leichtfüßig, trinkig.

★★★ K €€€ RI TIPP
2019 Riesling Ried Rohrendorfer Windleiten Reserve + Grünfruchtiger Auftakt, Limonen, Zitronengras, grüne Marillen; knackiger Fruchtbiss, fest gebaut, klar und ausgewogend.

NIEDERÖSTERREICH

★★ S € CR
2020 Rosé + Rote Beeren, Waldfrüchte; rassiger Säureschliff, frisch und lebendig.

★★★ K €€ ZW PLV
2018 Zweigelt + Viel Kirsche, Weichseln, etwas Tannin; jugendlicher Säure-Touch, der die Kraft des Weines vergessen macht; sortentypisch.

★★★ K €€€ CS
2018 Cabernet Sauvignon + Kandierte Kirschen, schwarze Ribisel, später Waldbeeren, Blaubeeren, viel straffes Tannin, Bitterschoko, Grafit; fleischig, voluminös.

★★★ K €€€ CR
2018 Cuvée + (ZW/ME/CS) Heidelbeeren, Zwetschken, Cassis, saftig feine Extraktsüße, nobler Holzeinsatz; vielschichtig, finessenbetont, konzentriert.

★★★ K €€€ PN
2018 Pinot Noir + Rote Beeren, Kandis, Granatäpfel, Vanilleglasur, seidige Tannine; kraftvoll, zugleich sehr delikat, fast schon fragil; Tiefstapler von Format!

★★★★ K €€€€ ME TIPP
2018 Merlot + Baumharz, dunkle Schokolade, Kirsch-Confit, Wildkirsche, Maulbeere; schmelzig, schwarzbeerig, präsentes Tannin; elegant und lange.

★★★ K €€€€ SY
2018 Syrah + Herzkirschen, Lakritze, gepfefferte Erdbeeren; kraftvoll, tabakige Untertöne, gekonnter Holzeinsatz, fruchtwürziges Finish, generös und ellenlang.

★★★★ K €€€€ CS TIPP
2018 Cabernet Sauvignon Grande Reserve + „Dunkelschwarze" Bilderbuchfrucht, Cassis, Brombeer-Confit, Nougat, Schokotrüffeln, mineralisch salziger Touch; komplex, präzise, finessenreich, lang ausklingend.

Weingut
Winzer Krems - Sandgrube 13

Ludwig Holzer
3500 Krems, Sandgrube 13
Tel. +43 2732 85511, Fax -6, office@winzerkrems.at
www.winzerkrems.at, www.sandgrube13.at
1200 Hektar, W/R 75/25

Erfreuliches bei Winzer Krems: Die im Vorjahr begonnenen Bauarbeiten für Weinkeller, Abfüllanlage und Logistik sind trotz der aktuellen Umstände voll im Plan, und mit der Ernte 2020 konnte man den ersten Bauabschnitt, den Gär- und Lagerkeller, in Betrieb nehmen. Derzeit wird an der Flaschenabfüllung und an einem zweiten, kleineren Keller gebaut, die beide bis Mitte nächsten Jahres – und somit rechtzeitig für den neuen Jahrgang – fertiggestellt sein werden.
Die geschäftlichen Folgen der Pandemie hat man zwar deutlich zu spüren bekommen, allerdings wurde ein Großteil der Ausfälle, vor allem in der Gastronomie, durch einen, wie man versichert, „unglaublichen Anstieg im Export" zumindest teilweise kompensiert. „Und wie als Bestätigung dafür haben wir von der deutschen ‚Weinwirtschaft' zum mittlerweile vierten Mal für unseren Grünen Veltliner ‚Weinmanufaktur Krems' die Auszeichnung ‚Sieger Weißwein international LEH' erhalten!" Der renommierte amerikanische „Wine Enthusiast" verlieh sowohl dem Veltliner Wachtberg als auch dem Riesling Kreuzberg heuer 94 Punkte, und der Donauriesling erhielt neuerlich „großes Gold" beim internationalen PiWi-Wettbewerb (= pilzwiderstandsfähige Sorte). Wer übrigens die aktuelle, absolut gelungene Weinserie verkostet, wird diese Erfolge bestens nachvollziehen können.
Personell gibt es ebenfalls Neues zu vermelden: Ludwig Holzer, der seit dem Vorjahr die Geschicke von Winzer Krems lenkt, hat im Oktober v.J. einen neuen Obmann zur Seite gestellt bekommen, den Kremser Florian Stöger, der ÖkR Franz Bauer als „obersten Winzer der Sandgrube 13" abgelöst hat. *bb*

KREMSTAL DAC

★★★ **S €€ GV**
2020 Grüner Veltliner Ried Goldberg Kellermeister Privat + Gelbe Früchte, Wiesenkräuter, Melisse; Zitronenäpfel; sehr saftig, kompakt, feiner Trinkfluss.

★★★★ **S €€€ GV** TIPP
2019 Grüner Veltliner Ried Wachtberg Reserve + Komplexes Bukett, gelbe Äpfel, Mangos, delikates Sortenpfefferl, Gewürzlade; voluminös, stoffig und doch klar liniert; bleibt lange haften.

★★★ **S €€ RI** PLV
2020 Riesling Ried Kremsleiten Kellermeister Privat + Attraktiver Mix, Grapefruits, junge Pfirsiche, etwas Orange-Bitter; pikante Säure, mineralische Ansätze, ausgewogen, trinkanimierend.

★★★ **S €€€ RI**
2018 Riesling Kreuzberg Reserve + Steinobstnase, auch Ringlotten, Stachelbeeren; auf dem Gaumen ziemlich vorwitzige Fruchtexotik, Limoncello, Kräuter; extraktreich, mundfüllend, sehr expressiv mit einiger Länge.

NIEDERÖSTERREICH

★★ **S € CR**
2020 Sommelier Rosé + Ansprechender Duft, Litschi, Erdbeeren, Ribiselkuchen, Bergamotte; knochentrocken, leicht, von gebirgsbachklarer Frische; Sommerterrasse!

★★ **S €€ GM**
2020 Gelber Muskateller Kellermeister Privat + Klassische Holundernase, Muskattrauben, Rosenholz; bleibt dezent, leichtfüßig, sortentypisch und appetitanregend.

★★ **S €€ SB**
2020 Sauvignon Blanc Kellermeister Privat + Markant vegetabile Aromatik, grüne Paprika, Zitronengras, Brennessel, Sämling; extrovertierter Sortentyp.

★★ **S €€ CH** FUN
2020 Chardonnay Kellermeister Privat + Baguette, Hefezopf, Baumblüten, Walnüsse, konterkarierende Säurepikanz, Limetten, Zitruszesten; feiner Burgunder, klassisch ausgebaut.

★★★ **S €€€ RI**
2019 Riesling Auslese + (0,375 l) Rote Pfirsiche, Granatäpfel, Marillen, Honig- und Malzankläge; beeindruckender Süßeschmelz, cremig-sämiger Verlauf; delikater Süßwein.

ÖSTERREICH

★★ **S € DR** PLV
2019 Donauriesling + Marillen-Confit, Ananas, fruchtsüß trotz trockener Ausbauweise, satter Schmelz, geschmeidige Säure, ausdrucksstark.

Weingut
Alois Zimmermann OG

Alois Zimmermann
3494 Theiß, Obere Hauptstraße 20
Tel. +43 2735 8209, Fax -4
office@weingut-zimmermann.at, www.weingut-zimmermann.at

11,5 Hektar, W/R 100/0, 70.000–90.000 Flaschen/Jahr

Das Weingut Zimmermann ist insofern speziell, als hier ausschließlich jene beiden Rebsorten angebaut werden, für welche das Kremstal am bekanntesten ist, nämlich Riesling und Grüner Veltliner. Alois Zimmermann hat im Jahr 2007 die alleinige Verantwortung für diesen Familienbetrieb östlich von Krems übernommen; zuvor hatte er Erfahrungen im Ausland gesammelt. Seine Eltern Edeltraud und Alois haben aus einer gemischten Landwirtschaft ein erfolgreiches Weingut gemacht. Ihre Naturverbundenheit hat die Denkweise und die Philosophie des Sohnes geprägt.

Die Familie Zimmermann besitzt Anteile an renommierten Rieden wie dem Kremser Gebling, der Kremser Sandgrube oder dem Rosshimmel. Die Böden unterscheiden sich zum Teil signifikant, der Untergrund reicht von Löss über steindurchsetzten Lehm bis zu kristallinem Gestein. Diese Konstellation kommt den Intentionen des Winzers sehr entgegen; er legt großen Wert auf erkennbaren Lagencharakter in seinen Weinen. Deshalb vinifiziert er jede Riede separat. Der Ausbau erfolgt grundsätzlich in Edelstahltanks, die Weine bleiben möglichst lange auf der Feinhefe und werden erst dann gefüllt, wenn sie der sensorischen Prüfung durch den Winzer standhalten. „Zeit darf da keine Rolle spielen“, sagt er.

Die aktuelle Serie präsentiert sich sortentypisch und zugänglich, die Reserven sind druckvoll ausgefallen. Der Einfluss des Bodens ist zu erkennen, am ausgeprägtesten bei den Grünen Veltlinern Ried Rosshimmel und Ried Gebling sowie beim Riesling Ried Kapuzinerberg. Die Konzentration auf lediglich zwei Rebsorten erleichtert die Erkennbarkeit der Herkunft. Und genau genommen müsste man jedem Wein das Attribut „PLV“ verleihen.

ww

KREMSTAL DAC

★★ S GV
2020 Grüner Veltliner Kremstal + Freundlich, gelbe Äpfel, sortenaffine Würze; schließt aromatisch an, zugängliche Säure, mittlere Länge, Kräuternoten und knackige Äpfel im Abgang.

★★★ S €€ GV — PLV
2020 Grüner Veltliner Ried Kremser Sandgrube + Feines, vom Lössboden geprägtes Bukett, gelbfruchtig, Äpfel, florale Noten, Prise Würze; sanfter Druck, anregende Säure, betont fruchtig, guter Körper, hinten schwingt wieder der Boden mit, würziges Finale.

★★ S €€ GV
2020 Grüner Veltliner Ried Gernlüssen + Kräftig, sortentypische Würze, helle Frucht; schließt aromatisch an, zugänglich, gut integrierte Säure, mittlere Länge, im Nachhall Würze und gelbe Früchte.

★★★ S €€ GV
2019 Grüner Veltliner Reserve Ried Kremser Gebling + Druckvoll, viele Facetten, nobel, steinig-mineralisch, exotisch mit Anklängen von Babybananen, zarteste Würze; stoffig, Fruchtschmelz, reife Früchte, sanfte Säure, im langen und würzigen Abgang ist der Boden präsent.

★★★★ S €€€ GV — TIPP
2019 Grüner Veltliner Reserve Ried Rosshimmel + Kräftig, getrocknete Kräuter, dunkel getönt, Anklänge von Lageräpfeln und Walnüssen; schiebt mächtig an, cremiger Touch, feinkörnige Gewürze, gut integrierte Säure trägt den Wein bis in den langen Abgang hinein, der schwere Boden prägt.

★★★ S €€ RI
2020 Riesling Ried Rosshimmel + Zart, sortentypisch, Pfirsiche und ein Hauch floraler Noten; lebhaft, zarte Kohlensäure, Pfirsiche, ein wenig Zitrus, mittlere Länge, im Abgang auch Limettenblätter.

★★★ S €€ RI — PLV
2020 Riesling Ried Kapuzinerberg + Kalkiger Boden kommt durch, kompakt, reifes Steinobst und Zitrus; Zug und Fokus, Untergrund macht sich auch im Geschmack bemerkbar, Säurerückgrat, straff, glockenklare Frucht klingt lange nach.

★★★ S €€€ RI — PLV
2019 Riesling Reserve Ried Kremser Kraxn + Druckvoll, würzig, Anklänge von Gartenkräutern à la Salbei und Thymian, dahinter Weingartenpfirsich; stoffig, zarter Schmelz, Frucht deutlicher als im Duft, im Abgang und im Nachhall wieder Kräuter, auch ein Hauch Zitrus.

Gedichte, die bereits gelesen sind.
#austrianwine
ÖSTERREICH WEIN

VINOTHEKEN

KREMS

Leopold – Vinothek, Bar, Shop
3500 Krems, Utzstraße 1
Tel. +43 2732 72897
office@vinothek-leopold.at
www.vinothek-leopold.at

Vintage Weinhandel
Martin Buttinger
3500 Krems, Dr.-Meller-Gasse 2
Tel. +43 699 14411444
info@classic-weine.at, www.vin.at

Winzer Krems eG
Vinothekenkeller
3500 Krems, Bründlgraben 12
Tel. +43 2732 85511-33
office@winzerkrems.at
www.winzerkrems.at

Weinhimmel
3500 Krems, Untere Landstraße 35,
Tel. + 43 664 75041992
office@weinhimmel.at
www.weinhimmel.at

PALT

Wein.Depot Noitz
3511 Palt, Römerstraße 169
Tel. +43 2732 85656
wein.depot@aon.at
www.wein-handlung.at

GASTRONOMIE/NÄCHTIGUNG

HÖBENBACH/GÖTTWEIG

Winzerhof Dockner
3508 Höbenbach, Ortsstraße 30
Tel. +43 2736 7262
winzerhof@dockner.at, www.dockner.at

Der wohl umtriebigste Winzer im Kremstal. Beeindruckende Palette, bodenständiger Top-Heuriger – 2020 zum besten von Niederösterreich gekürt -, der von Chefin Gudrun Dockner geführt wird; mit regionalen Schwerpunkten (nicht nur das legendäre Gansl). Im Dockner'schen Genusszentrum kocht Küchenchefin Eva Koppensteiner bei zahlreichen Events und ab 20 Personen gegen Voranmeldung jederzeit. Einmal im Monat Jazzbrunch mit Wolfgang Friedrichs New Orleans Dixieland Band. Zahlreiche kulinarische Themenevents.
Breite Kostpalette, alles glasweise, viele Großflaschen und tolle Rotweine (Sacra, Iosephus). Die wunderschöne Sektmanufaktur am Kremser Frauengrund am südlichen Donauufer (Hollenburg), wird als Heurigen-Zweigstelle und Eventlocation genutzt, mit tollem Ambiente und Rundumblick über die Donau bis in die Wachau hinein. Das moderne Kostzentrum samt dem JOE-Keller (benannt nach Sohn und Kellermeister Josef Dockner jun.) ist ein einzigartiges Kompetenzzentrum für Wein. Laufend Veranstaltungen, auch beim wachau GOURMETfestival.
Ein weiteres Standbein der Winzerfamilie ist die Kellergasse samt Sektmanufaktur am Kremser Frauengrund südlich der Donau. Nebenbei eine herrliche Eventlocation (tolle Blicke!), mitten im Wein- und Marillengarten.

FURTH BEI GÖTTWEIG

Landgasthof Schickh
3511 Klein-Wien, Furth bei Göttweig, Avastraße 2
Tel. +43 2736 7218
office@schickh.at, www.schickh.at

Was für die bürgerlichen Wiener „der Eckel" in Sievering, das ist in Niederösterreichs Zentralregion „der Schickh" in Klein-Wien. Generationen von Genießern gesellig-kulinarischen Glücks haben sich hier zu Hause gefühlt und tun es noch immer. Der nahezu über die Teller fahrende regelmäßige Triebwagen der Strecke Krems–St. Pölten gehört genauso dazu wie die Verlässlichkeit der Weinempfehlungen mit Schwerpunkt auf die umliegenden Regionen. Christian Schickh in der Küche, Schwester Evi im Service. Frische Fische aus eigenem Teich, Hummer und Krebse aus dem Becken. 2 Hauben. Regionale, auf die umliegenden Weinbaugebiete abgestimmte, feine Weinkarte, vieles glasweise. Einige einfache Zimmer.

KREMS

arte Hotel Krems
3500 Krems-Stein, Dr.-Karl-Dorrek-Straße 23
Tel. & Fax +43 2732 711-23
willkommen@arte-hotel.at, www.arte-hotel.at

Am Rand von Krems inmitten der Weinberge, aber dennoch zentrumsnah, liegt das arte Hotel Krems beim Campusgelände. Moderne Design-Zimmer auf Preis-Leistungs-Niveau. Die Altstadt von Stein ist nur wenige Gehminuten entfernt. Hotel-Hauptquartier des wachau GOURMETfestivals. Gleich daneben liegt das hippste und erfolgreichste Restaurant der Stadt, der Steak & Burgertempel 2stein. Tipp!

Filmbar am Campus
Harry Schindlegger
3500 Krems an der Donau, Dr.-Karl-Dorrek-Straße 30
T: +43 677 6161 8486
https://www.kinoimkesselhaus.at/de/ueber-uns/filmbar/filmbar

Coole Location am Campus Krems, studentisches Flair, urbanes Ambiente. Davor eine Wiese als Gastgarten, dahinter das auch sehr gute Programmkino im Kesselhaus. Neu übernommen vom Kremser Multigastronom Harry Schindlegger.

Ristorante Firenze Pizzeria
3500 Krems-Stein, Schürerplatz 9 und Steiner Donaulände 56
Tel. +43 2732 21340
office@firenze-krems.at, www.firenze-krems.at

„Nach Italien in 300 Meter rechts abbiegen", steht auf einem Wegweiser-Plakat nach dem großen Kreisverkehr bei der Schiffstation Krems-Stein. Seit knapp fünf Jahren bringt die Familie Gianfreda so richtig italienisches Flair nach Krems-Stein. Chef Vito legt enorm viel Wert auf frische und saisonale Zutaten direkt vom Markt. Original italienische Pizza, Pasta Fresca, Vongole, Miesmuscheln, Spezialitäten vom Grill und traumhaft frische Fische. Den Wein wählt Vito selbst bei kleinen italienischen Winzern aus, gut sortiert. Ein Tipp: Nachfragen bei Vito lohnt sich immer, er erfüllt gerne individuelle Wünsche. Schön ist der Schanigarten am Schürerplatz. Mehrfach zur besten Pizzeria Niederösterreichs gewählt. Tipp!

Gozzo
Charly Teuschl
3500 Krems, Hoher Markt 11
Tel. +43 2732 747455
office@gozzo.at, www.gozzo.at

Topgastronom Charly Teuschl übernahm das Restaurant „Gozzo" in der historischen, rund 1000 Jahre alten Gozzoburg in der Altstadt von Krems und hat einen Hauch Exotik mitgenommen von seiner früheren Wirkungsstätte, dem „Late" in Kloster Und.

Internationale Gerichte und eine pfiffige Tageskarte tragen dem multikulturellen Publikum in Krems (fast 5.000 ständige Studenten aus –zig Ländern, zahllose Touristen) Rechnung . Mittlerweile die gastronomische Drehscheibe der Altstadt am Hohen Markt, kleine Terrasse. 1 Haube.

Weingut Hutter
Uli Neuhauser & Harald Marker
3500 Krems, Weinzierlbergstraße 10
Tel. +43 2732 82006
info@weinguthutter.at, www.weinguthutter.at

Genialer Rundumblick über Donautal und auf Stift Göttweig, eine modern-gemütliche Stube und kreative Wirtshausküche mit saisonal orientierter Karte. Dazu eine fein ausgewählte Weinkarte mit weißem Schwerpunkt auf Martin Nigl, dem Eigentümer. Geführt vom Pächterpaar Uli Neuhauser & Harald Marker, in der Küche stets eine profunde Besetzung. In der warmen Jahreszeit lädt die herrliche Laube inmitten der Kremser Weinberge zum Verweilen ein. Schöne Gästezimmer. Immer wieder Veranstaltungen, darunter schöne vinophile.

Gasthaus Jell
Fam. Amon-Jell
3500 Krems an der Donau
Hoher Markt 8–9
Tel. +43 2732 82345
gasthaus@amon-jell.at, www.amon-jell.at

Idyllisch in der Kremser Altstadt ist es gelegen, das Gasthaus Jell. Mit urgemütlichen Stuben, einer Museums-würdigen Schank und einem lauschigen Schanigarten mit Laube, der sich ans alte Gemäuer kuschelt. Die Küche werkt an Kreativ-Bodenständigem und Saisonalem. An der Stilistik hat sich nichts geändert, urig-deftige Hausmannskost mit vielen Schmankerl. Schöne Weine aus den Regionen rundherum und mit Astrid Wölfl eine Serviceleiterin, die wie geboren scheint für dieses Haus. Solide Küchenbrigade unter Leitung des Hausherrn, die legendäre Wirtin Uli Amon-Jell ist mittlerweile so etwas wie emeritiert, der Sohn schwingt Zepter und Kochlöffel. Tipp!

Hotel Klinglhuber
3500 Krems, Wiener Straße 2
Tel. +43 2732 82143
hotel@klinglhuber.com, www.klinglhuber.com

Modernes Hotel und ein neues Suiten-Hotel gleich daneben mit Tagungsräumlichkeiten und ausreichend Parkplätzen, nur einen Steinwurf von der Fussgeherzone Untere Landstraße entfernt. Wirtin Astrid Klinglhuber hat sich im Sommer 2021 spontan entschlossen „wegen Personalmangels" den großen, beliebten und gutbürgerlichen Gasthof gleichen Namens mit der markanten Terrasse über dem Kremsfluss zu schließen; vorübergehend zumindest.

Leopold
Vinothek, Bar, Shop
Othmar & Julian Seidl
3500 Krems
Utzstraße 1
Tel.: +43 2732 72897
office@vinothek-leopold.at
www.vinothek-leopold.at

Mittlerweile die beliebteste Weinbar der Wachau, direkt beim Steinertor in Krems, gegenüber dem Stadtpark. Das Leopold trägt den Namen des Landespatrons und versteht sich als Schnittpunkt der umliegenden Weinregionen Wachau, Kremstal, Kamptal, Traisental und Wagram. Großer Outdoor-Bereich zum sehen und gesehen werden. Die umfangreiche und sehr gut sortierte Karte verfügt über bedeutende Positionen aus den umliegenden Weinbaugebieten und dem Burgenland, dazu einiges aus aller Welt sowie eine große Sekt- und Champagnerauswahl. Vieles glasweise oder in Magnums, wechselnde Raritäten und gereifte Jahrgänge. Kleine Speisekarte, schöner Schanigarten mit Blick auf Stadtpark und Südtirolerplatz. Immer wieder Verkostungen und Winzerevents. Das daneben liegende Schwesterlokal ist der große Biergasthof/-garten Hofbräu am Steinertor mit Bier vom Hofbräu München und klassischen Speisen à la Stelzen, Brez'n & Co, aber auch einem wechselndem Angebot glasweiser frisch-fruchtiger Weine der Region. Tipp!

Mezcal
3500 Krems, Steiner Donaulände 82
Tel. +43 664 9420365
mezcalbar@hotmail.com

Weitgehend authentische mexikanische Küche in der Steiner Altstadt, viele vegane und vegetarische Speisen, aber auch Fisch und Fleisch. Wegen der Weine kolmmt man hier nicht her, wegen des breiten Angebots an guten Cocktails sehr wohl. Studentisches Publikum und Flair.

Heuriger Müller
Weingut Müller GmbH
3508 Krems-Krustetten, Hollenburger Straße 12
Tel. +43 27392691
info@heurigermueller.at, www.heurigermueller.at

Einer der großen und vielfach ausgezeichneten Winzerbetriebe in Krems, Ortsteil Krustetten, am sonnigen Südufer der Donau, direkt gegenüber dem Göttweiger Berg mit seinem imposanten Stift. Sehr schöne Weine und Sortensekte, viele preisgekrönt, breite Palette, fast alles auch glasweise: geräumiger wie gemütlicher Top-Heuriger, seit über 25 Jahren. Klassische Heurigenkarte, schöner Innenhof. Das Lokal wurde aktuell um- und ausgebaut. Trotz der Größe des Weinguts ein Familienbetrieb mit Winzer „zum Angreifen". Aus dem Hause stammt die aktuelle Bundesweinkönigin Diana I. Ausflugstipp.

Heuriger Müllner
Michael Müllner
3500 Krems, Stadtgraben 50
Tel. +43 676 3420967
michimuellner@gmx.at
www.weingut-muellner.at

DER Kremser Stadtheurige mitten in der Altstadt mit wunderschönem Ziegelgewölbekeller und romantischem Garten mit Blick auf die Piaristenkirche. Eigenbauweine des familieneigenen Weinguts, das Bruder Erwin führt, darunter auch alte Kremser Lagen wie Wachtberg und Kraxen. Klassische Heurigenschmankerl mit einigen Spezialitäten. Häufig ausgesteckt, sehr beliebt.

Marie im Park
Harry Schindlegger
3500 Krems, Josef-Wichner-Straße 1
Tel. +43 2732 71615
hallo@marieimpark.at, www.marieimpark.at

Nach den Pandemie bedingten Lockdowns eröffnet, direkt im Stadtpark gelegen, am Rand zum Südtirolerplatz und dem Steinertor. Picknick im Park, Frozen Joghurt, Pinsa, Tagesteller, vegetarische und vegane Gerichte. Kleine, feine, wechselnde Weinkarte, Drinks und Cocktails. Michael „Shorty" Schwanzer ist Herz und Seele der „Marie".

Marktspiel
Otto Raimitz
3500 Krems, Museumsplatz 1
3500 Krems, Untere Landstraße 3

Neueröffnung im Herzen der Kremser Fußgeherzone Landstraße, am Täglichen Markt. Neueste Errungenchaft von Multigastronom Otto Raimitz, schöner Gastgarten mit Piazza-Flair, sehen & gesehen werden. Im Inneren auf zwei Ebenen mit Galerie. Kreatives Frühstück, Lunch-Menüs und schönes À la carte-Angebot. Klassische Weine.

Poldi Fitzka
Harry Schindlegger
3500 Krems, Museumsplatz 1
Tel. +43 2732 21165
gastwirtschaft@poldifitzka.at
www.poldifitzka.at

Mit dem „Poldi Fitzka" eröffnete 2019 das Restaurant in der nagelneuen, spektakulären Landesgalerie, mit ausuferndem Schanigarten am Platz davor und Blick zur gegenüber liegenden Kunsthalle. Poldi Fitzka war der Name des uralten Wirtshauses, das dem Museumsneubau weichen musste. Das auf das Tagesgeschäft vom Frühstück bis um 18 Uhr ausgelegte Lokal bietet zahlreiche Klassiker der österreichischen Wirtshausküche, einen Mittagsteller, große Freiflächen mit urbanem Flair und vieles mehr. Küchenchef ist David Dachser, früher in selbiger Funktion im 2-Hauben-Heurigenhof Bründlmayer in Langenlois. Die Landesgalerie ist das Flaggschiff der Kremser Kunstmeile und zeigt laufend international viel beachtete Ausstellungen. Ein Kultur- und Architektur-Hotspot.

Steigenberger Hotel & Spa Krems
mit Weinbergrestaurant
Direktor Daniel Hunger-Milkowitsch
3500 Krems, Am Goldberg 2
Tel. +43 2732 71010-0
krems@steigenberger.at
www.krems.steigenberger.at

Mondäne Atmosphäre inmitten von Weingärten: Die große Terrasse bietet spektakulären Blick aufs Donautal, die First-Class-Zimmer bieten höchsten Komfort. Tolles, 3000 m2 großes World Luxury Spa. Das angeschlossene Weinbergrestaurant bietet eine feine Auswahl an regional beeinflussten Spezialitäten. Die Lounge mit Open-Air-Bar ist ein Unikat und erlaubt entspanntes Chillen mit Panoramablick, sehr gute Drinks. Neuer gastronomischer und vinophiler Drive unter Direktor Daniel Hunger-Milkowitsch, Partner beim wachau GOURMETfestival. Ein Zubau mit 32 spektakulären Suiten und Zimmern wurde 2019 eröffnet, ist sehr beliebt.

Hotel Unter den Linden
Familie Grech
3500 Krems, Schillerstraße 5
Tel. +43 2732 82115
hotel@udl.at, www.udl.at

Alteingesessener Familienbetrieb in fünfter Generation. Drei verschiedene Zimmerkategorien. Nahe dem Zentrum und dem Stadtpark, direkt an der Kunstmeile. Eigene Parkmöglichkeit. Hotel garni.

Gasthaus Walzer
Alexander und Cristina Lintner
3500 Krems-Gneixendorf
Tel. +43 2732 48004
info@gasthaus-walzer.at
https://gasthaus-walzer.at

In der Küche muss es schmurgeln & schmoren, Safterl und Saucen werden selbst gemacht, ein Signature-Gericht ist der Schweinsbraten, wie es sich in einem ordentlichen Wirtshaus gehört. Die Weine sind den Gastegbern besonderes Anliegen, die Karte ist regional und sehr gut sortiert. Urige Gemütlichkeit, Wildspezialitäten.

Weinstein
3504 Krems-Stein, Steiner Donaulände 56
Tel. +43 664 1300331
info@weinstein.at, www.weinstein.at

Johannes Teuschl hat seine Weinbar im Haus der Regionen in der Donaulände zum Fixpunkt in der Kremser Lokalszene gemacht, Treffpunkt auch zahlreicher Studenten, der Campus ist nahe. Regelmäßige Verkostungen mit Winzern aus der Region. Sehr gut sortierte Weinkarte, durchaus mit Jahrgangstiefe und Raritäten. Immer auf der Karte: die weithin bekannte Pasta von Doris Wasserburger aus dem Kamptal. Beliebter Schanigarten. Viel studentisches Publikum durch Donau-Uni, Fachhochschule und Zahnärzte-Universität.

Wine Time
Bernhard Hintermeier
3500 Krems, Obere Landstraße 4
Tel. +43 676 6420411
office@winetime-krems.at

Mitten in der Altstadt von Krems (FuZo Landstraße), umfangreiches Angebot an Qualitätsweinen aus verschienen Regionen bis hin zu Raritäten, Accessoires, Pestos und vieles mehr, Schwerpunkt Regionalität, immer wieder aber auch Ausreißer. Fragen Sie nach Weinen, die gerade nicht auf der Karte stehen, der Patron hat immer eine Idee. Vinothek und Feinkostladen. Tipp!

Zum Kaiser von Österreich
Hermann & Silvia Haidinger
3500 Krems, Körnermarkt 9
Tel. +43 2732 86001
restaurant@kaiser-von-oesterreich.at
www.kaiser-von-oesterreich.at

Schöner, alter Platzl-Gasthof in historischem Gebäude in der Kremser Innenstadt. Verfeinerte regionale Küche mit gelungenen Ausflügen ins mediterrane Fach, aber auch exzellente Klassiker der österreichischen Küche. Sehr stimmige, nicht nur auf die Region beschränkte Weinkarte, darunter zahlreiche gereifte Weine. Sehr schöner Schanigarten. Leider nur abends geöffnet, SO+MO Ruhetag, darüberhinaus für Gruppen mit Voranmeldung, gemütliche kleine Terrasse am Körnermerkt, gegenüber Krems Museum und Minoritenkirche. 2 Hauben.

2Stein
Harry Schindlegger
3504 Krems-Stein, Dr.-Karl-Dorrek-Straße 23
Tel. +43 2732 71615
office@2stein.at, www.2stein.at

Angesagtestes Lokal in der Stadt mit großteils jungem und trendigem Publikum, fast immer voll. Begünstigt durch die Lage direkt am Campus von Donau-Uni und IMC-Fachhochschule. Burger & Bagels, Steaks & Klassiker, Salate & Pasta, Frühstück & Flammkuchen. Ein besonderes, unkonventionelles, gemütliches, schräges, lustiges Lokal, das sich zum Burger- und Steak-Kompetenzzentrum entwickelt hat. Inspiriert ist das 2STEIN von Kultlokalen großer Metropolen. Beeindruckende Weinkarte. Fast Tür an Tür mit dem arte-Hotel auch ein Hotspot für Hotelgäste, großer Schanigarten. Tolles Team im Service und immer wieder Neues auf der Karte. Flaggschiff des Gastroimperiums von Harry Schindlegger. Tipp!

Der 2Stein-Keller liegt ein paar hundert Meter entfernt im alten Ortsteil von Stein, ist ein wunderschöner, komplett renovierter Gewölbekeller, bestens bestückt mit Weinen aus dem In- und Ausland. Den Keller kann man für private Weinverkostungen und Feiern aller Art mieten, Cateringservice inklusive.

Schmid's
Harry Schindlegger
3500 Krems
Schmidgasse 8
Tel. +43 2732 21164
office@schmids.at, www.schmids.at

Gemütliches Lokal mitten in Krems, beim Steinertor um die Ecke. Ein traditioneller Wirtshausplatz mit Gewölbe und Schanigarten. Unvergleichliche Rauminszenierung mit viel Holz und ausgefallenem, aber bodenständigem Deko-Material. Küchenchef Niki Lackner trägt mit seiner stets roten Jacke nicht nur seine politische Gesinnung am eigenen Leib, sondern sorgt für Hochgenüsse eines durch die Bank jungen Publikums. Schwerpunkt auf Bier – mit der größten Craft Beer-Auswahl ever! – Burger, Bowls, Pinsa & Co.
Heißer Tipp: immer frische Buchteln, wie in Belgien auch zum Bier. Gastgeberin Daniela Winter brilliert als Bier-Sommelière. Abonniert auf die Höchstwertung von 5 Krügerl im Guide von Bierpapst Conrad Seidl. Schanigarten. Tipp!

Veit
Hanslik & Mann OG
3500 Krems, Pfarrplatz 15
office@veitbar.at, www.veitbar.at

Die Weinbar Veit an der Ecke zum Pfarrplatz ist längst ein Klassiker. So manche feine Flasche halten der „Doktor" und sein Kumpel stets bereit, viele Stammgäste, viel junges Publikum, gemütlicher Schanigarten mit Altstadtflair. Die Weinkarte ist bestens sortiert aus den umliegenden Regionen, mit Ausflügen in andere Bundesländer. Kleine, auch warme Gerichte, unkompliziert, bis spätabends. Ein Ort zum Sinnieren und Versumpfen, mit großer, sozialisierender Kompetenz, viele Stammgäste. Tipp!

PALT

Malat Weingut & Hotel
3511 Palt, Hafnerstraße 12,
Tel. +43 2732 82934
weingut@malat.at, www.malat.at

Schöner wohnen bei Familie Malat: exklusive Zimmer mit hochwertiger Ausstattung und Traumblick auf Stift Göttweig, dazu stylische Frühstückslounge und Terrasse. Mit dem vor einigen Jahren errichteten Wein-Boutique-Hotel in Palt setzt das Kremstaler Topweingut neue Maßstäbe. Saisonal Wildbret aus eigenem Revier – und alle Malat-Schätze aus dem Weinkeller, darunter das Beste vom Riesling, die großen Pinot Noirs und Cabernets.

Hotel Weinresidenz Sonnleitner
Geraldine & Christian Sonnleitner
3511 Palt, Zeughausgasse 239
Tel. +43 2732 70446
office@weinresidenz.at, www.weinresidenz.at
Schmuckkästchen am Fuße des Göttweiger Berges. Umgeben von Weingärten in absolut ruhiger, aber dennoch zentraler Lage thront das Hotel Weinresidenz Sonnleitner. Jedes Zimmer ist individuell gestaltet und vereint Design mit Komfort und Gemütlichkeit, atemberaubend der Blick auf Stift Göttweig, viele Stammgäste.

SENFTENBERG

Weingut – Restaurant – Hotel Nigl
3541 Senftenberg, Kirchenberg 1
Tel. +43 2719 2609
info@weingutnigl.at, www.weingutnigl.at

Traumhaftes Lokal am Fuße der Ruine Senftenberg und des Kirchenbergs gelegen, von dem Martin Nigl einen umwerfenden „Herzstück"-Veltliner macht, bietet das stilvolle Landhausambiente einen gemütlichen Rahmen für genussvolle Stunden und vinophile Highlights, namentlich aus dem Keller des Kremstaler Paradewinzers Martin Nigl, zu dessen Genussimperium auch dieses Objekt gehört. Sohn Betram managt hier die Gastronomie. Viele Raritäten im neuen Gewölbekeller, gereifte Jahrgänge und Großflaschen. 12 sehr schöne Zimmer und ebensolcher – neu gestalteter - Innenhof, ein Platz für Romantiker und für Feste aller Art. Montags geöffnet. 1 Haube. Tipp!

STRATZING

Gasthaus Brauneis
3552 Stratzing bei Krems
Tel. +43 2719 2321
info@gasthausbrauneis.at
http://www.gasthausbrauneis.at

Wirtshaus-Tipp, der sich wohltuend vom Durchschnitt abhebt und auch gute Weine serviert, etwa die sehr guten Tropfen vom Bürgermeister des Ortes, Topwinzer Pepi Schmid. Die Familie Brauneis bringt bodenständige Küche auf den Tisch, wie man es sich von einem guten Wirtshaus nur wünschen kann. Beliebt auf bei Golfern, die vom nahen Club in Legenfeld kommen.

TRAISENTAL

Seit dem Jahr 1995 existiert diese kleine Weinbaugegend als eigenes Weinbaugebiet, das sich an beiden Ufern der Traisen südlich der Donau etwa von Traismauer bis vor die Tore der Landeshauptstadt St. Pölten erstreckt. Historisch betrachtet gehört es zu den ältesten Weinregionen Österreichs überhaupt: Im idyllischen Franzhausen, einem der wichtigsten prähistorischen Fundstätten Europas, ließ sich das älteste Weinkorn Österreichs finden – ein Weinsamen, der nachweislich aus der Zeit um 2000 vor Christi Geburt stammt.

815 Hektar Weinanbaufläche
Die wichtigsten Rebsorten:
Grüner Veltliner, Riesling

Die Einflüsse des pannonischen Klimas aus dem Osten wirken sich positiv aus, da sie das Erreichen der Traubenreife begünstigen. Kühle Nächte, für die der nahe Dunkelsteinerwald und die Flüsse Traisen und Donau verantwortlich sind, sorgen im Verein mit den warmen Tagen für eine ausgeprägte Aromatik. Hier entstehen klar strukturierte, tieffruchtige Grüne Veltliner und Rieslinge von kühler Prägung und einer mineralischen Note, wie man sie auch von den Gewächsen der westlichen Wachau kennt.

Die Bodenstruktur ist sehr vielfältig und reicht von Löss über Urgestein sowie kalkhaltige Konglomeratböden bis zu schottrigem und sandigem Untergrund.

Um die Förderung des Prestiges dieses jungen Weinbaugebietes und seiner Produkte ist etwa die Markengemeinschaft Regio Tragisana bemüht. Vor einiger Zeit haben sich diesem Weinbaugebiet die im westlichen Tullnerfeld gelegenen Weinbaugemeinden um Sitzenberg-Reidling, die vormals als Enklave zum Weinbaugebiet Donauland gehört hatten, angeschlossen.

Seit dem Jahrgang 2006 kommen typische fruchtig-würzige Grüne Veltliner und kernige, mineralische Rieslinge unter der Bezeichnung Traisental DAC auf den Markt. Es gibt die Standardstufen „Traisental DAC“ mit und ohne Ortsangabe, mit Ortsangabe und Riedenbezeichnung (Einreichung zur Prüfnummer in beiden Fällen frühestens ab dem 1. Jänner des auf die Ernte folgenden Jahres) und „Traisental DAC Reserve" (Einreichung zur Prüfnummer frühestens ab dem 1. Juli des auf die Ernte folgenden Jahres), jeweils trocken. Die Mindest-Alkoholgehalte liegen zwischen 11,5% und 13%, wobei Riedenbezeichnungen ab 12,5% zulässig sind.

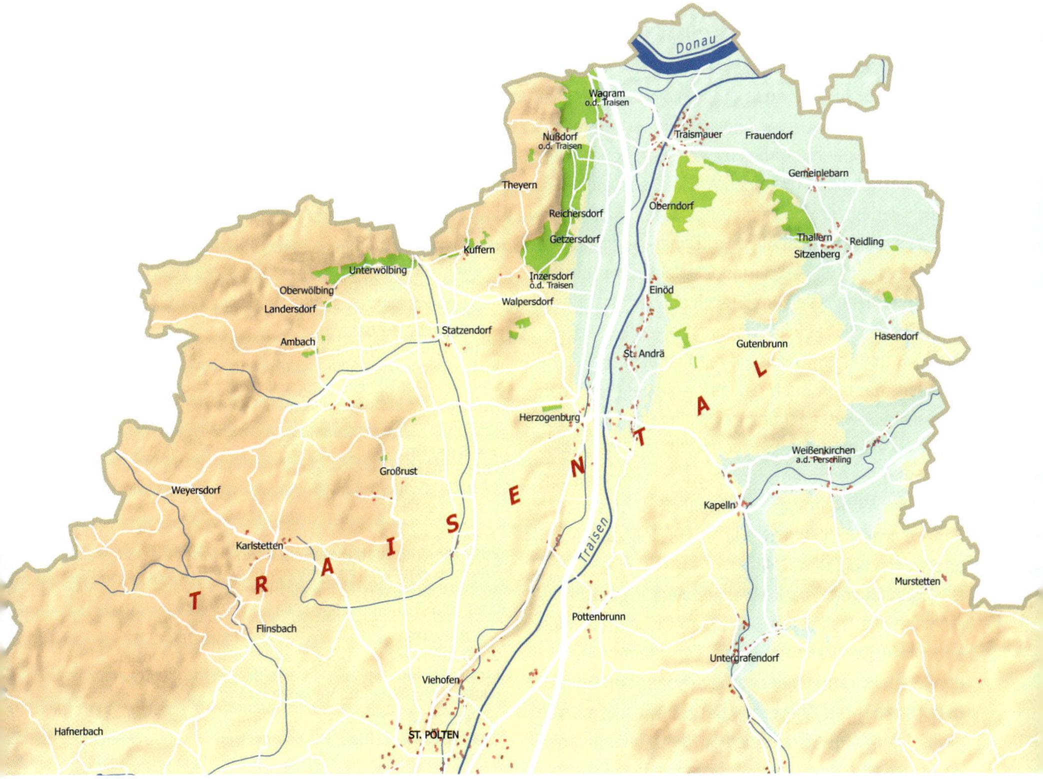
Donau
Wagram o.d. Traisen
Traismauer
Frauendorf
Nußdorf o.d. Traisen
Gemeinlebarn
Theyern
Oberndorf
Reichersdorf
Getzersdorf
Thallern
Reidling
Sitzenberg
Kuffern
Unterwölbing
Inzersdorf o.d. Traisen
Oberwölbing
Landersdorf
Einöd
Walpersdorf
Statzendorf
Ambach
Hasendorf
St. Andrä
Gutenbrunn
Herzogenburg
Weißenkirchen a.d. Perschling
Großrust
Weyersdorf
Kapelln
Karlstetten
Traisen
TRAISENTAL
Murstetten
Flinsbach
Pottenbrunn
Untergrafendorf
Viehofen
Hafnerbach
ST. PÖLTEN

Weingut
Tom Dockner

Tom Dockner
3134 Theyern, Traminerweg 3
Tel. +43 2783 7278, Fax 7278-4, Mobil +43 664 5441779
weingut@docknertom.at, www.docknertom.at
20 Hektar, W/R 90/10, 150.000 Flaschen/Jahr

Wenn es um Kontinuität geht, was einen gleichbleibenden Qualitätslevel von Weinen betrifft, ist Thomas Dockner zweifellos ein Meister in dieser Disziplin. Jahr für Jahr stellt er uns seine kleine, aber feine Angebotspalette vor, und Jahr für Jahr versteht er es offensichtlich immer besser, die natürlichen Jahrgangsschwankungen in seinen Weinen auszugleichen. Freilich verfügt er über einige herausragende Lagen im Traisental, doch Ähnliches können auch andere Betriebe von sich sagen, die jedoch nicht immer mit der hier vorhandenen Gleichmäßigkeit aufwarten können. Das „Geheimnis" seiner Erfolge ist eigentlich keines, denn wir treffen im Gespräch mit ihm auf genau jene Kriterien, die man auch bei den Kollegen vorfindet: naturnahe Bewirtschaftung der Weingärten und blitzsaubere Kellertechnik. Aber vermutlich macht er doch den einen oder anderen Schritt mehr, ist er da oder dort noch penibler unterwegs – schließlich ist es stets die Summe aller Bemühungen, die über Erfolg oder Misserfolg entscheiden.

Das Hauptaugenmerk im Weingut liegt – ganz in der Tradition des Traisentals – auf dem Grünen Veltliner, den wir in vier Varianten vorstellen können, einmal den jugendlich erfrischenden „Tom", dann den Traisental-Klassiker vom Theyerner Berg sowie die beiden großartigen Veltliner aus den Rieden Pletzengraben und Hochschopf. Wunderschön auch die Rieslinge, sowohl der erfrischende Parapluiberg als auch sein generöser Vetter aus der Top-Riede Pletzengraben. Und nicht vergessen wollen wir einen exzellenten, mit dezenter Fruchtsüße ausgestatteten Traminer, so etwas wie ein Signature Wine des Betriebes. *bb*

TRAISENTAL DAC

★★ S €€ GV
2020 Grüner Veltliner Tom TR + Grüne und gelbe Äpfel, herb-würziges Sortenpfefferl, Grapefruits, Kräuter; pikanter Säure-Touch, klar gegliedert, sehr solide.

★★★ S €€ GV **PLV**
2020 Grüner Veltliner Ried Theyerner Berg + Kalkigmineralisch, süßer Würztabak, Orangenschalen, Limonen; mittelgewichtig, substanziell; Sorte und Lage präzise abgebildet; Traisental-Klassiker.

★★★★ S €€€ GV
2020 Grüner Veltliner Ried Pletzengraben 1ÖTW + Baumrinde, Waldboden, Salbei, auch fruchtwürzige Aromen, weiße Birnen, Orangenzesten; zartes Gerbstoffnetz, mundfüllend, komplex bis ins lange Finish.

★★★★★ S €€€ GV **TOP**
2019 Grüner Veltliner Ried Hochschopf 1ÖTW + Vielschichtig, vornehm, Waldhonig, Zigarrenkistl, süßpfeffrige Motive, auch Mangos und Melonen; mächtiges Fundament, stoffig, glockenklar und fein liniert; ausgewogen, mit Tiefgang und enormer Länge.

★★ S €€ RI **FUN**
2020 Riesling Parapluiberg + Stachelbeeren, grüne Ananas, Grapefruits, Mineralien; straffe Säure, stoffig, transparent und fein gemeißelt.

★★★★ S €€€ RI **TIPP**
2019 Riesling Ried Pletzengraben + Dezenter Duft, weiße Pfirsiche, Baumblüten, später hochfeine Steinobstanklänge, auch Aranzini, zart mineralische Schichten; kraftvoll und doch fein geflochten, balanciert; Riesling-Grandseigneur.

★★ S €€ GS
2020 Gemischter Satz Tom + Renetten, Limonen, ein bisschen Melisse und Getreide; erfrischend knackig, leichtfüßig, saftig und trinkanimierend.

★★★★ S €€€ TR
2020 Traminer Ried Pletzengraben + Gelbe Teerosen, Kamelienblüten, Rosenholz, frucht- und extraktsüß, erinnert an Rosen-Confit, aber auch an Orangenzesten und Aroniabeeren; schmelzig, mild, mit nobler Restsüße und strukturgebendem Tannin.

Weinhof
Englhart-Schoderböck

Michael Schoderböck
3131 Inzersdorf, Dorfstraße 24
Tel. +43 2782 82151
englhart@aon.at, www.weinengl.at
7 Hektar, W/R 75/25, 25.000 Flaschen/Jahr

Bis ins Jahr 1889 zurück reicht die Historie des kleinen, feinen Weinguts im Traisentaler Inzersdorf, das seither von der Familie Englhart in Form eines gemischt landwirtschaftlichen Betriebs verwaltet wird. Heute leitet Michael Schoderböck, der Schwiegersohn, das Anwesen, in dem die sieben Hektar Weingartenfläche nach wie vor nur einen Teil des gesamten Betriebsumfangs ausmachen. Der schlaksige Traisentaler ist ein veritabler Quereinsteiger, der sowohl an der Kremser Weinbauschule als auch in Klosterneuburg Fortbildungskurse besucht und eine abgeschlossene Sommelier-Ausbildung hinter sich hat. Unterstützt wird der Traisentaler von Romana, seiner charmanten Gattin, sowie von den Schwiegereltern. Seit zwei Jahren ist nun auch der Sohn, Dominik, 25 Jahre jung, im Betrieb tätig. Er ist Klosterneuburg-Absolvent und hat u.a. eine mehrmonatige Praxis in Neuseeland hinter sich.

Der Rebsortenmix im Haus wird, Traisental gemäß, vom Grünen Veltliner dominiert, der mit einem Anteil von 40% an der Gesamtrebfläche vertreten ist. Der Rest teilt sich auf diverse Varietäten auf, wie Riesling, Sauvignon Blanc, Gelber Muskateller und Chardonnay. Darüber hinaus wird ein Viertel des Rebbestandes von blauen Trauben eingenommen, was für Traisentaler Verhältnisse einen bemerkenswert hohen Anteil bedeutet. Dennoch ist es ein Veltliner, der heuer alles überstrahlt. Er kommt ein Jahr später auf den Markt, und das Warten hat sich gelohnt. Mit dem Wein aus der Lage Zwirch steht ein veritabler Kraftlackel auf dem obersten Podestplatz, der freilich auch mit Finesse und Strahlkraft punktet. *bb*

TRAISENTAL DAC

★★ S € GV
2020 Grüner Veltliner „Level“

★★ S € GV PLV
2020 Grüner Veltliner Ried Rafasetzen + Würzig, mineralisch, Tabak, Tannennadeln, Äpfel; kompakt, ausgewogen, sortentypisch; Preis-Leistungs-Hit!

★★★ S € GV PLV
2020 Grüner Veltliner Weinengl + Pfefferkörner, Havannas, Limonen, gelbe Früchte; vielschichtig, Säurepikanz, gepaart mit Extraktsüße, mineralisch.

★★★★ S € GV TIPP
2019 Grüner Veltliner Ried Zwirch + Aromateppich aus Blütenhonig, Kernobst, weißem Pfeffer, Havannas, Melonen; massives Fundament, feurig, engmaschig, klar liniert, viel Finesse; Kraftlackel mit gewaltiger Länge und einem Potenzial für Jahrzehnte.

★★ S € RI
2020 Riesling + Gelbe Trauben, Pfirsichschalen, grüne Ananas, Kriecherl; zitrusbetont, Grapefruits, jugendlich, frisch; gibt ziemlich Gas, etwas für „echte“ Weinbeißer.

NIEDERÖSTERREICH

★★ S € CW
2020 Junger Cuvée + Leicht papriziert, Zitruszesten; knisternde Säure, Bananen, Zitronengras; leichtfüßig, knochentrocken.

★★ S € GM
2020 Gelber Muskateller + Vorwitzig, Hollerkonzentrat, plakative Muskatfrucht, saftig, ungebärdig und herrlich ausgeflippt.

★★ S € SB
2020 Sauvignon Blanc + Paprikaschoten, Brennnessel, dunkle Stachelbeeren; zupackende Säure und grasig-grünwürzige Elemente, Sämling, Oliven; heuer auf der lauten Seite.

★★★ S € CH PLV
2020 Chardonnay + Frisches Baguette, weiße Blüten, Haselnüsse, Orangenzesten; delikate Fruchtsäure, ein Hauch Restzucker; geschmeidig, fest gebaut, fruchtbetonter Nachhall.

★★★ S €€ SL
2017 St. Laurent + Erdbeeren, Weichseln, strukturgebender Gerbstoff; fruchtige Säure, charmant und zugänglich, Waldfrüchte und blättrige Komponenten im Ausklang.

Weingut
Leopold Figl

Leopold Figl
3133 Traismauer-Wagram, Wagramer Straße 34
Mobil +43 660 1981035
office@weingut-figl.at, www.weingut-figl.at
12 Hektar, W/R 90/10

Wenn man dem jugendlich wirkenden Leopold Figl zum ersten Mal begegnet, würde man nicht vermuten, dass der Klosterneuburg-Absolvent zwölf Jahren als Kellermeister im Weingut Stadt Krems nunmehr bereits acht Jahre lang das elterliche Weingut führt. Der Allrounder schätzt die Abwechslung im Weingarten, im Keller und auch im Vertrieb und zählt mittlerweile zu den aufstrebenden Weinmachern des Traisentals. Seit 1960 bewirtschaftet der Familienbetrieb seine Weingärten auf den sandigen Löss- und Konglomerat-Böden, der für das Traisental so typischen und omnipräsenten Bodenstruktur, die freilich enorme lagenspezifische Unterschiede für den Winzer bereithält und somit den Weinen auch ein entsprechend unterschiedliches Terroir-Profil verleiht.

Wie überall im Gebiet spielt der Grüne Veltliner auch hier die Hauptrolle, mit einem Anteil von 80% am gesamten Rebbestand des Weinguts eine sogar überdurchschnittlich große. Dennoch gibt es heuer „nur“ vier Veltliner, die uns vorgestellt werden. Die „Große Reserve“ aus dem Jahrgang 2019 kommt erst später auf den Markt und wird dann im kommenden Jahr nachgereicht. Sie fehlt uns heuer nicht unbedingt, denn mit der Reserve aus der Ried Sonnleithen hat der sympathische Traisentaler einen veritablen Vorzeige-Veltliner aus dem gleichen Jahr im Portefeuille, der mit seinem Reifepotenzial zweifellos noch weiter zulegen wird. Mehr als nur erwähnenswert sind heuer auch der ausdrucksstarke Sauvignon Blanc sowie der die Rebsorte gut abbildende Chardonnay-Sekt Brut Reserve. *bb*

TRAISENTAL DAC

★★ S € GV
2020 Grüner Veltliner vom Löss + Weiße Ribisel, Melisse; zitrusbetont, schmissige Säure, etwas blättrig, temperamentvoll, trinkanimierend.

★★★ S €€ GV **PLV**
2020 Grüner Veltliner Ried Setzen + Heuschober, Gartenkräuter, viel Zitrus, feines Sortenpfefferl; mittelkräftig, straffe, stabile Säure, klar gegliedert, sehr solide.

★★★★ S €€ GV **TIPP**
2019 Grüner Veltliner Ried Sonnleithen Reserve + Ansprechende Nase, Sommerwiese, Honigblüten, gelbapfeliger, pfeffrig-erdiger Background; mineralische Ader, stoffig, zugleich fein ziseliert; bemerkenswerte Länge.

★★ S €€ GV
2019 Grüner Veltliner Ried Rosengarten Reserve + Kräuterwürze, Süßmais, Baumharz, Apfelschalen, etwas Gerbstoff; überraschende Sekundär-Aromatik, wirkt etwas verschleiert; abwarten!

NIEDERÖSTERREICH

★★ S € RO
2020 Rosé Vom Zweigelt + Rote Beeren, fast wie Erdbeer-Confit; mittleres Gewicht, klar und fein liniert, erfrischend, hat Charme und Esprit.

★★ S € GM
2020 Gelber Muskateller + Duftet dezent nach Rosenholz, Mandarinen und Limetten; forsche Säure, viel Zitrus; am Ende dann etwas rau, rustikal.

★★ S €€ SB **FUN**
2020 Sauvignon Blanc + Brennnesselnase, grüner Paprika, dann erdig-würzige Elemente; angenehme Säure, ausdrucksvoll, sortentypisch; macht Spaß.

★★★ K €€€
2017 Sekt Blanc de Blancs Brut Reserve + Verführerische Nase, Weißbrot, Biskuit, Caramel und weiße Blüten; Chardonnay ist deutlich erkennbar; cremiger Trinkfluss, Tannin-Netz, zarte Perlage.

Weingut
Hauleitner

Herwald Hauleitner
3133 Wagram ob der Traisen, Geymüllergasse 3,
Weinkeller im Flohbergweg, Mobil +43 676 951 98 13
traisental@weingut-hauleitner.at, www.weingut-hauleitner.at
9 Hektar, W/R 90/10, 40.000 Flaschen/Jahr

„Wir sind mit 2020 sehr zufrieden gewesen, außer, dass uns der Hagel Ernteeinbußen beschert hat", meint Herwald Hauleitner eingangs zur Verkostung des aktuellen Jahrgangs. „Die Weine sind heuer etwas leichter und noch fruchtbetonter als im Vorjahr." Der engagierte Traisentaler legt seinen Fokus gebietstypisch auf den Grünen Veltliner, von dem er heuer gleich fünf Varianten vorstellt, die sich teilweise diametral voneinander unterscheiden. Sie sind das Resultat unterschiedlicher Böden, die von Konglomeraten über Löss bis hin zu lehmigen, mit Muschelkalk durchsetzten Tonböden reichen – für Herwald Hauleitner ein „Must", diese Lagenspezifika in seinen Weinen möglichst präzise herauszuarbeiten.

Eine Verkostung ist daher letztlich auch ein Spaziergang zu den unterschiedlichen Terroirs, der mit einem etwas vorlauten „Wagramer Terrassen" seinen Anfang nimmt, gefolgt vom auf Löss gewachsenen „Sonnleithen", der sich Jahr für Jahr als klassischer Traisentaler Vorzeigewein etabliert hat. Sehr hübsch dann auch der auf Konglomerat-Gestein wachsende, mineralische Rosengarten sowie sein Pendant vom lehmig-tonigen Venusberg. Wie im Vorjahr bildet der Sortenkollege vom Parapluiberg die Spitze im Sortiment, wenngleich dazu zu sagen ist, dass man diesem Wein mindestens ein Jahr Flaschenreife gönnen sollte.

Erfreuliches gibt es auch von den Komplementärsorten zu berichten, unter denen wir neben dem trinkanimierenden Riesling Sonnleiten auch einen knusprigen Gelben Muskateller vorfinden sowie den knochentrockenen Weißburgunder und einen delikaten, mit bezaubernder Frucht aufwartenden Rosé. *bb*

TRAISENTAL DAC

★★ S € GV
2020 Grüner Veltliner Wagramer Terrassen + Grünschotig, Paprika, Fenchel, dann grasig-Sauvignon-hafte Anklänge, vordergründig, laut.

★★ S €€ GV FUN
2020 Grüner Veltliner Ried Sonnleithen + Äpfel, Limetten, Gartenkräuter, Getreide; saftiger Biss, feines Pfefferl; klar und präzise; stoffig, Traisental-Klassiker!

★★★ S €€ GV PLV
2020 Grüner Veltliner Ried Rosengarten + Weiße Blüten, Marzipan, Bananensplit; viel Würze und Extraktfülle, mineralische, kräuterherbe Mitte; mundfüllendes Finish.

★★★ S €€ GV
2020 Grüner Veltliner Venusberg + Einladend gelbfruchtig, kühlwürzige Noten nach Melisse und Waldboden, später auch Orange-Bitter; mittelkräftig, vielschichtig, mundfüllend, mineralisch.

★★★ S €€ GV TIPP
2020 Grüner Veltliner Parapluiberg + Limetten, Zitronenkraut, grünapfelige Einflüsse; ab der Mitte feuchtes Unterholz, Wildkräuter; erfrischendes Säurespiel, kräftiger Unterbau; viel Veltliner, viel Terroir, feine Länge; erst am Anfang der Strecke.

★★ S €€ RI
2020 Riesling „Spontan" Ried Sonnleiten + Rosa Grapefruits, Orangenzeste, grünfruchtige, kräuterherb unterlegt; knackiger, animierender Säurebiss, wirkt dadurch schlanker, als er ist; klar konturiert, Wein mit Zukunft.

NIEDERÖSTERREICH

★★ S €€ WB
2020 Weißer Burgunder Ried Setzen + Schüchterner Auftritt, etwas Macis, Teerosen, explodiert in der Folge mit überbordender Fruchtfülle, Holler, Muskattrauben; pfiffig, schwungvoll, sehr gelungen!

★★ S €€ GM
2020 Gelber Muskateller Ried Bergen + Rosenholz, Kamelienblüten, Muskatnüsse; deutliches Nussbitterl; knuspriger Biss, geradlinig, sympathisch rustikal.

★★ S € RO PLV
2020 Rosé C.M.S.Z. + Duftet nach Hagebutten, Aroniabeeren, später frische Erdbeeren; ausdrucksstark, Streuselkuchen, Weichseln; feines Säurespiel, schönes Trinkanimo.

NACHHALTIG AUSTRIA

Weingut
Markus Huber

Markus Huber
3134 Reichersdorf, Weinriedenweg 13
Tel. +43 2783 82999, Fax 82999-4
office@weingut-huber.at, www.weingut-huber.at
50 Hektar, W/R 95/5

Es ist wieder eine feine Serie geworden, die der Traisentaler Top-Winzer uns ins Glas füllt. Und das, obwohl es auch dieses Mal kein „Normaljahr" war, wie uns versichert wird. Der Hagelschlag hinterließ Spuren und verursachte Ernteausfälle, die in einigen Lagen beträchtlich waren. So gibt es beispielsweise heuer keinen Weißburgunder im Haus.
Dass dafür das, was gewachsen ist, wieder zu den Vorzeigeweinen des kleinen, aber feinen Weinbaugebiets gehören dürfte, lässt sich nach erfolgter Degustation der Weine risikolos prognostizieren. Sowohl bei den Veltlinern als auch den Rieslingen finden sich mehr als nur ansprechende Rebsortenvertreter, die heuer im Übrigen in ihrer unterschiedlichen Stilistik auch besonders fein abgestuft sind.
Mit dem Jahrgang 2020 hat Markus Huber zum ersten Mal biozertifizierte Weine eingefahren, nachdem der Betrieb nunmehr endgültig umgestellt worden war. Ein paar Highlights aus dem aktuellen Sortiment wollen wir noch kurz vor den Vorhang bitten – bei den Grünen Veltlinern ist das nicht nur der als Protagonist längst akkreditierte Ried Berg, sondern heuer auch ganz besonders sein komplexer Sortenkollege aus der Ried Zwirch. Bei den Rieslingen schießt freilich der großartige „Berg" den Vogel ab. *bb*

TRAISENTAL DAC

★★ S €€ GV **PLV**
2020 Grüner Veltliner Terrassen + Kräutermix, Äpfel; saftiger, mundfüllender Stil, ausgewogen und trinkig.

★★ S €€ GV
2020 Grüner Veltliner Obere Steigen + Mineralische Nase, Getreide, Fenchel; gelbfruchtig, weißer Pfeffer, leicht herb; mittelkräftig, klar liniert, ansprechend.

★★★ S €€€ GV
2020 Grüner Veltliner Ried Alte Setzen 1ÖTW + Dunkles Tabakblatt, Mineralien, kräuterwürzig; auf dem Gaumen grüne Äpfel, Limetten, Mangos; feine Säurepikanz, lebhaft, kompakt.

★★★★ S €€€€ GV **TIPP**
2020 Grüner Veltliner Ried Zwirch 1ÖTW + Maisflocken, reife Äpfel, Orangen; feine, an Nadelwald und Kalkstein erinnernde Würzekühle; vielschichtig, finessenreich, glasklar strukturiert; extraktsüß, lang; Volltreffer!

★★★★ K €€€€€ GV **TIPP**
2020 Grüner Veltliner Ried Berg 1ÖTW + Unterholz, Apfelmus, Melonen; viel Tropenfrucht, salzig-mineralische Akzente, Bergamotte, Orangenzesten; schmelzige Textur, optimal integriertes Säuregerüst; komplex, komplett, mit beeindruckendem Tiefgang und langem Finale.

★★ S €€ RI **FUN**
2020 Riesling Terrassen + Stachelbeeren, Limonen, grüne Marillen; straffes Säurekorsett, trinkanimierend, puristisch, glockenklarer Einstiegsriesling.

★★★ S €€€ RI
2020 Riesling Engelsberg + Gelbe Früchte, Pfirsiche, Melonen, Zitronengras; frisch, jugendlich, klar gezeichnet, sortentypisch, schöne Länge.

★★★★ S €€€€ RI
2020 Riesling Ried Rothenbart 1 ÖTW + Reifes Steinobst, Mandarinen, Orangen-Confit, fruchttragende Säure, mineralisch, stoffig und hochelegant; bleibt lange haften.

★★★★★ K €€€€€ RI **TOP**
2020 Riesling Ried Berg 1ÖTW + Nektarinen, Marillenröster, Maracuja; saftig, druckvoll, feine Säure, extraktreich, salzig-mineralisch; kristallklar liniert, enormer Tiefgang, präzise und großzügig. Karrieretyp!

NIEDERÖSTERREICH

★★ S €€ PB
2020 Sauvignon Blanc + Zarter Duft nach Schwarzbeeren, Rosenpaprika, später Zitronengras, Brennnessel; geradlinig und solide.

Weingut
Ludwig Neumayer

Ludwig Neumayer
3131 Inzersdorf ob der Traisen, Dorfstraße 37
Tel. +43 2782 81110, Fax +43 2782 82985
neumayer@weinvomstein.at, www.weinvomstein.at
14 Hektar, W/R 100/0, 65.000 Flaschen/Jahr

Wenn man vom Primus inter Pares eines Weinbaugebiets reden kann, dann trifft das selten in so hohem Maße zu wie auf Ludwig Neumayer und sein Weingut im idyllischen Traisental. Die Gewächse des Hauses erhalten permanent Höchstwertungen und finden sich u.a. auf den Weinkarten der renommiertesten Restaurants in aller Welt. Sie erzählen von ihren unterschiedlichen Terroirs und ihrer Tiefgründigkeit, die die Arbeit des Winzers und seine Philosophie eins zu eins widerspiegeln. Es ist immer wieder erstaunlich, was der engagierte Traisentaler aus seinen Weingärten hervorzaubert – „einer geologischen Vielfalt, die ideal ist für besonders facettenreiche Weine", wie er beteuert. Und tatsächlich: Während im Osten, zur Donau hin, tiefgründige Löss-Böden dominieren, finden sich im Westen, Richtung, Wachau, klassische Urgesteinsböden, Granulite. In der Gegend um Inzersdorf liegt die schmale Übergangszone zwischen diesen beiden Formationen, die von mageren und kalkreichen Konglomerat-Böden geprägt ist.
Ludwig Neumayer macht ausschließlich Weißweine, der Fokus liegt dabei gebietskonform auf dem Grünen Veltliner, gefolgt von Riesling sowie etwas Weißburgunder und Sauvignon Blanc. Beeindruckend dabei ist der Umstand, dass es ihm bei allen angeführten Varietäten gelingt, Jahr für Jahr Top-Weine herzustellen, die ihresgleichen suchen. *bb*

TRAISENTAL DAC

★★ S €€ GV
2020 Grüner Veltliner Engelberg

★★ S €€ GV
2020 Grüner Veltliner Ried Rafasetzen

★★ S €€€ GV
2020 Grüner Veltliner Schieflage + Kreidige Nase, grüne Waldfrüchte, Zitronengras; knackig, erfrischend.

★★★ S €€€ GV
2020 Grüner Veltliner Zwiri + Orangenblüten, Kräuter, Mangos; saftig, kompakt, ausgiebig.

★★★★ S €€€€ GV
2020 Grüner Veltliner Ried Zwirch 1ÖTW Reserve + Kühle Würze, Tamarinde, Tabak, pfeffriger Fond, dann Orangenzesten und etwas Mineralität; kräftig, fokussiert, sehr fein.

★★★★ S €€€€ GV TIPP
2020 Grüner Veltliner Ried Rothenbart 1ÖTW Reserve + Honigblüten, Haselnüsse, weiße Birnen, Orangen; fruchtsüß, feiner Säurenerv; kraftvoll, klar liniert, ausgewogen, hat Tiefgang und Finesse.

★★★★ S €€€€ GV TIPP
2020 Grüner Veltliner Der Wein vom Stein + Komplexe Nase, Havannas, Melonen, Mineralien, reife Orangen, Marillenkuchen; voluminös, extraktsüß, gehaltvoll, feinstrahlig; Veltliner-Prachtstück.

★★ S €€ RI FUN
2020 Riesling Engelberg + Marillenröster, Rhabarber, delikate Fruchtsäure, Limonen; knuspriger Biss, lebhaft, trink animierend.

★★★ S €€€ RI
2020 Riesling Grillenbart + Kriecherl, Grapefruits, Pfirsichhaut; feine, rassige Säure, relativ stoffig, klar liniert, sortentypisch.

★★★★ S €€€€ RI TIPP
2020 Riesling Ried Rothenbart 1ÖTW Reserve + Weingartenpfirsiche, reife Trauben, dann Mandarinen, Papayas, Ananas; mittelkräftig, großzügig, elegant, komplex und tiefgründig.

★★★★ S €€€€ RI TIPP
2020 Riesling Der Wein vom Stein + Rauchiger Auftakt, Orangenzesten, Pfirsichmus, Marillen; dicht gewebt, saftig, ausdrucksstark, mit fokussierter Fruchtfülle; kristallklar und großzügig in jeder Weise.

NIEDERÖSTERREICH

★★ S €€ GS
2020 Gemischter Satz „Stoa" + Vielschichtig, aromatisch, Melisse, Wiesenkräuter, Ribisel, Zitrusfrüchte; leichtfüßig, duftig, und doch aussagekräftig.

★★★★ S €€€€ PB TIPP
2020 Weißburgunder Der Wein vom Stein + Weintrauben, Äpfel. Walnüsse; substanzieller Fruchtschmelz, grüne Marillen; hat Tiefe und Weite; zum Beißen.

★★★★ S €€€€ PB TIPP
2019 Weißburgunder Der Wein vom Stein + (halbtrocken) Nussige, mineralische Einflüsse, Marillen, Brioche, Butter-Croissants; schmelzig, voll unwiderstehlichem Charme, tief und lang; zum Beißen.

★★★ S €€€ SB
2020 Sauvignon Blanc Giess + Cassis-Laub, rote Paprika, auch brennnesselige, kräutrige Akzente; peppig, vordergründig, ein sympathischer Frechdachs.

★★★★ S €€€€ SB
2020 Sauvignon Blanc Der Wein vom Stein + Hollerbusch, Peperonata, Litschi; intensive Sortenfrucht, Zitruszesten, grüne Beeren; generös bestückt, fleischig, körperreich, extrem konzentriert; Riesenpotenzial.

Weinkultur
Preiß

Familie Preiß
3134 Theyern, Ringgasse 4
Tel. & Fax +43 2783 6731, Mobil +43 676 941 85 80
wine@kulturpreiss.at, www.weinkulturpreiss.at
12 Hektar, W/R 90/10, 65.000 Flaschen/Jahr

Im malerischen Traisentaler Weinort Theyern steht das Weingut der Familie Preiß, das hier im Jahr 1913 errichtet wurde und heute von Friedrich Preiß geleitet wird. Auf einer Fläche von zwölf Hektar bewirtschaftet man Weinkulturen in einigen der besten Traisentaler Lagen. Meist sind sie geprägt vom gbietstypischen Konglomerat-Gestein mit mehr oder weniger hohen Sand- und Löss-Anwehungen, die ideale Böden für facettenreiche, mineralische Gewächse abgeben. Mit einem Anteil von 60% am Rebsortenmix sind es vor allem Grüne Veltliner, die hier auf kleinen Terrassen zur Hochform auflaufen. Zweitwichtigste Sorte im Haus ist der Riesling, der heuer besonders in Form des mineralischen Weins aus der Ried Pletzengraben die Herzen der Riesling-Fans höherschlagen lassen wird. Daneben sind aber auch noch weitere Varietäten wie Chardonnay, Sauvignon Blanc, Gelber Muskateller oder Zweigelt in den Weingärten anzutreffen.

Bei „Weinkultur Preiß" handelt es sich um einen reinen Familienbetrieb. Neben Gattin Elisabeth wird Friedrich Preiß in zunehmendem Maß von Tochter Viktoria unterstützt, die an der FH Eisenstadt internationales Weinmarketing studiert hat. Und in den Startlöchern steht Maximilian, der 20-jährige Sohn, Absolvent der HBLA in Klosterneuburg, der noch einige Praxis sammeln wird, ehe er in den Betrieb einsteigt.

Viele Flaschen des Weinguts ziert ein Etikett mit der Bezeichnung „Kammerling". Dabei handelt es sich um gesteinsbildende Mikrofossilien, die in den Traisentaler Konglomerat-Böden vorkommen, und deren Kalkschale zur Geschmacksbildung der Weine entscheidend beiträgt – gut erkennbar bei den so getauften Weinen, besonders aber auch in den Lagengewächsen. *bb*

TRAISENTAL DAC

★★ S €€ GV
2020 Grüner Veltliner Kammerling + Rauchig, vegetabile, „kühle" Aromatik, Pfefferl, Zitrus; saftig und erfrischend.

★★ S €€ GV PLV
2020 Grüner Veltliner Ried Hochschopf + Grüne Paprika, Limonen, Äpfel, Mangos; auch salzige Schichten; reife Säure, kompakt, stoffig, lang haftend.

★★★ S €€€ GV
2020 Grüner Veltliner Ried Rosengarten + Blüten, Bienenwachs, gelbe Äpfel, mineralisch, würzebetont, extraktreich, lang; viel Ausdruck, viel Terroir.

★★★★ S €€€ GV
2019 Grüner Veltliner Ried Brunndoppel + Waldhonig, Heliotrop, Safran; fruchtsüß, tanninherb, muskulös, dabei fokussiert und klar gegliedert; ausdrucksstark, komplex, langes, etwas kräuterlikӧriges Finish.

★★★★★ S €€€€ GV TOP
2019 Grüner Veltliner Ried Berg Reserve + Rauchige, kühle Würze, Havannas, Waldboden, Nussbrot; kraftvoll, großzügig bestückt, zeigt Finesse und strenge Eleganz; druckvoller, langer Nachhall.

★★ S €€ RI
2020 Riesling Kammerling + Stachelbeeren, Agrumen, straffes Säurekorsett, grüne Pfirsiche, quicklebendig, puristisch.

★★★★ S €€€ RI
2020 Riesling Ried Pletzengraben + Rote Pfirsich, Marillen, Orangenzesten, Maracuja; Extraktsüße ringt mit reifer Säure, fest gebaut, transparent, mineralisch, gut balanciert; tolle Länge.

NIEDERÖSTERREICH

★★ S € GV
2020 Grüner Veltliner FLO + Grüne Äpfel, Zitrusfrüchte; knusprig, lebhaft, trinkanimierend.

★★ S € RO
2020 Rosé Kammerling + Erdbeeren, Streuselkuchen, Waldfrüchte, charmant, appetitanregend.

★★ S €€ SB
2020 Sauvignon Blanc Kammerling + Brennessel, Stachelbeeren, Rosenpaprika; leicht, laut und pfiffig.

★★ S €€ GM FUN
2020 Gelber Muskateller Kammerling + Lindenblüten, Holunder, gelbe Rosen; saftig und pikant, Sorte präzise abgebildet; feiner Apéro.

★★★ S €€ ZW
2018 Zweigelt + Schwarzkirschen, Weichseln, kräftig, satt und streichelweich, harmonisch; sehr ansprechend.

Winzerhaus
Hans Schöller

Hans Schöller
3133 Traismauer, Wagramer Straße 10
Tel. +43 2783 535, Mobil: +43 664 426 62 61
winzerhaus@weinschoeller.at, www.weinschoeller.at
11 Hektar, W/R 85/15, 50.000 Flaschen/Jahr

Hans Schöller junior, der 2019 die Betriebsführung übernommen hat, ist zu Recht stolz auf die ihm im Herbst vorigen Jahres zuteil gewordene Auszeichnung der Landwirtschaftskammer zum „Weinbau- und Kellermeister des Jahres 2020“. Er und sein gleichnamiger Herr Papa sind ein eingespieltes Team, das elf Hektar Weingartenfläche mit dem Traisental-typischen Schwerpunkt auf dem Grünen Veltliner bewirtschaftet. Von dem gibt es heuer gleich sieben Varianten, die – jede für sich – ihren individuellen Charakter aufweist. Das Resultat ist ein spannender Ausflug zu den unterschiedlichen Ausprägungen dieser variantenreichen Sorte. Dass daneben noch eine Vielzahl von Komplementärsorten in der Preisliste aufscheint, ist nicht zuletzt der Experimentierfreudigkeit der beiden geschuldet. Eine dieser Randsorten möchten wir ganz besonders ins Scheinwerferlicht rücken, den rundum gelungenen Syrah, der mit köstlicher Dunkelfrucht, mürben Tanninen und einer feinen Abstimmung zwischen Frucht und Holz beeindrucken kann.

Der aktuelle Jahrgang gab, was die Erntemenge angeht, zwar keinen Anlass zur Freude (rund 50% fielen Frost und Hagel zum Opfer), der Qualitätslevel ist dafür heuer ein extrem hoher – die Weine zählen zweifellos zum Besten, was wir im Gebiet vorgefunden haben. Ist vom „Schöller im Traisental“ die Rede, müssen allerdings auch noch zwei weitere Attraktionen genannt werden: zum einen der idyllisch in die umliegenden Weingärten eingebettete Top-Heurige, zum anderen das schmucke, komfortable Gästehaus, eine Art Reinkarnation der „Pension Schöller“, freilich mit der Ausrichtung auf den „Urlaub auf dem Winzerhof“. *bb*

TRAISENTAL DAC

★★ S €€ GV **PLV**
2020 Grüner Veltliner Ried Rosengarten + Gelbe Äpfel, Steinobst, saftige Äpfel und Birnen, geschmeidig, engmaschig, fruchtsüß, mit viel Finesse; lagen- und sortentypisch.

★★★ S €€ GV
2020 Grüner Veltliner Ried Sonnleithen + Lorbeer, süßer Paprika, Kornfeld, reife Apfelfrucht, kühlwürzige, extraktsüße Mitte, balanciert, mit einiger Länge.

★★★ S €€ GV
2020 Grüner Veltliner Ried Cagran Reserve + Dunkel kräuterherb, Würztabak, Nusshaut; mineralisch, strukturgebender Gerbstoff; fest gebaut, transparent, straff, mit bemerkenswerter Tiefe.

★★★★ S €€ GV **TIPP** **PLV**
2018 Grüner Veltliner Nadine Reserve + Haselnüsse, Safran, Bourbon; prachtvolle Frucht- und Würzefülle, Kräuterhonig, Havannas; großzügig, komplex, tolle Länge, Reifepotenzial.

★★ S €€ RI
2020 Riesling Ried Sonnleithen + Grapefruits, grüne Marillen, Mineralien; straff tailliert, Limetten, Zitronenzesten, rassiger Fruchtbiss, klar und präzise.

NIEDERÖSTERREICH

★★ S € GV
2020 Grüner Veltliner Schlossfeder + Apfelduft, etwas Spargel, Getreide, klirrende Säure, Zitronengras; leichtfüßig, rank und schlank.

★★ S € GV **FUN**
2020 Grüner Veltliner Grüner Bulle + Kräuter, Ribisel, Orangenzesten; schönes Frucht-Säure-Spiel, stoffig, ausdrucksstark; klar gestrickt, macht rundum Spaß.

★★★★ S €€ GV
2019 Grüner Veltliner Vollmondlese + Nusscreme, Waldhonig, Orangenschalen; cremige Textur, Sortenpfefferl, mundfüllend, legt Schicht um Schicht frei und geht druckvoll, finessenreich ins lange Finale.

★★ S €€ GM
2020 Gelber Muskateller „Auf der Terrasse“ + Subtile Holundernase, grüne Beeren; zart besaitet, ein Hauch Muskattrauben; angenehme Säure, lebhaft.

★★★ S €€ SY **TIPP**
2019 Syrah Barrique + Schwarzkirschen, Beeren-Confit, dunkle Schokolade; samtiges Tannin, Fassbrand; Frucht und Holz gut vermählt, beeindruckende Länge.

Wein-Genuss-Gut
SIEDLER alex.

Alexander Siedler
3134 Reichersdorf, Obere Ortsstraße 25
Mobil +43 699 117 341 10
office@weingut-siedler.at, www.weingut-siedler.at
12 Hektar, W/R 90/10, 75.000 Flaschen/Jahr

Er lebt und arbeitet nach dem sympathisches Motto, „Wein aus der Natur und nicht auf Kosten der Natur zu erzeugen", wie er versichert. Die Rede ist von Alex Siedler, der mit seinem Wein-Genuss-Gut gemeinsam mit Manuela, der charmanten Gattin, zwölf Hektar Weingartenfläche rund um das idyllische Weinörtchen Reichersdorf bewirtschaftet. Den aktuellen Jahrgang sieht der engagierte Traisentaler eher zwiespältig: „Spätfrost im Frühjahr und anhaltend feuchte Sommer- und Herbstwitterung waren keine optimalen Bedingungen, hier war eine akribische Handselektion unabdingbar", ließ er uns wissen, nicht ohne hinzuzufügen, dass sich die Weine im Ausbau letztlich dankbar zeigten und mittlerweile mit attraktiver Frucht und Fülle aufwarten.
Neu und wunderschön gestaltet wurde der Innenhof des Weinguts, der gern für „Genussverkostungen" herangezogen wird, die man zumeist im Rahmen anderer Großveranstaltungen, wie z.B. dem „Weinfrühling", im Betrieb durchführt. Von dort aus gelangt man auch in den bereits vorher fertiggestellten, einladenden Verkaufsraum, der Besuchern das ganze Jahr über jeden Freitag von 16.00 bis 18.00 Uhr für Verkostungen zur Verfügung steht. Dass sich diese lohnen, dürfen wir nach Degustation der aktuellen Weine gern bestätigen. Die Grünen Veltliner aus den Rieden Buchhammer und Alte Setzen sind besonders empfehlenswert, heuer aber ebenso ein fein ausgewogener Sauvignon Blanc. Nicht unerwähnt bleiben darf außerdem das besonders vorbildliche Preis-Leistungs-Verhältnis, das man hier antrifft. *bb*

TRAISENTAL DAC

★★ **S € GV**
2020 Grüner Veltliner Tradition + Getreide, Limonen, Tabak, herb-pfeffrige Würze; solides Säuregerüst, gute Substanz; klassischer Traisentaler.

★★★ **S €€ GV** PLV
2020 Grüner Veltliner Ried Buchhammer + Kreidige Nase, gelbe Äpfel, reife Zitrusfrucht, Fenchel; kompakt, mittelkräftig, offenherzig, sehr solide.

★★★★ **S €€€ GV** TIPP
2020 Grüner Veltliner Ried Alte Setzen Reserve + Safran, Kiefern, Rucola, grüne Äpfel, auch Tropenfrucht und kühle Würze nach Zigarrenkistl; saftig, extraktreich, vielschichtig und lang nachklingend; schönes Potenzial!

★★ **S € RI**
2020 Riesling Ried Alte Setzen + Apfelmus, Grapefruits, eine Prise Salzigkeit; erfrischender Säureschliff, Zitronenzesten, grüne Ananas; klar strukturiert, sitzt und passt.

NIEDERÖSTERREICH

★★ **S € PB**
2020 Weißburgunder Parapluiberg + Weiße Brötchen, Baumblüten, grüne Nüsse, getrocknete Kräuter; pikante Säure; gefällig.

★★ **S € GM**
2020 Gelber Muskateller Ried Spiegeln + Holler, Moschus, Tapenade, etwas ausgeflippt; schmissige Säure, leichtgewichtiger Muntermacher in grellen Farben.

★★★ **S € SB** TIPP
2020 Sauvignon Blanc Ried Kirchbergen + Süße Paprika, etwas Cassis, Vogerlsalat; saftiger, glockenklarer Mix aus reifer und grüner Frucht; Sorte präzis abgebildet, sehr gelungen.

★★ **S € CH**
2020 Chardonnay „Charmeur" + Nussbutter, Biskuit, Karamell, Zitrusfrüchte; knusprige Säure, anregend, frisch und verspielt; „Charmeur" eben ...

★★ **S € RO**
2020 Zweigelt Rosé „Tramonto" + Erdbeernase, Schlehen, Waldbeeren; feine Säurepikanz, transparent, ausgewogen, trinkig – der Sommer kann kommen.

VINOTHEKEN

TRAISMAUER

WEIN ARTZONE
3133 Traismauer, Hauptplatz 1
Tel. +43 2783 8555
tourismusinfo@schloss-traismauer.at
vinothek@weinartzone.at
www.weinartzone.at

GASTRONOMIE/NÄCHTIGUNG

FURTH BEI GÖTTWEIG

Landgasthof Schickh
3511 Klein-Wien, Furth bei Göttweig, Avastraße 2
Tel. +43 2736 7218
office@schickh.at, www.schickh.at

Bekannt wurde das Haus durch die legendäre Gerda Schickh, die Schwester von Lisl Wagner-Bacher, die bereits vor 40 Jahren Gourmetküche servierte. Der Stil hat sich geändert, hochwertig gekocht wird noch immer. Hin und wieder zischt auch noch immer ein Zug vorbei und im Garten steht für kleine Feiern ein alter Waggon der Mariazellerbahn. Die Küche von Christian Schickh bewegt sich zwischen gebackenen Blunz'nradeln und Hummer. Innerhalb dieser beiden Pole finden sich Weinbergschnecken, gebackenes Hirn mit Ei, geröstete Leber vom SikaHirsch oder Grammelknöderl auf Rieslingkraut. Ein Schickh(er) Klassiker sind auch die Marillenknödel mit goldbraunen Butterbröseln. Gute Weinkarte mit regionalen Schwerpunkten, selbst Sepp Dockners Sacra stets glasweise. 2 Hauben.

GEMEINLEBARN

Gasthof zum Jägerwirt
3133 Traismauer-Gemeinlebarn, Tullner Straße 24
Tel. +43 2276 2289
gasthof@zumjaegerwirt.at, www.zumjaegerwirt.at

Hannes Windhör schafft es, die einheimischen Kartenspieler und die Fans tadelloser Wirtshausküche mit leichtem Touch Richtung Wild zu vereinen. Ausgezeichnet vor allem das Ragout vom Sika-Hirsch, den der Hausherr selbst schießt. Pluspunkte sind auch der flott-freundliche Service und natürlich alles Gute aus der breiten Palette der Traisentaler Weine. Einen Abstecher aus St. Pölten, Krems oder Tulln wert, vor allem auch in der Gartensaison. Zimmer.

HÖBENBACH

Winzerhof Dockner
3508 Höbenbach, Ortsstraße 30
Tel. +43 2736 7262
winzerhof@dockner.at, www.dockner.at

Niederösterreich gekürt -, der von Chefin Gudrun Dockner geführt wird; mit regionalen Schwerpunkten (nicht nur das legendäre Gansl). Im Dockner'schen Genusszentrum kocht Küchenchefin Eva Koppensteiner bei zahlreichen Events und ab 20 Personen gegen Voranmeldung jederzeit. Einmal im Monat Jazzbrunch mit Wolfgang Friedrichs New Orleans Dixieland Band. Zahlreiche kulinarische Themenevents.
Breite Kostpalette, alles glasweise, viele Großflaschen und tolle Rotweine (Sacra, Iosephus). Das moderne Kostzentrum samt dem JOE-Keller (benannt nach Sohn und Kellermeister Josef Dockner jun.) ist ein einzigartiges Kompetenzzentrum für Wein. Laufend Veranstaltungen, auch beim wachau GOURMETfestival.
Die wunderschöne Sektmanufaktur am Kremser Frauengrund am südlichen Donauufer (Hollenburg), wird als Heurigen-Zweigstelle und Eventlocation genutzt, mit tollem Ambiente, neuer Terrasse mitten in Wein- und Mariellengärten sowie Rundumblick über die Donau bis in die Wachau hinein.

KAPELLN

Gasthaus Nährer
3141 Rassing, Hubertusstraße 2
Tel. +43 2784 2224
office@gasthaus-naehrer.com
www.gasthaus-naehrer.com

Chef Michael Nährer, ehemaliger Junger Wilder (2006) und ausgebildet bei Glanzlichtern wie Walter Eselböck, Marc Veyrat und Thomas Dorfer, prägte seinen ganz eigenen, bodenständigen Stil. Er hat, so behaupten Stammgäste, ein goldenes Händchen im Abschmecken, ist ein Koch aus Leidenschaft. Michael Nährer gelingt, was nur einige wenige schaffen: In der Schank die glücklichen Einheimischen, im „Restaurant" die seligen Genießer. Näherer gehört den Jeunes Restauratuers Europe (JRE) an, einer Elitevereinigung junger europäischen Topköche. Bioprodukte kommen zum Einsatz wo immer es geht. Mehr als einen Umweg wert. 3 Hauben. Vernünftige Weinpreise, sehr gute Weinkarte mit vielen Schmankerl, oft auch reiferen Raritäten, Großflaschen und Naturweinen.

Restaurant am Schlossgarten
Schloss Thalheim
3141 Kapelln
Tel. +43 2784 20079
reservierung@schlossthalheim.at
www.schlossthalheim.at

Mit riesigem Aufwand hat ein Investor aus der Ukraine das verfallene Schloss Thalheim in Kapelln bei St. Pölten restauriert, vom Gartenvirtuosen Thomas Nentwich traumhafte Gärten anlegen lassen und viel Geld in Zimmer, Tagungs- und Eventräume und Gastronomie gesteckt. Das A la carte-Restaurant „Am Schlossgarten" hat solide Tritt gefasst, 2 Hauben erobert und erfreut sich steigender Beliebtheit, neuerdings auch der Sonntagsbrunch. Die Weinkarte ist sehr gut sortiert und mit Augenmaß kalkuliert. Location für Feste aller Art, Hochzeits- und Tagungs-Hotspot. Beliebt sind die Grillabende (derzeit freitags) und der Sonntag-Gourmet-Table-Brunch.

KIRCHBERG AN DER PIELACH

Gasthof – Restaurant Kalteis
3204 Kirchberg/Pielach, Melker Straße 10
Tel. +43 2722 7223
office@kalteis.at, www.kalteis.at

Hubert Kalteis ist ein geborener Wirt, witzig und spritzig. Im ländlichen Gasthaus ziemlich hinten im Pielachtal traut er sich, auch schräge Gerichte zu servieren. Die „Kalteisklassiker" fehlen natürlich nicht, dazu saisonale Spezialitäten aus dem Dirndltal. Extrem umfangreiche

Karte. Die charmante Chefin ist die Leitfigur im Service, Lieferantenangaben für alles und jedes, viel bio und aus der Region. Die Weinkarte setzt auf Österreich und ausgewähltes Internationales, viele junge Winzer, immer wieder Neues, großes Sortiment, auch gereifte Weine. Schnäpse aus dem Dirndltal, aber nicht nur. Neu ist das „Flussbett", ein Apartmenthaus.

LILIENFELD

Leopold – Unser Wirtshaus
3180 Lilienfeld, Marktler Straße 27
Tel. +43 2762 20200
wirtshaus@leopold-marktl.at
www.wirtshaus-leopold.at

Der stilsicher designte „Leopold" und sein Garten gehören zu den esskulturellen Stützpunkten zwischen Mariazell und Donau – was sich peu à peu auch unter den sportlichen Genießern des stark frequentierten Traisental-Radwanderweges herum gesprochen hat. Die Weinkarte will kein Buch sein, bietet aber eine überdurchschnittliche Breite qualitätsvoller „Offener".

MANK

Gasthaus Riedl-Schöner
3240 Mank, Hauptplatz 1
Tel. +43 2755 2289
gasthaus@riedl-schoener.at
www.riedl-schoener.at

In vierter Generation sorgt die Familie mit herzlicher Aufmerksamkeit für Gasthausgemütlichkeit. Die Räume sind modern-rustikal gehalten, was auf den Teller kommt durchaus ambitioniert-gutbürgerlich. Mit Produkten von nahen Biobauern und Landwirten wie Pielachtaler Räucherkäse, Natursäfte, Getreide, frisches Gemüse, Fleisch, Käse, Most, Chili oder Hanf. Der Chef kümmert sich um die Hausvinothek mit mehr als 100 Positionen. Auch Saft und Most der Region sollten auf die Bestellliste.

MICHELBACH

Landgasthaus Schwarzwallner
3074 Michelbach, Untergoin 6
Tel. +43 2744 8241
landgasthaus@schwarzwallner.at
www.schwarzwallner.at

Franz Schwarzwallner war Schüler von Werner Matt, hat einige noble Auslandspraxen im Rückspiegel. Den Weg seines Gourmet-Gasthauses am tiefsten Land geht er trotzdem unbeirrt. Seine Fans folgen ihm voller Begeisterung. Gekocht, sehr gut übrigens, wird, was die Region an Originärem bietet. Auch vegetarische Gerichte, Fisch und wo immer es geht, einen erhöhten Obst- und Gemüseanteil. Ruhe für die Weinauswahl sollte man mitbringen, die Destillate-Karte krönt die Königin aller Schnapsfrüchte, die Adlitzbeere.

ROTHEAU/ESCHENAU

Rast- & Gasthof Pils
3153 Eschenau, Rotheau 6
Tel. +43 2762 68613
service@gasthof-pils.at, www.gasthof-pils.at

Seine Gäste halten „dem Pils" die Treue, auch wenn Karl Pils aus familiären Gründen die Öffnungszeiten einschränkte. Die Treue zahlt sich auf jeden Fall aus. Wo sonst gibt es denn in dieser Gegend noch beispielsweise heimische Fische von derartiger Delikatesse? Und auch sonst gelingt die Verquickung aus regionalen Produkten und sensibler Kochkunst, zum Niederknien. Hinsichtlich der Weinkarte wird der erstmals einkehrende Gast überrascht sein, von Vielfalt, Jahrgangstiefe, Raritäten und den günstigen Preisen. Für Stammgäste ist der Pils ohnehin ein Wein-Kompetenzzentrum. Schöne Zimmer, gutes Frühstück.

KARLSTETTEN

Dunkelsteiner Bräu
Familie Diesmayr
3121 Karlstetten, Schaubing 2
Mobil +43 664 4170485
office@brauhof-dunkelstein.at, www.schaubing.at

Das Dunkelsteiner Bräu, ganz in der Nähe der Landeshauptstadt St. Pölten. besticht – wie der Namer schon sagt – nicht mit seiner Weinkarte, sondern mit seinem Bier aus der Gasthausbrauerei. Bodenständige Schmankerl, saisonale Spezialitäten, großer Garten.

ST. AEGYD AM NEUWALDE

Zum Blumentritt
Christa Hollerer & Ulli Hollerer-Reichl
3193 St. Aegyd am Neuwalde, Markt 20
Tel. +43 2768 2277
office@zumblumentritt.at
www.zumblumentritt.at

„Die letzte kulinarische wie önologische Raststation vor Österreichs Wallfahrtsort Nummer 1", schrieben wir schon vor Jahren und das gilt auch aktuell. Mit feinem Gespür für die kreative Mitte zwischen Bodenständigem und Interessantem werkt Frau Ulli in der Küche, während sich Schwester Christa dynamisch um die Verbindung zur Außenwelt (bis zum Golfplatz Adamstal) kümmert und die Gäste auf neu entdeckte Wein-Geheimtipps aufmerksam macht, darunter viele rare Schnäppchen. Auch das Schnapsangebot hat eine ziemliche Breite. Für den Fall tiefergehender Erforschung: nette Zimmer stehen bereit. Nach wie vor unbestritten das beste Haus im oberen Traisental.

ST. PÖLTEN

Hotel-Restaurant Böck „Roter Hahn"
Familie Widgruber
3100 St. Pölten
Teufelhofer Straße 26
Tel. +43 2742 72906
office@hotel-boeck.at, www.hotel-boeck.at

Letztlich ist es für ein Restaurant nicht das schlechteste Zeichen, wenn man feststellen darf, dass qualitativ einfach alles beim Alten geblieben ist. Für den „Roten Hahn" am Autobahn-nahen südlichen Stadtrand von St. Pölten bedeutet dies: Gemütliches Ambiente in den diversen Räumlichkeiten und im schönsten Gastgarten der Landeshauptstadt, solide Qualität in der Speisekarte, vernünftiges Preis-Leistungs-Verhältnis. Der Böck ist mittags wie abends Anlaufstelle für das Tagesmenü ebenso, wie für die wirklich gute Flasche Wein. Sogar eigene „Winzertage" gibt es hier bei Familie Widgruber, dazu noch 55 Betten.

Gaststätte Figl
3100 St. Pölten-Ratzersdorf
Hauptplatz 4
Tel. +43 2742 257402
gaststaettefigl@aon.at, www.gaststaettefigl.at

Ein St. Pöltner Urgestein ist die Gaststätte Figl im nordöstlichen Stadtteil Ratzersdorf. Eine Minute von der S33-Abfahrt St. Pölten-Nord findet man ein urig-gemütliches Gasthaus, das die verfeinerte Wirtshausküche in die Tat umsetzte, Weinkultur inklusive. Pächter Matthias Strunz und Partnerin Julia sind beherzte und kompetente Gastgeber, Struntz hat den Figl zum „NÖ Topwirt des Jahres" geführt (2018). Gault&Millau setzte dem noch eine Haube drauf. Die Küchenchefs Sebastian Kickinger und Martin Barasits setzen auf saisonale, bodenständige Ingredienzien vom Feinsten. Geradlinig, mit wenigen Zutaten, auf den Punkt gebracht.

Ebenso unaufgeregt, aber höchst niveauvoll präsentiert sich die sehr gute sortierte Weinkarte. Immer wieder mit Neuentdeckungen und Raritäten! Der Figl ist sowas wie der Heimathafen der St. Pöltner Gastlichkeit geworden und das Flaggschiff sowieso. Neu ist der prächtige Garten vor dem Wirtshaus unter der mächtigen Linde. Must!

Hotel-Gasthof Graf
Brigitte & Leo Graf
3100 St. Pölten, Bahnhofplatz 7
Tel. +43 2742 35 27 57
office@hotel-graf.at, www.hotel-graf.at

Am Bahnhofplatz hat sich Gastro-Turbo Leo Graf sein Refugium geschaffen. Das Stadthotel Graf verfügt nicht nur über 35 moderne Zimmer, sondern auch über ein unpräteniöses, kompetentes Restaurant mit guter regionaler Weinkultur, das sich allerdings nur (!) wochentags großer Beliebtheit erfreut – mittags wie abends. Tipp!

Ristorante La Dolce Vita
3100 St. Pölten, Rathausplatz 5
Tel. +43 2742 20233
info@zanettigroup.at
www.ladolcevitastp.eatbu.com

Die Landeshauptstadt hat auch einen Qualitäts-Italiener – sogar mit Gault&Millau-Haube. An prominenter Stelle noch dazu mit einem Schanigarten am belebten Rathausplatz. Der Fisch ist frisch, das Meeresgetier von großer Vielfalt, die Pasta höchst fantasiereich und selbst die Pizze von gehobener Qualität. Die offenen südlichen Weine – natürlich gibt's auch ein paar Österreicher – von jener Art, die uns an wunderbare Urlaubstage oder Kunstreisen erinnert, und die Bouteillen in allen Reifestufen und Preislagen. Großer Schanigarten am Rathausplatz. Tipp!

Mandas
3100 St. Pölten, Rathausplatz 15/E/1 Marktgasse
Mobil +43 664 555 00 68
www.mandas.at

Seit diesem Sommer gibts in der Marktgasse mit dem „Mandas" eine neue Adresse für Liebhaber der ausgefallenen Küche. Saleem Piridaus lädt hier zur kulinarischen Entdeckungsreise: Ausgehend von seiner Heimat Sri Lanka über Mexiko bis zur kreativen österreichischen Küche gibt's hier (fast) alles. Mit durchaus überraschenden Weinbegleitungen.

Vinzenz Pauli
3100 St. Pölten, Alte Reichsstraße 11–13
Mobil +43 650 620 20 77
www.vinzenzpauli.at

Etwas versteckt gelegen – beim St. Pöltner Alpenbahnhof – findet man im „Vinzenz Pauli" nicht nur klassische und raffinierte Gerichte der neuen österreichischen Küche, sondern auch eine Weinkarte, die sich stets verändert und ständig weiterentwickelt. Der Fokus liegt auf Weinen mit Charakter und Eigenständigkeit, von Winzern, die auch einmal neue Wege gehen. Oftmals bio oder biodynamisch, manchmal auch naturnah oder sogar „orange". Partner und Küchenchef ist seit einem Jahr Werner Punz, der davor im Sternerestaurant des Wiener Grand Hotels zuwerke ging. Tipp!

Gasthof Winkler
3100 St. Pölten, Mühlweg 64
Tel. +43 2742 364 944
gasthof.winkler@aon.at, www.gasthofwinkler.at

Ein Revival erlebt seit einiger Zeit der sehr traditionelle Gasthof Winkler am Mühlweg, das Fleisch- und Steak-Kompetenzzentrum der Stadt. Seit Generationen im Familienbesitz, wird heute die Tradition der österreichischen Küche hochgehalten. In der Küche werken Franz Winkler jun. & sen. Im Sommer ein Hit: der romantische Garten mitten in der Stadt. Preis-Wert-Tipp obendrein. Solide Weinauswahl.

Yesterday – die Bar
3100 St. Pölten, Frauenplatz 1
Mobil +43 676 736 22 71
oliver@yesterday-bar.at, www.yesterday-bar.at

Wer Cocktail sagt, muss in St. Pölten auch „Yesterday" sagen. Oliver Kloiber hat seine Bar in der Prandtauerstraße in den letzten Jahren noch viel gemütlicher gemacht, als sie sowieso schon war. Und er begeistert nicht nur mit Klassikern, sondern unter anderem auch mit selbstgemachten Tonic! Das macht Gin…

Rathausplatz & Herrenplatz
Neben dem belebten Rathausplatz hat sich auch rund um den nur wenige Gehminuten entfernten Herrenplatz so etwas wie eine „Bermuda-Zone" mit einer Fülle von Lokalen entwickelt. Für den Weinfreund bieten sich besonders die Osteria Cucina & Vini (www.cucina-vini.at) und die Weinbar Vino (www.vinobali.at) an. Letztere präsentiert über 40 Weiß- und Rotweine auch glasweise. Aber auch das Schubert (www.cafeschubert.at) und das Wellenstein (cafe-im-palais.at) empfehlen sich dem Weinfreund als Rekreationsadressen.

Direkt gegenüber dem Rathaus ist das große Cafe-Restaurant Schau.Spiel (www.schauspiel.at) des Kremser Gastronomen Otto Raimitz, das sich in den letzten Jahren zum absoluten Hotspot entwickelt hat, mit großem Schanigarten. Ein Tipp am Rathausplatz ist das S'Zimmer (www.szimmer.at), wo Daniela Pottendorfer auf österreichische Küche setzt. Eine Spezialität ist dort auch das in der Stadt legendäre „Bachinger-Eis". Weniger wegen der Weinkompetenz, sondern wegen einer vertretbar guten Ethnoküche sei noch das griechische Restaurant Rhodos (www.rhodos-sanktpoelten.at) erwähnt.

TRAISMAUER

Nibelungenhof
3133 Traismauer, Wiener Straße 23
Tel. +43 2783 6349
office@nibelungenhof.at
www.nibelungenhof.at

Rainer Melichar ist der wohl am höchsten bewertete Kochgeheimtipp Österreichs. Sein Können verkündet er nicht mit großem Marktgeschrei, nicht einmal seine zwei Hauben hängt er im Restaurant auf. Nach Jahren bei Karl Eschlböck und Jörg Wörther begann er im Nibelungenhof. Die Strukturen dort sind überschaubar: Er schupft allein die Küche, seine Frau den Service. Weil dieses Alleinsein eine Menge Effektivität verlangt, kreierte Rainer Melichar sein SuccoWell-System. Eine geniale Art, verdammt gute und intensive Essenzen aus Gemüse, Kräutern oder Obst relativ einfach herzustellen. Basis für seine konzentrierte Küche, die mit so wenigen, meist regionalen Zutaten auskommt und so genial schmeckt. 3 Hauben, vielleicht die preiswertesten weit und breit. Tipp!

WeinArtZone
Schloss Traismauer – Fam. Hofmann-Koschak
3133 Traismauer, Hauptplatz 1
Tel. +43 2783 8555
vinothek@weinartzone.at
www.weinartzone.at

Die besten Weine des Traisentales in lässiger Atmosphäre mit viel Kunst zum Angreifen und Design, u.a. von Sascha Rier. Gebietsvinothek, immer wieder kultige Events.

WALPERSDORF

Schlossküche
Sandra & Martin Blauensteiner
3131 Walpersdorf, Schlossstraße 2
Mobil +43 699 193 078 83
restaurant@blauenstein.at
www.blauenstein.at

Sandra und Martin Blauensteiner sind die Gastgeber. Jahrelang führten die beiden erfolgreich das Restaurant Blauenstein in Krems. Jetzt empfangen sie ihre Gäste in der Schlossküche und haben dafür Küchenchef Florian Mistelbauer ins Traisental geholt. Klassische, österreichische Speisen würzt er mit raffinierter Kreativität. Frische wird großgeschrieben. Die perfekte Weinbegleitung kommt von Martin Blauensteiner: eine gelungene Mischung aus dem In- und Ausland, aus Österreich vor allem dem Traisental und aus der Wachau. Komfortabel geheiratet werden kann im Schloss auch, das gehört zum Imperium von Gartenzampano Markus Lederleitner, der hier auch einen Handel mit schönen Dingen, Möbel und Accessoirs etabliert hat. Ausflugs- und Eventtipp.

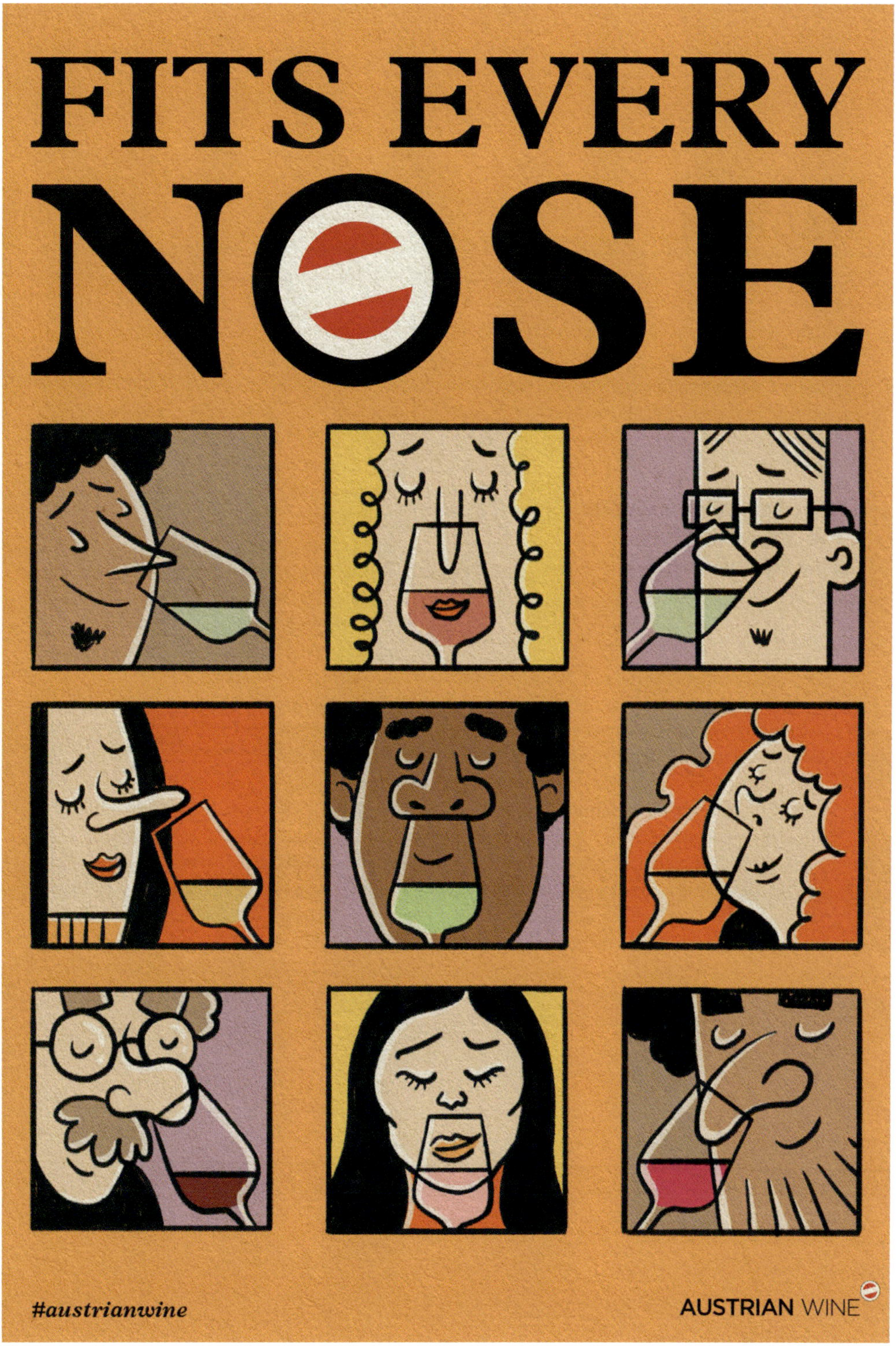

© ÖWM / Peter Kramar

WAGRAM

2.720 Hektar Weinanbaufläche
Die wichtigsten Rebsorten:
Grüner Veltliner, Riesling,
Roter Veltliner

Das Weinbaugebiet, das 2007 von Donauland in Wagram umbenannt wurde, erstreckt sich südlich des sogenannten Wagram, einer von der Urdonau geschaffenen, in ihrer Mächtigkeit einzigartigen Löss-Stufe, die etwa auf halbem Weg zwischen Wien und Krems gelegen ist; die südlichen Abhänge des Wagram, auf denen tiefgründige Löss-Böden überwiegen, werden schon seit alters für den Weinbau genützt. Hier reihen sich Weinbauorte mit klangvollen Namen wie Feuersbrunn, Gösing, Fels am Wagram, Kirchberg und Königsbrunn aneinander. Zwei Drittel der Rebfläche werden vom Grünen Veltliner besetzt, der also ganz eindeutig dominiert und charakteristische, fruchttiefe und pfeffrige Gewächse hervorbringt. Weißburgunder, Chardonnay und Riesling werden ebenfalls mit guten Resultaten gepflegt. In den vergangenen Jahren wurde die regionale Spezialität Roter Veltliner wiederentdeckt und gefördert. Auch der Rotweinanbau wurde etwas forciert, und aufgrund der klimatisch günstigen Verhältnisse konnten mit Zweigelt, Blauburgunder und Cabernet wiederholt schöne Erfolge erzielt werden.

Zwei Markengemeinschaften haben sich die Förderung des Weinniveaus am Wagram auf ihre Fahnen geschrieben: die Vereinigung „Wagramer Selektion" und die Winzergemeinschaft „Weingüter Wagram".

Das Weinbaugebiet Wagram endet jedoch nicht am Wagram, wie man annehmen würde, sondern erstreckt sich auch auf eine südlich der Donau gelegene Enklave, auf die durchaus sehenswerten Lagen von Weidling und Klosterneuburg. Unangefochten als Leitbetrieb fungiert das größte österreichische Privatweingut Stift Klosterneuburg, das mit modernem Management und Kellertechnik am Puls der Zeit Weingeschichte in Österreich geschrieben hat.

Stetten-
hof
Neudegg
Großriedenthal
Großweikersdorf
Hengst-
berg
371 m
Gösing
Ottenthal
Ruppersthal
Schmida
Ober-
Engelmanns-
brunn
Mitter-
Zaußen-
berg
Feuersbrunn
Wagram
a. Wagram
Fels
a. Wagram
Kirchberg
a. Wagram
Unterstockstall
Stetteldorf
a. Wagram
Neustift
i. Felde
Königsbrunn
Starnwörth
W
Grafenwörth
Seebarn
Kollersdorf
Absdorf
Jettsdorf
A
Bierbaum
Kamp
Altenwörth
G
Neuaigen
Traisen
R
Donau
Altenberg
Muckendorf
a.d. Donau
Wördern
Kritzendorf
Zwentendorf
A
Oberbierbaum
TULLN
St. Andrä
M
Klosterneuburg
TULLNERFELD
Trasdorf
Königstetten
Weidling
Rust
Tulbing
Chorherrn
Atzen-
brugg
Michelhausen
Judenau
Baumgarten
Wilfersdorf
Ollern
Würmla
Sieghartskirchen
Rappoltenkirchen

BIO

Bioweingut
Familie Bauer

Josef Bauer
3471 Großriedenthal, Hauptstraße 68
Tel. +43 2279 720, Fax -4
info@familiebauer.at, www.familiebauer.at
28 Hektar, W/R 75/25

Das Bioweingut Familie Bauer offeriert eine selten bunte Produktpalette. Und der Betrieb kennt keinen Stillstand. Denn der Großriedenthaler Winzer Josef Bauer setzt einerseits auch auf selten gewordene Rebsorten wie Sylvaner als Trockenbeerenauslese und Rivaner, ehemals Müller-Thurgau, ebenso widmet er sich zum Beispiel neuen PiWi-Sorten, etwa dem Donauveltliner.
Das Repertoire ist also auf ein großes Maß angewachsen, und Bauer probiert immer weiter. So gibt es zusätzlich mittlerweile drei Alternativweine – unfiltriert und nur minimal geschwefelt sind sie alle. Der Einstieg in diese Linie gelingt supersüffig mit der „softeren Variante" mit 20 Prozent auf der Maische vergoren. Er wird stimmigerweise gleich in der Literflasche verkauft. Das ist die pure Trinkfreude namens „Hollötrio". Hinter „Urig" steckt ein Roter Veltliner vom Hinternberg, zu 100 Prozent auf der Maische vergoren, ein Jahr lang im großen Eichenfass gereift – ein Parade-Orange-Wein. Dazwischen findet man „Bärig", eine Cuvée von Grünem und Rotem Veltliner, von dem zwei Drittel ein Monat auf der Maische vergoren sind.
Apropos Maische: Maischestandzeit ist Bauer für die Riedenweine wichtig. Sie zieht eine Ebene an Fülle und Struktur ein. Neben dem Goldberg gibt es auch die Riede Hinternberg, eine teilweise schottrige Lage, weniger hoch gelegen und terrassenmäßig aufgebaut. Die vollreifen Trauben von hier dürfen länger im Fass reifen. Und alle zwei Jahre gibt es von hier eine Weißburgunder Reserve. *juf*

WAGRAM

★★ **S € MT** FUN
2020 Rivaner + Riecht ein bisschen nach Feuerstein und Senfsamen, Klarapfel und Honigmelonenaroma, recht zimtig, etwas buttrig, aufgeweckte Säure, schlank und jugendlich bei elf Vol.-%, im Abgang weißer Pfeffer.

★★ **S €€ DV**
2020 Donauveltliner + Mutsu-Apfel, Salbei, Tomatengrün, traubig, auch dann auf dem Gaumen, schöne paprizierte Würze, die lange bleibt; grüne Banane, süß-saure Stilistik, geschmeidiges Mundgefühl, eine Rieden-Cuvée, zum unkomplizierten Dahintrinken.

★★ **S € GV**
2020 Grüner Veltliner Kabinett + Zuckererbsen, Apfelaromen, Zitronenmelisse, Limettenschale, rund, solide und harmonisch.

★★★ **S € RV** PLV
2020 Roter Veltliner Wagram Terrassen + Goldiges Gelb, exotisches Bukett nach reifen Früchten wie Maracuja, grüner Mango und Ananas, Quittenaroma, schöner Gerbstoff, gut erhaltene zarte Säure, Würze ideal eingebunden, feiner Fruchtschmelz.

★★★ **S € CH** PLV
2020 Chardonnay + Mango, grüner Tee, Vanilleton, Biskuit, aufgeweckte Säure frischt auf, viel Wein für diese Preiskategorie.

★★★ **S € GV**
2020 Grüner Veltliner Ried Goldberg + Riecht nach frisch gemähter Wiese, nassem Ton, Curry-Würze, aber auch apfelig, kernige Struktur und knackige Säure und robust, pikanter Abgang mit etwas Schärfe nach gelbem Paprika und Ingwer.

★★★ **S €€ RI**
2019 Riesling Ried Hinternberg + Weißfleischiger Pfirsich und Thymian schmeicheln der Nase, die Kräuterstilistik setzt sich in der Aromatik fort, zartes Karamell, etwas Kamille, bisschen Stachelbeere, haftet lange.

★★★★ **S €€ RV** TIPP
2019 Roter Veltliner Ried Hinternberg + Vollreifes Bukett, Buttercroissant, reife Mango, zart nach Kurkumalatte, ein Hauch Marzipan, besonders cremig, Eichenholz nur zart angedeutet, einiges Gewicht, ausdauernd, sicher lagerfähig.

★★★ **S €€ WB**
2019 Weißburgunder Ried Hinternberg Reserve + Einladend u. zugleich burgundisch ausladend, nämlich vollmundig u. großzügig, breit, Ananasduft und -aromatik, etwas Physalis, gute Prognose.

★★ **S €€ SI**
2017 Sylvaner Trockenbeerenauslese + Kumquat-Note, traubig, etwas Teer, sehr viel Schmelz, ölige Textur, weiche Karamellzuckerl, herausragender Süßwein aus einem eindeutig optimalen Süßweinjahr, vielleicht zu Ente oder Gans probieren.

ÖSTERREICH

★★★ **S €€ GV** FUN
2020 Hollötrio + Cremehonigfarben, intensiver Duft nach Bananenmus, Schlagobers, Vanilleeis, Litschi, Ananas, auch auf dem Gaumen wird dieses Versprechen eingehalten, vielseitige exotische Frucht, sehr süffig und deswegen zum Glück gleich in die Literflasche gefüllt, perfekt für den Erstkontakt mit Natural Wine.

★★ **S €€ CW**
2020 Bärig Alte Reben + Glänzendes Goldgelb, riecht nach Honigmelone, Physalis u. Aniskeksen, Kletzenbrot, etwas rauchiges Aroma, Hopfen, Schwarztee, feste athletische Struktur, zwölf Vol.-%.

★★★★ **K €€€ RV** TIPP
2019 Urig Roter Veltliner + Pastelliges Hellorange, herrlich intensiver vielschichtiger Duftblumenstrauß aus Blutorange, Bergamotte, Wildrose, Trockenblumen, Topaz-Apfel, Kombucha, Rosmarin, mundfüllende Pfefferoni-Schärfe, zu reifem Bergkäse oder süßem cremigen Dessert, hält sich gut im Kühlschrank, sehr gelungen, lupenreiner Maischevergorener.

Weingut
Josef Bauer

Josef Bauer
3483 Feuersbrunn, Neufang 52
Tel. +43 2738 2309
weingut@josefbauer.at, www.josefbauer.at
13 Hektar, W/R 85/15, 80.000 Flaschen/Jahr

Was gibt es Neues im Weingut Josef Bauer? Der Chardonnay wurde gerodet.

Die Weine sind von gewohnt hoher Qualität, jahrgangsbedingt mit höherer Säure als die Jahre vorher. Ist durchaus positiv.

Vater Josef und Sohn Florian ergänzen sich bestens. Florian ist für Innovation zuständig. Die beiden Weine der Saphir-Linie zeugen davon. Davon gibt es einen tollen Roten Veltliner und einen formidablen Weißburgunder.

Bei den Grünen Veltlinern setze ich heuer auf die Ried Rosenberg. Der ist von bestechender Eleganz.

Die liebe Lea – Freundin von Florian – hat sich auch eingebracht. Nämlich mit einem Natural Wine, der sich so richtig gut anlässt. Bin schon sehr gespannt, wie er sich so entwickelt.

Sollte der Sommer verregnet sein, egal, ich habe ja Joe's Rosé. Wie immer ein toller Wein. Der 2020 Riesling Ried Rosling mit seinen 20 Gramm Restzucker und ca. zwölf Prozent Vol. ist von seltener Knackigkeit und sagenhaft gut. Der Wein des Jahrgangs für mich. *as*

WAGRAM

★★ S € GV
2020 Grüner Veltliner Ried Spiegel + (Löss-Schotter) Ein noch total verkapselter Grüner, deutet Pfeffer, Kräuter, Gewürze, Apfel in Ansätzen an, baut ganz langsam Frucht auf, kühl und fast karg anmutend, muss zusammenwachsen, macht sicher großen Spaß bis Mitte des Jahres.

★★ S €€ GV FUN
2020 Katharina + (Löss) Kräuterwürze mit gelbem Apfel, reife Birnen, fruchtig-cremige Textur, lössige Würze, sehr balanciert, angenehm, sehr stimmig, so richtig schön zu trinken.

★★★ S €€ GV
2020 Grüner Veltliner Ried Spiegel Alte Reben + Gelbfruchtig, Pfeffer, Ringlotten, Steinobst, Säure gestützt, Maroni, gelber Apfel, vollmundig, gute Struktur, kräftig, bei gutem Grip, sehr guter Stoff. Dieser Wein wurde spontan vergoren und ein Teil im Barrique ausgebaut. Ein Klassewein, der auf die Reise geht.

★★★ S €€ GV TIPP
2020 Grüner Veltliner Ried Rosenberg + Ausbau teils Stahl, teils Keramik. Gelbe Früchte, straff und mineralisch, dichte Struktur bei einiger Eleganz, Pfeffer, Melone, lössige Frucht, herrlich trocken, zieht richtig am Gaumen. Ein exzellenter GV mit einigem Potenzial und einiger Tiefe.

★★ S € RI
2020 Riesling „Feuersbrunn“ + Ein auf Löss gewachsener Riesling Ortswein von glockenklarer Stilistik, straff und rassig, so wie Riesling gehört, Rhabarber, Steinobst, Melone, Ananas, Citrus, Grapefruit, gibt richtig Gas. Ein schlanker, doch fest strukturierter Riesling für Weinbeißer und Kenner.

★★★★ S €€€ RI TIPP
2020 Riesling Ried Rosling + Roter Schotter, 21 KMW. Ein sensationeller Riesling mit knackiger Säure, 20g Restzucker, ca.12% Alkohol, unglaublich filigran, zupackend, Pfirsich, Ananas, braucht enorm viel Luft, um all seine Facetten ausspielen zu können. Bei diesem Riesling gibt man sein Weinglas nur sehr ungern aus der Hand. Ein Knaller mit unheimlichem Potenzial, vielschichtig, langlebig, gehört in jede Weinsammlung.

★★ S € RV
2020 Roter Veltliner + Kühl, einige Frische zeigend, eher leicht und pikant, etwas Lebkuchen, dezente Exotik, klar und eindeutig, geradlinig, sehr ansprechend, stimmige Säure, pikante Noten, hervorragend zu Vorspeisen.

★★★ S €€€ RV
2019 Roter Saphir Roter Veltliner + Ausgebaut in Keramik und gebrauchtem Barrique. Rauchig, Gewürzig, Hauch von Anis, insgesamt gelbfruchtig, Wachs, Exotik, sehr gediegen, Noblesse ausstrahlend, mineralisch bei einiger Eleganz. Sehr schöner Wein!

★★★★ S €€€ PB TIPP
2019 Weißer Saphir + Ein verführerischer halbtrockener (13g RZ) Weißburgunder, spontan vergoren, zwei Drittel neues Holz, das perfekt integriert ist, ein Drittel Keramik. Viele weiße Blüten, wie eine Frühlingswiese, blumig, weich, cremig, Exotik, Orangenschalen, Hauch Karamell, Mandeltöne, bisschen Vanille, in sich ruhend, feinste Frucht, hochelegant, nie belastend, seidiger Glanz, fast zerbrechlich wirkend, doch schon Druck auf dem Gaumen ausübend. Zurücklehnen und entspannen. Solch ein Wein ist ein richtiger Sorgenvertreiber. Die Saphir-Linie ist das Werk von Florian Bauer. Chapeau!!!

★★ S €€€ SB FUN
2020 Natural Wine vom Sauvignon Blanc + „Leanderthaler“, das Werk von Lea – der Gefährtin von Florian.
Naturtrüb, kein Schwefel, Gewürze, Minze, frische Kräuter, Medizin, sehr vielschichtig, toller Gerbstoff, der ihn trägt, noch total verkapselt. Wenn diese Kapsel einmal explodiert, ist es wie der Urknall.

★★ S € CR
2020 Joe's Rosé + (ZW, CS, ME) Erster Lesedurchgang – gepresst. Blumig, beerig, Wiesenkräuter, Erdbeeren auf dem Gaumen, guter Druck, knackig, Flieder, Waldmeister, rote Ribisel, Zitronenmelisse, ein ernsthafter Sommerwein, der Lust auf mehr macht.

Weingut
Michael Bauer

Michael Bauer
3470 Kirchberg am Wagram, Mitterstockstall 27
Mobil +43 664 531 46 41, office@weingut-michaelbauer.at
www.weingut-michaelbauer.at
14 Hektar, W/R 85/15

Es sind richtig positive Weine, die uns Michael Bauer bereitet. Es sind Weine von bestechender Reintönigkeit, von einiger Tiefe und Substanz.

Er führt das Weingut in vierter Generation. Der Grüne Veltliner spielt natürlich die Hauptrolle im Weingut. Doch nicht nur. Die Reben stehen vornehmlich auf den beiden Rieden Steinberg und Schlossberg.

Von feinster Frische ist der 2020 Rivaner halbtrocken. Ein zartblumiger Wein von anmutiger Eleganz.

Der Rosé vom Zweigelt ist von kerniger Struktur. Engmaschig und kompakt.

Von hoher Qualität ist der GV Klassik – der viel mehr darstellt als diese Kategorie. Ein richtiger Herbstwein ist der Riesling Ried Exlberg. Braucht noch Zeit. Auch der Weißburgunder lebt momentan von der Zukunft. Der geht seinen Weg.

Die beiden Grünen Veltliner von der Ried Steinberg und Ried Schlossberg spielen in ihrer eigenen Liga. Beide von großem Sortenausdruck, wobei der Schlossberg in letzter Konsequenz die Nase vorne haben wird.

Natürlich gibt es auch eine Roten Veltliner hier, einen hervorragenden noch dazu. Der steht auf der Ried Steinberg und ist ein würdiger Vertreter seiner Zunft. Ein Wein von innerer Größe.

Seit Junior Michael Bauer das Zepter im Weingut übernommen hat, geht es stetig vorwärts. Freue mich schon auf die nächsten Jahre. *as*

WAGRAM

★★ **S € MT** PLV FUN
2020 Rivaner + Ein Wein von zartblumigem Aroma, Honigmelone, leicht (11,5% Vol.), Zuckerspitzerl, dezenter Restzucker, der dem Wein guttut, voller Transparenz, Zuckerwatte, ein feiner, eleganter Wein, zartbesaitet, heller Frucht, Birnenfrucht, filigraner Charme, feminine Struktur mit Tiefe, ein fesches Mädchen.

★★ **S € ZW**
2020 Rosé vom Zweigelt + Rosafarben, nach der zarten Anfangsreduktion geht der Film ab, Ribisel, Walderdbeeren, etwas Himbeeren, rote Kirschen, ein engmaschiger Rosé von kerniger Struktur, kompakt, zügig auf dem Gaumen, ernsthaft mit hohem Spaßfaktor, einigen Druck ausübend, erinnert an sehr guten südfranzösischen Rosé.

★★ **S €€ GM**
2020 Gelber Muskateller + Knallige Hollerblüten, Litschi, Zimt, Muskatnuss, rassige Säure, feingliedrig mit Eleganz, sehr typisch, pikante Noten, ein knackiger Muskateller, ein toller Aperitif.

★★ **S € SB**
2020 Sauvignon Blanc + Wassermelone, Wachs, transparenter Ausdruck, frisch und lebendig, Spargeltöne, elegante Note, nie laut, immer von feinem Ausdruck. Wird von Flaschenreife profitieren.

★★ **S € GV**
2020 Grüner Veltliner Klassik + Pfeffer wie aus der Mühle, Grüner Veltliner klar erkennbar, Walnüsse, gelbe Früchte, voller – fester – Harmonie, entwickelt Druck auf dem Gaumen, dezente Birnenfrucht, würzige Noten, ziemlich dichte Struktur, ein herzhafter Grüner Veltliner von hoher Qualität.

★★ **S € RI**
2020 Riesling Ried Exlberg + Ananas, exotische Noten ausspielend, feingliedrig, schlank, aber eng, sehr typisch, stilsicher, einige Substanz, die typische Riesling-Säure, noch total embryonal, wird im Herbst seine Bestform ausspielen.

★★ **S €€ PB**
2020 Weißburgunder Ried Exlberg + Ein eher – noch – zögerliches Bouquet , gibt wenig frei, man merkt das Potenzial, bisschen Mandeln, der höhere Alkohol überdeckt noch einiges, Wiesenblumen, sehr guter Stoff, momentan noch eher neutral im Ausdruck, das ändert sich im Spätherbst. Der wächst zusammen!!!

★★ **S €€ GV**
2020 Grüner Veltliner Ried Steinberg + Bergkräuter, voller Würze, gewürzige Noten, saftig, mineralisch, Pfefferwürze, einige Substanz, gelbfruchtig, da steckt sehr viel drinnen. Bitte um Geduld, toller Stoff, doch keine Angst, der geht seinen Weg.

★★★ **S €€ GV** TIPP
2020 Grüner Veltliner Ried Schlossberg + Der lehmige Löss hat seinen Auftritt, vollfruchtig, enorme Tiefe, ganz viel Substanz, gelbfruchtig, mehlige Struktur, würzige Noten, die mineralische Frucht ist dominant, viel Stoff, viel Wein, weich und höchst angenehm zu trinken.

★★★ **S €€ RV** TIPP
2020 Roter Veltliner Ried Steinberg + Gelbe Würze, Kräuterwiese, Lebkuchen, kraftvolle Eleganz, Grapefruit, ein Wein von innerer Harmonie und Tiefe, gelbfruchtige Noten, Kamille, Löwenzahn, salzige Mineralität, das ist grandioser Wein.

Weingut
Stefan Bauer

Stefan Bauer
3465 Königsbrunn am Wagram, Rathausplatz 19
Tel. +43 2278 2771
stefan@weingutbauer.at, www.weingutbauer.at
12 Hektar, W/R 95/5, 80.000 Flaschen/Jahr

Stefan Bauer ist Perfektionist: Nur die Handlese seiner rund 20 Hektar garantiert ihm die hohe Qualität. Er baut dabei alle seine Weingartenparzellen extra aus und zieht erst nach dem Gären seine Rieden zusammen, was ihm maximalen Handlungsspielraum gibt für seine Königsbrunner Lagen Hochrain, Bromberg und Rainthal sowie für seinen ältesten Weingarten, den Steinagrund in Fels am Wagram.

Mit der neuen Herkunftspyramide hat Bauer seine Weine neu strukturiert und an der Basis, die von den Gebietsweinen eingenommen wird, die Wagram-Schiene eingeführt. Das Mittelsegment der Ortsweine ist in Planung. An der Spitze, bei den Lagenweinen, hat Bauer mit dem Bromberg und dem jahrgangsversetzten Steinagrund zwei sehr unterschiedlich ausgeformte Veltliner – und setzt mit seinen beiden Hutzler-Weinen, die ebenso Lagencharakter haben, on top ein Ausrufezeichnen. Der „Hutzler" ist eine namentliche Reminiszenz an seine Großeltern. Von diesem Filetstück auf dem Hochrain macht Bauer einen grandiosen Grünen Veltliner sowie einen zeitlos schönen halbtrockenen Roten

Veltliner, was ihm perfekt ansteht. Beide Hutzlers werden im 500er-Akazienfass ausgebaut – und er gönnt ihnen Zeit zur Reife, bevor er sie auf den Markt bringt. Daher freuen wir uns gerade über den fantastischen 2019er – was auch für Bauers Steinagrund gilt. *hp*

WAGRAM

★★ S € GV
2020 Wagram Grüner Veltliner + Feine Löss-Würze, Quitten, gelbe Äpfel, sehr klassisch; frisch, leichtgewichtig, knackiger Säurebiss, Zitrus, Limette, knochentrocken.

★★ S €€ FV
2020 Wagram Frühroter Veltliner + Schüchterne Frucht, Orangenzesten, gewürzig, Heu; relativ milde Säure, Hülsenfrüchte, kühl-aromatisch, etwas cremig, gerundet.

★★★ S €€ RV
2020 Wagram Roter Veltliner + Gute Fülle, dunkle Schokolade, Lebkuchen, mehr Würze als Frucht; Orangenzesten, Grapefruit, Stachelbeere, lebhaft, knackiges Finish.

★★ S €€ PB
2020 Wagram Weißburgunder + Schöne Fülle, rauchige Würze, Grapefruit, Weißbrot; guter Gerbstoff-Grip und betonte Säure, Bitterorange, frisch, trinkanimierend.

★★★ S €€ GV
2020 Grüner Veltliner Ried Königsbrunner Bromberg + Lössige Würze, kreidig, gelbfruchtig, Äpfel wie Birnen; würzig, mineralisch, schwarze Johannisbeere, Blutorange, Granny Smith, knochentrocken.

★★★★ S €€€ GV PLV
2019 Grüner Veltliner Ried Felser Steinagrund + Rauchige Würze, Limetten, Grapefruit, Banane; burgundisch cremig, Haselnussschoko, würzige Ananas, feste Säure, schwarzer Pfeffer.

★★★★★ S €€€€ GV TOP
2019 Hutzler Grüner Veltliner + Banane, Bratapfel, Ringlotten, fruchtsüß, Waldhonig; mineralisch, Grapefruit und Ananas, stoffig, extraktsüß, schwarzer Pfeffer, super Länge.

★★★★ S €€€€ RV TIPP
2019 Hutzler Roter Veltliner + (halbtrocken). Einige Tiefe, Dörrfrüchte, Marzipan, bisschen Würze; feurig, viel Fruchtexotik, Honigmelone, charmanter Restzucker bei gutem Säurebiss, Riesenpotenzial.

★★★ S €€€ ZW
2017 Zweigelt Ried Rainthal Reserve + Würzige Kirschen, eingelegte Pflaumen, Weihrauch; würzig-rauchige Frucht, Weichsel und Sauerkirschen, rauchiges Toasting, mittellang.

Weingut
Benedikt

Ing. Wolfgang Benedikt
3470 Kirchberg am Wagram, Mallon 26
Mobil +43 676 636 24 90, Fax +43 2279 2475-15
office@benedikt.cc, www.benedikt.cc
15 Hektar, W/R 80/20

Wolfgang Benedikt hat sich über die Jahre ein breites Sortiment an Weißweinen aufgebaut, das mit Zweigelt und Merlot eine starke rote Würze erhält. Als Hauptsorten pflegt der Kirchberger Winzer, der im Ortsteil Mallon zu Hause ist, den Grünen Veltliner, der stattliche 60 Prozent seines Betätigungsfeldes ausmacht, sowie den Riesling und den Chardonnay.
Beim Grünen Veltliner stützt sich Benedikt auf drei Lagenweine – die Löss-betonte schwarzpfeffrige Scheiben, die Benedikt im Stahltank ausbaut, den rauchig-würzigen Schafflerberg, der im großen Holz vergoren wurde, und dem immer etwas wuchtigeren Goldberg als Premium-Veltliner. Von Letzterem gibt es – wie beim Chardonnay – eine „Reserve“, die der Winzer zum Teil im Barrique ausbaut und daher ein Jahr später kommt als der Lagenwein.
Der Jahrgang 2020 gilt in allen Segmenten als trinkvergnüglich – er weist etwas niedrigere Alkoholwerte auf, hat jedoch etwas höhere Säurewerten und manchmal auch eine gewisse Gerbstoffigkeit, was durchaus frisch und animierend ist. Und wer es auf Rot abgesehen hat, hier stehen bei Wolfgang Benedikt jetzt die runden Jahrgänge 2019 und 2018 an. *hp*

WAGRAM

★★ S € GS
2020 Gemischter Satz + Oliven-Noten, weiße Blüten, weißer Pfeffer; viel Zitrus, Limettenschalen, Blutorange, etwas apfelig, Kräuterfrische, fein herb.

★★★ S €€ RI
2020 Riesling + Weiche Frucht, Weingartenpfirsich, leichte Würze, blumig; klassische Frucht, Marillen, weißer Pfirsich, wirkt dezent süß, hinten salzige Note, milde Säure.

★★ S € GV
2020 Grüner Veltliner Klassik + Heu, getrocknete Kräuter, grüner Pfeffer, bisschen exotisch, Litschi; relativ schlank, knackige Säure, Zitronenzesten, grüner Apfel, etwas gerbstoffig.

★★★ S € GV PLV
2020 Grüner Veltliner Wagram + Viel Kräuterwürze, gelbfruchtig, Mandarinen- und Grapefruit; relativ fest, Südfrüchte, Orangen, einige Säure, zischiger Veltliner mit Biss.

★★ S €€ GV
2020 Grüner Veltliner Ried Scheiben Fels/Wagram + Exotische Fruchtnoten, Limetten, Hagebutten; viel Würze, Kernobst, grün-apfelig, milde Säure, Gerbstoffbitterl, schlank.

★★★ S €€ GV
2020 Grüner Veltliner Ried Schafflerberg Fels/Wagram + Mollige Apfelfrucht, zarte Würze, Schokobanane, gerundet; rauchig und würzig, relativ saftig, Blutorange, leichte Mineralität, straffe Säure.

★★★ S €€ GV PLV
2020 Grüner Veltliner Ried Goldberg Großriedenthal + Super Löss-Würze, Suppenkräuter, exotische Frucht, Grapefruit, Stachelbeeren; stoffig, fruchtsüß, Mango und Ananas, etwas Mineralität, hat Reserven.

★★★ S €€€ GV
2019 Grüner Veltliner Ried Goldberg Großriedenthal Reserve + Röstig, Haselnuss, Karamell, Schokobanane, bisschen Bratapfel; wirkt burgundisch, cremig, gute Holzunterstützung, Tabak, torfig, gute Säure.

★★★ S €€ CH
2020 Chardonnay + (Halbtrocken). Getrocknete Pilze, Mandel-Vanille-Creme, wirkt aber frisch; einige Süße, aber die Säure lässt den Wein trockener erscheinen, mittellang.

★★★ S €€ CH
2018 Chardonnay + (Lieblich). Gewürzig, eingelegte Ananas, Honigschmelz, gute Tiefe; sautierte Pilze, gaumenfüllende Süße, Waldhonig, Rosinen, leicht mineralisch, Grapefruit, rund.

★★★ S €€ CR
2018 Spartacus + (ME/ZW) Rotbeerig, Walderdbeeren, Schwarzkirschen, gerundet; dezente Holznote, präsentes Tannin, rauchige Würze, Heidelbeeren, solider Gerbstoff, mittellang.

Weingut
Blauensteiner

Leopold Blauensteiner
3482 Gösing am Wagram, Obere Zeile 12
Mobil +43 664 242 49 25
leopold@blauensteiner.com, www.blauensteiner.com
8 Hektar, W/R 85/15

Der Gösinger Leopold Blauensteiner möchte – außer in den Spitzenarbeitszeiten für Laubarbeit und Lese – seinen Betrieb mit seiner Familie bewirtschaftbar halten. Er nennt sein Unternehmen liebevoll Boutique-Winery. Die Hälfte der Anbaufläche ist mit Grünem Veltliner bepflanzt. Der Winzer kommt ins Schwärmen, wenn er von der möglichen Vielfalt dieser Sorte und Versuchen mit den unterschiedlichsten Typen, Klonen und Unterlagsreben spricht. Dieses Jahr hat er neue Anlagen ausgesetzt – auch von der Wagramer Paraderebsorte, dem Roten Veltliner.

Mit dem Jahrgang 2020 wurde das übliche Programm realisiert, wobei dieses Jahr für mehr Trinkfluss stehe, wie es der Winzer beschreibt. Durchschnittlich sind die Weine ein Volumprozent niedriger im Alkoholgehalt und stehen für etwas mehr Säurepikanz. Blauensteiner scheint Wein nach klaren Prinzipien zu machen. Er hat einen Plan vor Augen und will kontrolliert arbeiten, saubere Produkte hervorbringen und ihre Fruchtigkeit hervorstreichen. Das Spektrum reicht vom leichten Sommerwein von den jüngeren Stöcken aus der kühleren Ried Wilbling bis zur Terrassenlandschaft vor Gösing, den Fumberg – Blauensteiners Top-Riede. In den 1980er-Jahren noch eine gefürchtete Frostlage, stellten sich die Hänge immer mehr als vorteilig heraus. Von seinen sechs Einzelparzellen wird jene mit der höchsten Reife als „Fumberg Privat“ einzeln vinifiziert. Dieser Wein genießt eine Sonderbehandlung beziehungsweise bekommt er mehr Zeit. Er liegt bis September auf der Feinhefe, was für eine schöne Cremigkeit sorgt, und kommt erst ein Jahr nach der Lese in den Verkauf. 2019 ist besonders gehaltvoll ausgefallen. Der steht erst am Anfang. Man sollte ihm noch Flaschenreife gönnen.

Der Riesling – sonst immer ein Sorgenkind Blauensteiners – hat heuer weniger Spompanadeln gemacht beziehungsweise hat der Winzer eine passende Reinzuchthefe erwischt. Die Riede Gmirk ist übrigens Blauensteiners tiefgelegenste Lage. Sie grenzt an Feuersbrunn. Und daher kommt wohl auch die Bezeichnung, denn „Gmirk“ weist auf eine Gemeindegrenze hin. Ernteschluss war 2020 erst Anfang November. Das Jahr eignete sich für eine Beerenauslese. Denn der Rivaner hat eine schöne Edelfäule entwickelt. Wir dürfen auf das nächste Jahr gespannt sein. *juf*

WAGRAM

★★ S €€ GM
2019 Gelber Muskateller + Holunderblüte, Anis und Ringelblume, Kardamom und Zuckermelone, fruchtsüß und straff.

★★ S €€ CR
2020 Rosé Red Touch + (SY/ZW/BB) Erdbeerfrucht, Zuckerwatte, „Campino“-Bonbons, ein Hauch Vanille, schwungvoll und blumig, mit vier Gramm Restzucker.

★★ S €€ SB
2019 Sauvignon Blanc + Heunoten, nasser Asphalt, Holundermark, sortentypisch, resch, bodenständig, solide.

★★ S €€ CH
2019 Chardonnay Ferrara + Frisches Weißbrot, Williamsbirne, auf dem Gaumen reife Banane, ein Hauch Zimt, traubig, saftig und kraftvoll.

★★★ S €€ RV
2020 Roter Veltliner Fumberg + Lemongrass, Bittermandel, Hagelzucker und ein paar rote Ribisel im Verein, ziemlich kraftvoll, mineralisch und jedenfalls noch recht jung.

★★ S € GV
2020 Grüner Veltliner Ried Wibling + Birnenschale, Pfefferl, feine Kräuterwürze in Richtung Lavendel und Rosmarin, auf dem Gaumen dominiert die rassige Säure, etwas weißer Spargel, hohe Strahlkraft, recht klassisch, mittleres Gewicht.

★★ S €€ GV
2020 Grüner Veltliner Ried Essenthal + Golden-Delicious-Apfel, Melisse, Zuckermais, säurearm, 40 Jahre alte Stöcke und 50 cm Humusauflage sorgen für breites Mundgefühl.

★★ S €€ GV
0 Grüner Veltliner Ried Fumberg + Exotisches Bukett, brauner Zucker, fülliger Körper, gelbfruchtig, im Abgang zartherb, braucht noch etwas Zeit, um die 14 Volumprozent optimal einzubinden, Lagerpotenzial.

★★★ S €€ RI
2020 Riesling Ried Gmirk + Ausladender Duft nach kandierten Marillen, Zitrus und Biskotten, Säure bietet dem Restzucker Kontra, und auch die Gerbstoffigkeit im Abgang wird ausgleichend, steht erst am Beginn.

★★★ S €€€ GV
2019 Grüner Veltliner Ried Fumberg Privat + Goldgelbe Farbe, gelbfruchtig auch in der Nase und auf dem Gaumen, vollreife Mango, Mandarine, Quittengelee, schmalzig, gehaltvoll, braucht nur Flaschenreife, gute Reserven.

Bioweingut
Diwald

Martin Diwald
3471 Großriedenthal, Hauptstraße 35
Tel. +43 2279 7225, Fax -20
office@diwald.at, www.diwald.at
24 Hektar, W/R 75/25, 140.000 Flaschen/Jahr

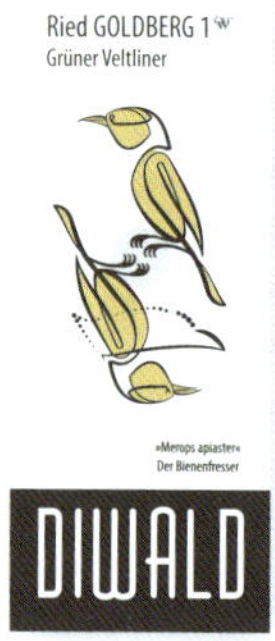

Vieles, wofür der österreichische Weinbau in puncto biologische Bewirtschaftung steht, nahm hier in Großriedenthal seinen Anfang. Hans Diwald gilt als Bio-Pionier. Gemeinsam mit seiner Frau Paula übernahm er 1972 den Betrieb und strukturierte ihn neu. Ab 1976 stellten die beiden auf die biologische Wirtschaftsweise um – lange bevor es eine Zertifizierung dafür gab.

Sohn Martin stieg 2006 in den Betrieb ein. Er hat ein klares Profil: Wein muss Spaß machen, ständig Neues bieten, zum Nachverkosten anregen. „Weine, die überbordend sind durch Alkoholgehalt oder Holzeinsatz, machen mich müde und sind für mich eine Themenverfehlung." Apropos: „Was wir nicht mögen, sind ‚Barbiepuppenweine'", liest man auf der Website. Gemeint ist ein Stil, der viel technischen Eingriff verlangt. Qualität kommt aus dem Weingarten. „Im Keller lässt sich nichts verbessern, nur Qualität bewahren", meint der Winzer. Er setzt auf Spontangärung, will, dass man Jahrgangsunterschiede schmeckt. 2020 sei typisch gewesen, „als hätte der Klimawandel Pause gemacht". Da die Jahre zuvor der Ertrag üppig gewesen war, blieb die Ernte diesmal kleiner. Was das Weinjahr für Diwald ausmacht? – Harmonie. Die Diwald-Weine sind rund, geschmeidig und haben weniger Säure. Bis auf den Riesling, der ist recht knackig ausgefallen. Und für diese Sorte hat der Winzer ohnehin ein besonderes Händchen.

Erfolg seit vielen Jahren bedeutet nicht, dass sich nicht auch auf der Neuigkeitenfront etwas tut: Diwald ist eines der vier neuen Traditionsweingüter. Die Lagenweine stammen von dem Eisenhut und vom Goldberg. Am obersten Ende der Preisskala steht der maischevergorene „Zündstoff", den Diwald seit 2014 macht. Dazu kommen Grünen Veltliner und vom Zweigelt der „Luft&Liebe"-Linie:

unbehandelt im großen Akazienfass ausgebaut und nur vor der Füllung minimal geschwefelt. *juf*

WAGRAM

★★★ **S €€ FV** FUN
2020 Frühroter Veltliner + Duftet nach Birne, Frühlingsblumen, Mandelkekse, auf dem Gaumen Eibischteig, Golden-Delicious-Apfel, solide und mild, aber mit elf Vol.-% ein besonders leichtfüßiger, munterer und agiler Typ wie das Ziesel auf dem Frontetikett.

★★★ **S €€ GV**
2020 Grüner Veltliner vom Löss + Öffnet sich nach einigen Minuten, Strudelapfel, Limettenschale, Koriandersamen, schön fleischig und saftig im Geschmack, sehr rund und geschmeidiges Mundgefühl durch die lange Zeit auf der Vollhefe.

★★★★ **S €€ RI**
2020 Riesling Fuchsentanz + Intensives Bukett nach Nektarine und Blütenhonig, auch geschmacklich Steinobst, zart prickelnde Säure, tänzelnd, straffer Zug.

★★★ **S €€€ GV**
2019 Grüner Veltliner Gösing + Braucht etwas Luft, entfaltet dann Passionsfrucht, Schwarzbrotkruste, Kümmel, würziges Aroma, etwas schwarze Oliven, gemütlicher Typ, empfiehlt sich zu Gebackenem, reift ein paar Tage geöffnet super nach.

★★★ **K €€€€ RI**
2019 Riesling Ried Eisenhut 1ÖTW + Gelbfleischiger Pfirsich, Heuduft, enorm viel Kräuterwürze, Basilikum sticht recht heraus, feurig, schöne Salzigkeit, anregend und eindrucksvoll.

★★★★ **S €€€ RI** TIPP
2019 Riesling Ried Goldberg 1ÖTW + Pfirsichmarmelade, Butterbrioche, Apfelminze, sehr ausdrucksstark, vollmundig, lebendig, schöne Salzigkeit und tolle Frucht.

★★★★ **K €€€ GV** TIPP
2019 Grüner Veltliner Ried Goldberg 1ÖTW + Duft kühl, aber nach frischem Heu, Apfelkerne, ein Hauch Streichholz und Mostbirnenschale, grasige Würze, Artischocke, Limetten-Touch, strukturgebendes Gerbstoffgerüst, animierende Säure.

ÖSTERREICH

★★★★ **K €€€€ GV** FUN
2018 Zündstoff Grüner Veltliner + Honigfarben, leicht trüb, maischevergoren, weckt einen intensiven Duftstrauß nach Fenchelgrün und Dille, tiefgründig, Packham-Birne, frischer Salbei, bisschen Curry-Pulver, fester Grip und kompakte Struktur.

★★★ **K €€€ ZW**
2018 Luft & Liebe Zweigelt + Schönes Karminrot, riecht warm und beerig, auch ein ganz zarter Hauch Leder ist dabei, verfliegt aber, Assoziationen: Herzkirsche, Beerenmix, Kakaopulver, eine Spur Zimtrinde, füllig, aber nicht zu schwer, eindrucksvoller Solist.

♛♛♛

Weingut
Ecker – Eckhof

Bernhard Ecker
3470 Kirchberg am Wagram, Mitterstockstall 25
Tel. +43 2279 2440, Fax -50
weingut@eckhof.at, www.eckhof.at
24 Hektar, W/R 90/10

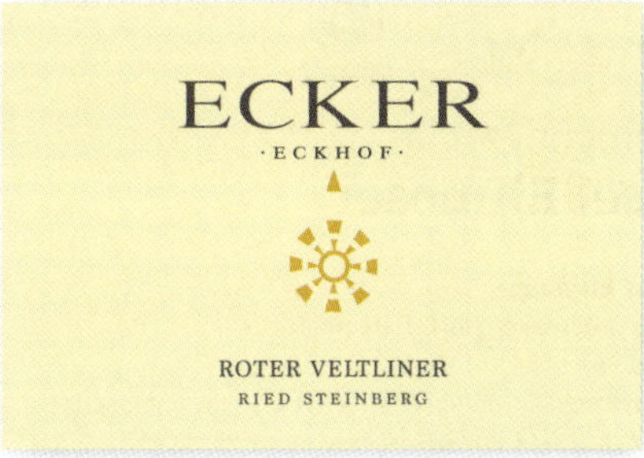

Die Corona-Zeit, die für viele Winzerbetriebe ruhiger gewesen ist, hat Bernhard Ecker genutzt, um Umbauten und Modernisierungen auf dem Weingut voranzutreiben. Die neue Maschinenhalle ist bereits fertig, die Erweiterung des Kellergebäudes soll bis zum Beginn der Ernte abgeschlossen sein. Bis dahin freut sich der Winzer über den aktuellen Jahrgang 2020, den er als „fruchtigen, frischen österreichischen Jahrgang" bezeichnet, „der moderate Alkoholwerte aufweist und hohen Trinkgenuss bereitet".
Der Winzer aus Mitterstockstall hat eine ungemeine Repertoire-Tiefe beim Wein – legt aber den Fokus auf die Wagram-typischen Grünen und Roten Veltliner. Den Grünen Veltliner baut Ecker in fünf Varianten aus – davon drei Lagenweine, wobei die Ried Mordthal nicht nur der expressivste Veltliner ist, sondern mit seinen 45 Jahre alten Rebstöcken auch die älteste Veltliner-Anlage ist. Den Roten Veltliner gibt es in drei Ausformungen: als Gebietswein Wagram und als lässigen Lagenwein vom Großweikersdorfer Steinberg 2020 sowie extra in einer „Große Reserve"-Selektion 2019, die Ecker im 1200-Liter-Akazienfass ausbaut. Beide superspannend.
Neben der Rarität Roter Veltliner hat Ecker eine weitere Spielerei: „WiVa" – schon der Name macht Gusto. Dahinter verbirgt sich ein Viognier aus einer kleinen Parzelle im Mordthal, den der Winzer im Betonei vergoren hat und im neutralen 300-Liter-Fass fertig reifen ließ. Es ist Eckers dritter Viognier-Jahrgang. Resümee: gelungen, rar, schnell sein … *hp*

WAGRAM

★★★ **S €€ GV**
2020 Grüner Veltliner Kirchberg + Rauchige Lösswürze, Williamsbirne, Mandarinen, auch Steinobstnoten; fester Körper, exotisch, Maracuja, Apfel, kühl-würzig, Kräuter, straffer Zug.

★★★ **S €€ GV**
2020 Grüner Veltliner Ried Großweikersdorfer Steinberg + Viel Würze, grüne Banane, steinige Noten, Mandarinen, Apfelschalen; extratrocken, guter Säurebiss, Grapefruit, feiner Gerbstoff, trinkig.

★★★ **S €€ GV** PLV
2020 Grüner Veltliner Ried Mitterstockstaller Schlossberg + Gute Sortentypizität, Lösscharakter, grüne Ananas; relativ mild, dezenter Gerbstoff, Maracuja, dezent Rieslinghaft, kreidig-kalkig, gute Länge.

★★★★ **S €€€ GV** TIPP
2020 Grüner Veltliner Ried Ruppersthaler Mordthal + Sehr stoffig, roter Apfel, auch Ananas, viel Fülle, Oliven; mineralisch, tropische Früchte, kühl-aromatisch, Weißer Pfeffer, überzeugende Länge.

★★★ **S €€ RI** PLV
2020 Riesling Wagram + Dezente Steinobstnoten, Weingartenpfirsich, Ringlotten, Litschi; spürbare Restsüße, dazu klirrender Säure, eingelegter Pfirsich, charmanter Riesling mit Süße und Säurekick.

★★★ **S €€ PB**
2020 Weißburgunder Ried Mitterstockstaller Schlossberg + Bratapfel, helle Würze, Pilznoten, Moos; sehr saftig, schmeichelnder gut eingebundener Restzucker, reife Äpfel, schwarze Oliven, gute Länge.

★★★ **S €€€ PG**
2020 Grauburgunder Reserve + Sehr röstig und reichhaltig, Laub, Banane, reife Limetten, Lakritze; plakative Fruchtsüße, Bananenmark, knackiger Kern, reifes Zitrus, balanciert.

★★★ **S €€ RV**
2020 Roter Veltliner Wagram + Viel Grapefruit, grüne Banane, gute Würze; einige Dichte, saftig, salzige Noten, kalkig, straffe Frucht, Limetten, Orangen, Weingartenpfirsich, gute Säure.

★★★★ **S €€€ RV** TIPP
2020 Roter Veltliner Ried Großweikersdorfer Steinberg + Gelbfruchtig, rosa Grapefruit, bisschen Mineralität, gewürzig, gute Tiefe; exotische Fülle, Ananas, rund, viel Trinkanimo, schöne Länge.

★★★★ **S €€€€ RV**
2019 Roter Veltliner Ried Großweikersdorfer Steinberg Große Reserve + Feine Röstnoten, Weihrauch, Waldhonig, Buttercreme, burgundisch; weißer Nougat, Säurebiss, viel Ananas, reife Äpfel, viel Potenzial.

★★★ **S €€€€ PN**
2018 Pinot Noir Reserve Edition Alexandra + Gute Fülle, marmeladige Frucht, Dörrobst; rauchige Würze, Pflaumenkompott, bisschen Amarone-Stilistik, für Liebhaber des kräftigen Weinstils.

ÖSTERREICH

★★★ **S €€€ VI**
2020 „WiVa" + Wiesenkräuter, salzige, straffe Noten, Weingartenpfirsich; saftig und frisch, Steinobst, kühle Aromatik, sehr straff, Spaßmacher mit guter Länge.

Weingut
Josef Ehmoser

Josef Ehmoser
3701 Großweikersdorf, Tiefenthal 9
Tel. & Fax +43 2955 70442
office@weingut-ehmoser.at, www.weingut-ehmoser.at
17 Hektar, W/R 80/20

Josef Ehmoser hat sei an sich straffes Sortiment schon vor einiger Zeit sozusagen dreigeteilt. Die erste Stufe bilden dabei der schwungvolle, kirschfruchtige Rosé vom Zweigelt und ein Veltliner namens Wagram Terrassen, der seiner Bezeichnung alle Ehre macht, denn viel typischer kann ein leichtfüßiger Grüner vom Löss-Boden des Wagram nicht beschaffen sein. Als zweite Stufe kommen dann die Ortsweine aus Großweikersdorf mit der Zusatzbezeichnung „Vom gelben Löss", bestehend aus einem Weißburgunder und Riesling, sowie der aus acht Rebsorten zusammengesetzte Gemischte Satz Unter der Burg.

Auch heuer begegnen einander Riesling und Weißburgunder gleichsam auf Augenhöhe: Während der Riesling mit gelbfruchtigem Charme und Rasse punktet, gefällt der aufgrund der malolaktischen Fermentation ganz anders geartete Pinot Blanc durch seine frühe Balance und den delikaten, samtigen Schmelz. Den kräftigsten Körper und die größte Individualität kann hingegen der Gemischte Satz als seine Stärken ins Treffen führen. Freilich ist er auch derjenige Wein, der sich am langsamsten zu entwickeln scheint, sodass man dem 2019er noch etwas Reifezeit einräumen sollte.

An der Spitze der Pyramide stehen schließlich die Lagenweine, mithin die beiden Grünen Veltliner von der Ried Hohenberg und der Ried Georgenberg, die erst im zweiten Jahr nach der Lese auf den Markt gehen. Der im großen Fass und Beton-Ei ausgebaute Hohenberg überzeugt von Anfang an mit Strahlkraft und gelbfruchtigem Aromareigen. Der mächtige Georgenberg ist hingegen noch etwas verschlossen, gleichwohl als vornehmer vin de garde konzipiert, der seine Vorzüge erst im Verlauf der Jahre preis gibt – beide Gewächse sind jedenfalls ein Plädoyer für den Veltliner vom Wogenrain.

In guten Rotweinjahren wie 2019 gibt es auch einen saftigen, weichselfruchtigen St. Laurent, der die Rebsorte bestens repräsentiert. *vs*

WAGRAM

★★ **S € GV**
2020 Grüner Veltliner Wagram Terrassen + Ein Grüner wie anno dazumal: pfeffrig und kräuterwürzig, deutlicher Löss-Charakter, schlank, doch kompakt, geradlinig und unkompliziert.

★★ **S €€ RI** **PLV**
2020 Riesling Vom gelben Löss Großweikersdorf + Vollreife Kriecherln und Netzmelonen im fruchtbetonten Bukett, schwungvoll und lebendig, sorten- wie herkunftstypisch, viel Biss.

★★★ **S €€ PB**
2020 Weißburgunder Vom gelben Löss Großweikersdorf + Reife Birnen- und Walnussaromen, sehr apart und ausdrucksstark, dicht verwoben, noch leichter Hefeton, karamellige Note vom Säureabbau, sanfter Abgang.

★★★ **K €€€ GS**
2019 Gemischter Satz Unter der Burg + Vielschichtig und konturiert von Anfang an, Apfel- und Birnenaromen, fest und großzügig, viel Schmelz und zahlreiche Nuancen, rauchige und erdige Untertöne, kraftvoll, große Ressourcen.

★★★★ **K €€€ GV** **TIPP**
2019 Grüner Veltliner Ried Hohenberg Erste Lage + Süße Ananas- und Marillenfrucht, vital und einladend, substanzreich, fleischig und geschmeidig, wunderbar harmonisch, der Modellfall eines Veltliners der Reserve-Kategorie.

★★★★ **K €€€€ GV** **TIPP**
2019 Grüner Veltliner Ried Georgenberg Erste Lage + Beschreibt einen weiten Bogen: nach Honig und Lebkuchen, zimtige Würze, ausgereift, reichhaltig und vornehm, bei aller Power auch sehr vielfältig und strukturiert, große Strahlkraft und Länge, enormes Potenzial.

★★ **S €€ ZW**
2020 Rosé vom Zweigelt + Appetitliche Kirschfrucht, klar und erfrischend, sauber und anregend, rotbeeriges Aromaspiel, knackige Säure im Abgang.

★★★ **K €€€ SL**
2019 St. Laurent + Intensives, puristisches Bukett nach Weichseln, ausdrucksvoll und ungestüm, satte Kirsch- und Brombeerfrucht auch im Geschmacksbild, prägnant und überaus sortentypisch.

Weinhof
Ehn

Gerhard Ehn
3470 Engelmannsbrunn, Kapellenberg 47
Tel. & Fax +43 2279 27377
office@weinhofehn.at, www.weinhofehn.at
10 Hektar, W/R 90/10

Zum Jahrgang 2020 befragt, zeigt sich Gerhard Ehn sehr zufrieden. „Ein Witterungsverlauf wie früher, sonnige und regnerische Phasen haben sich abgewechselt, extreme Hitze ist ausgeblieben." Der Alkohlgehalt sei etwas geringer als üblich, die Säure angenehm. Die Verkostung der aktuellen Serie bestätigt diese Aussage. Alle Weine sind ausgesprochen frisch und von klarer Frucht geprägt, auch die stoffigen Exemplare wirken dank ihrer Säurestruktur nie üppig oder langweilig. Die Sorten sind klar zu erkennen, wobei nur der Riesling noch ein wenig in sich zurückgezogen wirkt. Vom Grünen Veltliner Gehnius Große Reserve ist nun die Ausgabe 2019 im Verkauf, ein druckvoller, harmonischer Sortenrepräsentant mit Reserven. Dem ganzen Sortiment ist ein attaktives Preis-Leitungs-Verhältnis zu attestieren.

Der Weinhof Ehn ist Mitglied der Winzervereinigung „Wagramer Selektion". Sonja und Gerhard Ehn haben schon vor Jahren die Weichen in Richtung Qualität gestellt. Die Weine werden größtenteils im Stahltank ausgebaut. Je nach Rebsorte und Charakter kommen auch kleine Eichengebinde oder große Holzfässer zum Einsatz.

Löss ist vorherrschend in den Weingärten der Familie Ehn. In der Ried Hochrain ist er mit schwarzer Erde vermischt, die Ried Satz ist eine klassische Lösslage. Die Ried Mordthal hat mit einem Verbrechen nichts zu tun, der Name leitet sich von „am Ord" ab, was so viel bedeutet wie „am äußersten Ende", in diesem Fall das hinterste Tal im Weinort Ruppersthal, das Mordthal eben. Auch hier besteht die oberste Bodenschicht aus Löss, darunter finden sich Sand und Kies eines alten Donaulaufs.

ww

WAGRAM

★★ **S € GV** PLV
2020 Swing Grüner Veltliner + Sortenaffine Würze, freundliche Frucht; saftig, frisch, Äpfel und Pfirsiche, dezent würzig, mittleres Gewicht, zugänglich.

★★ **S € FV**
2020 Frühroter Veltliner + Einladend, gelbe Früchte, floral à la Primeln; ganzer Früchtekorb, animierendes Säurespiel, frische Kräuter und Blüten, fruchtbetonter Nachhall.

★★ **S €€ GV**
2020 Grüner Veltliner Ried Hochrain + Kompakt, braucht ein wenig Luft, zeigt dann Pfirsicharomen und eine Prise Kräuter; zarte Melange aus knackigem Steinobst und Würze, Säurespiel, exotisch-fruchtig hinten, trinkig.

★★★ **S € GV** PLV FUN
2020 Grüner Veltliner Ried Satz + Glockenklar und frisch, weißfruchtig, hauchzartes Pfefferl; Säurerückgrat, viel Frucht, Rhabarber, feine Pikanz, Zug, Trinkfluss, mittleres Gewicht.

★★★ **S €€ GV** PLV
2020 Grüner Veltliner Ried Mordthal + Kräftig, exotisch angehauchte Frucht, Kräuterwürze unterlegt; stoffig, Tropenfrüchte, Schmelz, animierende Säure, nie langweilig, gute Struktur und Länge.

★★ **S € RI**
2020 Riesling + (Noch) ein wenig verhalten, Marillen angedeutet, hauchzarte Würze; auch im Geschmack filigran, höchst lebendig, knackige Nektarinen, bisschen Zitrus, leichtfüßig, Steinobst im Nachhall.

★★★ **S €€ PB**
2020 Weißburgunder + Kräftiges Sortenbukett, Birnen, nussig, hauchzarte Kräuternoten; animierende Frucht, Säurespiel, körperreich ohne Schwerfälligkeit, Prise passender Tannine in Finish und Nachhall.

★★★ **S €€ CH** PLV
2020 Chardonnay + Haselnüsse frisch vom Strauch, Kumquats und Birnen, tief im Glas Bodentöne; schließt aromatisch an, hinten süße und lebhafte Frucht, zugängliche Säure, klare Konturen, Frucht klingt lange nach.

★★★★ **S €€€ GV** TIPP
2019 Grüner Veltliner Gehnius Große Reserve + Ansprechend, reife Frucht, dunkle Blüten, Blütenhonig und getrocknete Walnussblätter, tief im Glas Vanille; Würze und Frucht innig verwoben, Melonen, feines Säurenetz, viel Kraft, harmonisch, cremiger Touch, Gewürze und Frucht im langen Nachhall. Reserven.

★★★ **S € ZW**
2018 Zweigelt Barrique + Frische Kirschen, betont würzig, grüne Kräuter, Prise Pfeffer und Wacholderbeeren; kommt auch im Geschmack so, Sauerkirschen, Holz sensorisch kaum präsent, sanfte Tannine, kühler Eindruck, würziges Finale.

Weingut
Ernst

Harald Ernst
3701 Großwiesendorf 34
Tel. +43 2955 70325
weingut.ernst@aon.at, www.weingut-ernst.at
14,5 Hektar, W/R 95/5

Harald Ernst zeigt bereits im aktuellen Jahr mit vier ganz unterschiedlichen Grünen Veltlinern die große Bandbreite dieser österreichischen Leitsorte auf. Aus dem Jahre 2019 folgt dann noch eine Reserve aus der Paradelage Steinberg, die Fassprobe verspricht bereits beste Ansätze und großes Reifepotenzial, ein richtig tiefgründiger und vielschichtiger Wagram-Veltliner. Der Frührote Veltliner 2020 kann mit dem Vorgänger-Jahrgang voll mithalten, eine unterschätzte Sorte, die Harald Ernst wieder zum Leben erweckt hat, und ein richtig universell einsetzbarer Speisenbegleiter. Da können auch die beiden Lagenweine, Roter Veltliner Steinberg Reserve 2019 mit harmonisch eingebundenem Restzuckeranteil sowie der Weißburgunder In Sätzen 2020, voll mithalten. *gh*

WAGRAM

★★★ S € GV
2020 Grüner Veltliner Ernst'n Feder + Frisch, animierender knackiger Apfel, Filets von der rosa Grapefruit, zarter Blütenduft, feine Kräuterwürze, angenehmes Pfefferl; Zitrusaromen prägen den Gaumen, leichtfüßig und richtig trinkig, saftige Kernobstnoten im beschwingten Finish.

★★★ S €€ GV
2020 Grüner Veltliner Classic + Feingliedrige, gelbe Fruchtausprägung, Apfel, Birne, Kriecherln, zarte dunkle Kräuterwürze, schwarzer Pfeffer; harmonisch, saftig, feine, pointierte Zitrusaromen, aus einem Guss, bereits gut entwickelt, klingt mit angenehmer Fruchtsüße aus.

★★★ S €€ GV
2020 Grüner Veltliner Ried Hohenberg + Präzise, elegant, feine Kräuterwürze, Kernobst, Grapefruitfilets, eine Prise Pfeffer; strukturiert, frisch, saftig, guter Tiefgang, vollreifer steirischer Apfel, lebendig, alles fein aufeinander abgestimmt, klingt animierend und lange nach.

★★★★ S €€€ GV **TIPP**
2019 Grüner Veltliner Ried Steinberg Reserve + Feine, knackige Apfelnoten, frisch – saftig – „steirisch", gelbe Ringlotten, etwas Birne, gelbe Grapefruit, alles sauber und intensiv ausgeprägt; kühle Frische, Klarapfel, frische Säurestruktur, würzebetont, Thymian, zieht mit animierender rosa Grapefruit über den Gaumen, zarte Bitternote im Finish, Potenzial.

★★★★ S €€ RV **TIPP**
2019 Roter Veltliner Ried Steinberg Reserve + Hochreif, fruchtsüß, Quittenaromen, Birnenmus, etwas Steinobst, feine Würze, Blütenhonig, wird nie aufdringlich und vordergründig; Restsüße ist sehr gut integriert, frische Säure, präzise Fruchtausprägung, roter Pfirsich, Orangenfilets, jugendlich, sehr gute Persistenz, Potenzial.

★★★ S €€ FV **TIPP**
2020 Frühroter Veltliner + Feiner Blütenduft, Steinobstnoten, exotische Früchte schwingen mit, saftige Gute Luise, zart rauchig, vielschichtige Aromatik; frische Marillenfrucht, etwas Weingartenpfirsich, Blutorange, lebendig, zeigt dabei Substanz, klingt mit feiner rosa Grapefruit und Orangenfilets recht lange aus.

★★★ S €€ RI
2020 Riesling Ried Steinberg + Feine, in die Tiefe gehende Fruchtaromatik, blitzsauberer Weingartenpfirsich, saftige Nektarine, Frucht baut sich langsam auf, steinig; dunkle Zitrusnoten ergänzen den Fruchtreigen, vielschichtig, elegant mit gutem Tiefgang, vermittelt viel Frische, Blutorange im langen Nachhall.

★★★ S €€ GM
2020 Gelber Muskateller + Holunderblüten pur, viel Sortenstilistik, Mandarinenfilets, richtig zupackend, alles blitzsauber ausgeprägt; animierende, saftige, dunkle Zitrusfrucht, Blutorange, roter Pfirsich, aus einem Guss, ganz großes Trinkvergnügen, schlüssig bis zum lebendigen und nachhaltigen Abgang, gelungen.

★★★ S €€ PB
2020 Weißburgunder Ried Sätzen + Reifes, fein ziseliertes Bukett, zarter Blütenduft, vielschichtige Fruchtaromatik, nussige Akzente, exotische Noten à la Hawaii-Ananas, etwas Maracuja, ein Hauch Blütenhonig; kraftvoll, guter Druck, strukturiert, rosa Grapefruit bringt Frische, animierende Fruchtausprägung, extraktsüß, Orangefilets im langen Finish.

★★★ S € ZW
2020 Rosé + Rote Fruchtaromatik, Erdbeere, reife, rote Ribisel, etwas dunkle Zitrusnoten, Herzkirsche, richtig schwungvoll; gute Fülle, ausgewogen, wieder dominieren die fruchtigen Eindrücke, heller Kirsch-Weichsel-Mix, etwas Himbeere, vermittelt Trinkvergnügen.

BIO

Weinberghof
Fritsch

Karl Fritsch
3470 Oberstockstall, Schlossbergstraße 9
Tel. +43 2279 5037, Mobil +43 664 9254470
info@fritsch.cc, www.fritsch.cc
30 Hektar, W/R 80/20

Wer beim Wein Mainstream sucht, wird bei Karl Fritsch nichts ernten. Der Respekt-Biodyn-Winzer geht seit 15 Jahren konsequent den Weg, unverwechselbare, eigenständige Weine im Einklang mit der Natur zu machen, und ist dabei sehr erfolgreich unterwegs. Alle Weine sind spontanvergoren und durchlaufen einen Säureabbau. Dann geht es um Geduld. Fritsch gönnt seinen Premium-Weinen viel Zeit, bevor er sie in den Markt bringt – und der Winzer geht jetzt noch einen Schritt nach vorn und bringt seine Lagenweine künftig erst mit Frühling des übernächsten Jahres nach der Ernte und lässt seine Weine damit sechs Monate länger auf dem Weingut ausreifen. Zwischen den Wagram-Gebietsweinen und seinen Lagenweinen hat Fritsch erstmals den Veltliner-Ortswein „Kirchberg" geschoben, der heuer ausschließlich über Wein&Co vermarktet wird. In jeder seiner drei Top-Lagen setzt der Winzer ein klares Sortenprofil, die dort perfekt passt. Der Löss-geprägte Schlossberg ist Grüner Veltliner pur, im kühleren Mordthal steht sein Riesling, und in der kargen von Schiefer und Granit geprägten Ried Steinberg findet der Rote Veltliner ideale Bedingungen vor.
Die längste Reise auf dem Weingut hat immer Fritschs „Tausend Weiß" – eine fantastische Cuvée aus Weißburgunder und Chardonnay, die drei Jahre großteils in gebrauchten 500er-Fässern ausgebaut wurde und nur auf 1000 Flaschen limitiert ist. Wer auf Burgunder steht – ein Wow-Wein! *hp*

WAGRAM

★★★ S €€ GV
2020 Wagram Grüner Veltliner + Weißer Pfeffer, exotische Frucht, Maracuja und Orangen; Kräuterwürze, feine Säure, Limetten, Mandarinen, attraktives Leichtgewicht.

★★★ S €€ RI
2020 Wagram Riesling + Würzige Frucht, Marillen und Weingartenpfirsich, Maracuja; balanciert, viel Pfirsich, straffe Säure, harmonisch, druckvoll nach hinten, gute Länge.

★★★ S €€ ZW
2020 Wagram Zweigelt + Viel Johannisbeeren-Charakter bei schöner Kräuterwürze; füllig Frucht, saftige Kirschen, wirkt kräftiger, feiner Gerbstoff, robustes Rotwein-Mittelgewicht.

★★★ S €€ GV
2020 Grüner Veltliner Kirchberg + (Neuer Ortswein, exklusiv bei Wein&Co). Quitten, Bitterorange, helle Würze, viel Sorte, guter Gerbstoff; mineralisch, weißer Pfeffer, Grapefruit, Blutorange, feiner Abgang.

★★★ S €€€ GV
2020 Grüner Veltliner Ried Steinberg, Ruppersthal + Viel Kernobst, rote Äpfel, mineralische Würze, einige Tiefe; rauchige Würze, grüne Ananas, Grapefruit, Gerbstoff-Grip, trink-vergnüglich.

★★★★ K €€€€ GV TIPP
2019 Grüner Veltliner Ried Schlossberg 1ÖTW, Oberstockstall + Reichhaltig und feingliedrig, Ananas, Birnen, süße Äpfel, rosa Grapefruit; Bratapfel, Quitten, Blutorange, Weiße Pfeffer, viel Spannung, gute Länge.

★★★★ K €€€ RV
2019 Roter Veltliner Ried Steinberg 1ÖTW, Ruppersthal + Schmelzig; saftig, Mandarine und Blutorange, mineralische Note, Fruchtexotik, relativ straffe Säure, solider Gerbstoff, mineralisch, salzig, langes Finish.

★★★★★ K €€€ RI TOP
2019 Riesling Ried Mordthal 1ÖTW, Ruppersthal + Enorm saftig und ausdrucksstark, saftiger Pfirsich, lebhaft; viel Sortentypizität, exotische Frucht, auch Marillen, kristallklare Säure, Riesen-Riesling.

★★★ S €€€ PN
2019 Pinot Noir Ruppersthal + Sortentypisch, Himbeeren, floral, Minz-Schoko; rauchig, Tabak, Walderdbeeren, Tomatenrispe, Gerbstoff-Grip, leichtfüßig, leichtgewichtiger Pinot, mittellang.

★★★ K €€€€€ PN
2018 Pinot Noir P + Blockmalz, rauchige Würze, eingelegte Ribisel, dunkle Schokolade; Rhabarber, Ribisel, Lebkuchen, Blütenhonig, getrocknete Kräuter, röstig, straffes Tannin, hat Naturweincharakter.

★★★★ S €€€€ CR
2018 Foggathal Nr. 24 + (ZW/CS) Milde Tannine, Wildkirschen, Johannis- und Brombeeren; Cabernet-geprägt, Minze, würzig, griffiger Gerbstoff, Kirsch und Weichselnoten, feine Länge.

ÖSTERREICH

★★★★ K €€€€€€ CW TIPP
2017 Fritsch & Gottwald Tausend Weiß + (CH/WB) Klare Burgunder-Stilistik, Biskuit, Oliven, salzig, dezent röstig, Haselnuss-Nougatcreme; burgundische Fülle, Blutorange, Grapefruit, Tanninbiss, super Länge.

Weingut
Josef Fritz

Josef Fritz
3701 Zaussenberg, Ortsstraße 3
Tel. +43 2278 2515
office@weingut-fritz.at, www.weingut-fritz.at
15 Hektar, W/R 90/10, 120.000 Flaschen/Jahr

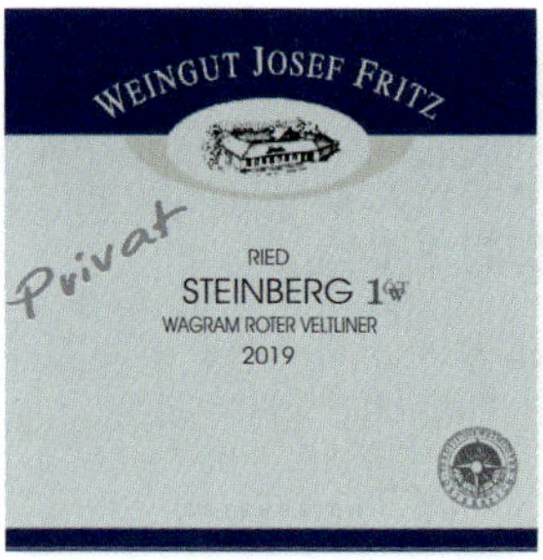

Von den Erste-Lagen- und Reserveweinen des Weingutes Fritz, das nunmehr auch der Vereinigung der Österreichischen Traditionsweingüter angehört, konnte man zurecht einiges erwarten, zumal sie großteils dem exzellenten Weinjahr 2019 entstammen. Dass es aber am Wogenrain auch möglich war, dem Jahrgang 2020 sehr gute Qualitäten zu entlocken, beweisen bereits die zum Auftakt zu rechnenden Gewächse, wie etwa der signifikante Lössveltliner von der Ried Himmelreich oder auch die beiden leichteren Roten Veltliner namens Wagram Terrassen und Ried Steinberg, die Herkunft wie Rebsorte perfekt widerspiegeln. Das Gleiche kann man auch von den beiden kräftigen Repräsentanten dieser Rebsorte behaupten, die sich zu wahren Prachtexemplaren entwickelt haben. Während dem Steinberg Privat Tiefgang und „burgundische" Noblesse zu eigen sind, glänzt der Mordthal mit Vitalität und einem wahren Fruchtfeuerwerk.

Von den großen Reserven präsentiert sich der Chardonnay bei dezentem Holzeinsatz schon rund und harmonisch, doch auch der sanft strömende, nie vorlaute Traminer besitzt seine Meriten. Als Novität gibt es auch einen Pfirsich-fruchtigen Riesling in Reserve-Qualität aus dem Jahr 2017, der vom zweijährigen Lager auf der Feinhefe und der Flaschenreife schmeckbar profitiert hat. Das Metier von Sohn Johannes sind die maischevergorenen Weißen unter der Bezeichnung Tertiär, von denen sich der Sauvignon 2020 bereits in jugendlicher Hochform präsentiert. Mit zahlreichen Fruchtnuancen versehen, gleitet er gewissermaßen höchst geschmeidig und elegant über den Gaumen und übertrifft vermutlich sogar den Vinaria Trophy Preisträger aus dem Vorjahr. *vs*

WAGRAM

★★★ S €€ GV
2020 Grüner Veltliner Ried Himmelreich + Sofort einnehmendes, dunkelbeeriges Duftspiel, fein verwoben und gehaltvoll zugleich, süße Frucht nach Melone und Banane, typischer Löss-Veltliner.

★★★★ K €€€ GV
2019 Grüner Veltliner Ried Schlossberg Erste Lage + Intensive, gelbfruchtige Nase à la Physalis und Kirschpflaume, saftig und einladend, reichhaltig und druckvoll, ein exotischer Obstkorb mit Ausstrahlung und Länge.

★★★ S €€ RV FUN
2020 Roter Veltliner Wagram Terrassen + Nach Biskuit und Mandeln, zartblumig und lebhaft, sehr frisch, schlank, kühl und straff, feine Balance und nervige Säure.

★★★ S €€ RV PLV
2020 Roter Veltliner Ried Steinberg + Nobler Duft nach Birne und Marzipan, auch ausgeprägte Kräuterwürze, dezent wie balanciert, kompakt und engmaschig, elegant und ausdauernd.

★★★★ K €€€ RV TIPP
2019 Roter Veltliner Ried Mordthal + Tiefgründiges Bukett nach Walnuss und Maroni, auch gelbfruchtige Aspekte, viel Temperament, zimtige Würze, substanzreich, fruchtsüß und vielfältig, Potenzial.

★★★★★ K €€€€€ RV TOP
2019 Roter Veltliner Ried Steinberg Privat Erste Lage + Archetypische Nase nach Zuckerwatte und roten Beeren, enorm reichhaltig, ohne je üppig zu werden, Birnenfrucht sowie Melisse, bei aller Dichte gibt die Finesse den Ton an, große Reserven.

★★★★ S €€€ RI
2017 Riesling Ried Steinberg Reserve + Charakteristische Nase nach Pfirsichschale und Ananas, auch ein bisschen Blankleder, harmonisch gereift und nuancenreich, nach Melisse und weißem Pfeffer, spannungsgeladen und individuell.

★★★★ K €€€ CH TIPP
2019 Chardonnay Große Reserve Ried Steinberg + Rauchiges Bukett nach Karamell und Dörrmarillen, rund und ausgewogen, kraftvoll, aber nie opulent, satter Fruchtschmelz und sanftes Tannin, salziger, langer Nachhall.

★★★★ K €€€ TR
2019 Roter Traminer Große Reserve + Rosenblüten und Eibisch, auch Marillenkompott, fruchtsüß und ruhig strömend, fleischig und delikat, gelbfruchtige Komponenten, aus einem Guss.

ÖSTERREICH

★★★★ K €€€ SB TIPP
2020 Tertiär S. + (Sauvignon Blanc, maischevergoren) Ziseliertes und vielschichtiges Duftspiel nach Maracuja und Stachelbeeren, charmant, offenherzig und verlockend, elegant und geschmeidig, ein Meisterstück voll Esprit und Rasse!

Weingut
Norbert Greil

Norbert Greil
3465 Unterstockstall, Alte Weinstraße 4
Tel. +43 2279 2139, Fax -14
office@weingut-greil.at, www.weingut-greil.at
8 Hektar, W/R 80/20

Norbert Greil aus Unterstockstall macht sehr klassische Wagram-typische Weine. Sein Weinbetrieb ist „sehr sortenbezogen, und die Weine werden immer lagengetreu ausgebaut". Die Hälfte seines Weinschaffens – und somit auf etwa vier Hektar – bildet die „Grüner-Veltliner-Linie". Die aromatischen Weine wie Riesling. Muskateller und Traminer hat er auch zusammengefasst. Als dritte Gruppe hat er die „Burgunder-Linie", bei der er mit Weißburgunder und Chardonnay glänzt.

Der Winzer steht aber auch für den einen oder anderen Wein abseits von Herkunft und Mainstream. Diese Weine nennt Greil die „Terra-Linie". Terra gibt es in Weiß und Rot – sie sind im halbtrockenen Bereich, von höherem Alkohol geprägt und atmen nur für kurze Zeit im kleinen Barrique, damit das Holz sich nicht in den Vordergrund spielt. Die Frucht ist von Dörrobst-Aromen geprägt oder gehrt sogar ein bisschen in die Amarone-Richtung.

Bei den Greil-Sortenklassikern steht besonders die Löss-geprägte Lage Schlossberg im Fokus – von welcher der Winzer neben dem Veltliner auch einen Riesling, Weißburgunder und Chardonnay herauszieht. Bei den Schlossberg-Weinen ist meist ein bisschen Holzcharme dabei – generell werden jedoch Greils Weißweine im Edelstahl ausgebaut. Den jungen Jahrgang vergleicht der Winzer als „back to the 80ies and 90ies". *hp*

WAGRAM

★★ **S € GV** PLV
2020 Grüner Veltliner Ried Steinthal + Feurige Würze, weißer Pfeffer, Lorbeer, getrocknete Orangen; kühle Aromatik, Säurebiss, Grapefruit, grüne Ananas, schon gehaltvoll.

★★★ **S €€ GV**
2019 Grüner Veltliner Ried Schlossberg Große Reserve + Füllig, Bratapfel, Marzipan, weich und wuchtig; Ananas, Fruchtcharme und Säurebiss zugleich, schwarzer Pfeffer, mittellang.

★★★ **S €€€ GV**
2018 Grüner Veltliner Terra Aurie Große Reserve + (Halbtrocken). Weich, viel Honig, Rosinen, Dörrobst, ätherisch; vom Restzucker geprägt, cremig und rauchig, Schokobanane, Ananaskompott, würziger Nachspeisenwein.

★★★ **S €€ RT**
2018 Grüner Veltliner Große Reserve Ried Schlossberg + Weich und füllig, Oliven, Marzipan, Toastbrot, Vanille; saftig,

★★ **S €€ RI**
2020 Roter Traminer Ried Rainthal Reserve + (Halbtrocken). Gelbe Bananen, gelierte Früchte, Honigmelone; einige Fülle, rauchiges Tannin, Rosenholz, dunkle Schokolade, Bitterorange, wirkt trockener wie er ist.

★★ **S €€ RI**
2020 Riesling Ried Schlossberg + Rauchige Frucht, Weingartenpfirsich, Bitterorange, einiger Gerbstoff; weiche Marillenfrucht, im Hintergrund Pfirsich, im Abgang schlanker.

★★★ **S €€ PB**
2020 Weißburgunder Ried Schlossberg + Dropsige Frucht, Maracuja, bisschen Sesam, Anis, Gewürzbrot, grüne Banane; gelbe Äpfel, Quitten, dezent süß ausgekleidet, Haselnussschoko, gerundet, mittellang.

★★★★ **S €€ CH**
2020 Chardonnay Ried Schlossberg + Brotige Fülle, Bratapfel, auch exotische Frucht; rund und saftig, Maracuja, rosa Grapefruit, zart-cremig, weißer Nougat, Kaffee, getrocknete Kräuter, Gerbstoffbitterl.

★★★★★ **S €€ CW** TIPP
2018 Inspiration Burgundercuvée + (CH/WB) Füllig, gut burgundisch, Butterzopf, Haselnuss, Steinpilz; gut integriertes Holz, viel Mokka, rauchig, dunkle Würze, Kakao, balanciert, druckvoll, erst am Beginn seiner Reise.

★★ **S €€ CR**
Rendezvous Große Reserve + (Jahrgangscuvée 2017/2018 aus ZW/BB) Reife Sauerkirschen, würzig und rauchig, Mürbteigkuchen; viel Kräuterwürze, Weichseln, Zwetschken, jugendliches Tannin, mittellang.

★★★ **K €€€€ BB**
2018 Terra Mater + (halbtrocken) Viel Fruchtvolumen, Dörrobst, getrocknete Pflaumen, auch Datteln, ätherisch, ähnelt der Amarone-Stilistik; süße Waldbeeren, rauchig, trockene Tannine.

Weinhof
Grill

Gudrun Grill-Gnauer
3481 Fels, Untere Marktstraße 19
Tel. +43 2738 2239, Fax -4, Mobil +43 664 421 10 22
gudrun.grill@aon.at, www.weinhof-grill.com
10 Hektar, W/R 80/20

Es ist herrlich anzusehen, wie ungemein Wagram-typisch die Weine von Gudrun Grill-Gnauer sind. Sie strotzen vor Eleganz, Fruchtschmelz, subtiler Fülle, feinem Säurespiel und sind voller Trinklust. Sehr schöne Grüne Veltliner konnte ich probieren. In aufsteigender Folge wie Wagram, Ried Scheiben, Selektion und Ried Brunnthal sind es beachtliche Weine. Die beiden Rieslinge sind vom Feinsten, wobei mir die Ried Wora am Herzen liegt. Der 2020 Rote Veltliner ist hervorragend. Die Größe der Weine aus dieser Rebsorte zeigt der 2019 Ried Fumberg, welcher das Gesicht des Wagrams darstellt. Die Tochter des Hauses kann sich auf ihren Wein freuen – 2020 Emilia ist ein Wein von femininer Anmutung.

Der große Wein des Weingutes ist der RUNA – ein hochwertiger Grüner Veltliner, der 2019 etwa zehn Gramm Restzucker hat, welcher diesem Wein toll reifen lässt. Diese tollen Weine würden sich eine etwas höhere Preisgestaltung verdienen. *as*

WAGRAM

★★ S € GV FUN
2020 Grüner Veltliner Wagram + Ein ganz typischer Wagramer Grüner Veltliner, Lössig, Apfel, Birne, Nüsse, fruchtig, würzig, fein nuanciert, dezente Exotik, unkompliziert auf hohem Niveau.

★★★ S € GV
2020 Grüner Veltliner Ried Scheiben + Mineralisch vom Anfang an, straff, karg und steinig, reifer Apfel, Pfefferschleier, Mango, Birne, feste Struktur, rauchig, guter Zug auf dem Gaumen.

★★★ S €€ GV
2019 Grüner Veltliner Selektion + (hauptsächlich Scheiben) Gelbfruchtig, Orangenschalen, steinig, voller Pikanz, Citrus, Pomelo, Pfeffer, Pfirsich, feingliedrig und sehr elegant, Zug nach hinten. Toller, schmaler Stoff.

★★★★ S €€ GV TIPP
2020 Grüner Veltliner 1ÖTW Ried Brunnthal + Tolle Exotik, Citrus, Orangen, auch Marillen, Grapefruit, weißer Pfeffer, druckvoll, eng, tiefgründig, salzig, ungemein präzise, straff, kompakt, tolle Säure, ausdrucksstark, viel Lage.

★★ S €€ RV
2020 Roter Veltliner + Lebkuchen, Bratapfel, Orangenschalen, kühl, die typische Säure des Roten Veltliners, die nie sauer ist, doch unverwechselbar. Etwas rotbeerig, kühle Noten, Exotik ausstrahlend.

★★★ S €€€ RV TIPP
2019 Roter Veltliner Ried Fumberg/Gösing + Ein saftiger Roter Veltliner voller Intensität, Tiefe, Bratapfel, Lebkuchen, Orangenzesten, kühle Aromatik, voller innerer Harmonie, eine passende Säure, die in eine schmelzige Cremigkeit überleitet. Hat viel Substanz. Ein wunderbares Weingesicht vom Wagram.

★★ S € RI TIPP
2020 Riesling Ried Wora + Granitschiefer (Die Ried Wora liegt zum Teil im Kamptal, zum Teil im Wagram) Rauchig, nasser Stein, dunkel getönt, schiefrige Struktur, die totale Mineralik, enormer Zug auf dem Gaumen. Ein Riesling, der viele Facetten aufzeigt. Eine hohe Qualität zu einem sehr vernünftigen Preis.

★★★ S €€ RI
2020 Riesling Ried Brunnthal + Marillenröster, eingetrocknete Beeren, Zuckerwatte, exotisch angehaucht, Mandarinen, voller Saftigkeit, Marzipan, ein Wein, der noch Zeit braucht. Sehr reichhaltig, fruchtsüß, sehr gut, doch bitte warten bis zum Herbst.

★★ S €€ CW
2020 Emilia Cuvée + (WB, CH) Der Tochter des Hauses gewidmet. Ein hervorragender Wein, voller Eleganz, Nelken, Mandeln, reife Frucht, ungemein saftig, vollmundig, dabei nie breit oder ausladend, immer trinkanimierend auf hohem Niveau, Citrus, ein Hauch von bester Botrytis, traubig, einige Finesse zeigend, ganz klar Wagram. Emilia kann sich freuen.

★★★★ S €€ GV TIPP
2019 RUNA Grüner Veltliner + (Scheiben, Hammergraben) Dunkelwürzig, Kaffee, Karamell, rauchig, Marille, Exotik, reife Birne, cremige Süße, dieser Wein hat etwas über 10g Restzucker, der den Wein in lichte Sphären trägt. Der Wein strahlt eine innere Ruhe aus, vollmundig, weiche Frucht, angenehme Säure.

Weingut
Hellmer

Reinhard & Doris Hellmer
3481 Fels am Wagram, Obere Marktstraße 46
Tel. +43 2738 3149
office@winzer-hellmer.at, www.winzer-hellmer.at
10 Hektar

Nachhaltige Weingartenbewirtschaftung ist das Credo von Reinhard Hellmer. Er achtet sorgfältig auf ein natürliches Ökosystem in seinen Weingärten. Es wird kein Kunstdünger, Herbizid oder Insektizid verwendet.

Die Weine sind besser denn je. Von hohem Qualitätsstandard.

Die beiden Grünen Veltliner 2020 vom Löss und „Laura“, dem Töchterl des Hauses gewidmet, sind hervorragende und sehr typische Gewächse.

Sehr ernsthaft wird es dann beim 2020 GV Ried Mitterberg. Ein Grüner Veltliner von einiger Noblesse.

Ein mächtiger Wein ist die 2019 Grüner Veltliner Grande Reserve Steinagrund. Ein feiner Wein ist der halbtrockene 2020 Weißburgunder Ried Schillingsberg. Das Zuckerspitzerl adelt diesen Wein.

Natürlich fehlt auch nicht die Spezialität des Wagrams – der Rote Veltliner. Der 2020er Ried Schillingsberg ist ein repräsentativer Vertreter seiner Sorte. Von fordernder Struktur ist der 2020 Riesling Ried Hammer. Das ist wahrlich ein Hammer. Der wird im Herbst richtig durchstarten. *as*

WAGRAM

★★ S € GV **FUN**
2020 Grüner Veltliner vom Löss + Ein Citrus frischer Grüner Veltliner, pfeffrig, kühl, reifer Apfel, Ringlotten, feinwürzig, voller Frische, dezent rauchig, klassisch Löss, gute Balance, der Wein verschließt sich, ein sehr gutes Zeichen, schmeckt hervorragend.

★★ S € GV **FUN**
2020 Grüner Veltliner „Laura“ + (gewidmet der Tochter Laura) Citrus Frische, grüner Apfel, ein frischer, dezent apfeliger Grüner Veltliner, voller Frische, tolle Säure, gehobenes Trinkvergnügen, der Pfeffer findet sich im Obst wieder. Gehobenes Trinkvergnügen.

★★★ S €€ GV **TIPP**
2020 Grüner Veltliner Ried Mitterweg + Dunkles-lössiges Aroma, Exotik ausstrahlend, Ananas, Grapefruit, mineralischer Touch, von fester Struktur, gelber Frucht, ein sehr feingliedriger GV von feinster Würze, großer Eleganz, ungemein pfeffrig, aus einem Guss, perfekte Balance, toller Körper, vielschichtig und gediegen. Da gibt es keine Diskussion – ein prachtvoller Grüner Veltliner. Da ist einige Noblesse im Spiel!!!

★★★ S €€€ GV **TIPP**
2019 Grüner Veltliner Grande Reserve Steinagrund + Karamellisierte Holzwürze, schwarzer Pfeffer, rauchig, Vanille, Dörrobst, das ist eine wunderbare Symbiose zwischen Holz und Frucht/Sorte, der Pfeffer untermalt das Geschehen, es kommen dezente Zwetschken ins Spiel, je länger der Wein offen ist, desto mehr Facetten kommen ins Spiel, ein unglaublich vielschichtiger Wein, vollmundig, extrem reichhaltig, der eher hohe Alkohol (14,5% Vol.) ist kein Problem, nie störend, langlebig, enorme Substanz.

★★★ S €€ RV
2020 Roter Veltliner Ried Schillingsberg + Ein Aroma von subtiler Intensität, Lebkuchen, Pfirsichbouquet , von frischer Eleganz, gelber Apfel, hat eine wunderbare frische Frucht, kühle Noten, sehr lebendig, Birnenfrucht, cremige Textur, Hauch von Karamell, ziemlicher Rückhalt, sehr stimmig, sehr typisch, ein hervorragender Roter Veltliner.

★★★ S €€ PB
2020 Weißburgunder Ried Schillingsberg + Frisches Obst, Ringlotten, Birnen, Bananen, Zwetschken, Quitten, ein sehr distinguierter Weißburgunder von nobler Struktur, das dezente Zucker Spitzerl verleiht ihm eine harmonische Fülle, von weiblichem Charme, sehr elegant, wirkt fast filigran, von saftiger Textur, nussige Unterlegung, ein wunderbarer Weißburgunder von anmutiger Feinheit, der sehr gut zu reifem Käse passt, aber auch zu Gerichten mit Sauce. Es muss nicht alles knochen-trocken sein! Der geht auf die Reise.

★★ S €€ RI
2020 Riesling Ried Hammer + Ein an sich noch verkapselter Riesling, doch mit Steinobstaromen, wobei die Marillen dominieren, der Pfirsich kommt hinzu, sehr vielschichtig, sehr elegant, rassige Säure, steinige Mineralität, dichte Struktur, klassisch Riesling, dichte Struktur, nervig-fordernder Ausdruck, ein Wein, der noch ganz am Anfang seiner Entwicklung steht.

★★★ S €€€ CH
2019 Chardonnay Grande Reserve + Hier dominiert die neue Eiche, die sich in der Frucht wiederfindet, sich langsam integrierend, unterstützend, zart buttrige Noten, nussige Aspekte, sehr feine Fülle, Vanille, Eleganz mit nobler Fülle, ein typischer Wagramer von warmem Timbre mit salzigen Noten, charaktervoller Auftritt, ein Herr mit Stil. Ein Wein von fester Struktur, von ernsthaftem Ausdruck.

★★ S €€ SL
2018 St. Laurent Ried Kogel + Kirschen mit Lebkuchen und reduktivem Ausdruck, hier ist viel Stoff in einer Cloud, zwetschkig, Heidelbeeren, braucht ganz viel Zeit, um sich zu entwickeln, Kirschenfrucht, einiger Stoff, einige Tiefe, doch sehr viel Zeit und Luft brauchend. Da ist nix vordergründig, das ist Stoff, aber noch total verkapselt. Braucht den Herbst.

ÖSTERREICH

★★ K €€ CW
NV Sekt Brut + Kleinperlig, Kräuter, Anis, weißer Pfirsich, Hauch von Citrus, reifer Apfel, feste Struktur, ein dominanter Körper, herbe Noten, einiger Rückhalt, gute Substanz, sehr gute Struktur, auch mineralische Töne kommen hinzu, zeigt Druck, ernsthaft.

Familienweingut
Kolkmann

Horst & Gerhard Kolkmann
3481 Fels am Wagram, Kremser Straße 53
Tel. +43 2738 2436, Fax -4
office@kolkmann.at, www.kolkmann.at

45 Hektar, W/R 75/25

Dieses Weingut ist ein vorbildliches Familienunternehmen, in dem alle an einem Strang ziehen. Ob jung oder alt, jeder hat seine Aufgaben. Diese Harmonie strahlen auch die Weine aus. Vier Generationen sind hier tätig. Die Weine kann man in der geräumigen Vinothek in aller Ruhe verkosten. Die besten Lagen der Region werden bewirtschaftet: Fumberg, Lösswand, Schafflerberg, Hammergraben, Diebstein, Scheiben und Brunnthal. Mit dem Jahrgang 2020 werden die gesamten Weingärten des Hauses biologisch-organisch bewirtschaftet. Ein wichtiger Schritt zur Qualitätssteigerung. Der Jahrgang 2020 ist bestens ausgefallen. Genügend Säure, daher Frische und Lebendigkeit ausstrahlend. Das beginnt beim formidablen Muskateller und setzt sich fort beim Sauvignon Blanc. Mein Herzenswein ist der 2020 Weißburgunder Ried Brunnthal. Ein Wein von charmanter Gediegenheit. Das Weingesicht des Wagrams ist der Rote Veltliner, daher wurde wieder ein Hektar neu gepflanzt. Der 2020 Rote Veltliner Ried Scheiben ist ein klassischer Wagramer. Selbige Rebsorte 2019 Reserve Ried Scheiben zeigt, zu welch hoher Qualität diese Sorte fähig ist. Bei den Rotweinen schätze ich den 2018 Pinot Noir Ried Lösswand mit seinem wunderbaren burgundischen Flair. Ein 2019 Strohwein vom GV sorgt für Frohsinn bei den Leckermäulchen. *as*

WAGRAM

★★ S €€ GM FUN
2020 Gelber Muskateller + Ein sehr typischer, duftiger Muskateller, Holunderblüten, Zimt, Citrus, tolles Säurespiel, voller Frische, Blütenduft, so richtig frühlingshaft. Ein Muskateller mit viel Niveau.

★★ S €€ SB FUN
2020 Sauvignon Blanc Ried Hammergarten + Anfangs noch etwas schüchtern, ging dann auf, dezente Holunderblüten, dezenter Paprika, zartfruchtig, etwas Citrus, frisch und lebendig, schlank, nie laut, immer schön zu trinken.

★★★ S €€ CW
2020 Burgunder vom Löss + (CH, PB) Nussig, Apfel, kühl und noch etwas knackig, einiger Rückhalt, baut eine cremige Fülle auf, gewisse Finesse, guter Wein mit sehr guten Anlagen. Geht seinen Weg.

★★★ S €€ PB FUN
2020 Weißburgunder Ried Brunnthal + Ein Weißburgunder von feinfruchtiger Textur, reife Birnen, Mandelhauch, mineralischer Touch, sehr elegant, cremig, höchst angenehm und gediegen, gelbfruchtig, voller Charme und Noblesse, der wird im Herbst zu seiner besten Form auflaufen.

★★ S €€ RV
2020 Roter Veltliner Ried Scheiben + Lebkuchen, dezenter Bratapfel, Birnen, Kräuter, angenehme Würze, fruchtige Eleganz, schnörkellos, gewisse Exotik, ein hervorragender Wein und typisch Wagram.

★★★ S €€ GV
2020 Grüner Veltliner Ried Brunnthal + Kühl, gelbfruchtig, weißer Pfeffer, Orangenzesten, Birnen, Exotik, herrlich würzig, cremig-schmelzig, Mineralität ausstrahlend, sehr gediegen, hellfruchtig, ein so richtig feiner Grüner Veltliner.

★★★★ S €€€ GV TIPP
2019 Grüner Veltliner Große Reserve Ried Scheiben + Vergoren im Stahltank – Ausbau mit der Hefe im großen Holzfass ohne Fassbrand. Wurde mit Wasserdampf behandelt. Anfangs dezente Vanillenoten, wird cremig, weißer Pfeffer, Walnüsse, gelbe Früchte, ungemein strukturiert, cremige Fülle, harmonisch mit ziemlichem Druck nach hinten, tolles Mundgefühl, kräftig, doch nie belastend.

★★★★ S €€€ GV TIPP
2019 Grüner Veltliner Reserve Ried Brunnthal + Wurde in kleinen Holzfässern vergoren – 2/3 neu, 1/3 gebraucht. Das Timbre eines großen Weines ausstrahlend, rauchig, Honignoten, mächtig, fleischig, tiefgründig, enorme Länge, Fichtennadeln, Pfeffer, Hauch Vanille, exotische Anklänge, iel Mineral, von burgundischer Dimension.

★★★★ S €€€ RV TIPP
2019 Roter Veltliner Reserve Ried Scheiben + (Ausbau in neuer Eiche – franz. Holz) Sehr gut eingebundenes Holz, es wurde wunderbar eingeatmet, feine Vanille, Steinobst, lebendige Säure, Mineralik, viel Stoff, Lebkuchen, ein herrlicher Wein, der wie Butter auf dem Gaumen zerrinnt. Ein großartiger Wein für viele Jahre.

★★★ S €€€ ZW
2018 Zweigelt Reserve + Rotbeerig, Kirschen, Hauch Vanille, voller Charme, dezenter Holztouch, kühl und transparent, feine Fruchtnoten, balanciert, zartwürzig, das ist Trinken auf ganz hohem Niveau.

★★★ S €€€ PN
2018 Pinot Noir Reserve Ried Lösswand + Terrassiert, kühler Weingarten bei Groß Riedenthal, Gösing und Fels. Himbeeren, Orangenschalen, kühle Aromen, etwas Leder, Pilze, von transparenter Festigkeit, rauchige Noten, burgundisches Flair ausstrahlend, von großer Eleganz, ungemein typisch, ein Pinot Noir für Kenner.

NIEDERÖSTERREICH

★★★ S €€€ GV
2019 Strohwein + (10,5% Vol., 170g RZ, 0,375l-Fl.) Dunkel getönt, rosinig, Bratapfel, Honigsüße, Pilze, Nüsse, Karamell, weich, rund, süß, reichhaltig, pralle Trauben, sehr schöner Wein für Festtage. Um 19,80 Euro wohlfeil, wie ich meine. Es gibt ca. 500 Flaschen davon. Also rasch ordern.

Weingut
Leth

Franz Leth
3481 Fels am Wagram, Kirchengasse 6
Tel. +43 2738 2240, Fax -17
office@weingut-leth.at, www.weingut-leth.at
52 Hektar, W/R 85/15

Der Jahrgang 2020 erbrachte im Weingut Leth leider eine kleine Ernte. Knapp an der Grenze zur Wirtschaftlichkeit. Selektionieren war das Gebot der Stunde. Doch es hat sich ausgezahlt, das wenige, welches es in den Keller geschafft hat, ist ausgezeichnet.

Die Weine der großen Lagenweine wie Scheiben und Brunnthal kommen dann in Herbst. Diese liegen noch im Akazienfass.

Die 2020 Klassik Weine sind von überaus hoher Typizität. Möchte auf den Grünen Veltliner Klassik hinweisen. Der Rote Veltliner Fumberg ist von besonderem Ausdruck. Große Eleganz zeigt der Grüne Veltliner Schafflerberg 2020. Ebenfalls große Klasse zeigt der Riesling Ried Schillingsberg 2020. Ein Wein für viele Jahre.

Beim Weißburgunder 2020 werde ich schwach. Diese feine transparente Note ist von einehmender Frische.

Der 2020 Grüner Veltliner Gigama ist ein Kraftlackel, ab in den Keller mit ihm. Fünf Jahre warten – aber dann ...

Ein Wein der Herzen ist der Sortenweingarten. Den hat Franz Leth sen. schon vor über 20 Jahren angelegt. 250 Rebsorten in einem Weingarten mit alten und seltenen Reben. Das ist ein weingeschichtliches Ereignis. Ein faszinierendes Betätigungsfeld für die Rebforschung. Dafür gebührt Franz Leth sen. ein Denkmal in Fels. *as*

WAGRAM

★★ S €€ GS
2020 Gemischter Satz Klassik + Steinige Mineralität entströmt dem Glas, Äpfel & Birnen, Kräuter, dezent rauchig und frisch & knackig, weißer Pfeffer, Hauch Nüsse, ein trinkfreudiger, unkomplizierter Wein, frische Säure, die passt.

★★ S €€ RV
2020 Roter Veltliner Klassik + Lebkuchen, Bratapfel, gelbfruchtig, Marillen, guter Druck, geradlinig, pikante Würze, reife Birne, passende Säure, schnörkellos, sehr guter Essensbegleiter. Nie aufdringlich, gewisse Tiefe, mit typisch steinigen Aspekten.

★★★ S €€€ RV
2020 Roter Veltliner Ried Fumberg/Gösing + Feine Nase nach Mostbirnen, Mandarinen, gelber Apfel, Ribisel, etwas Bratapfel, Steinobstanklänge, Lebkuchen, sehr elegant, feinfruchtig, Citrus, Fruchtcharme ausstrahlend, dezenter Hefeton, rotbeerig, Hauch von Vanille, ein trinkanimierender Wein auf sehr hohem Niveau. Klassewein, der sich im Herbst von seiner besten Seite zeigt.

★★ S €€ GV
2020 Grüner Veltliner Klassik + Pfefferwürze, Apfel, gelbe Birnen, Mandeln, Honigmelone, Ringlotten, tolle weiche Frucht, lössige Textur, voller Harmonie, herzhaft, liegt kompakt auf dem Gaumen, sehr in der Balance, süffig, saftig, gute Länge, absolut typisch, fast rund und mollig bei guter Frische.

★★★ S €€ GV
2020 Grüner Veltliner Ried Schafflerberg + Elegante Exotik empfängt einen, Ananas & Co., weißer Pfeffer, Hefeschleier, Kernobst, Orangenzesten, Frühlingskräuter, zartwürzig, reifer Apfel, Mandeltöne, ein feiner Herr befindet sich im Glas. Ein so richtig stimmiger Wein, der keinen Wunsch offen lässt.

★★ S €€ RI
2020 Riesling Klassik + Marille, Ananas, einige Kräuter, frische Säure, knackig, rassig, fordernd, liegt straff auf dem Gaumen, Pomelo, Citrus, noch total jung. Braucht Flaschenreife und den Frühling.

★★★ S €€€ RI TIPP
2020 Riesling Ried Schillingsberg + Welch bezauberndes Bouquet , Ananas, Marille, Exotik ausstrahlend, die Südsee einfangend, Wacholder, Honignoten, pralle Riesling Trauben, rassige Säure, Wiesenkräuter, Blütenhonig, zeigt einige Tiefe, feste Struktur, mineralische Anklänge, ein ausdrucksstarker Riesling mit einiger Zukunft.

★★★★ K €€€€ GV TIPP
2020 Grüner Veltliner Grande Reserve „GIGAMA“ + Ein Ausblick in die Zukunft, es beginnt ein neues Verkostungszeitalter, ein ungemein würziger Wein, der noch im Holzfass liegt, dunkle Rösttöne, Honignoten, viel Pfeffer, auch exotisches Timbre, Orangenschalen, wachsige Noten, Haselnüsse, Nadelwald, Vanille, pralle Trauben, ganz viel Stoff und druckvoll auf dem Gaumen.

★★★★ K €€€ PB TIPP
2020 Weißburgunder Reserve + Ein feingliedriger Wein voller Eleganz, dezente Hefenoten, seidiger Glanz, Kumquats, Sommerwiese, Ananas, ungemein fein, positive Ausstrahlung, immer Frische ausstrahlend, Kräuter, weiße Blüten, etwas Tee, frischer Apfel, Gewürze, der Wein geht richtig auf, viel Finesse, attraktiv, die Eleganz in Wein.

ÖSTERREICH

★★★ S €€€ CW
(2020) Simply wow! Edition L. „MMXIX“ + (Tafelwein) Ein Gemischter Satz aus mystischen Reben. Ein absolutes Unikat von bis zu 200 weißen Rebsorten. Weißer Pfirsich, Apfel, Birnen, etwas Muskat, hellfruchtig, frische Frucht, Citrus, Kümmel, gelbfruchtig, ein sehr vielschichtiger Wein, trinkanimierend, viele Facetten zeigend, sehr guter Wein.

★★ K €€ CW FUN
2020 Pat Nat Rose + Feiner Schaum, zartrosa Farbe, Ribisel, feinherbe Noten, seidige Frucht, Waldhimbeeren, voller Frische, Orangenschalen, dezent pilzig, sehr pikant auf dem Gaumen, feingliedrig, große Eleganz, so richtig trinkig, ein perfekter Aperitif, perfekt zu Antipasti, einfach so, der Sommer kann kommen.

Familienweingut
M. Mayer

Matthias Mayer
3465 Königsbrunn, Kremserstraße 19
Mobil +43 676 882 344 42
weingut@m-mayer.at, www.m-mayer.at
8 Hektar, W/R 80/20

Auf den sanften Hügeln um Königsbrunn am Wagram baut die Familie Mayer in mittlerweile dritter Generation die für dieses Gebiet typischen Varietäten an. Das Motto von Matthias und Jasmin Mayer ist zur Betiebsphilosophie geworden: „Qualität statt Quantität!" Dank der Größe des Betriebes können sämtliche Bereiche durch die Familie abgedeckt werden. Alle Beteiligten widmen sich mit Hingabe ihren Aufgaben. „Unser Leben ist dem Rhythmus des Weines angepasst", erklärt Matthias Mayer, der auch die Funktion des Kellermeisters innehat. Hier pflegt man eine naturnahe Bewirtschaftung mit limitierten Erträgen, auf akribische Weingartenarbeit legt der Winzer größten Wert. Letztendlich beschere dieser Arbeitsstil zufriedene Weinkunden und Gäste im Heurigen.

Der Grüne Veltliner fungiert als Leitsorte. Im Kleinklima, das von der Donau und dem nördlich angrenzenden Weinviertel geprägt ist, fühlt er sich richtig wohl. Es gibt ihn in mehreren Ausführungen, vom selbsterklärenden und trinkanimierenden „Stoamasl" über den klassisch-würzigen Typus „Alte Reben Ried Bromberg" bis zum Reservewein von der Ried Mordthal. Letzterem wird eine längere Zeit zur Konsolidierung zugestanden, er wird im Holzfass ausgebaut und ist immer erst rund ein Jahr nach der Ernte erhältlich. Die Weine der Familie Mayer bringen den fruchtbaren Lössboden klar zum Ausdruck. Auch der Rote Veltliner weiß zu überzeugen. In der aktuellen Serie outet sich der Riesling als offener, sortentypischer Wein mit bemerkenswertem Trinkfluss. Abgerundet wird das Sortiment von Grünem Sylvaner, Gelbem Muskateller, einem Gemischten Satz sowie Zweigelt und St. Laurent.

Die Weine des Hauses Mayer kennzeichnet ein attraktives Preis-Leistungs-Verhältnis. Verkosten kann man sie im Heurigen in der sehenswerten Königsbrunner Kellergasse, begleitet von selbst gemachten Speisen. Über die Öffnungszeiten informiert die Homepage. *ww*

WAGRAM

★★★ S €€ RI **FUN**
2020 Riesling + Glockenklare, dezente Sortenaromatik, primär Pfirsiche, tief im Glas auch grünfruchtige Noten; schließt aromatisch nahtlos an, freundlich, gute Substanz, zarter Schmelz, angenehme Säure, Pfirsich und ein Hauch Zitrus klingen lange nach.

★★ S €€ GS
2020 Gemischter Satz + Äpfel, Kräuter, Steinobst, florale Akzente; einige Facetten auch im Geschmack, Würze etwas akzentuierter, im Finish markante Kräuternote, feinherber Abgang, mittlere Länge, interessant und individuell.

★★ S € GV
2020 Grüner Veltliner Stoamasl + Betont würzig, ätherische Anklänge, reife Äpfel; zarte Kohlensäure, belebendes Säurespiel, Äpfel und Pfirsiche, sortentypische Würze lange im Nachhall.

★★★ S €€ GV
2020 Grüner Veltliner Ried Bromberg + Kraftvoll, Kernobst, Weingartenpfirsich, feine Würze, Hauch Muskatblüten; sanfter Druck, Schmelz, fokussiert, quicklebendig, Würze und frische Frucht im Abgang und im Nachhall.

★★★ S €€ RV **PLV**
2020 Roter Veltliner + Kompakt, kündigt Substanz an, viel Würze, bodenstämmige Noten, Frucht blitzt durch; schließt strukturell und aromatisch an, Frucht deutlicher, feiner Schmelz, einige Kraft, gut eingebundene Säure, Würze und Bodentöne klingen nach.

★★★★ S €€€ GV **TIPP**
2019 Grüner Veltliner Ried Mordthal Reserve + Reife Substanz, dicht, vielschichtig, Kräuter, trockenes Laub, Minze und Quitten, Tropenfrüchte angedeutet; sanfter Schmelz, ganzer Früchtekorb, kraftvoll und geschmeidig, zugängliche Säure, lang, reife Früchte und Würze klingen nach, bringt den Lössboden klar zum Ausdruck.

BIO

Weingut
Mehofer – Neudeggerhof

Stephan Mehofer
3471 Neudegg 14
Tel. +43 2279 7247
neudeggerhof@mehofer.at, www.mehofer.at
23 Hektar, W/R 75/25

Kikeriki! Auf dem traditionsreichen Lösshof gibt es eine Novität: Aus der „Lösspiration", dem Gemischten Satz eines PiWi-Sorten-Trios, wurde „Johahn". Erstens, weil schon im Familienwappen das Federvieh zu finden ist, und zweitens, weil es auch in der rund 500-jährigen Historie auf dem Hof einen Johann gegeben hat. Johahn ist nicht verkopft, er steht für Weitblick und Weiterentwicklung, stellt sich als unfiltrierter Naturbursch dar, supersüffig und möglichst nachhaltig bis zur Leichtglasflasche und dem Wood Twister-Schraubverschluss.
Johan motiviert in Richtung Zukunft, er will auf den europäischen Markt und weiß, „nur gemeinsam kann man es schaffen" – so schildern die Mehofers das schlüssige Gesamtpaket um zehn Euro.
Überhaupt war 2020 das Jahr der Neuerung, gibt der Winzer Stephan Mehofer zu: „Ich habe vieles anders gemacht, zum Beispiel alle Weine mit Ganztraubenpressung und mit Spontangärung gestartet." Das bringt eine breite Struktur mit mehr Grip und besondere Kräutrigkeit. „Vor drei Jahren hätte ich noch gesagt: Spontangärung? Sicher nicht." 2020 war zwar aufreibender, mit mehr Risiko und Zweifel, aber spannend und voll intensiver Beziehung zu den werdenden Weinen.
Die hauseigene Herkunftspyramide auf dem Neudeggerhof unterteilt sich in im Edelstahltank ausgebaute Wagramer Klassiker, in Ortsweine „Neudegg" – von dem es neu den 2018er-Zweigelt gibt – und in lang gereifte Riedenweine „Wadenthal". Dort an der Grenze zum Wald sind auch die PiWi-Sorten Bronner, Johanniter und Muscaris zu Hause. Das ist also „Johahns" Reich. *juf*

WAGRAM

★★★ S € GV — PLV
2020 Grüner Veltliner Wagram Klassik + Strudelapfel, Pichelbirnenmost, Blutorange, schöne Würze auf dem Gaumen, solide und recht trinkanimierend.

★★★ €€ S RI
2020 Riesling Wagram Klassik + Duftet nach Nektarinenmus, Bienenwachs, Blütenhonig und Heublumen, wird mit jedem Schluck immer eindeutiger Riesling.

★★★ €€ S RV
2020 Roter Veltliner Wagram Klassik + Frisch gemahlenes Getreide, Kletzen, nasser Stein, cremiges Mundgefühl, frische Säure, muss sich erst öffnen.

★★★ S €€ GS — PLV
2020 Alter Weingarten Gemischter Satz + Kümmel, weißer Spargel, Kräuterkissen, weißer Pfeffer, Williamsbirne, würziges Mundgefühl, etwas Fenchelsamen, weißer Nougat, also insgesamt eine vielschichtige und vielversprechende Fassprobe.

★★★ S €€€ GV
2020 Grüner Veltliner Neudegg + Kümmel, weißer Spargel, Kräuterkissen, weißer Pfeffer, Williamsbirne, würziges Mundgefühl, etwas Fenchelsamen, weißer Nougat, also insgesamt eine vielschichtige und vielversprechende Fassprobe.

★★★★ S €€€ RV — FUN
2020 Roter Veltliner Neudegg + Äußerst einnehmender, exotischer Duft, Kumquat, grüne Mango, Ananas, charismatisches Säuregerüst erinnert an Gose, viel Wein, guter Zug, lange Gärung bringt Vollmundigkeit, toll!

★★★★ €€€€ S ZW
2018 Zweigelt Neudegg + Kardamom, Gewürznelken, auf dem Gaumen kommt die sortentypische Kirschfrucht, sehr gediegen, warme Aromen, durchaus auch Würze, zart tabakig, füllig, gute Balance, zeigt, dass ein Zweigelt zum Kaminwein taugt, ohne überbordend zu sein.

★★★★ €€€ K RI — TIPP
2019 Riesling Ried Wadenthal + Ansprechendes Bukett nach frischen Weingartenpfirsichen, das auch auf dem Gaumen sein Versprechen einlöst, zupackend, Kreide, Limettenschale, Mineralität durch lössig-schottrigen Boden, adäquate Säure, präsent, straff, feste Textur, vital.

★★★ €€€€ K GV
2019 Grüner Veltliner Wadenthal + Vielfältiger Geruchseindruck nach Strudelapfel, Zimt, Mürbteig, Eibisch, fleischig, schöner Schmelz, reichhaltig, aber kompakt, große Reserven!

★★★★ K €€€€ RV — TIPP
2019 Roter Veltliner Ried Wadenthal + Vielfältig nach Physalis, unreife Zwetschken, Blätterteig, gehaltvoll, Estragon, Schwarztee, wirkt lange nach, Solist mit tollem Lagerpotenzial.

★★★★ S €€€ PN
2018 Pinot Noir vom Löss + Preiselbeeren, Powidlbuchteln, Moos, mit griffiger Textur, kein geschliffener Pinot, feine Kräuterwürze, starker, eigenständiger Charakter.

★★★★ S €€ GS — FUN
2020 Johahn + Trübe Erscheinung, zauberhaft blumig in der Nase, Birnenkompott, Molke, unterlegt mit Alpenkräuter-Limo, zarte Litschifrucht, verspielter, nicht verkopfter Vertreter in der sogenannten Natural-Wine-Nische, supersüffig, aus den PiWi-Sorten Bronner, Muscaris, Johanniter.

♛♛

Weingut
Nimmervoll

Claudia & Gregor Nimmervoll
3470 Engelmannsbrunn, Steingassl 30
Mobil +43 676 950 36 82
office@nimmervoll.cc, www.nimmervoll.cc

18 Hektar W/Rosé 85/15

Begonnen hat alles im Jahr 1930, als Johann Nimmervoll einen kleinen Weingarten auf dem Schafflerberg kaufte. 2002 vinifizierte sein Urenkel Gregor seinen ersten Jahrgang kompromisslos nach den eigenen Vorstellungen; abgefüllt wurde er nicht. Seither hat sich viel getan. Der Keller wurde neu gebaut und zwischenzeitlich erweitert, weil die Weingartenfläche signifikant ausgedehnt wurde. Richtig aufgezeigt hat der aufstrebende junge Mann mit dem Jahrgang 2008, den er als seinen besten bezeichnet. Mit Claudia hat er eine Seelenverwandte an seiner Seite. Winzer zu sein ist der Lebenstraum von beiden.

Die jungen Leute besitzen Anteile an unterschiedlichen Lagen, von den besten gibt es Riedenweine. Die Ried Eisenhut kennzeichnet ein Untergrund aus rotem Schotter und sandigem Löss; hier stehen Roter Veltliner und Traminer. Mittersteig bei Gösing besteht aus tiefem Löss, hier gedeiht Weißburgunder. Auf der mächtigen Lössriede Schafflerberg bei Fels stehen sehr alte Rebstöcke von Grünem Veltliner. Die kleine Riede Fuxberg in Sichtweite zum Weingut mit ihrem kühlfeuchten, lehmigen Lössboden liefert einen ausgesprochen eleganten Wein, komponiert aus Gelbem und Rotem Traminer und uneingeschränkt zu empfehlen. Nur in den besten Jahren gibt es die Engilmar-Linie, benannt nach dem keltischen Namen von Engelmannsbrunn, was „von den Engeln geliebt" bedeutet. Mit dem Jahrgng 2020 ist Gregor Nimmervoll sehr zufrieden. „Es wird wieder Engilmar-Weine geben, aber bis diese auf die Flasche kommen, wird noch einige Zeit vergehen." Auch dem Weißburgunder wird besondere Aufmerksamkeit zuteil, der 2018er Engilmar ist ein echtes Sortenkonzentrat. *ww*

WAGRAM

★★ **S €€ PB** **PLV**
2020 Weißburgunder Wagramlöss + Sorte unverkennbar, Birnenkompott, Prise Haselnüsse, sanfter Schmelz, Lössboden; schließt aromatisch an, zugängliche Säure, lebhaft, gute Substanz, fruchtig und sortenaffin auch im Nachhall.

★★ **S €€ GV**
2020 Grüner Veltliner Wagramlöss + Feine Würze, gelbe Früchte, Äpfel; saftig, Frucht im Vordergrund, primär Äpfel, sortentypische Würze im mittellangen Abgang.

★★ **S €€ RI**
2020 Riesling Wagramschotter + Dezent, feingliedrig, Pfirsiche, Marillen, florale Noten; schließt so an, Säurespiel, mittlere Substanz, Steinobst im Nachhall.

★★★ **S €€€ PB**
2020 Weißburgunder Ried Mittersteig + Kräuter, ätherisch, gelber Apfel, Prise Grapefruitzesten; Zug, Säurerückgrat, lebendig, feingliedrig, Frucht und Würze im Abgang und im mittellangen Nachhall.

★★★ **S €€€ GV**
2020 Grüner Veltliner Ried Schafflerberg + Sanfter Druck, Äpfel, zartest nach Paprikaschoten und Gewürzen; saftig, sanft, lebendig, Mix aus Würze und Frucht, zugängliche Säure, viele Facetten, Körper, vom Lössboden geprägt, gelbe Frucht klingt lange nach.

★★★ **S €€€ RV**
2020 Roter Veltliner Ried Eisenhut + Frisch, feingliedrig, Orangen, Äpfel, frische Mandeln; Zug, Leben, der von Schotter durchzogene Lössboden ist zu erkennen, präzise strukturiert, gute Länge.

★★★ **S €€€€ GV**
2018 Engilmar Grüner Veltliner Große Reserve + Substanz, getrocknete Kräuter, Fenchelsaat, mit Luft reife Frucht, getrocknete Feigen; aromatisches Dacapo, stoffig, Fruchtschmelz, Würzearomen, cremig, fruchtbetonter Abgang und langer Nachhall.

★★★★ **S €€€€ PB** **TIPP**
2018 Engilmar Weißburgunder Große Reserve + Konzentriert, Orangenzesten, Kumquats, Birnen, Dörrobst, hauchzarte Gewürznoten; schließt nahtlos an, hinten nussig-malzig, Hauch Marzipan, kraftvoll, viele Facetten, Schmelz, Prise Gerbstoffe, zartes Säurerückgrat, lang, ausgewogen.

★★★ **S €€ TR**
2020 Traminer Wagramlöss + Lachsrosen, Litschi, mit Luft auch Schokobananen; schließt aromatisch an, nobel und sortentypisch, lebendig, mittlere Länge, trinkanimierend.

★★★★ **S €€€ TR** **TIPP**
2019 Traminer Ried Fuxberg + Elegant, gelbe Pflaumen, Litschi, Rosen, Rosenholz; schließt aromatisch an, saftig, stoffig und agil, hinten und im Abgang auch rosa Grapefruits, nobel, gute Länge, Feinheit und Trinkfluss.

Weingut
Bernhard Ott

Bernhard Ott
3483 Feuersbrunn, Neufang 36
Tel. +43 2738 2257, Fax -22
bernhard@ott.at, www.ott.at
W/R 100/0

Im Rebenreich des Feuersbrunner Traditionsweinguts von Bernhard Ott ist Grüner Veltliner die unumstrittene Nummer eins. Dennoch ist hier von Einseitigkeit keine Spur, ganz im Gegenteil – denn die Vielfalt an Facetten und Aspekten, die Bernhard Ott dieser Sorte entlockt, ist größer als viele sortenmäßig überreich bestückte Paletten. Ampelografische Seitensprünge gibt es in Gestalt des Rosé Rosalie und eines Rieslings sowie der Cuvée Spektrum aus Traminer, Müller-Thurgau, Silvaner, Roter Veltliner und Weißburgunder.

Bereits 2006 wurde der Betrieb auf biologisch-dynamische Bewirtschaftung umgestellt, bald darauf zertifiziert. Waren früher auch noch Umstellungsflächen dabei, so ist seit 2018 die gesamte Palette bio. Besonderes Augenmerk gilt der Pflege der Böden und Rebanlagen, und in diesem Bereich zählt das Weingut zweifellos zu den besten und innovativsten Betrieben: Kompostausbringung und Begrünung sind selbstverständlich, ebenso wie Grünlese, Laubarbeit und penible Traubenselektion. Die Lese erfolgt seit jeher von Hand. Die Moste werden überwiegend spontan vergoren, die Weine gewinnen durch die lange Lagerung auf der Hefe und späte wie sparsame Schwefelung an Facetten und Tiefgang.

Den Einstieg in die Veltliner-Welt bildet der Wein namens Am Berg, als mittelgewichtige Lagen-Cuvée gibt es den Fass 4. Im gehobenen Bereich gibt es die Rieden-Cuvée Der Ott, und das Premium-Segment besetzt ein Trio aus Einzellagen-Weinen – Feuersbrunner Rosenberg und Spiegel sowie den Engabrunner Stein aus dem Kamptal.

Die Basisweine aus dem eher kühlen Jahrgang 2020 bestechen durch Feinheit, Frische und Knackigkeit, die Reserven und Lagenweine aus dem hervorragenden Jahrgang 2019 durch Komplexität, Geschmackstiefe und Struktur. Gerade diese Weine benötigen noch Flaschenreife. So dürfte der Lagenwein vom Rosenberg, der bei der Top-Wein-Verkostung noch nicht sein ganzes Potenzial zeigen konnte, in Bälde den fünften Stern erobern. *psch*

WAGRAM

★★★★ S €€€€ GV **TIPP**
2019 Grüner Veltliner Der Ott Feuersbrunn + Subtile Fülle, Hülsenfrüchte, Pfefferoni, Weizenbrot, etwas Grüntee, ruhig fließend, Boskop-Apfel, Würze; ungemein saftig, tolle Frucht, reif, gediegen, eleganter Schmelz, strahlt, lang, sehr schön.

★★★ S €€€€€ GV
2019 Grüner Veltliner Ried Spiegel 1ÖTW Feuersbrunn + Recht reichhaltig, Mandelmasse, Kriecherln, seidige Cremigkeit, Apple Pie, Blüten und Blütenhonig; cremig, mittelkräftiger Schmelz, bisschen kreidig, Grapefruits, helle Noten, mittellang.

★★★★ S €€€€€ GV **TIPP**
2019 Grüner Veltliner Ried Rosenberg 1ÖTW Feuersbrunn + Rauchig, dunkle Würze, Mandelspekulatius, viel rote Linsen, viele Facetten, gelber Apfel, Honigmelonen, süße Marillen; tiefgründige Frucht, herrlich saftige Mitte, kräftig, geschmeidig und strukturiert, Extraktsüße, beachtliche Länge.

★★★★★ S €€€€€ GV **TOP**
2019 Grüner Veltliner Ried Stein 1ÖTW Engabrunn + Ziemliche Duftfülle, reife Gelbfrucht mit exotischen Anklängen, süße Noten, tief, gelbes Fruchtgelee; voller Saft und Kraft, subtile Fülle, tolle Frucht, zugleich elegant, mittelkräftig, guter Biss, hinten dann Grapefruits.

NIEDERÖSTERREICH

★★★ S €€ GV
2020 Grüner Veltliner Am Berg + Glockenklar, brillante Würze und feine Frucht, elegante Birnennoten, Pomelos; erfrischend, rassig, lebhaft, energetisch, schön straff, bildhübsch.

★★★ S €€€ GV **FUN**
2020 Grüner Veltliner Fass 4 + Gewürze, leicht rauchig, sanft, dezent cremig, reifer roter Apfel, Gewürznoten, Striezel; recht cremig, schöne Frucht, recht elegant, viel Biss, Würze nach hinten.

★★ S €€€
2020 Cuvée Spectrum + Brotig-schotig, etwa verhalten, Wiesenkräuter; gefällige Textur, freundliche Frucht, gerundet.

★★★ S €€€ **FUN**
2020 Rosalie + Pikante Würze, kühler Hauch, Gesteinsmehl, Orangenschalen, Malventee; saftige Frucht, erfrischend, lebhaft, kerniger Biss, anregende Säure, mittellang.

Weinbau
Familie Reinberger

Alfred Reinberger
3484 Grafenwörth, Kremser Straße 10
Tel. +43 2738 2795, Fax -4
weinbau@reinberger.at, www.reinberger.at
10 Hektar, W/R 90/10

Mit dem Jahrgang 2020 ist Alfred Reinberger sehr zufrieden. „Wir konnten sehr fruchtige und harmonische Weine ernten, die langlebig und lagerfähig sind." Die Verkostung der aktuellen Serie bestätigt diese Aussage. Die Weine sind geprägt von viel Frucht, Kraft und Herkunftstypizität. Die Stilistik dieses besonnenen Winzers ist wiederum klar zu erkennen. Da ist nichts Vordergründiges oder Plakatives, die Weine ruhen in sich, sind bei moderatem Alkohol kräftig und strahlen Gelassenheit aus. Das gilt schon für die klassische Linie, die seit Jahren mittels Ganztraubenpressung gekeltert wird, um die Frucht und die Pikanz vom Wagram zu betonen. Die Trauben für die Reserven Grüner Veltliner Dorner und Roter Veltliner Fumberg bleiben bis zu acht Stunden auf der Maische, die Weine liegen anschließend für rund ein Jahr im Edelstahl auf der Feinhefe. Die große Reserve vom Grünen Veltliner Scheiben gibt es nur in hervorragenden Jahren, Maischestandzeit zwölf Stunden, sur lie mindestens zwanzig Monate im Stahltank; die aktuelle Ausgabe 2017 haben wir voriges Jahr vorgestellt.
Die mächtigen, kalkhaltigen Löss-Schichten, auf denen die Reben stehen, und das von der Donau beeinflusste Kleinklima prägen den Charakter der Weine. Mit Brenner, Dorner, Scheiben und Fumberg verfügen die Reinbergers über Anteile an renommierten Lagen. Der Untergrund aus Löss ist selbst in den einfacheren Weinen zu erkennen, in den Reserven ist er prägend. So gesehen kann man ohne Weiteres von Terroir-Weinen sprechen, obwohl es dieser bescheidene Winzer nicht eigens betont. Und das Preis-Leistungs-Verhältnis ist beeindruckend, genau genommen müsste man fast bei jedem Wein das Attribut „PLV" vergeben. *ww*

WAGRAM

★★ **S € CR** FUN
2020 Rosé + (ZW/CS) Ganzer Fruchtkorb, Kirschen, Erdbeeren, Stachelbeeren, saftige Äpfel; so geht es auf dem Gaumen weiter, animierende Säure, lebhaft, glockenklare Frucht im Nachhall.

★★ **S € Malvasier**
2020 Malvasier + Recht kräftig, reife gelbe Äpfel, rotbeerige Akzente; freundliche Frucht, zugängliche Säure, gute Substanz, im Finish auch Zitrus.

★★★ **S € GV** PLV
2020 Grüner Veltliner Ried Feuersbrunner Brenner + Interessant, eigenständig, Kräuter, gelbe Äpfel, Blütenhonig; reife gelbe Frucht, sanfte Säure, Kräuter, ätherische Einsprengsel, gute Länge.

★★★ **S €€ GV**
2020 Grüner Veltliner Rose Grün + Kühl, Fichtennadeln, dezent nussig, auch gelbe Fruchtaromen; lebhaft, die ätherischen Noten deutlicher als im Bukett, fein verwoben mit frischer Frucht, Fichtennadeln und gelbfruchtige Elemente klingen lange nach.

★★★ **S € RV**
2020 Roter Veltliner Wagram + Frisch, fruchtbetont, rotfleischiger Apfel, Hauch Kumquats; sanfter Druck, Äpfel, Zitrusfrüchte, feines Säurespiel, einige Facetten.

★★★ **S €€ RI** FUN
2020 Riesling Feuersbrunn + Als Sorte unverkennbar, freundlich, knackiger Pfirsich; zartes Säurerückgrat, transparente Frucht, feinste Bodentöne, mittlere Länge, Pfirsiche klingen lange nach.

★★★ **S € CH**
2020 Chardonnay Feuersbrunn + Reife Birnen, Trockenfrüchte à la Feigen, kündigt Substanz an; kräftig, sortentypische Frucht, gute Säurestruktur, im Finish eine Prise Gerbstoffe und leise Bodentöne.

★★★★ **S €€ RI** PLV
2019 Riesling vom Gestein Reserve + Markant, eigenständig, nussige Akzente, reife Weingartenpfirsiche, etwas Weihrauch, ein Hauch Feuerstein; schließt aromatisch nahtlos an, beachtliche Substanz, Fruchtschmelz, zugänglich, harmonisch, Reserven.

★★★★ **S €€ GV** PLV
2019 Grüner Veltliner Ried Felser Dorner Reserve + Druckvoll, Waldhonig, süße Blüten, Pfirsiche, ätherische Einsprengsel; aromatisches Dacapo, stoffig, cremiger Touch, Lössboden, lang, würzig-fruchtig im Nachhall, schwarzer Pfeffer, beste Perspektive.

★★★★ **S €€€ RV** TIPP PLV
2019 Roter Veltliner Ried Gösinger Fumberg Reserve + Floral geprägt, Primeln, Alpenrosen, Honig, Dörrpflaumen, Kumquats, feine Bodentöne; vielschichtig, Frucht, Würze und Blütenaromen innig verwoben, kraftvoll und doch lebendig, feine Pikanz, lang, Reserven.

★★★ **S €€ RV**
2020 Roter Veltliner Lössterrassen Feuersbrunn + Rote Beeren, Kräuterwürze, Quitten und Lageräpfel; schließt aromatisch an, Prise Fichtennadeln und rote Grapefruits, füllig, cremiger Touch, lang.

Weingut
Franz Sauerstingl

Franz Sauerstingl
3481 Fels am Wagram, Parkstraße 11
Tel. +43 2738 3435
franz@sauerstingl.at, www.sauerstingl.at
12,5 Hektar, W/R 90/10

Der Jahrgang 2020 war nach Meinung von Franz Sauerstingl zweischneidig. Die klassischen Weine würden auf Augenhöhe mit den 2019ern stehen, bei den Reserven einen Deut dahinter. Die Zukunft wird es weisen. Jedenfalls haben die Weine genügend Säure in diesem Jahr. Eine gesicherte Zukunft. Das Wichtigste ist jedenfalls, dass die Weine aus dem doch nicht unproblematischen Jahrgang hervorragend sind.

Weinbau gibt es übrigens hier seit 1794. Franz Sauerstingl ist seit 2002 für die Weine verantwortlich.

Die Serie der Löss Veltliner von 1 bis 4 ist längst der Klassiker des Hauses. Diese interpretieren den Wagram in authentischster Ausprägung.

Auch in diesem Jahr:

Löss 1 ist trinkfreudig auf hohem Niveau.

Löss 2 ist dann die Steigerung mit mineralischen Aspekten.

Löss 3 kommt aus der Ried Scheiben. Von vollmundiger Würze und kräftigem Ausdruck.

Löss 4 kommt von den alten Rebbeständen in der Ried Brunnthal – ein großer vielschichtiger Grüner Veltliner mit viel Potenzial.

Bei diesem Quartett an tollen Weinen ist wohl für jeden Weinfreund der richtige Tropfen dabei. Äußerst großzügig präsentiert sich der 2020 Rote Veltliner Reserve – ein tiefgründiger Wein mit der höchsten Gradation des Jahrganges. Fast monumental und mächtig. Ewiges Leben, unbedingt Magnum-Flaschen einlagern.

Übrigens, der 2020 Weißburgunder ist heuer für mich der spannendste Sommerwein ever. *as*

WAGRAM

★★ S € GS **FUN**
2020 Gemischter Satz + (MT, GV, FV) 12,5% Vol., ein frisch, fruchtiger, äußerst angenehmer Wein, gelber Apfel, Kräuter, balanciert, sehr gefällig, ein sehr gehobener Einstiegswein.

★★ S € GV **FUN**
2020 Löss I + (GV) verschiedene Lagen. 12% Vol., gelb-grüne Farbe, gelbfruchtig, Birnen, gelbe Zwetschken, reifer Apfel, Pfirsich, pikante Würze, dezent rauchig, pfeffrig, sehr einladend, passende Säure. Schmeckt hervorragend, sehr typisch.

★★★ S €€ GV
2020 Löss II + 12,5% Vol., 40–45 Jahre alte Reben. Ringlotten, Steinobst, gelbe Früchte, mineralischer Touch, cremige Textur, Pfirsich, Pfeffer, sehr elegant und gediegen, dezente Exotik, steinige Aspekte. Kommt überwiegend aus der Ried Scheiben und deutet seine Klasse bereits an.

★★★★ S €€ GV
2020 Löss III Ried Scheiben + Gelb-grüne Farbe, kühles Aroma, feine Würze, dunkel getönt, kernige Struktur, Pfeffer, Bienenwachs, sehr individuell, momentan noch ziemlich verschlossen. Ein richtiger Herbstwein.

★★★★ S €€€ GV **TIPP**
2020 Löss IV Ried Brunnthal + 13,5% Vol., Sattes gelb, ein Traum von spontan vergorenem Grünen Veltliner, tolle Traubenreife, Bienenwachs, Steinobst, Mandelwürze, pfeffrig, kompakt, stoffig, saftig, rauchig, große Eleganz, kalkige Aspekte, schmelzig, tolle Frucht, viel Wein mit viel Struktur, bei aller Kraft und Klasse fast verspielt wirkend. Ein Grüner Veltliner in schönster Wagramer Ausprägung.

★★★ S €€ RV
2020 Roter Veltliner + Roter Veltliner + 12,5% Vol., ein kernig-pikanter Wein mit rassiger Säure, Lebkuchen, Bratapfel, Waldhonig, gibt richtig Gas, doch nie breit, immer trinkig, immer stimmig. Klare Strukturen, sehr präzise, nie breit, nie ausladend, Mineralität ausstrahlend.

★★★★ S €€€ RV **TIPP**
2020 Roter Veltliner Reserve + (Schaflerberg-Scheiben) 13,5% Vol., 20,5 KMW, Ein mächtiger Wein, spät gelesen, Dörrobst, Lebkuchen, Marille, Bratapfel, eingetrocknete Beeren, toller Gerbstoff, mächtig, ausdrucksstark, reichhaltig, braucht unbedingt jede Menge Flaschenreife, gehört dekantiert und aus einem großen Glas genossen. Ein Wein für Jahrzehnte!

★★ S €€ PB **FUN**
2020 Weißburgunder + 12,5% Vol., kühl, Apfel, Mandeln, Citrus, sehr pointiert, Pikanz ist im Spiel, frisch, lebendig, griffig, tolle Säure, die den Wein so richtig knackig macht. Ein toller Sommerwein der gehobenen Art.

BIO

Weingut
Familie Schuster

Thomas Schuster
3471 Großriedenthal, Hauptstraße 61
Tel. +43 2279 7203, Fax -4
office@weingut-schuster.at, www.weingut-schuster.at
12 Hektar, W/R 85/15

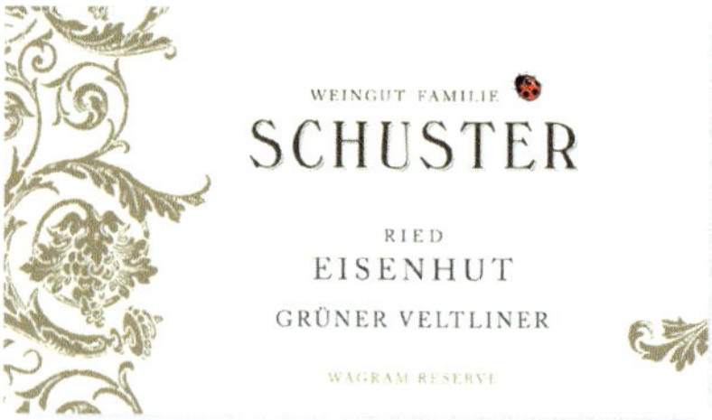

Für Thomas Schuster war 2020 ein „cooles Weinjahr". Oft hat es zwar drei bis vier Lesedurchgänge und mehr helfende Hände gebraucht, aber der Winzer erzählt auch von der größeren Herausforderung, in der die Winzer richtig zeigen konnten, was sie können. Und das bedeutet unter anderem: zeigen, was sie in klimawandelnden Zeiten schon gelernt haben. 2020 waren alle gewappnet. Auch Schuster weiß: In unsicheren Zeiten kann alles passieren. Dann muss man flexibel reagieren, sich kurzfristig auf die Lage einlassen. Diese Vorbereitung nimmt jeglichen Stress und Zeitdruck.
Der Vorteil des höher gelegenen Großriedenthals hat sich wieder einmal gezeigt. Gute Balance, ausreichend Säure, die Möglichkeit, Primärfrucht herauszuarbeiten und doch nicht zu hoch im Alkohol zu werden – das war das Ziel, das weitgehend erfüllt wurde. Denn Schuster ist kein Freund von 14-plus-Weinen. Und 2020 bedeutete bei ihm „null Botrytis". Das ist ihm besonders bei der Paraderebsorte auf dem Wagram, dem Roten Veltliner, wichtig. Zwar ist das Hauptstandbein des seit 2016 bio-zertifizierten Betriebs der Grüne Veltliner, aber auch der Rote Veltliner ist der Familie schon länger ein besonderes Anliegen. Dass er nun ein Drittel der Rebfläche einnimmt, verdankt der Winzer seinen Eltern. Sie haben in den 1990er-Jahren einen Fokus darauf gelegt.
Weitere Glanzlichter im Sortiment: Der Grüne Veltliner Ried Gutsreserve, den es nur in guten Jahren gibt, aktuell 2018. Er reift im gebrauchten Eichenfass und kommt erst zwei Jahre später mit einer schönen exotischen Note in den Verkauf. Das Holz hält sich dezent im Hintergrund, ebenso beim eleganten Pinot Noir. „2020 steht für mich für mehr Frucht!", betont Thomas Schuster. Er hat sie wunderbar erhalten. *juf*

WAGRAM

★★★★ S €€ GS FUN PLV
2020 Gemischter Satz Wagram + Fruchtiger Duft nach Jonagold-Apfel, Kamille, feine Aniswürze, knackige Frucht, frisch, apfelig, unprätentiös, kombiniert Frühroten Veltliner, Roten Veltliner, Riesling, Sauvignon Blanc, Müller Thurgauer bei 11,5 Vol.-% zu einem leichtfüßigen Terrassenwein.

★★★ S €€ GV FUN
2020 Grüner Veltliner Wagram + Frisches Bukett nach Muzu und Golden-Delicious-Apfel verspricht Saftigkeit, die auch auf dem Gaumen eingelöst wird, weißer Pfeffer, leicht bananig, perfekt austariert, kompakt, nicht zu schwer, Säure zart und gut eingebunden, klare Linie, selbstsicher, optimale Trinkreife, sehr fein!

★★★ S €€ GV
2020 Grüner Veltliner Großriedenthal Alte Reben + Brauner Rohrzucker, Mostbirne, leicht adstringierende Ananasfrische und schöner Grip, grundsätzlich Löss, aber der teils schotterdurchzogene Boden in der Riede Eisenhut steuert salzige Mineralik bei, fokussiert, engmaschige Struktur.

★★★ S €€ RV FUN
2020 Roter Veltliner Wagram + Zitronengras, Ringlotten, frischer Grasschnitt, Weißbrot, Maischestandzeit sichert Saftigkeit und schöne Säurestruktur, die an unreife Zwetschken erinnert, ein Regionswein, der Spaß macht.

★★★ S €€ RV
2020 Roter Veltliner Ried Altweingarten + Akazienhonig kündigt sich schon im Duft an, Kamillentee, Zuckermais, auf dem Gaumen mild und fleischig, wenig säurebetont, kräftig und in sich ruhend.

★★★★ S €€ RR
2020 Riesling Ried Diebstein + Attraktive Frucht, frisch marillig, Heuduft, Limettenschale, super Salzigkeit, an Laugenbrezen erinnernd, reife Säure, Extraktsüße gut eingebunden, perfektes Zucker-Säure-ausgeglichen , frisch und animierend.

★★★★ S €€€ GV
2019 Grüner Veltliner Ried Eisenhut + Intensiver Duft nach „Werthers Original"-Karamellzuckerl und Orangenzesten, etwas Quitte, cremiges Mundgefühl, exotische Frucht, schöner Schmelz, breitschultrig, aber nobel und trotzdem mit Trinkfluss, ausgebaut im Akazienfass, jetzt trinken, aber ein paar Flaschen weglegen!

★★★★ S €€€ RV TIPP
2019 Roter Veltliner Ried Berg Eisenhut + Cremigkeit schon zu riechen, Crema Catalana, Bratapfel, Lebkuchengewürz, Sternanis, ganz viel Wein, schöne Tiefe, macht in zehn Jahren auch noch Spaß, viel Zukunft, Langlebigkeit garantiert.

★★★★ S €€€€ GV
2018 Grüner Veltliner Gutsreserve + Marzipan, kühle Mentholfrische, die das breite Mundgefühl auflockert, weißer Nougat, mit der Zeit kommt Exotik mit getrockneter Ananas und Kokosraspeln, das Holz wird sich noch mehr einbinden, enormes Potenzial.

★★★ S €€€ PN
2018 Pinot Noir Ried Eisenhut + Auffallend strahlige Farbe, extrem toller Duft nach Walderdbeeren, Herbstlaub, Kreidestaub, torfig, warm, etwas rauchig, leichtfüßig, fein, grazil, ein Wein für Abende am Lagerfeuer.

BIO

Bioweingut
Soellner

Daniela Vigne & Toni Söllner
3482 Gösing am Wagram, Hauptstraße 34
Tel. +43 2738 3201
kontakt@weingut-soellner.at, www.weingut-soellner.at
15 Hektar, W/R 90/10, 70.000 Flaschen/Jahr

Toni Söllner hat den nicht einfachen Jahrgang 2020 mit voller Zufriedenheit gemeistert. Mengenmäßig etwas unter dem Vorjahr, durchwegs sehr gute Qualitäten. Er hat es geschafft, die Weinlese vor dem großen Regen abzuschließen. Es gab auch keine Hagelschäden. Toni Söllner hat vor, peu à peu kleiner zu werden. Gibt Pachtweingärten ab.

Die Weine bestechen durch eine außergewöhnliche Präzision, ohne Botrytis, glockenklar, bestechend reintönig, hellfruchtig, absolut überzeugend.

Toni Söllner hat auch eine eigene Philosophie bezüglich des Roten Veltliners. Er setzt die Lese bei dieser Rebsorte früher an, vermeidet dadurch Botrytis und hohen Alkohol. Das Bild des Roten Veltliners sollte immer klar und mineralisch sein. Nie opulent.

Der Star der Serie ist ein sensationeller 2019 Roter Veltliner Berg Eisenhut. Ein Wein von fast burgundischer Finesse und Tiefe. Großartig: der 2020 Grüne Veltliner Ried Hengstberg. Der ist von Mineralität durchzogen, von enormer Tiefe und von seltener Lebendigkeit. Der 2019 Grüne Veltliner Ried Weelfel, im August 2020 auf Flasche gezogen, steht jetzt perfekt da. Ein außergewöhnlicher Wein. Leider gibt es 2020 keinen Weelfel. Der DANI Rosé 2020 – benannt nach der Dame des Hauses – strahlt die Anmut derselben aus. Ein sehr stimmiger Rosé mit einiger Substanz. Eine Spezialität des Hauses ist der IRDEN im Steinzeug. Ein Wein, der mit den Schalen in Keramik vergoren wird. Nach einjähriger Reife wird der Wein unfiltriert auf Flasche gezogen. *as*

WAGRAM

★★ **S €€ RI**
2020 Riesling von Gösing + Steinobst, Mandarinen, Birnen, Citrus, feine Frucht, schlanke, aber feste Struktur, sehr lebendig, Grapefruit, schönes Säurespiel, straff durchgezogen. Guter Druck, geht in die Tiefe.

★★ **S €€ RV**
2020 Roter Veltliner von Gösing + Ungemein kühl, Citrus, Bratapfel, knackig, sehr feste Struktur, dezent cremige Ansätze, vielschichtig, blumig, glasklar, viel Mineral.

★★★ **S € GV**
2020 Grüner Veltliner „Wogenrain" + Grapefruit, weißer Pfeffer, sehr trinkfreudig, balanciert, dezent mollige Textur, liegt bei etwa 3g/l RZ, das ihm sehr guttut. Ein sehr angenehmer Wein mit feiner Frucht.

★★★ **S €€ GV** TIPP
2020 Grüner Veltliner Ried Hengstberg + 18 KMW (Muschelkalk 371m Seehöhe – der höchste „Berg" am Wagram) Tolle Würze, geht sofort in die Tiefe, steinige Mineralität, kreidig, gelbe Früchte, ein modellhafter Grüner Veltliner, dem die ca. 4g/l RZ so richtig guttun.

★★★ **S €€ GV**
2020 Grüner Veltliner Ried Fumberg + (Löss) 19 KMW Kräuter & Gewürze, mineralische Noten, Melonen, Kümmel, schon relativ zugänglich, angenehme Säure, gelbfruchtig, gewisse Opulenze.

★★★★ **K €€€ GV** TIPP
2019 Grüner Veltliner Ried Weelfel + (Meeressandboden) Weiße Blüten, gelbfruchtig, viel Mineral, braucht viel Luft, viel Zeit, viele Kräuter, würzig, salzig, sehr vielschichtig, tief und lang, ziemliches Potenzial, in sich harmonisch.

★★★★ **K €€€ GV** TIPP
2019 Roter Veltliner Reserve Ried Berg Eisenhut + (Roter Schotter) Das ist ein Wein von burgundischer Dimension, hochmineralisch, salzig, ungemein elegant, enorme Tiefe ausstrahlend, braucht viel Luft, voll von innerer Harmonie, glockenklar, tolle Säure, kalkig, lebendig, ein Referenzbeispiel für Roten Veltliner.

★★★★ **K €€€€ CW** TIPP
2018 IRDEN Allerlei im Steinzeug + (60% RV, SG, WB, RI, TR, Ausbau in Keramik) Goldfarben, drei Wochen auf der Maische, unfiltriert, etwas Karamell, Orangenschalen, Grapefruit, etwas positiver Gerbstoff, sehr kompakt, tolle Säure, ein Wein von innerer Ruhe, strömt und strömt und strömt ... ein eher hintergründiger Wein voller Pikanz und nie aufdringlich.

★★ **S € CR**
2020 DANI Rosé + (ZW, ME, CS) Ein Trinkvergnügen auf hohem Niveau, fruchtig, leicht, steinige Noten, herbe Textur, straff, schön trocken, Pfeffer, ein hochwertiger Essensbegleiter mit einiger Substanz.

★★ **S €€ PN**
2019 Pinot Noir + (Urgestein & Kalk) Ein filigraner, eleganter Pinot Noir, rotbeerig, Ribisel, kühl, feines Säurespiel, Mineralität ausstrahlend, sehr typisch, gute Substanz, kreidig, voller Leben. Ein so richtig positiver Rotwein!

Weingut
Stift Klosterneuburg

Wolfgang Hamm
3400 Klosterneuburg, Stiftsplatz 1
Tel. +43 2243 411-522, Fax -551
weingut@stift-klosterneuburg.at, www.stift-klosterneuburg.at/wein
108 Hektar

Es gibt einige Änderungen im Weingut Stift Klosterneuburg. Aus der Klassik-Linie wurden Ortsweine. Diese haben schon immer exakt diesem Konzept entsprochen. Die wichtigste Änderung ist der Umstieg von der Bordeaux-Flasche auf die Burgunder-Flasche. Die Burgunder-Flasche drückt – O-Ton Herr Hamm – den Stil der Stiftsweine besser aus. Außerdem ist der Anteil der Burgunder-Sorten mit 50% der mit Abstand der größte. Wahrscheinlich ist es das Weingut mit dem höchsten Burgunder-Anteil in Österreich. Auch international haben die Burgunder-Flasche eine höhere Qualitätsanmutung.
Das Stift bewirtschaftet Weingärten in drei Weinbaugebieten: Klosterneuburg – Wien – Thermenregion – Weiß in Gumpoldskirchen, Rot in Tattendorf, dem Reich des St. Laurent.
Aus den Wiener Rieden bestechen ein toller 2020 Wiener Gemischter Satz DAC Ried Wiestalen sowie ein 2019 Weißburgunder Reserve Ried Jungherrn aus uralten Reben. Aus Klosterneuburg kommt ein hochwertiger 2020 Grüner Veltliner Reserve Ried Steinriegel. Aus Gumpoldskirchen besticht der 2020 Rotgipfler Ried Satzing mit seiner bezwingenden Exotik. Prachtvoll präsentiert sich der 2019 St. Laurent Reserve, der die Größe und Klasse der Thermenregion ausstrahlt. *as*

WIEN DAC

★★ S €€ GS FUN
2020 Wiener Gemischter Satz DAC + Kräuter, reifer Apfel, Birnenfrucht, sehr ausgewogen bei feiner Säure, Marillen, gelbfruchtig, würzige Noten, herzhaft und stimmig, frisch-fruchtig, guter Körper, trinkt sich hervorragend.

★★★ S €€€ GS
2020 Wiener Gemischter Satz DAC Ried Weisleiten + Etwas Karamell, Vanille, cremige Fülle mit feinen Eichennoten, kräftige Eleganz, Exotik, Orangen, Nüsse, kompakt, angenehme Fülle, in sich harmonisch, salzige Noten, Kräuter, viel Substanz. Burgundische Eleganz mit Wiener Charme.

WIEN

★★★ S €€ PB
2020 Weißburgunder Ried Jungherrn + Ein kompakter, frisch-fruchtiger Weißburgunder mit vielen Kräutern, Salzmandeln, Mango, Ananas, frische Säure, ein cooler, geradliniger, schön trockener Weißburgunder, ein richtiger Fischwein.

★★★★ K €€€ PB TIPP
2019 Weißburgunder Reserve Ried Jungherrn + Ein kräftiger, ausdrucksstarker Weißburgunder aus alten Reben, ausgebaut in neuem Holz aus Akazie. Haselnüsse, Karamell, tolle reife Frucht, herrliche Creme, ungemein saftig, hochelegant, ein wunderbarer Wein, salzig, dezente Honignoten, reifer Apfel, Lindenblüten, prachtvoll, viel Substanz.

★★★ K €€€€ PN
2018 Pinot Noir Reserve + (Ried Raflerjoch – Kalkstein) Zwetschken, Pilze, Leder, Orangenschalen, Mandelnoten, Himbeeren, fest strukturiert, fruchttief, kernig, eng und straff, sehr typisch, Waldbeeren, Unterholz, Moos. Pinot Noir mit Körper, dezenter Frucht, angenehmem Tannin, einiger Tiefe. Ein wunderbarer Rotwein zu Wild.

NIEDERÖSTERREICH

★★ S €€ GV
2020 Grüner Veltliner + Ein sehr typischer, pfeffriger Grüner Veltliner, fruchtig, Apfel, Birnen, voller Würze, dunkle Aromatik, frische Säure, herzhaft, gibt Gas, Trinken auf hohem Niveau.

★★★ S €€ GV
2020 Grüner Veltliner Ried Hengstberg + Viele Kräuter mit einem dezenten Pfefferl, hell- und dunkelfruchtig, feine Würze, fruchtige Eleganz, gelbfruchtig, dezente Exotik, strukturiert, gute Länge, mineralische Noten, ein hervorragender, überaus typischer, hochwertiger Grüner Veltliner.

★★★★ K €€€€ GV
2019 Grüner Veltliner Reserve Ried Steinriegel + Schmelzige Eiche steht im Vordergrund, Karamell, etwas Brot, exotische Noten, gewisse Opulenz, schwarzer Pfeffer, etwas Vanille, viel Substanz, voller Harmonie mit toller Länge, einigem Druck, intensivem Ausdruck, ein herrlicher Grüner Veltliner für viele Jahre.

THERMENREGION

★★★ S €€ RG
2020 Rotgipfler Ried Satzing + Exotische Holzaromen, Marille, Mango, saftige Frucht, Vanille, edler Pfeffer, Gewürze, Nelken, Ananas, Gumpoldskirchen at its best. Viel Substanz, viel Zukunft, entwickelt Druck nach hinten.

★★★ S €€ SL
2019 St. Laurent Ausstich + Schokoladige Noten, Herzkirschen, fruchtbetont, Heidelbeeren, Zwetschken, Preiselbeeren, ein St. Laurent der Herzen. Das ist St. Laurent für Kenner und Liebhaber.

★★★ K €€€ CR
2019 Chorus + (CS, CF, ME, SL) Johannisbeeren, reife Kirschen, elegant voluminös, voller Charme, geschmeidige Tannine, dezenter Schokoton, viel Saft, einiger Druck, gute Länge, Heidelbeeren, Fruchtcharme, ein feiner Rotwein.

★★★★ K €€€€ SL TIPP
2019 St. Laurent Reserve + Ein prachtvoller St. Laurent mit Aromen nach Lebkuchen, Kaffee, Weichselkirschen, Waldbeeren, ein bisschen Vanille, viel Frucht, Kirschlikör, toller Stoff, absolute Klasse. Ein St. Laurent, der die Größe der Thermenregion ausstrahlt.

Weinhof
Ulzer

Andreas & Michael Ulzer
3484 Seebarn am Wagram, Hauptstraße 3
Mobil +43 676 745 83 10
info@weinhof-ulzer.at, www.weinhof-ulzer.at
14 Hektar, davon ca. 2 ha Rotwein , W/R 85/15

Der Weinhof Ulzer hat Zuwachs bekommen. Andy Ulzer, einer der beiden betriebsführenden Zwillinge, berichtet stolz davon: Durch ein gemeinsames Projekt mit der Veterinärmedizinischen Uni Wien und der Österreichischen Vogelwarte bewohnen nämlich Steinkauze die Nistkästen in der Wagramer Riede Wora. „Athene noctua" lautet die botanische Bezeichnung für den Vogel. Die Ulzers vermarkten deswegen einen Wein unter dem Namen „Athene". Dass die Tiere den Nistkasten annehmen, sieht der Winzer als Bestätigung für die gewählte Bewirtschaftungsweise. „Sie arbeiten konventionell, aber verzichten zum Beispiel auf Herbizide", sagt er.

Im Keller schätzen die Ulzer-Brüder den klassischen Ausbau ohne Risiko, mit Reinzuchthefen und großteils im Stahltank. Die Reserve kommt als Staubiger ins große Eichenfass. Das gleicht einen Kraftlackl wie den Grünen Veltliner „Ul-tima" gut aus, wobei man ihm freilich noch einige Zeit bis zur optimalen Trinkreife gönnen darf. Immerhin kommt er auf opulente 14 Volumprozent Alkohol bei Fruchtsüße und pikanter Säure.

Gleichzeitig sind Andy und Mike Ulzer die frühersten Leser in der Gegend. Die Cuvée „Twino" soll zum Beispiel betont frisch sein. Sie kommt pünktlich zum Geburtstag der Brüder am 21. Oktober schon in den Verkauf. Überwiegende Weißweinsorte ist wie üblich der Grüne Veltliner. Davon gibt es gleich vier unterschiedliche, nämlich als „Schwerelos", „Ursprung", „Ultima" und „Ultima Reserve".

Die Weinmacher zeigen sich mit dem Weinjahr 2020 sehr zufrieden. Besonders der tiefgründige, wasserspeichernde Löss auf der zweiten Wagramkante erweist sich als ausgleichend und hilfreich. Der Unterschied zwischen erster und zweiter Wagramkante prägt überhaupt das Sortiment: Spritzige und präsente Frucht ist den beiden Winzern wichtig, besonders bei den Jungweinen, aber auch bei den kräftigen, gehaltvollen Schwergewichten, für die das Weingut steht. *juf*

WAGRAM

★★★ **S € CW**
2020 Twino + MT, GV, NB, klassischer Jungweinvertreter mit Klarapfel und Lemongrass, Stachelbeeren, grasig und säurebetont, Zitrusnoten, leicht und was man gemeinhin als Terrassenwein tituliert ist.

★★ **S € ZW** PLV
2020 Rosé + Glänzt Rosenquarzfarben im Glas, Zweigelt-Trauben aus der Riede Grafenwörther Wora, klassischer Ausbau im Stahltank, duftet etwas nach Schokobanane und Himbeer-„Fruchtzwerg", auf dem Gaumen erdbeerig und erfrischend, aber genehm milde Säurestruktur.

★★ **€ S GV**
2020 Grüner Veltliner Schwerelos + Zitronenverbene, Thymian, kühl und zarte Bitterkeit wie Apfelkerne und Mostbirnschale, wächst großteils auf dem schweren Löss-Boden der Ried Wora mit Schotteranteil.

★★ **€ S GV**
2020 Grüner Veltliner Athene + Kräutriger Duft, Trockenblumen, sortentypisches Pfefferl, zartherb, ein rescher, leichter Veltliner.

★★ **€ S GV**
2020 Grüner Veltliner Ursprung + Apfelmus, Blütenhonig, Kamillentee, aus der Ried Scheiben in Fels, die mit ihrem tiefgründigen Löss, der gut speichert, prädestiniert ist für kompakte Weine, solide, bodenständig, ideal zu Gebackenem.

★★ **€ S RI** PLV
2020 Riesling Ursprung + Marillenmarmelade, Staubzucker, Limette, im Mund setzt sich das fort, Kräuterlimonade, fruchtig, saftige Textur, sortentypisch, gute Aussichten.

★★ **€€ S GV**
2019 Grüner Veltliner UL-TIMA Reserve + Intensives Bukett nach Melone, Biskuit, Vanillepudding, getrockneter Mango und Fruchtgummi, 14 Prozent Alkohol tragen die opulente Süße und Schmalzigkeit, großes Eichenholzfass für zehn Monate, gehaltvoll, schwer, braucht noch Zeit.

BIO

Bioweingut
Urbanihof – Paschinger KG

Dipl.-HLFL-Ing. Franz Paschinger
3481 Fels, St. Urbanstraße 3
Tel. +43 2738 2344-12, Fax-4
weingut@urbanihof.at, www.urbanihof.at
38 Hektar, W/R 80/20

Das Weingut Urbanihof-Paschinger befindet sich seit 1598 in Familienbesitz. Diese Tradition ist auch gleichzeitig der Motor, immer weiterzugehen. Seit dem Jahr 2016 sind die Weingärten BIO-organisch zertifiziert. Die Weine sind klassische Wagramer Gewächse, sehr authentisch, strukturiert und langlebig. Die Verkostung der Weine bestätigte diese Einschätzung.

Der 2020 Grüne Veltliner leicht „4U" ist leicht, doch von besonderem Ausdruck, alle positiven Attribute der Sorte herausstellend.

Gleiches gilt für den 2020 GV Wagram classic.

Gesteigert wird das Ganze durch die beiden Grünen Veltliner 2019 – Alte Reben Ried Dorner 2019 und „1598", die Hommage in Wein vom Gründungsjahr des Gutes. Das sind Weine von außergewöhnlicher Tiefe, höchst anspruchsvoll, sehr sensibel eingesetztes Holz. Wagram at its best!!!!

Sehr fein ist der 2019 Roter Veltliner Ried Dorner, der in seiner halbtrockenen Ausprägung sehr attraktiv ist.

Der 2019 Chardonnay Ried Schillingsberg – ebenfalls halbtrocken – ist mir persönlich doch etwas zu süß. Doch Potenzial für eine lange Lagerung ist vorhanden.

Sehr angenehm sind die beiden Rotweine vom Zweigelt. 2019 Wagram classic überzeugt mit seinem Beaujolais-haftem Charme und seiner eleganten Art. Eine Stufe darüber steht der 2019 # 5 Ried Dorner. Ein vielschichtiger Rotwein auch für verwöhnte Gaumen. *as*

WAGRAM

★★ S €€ GV FUN
2020 Grüner Veltliner leicht „4U" + Leicht, aber sehr ausdrucksstark, eleganter Körper, Exotik zeigend, Orangenschalen, weißer Pfeffer, frisch und fruchtig, Apfeltöne, schöne Säure, sehr typisch, ein hervorragender Wein.

★★ S €€ GV FUN
2020 Grüner Veltliner Wagram Classic + Kräuter und Gewürze, gelber Apfel, Pfeffer, dezent rauchig, frisch und saftig, balanciert, angenehme Säure, feinwürzig, geradlinig, absolut typisch, eine wahre Freude.

★★★★ S €€€ GV TIPP
2019 Grüner Veltliner Alte Reben Ried Dorner + Hier vereint sich dezentes Holz mit Frucht zu einer glänzenden Veltliner-Creme. Würzig, zarte Vanillenoten, Kräuter, hochelegant, feine Frucht, harmonisch, weich und geschmeidig, supersaftig, wunderbar gelbfruchtig, hier ist nichts zu viel und nichts zu wenig.

★★★★ S €€€ GV TIPP
2019 Grüner Veltliner „1598" Ried Dorner + Holzwürze, Vanille, tolle Exotik, Ananastöne, gelbe Früchte, Rauchnoten, Mineralität zeigend, voller Noblesse, klare Strukturen, in sich harmonisch, ungemein weinig, ein höchst anspruchsvoller Wein mit noblen Nuancen. Hier zeigt der Kellermeister sein sensibles Händchen.

★★★ S €€€ RV
2019 Roter Veltliner Ried Dorner + Ein halbtrockener Wein mit dezentem Holztouch, Lebkuchen, Bratapfel, voller Fruchtcharme, Fruchtsüße, sehr saftig, Gewürznoten wie Kümmel, noch Zeit brauchend, ein richtiger Herbstwein. Viel Potenzial.

★★★ S €€€ CH
2019 Chardonnay Ried Schillingsberg + Getrocknete Kräuter mit Gewürznoten, exotischer Touch, alles tief hinten, ein noch sehr zurückgezogener Wein, auf dem Gaumen schmelzige Süße, der Wein ist halbtrocken, muss den Restzucker erst verarbeiten, Nelken, Pfefferoni-Nuancen im Bouquet, mollige Frucht, lassen wir ihm Zeit, er wird es uns danken.

★★ S €€ ZW FUN
2019 Wagram Zweigelt Classic + Zwetschken, Kirschen, Veilchen, sehr feines Bouquet , feiner Touch von unterlegtem Holz, Kompliment, seidige Frucht, sehr elegant und attraktiv, von Beaujolais-Charme, macht richtig Spaß. Angenehme Tannine, sehr stimmig, sehr balanciert und nuanciert.

★★★ K €€€ ZW
2019 Blauer Zweigelt #5 Ried Dorner + 14 Monate im Barrique ausgebaut. Kaffee, Schokolade, das Holz bleibt im Hintergrund, Kirschen und Pflaumen, Pfeifentabak, Preiselbeeren, sehr saftig, orientalische Nuancen, ein Zweigelt der gehobenen Art. Höchst anspruchsvoll.

Weinhof
Waldschütz

Ralph Waldschütz
3474 Sachsendorf 17
Mobil +43 664 387 40 78
wein@waldschuetz.at, www.waldschuetz.at
18 Hektar, W/R 70/30

Der Weinhof Waldschütz steht für klare, klassische, recht saubere Weine, entweder jugendlich, säurebetont, straff und mit präziser Schärfe oder betont auf Opulenz und Reife setzend. Im Lagensegment sucht Ralph Waldschütz, der 2014 in das Unternehmen eingestiegen ist, dichte Weine, die einen gewissen Alkoholgehalt aufweisen sollen. Die Reife zu erreichen war 2020 nicht ganz so einfach, schildert der Winzer. Es war der fünfte Jahrgang, den er allein gemanagt hat. 2020 gab es weniger Sonnenstunden. Dass es deutlich kühler war, käme seinem Stil entgegen, meint er zwar, aber während der Ernte gab es eine Regenperiode. Trotz des Niederschlags sei der Geschmack dann rasch reifer geworden. Plötzlich musste es schnell gehen. Es war schwierig, den Überblick zu haben und das Personal bei Laune zu halten. Der Winzer blickt jetzt froh zurück und erwartet sich einen Jahrgang von kühler Raffinesse, aber opulenter Dichte.
Tradition ist für ihn ein wichtiger Pfeiler: sowohl in der Betriebsphilosophie als auch für die Vorstellung von perfektem Wein. Da möchte er lieber nichts dem Zufall überlassen, eine klare Reintönigkeit und einen konventionellen Zugang, was Kellertechnik angeht, wenngleich man Reinzuchthefen und anderes mit Bedacht wählen könne. Der junge Winzer will den Weg seiner Vorfahren weitergehen. Er erwähnt oft, was er von seinem Opa gelernt hat, und berichtet stolz von der ersten urkundlichen Erwähnung des Betriebes vor mehr als 150 Jahren. Im Alter von 28 Jahren führt er den Betrieb immerhin in sechster Generation. „Seit 1849“ steht auch auf dem Etikett.
Was die Produktpalette ausmacht, sind die konträren Standorte: Als der Vater aus Straß im Straßertal und die Mutter aus Fels am Wagram heirateten, kamen zwei Höfe zusammen. Sohn Ralph profitiert nun von beiden Gebieten und stellt deswegen „die Herkunft in den Vordergrund“. Die kühleren Lagen sind in und um die Ried Obernholz angeordnet – teils extrem karg und steinig. Von hier stammen die rassigen, spritzigen Weine: mehr Niederschlag, kühle Winde, die Nähe zum Waldviertel und erfrischende Nächte, während in Fels der wärmespeichernde Löss-Boden und das milde Donauklima prägen. Aber auch hier gibt es Diversität: So ist der Rote Veltliner aus einem schottrigen Teil des Goldbergs rund zehn Tage später in der Reife dran als das Brunnthal, das für den Winzer zu den besten GV-Lagen zählt. Er ist auch Lizenznehmer der ÖTW-Lagenklassifizierung. *juf*

KAMPTAL DAC

★★ **S €€ GV**
2020 Grüner Veltliner Kamptal DAC + Granny-Smith-Apfel, Kräuterwürze à la Thymian und Curry, guter Gerbstoff, solide und erfrischend.

★★ **S €€ RI**
2020 Riesling Kamptal DAC + Pfirsichschale und Eukalyptus in der Nase, auf dem Gaumen getreidig, kühler Lagencharakter und ordentlich Säure, darf noch etwas Flaschenreife gegönnt werden.

WAGRAM

★★ **S €€ GV**
2020 Grüner Veltliner Wagram + Gekochte Ananas, etwas grüne Banane, Zuckerguss, blitzsauber, mittellang.

★★ **S €€ GV**
2020 Grüner Veltliner Fels am Wagram + Duftet exotisch, etwas Schwarztee, breit, vollmundig, Fruchtsüße, zartherb, zur Hälfte im Wagramer Eichenfass ausgebaut.

★★★ **S €€€ RV** FUN
2020 Roter Veltliner Von den Wagramer Terrassen + Frische Ananas, Hagelzucker, Steinobst-Aromatik, leicht kreidig, präzise, gefällig.

★★ **S €€ WB**
2020 Weissburgunder Fels am Wagram + Ein Hauch Hefegebäck, Stachelbeere, grüne Nuss, auf dem Gaumen auch Papaya, satt, buttrig und extremer Schmelz, geschmeidiges Mundgefühl, bleibt lange haften.

★★★ **S €€€ RV**
2018 Roter Veltliner 2019 Ried Goldberg + Maracuja, Physalis, Ananas, das ganze tropische Spektrum, deutet Extraktsüße an, gewisse Schärfe, nasser Stein, straff, zielgerichtet.

★★★ **S €€€ RI**
2019 Riesling Ried Anzenthal + Marillenfruchtigkeit, Marzipan, einiges an Säure, elegant und kraftvoll zugleich, Lagerpotenzial.

★★★ **S €€€ GV**
2019 Grüner Veltliner Ried Brunnthal 1ÖTW + Goldreflexe, intensiver Duftstrauß verrät Extraktsüße, Pfirsichmus und Mango, etwas zimtig, feine Tabaknoten, Nuancen von Marillen-Confit, wuchtig mit 14,5 Volumprozent Alkohol.

★★ **S €€€ CR**
2018 w1 Reserve + (ME, CS) Warmes Bukett nach Nadelholz, Wacholder, Powidl, Heidelbeeren, mächtiger Körper, ideal zu Wildgerichten.

Weingut
Gerald Waltner

Gerald Waltner
3470 Engelmannsbrunn, Am Berg 18
Mobil +43 664 926 60 90
info@weingutwaltner.at, www.weingutwaltner.at
11 Hektar, W/R 80/20

Gerald Waltner hat mit 2020 einen durchgehend trinkvergnüglichen Jahrgang gezaubert. Da seine Wagramer Weine dabei in eher wärmeren Lagen sind, hat der Engelmannsbrunner in diesem kühlerer 2020er-Jahr profitiert. Seine aktuellen Weine sind von runder Frucht geprägt, und die Säure ist nicht so markant wie in Cool-Climate-Zonen.

Waltners Weinschaffen ist klar Grüner-Veltliner-geprägt. Die niederösterreichische Paradesorte nimmt auch rund 60 Prozent seines Elf-Hektar-Weinguts ein. Fokussiert wird beim Veltliner voll auf die Lage – und das in drei verschiedenen Riedenweinen. Der Engelmannsbrunner Hochrain ist immer der erste – und auch der leichteste Veltliner, der auf Löss- und Schwarzerde-Böden steht, die teilweise mit Sand durchzogen sind. Der Veltliner aus der Lage Steinberz ist die mittelkräftige Variante, von einem nach Süden exponierten Hang in Gösing mit hohem Schotteranteil. Der Wein bringt viel Sortentypizität mit. An der Waltner Spitze ist der Veltliner Dorner, der oftmals kräftigste Wien aus einer pure Löss-Lage in Gösing.

Der Dorner ist nicht nur die Top-Riede des Betriebs, sondern dort steht auch mit 35 Jahre alten Rebstöcken die älteste Anlage vom Waltner. Diese Kraft alter Reben nutzt der Winzer immer für eine Dorner Reserve, die stets länger reift. Die Reserve ist ein sehr eigenständiger Wein und hebt sich vom klassischen Dorner ab – der aktuelle 2019er hat nicht nur viel Schmalz und Opulenz, wofür auch der merkbare Restzucker mitverantwortlich ist. Die feste Säure hält den Wein aber relativ frisch. Und das passt. *hp*

WAGRAM

★★★ S €€ GM **PLV**
2020 Gelber Muskateller + Eingelegte Birnen, Holundernektar, wirkt fruchtsüß; balancierte saftige Frucht, Limetten, Holunderkern, feine Säure, salzig, endet trocken.

★★★ S €€ RI **FUN**
2020 Riesling + Feinwürzig, bisschen ätherisch, Tannadeln, Pfirsichschalen; süß-saure Drops, Zitrus, vordergründig fruchtsüß, Marillenröster, hinten frische, knackige Säure.

★★ S €€ CH
2020 Chardonnay + Vollkornbrot, Pilznoten, dezent Grapefruit, getrocknete Kräuter; relativ weich, Molke, leichtgewichtig, hinten Grapefruitzesten, schlank und geradlinig.

★★ S €€ PB
2020 Weißburgunder + Haferflocken, generell getreidige Noten, Weißbrot, dezente Frucht, Orangenzesten, Mandarine; relativ füllig, Honigmelone, eingelegte Oliven, Zitrusfrisch.

★★★ S €€ PB
2020 Weißburgunder Ried Gösinger Mittersteig + Cremig, bisschen Flieder, dezente Frucht, Kräuterwürze; Nusscreme, moderate Säure, weiche Stilistik, Orangen, mittellang.

★★ S € GV
2020 Grüner Veltliner Ried Engelmannsbrunner Hochrain + Grüner Apfel, trockene Würze, grüner Pfeffer, bisschen Gerbstoff; grüner Apfel, balanciert, würzig im Finish, gerundet.

★★★ S €€ GV
2020 Grüner Veltliner Ried Gösinger Steinberz + Gewürzige Noten, rauchig, Melone und Birnen, sortentypisch; Apfelnoten, Zitrus, bisschen Gerbstoff, rauchiger Veltliner, mittelgewichtig.

★★ S €€ GV
2020 Grüner Veltliner Ried Gösinger Dorner + Dunkelwürzig, rauchig, Hülsenfrüchte, Heu, Sesam; charmante, exotische Fruchtsüße, Ananas, Nektarine, moderate Säure, gerundet.

★★★ S €€ GV **TIPP**
2019 Grüner Veltliner Ried Gösinger Dorner Reserve + (halbtrocken) Viel Kernobst, Bratapfel, heller Nougat, gewürzig; stoffige, opulente Art, rassige Säure, viel Fruchtexotik, Ananas, Mango, eigenständiger Wein.

★★★ S €€ ZW
2018 Zweigelt Ried Ottenthaler Marienberg + Rauchig, gutes Fruchtvolumen, Weichseln, Schwarzkirsche; viel Würze, griffiges Holz und Tannin, Heidelbeeren, opulent, aber nicht schwermütig.

Weingut
Wimmer-Czerny

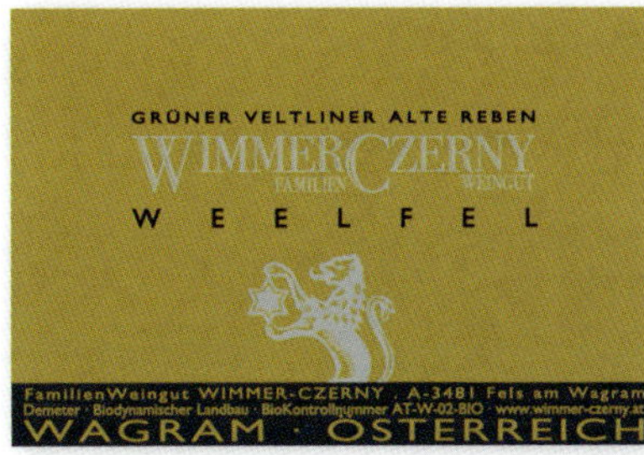

Hans & Czerny
3481 Fels, Obere Marktstraße 37
Tel. +43 2738 2248
weingut@wimmer-czerny.at, www.wimmer-czerny.at
15 Hektar, W/R 90/10, 60.000 Flaschen/Jahr

„Zeit ist das Geheimnis, bin ich draufgekommen", sagt Hans Czerny über seine Experimente mit Pétillant Naturel. Der Grundsatz gilt aber für die gesamte Herangehensweise des Winzers in Fels am Wagram. Ausschließlich auf Handlese zu setzen zum Beispiel – das sieht er als wichtiges Alleinstellungsmerkmal der österreichischen Demeter-Winzer. Keine Reinzuchthefe ebenso. Insofern ist die anfangs erwähnte Geduld auch im Weinkeller notwendig. Jeder Wein entscheidet für sich, wie viel Zeit er für die Spontanvergärung braucht. Mit der biodynamischen Arbeitsweise geht der Winzer kompromisslos seinen Weg. Die ganzheitliche Philosophie prägt sein Arbeiten. Im Weingarten hört er oft auf sein Gefühl; mit moderner Kellertechnik hält er sich zurück.

„Schon lange nicht mehr so ein Jahr gehabt!", sagt er heuer. „Wir haben warten müssen!" Und trotzdem gelang der Grüne Veltliner Terrassen betont leicht, obwohl die Lese erst am 20. September startete. Geerntet wurde dann bis zum 25. Oktober. Das sei man nicht mehr gewohnt, berichtet er.

Noch einen Grund zur Freude hatte Hans Czerny im Jahr 2020: Sein jahrelanger Einsatz für die Erforschung, Weiterentwicklung und gemeinsame Vermarktung des Roten Veltliners, der Ursorte vom Wagram, hat sich nun verdichtet. Er ist Obmann der neu gegründeten Slow Food Community „Roter Veltliner Donauterrassen". Mit neun weiteren Bio-Betrieben setzt er sich für die Rebsorte ein. Wimmer-Czerny lässt auch bei dieser Sorte immer Maischestandzeit, meistens über Nacht, zu; sorgsam mit den Stielen aufgequetscht, noch ungerebelt. „Ich halte das für authentischer – unser Stil ist mit Stielen", sagt er. Trinkfreude ist ihm wichtig. Trotzdem möchte er Grenzen ausloten, um zu zeigen, was Roter Veltliner noch alles sein kann; zum Beispiel auch ein im Granit ausgebauter Wein. „Die Sorte verdient, dass man sich spielt", findet der Weinbauer.

Um sich einen Überblick im Wimmer-Czerny'schen Sortiment zu verschaffen, beginnt man am besten mit dem Rosé Pet Nat oder mit dem Hefeabstich, von dem der Winzer gerne als „Sur Lie" spricht. Diesen süffigen Einstiegs-Veltliner kann man als Traditionsprodukt des Weinguts bezeichnen. Es gibt ihn immerhin schon seit mehr als 30 Jahren. In klimawandelnden Zeiten ist es eine besondere Kunst, einen so leichten, aber balancierten Wein zu machen. Lange Hefelagerung und stattdessen möglichst wenig Schwefel – diese Idee und diesen Stil ungehobelter Weine schätzt Hans Czerny. *juf*

WAGRAM

★★★ **S €€ GV** FUN
2020 Grüner Veltliner Wagram Terrassen + „Hefeabstich", origineller Einsteiger-Veltliner, betont leicht, Physalis-Duft, Schwarzbrotkruste, Majoran, grüne Nuss, vielseitiger Speisebegleiter, öffnet sich nach ein paar Minuten.

★★★★ **S €€ GV**
2020 Grüner Veltliner Ried Fumberg + Anfangs noch verhalten, nasser Ton, einiges an Pikanz, sortentypisches Pfefferl, Jostabeere, überzeugt mit druckvoller Frucht und Würze, vorlaut und gestanden.

★★★★ **S €€ GV**
2019 Grüner Veltliner Ried Weelfel + Vermählt dunkle Lösswürze mit zarter Exotik, frischgemähtes Getreide, Artischocken, Mostbirnensorten, und das alles mit recht dichter Struktur.

★★★★ **S €€€ RV**
2019 Roter Veltliner Granit + Kerzenwachs, Wiesenhonig, Physalis, ein barocker, reifer Sortenvertreter, mineralisch, staubzuckriger Touch, gute Prognose!

★★★★ **S €€ RI** TIPP
2019 Riesling Ried Weelfel + Blätterteig, Zitrus, Weingartenpfirsich, Buttermilch, dieser Riesling eröffnet mit Duftfestspielen, auf dem Gaumen gibt er sich griffig und lebhaft, grüne Mango, frische Apfelschale, ausbalanciert, sehr adrett.

★★★ **S €€€ WB**
2019 Weißburgunder Alte Reben Ried Scheiben + Vollreifes Bukett nach Joghurt, Estragon, Eibischteig und etwas Curry-Würze, körperreich und rund, viel Schmelz, klingt lange nach.

ÖSTERREICH

★★★★ **KK €€€ CR** FUN
2019 PUR Petillant Naturell + (SL, PN, ZW) Einladendes Altrosa, perfekte Perlage, intensives Bukett, recht fruchtig, nach Himbeersorbet, Hauch Pomelo, Erdbeermarmeladecroissant, ein Jahr Hefelagerung bringt charmante Cremigkeit, sehr gelungen!

★★★ **S €€€ WB**
2019 Orange PUR + Duftet nach Harz, Bergamotte und Wildrose, die aromastarken Sorten Traminer und Roter Veltliner halten die Stellung an der Fruchtfront, auf dem Gaumen Fenchel, Propolis und Blutorange, ausgebaut in Eichenfass und Amphore.

VINOTHEKEN

KIRCHBERG AM WAGRAM

Weritas Wagram
3470 Kirchberg, Marktplatz 44
Tel. +43 2279 20179-10
info@weritas.at, gerhard.hintermayer@aon.at
www.weritas.at

Die bestens etablierte Wagramer Gebietsvinothek im auffälligen architektonischen Kleid präsentiert gut 50 Winzer der Region. Dank fachkundiger Beratung von Sommelier und Betreiber Gerhard Hintermayer und der eleganten Regionalküche im Weritas hat sich die Vinothek längst zu einem Hotspot der Region entwickelt. Feine Speisekarte, die die Vinothek auch zum gefragten Restauranttipp macht. Unglaubliche Wagramer Weinauswahl, großes glasweises Angebot, tolle Terrasse. Einkaufen zu Ab-Hof-Preisen. Perfektes Schaufenster der dynamischen Wagramer Weinszene. Immer wieder Winzer- und Weinevents; auch als Eventlocation mietbar.

GASTRONOMIE/NÄCHTIGUNG

BIERBAUM AM KLEEBÜHEL

Landgasthof Zum goldenen Hirschen
Familie Solich
3462 Bierbaum am Kleebühel, Landstraße 51
Tel. +43 2278 2538
solich@dawirt.at, www.dawirt.at

Ein idealtypisches Dorfwirtshaus. Hier sitzen die Arbeiter neben den Jägern beim Beuscherl, im heimeligen Stüberl lässt es sich ein hiesiger Weinbauer samt Familie schmecken.

FEUERSBRUNN

Gasthaus zum Goldenen Kreuz
Familie Bauer
3483 Feuersbrunn, Weinstraße 11
Tel. +43 2738 2342
office@gasthausbauer.at, www.gasthausbauer.at

Bodenständiges Gasthaus mit ebensolcher Küche in erstklassiger Qualität, gemütlich, viel Saisonales von Bärlauch bis Wild. Eigenbauweine, dazu vieles aus den umliegenden Weinregionen. Terrasse, Innenhof.

Toni M. & Zur Traube & Hotel am Wagram
Toni Mörwald
3483 Feuersbrunn, Kleine Zeile 13–17
Tel. +43 2738 2298-0, Mobil +43 676 842 298 81
traube@moerwald.at, rezeption@moerwald.at
www.moerwald.at

Im Herzen der Weinbauregion Wagram, ist das Restaurant „TONI M." im Stammhaus der Familie Mörwald ein Beweis für die Qualität der öster-reichischen Küche. Das Relais & Châteaux Gourmet bietet eine besondere Art von kreativer und zeitgemäßer Küche, die fest im Boden der österreichischen Kochtradition verankert ist, dabei weltoffen. Das Restaurant ist das Flaggschiff der Mörwald-Gruppe, nur abends geöffnet (Di-Sa), 4 Hauben.

Das Stammhaus „Zur Traube" im selben Komplex hat den Charme des einstigen Dorfwirtshauses behalten. Hier werden die Klassiker der österreichischen Küche angeboten in zeitgemäßer Zubereitung. Landgasthaus, gemütliche Gaststube, Gourmetstüberl, Wintergarten., 2 Hauben.

Kochschule, Weinbar, Vinothek mit beachtlichem Wagram-Sortiment, aber nicht nur. Die großen Weinkarten mit zahllosen Top-Positionen, ein Tipp sind auch die guten Eigenbauweine von Bruder Erhard Mörwald. Sehr gute Übernachtungs-Möglichkeit im eigenen Design-Hotel am Wagram gegenüber der Restaurants.

HAUSLEITEN

Gasthaus Amstätter
Gabriele und Franz Amstätter
3464 Hausleiten, Bahnhofstraße 27
Tel. +43 2265 7272
www.amstaetter.com

Der Top-Wirt 2012, direkt am Bahnhof gelegen, bietet Wirtshausgefühl pur. Von Geheimtipp kann man nicht mehr wirklich reden, aber die Fahrt dorthin kommt schon einer Entdeckungsreise gleich. Einer Reise, die sich absolut lohnt. Zur perfekten Wirtshausküche gibt's Wagramer und Weinviertler Weine. Nur für Barzahler.

KIRCHBERG

Weritas Wagram
Gerhard Hintermayer
3470 Kirchberg am Wagram, Marktplatz 44
Tel. +43 2279 201 79-10
info@weritas.at, www.weritas.at

Das Weritas - Vinothek, Weinbar und Restaurant - ist das "Weinzentrum" des Weinbaugebiets Wagram. 50 Top Winzer der Region präsentieren ihre besten Tropfen inmitten moderne Architektur und tollem Rundumblick, Weine zum Ab-Hof-Preis. Einzigartiges Weinerlebnis. moderne Architektur, atemberaubender Wagramblick. Patron und Sommelier Gerhard Hintermayer hat stets die besten Tipps parat. Immer wieder Events und Präsentationen, Winzermenüs. Regionale, saisonale Küche. Hier schlägt das vinophile Herz des Wagrams. Tipp!

KÖNIGSBRUNN

Landgasthof Mann
Raimund Mann
3465 Königsbrunn am Wagram, Rathausplatz 14
Tel. +43 2278 2334
gasthaus@mann.co.at, www.mann.co.at

Direkt im Ortskern liegt dieser gemütliche Gasthof. Was den Familienbetrieb so besonders macht, ist die angegliederte Fleischhauerei, die dank erstklassiger Produkte von kleinbäuerlichen Betrieben nicht nur regionale Bekanntheit erlangt hat, sondern natürlich auch der eigenen Wirtshausküche zugutekommt. Dank eigener Jagdpassion laufend saisonale Wildspezialitäten, empfehlenswert ist auch das Catering des Hauses. 1 Haube.

LANGENLEBARN

Gastwirtschaft Floh
Josef Floh
3425 Langenlebarn, Tullner Straße 1
Tel. +43 2272 628 09
floh@derfloh.at, www.derfloh.at

Tausendsassa Pepi und Familie Floh bieten kompetenten, liebevollen Service und eine großartige Küchenlinie: Die erstklassigen Grundprodukte kommen von ausgewiesenen Qualitätsproduzenten, die mehrheitlich aus der Region stammen und namentlich aufgeführt werden. Ohne die Bodenhaftung zu verlieren, kocht Josef Floh klassisch und ideenreich zugleich – durchwegs auf sehr hohem Niveau, selbst wenn das große Lokal gerammelt voll ist. Botschafter der Regionalität, kauft, wann immer möglich, im Umkreis von maximal 66 Kilometern zu (Flohs Route 66).

Die Weinkarte zählt zu den allerbesten in ganz Österreich und wurde vielfach ausgezeichnet, unter anderem mit dem „Best of Award of Excellence" des amerikanischen „Wine Spectator". Hunderte Positionen, darunter viele Raritäten, auch aus dem Ausland, Burgunder-Kompetenzzentrum, ebenso Bordeaux, Italien, Deutschland. Immer wieder Events in Bennis Weinclub (Sommelier Benni Neiber) und andere Aktivitäten. Genuss-Greißlerei. Der Floh ist und bleibt ein Gesamterlebnis, seit über 25 Jahren. 3 Hauben

Das Wolf

Christian Wöber & Christoph Mayer
3425 Langenlebarn, Bahnhofstraße 58
Tel. +43 2272 62567
restaurant@daswolf.at, www.daswolf.restaurant

Die Speisekarte bietet Feines von Fleisch und Fisch sowie kreative vegetarische Köstlichkeiten. Küchenchef Christoph Wöber kocht auf hohem Niveau, vielfach mit regionalen Produkten der Saison. Absolut einen Umweg wert. Gastgeber Christoph Mayer ist auch Herr über eine ansehnliche Weinkarte, weiß nur Österreich, rot auch international. Modern designtes und entspanntes Innenleben mit Stüberl, Kaminzimmer, Bar, Veranda und Garten. Empfehlenswert die regelmäßig abgehaltenen Winzermenüs. 3 Hauben.

OBERSTOCKSTALL

Restaurant Gut Oberstockstall

Elke & Matthias Salomon
3470 Kirchberg am Wagram, Ringstraße 1
Tel. +43 2279 2335-0
restaurant@gutoberstockstall.at
www.gut-oberstockstall.at

Die gotische Gutskapelle und das ganze herrschaftliche Ambiente bieten einen historischen Rahmen für jene kreative Regionalküche, zu deren Mitbegründern Eva Salomon gehört. Über 30 Jahren stand sie der Küche vor, Sohn Matthias und seine Frau Elke sind die Gastgeber. Hier wird seit Jahrzehnten biologisch, mittlerweile biodynamisch gewirtschaftet. Was das Gut hergibt, wandert straks in die viel gerühmte und mit zwei Hauben ausgezeichnete Küche. Auf der Karte auch köstliche vegetarische Gerichte und Menüs. Vieles kommt mit Leichtigkeit, Kräutern und zu saisonalen Themen auf die Teller.

Herrlicher Innenhof. Eines der Glanzlichter der Gourmetszene in Niederösterreich und jederzeit Tipp für eine unvergessliche Landpartie, zumal mittlerweile auch gut ausgestattete Zimmer zum Gut gehören; schlafen in metallfreien Holzbetten, rundum natürliche Materialien.

Passend die hauseigenen Weine, ebenfalls nach Demeter zertifiziert. Die ausgeklügelte und umfangreiche Weinkarte hat sich radikal gewandelt und präsentiert neben regionalen Winzern eine überaus breite Palette an Natural & Orange Wines aus Österreich und aller Welt. Auch ganze Weinländer gilt es unter diesem Aspekt zu entdecken, etwa die Schweiz. Immer wieder Raritäten, gereifte Jahrgänge und Magnums. Event- und Hochzeitslocation. Grandoses Gesamterlebnis, großes Kino, 3 Hauben. Must!

TULLN

Gasthaus Goldenes Schiff

3430 Tulln, Wiener Straße 10
Tel. +43 2272 62671
office@zumgoldenenschiff.at
www.zumgoldenenschiff.at

Ein Wirtshaus, das nichts anderes als ein Wirtshaus sein möchte und dem dies auch mit unaufdringlichem Charme, Gelassenheit und auffallender Sorgfalt gelingt. Seit 150 Jahren. Dazu noch eine handverlesene Weinkarte regionaler Prägung und als besonderes Highlight: rund 30 Weine, die man auch glasweise verkosten kann.

's Pfandl
Das Wirtshaus am Hauptplatz
Kurt Hoffmann
3430 Tulln, Hauptplatz 25
Tel. +43 2272 666 70
essen@s-pfandl.at, www.s-pfandl.at

Am schön gestalteten Hauptplatz von Tulln lädt das im Landhausstil gehaltene „'s Pfandl" zu kulinarischen Erlebnissen mit regionalem Schwerpunkt. Gemütlicher Schanigarten , im Erdgeschoß befindet sich das eigentliche Wirtshaus, im 1. Stock gotische Räumlichkeiten und gemütliche Weinterrasse.

Zur Sonne
Josef & Gertrude Sodoma
3430 Tulln, Bahnhofstraße 48
Tel. +43 2272 646 16
www.gasthaussodoma.at

Bilderbuch-Gasthaus, das seinen Platz an der Sonne bereits sicher hat. Josef Sodoma hält den guten Service am Laufen und Gerti Sodoma zeigt ihr Talent für verfeinerte Regionalküche und Wirtshausklassiker. Die nächste Generation ist bereits fixer Bestandteil des Teams. Ob man lieber rustikaler in der gemütlichen Gaststube oder eleganter speisen möchte: beim „Sodoma" ist beides möglich. Klassiker wie Grammelknödel, Beuschl und Zwiebelrostbraten gelingen hier zur Perfektion; ebenso der Wildfang-Branzino oder die an der Gräte gebratene Seezunge. Allen Saisonen wird hier kulinarisch in Vollendung gehuldigt. Jener vom Spargel oder Bärlauch ebenso wie denen vom Wild und den Pilzen. Die Martinigansl sind einfach himmlisch, die ebensolche Ente gibt es immer wieder (und auf Vorbestellung), die präferiert auch die Chefin.

Ganz egal wo, es lohnt auf jeden Fall, sich vom Patron „Pepi" Sodoma beraten zu lassen. Die Weinkarte gilt als mustergültig, ob Wachauer Smaragde, Geheimtipps vom Wagram und aus dem Traisental, deutsche Große Gewächse oder Bordeaux und Italien: die Karte ist umfangreich, aber intelligent zusammengestellt und fair kalkuliert. Dazu immer wieder eine spannede Tageskarte, die der Wirt an jedem Tisch persönlich referiert und auf kleinen Kreidetafeln festschreibt. Sehr gutes Käseangebot. Ein stiller Fels in der Brandung, aber umso größer. Für Barzahler. Bahnhof quasi vor der Haustüre, beste Verbindungen nach Wien. 3 Hauben.

ZAUSSENBERG

Josefs Himmelreich
Josef Kellner & Jasmin Wieland
3701 Zaussenberg am Wagram, Ortsstraße 4
Tel. +43 2278 282 41
info@gutehrlichessen.at
www.gutehrlichessen.at

Top-Winzer Josef Fritz erfüllte sich den Traum vom eigenen Restaurant in einem 300 Jahre alten Bauernhaus in Zaußenberg. Gerade einmal 24 Sitzplätze fasst der Gastraum von „Josefs Himmelreich". Pächter ist ein junger talentierter Koch mit seiner Partnerin, der davor Sous-Chef im Drei-Hauben-Restaurant Mesnerhaus (Mauterndorf, Salzburg) war.

Gekocht wird nach dem Motto „gut ehrlich essen" eine regionale Küche, hochwertig und leistbar. Selbstangebautes Obst und Gemüse, Fleisch von regionalen Bauern und Fisch aus österreichischen Gewässern sind die Grundprodukte für ein vier- bis sechsgängiges Menü. Das Weinangebot umfasst das Werkverzeichnis von Josef Fritz, darunter die hochbewerteten Roten und Grünen Veltliner; dazu ausgewählte Rotweine befreundeter Winzer. 2 Hauben.

CARNUNTUM

Dieses kleine Weinbaugebiet grenzt unmittelbar an den Osten von Wien und zieht sich dann am südlichen Donauufer entlang bis zur Grenze zur Slowakei; einige kleine Ausläufer bestehen südlich der Leitha. Das Zentrum des Gebietes erstreckt sich

906 Hektar Weinanbaufläche
Die wichtigsten Rebsorten:
Zweigelt, Blaufränkisch

um dessen Mitte rund um die Weinbauorte Göttlesbrunn, Arbesthal und Höflein, wo sich eine sehr qualitätsorientierte und auch mit geschicktem Marketing punktende Winzerschaft für ihre kraftvollen und samtigen Rotweine, speziell aus der Rebsorte Zweigelt, einen Namen gemacht hat. Ein weiterer Schwerpunkt sind die Weinberge rund um Prellenkirchen und Berg. Diese Rieden eignen sich sehr gut für die Rebsorte Blaufränkisch, wobei die Top-Lage Spitzerberg ihr Renommee immer deutlicher verfestigt.

Zweigelt und Blaufränkisch sind auch jene Rebsorten, die für den gut eingeführten Markenwein dieser Herkunft, den Rubin Carnuntum, verantwortlich sind. Darüber hinaus ausgepflanzt sind St. Laurent, Cabernet, Merlot und Syrah, in kleinerem Umfang auch Blauburgunder. Bei den Premium-Weinen der führenden Erzeuger handelt es sich allerdings zumeist um Cuvées, die in neuem oder gebrauchtem Holz ausgebaut werden, und deren besten zur österreichischen Elite zählen. Doch hat sich gerade in den vergangenen Jahren im Gebiet ein Trend entwickelt, auch und besonders die Sorte Zweigelt im Premium-Bereich zu etablieren, und zwar im sortenreinen Ausbau. Hier engagieren sich ganz besonders die Leitbetriebe, weswegen Weinfreunde durchaus hohe Erwartungen an dieses Vorhaben knüpfen dürfen.

In den jüngsten Jahren hat von den genannten roten Rebsorten speziell der St. Laurent ein neues und positives Image erworben. Carnuntum zieht Vorteile aus den starken Einflüssen des pannonischen Klimas, die Sonnenscheindauer im Gebiet ist mit jener der Weinorte am Westufer des Neusiedlersees vergleichbar, allerdings ohne die hohe Luftfeuchtigkeit, welche die Edelfäule begünstigt, durchaus ein Vorteil für die Lesephase der Rotweine.

Alles in allem hat sich Carnuntum – gemeinsam mit dem zur Thermenregion gehörenden Steinfeld – in der im stetigen Umbruch befindlichen österreichischen Rotweinlandschaft als feste Größe etabliert.

Seit dem Jahrgang 2019 gibt es für die Rebsorten Chardonnay, Weißburgunder, Grüner Veltliner, Zweigelt und Blaufränkisch die Bezeichnung Carnuntum DAC; auch rote und weiße Cuvées, die mindestens zu zwei Dritteln aus diesen Varietäten bestehen, sind zulässig. Es handelt sich um ein Pyramidensystem: Gebietswein, Ortswein und Riedenwein. Der Antrag zur Erlangung der staatlichen Prüfnummer darf bei Weißwein nicht vor dem 15. März und bei Rotwein nicht vor dem 1. November des auf die Ernte folgenden Jahres erfolgen. DAC-Weine müssen trocken sein, der Alkohol eines roten DAC muss bei mindestens 12% liegen.

SCHWECHAT
Fischamend-Markt
Maria Ellend
Wildungs-mauer
Petronell-Carnuntum
Bad Deutsch-Altenburg
Hainburg a.d. Donau
Wolfsthal
Hundsheim
Berg
Donau
Himberg
Enzersdorf a.d. Fischa
Schwadorf
Fischa
Arbesthal
Göttlesbrunn
Höflein
Rohrau
Hollern
Schöna-brunn
Prellenkirchen
Deutsch-Haslau
Ebergassing
Gallbrunn
Stixneusiedl
Gramatneusiedl
Trautmannsdorf a.d. Leitha
BRUCK A.D. LEITHA
Leitha
Götzendorf a.d. Leitha
Sommerein
Mannersdorf a. Leithagebirge
Hof a. Leithagebirge
C A R N U N T U M

Weingut
Artner

Familie Artner
2465 Höflein, Dorfstraße 93
Tel. +43 2162 63142, Fax +43 2162 66255
weingut@artner.co.at, www.artner.co.at
40 Hektar, W/R 40/60, ca. 300.000 Flaschen/Jahr

Für Peter Artner „passt die Palette von vorn bis hinten". 2020 ist für ihn ein stimmiger Jahrgang, Säure und Alkohol sind in guter Balance, und die Haltbarkeit dürfte gut sein. Mit den Veltlinern ist er „in Summe höchst zufrieden", und das zu Recht. Der „kleine" Veltliner trinkt sich praktisch von allein, beim ebenfalls sehr zugänglichen Kirchberg hat sich zum dezenten Holz jede Menge Frucht gesellt. Zum Trinkspaß kommt beim Chardonnay jede Menge Spannung, der „massive a." in Weiß ist opulent, aber nie ausufernd, bei aller Kraft und Jugend schon ein Genuss. Die 2019er-Rotweine gefallen in ihrer Fruchtfülle, ein bisschen Zeit sollte man ihnen noch gönnen. Auch der ausgesprochen klassisch auftretende Blaufränkisch kann etwas Luft vertragen, er zeigt dann viel jugendlichen Fruchtcharme. Beim Amarok gefällt wieder das sehr harmonische Zusammenspiel der Sorten. Beim vorjährigen Zweigelt-Cup brillierte der Steinäcker schon als bester Zweigelt und zeigt weiterhin, was diese Sorte in den richtigen Händen leisten kann. „Aubühl" und „massive a." sind mächtige Weine, die auch nach langem Bemühen erst eine vorsichtige Annäherung erlauben. *db*

CARNUNTUM DAC

★★ S € GS
2020 Spazierer + Etwas aromatisch im Duft, sonst recht ruhig; kecke Säure, fester Fruchtkörper, Burgunder sorgen für Substanz, reife Zitrusnoten, Blutorange, sehr süffig.

★★★ S € GV
2020 Grüner Veltliner + Zischige Apfelvielfalt, etwas grünwürzig, zart aromatisch; viel Kernobst, erfrischender Kontrast zwischen kraftvollem Körper und verspielter Jugendlichkeit.

★★★ S €€ CH FUN
2020 Chardonnay + Saftige Ananas, leicht röstige Noten von minimalem Holzkontakt, reifer Pfirsich; fruchtsüß, bevor der Muschelkalk einen Riegel vorschiebt, angenehme Säure unterstützt den Trinkfluss.

★★★ S €€€ GV TIPP
2020 Ried Kirchberg Höflein Grüner Veltliner + Rote Äpfel, etwas Birne, ein Dash Mandarine, frische Kräuter; breitet sich gemütlich aus, jede Menge Ananas, viel Kraft, dabei sehr süffig.

★★★ K €€ ZW
2019 Rubin Carnuntum + Dunkelbeerig, vanillesüße Holzunterstützung, Trockenfrucht und getrocknete Pilze; fruchtsüß, süßer Holztouch, feste Gerbstoffe und pointierte Säure bilden den Gegenpol, viel rotbeerige Frucht, solide Länge.

★★★ K €€ CR
2019 Höflein Cuvée Barrique + (ZW/BF/ME) Verschwenderische Kirscharomatik, Prise Pfeffer, Dörrobst und frische Kräuter; kräftige Säure und Gerbstoffe bremsen noch, Potenzial für ein unbeschwertes Vergnügen.

★★★ K €€€€ BF
2018 Ried Kirchweingarten 1ÖTW Blaufränkisch + Tannenzweigerl, dunkles Beeren-Confit, ein bisschen zimtig, macht Lust auf den ersten Schluck; durch Säure und kräftigen Gerbstoff zwängt sich beerige Fruchtsüße, pfeffrig pikant.

★★★★ K €€€€ CR TIPP
2018 Amarok + (ZW/BF/ME/SY) Pfeifentabak, frisch gesägtes Holz, Sauerkirsche, Cassis, Brombeere, etwas ledrig, getrocknete Oliven; viel süße Frucht eingebettet in präsentes Holz, Vanille, fast schon seidige Gerbstoffe, gute, mollige Länge.

★★★★ K €€€€ ZW TIPP
2018 Ried Steinäcker 1ÖTW + Holz und Würze gut verwoben, Sauerkirschenkompott, getrocknete Früchte, animierend und tiefgründig; unbeschwert mit elegantem Appeal, Nelken, schwarzer Pfeffer, Tinte, Leder, wird seidig fließend, ohne seine steinige Herkunft zu verleugnen, herrliche Länge.

★★★★ K €€€€ CR
2018 Ried Aubühl 1ÖTW + (ZW/BF/ME) Zwetschgenröster, Holunderbeeren und Brombeeren, würzig, Salbei, Oregano, Holz als vanillige Note; fordernd mit mächtiger Säure und kräftigen Gerbstoffen, schwarzbeerige, süße Frucht macht sich bemerkbar, lebendige Länge.

★★★★ K €€€€€€ CR
2018 massive a + Zesten von Blut- und Bitterorangen, Schwarzkirschen, getrocknete Oliven, Kamille, etwas harzig, dunkle Schokolade, bisschen speckig; frucht- und holzsüß, Mineralik, Säure und Gerbstoffe verdichten den Wein, viel tiefe, dunkelbeerige Frucht, großer Spaß auf hohem Niveau.

NIEDERÖSTERREICH

★★★★ K €€€€ CH
2019 Massive a weiß + Elegante Chardonnay-Frucht über dezentem Holz, eisgekühlter Pfirsich, Strohblumen, weiße Schokolade, Kokosflocken, wird mit Luft dichter und süßer, bleibt sehr lebendig; mächtige Säure, mineralischer Kick, dunkle Aromatik Richtung Cassis, gute Spannung.

♛♛♛

Weingut
Michael Auer

2465 Höflein, Hoher Weg
Mobil +43 699 116 082 81
office@weingut-auer.com, www.weingut-auer.com
12 Hektar, W/R 40/60

Michael Auer zählt im Weinbaugebiet Carnuntum bereits zu den besten Betrieben, das konnte er mit seiner aktuellen Serie wieder eindrucksvoll bestätigen. Der klassische Chardonnay bringt die Vorzüge des Jahrgangs 2020 mit all seiner Frische und einer blitzsauberen Fruchtvielfalt auf den Punkt. Auf die behutsam im kleinen Holz vinifizierte Variante dürfen wir uns bereits im Vorfeld freuen, müssen uns aber noch ein Jahr gedulden. Beim Zweigelt zeigt uns der Winzer schon beim Rubin Carnuntum, wohin die Reise geht, der Premium-Wein aus der Lage Bühl besticht mit reifer Tanninstruktur, nobler Frucht und bestem Reifepotenzial. Eine positive Überraschung mit sehr gutem Preis-Leistungs-Verhältnis sind die beiden Pinot Noirs aus den Jahren 2019 und 2020, obendrein perfekte Speisenbegleiter. Der Blaufränkische genießt bei Michael Auer einen hohen Stellenwert und ist auch mit 70% die Leitsorte des vielversprechenden Cuveés aus der Ried Aubühl. Dass der Syrah die warmen, teils heißen Lagen besonders liebt und perfekt in diese Gegend passt, beweist der aktuelle Jahrgang 2019 im hohen Ausmaß. Mit eleganter, sortentypischer Ausprägung, Tiefgang und großem Potenzial ausgestattet, mein persönlicher Favorit. *gh*

CARNUNTUM DAC

★★★ **S €€ CH** PLV
2020 Chardonnay + Frische pur, feine, gelbe Birnenaromatik, Williamsbirne, saftig und cremig, Anklänge an Hawaii-Ananas, Mandarine; aus einem Guss, harmonisch, einnehmender Fruchtmix, zarte Würze, zieht mit animierenden dunklen Zitrusnoten über den Gaumen.

★★★ **S €€ ZW**
2020 Rubin Carnuntum + (ZW) Blitzsaubere Schwarzkirsche, feine Schokonote, eingelegte Weichsel, fruchtbetont, traubig; frische Säure-Tannin-Struktur, lebendig, animierende Bitternote, passende dunkle Zitrusanklänge, Bittermandel, klingt fruchtbetont mit Herzkirschenaroma aus.

★★★★ **K €€€ ZW**
2019 Ried Bühl + (ZW) Dicht, kraftvoll, hochelegante Kirsch-Weichsel-Aromatik, Schoko-Kirsch, rote und dunkle Waldbeeren, saftig und fruchtsüß, Holz bleibt dezent im Hintergrund, einladend; harmonisch, passende Säure-Tannin-Struktur, eingelegte Weichsel, vermittelt viel Frische, etwas adstringierend im Abgang, sehr gutes Entwicklungspotenzial.

★★★★ **K €€€€ CR** TIPP
2019 Ried Aubühl + (BF/CS/SL) Reifes, dunkles Beeren-Confit, Waldbrombeere, schwarze Johannisbeere, eingelegte Weichsel, fein definiert, fruchtsüß, Nougatanklänge, zarte Kräuterwürze, tiefgründig und vielversprechend; sehr gutes Tanningerüst, Frucht prägt auch den Gaumen, saftige Herzkirsche, Waldhimbeere, jugendlich, passende Adstringenz im langen Nachhall.

NIEDERÖSTERREICH

★★★ **S €€ CR**
2020 Rosé + (ZW/PN/CS) Feine, rote Fruchtkomposition, Kirsche, etwas Erdbeere und rote Ribisel, füllig, ausdrucksstark; dunkle Zitrusfrucht ergänzt den fruchtigen Gesamteindruck, Orangenzesten, sehr lebendig und trinkanimierend, Mandarinen- und Orangenfilets im Finish, bleibt haften.

★★★ **S €€ PN**
2020 Pinot Noir + Elegant angelegte Sortenstilistik, vollreife, konzentrierte Herbsthimbeere, Waldboden, reife Zwetschke, schokoladig; feine rotbeerige Noten, wieder fruchtsüße, präzise Himbeere, etwas Preiselbeere, frisch und schwungvoll, Orangenzesten im Nachhall, Trinkvergnügen ist garantiert, zeigt Substanz und hat Entwicklungspotenzial.

★★★ **S €€ PN**
2019 Pinot Noir + Wunderschöne, vollreife Himbeere, blitzsauber und fruchtsüß, Erdbeer- und Kirschanklänge, fruchtbetont mit guter Fülle, feine Orangenfilets; einnehmender, rotfruchtiger Ausdruck, Herzkirsche, Herbsthimbeere, etwas rote Ribisel, lebendig und ungemein trinkig, klingt fruchtsüß mit zarter, dunkler Zitrusnote aus.

★★★★ **K €€€ SY** TIPP
2019 Syrah + (SY) Sortentypische, richtig animierende Kräuterwürze, schwarze Olive, Kornelkirsche, rotbeerige Assoziationen, alles präzise ausgeprägt; saftig, vermittelt südländisches Flair, wunderschöner Fruchtausdruck, vollreife Tannine, knackige Weichsel, druckvoll, tiefgründig, langer Nachhall, großes Potenzial.

Weingut
Böheim

Stefanie & Johann Böheim
2464 Arbesthal, Hauptstraße 38
Tel. +43 216 28859, Mobil: +43 664 262 23 89
wein@gut-boeheim.at, www.gut-boeheim.at
20 Hektar, W/R 50/50, 150.000-180.000 Flaschen/Jahr

„Die letzten beiden Ernten waren fast wie Urlaub", fasst Johann Böheim seine Eindrücke zusammen. Gerade 2020 „war nicht viel zum Falschmachen, da hat alles gepasst". Der Hausherr war „tiefenentspannt". Veltliner & Friends ist der weiße Markenwein, wer Geschmack daran gefunden hat, kann jedes Jahr zugreifen, der passt immer. „Chardonnay passt ins Gebiet, wird immer reif, das können wir" – und wie! Aus dem Stahl mit teilweisem BSA kommt eine Bilderbuchdarstellung von klassischem Chardonnay. Gefällt die gefährlich süffige Veltliner Reserve schon mit ihrer Apfelvielfalt, so bietet der Privat von allem mehr. Vater und Tochter Böheim haben ihn zu 80% im Stahl vergoren und gegen Ende der Gärung „ins kleine gebrauchte Fassl rutschen lassen". Nicht einmal die Hälfte eines normalen Jahrgangs wurde für den Weißburgunder gelesen und zeigt, noch auf der Hefe liegend, hohes Niveau. Der Sauvignon gefällt in seiner klassischen Sortendarstellung. Selbiges gilt für den Blaufränkisch, der gerne auch etwas kühler genossen werden kann. Der Merlot ist (noch) kein Faserschmeichler, Johann Böheim will sich aber auch nicht verbiegen, weil er seine Weine selbst gerne genauso trinkt. Deutlich mehr Holz beim Stuhlwerker lässt den Cuvée-Partnern trotzdem viel Raum zur freien Entfaltung. *db*

CARNUNTUM DAC

★★ S € CW
2020 Veltliner & Friends + Kräuterwürzig, reife Kernobstfrucht, sehr knackig; gute Statur, verspielter Fruchtausdruck, griffiger Rückhalt, solide Länge, macht wie immer Spaß.

★★★ S €€ CH
2020 Chardonnay + Knackiger Pfirsich, Wiesenblumen, Birne, etwas röstig; süße Steinobstfrucht, sehr gute Substanz, cremige Geschmeidigkeit mit herzhaftem Biss, guter Rückhalt.

★★★ S €€ GV PLV
2020 Grüner Veltliner Reserve + Ohne Holz zimtig, vanillig, Fruchtkorb voller reifer Äpfel, rosa Pfeffer, Ananas, wunderschön duftig; geht sensationell auf, mächtig, dabei immer leichtgängig, super Säure, bleibt mit viel Apfelfrucht sehr lange hängen, fester Grip im Nachklang, fruchtsüßes Finish.

★★★★ S €€€ GV
2020 Grüner Veltliner Privat + Kleine Holzpassage hat im Duft kaum Eindruck hinterlassen, auch hier eine Apfelparade; Holz kommt mit festem Zug auf dem Gaumen, Apfeleindruck ist gewaltig als Mostapfelmischung, als Sorbet oder als Hauch von Calvados, glasklare Frucht, bröseltrocken, stark.

★★★ S €€€ PB
2020 Weißer Burgunder Ried Stixbergen + Kamille, trockenes Laub, Walnussblätter, würzig, dicht mit aufkeimender Frucht; kraftvoller Eindruck, Strohblumen, Restzucker (4) wird von Säure, Alkohol und griffigem Gerbstoff gebremst, feines Mittelstück, hohes Niveau, starker Beginn.

★★★ K €€€€ BF
2019 Blaufränkisch Reserve + Dunkes Rubinviolett, fast schwarzer Kern, etwas Süße im Duft kündigt vom kleinen Holz, Leder, Tinte, Lakritze, klare klassische Blaufränkisch-Frucht, dunkle Beerenvielfalt wie in einem Rumtopf; fest zupackendes, trotzdem feines Tannin, typische Säure bringt Trinkfluss und aktiviert die Aromen, substanzreiche, fleischige Frucht begleitet den langen Abgang, süffig, gerne auch etwas kühler.

★★★★ S €€€ ME TIPP
2019 Merlot Reserve + Schwarzer Kern, feinste Kaffeenoten, saftige, tiefdunkle Frucht, Cassis, Brombeeren, Lorbeerblätter, leicht ätherisch-würzig, etwas Vanille; moderat geröstete Kakao- und Kaffeebohnen, die Duftfülle bringt er noch nicht ganz auf den Gaumen, braucht sehr viel Luft.

★★★★★ K €€€€ CR TOP
2019 Stuhlwerker 1ÖTW + (ZW/ME/BF) Zeigt mehr Holz als die anderen, Blaufränkisch bringt die Spitze, das Strahlende, das Knackige, aber auch Brombeeren, vom Zweigelt stammen Farbe, Sauerkirschen und die ätherische Würze; Holz und Merlot steuern Mokkanoten, Röstaromen, Zimt, Nelken bei, vielfältige Erscheinung, minzige Kühle, sehr lang, schon animierender Trinkfluss mit einigen Kanten.

NIEDERÖSTERREICH

★★★ S €€ SB FUN
2020 Sauvignon Blanc NÖ S + Dunkler Fruchtausdruck, Cassis, grüne Paprika, Holunderbeeren, Plundergebäck mit dunklen Beeren, knusprige Säure steht parat; klassische Sortendarstellung, herrlicher Biss, kalkiger Schleier, gute Spannung.

BIO

Weingut
Glatzer

Walter Glatzer
2464 Göttlesbrunn, Rosenbergstraße 5
Tel. +43 2162 8486
info@weingutglatzer.at, www.weingutglatzer.at
35 Hektar, W/R 35/65, 200.000-300.000 Flaschen/Jahr

Das Weinbaugebiet Carnuntum ist mit Spitzenwinzern gesegnet. Zu dieser Elite gehört Walter Glatzer. Wiederum konnte man eine beeindruckende Serie von tollen Weinen verkosten. Ob Weiß- oder Rotwein, es sind immer charaktervolle Weine, die zu reifen verstehen. Es herrscht in diesem Weingut eine Qualitätsdichte, wie man sie selten findet.

Aktuell dominiert der Jahrgang 2019. Auf die besten 2020er heißt es noch warten. Die Ausnahme sind ein knackig trockener Rosé und ein Sauvignon Blanc, den ich am liebsten zu einer Vielfalt von Antipasti habe.

2019 Sauvignon Blanc Donauschotter – das ist enormer Stoff, von besonderem Ausdruck. Diesen Ausdruck findet man auch beim 2019 Grünen Veltliner Dornenvogel. Ein sehr hochwertiger Wein.

Ein toller Ortswein ist der „Göttlesbrunn, von druckvoller Tiefe.

Beim 2019 Chardonnay Ried Kräften kann man sich durchaus international vergleichen und sicher beste Figur machen.

Mein Herzenswein in Rot ist der „Gotinsprun“ – der alte Name für Göttlesbrunn. Eine Rotwein-Cuvée, die mich bewegt.

Der 2019 Zweigelt Ried Haidacker strotzt vor formvollendetem Charme und feinster Frucht. Beim 2019 Blaufränkisch Ried Bärnreiser wächst Großes heran. Das kann man ruhigen Gewissens behaupten.

Diese Größe kann man zwei Rotweinen von 2017 attestieren: Blaufränkisch Ried Bärnreiser – ein unglaublich fein abgestimmter Rotwein von seltener Eleganz. Die Ried Rosenberg Cuveé hat eine Klasse, wie man sie von besten Bordeaux-Weinen kennt. Eine perfekte Tanninstruktur und eine Substanz für viele Jahre. Nicht übersehen sollte man den 2019 St. Laurent Alte Reben. Ein Wein von großer Sortentypizität.

as

CARNUNTUM DAC

★★★ S €€€ CW
2019 Göttlesbrunn weiß + (PB, CH, GV) Weißer Pfeffer, Blüten, Wiesenblumen, Kräuter, Lavendel, ziemlich gelb, saftig-trocken, viel Mineral, dezente Exotik – Ananas, Mango, sehr prägnant, elegante Fülle, Kernobst, voller Pikanz, ein Fruchtbündel, ein Ortswein von ziemlich guter Konsistenz. Zitruszesten, von druckvoller Tiefe.

★★★ S €€€ CH
2019 Chardonnay Ried Kräften + Ein Chardonnay von burgundischem Flair, Zitrus-Touch, der Wein hat das Antlitz eines besonderen Weines, feine Vanille ohne Holzschimmer, sehr elegant, ein bisschen Reduktion, zeugt von sehr gutem Stoff, gelbe Früchte, der Wein wird so richtig feinfruchtig, ein Stoff für die Zukunft, salzige Noten, tolle Substanz. Sollte man unbedingt dekantier.

★★★ S €€€ CR TIPP
2019 Gotinsprun – Göttlesbrunn + (BF, ZW, SY, ME) Pflaumen, ein reichhaltiger Rotwein, feines Bukett, schwarze Beeren, Kakao, reife Kirschen, Mandelbögen, sehr elegant, von fester Struktur, Körperreichtum, glutvolle Fülle, einiger Tiefe, ziemlicher Druck, zeigt Finesse, straff und dicht, intensiv, ein Rotwein von absoluter Klasse.

★★★★ K €€€€ BF TIPP
2017 Blaufränkisch Ried Bärnreiser 1ÖTW + Frische Kirschen, Vanilletöne, schwarze Beeren, feine Eiche, sehr fein abgestimmt, elegant, fruchtiger Charme, Schoko-Kirsch auf dem Gaumen, ungemein vielschichtig, total eng, von nobler Kraft, einem Überschwang von fast orientalischer Frucht, ein sensationeller Wein von großem Ausdruck.

★★★★ K €€€€€ CR TIPP
2017 Ried Rosenberg 1 ÖTW + (BF, ZW, ME) Johannisbeeren, von vanilliger Anmut, Kirschen, Nougat, einer hochfeinen Frucht, hochelegant, festes Tannin, enormer Substanz, sehr tief, ein sehr hochwertiger Rotwein, perfekte Tanninstruktur, samtene Fülle, einfach begeisternd, Potenzial für Jahrzehnte. Das ist großer Rotwein auch im internationalen Kontext.

NIEDERÖSTERREICH

★★★ S €€€ SB
2019 Sauvignon Blanc Weißer Donauschotter + Die totale Reduktion, deutet auf enormen Stoff hin, gelbe Früchte, braucht enorm viel Luft, macht nach einiger Zeit auf, viel Mineral, viel Ausdruck, da ist Substanz im Spiel, Grapefruit, sehr kompakt, etwas Exotik, Ananas, Mango, viele Kräuter, sehr vielschichtig, sollte man dekantieren, Birnenfrucht, ein sehr hintergründiger Sauvignon Blanc, doch viel Wein. Die Johannisbeeren kommen mit dem Rückgeschmack.

★★★ S €€€ SL
2019 St. Laurent Alte Reben + Kirschen mit Mandeln, Lebkuchen, saftig, einiges Tannin, ziemlicher Druck, Waldbeeren, Wildkirschen, Hagebutten, Zwetschken, sehr ausdrucksstark und dicht, schön trocken, Feigen, salzige Noten, lassen wir ihm Zeit, der verschließt sich momentan vor uns. Der Herbst wird seine Vorzüge zeigen. Viel Potenzial!!!!

Weingut
Philipp Grassl

Philipp Grassl
2464 Göttlesbrunn, Am Graben 4–6
Tel. +43 2162 8483, Fax -4
office@weingut-grassl.com, www.weingut-grassl.com
27 Hektar, W/R 25/75, 150.000 Flaschen/Jahr

Das Göttlesbrunner Weingut von Philipp und Angelika Grassl zählt seit Jahren zu den Spitzenerzeugern in Österreich. Aufgrund der bemerkenswerten Konstanz im Topbereich erhielt das Weingut vor wenigen Jahren die fünfte Krone und damit die Höchstwertung im Vinaria Guide.
Obwohl die Weine aus diesem Musterbetrieb echte Carnunteser sind, bestechen sie doch durch eine eigenständige Stilistik: Beachtenswert sind die in diesem sonnenverwöhnten Gebiet nicht selbstverständliche Eleganz und Transparenz fast aller Weine, dazu kommen makellose Balance und unprätentiöses Auftreten sowie ausgeprägter Sorten- und Bodencharakter.
Wird Philipp Grassl für seine exzellenten Rotweine besonders geschätzt, so sollte man die Weißen hier auch keinesfalls unterschätzen: Im Klassikbereich von 2020 findet man bildhübsche Sortenweine mit verlockendem Trinkanimo. Mit dem Einzellagen-Chardonnay vom Rothenberg hat Grassl vor einigen Jahren einen hochseriösen, komplexen Vertreter ins Sortiment aufgenommen. Nun gibt es einen neuen Charakterwein in Weiß in der Grassl-Palette: einen hervorragenden Welschriesling 2019 namens Alte Reben aus der Riede Neuberg mit tonig-fettem Boden, ganztraubengepresst und in gebrauchten Fässern gereift mit Hefekontakt und kaum Schwefel; natürlich in Mini-Menge.
Bei den Rotweinen dominiert der Lokalmatador Zweigelt gefolgt von der Charaktersorte St. Laurent – der Rubin Carnuntum 2019 war heuer eindeutiger Sieger bei der Verkostung von Rotweinen bis 12 Euro. Neben eleganten, fruchtbetonten Varianten mit wohldosiertem Gerbstoffgerüst gibt es von den Rotwein-Klassikern auch Premium-Weine in Gestalt der St. Laurent Reserve und des Zweigelt Schüttenberg. Besonderen Status haben Rotwein-Cuvées chez Grassl – der im Mittelpreissegment angesiedelte Neuberg 2019 ist einer der besten bisher, Bärnreiser 2019 und die üppige Bärnreiser Reserve 2018 zählen wie fast immer zur Rotwein-Elite Österreichs.

psch

CARNUNTUM

★★★ S €€ CH FUN PLV
2020 Chardonnay + Recht würzige Nase mit Noten nach Weißbrot und Plunder, Fruchtkuchen, bisschen süße Kriecherln, etwas schüchtern; sehr frische, saftige Frucht, lebhaft, mittelgewichtig, eleganter Ausdruck, recht gute Gaumenhaftung, etwas Orange, mittel bis mittellang.

★★★★ K €€€ CH
2019 Chardonnay Ried Rothenberg + Dezent cremig, kandierte tropische Früchte, etwas Kokos und Weihrauch, Papayas, Marzipanhauch; saftig und kernig zugleich mit gediegener Frucht und fester Struktur, noch jugendlich, lang, Geduld.

★★★★ K €€ ZW FUN PLV
2019 Rubin Carnuntum Zweigelt + Ausgereift und geschliffen, harmonische Fülle, wunderbar transparente Kirschfrucht, Beeren, weißer Pfeffer, etwas Lakritze; kernig, elegant, schöne Frucht, lebhaft, saftige Mitte, gute Substanz, kraftvoll, gute Länge.

★★★★ K €€€€ ZW TIPP
2019 Ried Schüttenberg Zweigelt + Samtiger, tiefer Fruchtausdruck, reichhaltige Fruchtfülle, jede Menge Dunkelfrucht, auch Schlehen; schmelzig, Power, tolle Fülle, tief, kraftvoll, konzentrierte Beerenfrucht, strukturiert, lang.

★★★★ K €€€ CR FUN PLV
2019 Neuberg + Cremig-mollig, Schoko, eingemachte Waldbeeren, Heidelbeeren, Zwetschken; wunderbar saftiger Trinkfluss, knackig, mittelkräftig, saftige Frucht, festes Tannin, griffig, Biss, mittellang, beachtlich.

★★★★★ K €€€€ CR TOP
2019 Ried Bärnreiser + Samtige Fülle, tintig, jede Menge Heidelbeeren und Boysenbeeren, auch Zwetschken; schmelzig, großzügige Fülle ausgereift, wunderbare Fruchttiefe, herrlich saftig, jugendlich, Biss nach hinten, lang.

★★★★★ K €€€€€€ CR TOP
2018 Bärnreiser Reserve + Opulente Nase, ungemein samtig und sämig, reichhaltig, Tintenblei, eingemachte Heidelbeeren und Zwetschken; Riesensubstanz, tiefdunkle Beerenfrucht, tolle Gewürznoten, saftig und vital, Power, fordernd, fester Biss, sehr lang.

NIEDERÖSTERREICH

★★ S €€ SB
2020 Sauvignon Blanc + Kühle, frische Kräuternoten, Ysop, Salbei, grünschotige Anklänge, Hollerblüten; dezent saftige Frucht, knackig, anregend, recht viel Zitrus.

★★★★ K €€€ WR TIPP
2019 Alte Reben Weiß Welschriesling + Ausgereift, bisschen kalter Rauch, gediegene Gelbfrucht, Ringlottengelee, Apfelkuchen, dezent cremig und samtig; geschmeidig-saftiger wie eindringlicher Fruchtausdruck, tolle Gaumenpräsenz, körperreich, lang, toll.

★★★ K €€€ PN
2019 Pinot Noir Reserve + Einehmende, eher sanfte Nase nach Kirschen und Waldbeeren; saftiges Mittelgewicht, eleganter Fruchtausdruck, Charme und Frische, eher dezenter Sortencharakter, trinkig.

★★★ K €€€€ SL
2019 St. Laurent Alte Reben + Rauchig, Madagaskarpfeffer, Nuss, noch etwas reduktive Anklänge, Efeu, Weichseln, Preiselbeeren; kernig, sehr eleganter Körperbau, leicht pikant, straff, guter Biss, juvenil, braucht noch, geht Richtung 4. Stern.

Weingut
Leo Jahner

Leo Jahner
2403 Wildungsmauer, Feldgasse 35
Tel. +43 2163 2326
weingut@jahner.at, www.jahner.at
12 Hektar, W/R 45/55

Für Leo Jahner war 2020 „ein ganz perfektes Jahr", das ihm bei schönem Wetter reife Trauben gebracht hat. Er arbeitet herbizid- und insektizidfrei, also „freiwillig biologisch", wie er noch sagt, die Umstellung auf biologischen Weinbau beginnt im Sommer. Seine fast schon biologischen Trauben konnte er naturbelassen in feine Weine verwandeln; ohne Aufbessern oder Säurekorrektur entstanden Weiße mit „schöner Frucht und Säure, komplex und trotzdem leicht". Rot reiht sich in die vergangenen Jahre ein. Der Reigen beginnt mit einem frechen, unbeschwerten Welschriesling, beim Veltliner gefällt die bunte Apfelfrucht, der Chardonnay ist ein erfrischend lässiger Wein ohne Allüren. Expressiv mit guter Länge steht der Muskateller heuer im Schatten des Sauvignon, der seit der Sommerweinkost einen großen Schritt vorwärts gemacht hat. 2020 war auch ein typisches Zweigelt-Jahr für ihn, wobei man das auch rückblickend behaupten kann, wie beeindruckende Fassproben gezeigt haben. Schon der Rubin hinterlässt einen fruchtgewaltigen Eindruck, der beim Ortswein von kräftigem Gerbstoff gebändigt wird. In der kalkreichen Ried Steinacker stehen 20 Jahre alte kleinbeerige Reben, für Leo der „geilste Zweigelt überhaupt", nach 20 Monaten im Holz noch etwas kantig, besticht auch dieser Wein durch seine fast verschwenderische Fruchtfülle. *db*

CARNUNTUM DAC

★★ **S € GV**
2020 Grüner Veltliner + Bunte Apfelfrucht, frisch geriebener schwarzer Pfeffer, Limette; über Kalk und etwas Gerbstoff kräftig zupackend, reife Frucht sorgt für Ausgleich, spannende Länge.

★★★ **S €€ CH** FUN
2020 Chardonnay + Weit gefasster Aromabogen, reifes Steinobst trifft Variationen von Südfrüchten, Stroh, dicht und anregend; zitrusfrisch geht's über den Gaumen, Steinobst liegt auf der Lauer.

★★ **S €€ CR**
2019 Cuvée + (ZW/PN/ME) Freundliche, schnörkellose Frucht, schon dunkelbeerig, würzig, ein bisschen Holz; Süßholz, angenehmer Gerbstoffgrip, unkomplizierter Geselle.

★★★ **K €€ ZW** FUN
2019 Rubin Carnuntum + Spannende Verknüpfung von herben und süßen Weichseln, Holz ist dezent, vanillig, geröstete Mandeln; gewaltige Fruchtwoge, holzsüß eingebettet, etwas kantig, extraktdicht, beeindruckend.

★★★★ **K €€€ ZW** TIPP
2019 Zweigelt Höflein + Tinte, Teer, Holz im Spiel mit viel Weichselfrucht, Kräuter, süße dunkle Frucht; Frucht und Gerbstoff gehen eine mitreißende Verbindung ein, die lange anhält, toll.

★★★★ **K €€€€ CR** TIPP
2018 Ried Steinacker Höflein + (ZW/CS) Zwetschke und Weichsel, frisch und als Kompott, ein paar Dörrnoten, röstig, dann ledrige Noten und Fleisch vom Grill; enorm frucht- und holzsüß, Kirschschokolade, einlullend, bis Gerbstoff und Säure dazwischengehen, salzig, kontrastreich, sehr lang, schon ein großer Genuss.

NIEDERÖSTERREICH

★★ **S € WR**
2020 Welschriesling + Wieder intensiv kräutrig, Würze steht über der Frucht, reife Zitrusnoten; kräftige Kohlensäure, Kernobst, Apfelschale, zischig.

★★ **S €€ GM**
2020 Gelber Muskateller + Viel Zitrusfrucht, auch Schalen, kühl mit anregenden Bitternoten, Grapefruitschale; durchaus rassige Säure, die Bitternoten ziehen mit, wunderbar erfrischend.

★★★ **S €€ SB**
2020 Sauvignon Blanc + Klassisch, helle würzige Stilistik, Brennnessel, Grasschnitt, Ribiselblätter, grüne Paprika, eine Idee von Exotik Richtung Papaya, Mango; pfiffige, bröseltrockene Erscheinung, pikante Säure, bleibt weiterhin würzig, wunderbar süffig mit appetitlicher Pikanz im Abgang.

★★ **S €€ CR**
2020 Rosé + (ZW/PN) Ruhige Art, rotbeerige Frucht, zart süß mit feinen Kräutern; Fruchtsüße wird von griffiger Säure aufgelöst, Gerbstoff zeigt Kante, straff, fast sehnig, im Abgang taucht die Fruchtsüße wieder auf, ernst zu nehmendes Vergnügen.

© ÖWM / Peter Kramar

Weingut
Gerhard Markowitsch

Gerhard Markowitsch
2464 Göttlesbrunn, Pfarrgasse 6
Tel. +43 2162 8222, Fax -11
weingut@markowitsch.at, www.markowitsch.at
95 Hektar, W/R 25/75, 600.000 Flaschen/Jahr

Spitzenwinzer mit Bodenhaftung: Trotz seiner zahllosen Erfolge im In- und Ausland hat Gerhard Markowitsch die Bindung zu Region, Rebe und Winzerhandwerk stets bewahrt. Und nicht nur das –die in Sachen Vielfalt und Qualität immer wieder beeindruckende Palette ist Beweis für das Können und Gespür des Göttlesbrunners im Weingarten wie im Keller. Seit Langem als unbestreitbare Tugend können die gekonnte Abstimmung der Weine und damit deren Ausgewogenheit und Harmonie gelten, wobei diese keineswegs zulasten deren Potenzials geht – ganz im Gegenteil, überzeugen doch die Weine nicht nur durch Charakter und Eigenständigkeit, sondern insbesondere auf dem Rotwein-Sektor durch beachtliche Lagerfähigkeit. Aber auch im Basisbereich und im Mittelfeld ist man hier bestens aufgehoben, steht doch eine breite Palette an vergnüglichen, fruchtbetonten Weine aller Couleurs für unmittelbaren Genuss zur Verfügung. Der große Erfolg des Weinguts ist zu einem wesentlichen Teil auch Familiensache: Neben Gerhard und seiner Frau Christine engagieren sich auch die Töchter Johanna sowie Helene. Im Weißwein-Bereich haben Chardonnay und Veltliner die größte Bedeutung, wobei Markowitsch bei Ersterem prinzipiell auf Ganztraubenpressung setzt, bei den anderen Sorten gibt es vor allem im Reserve-Bereich auch längere Maischestandzeiten, im gehobenen Segment erfolgt die Vergärung spontan. Der Rotwein-Sektor wird durch einen abwechslungsreichen wie hochwertigen Mix aus sortenreinen Weinen – Zweigelt, Blaufränkisch und Pinot Noir – und Cuvées abgedeckt. Top sind heuer die Cuvée Rosenberg und der legendäre M1, doch auch der gerade im heißen 2018er-Jahr bemerkenswert elegant ausgefallene Pinot Noir Reserve. *psch*

CARNUNTUM

★★ S €€ CH
2020 Chardonnay + Würzige Nase mit cremigen Noten, Brioche, bisschen Ananas; erfrischend und fruchtbetont, saftiger Fruchtschmelz.

★★★ S €€€ GV FUN PLV
2020 Grüner Veltliner Alte Reben + Sortentypische Würze, gelbfruchtig mit Pikanz, Zitrus, getrocknete Kräuter; auf dem Gaumen deutliches Kernobst, kräftig, strukturiert, lang.

★★★★ S €€€ CW TIPP PLV
2019 Göttlesbrunn Weiß + Kühl, ein Hauch von Marzipan und Weihrauch, Birnen, Lokum, weiße Blüten, elegant; seidige Textur, ungemein elegant, feiner Biss, sehr saftig, pointiert, gebündelt, subtile Länge, Trinkgenuss mit Klasse.

★★★ S €€€ PB
2019 Prellenkirchen Weißburgunder + Anfangs verhalten, roter Apfel, dann auch Linsen, rauchig, Bodennoten; kraftvoll, strukturiert, wirkt knochentrocken, dezente Frucht, aber saftige Mitte, burschikos, mittellang.

★★★ K €€€€ CH
2019 Ried Schüttenberg Chardonnay + Ziemlich würzig, rauchig, geröstetes Brot und Nüsse, Zitrus, noch zurückhaltend; saftige Fruchtfülle, Grapefruits und weiße Ananas, kernig, strukturierende Herbe, mittellang, abwarten, knapp beim 4. Stern.

★★★★★ K €€€€ ZW TOP
2019 Zweigelt Kirchweingarten + Geht über vor Frucht, Schwarzkirschen und auch Heidelbeeren, tiefe Fülle, ausgereift, sehr samtig; saftig, erfrischend, kernig, vollmundige Frucht, vollreifes Tannin, lang, ausgezeichnet.

★★★★ K €€€ CR FUN PLV
2018 Redmont + Würzig und rauchig, dunkle Beeren und leicht süß-schotige Anklänge; kraftvoll mit verlockendem Fruchtschmelz, klare Frucht, lebhaft, gewisse Länge.

★★★★★ K €€€€€ CR TOP
2019 Rosenberg + Herrliche Duftfülle, vollreife Cassis, Brombeeren und Wildkirschen, tiefgründig; wunderbarer Fruchtschmelz, fruchttief und strukturiert, kernig, mundfüllend, saftig bis lang nach hinten.

NIEDERÖSTERREICH

★★★ S €€ SB
2020 Sauvignon Blanc + Expressive Nase nach Flieder und dunklen Blüten, dazu jede Menge Schoten; griffig und kompakt mit viel Frucht und ziemlichem Biss, vital und energetisch, mittellang.

★★★ K €€€ PN
2019 Pinot Noir + Würzig, prägnante Rotfruchtigkeit, pikante Würze, bisschen Laub; bezaubernd saftig und fruchtbetont, harmonisch, dezentes Tannin, mittleres Finish.

★★★★★ K €€€€€ PN TOP
2019 Pinot Noir Reserve + Zeigt Tiefgang und tolles Fruchtvolumen, Waldhimbeersirup und auch Walderdbeeren, subtile Fülle; herrlich erfrischend, vollends saftige Frucht, gediegene Kraft, seidige Eleganz, Musterbeispiel für österreichischen Pinot.

★★★★★ K €€€€€€ CR TOP
2018 M1 + Opulente Beerenfrucht, barocke Fülle, tief, Süßholz, Schwarzkirschen, viel Cassis, Powidl, süße Lakritze; riesiger Fruchtschmelz, satt, konzentriert, dennoch strukturiert, tiefdunkle Beeren, lebhaftes Tannin, wuchtig, sehr lang.

NACHHALTIG AUSTRIA

Weingut
Lukas Markowitsch

Lukas Markowitsch
2464 Göttlesbrunn, Kiragstettn 1
Tel. +43 2162 8226, Fax -99
weingut@lukas-markowitsch.com, www.lukas-markowitsch.com
15 Hektar, W/R 30/70, 110.000 Flaschen/Jahr

Das Weingut Lukas Markowitsch ist bereits seit vielen Jahren für das breit gefächerte und qualitativ hochwertige Roweinsortiment bekannt. Der Jahrgang 2019 ist in allen Kategorien sehr gut gelungen, mit der Cuveé Lukas Reserve aus dem Jahr 2009, der lange Zeit für die Reifung gegönnt wurde, wurde ein Weinmonument geschaffen, das auch nach zwölf Jahren weiteres Potenzial aufweist und zeigt, wo die Reise hingehen kann. Die Weißwein-Serie bringt alle positiven Eigenschaften des Jahres 2020 ins Glas, Preis/Leistung sind dabei besonders hervorzuheben. Die aktuell im Verkauf befindlichen Auslesen sind viel mehr als ein Nischenprodukt und äußerst empfehlenswert. *gh*

CARNUNTUM DAC

★★★ **S €€ GV**
2020 Grüner Veltliner Perfektion + Fruchtbetont, animierende Frische, gelbe Grapefruit, Orangenzesten, feine Kräuterwürze; Nektarine, Marillenanklänge, harmonisch, recht füllig, vermittelt großen Trinkspaß, klingt schwungvoll mit rosa Grapefruit aus.

★★★ **K €€ ZW**
2019 Rubin Carnuntum + (ZW) Dicht, konzentrierte Schwarzkirsche, eingelegte Weichsel, fruchtsüßer Waldbeerenmix, Heidelbeere, Bitterschokolade; guter Grip, präsente Säure-Tannin-Struktur, jugendlich, stoffig, frische, dunkle Weichsel, passende Adstringenz im Finish.

★★★ **K €€€ ZW**
2019 Göttlesbrunn Alte Reben + (ZW) Feine Fruchtausprägung, reife Waldbrombeere, etwas Jostabeere und Kornelkirsche, Zwetschkenröster, Weichsel; reife Tannine, zeigt einigen Tiefgang, beginnt sich bereits zu harmonisieren, gute Anlagen, adstringierend, mittellange Persistenz.

★★★ **K €€€ BF** TIPP
2019 Blaufränkisch Ried Altenberg + Reife Waldbrombeere, Heidelbeere, dunkle Weichsel, umrahmt von feiner Kräuterwürze, kraftvoll, bleibt dabei elegant; auf dem Gaumen noch ganz jugendlich, typische Blaufränkisch-Säure, straff, guter Druck, saftige Brombeere im Finish, sehr gutes Entwicklungspotenzial.

★★★★ **K €€€€ ZW**
2019 Ried Haidacker Zweigelt + Blitzsaubere, definierte Frucht, knackige Herzkirsche, Maulbeere, etwas Nougat, reife Brombeere, elegant; frische Weichselfrucht, reife Tanninstruktur, zeigt Biss, dunkler Beerenmix, Waldheidelbeere, Bitterschokolade, angenehme Fruchtsüße im adstringierenden Abgang.

NIEDERÖSTERREICH

★★★ **S €€ GM**
2020 Gelber Muskateller + Grüner Paprika, Holunderblüten, Mandarinenfilet, Blutorange, Frische pur; nahtloser Übergang, lebendige Säurestruktur, saubere Fruchtausprägung, saftige Marillen- und Pfirsichanklänge, Kumquat, Orangenzesten, sehr guter Trinkfluss.

★★★ **S €€ SB**
2020 Sauvignon Blanc + Frische Zitrusaromen, vegetabile Noten, gelbe Grapefruit, grüner und roter Paprika, schwungvoll; sauber ausgeprägte Frucht, Orange, etwas Steinobst, saftig und animierend, Pfefferoni- und Cassis-Anklänge im lebendigen Nachhall.

★★★ **K €€ CR** PLV
2019 Roter Baron + (CS/ZW/BF) Vollreife, dunkle Fruchtausprägung, schwarze Johannisbeere, Jostabeere, knackige Kirsch-Weichsel-Aromatik, feine würzige Noten; frisch, gut strukturiert, reife Tannine, alles fein abgestimmt, saftige Weichsel, klingt mit animierender zarter Bitternote und reifer Waldbrombeere aus.

★★★★ **K €€€€ CR**
2019 Cuvée Lukas + (ME/ZW) Nobel, passende Holzdosis, dicht, fruchtsüße, hochreife dunkle Beeren, Brombeere, süße schwarze Johannisbeere, Waldheidelbeere, Vanille und Röstnoten, zarte Kräuterwürze, schokoladig; viel Cassis, kraftvoll, tiefgründig, strukturiert, Preiselbeeren im langen Abgang, Potenzial.

★★★★★ **K €€€€€€ CR** TOP
2009 Cuveé Lukas Reserve + (ME/SY/CS) Kraftvoll, tiefgründige, dunkle Frucht, Waldheidelbeere, Brombeere, süße Herzkirsche, Syrah-Würze, schwarze Weichsel, dunkler Pfeffer, einschmeichelnde Süße; reife Tanninstruktur, rotbeerige Aromen, hochreife schwarze Johannisbeere, wirkt jünger und zeigt weiteres Reifepotenzial.

★★★ **K €€ TR** PLV
2017 Traminer Auslese + Eleganter Rosenduft, hochreife, saftige Steinobstnoten, etwas Blütenhonig, einnehmende, unaufdringliche Süße, dunkle Zitrusanklänge, animierend; harmonisch mit ausbalanciertem Restzucker, Mango und Hawaii-Ananas, Nektarine, Orangenzesten im anhaltenden Abgang.

Weingut
Meinrad Markowitsch

Meinrad Markowitsch
2464 Göttlesbrunn, Am Graben 18
Mobil +43 664 434 39 21
meinrad@markowitsch.com, www.markowitsch.com
13 Hektar, W/R 50/50

Im aktuellen Portefeuille konzentriert sich Meinrad Markowitsch ganz auf die Weißweine und die roten Gutsweine. Die rote Premium-Linie der Serie „Purple" sowie der Blaufränkisch-Cru aus der Ried Haidacker laufen mit dem Jahrgang 2018 weiter. Diese wurden ja bereits im vorjährigen Guide ausführlich beschrieben. Zukünftig gewährt der Winzer den roten Premium-Weinen aufgrund seines holzbetonteren Ausbaustils mehr Reifezeit, was besonders der mit Lehm durchzogenen Toplage Haidacker zugutekommt. Geradezu begünstigt wird dies durch den zu erwartenden gehaltvollen wie druckvollen Jahrgang 2019, der noch Zeit für eine harmonische Holzeinbindung benötigt. Wohin die Reise geht, zeigt bereits der Zweigelt Classic 2019, der bereits mehrmals in seiner Kategorie Vinaria Cup-Sieger war. Der aktuelle Jahrgang zeigt mit viel Fruchtfrische samt kühlnuancierter Aromatik eindrucksvoll den Modellcharakter dieser Leitsorte in Carnuntum auf.

Konzentrieren wir uns nun auf die Weißweine, die im Hause Markowitsch als besonderes Kleinod angesehen werden, und denen der Winzer viel Akribie zuwendet. Sie stammen großteils von den gemischten Löss-Schotter-Böden und werden klassisch im Edelstahl ausgebaut.

Unisono bestechen Chardonnay, Grüner Veltliner und Riesling durch eine filigrane Grundlinie in fruchtstraffer Ausbauart. Besonders die Veltliner-Altanlage aus der Top-Lage Haidacker, die mit Lehm durchzogenen ist, reift im traditionellen Holzfassausbau zu einem druckvollen und mit Würze umspielten Sortenvertreter in feinster Stilistik heran. Stilistisch in feinster Kräuter-Frucht-Balance präsentiert sich Jahr für Jahr der Riesling, der nicht nur ein selbstbewusstes Sorten-Statement des Winzers, sondern zugleich ein besonderes Weißwein-Highlight aus diesem Weinbaugebiet darstellt. *us*

CARNUNTUM DAC

★★ S € GV FUN
2020 Grüner Veltliner + Duftiger Granny-Smith-Apfel, kühle Noten, knackig, straffe wie präzise Fruchtausprägung, unterlegt mit dezenter Kräuterwürze, vital, ziseliert, feines Säurespiel, leichtfüßiger Sommerwein mit Substanz, gefällt.

★★★ S € CH
2020 Chardonnay + Feine Honigmelone im Bukett, saftige wie vollreife Fruchtaromatik, exotische Komponenten, Maracuja, Papaya, kompakt und dicht, Haselnuss, etwas Orangenzeste, geradlinige Stilistik mit viel Fruchtcharme, zarter Würze-Touch im Nachhall.

★★★ S €€ GV
2020 Grüner Veltliner Ried Haidacker + Blütenduftige, rauchig-würzige Nase, saftig, druckvoll, Granny-Smith-Apfel, Sanddorn, reife Steinobstnoten, Nektarine, saftig, knackig in zurückhaltender Eleganz, hellfruchtige Stilistik, angenehm straffe Säurestruktur, sehr gelungene Sorteninterpretation mit fein dosierter Würzigkeit im Nachhall, gute Länge.

★★ S € ZW
2020 Rosé Zweigelt + Zarte feinfruchtige Nase, Hauch von Limette, saftiges wie knackiges Aromaspiel von Erdbeere, Weichsel, Himbeere, hellfruchtige wie schwerelose Eleganz, perfekte Säurestruktur, sehr trinkanimierend, wie aus einem Guss, feiner Apéro.

★★★ S €€ ZW FUN PLV
2019 Zweigelt Classic + Ungemein saftige Schwarzkirsche, ausgereift, reintönig dunkelfruchtige, rotbeeerige Nuancen, Mocca, feinkörniges Tannin, viel Fruchtfinesse, zarte Kräuterwürze, extraktreich, perfekt in Balance gehalten, gleitet ruhig, aber bestimmt über den Gaumen, Zweigelt at its best.

NIEDERÖSTERREICH

★★★ S € RI FUN PLV
2020 Riesling + Feinduftige Steinobstnase, Blütenanklänge, feinziselierte Fruchtaromatik à la Weingartenpfirsich, engmaschig und geradlinig, Limette, viel Raffinesse, vielschichtig, tolle Sorteninterpretation, zarte Kräuterwürze im Nachhall, zeigt das Potenzial dieser Rebsorte auf diesem Terroir, ganz toll und trinkanimierend.

Weingut
Franz & Christine Netzl

2464 Göttlesbrunn, Rosenbergstraße 17
Tel. +43 2162 8236, Fax -14
weingut@netzl.com, www.netzl.com
28 Hektar, W/R 35/65

Franz & Christina Netzl bringt man sofort mit hochwertig charaktervollen Weine aus Göttlesbrunn in Verbindung. Ihr Erfolg ist aber kein Zufall, dem Erfolg gehen immer Fleiß, Können und Mut voran. Aus der einst gemischten Landwirtschaft wurde durch Zielstrebigkeit und Innovationswille dieses heute 28 Hektar umfassende repräsentative Weingut. Franz & Christina Netzl sind ein perfektes Team, bei dem jeder der beiden seine Fähigkeiten erfolgreich einbringt, sie einander ergänzen und so gemeinsam die Zukunft ihrer Weine – und damit des Weinguts – perfekt gestalten können. Die ideale Grundlage dazu bieten die wertvollen Böden ihrer Rieden in der sanften Hügelkette des Arbestaler Umlands. Mit ihrem hohen Schotter- und Löss-Anteil unterstützen sie die frische Mineralik und den samtigen Schmelz der Weine. Die klimatischen Verhältnisse des herrschenden pannonisches Klimas mit den auch kontinentalen Einflüssen sind günstig. Die zum Teil bewaldeten Inseln tragen mit hohen Unterschieden zwischen Tag- und Nachttemperatur zur Entstehung vielschichtiger frischer Aromen bei. Nicht zuletzt sind die teilweise alten Reben mit ihrer Tiefgründigkeit und Ausdrucksstärke eine der Bedingungen, um hervorragende Weine keltern zu können. „Keltern zu können" ist letztlich die wichtigste Voraussetzung zur Schaffung von Top-Weinen, die Franz & Christina Netzl voll und ganz erfüllen. Aber die Entwicklung geht weiter, so hat das Weingut heuer die Bio-Zertifizierung erreicht, und beide freuen sich schon sehr auf den neuen Jahrgang. *kk*

CARNUNTUM DAC

★★★ S €€ CH PLV
2019 Chardonnay + Straff gelbfruchtiges Kernobst; dazu junge Marillen und gelbe Johannisbeeren, mit glasklarer Limettensäure, deutlich mineralisch unterlegt, der Körper ist von asketischer Eleganz, wird mit Luft zart cremig und zeigt einen geradlinigen Fruchtausdruck, dann ein Hauch würziger Vegetabilität mit etwas Eibisch im Hintergrund, frisches Hefegebäck im kernigen Nachhall.

★★★ S €€ CW PLV
2019 Carnuntum Cuveé (CH/GV/SB) + Saftiger Williamsbirnenduft; extraktreich auf dem Gaumen, gelbfruchtiges Ringlottenparfait, charmante Grapefruitzesten bestimmen den Säurestil, der kräftiger Körper zeigt Charakter, tief im Glas grüne Schoten neben Stachelbeermus, etwas helle Blüten und würzige Kräuter, dazu fein ziselierte Gerbstoffe, gleitet nobel in sein animierendes Finale.

★★★ K €€€ PB
2019 Weissburgunder Ried Altenberg + Duft reifer Honigmelonen; Ringlottenmus mit Haselnusscreme, geschmeidig und dicht, mit mineralisch zitrusgeprägter Säure, dicht und einladend, dann weiße Beeren mit floralen Noten, mit Luft ein Hauch Kümmelbrot, kompakt im zartherben Abgang.

★★★ K €€€ GV
2019 Grüner Veltliner Ried Rothenberg + Einladendes Kernobstbukett; gelbe und grüne Äpfel mit einem Hauch Quitten, reif und cremig mit eleganter Fülle, die belebende Säure von Sternfrucht und Blutorangen ergänzt das Fruchtbild, darunter bisschen helle Linsen und reife Würze eingelegter gelber Schoten, bildet eine harmonische Einheit von Frucht, Vegetabilität und Mineralik, ruhig strömend auf dem Gaumen mit Kraft und Nachdruck.

★★★ K €€ ZW
2019 Rubin Carnuntum + Duftige Schwarzkirschen; charmant und reif auf dem Gaumen, rote Beeren, etwas Weichselgelee und ein Hauch Marzipan, mit zartherber Frucht unterlegten reifen Tanninen, klar und geradlinig, etwas nach roten Blütenblättern, auch bisschen Hagebutten dabei, mit jugendlich-saftigem Körper, anregend rotbeerig im schwungvollen Finish.

NIEDERÖSTERREICH

★★★★★ K €€€€€€ CR TOP
2018 Privat + Verlockender Beerenröster; wohliger Gewürzstrauß mit dunkler Fruchtessenz unterlegt, Cassis und rotwürzige Peperonata auf dem Gaumen, komplex und dicht mit edler Extraktsüße reifer Feigen und Datteln, etwas Bischofsbrot und Tabak mit feinen Edelholzaromen, hochreifes Tanningebäude mit Nougat und kandierten Cranberrys, mit viel Luft erahnt man sein Potenzial, gleitet dann seidig und gaumenfüllend in seinen nuancenreich endlosen Nachhall.

Weingut
Martin Netzl

Martin Netzl
2464 Göttlesbrunn, Rosenbergstraße 1
Tel. +43 2162 8201, Fax -4, Mobil +43 676 951 31 60
weingut@netzl.net, www.netzl.net
12 Hektar, W/R 50/50

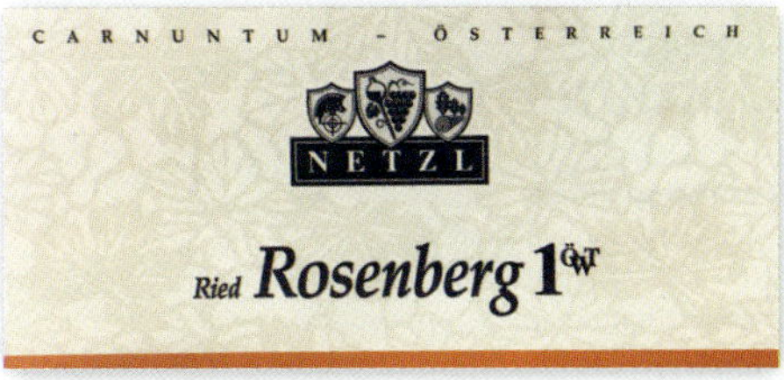

Martin Netzl ist Göttlesbrunner aus vollem Herzen. So sind auch seine Weine immer authentisch und sortentypisch. Seine Eichenfässer kommen aus dem eigenen Wald. Er bewirtschaftet beste Rieden wie Schüttenberg, Bärnreiser, Steinriegel, Haidacker, Rosenberg, Spitzerberg. Aus der Ried Rosenberg wurde schon im Jahr 1985 ein St. Laurent von Netzls Großvater auf Flasche gezogen.

Bei den Weißweinen hervorstechend ist der 2019 Chardonnay Ried Steinriegel. Ebenfalls der Ortswein Göttlesbrunn aus 2019. Betörend schön ist der 2020 Traminer, der im Herbst in den Verkauf kommt.

Die Rotweine haben Klasse: ein formidabler 2019 Rubin Carnuntum, ein kompakter Ortswein Göttlesbrunn 2018.

Der Klassiker des Hauses ist der „Oide Schwoaze" – aktuell 2018, ein hervorragender Roter. Übertroffen von der Ried Rosenberg 2018, eine großartige Cuveé von einem sehr hohen Niveau. Sehr Bordeaux-like.

In absehbarer Zeit wird wohl der „Oide Schwoaze" im Rosenberg aufgehen. Man muss sich wohl von etwas trennen, um Neues zu schaffen. Es geht vorwärts in diesem Weingut. *as*

CARNUNTUM DAC

★★★ S €€ CW
2019 Göttlesbrunn weiß + (90% GV, CH) Ein höchst angenehmer und sehr typischer Ortswein. Dezent rauchig, etwas Pfeffer, Sekundärbouquet, hintergründig und gediegen, gelbe Früchte, Orangenzesten, Mandeln, Kräuter, salzige Anklänge, weinige Textur. Ein wunderbarer Essensbegleiter zu vielen Gerichten.

★★★ S €€€ CH
2019 Chardonnay Ried Steinriegel + (Schotter) Haselnüsse, Ananas, rauchig und exotisch, kühl, ein Hauch von Holz ist im Spiel von gebrauchten Barriques, salzig, spannend, dicht, geht richtig auf, cremige Anklänge, Wachsnoten, toller Wein mit einiger Zukunft.

★★★ K €€ ZW FUN
2019 Rubin Carnuntum + Ein verführerischer Roter, charmant, feingliedrig, feine Vanillenoten, pfiffiger Schliff, einiger Druck bei angenehmen Tanninen, Zweigelt pur, sehr präzise, toller Wein.

★★★ S €€ CR
2018 Göttlesbrunn rot + (ZW, BF, ME) Ein kompakter roter Ortswein mit einiger Länge, Kirschen, Brombeeren, rote & schwarze Beeren. Die Finesse kommt vom Zweigelt, die Würze liefert der Blaufränkisch, den Körper steuert der Merlot bei. Warmes Timbre. Ein guter, in sich gefestigter Rotwein.

★★★ K €€€ CR
2018 „Oida Schwoaza Cuveé" + (BF, ZW, ME – 40% neues Holz – Rosenberg) Diesen Wein gibt es seit dem Jahr 1999. Schwarze Beeren, Schokotöne, Cassis, Kräuter, fest, dicht und straff, dabei immer elegant, immer schön zu trinken. Guter Druck, gute Länge, sehr guter Wein.

★★★★ K €€€€ CR TIPP
2018 Ried Rosenberg 1 ÖTW + (ZW, BF, ME) WOW – ein großer Rotwein, taxfrei. Bitterschokolade, Heidelbeeren, Vanille, kühle Würze, tolles Tannin, vielschichtig und hochelegant, mineralische Aspekte, perfekter Holzeinsatz, Schwarzkirschen, in sich gefestigt, feste Struktur, ein herausragende Qualität auf Bordeaux-Niveau.

NIEDERÖSTERREICH

★★ S € WR PLV
2020 Welschriesling + Grüner Apfel, auch Birne, kühle Aromen, frisch und lebendig, unkompliziert auf einigem Niveau. Rassig, gelbfruchtig, leicht und süffig.

★★★ S €€€ TR TIPP
2020 Gelber Traminer + Ein Schwung Rosen entströmen dem Glas, Pfirsich, Litschis, komplett trocken, fest strukturiert, einiger Alkohol (ca. 14,5%), der nicht stört, kommt elegant und fast ziseliert herüber, viel Zukunft. Der perfekte Wein zur asiatischen Küche. Die Eleganz in Wein!

★★ S €€ RI
2020 Riesling „Gmoa" + Ananas, Weingartenpfirsich, kühle Aromatik, frisch und eng, schöne Säure, schlank – dabei aber mit Tiefe und Länge, sehr attraktiv und charaktervoll.

Weingut
Oppelmayer

Franz Oppelmayer
2464 Göttlesbrunn, Kirchenstraße 9
Tel. +43 2162 8237, Fax +43 2162 8180, Mobil +43 664 523 22 00
weingut@oppelmayer.at, www.oppelmayer.at
12 Hektar, W/R 100/0, 80.000 Flaschen/Jahr

Franz Oppelmayer macht Weine, die immer von Finesse gezeichnet sind. Immer voller Trinklust, geradlinig, auf ganz hohem Niveau. Nie opulent, nie belastend. Ob Weiß oder Rot – Göttlesbrunn ist immer erkennbar. Herr Oppelmayer ist nicht nur ein Künstler im Keller bei den Weinen. Er ist auch der Künstler für die Flaschenausstattung. Diese Aquarelle malt er selber. Da wird jede Flasche fast zum Luxusgut. Dabei sind seine Weine wahre Preis-Leistungs-Hämmer. Solch einen prachtvollen Welschriesling 2020 um 6,50 Euro gibt es selten. Der 2018 Zweigelt Rubin Carnuntum gehört zum Besten in der Region. Aus der Ried Haidacker 1 ÖTW kommt ein wahrlich außergewöhnlicher Zweigelt 2018 von stilvoller Eleganz. Ebenfalls von höchster Güte ist der Cabernet Sauvignon 2017. Die Cuveé Matador 2018 strahlt eine wunderbare Würzigkeit aus und hat eine gesicherte Zukunft. Diese hat auch der 2018 Weissburgunder Reserve Ried Haidacker. Eigentlich sind alle Weine von Herrn Oppelmayer in ihrer Art absolut empfehlenswert. *as*

CARNUNTUM DAC

★★ S € GV
2020 Grüner Veltliner Der Hase + (Haidacker) Pfeffrig, Nüsse, Quitte, Tabak, würzige Noten, knackige Säure, voller Frische, kernige Struktur, ein herzhafter Wein zum Hineinbeißen. Gelber Apfel, lebhaft, auch Bratapfel, voller Pikanz auf dem Gaumen.

★★★ S €€€ PB
2018 Weißburgunder Reserve Ried Haidacker 1ÖTW + Der Wein wurde im kleinen Holz geschult, welches noch dominant ist, aber die Frucht gewinnt mit der Luft die Oberhand, Nüsse, Bratapfel, Superdruck, exotische Noten, Grapefruit, Melonen, Honigtöne, etwas Vanille, kompakt, ausdrucksstark, viel Substanz. Einige Zukunft.

★★ S € ZW FUN PLV
2019 Zweigelt Rotrock + Der Fuchs Ein toller Preis-Leistungs-Wein, sehr typisch, Kirschen, Mandeltöne, elegante Note, stoffig, dezente Herbe, sehr hohes Niveau, richtig schön zu trinken.

★★★ K €€ ZW TIPP
2018 Rubin Carnuntum + (ZW) Ein hocheleganter Zweigelt, feinfruchtig, zartes Vanille, Kirschen, Zwetschken, voller Charme, hochsensibler Holzeinsatz, angenehmes Tannin, seidige Fülle, vielleicht der hochwertigste Rubin Carnuntum der Region.

★★★ K €€€ ZW TIPP
2018 Zweigelt Ried Haidacker 1 ÖTW + Vielschichtig, seidiger Glanz, transparente Struktur, schwarze Beeren, Herzkirschen, samtige Tannine, tapeziert den Gaumen und animiert zum Trinken. Feiner Eichen-Touch. Stilvolle Eleganz. Noble Würze. Toller Wein.

NIEDERÖSTERREICH

★★ S € WR FUN
2020 Welschriesling „Der Fasan" + (Kommt vom Hirschensprung, einem Teil vom Schüttenberg) Ein glockenklarer Welschriesling, der in einer erstklassigen Riede steht. So schmeckt er auch, Citrus, Lederapfel, etwas nussig, reife Birnen, Grapefruit, rauchig, entwickelt Druck, sehr pikant, etwas ledrig, unkompliziert auf sehr hohem Niveau. Geht so richtig in die Länge. Für mich einer der besten der Region.

★★ S €€ GS
2020 Gemischter Satz „Die Elefanten" + (PB, CH – Haidacker) Nussig, Apfel, Birne, Melone, rauchig, Kräuter, dezent gewürzig, zeigt einige Tiefe, individuelle Note, sehr gut gelungen, macht Spaß in seiner unkomplizierten Art.

★★★ S €€ SB
2020 Sauvignon Blanc „Der Schmetterling" + Die Stachelbeeren dominieren, dezente grüne Noten, etwas Paprika, Litschi, Citrus, Holunder, Grapefruit, sehr ausgeprägt, knackige Frische, rassig, da geht es so richtig zur Sache. Ein Sauvignon Blanc der schneidigen Art. Typischer ist nicht möglich. Macht höllischen Spaß.

★★ S €€ MO
2020 Muskat Ottonel „Das Reh" + (Höfleiner Weingarten – Schotter) Kühl und duftig, gelbe Früchte, Rosen, Jasmin, traubig, nie breit oder üppig, trocken, sehr typisch, entwickelt Druck. Ein toller Aperitif.

★★★ K €€ CS
2017 Cabernet Sauvignon „Der Bär " + Cassis, Kräuter, viele Beeren, Zimtstange, feine Tannine, sehr elegant in seiner männlichen Struktur, kühle Textur, nie überladen, charaktervoll, dezente Rösttöne, gezielter Holzeinsatz. Absolut empfehlenswert. Ganz klar Cabernet!!!

★★★ K €€ ME
2017 Merlot Mythos „Die Eule " + Reichhaltig, schwarze Kirschen, Pflaumen, Heidelbeeren, Vanille, Marzipan, passendes Holz, passende Säure, Brombeeren, feine Tannine, Pflaumen, Hagebutten, toller Trinkfluss, elegante-feine Struktur, sehr guter Rotwein, der viel Luft braucht, um seine Vorzüge darzustellen.

★★★ K €€€€ CR
2018 Matador Cuveé „Der Tiger" + (ZW, ME, CS) Würziges Bouquet, rote & schwarze Beeren, Schokotöne, Cassis, Hauch Vanille, Wacholder, Dörrzwetschken, breit aufgefächert, doch nie überbordend, feinkörniges Tannin, tolle Struktur, kühle Textur, filigrane Noten, Mineralität ausstrahlend, viel Substanz. Gesicherte Zukunft für die nächsten 20 Jahre.

Weingut **Pitnauer**

Familie Pitnauer
2464 Göttlesbrunn, Weinbergstraße 4-6
Tel. +43 2162 8249
weingut@pitnauer.com, www.pitnauer.com
22 Hektar, W/R 20/80

Die junge Generation hat im traditionsreichen Familienweingut in Person von Johannes Pitnauer Einzug erhalten. Auf Grundlage der Weinbauphilosophie des Hauses werden behutsam sukzessive betriebsinterne Optimierungen umgesetzt. Vor allem wird die Betonung der Terroir-Charakteristik in fruchtbetonter Stilistik zukünftig forciert. Erste Ergebnisse dieses herkunftsstilistischen Ausbaus sind bereits in der roten Premium-Linie Merlot „Quo Vadis" und Syrah „Pegasus" erkennbar, was zudem konform mit der aktuellen Entwicklung im Verbund der Traditionsweingüter Österreichs und des DAC-Reglements liegt.
Die Klassiklinie in Weiß eröffnet der zart würzeduftige Muskateller, der stets trinkanimierend mit zarter Eleganz gefällt. Ebenso fruchtelegant präsentiert sich der Grüne Veltliner Classic, der eindrucksvoll aufzeigt, welche Möglichkeiten für diese Rebsorte in diesem Weinbaugebiet stecken. Die Premium-Line des Grünen Veltliners von der Ried Haidecker ist noch in der Entwicklungsphase des Fassausbaues und wird erst zu einem späteren Zeitpunkt freigegeben.
Sehr eindrucksvoll zeigt sich, welch großes Potenzial die 1ÖTW klassifizierten Top-Lagen für die Göttlesbrunner Leitsorte Zweigelt eröffnen. Die Variante von der nährstoffreichen Ried Haidacker überzeugt im saftigen Fruchtspiel in körperreicher Montur. Zweigelt Ried Bärnreiser, die vom Donauschotter geformt ist, präsentiert sich geschliffen in fruchttiefer Form. Die stoffige Zweigelt-Spielart Bienenfresser kommt mit dem Jahrgang 2018 erst nächstes Jahr in den Verkauf.
Aus der Premium-Line der Großen Reserve sind aktuell der Merlot „Quo Vadis" und der Syrah „Pegasos" im Portefeuille. Beide Vertreter sind genau genommen nicht reinsortig und mit einem geringen Anteil von Komplementärsorten versehen. „Quo Vadis" ist ein Lagenwein aus der Top-Lage Schüttenberg, die sich durch schottrige Böden von den (kalkhältigen) Donauablagerungen auszeichnet. Syrah „Pegasos" hat ebenfalls eine geringfügige stilistische Adaptierung erfahren und überzeugt durch eine geradlinige, würzig unterlegte Fruchtaromatik. *us*

CARNUNTUM DAC

★★★ **S € GV** FUN
2020 Grüner Veltliner Classic + Feine Boskop-Apfel-Nase, pfeffrig, saftige Gelbfrucht, vollreifer Apfel, Orangenzeste, knackig mit lebendigem Fruchtspiel, fein integrierte Würze à la Thymian, mineralische Komponenten, salzig, kompakt und ausbalanciert, vital und trinkanimierend.

★★★ **K €€€ ZW**
2018 Zweigelt Ried Haidacker Reserve 1ÖTW + In der Nase feine Kirschnase, Walderdbeere, saftiger Fruchtbiss, Herzkirsche, Weichsel, offenherzig, hellfruchtig, knackige Säure, mineralisch, straffer Hintergrund, gute Holzeinbindung, strömt ruhig in transparenter Sorteninterpretation, deutlich merkbare Terroir-Interpretation, mittlere Länge.

★★★★ **K €€€ ZW** TIPP
2018 Zweigelt Ried Bärnreiser Reserve 1ÖTW + Ätherisch feine wie vollreife Kirschnase, auf dem Gaumen präsente Schwarzkirsche-Kräuter-Melange, dunkelfruchtig, Erdbeere, Waldboden, fruchttief, akzentuiert mit saftigem Hintergrund, Tabakwürze, gediegene Anmutung, perfekte Holzeinbindung, druckvoll, tolle Sorteninterpretation, harmonische Anlage, viel Potenzial und lang im Finish.

NIEDERÖSTERREICH

★★ **S €€ GM**
2020 Gelber Muskateller Selection + Feine Holunderblütennase, Rosenblüten, betonte Gelbfrucht, rosa Grapefruit, feine Thymian-Salbei-Würze, saftig mit knackigem Rückhalt, feine Säureabstimmung, kompakt mit burschikosem Trinkanimo, zart schmelzig im Nachhall.

★★★ **K €€€€ CR**
2018 Quo Vadis Merlot Große Reserve + (CS/ZW) Blättriges Bukett mit roten Beeren, auf dem Gaumen delikate Kirschfrucht, Lakritze, getrocknete schwarze Olive, zurückhaltende wie feinziseliertes Fruchtbild, würzige Komponenten von Trockenkräutern, zurückhaltende Eleganz, feine Holzeinbindung, transparente Stilistik, mittlere Länge.

★★★★ **K €€€€ CR**
2018 Pegasos Syrah Große Reserve + (SY/ZW/ME) + Rotbeerige Fruchtnase, schwungvolle Saftigkeit, Eukalyptus, Brombeere, Herzkirsche, würzig, kraftvoll mit kerniger Mitte, straff, heller Tabak, stoffige Textur, balanciert und vielschichtig, lang im Abgang.

Weingut
Taferner

Karoline & Franz Taferner
2464 Göttlesbrunn, Pfarrgasse 2
Tel. +43 2162 8465, Fax -4
weingut@tafi.at, www.tafi.at
25 Hektar, W/R 40/60, 200.000 Flaschen/Jahr

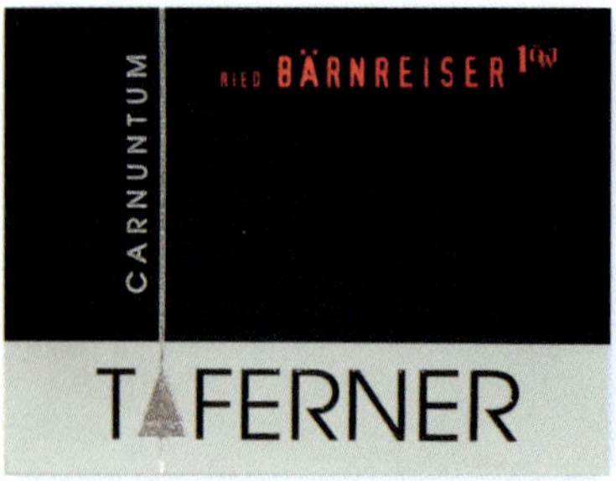

Sehr zufrieden zeigt sich Karoline Taferner mit dem Jahrgang 2020, der in der Region Carnuntum viel besser als in anderen Gegenden war. Kein Hagel, der Regen hielt sich in Grenzen. Höhere Säurewerte, die den Göttlesbrunner Gewächsen guttun. Die Weingärten des Hauses werden biologisch und nachhaltig bewirtschaftet. Ich sagte es schon öfter, Franz Taferner hat immer großartige Weine gemacht, doch seit Karoline an den Schrauben dreht, sind diese noch um einen Tick präziser; noch mehr Feintuning. Das ist in der Evolution wohl so vorgesehen. Einer der besten Muskateller des Landes wird hier gekeltert. Das ist auch beim Jahrgang 2020 nicht anders. Bei den großen Weinen in Weiß 2020 sollte man sich noch in Geduld fassen. Da wächst etwas ganz Tolles heran. Bein den Rotweinen aus 2019 kann man nur den Hut ziehen. Zweigelt Ried Bärnreiser ist einer der charmantesten seiner Art. Excalibur Ried Haidacker – ein Wein von außergewöhnlicher Finesse. Der Tribun Cabernet Sauvignon gehört zum Besten seiner Zunft. Vielleicht sogar der Beste. V.I.B. ein Mordswein von internationaler Stilistik und Größe. Es geht mächtig vorwärts in diesem Weingut. Dafür sorgt Karoline. *as*

CARNUNTUM DAC

★★ **S €€ CH**
2020 Chardonnay + Grapefruit, Kräuter, Birnen, Äpfel, geriebene Haselnuss, sehr balanciert bei wunderbarer Frische, lebendig und sehr stimmig, guter Druck, Mineralität ausstrahlend, schnörkellos, klar strukturiert, einiger Tiefgang, zieht auf dem Gaumen.

★★★ **S €€ CW**
2020 Göttlesbrunn weiß + (CH, PB, GV) Ein noch total unfertiger Wein, trotzdem bemerkt man Klasse. Nüsse, Wermutkraut, reifer Apfel, Fruchtsüße, Birnen, salzige Noten, in sich harmonisch, doch eben eine Momentaufnahme. Ruhe ist jetzt das Wichtigste für diesen Wein.

★★★ **K €€€ PB**
2020 Weißburgunder Ried Altenberg + Wirkt zum Verkostungszeitpunkt noch total unfertig. Man erkennt eine ungemein tolle Salzigkeit, Wermutkraut, eine tolle Frucht, innere Harmonie, Limette, Birnen, auch Exotik, Steinobst. Nach meiner Erfahrung kann dem Wein nichts mehr passieren. Er braucht nur Ruhe.

★★★★ **D €€€ CH** TIPP
2020 Chardonnay Ried Schüttenberg 1 ÖTW + Ein Chardonnay voller Spannkraft, Haselnüsse, etwas rauchig, Limette, Grapefruit, Kernobst, Gewürze, salzig, sehr eng, sehr burgundisch, Orangenzesten, langatmig, Hauch von Kaffee, der geht auf die Reise.

★★ **S €€ ZW**
2020 Rubin Carnuntum + „Mon Chéri"-Kirschen, ein so richtiger Charmebolzen, Zweigelt, wie es sich gehört, fruchtig, festes Tannin, zieht sich zusammen, wird enger, Beerenfrüchte, feine Holzwürze, ungemein süffig, sehr attraktiv, Hauch Nougat, etwas Zwetschken. Ein hervorragender Wein mit einiger Substanz.

★★★★ **K €€€ ZW** TIPP
2019 Zweigelt Ried Bärnreiser 1 ÖTW + Sofort Klasse assoziierend, schwarze Beeren, Nougat, dunkle Schokolade, voller Frucht, weiche Tannine, extraktsüß, Zwetschken, Kirschen, hier beginnt ein lustvolles Trinken. Ein Wein von nobler Fülle, von offenherzigem Charme und einer herzhaften Struktur.

★★★★ **K €€€€ CR** TIPP
2019 Ried Haidacker 1 ÖTW „Excalibur" + (ZW,ME, CS) Das ist alter Adel, ein Wein von nobler Eleganz, distinguierter Fülle, Rumtopf, Kirschlikör, Schoko, Vanille, Cassis, Süßholz, sehr feiner Holzeinsatz, ganz dezente Rösttöne, voller Finesse, weiche Tannine, schwarze Beeren, von fast femininer Textur. Vielschichtig bis zum Exzess.

NIEDERÖSTERREICH

★★★ **S €€ GM** FUN
2020 Gelber Muskateller + Ein betörend schöner Muskateller, herrliche Aromen wie Muskatnuss, Zimt, Pomelo, ein Hauch von Rosen, Citrus, voller Fruchtcharme, voller Leben, ungemein trinklustig, gewisse Exotik, nie laut, immer präsent.

★★★★ **K €€€€ CS** TIPP
2019 Cabernet Sauvignon TRIBUN + (Ried Haidacker) Tiefschwarz, Cassis pur, ein Cabernet von kalifornischer Anmutung, mächtig, doch nie ausufernd, männliche Struktur, Schoko, fast orientalisch, Mocca, Lakritz, Tabak, Rösttöne, Kräuter, festes, doch angenehmes Tannin, Mineralität ausstrahlend, perfekter Holzeinsatz, enorme Substanz. Für mich der beste Cabernet Sauvignon Österreichs.

★★★★ **K €€€€€€ CR**
2018 V.I.B. Very Important Bottle + (CS, ME – Ried Haidacker) Bitterschokolade, Cassis, Oliven, Kaffee, Kirschen, ein konzentrierter Rotwein von enormer Dichte, mächtig, amerikanische Eiche – teils französische Eiche, rote und schwarze Beeren, röstig, sehr international, Kräuter, Vanille, Rumtopf, absolut tiefgründig, eine Mords-Extraktsüße! Irgendwie wäre ich bei einer Blindverkostung an der Rhone. Erinnert mich an moderne Syrah. Völlig egal, es ist ein Riesenrotwein von großer Klasse und hedonistischer Ausprägung.

VINOTHEKEN

BRUCK/LEITHA

Der G'selchte, Vinothek im Restaurant
2460 Bruck/Leitha, Altstadt 5
Tel. +43 2162 62252
info@dergselchte.at, www.dergselchte.at

GÖTTLESBRUNN

Bittermann, Vinothek im Restaurant
2464 Göttlesbrunn, Abt-Bruno-Heinrich-Platz 1
Tel. +43 2162 81155
info@bittermann-vinarium.at
www.bittermann-vinarium.at

DERjungWIRT, Vinothek im Restaurant
2464 Göttlesbrunn, Landstraße 36
Tel. +43 2162 8943
info@derjungwirt.at, www.derjungwirt.at

HAINBURG

Zum Goldenen Anker,
Vinothek im Hotel-Restaurant
2410 Hainburg, Donaulände 27
Tel. +43 2165 648-10
restaurant@goldeneranker.at
www.goldeneranker.at

GASTRONOMIE/NÄCHTIGUNG

BRUCK/LEITHA

Zum Goldenen Adler – „Der G'selchte"
2460 Bruck/Leitha, Altstadt 5
Tel. +43 2162 62252
info@dergselchte.at, www.dergselchte.at

Die alten, holzvertäfelten Stuben sind sehenswert. Dazu passt die bodenständige Küche von Thomas Scherhaufer. Dass er sein Handwerk bei Größen wie Jörg Wörther und Heinz Hanner gelernt hat, schmeckt man. Scherhaufer verbindet Altes mit Neuem und Bodenständiges mit Feinem. Vinothek mit hervorragender Auswahl an Weinen aus der Region Carnuntum.

Schenzel-Wallner
2460 Bruck/Leitha, Feldgasse 36
Tel. +43 2162 63260
weingut@schenzel.com, www.schenzel.com

Moderner Heuriger im ehemaligen Stall. Serviert werden kalte und warme Fleischspezialitäten aus eigener Erzeugung, Würste-Paradies.

DEUTSCH HASLAU

Arkadenhof
Familie Bayer
2473 Deutsch Haslau, Obere Hauptstraße 41
Tel. +43 2145 2216
reinhard@amarkadenhof.at
www.amarkadenhof.at

Ferien für die Sinne am Bauernhof. Nette Ferienwohnungen, Swimmingpool und viele Tiere. Zum Frühstück gibt es einige Produkte aus der eigenen Landwirtschaft: den prämierten Carnuntumschinken, scharfe Chiliwurzen, Salami und Marmeladen. Wein, Schnäpse und Liköre aus Eigenproduktion.

GALLBRUNN BEI SCHWECHAT

Muhr
2463 Gallbrunn, Hauptstraße 87
Tel. +43 2230 2858, Fax -58
info@muhr.co.at, www.muhr.co.at

Weg von der traditionellen Gaststube, hin zum zeitgemäßen Restaurant. Mit modernen Stoffen, warmen Holzwandverkleidungen und einer edlen Stein-Bar ist die Aufgabe gelungen. Die Küche ist schon längst im Heute angekommen. Jakob Muhr verbindet Bodenständiges mit Exotischem. Gutes Weinangebot mit Schwerpunkt Carnuntum. 1 Haube.

GÖTTLESBRUNN

bittermann – Vinarium Göttlesbrunn
2464 Göttlesbrunn
Abt-Bruno-Heinrich-Platz 1
Tel. +43 2162 81155
info@bittermann-vinarium.at
www.bittermann-vinarium.at

Adi Bittermanns ehemalige Schule wurde längst zu seinem Zuhause und zum mustergültigen Edelwirtshaus. Das Restaurant steht für gehobene Österreichküche, gepaart mit der richtigen Dosierung Fantasie. Seine Liebe zu Innereien lebt Adi Bittermann natürlich auch aus, Nierndl'n, Kaninchenleber und Schweinehirn sind fixe Standards. Als Bittermann dereinst ins Carnuntum-Gebiet zog, „taten die Leute Kutteln als Hundefutter ab, mittlerweile sind sie Fans geworden". Eine Karte ohne Grillgerichte ist bei Bittermann auch nicht vorstellbar, der Chef ist schließlich mehrfacher Grillweltmeister. Laufend gut gebuchte Grillkurse. Umfangreiches, fair kalkuliertes Weinangebot in der Vinothek, darunter alles Namhafte aus Carnuntum, vieles mit Jahrgangstiefe. 1 Haube.

DERjungWIRT
2464 Göttlesbrunn, Landstraße 36
Tel. +43 2162 8943
info@derjungwirt.at, www.derjungwirt.at

Johannes Jungwirth war der Pionier in Carnuntum. Er erkannte das Potenzial der Weinregion und mit seiner hervorragenden Küche machte er es zum kulinarischen Ausflugsgebiet. Die Atmosphäre ist entspannt, die Stube mit Holztramen und offenem Kamin ein Anziehungspunkt. Die regional verwurzelten Kreationen beweisen eine feine Hand und gute Ideen. Jungwirth überzeugt mit klassischen Gerichten wie Kalbsbeuschel, Tafelspitz, Wiener Schnitzel und Backhendl, aber auch mit Fine-Dining-Varianten.. Das Signature Dish muss immer auf der Karte sein: gebackenes Göttlesbrunner Weide-Ei mit Erdäpfelpüree, Nussbutter und Forellenkaviar. Hauseigene Gebietsvinothek mit rund 100 Weinen zum Ab-Hof-Preis. 2 Hauben.

Gästezimmer Edelmann
2464 Göttlesbrunn, Rosenbergstraße 31
Tel. +43 664 2780244, +43 2162 8455
weingut@edelmann.co.at, www.edelmann.co.at

Sehr nettes und idyllisch gelegenes Gästehaus von Familie Edelmann mit privater Atmosphäre. Stilvoll puristische und moderne Zimmer schauen in einen ruhigen Innenhof mit Laube und angenehmer Lounge-Ecke im Freien. Die Eigenbau-Weine werden von Gerhard Markowitsch vinifiziert. Bestes Preis-Leistungs-Verhältnis.

20er Schulz
2464 Göttlesbrunn, Kirchenstraße 15
Tel. +43 664 4077668, +43 2162 8247
info@schulz.co.at, www.schulz.co.at

Schöner Innenhof mit gemütlicher Laube. Die Gerichte reichen von Aufstrichen bis zu kaltem Roastbeef und einigen Käsen. In der Region Carnuntum müssen auch die Wildspezialitäten sein, zum Beispiel Wildschweinschinken oder Wildschweinwurst. Passend dazu der Rubin Carnuntum.

HAINBURG

Altes Kloster Hainburg
2410 Hainburg, Fabriksplatz 1a
Tel. +43 2165 64020
hotel@altesKloster.at, www.altesKloster.at

Stilvoll renoviertes Hotel auf 4-Sterne-Niveau im ehemaligen Minoritenkloster im Zentrum der Mittelalterstadt. Die Zimmer sind elegant und harmonisch in Weiß- und Brauntönen gestaltet. Schöner Blick auf den Fluss und auf den Nationalpark Donau-Auen, Wellnessbereich und zwei technisch bestausgestattete Tagungsräume.

Zum Goldenen Anker
2410 Hainburg, Donauländе 27
Tel. +43 2165 648-10
restaurant@goldeneranker.at
www.goldeneranker.at

360 Jahre altes, picobello herausgeputztes Hotel und Gasthof mit Tonnengewölbe, Gastgarten und Terrasse mit sehenswertem Donau-Blick. Donau-Fische und Rind aus hauseigener Bioproduktion spielen Hauptrollen in der guten Regionalküche.

HASLAU

Haslauerhof
2402 Haslau/Donau
Hauptstraße 17
Tel. +43 2232 80221
info@haslauerhof.at, www.haslauerhof.at

Roland Lukesch greift gerne und gekonnt deftige kulinarische Themen auf, kombiniert etwa Blunzenstrudel und Gänseleber mit Apfelkompott, Jus und einem Hauch von Mango – herrlich zart. „Vor 15 oder 20 Jahren wäre so ein Gasthaus noch nicht möglich gewesen, zusammen mit dem Wein haben wir uns aber alle entwickelt", sagt Lukesch, der den Haslauerhof selbst seit 25 Jahren ständig up-to-date hält. Auch auf Fleisch versteht sich der Top-Wirt-Sieger 2009, die Steakkarte ist ausführlich, fein auch das 24 Stunden in Rubin geschmorte Ochsenwangerl und der – so der Chef – „wahrscheinlich beste Zwiebelrostbraten Österreichs". Donaufische spielen auf der Speisekarte eine große Rolle. Jeden Donnerstag wird der alte Küchenofen mitten im Gastraum angeheizt, dann koch Lukesch auch dort. Große Weinkompetenz, die Region Carnuntum rauf und runter, aber auch viel anderes, super Service dank Sommelier Rado, der gerne auch interessante Weine aus seiner nahen slowakischen Heimat mitbringt. Mit 3 Hauben kulinarisches Flaggschiff der Region.

HÖFLEIN

Artner
2465 Höflein, Dorfstraße 43
Tel. +43 2162 63148
heuriger@artner.co.at, www.artner.co.at

Besonders stimmungsvoll ist es hier in diesem alten Streckhof. Das Angebot der hauseigenen Weine ist seitenlang, auf den Teller kommen Beinschinken von Thum, Kärntner Schinkenspeck und Wildkräutersalat. Oder Ziegenkäse im Speckmantel, Blunz'n und Jiddische Hühnerleber im Glas. Und dann noch diese wunderbare Schokotorte, dazu der hauseigene Port Portuguese Love aus Syrah- und Blaufränkisch-Trauben, klassisch mit den Füßen gestampft.

PETRONELL-CARNUNTUM

Hotel Marc Aurel
2404 Petronell-Carnuntum, Hauptstraße 10
Tel. +43 2163 2285
info@marcaurel.at, www.marcaurel.at

Einfaches, sehr nettes Hotel in Donaunähe, helle Zimmer in frischen Farben. Restaurant und Vinothek.

SOMMEREIN

Landgasthaus Schiller
2453 Sommerein, Hauptstraße 31
Tel. +43 676 9444049
mail@landgasthausschiller.at
www.landgasthausschiller.at

Ländliche Gasthausküche mit Blick über den Tellerrand. Das Handwerk dafür holte sich Gerhard Schiller bei Werner Matt, Helmut Österreicher und lange Zeit im Steirereck in Wien. Neben den Klassikern der österreichischen Küche gibt es meist auch Menüs und avantgardistische Gerichte.. Gekocht wird sehr klar und ohne Chichi. Kein Aromen-Tohuwabohu, keine gekünstelte Kreativität. 2 Hauben.

WEINVIERTEL

Auf das größte österreichische Weinbaugebiet entfällt nahezu ein Drittel der gesamten österreichischen Rebfläche. Das Weinviertel wird im Westen vom Manhartsberg, im Norden von der Grenze zu Tschechien, im Osten von March und

13.858 Hektar Weinanbaufläche
Die wichtigsten Rebsorten:
Grüner Veltliner, Zweigelt

Thaya und somit der Staatsgrenze zur Slowakei und im Süden von der Donau oder vom sanften Höhenzug des Wagram begrenzt.

Das Weinviertel ist ein ausgesprochenes Weißweinland, rund 75 Prozent entfallen auf weiße Rebsorten. Doch die Rotweinreben nehmen stark zu, was besonders für den Zweigelt gilt, der auch in Weinbaugemeinden ausgepflanzt wurde, die bisher fast ausschließlich Weißwein produzierten.

Der Größe des Gebietes entsprechend, sind die Bodentypen vielfältig: Sie reichen von Löss-Böden, Schwarzerde-Böden oder Lehmböden über Sandböden bis zu Urgesteinsböden. Auch die klimatischen Einflüsse – generell dominiert ein gemäßigtes Kontinentalklima – sind doch sehr verschieden, da Gegenden im Süden und Südosten vom Einfluss des warmen pannonischen Klimas profitieren und deshalb meist eine deutlich frühere Traubenreife aufweisen.

Im Allgemeinen werden für das Weinviertel drei Subzonen unterschieden: das Veltlinerland, das Weinviertel West und das Weinviertel Süd. Ein historisch gewachsenes Weinbauzentrum ist das Veltlinerland bzw. die nördliche Brünner Straße, also der Bereich von Mistelbach bis nach Poysdorf, Falkenstein und Herrnbaumgarten, wo in „Österreichs Champagne" die Grundweine für die Versektung gedeihen. Neben Grünem Veltliner werden hier auch Chardonnay, Weißburgunder und Riesling mit gutem Erfolg gekeltert. Als Weinviertel West bezeichnet man das nordwestliche Weinviertel, das ungefähr von Retz über das Pulkautal bis zum Mailberger Kessel reicht, wobei im Süden eine Kette von Weinbauorten anschließt. Hier finden sich abgesehen von rassigen Veltlinern und Rieslingen auch anspruchsvolle Rotweine.

Den südlichen Abschluss des Weinviertels bilden die im Norden von Wien angrenzenden Bisamberger Rieden sowie die sanften Weinberge rund um Wolkersdorf; östlich an dieses Gebiet schließt das Matzner Hügelland an, das noch weichere, rundere Weißweincharaktere hervorbringt; im äußersten Südosten, entlang der March, werden aufgrund der pannonischen Klimaeinflüsse bereits Weißweine gewonnen, die eher jenen des Nordburgenlandes gleichen als denen des übrigen Weinviertels.

Das Regionale Weinkomitee des Weinviertels war das erste, das sich für die Einführung einer DAC, und zwar bereits mit dem Jahrgang 2002, für den Grünen Veltliner entschieden hat – eine logische Wahl, sind doch rund 50 Prozent der Rebfläche mit dieser Leitsorte bestockt. Die Bezeichnung Weinviertel und den Zusatz DAC dürfen nur gebietstypische Grüne Veltliner führen, die fruchtig, würzig und pfeffrig im Geschmack sind und ohne Barrique- oder Holzton trocken ausgebaut wurden, der Alkoholgehalt muss mindestens 12% betragen. Beginnend mit dem Jahrgang 2009 wurde die Kategorie „DAC Reserve" für trockene, kräftige, dichte Sortenvertreter geschaffen, Mindestalkoholgehalt 13%. Der Antrag zur Prüfnummer darf für „DAC Reserve" frühestens am 15. März nach der Lese gestellt werden, während für „Weinviertel DAC" der 1. Jänner als Stichtag gilt. Reserve-DAC muss trocken im Sinne des Weinrechts sein, für die Basis-DAC ist ein Restzuckergehalt bis 6 g/l zulässig.

WEINVIERTEL
Weitersfeld
Unteretzbach
Retz
Obermarkersdorf
Schrattenthal
Pulkau
Zellerndorf
Pernersdorf
Jetzelsdorf
Haugsdorf
Hadres
Pulkau
Sandberg 339 m
Buchberg 417 m
Mailberg
HORN
Röschitz
Eggenburg
Guntersdorf
Wullersdorf
Straning
Gars a. Kamp
Sitzendorf
Schmida
Maissau
Manhartsberg 537 m
Oberfellabrunn
HOLLABRUNN
Ziersdorf
Hohenwarth
Haberg 414 m
Göllersdorf
Göllersbach
Niederrußbach
Sierndorf
Stockerau
Enzersdorf i. Thale
Ernstbrunn
LEISER BERGE
Buschberg 491 m
Wildendürnbach
Laa a.d. Thaya
Falkenstein
Galgenberg 425 m
Schrattenberg
Herrnbaumgarten
Staatz
Poysdorf
Großkrut
Erdberg
Asparn
MISTELBACH
Zaya
Wilfersdorf
Neusiedl a.d. Zaya
Steinberg 318 m
Zistersdorf
March
Paasdorf
Schrick
Niedersulz
Hohenruppersdorf
Bad Pirawarth
Jedenspeigen
Velm-Götzendorf
Dürnkrut
Ebenthal
Groß-Schweinbarth
Matzen
Mannersdorf a.d. March
Prottes
Wolkersdorf
Obersdorf
Pillichsdorf
Auersthal
Enzersfeld
KORNEUBURG
Hagenbrunn
Bisamberg
GÄNSERNDORF
Strasshof
Deutsch-Wagram
MARCHFELD
Marchegg
Gross-Enzersdorf
Leopoldsdorf
Russbach
Schlosshof

BIO

Weingut
Christoph Bauer

Christoph Bauer
2053 Jetzelsdorf 49
Tel. +43 2944 2304
office@bauerwein.at, www.bauerwein.at
20 Hektar, W/R 60/40

Das Besondere am 2020er-Jahr war für Christoph Bauer, dass er nicht lesen „musste". Fast wie früher konnte er mit der Lese entspannt zuwarten und unter kühleren Bedingungen einen „filigranen Trinkjahrgang" einbringen. Bei den Säurewerten musste er kaum korrigierend eingreifen, mit den Veltlinern ist er sehr zufrieden, zu Recht, wie nach Verkostung der beiden 20er zu erkennen ist. Der Alte Schatz wurde im großen Holz spontan vergoren und ausgebaut. Mit dem Gemischten Schatz war er schon bei den Sommerweinen weit vorne dabei, wo sein Wein mit Trinkvergnügen und Vielschichtigkeit überzeugen konnte. Neben der lebendigen Frucht erfreut der Grauburgunder mit dem niedrigsten Alkoholgehalt der vergangenen Jahre. Der Riesling ist wie immer halbtrocken und braucht noch etwas Zeit. Aufmachen und genießen ist beim klassischen Zweigelt das Motto, „nur zweigelt" ist mit seiner Fruchtfülle ein sommerlich erfrischendes, wenn auch eigenwilliges Vergnügen. International wird es beim „Roten Schatz", der mit schon recht zugänglichen Gerbstoffen die besten Seiten von Cabernet und Merlot zur Geltung bringt.

db

WEINVIERTEL DAC

★★★ S € GV FUN
2020 Grüner Veltliner + Knackiges Kernobst, gelbe und rote Äpfel, klassisches Pfefferl; fruchtig wie ein Korb voll bunter Äpfel, guter Extrakt, harmonische Säure, ein attraktiver Weinviertler.

★★★★ S €€€ GV
2019 Grüner Veltliner Alter Schatz Reserve + Ein wenig exotisch, momentan mehr Würze als Frucht, reife Äpfel, Banane; kraftvoll, zeigt sehr gutes Potenzial, zurzeit etwas verkapselt, öffnet sich mit Luft, steht auf dem Gaumen wunderbar da, vielschichtiger Auftritt, tolle Länge, Holz tritt spät auf den Plan.

NIEDERÖSTERREICH

★★ S € WR
2020 Welschriesling + Frisch mit hübschem Apfelduft, ein paar Zitrusnoten; setzt sich mit intensiver Apfelfrucht fort, resch und süffig.

★★★ S € GS TIPP
2020 Gemischter Schatz + (WR/SB/NB/GT) Duftig, zart nussig, helle reife Beeren, leicht aromatisch, vegetabile Noten, grüne Äpfel; reife Schoten, gelber Paprika, pfeffrige Würze, schwungvolle Säure, zarter Gerbstoffgrip, leichte Kräuternoten, super Komposition, viel Spaß für wenig Geld.

★★★ S €€ GV
2020 Grüner Veltliner Spezial + Verhalten, fast mineralische Strenge, recht würzig, minimaler Holzeindruck; geht mit viel Apfelfrucht sehr schön auf, reich strukturiert, solide Länge mit etwas Frucht verziert, wird mit Luft deutlicher, braucht noch ein bisschen.

★★★ S €€ PG
2020 Grauer Burgunder + Lebendige Frucht, von Steinobst geprägt, feine Würze nach frischen Kräutern und etwas Zitrusfrucht; knackige Säure, kleiner Zuckerrest (6) verschwindet fast darin, finessenreich mit festem Grip, frisch und gut zugänglich.

★★ S €€ RI
2020 Riesling Wachstum Fuchs halbtrocken + Zischig frisch, die Sorte liegt noch auf der Lauer, geeistes Steinobst mit Zitrus; belebendes Spiel aus Frucht, kleinem Zuckerrest und kecker Säure.

★★ S € ZW FUN
2019 Zweigelt + Ansprechende Mischung aus roten Beeren und tiefer Aromatik, geht Richtung Brombeeren; peppige Säure, dadurch sehr fruchtbetont, reife Gerbstoffe, dahinter kommt viel Fruchtsüße, sympathische Länge, Weichselaromatik.

★★ S €€€ CR
2018 Roter Schatz + (CS/ME) Intensive Beerenaromatik, klassische, zart rauchige Cabernet-Frucht, geröstete Mandeln, Kaffee, Cassis, Teer, braucht Luft, geht dann schnell in die Breite, wird süßer und noch fruchtiger; kraftvoll, fruchtintensiv, Gerbstoffe schon recht zugänglich, mächtiger Alkohol gut eingebunden.

ÖSTERREICH

★★ S € CR
Rosinante Perlwein trocken + (PN/BB) Hübsche Beerenfrucht, zart süß (10) hinterlegt; üppiger Mousseux, spritzig, unkompliziertes Vergnügen.

★★ S €€€€ ZW
2019 nur zweigelt + Keine Hefe, spontan im Bottich vergoren, ein Jahr im alten Holzfass, „homöopathische Dosis" Schwefel, kräftiges, fast undurchsichtiges Rubin, süße, reife, noch knackige Weichseln, sehr kräuterwürzig, gewisse Rauigkeit im Duft; sommerlich erfrischendes Weichselkompott, Tinte, die Säure schaufelt jede Menge Frucht zutage, recht seidige Tannine, fruchtverspielte Länge.

Weingut
Norbert Bauer

Norbert Bauer
2053 Jetzelsdorf 180
Tel. +43 2944 2565, Fax -20
office@bauer-wein.com, www.bauer-wein.com
90 Hektar, W/R 40/60

Nach einem trockenen Beginn gab es ausreichend Regen bis in die Ernte hinein, die fast einen Monat später als normal begann. Die Bauers freuen sich über einen „super Wasservorrat", über Weine, die mit maximal 12% recht moderat im Alkohol liegen und mit gutem Fruchtausdruck und Säure punkten. Vegetabil-würzig zeigt sich wie immer die Kellerselektion, sie gefällt mit zart exotischem Einschlag. Dieser steht die schon recht gut entwickelte Alte Rebe gegenüber. Noch reifer präsentiert sich der Retzer Stein aus dem großen Holz. Recht apfelfruchtig gefällt wieder der Mischsatz, klassisch frech macht der Sauvignon sowohl der Sorte als auch der Herkunft alle Ehre, zusammen mit dem Muskateller steht ein fruchtfreundliches Trio für allerlei Sommervergnügen parat. Der Zweigelt Schatzberg ist eine in guter Form gereifte Reserve, und vom Gerichtsberg kommt ein erstaunlicher Blaufränkisch aus dem Norden. Beim Schatzberg sorgt der Blaufränkisch für Spannung, während die französischen Sorten die Fruchtparade anführen. *db*

WEINVIERTEL DAC

★★ S €€ GV FUN
2020 Grüner Veltliner Kellerselektion + Über Brennnessel und Stachelbeere wieder recht vegetabil-würzig, knackiges Kernobst, wird mit Luft runder; gutes Volumen, fein dosierter Gerbstoff, viel Apfelaroma und ein bisschen süße Ananas, leichtgängig mit exotischem Einschlag.

★★ S €€ GV
2020 Grüner Veltliner Alte Rebe + Wieder sehr würzig, reifes Kernobst, dezente Kräuternoten; durchgehend stimmig mit guter Sortenaffinität, kleiner Zuckerrest (4) steht ausreichend Säure gegenüber, gut entwickelt.

★★ S €€€ GV
2018 Grüner Veltliner vom Retzer Stein Reserve + Reifer festfleischiger Apfel, etwas Vanille und Zimt vom Holz, solide Erscheinung, anregend; großes Holz über süße Aromen und etwas Gerbstoff im Vordergrund, ausgeprägte Kernobst-Aromatik, kraftvoll, charmanter, etwas altmodischer Ansatz, braucht auf dem Gaumen noch Zeit.

NIEDERÖSTERREICH

★★★ S € GS TIPP
2020 Mischsatz vom Alten Weingarten + (PB/CH/SÄ/SB/TR) Wieder sehr apfelig wie ein klassischer Veltliner, ganz zarte aromatische Anklänge; stimmiges Erscheinungsbild, pfiffige Säure passt zum guten Volumen, viel Wein bei moderatem Alkohol, trinkanimierend.

★★★ S €€ SB FUN
2020 Sauvignon Blanc vom Urgestein + Frech, frisch, klassischer Sortenausdruck, Brennnessel, Stachelbeere, roter Apfel, etwas Pfirsich und ein Spritzer Zitrone; setzt sich vielschichtig und durchaus eigenständig fort, fester Grip vom Urgestein sorgt für Statur und lässt der Frucht ihren Lauf, gute Länge, hübsch.

★★ S €€ GM
2020 Gelber Muskateller Terrassenselektion + Traubig, zart röstig, klassisches Fruchtspektrum, zitrusfrisch; geht auch auf dem Gaumen stimmig weiter, typische Säure unterstützt den Fruchtausdruck, sommerlich unbeschwertes Vergnügen.

★★ K €€ ZW
2016 Zweigelt Reserve Ried Schatzberg + Moderates, etwas röstiges Holz liegt als Klammer um reife, durchaus tiefe rot- bis dunkelbeerige Frucht, hübsche Kräuter wie Lorbeer und Wacholder, etwas Veilchenduft, Zwetschgenröster; Kräuterwürze setzt sich fort, getragen von pikanter Säure und schon recht runden Tanninen, guter Zug, bisschen Tabak und Leder im Ausklang, in Ehren gereifter Roter mit gutem Reservecharakter.

★★ K €€ BF FUN
2018 Blaufränkisch Ried Gerichtsberg + Ist vom Gesamteindruck dem 17er sehr ähnlich: dunkle, konzentrierte, süße Frucht, Brombeeren, mit ätherischer Spitze, Tannenzweigerl, recht frisch mit gewisser Ernsthaftigkeit; freundlicher Säurekick, pikant, etwas Vanille, hübsches Beerenpotpourri im Abgang, erstaunlicher, unprätentiöser Blaufränkisch aus dem Norden.

★★★ K €€€ CR
2016 Schatzberg + (CS/ME/BF/SL) Dunkle Frucht von deutlichem Holz umfangen, die französischen Sorten haben die Nase vorn, Teer, Tabak, Cassis, verführerisch süß, Zwetschgenröster, ein Hauch Lakritze, erstaunlich vielschichtig; Holz legt sich süß auf den Gaumen, Blaufränkisch sorgt für Spannung, dunkle Aromen ziehen sich bis ins Finish, guter Trinkfluss.

Weingut
Beyer

Julia & Josef Beyer
3714 Sitzendorf/Schmida, Roseldorf 85
Mobil +43 676 645 71 18
office@weingutbeyer.at, www.weingutbeyer.at
9 Hektar, W/R 85/15, 50.000 Flaschen/Jahr

Zufriedenheit macht sich breit nach der Verkostung der Weine von Josef Beyer. „In vinum gaudium est – Im Wein liegt Freude“ – stimmt punktgenau. Nicht nur wenn man den Keltenwein – 2020 Grüner Veltliner Sandberg – probiert, der übrigens hervorragend ist. Diesen Wein probieren und dabei die keltische Geschichte in und um Roseldorf studieren bereichert ungemein.

Ebenfalls hervorragend sind der Grüne Veltliner DAC 2020 und die GV Reserve envoy 2019, welcher aufzeigt, was für tolle Qualitäten das Weinviertel zu bieten hat.

Die Rieslinge des Hauses sind vom Feinsten. Tadellos gereift ist der 2019 Ried Berg. Der 2018 Riesling envoy ist prachtvoll. Der dezente Zuckerspitz macht diesen Wein ungemein attraktiv.

Viel Substanz hat der 2017 envoy Weißburgunder, dem man noch etwas Zeit geben sollte. Der 2020 Blütenmuskateller ist in seiner Typizität sehr attraktiv, herrliche Aromatik, schlank, aber fest strukturiert. Ein perfekter Apéro.

Die Süßweine des Hauses sind bezwingend. 2019 Grüner Veltliner Auslese ist von feinster, ziselierter Art, einer fast unaussprechlichen Eleganz – trinken, trinken, trinken . . .

Die schmeichelnde Süße der 2018 TBA Grüner Veltliner lässt einen die Welt vergessen. Da braucht man keine Nahrung – dieser Wein ist die perfekte Atzung. *as*

WEINVIERTEL DAC

★★ S € GV
2020 Grüner Veltliner + Gelbfruchtig, weißer Pfeffer, Ringlotten, Küchenkräuter, straffe Struktur, geht trocken auf dem Gaumen ab, rassige Textur, knackig, dicht, total eng, zitronig.

NIEDERÖSTERREICH

★★★★ S €€€ GV **TIPP**
2019 envoy Grüner Veltliner Reserve + Honigtöne mit Pfeffer, Karamell, ziemlich eng und fest, toll eingesetztes Holz, viel Struktur, gelbe Früchte, Honigwaben, reichhaltig, Anmutungen einer Kräuterwiese, gehaltvoll, feine Frucht, sehr elegant, schmelzig, kandierte Nüsse, geht Richtung top.

★★ S € GV
2020 Grüner Veltliner Classic + Grünfruchtig, grüner Apfel, grün insgesamt, doch nicht unattraktiv, Heublumen, so richtig trocken, rassig, setzt sich durch, geht in die Offensive, ein Wein voller Selbstvertrauen, von überzeugendem Charakter. Ein hervorragender Wein trotz aller Unreife. Gefällt mir.

★★ S €€ GV
2020 Grüner Veltliner Keltenwein Sandberg + Feinwürziges Bouquet, reife Äpfel, dezente Birnenfrucht, weißer Pfeffer, Apricot, kompakt strukturiert, Kräuter, mineralischer Touch, liegt eng auf dem Gaumen, das ist sehr guter Wein.

★★ S € GM **FUN**
2020 Blütenmuskateller Ried Mitterberg + Citrus, Holunder, Rasse, etwas Zimt, bei aller Schlankheit ein konzentrierter Wein mit Struktur, sehr typisch, tolle Säure, weiße Blüten, ziemlich eng, der geht in die Tiefe, nix kleiner Wein, sondern sehr guter Wein.

★★ S €€ SB
2020 Sauvignon Blanc Ried Schlossberg + Ein sehr zart besaiteter Sauvignon Blanc, bisschen Cassis, etwas grüne Noten, Stachelbeeren, baut Frucht auf, sehr gut zur Jause.

★★ S €€ RI
2019 Riesling Ried Berg + Ein Wein in seiner ersten Reife, Marillenröster, feine Fruchtnoten, seidige Eleganz, mineralisch, ein gereifter Riesling, der sehr gediegen daherkommt, einigen Spaß macht, sehr typisch ist, tolle Säure, salzige Noten, nervige Struktur, der fordert einen.

★★★ S €€€ RI **TIPP**
2018 envoy Riesling + Ein attraktiver halbtrockener Riesling mit hauchzartem Petrol, feine, weiche Frucht, großer Eleganz, getrocknete Marillen, seidiger Glanz, gereift, von femininem Ausdruck, voller weiblichem Charme, schöner Riesling.

★★★ S €€€ PB
2018 Zweigelt Reserve + Holz, Haselnüsse, ziemlich rauchig, röstig, karge Frucht, sehr eng, der ist ziemlich trocken, nussig, streng, tolle Struktur, salzige Noten, das ist ein konzentrierter Wein mit einigem Zug am Gaumen, Potenzial.

★★ S €€ ZW
2017 Pinot Noir + Eine dunkle Frucht, Pilze und Leder, engmaschig, Weichselkirschen, etwas Moos, sehr trocken, herbe Noten, kaum Frucht anfangs, gewinnt sehr mit Luft, etwas karge Noten, Kräuter, rotbeeriger Ausdruck, gute Länge, sehr trinkig, ein gutes Glas Rotwein zum Essen.

★★★ S €€ GV **TIPP**
2019 Auslese Grüner Veltliner + (0,375l-Fl.) Apfelschalen, Birnenfrucht, etwas Citrus, hochelegant, feine Süße, perfektes Säurespiel, so richtig frisch, ein ganz feiner, filigraner Wein, schlank und feingliedrig, fast frivol, attraktiv.

★★★★ S €€€€ GV **TIPP**
2018 TBA Grüner Veltliner + Kupferfarben, Karamell, getrocknete Orangen, eine schmeichelnde Süße, die fasziniert, vollmundig, ein toller Süßwein, voller Harmonie, weiche Frucht, Honig, sehr reichhaltig, ein richtig schöner Wein.

Weingut
Blaha

Martin Blaha
3743 Röschitz, Im Winkl 7
Mobil +43 664 446 46 79
office@weingut-blaha.at, www.weingut-blaha.at
11 Hektar, W/R 90/10, 50.000 Flaschen/Jahr

Martin Blaha ist sich als Kellermeister seines Familienbetriebs in Röschitz der großen Bedeutung der einzigartigen Vielfalt der Böden in den Weingärten aus Urgestein, Sand, Kalk und Löss wohl bewusst. Dazu kommen die hohe Sonnenscheindauer der Region und vor allem sein Können und Erfahrung als Winzer, alle diese Faktoren zu nutzen, die in idealer Kombination fruchtig duftende und charaktervolle Weine mit eleganter Sortentypizität entstehen lassen. Denn die Familie Blaha betreibt bereits seit Jahren gewissenhaft naturnahen Weinbau, wobei die Erträge mit Bedacht beschränkt werden und der Boden ökologisch nachhaltig bearbeitet wird, um das Keltern hochwertiger Weine zu ermöglichen. Deshalb konnte Martin Blaha 2020 bei neun seiner Qualitätsweine die Auszeichnung „NÖ Gold" entgegennehmen sowie 2019 seinen Grüner Veltliner Klassik 2018 im „Salon österreichischer Weine" erfolgreich platzieren. *kk*

WEINVIERTEL DAC

★★ S € GV
2020 Grüner Veltliner Ried Marktweg + Elegantes Apfelbukett; balancierte Frucht und Vegetabilität, etwas Exotik, saftige Grapefruitsäure, Spargel und Wiesenkräuter in elegantem Stil, zart pfeffrig und bisschen Steinobst im Abgang.

NIEDERÖSTERREICH

★★ S € GV
2020 Grüner Veltliner Klassik + Pikanter Kernobstduft; frische Äpfel, knackige Säure frischer Grapefruits, feinwürzig, etwas Pfeffer, unkompliziert und mit zügigem Trinkfluss.

★★ S € GV
2020 Grüner Veltliner Ried Himmelreich + Roter Apfelduft; zarte Quitte, weiße Pfirsiche, Mandarinenaromen in kerniger Säure, straffe Mineralität, druckvoller Körper, Würze und Kernobst im Rückaroma.

★★★ S € GV **PLV**
2020 Grüner Veltliner Exklusiv Ried Galgenberg + Gelbes Kernobstbukett; Hauch Honigmelonen, tropische Früchte mit eleganter Säure nach Orangen, stabil und vielschichtig, fein strukturiert mit mineralischen Einschlüssen, saftige Würze und Steinobstaromen im gut haftenden Nachhall.

★★★ S € GV **PLV**
2020 Grüner Veltliner Ried Reipersberg + Duftiger Obstkorb; präzise Führung, feine Tropenfrucht mit Wiesenkräutern, feines Steinobst, verdeckte Honigblüten, fruchtige Säure reifer Ananas, komplexer Körper mit Kontur, pikanter grüner Pfeffer im Finish.

★★★ S €€ GV **TIPP**
2019 Grüner Veltliner Reserve Ried Mühlberg + Klassischer Veltliner-Duft; saftig und dicht, komplexe Steinobstaromen, unaufdringlich kräftiger Körper, feine Fruchtsüße wird von lebendiger Agrumen-Säure ausgeglichen, im Finish elegante Mineralität, Apfelaromen und grüne Würze, ein ausdrucksvoller Sortenvertreter.

★★ S € GV
2020 Gemischter Satz + (SB/GV/WR) Saftig gelbfruchtiges Bukett; frische Äpfel, Stachelbeeren und Wiesenkräuter, florale Noten heller Blüten, munter und geradlinig, mit erfrischender zitrusgeprägter Säure, etwas helle Beeren dabei, elegantes Wesen, mit lebendigem Finish.

★★★ S € SB **FUN**
2020 Sauvignon Blanc Püppi + Intensive Holundernase; lebhafte helle Beeren und knackige grüne Schoten, mit fruchtig-reifer Säure nach Mango und Orange, duftig-herbe Würze von Brennnesselspinat, hocharomatisch im animierenden Abgang.

★★★ S € MU
2020 Gelber Muskateller + Einladende Macis-Blüten; elegant muskattraubig, Mandarine und tropische Früchte, floral nach Rosenblüten, zarte Pimentwürze, Muskatnuss und Melisse, saftig und frei, schwungvolle Säure mit Steinobst im Rückaroma.

★★ S € RI
2020 Riesling vom Urgestein + Vornehmer Steinobstduft; gelbe Ringlotten und weißer Pfirsich, saftige Säurestruktur mit exotischen Noten, fein mineralische Spur, extraktreich eleganter Körper, Hauch Melisse, geradlinig und klar im fruchtigen Finale.

ÖSTERREICH

★★ S € MU
2020 Gelber Muskateller Frizzante + Animierende Holunderblüten; lebhaft perlend, schwungvoll und hocharomatisch, feine Säure, charmante Würze, traubig und einladend für die Terrasse.

★★ S € ZW
2020 Zweigelt Rosé Frizzante + Fruchtiger Kirsch-Erdbeer-Mix; charmante hellrote Beeren, belebend saftig, ein Hauch Marzipan und zartherbe Blutorangenzesten mit geschmeidigem Trinkfluss.

Weingut
Deutsch

Josef Deutsch
2102 Hagenbrunn, Weinberggasse 40
Tel. +43 2262 672562, Fax -5, Mobil +43 699 125 686 70
office@weingut-deutsch.at, www.weingut-deutsch.at
8 Hektar, W/R 70/30

Das Familienweingut Josef & Sabine Deutsch liegt im idyllischen Naherholungsgebiet der Wiener Bevölkerung am Fuße des Bisambergs. Die Weingartenbewirtschaftung erfolgt gefühlvoll, möglichst naturnah und nachhaltig, wie es für einen angehenden Bio-Betrieb selbstverständlich ist. So wird schon seit Jahren auf Insektizide, Herbizide und synthetische Dünger verzichtet. Neu ist, dass voriges Jahr ein Weingarten mit der Sorte „Gelber Muskateller" ausgepflanzt wurde, dessen Jungfernernte heuer mit großer Spannung erwartet wird. Der Schwerpunkt des Weinvertriebes wurde in den vergangenen Monaten situationsbedingt noch mehr in Richtung Ab-Hof-Verkauf und Weintourismus gelenkt, was man jetzt schon am großen Verkaufserfolg durch die moderne Vinothek erkennen kann. *kk*

WEINVIERTEL DAC

★★★ **S € GV** FUN
2020 Grüner Veltliner + Duftiger Obstkorb; Golden Delicious, Quitten und Birnen neben tropischen Früchten, zeigt lebendige Grapefruitsäure mit Ananas und Sternfruchtaromen, würzige Küchenkräuter dabei, saftig und gaumenfüllend, helle Blüten und weißer Pfeffer im lebhaften Finale.

NIEDERÖSTERREICH

★★ **S € GV**
2020 Grüner Veltliner Classic + Duftiges Kernobst; frischer Gaumen, saftige Granny Smiths und junge Birnen, Grapefruits und helle Küchenkräuter, etwas vegetabil nach jungen Fisolen, darunter kandierte Zitronenschalen, feinwürzig im frischen Finale.

★★ **S € GS**
2020 Gemischter Satz + Junge Steinobstnase; Golden Delicious und Quitten, reife Agrumen mit würziger Zitronenmelisse, Stachelbeeren, etwas helle Blüten, elegant unkomplizierter Terrassenwein.

★★★ **S € CH**
2020 Chardonnay Classic + Gelbes Ringlottengelee; Blutorangen, gebratene Äpfel mit etwas Karamell, extraktsüße Steinobstaromen, dann Biskuit und heller Tabak, stabil und ausgeglichen, Kakao und Marillen-Confit im eleganten Rückaroma.

★★★ **S €€ RI**
2020 Riesling Ried Kellerberg + Saftiges Steinobstbukett; Weingartenpfirsiche und konzentrierte Marillen, glasklar strukturiert, vielschichtig und elegant mit präsenter Säure tropischer Früchte, etwas Mandarinenzesten, komplex mit mineralischen Inseln, würzig-fruchtig im langen Finale.

★★★ **S €€ SB** PLV
2020 Sauvignon Blanc Ried Aichleiten + Hocharomatischer Johannisbeermix; dichter Fruchtdruck, animierend und frisch, Cassis mit Holunderblütenextrakt, reife grüne Paprikaschoten und Küchenkräuter in saftiger Würze und grünfruchtiger Extraktsüße, Limetten und Zitronenmelisse in lebendiger Säure, haftet mit reifen Stachelbeeren und grünem Pfeffer lange auf dem Gaumen.

★★ **S € ZW**
2020 Zweigelt Rosé + Duftiger Beerenmix + feines Kirschsorbet und pikante Weichselaromen, etwas Hagebutte, ein Hauch Marzipan und Rosenblüten, saftig mit schwungvollem Trinkfluss.

★★ **S € ZW** PLV
2020 Zweigelt Classic + Dunkler Weichsel-Kirschen-Duft; Maulbeeren und Kirsch-Confit mit hellen Zwetschken, Weichselschokolade in festen Tanninen, Mokka und dunkle Tabaknuancen, engmaschig mit charmanter Würze von Rosenpaprika und Basilikum, auch Orangenaromen und Mandel im dichten, fruchtig-herben Abgang.

★★★ **K €€ ZW** TIPP
2018 Zweigelt Reserve + Duftige Schwarzkirschen; extraktreich, Weichselcreme und Heidelbeeren auf dem Gaumen, mit reifem Tanninschub nach dunkler Schokolade und Tabak, lebendige Säure roter Johannis- und Preiselbeeren, dann weiche Vanillewürze und Marzipanspuren, elegant-schmelzig im gaumenfüllenden Finale.

★★★★ **K €€€ CR**
2018 Cabernet & Merlot Reserve + Charmanter Cassis-Duft; schwarze Beerenaromen, würzige Efeublätter und rotschotige Nuancen, pikant rotfruchtig mit etwas Rosenpaprika, dunkle Röstaromen und kandierte Preiselbeeren in griffigen Tanninen, getrocknete rote Rosenblätter in komplex individueller Struktur, eindrucksvoll im langen Finale.

ÖSTERREICH

★★ **S € ZW** FUN
2020 Zweigelt Rosé Frizzante + Muntere Perlage, pikante rote Waldbeeren; spritziger Johannis- Himbeermix, fruchtsüß mit charmanter Kirschnote, auch Weichsel mit einem Hauch Marzipan und Kandis, beschwingt und animierend für den Sommerabend.

NEU

Weingut **Dürnberg**

2162 Falkenstein, Neuer Weg 284
Tel. +43 2554 85355-0, Fax -30
weingut@duernberg.at, www.duernberg.at
58 Hektar, W/R 90/10, 350.000 Flaschen/Jahr

Das Weingut Dürnberg liegt in den Händen eines Triumvirats. Weinmacher ist Christoph Körner, nach eigener Definition Weinviertler mit Leib und Seele. „Das Weinviertel ist das wohl unentdeckteste Weinbaugebiet Österreichs, es birgt unglaubliches Potenzial in sich. Unsere Weine sollen seine Frische und Ausgewogenheit atmen und dabei kristallklar sein wie eine Winternacht“, bringt er seine Sichtweise poetisch zum Ausdruck. Er und seine Partner Matthias Marchesani und Georg Klein bieten ein umfangreiches Portfolio, das aus den Linien Sparkling, Trinkvergnügen, Falkensteiner Klassik, Prime Wine, Elementum und Süßwein besteht. Bei Prime Wine handelt es sich um Terroir-betonte Weine aus Einzellagen mit alten Rebstöcken. Elementum steht für „sehr individuelle Weine mit elementarer Wesensart“. Dazu gehört Traubenteilung im Weingarten ebenso wie längere Maischestandzeit und Spontangärung. Es gibt sie nur in limitierter Auflage.
Die drei Dürnberger achten auf einen kleinen CO_2-Fußabdruck, fahren so selten wie möglich mit Traktoren durch die Weinberge und sind dank einer großen Fotovoltaik-Anlage auf einem guten Weg zur Energieautarkie.
Im Buschenschank „Schmitt'n“, der ehemaligen Falkensteiner Dorfschmiede, können alle Weine probiert und gekauft werden. Dazu werden ausgesuchte Spezialitäten regionaler und biologischer Erzeuger sowie Delikatessen aus der Dürnberger Kulinarikmanufaktur serviert. *ww*

WEINVIERTEL DAC

★★ S €€ GV
2020 Grüner Veltliner Falkenstein + Reife gelbe Äpfel, Würze, Pfefferl; als Sorte unverkennbar, freundliche Frucht, zarte Würze, Äpfel und Pfirsiche klingen nach.

★★★ S €€ GV PLV
2020 Grüner Veltliner Alte Reben + Feingliedrig, bodenstämmige Noten, Fichtennadeln, heller Tabak; schließt so an, zarte Struktur, Würze und Frucht ineinander verwoben, filigran, Finesse.

★★★ S €€€ GV PLV
2019 Tradition Grüner Veltliner Reserve + Getrocknete Kräuter, viel Würze, sanfter Druck, fruchtige Noten; exotisch angehaucht, Schmelz, dunkle Würze unterlegt, einige Kraft, fruchtig-würzig im langen Nachhall.

★★★ K €€€€ GV
2019 Grüner Veltliner Ried Rabenstein Reserve + Druckvoll, Boskop-Äpfel, kreidig-kalkig, steinige Würze; Äpfel, feine Säure, weiße Johannisbeeren, grünblättrige Würze, Kraft, Tiefgang, strukturiert, lang.

NIEDERÖSTERREICH

★★★ S €€ RI
2020 Riesling Falkenstein + Pfirsiche, glockenklar, kühl; saftig, Steinobst, Säurerückgrat, präzise, mittlere Länge, Trinkfluss, Pfirsiche und steinige Noten im Nachhall.

★★★ S €€ CH
2020 Chardonnay Falkenstein + Kühl, feingliedrig, Birnen und Tabak angedeutet; schließt so an, feingliedrig, null Fett, winzige Prise Gerbstoffe, zugängliche Säure, mittlere Länge.

★★★★ K €€€€€ GV TIPP
2019 Endlos Grüner Veltliner Grande Reserve + Gediegen, Würze, steinig, Tabak, Lageräpfel; aromatisches Dacapo, feine Säure, konturiert, Tabak, würzig, Schmelz, beeindruckende Länge, im Nachhall Grapefruits, Mandarinenschalen und Gewürznelken. Beste Perspektiven.

★★★ S €€€ PB PLV
2020 Falkenstein Weissburgunder Reserve + Kräftig, reife Birnen, Marillen, kalkhaltiger Boden; Zug, Säurespiel, animierend, Steinobst, saftig, Frucht klingt lange nach.

★★★ K €€€ PG
2019 Grauburgunder Reserve + Gelbe Birnen, Dörrbirnen, getrocknete Marillen, geröstete Haselnüsse, hauchzarte Gewürznoten; merkliche Kraft, lebhaft, Aromen vom Bukett, Hauch Orangen, saftiges Finale, rote Zitrusfrüchte im langen Nachhall.

★★★★ K €€€ TIPP PLV
2019 Ortolan Cuvée Prestige Reserve + Konsolidiertes Burgunder-Bukett, feine Gewürznoten, nussig, rauchig, Hauch Single Malt Whisky; aromatisches Dacapo, sehnig, lebendig, feine Struktur, im Abgang und im Nachhall viel Frucht, Prise Holz, langer Nachhall.

★★★★ K €€€ ME
2019 Merlot Elementum + Brombeeren, Weichseln, Cassis, ätherisch, Haselnusscreme; vielschichtig, kühler Touch, Trinkfluss, mittleres Gewicht, präzise, feines Gerbstoffnetz.

★★★★ K €€€€ PN TIPP
2017 Pinot Noir Ried Kirchberg Grande Reserve + Nobel, Waldboden, getrocknetes Laub, Morcheln, Himbeeren, Kirschen; elegant, transparent, fast leichtfüßig, feinkörnige Gerbstoffe, animierendes Säurespiel, Hauch Kumquats und Hage-butten, feinfühlige Sorteninterpretation.

BIO

Weingut
Ebner-Ebenauer

Manfred & Marion Ebner-Ebenauer
2170 Poysdorf, Laaer Straße 3–5
Tel. +43 2552 2653
office@ebner-ebenauer.at, www.ebner-ebenauer.at
20 Hektar, W/R 80/20

Als die beiden – Marion & Manfred – im Jahr 2007 das Weingut übernahmen, hatten sie keinen einzigen Kunden. Doch bei diesen außerordentlichen Weinqualitäten hat sich das im Nu geändert.
Das Weingut sitzt auf einem wahren Schatz, nämlich auf knorrigen, uralten Rebstöcken. Die ältesten sind bis zu 70 Jahre alt.
Der Jahrgang 2020 ist wohl gelungen. Da strahlt der Ortswein „Poysdorf" ernsthaften Charme aus. Beim GV Ried Hermanschachern hat man das Weinviertel in Perfektion im Glas. Die beiden GV von den Rieden Bürsting und Sauberg strotzen vor Mineralität, wobei der Sauberg fast eine Riesling-hafte Ausstrahlung besitzt. Bei den Alten Reben GV wird Poysdorf zu einer bemerkenswerten Weinmelange gebündelt.
Noch einmal Alte Reben – nämlich vom Weißburgunder, welche die Noblesse und Cremigkeit dieser Sorte darstellen. Die beiden Rieslinge sind richtige Herbstweine. Naturgemäß noch verschlossen. Beide sind tolle Vertreter ihrer Sorte. Die alten Reben sind halt noch um eine Dimension reichhaltiger.
Wahre Granaten sind die beiden Weine Black Edition 2019 – Grüner Veltliner und Chardonnay. Es sind edle, faszinierende Weine, bei denen Eleganz Programm ist. Großartig!!!!
Nicht übersehen sollte man die ausdrucksstarken Rotweine. Der 2017 Zweigelt Alte Reben ist von engmaschiger Struktur. Der 2017 St. Laurent Alte Reben – man bemerke, es gibt durchwegs alte Reben; das ist eben der Schatz, auf dem sie sitzen – ist ein richtiggehender Langstreckenläufer. Beide sollte man zeitgerecht dekantieren. Was an sich auch für die großen Weißweine gilt. *as*

WEINVIERTEL DAC

★★ S € GV
2020 Grüner Veltliner „Poysdorf" + Der weiße Pfeffer strömt aus dem Glas. Gelber Apfel, Birnen, kühle Noten, sehr elegant, dezente Zwetschken, fein ziseliert, perfektes Säurespiel, rauchig, würzig, ein respektabler Ortswein.

★★★ S €€€ GV
2020 Grüner Veltliner Ried Hermanschachern + Anfangs positive Reduktion, gelbfruchtig, exotische Noten, Mango, Ananas, Kräuterwürze, schmelzige Frucht, toller Körper, mineralischer Touch, Tabak, schwarzer Pfeffer, ein Wein, der viel Zeit braucht, Birnenfrucht, etwas Marille, von eleganter Üppigkeit. Ein klassischer Weinviertler von höchster Qualität.

★★★ S €€€ GV
2020 Grüner Veltliner Ried Bürsting + (50 Jahre alte Reben) Aschantinüsse, Apfelspalten, saftige Frucht, das ist ganz toller Stoff, cremige Fülle, weißer Pfeffer, Blütenhonig, Melisse, noch total verschlossen, ein klassischer Herbstwein, brauchte viel Luft, zeigte dann doch seine Facetten, wurde fast filigran, frische Kräuter, Ananas, Birnenfrucht, mineralische Noten, einige Tiefe, unglaublich pikant, legt Schicht für Schicht frei.

★★★★ S €€€ GV TIPP
2020 Grüner Veltliner Ried Sauberg + (Schotter, Lehm) Grapefruit, Zitronenmelisse, kühl, frische Würze, Kräuter, Kernobst, feingliedrig, engmaschig, von burgundischer Eleganz, kandierte Früchte, sehr eng, ein finessenreicher – fast Riesling-hafter – Grüner Veltliner von feinster Struktur.

★★★★ S €€€ GV TIPP
2020 Grüner Veltliner Alte Reben + (60 Jahre alte Reben) Gelber Apfel, pfeffrig, getrocknete Kräuter, Zitronenmelisse, Pfirsich, dunkle Mineralik, steinige Aromatik, Gesteinsmehl, Mandarinen, sehr komplex, Ananastöne, dezentes Dörrobst, Marillentöne, da steckt viel drinnen, feste Struktur, eine Substanz für viele Jahre.

★★★★ K €€€€ GV TIPP
2019 Grüner Veltliner Black Edition + Zitrusgelee, Dörrobst, Zwetschken, feines Holz, von filigraner Kraft, exotische Töne, gelbe Früchte, Pfirsich, Ananas, Mango, ungemein vielschichtig, ein Wein von feinster Struktur, großer Eleganz, ein Wein, der einem zum Strahlen bringt. Ein Potenzial für viele Jahre.

★★★★ K €€€€ CH TIPP
2019 Chardonnay Black Edition + Tolle Exotik, ungemein filigranes Bouquet, feinste Vanille, von edler Struktur, einer charmanten Ausprägung, feingliedrig, salzig, unfassbar elegant, einer noblen Fülle, enorme Länge, ein großer Wein – wie ein Puligny Montrachet aus Poysdorf. Bei solch einem Wein gehen einem die Attribute aus. Da ist jedes Wort zu viel. Hier spricht der Wein. Absolute Klasse.

★★★★ S €€€ PB TIPP
2020 Weißer Burgunder Alte Reben + (60 Jahre alte Reben – Löss, Kalk) Kühle Aromatik, Apfeltöne, reife Birnen, von cremiger Textur, Pomelo, frische Kräuter, feine Frucht, feingliedrige Tiefe, strahlt das Flair eines besonderen Weines aus, feines Säurespiel, vielschichtig, geht auf die Reise.

Weingut
Ecker

Florian Ecker
3730 Grafenberg 11
Mobil +43 699 126 140 66
office@weingut-ecker.com, www.weingut.ecker.com

Das Weingut liegt im westlichen Weinviertel, unweit von Eggenburg – Röschitz. Die Reben stehen vorwiegend auf Löss und Lehm. Hauptanteil ist der Grüne Veltliner. Die besten Lagen des Weingutes sind die Ried Sätzen und die Ried Kogeln. Der Betrieb produziert ausschließlich Bouteillen-Weine. Das Etikett stammt von Kurt Schneider, einem regionsbekannten Künstler. Das Motiv ist das Wahrzeichen der Gemeinde – die Kogelsteine. Ein vorzüglicher 2020 Grüner Veltliner Klassik eröffnet die Verkostung. Toll ist der 2019 Grüner Veltliner von 50 Jahre alten Reben mit viel Zukunft. Die Grüner Veltliner Reserve hat wohl etwas unter der Hitze des Jahrganges 2018 gelitten. Der beste Wein ist für mich der 2019 Grüne Veltliner Ried Sätzen. Die positive Überraschung ist der 2019 Riesling Ried Kogeln. Diese hohe Qualität hätte ich mir nicht erwartet. Der 2020 Sauvignon Blanc Ried Kogeln ist von verspielter Frische, zügig auf dem Gaumen. Der 2019er aus derselben Lage präsentierte sich anfangs etwas schüchtern, ging dann aber sehr schön auf. Die frische Säure macht den Wein so richtig stimmig.
Sehr schön jetzt zu trinken ist momentan die Rotwein-Cuvée 2017 Kogelstein Reserve. *as*

WEINVIERTEL DAC

★★ S € GV FUN
2020 Grüner Veltliner Klassik + (Stahltank) Citrus, dezente gelbe Früchte, Exotik ausstrahlend, Frischehauch, Marille, spritzige Säure, kühle Fruchtnoten, Ananas & Co., sehr typisch, lebendig, lössige Textur, gute Länge. Ein vorzüglicher GV, der Lust auf mehr macht.

★★★ S €€ GV
2019 Grüner Veltliner Alte Reben + 50 Jahre alte Reben – Stahltankausbau. Anfangs dezente Reduktion, Zitrusnoten, weißer Pfeffer, gelber Pfirsich, exotische Nuancen, kerniger Ausdruck, Kernobst, frische Birnenfrucht, gut strukturiert, kühl, hat Zug am Gaumen, kann noch lagern.

★★ S €€ GV
2018 Grüner Veltliner Reserve + Grün-gelbe Farbe leuchtend, weiße Schokolade, etwas Holz, exotisch – Mango, Papaya, Kräuter, Holzgerbstoff mit zartem Bitterl, braucht viel Luft, kompakt.

NIEDERÖSTERREICH

★★★ S €€ GV TIPP
2019 Grüner Veltliner Ried Sätzen + Pfeffer, Kühle, gut eingebundenes Holz, elegante Struktur, fester Biss, guter Druck, Mineralität zeigend, Kräuter, sehr guter Stoff, der einiges Potenzial aufweist, zeigt Rückhalt, sehr gute Länge. Sehr überzeugend.

★★ S €€ RI
2019 Riesling Ried Kogeln + Stahltank Ananas und Steinobst, filigrane Note, voller Pikanz, Pfirsich, elegant mit einiger Tiefe, guter Druck nach hinten, typisch, die Exotik voll ausspielend, feine Frucht, liegt eng auf dem Gaumen. Wunderbar!!

★★ S €€ SB FUN
2020 Sauvignon Blanc Ried Kogeln + Holunder, Cassis, Brennnesseln + Kohlensäure, Pfirsich, verspielte Lebendigkeit, voller Frische, Zitrusnoten, ein sehr vergnüglicher Wein, auch typisch, löscht den Durst auf angenehmste Weise.

★★ S €€ SB
2019 Sauvignon Blanc Ried Kogeln + (Salon Österreich Wein) Anfangs etwas schüchterne Reduktion, gelber Paprika, frische Kräuter, die Brennnesseln halten sich noch im Hintergrund, guter Stoff, der sich noch freispielen muss. Gute Substanz, die Säure sorgt für die Frische.

★★ S €€€ CR
2018 Kogelstein rot Cuveé Reserve + (ME, CS) Schwarze Beeren in Hülle und Fülle, zarte Schokonoten, relativ offen, ein eleganter Rotwein mit gut integriertem Holz und dezenten Rösttönen, noch etwas gerbstoffbetont, einige Zukunft, Stoff für viele Jahre.

★★ S €€€ CR
2017 Kogelstein rot Cuveé Reserve + (ME, CS) Ein Rotwein von großer Eleganz, fleischiger Struktur, sehr eng, noch tanninbetont, druckvoll auf dem Gaumen, sehr fest, Cassis, Brombeeren, guter Holzeinsatz, kann sich sehen lassen.

Weingut
Eichberger

Gotthard Eichberger
2203 Eibesbrunn, Großebersdorfer Straße 12
Tel. +43 2245 2476, Mobil +43 676 788 88 74
office@weinguteichberger.at, www.weinguteichberger.at

EICHBERGER
WEINVIERTEL DAC

Mit der nun tatkräftigen Mitarbeit der jungen, aber bereits international erfahrenen Tochter Julia weht ein innovativ frischer Wind im Familienweingut Eichberger. Es wird noch mehr auf naturnahe Methoden gesetzt – so wurden z.B. selbst gefertigte Brutkästen in die Weingärten gebracht, um die Schädlingsbekämpfung den gefiederten Profis zu überlassen.

Mit der neuen Linie „Ich bin Ich", dessen erster Wein der 2019 Chardonnay Große Reserve ist, hat auf dem Weingut eine neue Ära begonnen. Hier hat Tochter Julia ihre eigenen Visionen und Ideen zum Leben erweckt und bereichert das auf langjähriger Erfahrung beruhende Sortiment mit einem bemerkenswerten Charakterwein. Gemeinsam mit Vater Gotthard macht das spannende Thema Wein beiden doppelte Freude. *kk*

WEINVIERTEL DAC

★★ S € GV
2020 Grüner Veltliner + Saftig gelbfruchtig; gelbe Äpfel und Ringlotten, charmant vegetabil, geschmeidig orangenfruchtige Säure, feste Bananen und Wiesen-Würze, elegant fruchtig im Finish.

★★ S €€ GV
2020 Grüner Veltliner Ried Oberes Feld + Birnen und Granny Smith; gelbschotige Würze, saftig und stramm, etwas Heublumen, reife Grapefruitsäure, helle Beeren, knackig und frisch, fruchtige Pfefferwürze im Abgang.

★★★ S €€ GV PLV
2020 Grüner Veltliner Ried Kirchthal + Exotisches Früchtebukett; helle Birne und Ringlotten, saftiger Fruchtschmelz zu balancierter Säure reifer Agrumen, blättrigwürzige Teeblätter, weißer Pfeffer, mit mineralischen Einschlüssen, birnenfruchtig im eleganten Finale.

★★★ S €€€ GV
2019 Grüner Veltliner Reserve + Nobles Kernobst; schmelzig-saftige Golden Delicious und Pfirsiche, tropischer Touch, lebendige Blutorangensäure, facettenreich, kräftig und potent, tabakwürzige Mineralik, Honigmelonen und Zitronenmelisse im Rückaroma.

NIEDERÖSTERREICH

★★★ S €€ GV
2020 Grüner Veltliner Ried Hundspoint + Marillenblüten-Bukett; Orangen-Confit, marillencremig elegant und fest, fruchtsüß mit mineralischer Kontur, tropische Frucht in saftiger Säure, etwas gelbe Fisolen, extraktreich schotig-pikant, Trinkanimo im kräftigen Segment.

★★ S €€ GM FUN
2020 Gelber Muskateller + Macis-Blütenduft; muskattraubiges Holunderparfait, muntere Zitronenzesten mit Mandarinen, hellgrüne Würze, Melisse und Waldmeister, etwas Piment, schwungvoll helle Früchte im Finish.

★★★★ K €€€€ CH TIPP
2019 Chardonnay große Reserve „Ich bin Ich" + Opulentes Ringlotten-Bukett; Melonen und feines Malz, saftig gelbfruchtig, Quittenschmelz mit Honigblüten, verführerische Nougatschnitten, röstig süßer Tabakrauch zu heller zitrusfruchtigen Säure, kräuterwürzige Zitronenmelisse im kräftig-cremigen Körper, haftet lange mit Fruchtkaramell auf dem Gaumen.

★★ S € ZW
2020 Zweigelt Rosé + Kirsch-Erdbeer-Bukett; Weichselaromen mit Kirschblüten, etwas Mandelsplitter, bisschen kräuterwürzig, elegant und animierend im Finish.

★★★ S €€ SL
2018 Sankt Laurent + Duftiger Kirsch-Zwetschkenmix; feine Kräuterwürze, Preiselbeeren und bisschen Exotik in saftiger Struktur, Blutorangen in stimmiger Säure, charmant rauchige Tannine, etwas Nüsse und roter Pfeffer, elegant rotbeerig im anhaltenden Rückaroma.

★★ S €€ CR
2018 Grande Cuvée + (ZW/BB) Weichsel-Kirsch-Bukett Herzkirschen, Weichselkonfekt mit dunklen Früchtearomen, bisschen Zwetschkenmus, Klementinen in harmonischer Säure, reife tabakwürzige Tannine, Karamellnuancen und Kirsch-Confit im saftigen Nachhall.

★★★ S €€€ CR TIPP
2018 Grande Cuveé Reserve + (ZW/SL/BB) Zarter Zwetschkenröster-Duft; seidig rotbeerig, Fruchtdruck von Kirschen und Brombeeren, pikantes Fruchtgeleé, weiche Tannine mit nussröstiger Schokolade, bisschen Leder, kräuterwürzig unterlegte Heidel- und Himbeeraromen im extraktreichen Nachhall.

ÖSTERREICH

★★ S €€ GM FUN
2020 Gelber Muskateller Frizzante + Duftige Holunderblüten; lebhafte Perlen, saftig traubig-elegante Muskataromen, glasklar und reintönig, feinwürzige Melisse zu hellen Beeren, pikante Zitrusnoten im animierenden Trinkfluss.

NEU

Weinbau
Willi Eminger

Wilhelm Eminger
2224 Niedersulz 90-91
Mobil +43 664 121 96 91
weinbau@willi-eminger.at, www.weinbau.willi-eminger.at
13 Hektar, W/R 65/35

„Da muss ich nachdenken", meint der immer sehr ruhig wirkende Willi Eminger, „aber Weinbau gibt es schon seit Generationen in unserer Familie"; Flaschenweinvermarkter sind sie seit über 40 Jahren. Die Ried Steinbergen, aus der ein Bilderbuchveltliner kommt, ist eine Südlage entlang der Kellergasse, die Reben stehen hier auf sandigem Löss. In der Ried Baumleiten, einer Kessellage mit besonderem Kleinklima, wachsen auf vielfältigen Böden von Tegelschotter, Löss und Kalkmergel neben Veltliner und Sauvignon auch die klimatisch anspruchsvollen Sorten Cabernet Sauvignon und Merlot. „Simon" ist ein aus behutsam gesetztem Holz gearbeiteter Veltliner mit gutem Potenzial. Der Gemischte Satz ist eine gelungene Komposition, die am selben Tag aus verschiedenen Weingärten gelesen wird. Sauvignon Blanc und Muskateller brauchen beide einen langen Anlauf und haben somit das Zeug für sortentypische Begleiter durch einen langen Sommertag. Der Rosé gibt mit seiner hübschen Beerenvielfalt einen kleinen Einblick in das rote Schaffen, von dem wir erst im nächsten Jahr wieder mehr sehen werden. Wer sich schon auf den Weg nach Niedersulz gemacht hat, sollte unbedingt einen Besuch im Bauernhausmuseum einplanen. *db*

WEINVIERTEL DAC

★★ S € GV
2020 Grüner Veltliner „Sulzer" + Resch, pfeffrig, Kräuterwürze hinter klassischer Apfelfrucht; erfrischende Säure, knackiges Kernobst, freundlicher Weinviertler.

★★★ S €€ GV PLV
2020 Grüner Veltliner Exklusiv Ried Niedersulzer Steinbergen + Kühle Zitrusfrische, Melisse und etwas Birne, auch ein Anflug von Zimt und Piment; gute Fülle, kalkig-strenger Zugriff, feines Birnenaroma, weißer Pfeffer, guter Zug, macht Spaß.

★★★ S €€ GV
2019 Simon Grüner Veltliner Ried Obersulzer Reserve + Zart röstig, reife, reiche Frucht; behutsam gesetztes Holz unterstützt den fruchtsüßen Ausdruck, konzentrierte Apfelfrucht Richtung Kompott und Strudel, peppige Säure, Rückhalt von gutem Gerbstoff, schon recht gute Länge.

NIEDERÖSTERREICH

★★ S € WR
2020 Welschriesling + Angenehm duftig, Blumenwiese, saftige Zitrusnoten; leicht und doch recht vielschichtig, erfrischend mit gutem Anspruch.

★★ S € GS FUN
2020 Gemischter Satz + (WR/PB/RI/GM/GT/SÄ/SB) Knackige grüne und gelbe Äpfel, auch blütenduftig, zart aromatisch, frisch und einladend; reife Kernobstfrucht, etwas Banane, kühle Noten, ganz gute Substanz, solide Länge, gelungene Komposition.

★★ S € GV
2020 Grüner Veltliner Der Fruchtige + Zitrusfruchtig, rote Äpfel, feinwürzig, entgegenkommend; gutes Volumen, knackige Säure, lössiger Grip, unkompliziertes Vergnügen mit guter Länge und gewisser Rasse im Finish.

★★ S € RI
2020 Riesling + halbtrocken (9) Im Duft sehr verhalten, traubig und erste Hinweise auf Steinobst; ansprechendes Süße-Säure-Spiel mit deutlichem Pfirsich und etwas Marille, steht erst am Beginn.

★★★ S €€ SB PLV
2020 Sauvignon Blanc Exklusiv Ried Obersulzer Baumleiten + Auch heuer wieder total in sich gekehrt, frisch, eine Ahnung von Melone und frischer Zitrusfrucht; gute Fülle, herzhaft vegetabil-würzig, fruchtsüßer Schleier, fester mineralischer Grip, etwas Cassis und grüne Paprika, braucht langen Anlauf, dann schon sehr trinkig.

★★ S € GM FUN
2020 Gelber Muskateller + Eleganter, zurückhaltender Sorten-ausdruck, Stachelbeere, Weihrauch, rote Ribisel; auf dem Gaumen offener, würzig, Nelkenpfeffer, viel Zitrusfrucht von Saft bis Zesten, packt über Säure fest zu, schiebt viel Frucht über den Gaumen, knackig trocken, gute Länge, sehr lässig.

★★ S € SÄ
2020 Sämling halbtrocken (9) + Recht dezenter Sortenvertreter, etwas unterkühlt, Prise Pfeffer; kleiner Zuckerrest wird von ausreichend Säure pariert, Grapefruit-Bitterl im Ausklang, geradlinig.

★★ S € CR FUN
2020 Rosé + (CS/ZW/BB) Pfeffrig-würzige Frucht, leicht cremig, Cabernet hat hier klar das Sagen, Cassis, Holunder- und Johannisbeerblätter; zart süßer Fruchtschmelz, hübsche Beerenvielfalt, animierende Länge, sommerlicher Durstlöscher.

Weingut
Fein

Bernhard Fein
2102 Hagenbrunn, Schloßgasse 40
Tel. +43 2262 672682
office@fein-wein.at, www.fein-wein.at
5 Hektar

Das kleine Weingut der Familie Fein liegt vor den Toren Wiens. An der Adresse Schlossgasse 40 wurde es bereits 1862 urkundlich erwähnt. Aktuell führen Martina und Bernhard Fein Regie. Ihre Weingärten sind rund um den Bisamberg situiert, einer Flyschzone, die vor rund 100 Millionen Jahren entstanden ist. Die Reben wurzeln in Böden aus verwittertem Sandstein, Kalkmergel, Mergel und Ton, die teils von Löss überlagert sind. Die Familie verfügt über Anteile an der renommierten Ried Aichleiten, und der Gelbe Muskateller fühlt sich in der Ried Bruch ausgesprochen wohl. Auch in Stammersdorf besitzt die Familie Weingärten, aus deren Trauben 2020 erstmals ein Wiener Gemischter Satz gekeltert wurde. „Unsere Leidenschaft für Rosé aus Roesler und Zweigelt ist für das Weinviertel etwas ungewöhnlich, aber wir lieben ihn. Die PiWi-Sorte Roesler schätze ich wegen ihrer Beerigkeit, der tollen Farbe und der akzentuierten Säure ganz besonders“, erklärt Bernhard Fein. Sein Fokus liegt auf trinkfreudigen, trockenen Weinen, die der Familie und den Kunden Spaß machen. Derzeit wird der Keller umgebaut und renoviert – ein Großprojekt, sagt der Winzer. Eine alte Kellerröhre bleibt erhalten und wird in den Verkostungsraum eingebunden. Die aktuelle Serie ist glockenklar, sortentypisch und trinkanimierend. Die Rotweine haben einen kühlen Touch, das Holz wurde feinfühlig eingesetzt. 2018 wurde erstmals ein Süßwein gekeltert, eine animierende Beerenauslese von der Scheurebe. Allen Weinen ist ein attraktives Preis-Leistungs-Verhältnis zu attestieren. *ww*

WEINVIERTEL DAC

★★ S € GV
2020 Grüner Veltliner Ried Bruch + Äpfel, Pfeffer, Prise Kräuter; saftig, Zug, feines Säurerückgrat, Boden blitzt durch, mittlere Länge, fruchtig-würziges Finale.

★★★ S €€ GV — PLV
2019 Grüner Veltliner Reserve Ried Bruch + Pfeffer, Wacholderbeeren, hauchzart auch Kreuzkümmel und Ananas, kühl; Äpfel und Ananas, Gewürze unterlegt, bodenständige Noten, fein strukturiert, gute Länge.

WIEN DAC

★★★ S € GS — PLV
2020 Wiener Gemischter Satz Stammersdorf + Rieslinghaft, hauchzarte Würze, Steinobst, Fichtennadeln, Äpfel; saftig, trinkanimierend, viel Frucht, lebhaft, gute Länge, knackige Pfirsiche klingen nach.

NIEDERÖSTERREICH

★★ S € SÄ
2020 Sämling 88 Ried Bruch + Apfel, Marillen, Johannisbeeren, Rhabarber, Kräuter, Blüten; fruchtig, süffig, angenehme Säure, gute Substanz.

★★ S € GM
2020 Gelber Muskateller Ried Bruch + Pointiert, Holunderblüten, reife Zitronen, Prise Kräuter und Muskatnuss; schließt nahtlos an, Zitrus, zugänglich, mittleres Gewicht, Grapefruits klingen nach.

★★★ S € RI — PLV
2020 Riesling Ried Veiglberg + Kompakt, sortentypisch, Weingartenpfirsiche, Marillen; Schmelz, cremiger Touch, stoffig, Steinobst im Abgang und im Nachhall.

★★★ S € GS — PLV
2020 Gemischter Satz + Fein, Kräuterwürze, Äpfel, Tannenwipfel, Steinobst; schließt nahtlos an, einladende Frucht, Melone, zartes Säurespiel, im fruchtbetonten Nachhall etwas Würze.

★★★ S €€ ZW
2018 Zweigelt Reserve Ried Aichleiten + Schwarzkirschen, Gewürze, leicht rauchig; saftig, viel Frucht, Kirschen, etwas Beeren, elegant würzig, mittleres Gewicht, feines Gerbstoffnetz, Gewürze klingen nach.

★★★ S €€ CR
2018 Dachsenbeck Cuvée + (ZW/ME/RÖ) Kirschen, Vogelbeeren, getrocknete Tomaten, ätherisch, Eiche, Liebstöckel; Frucht und Würze, fein strukturiert, unaufdringliche Gerbstoffe, kühler Touch, Holz gut integriert, Trinkfluss, mittlere Länge.

★★★★ S €€ SÄ — TIPP
2018 Scheurebe Beerenauslese + Marillen, Kiwis, Aranzini, zarteste Kräuternote; Frucht, saftig, Marillen, Malz, unaufdringlicher Restzucker, belebende Säure, auch Zitrus, lebhaft mit Trinkfluss.

ÖSTERREICH

★★ S € CR — FUN
Feinspitz Rosé Frizzante + (ZW/RÖ) Zuckerwatte, Kirschen, Stachelbeeren, Erdbeeren; schließt nahtlos an, hinten winzige Prise Kräuter, Gerbstoffe angedeutet, trinkanimierend, fruchtig-kräuterwürziger Nachhall.

BIO

Weingut
Rudolf Fidesser

Norbert & Gerda Fidesser
2051 Platt 39
Tel. & Fax +43 2945 2592
weingut@fidesser.at, www.fidesser.at
15 Hektar, W/R 80/20

Im Weingut Fidesser ist das Weinangebot folgendermaßen gegliedert: Es gibt 4 Ortsweine – 3x weiß, 1x rot. 8 Riedenweine – 5x weiß, 3x rot. 4 fidesser orbis – Natural Wines der besonderen Art mit einem eigenen Etikett.

Der Jahrgang 2020 war auch in diesem Haus nicht leicht zu bewältigen. Es musste strengstens selektioniert werden, was sich leider auch im Ertrag ausgewirkt hat. Im Juni gab es Hagel, zum Glück vor der Blüte. Es wird sehr wenig Rotwein geben in diesem Jahr. Die Weißweine sind fulminant mit knackiger Säure, weniger Alkohol, da kommt man ins Trinken.

Norbert Fidesser bewirtschaftet seine Weingärten biodynamisch – Demeter nach Rudolf Steiner. Es sind sehr authentische und bekömmliche Weine. Hier spielt der Boden die Hauptrolle. Es gibt keine Aufbesserung, keine Entsäuerung, nur Naturhefen.

Im Grunde sind alle Weine der Fidessers Naturalweine. Die Ausnahme ist eine leichte Filtration bei den sogenannten konventionellen Weinen. Mit Schwefel wird sehr gespart. Diese Serie ist vom ersten bis zum letzten Wein unverwechselbar, möchte daher auch keinen hervorheben. Es sind alles Kinder von Herrn Fidesser, da steckt jede Menge Herzblut drinnen. *as*

NIEDERÖSTERREICH

★★ S €€ GV FUN
2020 Platter Grüner Veltliner + Ein knackig frischer Ortswein von kühlem Aroma, zart pfeffrig, Kräuter, gelbfruchtig, würzig, feingliedrig, voller Frische, sehr typischer Veltliner.

★★ S €€ SB FUN
2020 Platter Sauvignon Blanc + Anfangs noch etwas schüchtern, dann aber doch einen zarten Hauch Stachelbeeren freigebend, Paprikapulver, fein ziseliert und quicklebendig, rassige Säure, Zitrusnoten, Pfirsich, sehr trinkig.

★★ S €€ GM FUN
2020 Gelber Muskateller + Was für ein prachtvoller Muskateller! Ein Rosenstrauch empfängt einen, Traminer-like, reife, pralle Trauben, etwas Muskatnuss, bisschen Zimt, zart besaitet, doch mit rassiger Säure, welche der etwas höhere Restzucker im Zaum hält, betörend.

★★ K €€€ GV
2020 Grüner Veltliner Ried Platter Kapellenberg + Ringlotten, gelbfruchtig, sehr elegant, Pfeffer, rauchig, etwas Nadelwald, resche Säure, Apfel, Birne, sehr mineralisch. Die Reben stehen auf Tonmergel (Meeresanschwemmungen) + Löss.

★★★ K €€€ GV
2020 Grüner Veltliner Retzer Stein – Ried Holzapfeln + (Granit) Der klirrt vor Mineralität, steinige Ausprägung, Citrus, Grapefruit, straffe Fruchtigkeit, sehr eng, rassig, ein ganz dezenter Hefeton, welcher dem Wein eine angenehme Cremigkeit verleiht. Zart rauchig, bisschen Pfeffer, ein Grüner für Weinbeißer.

★★★ K €€€ SB
2020 Sauvignon Blanc Ried Platter Sandberg + Ein ziemlich engmaschiger Sauvignon, sehr guter Stoff, dicht und rassig, Paprikapulver, Orangenschalen, ganz dezente Stachelbeeren, Kräuterwürze, sehr pikant, Citrus, griffig, puritanisch, karg, zieht richtig auf dem Gaumen.

★★★ K €€€ PN
2017 Pinot Noir Ried Kapellenberg + (gelesen mit 21 KMW) Rosenblätter pur, ungemein saftig, Orangen, Mandeln, etwa 10g Restzucker stehen ihm bestens zu Gesicht, frisch, fruchtig, von femininer Eleganz, sehr trinklustig. Ein cooler Traminer der lässigen Art.

★★★★ K €€€ TR TIPP
2020 Weißer Traminer Ried Platter Höhweingarten + Trocken mit fester Struktur, Pfirsich, Rosenton, extraktreich, tiefgründig, gelbe Früchte, Senfsaat, geht rso ichtig auf. Ein Traminer der maskulinen Art. Langstreckenläufer.

★★★ K €€€€ CR
2019 Syrah & Zweigelt Ried Parapluie + Rauchig, schwarze Oliven, Schießpulver, schwarze Beeren, Heidelbeeren, Hauch Schoko, einiger Stoff, feinkörniges Tannin, sehr viel Potenzial. Der geht seinen Weg.

★★ K €€€ CR
2020 Pet Nat Rose + (ZW, PN, BP) Feine Schaumkrone, anfangs dezente Reduktion, die sofort verflog, Brombeeren, Ribisel, zupackend, unglaublich frisch, fröhlich, leicht – 10,5% Vol. –, trocken, unglaublich bekömmlich, erfrischend. DER Sommerwein schlechthin!

★★★ K €€€ CW
2020 Natural wine weiß + (RV, RI, SB) Ein ungemein stimmiger, dichter Wein, ohne Maischegärung, ganz wenig Schwefel, unfiltriert, klares Grün-Gelb, Citrus, Bratapfel, Wiesenkräuter, mineralische Aspekte, tolle Säure, einige Tiefe, sehr bekömmlich, sehr gut.

★★★ K €€€ CW
2020 Orange wine + (FV, CH) Fünf Wochen auf der Maische, ganz wenig Schwefel, naturtrüb, feine Hefenoten, cremig, weißer Pfirsich, Citrus, Küchenkräuter, Tannenzapfen, gelber Apfel, angenehmer Gerbstoff, komplett trocken, zeigt Finesse. Braucht viel Luft und ein großes Glas.

Weinbau
Fink & Kotzian

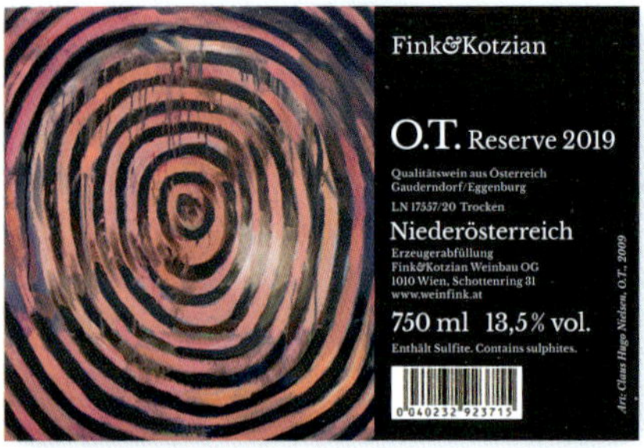

3730 Eggenburg, Gauderndorf 40
Tel. +43 664 390 26 02
christian@weinfink.at, www.weinfink.at
9 Hektar, W/R 98/2, 40.000 Flaschen/Jahr

Mit Augenzwinkern hält Christian Fink fest, dass man über Weinbautradition seit 2013 verfüge. Den Quereinsteigern Petra Kotzian und Christian Fink bot sich die Gelegenheit, das Weingut des etablierten Winzers Rudolf Neuhold in Gauderndorf zu übernehmen. Diesem Mann ist Christian Fink sehr dankbar. „Er ist mein Lehrmeister und Mentor, und ohne ihn wäre all die Entwicklung nicht möglich gewesen." Die Böden der Weingärten bestehen überwiegend aus verwitterten kristallinen Gesteinen der Böhmischen Masse, wie sie für das nordwestliche Weinviertel typisch sind. Das Weingut verfügt über Anteile an den Rieden Königsberg, Stoitzenberg und Grafenberg. Granitblöcke reichen mitunter bis an die Oberfläche. Am wichtigsten ist die Ried Hintern Dorf, die mit ihrem Mix aus Urgestein und Meeressedimenten ein gewisses Alleinstellungsmerkmal aufweist. Die bis zu 1,5 Meter mächtigen Schichten aus weißen Kalksanden führen zu einer ganz charakteristischen Struktur der Weine. Der Großteil der Reben weist ein Durchschnittsalter von 40 Jahren auf, was für Komplexität und Tiefgang sorgt. Seine Philosophie fasst der Winzer knapp zusammen: „Nur so viele Eingriffe wie unbedingt notwendig, möglichst lange Lagerung auf der Feinhefe im Interesse der Haltbarkeit, den Weinen Zeit lassen. Sie sollen die Geschichte ihrer Herkunft erzählen, Spaß machen und trotzdem Tiefgang und Struktur haben." Die aktuelle Serie zeigt, dass sie diesen Ansprüchen gerecht werden. *ww*

WEINVIERTEL DAC

★★ S €€ GV
2020 Grüner Veltliner Ried Hintern Dorf + Sortentypisch, Tannennadeln, Äpfel, ruhig; fruchtbetont, von Würze unterlegt, Substanz, frisch, animierende Pikanz.

★★★ S €€€ GV PLV
2018 Grüner Veltliner Reserve Ried Königsberg + Eigenständig, druckvoll, Äpfel und exotische Früchte, Prise Pfeffer; schließt nahtlos an, Kraft, fruchtbetont, gute Konturen, lang, feinkörnige Würze im Nachhall.

NIEDERÖSTERREICH

★★★ S €€ GV
2019 Grüner Veltliner Ried Königsberg + Feingliedrig, dezent würzig, frische Frucht, kristalliner Boden; schließt aromatisch an, strukturiert, viel Würze, gute Länge.

★★★ S €€ GV PLV
2017 Grüner Veltliner Ried Königsberg + Kräftig, Kräuter, Prise grüner Pfeffer, Lageräpfel; stoffig, Schmelz, sortenaffine Würze bis in den langen Abgang hinein, toll in Form.

★★★ S €€ RI FUN
2019 Riesling Berg und Meer + + (Reserve, halbtrocken) Zitronenblüten, Pfirsiche, hochreife Zitronen; Zug, zarte Säure, Frucht, glockenklar, Restzucker unauffällig, Substanz, Prise Gerbstoffe für die Struktur, fruchtig-würziges Finale.

★★★ S €€ CW PLV
Heavy Mojo + (GV/CH/SB) Spontan ansprechend, druckvoll, Kräuternote, Kernobst, Hauch Grapefruits; bunter Aromenmix, einige Substanz, zugänglich, im Abgang und im Nachhall Würze und Frucht.

★★★ S €€€ CW
2018 z.T. Pinot Blanc + Druck, frische Birnen, Walnüsse, auch exotische und grünfruchtige Elemente; kraftvoll, Fruchtschmelz, angenehme Säure, nie langweilig, gute Länge, Reserven.

★★★★ S €€€ CH TIPP
2019 O.T. Reserve + (CH) Kompakt, viel Sorte, Birnen, Haselnüsse, dezente Gewürze; aromatisches Dacapo, feinfühliger Holzeinsatz, zartes Säurenetz, präzise, lebhaft, im Finish und im langen Nachhall Gewürze und saftige Früchte, Potenzial.

★★★★ S €€€ CW TIPP
2017 O.T. Reserve + (PB/CH) Steinig, fokussiert, kalkig-kreidig, elegant, nie anbiedernd; schließt nahtlos an, jugendliche Frucht, präzise Struktur, gute Länge, Leben, bodenständige Würze und Frucht im langen Nachhall.

★★★ S €€ TR
2019 Roter Traminer + Als Sorte unverkennbar, Rosen, Litschi, Rosenholz, rote Zitrusfrüchte und Kräuter; aromatisches Dacapo, Schmelz und Druck, mollig, angenehme Säure, große Länge, Grapefruits, Kräuter und Litschi im Nachhall, Perspektiven.

ÖSTERREICH

★★ KK €€€ CW FUN
2019 PetNat blanc des bulles naturelles + (Gemischter Satz) Zarteste Hefenoten, alte Apfelsorten, knackige Marillen, Quitten; expressive Frucht, Quitten, reife Marillen, Marillenröster, Substanz, angenehmer Mousseux, trinkanimierend mit seriösem Touch.

Weingut
Frank

Harald Frank
2171 Herrnbaumgarten, Kellergasse 5 & 11
Tel. +43 2555 2300, Fax -4
frank@weingutfrank.at, www.weingutfrank.at
23 Hektar, W/R 80/20

Das Verkosten des Frank'schen Sortiments war vom ersten bis zum letzten Wein ein Vergnügen, und obwohl das Hauptaugenmerk bei den Weißen liegt, waren auch die Roten für Überraschungen gut. Lebendig und voller Energie beginnt der Reigen mit dem DAC, die verführerische Frucht-Würze-Mischung beim Kalk & Loess ist beste Voraussetzung für einen animierenden Sommerwein. Die Trauben für den Organic stammen von einem Bio-Traubenproduzenten, der Wein dient der „Marktbeobachtung“; schön, dass man für wenig Geld an dieser Studie teilhaben kann. Anspruchsvolle Unterhaltung gewährt der Adamsbergen mit nur einem Hauch vom 600-Liter-Fass, ruhiger als im Vorjahr präsentieren sich Pinot & Co., die sicher auch einen herrlichen Sekt ergeben hätten. Fruchtverspielt und eigenständig ist der Riesling auf jeden Fall eine Versuchung wert. Nach dem Einstieg über einen peppigen Rosé offenbart der Merlot erstaunliches Rotwein-Feeling. Die Riede Hannbuch ist „für unsere Verhältnisse“ eine relativ steile Südwestlage, durch jahrhundertelange Erosion ist der Mergelboden sehr karg, kalkreich und wuchshemmend, die Humusschicht dünn, die Reben sind ca. 25 Jahre alt.

db

WEINVIERTEL DAC

★★★ S € GV
2020 Grüner Veltliner + Frische Kräutervielfalt, Birne, Quitte, Weihrauch, Melisse, vielschichtig und eigenständig; kleidet den Mund vollständig in Frucht und Würze, appetitliche Säure, lebendig und voller Energie, macht Spaß.

NIEDERÖSTERREICH

★★ S € CW
2020 Gemischter Satz Herrnbaumgarten + (WR/PB/TR) Reife, duftige Kernobstmischung, Löss und etwas Kalk machen sich schon im Duft bemerkbar, zart nussig; knackige Birne, etwas Melone, frische Kräuter, herzhafter Grip, fruchtsüßer Nachhall.

★★★ S € GV **FUN**
2020 Grüner Veltliner – Kalk & Loess + Attraktiv, anfangs mehr Würze als Frucht, dann zartsüßes Kernobst, weißer Pfeffer, cremig; geht es ruhig an und schraubt sich dann eindrucksvoll in die Höhe, pikante Säure, griffig, erstaunlich viel Wein.

★★★ S € GV **PLV**
2020 Grüner Veltliner Organic + Kräuterduftig mit frischen Äpfeln und Birnen, feste Frucht, etwas kühl hinterlegt, Minze, Limette; intensive traubige Veltliner-Frucht, fast schon aromatisch, feine Kohlensäure, lebendig auf stabilem Fundament, pfeffrig im Ausklang.

★★★ S €€€ PB **TIPP**
2019 Weißburgunder Ried Adamsbergen + Hauch von Holz ist mit den nussigen Noten eine perfekte Liaison eingegangen, g'schmackig, frisch mit gutem Druck; setzt sich appetitlich fort, ein paar Bitternoten von Grapefruit und Blutorange, peppige Säure, griffiges Volumen, Spaß mit Niveau.

★★★ S € CW
2020 Pinot & Co. Herrnbaumgarten + Weit gefasster, etwas besonnener Auftritt, auch ein bisschen steinig; vielschichtig burgundische Erscheinung, lebendige Säure auf solider Basis, kalkiger Grip, ruhiger, langer Ausklang.

★★★ S €€€ RI
2018 Riesling Alte Reben Ried Krainholz + Herrlich reif, sehr saftig, duftig, auch zart aromatisch, leicht harzig Richtung Weihrauch, spannend; reife, sonnige Zitrusfrucht, Grapefruit, Bitterorange, Mandarine, ruhig strömend, kalkig-griffiger Unterbau, sehr gute Länge.

★★ S € CR
2020 Rosé Herrnbaumgarten + (ZW/PN) Hellrote Beeren, auch etwas Cassis, Kräuterwürze; peppig mit einiger Substanz, ein paar Himbeeren und Brombeeren, feiner Gerbstoffgrip, rosa Pfeffer, anspruchsvolles Vergnügen.

★★ S €€ ME **TIPP**
2018 Merlot Herrnbaumgarten + Reife, dunkelbeerige Frucht, recht würzig, zart röstig, ein wenig tintig, ansprechende Fruchtsüße; bleibt tiefdunkel, dabei leichtgängig und trinkanimierend, feinseidiger Gerbstoffgrip, fruchtsüß mit reifen Gerbstoffen im Ausklang.

★★★ K €€€ CR **FUN**
2018 Ried Hannbuch + (CS/ME) Mittleres Rubin, Eiskaffee, dunkelbeerig, etwas Salbei, Lorbeer, süße Frucht, zart röstig, spannend; läuft weich, fast seidig über den Gaumen, dann herzhafter Gerbstoffbiss hinter dem viel Frucht bleibt, viel Cassis, lebhafte Säure, verführerischer Trinkfluss, starke Sache, wer hätte das gedacht?

Weingut **Gilg**

Familie Gilg
2102 Hagenbrunn, Hauptstraße 64-66
Tel. +43 2262 672781, Fax +43 2262 672140
weingut@weingut-gilg.at, www.weingut-gilg.at
10 Hektar, W/R 80/20

Nach 40 Jahren an der Spitze des Weinguts hat Ing. Ludwig Gilg die Gutsleitung mit Jahresbeginn 2021 offiziell seinem Sohn Stefan übergeben, was aber an der aktiven Präsenz Ludwigs im Weingut und Heurigen nichts ändert.
Das Jahr 2020 erwies sich zwar in der Region als etwas kühler und niederschlagsreicher, als es in den Jahren vorher der Fall war, brachte aber dadurch mehr Raffinesse und Fruchttiefe sowie eine elegante Säure bei moderatem Alkoholgehalt in die Flasche.
Jedenfalls sind derzeit die im Sortiment des Weinguts Gilg erhältlichen Weine sowohl aus den großartigen Jahrgängen 2018 und 2019 als auch aus dem aktuellen Jahr 2020, die sich hervorragend in die hohen Qualitäten der Vorjahre einreihen. Durch die aktuelle Situation wurde die Chance gut genützt, mehr Zeit und Aufmerksamkeit für die gefühlvolle Arbeit im Keller aufzuwenden, was nun mit besonderer Feingliedrigkeit und Eleganz der Weine belohnt wurde. *kk*

WEINVIERTEL DAC

★★ S € GV
2020 Grüner Veltliner Classic + Reifes Kernobst; Golden Delicious mit Birnenfrucht, Hauch tropischer Früchte, rosa Grapefruits in munterer Säure, etwas Küchenkräuter, klar mit frischer Apfelfrucht, etwas Pfeffer, ein „Weinviertler Klassiker".

★★★ S €€ GV
2020 Grüner Veltliner Reserve Ried Tagnern + Pikantes Apfel-Kräuterbukett; Melisse und Gelbe Äpfel, feine extraktsüße Exotik, saftige Orangenzesten mit pikanter Säure, rauchig-stoffiger Tabak, etwas Nussbrot, kraftvoll stabil, bisschen Mineralik, schwarzer Pfeffer, imposant fruchtig-würzig im Finish.

NIEDERÖSTERREICH

★★ S €€ GV
2020 Grüner Veltliner Ried Hofmauer + Apfel-Ringlotten-Duft; dicht cremig, fein rauchige Kräuter, bisschen Honigmelonen und Bratapfel, mit samtiger Säure, solide Substanz, zart kalkig im fruchtig-geschmeidigen Rückaroma.

★★★ S €€ GM — PLV
2020 Gelber Muskateller + Duftige Macis-Blüten; traubige Muskataromen, animierende Klementinenzesten, reiche Exotik, kräuterwürzig, perfekt balanciert, aromatisch-frisches Finale.

★★ S € GW — FUN
2020 Gemischter Satz (GV/WR/CH/RR/SB) + Reifer Obstkorb; beschwingt fruchtige Zitrusnoten, Birnen, Stachelbeeren, bisschen gelbe Blüten, pikante gelbe Schoten, ein perfekter Sommerwein.

★★★ S €€ CH
2020 Chardonnay + Saftiger Ringlottenduft; feste Birnen, grüne Äpfel mit strammen Klementinenzesten in schwungvoller Exotik, feine Gerbstoffe, herbe Kräuter im knackigen Trinkfluss.

★★★ S €€ SB — PLV
2020 Sauvignon Blanc + Betont sortentypisch; Stachelbeeren, fruchtsüßes Cassis, gelbe und grüne Paprikaschoten, Brennnesselspinat, etwas Basilikum und Salbei, Limetten in knackiger Säure, ein strahlender Sortenvertreter.

★★★★ S €€ TR — TIPP
2020 Gelber Traminer + Dicht floral-fruchtig; kandierte Birnen, schmelziger Bratapfel, Mango, bisschen getrocknete Rosenblätter in Mandarinen-Confit, schmeichelnde Restsüße im wärmenden Körper, zart malziges Backwerk, fruchtig-lebendige Säure, pikant kräuterwürzig, dicht und kräftig, sehr langer Nachhall.

★★★ S €€ RI
2020 Riesling Aichleiten + Saftiges Steinobst; Ringlotten, Marillen mit Exotikflair, glasklar und elegant mit Limetten und Ananas, dicht und extraktreich, mineralisch und würzig im fruchtigen Ausklang.

★★★ S €€ ZW — PLV
2019 Zweigelt Reserve + Schwarze Kirschen; Maulbeeren und Zwetschken, bisschen Leder und Mahagoni, seidig-würzige Extraktsüße, pikante Weichsel, elegante Tannine mit etwas Kumquat und Kakao, harmonisch im rauchigen Nachhall.

★★★ S €€€ CR
2018 Cuvée Reserve (ME/ZW/CS) + Dunkler Beerenröster; Brombeeren mit Lakritzen- und Schoko-Touch, Waldkräuter, Peperonata, etwas Tabak und Edelholz, Blutorangenaromen verbinden seidige Tannine mit fruchtiger Säure, Cassis im saftigen Nachhall.

ÖSTERREICH

★★ S €€ GM — FUN
2020 Gelber Muskateller Frizzante + Quirliger Mousseux, hocharomatisch fruchtig; rassige Limetten mit Mandarinen, reife Holunderbeeren und gelbe Ringlotten, helle Blüten und Muskatnuss, animierend und saftig.

BIO

Weingut
Graf Hardegg

DI Maximilian Hardegg
2062 Seefeld-Kadolz, Großkadolz 1
Tel. +43 2943 2203, Fax -10
office@guthardegg.at, www.grafhardegg.at
30 Hektar

Das Gut Graf Hardegg ist nicht nur ein besonderes Weingut, sondern auch eine Landwirtschaft, Forstwirtschaft und Viehzucht. Die Weingärten des Gutes werden seit 2006 kontrolliert organisch-biologisch bewirtschaftet.

Insgesamt verfügt das Gut über 2200 Hektar Eigengrund. Hier steht die Schaffung eines hochwertigen Ökosystems im Mittelpunkt.

Die Weine sind von bestechend hoher Qualität. Vom kleinen Veltlinsky 2020 bis zur 2019 Riesling Spätlese kommt man von einem Höhepunkt zum nächsten. Aus dem Jahrgang 2019 kommt ein grandioser Grüner Veltliner Ried Steinbügel auf uns zu. Ebenfalls von großer Klasse ist der 2019 V – Viognier, der zu den besten seiner Zunft in Österreich zählt.

Bestens präsentieren sich die beiden Schaumweine. 2016 Rosé Brut Große Reserve und 2015 Brut Große Reserve. Um von der Güte der Weine vom Gut, vom Schloss oder Ried Steinbügel zu berichten, da reicht der Platz hier nicht aus. Diese sind von gewohnt hoher Qualität. Die Weine von der Ried Steinbügel zählen immer zu den besten im Weinviertel und darüber hinaus. Der Verwalter des Gutes – Andreas Gruber – macht einen verdammt guten Job. Außerdem gibt es hier Honig von Frühlingsblüten und ein natives Öl vom Raps. Der Forticus – ein österreichischer Port – ist eine Berühmtheit in diesem Haus. *as*

NIEDERÖSTERREICH

★★★ **K €€€ CR**
2016 Rosé Sekt Brut Große Reserve g. U. NÖ + handgerüttelt. (PN, ZW) Rosafarben, feiner Mousseux, Kirschblüten, Kräuternoten, rauchig, feste Frische auf dem Gaumen, tolle Länge, herb-trocken, voller Pikanz, nussiger Touch, staubtrocken, geradlinig, schnörkellos.

★★★ **K €€€ CW** TIPP
2015 Sekt Brut Große Reserve g.U. NÖ + handgerüttelt (CH, PN) Feiner Mousseux, cremig-hefiges Bukett, Biskuit, Walnüsse, Gewürze; fruchtig-cremig, toller Körper, getrocknetes Laub, gelbe Früchte, gute Länge, vollmundig, Zigarettenrauch, charaktervoll, von ziemlicher Klasse.

★★ **S € GV** FUN
2020 Veltlinsky + Hellgrüne Farbe, feinwürzige Nase, weißer Pfeffer, Birne, dezent dunkel getönt, Kräuter, spritzig, schlank, lebendig, voller Frische, ein hervorragender Trink-Veltliner, der ziemlichen Spaß macht.

★★★ **S €€ GV**
2020 Grüner Veltliner vom Schloss + Ein herrlich tropischer GV, Ananas & Co., Lederapfel, reife Birne, Pfeffer, Blüten, dezenter Holz-Touch, der dem Wein sehr gut steht, wird sehr komplex, ist von feinster Frucht, Steinobst, sehr elegant, sehr fein, transparente Noten, gelbe Früchte, voller Charme, juveniler Adel. Ein ungemein attraktiver Wein!!!

★★★ **S €€ RI**
2020 Riesling vom Schloss + Marille, Pfirsich, Citrus, Kräuterwürze, exotisches Timbre, Ananas, vielschichtig und elegant, saftig-fruchtig, gelbfruchtig, strukturiert und komplex, transparent, kühl, Riesling aus einem Guss.

★★★★ **S €€€€ RI** TIPP
2020 Riesling Ried Steinbügel + Ein feiner Riesling von großer Distinguiertheit, großer Eleganz, herrliches Bouquet, Ananas, Weingartenpfirsich, Marille, überaus tropisch, feste Struktur, tolles Säurespiel, der geht so richtig auf, geht in die Tiefe und Länge, steinige Aspekte, Grapefruit, weiße Blüten, ein großer Riesling kündigt sich an.

★★★★ **S €€€ GV** TIPP
2019 Grüner Veltliner Ried Steinbügel + Ein ungemein kräutriger, gewürziger Grüner Veltliner, dezente Eichennoten, Pfefferschleier, hochelegant, Nadelwald, kräftig, tiefgründig, nie überbordend, von fester Struktur, ganz feine Würze, da steckt sehr viel drinnen. Viel Boden, gelbfruchtig, dunkle Noten, dezente Fülle, sehr charaktervoll, gediegen, der hat noch viel vor. Großer Wein für Jahrzehnte!!!!

★★★★ **S €€€€ VI** TIPP
2019 V-Viognier + (Steinbügel) Nadelwald, rauchig, Kräuter, Vanille, weißes Nougat, straff, ausdrucksstark, tolle Würze, ungemein saftig, in sich harmonisch, vielschichtig, höchst individuell, einiges Potenzial, Haselnuss, Veilchen, reife Birnen, etwas Lakritz, salzige Noten, sehr eng, sehr tief, ganz viel Zukunft.

★★★ **S €€€€ PN**
2017 Pinot Noir Ried Steinbügel + Leder, Pilze, Zedern, Himbeeren im Hintergrund, Schoko, dezente Pflaumen, sehr typisch, trocken auf dem Gaumen, Kirschen, enge Struktur, kräftig, auch Länge, ein straffer Pinot Noir, der sehr ernsthaft daherkommt, mit einer Ahnung von Burgund, halt ohne deren Finesse.

★★★★ **S €€€ RI** TIPP
2019 Riesling Spätlese + Grün-gelbe Farbe, schiefrige Noten, sehr Mosel-like, Marille, Ananas, Pfirsich, Feuerstein, kühl, frische Säure, leicht – 11% Vol., Süße/Säure im Einklang, ungemein feingliedrig, filigran, ewiges Leben, ein Riesling von seltener Finesse, Löwenzahn, Kamille, je länger dieser Wein offen ist, desto mehr Facetten legt er frei. Tolle Klasse!

Weingut & Buschenschank
Greilinger

Renate & Reinhard Greilinger
2020 Schöngrabern 241
Mobil +43 664 462 53 13
weine@greilinger.at, www.greilinger.at

Renate und Reinhard Greilinger betreuen ihre Weingärten im sonnigen Umland Hollabrunns wie jedes Jahr mit größter Sorgfalt. Es wird gänzlich auf den Einsatz von Herbiziden verzichtet, die Fahrgassen bleiben bodenschonend das ganze Jahr begrünt, und die Zwischenstockbearbeitung wird mit Gefühl durchgeführt. Die Philosophie von Renate und Reinhard Greilinger ist: „Je besser wir für die Natur arbeiten, umso mehr gibt sie uns zurück." Deshalb wird schon im Weingarten beginnend vorausschauend gearbeitet, denn nur wenn die Trauben gesund und reif geerntet werden können, kann man nach Ansicht Gerhard Greilingers dann auch im Keller Spitzenweine entstehen lassen.

Der Erfolg bestätigt, dass dieser Weg richtig ist; so wurde bei der „Retzer Weinwoche 2020" der Rosé 2019 zum Sortensieger gekürt, und der Weinviertel DAC Klassik 2019 wurde in den Kreis der Besten Grünen Veltliner aufgenommen.

Die nun präsentierte Serie der 2020er Weine ist pikant und komplex und steht der hohen Qualität jener der vergangenen Jahre um nichts zurück. *kk*

WEINVIERTEL DAC

★★ S € GV
2020 Grüner Veltliner Klassik + Kernige Granny Smith; ein Hauch Exotik, grüne Peperoni, mit erfrischend zitrusgeprägter Säure und animierend feinen Gerbstoffen, mit klassisch würzig-pfeffrigem Abgang.

★★★ S € GV PLV
2020 Grüner Veltliner Alte Reben + Reifer Kernobstduft; feste Grapefruitsäure, standfest und elegant, pikant frischer Rhabarber und gelbe Paprikaschoten, auch etwas nussig, tiefgründig und komplex, eine Prise salzig, mit weißem Pfeffer im Finish.

NIEDERÖSTERREICH

★★★ S €€ GV TIPP
2020 Grüner Veltliner Ried Blickenberg + Samtiges Steinobstbukett; reife Birnen mit Orangenzesten, etwas Tropenfrüchte, dicht und kompakt, elegante Säure von Blutorangen, zeigt spannende Mineralität und kraftvollen Körper, dann Mix aus reifen grünen Schoten, Pfeffer und Kernobst, langer Abgang mit Potenzial.

★★ S € SB
2020 Sauvignon Blanc Ried Schablingerberg + Saftiger Holunderblütenduft; pikant grünschotig, mit rassig-schwungvoller Säure heller Johannisbeeren, Stachelbeersorbet, etwas Brennnesselspinat neben würziger Blumenwiese, mit elegant hohem Trinkgenuss.

★★★ S €€ RI PLV
2020 Riesling Ried Stidlberg + Reife Marillen und Pfirsiche; die rassige Säure gleicht die Fruchtsüße perfekt aus, elegant und langlebig, auch mit mineralischen Einschlüssen, reifes Steinobst mit Arancini im Nachhall.

★★ S €€ SÄ
2020 Sämling + Orangen- und Marillenblüten; grüne saftige Äpfel, mit schwungvollem Körper, bisschen exotische Früchte, hocharomatisch ohne Kitsch, die rassigen Karambol Fruchtaromen heben das Trinkanimo, Stachelbeeren und Orangenzesten im erfrischenden Finish.

★★ S €€ GM FUN
2020 Gelber Muskateller + Tiefe Muskat-Aromatik; glasklares Mandarinensorbet, weiße Johannisbeeren, Litschi in fruchtiger Säure, etwas Melisse zu bisschen Limetten, Piment rundet ab, schwungvoll saftig-traubig mit Niveau.

★★ S €€ WB
2020 Weissburgunder + Reifes Ringlottenbukett; fruchtige Restsüße, mit griffiger Säure gut ausbalanciert, samtig gelbfruchtig mit Spur Exotik im fülligen Körper, auch Nüsse, Biskuit und Honigmelonen, dann Lindenblüten und etwas Baklava im schmeichelnden Abgang.

★★ S € PN
2020 Rosé (PN) + Waldbeerenduft; Beerenmix roter Johannis- und Erdbeeren, etwas Kräuterwürze dabei, auch getrocknete rote Blütenblätter und Blutorangen, mit harmonischer Säure und weichen Tanninen, dann etwas Preiselbeeren, unkompliziert und schwungvoll.

★★ S € ZW
2020 Zweigelt + Duftiges Herzkirschenbukett; dunkle Weichsel und rote Grütze, mit reifen Tanninen, wohlig und rund, ein Hauch Marzipan, fruchtig mit Blutorangentouch, auch etwas Malzkaffe, klassisch und ehrlich.

★★ S €€ PN
2016 Pinot Noir + Schwarzkirschen und Schlehdornduft; etwas blättrige Kräuterwürze, straffer, elegant verhaltener Körper, feine fruchtig-röstigen Tannine, etwas Erdbeeren, dunkle Schokolade und schwarzer Tabak, leicht adstringierender Früchtetee, bisschen Preiselbeeren, individuell, fruchtig-kernig im mittleren Abgang.

Weingut
Gschweicher

Bernhard Gschweicher
3743 Röschitz, Winzerstraße 29
Tel. +43 2984 3800, Fax -4, Mobil +43 664 765 26 52
office@gschweicher.at, www.gschweicher.at
13 Hektar, W/R 100/0

Die besten Weingüter des Retzerlandes sind für ihre feingliedrigen Weine bekannt, worin sich immer die unterschiedlichen Bodenformationen und das spezielle Kleinklima widerspiegeln. Die Weinbaugemeinde Röschitz hat eine Vielzahl sehr guter Winzer. Ein Leitbetrieb, der mit seiner aktuellen Weinserie das erwartet hohe Qualitätsniveau wieder bestätigen konnte, ist das Weingut Gschweicher. Aktuell werden sechs unterschiedliche Grüne Veltliner aus dem Jahre 2020 angeboten, die in allen Gewichtsklassen die Vorzüge des aktuellen Jahrgangs herausstreichen. Mit dem Sauvignon Blanc und dem Grauburgunder zeigt Bernhard Gschweicher, dass auch diese beiden Rebsorten perfekt nach Röschitz passen. Zwei wunderschöne Preis-Leistungs-Weine, die auch als Speisenbegleiter universell eingesetzt werden können. *gh*

WEINVIERTEL DAC

★★★ **S € GV** PLV
2020 Grüner Veltliner GrooVee + Feine Kräuterwürze, gelbfruchtig, saftig-knackige Apfelaromen, frisch gemahlener Pfeffer, elegant, einladend, rosa Grapefruit, ziseliert, macht Freude auf den ersten Schluck; Würze und Frucht in wunderschöner Harmonie, das Thema perfekt getroffen, archetypischer Veltliner, frischer Pfeffer im lebendigen Nachhall.

★★★★★ **S €€ GV** TOP
2020 Grüner Veltliner Ried Kellerberg Reserve + Kraftvoll, dicht, hochreif, Fruchtkorb, Steinobstnoten, exotische Früchte, Hawaii-Ananas, passende, dunkle Zitrusaromen, Kräuterwürze; kann auf dem Gaumen noch weiter zulegen, toller Löss-Veltliner, saftig, wieder viel Würze, akzentuierte Pfeffernoten, angenehme Frucht- und Extraktsüße, sehr gute Persistenz.

NIEDERÖSTERREICH

★★★ **S €€ GV**
2020 Grüner Veltliner Ried Galgenberg + Feine Löss-Würze, viel Sorte, gelber Apfel, Birnenanklänge, rosa Grapefruit, stimmig und einladend; zeigt viel Frische, Zitrusnoten, Zitronen- und Orangenzesten, Kumquat, recht saftig, sehr guter Trinkfluss, klingt mit Marillennoten fruchtbetont aus.

★★★ **S €€ GV**
2020 Grüner Veltliner Ried Königsberg + Elegante, kühle Fruchtausprägung, feine Kräuterwürze, positiv vom Verwitterungsgranit geprägt, bereits gut entwickelt; mineralische Noten, blitzsaubere rosa Grapefruit, saftig, zeigt einige Finesse, wunderschöne pfeffrige Noten im leicht salzigen, anhaltenden Abgang.

★★★★ **S €€€ GV** TIPP
2020 Primary rocks Grüner Veltliner Ried Reipersberg + Hochfeine, sortentypische Fruchtnoten, Eleganz pur, super Kräuterwürze, lebendige, saftige rosa Grapefruit, bereits im Duft vielschichtig und gleich ansprechend; viel Tiefgang, wunderschöne Balance zwischen Frucht und Würze, strukturiert, alles blitzsauber ausgeprägt, Sorten- und Lagencharakter immer erkennbar, langer und richtig animierender Abgang.

★★★ **S €€ RI**
2020 Riesling Ried Reipersberg + Kühle Fruchtausprägung, nasser Stein, mineralische Anmutung, straff, Frucht schwingt elegant mit, Würzeschleier, angenehme Zitrusnoten; zeigt auch auf dem Gaumen seine Herkunft, positiver Bodenton, animierende Säurestruktur, saftiger Weingartenpfirsich, reife Marille, noch sehr jugendlich, vermittelt Trinkvergnügen.

★★ **S € CH**
2020 Chardonnay + Feiner Duft, Blütenaromen, Frühlingswiese, Frucht dezent im Hintergrund, mit Luft Birnenanklänge; leichtfüßig, Zitruszesten, gelbe Grapefruit, frischer Sommerwein.

★★★ **S €€ SB** FUN
2020 Sauvignon Blanc Ried Reipersberg + Sortentypische, unaufdringliche vegetabile Noten, grüner und gelber Paprika, etwas eingelegte Pfefferoni, mit Luft spielt sich die Frucht frei, Cassis und Jostabeere, Zitrusnoten schwingen mit; lebendig, animierend, Orangenzesten, Stachelbeere, saftig, frische Säure, ganz großes Trinkvergnügen, zart salzig mit feiner rosa Grapefruit im Nachhall.

★★★ **S €€ PG**
2020 Grauer Burgunder Ried Gebirg + Kräuterwürze und fruchtige Aspekte in harmonischer Ausprägung, füllig, burgundisch, bleibt immer elegant, dunkle Zitrusnoten ergänzen den Gesamteindruck; Frische pur, animierende rosa Grapefruit, feine Veltliner-Assoziationen schwingen mit, macht richtig Spaß, als Speisenbegleiter universell einsetzbar.

Weingut
Hagn

Leopold & Wolfgang Hagn
2024 Mailberg, Hauptstraße 154
Tel. +43 2943 2256, Fax -72
info@hagn-weingut.at, www.hagn-weingut.at
50 Hektar, W/R 70/30

Wolfgang Hagn erwartet sich vom 2020er-Jahrgang durchaus „Weine mit Potenzial“. Natürlich war es weit kühler als sonst, durch die deutliche Reduktion im Weingarten haben die Weine aber ideale Extraktwerte und eine „extrem harmonische Frucht-Säure-Bindung“, außerdem präsentieren sie sich deutlich würziger. Hauptaugenmerk liegt hier ganz klar bei den Veltlinern, von denen vor allem „Antlasbergen“ und „Hundschupfen“ schon anspruchsvolles Vergnügen bieten. Besonders deutlich sticht der „Green Hunter“ aufgrund des Jahrganges 2019 hervor, der Biowein entstammt einem neuen 500-Liter-Fass und vermittelt vielschichtig burgundischen Eindruck. Der Sauvignon ist wie schon im Vorjahr wieder sehr expressiv, der Muskateller steht dem in seiner pfiffigen Erscheinung nur wenig nach. Fast überbordend im Fruchtausdruck zeigt sich auch der Zweigelt als erster Bote der roten 20er. Viel Wein fürs Geld gibt es in Form der witzigen Kombination „Komptur“, ein starkes Stück ist der Bordeaux-Blend „Colloredo“. *db*

WEINVIERTEL DAC

★★ **S €€ GV**
2020 Grüner Veltliner Classic + Würzig, recht pfeffrig, rote reife Äpfel; gute Substanz, lebendige Säure, herzhafter Grip, gute Länge.

★★★ **S €€€ GV** TIPP
2019 Green Hunter Reserve Bio + Röstig, etwas Süße vom Holz, kerniger Fruchtausdruck, appetitliche Würze, Tabak, getrocknete Kräuter; Holz steht dem süßen Eindruck als feine Herbe entgegen, von Herkunft und Ausbau geprägt, Frucht noch im Entstehen, vielschichtig, dabei ernsthaft mit sehr guter Länge.

NIEDERÖSTERREICH

★★ **S € WR**
2020 Welschriesling + Zart süßer Blütenduft, knackig grüner Apfel, ein Spritzer Zitronensaft; anregendes Säurespiel, festes Steinobst, erfreuliche Länge.

★★ **S €€ GV**
2020 Grüner Veltliner Filius + Frisch und unbeschwert, zartes Pfefferl, limettenduftig; läuft beschwingt über den Gaumen, freundlicher Sommerbegleiter.

★★ **S € GV**
2020 Grüner Veltliner Federflug + Würzebetont mit etwas Apfelfrucht im Gefolge; hübsches Pfefferl, bringt einige Substanz, unkomplizierter Zechgenuss.

★★★ **S €€ GV** FUN
2020 Grüner Veltliner Ried Antlasbergen + Bunter Obstsalat mit Zitrone beträufelt, erfrischend und vielfältig, Prise Pfeffer; gutes Volumen, Spiel zwischen Frucht und Würze, dezente Fruchtsüße, appetitliche Säure, hübsche Länge.

★★★ **S €€ GV**
2020 Grüner Veltliner Ried Hundschupfen + Sehr würzig, ein paar Kräuter, Südfruchtallerlei; präsente Säure und auch Kohlensäure unterstützen unbeschwertes Weinviertler Feeling, schon recht trinkanimierend, gute Statur.

★★ **S €€ CH**
2020 Chardonnay Classic + Zarte Steinobstfrucht, auch Trockenaromen, hübsche Blütenvielfalt; Säure bringt das Steinobst zum Klingen, fruchtsüße Länge, mineralischer Grip im Finale.

★★★ **S €€ SB** FUN
2020 Sauvignon Blanc + Gequetschte Brennnesseln, Holunder- und Johannisbeerblätter, frischer Grasschnitt, grüne und rote Paprika, auch dunkle Frucht, sehr zischig; auf dem Gaumen Cassis und weitere Brennnesseln, etwas Gerbstoff hindert die Frucht am Ausufern, frech und süffig.

★★ **S €€ GM**
2020 Gelber Muskateller + Intensive, traubige Muskatnoten, Litschis, Holunderblüten, etwas knackiges Steinobst; pfiffige Erscheinung, guter Sortentreffer, feiner Sommerwein.

★★ **S €€ ZW** FUN
2020 Zweigelt + Würzig, expressiver Weichsel-Brombeer-Duft, deutlicher Holzabdruck; seidige Gerbstoffe, kecke Säure spült viel rotbeerige Frucht frei, etwas ätherisch, Teer, appetitliche Frucht-Holz-Kombination, extrem süffiger Sommerroter.

★★★ **D €€ CR** TIPP
2018 Komptur + (PN/ME) Pinot gibt die Finesse vor, Merlot sorgt für dunkle Untermalung, dezenter Holzeinsatz, etwas Teer, Unterholz, geknickte Tannenzweige; mächtiger Körper hütet viel dunkle Frucht, Cassis und Brombeere, Rosmarin, Thymian, Pinot bringt mit appetitlicher Säure beschwingtes Leben in den Wein, sehr gute Länge.

★★★ **D €€€ CR**
2018 Colloredo + (CS/ME) Fruchtsüße, tiefdunkle Beerenaromatik, behutsamer Holzeinsatz, mediterrane Kräutervielfalt; zieht geschmeidig über den Gaumen, kleiner Zuckerrest (4) sorgt für zusätzliche Schmierung, Noten nach dunkler Beerenschokolade, Kaffee, griffige Gerbstoffe, fruchtgefüllte Länge.

NEU

Weingut
Familie Hahn

Paul Hahn
2223 Hohenruppersdorf, Marktplatz 13
Tel. +43 2574 8296
verkauf@weinguthahn.at, www.weinguthahn.at
20 Hektar, W/R 60/40, 100.000 Flaschen/Jahr

Schon seit 1995 führt Paul Hahn Jr. in 13. Generation das bereits 1638 gegründete Familienweingut in Hohenruppersdorf, das zweifellos zu den renommiertesten Gemeinden im östlichen Weinviertel zählt. Der Winzer hat im Lauf der Jahre die Rebflächen erweitert, und mittlerweile umfasst der Betrieb 20 Hektar Rebfläche.

In Sachen Sorten ist man durchaus breit aufgestellt, wobei traditionellen Weißweinsorten wie Grüner Veltliner, Welschriesling und Weißburgunder (Pinot Blanc) viel Platz eingeräumt wird, dazu hat man sich aber auch schon vor längerer Zeit den Aromasorten Riesling, Sauvignon Blanc und Muskateller intensiv gewidmet; abgerundet wird die Weißweinpalette durch einen Gemischten Satz. In dem mit viel Engagement betriebenen Rotweinbereich vertraut man auf einen Mix aus heimischen Klassikern wie Zweigelt und Blauburger, die durch die französischen Sorten Merlot, Cabernet Sauvignon, Syrah und Pinot Noir ergänzt werden.

Im Weingarten vertraut man auf schonenden Rebschnitt, kontrollierte integrierte Produktion (KIP) mit natürlicher Weingartenbegrünung und Verzicht auf Herbizide und Insektizide sowie auf Düngemittel. Als qualitative Maßnahmen stehen Laubarbeit, Ertragsbeschränkung sowie entsprechende Traubenselektion im Mittelpunkt. Die ganzen Trauben werden schonend gepresst und danach vergoren. Im Rotweinbereich erfolgt die Reifung mit biologischem Säureabbau in Eichenfässern. *psch*

WEINVIERTEL DAC

★★ S €€ GV
2020 Grüner Veltliner Klassik + Kühl, sortentypisch, grüne Äpfel und grüne Hülsenfrüchte, etwas pfeffrige Noten, aromatischer Hauch, Zitrus, duftig, expressiv; sehr schlank mit prägnanter Zitrusfrucht und rassiger Säure, Kräuternoten, nervig, direkt, mittleres Finish.

★★ S €€ GV
2020 Grüner Veltliner Ried Gaisrupp + Recht pikante Nase mit heller Aromatik, viel Zitrus, Limetten, Kamille, etwas Kernobst, recht pfiffig mit pikanter Würze, cremiger Hauch; kräftig, kernig, rassig, viele Grapefruits, etwas spritzig, mittlere Substanz, straff, zartherb, direkt, recht kompakt.

★★★ S €€€€ GV
2019 Grüner Veltliner Große Reserve + Rauchig und würzig, Tabaknoten, auch nussig, die Frucht noch etwas zurückhaltend, Lagerapfel, gewisse Würze, leicht mollig; kraftvoll, leicht cremiger Fruchtschmelz, gelbe Früchte, Maisbrot, Müsli, bisschen Malz, kraftvoll und ruppig, lang.

NIEDERÖSTERREICH

★★★ S €€ RI FUN
2020 Riesling + Etwas pikante Nase nach Marillen und Orangenschalen, bisschen weißbrotige Würze, reife Ringlotten; knackig, ungemein saftiges Entrée, passendes Verhältnis zwischen Rasse und Fruchtsüße, viel Zitrus, auch wieder Marillen, spritzig, zartherb, fest, mittellang.

★★ S €€ PB
2020 Pinot Blanc + Aromatische Nase nach süßen Äpfeln und Apfeldrops, recht expressiv und voll, aber eher an der Oberfläche, bisschen Birnen auch; ziemlich saftiges Fruchtentree, im Verlauf zunehmende Gerbstoffbegleitung, fest, kernig, viel Kernobst, herb, hinten rassiger mittleres Finish.

★★★ S €€€ PB TIPP
2019 Pinot Blanc Exklusiv + Anfangs zurückhaltende Nase, etwas Biskuit, dezente Frucht, bisschen traubig, weiße Blüten, recht elegant, süße Zitrus, Mandelblüten; voller Saft und Kraft, gut strukturiert, pointiert, kernig, guter Biss, kompakt und relativ lang, gelungen, knapp am 4. Stern.

★★ K €€ ZW
2018 Zweigelt Exklusiv + Rauchig und würzig, Unterholz, etwas cremige Frucht nach Schlehen und getrockneten Kirschen, warm und füllig, ölig, rauchig; leichter bis mittlerer Körper, eher rotfruchtige Noten, zeigt schon gewisse Entwicklung, zugänglich, etwas trocken, mittleres Finish.

★★★ K €€€€ CR FUN
2018 Hahn 1 Exklusiv + (ME/CS) Ziemlich mollige Fruchtnase nach Waldbeeren mit viel Cassis, balsamisch, reif, auch Erdbeeren, offenherzig, weich, zimtig, vanillig; schmalzig, lebhafte Frucht, zeigt aber auch schon Trinkreife, saftig, gute Dichte, mittellang.

★★★ K €€€ CR
2017 Mela Rossa Exklusiv Nr. 20 Cuvée + Recht würzige Nase nach vollreifen und überreifen Waldbeeren, Johannisbeeren, recht viel Vanille, Plumpudding, füllig; mittelkräftig, reife rote Waldbeeren, gewisse Reife, recht saftig und recht gute Struktur, mittleres Spiel und Abgang.

NEU

Weingut
Haindl-Erlacher

Romana & Walter Erlacher
2120 Wolkersdorf im Weinviertel, Johannesgasse 20
Tel. +43 2245 2372
info@weingut-erlacher.at, www.weingut-erlacher.at
16 Hektar, W/R 80/20

Seit vielen Generationen ist das Weingut in Familienbesitz. 2004 haben die Agrarökonomin Romana Haindl und der steirische Biotechnologe Walter Erlacher den Betrieb übernommen, seither machen sie „Weine mit Ausdruck, die Eindruck hinterlassen". Erstes Projekt war der NEUB.EGINN, ein quasi wiederbelebter Neuburger, der auch heuer wieder großes Trinkvergnügen bietet, außerdem ist er ein Preis-Genuss-Hit wie alle Weine des Hauses. Die 16 Hektar Reben sind auf Lehm-Löss-Böden in und um Wolkersdorf verstreut. In der Ried Stixenkreuter stehen über 70 Jahre alte Veltliner-Reben, dort liegt jedoch auch der jüngste Weingarten. In Hinblick auf den Klimawandel wurden in diesem die unterschiedlichsten Sorten auf die Felsenrebe veredelt, wodurch sie widerstandsfähiger gegen Hitze und Trockenheit sind. Als Gemischter Satz gedacht, wurde heuer der Viognier zum zweiten Mal separat verarbeitet und zeigt sein wunderschönes Sortenprofil. Der DAC ist ein klassisch pfeffriger Weinviertler, beim Stixenkreuter besticht die vielfarbige Apfelfrucht, bei den Alten Reben gesellen sich noch aromatische Südfrüchte hinzu. Die Ried Ochsleiten ist die steilste Lage nicht nur im Weingut, mit herrlichem Blick auf Wien. Von dort kommt ein wunderschöner Pinot Blanc, der einen langen Anlauf benötigt. Der Sauvignon Blanc Wildwuchs wird normal geschnitten und angebunden und dann im Sommer sich selbst überlassen, die beschatteten Trauben unterstützen den prägnanten Sortenausdruck. *db*

WEINVIERTEL DAC

★★★ **S € GV**
2020 Grüner Veltliner + Reife Äpfel, Birne, Zuckermelone, vielschichtig und verlockend; löst alle Versprechen ein, Kohlensäure schaufelt zusätzlich Frucht frei, lang anhaltend, ein Vergnügen.

NIEDERÖSTERREICH

★★ **S € WR**
2020 Leichtsinn + Etwas kühler, sonst nah am Vorjahr, duftig, Kräuter, grüner Apfel, ein Pfirsichsorbet, und auch das Pfefferl ist wieder da; knackig bei guter Substanz, unbeschwerter Sommerbegleiter.

★★★ **S € GV** FUN
2020 Grüner Veltliner Ried Stixenkreuter + Einladend mit guter Substanz, klassisches Pfefferl; auf dem Gaumen noch mehr Frucht und noch mehr Pfeffer, animierende Säure, jede Menge Frucht im Abgang.

★★★ **S €€ GV**
2020 Grüner Veltliner Alte Reben + Blutorangen, Mandarinen, Grapefruit, weißer Pfeffer; fruchtsüß, viel Kernobst gesellt sich dazu, peppige Säure, etwas mineralisch, ernsthaft, füllig, extraktsüß, viel Wein fürs Geld.

★★★ **S € NB** TIPP
2020 NEUB.EGINN + Zitrusduftig, auch Zesten, frisch, hell, eine Prise Pfeffer; gute Substanz, erstaunliche Säure schwemmt sehr viel Frucht auf die Papillen, Steinobst, Südfrüchte und knackig gelbe Äpfel, etwas karamellisierte Frucht im Ausklang.

★★★ **S € PB**
2020 Pinot Blanc Ried Ochsleiten + Hübsche Kräuterwürze, reife Zitrusnoten, dann Kernobstfrucht, frisch und anziehend; kecke Säure, Kohlensäure und etwas Gerbstoff sorgen für Spannung, kleidet den Mund aus, guter Ansatz.

★★★ **S € SB** FUN
2020 Sauvignon Blanc Wildwuchs + Braucht ein bisschen Luft zur Beruhigung, prägnanter Sortenausdruck, nicht direkt laut, aber präsent, vegetabil-würzig, Senfsaat, grüne Paprika und Ölpfefferoni, langsam schmiegt sich etwas Fruchtsüße dazu, bricht das Übermaß; ruhiger und dunkler auf dem Gaumen, Cassis und rote Paprika, kleidet den Mund vollständig aus, pfeffrig, wird eleganter, Gerbstoffgespinst, sehr schöne Länge mit überraschendem Pfirsicharoma als Zugabe.

★★ **S € ZW**
2020 Rosé vom Zweigelt + Einladend duftig, Kirschfrucht, rote Beeren inklusive ein paar Walderdbeeren; etwas Gerbstoff sorgt für Halt und lange Haftung, kecke Säure, gute Länge, unkomplizierter, fruchtfreundlicher Begleiter.

ÖSTERREICH

★★★ **S €€ VI** TIPP
2020 Viognier + Intensiv duftig, ein Sorbet aus hochreifen Pfirsichen und Marillen als Kopfnote, dann dunklere Kernobstfrucht, angedeutete Fruchtsüße; vielschichtiger Fruchtausdruck, Orangenschale, mineralisches Gerüst, das im Finish noch einmal rau aufscheint, recht trocken, dabei fruchtsüß und entgegenkommend.

Weingut
Hindler

Karl Hindler
2073 Schrattenthal 13
Tel. +43 2946 8228, Mobil +43 664 500 07 27
info@weingut-hindler.at, www.weingut-hindler.at
21 Hektar, W/R 70/30

„2020 war ein erholsames Jahr für die Natur", beginnt Rosi Hindler ihren Rückblick. Die Niederschläge waren ausreichend, sie sorgten für die „starke klassische Note" in den Weinen mit Aussicht auf lange Haltbarkeit. Seit ein paar Jahren arbeiten die Hindlers verstärkt in Richtung biologischer Bewirtschaftung. Drei geologische Formationen bilden die Grundlage für die sortentypischen und doch individuellen Weine – Löss, Muschelkalk und Granitverwitterung (Urgestein), darüber hinaus stammen sie teilweise von sehr alten Stöcken. Die Verkostung des aktuellen Sortiments hat durch die Bank sehr viel Freude bereitet, und man möchte fast jeden Wein mit einem Attribut versehen. Wir sollen aber nicht urassen, und so sei das konsumfreundliche Preis-Genuss-Verhältnis im Besonderen hervorgehoben. Ist der Veltliner vom Löss ein herrlich süffiger Botschafter des Gebiets, so kann der Ried Steinperz den geneigten Feinspitz über Tage mit neuen Aspekten erfreuen, was sich am besten mit einer Übernachtung im Kellerstöckl-Ferienappartement verbinden lässt. Die Reserve vom Öhlberg ist schon recht süffig, Frucht, Holz und Urgestein ringen noch um ein harmonisches Miteinander. Frühroter Veltliner und Neuburger sind reinsortig in dieser Qualität nur mehr selten anzutreffen, Letzterer stammt vom Verwitterungsgranit und teils uralten Reben. Der halbtrockene Riesling gefällt in seiner etwas barocken Anmutung. Der Chardonnay Muschelkalk ist in Fruchtausdruck und Ansprechbarkeit recht nah am Vorjahr, die Reserve aus dem Holz braucht noch Zeit. Mit kecker Säure unterstreicht der Sauvignon den klassischen Sortenauftritt. Wieder recht kaffeeröstig zeigt der Merlot extraktreiches Fruchtspiel. Hinter dem straffen Erscheinungsbild der Hüttenberg Reserve zeichnet sich große Fruchtfülle ab. *db*

WEINVIERTEL DAC

★★★ S € GV FUN
2020 Grüner Veltliner Löss + Zitruszischig, feinwürzig, knackiges Kernobst; herrliches Apfelspiel, reif, saftig, gelb und rot, gute Fülle, klassisches Pfefferl, erfreuliche Länge.

★★★ S €€ GV TIPP
2020 Ried Steinperz Grüner Veltliner Urgestein + Reife Frucht, getrocknete Kräuter, Quitte, etwas Himbeerduft, ein Hauch Weihrauch; fruchtsüße Fülle, Urgestein sorgt für Spannung, sehr guter Ansatz.

★★★★ S €€ GV TIPP
2019 Ried Öhlberg Grüner Veltliner Reserve + Gute Verbindung von Frucht und Holz, herbstlich aufgelegt mit Anklängen von Nüssen, Zimt, reifen Äpfeln; frucht- und holzsüß, kalkig-fester Grip von Holz und Urgestein, Potenzial.

NIEDERÖSTERREICH

★★★ S €€ NB TIPP
2020 Ried Kreuzberg Neuburger + Wow, kräftiger Einsatz, fein schmelzend mit viel Steinobst, frischen Kräutern, Trockenobstaromen; läuft mächtig weiter, fruchtsüße Aromen von getrockneten Marillen, Apfelspalten, zur Erfrischung etwas helles Beerenobst, gelungene Sortenrarität.

★★★ S €€ RI FUN
2019 Ried Kalvarienberg Riesling halbtrocken (10) + Reich mit viel reifem Steinobst, Marille, Pfirsich, Blätterteig, straffe Ahnung vom Boden (Urgestein); hübsches Süße-Säure-Spiel, getrocknete Marillen im Ausklang, verspielt.

★★★ S €€ CH
2020 Chardonnay Vom Muschelkalk + Reife, reiche Frucht macht ordentlich Druck, Bananenchips, Ananas, etliche Kräuter; fester Körper mit feinem Schmelz und belebender Säure als Gegenpart, cremige Nuancen, gute Länge.

★★★ S €€ CH
2019 Chardonnay Reserve + Resches Hefegebäck, cremig gefüllt, Banane, Ananas, reifes Steinobst; Holz bleibt führend, über Gerbstoff und festen Grip vom Muschelkalk auf dem Gaumen momentan mehr Ausdruck als im Duft.

★★★ S €€ SB FUN
2020 Sauvignon Blanc Classic + Klassisch, helle Würze, Holunderblüten, grüne Paprika; setzt sich mit gutem Zug fort, fruchtsüß, stimmig mit guter Länge und viel Sortenflair im Finish, kecke, erfrischende Säure.

★★ K €€ ME
2019 Merlot Reserve + Viel dunkle Frucht, Zwetschkenröster; fruchtiger Beerencocktail, extraktreiche Frucht, schönes Spiel, Beeren tragen lange.

★★★ K €€ CR FUN
2018 Ried Hüttenberg Reserve + (ZW/ME/CS) Zwetschke, Kräuter, hübsche Würze; dunkle Ganache mit feiner Beerenvielfalt, Gerbstoff ist noch präsent, auch die Säure redet ein Wort mit, zeigt gutes Volumen, braucht Zeit und viel Luft.

Weingut **Hirtl**

Martin Hirtl
2170 Poysdorf, Brunngasse 72
Mobil +43 699 140 006 11
office@weingut-hirtl.at, www.weingut-hirtl.at
25 Hektar, W/R 75/25

Um ausdrucksstark niveauvolle Weine zu keltern, legen Andrea und Martin Hirtl besonderen Wert auf nachhaltige Weingartenarbeit. Die hier verwendeten Mittel gegen Schädlinge sind der Natur entnommen. Die naturnahe Bodenbearbeitung ist Basis für die charaktervollen Weine im typischen Weinviertel-Stil. So wird derzeit eine Versuchsreihe mit Dr. Wilfried Hartl vom Team „Bio Forschung Austria" durchgeführt.
Diese Bemühungen entspringen der Philosophie, langlebige Weine mit Sortentypizität und klarem Herkunftscharakter zu keltern, die auch hohen Trinkspaß bereiten, wie die Hauptsorte Grüner Veltliner. Den Erfolg dieser Philosophie beweisen zahlreiche nationale und internationale Spitzenplatzierungen. Mit der Wahl zum „Hauptstadtwein 2020" oder der Kür des „Weinviertel DAC Kirchberg 2020" zum Botschafter der niederösterreichischen Landeshauptstadt schrieben die Hirtls ein weiteres Kapitel in der bisherigen Erfolgsstory. *kk*

WEINVIERTEL DAC

★★★ **S € GV** PLV
2020 Grüner Veltliner Ried Kirchberg + Pikanter Steinobstduft; saftig und animierend, reife Agrumen-Zesten in fruchtiger Säure, etwas vegetabil, elegant und perfekt ausgewogen, zarte Mineralikspur im zitrusgeprägten Abgang.

★★ **S € GV**
2020 Grüner Veltliner Franz + Gelbfruchtiges Kernobstbukett; samtig frisch, Pfirsichbowle mit Waldmeister, reife Grapefruitsäure, solider Körper, etwas rosa Pfeffer und würzig-weiche Küchenkräuter im geschmeidigen Finish.

★★★ **S €€ GV**
2020 Grüner Veltliner Ried Waldberg + Pfirsichblütenduft; bisschen Exotik, klassisch und spannend durch beschwingte Säure frischer Limetten, straff und solide, saftig und edel im langen Finale.

NIEDERÖSTERREICH

★★ **S € GV**
2020 Grüner Veltliner Classic + Feiner Apfelduft; gelbe Paprikaschoten, schwungvolle Säure reifer Grapefruits, zarte Kräuterwürze, weißer Pfeffer, schwungvoll mit saftiger Substanz.

★★★ **S €€ GV** TIPP
2020 Grüner Veltliner Ried Bürsting + Samtige Exotik; charmant fruchtsüße Ananas und Marillen, etwas Zitronenmelisse, reife Säure im kompakten Körper, süßer Tabak, elegant und dicht, auch floral, feine Mineralik im pfeffrig-würzigen Finale.

★★ **S € WR**
2020 Welschriesling Classic + Duftige Honigblüten; Klee und Heu, saftige Säure zu pikanter Fruchtsüße, Kompott gelber Äpfel, unterlegt mit Wiesenwürze und mit hoher Typizität.

★★ **S € GM** FUN
2020 Gelber Muskateller + Macis-Blüten-Bukett; muskattraubig mit Holunder und Kräuterwürze, etwas Piment, elegante Säure nach Limetten, bisschen Mandarinenschalen, lebhaft frischer Trinkfluss, idealer Sommerwein.

★★ **S €€ RI**
2019 Riesling Selection + Duftender Steinobstkorb; vollreif saftiger Fruchtdruck, Marillenröster mit Pfirsichgelee, fruchtige Säure von Ananas und Physalis, facettenreiche tropische Früchte, Mineralik strafft die Fruchtsüße, geschmeidiger Hauch roter Beeren im sehr lang anhaltenden Finale.

★★★ **S €€ WB** TIPP
2020 Weißburgunder Exklusiv + Gelbe Honigblüten; Ringlotten mit zartem Malzton, gelbe Äpfel und frisch gebackene Biskotten, kerniger Körper und fruchtige Zitrussäure, bisschen gelbe Blütenblätter, glockenklar und elegant im animierenden Abgang.

★★ **S €€ CH**
2020 Chardonnay Exklusiv + Mandarinen und gelbe Äpfel; ein Hauch Banane und helles Malz, samtig weich auf dem Gaumen, zart röstige Haselnuss, etwas Nougat mit Kumquats in der eingebundenen Säure, standfest in sich ruhend, ausgeglichen und sympathisch.

★★ **S € ME**
2020 Rosé + Eleganter Waldbeerenduft; charmant und saftig auf dem Gaumen, dazu Spuren feiner Würze nach frischen roten Paprikaschoten, Fruchtgelee mit munterer Säure, animierend in geschmeidiger Substanz, mit zart floralen Noten im erfrischenden Finish.

★★★ **S €€ ZW** PLV
2019 Zweigelt Exklusiv + Dichter Kirsch-Weichselduft; fleischig, extraktreich und fest, mit reifen feinkörnigen Tanninen, ein Hauch Orange, fruchtige Säure roter Waldbeeren, zartherb nach Mandelblüten und dunkler Schokolade, stimmig abgerundet.

Weingut
Hofbauer-Schmidt

Johannes Hofbauer-Schmidt
3472 Hohenwarth, Hauptstraße 54
Tel. +43 2957 221
weingut@hofbauer-schmidt.at, www.hofbauer-schmidt.at
25 Hektar, W/R 93/7

Die gemeinsame Leidenschaft von Petra, Leopold und Johannes gehört ganz ihrem Familienweingut in Hohenwarth, dem „Dreiländereck" der Weinbaugebiete Weinviertel, Wagram und Kamptal. Ein Traditionsbetrieb, bei dem die Liebe zum Wein bereits seit acht Generationen besteht. Hier wird auf nachhaltigen Weinbau durch schonenden und gefühlvollen Umgang mit der Natur gesetzt. So wurde das Weingut 2019 als „NACHHALTIG AUSTRIA" zertifiziert, dem Sohn Johannes wurde als einem der erfolgreichsten Jungwinzer Österreichs der Titel „VINEUS Newcomer Winzer des Jahres 2018" verliehen.
Auch in den jüngsten herausfordernden Monaten stand das Traditionsweingut nicht still. So nutzte man die Zeit für einen Kellerzubau und dazu, den bestehenden Gewölbekeller zu revitalisieren und mit neuen Weintanks auszustatten. Auch wurde in der Riede Hochstrass die Roter-Veltliner-Fläche durch einen neuen Weingarten erweitert. *kk*

WEINVIERTEL DAC

★★ S € GV FUN
2020 Grüner Veltliner klassik + Saftige Granny Smiths; beschwingte Steinobstaromen und grüne Bananen, fruchtig und unbeschwert, kühle Grapefruits in lebendiger Säure, geradlinig und klar.

★★★ S €€ GV
2020 Grüner Veltliner Ried Hochstrass + Vornehmer Apfelduft; gefühlvoll mit saftiger Säure rosa Grapefruits, Sternfrucht und bisschen Exotik, etwas Mineralik und zart vegetabile grüne Walnüsse, elegant mit feingliedriger Typizität.

★★★★ S €€ GV PLV
2019 Grüner Veltliner Reserve Alte Reben + Nobler Früchtekorb; komplex von Quitten bis Honigmelonen, Mandelblüten und Kamille, feines Backwerk dazu, elegante Säure von Orangenzesten, tropische Nuancen, strahlt Kraft und Harmonie aus, mineralische Einschlüsse, Küchenkräuter und weißer Pfeffer im Nachhall.

★★★★ S €€ GV TIPP
2019 Grüner Veltliner Reserve Ried Kellerberg + Saftige Melonenbowle; elegant gelbfruchtig mit Honigblüten, geröstete Nüsse und Karamell, belebende Säure mit Ananas, pikant reife Zitronen, spannend und langlebig strukturiert, mineralische Spuren im Abgang.

NIEDERÖSTERREICH

★★ S € GV FUN
2020 Grüner Veltliner leicht & fruchtig + Duftiges Kernobst; junge Birnen, schwungvoll und frisch, rosa Grapefruits und saftige Limetten, ein animierender Terrassenwein.

★★ S € RV
2020 Roter Veltliner klassik + Quitten- Honigmelonenduft; Hagebutten und Rosinenkuchen, saftig-würzig, feinnervige Säure reifer Mandarinen, Mandel- und Kirschblüten, geschmeidig im Finish.

★★ S € WB PLV
2020 Weissburgunder klassik + Duftige Heublumen; Apfelmelange mit griffiger Limettensäure, pikante Kräuterwürze, schwungvoll und spannend, Haselnüsse und Zitronenmelisse, ein belebender Speisenbegleiter.

★★★ S €€ SB
2020 Sauvignon Blanc Ried Mühlweg + Saftig grünschotig; lebhaft und keck, Tomatenblätter und Holunderblüten, auch Cassis, kühle Peperoni in pikanter Würzigkeit, rassige Säure in straffer Struktur, munter und schwungvoll im Finale.

★★ S €€ SI
2020 Grüner Sylvaner Ried End des Berges + Reifer Johannisbeerduft; Quittengelee und Winterbirnen, Confit gelber Äpfel in vitaler Säure, würzige Melisse, ein Hauch Holunderblüten und hohe Pikanz im Finish.

★★★ S €€ RV
2020 Roter Veltliner Ried Hochstrass + Elegantes Ringlotten-Bukett; Mandelgebäck und Orangen-Confit, munterer Säuregrip mit tropischem Flair, extraktreich und dicht mit geschmeidigen Karamellnoten im Rückaroma.

★★★★ S €€ RV PLV
2019 Roter Veltliner Alte Reben + Duftige Birnen; saftig und cremig, extraktsüß mit noblem Fruchtschmelz, elegant spannende Kumquat-Säure, auch kandierte Mandelblüten, Kornelkirschen und Bischofsbrot, mit mineralischen Einschlüssen, feinwürzig roter Pfeffer und Melisse im langen Nachhall.

★★★ S €€ RI PLV
2019 Riesling Alte Reben Ried Ziersdorfer Köhlberg + Saftiger Marillenröster; fruchtiges Steinobst, tropische Nuancen, extraktreich mit mineralisch-erdigen Einschlüssen, Zitronenmelisse in stahliger Säure verbindet Frucht mit Kräuterwürze, solide und erdverbunden, bleibt lange schmelzig auf dem Gaumen.

BIO

Bio-Weingut
HuM Hofer

Hermann Hofer
2214 Auersthal, Neubaugasse 66
Tel. & Fax +43 2288 6561
office@weinguthofer.com, www.weinguthofer.com
24 Hektar, W/R 75/25, 120.000 Flaschen/Jahr

Hermann und Maria Hofer gehörten zu den Ersten, die sich dem biologischen Weinbau in Österreich verschrieben haben. Seit 1980 arbeiten sie biologisch, und bald wird die Umstellung auf die biodynamische Arbeitsweise abgeschlossen sein. Eine Begleiterscheinung dabei ist, dass sie ihren Weinen viel Zeit zum Reifen lassen, und so kamen etliche Fassproben zur Verkostung ins Haus. Die jetzt schon recht beeindruckende Weinviertel-Reserve z.B. wurde spontan vergoren und bleibt bis zur Füllung im nächsten Jahr auf der Hefe. Mit südlichem Flair und exotischen Verzierungen gefällt der Wein aus der Ried Freiberg in seiner eigenständigen Erscheinung. Der Welschriesling zeigt mit vielfältigem Fruchtspiel, was alles in dieser Sorte steckt. Der Muskateller braucht ein bisschen Luft zur Beruhigung, er bleibt ausdrucksstark mit anregender Länge. Spaß und Spannung verspricht der noch recht ruhig erscheinende Riesling. Rotweine wurden diesmal keine eingereicht, dafür kam eine hübsche Serie von „Ablegern" zur Begutachtung, die man sich bei einem Besuch im Heurigen auf jeden Fall einmal gönnen sollte. Ein weißgepresster Zweigelt überrascht mit großer Fruchtfülle. Sehr eigenständig erscheint der Rosé vom St. Laurent mit Anklängen an Rhabarberkuchen und Beerencreme. Die Fassprobe vom Zweigelt-Rosé hat den Transport leider nicht ganz überstanden, der feine Duft nach Himbeeren und Kirsche stimmt zuversichtlich. Die Cuvée aus der PiWi-Sorte Cabernet Carol (einer Kreuzung aus Cabernet Sauvignon und der weißen Solaris) und Zweigelt beweist, wie eigenständig und vielschichtig ein Rosé sein kann. *db*

WEINVIERTEL DAC

★★ S € GV
2020 Grüner Veltliner Ried Vogelsang Bockfließ + Zischig, freches Pfefferl, knackige, kühle Äpfel; resch mit herzhaftem Biss, etwas Zitrusfrucht und Steinobst kommen dazu, hübscher, unkomplizierter Geselle.

★★★ S €€ GV **TIPP**
2020 Grüner Veltliner Ried Kirchlissen Auersthal Reserve + Dunkelfruchtig, Klarapfel, Birne, frische Kräuter; fester Körper, voluminös, sehr guter Ansatz.

NIEDERÖSTERREICH

★★ S € GS
2020 Gemischter Satz + (FV/MT/GV/WR/GM/PB) Freundliche zitrusfrische Frucht, zarte Aromatik, Kohlensäure bringt Schwung, Mandarine, frisches Steinobst, gelungene Kombination, passt.

★★ S € WR
2020 Welschriesling Ried Herrnberg Bockfließ + Gelber und roter Apfel, feine Kräuternoten, ein bisschen karamellig, Schale von Orange und Grapefruit; fester Grip, knackige Säure, eigenständige, anspruchsvolle Erscheinung.

★★ S €€ GV
2020 Grüner Veltliner VdR (von den Rieden) + Gezimtetes Apfelkompott, würzig; resch zupackend, etwas Gerbstoff steht der Fruchtentfaltung noch im Weg, guter, vielschichtiger Ansatz, appetitliche Länge.

★★★ S €€ GV **FUN**
2020 Grüner Veltliner Ried Freiberg + Fast ein bisschen aromatisch, vegetabile Würze, sehr frisch; zum Kernobst gesellen sich südliche und exotische Spielereien, fester Grip, angenehme Fülle, herzhafte Säure, eigenständig.

★★ S €€ GM
2020 Gelber Muskateller + Von Kohlensäure forcierter Sortenauftritt, zeigt dann alles, was man am Muskateller mag, viel Zitrusfrucht, Zitronat-Zitrone, Bergamotte, Limette; knackige Säure, Macis-Blüte, ausdrucksstark, fordernd, anregende Länge.

★★★ S €€ RI **FUN**
2020 Riesling + Vielfältige Zitrusaromen, blütenduftig, Hauch Flieder; typische, pointierte Säure, weißfleischige Frucht, Weingartenpfirsich, braucht noch Zeit.

★★ S € ZW
2020 Weißer vom Zweigelt + Weiße Ribisel, Steinobst, Stachelbeere, ein Anflug von Waldbeeren; gutes Volumen, von etwas Restzucker gestützt, zarte Spur Gerbstoff, passende Länge.

★★ S € SL
2020 St. Laurent Rosé + Rhabarberkuchen, Beerencreme; auch von der Säurestruktur erinnert er an Rhabarber, eigenständig, sehr straff, etwas gerbstoffig, warten.

★★★ S € CR **TIPP**
2020 Rosé Cuvée + (Cabernet Carol/ZW) Rotgold, noch verhalten, aber recht adrett, Blutorangen, rote Ribisel, bisschen Weihrauch und etwas ledrig; wird mit Luft sehr spannend und vielschichtig, Orangennektar, moderater Gerbstoff, kecke Säure, fester Biss im Finish, auf jeden Fall einen Versuch wert.

NEU

Weingut
Jatschka

Sebastian Jatschka
2100 Stetten, Hauptstraße 47
weingut@jatschka.at, www.jatschka.at

6,5 Hektar, W/R 80/20, 35.000 Flaschen/Jahr

Angefangen hat alles vor rund 100 Jahren. 1922 hat Franz Jatschka seinen ersten Weinstock gepflanzt. Seither hat sich viel getan. Sebastian Jatschka ist in nunmehr dritter Generation für sieben Hektar Weingärten verantwortlich, von denen die Hälfte mit dem Pfeffer des Weinviertels, dem Grünen Veltliner, bestockt ist. Weil die Geschmäcker bekanntlich verschieden seien, sagt der junge Mann, gebe er sich aber nicht nur mit einer Sorte zufrieden. „Gemischter Satz, Riesling, Gelber Muskateller und unser Roter, der Zweigelt, haben einen fixen Platz auf unserer Weinkarte und runden das Sortiment ab." Seine Rolle als Weinmacher relativiert er bescheiden: „Die Natur ist unser Arbeitgeber, unsere Heimat und unsere Begeisterung. Die Natur und der Boden prägen unseren Wein." Dazu brauche es Feingefühl, und deshalb müsse er jeden Weinstock selbst in die Hand nehmen. Er legt großen Wert auf ein intaktes Ökosystem. In diesem Kontext ist das Projekt „Weinviertel-Kompost" zu sehen, das er gemeinsam mit anderen Winzern ins Leben gerufen hat, um aus biologischem Abfall einen hochwertigen Kompost zu gewinnen.

Zum Weingut gehört auch ein Buschenschank, im Herzen von Stetten am Kirchenberg gelegen. Die Ried Hundsleiten grenzt direkt an.

Die aktuelle Serie ist abwechslungsreich, die Weine sind auf eine zugängliche Weise herkunfts- und sortentypisch, der Grüne Veltliner spielt in unterschiedlichen Ausprägungen die erste Geige im Orchester der Familie Jatschka. Und die Preisgestaltung ist ausgesprochen fair, wäre noch zu ergänzen. *ww*

WEINVIERTEL DAC

★★★ **S € GV**
2020 Grüner Veltliner Ried Hundsleiten + Grünfruchtig, zarte Würze, animierend, tief im Glas Tannenzapfen und Fichtenharz; klare Frucht, angenehme Säure, mittleres Gewicht, im Abgang dezent würzig.

★★★ **S €€ GV** PLV
2020 Grüner Veltliner Himmelweg Reserve + Kompakt, Prise Pfeffer und getrocknete Kräuter, Gewürze; vielschichtig, Würze und Frucht, Schmelz, ausgewogen, kraftvoll, Lageräpfel und Lebkuchengewürz im Abgang und im langen Nachhall.

★★★★ **S €€ GV** TIPP
2019 Grüner Veltliner Himmelweg Reserve + Feingliedrig, nobel, würzig, Boden kommt durch, zarteste Honignote und süße Blüten; aromatisches Dacapo, cremiger Touch, Körper, feine Pikanz, lang, ausgewogen, Reserven.

NIEDERÖSTERREICH

★★ **S € MT**
2020 Rivaner + Apfelfruchtig, Hauch floral; herzhafte Äpfel, animierende Säure, gute Substanz, zugänglich.

★★ **S € GS**
2020 Gemischter Satz + Zarte Würze, Äpfel, Steinobst, Prise Kräuter; saftig, Zug, viel Frucht, feinwürzig, fruchtbetonter Nachhall.

★★★ **S € WR**
2020 Welschriesling Ried Mitterviertel + Ernsthaft, dunkle Blüten, Prise Kräuter und Äpfel; Substanz, Schmelz, einige Facetten, eigenständig.

★★ **S €€ GM**
2020 Gelber Muskateller Kirchgärten + Freundlich, Zitronenblüten, Holunderblüten, reife Zitronen, Kräuter; schließt nahtlos an, zugängliche Säure, ausgewogen, gute Länge, warme Zitrusnoten im Nachhall.

★★ **S € RI**
2020 Riesling Ried Neuberg + Frisch, präzise, Zitrus, Pfirsiche, Hauch Blüten; beschwingt, fast leichtfüßig, Steinobst, fein strukturiert, mittlerer Abgang.

★★★ **S € PB** PLV
2020 Weißburgunder vom Flysch + Dezent, sortentypisch, Birnen, Haselnüsse; schließt so an, einige Kraft, Schmelz, anschmiegsam, feine Säure, gute Länge, Birnen im Nachhall.

★★ **S € ZW** FUN
2020 Rosé + (ZW) Einladend, Kirschen, Himbeeren, Zuckerwatte; schließt rotfruchtig an, zarte Säure, Gerbstoffe lediglich zu erahnen, Kirschen und Beeren im Nachhall.

★★★ **S € CR** PLV
2017 Arthos Cabernet Sauvignon x Zweigelt + Kühl, Zwetschken, schwarze Johannisbeeren, Kirschen, winzige Prise Gewürze und Tabak; lebhaft, Trinkfluss, Frucht, kühl, zarte Tannine, mittlere Länge, Gewürze und Frucht klingen nach, Trinkvergnügen.

★★★ **S € PB**
2018 Weißburgunder BA + (Beerenauslese) Unaufdringliche Süße, Hauch Liebstöckel, Birnen, Dörrobst à la Marillen; schließt aromatisch an, feine Säure hält dem Restzucker die Waage, trinkanimierend und frisch, Dörrfrüchte klingen nach.

Weingut
Jordan

Simone & Hannes Hiller-Jordan
3741 Pulkau, Groß-Reipersdorf 12
Mobil +43 664 411 26 62
office@weingut-jordan.at, www.weingut-jordan.at
12 Hektar, W/R 50/50,

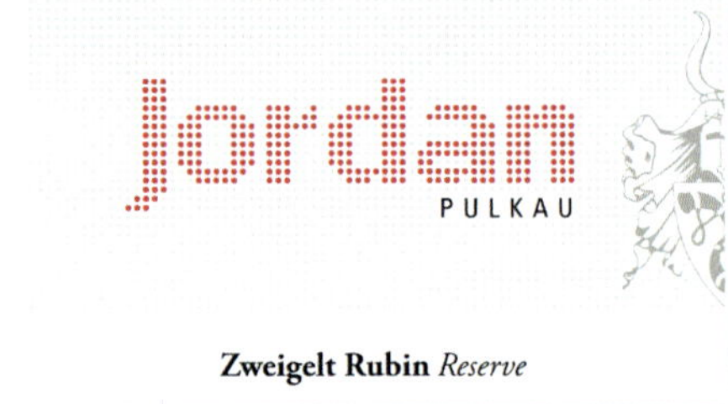

Es geht stetig vorwärts in diesem Weingut – Jahr für Jahr ist eine Steigerung zu bemerken –, es ist auf dem Sprung zur Elite des Weinviertels. Die Weine werden immer präziser, noch spannender. Da wurde noch mehr an der Qualitätsschraube gedreht, noch mehr Feintuning.

Es gibt zwei Schaumweine bei den Jordans: den Veltliner Sekt mit seiner unbändigen Frische und einen Riesling Sekt von fast schierer Größe.

Sehr stimmig sind der 2020 Ortswein Pulkau und der GV Simone 1. – wine & queen.

Der GV Alte Reben 2019 ist von großer Tradition, der das westliche Weinviertel großartig repräsentiert.

Die Moderne übernimmt die Steinzeit Reserve – ein GV 2019, der im Granitfass ausgebaut wird. Ein Wein von klirrender Mineralik.

Der Chardonnay 2020 Cool Climate ist das Werk einer überaus feinsinnigen Winzerin. Ein Wein von großer Eleganz und Distinktion.

Zwei Rotweine vor den Vorhang geholt:

2018 Zweigelt Rubin – von betörender Schönheit.

2016 Zweigelt Reserve „42“ – 42 Monate in französischer Eiche geschult. Unfassbar gut.

Erstmals gibt es einen Orangewein in diesem Weingut – Crushed Chardonnay –, gebändigter Gerbstoff. Gar nicht so Orange, wie man denkt. Braucht unbedingt Essen dazu.

Übrigens ist man hier mit dem Jahrgang 2020 sehr zufrieden. Kein Hagel, Regen war kein Problem, es ist alles bestens. Kann man schmecken.

Ein harmonisches Destillat gibt es auch hier, gebrannt vom Vater Hannes. Ein Tresterbrand Rubin Granat aus Zweigelt und Merlot. Tut einem richtig gut.

Für Kinder gibt es Kindersekt – Schnaubi Traubi. *as*

WEINVIERTEL DAC

★★★★ **S €€€€ GV** TIPP
2019 Grüner Veltliner Alte Reben Reserve + Über 49 Jahre alte Reben – Lehm-Löss – Ausbau in Weinviertler Eiche – 600l Inhalt. Ein dunkelwürziger Wein, rauchig, gelbfruchtig, Wiesenkräuter, reifer Apfel, schwarzer Pfeffer, trinkanimierender Gerbstoff, salzige Anklänge, cremiger Schmelz, sehr tief, geht richtig auf, ein Langstreckenläufer, von innerer Ruhe getragen. Dekantieren, großes Glas, nicht zu warm genießen.

NIEDERÖSTERREICH

★★★ **S €€ CH**
2020 Chardonnay „Cool Climate“ Ried Haid + Ausbau im Edelstahl – Fünf Monate auf der Hefe. Was für ein attraktiver Wein, glockenklar, Wiesenblumen, Löwenzahn, etwas Kamille, Spur Citrus, viele gelbe Früchte, cremiger Textur, vielschichtig, feine Frucht, Hauch von Nüssen, sehr balanciert, noble Stilistik, sehr elegante Struktur, ungemein attraktiv. Ganz exzellent und ungemein sympathisch.

★★★★ **K €€€€€ GV** TIPP
2019 STEINZEIT Grüner Veltliner Reserve + (Ried Reipersberg – Urgestein) Vergoren und ausgebaut im Steinfass. Uralte Reben. Ungemein kühl, Steinobst, weißer Pfeffer, Grapefruit, gelber Apfel, dezent rauchig, steinige Mineralität, vielschichtig und komplex, balanciert, feine Würze, zeigt mit der Zeit viele Facetten, geht in die Tiefe, der wird einem nie zu viel, salzig und engmaschig, hier dominiert nicht die Rebsorte, sondern der Boden. Das ist großer Wein!

★★★★ **S €€€€€ ZW** TIPP
2016 „42“ Zweigelt Reserve + 42 Monate in neuen französischen Barriques gereift. Feinkörniges Tannin, ungemein feine Aromen, schwarze Beeren, Schokolade, Kaffee, Nougat, Herzkirschen, weiche Tannine, gar nicht zu viel Holz, kühle Aromen, voller Eleganz, dezente Rösttöne, ungemein komplex und vielschichtig, perfekte Balance, von weiblichem Timbre, von distinguierter Schönheit.

★★★★ **K €€€€ RI** TIPP
2016 Sekt Brut Große Reserve g.U. NÖ + Riesling-Methode, traditionelle 36-Monate-Flaschengärung. Das ist großer – gereifter – Wein, ganz feiner Mousseux, gold-gelbe Farbe, getrockneter Pfirsich, cremige Fülle, Urgesteinsmineralik ausstrahlend, voller Druck auf dem Gaumen, endlos lang, salzige Anklänge, sehr reichhaltig, toller Körper, ganz große Klasse. Gewürzige Noten, etwas Kümmel, Honigtöne, Kräuter, der dezente Restzucker von 7,1 g/l gibt diesem Wein eine innere Harmonie und ein weiches Timbre. Ein fast unbeschreiblicher Wein von höchster Individualität .

★★ **S €€ SL**
Black Edition Tresterbrand Rubin Granat + 0,5l-Fl. – ein weicher, harmonischer Edelbrand aus den Trestern vom Zweigelt und Merlot, vom Papa Hannes gebrannt. Bestechend sauber und reintönig, von der Qualität eines hochwertigen Grappa. Nie scharf, wurde im Eichenfass gereift.

Weingut
Julius Klein

Julius Klein
2052 Pernersdorf 37
Tel. +43 2944 8649
mail@weingut-klein.at, www.weingut-klein.at
20Hektar, W/R 85/15, 100.000 Flaschen/Jahr

Große Zufriedenheit herrscht im Weingut Julius Klein. Es war zwar ein schwieriger Jahrgang 2020, doch durchwegs gelungene Weine. Knackig und spannend. Es gibt halt in diesem Jahrgang keine Reserven und Großen Reserven, davon gibt es noch vom Jahrgang 2019 genug.

Den Beginn der Verkostung machen ein vorzüglicher GV Lehm & Löss und ein sehr stimmiger GV Ried Wiege. Ein salziger 2020 Grüner Veltliner Ried Rustenberg steigert das Ganze. Ein unterschätzter Wein ist der Chardonnay, der 2020er ist ein sehr strukturierter Wein.

Von 2019 gibt es zwei Grüne Veltliner: Ried Steinberg Reserve und die Große Reserve Urmeer – das Filetstück vom Rustenberg, reiner Kalk. Kraftvolle, sehr präsente Weine.

Sehr angenehme Rotweine hält Julius Klein für uns bereit, ob Zweigelt, St. Laurent oder die Cuveé Johannisberg. Für die Rotwein-Freunde ist gesorgt.

Einen Experimental-Wein gibt es noch. Electric Secret Traminer – maischevergoren – Naturalwein. Hier befindet sich in jeder Flasche eine besondere Blüte. Verschiedene Jahrgänge werden hier in einem Solera-System vermählt. Hochinteressant und sehr gut. Das ist die sogenannte Pernersdorfer Solera. *as*

WEINVIERTEL DAC

★★ S € GV FUN
2020 Grüner Veltliner Lehm & Löss + Angenehm frisch-fruchtig mit Säurestützung, tropisch wirkend, Steinobst, Ringlotten, Mandeln, feines Bouquet, mineralischer Touch, gute Länge, hat Biss und Rasse. Ein hervorragendes Glas Wein, ziemliches Niveau.

★★★★ S €€€ GV TIPP
2019 Grüner Veltliner Reserve Ried Steinberg + Ausbau im Akazien- und Eichenfass. Dezente Hefenoten, noch etwas holzdominant, sehr guter Druck, wird cremig, Vanille, Kräuter, rauchig, Honig, ganz viel Stoff, Brioche, Haselnüsse, gewisse Opulenz, kraftvoll und würzig, Pfeffer, mineralisch, sehr guter Rückhalt.

NIEDERÖSTERREICH

★★★ S €€ GV
2020 Grüner Veltliner Ried Rustenberg + Muschelkalk & Sand. Honig-Touch, sehr exotisch, Ananas, Mango, Papaya, Maracuja, feines Bouquet, etwas Gerbstoff das diesen Wein trägt. Dichte Struktur, salzig, Pfefferschleier, steinig, tolle Pikanz, rauchige Würze, zieht so richtig auf dem Gaumen.

★★★★ S €€€€ GV TIPP
2019 Grüner Veltliner Urmeer + Das Filetstück vom Rustenberg. Reiner Kalk. Ausbau in Akazie & Eiche – Erstbelegung. Gelb-gold, Honig, „süße" Frucht, tolle Exotik, ungemein cremig, füllig, ein kraftvoller, dabei aber hocheleganter Wein, salzig, viel Boden, großer Stoff. Substanz für viele Jahre.

★★★ S €€ RI
2020 Riesling Ried Steinberg + Schotter & Sand. Ein feiner Hauch Botrytis, der dem Wein sehr gut steht, ihm einen gewissen Körper verleiht, Marille, Steinobst, Ananas, rauchige Steinigkeit, gelber Pfirsich, geht sofort in die Tiefe, tolle Länge. Ein Riesling von besonderer Festigkeit.

★★ S €€ SB
2020 Sauvignon Blanc + Ein ganz feiner, nie lauter Sauvignon Blanc, ganz dezente Brennnesseln, bisschen Cassis, noch sehr reduziert, elegante Frische, in diesem Jahr besonders gut. Feingliedrig, frisch gemähtes Gras, ziselierte Frucht.

★★★ S €€ CH
2020 Chardonnay + (Rustenberg) Die Nase assoziiert ein warmes Timbre, reife Trauben, angenehme Säure, Nelken, Nüsse, exotisches Flair, zehnprozentiger Holzeinsatz, verleiht dem Wein zusätzliche Strukturen, ohne auffallend zu sein. Cremige Textur, salzig, sehr typisch, stilvoll. Der – zu Unrecht – unterschätzteste Wein des Hauses.

★★ S €€ GS
2020 Gemischter Satz Rebhuhn + (Johannisberg) Ein vielschichtiger, duftiger, geradliniger Wein, dabei doch auch filigran, Kräuter, karge Frucht, schön trocken, weißer Pfirsich, einige Tiefe, schlanke, aber feste Struktur.

★★ S €€ SL
2018 St. Laurent + Großes neues Holz. Vanille, Weichseln, eingelegte Kirschen, Mandeln, samtig-weiche Tannine, eleganter Auftritt, ein Wein, der sich so richtig hingibt.

ÖSTERREICH

★★★ S €€€ TR
NV Electric Secret Traminer + aromatisiertes weinhaltiges Getränk. In jede Flasche kommt eine Blüte Szechuan Button. Diese Blüte aus Madagaskar mildert Gerbstoffe beim Wein und Schärfe von Gerichten. Maischevergoren, hefetrüb, kaum Schwefel, ein Schwung Rosen verwöhnt die Nase, salzig, angenehme Säure, ruhiger Gerbstoff, Frischehauch, weinige Struktur. Ein wunderschöner Traminer nach dem Solera-System. Momentan sind die Jahrgänge 16, 17, 18, 19 und 20 in der Solera. Der Experimentwein des Hauses.

♛♛

Hofkellerei des Fürsten von
Liechtenstein

Stefan Tscheppe
2193 Wilfersdorf, Brünner Straße 8
Tel. +43 2573 2219-27, Fax -47
wein@hofkellerei.at, www.hofkellerei.com
35 Hektar, W/R 70/30, 120.000 Flaschen/Jahr

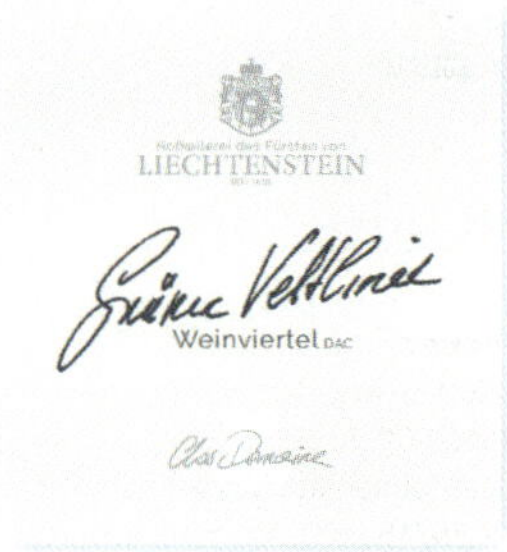

„Eigenständigkeit zeigen und etablieren" könnte als Motto über den Weinen der Hofkellerei stehen. Das international erfahrene Team rund um Stefan Tscheppe und Josef Stumvoll erschafft Weine mit persönlicher Geschichte und Ausdruck. Stefan Tscheppe: „Die von Löss mit Kalkanteilen dominierten Rieden in Schrattenberg und Herrnbaumgarten bringen eigenständigen Charakter, Vielschichtigkeit, Struktur und straffe Länge mit großem Reifepotenzial. Unsere Weine sind ein klares Abbild ihrer Herkunft." Schon der DAC ist ein Paradebeispiel, wie die Eigenständigkeit in Zukunft umgesetzt wird. In den sehenswerten, geschichtsträchtigen Kellergewölben in Niederösterreich mit seinem neuen Press- und Gärkeller gibt man Grünem Veltliner, Riesling, Zweigelt und Merlot alle Zeit, die sie zum Reifen brauchen. Herauskommen dann ausdrucksstarke und teils höchst individuelle Weine aus den Reserve- und Einzellagen. Die beiden Rieslinge z.B. scheinen im Wettstreit zu liegen um die kompromisslosere Darstellung ihrer Herkunft. Dem Rosé gelingt ein verführerischer Umstieg zu den Rotweinen, die Cuvée Veramo ist auf der fruchtigen, zugänglichen Schiene geblieben, „so wie die Reben sind". Der Zweigelt Profundo trägt seinen Anspruch schon im Namen, der 17er ist in guter Verfassung im Auslaufen, der 19er kommt ab Herbst. Sommelière Prinzessin Marie von und zu Liechtenstein vertritt die Familie engagiert im Weingut. Verkost- und erlebbar sind die Weine auf dem Weingut in Wilfersdorf und in der neu gestalteten Vinothek und Bar im Park des Gartenpalais im neunten Wiener Gemeindebezirk. *db*

WEINVIERTEL DAC

★★ **S €€ GV**
2020 Grüner Veltliner Clos Domaine + Kamille, Schwarztee, mehr Würze als Frucht, süßer gelber Apfel, eine Prise Pfeffer; extraktdicht, trocknendes Laub, Birne, Kamille im Nachklang, reich strukturiert.

NIEDERÖSTERREICH

★★★ **S €€€ RI**
2019 Riesling Reserve Ried Karlsberg + Anfangs nur eine Andeutung von Riesling-Frucht, Trockenaromen, dezente Würze, mit Luft kommen Karamell, Mandarine, Ananas und ein paar Rosenblätter dazu, mit viel Luft wird es salzig, eingelegte Kapernbeeren, aber auch ganz festes Steinobst; setzt sich karg fort, der kalkige Löss hat den Wein fest im Griff, erlaubt ein paar feine Fruchtfacetten, zitrusfruchtig, gute Substanz, durchaus Tiefgang, braucht viel Zeit.

★★★ **K €€€€ RI** TIPP
2019 Riesling Privat Ried Karlsberg + Treibt die „Geschmacklosigkeit" auf die Spitze, streng wie ein frisch gesprengter Marmor-Steinbruch, man glaubt den Staub auf der Zunge zu spüren; der kleine Zuckerrest bringt etwas Riesling-Frucht in Gang, die kalkige Herkunft engt den Wein bis aufs Minimum ein, mit ganz viel Luft zeigt er erfreuliche Variationen von Südfrüchten, bringt Tiefe, sogar etwas Schmelz, ein puristischer, um nicht zu sagen puritanischer Wein für Genießer mit viel Zeit.

★★ **S €€ CR**
2020 Rosé + Rot- bis dunkelbeerig mit feiner Würze; zur verführerischen Frucht zeigt er auf dem Gaumen deutlichen Rotweincharakter, gute Balance aus Fruchtsüße und frischer Säure, feiner Sommerwein.

★★ **S €€ CR**
2019 Veramo Clos Domaine + (ZW/ME) Sauerkirsche, Maulbeere, auch ein paar geknackte Kirschkerne, etwas Thymian, ansprechend; extraktsüß, vollmundig, knackige Säure und jugendlich forsche Gerbstoffe bremsen kurz den Fruchtgenuss, lenken in ernsthaftere Bahnen und lassen ihn im Finish noch einmal aufleuchten.

★★★ **K €€€ ZW** FUN
2019 Profundo Zweigelt Selektion + Sehr feines, fast sinnliches Holz bildet Fundament für ebenso delikate Weichselfrucht, herbstliches Feeling, ein paar Mokkanoten, steinig-straff, macht neugierig auf den ersten Schluck; Holz und dunkle, fast schon aufplatzende Weichseln gehen eine delikate Verbindung ein, aufkommende Süße wird schnell von Gerbstoff, Mineralik und appetitlicher Säure pariert, herrlicher Trinkfluss.

WEINVIERTEL DAC

★★★ **K €€€ RI** TIPP
F. L. Premier Brut + 12 Monate auf der Hefe, reife Riesling-Frucht, Marillengebäck, Blätterteig, leicht rauchige Noten im Hintergrund; üppiger Mousseux reißt viel Steinobst mit sich, griffiges, extraktsüßes Finale.

Weingut
Gerhard J. Lobner

Gerhard J. Lobner
2261 Mannersdorf an der March, Hauptstraße 62
Mobil +43 664 463 50 85
gerhard@weingut-lobner.at, www.weingut-lobner.at
10 Hektar, W/R 85/15

Mit dem herausfordernden Jahrgang 2014 hat Gerhard Lobner die Verantwortung des Familienweingutes im südöstlichen Teil des Weinviertels, im beschaulichen Mannersdorf an der March, übernommen. Nach Absolvierung der Klosterneuburger Weinbauschule im Jahre 1999 folgten mehrere Praktika im Ausland. Seit dem Jahre 2007 ist Gerhard Lobner als erfolgreicher Weingutsleiter der Wiener Weingüter „Mayer am Pfarrplatz" und „Rotes Haus" tätig. Die Doppelbelastung wird bravourös gemeistert, im persönlichen Gespräch das eigene Weingut als „Wien im Kleinformat" bezeichnet. So spielt auch bedingt durch das Kleinklima der Marchauen – anders als im Weinviertel üblich – der Riesling die erste Geige. Die 1648 errichtete Rochuskapelle prägt die Etiketten, und von ihr aus sind auch die beiden vom Löss geprägten Lagen Rochusberg und Gelsenberg sichtbar. Mit dem Jahrgang 2020 ist es Gerhard Lobner wieder sehr gut gelungen, eine schlüssige, fruchtbetonte und blitzsaubere Weinserie hervorzubringen. An der Qualitätsspitze stehen die noch in den Kinderschuhen steckende Ried Rochusberg Terra Aurea sowie der Riesling Ried Gelsenberg Unterm Kirschbaum, eine liebliche Variante, die deutsche Assoziationen aufkommen lässt. *gh*

WEINVIERTEL DAC

★★ **S €€ GV**
2020 Grüner Veltliner + Beginnt mit feiner Kräuterwürze und sortentypischem Pfefferl, Frucht schwingt angenehm mit, zarte Apfel-Birnen-Aromatik, gelbe und rosa Grapefruit; zieht mit viel Frische über den Gaumen, Zitronenzesten im Finish, unkomplizierter Sommerwein.

★★★ **S €€ GV**
2020 Grüner Veltliner Mannersdorf + Fruchtbetont, geprägt von hellen und dunklen Zitrusfrüchten, dezente Steinobstnoten, reife, gelbe Birne, ergänzt von zarten, würzigen Aromen; Kräuterwürze und frischer Pfeffer, rosa Grapefruitfilets, lebendige Säure, klingt schwungvoll aus.

NIEDERÖSTERREICH

★★★ **S €€€ GV**
2020 Grüner Veltliner Ried Rochusberg + Dicht, füllig, reifer Fruchtkorb, fleischiger, gelber Apfel, Erdbeeraromen, Blutorange, alles fein und elegant ausgeprägt; knackige Säure, rosa Grapefruit pur, Klarapfel, Golden Delicious, etwas Würze, zeigt Substanz und gutes Entwicklungspotenzial, süß-saures Finish.

★★★ **S €€ WR** **PLV**
2020 Welschriesling Ried Gelsenberg + Vielschichtige Fruchtaromen, spannt einen weiten Bogen, feine Beerenfrüchte, Waldhimbeere, weiße Ribisel, Kernobst, Gute Luise, mit Luft intensivieren sich die dunklen Zitrusnoten; gut ausbalanciert, vermittelt viel Frische, gelbe Grapefruit, zarte Bitternote im animierenden Abgang.

★★★ **S €€ RI**
2020 Riesling an der March + Sanft strömende Steinobstnoten, braucht etwas Luft, saftige, reife Marille, zarte Würze, fein und unaufdringlich; Frucht intensiviert sich, lebendige Säure, wieder dominiert die blitzsaubere Marille, etwas Nektarine, klingt mit angenehmer Fruchtsüße und gelber Grapefruit lebendig aus.

★★★ **S €€€ RI**
2020 Riesling Ried Gelsenberg + Hochfeine Steinobstausprägung, reif und präzise, frische Marille pur, gedörrte Marille, zart cremig, Orangenzesten, weckt Erwartungen; Frucht prägt auch den Gaumen, Weingartenpfirsich, knackige Marille, beschwingt mit einigem Tiefgang, naturgemäß noch ganz jung, gute Perspektive, bleibt auf dem Gaumen.

★★★★ **S €€€ RI** **TIPP**
2020 Riesling Ried Gelsenberg Unterm Kirschbaum + Süßliche, harmonische Fruchtpräsenz, Nektarine, Mango, Marille, saftig und einnehmend, strömt ruhig aus dem Glas; Restsüße und Säure perfekt abgestimmt, ganz präzise breitgestreute Fruchtvielfalt, Assoziationen mit Mosel-Riesling, Restzucker wird nie vordergründig, großes Trinkvergnügen ist garantiert, ein Langstreckenläufer.

★★★ **S €€€ CW** **TIPP**
2020 Ried Rochusberg Terra Aureus + (RI, GV, WR, TR) Aus über 70-jährigen Reben, tiefgründig, zeigt viele Nuancen, präzise, blitzsaubere Fruchtaromen, verschiedene Apfelsorten, elegante Steinobstnoten, etwas Maracuja, Blutorange, einladend; guter Druck, nervige, strukturgebende Säure, Frische pur, gelbe und rosa Grapefruitfilets, sehr gute Anlagen, langer Nachhall.

NEU

Weingut
Machalek

Martin Machalek
2052 Pernersdorf 179
Tel. +43 2944 81812
office@machalek.at, www.machalek.at
8 Hektar, W/R 90/10, 30.000 Flaschen/Jahr

Martin Machalek ist nicht der Spross einer qualitätsweinaffinen Familie, eines klassischen Nachfolgers, weit gefehlt. Er hat erst spät seine Leidenschaft für Wein und Weingartenarbeit entdeckt. Er macht seit 2004 Wein, hat vorher eine Elektrotechnikausbildung absolviert. Machalek ist schön langsam in die Weinbaumaterie hineingewachsen. Es sind keine einfachen Weine, die Martin Machalek keltert. Das sind Gewächse, die Geduld erfordern. Man muss sich diesen Weinen behutsam nähern, sie erforschen.

Hohes Niveau hat schon der 2020 Grüner Veltliner Ried Wiege. Ein Weinviertel DAC vom Feinsten. Weiter geht es mit den GV. 2019 Rustenberg – noch etwas gerbstoffbetont, den Machalek noch verarbeiten muss.

2018 Rustenberg Reserve – ein dunkler Zeitgenosse mit einiger Substanz.2018 Rustenberg Große Reserve – ein großzügiger Wein, der Holzeinsatz potenziert das Ganze, braucht viel Luft. Danach ist es ein prachtvoller GV. Viel Substanz.

2016 Rustenberg Reserve – leider ziemlich hoher Alkohol, dementsprechend viel Zeit brauchend. Unbedingt lange dekantieren. Auch der 2017 Orangewein benötigt viel Zeit und Geduld, um ihn zu erforschen. Ein Wein, der unbedingt zum Essen gereicht werden sollte. *as*

WEINVIERTEL DAC

★★ S € GV
2020 Grüner Veltliner Ried Wiege + Pfefferschleier, Apfelfrucht, feine Würze, Säure, Pikanz, Ringlotten, frische Kräuter, dezent rauchig, frisch und lebhaft auf gutem Niveau, guter Druck, typisch, guter Wein, der Spaß macht.

NIEDERÖSTERREICH

★★ S € GV FUN PLV
2020 Grüner Veltliner „Paul Feucht" + Aromen nach frischen Äpfeln und weißem Pfeffer, fein gewürzig, frische Kräuter, Citrus, frisch und fröhlich, spritzige Säure, ein knackiges Glas Wein, bei dem man abbeißen kann.

★★ S € GM
2020 Gelber Muskateller + BIO Holunderblüten und Litschis erwarten einen, Pfirsich, knackig mit frischer Säure, rosa Grapefruit, leicht mit toller Pikanz, der perfekte Aperitif, ein richtiger Kneipp-Wein.

★★★ S €€ GV
2019 Grüner Veltliner Rustenberg + Dunkle Tönung, rauchig-röstige Noten, Bratapfel, danach kommt gelber Apfel, der Pfeffer kommt hinzu, der anfängliche Gerbstoff glättet sich, es tritt Harmonie ein, braucht einige Luft, guter Druck, angenehme Säure, gute Länge. Ein hervorragender Grüner Veltliner mit einiger Substanz.

★★★ S €€ GV
2018 Grüner Veltliner Ried Rustenberg Reserve + Gelbgold, Fichtennadeln, dunkle Würze, eine Kräutermelange, Mandarinen, dezent exotisch, bisschen Marzipan, weiße Schokolade, fester Gerbstoff, kraftvoll, füllige Frucht, ein richtiger Hauptspeisenwein, sollte dekantiert werden, großes Glas, nicht zu kalt.

★★★ K €€€ GV
2018 Grüner Veltliner Ried Rustenberg Große Reserve + Gelb-gold, Vanillenoten von der eingesetzten Eiche, die einen sofort anspringen, Orangenschalen, Karamell, frisches Brot, Lebkuchengewürz, ein mächtiger Wein, der anfangs präsente Gerbstoff hat sich integriert, volle Fruchtpower, ein großzügiger Wein, der viel Luft benötigt, um sich darzustellen. Ein männlicher Wein von opulenter Fülle für Festtage. Der richtige Wein für einen im Ganzen gebratenen Truthahn.

★★★ S €€ GV
2016 Grüner Veltliner Ried Rustenberg Reserve + Ein Wein, der den hohen Alkohol (15% Vol.) erst abschütteln musste, dann kamen klare Aromen hervor, eine kühle Note, rauchig-tabakig, Orangen, feste Struktur, total eng, nichts für Weicheier, ein Wein von enormer Substanz, nix Mainstream, braucht ganz viel Luft.

WEINLAND

★★★ K €€ GV
2017 Orange – Grüner Veltliner + Orangefarben, ebenfalls enorm viel Luft brauchend, am besten am Vortag öffnen, Orangenschalen, exotische Noten, Melonen, ein absolut trockener Wein mit animierendem Gerbstoff, getrocknete Kräuter, fast wie Papier, dieser Wein gewinnt mit Essen enorm, das geht nicht einfach so zu trinken, das ist ein kulinarischer Wein. Ein Glas zu einem Gericht. Der Wein hält tagelang in gekühltem Zustand. Solch ein Wein erfordert viel Aufmerksamkeit.

NIEDERÖSTERREICH

★★ S €€ GV
2016 Strohwein Grüner Veltliner + 0,375l Fl., 11% Vol., Gold, Leinöl, gelber Pfirsich, ganz dezente Exotik, der Pfeffer hält sich immer im Hintergrund, verschleiert, süß, weiche Frucht, wiederum Zeit – muss sich freispielen. Ein süßer, weicher, angenehmer Wein, von balsamischer Struktur.

Sektkellerei
Christian Madl

Christian Madl
2172 Schrattenberg, Hauptstraße 49
Mobil +43 664 422 51 42
office@madlsekt.at, www.madlsekt.at
3 Hektar, W/R 85/15, 25.000 Flaschen/Jahr

Im nordöstlichen Weinviertel liegt eine der hervorragendsten Sektkellereien Österreichs: Es handelt sich um den kleinen Top-Betrieb von Christian Madl in Schrattenberg im Weinviertel, dessen Charakterschaumweine Maßstäbe hinsichtlich Qualität und Eigenständigkeit stellen.

Aus einem kleinen Familienweingut stammend, wurde Christian Madl bereits im zarten Alter von 16 Jahren im Zuge eines Auslandspraktikums in der Rheinpfalz für das Schaumweinhandwerk inspiriert. Nach weiteren Praktika in Rheinhessen, der Champagne und Luxemburg gab es kein Halten mehr. Seit 2003 führt er seinen eigenen Mini-Betrieb mit knapp über drei Hektar Rebfläche mit tiefgründigen wie kalkreichen Lehm- und Löss-Böden, die überwiegend mit Welschriesling und Chardonnay sowie Grünem Veltliner, Zweigelt und den Pinot-Sorten in Weiß und Rot bestockt sind. Die Ernte erfolgt ausschließlich per Hand.

Der geschmackvoll renovierte Madl-Keller gibt im Inneren ungeahnte Dimensionen frei: Gleich drei Gewölbekeller wurden verbunden, um der Sektkellerei genügend Platz zu bieten. Hier liegen Tausende Flaschen „sur latte" auf der Hefe und warten darauf, nach meist mehreren Jahren Lagerung degorgiert zu werden.

Das Sektsortiment besteht aus zwei Linien: Einerseits gibt es die „Schretenperg"-Linie, die trockene und halbtrockene Sekte mit ein bis zwei Jahre Hefelagerung umfasst, sowie die Top-Linie der Madl-Sekte mit drei bis acht plus Jahre Hefelagerung, die eine teils wechselnde Besetzung aufweist. Selbstverständlich gibt es auch Fixpunkte im Sortiment, und zu diesen zählen der brillante, saftige Sekt „Von den Weissen", ein fruchtintensiver Rosé-Sekt aus Zweigelt, sowie die Cuvée Speciale in den Varianten brut und teils extra brut. Im Top-Segment gibt es je nach Verfügbarkeit Blanc de Noirs – aktuell aus den Jahren 2012, 2013 und 2014 – und Blanc de Blancs sowie die Prestige-Cuvée „Oenothek" – aktuell ein Zweigelt-Rosé 2010 mit siebeneinhalb Jahren Hefelagerung. *psch*

NIEDERÖSTERREICH

★★★★ **K €€€€ CW** FUN TIPP
Von den Weissen Brut Ö Sekt g.U. + (2013; WR/GV/RI; degorg.: 4.3.2020) Durchtränkt von frischer, heller, purer Frucht mit einem Hauch Wachs und Weißbrot, Williamsbirnen, Litschis, Pfirsich, duftig, frische Zitronenmelisse; Unmengen saftige Frucht mit lebhafter Säure, lebhaft, pikant und verspielt, gebündelt, verführerisch, genussreich.

★★★★ **K €€€€€ CR** TIPP
Blanc de Noirs Brut NÖ, Ö Sekt g.U. + (2012/13/14; ZW&PN; degorg.: 15.12.2020) Ziemlich würzig, Hirse, samtig-schwarzbrotig, Gesteinsmehl, Weihrauch und Wachs, Wacholder, Kletzenbirnen und dunkle Früchte, Zwetschken, maischiger Hauch; eigenständig, beginnt saftig mit Zitrusnoten, dann nehmen Würze und brotige Noten zu, Orangennoten, eleganter Gerbstoff, Raw-Wine-Touch, dabei fest und strukturbetont, betont trocken, seriös, gute Evolution über die Jahre, braucht nach wie vor viel Luft, einige Zukunft.

★★★★ **K €€€€€ ZW** TIPP
2010 Oenothek Rosé Zweigelt trocken, Ö Sekt g.U. + (degorg.: 20.2.20) Frisch, feine Würze, Erdbeeren und Wassermelonen, Waldmeister, ruhig fließend, etwas dunkles Laub; sehr saftig, elegant, einige Fruchtfülle, Rhabarber und Zitrus, packende Säure mit dezenter Fruchtsüße, hat sich sehr gut entwickelt, lang.

ÖSTERREICH

★★★ **K €€€ CW**
Schretenperg Cuvée trocken Ö Sekt + (2017, 5 Rebsorten; degorg.: 17.11.20) Elegante Fruchtaromatik, klar und frisch, Birnen, frische Wiesenblumen, weißbrotig; sehr saftig, erfrischende Frucht, Birnen, Almkräuter, Säure und Dosage gut abgestimmt, hat zugelegt, süffiger Trinkspaß.

★★★ **K €€€ GV**
2015 Grüner Veltliner Brut Nature Ö Sekt + (ungeschwefelt, 4 J. Hefelager; degorg.: 17.1120) Volle, anfangs offenherzige Nase nach reifen Äpfeln und Birnen, ausladend, bündelt sich zusehends; strukturiert, straff, sehr guter Biss, griffig, ungemein fest und kompakt, Zitrus, Kernobst, jugendlich, recht lang.

★★★ **K €€€ CU** FUN
Cuvée Speciale Brut, Ö Sekt + (2015, CH/PN; degorg.: 23.11.20-2) Anfangs etwas hefig, leichte Würze, Brioche, Pergament, einige Fülle und gediegene Reife, leicht rauchig, Orangen und gelbe Melonen; kernig und frisch, guter Säurebiss, die Fruchtsüße sehr dezent, helle Fruchtaromen, feinherb strukturiert, nach hinten Grapefruits, kompakt, mittellanges Finish mit Biss, knapp am 4. Stern.

Schlossweingut Souveräner
Malteser Ritterorden, Mailberg

Vertrieb: Weinkellerei Lenz Moser
2024 Mailberg, Schaflerhof | 3495 Rohrendorf, Lenz-Moser-Straße 1,
Tel. +43 2732 85541, Fax +43 2732 85900, office@lenzmoser.at
www.schlossweingut-malteser-ritterorden.at
50 Hektar, W/R 60/40

Ein hervorragender Weißweinjahrgang war 2020 in Mailberg bei den Maltesern. Die Rotweine werden diese Qualitäten nicht erreichen. Doch hat man noch genügend Reserven aus den vergangenen Jahrgängen. Das beginnt schon mit einem sehr guten 2018 Zweigelt. Toll ist der 2018 Merlot Barrique. Der Kult Wein des Hauses ist die Kommende Mailberg – aktuell 2018 –, einer der besten und verlässlichsten Rotweine ever.

Bei den Weißweinen ist der Weinviertel DAC sehr stimmig. Der GV Ried Hundschupfn 2020 ist der beste seit Jahren.

Zwei Jahrgänge mit holzfassgereiften Weinen aus Magnumflaschen werden angeboten – 2018 und 2015 aus Mailberg, beide aus der Ried Hundschupfn. Den 2018er würde ich zu Fisch mit cremiger Sauce nehmen, den 2015er zu kräftigen Hauptspeisen. Klasseweine!!!!!

Der knochentrockene Jahrgangssekt 2018 Brut g.U. NÖ Klassik sollte nicht übersehen werden.

Kellermeister Michael Rethaller schaut wie immer in die Zukunft und pflanzt zeitgerecht Cabernet Sauvignon in Mailberg nach. Daher wird es auch keinen Qualitätsbruch bezüglich des Alters der Reben geben.

as

WEINVIERTEL DAC

★★ **S € GV** FUN
2020 Grüner Veltliner + Weißer Pfeffer, Kräuter, Melone, Ringlotten, leicht und bekömmlich, leichtfüßig, fast ziseliert, Äpfel und Birnen, unkompliziert auf einigem Niveau.

NIEDERÖSTERREICH

★★★ **S €€ GV**
2020 Grüner Veltliner Ried Hundschupfn + Ein kompakter, pfeffriger Grüner Veltliner mit Körper, einiger Tiefe, reife Birne, zieht auf dem Gaumen, rauchig, reifer Apfel, sehr langatmig, dunkel getönt, schöne Würze, ein überaus typischer Weinviertler Grüner Veltliner.

★★ **K €€ CW**
2018 Sekt Brut Klassik g.U. + (GV, CH, PN) Tankgärung. Im Sommer 2020 gefüllt. Kleinperlig, Heublumen, Apfel, Birne, Kümmel, salzige Noten, schön trocken, Citrus, eng und straff, kerniger Ausdruck, klare Stilistik, ein sehr stimmiger Sekt, frisch und knackig.

★★ **S €€ CH**
2020 Chardonnay + Ein im Stahltank ausgebauter Chardonnay, nussig, gelber Apfel, Nelken, Blüten, knackige Säure, guter Zug, wird mit der Zeit cremig. Einige Zukunft.

★★★★ **S €€€ GV** TIPP
2015 Grüner Veltliner Reserve + MAGNUM (Hundschupfn) Ziemlich dunkel getönt, Kreuzkümmel, Kastanien, überhaupt sehr gewürzig, ganz toller Stoff, ungemein tiefgründig, extraktreich, knochentrocken, braucht viel Luft, ein großartiger, prachtvoller unglaublich ernsthafter Wein mit einer Wahnsinnslänge. Ein maskuliner Wein für kräftige Hauptspeisen.

★★★★ **S €€€ GV** TIPP
2018 Grüner Veltliner Reserve + MAGNUM (Hundschupfen) Für diesen warmen Jahrgang ziemlich kühl, hochelegant, gelbfruchtig, Kräuterbouquet, fein liniert, sehr elegant, feine Würze, dezent rauchig, von femininem Ausdruck. Ein ganz feiner Wein von nobler Struktur. Ein Wein zu pochierten Fischen mit cremiger Sauce.

★★ **S €€ ZW** FUN
2018 Zweigelt + Ausgebaut im großen Holzfass. Weichsel, Ribisel, rotbeerig, feinwürzig, feingliedrig, ganz feine Frucht, Frischehauch, transparente Noten, feine Tannine, überaus charmant.

★★★ **K €€ ME**
2018 Merlot Barrique + Schwarze Beeren in Hülle und Fülle, Hauch von Tomaten, Hagebutten, Vanille, etwas Rumtopf, Oliven, gewisse Opulenz, vollmundig, ziemlicher Druck, schwarze Kirschen, bisschen Schoko.

★★★ **K €€ CR** TIPP
2018 Kommende Mailberg Barrique + (CS, ME) Getrocknete Tomaten, Cassis, etwas gelber Paprika, Nougat, Heidelbeeren, harmonisch, feine Tannine, hochelegant, ein so richtig feiner Rotwein, der in die Tiefe geht, Druck auf dem Gaumen macht. Rotwein der Extraklasse.

Weingut
RM – Roland Minkowitsch

DI Mag. Martin Minkowitsch
2261 Mannersdorf, Kirchengasse 64
Mobil +43 650 590 00 62, Fax +43 2283 3639
weingut@roland-minkowitsch.at, www.roland-minkowitsch.at

13 Hektar, W/R 100/0, 50.000 Flaschen/Jahr

Martin Minkowitsch hat im Jahre 2014 den traditionsreichen Familienbetrieb in 15. Generation übernommen und ist der Betriebsphilosophie treu geblieben. Die Freude an der Arbeit im Weingarten und die Fähigkeit, jede Herausforderung anzunehmen, zeichnen den Winzer aus. Wenn dann im Herbst das optimale Traubenmaterial eingebracht wird, erfolgt die Verarbeitung mit einer Baumpresse, die seit dem Jahre 1820 im Einsatz ist. Vielleicht gelingt es auch deshalb, eigenständige, finessenreiche und immer trinkfreudige Weine zu vinifizieren. Die Harmonie und angenehme Atmosphäre zeichnen das Weingut aus, und genau so sympathisch schmecken auch die Weine. Besonders hervorzuheben sind in diesem ausschließlichen Weißweinbetrieb die moderaten Alkoholwerte, die der Bekömmlichkeit sehr zuträglich sind und keineswegs das Entwicklungspotenzial in der Flasche negativ beeinflussen. Mit dem Jahrgang 2020 ist wieder eine reintönige und gleich ansprechende Weinserie gelungen, die keine Wünsche offenlässt. Der Chardonnay Premium zeigt sich bereits in dieser frühen Phase sehr gut entwickelt und besticht mit seiner einnehmenden Fruchtvielfalt und betörenden Extraktsüße. Der Riesling de vite Ried Lange Lissen ist in diesem Jahr besonders gut gelungen und sollte im Herbst bereits seine Klasse aufblitzen lassen. Mit einem sortentypischen und trinkanimierenden Muskateller zeigt der Winzer, dass diese Sorte auch ins Weinviertel perfekt passt.

gh

WEINVIERTEL DAC

★★★ **S € GV** PLV
2020 Grüner Veltliner + Sortentypischer Würzebogen, frisch geriebener Pfeffer, Kernobstnoten, saftiger gelber Apfel, feine Zitrusaromatik, definiert; setzt auf dem Gaumen schlüssig fort, saftig, knackig, Klarapfel, rosa Grapefruitfilets, Mandarinenanklänge, archetypischer Weinviertel DAC.

NIEDERÖSTERREICH

★★★ **S € WR**
2020 Welschriesling + Gute Luise, Williamsbirne, frische Blüten, Frühlingswiese, Kräuterwürze, dunkle Zitrusfrucht; gelbe Grapefruitfilets, frische Säure, Blutorange, Kumquat, alles fein ausgeprägt, klingt mit angenehmer Bitternote animierend aus.

★★★ **S €€ GV**
2020 Grüner Veltliner Rochus + Feine, zarte Fruchtnuancen, frische Apfel- und Birnennoten, Blütenduft, rosa Grapefruit, sauber und klar; saftiger Golden Delicious, knackig, dunkle Zitrusfrüchte, animierende Bitternote, leichtfüßig und trinkig.

★★★ **S €€ RI**
2020 Riesling de vite + Mandarinenfilet, vollreifer Pfirsich, exotische Noten, etwas Hawaii-Ananas, recht füllig; straffe, präsente Säure bringt Frische und Struktur, späte Wachauer Marille, saftig und fruchtsüß, klingt mit Zesten von der gelben Grapefruit zartbitter aus.

★★★★ **S €€€ RI**
2020 Riesling de vite Ried Lange Lissen + Kühle, ganz frische Fruchtausprägung, Steinobst- und Zitrusnoten, Marillenhaut, Mandarine, Grapefruit, zupackend und einnehmend; saftige Orangenfilets, gedörrte Marille, lebendige Säurestruktur, extrakt- und fruchtsüß, zieht über den Gaumen, klingt recht lange nach, sehr gute Reifeprognose.

★★★ **S €€ GM** FUN
2020 Gelber Muskateller + Holunderblüten, Mandarine und Orange, feiner Würzeschleier, richtig traubig, etwas Muskatnuss, einladend; Frucht dominiert, Frische pur, Weingartenpfirsich, blitzsauber, lebendige Säure, alles gut abgestimmt, klingt recht lange nach, großes Trinkvergnügen.

★★★ **S €€ CH** TIPP
2020 Chardonnay Premium + Frischer Blütenduft, gelbfruchtige Aromatik, zarte Honignote, Blutorange, Birnenanklänge, ganz feine Klinge, blitzsauber, vermittelt Trinkanimo; füllig, dezente nussige Eindrücke, saftig und fruchtsüß, Marille pur, harmonisch, ohne Ecken und Kanten, etwas Pfirsich im fruchtbetonten Abgang.

★★★ **S €€ GM**
2019 Gelber Muskateller Reserve + Fruchtsüß und hochreif, konzentrierte Steinobstaromatik, Biskuit, feiner Rosenduft, saftige Orangenfilets, etwas Blütenhonig; gute Säurestruktur, Restzucker (halbtrocken) harmonisch eingebunden, extraktsüß, saftiger, vollreifer Pfirsich, fleischige Nektarine, bleibt lange auf dem Gaumen.

Weinbau

Alex Nebenführ

Alex Nebenführ
2070 Mitterretzbach, Winzergasse 1
Mobil +43 664 421 91 69
alex@nebenfuehr.com, www.nebenfuehr.com
8,5 Hektar, W/R 50/50

Alex Nebenführ hat einen guten Jahrgang 2020 eingefahren. Natürlich mit mehr Säure als im Vorjahr, entsprechend dem Jahrgang. Keine Hagelschäden, Regen immer zum richtigen Zeitpunkt. Mengenmäßig sogar über 2019. Glück, das zum Können dazugehört. Es gibt wieder einen – nein, eigentlich zwei Traminer. Beide hervorragend, wobei der Jahrgangsverschnitt doch darübersteht.

Bei den Weißweinen bestechen die knackige Säure, die feste Struktur. Bei manchen Weinen arbeitet man mit einem etwas höheren Restzucker, der den Weinen gerade in diesem Jahr sehr gutgetan hat. Ein Paradebeispiel dafür ist der Grüne Veltliner Ried Retzbacher Knappenhaiden.

Es gibt ein paar Rotweine in diesem Haus. Diese kommen erst nach einiger Reife in den Verkauf. Eben wie ein 2017 Merlot und ein formidabler Cabernet Franc 2016.

Man setzt überwiegend auf den Ab-Hof-Verkauf und fährt in Krisenzeiten sehr gut damit. Weine in dieser hohen Qualität mit diesem Preis-Leistungs-Verhältnis findet man selten. *as*

WEINVIERTEL DAC

★★ **S € GV** FUN
2020 Grüner Veltliner Ried Retzbacher Bergen + (Urgestein) Weißer Pfeffer, Citrus, Grapefruit, grüner Apfel, knackige Säure, glasklare Strukturen, trinkig, voller Frische.

NIEDERÖSTERREICH

★★ **S € RI**
2020 Riesling Ried Retzbacher Eisenköpfen + (Urgestein) Ein momentan noch zart besaiteter Riesling, der den Frühling braucht, um sich von seiner besten Seite zu zeigen. Steinobst, Citrus, Kräuter, Grapefruit, etwas Pfeffer, etwas Marille, Rhabarber, ein guter Riesling, der Flaschenreife benötigt.

★★★ **S € GV**
2020 Grüner Veltliner Ried Retzbacher Kappenhaiden + Zeigte sich anfangs von seiner gewürzig-kräutrigen Seite, Senfsaat, fast barock anmutend, verschlankte sich mit der Zeit, Pfirsich, Marillen, etwas Leder, wird schmelzig, fruchtig, der höhere Restzucker (ca. 10g/l) macht ihn sehr balanciert. Der Ausbau im Akazienfass gibt dem Wein eine zusätzliche Struktur. Ein individueller Wein, der das Zeug zu einer längeren Lagerung hat.

★★ **S € ME**
2020 Ros Encanto + (ME) gepresst. Fliedrige Nase, Erdbeeren, dezentes Karamell, Kräuter, gute Säure, kompakt auf dem Gaumen, dezent salzig, ein sehr guter Wein und Essensbegleiter, nicht nur für den Sommer, sondern ganzjährig.

★★ **S € SB**
2020 Sauvignon Blanc + Etwas grasig, noch sehr hintergründig, ganz dezente Stachelbeeren, Paprikapulver, zupackende Säure, die keine Gefangenen macht, trotz des höheren Restzuckers von 11,2g/l geht es zur Sache. Cassis wird entwickelt. Nach einiger Zeit wird dieser Sauvignon fülliger und balancierter. Braucht eben Zeit.

★★ **S €€ TR**
2020 Gelber Traminer Ried Retzbacher Satzen + Verwelkte Rosen, sehr saftig bei 21g/l RZ, gelber Apfel, Pfirsich, etwas Brot, gelbfruchtig, etwas Zimt, ein angenehmer, lieblicher Traminer, der bestens schmeckt.

★★★ **S € TR** TIPP
Jahrgangsverschnitt 2020/2019 Gelber Traminer Auslese + (0,375l-Fl.) Ein herrlicher, betörend schöner Wein, voller aufgeblühter Rosen, glockenklar, feinste Botrytis, gehaltvoll und hochelegant, absolut typisch, feine ziselierte Fruchtsüße. Das ist Traminer vom Feinsten.

★★ **S € ZW**
2019 Zweigelt Ried Retzbacher Bergen + Weichselkirschen, angenehme Herbe, schön trocken, gewisse Tiefe, pikante Säure, rotbeeriger Auftritt, gute Länge. Ein guter Rotwein für alle Tage.

★★ **S € ZW**
2019 Zweigelt Ried Retzbacher Mitterpointen + Kirschen, etwas Vanille, samtige Fülle, Waldbeeren, strukturiert, feine Tannine, ausgewogen, elegant und stimmig, Druck nach hinten.

★★★ **K €€ ME**
2017 Merlot Ried Retzbacher Kappenhaiden + Kühl, rote Beeren, Hagebutten, auch dunkle Beeren, bisschen Paprika, fruchtiger Charme, elegante Note, gute Länge. Ein balancierter, angenehmer Merlot.

★★★ **K €€ CF** TIPP
2016 Cabernet Franc Ried Retzbacher Eisenköpfen + (Ausbau in einem großen, neuen Eichenfass – 1600l Inhalt) Ein ungemein würziger Rotwein, etwas Rumtopf, auch Hagebutten, rote Beeren, Spur Paprika, dezente Kaffeenoten, Schoko, der Wein strahlt auch Mineralität aus, dezent grasige Noten. Ein sehr typischer und eleganter Cabernet Franc von Klasse.

NEU

Weingut
Neunteufl

Rudolf Neunteufl
2013 Viendorf 33
Mobil +43 650 979 73 57
rudolf.neunteufl@aon.com, www.weinbau-neunteufl.at
5 Hektar, W/R 80/20, 12.000 Flaschen/Jahr

Das Weingut Neunteufl in Viendorf/Göllersdorf – Weinviertel – bewirtschaftet fünf Hektar Rebfläche in den Rieden Karren, Pucher Altenberg und Ried Pucher Graben – hier regiert der Löss.

Die Familie betreibt auch einen Heurigen, wo mehrmals im Jahr ausg'steckt ist. Der Grüne Veltliner ist die Leitsorte, ergänzt durch etwas Muskateller, Weißburgunder, Chardonnay, Zweigelt.

Zur Verkostung standen anfangs drei Grüne Veltliner bereit:

2020 Ried Karren, ein klassischer, rescher Heurigen-Veltliner.

2020 DAC vom Pucher Graben, der Eleganz, Würze und Pfeffer zeigt.

2020 Reserve „Stock & Stein" ist ein Veltliner mit feinem Körper, Komplexität und guter Substanz.

Der Muskateller ist ein toller Wein zum Aperitif oder überhaupt.

Schön ist der Weißburgunder, von vornehmer Stilistik, der aber von Flaschenreife profitieren wird.

Der 2020 Riesling Rudolf 4. ist ein richtiger Kneipp-Wein mit Biss.

Die Weine sind durchwegs in Ordnung, wobei durchaus noch eine Menge Luft nach oben ist. Der Weg stimmt. *as*

WEINVIERTEL DAC

★ S € GV
2020 Grüner Veltliner Ried Karren + Gelbfruchtig, weißer Pfeffer, gelber Apfel, Birnenfrucht, dezente Kräuter, rassige Säure, zart würzig, sehr lebendig, rustikaler Touch, ein typischer, kerniger Grüner Veltliner mit Biss.

★★ S € GV
2020 Grüner Veltliner Ried Pucher Graben + Kernobst, weißer Pfeffer, dezent rauchig, knackige Frische, elegant und würzig, frische Säure, lebendig, ist zugig auf dem Gaumen. Typisch, ein rescher Grüner mit pikanten Noten, der sich durchsetzt.

★★ S €€ GV
2020 Grüner Veltliner Reserve „Stock & Stein" + Ein würziger Grüner Veltliner mit elegantem Körper, weißem Pfirsich, der sich mit dem Pfeffer vermählt, Kernobstnoten kommen hinzu, gewisse Komplexität, kräftig, energiegeladen, sehr gute Ansätze, seine Vorzüge wird er im Herbst voll und ganz ausspielen.

★ S €€ GM
2020 Gelber Muskateller Ried Altenberg-Puch + Holunder, Citrus, weißer Apfel, zarte Muskatnuss, ein Muskateller, der einen so richtig anhüpft, knackige Frische, rassige Säure, absolut appetitanregend, sehr lebendig, ein forscher Junker.

★ S € RI
2020 Riesling „Rudolf 4." + Steinobst, Lederapfel, Birne, etwas Pilze, ein Riesling mit Biss, der einen fordert, burschikos, rassig, grüne Töne zeigend. Ein richtiger Kneipp-Wein.

★★ S € PB
2020 Weißburgunder + Der Wein entbietet ein vornehmes Bouquet, gelber Apfel, geriebene Nüsse, voller Rasse, noch mit versteckter Eleganz, dieser Wein braucht Flaschenreife, er wird seine Vorzüge im Herbst zeigen.

★ S € CH
2020 Chardonnay + Aschantinuss, Pfirsich, gelbfruchtige Noten, knackige Säure, ein rescher Bursche, ein Chardonnay mit rustikalen Noten, da bleibt kein Auge trocken.

★ S € ZW
2020 Rose Zweigelt + Eine Anfangsreduktion, die den Himbeeren weicht, auch Erdbeeren kommen ins Spiel, Fliedertöne, Kirschen, auf dem Gaumen wird es rassig, so richtig trocken, herb und etwas kantig.

Weingut
Neustifter

Karl Neustifter
2170 Poysdorf, Laaerstraße 10
Tel. +43 2552 3435
info@weingut-neustifter.at, www.weingut-neustifter.at
24 Hektar, W/R 70/30, 150.000 Flaschen/Jahr

Im Fokus allen Schaffens von Vater Karl und Tochter Monika Neustifter stehen die Liebe zum Wein und damit auch die Erhaltung der Gesundheit der Böden. Der behutsame Umgang mit Böden und Reben wird auch jedes Jahr mit hoher Qualität der Weine belohnt.
Die Familie Neustifter hat den Betrieb bereits auf Bio umgestellt. Mit dem Jahrgang 2020 wurde nun der Gemischte Satz schon als Bio-Wein bereitet – mit so großem Erfolg, dass 2021 alle Weine des Betriebs als Bio-Weine gekeltert werden.
Die Hauptsorte ist weiterhin der Grüner Veltliner, der als Weinviertel DAC und als Stockkultur ausgebaut wird. Neben Grünem Veltliner und Rosé gilt die große Leidenschaft den Rotweinen, die Winzerin Monika gemeinsam mit ihrem Vater Karl keltert. *kk*

WEINVIERTEL DAC

★★ S €€ GV
2020 Grüner Veltliner Klassik + Dichtes Kernobstbukett; grüne Äpfel, Ringlotten, bisschen Rhabarber und etwas vegetabil, leichtfüßig, aber kompakt strukturiert, straffend saftige Grapefruits, dunkle Würze mit schwarzem Pfeffer im Finish.

★★★ S €€€ GV
2019 Grüner Veltliner Terroir Reserve Ried Hermannschachern + Nussiges Kernobst-Confit; zart gerösteter Buttertoast mit etwas Vanillecreme, fein malzig süßer Tabak, getrocknete Birnen in geschmeidiger Säure der Physalis-Frucht, dicht und füllig mit samtig eingelegten Honigmelonen im Finale.

NIEDERÖSTERREICH

★★ S €€ WR FUN
2020 Welschriesling Klassik Ried Hermannschachern + Dichtes Kernobst Bukett; saftig sommerlich schlanker Körper, etwas Blumenwiese, frische Äpfel, mit beschwingter Säure animierend im Finish.

★★ S €€ GS
2020 Gemischter Satz Klassik (GV/RI/SB/MU) + Pfirsich-Quitten-Bukett; glasklar und straff, Marillen und Mandarinenzesten, kräuterwürzig blättrige Aromen, etwas Eibisch, unaufdringlich selbstbewusst mit viel Trinkfreude.

★★ S €€ GV
2020 Grüner Veltliner Exklusiv Ried Hermannschachern + Ringlottenduft; einladend gelbfruchtig, füllig und samtig, Honigblüten und karamellisierte Apfelspalten, zart röstig, orangefruchtige Säure, fein nussig-malzig im Abgang.

★★ S €€ SB
2020 Sauvignon Blanc Exklusiv Ried Rösselberg + Duftiger Kräuterstrauß; pikant grünblättrig mit Holunderblüten, Stachelbeeren zu frischem Brennnesselspinat, helle Johannisbeeren in munterer Säure im beschwingten Trinkfluss.

★★★ S €€ GV PLV
2019 Grüner Veltliner Terroir Ried Saurüsseln + Duft gelber Birnen; saftige Quitten-Blutorangenmelange, mit fester Säure heller Beeren, ruhig strömend und harmonisch, bisschen Biskuitkuchen, dunkle Würze und grüner Pfeffer, fein röstig, kompakt und vielschichtig mit viel Zukunft.

★★★ S €€€ GV TIPP
2019 Grüner Veltliner unfiltriert und ungefiltert + Quitten und Hefekuchen; lebendig und samtig, individuell komponierte Birnen, Mandel und Kräuter, elegante Mandarinenschalen in lebhafter Säure, etwas mineralische Noten, mittig eine Weinbeere als traubiges Symbol, vielschichtig und charmant eigenwillig im Nachhall.

★★★★ K €€€€€€ GV
2018 Neustifter Grüner Veltliner Stockkultur Ried Steinberg + Gelbe Tropenfrüchte; reifes Kernobst mit Karamellnuancen, dann auch cremig-stoffige Biskuitroulade, pikante Arancini-Aromen in lebendiger Säure, vollmundig und elegant, mit gedämpfter Kräuterwürze, etwas nach hellen Teeblättern, im langen Rückaroma feine Biskotten mit Quittengelee.

★★ S € CS FUN
2020 Cabernet Sauvignon Rosé Klassik Ried Steinberg + Animierende rote Beeren; saftige rote Paprikaschoten, pikante Johannisbeeren in jugendlichen Tanninen, mit Kirschfrucht und Kräuterwürze, frischer und trinkfreudiger Sommerwein!

★★ S €€€ SO
2015 Cuveé Terroir Ried Maxendorf (ZW/ME/CS) + Duftiger Beerenröster; gereifte Schwarzkirschen mit Erdbeerhauch, würzige Peperonata, Vanille und süßer Pfeifentabak, freundlich und offen, elegant im Finish.

★★★ S €€€ CS
2018 Cabernet Sauvignon Terroir Ried Maxendorf + Dunkle Beerenmelange; Cassis und rote Spitzpaprika, fleischig und satt, griffig-reife Tannine nach dunkler Schokolade und Kirschröster, fruchtige Säure mit einem Touch Orangen, kräuterwürzig und leicht rauchig, bleibt lange auf dem Gaumen präsent.

NEU

Weingut
Andreas Ott

Andreas Ott
2102 Hagenbrunn, Schloßgasse 9
Tel. +43 2262 672120
office@andreasott.at, www.andreasott.at
12 Hektar, W/R 70/30

Andreas Ott ist ein hochtalentierter junger Winzer, der das elterliche Weingut in Hagenbrunn vor den Toren Wiens in zweiter Generation und – ich wage zu behaupten – in lichte Höhen führt. Es sind Weine, die durchwegs Lagerpotenzial haben, mit Substanz, Eleganz und Rückhalt.

Der Gemischte Satz 2020 zeigt schon auf, dass man hier richtig ist. Das setzt sich fort beim 2020 Sauvignon Blanc.

Von fordernder Knackigkeit und einer rassigen Ader ist der halbtrockene 2020 Riesling. Dieser dezente Restzucker trägt ihn in die Zukunft.

Prachtvoll ist der 2020 Grüne Veltliner DAC aus der wahrscheinlich besten Lage in Hagenbrunn – Ried Aichleiten. Ein Referenzbeispiel für diese Kategorie.

Ein Wein von innerer Größe ist der GV DAC Reserve Ried Sätzen. Ein gehaltvoller, hochwertiger Wein, der zur Elite des Weinviertels zählt.

Rotwein kann er auch, der Andreas Ott. Der 2018 Zweigelt ist ein Beweis dafür, welch sensibles Händchen er hat. Ganz fein holzunterlegt mit großer Eleganz. Ein richtiger Herzenswein.

2019 Merlot Reserve und 2017 Cuveé Reserve – das sind Rotweine von internationaler Stilistik. Sehr schmackhaft.

Wir werden noch einiges von Andreas Ott hören – besser gesagt verkosten. Die Zukunft ist gesichert. Dem Weingut ist auch eine nette Buschenschank angeschlossen, wo man zu den Schmankerln die ausgezeichneten Weine genießen kann. *as*

WEINVIERTEL DAC

★★ S €€ GV FUN
2020 Grüner Veltliner Ried Aichleiten + Ein nach Heublumen duftender Wein, weißer Pfeffer, dezente Exotik, Kräuterwürze, mineralische Noten, sehr balanciert, stimmige Säure, knackig frisch auf hohem Niveau. Ein Referenzbeispiel für Weinviertel DAC + Ein Wein, der viele Speisen mit einem Augenblinzeln begleitet. Absolut typisch und authentisch.

★★★★ S €€ GV TIPP
2019 Grüner Veltliner Reserve Ried Sätzen + Sattes Grün, frische Kräuter, rauchige Noten, ein bisschen speckig, cremige Textur, gehaltvoll und reichhaltig, sehr reife Trauben, Zitrusnoten, honigwabenes Timbre, steinige Aspekte, hochwertiger Pfeffer, Apfeltöne, noble Struktur, in sich ruhend, langatmig, viel Substanz, große Eleganz. Ein Wein, der zur Spitze des Weinviertels gehört. Ein Wein mit der Würze eines besonderen Gewächses.

NIEDERÖSTERREICH

★★ S €€ GS
2020 Gemischter Satz + (GV, WR, WB, RI) Heuige Aspekte, getrocknete Kräuter, Kernobst, rassige Frische, bisschen Pfeffer, bisschen Steinobst, bisschen Anmut und mit einer fruchtigen Note, hier ist ein Orchester tätig, das sich nicht überstimmt. Ein hervorragender Wein auf tollem Niveau.

★★ S €€ SB
2020 Sauvignon Blanc + Brennnesseln und Stachelbeeren, etwas grüne Frucht, etwas grüner Paprika, Zitrusfrische, Cassis, Kräuter, Oliven, ein sehr prägnanter – burschikoser – Sauvignon Blanc, der perfekt zur Heurigenjause passt. Ein Macho-Wein, der sich gerne in den Vordergrund stellt.

★★ S €€ CH
2020 Chardonnay Ried Fasching + Eine Kräuterwiese mit zart blumig-buttrigen Noten, Nelken, fruchtige Frische, ein Wein mit Eleganz, pointierter Säure, grüner Apfel, Birnenfrucht, Citrus, etwas grüne Noten.

★★ S €€ RI
2020 Riesling + Ein Riesling mit einem dezenten Zuckerspitzerl, knackige Marille, mineralischer Schmelz, der Wein hat eine rassige Ader, ganz klar Riesling, von kühler Intensität, fordernd, nervig, der lässt einen nicht kalt, da steckt viel drinnen.

★★ S €€ ZW FUN
2018 Zweigelt + Ein feinst unterlegtes Aroma nach sensibel eingesetzter Eiche mit Kirschen und schwarzen Beeren, Schokotöne, mandelige Würze, Kirschkernaromen, Heidelbeeren, ein ungemein feiner Zweigelt, tolle Frucht, von gediegenem Ausdruck, einer eleganten Art, absolut überzeugend. Ein Wein von unaufdringlicher Noblesse und einem besonderen Auftritt.

★★★ S €€€ ME
2019 Merlot Reserve + Johannisbeeren, Kirschen, Brombeeren, Waldboden, ein offenherziger Rotwein mit weichen Tanninen, einer eleganten Fülle, feinem Holz, samtiger Textur, sehr attraktiv, rund und mollig bei frischem Ausdruck. Ein Fruchtbündel mit Charme, holzunterlegt, Vanillearomen, wunderbar zu trinken.

★★★ S €€€ CR
2017 Cuveé Reserve + (ME, ZW, SL – 100% neues Holz) Kirschfrucht mit Lebkuchen, reifen Kirschen, ein Beerenmix, Schokolade, dezente Pilznoten, füllige Struktur, ein kompakter Wein mit Länge, viel Frucht, einigem Druck, körperreich, sehr elegant, eine Substanz für viele Jahre.

Weingut **Pleil**

Christian Pleil
2120 Wolkersdorf, Adlergasse 32
Tel. +43 2245 2407, Fax -4
weingut@pleil.at, www.pleil.at
18 Hektar, W/R 75/25, 100.000 Flaschen/Jahr

Schon seit Generationen widmet sich die Familie Pleil in Wolkersdorf dem Weinbau. Aktuell führt Christian Pleil Regie. „Ich wollte immer schon Winzer werden, schon als Kind", sagt er. Folgerichtig absolvierte er die Weinbauschule in Klosterneuburg. Dann folgten Auslandsaufenthalte in Deutschland, Kalifornien, Südafrika und Australien, um sein Wissen zu vertiefen und die Grenzen auszudehnen. Ungeachtet dieser Erfahrungen ist der Grüne Veltliner seine Liebslingssorte; rund 45% der Rebfläche des Familienbetriebes sind damit bestockt. Grundsatzlich werden die Weißweine in gekühlten Tanks vergoren und ausgebaut. Das diene der Frucht und dem Sortencharakter, so der junge Mann. Auch Rotwein wird gekeltert, und zwar aus den Rebsorten Zweigelt und Merlot; insgesamt bringt er es auf einen Anteil von knapp 25%. Der Ausbau erfolgt in Holzfässern, zum Teil auch in Barriques. Abgerundet wird das Sortiment durch Sekt und süße Prädikatsweine. Der Betrieb gehört zur Gruppe der Premium Weingüter Weinviertel.
Mit dem Jahrgang 2020 ist Christian Pleil sehr zufrieden, er kam seinen Intentionen entgegen. Die Verkostung der akuellen Serie zeigt, dass die Weine glockenklar, frisch, fruchtig und sortentypisch ausgefallen sind. Laut und vordergründig ist keiner, ein attraktives Preis-Leistungs-Verhältnis ist ein weiteres gemeinsames Merkmal. *ww*

WEINVIERTEL DAC

★★★ S €€ GV
2020 Grüner Veltliner Ried Sonnleiten + Ruhig, fein, sortentypische Würze, saftige Äpfel; schließt aromatisch an, feingliedrig, Säurespiel, zugänglich, viel Frucht im Abgang und im Nachhall.

★★★ S €€€ GV TIPP
2020 Grüner Veltliner Reserve + Sanfter Druck, Pfeffer, Kräuter, Äpfel; Fruchtschmelz, Äpfel, Marillen, Ringlotten, zartes Säurerückgrat, hinten Prise Kräuter, gute Länge, Struktur, Frucht und Würze mit bodenstämmigen Noten im langen Nachhall.

NIEDERÖSTERREICH

★★ S € GS
2020 Gemischter Satz Ried Wienerfeld + Dezent, einige Facetten, Frucht, Würze; lebhaft, fruchtbetont, saftige Äpfel, etwas Steinobst, würzig, zugänglich, mittleres Gewicht, fruchtbetonter Nachhall.

★★★ S € RI
2020 Riesling + (Noch) ein wenig verhalten, zarteste Frucht und florale Noten; zeigt im Geschmack schon deutlich mehr, fein liniert, frisches Steinobst, zarte Säure, beschwingt.

★★★ S € Blütenmuskateller PLV FUN
2020 Blütenmuskateller + Spontan ansprechend, wie ein eleganter Gelber Muskateller, Holunderblüten, Zitronenblüten, Zitronen, Muskatnuss, Hauch Gartenkräuter; aromatisches Dacapo, angenehme Säure, Substanz, vielfältige Aromen lange im Nachhall, mit Luft auch Riesling-hafte Facetten.

★★★ S € CH PLV
2020 Chardonnay Ried Wienerfeld + Glockenklar, frische Birnen, Prise Haselnüsse; schließt aromatisch an, feinkörnige Säure, lebhaft, Birnen, im mittellangen Abgang auch reife Marillen.

★★★ S € SB PLV
2020 Sauvignon Blanc + Stachelbeeren, bisschen grüner Paprika, Cassislaub; schließt aromatisch an, einige Substanz, zugänglich, sanfter Schmelz, hauchzarte Würze, im Nachhall auch Zitrus und Pfirsiche.

★★ S € ZW
2020 Zweigelt Klassik + Glockenklar, Schwarzkirschen; animierende Kirschenaromen, hauchzarte Würze, angenehme Tannine, belebendes Säurespiel, mittlere Länge, knackige Kirschen im Nachhall.

★★★ S €€ ZW
2019 Zweigelt Ried Kirchbergen + „Mon Chéri", reife Vogelbeeren, frisch; zartes Säurespiel, sanfter Zug, Kirschen und Beeren, zarteste Gewürznoten, feines Gerbstoffnetz, mittlere Länge, für diese Preisklasse beachtlich.

★★★★ S €€€ CR TIPP
2017 Cuvée Reserve + (ZW/ME) Kirschen, Waldbeeren, Hauch Lorbeerblatt und Wacholderbeeren, fein verwoben; schließt aromatisch an, zarte Gewürznoten etwas akzentuierter, feingliedrig, strukturgebendes Gerbstoffnetz, Trinkfluss, kühler Touch, Gewürze klingen lange nach.

ÖSTERREICH

★★ S € Donauriesling
2020 Donauriesling + Gelbfruchtig, gelbe Blüten, ansprechend; viel Frucht, Pfirsiche und Marillen, etwas Äpfel, sanfter Druck, integrierte Säure, gute Länge.

Weingut
Pollerhof

Erwin Poller
3743 Röschitz, Winzerstraße 48
Tel. +43 2984 3995
weingut@pollerhof.at, www.pollerhof.at
25 Hektar, W/R 80/20, 170.000 Flaschen/Jahr

Erwin Poller ist ein ungemein feinfühliger, hochsensibler Mensch-Winzer, dem die Natur wichtiger als alles andere ist. Er bewirtschaftet schon sehr lange seine Weingärten organisch-biologisch und wird mit dem kommenden Jahrgang als Austria BIO Wein deklariert.

Erwin Poller ist ein Kreativbündel, immer neugierig und voller Leidenschaft. Bei den Weinen kennt er keine Kompromisse. Er macht unverwechselbare Kreszenzen, die von höchster Bekömmlichkeit sind. Hier erkennt man immer die Handschrift des Winzers. Die Weine verstehen auch zu reifen.

Der Jahrgang 2020 ist wohl gelungen. Schon der Grüne Veltliner Ried Galgenberg strahlt eine ungemeine Frische aus. Beim Grünen Veltliner Phelling schimmert das Urgestein aus dem Glas; gesicherte Zukunft.

Der Kultwein des Hauses ist die „Frau Mayer", ein Grüner Veltliner aus uralten Reben; viel zu günstig. Erwin Poller bewirtschaftet auch einen Pachtweingarten namens GOASBUGEL, worauf ein Roter Veltliner steht. Ein spannender Wein und ganz selten in dieser Gegend. Sehr limitiert.

Einen unbeschreiblich typischen Gelben Muskateller gibt es und einen betörenden Traminer Gebirg. Man muss schon sagen – gäbe es Erwin Poller nicht, müsste man ihn erfinden. *as*

WEINVIERTEL DAC

★★★ **S €€ GV**
2020 Grüner Veltliner Phelling + (Urgestein-Granit) Weißer Pfeffer, frische Säure, sehr lebendig, etwas nussig, Ringlotten, Lederapfel, rauchig, sehr typisch, dunkle Mineralik, Quitten, Kräuter, sehr engmaschig. Hat einiges Potenzial.

NIEDERÖSTERREICH

★★ **S € GV** FUN
2020 Grüner Veltliner Ried Galgenberg + (Löss) Gelbfruchtig, frischer Apfel, weißer Pfeffer, Ringlotten, knackige Säure, Citrus, straff durchgezogen, ein leichter Vertreter seiner Sorte, der viel Spaß macht.

★★★ **S €€€ RV**
2020 Roter Veltliner Ried Goasbugel + Ungemein kühl, voller Frische, noch total jung, gelbe Früchte, Lebkuchen, Blutorangen, salzig, wird cremig, baut Frucht auf, gute Länge. Ein Wein mit einiger Zukunft, der im Herbst so richtig ankostbar sein wird. Substanzreich, einige Tiefe. Eine Rarität, die es in der Region nicht gibt.

★★★ **S €€ GV** TIPP
2020 Grüner Veltliner „Frau Mayer" + (Granit – 80 Jahre alte Reben) Dieser Wein ist inzwischen ein Kultwein im Pollerhof. Voller Veltliner-Würze, pfeffrig, reife Birne, rauchig, Orangenschalen, extraktreich, Ananas, Ringlotten, kühle Noten, mineralischer Touch, voller Pikanz, Grapefruit, tolle Säure. Ein Langstreckenläufer!

★★ **S €€ GM** FUN
2020 Gelber Muskateller Marktweg + Geriebene Mandarinenschalen mit Limetten, Ananas, ungeheuer duftig, rassig, sehr präsent, exotisch anmutend, fordernd-rassig, dabei aber zart, fast zerbrechlich wirkend. Ein leichter, höchst individueller Wein, erfrischend, von seltener Eleganz. Der perfekte Aperitif.

★★ **S €€ CW**
2020 Vom Löss + (SB, GM + etwas Traminer) Helles Grün-Gelb, Holunderblüten, ein Hauch Rosen, Orangenzesten auf dem Gaumen, weiße Blüten, viel Extrakt, reife Früchte, von herrlicher Pikanz. Ein sogenannter „schmeckerter", der den Gaumen erfrischt, belebt und perfekt zu orientalischen Speisen passt.

★★★ **S €€ TR**
2020 Traminer „Gebirg" + Ein wahnsinnig guter Traminer, im November gelesen, konzentriert, stoffig, Rosenblüten, Ananas, Grapefruit, vollreife Litschis, cremige Fülle aufbauend, von großer Eleganz. Trotz reichlich Alkohol (15% Vol.) ist es ein absolutes Trinkerlebnis. Ein feiner Restzucker umschwebt den Gaumen. Ein Wein, der natürlich von Flaschenreife profitieren wird, und den man erstmalig vor Weihnachten öffnen sollte. Ein Gansl mit Rotkraut, viele Orangen – und dieser Wein. Das wird ein orgastisches Erlebnis sein.

★★ **S € ZW** FUN
2020 Rosé + Ein straffer, burschikoser Rosé mit einer herben Note, Ribisel, Kirschen, etwas Rhabarber, zupackend, tolle Säure, Walderdbeeren. Ein Rosé mit viel Charakter und einiger Zukunft. Grundehrlich mit einigem Tiefgang. Sehr prägnant, unverwechselbar, ein Essensbegleiter von seltener Güte.

Weingut
Wine by S. Pratsch

Stefan Pratsch
2223 Hohenruppersdorf, Milchhausstraße 5
Mobil +43 676 624 97 73
office@pratsch.at, www.pratsch.at
50 Hektar, W/R 60/40

Stefan Pratsch fühlte sich zum Weinbau berufen, als er sich entschied, zu den im elterlichen Weinbaubetrieb erworbenen praktischen Erfahrungen die Ausbildung an der Weinbauschule Mistelbach zu absolvieren. Damit war klar, das elterliche Weingut zu übernehmen, um es nach seiner Philosophie weiterzuführen und nach seinen Ideen zu gestalten. Dazu musste er zuerst seinen eigenen Weg finden, um die von ihm erkannte Bedeutung der Natur zu bewahren und die Vielfältigkeit der Vegetation im Weingarten zu unterstützen. Die Lösung lag für Stefan Pratsch klar auf der Hand: Nur biologischer Weinbau auf der Grundlage möglichst naturschonender Maßnahmen unter Berücksichtigung von Ökologie und Umweltschutz kam für ihn infrage. Da die Charakteristik des Weins vom Untergrund der Lagen maßgeblich geformt wird, ist für Stefan Pratsch die wichtigste Aufgabe, den Boden gesund zu erhalten und damit das natürliche Gleichgewicht der Vegetation im Weingarten zu bewahren. *kk*

WEINVIERTEL DAC

★★ S €€ GV
2020 Grüner Veltliner Classic + Duftige Äpfel; saftiges Kernobst, gelbe Paprikaschoten, beschwingte rosa Grapefruits, Quitten und etwas Ingwerwürze, elegant-pfeffriges Veltliner-Finale.

NIEDERÖSTERREICH

★★★ S €€ GV
2020 Grüner Veltliner Ried Rotenpüllen + Saftige Äpfel; würzig-reifes Kernobst, karamellisierte Quitten, gebratene Ananas in fruchtiger Säure, dicht und sämig, gelbschotige Würze, weißer Pfeffer und Quarzspuren im kompakten Abgang.

★★★★ S €€€ GV PLV
2020 Grüner Veltliner Ried Heiligenberg + Steinobstbukett; ausdrucksstark, dicht und tiefgründig, reife Agrumen, seidiges Marillen-Pfirsich-Confit, schmelzige Ringlotten, extraktsüße Exotik, helle Blüten und zarte Nussschalen zu mineralischen Adern, gaumenfüllend im Finale.

★★★★ K €€€€ GV
2019 Grüner Veltliner Erdverbunden + Orangenblütenduft; Salbei und Orangencreme, Limettenzesten in charmanter Säure, etwas Kirschblüten, rauchige Cashewkerne, helle Tabakblätter, feinkörnige Gerbstoffe, bisschen Kakao und Feigen, in sich ruhend, asketisch und doch wohlig, braucht noch Zeit, um seine Wertigkeit als Naturwein zu entwickeln.

★★ S €€ SB FUN
2020 Sauvignon Blanc Classic + Grünwürziger Duft; munter und keck, weiße Johannisbeeren, knackig grüne Schoten, Holunder und würziger Brennnesselspinat, ein unbeschwerter Muntermacher.

★★★ S €€€ SB
2020 Sauvignon Blanc Ried Kittel + Saftiger Cassis-Duft; rassige Säure von Ananas und weißen Johannisbeeren integriert den enormen Fruchtdruck, Peperoni und Gras, vielschichtig und kräftig, präzise Mineralik, ein vorbildlicher Sortenvertreter.

★★★★ S €€€ SB TIPP
2020 Sauvignon Blanc Ried Pfarracker am Heiligenberg + Stachelbeerduft; nobel gedeckte Frucht, Johannisbeer-Confit und cremige Stachelbeeren, kerniger Extrakt, kandierte Holunderblüten und fruchtige Schoten, fruchtsüß unterlegt, integrierte Säure reifer Limetten, charmant und animierend im Nachhall.

★★★★ K €€€€ TR
2020 Traminer Erdverbunden + Kumquat-Zitrus-Nase; straffe Arancini und Zitronenmelisse, Rosenblüten, rote Beeren, Rosmarin und süße Peperoni in kompakter Würze, Piment mit Hefegebäck und Lebkuchen, animierender Fruchtschmelz, helle Erde, mit fruchtig-herben Birnen, nussig im Abgang.

★★★★ S €€€ GV TIPP
2019 Grüner Veltliner Ried Steinberg Reserve + Gelbfruchtiges Bukett; Ringlotten und Marillen, seidige Bratäpfel, saftige Blutorangen in rauchigem Karamell, Paranüsse, vielschichtig und extraktreich, pikante Rhabarbernoten, getrocknete Wiesenkräuter, Eibisch, geerdete Mineralstruktur im wohlig gaumenfüllenden Echo.

★★ S €€ ZW
2020 Zweigelt Rosé + Kirsch-Apfel-Duft; Waldbeeren mit Weichselgelee, schwungvolle Johannis- und Himbeeren, charmante Marzipannoten, animierend feine Kräuterwürze, beschwingt für den Sommertag.

ÖSTERREICH

★★ S €€ ZW FUN
Zweigelt Rosé Frizzante dry + Lebhaft frisch-fruchtig; jugendliche Herzkirschen und rote Johannisbeeren in charmanter Weichselsäure, saftig animierender Fruchtschmelz.

Weingut **Prechtl**

Franz Prechtl
2051 Zellerndorf 12
Mobil +43 676 323 84 70
weingut@prechtl.at, www.prechtl.at
17 Hektar, W/R 92/8

Die Prechtls sind sehr zufrieden mit dem Jahrgang 2020, Franz Prechtl stellt ihn in Teilen fast über 2019. Ein nicht einfacher Jahrgang, mit einem enormen Arbeitsaufwand bei der Lese. Doch es hat sich gelohnt. Die Weine haben durch die Bank eine knackige Säure, nicht zu viel Alkohol und zeichnen sich durch eine würzige Mineralität aus. Es gibt einen neuen Wein im Hause Prechtl: 2020 Grauburgunder – diese Rebsorte schätzt Franz Prechtl besonders, und er wird in nächster Zeit zusätzliche Reben davon auspflanzen.

Der Grüne Veltliner dominiert natürlich im Weingut, davon vier von 2020, die alle in ihrer Art ungemein stimmig sind, wobei die Ried Längen der Wein der Herzen ist. Zwei Grüne aus dem Jahr 2019 gibt es, grundverschiedene Gewächse: Ried Äußere Bergen – von fast burgundischer Stilistik – und der Leitstall – üppig und mächtig, doch nie aufdringlich, ein Wein für Hauptspeisen. Außerhalb der Phalanx der Grünen ist der 2020 Riesling Ried Wartberg vielleicht der unterschätzteste Wein des Hauses und macht beste Figur. Sauvignon Blanc und Gelber Muskateller sind perfekt gelungen. Letzterer ist besser denn je. Der 2020 Grauburgunder lässt sich gut an, braucht aber noch unbedingt Flaschenreife. Erst im Herbst öffnen.

Nicht zu vergessen: Petra Prechtls Sommerladen – mit ihren Accessoires und kleinen Leckereien. Dabei kann man auch die Weine probieren. *as*

WEINVIERTEL DAC

★★ **S € GV** FUN
2020 Grüner Veltliner Classic + (Urgestein, Löss) Weißer Pfeffer, reifer Apfel, frisch-fruchtig, Melone, Blüten, Kräuter, tolle Säure, pfeffrig, sehr stimmig und erfrischend.

★★★ **S €€ GV**
2020 Grüner Veltliner Alte Reben + (verschiedene Weingärten – Löss-Urgestein – 35–50 Jahre alte Reben) 13,1% Vol., Dunkle Kräuterwürze, ausgeprägter schwarzer Pfeffer, Tabak, intensive Würze, frisch, super Säure.

★★★ **S €€ GV** TIPP
2020 Grüner Veltliner Ried Längen + (Löss) Gelbfruchtig, weißer Pfeffer, von feiner exotischer Frische, cremiger Textur, feiner-seidiger Frucht, höchst balanciert, elegant und vielschichtig, reife Birnen, Ananas, ganz klar Grüner Veltliner. Es ist der Veltliner der Herzen.

★★★ **S €€ GV**
2020 Grüner Veltliner Ried Altenberg + (Urgestein) Kühl und energiegeladen, straff durchgezogen, kernige Struktur, karge Anmutung, klirrende Mineralität, schlank bei einigem Tiefgang, reife Birnen, Ananas, salzig, herzhaft, sehr gut.

★★★ **S €€€ GV** TIPP
2019 Grüner Veltliner Reserve Ried Äußere Bergen + (Urgestein) 13,8% Vol. Anfangs dezente Reduktion, die ihn in lichte Höhen trägt, ungemein tief, streng und straff, kühl, feste Struktur, Steinobst, ausgeprägter Pfeffer, kommt fast Riesling-haft daher. Rauchig und vielschichtig. Die dunkle Mineralität springt einen förmlich an.

★★★ **S €€€ GV** TIPP
2019 Grüner Veltliner Reserve Leitstall + 15% Vol., ein unglaublicher Wein, Exotik pur, mächtig, kraftvoll, voller Pfeffer, Schwarztee, dezente Rösttöne vom Ausbau im Akazienholzfass, Dörrobsttöne, Kastanien, cremig und schmelzig, geht voll in die Tiefe, barocke Anmutung, dabei nie belastend.

NIEDERÖSTERREICH

★★ **S €€ CW** FUN
2020 Burgunder Cuvee + (50% CH, 45% WB, 5% GB) Gründgelb leuchtend, Blütenduft, feine Exotik, gelbfruchtig, sehr elegant, feine Frucht, Hauch von Nüssen, kühl mit cremigem Touch, gediegen, höchst angenehm, sehr stimmig, ein nobler Wein.

★★ **S €€ PG**
2020 Grauburgunder + Erstmals ein reinsortiger Grauburgunder aus dem Hause, anfangs noch streng, brauchte etwas Zeit, wurde dann runder und harmonisch, natürlich noch viel zu jung, das ist ein richtiger Herbstwein. Grapefruit, Birnen, Kräuter, Gewürze, dezenter Bratenduft, tolles Säurespiel, ein fast filigraner Grauburgunder, der Flaschenreife benötigt.

★★ **S €€ SB**
2020 Sauvignon Blanc Ried Altenfeld + Eine Subriede vom Wartberg (Urgestein) Subtiler Sauvignon, hinten lauern die Stachelbeeren, Holunder, Spur Paprikapulver, feingliedrig, glockenklar, Zuckerwatte, passende Säure, elegant.

★★ **S €€ GM**
2020 Gelber Muskateller Ried Maulavern + 17 KMW Rauchig, Zimtig, holundrig, Citrus, Rosenblüten, tropische Frucht, feinste Aromatik, weinige Struktur, sehr typisch. Ein Aperitif-Wein par excellence. Fast noch besser als 2019.

★★ **S €€ RI**
2020 Riesling Ried Wartberg + (Urgestein) Steinige Aspekte, weißer Pfirsich, Marille, dezent schokoladig, eine Spur Botrytis, dezenter Restzucker (6g/l), saftig, Mineralität ausstrahlend, vielschichtig, auch salzig, in sich harmonisch, nuanciert.

Weingut
Pröll

Maximilian & Andreas Pröll
3710 Radlbrunn 48
Tel. +43 2956 3441, Mobil +43 664 233 10 68
proell@weingut-proell.at, www.weingut-proell.at
20 Hektar, W/R 80/20

Das Weingut Pröll steht für herkunftstypische Weine mit attraktivem Preis-Leistungs-Verhältnis. Dieser Betrieb im westlichen Weinviertel hat eine sehr lange Tradition. Schon seit über 300 Jahren befindet es sich im Besitz der Familie. Regie führt Andreas Pröll, unterstützt von seiner Frau Michaela und der nächsten Generation, nämlich Maximilian, Lorenz und Antonia. Andreas Pröll sieht sich als Winzer aus Leidenschaft, der in Generationen denkt, Gutes bewahrt und gleichzeitig offen ist für Neues. Das Sortiment ist umfangreich, von Weiß über Rosé bis Rot. Die Hauptrolle spielt der Grüne Veltliner, der es auf rund 40% der Anbaufläche bringt. Diese Varietät ist in mehreren Rieden ausgepflanzt. Unterschiedliche Expositionen und geologische Randbedingungen sorgen für Abwechslung in der Charakteristik der Weine. Der Galgenberg ist eine lehmige Lösslage, wo Grüner Veltliner, Frühroter Veltliner und Rivaner gedeihen. In der Bodenzusammensetzung ähnlich ist die Ried Lehlen, aber sie ist völlig nach Süden ausgerichtet; hier steht neben dem Veltliner auch Zweigelt. Prädestiniert für würzige und mineralische Grüne Veltliner ist die Ried Brenner mit ihrem leichten Untergrund aus lehmigem, steinigem Löss. Wuchtige Weiß- und Rotweine zeichnen die Ried Steiningen aus. Eine ähnliche Stilistik begünstigt die Ried Karln. Zu den besten Lagen des Hauses zählt die Ried Kirchberg. An ihrem steilen Südhang finden Riesling, Zweigelt, Merlot, Cabernet Sauvignon und Syrah beste Bedingungen. In der leicht östlich geneigten Ried Fellingen reifen Rivaner und Frühroter Veltliner vergleichsweise spät. Einen eleganten und trinkanimierenden Traminerstil ermöglicht die sandige Lage Wetzelsthal. *ww*

WEINVIERTEL DAC

★★★ **S € GV**
2020 Grüner Veltliner Ried Lehlen + Dezent exotisch, Mango, Baby-Ananas, zarte Würze; Tropenfrüchte, feine Würze, Prise Pfeffer, einige Substanz, würziger Nachhall.

★★★ **S €€ GV**
2020 Grüner Veltliner Ried Steiningen + Sortentypisch, Pfefferl, Hauch Lorbeerblatt, Zitrus und Äpfel; schließt aromatisch an, angenehme Säure, lebhaft, feiner Schmelz, frische Frucht im langen Nachhall.

NIEDERÖSTERREICH

★★ **S €€ GM**
2020 Gelber Muskateller Ried Karln + Dezent, Holunderblüten, Zitronenzesten, Limettenblätter; schließt aromatisch an, feine Kohlensäure, trinkanimierend, zugänglich, Zitrus und Holunderblüten im Abgang.

★★ **S € FV**
2020 Frühroter Veltliner Ried Fellingen + Boskop-Äpfel, zarte Kräuterwürze, Hauch Fichtennadeln; apfelfruchtig, Kräuter eingestreut, mittlere Länge.

★★★ **S € GV** **PLV**
2020 Grüner Veltliner Ried Galgenberg + Gelbe Äpfel, Lorbeerblatt, Wacholder, fein; pikant, Zug, angenehme Säure, Frucht und Würze fein verwoben, mittlere Länge, Äpfel und Pfirsiche klingen nach.

★★★ **S €€ GV**
2020 Grüner Veltliner Ried Lehlen „Der geistliche Pröll" + Tropenfrüchte à la kandierte Ananas und hochreife Maracuja, pfeffrige Würze; sanfter Druck, viel Frucht, exotischer Einschlag, pikant, im Nachhall Grapefruitzesten und Kräuter.

★★★★ **K €€ GV** **TIPP**
2019 Grüner Veltliner Lagen + Druckvoll, süße rote Beeren, rotfleischige Äpfel, Kräuter, nussige Akzente; schiebt kräftig an, Frucht, Kräuter und nussige Noten ineinander verwoben, Fruchtschmelz, lang, feine Pikanz.

★★★ **S € RI** **FUN**
2020 Riesling Ried Kirchberg + Freundlich, zarte Pfirsichnote, florale Akzente à la Kamillen; saftig, Säurerückgrat, glockenklar, Pfirsiche, mittleres Gewicht.

★★★ **K €€ CH**
2019 Chardonnay Reserve + Feine Gewürznoten, Blockmalz, nussig, reife Birnen, satt; Holz deutlicher, Vanille und orientalische Gewürze, passende Säure, Zitrus hinten, Gewürze im langen Nachhall.

★★ **S € CR**
2020 Rosé „Der frische Pröll" + Viel Frucht, Brombeeren, Weichseln und Walderdbeeren; schließt aromatisch an, akzentuierte Säure, ein Hauch von Gerbstoffen im Finish, belebend.

★★★ **S €€ ZW** **PLV**
2019 Zweigelt Ried Steiningen + Schwarzkirschen, dunkle Würze, Prise Pfeffer; saftige Kirschen, akzentuierte Würze, unaufdringliche Gerbstoffe, Heidelbeeren, mittlere Länge, eigenständig.

★★★ **K €€€ CR**
2018 Antonia + (CS/ME) Papriziert, Tomatenrispen, Efeu, knackige Cassisbeeren, kühl; Tanningrip, kühle Frucht, ätherische Ader, dezentes Holz mit kaltem Lagerfeuer und Gewürzen, Potenzial.

NEU

Winzerhof
Leo Rögner

Leo Rögner
2212 Großengersdorf, Kurze Zeile 62
Mobil +43 676 914 00 74
wein@leoroegner.at, www.leoroegner.at
6 Hektar, W/R 75/25, 30.000 Flaschen/Jahr

Wein nach meinen Vorstellungen ohne viel Schnickschnack – das ist das Credo von Leo Rögner. Leo Rögner leitet das Gut in dritter Generation mit Leidenschaft und Herzblut. Der Weinort Großengersdorf liegt im südlichen Weinviertel, östlich von Wolkersdorf, dort, wo der pannonische Einfluss spürbar ist.

Die Weine sind hervorragend. Die dortigen Löss-Böden sorgen für balancierte Weine mit Frucht und Würze. Mit der Säure des Jahrgangs 2020 sind sie noch um einen Tick finessenreicher. Sehr überzeugend ist der GV Klassik – ein Weinviertel DAC auf hohem Niveau, gesteigert vom GV Reserve Ried Satzen. Ein Wein, der aufzeigt, was alles möglich ist.

2019 LEOPOLD – ein Wein von großer Vielschichtigkeit und Tiefe. Sollte man dekantieren und aus dem Burgunder-Glas genießen.

Die Rögners haben übrigens einen Stand auf dem Wiener Yppenplatz, wo man jeden Samstag ihre Produkte erwerben kann, natürlich auch die Weine.

P.S. Es wird vermehrt auf Blaufränkisch gesetzt, vermehrt mit Spontangärung gearbeitet, noch mehr an der Qualitätsschraube gedreht. *as*

WEINVIERTEL DAC

★★ S €€ GV FUN
2020 Grüner Veltliner Klassik + Gelbfruchtig mit Pfefferschleier, reife Äpfel und Birnen, Ringlotten, ganz zart rauchig, sehr elegant und feinfruchtig, sehr in der Balance, sehr typisch, Honigmelone, knackige Frische, zugig auf dem Gaumen, trinklustig auf hohem Niveau.

★★★ K €€ GV TIPP
2019 Grüner Veltliner Ried Satzen + Voller gelber Früchte,
Honig-Touch, Orangenschalen, reife Birne, Bienenwachs, Pfeffer, Grapefruit, eng auf dem Gaumen liegend, Ringlotten, Apfel, ganz reife Trauben, tolle Würze, saftig, kräftige Eleganz, viel Ausdruck, einige Tiefe, feste Struktur, exotische Noten, Ananas, feingliedrig, tolle Länge, toller Wein, toller Typus. Hervorragender Grüner Veltliner!

NIEDERÖSTERREICH

★★ S €€ WR FUN
2020 Gelber Muskateller Klassik + Zimt, Holunder, Citrus, sehr duftig, Hauch von Rosen, voller Frische und Leben, frische Säure, zupackend, leicht und knackig, kühle Noten, typisch, trinklustig, perfekter Aperitif.

★★ S €€ GS
2020 Gemischter Satz Klassik + (GV, WR, SB, MU) Zarte Eibischnoten, ein Kräuterbouquet, angenehme Würze, Pfeffer, Apfelschalen, Birnen, spritzig, rauchig, ein burschikoser Wein, der sich sehr gut trinkt.

★★★ S €€ SB
2020 Sauvignon Blanc Klassik + Anfangs zarte Reduktion, deutet auf guten Stoff, weiße Blüten, Wiesenblumen, getrocknete Kräuter, ganz tief im Hintergrund lauert der gelbe Paprika, dezente Stachelbeeren auf dem Gaumen, fruchtbetont, etwas Ananas, exotisches Timbre, der Sauvignon Blanc kommt ganz langsam hervor, da ist nichts laut oder grün. Das ist hervorragender Wein aus reifen Trauben und absolut hintergründig.

★★★★ K €€ CW TIPP
2019 LEOPOLD Reserve + (GV, RI, SB) Der Namensgeber für diesen Wein sind drei Generationen LEOPOLD. Sattes Grün-Gelb, Akazienholz? Süße Frucht, vielerlei Aromen, Pfefferwürze, tropische Noten wie Ananas & Co., das Holz ist gut eingesetzt, Orangenschalen, Honigwaben, fein verwoben, viele Gewürze, elegante Opulenz, feine Würze, insgesamt auf der eleganten Seite, trotz des hohen Alkohols nie beschwerlich, ganz im Gegenteil, guter Trinkfluss, einige Tiefe und Länge, gelbfruchtig, dem Wein kann nichts mehr passieren, außer dass er ausgetrunken wird. Die Gefahr besteht durchaus.

★★ S €€ CR
2020 Rose Klassik + (BF, ZW) Rosafarben, Flieder, Ribisel, knackige Frische bei ernsthaftem Ausdruck, herbe Noten, straff mit Säurebiss, eine Spur grüne Noten, die den Wein so richtig schmackhaft machen. Schotig, etwas rustikal angehaucht, braucht unbedingt Essen.

★★ K €€ BF
2019 Blaufränkisch Ried Kohlberg + Teeige Noten, kühle Aromen, Brombeeren, Heidelbeeren, auch Johannisbeeren, so richtig herzhaft bei noch rauen Tanninen, etwas Zwetschken, festes Tannin, zupackend, klingt etwas bitter aus. Braucht Essen mit Sauce, dann werden die Gerbstoffe süßer.

Bio-Weingut
Josef Salomon

Josef Salomon
2162 Falkenstein 24
Mobil +43 664 211 10 36
josef@weingut-salomon.at, www.weingut-salomon.at
3,4 Hektar, W/R 80/20

Die Weine von Josef Salomon sind bio und vegan, der Winzer lässt sie an der ganz langen Leine, damit sie ihre Persönlichkeit entwickeln können. Alle gären sie spontan; wenn sie einen BSA anstreben, ist das in Ordnung. Sie liegen lange auf der Hefe, werden spät geschwefelt, hoher Alkohol oder hoher Restzucker sind letztlich nur Zahlen. Bis auf den „Großvater" wurden alle Weine als Fassproben zur Verkostung eingereicht. „Luisa" und „Merlin" entstammen demselben Weingarten, wurden sogar am selben Tag gelesen und könnten unterschiedlicher nicht sein. „Luisa" ist eine Wortschöpfung aus dem Familienkreis und jetzt schon ein Genuss. Der Teil für „Merlin" stammt von lockererem Boden und wurde um 60% ausgedünnt. Aufgrund seiner Philosophie und Arbeitsweise ist es keineswegs üblich, DAC-Status zu erlangen, noch seltener gibt es eine Reserve, das grenzt dann an Zauberei, und deshalb wird der Wein nach einem der bekanntesten mythischen Zauberer benannt. „Großvater" ist eine Hommage an Josefs Großvater Heinrich Salomon, der vor über 100 Jahren mit der Selektion der Veltliner-Reben begann. Beim Gemischten Satz scheint ein bisschen der Sauvignon rauszuspitzen, obwohl sein Anteil verschwindend gering ist. Eigenständig, wenn nicht gar eigenwillig, bietet der liebliche Riesling schon ersten, spannenden Trinkgenuss. Ungewöhnlich ist der Zuckerrest im Zusammenhang mit dem Sauvignon, der in der kalkigen Herkunft seinen Gegenspieler findet. Neben Weingut und samstäglich geöffnetem Heurigen gibt es ein Blockhaus mit Platz für bis zu acht Personen. Für ihre Gäste nehmen sich die Salomons dann Zeit: Riedenwanderung, Weindegustation, Degustationsmenü stehen auf dem Programm, um sie in diese höchst individuelle Weinwelt einzuarbeiten. *db*

WEINVIERTEL DAC

★★★ **S €€€ GV**
2020 Grüner Veltliner Ried Rosenberg Merlin Reserve + Mit leicht aromatischem Einschlag ist die Frucht ein bisschen süßer als bei der „Luisa", Zitrusfrüchte bringen sich in Position; der kleine Zuckerrest (3,5) ist eingehüllt in die jahrgangstypische Säure, etwas Gerbstoff und viel Herkunft geben die Richtung vor, wird zum Ende hin ganz trocken, streng vom Boden, baut dann entspannende Fruchtsüße auf, kontrastreich, sehr gute Fülle.

NIEDERÖSTERREICH

★★★ **S €€ GV**
2020 Grüner Veltliner Ried Rosenberg Luisa + Sehr würzig, feine Kräutermischung, bunte Apfelvielfalt mit festem Fruchtfleisch, Andeutung von Süße, Zimt und Nelken; vibrierende Frucht, körnig, auch ein bisschen salzig, Birne, eine Prise Gerbstoff und Kalk erzeugen gute Spannung, gute fruchtbetonte Länge, jetzt schon ein Genuss.

★★★ **K €€€€ GV** TIPP
2019 Grüner Veltliner Grande Reserve Alte Rebe „Großvater" + In einem Fass aus Weinviertler Eiche vergoren, 15 Monate gereift, mächtiger erster Eindruck, viel reifes Kernobst, behutsam gesetztes, nicht getoastetes Holz, Apfelkuchen mit Streuseln, etwas Birne und Quitte; Birne wird im Zusammenspiel mit dem Holz deutlicher, Alkohol ist sportlich, begleitet den Wein unaufgeregt, erinnert ein bisschen an Calvados, elegante, wärmende Länge.

★★★ **S €€ CW**
2020 Gemischter Satz Ried Kirchberg + (WR/GV/NB/PB/SB) Dunkelfruchtig, Brennnessel, abgeschlagene Holunderzweige, dann zartcremige Noten, Rhabarber; viel Gerbstoff, Frucht bleibt vorerst auf der Strecke, Zuckerrest ist gut aufgehoben, raues mineralisches Bett, recht gute Länge.

★★★ **S €€ RI** TIPP
2020 Riesling Ried Rabenstein + lieblich (17) Eibischzuckerl, dann dunkle Noten, fast Richtung Cassis gehend, auch Efeublätter, mehr Würze als Sorte, geknackte Pfirsichkerne, bisschen röstig; von Säure und Würze ummantelter Zuckerrest, recht strenge Mineralik, fast rauchig, höchst individuell mit erstem Trinkgenuss.

★★★ **S €€ SB** FUN
2020 Sauvignon Blanc Ried Kirchberg halbtrocken + Delikate Sortenausprägung, zurückhaltend gezuckerte rote Ribisel und Stachelbeeren, ein bisschen grünwürzig, leichte Röstnoten; süße Cassis-Noten mit der zugehörigen Herbe, Restzucker im Clinch mit kalkigem Untergrund, Sortendarstellung wird mit Luft immer attraktiver.

BIO

Weingut
Schwarz

Familie Schwarz
2172 Schrattenberg, Kleine Zeile 8
Tel. +43 2555 2544
office@schwarzwines.com, www.schwarzwines.com
23,5 Hektar, W/R 24/76

Anna und Alois Schwarz freuen sich über einen „Superjahrgang mit sehr, sehr guter Reife". Veltliner und die Aromasorten haben sich schön entwickelt, es musste nichts entsäuert werden. Schrattenberg, einen knappen Kilometer von der tschechischen Grenze entfernt, ist eine Rotweininsel im hohen Norden. Auf die Weine dürfen wir gespannt sein. Die Menge liegt etwa 20% unter dem Durchschnitt, weil „auch die Rehe fest mitgenascht haben". Klassischer Gruß aus dem Weinviertel ist ein sehr würziger, fruchtverspielter DAC. Neben einem kleinen Zuckerrest (3) trägt der Riesling auch etwas Süße vom großen Akazienfass in sich. Stark im Sortenausdruck präsentieren sich Muskateller und Sauvignon Blanc. Ein sehr freundlich duftiger Rosé leitet über ins Reich der Roten. Sie kommen alle aus unterschiedlichen Hölzern und werden „mit ziemlich wenig Schwefel" gefüllt. *db*

WEINVIERTEL DAC

★★★ S €€ GV TIPP
2020 Grüner Veltliner + Festes Kernobst, aromatische Zitrusnoten, appetitlich und einladend; kräftige Kohlensäure, fester Körper dahinter, steinig-straff, bisschen Birne, Apfelschale, erstaunliches Pfefferl, das lange mitläuft, im Abgang zur erfreulichen Fruchtfülle noch ein paar kühle Pfirsichnoten.

NIEDERÖSTERREICH

★★ S €€ RI
2019 Riesling Selection + Kernige Riesling-Frucht, traubig mit geeisten Pfirsichen, zart pfeffrig und ein paar getrocknete Marillen; Süße blitzt kurz auf, dann sehr griffig, Gerbstoff gibt Halt, hat noch Zeit.

★★ S €€ GM
2020 Gelber Muskateller + Ruhige, dunkel geprägte Frucht, rosa Grapefruit, Blutorangen, auch Zesten davon, Kardamom, sehr saftig; auch auf dem Gaumen anfangs recht ruhig, pikante Würze, individuell mit gewissem Ernst.

★★★ S €€ SB FUN
2020 Sauvignon Blanc + Würzig, Brennnessel, grüne Paprika; knackige Säure, frische Zitrusaromatik, Limette, minzige Kühle, fester Kern, erfrischende Kohlensäure im Nachklang.

★★ S €€ CH
2019 Chardonnay + Frisches, knackiges Steinobst, eine Scheibe Ananas; gute Substanz, die von Säure und etwas Gerbstoff noch gedrosselt wird, zart röstig, bisschen fruchtsüß, leicht adstringierend im Nachhall.

★★ S €€ CR FUN
2020 Rosé + (CS/BP/ZW/SL/BF) Hübsche Apfel-Erdbeermischung, duftig und freundlich; knackige Säure, deutliche Kohlensäure schiebt mit, rote Ribisel, Brennnessel und ein paar schwarze Beeren, sanfter Zugriff der Gerbstoffe.

★★ S €€€ CR
2018 Tradition + (BF/STL/ZW) Straffe, mit viel Sauerkirsch-Aromen und dunklen Beeren spielende Frucht, leicht ätherische, grüne Würze vom Blaufränkisch, etwas Leder; dem strengen Einstieg steht ein gute, leicht süße Substanz gegenüber, präsentes Tannin, im Finish dunkle, leicht mokkaröstige Noten.

★★★ D €€€€ ZW
2017 Zweigelt Premium + Klassische Sauerkirsch-Aromatik, ein paar Lavendelblüten, etwas Holz, freundlich, wenn auch noch verkapselt; sehr würzig bis fast pikant scharf, Kohlensäure und kräftige Gerbstoffe lassen den Wein schlank erscheinen, zarter Holzeindruck, fruchtfleischige Länge.

★★★ G €€€€ PN
2018 Pinot Noir Premium + Sehr freundliche, zart süße, rotbeerige Frucht, ein bisschen pfeffrig und eine Spur von Holz; gepfefferte Erdbeeren, Holz wird deutlicher, appetitliche Säure und noch griffige Gerbstoffe, braucht ein bisschen Luft, macht auch kühler genossen Spaß, gute Länge.

★★★ G €€€€ CS FUN
***2017 Cabernet Sauvignon Premium** + Dunkle röstige Cabernet-Frucht, Brom- und Holunderbeeren, viel Cassis, verspielt mit ätherischer Würze, Salbei, Thymian; frucht- und extraktsüß, die dunklen Noten bringt er gut auf den Gaumen, Gerbstoffe packen herzhaft zu, Kakao- und Mokkaröstnoten, Leder, eine Spur Vanille, Länge baut sich langsam auf, süffig.

★★★ S €€€ GT
2019 Traminer Auslese süß + Ganz verhalten im Duft, ein paar Trockenaromen; gelungener süßer Auftritt, gutes Volumen, passende Säure, etwas gerbstoffige Unterstützung, Frucht muss sich noch aufbauen.

Weingut
Schwarzböck

Rudolf & Anita Schwarzböck
2102 Hagenbrunn, Hauptstraße 56–58
Tel. +43 2262 672740, Fax -20
weingut@schwarzboeck.at, www.schwarzboeck.at
23 Hektar, W/R 85/15

Rudolf und Anita Schwarzböck sind auf ihrem Weg zum zertifizierten, biologischen Weinbau bestens unterwegs, wie die aktuelle Palette beweist. Als Novitäten sind die PiWi-Sorte Cabernet Blanc und ein Weißburgunder zu vermelden, die beide aus den Stützenhofener Weingärten im nordöstlichen Weinviertel stammen. Neu ist auch ein Gemischter Satz der gehobenen Kategorie, der allerdings erst im nächsten Jahr auf dem Tapet sein wird. Keineswegs neu ist hingegen die hohe Kompetenz, die das Weingut Jahr für Jahr beim Ausbau des Veltliners in all seinen Reifegraden und Gewichtsklassen beweist.

Sinnvollerweise werden die Reserveweine von Grünem Veltliner und Riesling aus der Hagenbrunner Top-Lage Aichleiten nunmehr erst nach einiger Flaschenreife vermarktet, sodass gegenwärtig erst die wunderbar ausgereiften und vielschichtigen 2019er aktuell sind.

Mit dem Rotwein-Sortiment, einigen Süßweinen und den immer besser figurierenden Sekten und Frizzante sind die Schwarzböcks sozusagen zum „Vollanbieter" auf dem Weinsektor geworden, der wohl für jede Geschmacksrichtung das Passende anzubieten hat. *vs*

WEINVIERTEL DAC

★★★ S €€ GV PLV
2020 Weinviertel DAC Hagenbrunn (GV) + Nach Rhabarber und Winteräpfeln, feinkörnig und offenherzig, eine ganze Sommerwiese, pikante Würzenote, passender Säurerückhalt.

★★★★ S €€€ GV
2019 Weinviertel DAC Reserve Ried Aichleiten (GV) + Dezentes Duftspiel nach Birne und Mirabelle, saftig, dicht und extraktreich, geht über vor gelbfruchtigen Aromen, satter Schmelz und adäquater Säurebogen, Potenzial.

NIEDERÖSTERREICH

★★★ S €€ GM FUN
2020 Gelber Muskateller + Feine Melange aus Rosenblüten und gelben Grapefruits, zischfrisch und anregend, charmant; blitzsauber und knackig bei schlanker Statur.

★★ S €€ CB
2020 Cabernet Blanc + Grüne Stachelbeeren in der kecken, schwungvollen Nase, erfrischend wie intensiv, feinkörnig und schlank strukturiert, schotige Pikanz, rund und weich vor dem Abgang.

★★★ S €€ GV
2019 Grüner Veltliner Ried Sätzen + Anklänge von Zuckermelone und gelbem Pfirsich, engmaschig und balanciert, vereint gleichsam elegante Struktur mit pfeffriger Pikanz, gute Länge.

★★★ S €€ RI PLV
2020 Riesling Bisamberg-Kreuzenstein + Wacholder und Pfirsichschale, unterkühlt und zupackend, schlanke Statur, der Restzucker wird von der schneidigen Säure gut abgefedert, unkomplizierter Trinkspaß garantiert.

★★★★ S €€€ RI TIPP
2019 Riesling Reserve Ried Aichleiten (halbtrocken) + Duftspiel nach vollreifen Marillen und gelben Pfirsichen, schöne Substanz, schwungvoll und distinguiert, legt viele Schichten frei, elegant, rassig und anhaltend, große Reserven.

★★★ S €€€ PB
2020 Weissburgunder Ried Hohe Ried + Prägnantes Bukett nach Williamsbirnen und Pistazien, beachtliche Substanz, herkunftstypisch und engmaschig, der kalkreiche Boden gibt den Rhythmus vor, zeigt noch Ecken und Kanten.

★★★ S €€€ PG
2019 Grauburgunder Reserve Ried Aichleiten + Kupferne Reflexe, nach Waldhonig und Lebkuchen, harzige Untertöne, mächtiger Körperbau, individueller Meditationswein für Winterabende.

★★★ S €€ RI
2019 Riesling Auslese + Ringlotten und Roggenbrot, verhaltene Botrytis, zartgliedrig, ja subtil, schlank und elegant im Stil einer „deutschen Goldkapsel", rassig ausklingend.

★★★ S €€€ CR
2018 Grande Reserve Enzersfelder Ried Fürstenberg (ME/CS) Assoziationen von rotem Paprika, Granatapfel und Eukalyptus, gediegen und ausgereift, Waldbeeren und Zwetschken, vereint den Schmelz des Merlot mit der Rasse des Cabernet, gekonnter Holzeinsatz. Zukunft.

ÖSTERREICH

★★★ K €€€ CH
Chardonnay Sekt Brut Nature + Kräftige Perlage, zarter Blütenduft, dann Birne und Grapefruit, schlank und präzise definiert, beintrocken und reintönig, herb-würziger Abgang.

★★★ K €€€ CS
Rosé de Saignée Brut (CS) + Feiner Mousseux, zartblumige Nase nach roten Ribiseln und Himbeeren, rotbeerig und papriziert, sehr sauber und nuanciert, leichte Süße, originell.

Weingut
Setzer

Johann Setzer
3472 Hohenwarth, Hauptstraße 64
Tel. +43 2957 228, Fax -8
setzer@weingut-setzer.at, www.weingut-setzer.at
30 Hektar

Seit 1705 ist das Weingut Setzer in Familienbesitz und wird mit Stolz und großem Verantwortungsgefühl von Generation zu Generation weitergegeben. Hohenwarth am Manhartsberg, am Rande des westlichen Weinviertels, ist durch seine Lage besonders für Grünen Veltliner und Roten Veltliner prädestiniert. Diese beiden Rebsorten bilden das Herzstück des Weinguts und werden sowohl im leichten Segment als auch als gehaltvolle Lagenweine ausgebaut. Die Flaggschiffe des Hauses bilden die Weinviertel DAC Reserve „8000“ und der Rote Veltliner Ried Kreimelberg. Der fruchtig-beschwingte Rosé erinnert an die Weine der Provence, nur leichter im Alkohol. Setzer-Weine sind seit vielen Jahren weltweit in der Top-Gastronomie beliebt und von Hawaii bis Shanghai über Australien und die Malediven vertreten. Der Jahrgang 2020 ist wieder von Top-Qualität. Feine Frucht, ausgeprägte Aromen, gut eingebundene Säure und moderater Alkohol sind charakteristisch für diese Weine. *kk*

WEINVIERTEL DAC

★★ S €€ GV
2020 Grüner Veltliner Ausstich + Vollreife Kernobstnase; Golden Delicious und helle Birnen, etwas Pfirsicharomen, zeigt schwungvolle Säure mit einem Hauch Exotik von rosa Grapefruits und jungen Ananas, mit saftigem Fruchtdruck, leichter Würze und fein pfeffrig im Finish.

★★★ K €€€ GV
2020 Grüner Veltliner Reserve Ried Kronberg + Birnen-Orangen-Melange; elegant cremig, saftig gelbfruchtig mit einem Touch Honigmelone, mit feinem Tropenfruchtschmelz, der muskulöse Körper ist dicht strukturiert, auch eine Prise salziger Mineralität, verlässt genüsslich mit Aromen von Birnenmus und Küchenkräuter animiert den Gaumen.

★★★★ K €€€€ GV TIPP
2020 Grüner Veltliner „8000“ Reserve Ried Laa + Gebündelter Kernobstduft; vollreifes Fruchtbild in höchster Eleganz, komplex mit wohligem Extraktdruck, Aromen von Mangos, Ananas, Quitten, Kumquats, gelben Johannisbeeren und Feigen bilden eine harmonische Einheit, abgerundet von würzigen Anis- und Wacholdernoten, mächtig ohne Aufdringlichkeit, gaumenfüllend und potent, mit feiner Kreidespur im nachhaltigen Rückaroma.

NIEDERÖSTERREICH

★★ S € GV
2020 Grüner Veltliner Vesper + Duftiges Birnenbukett; gelbe Äpfel mit einem Hauch Quittengelee, reif und zart cremig, mit reifer Zitrusfrucht und etwas Melisse, leicht und unbeschwert, ein idealer Begleiter zur Jause.

★★ S €€ PB
2020 Weißburgunder + Einladender Honigmelonenduft; junge Ringlotten und bisschen Marillenblüten, empfindsame tropische Fruchtnoten dahinter, mit harmonischer gelbfruchtiger Säure, etwas stoffig-kreidig, auch helles Brot und eine Idee Mandel, charmant fein anzutrinken.

★★ S €€ CH
2020 Chardonnay + Animierende Apfel-Zitrus-Melange; junge Birnen und gelbe Johannisbeeren, auch bisschen Zitronensorbet, dahinter exotische Säure mit Sternfruchtaroma, dann samtig mit ein wenig Ingwergebäck und auch kreidige Spuren im jugendlichen Körper, frisch und pikant im Finish.

★★★ S €€ RV PLV
2020 Roter Veltliner Symphoniker + Duftig gelbfruchtig; Golden Delicious und Melonen, saftige Orangenfilets tragen die geschmeidige Fruchtsäure, erfrischend auf dem Gaumen, leichtfüßig und lebhaft, mit feinen Karamellnuancen und auch etwas stoffig-seidig mit einem Hauch Mandelkuchen.

★★★★ K €€€ RV TIPP
2020 Roter Veltliner Ried Kreimelberg + Sämiges Birnen-Quitten-Bukett; saftig, dicht und samtig auf dem Gaumen mit geschmeidiger Textur reifer exotischer Früchte, dann feine Physalis-Creme in der eingebundenen Säure, vielschichtig mit weitem Aromabogen von mollig karamellisierten Birnen über die feine Herbe zart röstiger Nüsse zu zart salzigmineralischen Adern, die alten Reben verleihen vornehme Tiefe im wohligen Nachhall.

★★ S €€ CR FUN
2020 Rosé Setzer in Pink + (PN/BP) Nobles Waldbeer-Bukett; seidig-fruchtig nach pikanten Brombeeren und erfrischend nach roten Johannisbeeren, dazu zarte Kirschblütenaromen, feine Kräuterwürze führt den animierenden Trinkfluss, schwungvoll jugendlich und perfekt geschaffen für den Sommer.

Weingut **Stadler**

Johannes Stadler
2162 Falkenstein, Stürzenbühel 104
Tel. +43 2554 85417, Fax-14
info@weingut-stadler.com, www.weingut-stadler.com
35 Hektar, W/R 85/15, 200.000 Flaschen/Jahr

„In Falkenstein haben wir immer hohe Säurewerte, wenn alle anderen säuern müssen, reicht es bei uns allemal", erläutert Johannes Stadler die besonderen Verhältnisse im hohen Norden, entsäuern musste er heuer nur ein bisschen. Die kühlen Nächte haben für klassische, fruchtige, säurebetonte Weißweine gesorgt, auch Rot wird eher klassisch ausfallen. Die Veltliner haben gut gehalten und auch mit dem Rosé ist er sehr zufrieden. Vom Rabenstein kommt ein typischer, rescher Weinviertler, beim Rosenberg wurde stark ausgedünnt, lange hefegerührt, und herausgekommen ist ein Musterbeispiel für Sorte, Herkunft und Jahrgang. Der Sauvignon kommt von einem kargen Sandboden, der im Sommer steinhart wird und so als natürliche Wachstumsbremse wirkt, bei der durchaus pointierten Säure wurde nicht eingegriffen. Sommerlich zischig präsentieren sich der kernige Muskateller und der fruchtverspielte Rosé VENUS. Beide gibt es mit charmantem Zuckerrest auch als Frizzante. Geschmeidig mit klassischer Weichselfrucht zeigt sich der Zweigelt in guter Verfassung. *db*

WEINVIERTEL DAC

★★ **S € GV**
2020 Grüner Veltliner Ried Rabenstein + Dezent, ein bisschen kühl, mehr Würze als Frucht, Zitronenthymian, zart dropsig, mit Luft kommen reife rote Äpfel dazu; ein klassischer, rescher Weinviertler, viel Kernobst in verschiedenen Reifestadien, fester Grip, kalkiger Schleier, gute Spannung im Finish.

★★★ **S €€ GV** TIPP
2020 Grüner Veltliner Ried Rosenberg + Reife Zitrusnoten, knackiger Apfel, zart röstig, feine Kräuterwürze, etwas Fruchtsüße im Hintergrund; ein appetitliches Maul voll Wein, kleidet den Mund aus mit Frucht, herzhafter Säure und guter Fülle, sogar gewisse Cremigkeit, etwas Steinobst und Zitrusnoten im Finish, knochentrocken, herrlich.

NIEDERÖSTERREICH

★★ **S € WR** FUN
2020 Welschriesling + Apfelkompott, ein Spritzer Zitronensaft und eine Prise Zimt, dezente Fruchtsüße, auch eine Spur Steinobst; kernige Säure in guten Extrakt gepackt, etwas Gerbstoff und mineralischer Grip lassen den Wein schlank erscheinen, gute Länge, tadellos.

★★ **S € SB** PLV
***2020 Sauvignon Blanc** + Verhalten, dunkle Cassis-Noten zeugen von der Sorte, braucht viel Luft, feinmaschiges Netz mit gewisser Adstringenz sorgt zusätzlich für Abschirmung, spannender Ansatz; gute Substanz, viel dunkle Frucht, auch Holunderbeeren, pointierte Säure, Kalk hat den Wein im Griff, grüne Paprika, auch gewisse Pikanz im Abgang, zart fruchtsüß im Nachklang, eigenständig, spannend.

★★ **S € GM**
2020 Gelber Muskateller + Blitzsauberer Auftritt, dunkelfruchtig, schwarzer Pfeffer, kernig, unplugged; hübsche Mischung aus Sorteneindruck, Säure, gewisser Fülle und zitrusfrischer Fruchtvielfalt, zischig, sommerlich, passt.

★★ **S € CR**
2020 Rosé VENUS + (SL/ZW/ME) Helles Altrosa, duftig, hell- bis rotbeerig mit einer Spur Cassis, vielfältig und animierend; knackig, fruchtsüß zischig, guter Fluss, ein unbeschwerter Sommergenuss.

★★ **S €€ ZW**
2019 Zweigelt Selektion + Kräftiges Rubin, dunkler Kern, klassische, recht straffe Weichselfrucht, etwas Marzipan, feine Kräuterwürze; beginnt mollig, zeigt dann feste Gerbstoffstruktur, bringt typische Frucht auf den Gaumen, niedrige Säure macht ihn geschmeidig, gute Länge.

ÖSTERREICH

★★ **S €€ GM**
2020 Gelber Muskateller Frizzante trocken (18) + Verhalten, etwas Holunderblüte; guter Sortenausdruck auf dem Gaumen, spannendes Spiel aus Sorte, Frucht, Säure, Prickeln und charmantem Zuckerrest, belebender Trinkgenuss.

★★ **S €€ CR**
2020 Rosé Frizzante trocken (18) + (SL/ZW/ME) Kommt von der VENUS, Kohlensäure bringt die beerigen Aromen auf Trab, entspricht vom Ausdruck der stillen Version.

NACHHALTIG AUSTRIA

Winzerhof **Stift**

Franz & Regina Stift
3743 Röschitz, Lange Zeile 6
Tel. & Fax +43 2984 3144
office@winzerhof-stift.at, www.winzerhof-stift.at
W/R 95/5

„2020 war kühler als die Jahre zuvor, wovon die Aromasorten profitiert haben; die Veltliner passen eh jedes Jahr", so fasst Regina Stift den Jahrgang zusammen. Sie sind sehr zufrieden und freuen sich über Weine, die bei moderatem Alkohol trotzdem gewisse Üppigkeit und Rasse bringen. Der Veltliner-Reigen beginnt mit einem Klassiker vom Urgestein. Der „Maximos" zeigt einerseits schon erste Reife, braucht aber noch Zeit zur vollen Entfaltung. Die „Tante Mizzi" wirkt sogar noch würziger als der DAC, auch ein wenig fruchtiger bei mittlerer Substanz. Stahlig verhalten beginnt der „Galgenberg", der „Methusalem" ist schon reichhaltig und dicht, beide bieten ersten Genuss, brauchen noch Zeit. Die Rieslinge präsentieren sich recht rassig mit unterschiedlichem Restzucker, auch sie werden von etwas Flaschenreife profitieren. Großen Fruchtgenuss zeigen Sauvignon, Chardonnay und der Rosé vom Cabernet. Wie immer sind die Preise ausgesprochen konsumfreundlich. *db*

WEINVIERTEL DAC

★★★ S €€ GV TIPP
2020 Grüner Veltliner WV vom Urgestein + Ruhig, recht würzig, rote Apfelfrucht, ein paar Kräuter, kühl hinterlegt, gewisse Strenge; geht etwas kühl weiter, die Äpfel werden gelb und süß, fester Grip, braucht nur kurzen Anlauf, schon sehr schöne Länge, ein Klassiker auf gutem Niveau.

★★★ S €€€ GV
2019 Grüner Veltliner Maximos Reserve + Erste Reife, Teeblätter, Trockenobst, cremig mit Biss, braucht viel Luft; Sorte ausladend dargestellt, reifes Kernobst, Kräuterwürze, straffes, steiniges Fundament, druckvoll, gute Länge, Gerbstoff und Mineralik riegeln im Finish noch ab.

NIEDERÖSTERREICH

★★ S €€ GV
2020 Grüner Veltliner Tante Mitzi + Gelbe und grüne Äpfel, zischig erfrischend schon im Duft; würzig, mittlere Substanz, guter Fluss, der von etwas Gerbstoff gebändigt wird, ordentliche Länge, passt.

★★★ S €€ GV
2020 Grüner Veltliner Ried Galgenberg + Stahliger, noch etwas verhaltender Auftakt, zart duftig, auch ein paar Rosenblätter, ansprechend; gutes Volumen, traubig, ein wenig exotisch, engmaschige Mineralik, trägt den Wein lange, etwas kühl, mehr Herkunft als Sorte, braucht noch Zeit.

★★★ S €€ GV TIPP
2020 Grüner Veltliner Methusalem + Reichhaltig und dicht, ein bisschen aromatisch fast in Richtung Cassis gehend, Thymian, Kerbel; viel Wein, mehr Würze als Frucht, animiert schon sehr zum Trinken, mineralische Strenge im Finale, sehr guter Ansatz.

★★★ S €€ RI
2020 Riesling vom Urgestein + Straff und steinig, zart röstige Noten, trockenes Laub, langsam kommt ein festfleischiger Pfirsich, Marille; feste Säure, Kamille, kleiner Zuckerrest (6), deutlicher Zugriff vom Urgestein, guter Ansatz, erster Genuss, wenn auch noch wackelig.

★★ S €€ RI
2020 Riesling Lampelschweif halbtrocken (14 RZ) + Ein bisschen süß nach Dörrobst und kandierten Früchten, Rosinen; der Zuckerrest steht ihm ausgezeichnet, Säure passt dazu, Frucht braucht noch Zeit zur Entfaltung, gute Länge.

★★★ S €€ SB FUN
22020 Sauvignon Blanc + Straff, vegetabil-würzig, hübsche grüne Frische, weiße Ribiseln und Stachelbeeren, Brennnessel, erfrischend wie nach einem Sommergewitter; Säure unterstreicht den vitalen Eindruck, mineralisch-griffiger Hintergrund, fruchtgestützte Länge.

★★★ S €€ CH
2020 Chardonnay + Trockenfrucht, Strohblumen, Laub, herbstlicher Eindruck, leicht röstig wie großes Holz, aber reiner Stahl; feiner Schmelz, Pfirsich-Blätterteig-Gebäck, voll und rund mit appetitlicher Säure, trinkig.

★★ S € CS FUN
2020 Rosé + (CS) Im Duft noch zurückhaltend, die Richtung stimmt, Cassis und Holunderbeere, ein Hauch Petrol; frech und zischig im Trunk, knackige Säure, ein bisschen fruchtsüß, viel Cabernet, rinnt.

Weingut
Studeny

Herbert Studeny
2073 Obermarkersdorf 174
Tel. +43 2942 8252, Fax -20
office@studeny.at, www.studeny.at
16 Hektar, W/R 80/20

Der einst gemischt landwirtschaftliche Betrieb der Familie Studeny wurde von Herbert Studeny sen. nach der Übernahme 1960 in einen vollwertigen Weinbaubetrieb umgewandelt. Die damals bewirtschaftete Weingartenfläche von zwölf Hektar vergrößerte sich dann später unter der Führung des Sohnes Herbert Studeny jun., der 2002 die Leitung übernahm, auf 16 Hektar. Diese Weingärten betreut er mit seiner Partnerin Gertrud Greilinger, seinen Eltern und einigen Mitarbeitern gewissenhaft und nachhaltig. Wichtiger Grundsatz der Bewirtschaftung ist der rücksichtsvolle Umgang mit Boden und Rebstock, um das natürliche Gleichgewicht zu erhalten.

Besonderes Augenmerk wird hier traditionell auf den Grünen Veltliner gelegt – der bekannten Leitsorte des Weinviertels –, der hier seine unverwechselbare Charakteristik durch Klima, Böden und naturnahe Bewirtschaftung entfalten kann. Aber Herbert jun. widmet sich nicht nur mit Liebe dem Grünen Veltliner, sondern er pflegt auch seine Leidenschaft zur eleganten aromatischen Sorte Sauvignon Blanc, die er im Ried Sündlasberg kultiviert und die dort auch prächtig gedeiht, um sie im Keller mit Können und Feingefühl zu einem anerkannten Spitzenwein zu keltern. *kk*

WEINVIERTEL DAC

★★★ **S € GV** PLV
2020 Grüner Veltliner Obermarkersdorf + Ausgeprägtes Sorten-Bukett; lebendig auf dem Gaumen, mit saftigem Fruchtdruck frischen Kernobsts mit pikanten rosa Grapefruitzesten, etwas gelbgrüne Exotik dabei, mit dunkler Vegetabilität und eleganter Kräuterwürze, solide und bodenständig, mit animierender Pfeffrigkeit – ein klassischer „Weinviertler".

NIEDERÖSTERREICH

★★ **S € CR** FUN
2020 Cuveé Rosé + (CS/RÖ) Anregendes Erdbeer-Bukett; auch saftige Himbeeren im pikant reifen Fruchterlebnis, lebendig mit charmanter Säure reifer roter Johannisbeeren, geschmeidig integrierte Tannine mit etwas Preiselbeer-Aromen geben mit fruchtig-feiner Herbe, elegante Struktur, gehaltvoll ein niveauvoller Begleiter, nicht nur im Sommer.

★★★ **S €€ GV**
2020 Grüner Veltliner Ried Atschbach + Saftige Apfel-Pfirsich-Melange; gelb-grüne Äpfel mit hellen Weingartenpfirsichen auf dem Gaumen, Aromen gebratener Ananas und eine Idee Limoncello in der kompakten Säure, zart röstigfleischig mit etwas Karamell dahinter, die feine mineralische Unterlage sorgt für präzise Struktur, mit Luft entwickeln sich vermehrt fruchtige grünwürzige Aspekte, hat Potenzial und ist bereits gut anzutrinken.

★★ **S €€ PB**
2020 Weißburgunder Ried Nußberg + Gelboranges Fruchtbukett; zu Beginn vollreife gelbe Ringlotten, Honigmelonen und ein bisschen Marillen, mit spannender Säure saftiger Zitrusfrucht neben Zitronenmelisse und einem Hauch dunkler Vegetabilität, animierend und pikant mit muskulösem Körper in straffer Führung, auch sehr saftige Granny Smiths im fruchtigen Finish.

★★ **S €€ RI**
2020 Riesling Obermarkersdorf + Samtiger Steinobstduft; gefühlvoll feine Pfirsicharomen auf dem Gaumen, darunter ein Hauch eingelegter Marillen, eine Idee Erdbeeren und würzig-florale Kleeblüten dabei, helle Beeren und reife Zitrusfrucht in der lebhaften Säure, auch mineralische Spuren nach Feuerstein, erfreulich individuell im anregenden Nachhall.

★★★ **S €€ RI**
2020 Riesling Urgestein Ried Triftberg + Saftiges Nektarinen-Bukett; schwungvolle Marillen-Pfirsich-Bowle in reifer Extraktsüße, mit tropischen Fruchtnuancen von Papayas bis Mangos zur belebenden Säure frischer Ananas, harmonisch ohne Langeweile, etwas Waldkräuter und ein Hauch Eibisch, mit mineralischer Ader unter einem wohligen Aromareigen reifer Früchte im wertigen Finale.

★★★★ **S €€ SB**
2020 Sauvignon Blanc Ried Sündlasberg + Schmeichelnder Cassisduft; vollreife Melange von Stachel-Johannis-und Holunderbeeren am Gaumen, präzise noble Aromatik mit schwungvoller Litschifrucht und einem Hauch Ananas in der reifen Säure, der fruchtige Extrakt ist perfekt mit weicher gelbschotiger Würze abgestimmt, mit Luft Blumenwiesenflair, spielerisch im pikanten Nachhall.

Weingut
Sutter

Doris & Leopold Sutter
3472 Hohenwarth, Weinviertler Straße 6
Tel. +43 2957 200, Fax -17
office@weingut-sutter.at, www.weingut-sutter.at
17 Hektar, W/R 80/20

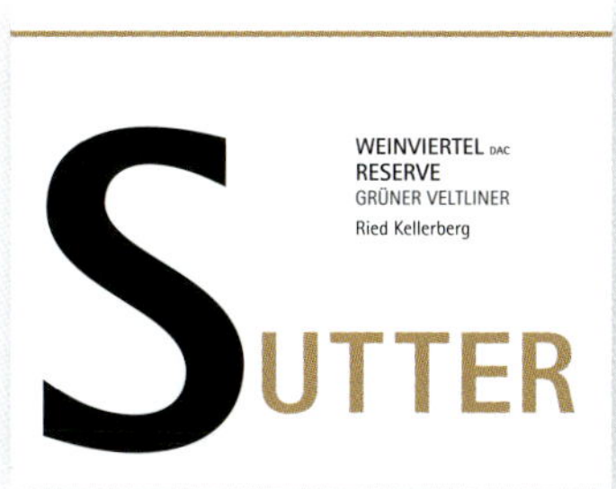

Das Weingut der Familie Sutter wird nun bereits in der zehnten Generation von Doris und Leopold Sutter bewirtschaftet. Die Veltliner-Vielfalt Roter, Frühroter und Grüner Veltliner bilden das Herz des Sortiments. Besonders die Weißwein-Diva Roter Veltliner, die sehr viel Feingefühl, Erfahrung und Arbeitseinsatz erfordert, liegt dem Winzerpaar am Herzen. Ihr Erfolg sind elegante, extraktreiche Weine mit feinwürzigem Aroma und enormem Entwicklungspotenzial. Mit dieser Sortenrarität hat man zudem einen genial vielseitigen Speisebegleiter auf dem Tisch.

Die Familie Sutter nutzte die aktuelle Situation zu mehr „Heimarbeit"; so wurden vermehrt die Weingärten bearbeitet, was voriges Jahr durch verstärkte Laubarbeit bei dem herrschenden feuchten Wetter der Qualität der 2020er sehr zugute gekommen ist. *kk*

WEINVIERTEL DAC

★★ S €€ GV PLV
2020 Grüner Veltliner Klassik + Duftiges Kernobst; Quitten und rote Äpfel, ziselierte Klementinensäure, Melisse und Waldmeister, auch bisschen salzig, komplex und schwungvoll, grüne Nüsse und Zitrus im Finish.

★★★ S €€€ GV
2019 Grüner Veltliner Alte Reben + Mandarinenbukett; Zuckermelone und Ringlotten, würzig-fruchtig gelbschotig, Mandelcreme mit Hauch Lindenblüten, vielschichtig mit abgestimmter Säure, etwas Pfefferschote, Fenchel und bisschen Mineralik, reife Zitrusnoten im gut haftenden Rückaroma.

★★★ S €€€ GV
2019 Grüner Veltliner Ried Kellerberg Reserve + Feines gelbes Kernobst; extraktsüße Birnen zu dunkelgrüner Kräuterwürze, heller Tabak, Quarzmehl und grüne Nüsse, dicht und kraftvoll, Orangenzesten in feiner Säure, elegant pfeffrig mit heller Frucht im charmanten Nachhall.

★★★★ S €€€€€ GV TIPP
2016 Grüner Veltliner Ried Hochstrass Reserve Privat + Kompakt reifes Kernobst; fruchtsüße Exotik, Honigblüten, Quitten und Pfirsich-Confit, herb-würzige Küchenkräuter neben belebender Säure rosa Grapefruits, zart mineralisch, komplex und extraktreich, nobel fruchtig noch lang nach dem letzten Schluck.

NIEDERÖSTERREICH

★★ S € GV
2020 Grüner Veltliner „Daham" + Frischer Apfelduft; jugendlich gelbfruchtig, muntere Zitronenzesten, zart fruchtsüß, klar und pikant, bisschen Tropenfrüchte, unbeschwert luftig, animierend im schwungvollen Trinkfluss.

★★ S € FV PLV
2020 Frühroter Veltliner + Nobles Steinobst; feine Pfirsiche und gelbe Ringlotten, floral nach hellen Honigblüten, ausgewogen charmante Säure, etwas Blutorangen, feingliedrig und elegant im fruchtig-würzigen Nachhall.

★★ S € SB FUN
2020 Sauvignon Blanc Ried Hochstrass + Grünwürziges Bukett; kühle Aromen heller Beeren, straff grüne Paprikaschoten mit Stachelbeeren zu duftigen Holunderblüten, frischer Brennnesselspinat neben würzig-fruchtiger Säure, munter mit viel Charme im vitalen Finale.

★★ S € RV
2020 Roter Veltliner Klassik + Duftige Orangenblüten; zart röstige Quitten-Orangen-Melange jugendlich charmante Säurestruktur, fein gelbfruchtiges Kernobst, schwungvoll im Abgang.

★★★ S €€ RV PLV
2020 Roter Veltliner Ried Hochstrass + Bukett reifer Ringlotten; saftig komplexe Kernobstaromen, Honigmelonen und feine Exotik in lebendiger Säure, abrundend nussig, ein gelungen eleganter „Hohenwarther".

★★★★ S €€€ RV
2019 Roter Veltliner Alte Reben + Reifer Agrumenduft; fruchtsüße Honigmelonen mit gelbfruchtigen Birnen, zarte Biskotten, mit Klementinenzesten unterlegte Säure, dicht und muskulös, im langen Nachhall Kräuterwürze und gelbe Äpfel.

★★★★ S €€€€€ RV TIPP
2016 Roter Veltliner Reserve Privat + Physalis-Bukett; Honigblüten und Quitten, fruchtsüß und saftig, etwas Steinobst, lebendige Säure ergänzt die Cremigkeit, zart röstiger Mandel-Honig-Kuchen zu gelbfruchtigen Äpfel, elegant im langen Nachhall.

★★ S €€ BB
2018 Blauer Burgunder Ried Mühlweg + Duftiges Erdbeerbukett; Weichsel und Zwetschkenkonfit, mit feiner Burgundertypizität, feinkörnig schokoladige Tannine, etwas Mandelaromen und feiner Astringenz von Orangenzesten, gleitet ins elegante Finish.

Weingut
Taubenschuss

Familie Taubenschuss
2170 Poysdorf, Körnergasse 2
Mobil +43 676 356 69 01
weingut@taubenschuss.at, www.taubenschuss.at
22 Hektar, W/R 100/0

Das traditionsreiche Weingut der Familie Taubenschuss in Poysdorf zählt zu den Pionierbetrieben im Weinviertel; hier wurde bereits 1941 mit der Abfüllung in Bouteillen begonnen. Über Jahrzehnte von Helmut und Monika Taubenschuss streng qualitätsorientiert geführt, ist seit Anfang 2019 die aus den Söhnen Markus und Thomas bestehende junge Generation am Steuer, wenn auch weiterhin tatkräftig unterstützt von den Eltern.

Dank des jahrhundertelangen vinophilen Engagements der Familie verfügt man über einen reiches Inventar an Weingärten in klassischen Lagen rund um die Weinstadt Poysdorf. Wichtigste Rieden sind die nördlich von Poysdorf gelegene Ried Weißer Berg mit sehr kalkhaltigem Kulturrohboden aus Löss, Hermannschachern als frühe Lage im Westen mit kalkhaltiger Lockersediment-Braunerde aus Löss mit schluffigem Lehm, Tenn im Osten mit Schwarzerde aus Löss mit lehmigem Sand und hohem Kalkgehalt sowie die Ried Maxendorf (MX Alte Reben) östlich von Poysdorf mit sandigem Löss mit hohem Kalkanteil und Grobanteilen Schotter und Kies; Letzterer ist der älteste Weingarten (GV) mit knapp 65 Jahre alten Reben. Aus jeder dieser Rieden stammt u.a. ein Lagen-Veltliner, dazu gibt es den Grüner Veltliner Classic als mengenmäßig wichtigsten Wein im Betrieb. Viel Augenmerk schenkt man im Betrieb auch den Burgundersorten in Weiß, die teils hervorragend gelingen. Neben Riesling und einigen aromatischen Spezialitäten gibt es auch ein klein wenig Sylvaner – der immer wieder sehr gut gelingt. Der teils auf der Maische vergorene Traminer Pontic, bei dem man (nur) in der Vermarktung mit dem bekannten mährischen Weingut Balàž zusammenarbeitet, ist 2019 sehr strukturbetont ausgefallen und braucht noch etwas Zeit. *psch*

WEINVIERTEL DAC

★★★ S €€ GV — FUN PLV
2020 Grüner Veltliner Ried Weißer Berg + Frisch-würzige Nase nach grünen Hülsenfrüchten und Schoten; recht saftiges Fruchtentree, Grapefruits, elegant-sämiger Schmelz, straff.

★★★ S €€ GV
2020 Grüner Veltliner Ried Hermannschachern Reserve + Reife Nase nach Pomelos und reife Quitten, Würze, gelbes Fruchtgelee, Arancini; rosa Grapefruits und wieder Quitten, fest, trocken, griffig, noch etwas streng.

★★★ S €€€ GV — FUN
2019 Grüner Veltliner Ried Neidharden Reserve + Würzig, reife Frucht, Linsen, rauchig, gelbe Äpfel, Linsenbrot, gewisse Fülle, Grüntee, Pfefferoni; recht cremige Textur, saftig, schmelzig, mittlere Struktur, strukturierender Gerbstoff.

NIEDERÖSTERREICH

★★ S €€ GS
2020 Early Bird Gemischter Satz + (GV, MT, SB) Frische, leicht parfümierte Nase, Hollerblüten; Leichtgewicht mit verspielter Frucht, auch Zitrus, spritzig, Terrassenwein.

★★★ S €€ GM
2020 Gelber Muskateller next generation + Charmante Nase nach Mürbteig und Fruchtkuchen, gelbes Traubengelee, Nektarine; sehr schlank, erfrischend, traubig mit Zitrusnoten, knackig, spritzig, nicht allzu lang, Apéro.

★★★ S €€ ZW
2020 Zweigelt Rosé + Rhabarber und Erdbeeren, etwas Ribiseln, fruchtbetont, dabei dezent, frisch; zart cremige Frucht, rotbeerig mit Zitrus, dezent herb, Rasse, süffig mit Stil.

★★★★ S €€€ SI — TIPP PLV
2019 Grüner Sylvaner Ried Höbertsgrub + Reichhaltig, gelbe Geleefrüchte, Marillen mit Kräutern, Thymian, ausgereifte Fülle, reif; schmalzig, gelbes Fruchtgelee, etwas Blütenhonig, guter Extrakt, saftig, noch ungeschliffen, mit Potenzial, lang.

★★ S €€ PB
2020 Weißburgunder Classic Ried Weißer Berg + Frischeleganter Fruchtausdruck, etwas aromatisch; saftig, recht schlanker Körper, guter Biss, spritzig.

★★★ S €€€€ PB
2017 Weißburgunder Selection + Opulent, Kriecherlmarmelade, rauchig, Weihrauch, Bienenwachs, Dörrmarillen; Honig und Dörrfrüchte, fest, leicht herb, fest, burschikos, recht lang, wuchtig, trocken, ruppig, Geduld, knapp am 4. Stern.

ÖSTERREICH

★★★★ K €€€€ TR — TIPP
2019 Roter Traminer Pontic + (ungeschwefelt) Rauchig, Marillen und Lindenblüten, tolle Fülle, zwischen Vitalität und Oxidation, sehr cremig, satt; schmelzig, tolle Fülle, viel Frucht, reintönig, strukturiert, sehr fest und lang, ausgezeichnet.

BIO

Weinhof **Uibel**

Leopold Uibel
3710 Ziersdorf, Hollabrunner Straße 35
Mobil +43 699 113 681 61
wine@uibel.at, www.uibel.at
7,3 Hektar, W/R 85/15, 20.000 Flaschen/Jahr

Wein für Fortgeschrittene – BIO-logisch –, ohne Kompromisse, unverwechselbar, anders als die andern. Es sind Weine, die Zeit und viel Luft brauchen. Diese Weine biedern sich nicht an. Die muss man sich fast erarbeiten. Doch dann hat man ein unvergleichliches Erlebnis.

Es sind ungemein lebendige Weine, teilweise maischevergoren, fast immer unfiltriert. Leo Uibel verarbeitet nur Trauben aus seinen eigenen Weingärten. Kein Zukauf. Es sind puristische Weine bis zum Anschlag. Alle Weine werden unter Rücksichtnahme auf den Mondkalender abgefüllt. Man ist in Umstellung auf Demeter. Zu Beginn kommt der 2020 GV Golem. Ein Wein von toller Balance. Der Vollmondwein 2020 ist ein typischer GV mit einiger Finesse. Toll finde ich den 2019 Kalksand Riesling IZ. Der 2019 UNA Frühroter Veltliner braucht unbedingt eine Karaffe und ein großes Glas. Die Salzigkeit in Wein findet man beim 2018 Grünen Veltliner „Hunds...g“ aus dem Granitfass. Fast wie großer Champagne. Grandios ist der 2017 Möbius GV, ein Wein von ungeheurer Pikanz. Der 2018 Chardonnay Plafond ist ungemein vielschichtig. Ein so richtig schöner Wein. Herausfordernd präsentiert sich der 2017 Pinot Noir Plafond. Dieser Wein erfordert wohl eine gewisse Kennerschaft. Sehr spannend. SJ

WEINLAND

★★ **S €€ GV**
2020 Vollmondwein Grüner Veltliner vom Ziersdorfer Weinberg + (Löss, Lehm, Sand & Schotter) Naturtrüb, gelber Apfel, Citrus, Pfefferl, Mandarinen, exotische Noten, auch Pfirsich, sehr frisch, feine Würze, Gewürze, elegante Noten, guter Druck, noch total jung, Kräuter, kühl und salzig, Birnen, da geht es straff zur Sache.

★★★ **S €€ GV**
2020 Golem Grüner Veltliner + (Löss, Lehm, Sand) Noch naturtrüb, hefige Noten, Lindenblüten, Kamille, gewürzig, kühle Apfelfrucht, sehr lebendig, Birnen kommen ins Spiel, frisch, gewisse Exotik, frische Säure, knackige Frische, doch immer in der Balance.

★★★ **K €€€€ GV**
2020 Super G - Grüner Veltliner IZ + Interzellulare Vergärung. Maischevergoren – unfiltriert – vegan & no sugar. Hefetrüb, straffe Struktur, Orangenschalen, Gewürze, Thymian, Senfsaat, Kräuter, total zugezogen, verschließt sich total. Braucht einfach Zeit. Hat beste Anlagen.

★★★ **S €€€€ FV**
2019 UNA MMXIX Frühroter Veltliner + Naturtrüb, hefig-reduktive Noten, rauchig, getoastetes Brot, viele Gewürze, Kreuzkümmel, viel Struktur, maischevergoren, unfiltriert, ziemlich reduktiv, salzig, ziemlicher Stoff, irre Substanz, braucht enorm viel Luft, gehört unbedingt dekantiert.

★★★ **S €€€ RI**
2019 Kalksand Riesling IZ + Maischevergoren – unfiltriert – vegan & no sugar. Hefetrüb, kühl, erinnert frappant an Champagner, hefig, Steinobst, viel Mineral, Apfeltöne, liegt straff auf dem Gaumen, sehr eng, sehr salzig, ein Wein, der in die Tiefe geht. Weißer Pfirsich, kreidig, noch total juvenil. Ganz viel Zukunft. Ein ungemein individueller Riesling. Große Substanz.

★★★ **K €€€€ GV** TIPP
2018 Grüner Veltliner Hunds...g + (Muschelkalk, Löss) Orangenoten, Citrus, apfelige Noten, viel Mineral. Champagne-like, sehr salzig, zieht sich richtig zusammen, brauchte viel Zeit, um in diese Dimension zu kommen. Ein sehr weiniger, typischer GV, gelbfruchtig, Kamille. Da kommt einiges auf uns zu!!!!

★★★★ **K €€€€ GV** TIPP
2018 Grüner Veltliner Hundsberg Granitfass + Überaus kühles, dezent hefiges Bouquet, Apfelschalen, Birnen, ein extremer Wein, „Côte de Blancs“-like, ungemein salzig, viel Wein und Mineral. Sehr dicht. Braucht unendlich viel Zeit. Liegt straff auf dem Gaumen. Unbedingt dekantieren.

★★★★ **S €€€ GV** TIPP
2017 Möbius Grüner Veltliner unfiltriert + Dezente Trübung, gelbfarben, Kräuter und Gewürze, Kamille, sehr mineralisch, tolle Struktur, salzig, hefige Noten, Kümmel, ein dichter Wein mit einiger Substanz, ziemlicher Stoff, herrliche Pikanz, da steckt viel drinnen.

★★★★ **K €€€€ CH**
2018 Chardonnay Plafond + Von dunkler Würze, etwas Karamell, etwas röstig, Holzfass, ziemlich würzig, dezent buttrige Noten, toller Stoff, feine Vanille, Exotik, Zimtstange, orientalische Aspekte, Eichennoten, voller Pikanz. Tolle Fruchtsüße. Absolut typisch, balanciert, einfach wunderschön. Ganz hohe Qualität. Viel Substanz.

★★ **K €€€ ZW**
2020 Sucette Rosé + (ZW – Amphore) Leichte Trübung, Waldhimbeeren, Hauch von Leder, knackige Frische, rassige Säure, fruchtig, intensiv. Ein ungemein attraktiver Wein, Himbeergelee, sehr feine Frucht, elegantes Timbre, von feinster Frucht. Ein sehr ernsthafter Rosé, der unbedingt auf die Tafel gehört. Ein superspannender Wein.

Weingut
Waberer

Alexander Waberer
2130 Mistelbach, Franz-Josefstraße 123
Tel. & Fax +43 2572 4134
post@wabererwein.at, www.wabererwein.at
12,5 Hektar, W/R 90/10, 45.000 Flaschen/Jahr

„Generell bin ich recht zufrieden", so beginnt Alexander Waberer seinen Rückblick. „2020 war nicht so einfach wie 2019, da ist alles leicht von der Hand gegangen. Letztlich wurde aber alles gut, die Säure passt, die Weine sind animierend, bei den Veltlinern ist vielleicht das Pfefferl nicht ganz so ausgeprägt." Und da muss man gleich widersprechen. Kommt der Classic tatsächlich mit einer Prise im Finish aus, so beweist der Schneiderberg schon im Duft, dass hier ein Veltliner im Glas ist. Neben den Veltlinern sind die aromatischen Sorten stark vertreten. Mit dem Sauvignon Blanc hat er schon ein paar Erfolge bei unseren Verkostungen eingefahren, heuer hat er seine 13. Ernte davon hinter sich, und immer noch „gibt es ein paar Schrauben zu drehen". Die Gesamtfläche des Gelben Muskatellers ist kleiner als man ob seiner Präsenz vermuten würde, noch weniger gibt es von der roten Variante, die gerade im Weinviertel auf fruchtbaren Boden gefallen zu sein scheint. Waberers Roter Muskateller ist eigentlich immer eine Versuchung wert. Freundlich entgegenkommend mit recht pfiffiger Säure, scheint der Gelbe Traminer ein paar Anleihen beim Muskateller genommen zu haben. Im Duft zurückhaltender als der Stillwein, bringt der Frizzante auch wieder die feine Exotik im Abgang. Nach 18 Monaten auf der Hefe erfreut der Chardonnay Brut mit einer Vielzahl feiner Aromen. *db*

WEINVIERTEL DAC

★★★ **S € GV** **PLV**
2020 Grüner Veltliner Ried Schneiderberg + Wunderbar duftig mit intensivem Pfefferl, bisschen grüner Tee, trockenes Laub, Anklänge nach roten Äpfeln und reifen Birnen, Kamille; Kohlensäure, ein paar kühle Noten dabei, die den erfrischenden Eindruck verstärken, vielfältige Kombination aus Frucht und Würze, sehr gute Länge, animierend.

★★★ **S € GV**
2020 Grüner Veltliner Classic + Straff vom kalkhaltigen Löss, gezimtetes Apfelsorbet mit einem Spritzer Zitronensaft, verlockend; gleitet mit viel Schwung über den Gaumen, sehr würzig mit süßem rotem Apfel und einer Prise Pfeffer, erstaunlich viel Wein.

NIEDERÖSTERREICH

★★★ **S €€ SB** **FUN**
2020 Sauvignon Blanc + Recht präziser Sortenvertreter, vielschichtiger Fruchtausdruck, grüner Apfel, Wiesenkräuter, grüne Paprika, auch schon Ausflüge in dunkle Regionen wie Cassis und Hollerbeeren; knackige Säure treibt die Frucht zusätzlich voran, ein heiterer Durstlöscher mit feinen Mango-Noten im Abgang.

★★★ **S €€ GM** **TIPP**
2020 Roter Muskateller + Vielschichtige Muskatellerfrucht, von allem ein bisschen mehr und trotzdem sehr elegant, Blüten, Südfrüchte und ein Touch Exotik; Aromatik setzt sich fort, lebendige Säure, kleiner Zuckerrest sorgt für guten Fluss und Fruchtausdruck, mit Kohlensäure bleibt das knackig trocken, sehr schöne Länge, macht Spaß.

★★ **K €€ TR**
2020 Gelber Traminer Selection halbtrocken (17) + Rosen, Steinobst, Zitrusduft, auch ein paar Gewürze; zart süßer Schmelz, dann recht pfiffige Säure, bringt die Frucht im Spiel mit Säure und zarter Süße recht gut auf den Gaumen, guter Trinkfluss.

ÖSTERREICH

★★ **S €€ SB**
2020 Sauvignon Blanc Frizzante trocken (15) + Stahlig, Wiesenkräuter, Paprika, eine Spur Cassis; Restzucker hilft der Frucht auf die Sprünge, guter Mousseux, frische Säure, im Abgang wieder Mango, unbeschwerter Begleiter.

★★ **K €€€ CH** **FUN**
Chardonnay Brut + Zart röstig, Hefezopf, Cantuccini, reifes Steinobst, getrocknete Marillen, feiner Himbeerduft; beginnt sehr trocken, fast kreidig, Apfelschale, auch Trockenaromen, mineralischer Rückhalt, dann hübsch fruchtsüß, der kalkig-straffe Eindruck begleitet bis in den Abgang.

Weingut
Weinrieder

Friedrich & Lukas Rieder
2170 Kleinhadersdorf-Poysdorf, Untere Ortsstraße 44
Tel. +43 2552 2241, Fax +43 2552 3708
office@weinrieder.at, www.weinrieder.at
20 Hektar, W/R 100/0

Die Weingärten des Weinguts werden naturnah betreut und schonend bearbeitet. Ein kurzer Rebschnitt und sorgfältiges Ausdünnen sind hier eine Selbstverständlichkeit, wie auch die Lese mit größter Sorgfalt erfolgt und im Keller durch gefühlvolle Arbeit fortgesetzt wird.
So wird das Weingut mit Leidenschaft und Können von der Familie mit großem Erfolg geführt. Friedrich Rieder als innovativer Winzer arbeitet im Weingarten und Keller gemeinsam mit Lukas, während Melanie sich der Büroarbeit und der Gästebetreuung widmet. Bernhard leitet den gesamten Verkauf und organisiert den Export, durch den neben namhaften Vinotheken auch Spitzenrestaurants in Europa und Übersee beliefert werden, welche die Weine als ideale Speisebegleiter zu schätzen wissen. Das erfreuliche Preis-Leistungs-Verhältnis nehmen alle Weinliebhaber wohlwollend wahr, was sich auch beim Einkauf im gut sortierten Webshop deutlich bemerkbar macht. *kk*

WEINVIERTEL DAC

★★ **S € GV** FUN
2020 Grüner Veltliner Klassik + Typischer Veltliner-Duft; Quitten und Grapefruits, kühle Golden Delicious und Pfirsiche, zitrusfrisch mit heller Kräuterwürze, beschwingt pfeffriger Abgang.

NIEDERÖSTERREICH

★★★ **S €€ GV** PLV
2020 Grüner Veltliner Ried Schneiderberg + Reifes Kernobst; gelbschotig mit knackiger Säure, etwas Rhabarber mit Grapefruitzesten, weicher heller Tabak und blättrige Würze.

★★ **S €€ GV**
2020 Grüner Veltliner Ried Kugler + Apfelbukett; junge Ringlotten, feine Säure gelber Johannisbeeren, Melisse und eine Idee Salbei, etwas Mineralik, luftig und geradlinig.

★★ **S €€ PB**
2020 Weissburgunder Ried Birthal + Gelbfruchtiger Duft; tropische Früchte, Honigmelone und Ringlotten, etwas Wurzelwerk in malziger Blättrigkeit, bisschen Waldboden und Stein, auch Efeuwürze, individuell und spannend, im Finish feinherbe Birnencreme.

★★★ **S €€ PB** PLV
2020 Weissburgunder Ried Hohenleiten + Dezentes Kernobstbukett; Quitten und Williamsbirnen, Granny-Smith-Apfelmus, pikante rosa Grapefruits, braucht sehr viel Luft zur Öffnung, gute Führung der feinen Gerbstoffe, grüne Saftigkeit von Küchenkräuter, frische Zitrusaromen dominieren im eleganten Abgang.

★★ **S €€ CH**
2020 Chardonnay Ried Bockgärten + Biskuitrouladenduft; feine Orangen, kühler Tee gelber Blütenblätter, Williamsbirne und Limoncello, saftig und unbeschwert, mit frischer Säure, etwas Mandelsplitter und helle Kräuter, ein universeller Speisenbegleiter.

★★ **S €€ RI**
2020 Riesling Ried Bockgärten + Offenes Steinobstbukett; Marillencreme mit Pfirsichbowle, etwas tropische Früchte, Apfelspalten und feine Limetten, pikant kräuterwürzig ins beschwingte Finale.

★★★ **S €€ RI** PLV
2020 Riesling Ried Dornleiten + Vollreife Marillen; dichtes Steinobst, etwas Mango und Kläräpfel mit gelben Johannisbeeren, die Limettensäure gleicht die Fruchtsüße aus, mit Eleganz und Mineralität im cremigen Finale.

★★★ **K €€€ GV**
2019 Grüner Veltliner Alte Reben + Duftiger Obstkorb; gelbfruchtige Birnen und Golden Delicious, bisschen Quittenmus, fruchtsüße Mango und Agrumenzesten, etwas Kräuterwürze, mit erdverbundenem Körper, im Finish pikante Zitronenmelisse und feine Exotik.

★★★ **K €€€ RI**
2019 Riesling Ried Kugler + Markant sortentypisch; reifes Steinobst, ausgewogen in Frucht und Würze, kandierte Ananas mit pikanter Säure, bisschen Schieferstein und Zitronenmelisse, Kräuter-Pfirsich-Bowle im Abgang.

★★★★ **K €€€€ RI**
2019 Riesling Reserve + Elegante Exotik; samtige Mango und Marillen, die feste Säure balanciert gut die Restsüße, etwas Honig und helle Blüten, dann Pfirsich, bisschen Melisse und Waldmeister, mit feinkörnigen Gerbstoffen und Mineralspuren im komplexen Fruchtbild.

Weingut
Weinwurm

Lisa & Georg Weinwurm
2181 Dobermannsdorf, Hauptstraße 65
Tel. +43 2533 8581, Mobil +43 664 205 16 00
wein@weinwurms.at, www.weinwurms.at
30 Hektar, W/R 60/40

„Ein Jahr wie in meiner Kindheit“, so erinnert sich Georg Weinwurm. Warme Tage, kühle Nächte, Regen und Sonne im Wechselspiel, später, d.h., eigentlich normaler Erntebeginn, bis dann der große Regen im Oktober der Beschaulichkeit ein Ende setzte und „man schauen musste, dass man gesunde Trauben reinbringt“. Die Weißweine sind mit ihrer frischen Säure grundsätzlich ausgewogen und angenehm zu trinken, entsäuert wurde nichts, durch gute Extraktwerte sind die Weine gut aufgestellt. Bei Vinaria Verkostungen konnten zuletzt mit der Veltliner Hommage und dem Gemischten Satz sehr gute Platzierungen erreicht werden. Mit der Hommage vom Chardonnay ist ihm auch ein beachtlicher Wurf gelungen. Eine Spezialität des Winzermeisters ist der Rote Muskateller, der mit Luft sehr finessig und vielschichtig wird. Glück war es rückblickend, dass sein Großvater aus Versehen einst Zweigelt- statt Veltliner-Reben für einen neuen Weingarten ausgesetzt hat, Georg ist glücklich, dass er jetzt auf bis zu 70 Jahre alte Reben zugreifen kann, und wir freuen uns, dass er uns für wenig Geld an diesem Glücksmoment teilhaben lässt. *db*

WEINVIERTEL DAC

★★ S €€ GV
2020 Grüner Veltliner + Helle Frucht, weiße Ribisel, etwas reduktive Frische, geeistes Steinobst; extraktdicht, feine Würze, reifes Kernobst.

NIEDERÖSTERREICH

★★★ S €€ GV **FUN**
2020 Grüner Veltliner Ried Kugelberg + Bunte, knackige Äpfel verströmen ihre reifen Aromen freigebig, ein Spritzer Zitronensaft, eine Prise Pfeffer, feine Kräuterwürze; überraschende Fülle bei moderatem Alkohol, angenehm griffig im Ausklang.

★★★★ S €€€ GV **TIPP**
2019 Hommage Grüner Veltliner Reserve + Weich, saftig und fruchtig wie ein Hefezopf mit Apfelgelee, etwas Kandis, Karamell, eine Prise Zimt, Streuobstwiese, tief und lebendig; fruchtsüßer Einstieg, voluminös, straff von steinigem Unterbau und feinem Gerbstoff, hat noch Zeit.

★★★ S € WR
2020 Welschriesling Ried Schilling + Frische Kräuter, Hauch von Stangensellerie, frisch geschnittenes Gras, zarte Aromatik; geeiste Melone, zitrusfrisch, fester Grip, eigenständig.

★★★ S €€ GS **TIPP**
2020 Schmatz Gemischter Satz Ried Schilling + (WR/PB/NB) Sommerlich blütenduftig, Pfirsich, Ringlotten; knackig, gute Fülle, Pfefferl, feste Steinobstfrucht, zitrusfrisch, ein herrlicher Wein zum Wegschmatzen.

★★★ S €€ CH
2020 Chardonnay Ried Schilling + Weit gefasstes Fruchtspektrum, Bratapfel, zart röstig, saftiger Pfirsich, sommerwarm, verführerische Fülle mit kräftiger Säure als Gegenspielerin, pfeffrig, reifes Steinobst.

★★★★ K €€€ CH
2019 Hommage Chardonnay Reserve + Feine Topfencreme, Zitrusfrucht, öffnet sich mit Luft in Richtung burgundisches Vergnügen, BSA verschwindet an der Luft, feine Röstnoten; fülliger Ansatz auf mineralischem Fundament, etwas Gerbstoff, schon recht gute Länge, braucht noch.

★★★ S €€ RM **FUN**
2020 Roter Muskateller Ried Schilling + Expressiv, Litschis, Schalen von Blutorangen, Grapefruit, Eibischblüten ein wenig Salbei; steiniges Fundament, etwas Kohlensäure, kleiner Zuckerrest, sehr viel Frucht, kräuterwürzig, erfrischend.

★★ S € SY
2020 FUNdament Rosé + Zarte Frucht, ein paar frische Kräuter; beeindruckende Aromafülle, Himbeere, Sauerkirsche, rote Ribisel, straffer Auftritt, unkompliziert mit gewisser Substanz.

★★ S €€ CR
2019 Asia Blend + (ZW/ME) Verführerisch rot- bis dunkelbeerig, Nelken, Zimt, ein bisschen ledrig; attraktive Fruchtentfaltung, sehr süffig, feine Kräuterwürze, beschwingt mit Anspruch.

★★★ S €€€ ZW
2019 Zweigelt Ried Schilling Glücksmoment + Großes Holz, Weichseln, Zwetschkenröster, Brombeere, intensiv, schmeichelnd und tief; deutliche Gerbstoffe, animierende Säure, ordentliche Prise Pfeffer, macht schon viel Freude.

★★★ K €€ ZW **FUN**
2019 Hommage Zweigelt Reserve + Ruhig, reife, reichhaltige Frucht, wenig Holz, leicht herbe Sauerkirsch-Aromen; geht wunderschön auf, erstaunliche Gerbstoffe auf viel Frucht eingebettet, anspruchsvolles Vergnügen.

★★ S €€ ME
2019 Merlot Ried Schilling Herzblut + Zart röstig, Cassis und Holunderbeeren, Rosmarin, etwas Salbei; braucht Zeit, pointierte Säure, dunkle Aromatik mit rotbeerigen Akzenten, süffig.

★★★ S €€ SY
2019 Syrah Ried Schilling Abendrot + Rot- bis dunkelbeerig, Kräuter, ein paar Dörrnoten, Zwetschke, Oliven, Tomatenrispen; fruchtverspielt, engmaschig, knusprig, freche Säure, noch nicht ganz seidige Gerbstoffe, mineralischer Grip, sehr süffig.

Weingut & Heuriger
Niki Windisch

Niki Windisch
2212 Großengersdorf, Kurze Zeile 66
Tel. +43 699 128 674 71, Fax +43 2245 882285
niki@weingut-windisch.at, www.weingut-windisch.at

12 Hektar, W/R 65/35, 45.000 Flaschen/Jahr

Niki Windisch war im Jahr 2020 überaus umtriebig: Er baute einen neuen Keller. Ein weiterer Schritt, um die – schon sehr hohe – Qualität noch zu steigern. Der Jahrgang 2020 ist – laut Niki Windisch – auf Augenhöhe mit 2019. Durchaus nachvollziehbar beim Verkosten der aktuellen Weine. Die Weißweine 2020 haben eine knackige Säure, welche diese in eine gesicherte Zukunft führt. Bei den Rotweinen ist aktuell der Jahrgang 2019 im Verkauf. Es gibt einen neuen Wein bei Niki Windisch – einen 2020 Gemischten Satz. Bestechend sauber und reintönig, glockenklar und unkompliziert. Dafür gibt es keinen reinsortigen Welschriesling und Chardonnay mehr. Das Hauptaugenmerk liegt naturgemäß auf den Grünen Veltlinern, die durchwegs in ihrer Art hervorragend sind. Herausstellen möchte ich den 2020 Grünen Veltliner Reserve Ried Sonnleithen, ein Klassewein. Knapp dahinter – oder bald gleichauf? – kommt der Grüne Veltliner Ried Hofweingarten. Faszinierend ist der 2020 Gelbe Muskateller privat Ried Satzen, vielleicht die hohe Schule eines trockenen Muskatellers.

Bei den Rotweinen aus 2019 ist die Cuveé Anaconda sehr gelungen, ebenfalls der Merlot Sandwühler. Überragend: Blaufränkisch Ried Leiten. Sensationell!!!! Davon wird es noch eine Steigerung geben. Liegt noch im Fass. Die Spannung steigt. *as*

WEINVIERTEL DAC

★★ **S €€ GV** FUN
2020 Grüner Veltliner + (Löss) Dezent rauchig, pfeffrig, würzig, angenehm fruchtig, guter Druck, Kräuterwürze, dezente Exotik, höchst angenehm zu trinken, typisch, macht Spaß.

★★★ **S €€€ GV** TIPP
2020 Grüner Veltliner Reserve Ried Sonnleithen + 40 Jahre alte Reben, großes Holzfass. Eine Riede in Kronberg. Exotik pur, voller Frucht und Würze, rauchige Eleganz, pfeffrig, kompakt, mineralische Noten, Ringlotten, tolle Säure, auch salzig, geht richtig in die Tiefe, zeigt Klasse, strukturiert und tiefgründig, hohe Qualität. Ein höchst repräsentativer Vertreter seiner Zunft.

NIEDERÖSTERREICH

★★★ **S €€ GV**
2020 Grüner Veltliner Ried Hofweingärten + Löss – bis zu 50 Jahre alte Reben. Stahltank. Gelbfruchtige Anmutung, würzige Nase, Kräuter, Pfeffer, exotische Aspekte, sehr saftig, sehr typisch, cremige Textur, entwickelt Druck, feste Struktur, durch die noch vorhandene Hefe etwas gerbstoffbetont, geht einer guten Entwicklung entgegen.

★★ **S €€ RI**
2020 Riesling Ried Aggsthal + Löss-Kalk – nördliche Neigung. Noch total jugendlich, rassige Säure, Stein- und Kernobst, Ananas, kühl, saftige Eleganz, fordernd-nervig, ein Riesling, wie es sich gehört, voller Pikanz, der gibt nicht nach. Braucht auf jeden Fall Flaschenreife. Hat beste Anlagen für die Zukunft.

★★★ **S €€€ GM** TIPP
2020 Gelber Muskateller privat Ried Satzen + Aber hallo, ein sensationeller Muskateller mit vielen Aromen, Zimt, Holunderbeeren, Mango, Maracuja, ungemein reichhaltig, Litschi, Rosenblüten, Ribisel, auf dem Gaumen ungemein fest, rassig, unglaublich kühl, voller Frische und Leben, einfach großartig – faszinierend. Der Ausbau in einem gebrauchten Holz verleiht diesem Wein eine außergewöhnliche Struktur und Tiefe. Solch ein Wein ist für mich der hochwertigste Aperitif neben Champagne.

★★ **S €€ ZW** FUN
2019 Zweigelt Ried Holzberg + Löss Ein ungemein charmanter Rotwein, elegant, filigran, rote & schwarze Beeren, etwas Vanille, transparent auf hohem Niveau. Fruchtig, von jugendlichem Adel, sehr sympathisch, trinkt sich hervorragend. Ein Paradebeispiel von Zweigelt in schönster Form.

★★★ **S €€€ CR**
2019 Anaconda Cuvee + (ZW, BF, ME) 50% neues Holz. Eine elegante Cuveé, geradlinig, Beeren, Kirschen, Hauch Schoko, Kaffee, geschliffenes Tannin, gute Struktur, extraktreich, internationales Flair. Ein Wein, der noch seine Zeit benötigt, eben Flaschenreife. Geht seinen Weg.

★★★★ **S €€€ BF** TIPP
2019 Blaufränkisch Ried Leiten + Ton-Kalk – karge steile Lage – waldumrandet – das obere Herzstück von der Leiten. 80% neues Holz. Dieser Blaufränkisch ist auf dem Weg zu den Besten der Besten. Herrlich würzige Nase, rauchig, rotbeeriger Ansatz, kühl, tolles Säurespiel, ungemein vielschichtig, Brombeeren, Kirschen, Heidelbeeren, etwas Cassis, Kaffee, Schoko, perfekt eingesetztes Holz, absolut authentisch, zupackend und superspannend.

★★★ **S €€€€ ME**
2019 Merlot „Sandwühler“ + (100% neues Holz) Holzberg & Leiten. Cassis, schwarze Beeren, Preiselbeeren, Tabak, Vanille, Tannin und Fülle, vollmundig, sehr guter Stoff, warmes Timbre, kraftvolle Struktur, bestes Tannin, hervorragender Rotwein mit einigem Potenzial ausgestattet und einer Ahnung von St. Emilion.

ExclusivWeine
Rudi Woditschka

Rudi Woditschka
2171 Herrnbaumgarten, Hauptstraße 131
Tel. +43 664 482 33 35
office@woditschkaweine.at, www.woditschkaweine.at
12,5 Hektar, W/R 70/30

„Einen Jahrgang wie vor 25 Jahren" erlebte Rudi Woditschka. In rigorosen Vorlesen kam alles weg, „was nicht interessant war für einen guten Wein". Trotzdem stellte sich der Regen im Herbst dann doch eine gute Woche zu früh ein, aber „wer die Hausaufgaben brav gemacht hat, ist belohnt worden". Belohnt werden seit Jahren auch Woditschkas Kunden, gibt es hier doch blitzsaubere, ausdrucksstarke Weine um wenig Geld. Etwa den DAC oder den Druxenberg Premium, zwei herrliche fruchtbetonte Veltliner. Schönes Fruchtspiel zeigt auch die DruX Reserve, der der zurückhaltende Holzeinsatz sehr gut steht. Vor dem großen Regen noch konnte der spannende Riesling Rosenberg gerettet werden. Rudis „wertvollster Wein" ist der Pinot Blanc, er stammt aus zwei Weingärten mit schweren Lehm-Löss-Böden und besonderem Kleinklima. Aus Gelbem Muskateller und Muskat-Ottonel besteht die Selektion, die in ihrer klassisch aromatischen Ausrichtung sehr viel Trinkspaß vermittelt. Muskataromen überraschen auch beim lieblichen Traminer Premium, der zu zwei Dritteln aus dem bisher noch geheimnisvollen Grünen Traminer besteht. Als fröhliche Sommerbegleiter gibt es den Riesling und den Rosé auch als Frizzante. *db*

WEINVIERTEL DAC

★★★ **S € GV**
2020 Grüner Veltliner Johannesberg + Ein Korb voll duftiger Apfelvielfalt, eine Spur Pfirsich, weißer Pfeffer; fruchtsüß, dann knackig mit festem mineralischem Rückhalt, sehr süffig, macht Spaß.

NIEDERÖSTERREICH

★★ **S € WR**
2020 Welschriesling Selektion + Heller Blütenduft, Zitronenmelisse, heitere Erscheinung; läuft mit viel Frucht und zartem Gerbstoffschleier über den Gaumen, passt.

★★ **S €€ GV** PLV
2020 Grüner Veltliner Ried Druxenberg Premium + Festes Kernobst mit Zitrone beträufelt, ein paar exotische Facetten; druckvoll, trocken, herzhafte Säure, kräftiges Pfefferl, dezent Sauvignon-hafte Anklänge, vielfältig fruchtfreundlich.

★★★ **S €€€ GV**
2019 Grüner Veltliner DruX Reserve + Konzentrierte Frucht, Richtung Apfelgelee, ein paar Kräuter dazu, erste Reife; Apfel, Quitte, Zuckermelone, kleiner Zuckerrest zwängt sich dazu, passt vorzüglich zu Säure und mineralischer Strenge, animierende Länge.

★★★ **S €€ RI**
2020 RRR Rheinriesling Ried Rosenberg Premium + Festfleischiger Pfirsich, säuerliche Ringlotten, zarter süßer Schleier (7); getrocknetes und kandiertes Steinobst, süße Fülle, dann markante Säure und mineralischer Grip.

★★ **S € CW**
2020 Muskateller Selektion + (GM/MO) Dezentes Parfum, blütenfrisch, beherzter Griff in die Gewürzlade, Sternanis, Muskat, mit Luft kommen hübsche Zitrusnoten, Bergamotte, Limette; bringt die Frucht gut auf den Gaumen, feingliedrig, elegant, recht gute Länge, macht Spaß.

★★★ **S €€ PB** TIPP
2020 Pinot Blanc Premium + Saftige Apfelstückchen, eine Prise Vanille, Honigwabe, im Duft schon recht ansprechend; ein hübsches Maul voll Wein, viel Frucht, peppige Säure und straffes mineralisches Netz halten dagegen, erfrischend mit süß-saurem Spiel ausklingend.

★★ **S €€ CH**
2020 Chardonnay Premium + Im Duft noch etwas bedeckt, dezente Mischung aus Kern- und Steinobst, frisches Weißbrot; gute Fülle mit präsenter Säure, kleiner Zuckerrest (7) schwimmt mit, ein bisschen gerbstoffig im Abgang.

★★ **S €€ TR**
2020 Traminer Premium lieblich (23) + Frisch, rosenduftig, Litschis, Bergamotte, geht mit Luft auf, zum Reinbeißen; wirkt über Kohlensäure und Säure relativ schlank, Zuckerrest unterstützt den Fruchtausdruck, wirkt im Abgang fast trocken, sehr charmant.

★★ **S € CR**
2020 Spätherbst – Rosé Selektion + (ZW/CS/CF/RÖ) Mit ein paar frischen Kräutlein sehr nah am Vorjahr, Ribisel und Granatapfel, rotbeerig verspielt; fester Punch über Säure und Gerbstoff, Frucht hält sich gut.

ÖSTERREICH

★★ **S €€ RI**
2020 RRR RheinRieslingRosenberg – Frizzante extratrocken + Hübsche Riesling-Frucht, süß umspült, getrocknete Marillen; fester Mousseux, charmanter Zuckerrest, verspielte Balance, sommerliches Vergnügen.

★★ **S € CR**
2020 Rosé Spätherbst-Venus – Frizzante trocken + (ZW/CS/CF/RÖ) Ganz feine Beerenaromen, leicht süß bestreut; deutlicher Gerbstoff, mit Restzucker als Ausgleich, wirkt dadurch trockener, unkomplizierter Genuss.

Weinbau
Karl Ziß

Karl Ziß
3743 Röschitz, Winzerstraße 16
Mobil +43 676 364 47 32
office@ziss.at, www.ziss.at
7,5 Hektar, W/R 100/0

Der Grüne Veltliner ist mit großem Abstand die Hauptsorte in dem relativ kleinen, rein weißen Betrieb von Karl Ziß, als „Verzierungen" gibt es Frühroten Veltliner, Riesling oder diesmal einen Sauvignon zu entdecken. Das Programm des ruhigen Winzers, der lieber seine Weine sprechen lässt, ist ausgesprochen konsumentenfreundlich kalkuliert und bietet neben Leichtgängigkeit auch viel Sortenfeeling. Ruhig mit reifer Aromatik ist der DAC recht nah am vorjährigen platziert, fruchtfreundlich unbeschwert wird der Sommerwein seinem Namen mehr als gerecht. Pikant würzig mit ausgiebiger Kernobst-Aromatik erfreut der Mühlberg mit sehr appetitlicher Säure. Beim Hundspoint mit seinen reifen, weichen, ein wenig süßen Aromen lässt der Spätsommer, wenn nicht gar schon der Herbst grüßen, zwei wunderschöne Weine, die je nach Stimmung bereits großen Genuss bieten. Im Duft noch neutral zeigt der Sauvignon auf dem Gaumen viel Sortenflair. *db*

WEINVIERTEL DAC

★★★ **S € GV** FUN
2020 Grüner Veltliner + Recht nah am Vorjahr, wieder ruhig mit reifer Aromatik von gelben und roten Äpfeln; kalkig straff, kompakte Apfelfrucht, auch etwas Schale, braucht noch ein bisschen zur Abrundung, zart aromatische Fruchtsüße im Abgang, gute Länge.

NIEDERÖSTERREICH

★★ **S € GV**
2020 Grüner Veltliner Sommerwein + Kühl angelegte Kernobstfrucht, reife rote Äpfel, hübsche Würze; angenehme Fülle, sehr saftig, zartes Pfefferl, unbeschwerter, fruchtfreundlicher Genuss.

★★★ **S €€ GV** TIPP
2020 Grüner Veltliner Ried Mühlberg + Reife, breit aufgestellte Erscheinung, Äpfel, Birnen und eine Spur Quitte, frisch würzig; extraktdicht und rund zu Beginn, dann sehr appetitliche Säure, die weiter Kernobstaromen auf die Papillen spült, diskreter Gerbstoff, feine Länge.

★★★ **S €€ GV** TIPP
2020 Grüner Veltliner Ried Hundspoint + Sämiges Apfelkompott mit einer Prise Zimt, traubig, reif, lössig, eine Spur Honig; weiche Frucht, reich strukturiert, Anklänge an Bratapfel oder Apfelstrudel, konzentriert und gut abgestimmt, solide Länge.

★★ **S €€ SB**
2020 Sauvignon Blanc + Mit zarter Aromatik eher neutral ausgerichtet, würzig vegetabile Noten; kräftige Kohlensäure, hier zeigt sich die Sorte mit Holunderblüten und Stachelbeeren, resche Säure, etwas Cassis im Abgang.

BIO

Weingut
Zuschmann - Schöfmann

2223 Martinsdorf, Winzerstraße 52
Tel. +43 2574 84 28
office@zuschmann.at, www.zuschmann.at

Beginnen wir beim Sekt. Das Weingut produziert seine Schaumweine von der Traube bis zum fertigen Wein komplett im Haus. Seit 2007. Streng nach der Sektpyramide.

Die Weine aus der Selektion-Linie bestehen aus besonders selektierten Reben von mehreren europäischen Top-Lagen. Dabei wird neu veredelt und in ausgesuchten Top-Lagen ausgesetzt. Es handelt sich um die Rebsorten Sauvignon Blanc, Weißer Burgunder, St. Laurent und Pinot Noir.

Meine Highlights der Verkostung, die da wären: Die Schaumweine sind einzigartig. Absolut überzeugend auch im internationalen Kontext.

Von gewisser Opulenz ist der 2019 Grüne Veltliner „Löss". Das ist viel Wein, aber äußerst schmackhaft. Von kühler Eleganz und einigem Charme ist der 2019 Grüne Veltliner „Muschelkalk". Noch dominiert das Holz beim 2019. Opal Reserve. Doch das bindet sich nach einiger Reife ein und wird den Wein so richtig cremig machen. Zeit lassen.

Feingliedrig, von kalkiger Textur ist der 2019 Weiße Burgunder „Muschelkalk". Der 2018 Weiße Burgunder Selektion brilliert mit intensiver Mineralität und bestem burgundischen Ausdruck.

Bei den Rotweinen gefiel mir der 2018 St. Laurent Selektion bestens. Außergewöhnlich ist der 2017 Pinot Noir Selektion. Sehr nahe an Burgund. Große Klasse. *as*

NIEDERÖSTERREICH

★★★ S €€ GV
2019 Grüner Veltliner „Löss" + Birnen- und Apfelfrucht, Kräuter- und Gewürznoten, Bratenduft, Citrus, Anis, liegt kompakt auf dem Gaumen, Bananen, druckvoll, ziemlich lang, Mundfüllend, opulente Textur, weich und geschmeidig, sehr schmackhaft, rund, von innerer Harmonie.

★★★ S €€€ GV
2019 Grüner Veltliner Muschelkalk + Ein kühl anmutender pfeffriger Grüner Veltliner, Apfelfrische, Kräuter, Citrus, Rosmarin, voller Würze, rund und weich, ein anmutiger Wein, sehr elegant, von feinem weiblichem Charme, kandierte Nüsse, sehr weinig, mineralische Anmutung, ziemlich dicht.

★★★ S €€ PB
2019 Weißer Burgunder Muschelkalk + Sattes Grün-Gelb, kühle kalkige Mineralik, feines Säurespiel, nussige Aspekte, frisch, nie aufdringlich, elegante Noten, sehr individuell. Ananas, Mineral, feingliedrig, ein hervorragender Wein mit einiger Zukunft. Voller gelber Früchte.

★★★ K €€€ CW
2019 OPAL Reserve + (CH, GV) Das Barrique ist noch dominant, Vanilletöne, ziemlich würzig, Karamell, voller Fruchtschmelz, sehr viel Substanz, Kokos, auch Exotik, Kräuterwürze, Gewürze, Pfeffer, viele gelbe Früchte, sehr reichhaltig.

★★★★ K €€€€ PB **TIPP**
2018 Weißer Burgunder Selektion + Feinste Vanille, Grapefruit, gelbfruchtig, saftig mit einiger Mineralität, voller Pikanz und Frische, Löwenzahn, exotische Töne, viel Struktur, viel Substanz, Melonen und Kräuter. Ein toller Wein.

★★★ K €€€€ SL
2018 St. Laurent Selektion + Kühl mit Lebkuchen und Zwetschken, Mandeln, Waldboden, dunkel getönt, Kirschen-Confit, Erdbeeren, druckvoll, intensiv, kompakt, tiefgründig, kraftvoll, nervig, engmaschig mit viel Potenzial.

★★★★ K €€€€€ PN **TIPP**
2017 Pinot Noir Muschelkalk Selektion + Ein burgundischer Pinot Noir, kalkig, Himbeeren, Moos, Leder, Walderdbeeren, hochelegant, ledrige Noten, Zwetschken, filigrane Intensität, ein Pinot Noir der speziellen Art. Fulminanter Wein von internationaler Dimension. Das Weinviertel wird langsam zum Burgunder-Land. Ein rotes Standbein neben dem GV.

ÖSTERREICH

★★★ K €€€ GV **TIPP**
2018 Sekt Brut Grüner Veltliner Klassik NÖ g.U. + 23 Monate Lagerung auf der Feinhefe. Toller Schaum, Hefenoten, weißer Pfirsich, nussige Töne, Bratapfel, salzige Noten, viele Kräuter, extraktsüß, sehr kompakt und eng, Blütenhonig, Marzipan, Kuchen, ein kräftiger Wein, ausdrucksstark, von kräftigem Körper, weinig, cremige Textur, eingebundene Säure, mineralischer Touch. Guter Druck und ziemliche Länge.

★★★★ K €€€€ RI **TIPP**
2016 Sekt Riesling Große Reserve Extra Brut NÖ g.U. + 43 Monate Lagerung auf der Feinhefe. Tolle Schaumbildung, gelbe Farbe, kleinperlig, Steinobst mit viel Mineral, reifer Apfel, steinige Textur, Brioche, sortentypisch, knochentrocken, Zitrusfrische, ungemein tiefgründig, feingliedrig, dabei feste, dichte Struktur, sehr elegant mit viel Rückhalt, dezenter Exotik, fast Champagne-like und doch immer Riesling.

★★★ K €€€€ CR **TIPP**
2017 Sekt Rose Brut Reserve + Traditionelle Flaschengärung. 32 Monate Lagerung auf der Feinhefe. (PN, ZW). Anhaltender Schaum, sehr feiner Mousseux, ein zartes, aber doch prägnantes Himbeerbouquet umrahmt den Wein, eine Ahnung von Zwiebelschalen, schön brut, distinguiert, salzig, enge Struktur, eher leicht im Alkohol, sehr bekömmlich, von ungemeiner Tiefe, engmaschig, grandios mit viel Substanz.

Grosse
Reserve
Reserve
Klassik
SEKT g.U.
GENUSS AUF DIE
SPITZE GETRIEBEN!
#austrianwine
ÖSTERREICH WEIN

VINOTHEKEN

AUERSTHAL

Vinothek Weinladen Auersthal
Im Hotel-Gasthof Sommer
2214 Auersthal, Hauptstraße 112
Tel. +43 2288 22530
office@hotel-sommer.at
www.hotel-sommer.at

MAILBERG

Schlossvinothek Mailberg
2024 Schloss Mailberg
Tel. +43 2943 30301
reservierung@schlosshotel-mailberg.at
www.schlosshotel-mailberg.at/de/schlossvinothek

MISTELBACH

BauernArnt
2130 Mistelbach, Winzerschulgasse 50
Tel. +43 2572 20048-2
mail@bauernarnt.at, www.bauernarnt.at

POYSDORF

Weinmarkt Poysdorf
2170 Poysdorf, Brünner Straße 28
Tel. +43 2552 20371-22
weinmarkt@poysdorf.at
www.weinmarkt-poysdorf.at

Wino – Vinothek & Weinbar
Erich Schreiber
2170 Poysdorf, Brünner Straße 20 C
Tel. +43 664 9903240
office@wino.at, www.wino.at

RETZ

Gebietsvinothek Retzer Land
2070 Retz, Althofgasse 14
Tel. +43 2942 3711
reservierung@althof.at
www.althof.at/gebietsvinothek-retzer-land

Weinquartier Retz
2070 Retz, Hauptplatz 4–5
Tel. + 43 2942 20488
office@weinquartier.at
www.weinquartier.at

SIEBENHIRTEN

Wein & Genuss Vinothek Hausgnost
2130 Siebenhirten, Sportplatzgasse 286
Tel. +43 2951 27280, 0676 5237008
e.hausgnost@aon.at
www.hausgnost-weingenuss.at

GASTRONOMIE/NÄCHTIGUNG

FALKENSTEIN

Siebenschläfer
2162 Falkenstein, Kellergasse 8
Tel. +43 2554 88086
sevi@7schlaefer.at, www.7schlaefer.at

Eine Tour zu den Winzern von Falkenstein macht hungrig. Der Siebenschläfer hilft da weiter. Bis 20 Uhr kann man im Lokal in der Falkensteiner Kellergasse frühstücken oder Severin Webers bodenständig-jugendliche Küche probieren. Beliebt sind auch die Frühstücksbrunches und die Frühschoppen, meistens mit Livemusik. Neue Terrasse.

GUNTERSDORF

Hausgnost – Gasthaus an der Kreuzung
2042 Guntersdorf, Oberort 110
Tel. +43 2951 22290
info@hausgnost.at, www.hausgnost.at

Hübsch herausgeputztes Gasthaus mit hellen, modernisierten Räumen. Manfred Hausgnost kocht bodenständig und versteht sich vor allem auf die Fleischklassiker. Zwischendurch darf es auch avancierter sein, bei gegrilltem Welsfilet auf Krenpüree und glacierten Karotten oder bei gegrilltem Rosmarinkotelett auf Paprikachilicouscous. Elisabeth Hausgnost führt nebenan die Vinothek. 1 Haube.

HANFTHAL

Gasthaus Herbst
Matthias Herbst
2136 Hanfthal 48
Tel. +43 2522 2480
hanfthal48@gmail.com, www.gasthaus-herbst.at

Küchenchef, Sommelier, Käsesommelier, Barkeeper und staatlich anerkannter Schaf- und Ziegenzüchter: Matthias Herbst, ein Wirt, der auf sein Bauchgefühl hört. Viel herum gekommen ist in der Spitzengastronomie und das seit 80 Jahren in Familienbesitz befindliche Gasthaus mit Herzblut führt. Der Lohn sind treue Stammgäste und eine Haube. Kombination aus Tradition und Moderne, Der Chef ist ausgesprochener Kräuter- und Beef-Fan. Gute regionale Weinkarte. Die besten Weine des Weinviertels werden gesammelt präsentiert.

HAUSLEITEN

Gasthaus Amstätter
3464 Hausleiten, Bahnhofstraße 27
Tel. +43 2265 7272
www.amstaetter.com

Ein gestandenes Landgasthaus mit ehrlicher Wirtshausküche. Der Top-Wirt 2012, direkt am Bahnhof gelegen, bietet Wirtshausgefühl pur. Die Anreise kann allerdings zu einer Entdeckungsreise werden, die sich absolut lohnt. Köstlich sind Spinatknödel mit Schmorparadeisern, Schweinsbraten oder Brathendl mit Semmelfülle. Fast schon legendär die Marillenknödel. Am Wochenende sind Brathendl und Schweinsbraten die Hits, zum Abschluss die Cremeschnitte. Zur perfekten Wirtshausküche gibt's Wagramer und Weinviertler Weine.

HOLLABRUNN

Wagners Wirtshaus
Christoph & Philipp Wagner
2020 Hollabrunn, Gschmeidlerstraße 32
Tel. +43 676 308 65 36
catering@diewagners.at
www.diewagners.at

In Christoph Wagners Küche wird regional & saisonal gekocht und moderne Kochideen in „bester Wirtshaustradition" umgesetzt. Das stillvolle Ambiente steht der kreativen Küche in nichts nach. Einer der Klassiker des Hauses ist das gebackene Gulasch. Die Karte ist vom ersten bis zum letzten

Gericht ein Genuss. Im bestens sortierten Weinkeller lagert Philipp Wagner exklusive Raritäten ebenso wie beliebte Klassiker. Eines der besten Restaurants im Weinviertel, gefragt sind auch die Caterings, 2 Hauben.

KORNEUBURG

Donaurestaurant Tuttendörfl
2100 Korneuburg, Tuttendörfl 6
Tel. +43 2262 72485
restaurant@tuttendoerfl.com
www. tuttendoerfl.com

Die Lage direkt an der Donau mit atemberaubendem Blick über den Fluss und nach Klosterneuburg ist ein Hit. Unter Küchenchef Bernhard Bayer vereinigen sich Tradition und Moderne. Saisonale Hohepunkte sind selbstverständlich, der Schwerpunkt liegt auf einer gehobenen Fischküche. Als Abschluss ist die Marillenmarmelade-Palatschinke beliebt. Romantischer Kastaniengarten, Lounge, sehr gut sortierte Vinothek.

LAA/THAYA

Gasthaus Martin Weiler
2136 Laa an der Thaya, Staatsbahnstraße 60
Tel.+43 2522 2379
martin@weilerlaa.at, www.weilerlaa.at

Ein lebendiges Haus, das sich als Wirtshaus und Restaurant versteht. Klassiker wie Beuschel, Schweinskotelett und Paniertes gelingen perfekt. Martin Weiler kann aber mehr, bei Gänseleberparfait mit Marillen-Chutney und Pfeffer oder herrlich zarten Rindsbackerln mit Thymiankruste und Selleriepüree beweist er die Bandbreite seines Könnens. Sonntag in der Früh ist der Brunch ein Fixpunkt. Viel Sensibilität verrät auch die Zusammenstellung der Weinkarte. 2 Hauben.

MAILBERG

Genusswirtschaft
2024 Mailberg 252
Tel.: +43 2943 30056
www.genusswirtschaft-mailberg.at

Küche wie Service agieren auf auf Topniveau – und das zu Preisen, die mehr als fair sind. Christoph Schüller holt aus den Produkten der Region das Maximum heraus, immer raffiniert und überraschend. Taube, Rebhuhn, Ente, Wels, Reh – er wird von ausgesuchten Produzenten beliefert und verarbeitet die Tiere im Ganzen. Mittlerweile hat sich die Genusswirtschaft zu einem Fisch-Kompetenzzentrum (Süß- und Salzwasser) im Weinviertel entwickelt. Verena Schneider leitet den sehr pesönlichen Service, ist Christoph Schüller auch privat verbunden. Tolle Desserts, sehr gutes Weinangebot. 2 Hauben.

Schlosskellerei Mailberg
2024 Mailberg 1
Tel. +43 2943 30301
reservierung@schlosshotel-mailberg.at
www.schlosshotel-mailberg.at

Imposantes Schloss mit großzügigen, luxuriösen Zimmern mit Stil und verträumtem Blick auf die Weinstraße. Jedes Zimmer ist individuell, elegant, mit feinen Materialien und Antiquitäten. Das Restaurant konzentriert sich auf die Klassiker wie gekochter Kavalierspitz, Zwiebelrostbraten und Wiener Schnitzel. Hauseigene Schlossvinothek.

Hagn Weindomizil
2024 Mailberg, Hauptstraße 154
Tel. +43 2943 2256
reservierung@hagn-weingut.at
www.weindomizil.at

Sehr chic, der Bau, der da oberhalb der Kellergasse errichtet wurde: Mit spannender Architektur und Glasfassade, die einen großartigen Blick auf das Weinland freigibt. Die klassische Österreichküche baut auf regionale, biologisch erzeugte Zutaten. Auch asiatische Schlenker kommen gut an.

Die schönen Gästezimmer sind empfehlenswert. Das Weindomizil Hagn ist ein Genuss-Hotspot und eine gefragte Eventlocation geworden, dazu passen die zahllosen Auszeichnungen der Weine: sechs Mal „Weingut des Jahres" in NÖ, zuletzt 2021, vielfacher Landessieger, großartige Weine in Weiß und Rot.

MARTINSDORF

Weinlodge Zuschmann-Schöfmann
2223 Martinsdorf, Winzerstraße 52
Tel. +43 2574 8428
office@zuschmann.at, www.zuschmann.at

Helle, moderne Winzerzimmer oder Apartments, gemütlicher Innenhof und Naturgarten zum Sonnen. Viel Wert wurde auf natürliche Materialien und schlichte, aber liebe- und niveauvolle Gestaltung gelegt. Sportfans können Mountainbikes mit Radkarte und Helm gratis ausleihen. Zum Mitnehmen gibt es nicht nur die hauseigenen Weine, in der Greißlerei warten Weinviertler Köstlichkeiten wie traditionelle Erdäpfelsorten, Öle, Hummls Himbeerprodukte, Wildschweindelikatessen oder Galloway-Beef.

MISTELBACH

Hotel Restaurant Zur Linde
2130 Mistelbach, Josef-Dunkl-Straße 8
Tel. +43 2572 2409
polak@zur-linde.at, www.zur-linde.at

Von wegen Bahnhofswirtshaus. Zu Mittag ist bodenständige Küche mit Standards wie Fleischstrudelsuppe, Wildschweingulasch oder gekochtes Rindfleisch angesagt. Am Abend gibt es auch ambitionierte Gerichte. Gerne kocht Karl Polak mit asiatischen Einflüssen. Mit Beef Tatar, Avocado und Senfeis oder Schlögel vom Maibock mit Schwammerln und Kirschknöderln zeigt er seine Lust, das Traditionelle mit jungen Ideen zu verbinden. Am Sonntag wird der Holzofen befeuert und Schweinsbraten gebrutzelt. Die Weinkarte ist mit der Region bestens bestückt. Wunderschöner Gastgarten und komfortable Hotelzimmer.

OBERROHRBACH

Gasthaus Goldenes Bründl
Gerhard Knobel
2105 Oberrohrbach, Waldstraße 125
Tel. +43 2266 80495
gasthaus@goldenesbruendl.at
www.goldenesbruendl.at

Schöne Lage mitten im Wald. Und doch nur wenige Minuten von der Autobahn entfernt. Die Küche unter Norbert Steiner steht für gutbürgerliche Gerichte mit gehobenen Ansprüchen. Das souveräne und herzliche Team serviert Saisonales und Regionales, vieles davon in moderner Interpretation. Zahlreiche leichte Gericht mit viel Gemüse, auch vegatarisch. Französisch-mediterran beherrscht die Küche ebenfalls. Gerhard Knobel ist kompetenter Chef über das rund 650 Positionen umfassende Weinangebot. Sonntag ist der Brunch ein Tipp.

POYSDORF

Hotel & Restaurant Neustifter
2170 Poysdorf, Am Golfplatz 9
Tel. +43 2552 206060
info@hotel-neustifter.at
www.hotel-neustifter.com

Nach dem Bauchfleck des davor Hotel Veltlin genannten Hauses hat die Winzerfamilie Neustifter das Hotel übernommen und adaptiert. Sehr schöne, moderne Zimmer, großes Frühstücksbuffet, Wellnessbereich. Solide regionale Weinviertler Küche, alle Neustifterweine, vieles glasweise und noch mehr. Vier Kellergassen sind innerhalb einer Viertelstunde zu Fuß erreichbar, ein Golfplatz liegt vor der Haustür. Ideal für Genussfreunde, Urlauber, Radler und Geschäftsreisede. Einer der Leitbetriebe im Weinviertel, 4 Sterne.

RETZ

Der Althof
2070 Retz, Althofgasse 14
Tel. +43 2942 3711
willkommen@althof.at, www.althof.at

Der Gutshof auf dem großzügigen Gelände wurde perfekt revitalisiert und im modernen Landhausstil gestaltet. Im Restaurant wird regional und international gekocht, abgerundet durch Retzer Weine aus der hauseigenen Vinothek. Im Freizeitbereich gibt es Sauna, Dampfbad, Solarium und Whirlpool. Beliebt sind die wechselnden Themenevents auf der Terrasse im romantischen Arkadenhof. Das Haus gehört zu Landhaus & Spa-Linie der Hotelgruppe der Familie Ipp.

RIEDENTHAL BEI WOLKERSDORF

Buchingers Gasthaus Zur Alten Schule
Manfred Buchinger
2122 Riedenthal, Wolkersdorfer Straße 6
Tel. +43 2245 82500
manfred@buchingers.at, www.buchingers.at

Er ist einer der Pioniere der heimischen Küchenszene: Manfred Buchinger, der von seinem Gasthaus sagt: „Das ist keine Schickimicki-Hütte und keine Gänseleber-Braterei." Ländliche Küche im Buchinger-Stil ist sein Programm. Über 50 Jahre steht er bereits am Herd und ist noch mit jugendlicher Frische unterwegs. Buchinger und seine Küchenpartnerin, die Autorin und Köchin Eva Rossmann, demonstrieren, wie fein Wildkräutersuppe mit pochiertem Ei und Kutteln im Zwiebelsaftl schmecken können, sie kochen aber auch Klassiker bis zur Taube in zwei Gängen auf Trüffelpolenta. Die Karte mit Weinviertler Weinen reicht für 20 Besuche. Fixstern mit 1 Haube.

STOCKERAU

Dreikönigshof
2000 Stockerau, Hauptstraße 29–31
Tel. +43 2266 627880
familie@hopfeld.at, www.dreikoenigshof.at

Küchenchef Martin Mocnik versteht es, österreichische Gerichte mit hauptsächlich regionalen Produkten zu verfeinern und mit pfiffigen Ideen aufzuwerten. Im historischen Kellergewölbe lagern rund 180 Weine aus Österreich. Einmal monatlich lockt ein Sonntagsbrunch.

UNTERRETZBACH

Retzbacherhof
Sonja & Harald Pollak
2074 Unterretzbach, Bahnstraße 1
Tel. +43 2942 20171
pollak@retzbacherhof.at, www.retzbacherhof.at

Der Retzbacherhof ist ein idealtypisches Wirtshaus. Große alte Veranda, viel Holz, elegant weiß gedeckte Tische, ein wunderschöner Gastgarten – so müssen gediegen-kreative Landwirtshäuser aussehen. Dazu ebensolche Speisen; gekocht wird vorwiegend mit Produkten aus dem Wein- und Waldviertel. Sonja und Harald Pollak haben es damit geschafft, den Ansprüchen der unterschiedlichsten Gäste gerecht zu werden. Ein Konzept, das ein breites Publikum erfreut: die „kartelnden" Einheimischen genauso wie den anspruchsvollen Genießer. Als Top-Wirt des Jahres 2013 und Obmann der Niederösterreichischen Wirtshauskultur ist Harald Pollak mittlerweile auch zur zentralen Figur dieser erfolgreichen Gastroinitiative mit rund 200 Mitgliedern geworden. Beruhigend: die Weine des Hauses lagern bei optimaler Temperatur im ehemaligen Eiskellergewölbe des Gasthofes. Koch- und Weinschule, solide Haube.

WILFERSDORF-HOBERSDORF

Neunläuf
Familie Krammer
2193 Wilfersdorf-Hobersdorf
Wiener Straße 4
Tel. +43 2573 25999
office@neunlaeuf.at, www.neunlaeuf.at

Hübsch herausgeputzte Stuben, ein Tanzstadl und ein großer Garten, verbunden mit feiner Wirtshausküche, harmonieren hier miteinander. Roland Krammer versteht sich auf Wild, Herzhaftes (Beuschel, Backhendl), aber auch Gehobenes. Außergewöhnlich ist die Weinkarte, die man auf dem iPad durchschaut. Das Angebot reicht weit über das Weinviertel, auch Süß- und Schaumweine sind vertreten, Mitnahme zu Ab-Hof-Preisen.

WULZESHOFEN

Gasthaus mit Gästehaus Bsteh
2064 Wulzeshofen 57–58
Tel. +43 2527 203
bsteh@aon.at, www.bsteh.at

Wenn man sich ein ideales Dorfwirtshaus wünschen könnte, so wie hier würde es wohl aussehen. Die Atmosphäre ist gemütlich, und die Küche beherrscht die tadellos bodenständige Kost. Markenzeichen ist auch der Einsatz von Blüten und Kräutern. Wunderbar der Innenhofgarten mit hundertjährigen Kastanienbäumen. Der Bauernbrunch beim Bsteh zählt zu den beliebtesten des Landes. Wirtshauskultur-Aufsteiger des Jahres 2016. Gästehaus und Greißlerei.

ZISTERSDORF

Zum Grünen Baum
Familie Kruder
2225 Zistersdorf, Landstraße 1
Tel. +43 2532 81555
gasthaus.zumgruenenbaum@utanet.at
www.gasthauszumgruenenbaum.at

Im Sommer sitzt man im Schatten des grünen Baums, eine mächtige Kastanie, an kühleren Tagen sind die ländliche Schankstube und das Stüberl mit weißer Tischwäsche und hübschen Pölsterchen Anziehungspunkt. Auf die gutbürgerliche Küche kann man sich verlassen, Georg Kruder führt vertraute Geschmäcker aber auch gerne mit Augenmaß in die Neuzeit. Sehenswert ist der 500 Jahre alte, weitläufige Weinkeller mit viel Weinviertler Stoff.

THERMENREGION

Die Thermenregion, die im Sprachgebrauch nicht nur der Wiener Weinfreunde wohl immer die „Südbahn" bleiben wird, ist das unmittelbar im Süden an Wien angrenzende Weinbaugebiet. Es kann auf eine große Tradition zurückblicken, wurde doch

2.181 Hektar Weinanbaufläche
Die wichtigsten Rebsorten:
Zierfandler, Rotgipfler, St. Laurent, Pinot Noir

der Gumpoldskirchner schon am kaiserlichen Hof serviert; in der Zeit des Dritten Reiches wurde der berühmten Gumpoldskirchner Lage Wiege – ex aequo mit dem Bernkasteler Doktor – der höchste Einheitswert zugewiesen.

Die an den sanften Südhängen von Eichkogel und Anninger gelegenen Weinberge, die zu den Weinbaugemeinden Mödling, Gumpoldskirchen, Guntramsdorf, Pfaffstätten und Traiskirchen zählen, erinnern vom Landschaftsbild her etwas an Burgund, was übrigens auch für die Bodenstrukturen gilt, denn hier herrschen ungewöhnlich kalkhaltige Untergründe vor. Diese eignen sich bestens für die Pinot-Familie sowie für Chardonnay.

Das Lokalkolorit von Gumpoldskirchen, Traiskirchen und Co. wird jedoch durch die autochthonen Sorten Zierfandler, Rotgipfler und Neuburger geprägt, wobei die Raritäten Rotgipfler mit 119 Hektar und Zierfandler mit 77 Hektar weltweit beinahe nur hier anzutreffen sind. Der Rotgipfler eignet sich gut für den Ausbau im Eichenfass, aber auch als Cuvée-Partner für den Zierfandler – der traditionelle Verschnitt wird oft als „Spätrot-Rotgipfler" bezeichnet. Der Zierfandler kann mit Rasse, Finesse und Persistenz punkten.

Aus den traditionellen Südbahn-Weißweinsorten können auch prachtvolle Prädikatsweine gekeltert werden, von der Auslese bis zu Trockenbeerenauslese und Eiswein; durch die lebhafte Säure und eine exotische Frucht ergeben sich äußerst individuelle, aber auch lagerfähige Gewächse. Neben Rust und dem Seewinkel befindet sich hier gewissermaßen die dritte Säule der österreichischen Süßweinproduktion. Bei den Rotweinsorten dominiert in qualitativer Hinsicht der Zweigelt. Die kleinere Rotweininsel der Thermenregion befindet sich im Bereich um Bad Vöslau, Baden und Sooß, wo neben Zweigelt und Blauer Portugieser auch St. Laurent, Blauburgunder, Cabernet Sauvignon, Merlot und Co. kultiviert werden. Ungefähr den gleichen Rebsortenmix findet man auf den kargen Schotterböden des Steinfeldes rund um Tattendorf, Teesdorf und Trumau, wobei sich diese Weinorte aber besonders mit St. Laurent und Blauburgunder profilieren wollen. Die im Tannin eher samtigen Rotweine werden auch als Blends ausgebaut

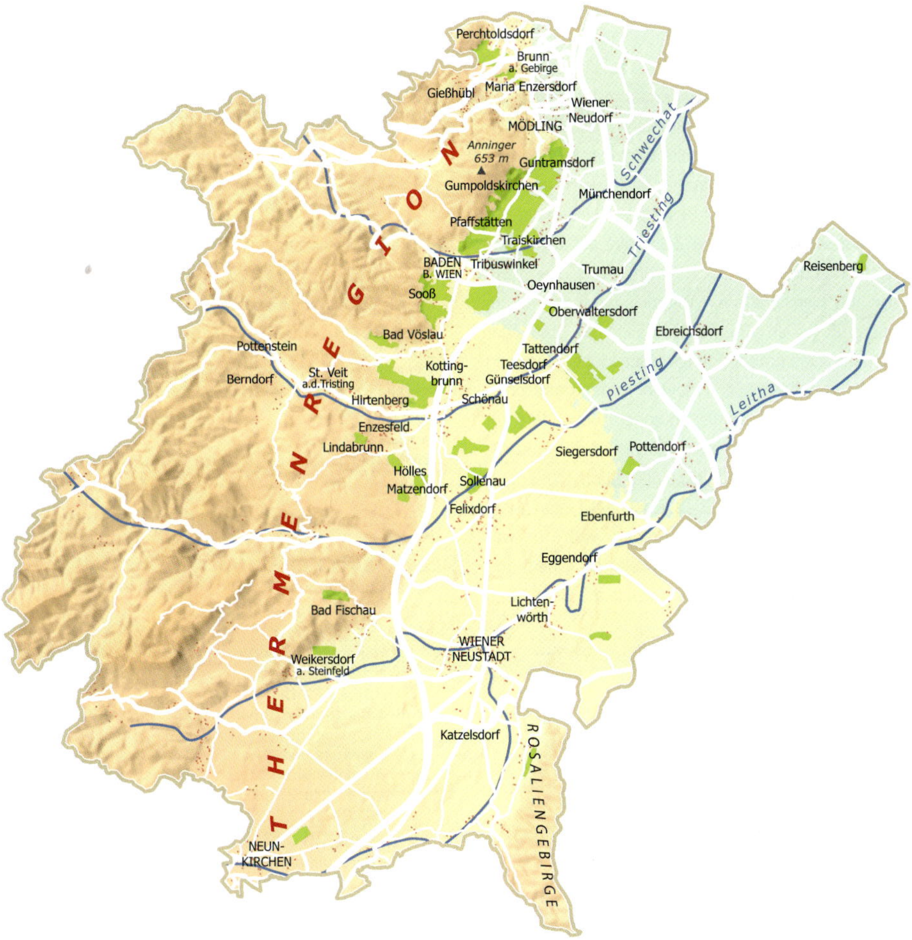
Perchtoldsdorf
Brunn a. Gebirge
Gießhübl
Maria Enzersdorf
Wiener Neudorf
MÖDLING
Anninger 653 m
Guntramsdorf
Schwechat
Gumpoldskirchen
Münchendorf
Triesting
Pfaffstätten
Traiskirchen
BADEN B. WIEN
Tribuswinkel
Trumau
Reisenberg
Oeynhausen
Sooß
Oberwaltersdorf
Ebreichsdorf
Bad Vöslau
Pottenstein
Tattendorf
St. Veit a.d.Tristing
Kotting-brunn
Teesdorf
Berndorf
Günselsdorf
Piesting
Leitha
Hirtenberg
Schönau
Enzesfeld
Lindabrunn
Siegersdorf
Pottendorf
Hölles
Matzendorf
Sollenau
Felixdorf
Ebenfurth
Eggendorf
Lichten-wörth
Bad Fischau
WIENER NEUSTADT
Weikersdorf a. Steinfeld
Katzelsdorf
NEUN-KIRCHEN
THERMENREGION
ROSALIENGEBIRGE

Weingut
Alphart

Florian Alphart
2514 Traiskirchen, Wienerstraße 46
Tel. +43 2252 52328
weingut@alphart.com, www.alphart.com
30 Hektar, W/R 80/20, 150.000 Flaschen/Jahr

Das Weinjahr 2020 hat wieder aufgrund der Strategie Florian Alpharts, die natürliche Entwicklung im Weingarten durch gefühlvolle ökologische Bearbeitung von Boden und Pflanzen zu fördern, gesunde Traube hervorgebracht. Besonders wichtig ist für ihn und Karl der genaue Zeitpunkt der Lese, der bestimmend ist für die „inneren Werte" der Trauben. Da hier bereits ein Tag alles verändern kann, überprüft Florian zur Erntezeit täglich den Status der Trauben. Den großen Erfolg dieser Mühe kann man an der grandiosen Serie, sowohl in der klassischen als auch in der Top-Linie, erkennen. Besonders gelungen sind durchwegs alle Rotgipfler des Hauses, extraktreich und ausdrucksstark. Auch muss man den 2019 Pinot Noir Ried Rosenberg erwähnen, der jeden Pinot-Liebhaber erfreuen wird. Und wer eine vollmundige Bordeaux-Cuveé mit einem top Preis-Leistungs-Verhältnis sucht, ist mit dem 2018 Cabernet Merlot gut versorgt. *kk*

THERMENREGION

★★ S €€ GV — FUN
2020 Grüner Veltliner Ried Zistl + Reifer Kernobstduft; Golden Delicious, Birnen, etwas Marillen, muskulös und stabil, fein fruchtsüß, rosa Grapefruits, animierend würzig, vegetabil-pfeffriger Abgang.

★★★ S €€ NB — PLV
2020 Neuburger Ried Hausberg + Noble Birnen; etwas Quitte, pikante Blutorangen, bisschen Exotik, feine Paranüsse, zartherb, ein universeller Speisenbegleiter.

★★★ S €€ RG
2020 Rotgipfler vom Berg + Dichter Marillenduft; feiner Schmelz, animierende Kumquats, Honigmelonen, Quitten, saftige Ringlotten, weichwürziger Waldmeister, charmant fruchtsüß.

★★★ S €€€ RG
2019 Rotgipfler Ried Rodauner + Einladende Orangenblüten; cremige Golden Delicious, Ringlotten und Mandarinen, reife Säure weißer Johannisbeeren, rosa Grapefruits, feinkörnige Gerbstoffe, kräftig gebaut, tropischer Flair im langen Finish.

★★★★★ S €€€€€ RG — TOP
2019 Rotgipfler Ried Rodauner Top Selektion + Vollreifes Steinobst; cremig dicht, Marillen-Confit, Honigmelone und Exotik, geschmeidige Physalis-Säure ergänzt saftige Frucht-süße, etwas Malzkaffee, Hauch Marzipan, gewichtig und elegant, Kräuternoten im endlosen Finale.

★★ S €€ CH
2020 Chardonnay vom Berg + Heller Blütenduft; zart rauchig gelbe Frucht, cremige Malzaromen, charmante Klementinenzesten, etwas Biskuitroulade, Hauch Kaffee, mit feiner Mineralik.

★★★★ S €€€ CH — PLV
2019 Chardonnay Tagelsteiner + Asketisch gelbfruchtig; gezügelte Tropenfrucht, Mandarinen, gelbe Ringlotten, Apfelaromen, etwas steinige Erde, knapp und straff, röstiges Toastbrot, bisschen kalter Tabak, etwas Feigenkaffee im druckvollen Finale.

★★★★ S €€€€ CH
2019 Chardonnay Reserve + Einladende Honigmelonen; cremig-saftige Fruchtsüße, Arancini und Ringlotten, Blutorangen, gebratene Birne mit Karamell, malzige Holzaromen, bisschen Bischofsbrot, feinkörnige Gerbstoffe, gelbe Blüten im eindrucksvollen Nachhall.

★★★★ S €€€€€ CH — TIPP
2019 Chardonnay Privat + Vornehmes Aromaerlebnis; gefühlvoll röstig-fruchtige Quitten mit tropischen Früchten, rosa Grapefruits und Ananas, Hauch Kokosnuss, potent und dicht, Bischofsbrot und süßer Tabak, malziger Feigenkaffee, balanciert pikante Würze und Mineralik, komplex mit feinem Steinobst im imposanten Finale.

★★ S €€ PN
2019 Pinot Noir vom Berg + Delikate Pinot-Nase; Waldhimbeeren mit Herzkirschen, zart kräuterwürzig, gefühlvoll strukturiert, fruchtig-rauchige Tannine, feine Fruchtsüße, elegant und animierend, Orangen und rote Beeren im Rückaroma.

★★★★ S €€€€ PN
2019 Pinot Noir Ried Rosenberg + Saftige Waldbeeren; kühle Zwetschke, Erdbeerfrucht und florale Noten, blättrige Kräuter, elegant feinkörnige Tannine, Orangenaromen, bisschen Grafit, Schokolade, etwas Preiselbeeren im geschmeidigen Abgang.

★★★★ S €€ CR — PLV
2018 Cabernet Merlot + Fruchtig-würzige schwarze Beeren; saftige Kirschfrucht, fein-herbe Heidelbeeraromen, Cassis, pikante rote Schoten, zart rauchig, straffe Tannine nach Mokka und schwarzen Teeblätter, dunkle Extraktsüße, grünwürzig und mineralisch im kompakten Finale.

Weingut
Alphart am Mühlbach

Lorenz Alphart
2514 Traiskirchen, Wassergasse 9
Tel. +43 2252 52292
info@alphart.at, www.alphart.at
9 Hektar, W/R 70/30, 40.000 Flaschen/Jahr

Der Familienbetrieb „Alphart am Mühlbach" widmet sich bereits seit Generationen dem Weinbau in Traiskirchen und wurde zum beliebten Treffpunkt vieler Heurigen- und Weinfreunde. Dieser gute Ruf kommt nicht zuletzt durch die Betriebsführung und Liebe zum Wein, wie sie hier Lorenz Alphart aktiv lebt. Er konnte von seinem Vater Robert Alphart einen renommierten Betrieb übernehmen, den er mit viel Fleiß, unermüdlichem Einsatz und durch Kenntnisse aus dem Studium an der Universität für Bodenkultur und Weinbau weiterführt in eine neue Ära der ökologischen Weinbereitung mit traditioneller Handlese. Lorenz Alpharts Streben, die Typizität von Traube und Boden durch gefühlvolle und nachhaltige Arbeit deutlich und klar darzustellen, wird mit Vielschichtigkeit, Tiefe und hoher Sortentypizität seiner Weine belohnt. *kk*

THERMENREGION

★★ S € CW **PLV**
2020 Cuveé Tradition Spätrot Rotgipfler + (ZF/RG) Duftige gelbe Ringlotten; Honigmelonen und Birnen, schlanke Zitrusfrucht, geschmeidige Säure, bisschen Exotik, saftig und elegant mit Kräuter-Touch, helle Blüten und gelbfruchtig im Abgang.

★★ S €€ RG
2020 Rotgipfler Pfaffstätten + Kernobstbukett; Golden Delicious, cremiges Birnenmus, herzhafter Extrakt, zitrusgeprägte Säure, helle Blütenaromen, etwas Osterpinze, kreidige Spuren im kompakten Finale.

★★★ S €€ RG
2020 Rotgipfler Ried Preßweingarten + Dichter Marillenduft + kühl-saftig, kompakte Säure von Ananas und Arancini, Mango und Sternfrucht, kraftvoll und selbstbewusst, würzig grünschotig im Nachhall.

★★★ S €€ RG **PLV**
2020 Rotgipfler Ried Mandelhöh + Ringlotten-Marillen-Bukett; Quitten und Honigmelone, präzise und komplex, etwas Limoncello, weiße Johannisbeeren und Sternfrucht, extraktreiche tropische Früchte, rauchige Gerbstoffspuren, mineralisch-kreidig, mit hohem Potenzial.

★★ S €€ ZF
2020 Zierfandler Gumpoldskirchen + Nektarinenduft; Marillen-Pfirsich-Melange, fein rauchig in vegetabiler Würze grüngelber Schoten, fruchtig-herbe Säurestruktur, straff und kompakt mit mineralischen Einschlüssen.

★★★ S €€ ZF **PLV**
2020 Zierfandler Ried Otzler + Vollreifes Pfirsichbukett; saftig und extraktreich, cremiges Karamell, süßer Pfeifentabak, Nougat und geröstete Nüsse, Klementinenzesten im munteren Säurebogen, Steinobstaromen und Bratäpfel im zart salzigen Abgang.

★★★ S €€ CH
2020 Chardonnay Ried Ruffenbrunn + Kernobstbukett; Kläräpfel und Quitten, Piment und Biskuit, Ingwerwürze und reife Paprikaschoten, Spur Koriander, mit elegant-animierendem Trinkfluss.

★★★★ S €€€ CH **TIPP**
2019 Chardonnay Reserve + Apfel-Pfirsich-Melange; Ringlottenmus, Quittengelee, tropische Aromen in reifer Säure, röstige Nüsse, Kakao und Kokos, etwas Buttertoast, feine Extraktsüße, bisschen Karamell zu rauchigem Edelholz, seidiger Fruchtschmelz und Würze im satten Abgang.

★★★★ S €€€ RG **TIPP**
2019 Rotgipfler Reserve + Vollreifer Früchtebogen; fleischig dicht, komplexe Aromen tropischer Früchte und Steinobstmark, gaumenfüllend und geschmeidig, Malznoten, zart karamellisierte Birnen und Honigmelonen, lebendig reife Agrumen, seidig mit saftigem Fruchtschmelz, extraktsüß mit geerdeter Würze und fein röstigen Nüssen im mineralisch unterlegten Nachhall.

★★★ S €€€€ RG
2018 Rotgipfler Maischevergoren + Eleganter Honigmet; komplexe Aromen von Quittenmus, Marillenschalen, Orangenblütentee, Eibisch, Ingwer und Pistazien, mit Luft ein Minzehauch und feines Marzipan, fruchtig-röstiges Edelholz, integrierte Gerbstoffe von Walnussschalen, subtil mit Raffinesse, Kakao und wohlige Malznoten, charaktervoller Nachhall des gelungenen Naturweins.

★★★★ S €€€ PN **TIPP**
2017 Pinot Noir Reserve + Rotbeeriger Duft; gefühlvoll und geschmeidig, rote Waldbeeren, Zimtwürze, Erdbeeren und ein charmanter Minzehauch, Brombeeraromen in der Säure, Kakao in samtigen Tanninen, mit nobler Fruchtsüße und harmonischem Holzeinsatz, elegant und stimmig, etwas feines Leder, Beerenfrucht, Schokolade und Blutorangen in zart röstigem Echo.

BIO

Weingut
Familie Auer

Leopold Auer
2523 Tattendorf, Pottendorfer Straße 14
Tel. +43 2253 81251, Fax -4
office@weingutauer.at, www.weingutauer.at
23 Hektar, W/R 30/70

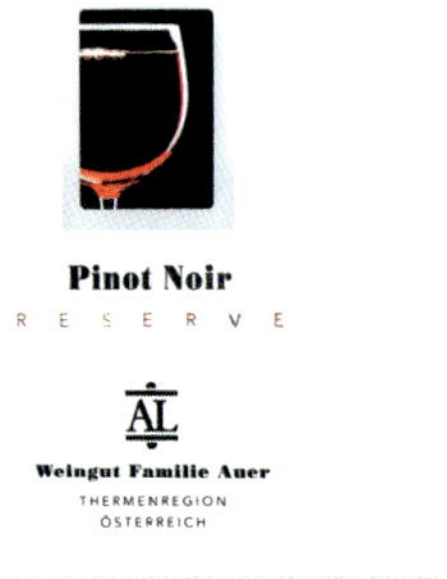

Am gemütlichsten nähert man sich den Weinen der Familie Auer über ihren gemütlichen Heurigen, der alle paar Wochen für zehn bis zwölf Tage offen hat. Die Auers haben ein reichhaltiges Wein-Repertoire bei dem Bio seit Jahren großgeschrieben wird, und das schon lang nicht mehr nur im heimatlichen Tattendorf spielt. Denn Gutschef Leopold Auer hat sich über die Jahre auch auf dem Anninger in Pfaffstätten breitgemacht, wo vor allem seine Zierfandler- und Rotgipfler-Spezialitäten stehen.
Auers Söhne – Lukas und Matthias – sind schon tatkräftig an der Seite des Vaters und bringen viele Ideen ein. Eine aufsehenerregende Idee haben die Junioren gerade in ihren Pfaffstättner Weingärten am Wiener Wasserleitungsweg platziert: einen Bio-Weinautomaten. Dieser steht in einem selbst gemachten Weinfass aus Holz. Auf dem Dach des Weinfasses wurde eine Fotovoltaikanlage gebaut, die den notwendigen Strom für den Automaten erzeugt. „Somit ist unser Bio-Weinautomat komplett autark", freuen sich die Jungwinzer über den Automaten, der zu 100 Prozent ökologisch 24/7 für sie arbeitet. Gleich neben dem Automatenfass wurde auch ein Genussplatzerl zum Rasten und Genießen gebaut. Wer keine Weingläser mithat, kann diese im Automaten kaufen. Die Automatenweine haben Schraubverschluss.
Aktuell servieren die Auers die 2020er in Weiß, wobei die Selektion-Weine besonders trinkvergnüglich und frisch herankommen. Und mit dem Cabernet Blanc, einer PiWi-Sorte (pilzwiderstandsfähig), fängt Auer viele ein, die aromatische Weine lieben.
Bei den Roten hat der Burgunder-Macher-Winzer besonders den St. Laurent und Pinot Noir im Fokus. Im warmen und reifen 2018er-Jahr war der Laurent im Vorteil. Als Klassenbester des Jahrgangs geht aber die ungemein gebündelte Cuvée „Cabernet Sauvignon Merlot Reserve" hervor – ein lässiger Wein. *hp*

THERMENREGION

★★ S € PB
2020 Pinot Blanc + Frisch, relativ knackig, bisschen Kräuter, Sesam, getrocknete Oliven; relativ saftig und salzig, Maracuja, malzig-cremig, weiches, rundes Finale.

★★★ S €€ RG
2020 Rotgipfler Selektion + Blumenwiese, suppige Würze, leicht malzig; dezent mollig, aber auch frisch, Fruchtexotik, vor allem Grapefruit, rund und süffig bei milder Säure.

★★★ S €€ CH
2020 Chardonnay Selektion + Grüne Oliven, Salzmandeln, burgundische Anmutung; relativ opulenter Wein, Biskuit, Banane, rosa Grapefruit, leichter Gerbstoff-Grip, der Zug gibt.

★★★ S €€ SL FUN
2018 St. Laurent Selektion + Würzig, saftige Kirschen, Nougatschokolade, Waldboden; Sauerkirsche, Zitronenzesten, guter Grip bei schönem Volumen, trinkvergnüglicher Laurent.

★★ S €€ PN
2018 Pinot Noir Selektion + Moosige Noten, Lakritze, dezent Himbeernoten, ausgewogen; sortentypisch, gereifte Fruchtnote, wirkt kantiger und gerbstoffiger als der Laurent, mittellang.

★★★ S €€€ CR
2018 Pino Laurent Premium + (PN/SL) Himbeer-Weichsel-Mix, gewürzig, moosig; Sauerkirsche, auch Weichseln, hat Gerbstoff und Säurebiss, Lakritze, jugendlich frech, mittellang.

★★★ K €€€€ PN
2018 Pinot Noir Reserve + Beginnt mit Burgunder-Stinkerl, Waldboden, Pilze, bisschen Molke, dezenter Kräutermix; jugendlich straff, rotbeerig, etwas Ribisel, braucht noch Zeit.

★★★★ K €€€€ SL
2018 St. Laurent Reserve + Rotbeerige Fruchtfülle, viel Ribisel, Mürbteigkuchen, Linzer Torte; straffe, lebendige Säurestruktur, Kirschen, vibrierender Laurent, mittellang bis lang, Potenzial.

★★★★ K €€€€ CR TIPP
2018 Cabernet Sauvignon Merlot Reserve + Johannisbeere pur, viel Bordeaux-Stilistik, frisch und saftig; blitzsauber, viel Cassis, reifer Gerbstoff, großes Trinkvergnügen, gute Länge.

ÖSTERREICH

★★ S € Cabernet Blanc FUN
2020 Cabernet Blanc + Viel Kräuterwürze, Stachelbeere, weiße Ribisel, grasig-grün, Brennnesseltee; kühlwürzig, Wacholder, rund und geschmeidig, gutes Trinkanimo.

Weingut
Leo Aumann

Leopold Aumann
2512 Tribuswinkel, Oberwaltersdorfer Straße 105
Tel. +43 2252 80502, Fax -50
office@aumann.at, www.aumann.at
50 Hektar, W/R 40/60

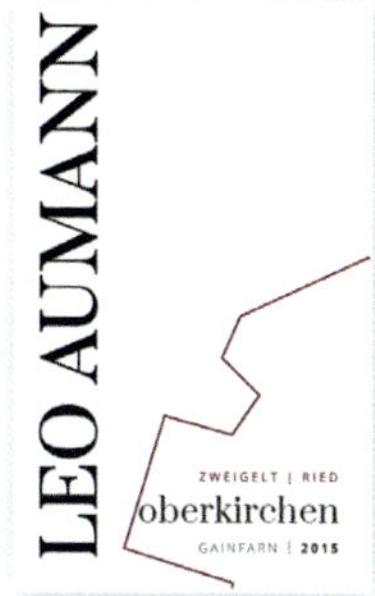

Die Bandbreite der Weine ist bei Leo Aumann, der in Tribuswinkel in der Mitte der roten und weißen Thermenregion zu Hause ist, groß. Und genauso ist bei ihm das Mengenverhältnis: halb-halb zwischen Rot- und Weißwein. Bekannter ist Aumann für Rotwein, wobei seine Cuvée Harterberg seit mehr als 20 Jahren zu den besten Roten Österreichs zählt. Auch der 2018er Harterberg, den es ab Herbst gibt, reiht sich in die Riege der Top-Weine ein. In den vergangenen zehn Jahren hat Aumann aber mit seinem Harterberg Merlot und Badenerberg zwei weiter Premium-Weine ins Blickfeld gerückt. Und mit seinem noch jungen Zweigelt Oberkirchen in Gainfarn scheint er den nächsten roten Kapazunder schon nachzuschieben. Enorm viel tut sich aber auf der weißen Aumann-Seite, auf der er neben seinen klassischen Heurigenweine vor allem beim Rotgipfler, von dem er schon drei Lagenweine bietet, und beim Zierfandler Spannendes in die Flasche bringt. Und was Aumann in Rot und Weiß perfekt kann, ist der Umgang mit Holz – da ist er ein richtiger Barrique-Flüsterer. *hp*

THERMENREGION

★★★ S €€ RI FUN
2020 Riesling Ried Hofbreite Gumpoldskirchen + Relativ vollfruchtig, eingelegte Marillen, helle Würze; Kräuter, Weingartenpfirsich, Grapefruitzesten, Birnen, lässige straffe Säure, mittellang.

★★ S €€ RG
2020 Rotgipfler Ried Flaming Baden bei Wien + Gewürzige Noten, Lebkuchen, Mandeln, getrocknete Früchte, Datteln; gewisse Frische, exotische Frucht, Kiwi, Grapefruit, rund auslaufend.

★★★ S €€€ RG
2020 Rotgipfler Ried Rodauner Traiskirchen + Gute Fülle, gelbe Bananen, Bratapfel, Tabakblätter, ausgewogen; knochentrocken, kaffeeröstig, roter Apfel, griffiger Gerbstoff, einige Länge.

★★★★ S €€€ RG
2019 Rotgipfler Ried Wiege Baden bei Wien + Füllig, zart-cremig, gelbe Äpfel; viel Fruchtexotik, Orangen und Maracuja, viel Würze, super Gerbstoffbiss, straffer, lebhafter Powerwein.

★★ S €€ CH
2020 Chardonnay Badener Berg + Olivenbrot, gelbfruchtig, gewürzige Noten, wirkt füllig, Vanille; rund, charmant saftig, Wald- und Pilznoten, grüne Banane, sehr klassisch.

★★★ S €€€ CH PLV
2019 Chardonnay Reserve + Weich, Vanille, sautierte Pilze, Wacholder, Windgebäck, wirkt elegant; geschmeidig, Mango, Bananenmark, nussig, schönes Toasting mit Gerbstoffbiss, druckvoll.

★★★ S €€ ZF
2020 Zierfandler Ried Hofbreite Gumpoldskirchen + Reichhaltig, Nuss, Löwenzahn, Hagebutten, Feigen und Fruchtgelée; relativ rassig, straff, leicht salzig, guter Zug, trinkig, mittellang.

★★★ S €€ ME
2019 Merlot Reserve + Sehr würzig, eingelegte Früchte, Pflaumen, weich und üppig; auf dem Gaumen rassiger, kräuterwürzig und röstig, Kaffee, dunkle Kirschen, kraftvoll, fein zu trinken.

★★ S €€ PN
2019 Pinot Noir Reserve + Grafitnoten, Ribisel, dunkle Himbeeren, rauchig, gewürzig; wirkt relativ leichtfüßig, präsente Sorte, rotbeerig, Ribisel, bisschen Lakritze, mittellang.

★★★ S €€€ SL PLV
2019 St. Laurent Reserve + Gute Fülle, Waldboden, moosig, viel Weichsel, helle Würze, rauchig; saftige Frucht, Herzkirschen und Walderdbeeren, Schokonoten, reifer Gerbstoff, gute Tiefe, trinkig.

★★★★ S €€€€€ CR
2018 Badener Berg + (ME/SL) Dicht und mollig, Wildkirsche, würziger Lebkuchen; super Schliff, stoffig, reife Kirschen, Cassis und Ribisel, toller Gerbstoff, würziges Tannin, langer Abgang.

★★★★★ S €€€€ CR TOP
2018 Harterberg + (ME/CS/ZW) Super kräuterwürzig, röstig, kühle Johannisbeerfrucht, Bordeaux-haft; deutlich vom Merlot geprägt, Kraft und Eleganz zugleich, kräuterwürziges Cassis, superlang.

★★★★ S €€€€ ME TIPP
2018 Harterberg Merlot + Einige Fülle, Lebkuchen, eingelegte Pflaumen, reife Kirschen; mächtiger Wein, rauchig, viel Kräuterwürze, straffes Toasting, Zeit geben, eigenständiger, kraftvoller Merlot.

ÖSTERREICH

★★★ S €€€€ CW
2015 Bernstein + (CH/SB) Röstig, kühle Exotik, Gewürznoten, paprizierte Frucht, dezent salzig; lebhafter Gerbstoff, gebrannte Mandeln, Mokka, Lakritze, gelungener Naturwein für den breiten Gaumen.

Weingut
Barbach

Katharina Prüfert-Barbach & Wilhelm Prüfert
2380 Perchtoldsdorf, Rudolfgasse 8
Tel. +43 1 869 83 78, Mobil +43 664 142 72 37
mail@weinbau-barbach.at, www.weinbau-barbach.at
5 Hektar, W/R 85/15

Das Weingut Barbach bewirtschaftet fünf Hektar Rebfläche, davon überwiegend Weißwein, durchwegs Eigenlagen. Es sind sehr elegante Weine, von innerer Harmonie getragen, Frucht, Frische und Trinklust habend. Die Rotweine sind gediegene Gewächse, balanciert mit angenehmen Tanninen.

Die Weine aus dem Jahr 2020 sind knackige Kreszenzen. Toll sind die beiden Weine Jungcuvée und Sommercuvée. Da bekommt man richtig Lust auf mehr. Sehr elegant ist der 2020 Weißburgunder. Von seidigem Glanz präsentiert sich der 2019 Chardonnay Ried Hochrain. Viel Zukunft hat der 2020 Sauvignon Blanc Reserve. Bei den Rotweinen ist der 2018 Zweigelt Selektion Ried Sommerhagenau genau der richtige für mich. Voller Charme. So gehört Zweigelt.

Diese feinen Weine kann man auch im hauseigenen Heurigen genießen. *as*

THERMENREGION

★★ **S € GV**
2020 Grüner Veltliner + BIO Eibischnoten, weißer Pfeffer, etwas Marille, Birnen, Melonen, roter Apfel, angenehm würzig, säuregestützt, knackige Frische, gute Länge. Sehr typisch, sehr stimmig, das Wiener Schnitzel kann kommen.

★★ **S € GS**
2020 Gemischter Satz aus Tante Christls Weingarten + BIO Kräuter, Citrus, rauchig, Orangenzesten, nussig, reife Birnen, bisschen Minze, frische Säure, guter Druck, rassiger Auftritt, ein Kneipp-Wein der burschikosen Art. Passt sehr gut zu etwas rustikaleren Gerichten.

★★ **S €€ CW** FUN
2020 Jungcuvée + (MU, RI) BIO Überaus duftig nach Holunderblüten, die Marille kommt dazu, frisch, fruchtig, voller Leben, feine Aromatik, knackige Frische erfreut den Gaumen, glockenklar, lebendig, voller Elan. Macht großen Spaß.

★★ **S €€ CW** FUN
2020 Sommercuvée + (SB, SÄ) Litschi, Holunderblüten, bisschen Brennnesseln, feines Bouquet, Hauch Paprikapulver, die Säure passt, Kräuter, voller Frische mit einiger Tiefe, guter Druck nach hinten, eine wahre Freude, dieser Wein, der viele Vorspeisen sehr gut begleitet.

★★★ **S €€ PB**
2020 Weißburgunder + Ein feines Bukett empfängt die Nase, Birnen, Nüsse, Wachs, seidige Frucht, balanciert, gelber Apfel, sehr elegant und gediegen, saftig, tolle Säure, transparente Noten, traubige Fülle, Zuckerwatte, hat vielleicht einen etwas höheren Restzucker, der ihm aber sehr gut steht.

★★★ **S €€ SB**
2020 Sauvignon Blanc Reserve + Gelber Paprika, gelbfruchtig, brauchte einige Zeit, um sich darzustellen, baute Frucht auf, Brennnessel, vegetabile Noten, frisch gemähtes Gras, saftig-fruchtig auf dem Gaumen, Präsenz zeigend, Wildkräuter, zart cremige Textur, ein fast samtiger, sehr typischer Sauvignon Blanc.

★★★ **S €€ CH**
2019 Chardonnay Ried Hochrain + Dezente Reduktion, deutet auf guten Stoff hin, Blütenhonig, weiße Blüten, Kräuter, fruchtiger Charme, Mandeltöne, Hauch Vanille – doch kein Holz, seidiger Glanz, sehr elegant, Noblesse zeigend.

★★ **S €€ CS**
2020 Rosé Cabernet Sauvignon + BIO Dunkleres Rot, Walderdbeeren, ein Hauch Paprika, grüne Töne, fordernd, sauvage – wild, Säurebiss, zugig auf dem Gaumen, bleibt gut haften, sehr individuell, sicher auch polarisierend, hat jedenfalls burschikosen Charakter, braucht unbedingt Essen. Perfekt auch zum Aperitif mit einem Snack.

★★ **S €€ CR**
2018 ROT + (ZW, BB) Etwas erdiges Bouquet, Weichsel, schwarze Kirschen, Heidelbeeren, angenehmes Tannin, hat Struktur, fruchtig, weich, von innerer Harmonie. Ein guter Rotwein, jetzt zu trinken.

★★★ **S €€ ZW**
2018 Zweigelt Selektion Ried Sommerhagenau + Schwarze Beeren, feine Vanille, wunderbar von Holz unterlegt, das nie stört, voller Eleganz, nobler Ausdruck, voller Charme, ein Herr vom Scheitel bis zur Sohle, jetzt trinken, doch noch einige Reserven aufweisend. Vollmundig, weiche Tannine, trotzdem mit Kern, ein Referenz-Zweigelt! Von innerer Harmonie.

★★★ **S €€€ CR**
2018 S-Klasse + (CS, ME) Eine Spur Paprika mit dunklen Schokotönen, Cassis, Zwetschken, warmes Timbre, Mandelsplitter, von männlicher Struktur, bisschen Vanille, schwarze Kirschen, relativ offen, jetzt sehr schön zu trinken.

ÖSTERREICH

★★ **S €€ CW**
2020 Frizzante + (MU, RI) BIO Viel Schaum, frisch und fröhlich, Holunderbeeren, verspielt, etwas Marillenröster, Pfirsichschleier, pikant, lebendig, seidige Frucht, aromatisch, unkompliziert, sauber gemacht.

Weingut
Biegler

Othmar Biegler
2352 Gumpoldskirchen, Wiener Straße 16–18
Tel. +43 2252 62196, Fax -4
weingut.biegler@kabsi.at, www.weingut-biegler.at
10 Hektar, W/R 88/12, 40.000–50.000 Flaschen/Jahr

Traditionsweingut im historischen Weinort Gumpoldskirchen, zählt das Weingut Biegler seit Jahrzehnten zu den Spitzenbetrieben der Thermenregion. Hier huldigt man dem großen Ruf der Gemeinde derart, dass man charaktervolle Terroir-Weine aus den autochthonen Sortenspezialitäten keltert, aber auch ein breites Spektrum an weiter verbreiteten Qualitätssorten fertigt.
Die Geschicke des mit zehn Hektar Rebfläche in klassischen Gumpoldskirchner Lagen ausgestatteten Betriebs lenkt seit vielen Jahren Othmar Biegler, der den hiesigen Hausstil – in Gestalt glockenklarer, eleganter und meist mit puristischer Frucht ausgestatteter Weine mit ausgeprägtem Sortencharakter – im Laufe seiner Wirkungszeit weiter verfeinert und präzisiert hat.
Die zu vier Fünfteln den Weißweinen gewidmete Palette umfasst ein in dieser Gegend üblich breites Sortenspektrum, im dem die autochthonen Sorten Zierfandler und Rotgipfler eine wesentliche Rolle spielen. Vor allem mit Letzterem ist die vitikulturelle Beziehung besonders eng – der Wein aus der Ried Brindlbach zählt regelmäßig zu den besten Vertretern des Gebiets, zudem gibt es je nach Jahrgang noch Reserve- und/oder Süßweine. Die umfangreiche Weißweinpalette enthält aber auch Gemischten Satz, Grünen Veltliner und Riesling sowie die Aromasorten Sauvignon und Muskateller und die weißen Burgunder-Sorten Pinot Blanc und Chardonnay. *psch*

THERMENREGION

★★ S € GS
2020 Gemischter Satz + (WR, NB, PB, CH etc.) Klare duftige Nase mit zarter Frucht; charmantes Leichtgewicht mit dezent saftiger Frucht, sehr süffig.

★★★ S €€ GM FUN PLV
2020 Gelber Muskateller + Kühle frische Kräuter und grüne Trauben, Mandarinen, Limettenschalen; saftig, fruchtsüß, traubig, Holunderblüten, spritzig, knackig, anregend.

★★ S €€ CH
2020 Chardonnay Hausberg + Sanfte, harmonische Aromatik, etwas Kernobst, dezente Würze; saftiger Fruchtbiss, mittelgewichtig, frisch und lebhaft, ausgewogen.

★★★ S €€ PB TIPP PLV
2020 Pinot Blanc + Elegante Nase nach Biskuit und Fruchtkuchen, Zitronentarte, fein-pikant, hell, voller Wiesenblüten, dezent, anziehend; kernig, erfrischend und saftig, nach Gewürzbirnen und Zitrus, zartherb strukturiert, vital, hübsch, Geduld, knapp am 4. Stern.

★★ S €€ RI
2020 Riesling Ried Mitterwiese + Dezentes Bukett, frische Wiesenkräuter und Zitrus, bisschen Steinobst; leichtgewichtig, lebhaft, Zitrusfrüchte und etwas Holunderblüten, süffig.

★★★ S €€ RI FUN
2020 Riesling Ried Grimmling + Würzig, leicht schotig, rauchig, Grapefruits, getrocknete Ananas, pikant, pfiffig, bisschen Weißbrot, feinhefig, Wiesenkräuter; mittelkräftig, saftig, bisschen fruchtsüß, knackig, etwas Kohlensäure, ansprechende Frucht, lebhaft, mittleres Finish.

★★★ S €€ SB
2020 Sauvignon Blanc Ried Hübler + Dichte, würzige und sortentypische Nase, viele Schoten, dunkle Blüten, die Frucht noch zurückhaltend, etwas schwarze Johannisbeeren; mittelkräftig, ziemlich spritzig, etwas Orangenzesten und frische Fruchtnoten, hinten schlanker, mittleres Finish.

★★★ S €€ ZF
2020 Zierfandler Ried Badener Weg + Recht zurückhaltend zu Beginn, etwas Würze, dann weiße Blüten und ein bisschen Exotik, Birnen, dezent, unfertig, sanft; ziemlich saftiges Entrée, dabei eher leichter bis mittlerer Körper, spritzig, erfrischend, recht fest, trocken, mittleres Finish.

★★★★ S €€ RG TIPP
2020 Rotgipfler Ried Brindlbach + Würzig, fast pfeffrig zu Beginn, reif und dicht, gelbfruchtig, Orangen, hellfruchtig, pikanter vom Jahrgang, Orangen, Ciabatta, unfertig; saftig, fest, griffig, gelbfruchtig, aber auch viel Zitrus, bisschen rauchig, recht lang, legt zu, gute Power nach hinten.

★★★ K €€€ CR
2018 Cabernet Sauvignon Merlot + Würzig-pfeffrige Nase nach Johannisbeeren, Sauerkirschen und Schoten, samtigpflaumige Fülle, schokoladig; wuchtig und schmelzig mit viel saftiger Frucht, recht samtig, feurig, herb, noch unruhig, mittellang.

★★★ S €€€ RG FUN
2019 Rotgipfler Ried Oberer Badner Weg Spätlese + Reife, süße Gelbfrucht, kandierte exotische Früchte, Mangos und etwas Birnen, bisschen Melonen, harmonisch, gerundet; ungemein saftig, verlockende Frucht, exotische Anklänge, sehr ausgewogen, leichte Säurepikanz, elegantes Trinkvergnügen.

★★★★ S €€€ RG TIPP
2019 Rotgipfler BA + Reiche Nase nach Blütenhonig und gelbem Fruchtgelee, bisschen rauchig, exotische Noten, Gelbfrucht, Sultaninen, Mangos, füllig; ungemein saftig, erfrischend, bildhübsche, klare Frucht, mittelgewichtig, sehr schöne Frucht, knackig, mittellang.

BIO

Weingut
Hannes Dachauer

Hannes Dachauer
2523 Tattendorf, Raiffeisenplatz 9
Tel. +43 2253 81293
office@weingut-dachauer.at, www.weingut-dachauer.at
7 Hektar, W/R 40/60

WEINGUT HANNES DACHAUER
TATTENDORF - THERMENREGION

Als innovativer Winzer hat es Hannes Dachauer verstanden, die vergangenen Monate gut zu meistern. Seine Idee mit dem „Schachterl-Heuriger" wird von vielen Wein- und Heurigenfreunden gerne angenommen. Gefüllt werden die originellen Schachteln mit den Spezialitäten aus dem Hofladen. Da stehen nicht nur Rohschinken, Speck, Blunze oder Presswurst vom hauseigenen Schwein, sondern auch warme Schmankerl zur Auswahl. Dazu den passenden Wein auszusuchen ist bei dem reichhaltigen Sortiment an ausgezeichneten Weinen eine schöne Aufgabe, der sich jeder nur zu gerne widmet – ganz gleich, ob es sich um den kecken Grünen Veltliner „Pepper Hill", den fruchtig-würzigen Rotgipfler als Klassiker oder den noblen St. Laurent Frauenfeld Reserve handelt, man ist mit jedem Wein von Hannes Dachauer eng mit der Natur verbunden. *kk*

THERMENREGION

★★ S € MT FUN
2019 Rivaner + Duftiges Steinobst; Marille pur, mineralisch straff strukturiert, rosa Grapefruits in pikanter Säure, Mandarinenzesten im tropischen Fruchthauch, floral-fruchtig, trinkfreudig im Abgang.

★★ S € GV
2019 Grüner Veltliner Pepper Hill + Feines Apfelbukett; Ringlotten und kecke Grapefruits, Kernobst mit fruchtiger Säure, auch gelbe Blüten, im Finish weißer Pfeffer und bisschen gelbe Schoten.

★★ S €€ GM
2019 Gelber Muskateller + Ausgeprägte Muskatnase; Marillen-Confit in eleganter Mandarinensäure, Zitronensorbet mit Waldmeister, fruchtig-reife Stachelbeeren, dann charmante Kräuterwürze, muskattraubig animierender Nachhall.

★★★ S €€ CH PLV
2019 Chardonnay + Heller Blütenduft; Bananen und Ringlotten, vanillewürziges Biskuit, gelbfruchtig und sämig, straffe Ananas in kompakter Grapefruitsäure, fein röstige Noten im kräftigen Körper, zartes Hefegebäck im Rückaroma.

★★★ S €€ RG
2019 Rotgipfler + Tropische Früchte; Steinobst und Maracuja, rauchige Tabaknoten, Melonen-Confit und Marillencreme, weiche reife Säure, mineralische Einschlüsse und blättrige Noten, würzig im langen Finale.

★★ S €€ ZW
2019 Zweigelt + Dunkler Beerenduft; Schwarzkirschenröster und samtiges Waldbeeren-Confit, geschmeidig-saftig, harmonische Säure und reife Tannine, feine Herbe eingelegter Preiselbeeren im fruchtsüßen Rückaroma.

★★ S €€ SL
2019 St. Laurent + Zarter Powidlduft; rotwürzige Weichsel-Kirschfrucht, elegante Tannine, rauchig süßer Früchtetee, Waldbeer-Aromen zu reifer Weichselsäure, saftig mit etwas Backgewürz im Finish.

★★ S €€ PN
2019 Pinot Noir + Aromatische Himbeerfrucht; zarte Erdbeeren mit fein erdigen Noten, schwungvolle Fruchtsäure von Preiselbeeren, sanfte reife Tannine, von mineralischer Ader gedeckt, fein ledriges Laub, grünwürzig im geschmeidigen Abgang.

★★★ S €€€ CR PLV
2019 Duett + (PN/SL) Nobles Beeren-Confit; seidig-fruchtige Weichsel mit Schokoraspel, etwas Schwarztee, elegante Tannine mit Preiselbeer-Aroma, bisschen rauchige Schwarzkirschen mit Maulbeeren, elegant und gut haftend im fruchtigen Nachhall.

★★★ S €€€ CR
2019 Cuvée Ried Frauenfeld Reserve + (CS/ME/SH) Feine Cassis-Nase; fleischig und saftig, Brombeeren und Zwetschken, eingelegte Peperonata, standhafte rote Würze, dynamisch und komplex, reifer Tanninschub, dunkle Schokolade mit Tabakblätter, geschmeidige Hagebutten, fruchtige Würze im Finale.

★★★ S €€€ PN
2019 Pinot Noir Ried Frauenfeld Reserve + Elegantes Beerenbukett; kühles Kirschkompott mit Zimt, etwas Mokka-Kirsch, geschmeidig, vielschichtig und empfindsam, Weichsel-Kirsch-Frucht mit Hauch Schwarztee, etwas Laub, feinkörnige Tannine und zarte Mineralik, niveauvoll animierend, Cranberrys neben dunkler Würze im anhaltenden Rückaroma.

★★★★ S €€€ SL TIPP
2019 St.Laurent Ried Frauenfeld Reserve + Einladender Kirsch-Weichselduft; saftiger Zwetschkenröster, feiner Fruchtschmelz, Waldbodenwürze, etwas Laub, füllig-elegant, ziselierte Säure junger Weichsel, mit spannenden Tanninen, Maroni und feines Leder, mit kühler Eleganz dicht gewoben, charaktervoll vielschichtig im beeindruckenden Finale.

Weingut
Dopler

Günther Dopler
2523 Tattendorf, Pottendorferstraße 8
Tel. +43 2253 81266, Fax -4
office@weingut-dopler.at, www.weingut-dopler.at
14 Hektar, W/R 30/70, 200.000 Flaschen/Jahr

Günther Dopler feiert heuer ein Jubiläum: Vor 20 Jahren hat der Tattendorfer das seit 1907 bestehende Weingut von den Eltern übernommen und zu einem Gut mit einer reichhaltigen Weinpalette ausgebaut. Der Wein ist Doplers Passion, seine zweite Leidenschaft gehört der Fliegerei. Auch wenn Winzer Dopler kein Pilot ist, hat sein Traum vom Fliegen auf zwei Weine abgefärbt: die Rotwein-Cuvées Etrich Taube und Lindbergh – Namen zweier Pioniere.

In der Etrich Taube verbindet Dopler Jahr für Jahr einen charmant süßen Roten, für den er seinen Kundenkreis hat. Und im Lindberg verbindet der Burgunder-Macher-Winzer seine beiden Weinstars und wichtigsten und hochwertigsten Sorten: den Pinot Noir und den St. Laurent. Diese beiden Sorten baut Dopler in einer klassischen Variante aus, bei der das Trinkvergnügen und der Sortencharakter im Vordergrund stehen, als auch als Reserve-Weine, bei denen der Winzer die Sorten ausreizt, mit Holz spielt und auf Lagerpotenzial setzt.

Von den aktuellen 2018er-Weinen zeigt heuer der St. Laurent etwas mehr Substanz und Eleganz als der Pinot Noir, der sich aber sehr rund und zugänglich präsentiert. Abgerundet werden Doplers-Premium-Burgunder mit seiner Cuvée Daniel, einem Blend aus Cabernet und Merlot aus dem Superjahr 2017 – eine feine Sache, bei der man schön ins internationale Weinkisterl hineinriecht. *hp*

THERMENREGION

★★ **S €€€ PN**
2020 Pet Nat Blanc de Noir + Sehr frisch, aromatische Exotik, apfelig, zugänglich; viel Birne, bisschen Kriecherl, viel Kohlensäure, die zum Weitertrinken animiert, spritziges Fun-Getränk.

★★ **S € NB**
2020 Neuburger + Frisch, nussig, gewisse Stoffigkeit, Gewürzbrot; relativ saftig, Kernobstnoten, leicht gerbstoffig, dezenter Restzucker macht den Neuburger sehr trinkig.

★★★ **S €€ GS** FUN
2020 Gemischter Satz Bio + Kühle aromatische Noten, Kumquats, Kernobst und Steinobst; lebendig und frisch, Ringlotten, super Gerbstoff, Wein mit Substanz und Länge.

★★ **S € CR**
2019 Etrich Taube + (BP/ZW, halbtrocken). Rauchig, etwas parfümiert, Erdbeeren, Kirschen; Kirschkompott, etwas eigen, gerundeter fülliger Roter mit Gerbstoff, wer „süßen" Roten mag, kommt zum Zug.

★★★ **S €€ PN**
2018 Pinot Noir + Viel Sorte, Waldboden, weiche Himbeernoten, Nougat, mild; etwas Gerbstoff, Tannenzapfen, Wurzelgemüse, mittelgewichtig, Bitternote im Finale, Zeit geben.

★★★ **S €€ SL**
2018 St. Laurent + Burgundische Züge, schöne Fruchtauskleidung, Himbeernote, bisschen Kirschen; Sauerkirsche, auch Johannisbeere, Lakritze, betonter Gerbstoff, trinkig.

★★ **S €€ CS**
2018 Cabernet Sauvignon + Grünpfeffer-würzige Cassis-Noten, klare Sortenprägnanz; rauchig, Ribisel- und Johannisbeernoten, relativ kernig und schlank, Cabernet mit Biss.

★★★ **S €€€ PN**
2019 Pinot Noir Reserve + Milde fruchtsüße Nase nach dunklen Beeren, Waldboden, Biskuitcreme; Erdbeermark, bisschen vordergründig, dennoch charmanter Burgunder, mittellang.

★★ **S €€€ SL** PLV
2019 St. Laurent Reserve + Rauchig, kühle Noten, Blaubeeren, balanciertes Toasting; schöner Gripp, viel Kirsche, einige Substanz und überzeugende Länge, hat noch Reserven.

★★ **S €€€€ CR**
2019 Lindbergh + (PN/SL) Weich und rund, deutlich rotbeerig; harmonisch, netter in sich ruhender Wein mit rotbeeriger Frucht, unkompliziert, schlankes Finale.

★★★ **S €€€ ME**
2018 Merlot Reserve + Würziger, typischer Merlot mit Cassis, balanciert; präsentes Holz und Gerbstoff, kühle Würze, dunkle Schokolade, eigenständig, aber gut, hat auch Länge.

★★★★ **S €€€ CR** TIPP
2017 Daniel + (CS/ME) Weiche Beerenfrucht, dezent schokoladig, schöne Tiefe; viel Struktur, feines Toasting, reifes Cassis, mit Belüftung immer druckvoller, eleganter Wein mit guter Länge.

Weingut
Christian Fischer

Christian Fischer
2504 Sooß, Hauptstraße 33
Tel. +43 2252 87130
christian@weingut-fischer.at, www.weingut-fischer.at
14 Hektar, W/R 20/80, 80.000 Flaschen/Jahr

Der Traditionsbetrieb der Familie Fischer besteht nun seit dem Jahr 1662 in einem der historischen Urhäuser in Sooß. Christian Fischer übernahm 1982 das Weingut von seinen Eltern Erika und „Guck" Engelbert Fischer. Mit Christian bekam der Betrieb einen innovativen und strebsamen Winzer, der seine Erfahrung aus der langjährigen Mitarbeit im Familienbetrieb und durch die Absolvierung der Weinbauschule in Krems schöpft und seit damals zielstrebig seine eigenen Visionen der angestrebten Charakteristik seiner Weine realisiert, gänzlich unabhängig von stilistischen Modeerscheinungen. Er vertiefte die Eigenständigkeit und Individualität der Weine und verfeinerte den Stil, je nach Boden, Jahrgang und Rebsorte, die Weine zu feinsinnigen Persönlichkeiten zu formen, die durch ihre Vielschichtigkeit und Extraktreichtum charaktervoller Ausdruck seiner Winzerpersönlichkeit sind. *kk*

THERMENREGION

★★★★ K €€€ RG **TIPP**
2019 Rotgipfler Premium + Gedeckte gelbe Beerenfrucht; rauchige Marillennoten, straffe Orangenzesten, mit vitaler Spannung, Golden-Delicious-Fruchtmark, Hauch Minze, feinkörnige Gerbstoffe, exakt strukturiert mit kühlen Tabaknoten, zurückhaltende Fruchtschaligkeit, feines Hefegebäck und noble Mineralität im charaktervollen Finale.

★★ S € CR **FUN**
2018 Querbeet + (ZW/CS/ME) Saftiges Schwarzkirschenbukett; geradlinige Fruchtspur, mit Leder unterlegt, feines Kirsch-Weichsel-Sorbet, asketisch schlank, unkompliziert und elegant mit mineralischer Ader, eingebundener Säure und beschwingten Tanninen.

★★★ S €€ CR **PLV**
2018 Vom Muschelkalk Reserve + (CF/ZW) Herzkirschenduft; Zwetschkenaromen, etwas Veilchenblüten, pikant würzig mit zartherb feinkörnigen Tanninen, straff mineralisch, etwas Ziegelstaub, Preiselbeeren in rotfruchtiger Säure, lässig, frisch und schwungvoll, Bitterschokolade im fein rauchigen Abgang.

★★ S €€ PN
2019 Pinot Noir Classic + Klassisches Pinot-Bukett; zartherbe Himbeeren und Preiselbeeren, muntere rote Johannisbeersäure, Orangenzesten, guter Tanningrip im charmanten Körper, dunkelgrüne Kräuterwürze, etwas grüne Nüsse, kühlfruchtig im Finish.

★★★★ K €€€€ PN
2019 Pinot Noir Premium + Dichter Waldbeerenmix; Erdbeersorbet mit Zwetschkenmus, fein rauchiges Edelholz, etwas Früchtetee, straffe Tannine und rotfruchtige Säure, Clementinenzesten dabei, vielschichtig und nobel, Schwarzkirschenaromen und dunkelgrüne Würze im Rückaroma.

★★★ K €€ ZW **PLV**
2018 Zweigelt Ferabam Premium + Saftiges Kirschbukett; satt und geschmeidig, zarte Extraktsüße mit weichselfruchtigen Tanninen, etwas Schokolade, fein rauchig geerdet im rotfruchtigen Nachhall.

★★★★ K €€€€ ZW
2019 Zweigelt Gradenthal Premium + Duftiger Heidelbeer-Brombeer-Mix; Veilchen und Zwetschken, feine Extraktsüße ergänzt die rotfruchtige Säure, rote Johannisbeeren und Preiselbeeren leiten feine Tannine, rauchig-ledrig nach Laub, kräuterwürzig mit Waldbeeren im kühlen Rückaroma.

★★★★ K €€€€€ BF
2019 Blaufränkisch 100Cases + Würziger Himbeer-Brombeermix; pikant rotfruchtige Säure reifer Himbeeren im dunklen Fruchtdruck, erdig mit dunkelgrüner Würze, kühle Fruchtsäure von Weichselparfait mit Zitrus-Touch, etwas floral, straff und griffig, rauchige Noten im rotbeerigen Abgang.

★★★★ K €€€€ CF **TIPP**
2019 Cabernet Franc Premium + Würziges Cranberry-Bukett; fleischig-rotfruchtig mit Peperonata und süßem Paprikapulver, Cassis mit straff roten Johannisbeeren und präsent reifen Tanninen, geschmeidige Weichselschokolade, hochelegant und wertig, Hagebutten und Nussschalen im kompakten Nachhall.

★★★★ K €€€€ ME
2019 Merlot Premium + Ausgeprägter Waldbeerduft; druckvoll reife Herzkirschen, mit erdverbundener dunkler Würze, bisschen Arancini- und Cassis-Noten im komplexen Körper, Tabak und Bitterschokolade in feinkörnigen Tanninen, gut integrierte Säure, zarte Mineralität und ein Hauch Zwetschken im fruchtsüßen Rückaroma.

BIO

Bioweinbau
Gasslwasinger

Lukas Wasinger
2372 Gießhübl, Hauptstraße 112
Tel. +43 2236 45110, Fax -6
heuriger@gasslwasinger.at, www.gasslwasinger.at
8 Hektar, W/R 80/20

Seit vielen Jahren zertifizierter Bio-Betrieb, zählt der in Gießhübl in Waldnähe gelegene Weinbau Gasslwasinger zu den beliebtesten Buschenschänken der nördlichen Thermenregion. Kein Wunder, werden doch hier die Gäste mit typischen Eigenbauweinen und schmackhaften Gerichten bestens versorgt, die im urgemütlichen Ambiente des Heurigenlokals oder auch im großen, mit alten Bäumen bestückten Gastgarten genossen werden können.
Winzer und Heurigenwirt Lukas Wasinger bewirtschaftet diverse Weingartenflächen in der näheren Umgebung, wobei die in der anschließenden Gemeinde Maria Enzersdorf situierten Weinbaubereiche Rauchkogel und Bamhartstal zu den wichtigsten Lagen im Betrieb zählen.
Die Sortenpalette umfasst Grüner Veltliner, der hier betont leicht und süffig ausgebaut wird, ebenso wie die Sorte Riesling, von der es jedoch keinen Vertreter aus 2020 gibt. Wichtige Weißweinsorten im Betrieb sind auch Rotgipfler sowie die weißen Burgundersorten Chardonnay und Weißburgunder. Letzterer gilt die besondere Wertschätzung des Winzers, der daraus üblicherweise neben einer klassischen Version auch einen Reservewein aus dem Bamhartstal erzeugt, der aktuell aus dem Jahrgang 2018 stammt. Im Rotweinbereich werden Zweigelt und Merlot kultiviert, wobei Zweiterer Freunden kraftvoller, samtiger Rotweine besonders ansprechen dürfte. Als spritziger Aperitif und Sommerwein dient der Rosé-Perlwein namens „Frizzi“. *psch*

THERMENREGION

★★ **S € GV**
2020 Grüner Veltliner + Pfeffrige Würze, auch etwas gelbes Kernobst, leicht hefig mit weißbrotigen Noten, Hülsenfrüchte; schlank, zartherb, viel Zitrus, etwas Wiesenkräuter, röstig, zartes Finale.

★★★ **S € PB** FUN PLV
2020 Weißer Burgunder + Helle Blüten und Kamillentee, recht viel Weißbrot, charmant, duftig, kühl, ein Hauch von Ringlotten; saftig, schöner Fruchtbiss, knackig, recht erfrischend, lebhaft, mittleres Finish, endet klassisch trocken.

★★ **S €€ RG**
2020 Rotgipfler + Recht röstig, viel Würze, Nuss und Schwarzbrot, dezent cremig, reif, zarte Gelbfrucht; recht angenehme Frucht mit zartem Gerbstoffeinschlag, saftige Mitte, gewisse Kraft, ziemliche Säure.

★★ **S €€ PB**
2018 Weißburgunder Bamhartstal + Rauchig und ziemlich würzig, Schwarzbrot, Nüsse, weich und mollig, bisschen Fruchtgelee; schmelzig-brotige Frucht, Fruchtanteile mit rauchig-gewürzigen Akzenten, wuchtig.

★★ **S € CR**
2020 Rosé + (SL ME ZW) Recht würzig und nussig, bisschen Rhabarber, grüne Erdbeeren, auch rotbeeriges Gelee, recht brotig; Ribisel und Zitrus mit etwas Milchkaffee, rassig, direkt.

★★ **S € CR**
Frizzi + Bisschen röstig-heuig, getrocknete Blüten, hefig, Akzente von Schoten; unkompliziert fruchtig, recht saftige Mitte, leichter Säurebiss, wirkt angenehm trocken, nach hinten etwas Zitrus.

★★★ **S €€€ ME** FUN
2019 Merlot + Pflaumig-mollig und recht rauchig, Powidl, Schoko, schon ziemlich zugänglich, einige Fülle, breit angelegt; voller Saft und Kraft, eingemachte Erdbeeren und Himbeeren, einige Rasse, zartbitteres Tannin nach hinten, fest.

BIO

Weingut
Johannes Gebeshuber

Johannes Gebeshuber
2352 Gumpoldskirchen, Jubiläumsstraße 43
Tel. +43 2252 61164
office@weingut-gebeshuber.at, www.weingut-gebeshuber.at
30 Hektar, W/R 67/33, 100.000 Flaschen/Jahr

Mit seinem klaren Bekenntnis zu seiner historischen Heimatgemeinde Gumpoldskirchen mit ihrem Reichtum an hervorragenden klassischen Rieden, aber auch zur Thermenregion insgesamt sowie mit seinem Fokus auf die klassischen Südbahnsorten ist Johannes Gebeshuber ein unerschütterlicher Prophet seiner vinophilen Herkunft. Er hält die dortigen Weinbautraditionen hoch, vertraut aber gleichzeitig auf moderne Erkenntnisse und Methoden im Weingarten und Keller und fertigt so Kreszenzen, die durchaus als zeitlose Klassiker bezeichnet werden könnten.

Schon seit vielen Jahren zählt Gebenshuber zu den hervorragendsten Weißweinwinzern der Thermenregion. Ein beachtlicher Werdegang, gründete doch der gebürtige Gumpoldskirchner sein Weingut erst vor etwas mehr als zwei Dekaden, als er damals die früheren Kellerräumlichkeiten der ehemals renommierten Winzergenossenschaft Gumpoldskirchen übernahm. In den Anfangsjahren machte sich Gebeshuber mit Thermenregion-Blends aus Rotgipfler und Zierfandler bzw. Pinot Noir und St. Laurent in drei Qualitätskategorien unter dem Label Spaetrot einen Namen. Später kreierte der engagierte Winzer die Gebeshuber-Linie mit Weinen aus biologischer Bewirtschaftung, die inzwischen tonangebend ist. Vor vier Jahren startete er mit der Umstellung auf biodynamische Bewirtschaftung, und inzwischen führt er das erste zertifizierte Demeter-Weingut der Thermenregion.

Die Palette umfasst jeweils drei Kategorien in Weiß und Rot: Den Einstieg bilden je ein Gemischter Satz namens Querfeldein. Die Weine der darüberliegenden Kategorien werden sortenrein gefüllt – und hier kommen ausschließlich die Sortenklassiker der Südbahn zum Zug: Rotgipfler und Zierfandler für die Weißweine, Pinot Noir und St. Laurent für die Roten. Ortsweine aus Gumpoldskirchen bilden das mittlere Segment, und im Premium-Bereich gibt es mittlerweile je Sorte zwei Einzellagenweine: Rotgipfler Laim und Student, Zierfandler Modler und Wiege, St. Laurent Glas und Satzing sowie Pinot Noir Viereck und Gendl. *psch*

THERMENREGION

★★★ **S €€ CW** FUN
2020 Querfeldein Gemischter Weiß + Duftige Nase, etwas reifer Apfel, Mandarine, pikant, klirrend frisch; saftig, feingliedrig, auch Grapefruits, recht knackig, feiner Schmelz, straff.

★★ **S €€ CW**
2019 Querfeldein Gemischter Satz Rot + Ungemein fruchtbetont, Korb roter Waldbeeren, pfeffrig, klar; knackig, erfrischend, anregend pikante rotbeerige Frucht, süffig.

★★★★ **S €€€€€ ZF** TIPP
2019 Zierfandler Wiege + Helle Frucht, bisschen exotisch, Ananas, ziemlich würzig, Spargel, Zitronenzesten, Mirabellen; ungemein saftiges Entree, voller Frucht, leicht rauchig, griffig, ziemlich strukturiert, asketisch, noch streng im mittellangen Finish, Geduld.

★★★★★ **S €€€€€ ZF** TOP
2019 Zierfandler Modler + Kühle Fülle, frische weiße Blüten, pfeffrig, fast schotig zu Beginn, wird immer tiefer, vielschichtig, subtil; ungemein saftiges Entree, kernig, fein und ziseliert, Pfirsich und süße Exotik, nobel strukturierende Herbe, tolle Länge, exzellent.

★★★ **S €€€€€ RG**
2019 Rotgipfler Student + Kühl, leicht rauchig, Lagerapfel und Apfelkompott, bisschen Laub, etwas Nelken, Weißbrot; recht saftig beim Entree, viel gelbe Äpfel, mittlerer Körper, etwas Orange, recht fest, bisschen geradlinig, mittel bis mittellang.

★★★★ **S €€€€€ RG**
2019 Rotgipfler Laim + Gewürzig, etwas Flieder, Kernobst und Kriecherln, reif, gelbes Fruchtgelee, etwas Pfeffer; kraftvoll, herzhaft, satte Substanz, opulente Gelbfrucht, vital, zartherb, strukturiert, jede Menge Biss, wuchtig, lang, knapp am 4. Stern.

★★★ **S €€€€€ SL**
2018 St. Laurent Satzing + Dicht, getrocknete Preiselbeeren und Sauerkirschen, auch Brombeeren, pikant, erdig; leicht- bis mittelgewichtig, rotfruchtig, sanft, dezentes Tannin, recht straff, hinten rassig, etwas schlankes Finish.

★★★ **S €€€€€ PN**
2018 Pinot Noir Gendl + Feuchtes Laub, geröstete Nüsse, eingemachte Feldhimbeeren, weich, recht mollig, etwas Pikanz; sehr viel Frucht, mittelgewichtig, knackiger Biss, pikant, saftige Mitte, passendes Tannin, mittlere Länge.

Burgundermacher Weingut
Johann Gisperg

Johann Gisperg
2524 Teesdorf, Hauptstraße 14
Tel. +43 2253 81464, Fax -50
wein@weingut-gisperg.at, www.weingut-gisperg.at
17 Hektar, W/R 35/65, 90.000 Flaschen/Jahr

Der junge Johann Gisperg macht seit einigen Jahren die Gutsweine. Sein gleichnamiger Vater kümmert sich federführend um die Weingärten. Das Burgunder-Weingut aus Teesdorf ist für seine Pinot Noirs und St. Laurents bekannt, die die Gispergs als Klassik (im Stahltank) ausbauen sowie als Exklusiv (im gebrauchten Holz) und als Reserve (mit viel neuem Barrique).
Die Herkunft wird künftig mehr betont. Die roten Burgunder-Reserven bekommen mit dem aktuellen 2019er-Jahrgang mit der Ried Holzspur ihr „Brandzeichen" aufs Etikett und sind jetzt Riedenweine. Die Holzspur ist Gispergs beste Rotweinlage, geprägt von kalkhaltigen schottrig-sandigen Böden.
Auch seine weißen Burgunder will Gisperg mehr in die Auslage rücken: Mit Weiß- und Grauburgunder sowie Chardonnay bietet der Winzer die gleiche Vielfalt wie in Rot. Seine drei Reserven sind jetzt auch zu Riedenweine geadelt, aus der Lage Gestein. „Die beste Lage in Teesdorf, ein Schotterboden mit Kalk durchzogen", sagt der ambitionierte junge Winzer, der seine weißen Reserven zu 100 Prozent neues Barrique atmen lässt. Hübsche Weine – mit noch etwas Luft zu Rot. *hp*

THERMENREGION

★★★ **S €€ CW**
2019 BEX – Burgunder Exklusiv + (CH/WB/GB) Etwas reduktiv, gute Würze, rauchig, Feuerstein; exotische Noten, Olivenbrot, Nussaromen, dezentes Toasting, mittellang.

★★★ **K €€€€ PB**
2019 Weißburgunder Ried Gestein Reserve „Hochzeitsedition" + Burgundischer Schmelz, Nusscreme, dezente Würze, kalkig, süßapfelig; Kernobst, leichte Mineralität, balanciert, röstig, guter Zug.

★★★★ **K €€€€ PG**
2019 Pinot Gris Ried Gestein Reserve „Hochzeitsedition" + Sehr füllig, gelbe Bananen, leichte Würze, salzig; gut eingebundenes Holz, Blutorangen, Grapefruit, Papaya und Litschi, super Länge.

★★★★ **K €€€€ CH** TIPP
2019 Chardonnay Ried Gestein Reserve + Anfangs reduktiv, kalkig-kreidig, Wacholder und Lorbeer, Feuerstein; elegant-saftig, Bananenmark, Orangenblüten, extraktreich, Druck und Länge, hat Reserven.

★★★ **K €€ SL**
2019 St. Laurent Teesdorf Exklusiv + Gute Burgunder-Typizität, schöne Tiefe, Herzkirsche, Gitterkuchen; einige Fülle, weiche Röstigkeit, Walderdbeeren, trinkig, gute Länge.

★★★ **K €€ PN** PLV
2019 Pinot Noir Tattendorf Exklusiv + Schöner Himbeerduft, kühle Aromatik; getrocknete Orangen, dezent rotbeerig, viel Schokolade, rauchig und würzig, druckvoll, solide Länge.

★★★ **K €€ CR**
2019 Terroir de Pierre + (SL/ME/CS) Tolles Cassis, rund; balanciert, Würze vom Laurent, die Reife vom Merlot und die Gerbstoffigkeit vom Cabernet, rauchige Würze, schon stoffig.

★★★ **K €€€€ ZW**
2019 Zweigelt Ried Holzspur Reserve + Viel Grafit und Würze, reife Kirsch-Weichsel-Note, Nougatschokolade; straffes Toasting, kalkig, bereits gehaltvoll, Herzkirschen, überzeugende Länge.

★★★★ **K €€€€ PN** TIPP
2019 Pinot Noir Ried Holzspur Reserve + Leicht reduktiv, schönes Toasting, Himbeeren, klare burgundische Züge; würzige Frucht, straff, rauchig, torfige Noten, einiger Grip, super Länge.

★★★★ **K €€€€ SL**
2019 St Laurent Ried Holzspur Reserve + Lakritze, viel Frucht, Weichsel und Kirsche, balanciert; stoffig, viel Kirscharomatik, auch Grapefruit, guter Sortencharakter, jugendlicher Biss, viele Reserven.

★★★★ **K €€€ ME** PLV
2018 Merlot Reserve + Super würzig, Weichseln und Kirschen, Kräuter, Bilderbuch-Merlot, der nicht üppig ist, sondern kühlen Charme hat; fest, kräuterwürzig, filigrane Cassis-Frucht, viel Sorte, ziemlich lang.

★★★★ **K €€€ CS**
2018 Cabernet Sauvignon Blanc Reserve + Hauch von Cassis, Frucht entwickelt sich mit Luft zunehmend; griffiges Tannin, Wacholder und Lorbeer, druckvoll, hält viel Power und Potenzial bereit.

★★★★ **K €€€ CR** TIPP
2018 Kontrast + (RÖ/ME/SL/CS) Üppige Frucht, eingelegte Kirschen, kühle Aromatik; saftige, eingelegte Pflaumen und Kirschen, etwas entwickelt, dabei kühle Noten, viele Schichten, gute Länge.

ÖSTERREICH

★★ **K €€ CW**
Blanc de Blancs + (CH/GV) Pilze, Oliven, gute Tiefe, viel Chardonnay-Charakter; Salzmandeln, Cashews, spritzig, Zitrus, belebender Sekt aus der Thermenregion.

Weingut
Heggenberger KG

Andreas & Jakob Heggenberger
2523 Tattendorf, Badnerstraße 6
Mobil +43 676 319 56 11, Fax +43 2253 81432-4
weingut@heggenberger.at, www.heggenberger.at
18 Hektar, W/R 40/60, 90.000 Flaschen/Jahr

Das Weingut Heggenberger in Tattendorf ist einerseits ein Burgunder-Spezialist – Pinot Noir und St. Laurent spielen die erste Geige. Andrerseits dreht sich viel in Heggenbergers Weinwelt um ihren schmucken Heurigen – der jedoch in der Vergangenheit lange pausieren musste. Die Heggenbergers haben sich aber nicht ausgeruht, konnten neue Vertriebspartner für ihre Weine begeistern und haben vor einem Jahr auch einen Online-Versand aufgebaut. Mit dem jungen 2020er-Jahrgang ist Jakob Heggenberger, der mit seinem Vater Andreas das Weingut führt, sehr zufrieden, „weil es viel geregnet hat" – was für eine gute Wasserversorgung gesorgt hat in der eher trockenen Thermenregion. Von den Weißen leuchtet der Rotgipfler einmal mehr aus der knackig-frischen Weinpalette hervor. Die Weingärten liegen im benachbarten Pfaffstätten und in Gumpoldskirchen. Auch der Riesling gefällt durch seine Frische und relativ straffe Frucht. Wer es sanfter und runder mag, findet in der klassischen weißen Thermenregion-Spezialitäten-Cuvée „Ziero" aus Zierfandler und Rotgipfler ein gelungenes Glas Wein.

Beim Rotwein ist wie schon erwähnt der Burgunder der Star – der von Vater und Sohn gleichermaßen verhätschelt wird –, wobei die Vorlieben gut aufgeteilt sind. Der Seniorchef ist 100 Prozent Pinot-Noir-verliebt, der Juniorchef driftet mehr auf die St.-Laurent-Seite – aus einem einfachen Grund: „Pinot Noir gibt es in der ganzen Welt, den St. Laurent aber nur bei uns und in einigen Nachbarländern." Das Burgunder-Match ist 2019 eng gewesen – mit mehr Tendenzen für den Laurent. *hp*

THERMENREGION

★★ S € GS
2020 Querbeet + Relativ viel Würze und Fülle, Kletzen, gelber Apfel, ausgewogen; solide Frucht, knackige Säure, animierender Gerbstoff, schöner Einsteiger in Heggenbergers Weinwelt.

★★ S € NB
2020 Neuburger + Relativ mild, dezente Würze, Ringlotten, Hauch von Birne; Kräuterwürze, leichtgewichtiger, lebendiger Neuburger mit kernigem Finish.

★★ S € RI **FUN**
2020 Riesling + Steinobst-Noten, dezent nach Marillen, balanciert; klare Steinobstanklänge, passable Säure, knochentrocken, mittleres Gewicht, trinkvergnüglich.

★★ S € PB
2020 Weißburgunder + Mild, leicht nussig, gewürzig, Mürbteiggebäck, Haferflocken; geradliniger, straffer Burgunder, Grapefruit, zartbitter, schwarze Oliven, etwas Säure, mittellang.

★★★ S €€ CW
2020 Ziero + (RG/ZF) Quitte, Bitterorange, dezente Würze im Hintergrund; gewisse Fülle, auch kräftig, etwas Gerbstoff, grüne Banane, recht authentisch, betont den würzigen Rotgipfler.

★★★ S €€ RG **PLV**
2020 Rotgipfler + Rauchig, Limetten, etwas Maracuja, bisschen Würze; sehr klassisch, exotische Frucht, Orangen, relativ würzig, lebendige Säure, Gerbstoffgrip, kompakt, viel Sortencharakter.

★★★ S € ZW
2020 Zweigelt + Rauchig, gewürzige Kirschfrucht, Lebkuchen und dunkle Schokolade; klassischer Zweigelt, stahlige Noten, gute Würze, etwas Gerbstoff, trinkiges Mittelgewicht.

★★ S €€ PN
2019 Pinot Noir + Würzige Himbeere, leichte Schokonoten, einige Fülle, aber auch Frische, Waldboden; rund, Haselnuss-Schoko-Noten, zugänglicher, geschmeidiger Klassiker mit rassigem Finale.

★★★ S €€ SL **TIPP**
2019 St. Laurent + Wirkt fülliger als der Pinot, Herzkirsche, gute Würze im Hintergrund; schöne Frucht, Ribisel und Herzkirschen, Lakritze, guter Gerbstoffgrip, herzhafte Säure, trinkvergnüglich.

Weingut
Krug

Gustav Krug
2352 Gumpoldskirchen, Am Kirchenplatz 1
Tel. +43 2252 62247, Fax -4
office@krug.at, www.krug.at
35 Hektar, W/R 60/40, 150.000 Flaschen/Jahr

Gustav Krug ist stolz, ein „Gutsweingut zu sein, das nur eigene Trauben verarbeitet". Und der Gumpoldskirchner ist ein Winzer, der gern neue Dinge ausprobiert. Ideen nimmt er sich dabei oft aus seinen vielen Reisen zu Kunden und Absatzmärkten mit. Das ist gerade beim Weißwein spürbar, bei dem Krug im Premiumsegment eine Grande-Reserve-Weinlinie zieht. Diese umfasst drei Weine, die beiden Thermenregion-Spezialitäten Rotgipfler und Zierfandler sowie einen Chardonnay. Sie werden im 400 Liter fassenden eiförmigen neuen Holz ausgebaut. „Diese langen konischen Eichenfässer habe ich in Frankreich gesehen", erzählt der Winzer. Alle drei Grande-Reserve-Weine entwickeln einen weichen burgundischen Charakter, wobei der Chardonnay typisch vom straffen Kalkboden geprägt ist. Den Zierfandler hat der Winzer ein bisschen auf der Maische angären lassen, wodurch eine zart blassrosa Färbung erkennbar ist. Auch hat der Zierfandler einen kleinen Zuckercharme eingepackt. Der Rotgipfler war mit 18 Monaten am längsten im Holz, sechs Monate länger als die anderen Grande-Reserve-Weine. Der Rotgipfler braucht am längsten, sich zu öffnen, hat aber ein super Potenzial.

Auch bei einem Roten hat Krug ein bisschen umgerührt: So hat er bei seiner Roten Versuchung 2018 den Zweigelt weggenommen, um den Wein als klassischen Bordeaux-Blend aus Cabernet und Merlot aufleben zu lassen – und das steht der neuen Versuchung gut an. On top of red ist der „Privat" – ein lupenreiner Cabernet Sauvignon aus dem Jahr 2017, der unter den Krug'schen Privat-Weinen, die nur in den besten Jahren entstehen, vom Potenzial her unter den allerbesten ist. *hp*

THERMENREGION

★★★ **S €€ SB**
2020 Sauvignon Blanc + Sehr duftig, Stachelbeere, Bitterorangen, strohig; tropische Früchte, knackiger Biss, extratrocken, wirkt durch hohe Säure leichtgewichtig, obwohl der Wein kräftig ist.

★★ **S €€ GV**
2020 Grüner Veltliner Selection + Dezent aromatisch, Mandarine, Grapefruit, Blumenwiese; kräftig, aber nicht üppig, reife Birnen, relativ viel Säure, rosa Pfeffer, mittlere Länge.

★★ **S €€ RG**
2020 Rotgipfler Ried Rasslerin + Helle Würze, schüchterne Frucht; relativ wuchtig und vollmundig, Marzipan, nussig, Ringlotten, milde Würze, weißer Pfeffer, steinig, Zeit geben.

★★★ **S €€ CH** PLV
2020 Chardonnay Reserve + Gute Fülle, Weißbrot, Pilznoten, feuchtes Moos; feines Toasting, Vanille, Zitronencreme, sautierte Pilze, süffig und rund, Spaßmacher bei mittlerer Länge.

★★★★ **K €€€€€ CH** TIPP
2019 Chardonnay Grande Reserve + Tropische Frucht, relativ viel Würze, weiche Röstaromen, lebhaft, frisch, kalkig; Oliven, elegante, weiche Burgunderfrucht, griffiges Holz, ziemlich lang.

★★★ **K €€€€€ ZF**
2019 Zierfandler Grande Reserve + Weiche Frucht, gebrannte Mandeln, Räucherstäbchen; einige Fruchtsüße, mollig, Restzucker-Charme, getrocknete Früchte, eingelegte Birnen, griffiger Gerbstoff.

★★★★ **K €€€€€ RG** TIPP
2018 Rotgipfler Grande Reserve + Weich, Nusscreme, buttrig, Biskuit, sehr füllig, dezente Würze; exotische Fruchtnote, rauchig-selchig, schönes Toasting, sehr trocken, geht mit Luft auf.

★★★ **K €€€ ME**
2017 Merlot Reserve + Dunkle Kirschen, typische Merlot-Würze, dezent röstig, Ribiseln; jugendlich straff, feurig-stoffiger Pasta-Wein, Herzkirsche, Cassis, grüner Pfeffer, mittellang.

★★★ **K €€€€ CR**
2018 Rote Versuchung + (CS/ME) Voluminös, rotbeerig, reifes Cassis, Bordeaux-haft; üppige Fruchtnoten, eingelegte Weichseln, Johannisbeere, feuriger Wein mit straffem Tannin und Potenzial.

★★★★ **K €€€€€ CS** TIPP
2017 Cabernet Sauvignon Privat + Elegante rotbeerige Frucht, Cassis, schöne Würze, viel Sortencharakter; jugendlicher Wein, griffiges, aber nicht üppiges Tannin, saftige Johannisbeere, erst am Beginn seines Lebens.

BIO

Weingut
Niegl

Martin Niegl
2345 Brunn am Gebirge, Feldstraße 27
Tel. +43 2236 35555
wein@weingut-niegl.at, www.weingut-niegl.at
10 Hektar, W/R 60/40, 50.000 Flaschen/Jahr

Das Weingut der Familie Niegl liegt in Brunn am Gebirge in der nördlichsten Thermenregion nahe des Bahnhofs und unweit der Wiener Stadtgrenze. Wie viele der hiesigen Betriebe führt Martin Niegl mit seiner Frau Karin einen zu Ausschankzeiten stets prall gefüllten Heurigenbetrieb mit Gastgarten und breitem Angebot an kalten und warmen Speisen, darüber hinaus widmet sich der qualitätsbewusste Brunner der Erzeugung hochwertiger Bouteillen-Weine, die auch überregional Anerkennung finden. Innerhalb der vergangenen Jahre hat der umtriebige Bio-Winzer auch einige agrikulturelle Seitensprünge gewagt. So stehen mittlerweile rund zwei Hektar Obstgärten mit Schwerpunkt Äpfel und Marillen, aber auch anderen Sorten im Ertrag. Diese werden selbstredend ebenso nach biologischen Kriterien gepflegt werden wie die mittlerweile jenseits der hundert Köpfe zählenden Hühnerschar, deren Eier genauso reißenden Absatz finden wie das Obst.

Martin Niegl verfügt über ein breites Sortiment an Weiß- und Rotweinen, die überwiegend von Weingärten nahe der Südbahn und vom Brunnerberg stammen: Die Palette in Weiß reicht von Welschriesling, Muskateller, Riesling und Veltliner über Chardonnay und Pinot Blanc bis hin zu den Südbahnsorten Rotgipfler und Zierfandler, an blauen Sorten findet man neben Zweigelt, Pinot Noir und St. Laurent auch Cabernet und Merlot.

Die klassischen 2020er-Weißweine zeigen sich jahrgangstypisch vital und pikant, mit klaren Fruchtaromen. Bei den weißen Burgunder-Sorten und beim Rotgipfler steht der ausgezeichnete Jahrgang 2019 zur Verfügung, ebenso bei Reserve und Großer Reserve. Als Schmankerl gibt es den Raw Wine Traminer XTreme 2016. Und als Abrundung recht neu den Apfel-Cider. *psch*

THERMENREGION

★★ S € WR
2020 Welschriesling Selektion + Duftig, elegante Frucht, Steinobst, pikant; dezent saftige Frucht, einiger Biss, hübsch.

★★ S € GS
2020 Brunner Berg Gemischter Satz + (RI, NB, WR, GV) Duftig, recht würzig, Marillen; dezent saftig, rassig.

★★★ S € GM FUN
2020 Gelber Muskateller + Schöne Frucht, gelbe Trauben, leicht hefig, glockenklar, reif, bisschen gewürzige Noten; ungemein saftig, erfrischende Frucht, elegant, Zitrus und gelbe Trauben, kernig, mittellang, sehr hübsch.

★★★ S € PB FUN PLV
2020 Weißburgunder Selektion Brunner Berg + Eher dezente Nase, schöne Frische, gelbes Kernobst, Wiesenblüten, feinhefig, Orangen; kernig, schöne Rasse, dabei guter Schmelz, griffig, subtile Saftigkeit, guter Biss.

★★★ S €€ CH
2019 Chardonnay Herzogberg + Recht cremige Fülle, Biskuit, ein Hauch von Rauch, etwas Bananenchips, eleganter Schliff; saftig, kräftig, viele reife Grapefruits, griffig, trocken, straff nach hinten, guter Biss, gewisse Länge.

★★★★ S €€€ PB TIPP
2019 Weißburgunder Reserve + Würzig, Wachs, ausgereift, dezent cremig, etwas Kuchen, Cantuccini, gelbes Fruchtgelee, ruhig, reif; schmelzige Frucht, kraftvoll, ein Maul voll Wein, reif und reichhaltig, gediegene Kraft, lang.

★★★ S €€€ CW
2019 Große Reserve + Würzig, Fruchtkuchen, reife Fülle, etwas Nektarine, cremig, Orangengelee; recht gute Substanz, geschmeidig, sehr saftige Mitte, unfertig, abwarten.

★★★ S €€ SL FUN PLV
2019 St. Laurent Reserve + Sehr viele Weichseln, harmonische Fülle, samtig, gute Würze, auch Beeren; saftig, mittelgewichtig, kernig, elegante Frucht, knackig, ungemein erfrischend, griffig, Biss, glockenklar und präzise.

★★★ S €€€ CS
2017 Cabernet Sauvignon + Eher zurückhaltend, Laub, recht ölig, würzige Fülle, Tabak, Dörrpflaumen, auch Schwarzkirschen; saftig, mittelgewichtiges Feeling, recht viele rote Waldbeeren, straff, mittel bis mittellang.

★★★ S €€€ CS
2017 Cabernet Sauvignon Top-Selektion + Recht üppige Nase, samtig, Veilchen, Zimt, Cassis, Pflaumen, üppig, ziemliche Würze, ausgereift, Leder, rohes Fleisch; saftig, mächtig, Unmengen Frucht, dunkle Waldbeeren, viel Biss, mittellang, gute Säure, nicht weit vom 4. Stern.

★★★★ S €€ TR TIPP
2016 Traminer XTreme + Kühl, Lokum, duftig, hell, Kokosette, Blüten, Marzipan, Pfeffer, sehr hell mit vielen eingelegten Früchten, auch Steinobst; saftig, erfrischend, kernig, knackig, Gerbstoff passt bestens, lang, hinten Tabak.

Weingut
Georg Nigl

Georg Nigl
2380 Perchtoldsdorf, Vierbatzstraße 5
Mobil +43 650 262 80 76
georg@nigl.com, www.nigl.com
8,5 Hektar, W/R 65/35, 35.000 Flaschen/Jahr

Die Weine von Georg Nigl sind nix Mainstream. Nicht für den schnellen Genuss geschaffen. Spontanvergoren, oft maischevergoren, meist unfiltriert. Das sind Weine, denen man sich widmen sollte. Unverwechselbar und höchst individuell. Die Natur ins Glas bringen ist das Credo von Georg Nigl. Die Weine sind kompromisslos bekömmlich. Man sollte diese Fechsungen auch nicht zu kalt genießen.

Hinreißend finde ich den 2018 Sauvignon Blanc spontan. Chapeau. Unaufdringlich, von weiniger Struktur ist der 2019 Gelber Muskateller Alte Reben und äußerst schmackhaft.

Der 2018 Gemischte Satz Alte Reben ist ein Riesling-hafter, cremig-schmelzender Wein. Von bezauberndem Charme. Eine wahre Schönheit.

Sensationell ist der NON Vintage Grüner Veltliner, der enorm spannungsgeladen ist. Salzig, ein Krimi ist ein Schmarrn dagegen.

Dann gibt es noch einen hübschen 2019 Zweigelt Alte Reben. Macht großen Spaß.

Auf nach Perchtoldsdorf zum Georg Nigl! *as*

THERMENREGION

★★★ S €€€ SB
2018 Sauvignon Blanc spontan Ried Haspel + Handlese am 12. Sep. 18 (Kalk & Rotschiefer) Ein ungemein frischer, jugendlicher Sauvignon Blanc aus diesem so warmen Jahr verdient höchsten Respekt, Stachelbeeren, Brennnesseln, ein Hauch Paprika, weißer Pfirsich, seidige Frucht, sehr elegant, ein wunderbarer Sauvignon Blanc für Vorspeisen.

ÖSTERREICH

★★ S €€€ CR
NV Nizzante Rosé Sparkling + (ZW, PN, ME) Ganztraubenpressung. Helles Pink, kleinperlig, sehr dezente Erdbeertöne, ein eher zartbesaiteter Rosé mit ziemlichen Druck auf dem Gaumen, Himbeeren, Citrus, Pomelo, Kirschblüten, Zuckerwatte, fest strukturiert, nie vordergründig, Klasse zeigend.

★★ KK €€€ CR
NV Pet Nat no risk no fun Attention + unfiltriert (CF, PN, GM) Viel Schaum, kleinperlig, naturtrüb, Erdbeergelee, Staubzucker, kühle Noten, Waldhimbeeren, Zwetschken, Herzkirschen, ziemlich kompakt, etwas Gerbstoff, der den Wein etwas bitter macht, das ist sehr ernsthaft, vielleicht fehlt ihm die Leichtigkeit des Seins. Braucht unbedingt Essen dazu.

★★ S €€ CR
2020 Rosé spontan + Ganztraubenpressung, Handlese am 14. und 15. Sept.20 Helles Rosa, anfangs Reduktionsnoten, die weniger werden, schön trocken, leicht (10,5% Vol.), balanciert, aus altem Rebbestand, Kirschen, guter Druck, Waldhimbeeren, sehr guter Essensbegleiter.

★★ S €€ GV
2020 Grüner Veltliner spontan + Handlese am 16. Sept. 20 Von transparenter Struktur, leichtfüßig, Staubzucker, feinem Pfeffer, sehr präzise, feingliedrig, von einer eleganten Art, trinkig, auch salzig, gute Länge, ohne Schnörkel, ein Essensbegleiter, wie es sich gehört.

★★★★ K €€€€ GM
2019 Gelber Muskateller Alte Reben + Maischevergoren, unfiltriert. Trübung, ein gerbstoffbetontes Aroma, eher reduziert, Orangenschalen, Zimtnoten, bisschen Holunderblüten, exotische Töne anschlagend, auf dem Gaumen von transparenter Präsenz, zarte Zitrustöne kommen hinzu, nie aufdringlich, nie laut, sehr gediegen, weinige Struktur, das ist Wein für die Tafel.

★★★★ K €€€€ GS **TIPP**
2016 Gemischter Satz Alte Reben + Maischevergoren, unfiltriert. Sattes Gelb, dezentes Petrol, Apricot, Pfirsich, Ananas, reifer Apfel, viel Riesling in einer speziellen Reife, gelbfruchtig, vollmundig, weiche Frucht, so richtig schön. Das ist wunderbarer Wein mit der Schönheit einer Göttin. Das ist Wein von weiblichem Charme. Zum Verlieben.

★★★★ K €€€ GV **TIPP**
NON Vintage Grüner Veltliner Alte Reben + Maischevergoren, unfiltriert. Sattes Gelb, Sherry-Noten, überaus salzig, grüne Walnüsse, ungemein spannungsgeladen, von elektrischer Energie, der Wein geht in die Tiefe und Länge, das ist höchst individuell und unverwechselbar, das ist nix Mainstream, das ist ein Wein wie ein Krimi. Der geht seinen Weg, den er gehen muss. Das ist standfester Wein, der sich nicht verbiegt.

★★ K €€€€ PN
2018 Pinot Noir Alte Reben + Reife Farbe, sehr mürb, morbid, Unterholz, Moos, ziemlich gereift, zeigt Tiefe, Pflaumen, kaum mehr Frucht, ziemlich trocken, gehört getrunken. Braucht auch Essen.

★★★ K €€€€ ZW
2019 Zweigelt Alte Reben + Handlese am 14. Sept. 19 Ein sehr feines, gediegenes Bukett erwartet die Nase. Mandeltöne, Heidelbeeren, Kirschen, in sich harmonisch, feine Frucht, angenehmes Tannin, sehr elegant, Preiselbeeren, reifes Traubenmaterial, ein prachtvoller Zweigelt, der wunderbar zu trinken ist.

Weingut & Heuriger
Pferschy-Seper

Birgit Pferschy-Seper
2340 Mödling, Friedrich-Schiller-Straße 6
Tel. +43 2236 892845
wein@pferschy-seper.at, www.pferschy-seper.at
8 Hektar, W/R 70/30, 30.000 Flaschen/Jahr

Im traditionsreichsten Mödlinger Weingut, das sich seit über 300 Jahren im Familienbesitz befindet, ist Wein seit Langem in weinkompetenten Frauenhänden: Birgit Pferschy stellt nicht nur die bereits vierte Winzerinnengeneration in Folge dar, die Mutter dreier Töchter wird jedenfalls auch eine oder mehrere weibliche Nachfolgerinnen haben. Die älteste Tochter Anna arbeitet bereits seit mehreren Jahren im Betrieb fix mit, Kathi macht ein umweltbezogenes Masterstudium in Wageningen (NL), und Leni als Jüngste hat in Geisenheim inskribiert.

Das Weingut verfügt über Weingärten in Mödling, Guntramsdorf und Gumpoldskirchen, die ihrer mehrheitlich tiefgründigen, lehmigen Böden wegen mit weißen Sorten bepflanzt sind, sowie einen zweieinhalb Hektar großen Weingarten mit sehr steinigem Boden am Fuß des Römerbergs in Sooß, wo Rotweine sowie ein Teil des Rotgipflers gepflanzt sind. Bereits im Jahr 2000 begann Birgit Pferschy ihre Weingärten biologisch zu bewirtschaften, im Jahr 2003 erfolgte die Zertifizierung des Betriebs.

Die engagierte Winzerin hat ein durchaus breites Spektrum an Weinen in Weiß und Rot zu bieten. Besonders Augenmerk gilt den Sortenraritäten Rotgipfler und Zierfandler, deren Anteil über die Jahre langsam gesteigert wurde, sowie Chardonnay und besonders Weißburgunder, der hier immer wieder zu den herausragenden Weinen zählt, vor allem in der Reserve-Kategorie.

Empfehlenswertes Ausflugs- und Genussziel ist der familienfreundliche Top-Heurige mit Gastraum, mehreren Stüberln und großem Garten mit Kinderspielplatz, der sechsmal im Jahr ausgesteckt hat. Im Nebengebäude des Weingut gibt es ein Verkaufslokal, das sich großer Beliebtheit erfreut. *psch*

THERMENREGION

★★ S € GV
2020 Grüner Veltliner Kabinett + Recht ausgewogene Nase mit grünpfefffrigen Aromen, Pfefferoni, Suppenkräuter; schlank mit verspielter Frucht, klar, zartbitter.

★★ S €€ GM
2020 Gelber Muskateller Kabinett + Duftig-kühle grüntraubige Nase, Hollerblüten; knackiger, schlanker Vertreter mit ansprechender Frucht, Mandarinen, anregend süffig.

★★ S €€ RI
2020 Rheinriesling Kabinett + Anfangs würzig, dann Steinobst, auch Birnen, dezent, frisch, Oregano; dezent saftig, mittlerer Körper, Zitrus zartherb im mittleren Abgang.

★★★ S €€ CH PLV
2020 Chardonnay Ried Himmelstiege + Harmonisch, leicht cremig, Fruchtkuchen, Biskuit, grün-tropisch; saftig, fruchtbetont, fruchtsüß, sympathisch und ausgewogen.

★★★ S €€ PB FUN PLV
2020 Weissburgunder Klassik Ried Himmelstiege + Würziges Bukett, Weißbrot und getrocknete Wiesenkräuter, gelber Apfel; gewisser Fruchtschmelz, recht saftig, geschmeidig, kernig, etwas Orangen, fest, mittellang.

★★★ S €€€ RG
2020 Rotgipfler Ried Rasslerin + Luftbedürftige Nase, Laub, Knäckebrot, Cantuccini, dann auch Gelbfrucht, Backapfel; recht saftiger Fruchtschmelz, durchaus geschmeidig, mundfüllend, mittleres Spiel und Finish.

★★★★ S €€€ PB TIPP
2019 Weissburgunder Reserve Ried in den Haberln + Reichhaltige Nase nach Sesambrot, gerösteten Mandeln und türkischem Honig, Räuchernote; kraftvoll mit satter Substanz, Grapefruit und Orangen, dazu gelbes Kernobst, auch etwas Quitten, strukturierende Herbe, recht lang, noch ruppig.

★★ S €€ SL
2019 St. Laurent + Recht samtige Weichsel-Kirsch-Frucht; eher leichtgewichtig, gewisse Frucht, etwas herb.

★★★ S €€ ZW PLV
2019 Zweigelt + Leicht schokoladige Kirschfruchtnase, ausgewogen, bisschen Marzipan; fruchtbetont nach hellen Kirschen, saftige Mitte, kraftvoll, mittleres Finish, hübsch.

★★★ K €€€ ME FUN
2019 Merlot Barrique + Samtig, zimtig, süße Erdbeeren, eingemachte Hagebutten, Schokokuchen; satte Substanz, samtig und recht geschmeidig, reife rote Waldbeeren, schmelzig, feurig, festes Tanninrückgrat, lang.

WEINLAND

★★★ S €€€€ TR
2019 Traminer Natural + Barocke Nase nach Wachs getrockneten Marillen, Rosenholz, rauchig, Kardamom, oxidativer Ausbau; kraftvoll, betont gerbstoffig mit viel Fruchtschmelz, strukturbetont, Orangen, burschikos, fordernd, lang, abwarten.

Weingut **Piriwe**

Josef & Jana Piriwe
2514 Traiskirchen, Wiener Straße 34
Tel. +43 2252 55988, Fax +43 2252 508334
weingut@piriwe.at, www.piriwe.at
14 Hektar, W/R 60/40

Seit 1990 bewirtschaften Jana und Pepi Piriwe das Familienweingut mit dem beliebten Top-Heurigen. Besten Ruf hat sich hier seine Frau Jana erworben, die mit viel Gespür für Kulinarik ein spezielles Käsebuffet präsentiert, das so manche Haubenlokale in den Schatten stellt. Wie Jana in der Küche, so Pepi im Keller! Die hohe Qualität seiner Weine in Verbindung mit Janas Buffet macht den Heurigen zur perfekten Einheit. Aber trotz der Erfolge sind beide geerdet geblieben, ohne aufzuhören, innovative Ideen zu verwirklichen. So plant Pepi Piriwe seit Langem eine Umstellung auf Bio-Betrieb und hat die erforderlichen Voraussetzungen geschaffen, damit sein Weingut ab 2022 als biologisch zertifiziert gilt. Er verbindet sein Bewusstsein noch inniger mit der Natur, was sich auch auf den Charakter der Weine mit harmonischer Tiefe auswirkt. *kk*

THERMENREGION

★★★ **S €€ RG**
2020 Rotgipfler Ouvertüre + Duftige Tropenfrüchte; Marillencreme, Maracujas und Kumquats, Hauch Zimt, grüne Dattel und malzige Paranüsse, saftig-samtig, etwas Zitronengras in eleganter Säure, fruchtig und würzig.

★★★ **K €€€€ RG**
2020 Rotgipfler Auslese Ried Rasslerin + Mango-Bukett; Ringlottenmark, Pfirsichmus und Clementinengelee, balanciert-tropische Ananassäure, gaumenfüllend fruchtsüß, Vanillearomen und karamellisierte Birnen im Finale.

★★★ **S €€ CH** PLV
2020 Chardonnay Ouvertüre + Gelbfruchtig; Orangencreme mit Mandeln, Ringlotten, Hefegebäck und Früchtebrot, weiße Johannisbeeren und Zitronenzesten in beschwingter Säure, feine Gerbstoffe, Ananas im würzigen Finale.

★★★ **S €€ NB** PLV
2020 Neuburger Ried Spielbrett + Zuckermelonenduft; Honigmet, gelbe Blüten, Quittenmus und Zitronengelee, bisschen Malz und Mandelsplitter, lebhafte Säure kandierter Sternfrüchte, kreidig geerdet, individuell und charaktervoll.

★★ **S €€ ZF**
2020 Zierfandler Ouvertüre + Straffes Kernobst; fruchtig-herbe Birnen, präzise Quarzspur, pikante Agrumen, junge Bananen in integrierter Säure, straffe Fruchtsüße, Kräuterwürze, Tabakblätter und dunkle Brotrinde, geradlinig und kompakt.

★★★★ **K €€€€ ZF**
2019 Zierfandler Sinfonie + Duftiger Obstkorb; vielschichtig dicht, tropische Früchte, hellrauchige Vanillewürze, gefühlvolle Zitrussäure, Prise Piment, eingelegte grüne Nüsse, Juchtenleder, kräftig burgundischer Körper, kompakt und elegant, mit zartherber Mineralspur im wertigen Nachhall.

★★★★ **K €€€€ CH** TIPP
2019 Chardonnay Selektion Ried Bründlbach + Marillen-Quittenmelange; Orangen-Confit, röstige Haselnüsse und Kakao, gebratene Ananas, gelbschotig eingebundene Säure, vollmundig und elegant, Spur grüner Feigen und malziger Hauch Bischofsbrot, saftig-animierend mit hellen Beeren im feinen Trinkfluss.

★★★★ **K €€€€ RG** TIPP
2019 Rotgipfler Selektion Ried Rasslerin + Tropenfruchtbukett; munterer Bogen von Maracuja, Honigmelonen, Ananas und Marillen, rauchige Nusswürze, Hauch Eibisch und Limoncello, spannende Mineralik, etwas Hefe-Nuss-Nuchen, extraktreich gaumenfüllend.

★★ **S €€ ZW**
2019 Zweigelt Ouvertüre + Schwarzkirschenduft; dunkle Waldbeeren, weichselfruchtig geschmeidige Säure, griffige Tannine, Mokka und Granatapfel, herb-fruchtig, schwarze Maulbeeren mit straffem Charme.

★★★ **K €€€€ CR** TIPP
2019 Cuvée Jana Selektion + Rotfruchtig im Duft; Rosenpaprika und Lakritze, schmelzige Cranberrys, kandierte Preiselbeeren, Hagebutten und Cassis, kraftvoll elegant, reife Tannine, Mokka und saftige Schwarzkirschen im Echo.

★★★ **K €€€€ PN**
2019 Pinot Noir Selektion + Waldbeerduft; rotwürziges Himbeer-Confit, saftig-nobel, feine schokoladige Tannine mit Heidelbeerfrucht, zarte Grafitlinie, rauchige Tabaknoten, Hauch Flieder, roter Pfeffer mit Erdbeeren im Finale.

★★★ **S €€ CS** PLV
2018 Cabernet Sauvignon + Edles Cassis-Bukett; schwarzes Johannisbeermark, geschmeidige Kirschfrucht, reife rote Paprikaschoten, zartherbe schwarze Beeren, etwas Zwetschken und Lakritze in feinrauchigen Tanninen, erdverbunden, würzig-fruchtiger Trinkfluss.

Weingut
Alfred Reinisch

Alfred Reinisch
2523 Tattendorf, Pottendorfer Straße 5
Mobil +43 699 101 889 84
a.reinisch@tattendorf.at, www.tattendorf.at/reinisch
6,5 Hektar, W/R 30/70, ca. 50.000 Flaschen/Jahr

Mitten in Tatendorf ist die Weinfamilie Alfred Reinisch zu Hause. Bei etwas über acht Hektar Rebfläche stützen sich die Reinisch vor allem auf Rotwein – und im Besonderen auf die beiden gebietstypischen Sorten St. Laurent und Pinot Noir, die Reinisch im Rahmen der Burgundermacher-Vereinigung mit anderen gleichgesinnten Winzerfreunden hochhält. Dabei ist Reinisch bei seinen Burgundern immer über mehrere Jahre präsent. Die Klassik-Burgunder, die bei den Reinisch unter dem Namen „Tradition" laufen, sind im neutralen großen Holz ausgebaut – und hier steht der Jahrgang 2019 gerade im Fokus. Am oberen Weinende stehen die Reserve-Weine, die der Tattendorfer Winzer im kleinen französischen Eichenfass ausbaut. Hier zeigt Reinisch gerade den 2017er-Jahrgang. Im direkten Vergleich liegt die Laurent-Reserve eine klare Nasenlänge vor dem Pinot.
Dass Pinot und St. Laurent auch zusammenpassen, demonstriert der Winzer mit seiner Cuvée „Alf:Red", die dem Jahrgang entsprechend trotz ihrer fünf Jahre Reife sich noch immer etwas kantig präsentiert. Am angenehmsten kann man die Reinisch-Weine im hauseigenen Heurigenbetrieb kosten, der jetzt wieder alle zwei Monate für einige Tage offen hat. Als Heurigenbegleiter hat auch Reinischs eher schlankes Weißwein-Sortiment eine wichtige Aufgabe – das Rebsortenspektrum geht vom Chardonnay, Neuburger über Rotgipfler und Grünen Veltliner.

hp

THERMENREGION

★★ S € CS
2019 F:red zzante secco + Schlanke, knackige Frucht, rotbeerig; viele Walderdbeeren, bisschen Cassis, relativ cremig mit Säurebiss und Gerbstoff im Hintergrund, unkompliziert trinkig.

★★ S € GV
2020 Grüner Veltliner + Weiche Art, süßapfelig, wirkt zugänglich; mild, Kernobst, bisschen nach Birne, florale Noten, gewürzig, milde Säure, endet mit etwas Gerbstoff.

★★ S € NB
2020 Neuburger + Ungemein attraktive Würze und Frische, ungewöhnlich, aber animierend, nussig; Fruchtexotik, Fencheltee, leicht herb, gerundet bei milder Säure, weich auslaufend.

★★ S € ZW
2019 Zweigelt Tradition + Würzige Kirschfrucht, bisschen kompottig, weiche Art; gerundet, leicht saftig, kirschig, mittleres Gewicht, runder Spaghetti-Wein mit Kohlensäurecharme.

★★ S € SL
2019 St. Laurent Tradition + Viel Weichseln, auch helle Kirschnoten, bisschen Grafit, dezente Würze; getrocknetes Heu, schüchterne Kirschfrucht, bisschen Gerbstoff und Lakritze, Moos, Waldboden.

★★ S €€ SL
2017 St. Laurent Selektion + Dunkle Kirschen, leicht gewürzig, wirkt trocken, etwas rauchig; Weichseln, auch Schwarzbeeren, straffe Art, herb, deutliches Gerbstoffbitterl.

★★★ S €€ ME FUN PLV
2018 Merlot Selektion + Viel Lebkuchen, warme Frucht, eingelegte Kirschen; Johannisbeere und Kirsche, würzig, rund und saftig, viel Sortentypizität, beschwingt, knackige Säurestütze.

★★ S €€ CR
2016 Alf:Red + (PN/SL) Getrocknete Kräuter, milde rotbeerige Frucht, Ribisel, würzige Kirschen, leicht rauchig; relativ geradlinig, gerbstoffbetont, gereift, Lakritz, Frucht dezent.

★★ S €€€ PN
2017 Pinot Noir Reserve + Waldboden, wirkt schon etwas gereift, barocke Stilistik, Milchschokolade; auf dem Gaumen frischer, Kräuter und Würze, Kirschen, Grapefruitzesten, Gerbstoff, schlank im Finish.

★★★ S €€€ SL PLV
2017 St. Laurent Reserve + Würzige, satte Weichselfrucht, saftige Tiefe, gerundet; Bitterschokolade, auch Gerbstoff, sehr sortentypisch, dunkle Kirschen, solide harmonisch, mittellang.

BIO

Weingut
Johanneshof Reinisch

Familie Reinisch
2523 Tattendorf, Im Weingarten 1
Tel. +43 2253 81423, Fax -4
office@j-r.at, www.j-r.at
40 Hektar, W/R 35/65, 200.000 Flaschen/Jahr

Wie eigentlich jedes Jahr gibt es auch heuer einige Neuigkeiten vom Johanneshof zu vermelden. Da wäre einmal das Erstlingswerk der beiden Söhne von Hannes Reinisch, das Sebastian und Thomas schlicht „The First" getauft haben, ein taufrischer Blend aus Sauvignon und der PiWi-Rebsorte Cabernet Blanc, der mit seinem Schwung und der schlanken, rassigen Art einen idealtypischen Sommerwein ergeben wird. Die unmittelbare Konkurrenz liegt im eigenen Keller und ist mit dem Dialog, der auch zum Teil auf Sauvignon setzt, ein alter Bekannter, welcher das Sommerwein-Thema auf etwas ruhigere, gleichwohl ebenso animierende Weise abhandelt.

Im gewohnten Fahrwasser gleiten hingegen die Variationen der traditionellen Gumpoldskirchner Reb-sorten dahin, vor allem die „Tradition" benannte Cuvée aus Zierfandler und Rotgipfler scheint dieses Mal noch eleganter und vielleicht ein wenig trockener ausgefallen zu sein. Die Variationen vom Char-donnay bilden nunmehr ein Trio, wurden doch der fruchtbetonte „Einstiegswein" und der bewährte, rauchig-geheimnisvolle Lores um einen Premium-Wein aus der Gumpoldskirchner Top-Lage Kästenbaum ergänzt, der noch etwas lagern sollte.

Auf dem roten Sektor begeistern bereits die leichteren, nur nach der Rebsorte benannten Qualitäten. Vor allem den Pinot und den St. Laurent wird man in dieser Preiskategorie wohl kaum sonst wo in Österreich auf diesem Niveau antreffen; hier wurde der hervorragende Jahrgang 2019 einfach optimal umgesetzt. Dem nach der großen Tattendorfer Ried Frauenfeld benannten Mittelbau wird die ohnehin eingeplante weitere Flaschenreife sicher guttun, während sich der Grillenhügel-Pinot aus Gumpoldskirchen in seiner spargeligen Würze und zarten Himbeerfrucht offensichtlich schon der Hochform nähert.

Von den Top-Weinen aus der Ried Holzspur hatte zum Verkostungszeitpunkt der vielschichtige und vor tiefer Weichselfrucht strotzende St. Laurent gegenüber dem zartblumigen, noch etwas schüchternen Pinot Noir die Nase vorne. Keine Konkurrenz – weder im eigenen Keller noch an der ganzen Südbahn – kennt hingegen der finessenreiche wie machtvolle Kästenbaum, der sich mit den Jahren im-mer stärker den großen Vorbildern von der Côte-de-Nuits annähert, etwa einem Chambolle-Musigny der kräftigrassigen Ausbauweise. *vs*

THERMENREGION

★★★ S €€ CW FUN
2020 The First + (SB/CB) Schwarze Johannisbeeren und Stachelbeeren im beschwingten Bukett, auch paprizierte Würze, taufrisch und glockenklar, schlank und rassig, ein bildhübscher sommerlicher Apéro.

★★★ S €€ CW FUN
2020 Dialog + (CH/SB) Feiner Mix aus Zitrus- und Ribiselaromen, sehr apart, ein charmanter Früchtecocktail auf dem Gaumen, leichtfüßig und voll Elan bei eher schlanker Textur, heuer besonders gelungen.

★★ S €€ RG
2020 Rotgipfler + Eine Melange tropischer Früchte, aus der Melone und Banane noch hervorragen, fruchtbetont, gebündelt und druckvoll, nussige Würze, als Speisenbegleiter ein Allrounder.

★★ S €€ CH
2020 Chardonnay + Brioche und Haselnuss im ruhigen, etwas verhaltenen Bukett, blitzsauber und erfrischend, relativ schlanke Textur, Blütenhonig und Mirabellen, braucht noch ein bisschen Flaschenreife.

★★★ S €€ CW
2020 Gumpoldskirchner Tradition + (ZF/RG) Pistazien und Stachelbeeren vom Zierfandler-Anteil im Duftspiel, kühler Hauch, sehr lebhaft, der Rotgipfler steuert Substanz bei, dezent eingegliederter Restzucker, aus einem Guss.

★★★★ K €€€ CH
2019 Lores Chardonnay + Feine, leicht röstige Nase nach Erdnüssen und Thymian, fokussiert und voll Esprit, druckvoll und reichhaltig, etwas Nougat und Karamell, zurückhaltender Holzeinsatz, gute Länge.

★★★ K €€€ RG
2019 Rotgipfler Ried Satzing + Anfangs herbe Apfel- und Quittenfrucht, später auch Banane, reichhaltig und einladend, körperreich, ja opulent, kräuterwürzige Pikanz, profund und ausdauernd.

★★★ K €€€ ZF
2019 Zierfandler Ried Spiegel + Reduktiver Start, ein Hauch von Mandeln, eher zögerliche Frucht, mehr Ausdruck und Fruchtcharme auf dem Gaumen, rund und fleischig, ganz gute Anlagen.

★★ S €€ ZW
2019 Zweigelt + Noch eine Spur pelzig und reduktiv, bietet aber schon saftige Zwetschkenfrucht, blitzsauber und vital, griffig und straff, guter Biss im Abgang.

★★ K €€€ ZW
2019 Zweigelt Ried Frauenfeld + Reduktiv und rauchig, noch ziemlich Holzbetont, saftig und unverblümt, fest verwoben, einiges Volumen, dunkelfruchtig, tanniniges Finish.

★★★ S €€ PN
2019 Pinot Noir + Weißer Spargel und Eisenkraut im Gleichklang, bildhübsch und pointiert und subtil, präzise definiert, bietet bereits viel Schliff und kühle Eleganz – in dieser Preisklasse quasi modellhaft.

★★★★ K €€€ PN TIPP
2019 Pinot Noir Grillenhügel + Verbene und Himbeeren im hochfeinen Duftspiel, auch spargelige Würze, glasklar und facettenreich, extraktsüß und vielschichtig, hochelegante Interpretation.

★★★ S €€ SL PLV
2019 St. Laurent + Schwarze Kirschen und ein bisschen Grapefruit im saloppen Bukett, vital und einschmeichelnd, herzhaft und fruchttief, pfeffrige Würze, samtiger Abgang – für diese Kategorie beispielhaft.

★★★ K €€€ SL
2019 St. Laurent Ried Frauenfeld + Bourbonvanille und Weichselkirschen im tiefen, ausgereiften Duftspiel, schokoladiger Touch und herbe Würze, fokussiert und multidimensional, dunkelbeerig und temperamentvoll, gute Länge.

★★★★ K €€€€€ SL TIPP
2018 Ried Holzspur St. Laurent + Markante Nase nach Weichseln und Wacholder, rauchige Untertöne, fein gezeichnet, fleischig und dicht verwoben, kühle Note, elegant und zupackend, überraschend rassig im langen Nachhall.

★★★★ K €€€€ PN
2018 Ried Holzspur Pinot Noir + Weißer Spargel und Verbene im Duett, glasklar und lebhaft, feine Fruchtsüße, Himbeeren und Mandeln keimen auf, elegant und zartblumig, samtige Tannine, sollte noch etwas lagern ...

★★★★★ K €€€€€€ PN TOP
2017 Ried Kästenbaum Pinot Noir + Ätherischer, intensiver Duft nach Brombeeren und Himbeeren, vornehm und facettenreich, dicht und substanzreich, elegant wie vielschichtig, sehr lange anhaltend und ausbaufähig, wohl der bislang beste Rote vom Johanneshof.

BIO

Weingut
Schneider

Georg Schneider
2523 Tattendorf, Badner Straße 3
Mobil +43 664 730 461 01
office@weingut-schneider.co.at, www.weingut-schneider.co.at
16 Hektar, W/R 35/65

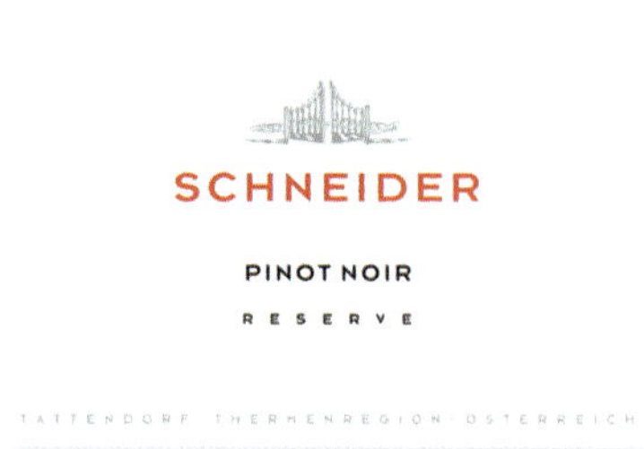

Es ist immer wieder fein, das Weinprogramm von Georg Schneider durchzukosten und durch seine beiden Mikro-Weinwelten zu driften – auf der einen die Tattendorfer Seite, wo Schneider zu Hause ist und das Gros seiner Rotweine steht; auf der anderen, der weißen Pfaffstättner Seite, woher seine frischen, würzigen Weißweine kommen. Und jedes Jahr aufs Neue überrascht der Tattendorfer Bio-Winzer: diesmal mit einem unvermutet hübschen Riesling, der sich in Frische und Fruchtspiel durchaus mit Weinen klassischer Riesling-Regionen vergleichen kann und im Preis-Leistungs-Verhältnis wahrscheinlich weit vorne ist.

Eine Bank ist Schneiders Rotgipfler, bei dem der Winzer Jahr für Jahr trinkvergnügliche Bilderbuch-Vertreter in die Flasche bringt – das besonders für seinen Lagen-Rotgipfler Tagelsteiner gilt, der Jahr für Jahr fast immer der weiße Klassenbeste ist. Aber heuer blinkt der famose Riesling um einen Stern heller als der Rotgipfler. Dafür gibt es jetzt vom Tagelsteiner auch einen Pinot Noir, der sich gleich in die Burgunder-Reihe von Schneider gut einfügt und eine attraktive Vorstufe für seine Reserve-Weine bildet. Und hier zeigt sich eine nächste Überraschung. Zwar ist der Pinot-Noir-Reserve sehr gelungen, aber der Laurent-Reserve ist diesmal in seiner Komplexität aktuell eine Nuance vor seinem filigraneren Burgunder-Bruder. Uns soll nichts Schlimmeres passieren, als sich zwischen diesen hohe Qualitäten entscheiden zu müssen. *hp*

THERMENREGION

★★★★ **S € RI** PLV
2020 Riesling + Tolle Frische des Jahrgangs, viel Aromatik, Apfel und Quitte, Steinobst; viel Pfirsich, geschmeidige Fruchtfülle bei schönem Säurebiss, super Balance, supergelungene Überraschung.

★★ **S €€ PB**
2020 Weißburgunder + Getrocknete Kräuter, gemahlene Nuss, bisschen Mandarine, generell Südfrüchte, Weißbrotnoten; stahlig, dezente Frucht, Lorbeer, kleines Bitterl im Abgang.

★★ **S € CH**
2020 Chardonnay + Brioche, helle Würze, Vanille, getrocknete Apfelspalten, weich, Mandeln; Orangenöl, Oliven, guter Gerbstoffgrip, netter Chardonnay mit Burgunder Einschlag.

★★★ **S €€ RG**
2020 Rotgipfler + Leicht aromatisch, selchige Noten, Fruchtexotik, grüne Banane, Papaya, leicht würzig; viel Grapefruit, salzig, leichte Mineralik, balanciert, mittelgewichtig.

★★★ **S €€ RG** PLV
2020 Rotgipfler Pfaffstättner Ried Tagelsteiner + Stachelbeernoten, auch Hagebutte, bisschen cremig, Bittermandel; schöne Fruchtsüße, tropische Frucht, relativ dicht, bereits druckvoll, Zukunft.

★★ **S € ZW**
2019 Zweigelt + Sehr gewürzig, Kirschen, viel Sortentypizität; Herzkirschen auch auf dem Gaumen, rauchig, gewürzig, guter Biss, balanciert, Wein mit Kraft und Charme, mittellang.

★★ **S €€ SL**
2019 Sankt Laurent Ried Frauenfeld + Anfangs reduktiv, geht mit Luft auf, würzige Frucht, Tabakblätter; saftig, Tomatenrispe, grün-würzig, leicht herb und mineralisch, straffes Finish.

★★★ **K €€ PN**
2019 Pinot Noir Pfaffstättner Ried Tagelsteiner + Floral, auch zart würzig, dunkel-schokoladig untermalte Frucht; leichtes Bitterl, dunkle Himbeeren, kühle Noten, läuft gerundet aus.

★★★ **S €€€ PN**
2019 Pinot Noir Reserve + Grünwürzige Noten, Kräuter, eingelegte rote Beeren, Wacholder facettenreich; gewürzig, dunkle Schokolade, guter Grip, kompakt, hat auch Länge.

★★★★ **K €€€ SL** TIPP
2019 Sankt Laurent Reserve + Klar burgundische Züge, getrocknete Tomaten, rote Beeren, Kirschen, feine Würze; kleines Bitterl, Blaubeeren, Ribisel, saftig, viel Struktur, gute Länge.

★★★ **K €€ ME**
2019 Merlot Reserve + Weiche Frucht, eingelegte Kirschen, Heidelbeeren; relativ robustes Holz, fordernd, Zuwarten lohnt, robust und viel Biss nach hinten, würzig-rotbeerig.

★★★ **K/S €€ CR** PLV
2019 Cuvée Noir Reserve + Gekochte rote Früchte, wirkt stoffig bei guter Tiefe; rassiges Toasting, noch jugendlich, viele Schichten, dunkle Kirschen, tolle Aromatik, schöne Anlagen, wird sicher noch zulegen.

Weingut
Schwertführer „47er"

Martin Schwertführer
2504 Sooß, Hauptstraße 47
Tel. +43 2252 87191
weingut@47er.at, www.47er.at
24 Hektar, W/R 50/50

Martin Schwertführer hat auch 2020 wieder ein gesundes und perfekt gereiftes Lesegut eingebracht, was auf der gewissenhaften Betreuung der Weingärten beruht. Für die Lese wurde ausreichend Zeit investiert, um die Trauben bereits auf dem Stock sorgfältig selektionieren zu können. Der Erfolg waren knackig-fruchtige Klassikweine und gehaltvolle Premium-Chardonnays und -Rotgipfler. Beachtenswert ist der Rotgipfler „No Limit" 2019, der zu 60% im Beton-Ei und zu 40% in Barrique-Fässern reifte und so seinen unverwechselbaren Charakter entwickeln konnte. Die Rotweine 2020 reifen noch im Keller, zeigen aber jetzt schon mit ihren samtigen Tanninen und ihrer Fruchtfülle ihr Potenzial. Als neuer Star ist nun auch der Cabernet Sauvignon Top Edition 2018 im Sortiment, der sofort sehr begeistern konnte.
Martin Schwertführer hat auch heuer wieder seine Preise kundenfreundlich mit bestem Preis-Leistungs-Verhältnis gestaltet, was Weinliebhaber hoch zu schätzen wissen. *kk*

THERMENREGION

★★★ S €€ CH
2020 Chardonnay Harterberg + Saftiges Kernobstbukett; gelb floral mit fester Säure, auch Exotik, röstig-würzig, feine Mineralik, etwas Weißbrot, gelbe Blüten im Finish.

★★★ K €€ RG PLV
2019 Chardonnay Harterberg + Duftige Golden Delicious; Birnen und Grapefruits, eingelegte Ananas, Hauch Melisse, kräftig und lebendig mit anregendem Trinkfluss.

★★★★ K €€€ RG TIPP
2019 Rotgipfler „No Limit" Ried Mitterschossen + Dichter Honigmelonen-Feigen-Duft; Orangen-Confit und getrocknete Marillen, enormer Fruchtdruck mit schwungvoller Säure, fein rauchiger Tabak, bisschen Biskotten, straffe Gerbstoffe, mächtiger, doch eleganter Körper, Mineralik im komplexen Finale.

★★★★ K €€€ CH PLV
2019 Chardonnay Große Reserve Ried Lange Mitterschossen + Tropenfrüchtebukett; opulent-seidig, reife Papayas, Kumquats und Ananas, Biskuit mit Nougat, Zitruszesten, Vanille und weiche Edelholzwürze, stattlich und vielschichtig.

★★★★ K €€€ SL PLV
2019 St. Laurent Top Edition Ried Römerberg + Beerenbukett; Himbeerschokolade, bisschen Zwetschkenröster, Zimtwürze, auch floral mit gerösteten Nüssen, kernige Tannine, straff und kräftig, dunkle Mineralik im Nachhall.

★★★ K €€ PN
2019 Pinot Noir Top Edition Ried Bärenschwanzel + Waldbeerenduft; fleischig-geschmeidig, feine Tannine, Laub und Efeuwürze, Maulbeeren und bisschen Preiselbeergelee, pikante Säure, fruchtig-rauchig im Abgang.

★★★ K €€ ZW
2020 Zweigelt Alte Rebe + Weichsel-Kirsch-Mix; präzise, jugendlich mit seidigen Tanninen, Weichselfrucht mit röstig dunkler Würze, etwas Marzipan, geschmeidig im Abgang.

★★★ K €€ ME PLV
2019 Merlot Exklusiv + Rotfruchtig-würzig; Herzkirschen mit Peperonata, straffe Tannine, Granatapfel, würziger Rosenpaprika, stoffig-mineralische Prise Ziegelstaub, getrocknete Blütenblätter, dynamisch-elegant, bisschen italophil.

★★★ K €€ CR
2019 Cuveé Gladiator (ME/RÖ) + Schwarzes Beeren-Confit; saftig einladend, reife röstige Tannine, Kakao, süßer roter Paprika, pikantes Cassis, balancierter Trinkfluss.

★★★★ K €€€ ME TIPP
2019 Merlot Top Edition Ried Lange Mitterschossen + Tiefe Himbeerfrucht; elegant kernige Tannine, Johannisbeersorbet, rote Schoten, Früchte-Kräuter-Tee und dunkle Schokolade, straffend-herb mit reifen Herzkirschen.

★★★★ K €€€ CS
2018 Cabernet Sauvignon Top Edition + Waldbeermus; enormer Fruchtdruck, Schwarzkirschen, Heidelbeeren und Hagebutten zu reifem Cassis, stoffige Tannine, feinrauchig und straffe Paprikawürze, Mokka und Preiselbeeren im eleganten Abgang.

★★★★ K €€€ CR TIPP PLV
2018 Privat Cuveé (ME/CS) + Dunkler Beerenröster; fleischig gaumenfüllend, Kakao in Kirschgelee, Powidl, samtige Tannine, bisschen Arancini und Schokolade, mächtig ohne Aufdringlichkeit, röstig-erdige gebratene rote Schoten, fein ledrig, Tabak und Grafit im eindrucksvollen Finale.

★★★ K €€€ CH
2018 Chardonnay TBA + Kandierte Honigmelonen; saftig-reife Tropenfrüchte, Marille und Dörrobst, pikanter Ananas-Orangenmix, heller Nougat, Honig-Nusskuchen und süße Blüten im geschmeidigen Finish.

Weingut
Stadlmann

Mag. Bernhard Stadlmann
2514 Traiskirchen, Wiener Straße 41
Tel. +43 2252 52343, Fax+43 2252 56332
kontakt@stadlmann-wein.at, www.stadlmann-wein.at
20 Hektar, W/R 90/10

Das Haus Stadlmann ist seit Ende des 18. Jahrhunderts im Besitz der Familie und seit damals eng mit dem Weinbau verbunden. Die gewonnenen Erfahrungen über den Weinbau wurden von Generation zu Generation bis nun zu Bernhard Stadlmann weitergegeben, der durch seine naturschonende und feinfühlige Arbeitsweise diesen Erkenntnissen den Feinschliff gegeben und damit dem Weingut zu seiner hohen Bedeutung und Anerkennung verholfen hat.
Bernhard Stadlmanns Weine sind gesponnen aus dem feinen Stoff gelebter Weinträume und öffnen sich jenen, die ihnen zugeneigt sind. Ein wunderbares Beispiel dafür ist der Zierfandler von der Ried Mandel-Höh, der noch im Keller reifen muss, um seinen Facettenreichtum entwickeln zu können. 2020 hat bei diesem edlen Wein einen besonders hohen Extrakt und tiefe Vielschichtigkeit entstehen lassen, einen Aromabogen von tropischen Früchten über Kräuterwürze zu glasklar kristallin. Wir freuen uns schon sehr auf ein Glas! *kk*

THERMENREGION

★★★ S €€ ZF PLV
2020 Zierfandler Anning + Würziges Steinobst; zartherbe Pfirsicharomen, hell gebratene Birnen, kühle Quitten und Ingwerwürze, lebhafte weiße Johannisbeeren und frische Zitronenmelisse, bisschen rauchige Quarzspur, geradlinig und erdverbunden mit Feigen- und Dattelhauch im charaktervollen Nachhall.

★★★ K €€€ ZF
2020 Zierfandler Ried Traiskirchner Igeln + Kerniges Früchtebukett; kühle Weingarten-pfirsiche und Nektarinen, Ananas und grünen Feigen, mit straffenden Kokosnussschalen, extraktreich mit ziselierter Mineralität und Basilikumaromen, ein zarter Früchtebogen im eleganten Echo.

★★★ S €€ GM FUN
2020 Gelber Muskateller Badener Berg + Heller Blütenduft; glockenreine junge Muskattrauben, etwas Holunderblüten, spannend strahlende Limettensäure, feinfruchtige Mandarinen und Cassis-Noten, Waldmeister und Kleeblüten, hellgrüne Würze, verwoben mit tropischen Früchtearomen, empfindsam und doch bestimmend, klar kristallin, Birnenaromen im feinen Nachhall.

★★★ S €€ RG PLV
2020 Rotgipfler Anning + Gelbfruchtiger Duft; Ringlottencreme und Birnengelee, komplex hellfruchtig mit zartsüßen Anis- und Waldmeisteraromen, kandierte Grapefruitzesten in lebendiger Fruchtsäure, mit darunter kühler Kalkader, etwas Ananas und Mango zu hellgrünen Kräutern, erdverbunden und charmant fruchtsüß im hocheleganten Rückaroma.

★★★★★ K €€€€ RG TOP
2020 Rotgipfler Ried Pfaffstättner Tagelsteiner + Betörender Exotikduft; Maracujas und Papayas neben bodenständigem Marillenröster, zart schmelzige Orangencreme, wohlig dicht mit feiner Würze, zart kreidig mit straffenden Konturen ungeschälter Mandel, ein Hauch Marzipan und Rosenblüten im komplexen Fruchterlebnis, facettenreich anregender Nachhall.

★★★ S €€ PB PLV
2020 Weißburgunder Anning + Gelbfruchtiger Duft; glasklare weiße Johannisbeeren mit ziselierter Limetten-Mandarinen-Melange, helle Blüten und feste Stachelbeeren, mit straff kristalliner Spur, gefühlvoll ausgewogen und hochelegant, floral-würzig nach Löwenzahn, jugendlich dynamisch im Nachhall.

★★★★ K €€€€ PB
2020 Weißer Burgunder Ried Pfaffstättner Höfen + Helles Früchte-Bukett; hauchfeine Ananas- und Waldbeer-Aromen, delikate Agrumen-Zesten in fruchtiger Säure, Zitronensorbet mit Mandelkuchen, kühl und elegant mit feiner Wiesenwürze, kompakt und charaktervoll im Finale.

★★★★ K €€€€€ ZF
2017 Zierfandler TBA + Betörende Tropenfrüchte; extraktreiches Maracuja-Confit, Orangengelee und Marillenröster, balancierte lebendige Säure gebratener Ananas und karamellisierte gelbe Ringlotten, wohlig pikant und gaumenfüllend, bisschen Marzipan, Blütenhonig und fein malzig, ein dichter Aromareigen im fruchtsüßen Ausklang.

★★ S €€ SL
2020 St.Laurent Rosé + Eleganter Erdbeer-Himbeerduft; charmante Waldbeeren und Rote Delicious, gefühlvoll langlebig komponiert, mit saftig reifen Blutorangen, zart fruchtsüß mit einem Hauch Kornelkirschen und samtigen Marzipannoten, schwungvoll animierend im Finish.

Weingut
Freigut Thallern

Erich Polz
2352 Gumpoldskirchen, Thallern 1
Tel. +43 2236 53477, Fax-5
office@freigut-thallern.at, www.freigut-thallern.at
30 Hektar, W/R 60/40

Die Verbindung von Tradition und Zeitgemäßem wird im Freigut Thallern großgeschrieben. Seit dem Jahr 1141 dreht sich hier alles um den Wein. Aktuell zeichnen insgesamt vier Betriebe für die Vinifizierung des Traubenmaterials verantwortlich: Weingut Karl Alphart, Weingut Alphart am Mühlbach, Weingut Aumann sowie Weingut Gebeshuber. Als Pächter fungiert nach wie vor die Familie Polz aus der Südsteiermark, die vinophile Ausrichtung des Freiguts wird von Erich Polz jun. dirigiert. Ziel der Zusammenarbeit mit diesen renommierten Betrieben der Thermenregion ist es, den Weinen des Freigut Thallern ein zeitgemäßes Profil zu geben und gleichzeitig die traditionellen Lagen zu erhalten. 33 Hektar, darunter einige der besten Rieden des Gebiets, gehören zum Anwesen. Es gedeihen vor allem die regionaltypischen Sorten Rotgipfler und Zierfandler, aber auch weiße und rote Burgundersorten. *kk*

THERMENREGION

★★ S € GV PLV
2020 Grüner Veltliner Messwein + Duftiges Apfelbukett; Granny Smith und Roter Delicious, freundlich und frisch, knackige rosa Grapefruits, pikant feine Gerbstoffspuren und vegetabile Würze, klassisch pfeffrig im schwungvollen Abgang.

★★ S €€ GS FUN
2020 Gemischter Satz + (GV/GM/RI/RG/CH) Reifes Birnen-Ringlotten-Bukett; kühle Marillen und Honigmelonen, saftig limettenfruchtige Säure, etwas Melisse und grünschotig, fruchtsüß unterlegt, gefühlvoll ausgewogen, mit feiner Kalkader unter Blutorangen- und Ananasspuren im charmanten Nachhall.

★★ S €€ RI
2020 Riesling + Edle Steinobstnase; reife Fruchtmelange von Marillen, Ringlotten und Pfirsichen, charmant fruchtsüß mit lebendiger Zitrussäure und etwas Ananas, jugendlich elegant abgestimmt, zarte Exotik und etwas Waldkräuter, saftige Frucht mit feinkörniger Mineralik unterlegt.

★★★ S €€ RG
2020 Rotgipfler + Duftiges Steinobst; Honigmelonen und Orangengelee, rauchig-würzig gebratene Birnen, etwas süßer Tabak, exotische Feigen- und Ananasspuren, mit pikant grünschotiger Würze, gelbe Peperoni mit Zitrusfrucht unterlegt, spannend und dynamisch im vielschichtigen Rückaroma.

★★★★ S €€€ RG TIPP
2019 Rotgipfler Ried Pressweingarten + Samtige Orangen-Pfirsich-Creme; seidiger Extraktdruck, tropischer Fruchtbogen von Mangos und Ananas über Kokosaromen zu Datteln, mit reifer Physalis-Säure, gut strukturiert durch zartherbe Nussschalaromen, helles Malz und süßes Tabakrauch, eine Prise Feigenkaffee und Nougat, dicht und komplex mit hohem Potenzial.

★★★★ S €€€ RI TIPP
2013 Riesling Alte Ried + Nobel reifer Steinobstduft; vornehm entwickelte Pfirsich-Marillen-Aromen, tropische Fruchtnuancen dabei, harmonisch eingebunden in saftiger Limonencreme, bisschen gebratene Ananas dahinter, Arancini in samtiger Säure, Hauch Staubzucker im saftigen Fruchtdruck, etwas Kräuterwürze, extraktreiche Vielschichtigkeit der alten Reben, mit Quarz- und Feuersteinspur, elegant zitrusfruchtig im Nachhall.

★★★ S €€€ PN
2013 Pinot Noir Reserve + Feiner Waldbeerenduft; Erdbeermus und rote Blütenblätter, Kirsch-Confit mit Marzipanspuren, elegant fleischig-dicht mit Kräuterwürze und zart rauchiger Mandelcreme, geschmeidig reife Tannine zeigen Hagebutten- und Schokoladearomen, samtig nussig und wohlig gereift im edlen Nachhall.

★★★★ S €€€ SL TIPP
2013 St. Laurent Ronald + Einladendes Brombeerbukett; saftige Dichte, gaumenfüllend, geschmeidig-fruchtig, dunkles Beerenmus, schwarze Maul- und Heidelbeeren, Bitterschokolade und bisschen Cranberrys in kraftvollen Tanninen, mit feiner Weichselfruchtsäure, blättrige Würze zu feinen Brombeeren im vollmundigen Rückaroma.

ÖSTERREICH

★★★ €€€ CW
Brut Reserve + (CH/PN) aktuelle Füllung, am 14.01.21 degorgiert. Muntere Perlage, duftiges Apfelbiskuit; lebhaft und animierend, feine Fruchtsäure saftiger Agrumen, Hauch gelbe Ringlotten und helle Blüten zu feinhefiger Weißbrotrinde, elegante mineralische Ader, Harmonie ohne Langeweile, schwungvolle Trinkfreude mit Stil.

VINOTHEKEN

BADEN

Badener Hauervinothek
2500 Baden, Brusattiplatz 2
Tel. +43 2252 45640, Fax 206664
badener.hauervinothek@aon.at
www.badenerwein.at/badener-hauervinothek

BAD VÖSLAU

Gebietsvinothek Bad Vöslau
Hawlik's Schlemmereck
2540 Bad Vöslau, Hauptstraße 1
Tel. & Fax +43 2252 75388
hawlik.schlemmereck@aon.at
www.schlemmereck.at

PERCHTOLDSDORF

Ortsvinothek Perchtoldsdorf
2380 Perchtoldsdorf, Marktplatz 10 (im Rathaus)
Tel. +43 1 86683-400

THALLERN

Gebietsvinothek
2352 Gumpoldskirchen, Thallern 1
Tel. +43 2236 53477, Fax -4
vinothek@freigut-thallern.at
www.freigut-thallern.at

Moderne Gebietsvinothek in den ehrwürdigen Gemäuern des Freiguts Thallern. Mehr als 40 Winzer aus dieser historischen Herkunft mit insgesamt über 300 einzigartigen Weinen sind hier vertreten, darunter Winzergrößen wie Alphart, Aumann, Biegler, Fischer, Gebeshuber, Krug, Reinisch und Co. ebenso wie zahlreiche Geheimtipps aus allen wichtigen Weinbauorten. Darüber hinaus werden ausgewählte kulinarische Delikatessen geboten. Zum Probieren gibt es eine ständig wechselnde Auswahl an Weinen im glasweisen Ausschank.

WIENER NEUSTADT

Gebietsvinothek Thermenregion
2700 Wiener Neustadt, Am Hauptplatz
Tel. +43 676 381 30 86
marienmarkt@freigut-thallern.at
www.marienmarkt.at/gebietsvinothek-thermen-region

Seit Kurzem gibt es auch eine Außenstelle der Gebietsvinothek Thallern, und zwar in Gestalt eines Standes auf dem beliebten Marienmarkt in Wiener Neustadt (siehe dort), wo mehr als 25 Winzer aus der Thermenregion, von Perchtoldsdorf bis Lanzenkirchen, eine Auswahl ihrer Weine präsentieren.

GASTRONOMIE/NÄCHTIGUNG

BADEN

Café Blickweit
Kaiser Franz Josef Museum
2500 Baden, Hochstraße 51
Tel. +43 2252 41100
www.blickweit.at

Das im Kaiser Franz Josef Museum in Baden situierte Café Blickweit mit herrlichem Ausblick hat seit März mit der zuvor in der Therme Linsberg als Restaurantleiterin tätigen Szilvia Maurer und ihrem Partner Karl Pyskacek aus Baden neue Pächter. Wie zuvor wird von 8 bis 14 Uhr Brunch geboten, danach gibt es neu auch einen Tagesteller, Eis vom Eisgreißler wird ab April geboten. Off-Season ist Freitag bis Sonntag offen, ab 2. April jeden Tag außer Montag.

Cuisino – Casino Restaurant Baden
2500 Baden, Kaiser-Franz-Ring 1
Tel. +43 2252 43502
baden.restaurant@casinos.at
www.casinos.at/de/baden/restaurants/casino-restaurant

Das Cuisino im Casino Baden lockt spielfreudige Gourmets abends mit zwei viergängigen Menüs – Herz Dame und Pik As –, bei denen schmackhafte, elegante Gerichte mit regionalen Schwerpunkten im Mittelpunkt stehen. Weinmäßig wird der Thermenregion genügend Platz eingeräumt, für Hopfen- und Malz-Fans gibt es Craft-Biere.

Edelsberger
2500 Baden, Marchetstraße 30
Tel. +43 2252 209454
www.edelsberger.at

Im Edelsberger werden Gerichte für die verschiedensten kulinarischen Ausrichtungen geboten: Einerseits gibt's fleischliche Klassiker à la Wiener Schnitzel & Co., andererseits heimische Süßwasserfische und schließlich auch noch eine Selektion an vegetarischen und veganen Gerichten. Dazu werden ausgewählte Weine überwiegend aus der Thermenregion sowie dem Blaufränkischland und der Wachau serviert – im Restaurant sowie in der angeschlossenen Spezerei.

El Gaucho
2500 Baden, Josefsplatz 2
Tel. +43 2252 80399
steakhouse@elgaucho.at, www.elgaucho.at

Das El Gaucho in Baden ist Teil des Gastroimperiums der steirischen Familie Grossauer. Hier gibt es Steaks vom Feinsten und eine sehr gute Auswahl an passenden Weinen, zum Teil auch aus der Region.

Marktamt
2500 Baden, Brusattiplatz 5
Tel. +43 2252 256930
meintisch@marktamt.at, www.marktamt.at

Im Marktamt kocht Markus Trocki nicht nur köstliche Hummergerichte und frische Saiblinge, sondern auch Garnelen, Muscheln und Oktopus sowie verschiedenste Variationen von Rostbraten (Zwiebel, Girardi, Vanille etc.), Risotto und andere Leckereien. Dazu gibt es eine gute Auswahl an regionalen Weinen sowie Guinness vom Fass und im Sommer Cider vom Fass.

Gasthof Pension Gustav Martinek
2500 Baden, Jägerhausgasse 7
Tel: +43 2252 48440
anfrage@gasthofmartinek.at
www.gasthofmartinek.at

Beim Martinek fühlen sich Freunde herzhafter, traditioneller Küche wohl – hier gibt es Klassiker wie Bierbratl, Cordon bleu, Forelle und Gebackenes in sehr guter Qualität, Samstag gibt's jeweils ein Fünf-Gang-Galamenü. Der Weinschwerpunkt liegt auf der Thermenregion.

Amterl
2500 Baden, Hauptplatz 2
Tel. +43 2252 45953
anfrage@amterl.at, www.amterl.at

Im Herzen von Baden befindet sich das empfehlenswerte Amterl, das von dem aus der Telekombranche stammenden Patron Michael Dvoracek und Betriebsleiter und Chef de Cuisine Ali Caner geführt wird. Letzterer erfreut mit schmackhaften Kreationen, dazu gibt es eine große Auswahl an regionalen Weinen. In der Bar im Obergeschoß bekommt man Cocktails und eine große Auswahl an Digestiven.

BAD VÖSLAU

Hawlik's Schlemmereck
Familie Hawlik
2540 Bad Vöslau, Hauptstraße 1
Tel. & Fax +43 2252 75388
hawlik.schlemmereck@aon.at
www.schlemmereck.at

Gemütliches Gasthaus, in dem die Gäste von der Familie Hawlik umsorgt werden. Küchenmäßig setzt man auf eine verfeinerte Hausmannskost aus frischesten Rohstoffen. Je nach Saison werden thematische Schwerpunkte gesetzt; in der hauseigenen Gebietsvinothek lagert alles, was in der Thermenregion Rang und Namen hat.

Allerley
Johannes Ley
2540 Bad Vöslau, Tattendorfer Straße 2
Tel. +43 664 5341069
office@allerley.at, www.allerley.at

Jüngst von Johannes Ley eröffnetes Restaurant mit bewusst klein gehaltener Wein- und Speisekarte, die dafür regelmäßig wechselt. Zahlreiche Reisen inspirieren den Koch zu internationalen Gerichten, wobei Schwerpunkte bei regionalen und mediterranen Gerichten gesetzt werden.

GAADEN

Landgasthof Pöchhackers Krone
2531 Gaaden, Hauptstraße 57
Tel. +43 2237 7204
restaurant@kronegaaden.at
www.kronegaaden.at

Ein traditionsreicher Familienbetrieb im besten Sinne ist die Krone in Gaaden, wo Elisabeth und Robert Pöchhacker bereits die sechste Generation darstellen. Hier isst man in angenehmer Atmosphäre ganz ausgezeichnet – Gerichte von klassisch bis modern aus regionalen Zutaten, mit Produkten aus biologischem Anbau. Dazu gibt es regionale Weine.

GUMPOLDSKIRCHEN

Heurigen Restaurant 3er Haus
Sabine Höbarth & Christian Nehr
2352 Gumpoldskirchen, Schrannenplatz 3
Tel. +43 664 7837090
reservierungen@3erhaus.at, www.3erhaus.at

Heurigenschmankerl und gehobene Wirtshausküche, dazu feine Weine aus der Thermenregion, da kann eigentlich nichts schiefgehen. Sabine Höbarth aus der bekannten Gumpoldskirchner Winzerdynastie Roschmann setzt voll auf Regionalität. Gemütliches Haus mit kompetenter Weinkarte und ebensolcher Beratung durch Chef Christian Nehr.

Gasthof Keller
2352 Gumpoldskirchen, Am Kanal 12
Tel. +43 2252 62235
info@gasthof-keller.at, www.gasthof-keller.at

Gutbürgerliche Küche von leicht bis deftig, von vegetarisch bis fleischig bekommt man im alteingesessenen Gasthof Keller unterhalb der Bahn am Wiener Neustädter Kanal. Die alle drei Wochen wechselnde Speisekarte ist stark auf saisonale Produkte ausgerichtet, die Weinkarte setzt regionale Schwerpunkte. Essen und trinken kann man bei Schönwetter auch im wettergeschützten Gastgarten, und wer nicht mehr fahren möchte, kann im angeschlossenen Hotel nächtigen.

Heuriger Spaetrot – Johanna Gebeshuber
2352 Gumpoldskirchen, Wiener Straße 1
Tel. +43 664 1459159; +43 2252 62230
johanna.gebeshuber@heuriger-spaetrot.com
www.heuriger-spaetrot.com

Untergebracht in renovierten und modernisierten Räumlichkeiten des legendären Heurigen der Familie Bruckberger im Herzen von Gumpoldskirchen, bietet sich der im Sommer 2012 eröffnete Heurigen Spaetrot für Weinfreunde an, die sich nach gehobener Heurigenkultur sehnen: Angeboten werden regionale Spezialitäten mit Schwerpunkt bio – und das auf höchstem Niveau. Wirtin Pipsi Gebeshuber wurde vor nicht allzu langer Zeit zur Heurigenwirtin des Jahres gewählt. An Weinen gibt es nicht nur die gesamte Palette der Weingüter Spaetrot und Gebeshuber, sondern auch ausgesuchte Bio-Weine anderer Betriebe. Angeschlossen ist die „Spaezerei", wo man diverse Spezialitäten bekommt.

Klostergasthaus Thallern
Florian Fritz
2352 Gumpoldskirchen, Thallern 2
Tel. +43 2236 53326
office@klostergasthaus-thallern.at
www.klostergasthaus-thallern.at

Florian Fritz führt erfolgreich das ausgezeichnete Klostergasthaus des Stiftsweingutes Heiligenkreuz in Thallern. Die gutbürgerliche Küche zelebriert beste regionale Produkte, dazu gibt es eine exzellente Weinkarte mit regionalen, nationalen und internationalen Highlights. Das gemütliche Gasthaus umfasst zahlreiche Gastzimmer und -säle, bei Schönwetter lockt ein herrlicher Garten. Empfehlenswert sind auch die hochwertigen Zimmer im Freigut Thallern, gleich hinter dem Gasthaus. Zudem lohnt der Besuch in der bestens bestückten Regionalvinothek oberhalb vom Gasthaus.

GUNTRAMSDORF

Jagdhof
Familie Fakler
2353 Guntramsdorf, Hauptstraße 41
Tel. +43 2236 52225
info@jagdhof.cc, www.jagdhof.cc

Renommiertes Landhotel mit angeschlossenem Restaurant, in dem österreichische Klassiker und mediterrane Küche angeboten werden. Eine Erwähnung verdient der Weinkeller des Hausherrn, der neben den „Platzhirschen" aus der Region auch so manche Raritäten
aus Frankreich bietet.

HINTERBRÜHL

Hotel-Restaurant Höldrichsmühle
2371 Hinterbrühl, Gaadnerstraße 34
Tel. +43 2236 262740
office@hoeldrichsmuehle.at
www.hoeldrichsmuehle.at

In der Höldrichsmühle in der Hinterbrühl im Wienerwald verweilte schon gerne Franz Schubert. Das stimmungsvolle Hotel-Restaurant südlich von Wien ist die passende Location für Seminare und Tagungen, Familienfeiern und Events. Es gibt auch eine hoteleigene Reit- und Voltigiersportschule. Im stimmungsvollen Gewölbe oder im lauschigen Gastgarten kann man gut essen und trinken und zu den Mahlzeiten oder zwischendurch Kaffee und Kuchen genießen. Selbstverständlich gibt es eine ansehnliche Selektion an Thermenregion-Weinen.

MÖDLING

Babenbergerhof
Carl Breyer
2340 Mödling, Babenbergergasse 6
Tel. +43 2236 22246-405, Fax -6
hotel@babenbergerhof.com
www.babenbergerhof.com

Das traditionsreiche Haus präsentiert sich mit viel Schwung, in stilvoller Landhausatmosphäre pflegt man moderne Wirtshausküche mit sowohl bodenständigen wie auch kreativen Nuancen; manch mediterraner Einfluss lässt sich nicht verleugnen. Hier kann man „genussfrühstücken", mittags ein herzhaftes Menü einnehmen, untertags Snacks genießen und abends zwischen Wirtshausklassikern, modernen Gerichten mit kreativem Touch und vegetarischen Speisen auswählen. In der hauseigenen Vinothek lagern die Weine ausgesuchter heimischer Winzer, ein Schwerpunkt liegt auf der Thermenregion. Neue Hotelzimmer in aktuellem Design.

Amterl
2340 Mödling, Kaiserin Elisabethstraße 11
Tel. +43 2236 20888
Reservierung.mooedling@amterl.at
www.amterl.at

In der Fußgängerzone von Mödling befindet sich das zweite Amterl, Ableger des Badener Stammhauses von dem aus der Telekombranche stammenden Patron Michael Dvoracek und Betriebsleiter und Chef de Cuisine Ali Caner. Es gibt Menüs und schmackhafte Kreationen, dazu eine große Auswahl an regionalen Weinen.

MÖLLERSDORF

Hotel-Restaurant Holzinger
Dagmar und Martin Schotte
2514 Möllersdorf, Teichgasse 2
Tel. +43 2252 52455, Fax -4
info@hotel-holzinger.at, www.hotel-holzinger.at

Seit 1959 bestehendes, für sehr gute Hausmannskost bekanntes Restaurant, in dem 2015 eine neue Genuss-Philosophie eingeführt wurde, die auf regionale und nachhaltige Küche setzt, die Grundprodukte stammen durchwegs von ausgesuchten Erzeugern.
Der Schwerpunkt liegt auf biologischen Spezialitäten, vegetarischen und veganen Gerichten wird viel Raum gewidmet. Die Weinliste ist rein österreichisch mit Schwerpunkt Thermenregion.

PERCHTOLDSDORF

Alexander
2380 Perchtoldsdorf, Marktplatz 10
Tel. +43 1 8659759
alexander@dasrestaurant.com
www.dasrestaurant.com

Das neue Rathausrestaurant heißt jetzt ‚Alexander'; in den luftig gestylten alten Gewölben wird mittags klassische bodenständige Gasthausküche serviert, abends darf es dann etwas feiner zugehen. Wunderschöner Innenhof, Bar und Zigarrenzimmer, abwechslungsreiche Weinkarte.

SULZ

Landgasthaus Stockerwirt
Katharina und Georg Stocker
2392 Sulz im Wienerwald, Hauptstraße 36
Tel. +43 2238 82590
www.stockerwirt.com

Katharina und Georg Stocker pflegen in ihrem Landgasthaus Stockerwirt in Sulz im Wienerwald Gastlichkeit auf hohem Niveau, die mittlerweile immer mehr Genießer auch von weither anlockt. Serviert wird traditionelle österreichische Küche – mit frischen, gesunden Zutaten aus der Region. Saisonale Highlights sind unter anderem Wild oder Marchfelder Spargel. Gut sortierte, umfangreiche Weinkarte. Der Gastgarten mit Teich ist eine Sache für sich, Wintergarten und offener Kamin schaffen ein besonderes Ambiente. Der Charme einer Wirtshausstube wird hier perfekt mit den Ansprüchen der Moderne verbunden. „Einsteiger des Jahres 2016".

TATTENDORF

Landgasthaus im Weingarten Johanneshof
2523 Tattendorf, Im Weingarten 1
Tel. +43 2253 8142316
www.johanneshofwirt-imweingarten.at

Nach einer 14-monatigen Schaffenspause hat 2019 Erich Michel Bürger die Geschäftsführung des beliebten Heurigen mitten in den Weingärten übernommen. Es gibt kalte Heurigenschmankerl und warme Speisenklassiker aus Ostösterreich, dazu diverse Gerichte frisch vom Grill. Das Getränkeangebot umfasst natürlich die gesamte Palette an Johanneshof-Weinen, darüber hinaus aber neben allerlei Alkoholfreiem auch mehrere frisch gezapfte Biere und diverse Spirituosen.

Weingasthaus Rebhof Schneider
2523 Tattendorf, Badner Straße 1
Tel. +43 2253 81428
www.rebhof-schneider.at

Gepflegte Gastlichkeit und herzliche Gastfreundschaft werden im empfehlenswerten Weingasthaus Rebhof Schneider geboten. In der gemütlichen Gaststube, im hellen Wintergarten und im idyllischen Gastgarten wird verfeinerte regionale Küche serviert. Natürlich bekommt man auch eine breite Auswahl an Weinen vom benachbarten Weingut Schneider.

WIENER NEUSTADT

Altes Backhaus
Bernhard Gruber
2700 Wiener Neustadt, Bahngasse 1
Tel. +43 2622 81089
restaurant@altes-backhaus.at
www.altes-backhaus.at

Bernhard und Petra Gruber führen diese kulinarische Wiener Neustädter Institution im historischen Gebäude einer ehemaligen Bäckerei. Regionale Produkte, aber auch ein neugieriger Blick über Österreichs Grenzen hinaus kennzeichnen die Küchenlinie. Sehr abwechslungsreiche Weinkarte mit heimischen Gewächsen sowie leistbaren Positionen aus Deutschland, Frankreich, Italien und Spanien.

Marienmarkt
2700 Wiener Neustadt, Am Hauptplatz
www.marienmarkt.at

Auf dem beliebten Marienmarkt in Wiener Neustadt findet man zahlreiche Standerln mit kulinarischen Köstlichkeiten verschiedenster Art. Seit Kurzem gibt es auch eine Außenstelle der Gebietsvinothek Thallern, wo mehr als 25 Winzer aus der Thermenregion, von Perchtoldsdorf bis Lanzenkirchen, eine Auswahl ihrer Weine präsentieren.

WIEN

Der Name der Bundeshauptstadt Wien geht auf das römische Vindobona und das nachrömische Venia zurück. Wohl die Ersten waren die Kelten, die Wein rund um das heutige Wien angebaut haben. Auf eine geordnete Grundlage wurde der Wiener Weinbau aber sicherlich erst durch die Römer gestellt, deren Soldatenkaiser Marcus Aurelius Probus im Jahre 276 das bestehende Pflanzverbot für Reben aufgehoben hat.

637 Hektar Weinanbaufläche
Die wichtigsten Rebsorten:
Gemischter Satz, Grüner Veltliner, Riesling

Im späten Mittelalter erlebte dann der Wiener Weinbau eine erste Hochblüte. Damals waren nicht nur die Heurigenvororte mit Weinreben bestockt, sondern auch Teile der Innenstadt sowie nahezu der gesamte dritte und vierte Bezirk. Nach den Zerstörungen durch die Türkenkriege hat sich der Wiener Weinbau in die Vororte zurückgezogen, wo er bis heute überlebt hat. Der Großteil der Wiener Weingartenfläche ist heute an den nördlichen und nordöstlichen Wienerwald-Ausläufern im Gemeindebezirk Döbling gelegen, wo zum Teil ausgeprägte Muschelkalkböden vorherrschen, die den Weinen viel Mineralität verleihen, und wo die Niederschlagsmengen etwas höher sind als am linken Ufer der Donau.

Die Weinbaufluren rund um den Bisamberg teilen sich die drei Weinbauorte Strebersdorf, Jedlersdorf und Stammersdorf, wo Löss- und Braunerde-Böden, aber auch schottriger Untergrund vorherrschen. Während aus den Döblinger Lagen die Rieslinge vom Nussberg und aus den Grinzinger Rieden vielleicht das höchste Ansehen genießen, fühlen sich die Reben der weißen Burgunderfamilie rund um den Bisamberg besonders wohl und liefern beachtliche Weine. Mit kleinen Weingärten in Ottakring, Dornbach und Oberlaa im äußersten Südosten besitzt Wien auch drei winzige Weinbau-Enklaven. Das dritte, etwas größere Gebiet ist in Mauer und Rodaun im äußersten Südwesten situiert, wo sich Muschelkalkböden mit schweren Lehmböden abwechseln und durchaus eine Vergleichbarkeit mit den angrenzenden Weinherkünften der nördlichen Thermenregion besteht. In den vergangenen Jahren haben Rotweine aufhorchen lassen, wenn auch das derzeitige Verhältnis Weiß zu Rot von 80 zu 20 wohl als zweckmäßig beibehalten wird.

Der Aufschwung des Wiener Gemischten Satzes, der 2013 eine neue DAC bekommen hat, ist ungebrochen. Gegenwärtig nimmt der Gemischte Satz schon rund 30 Prozent der Rebfläche der Bundeshauptstadt ein und ist damit der wichtigste Wein seiner Herkunft. Gemäß DAC-Regelwerk darf der größte Sortenanteil einer Rebsorte nicht mehr als 50% betragen, der drittgrößte Anteil muss zumindest zehn Prozent ausmachen. Weine ohne Riedenangabe müssen trocken und ohne markanten Holzgeschmack sein, sie dürfen ab dem 1. Dezember des Erntejahres verkauft werden. Zusätzlich ist der Wiener Gemischte Satz DAC auch mit einer Lagenbezeichnung zulässig. Lagenweine müssen nicht der Geschmacksangabe „trocken" entsprechen und dürfen nicht vor 1. März des auf die Ernte folgenden Jahres verkauft werden. Der Alkoholgehalt muss in jedem Fall mindestens 12,5% betragen.

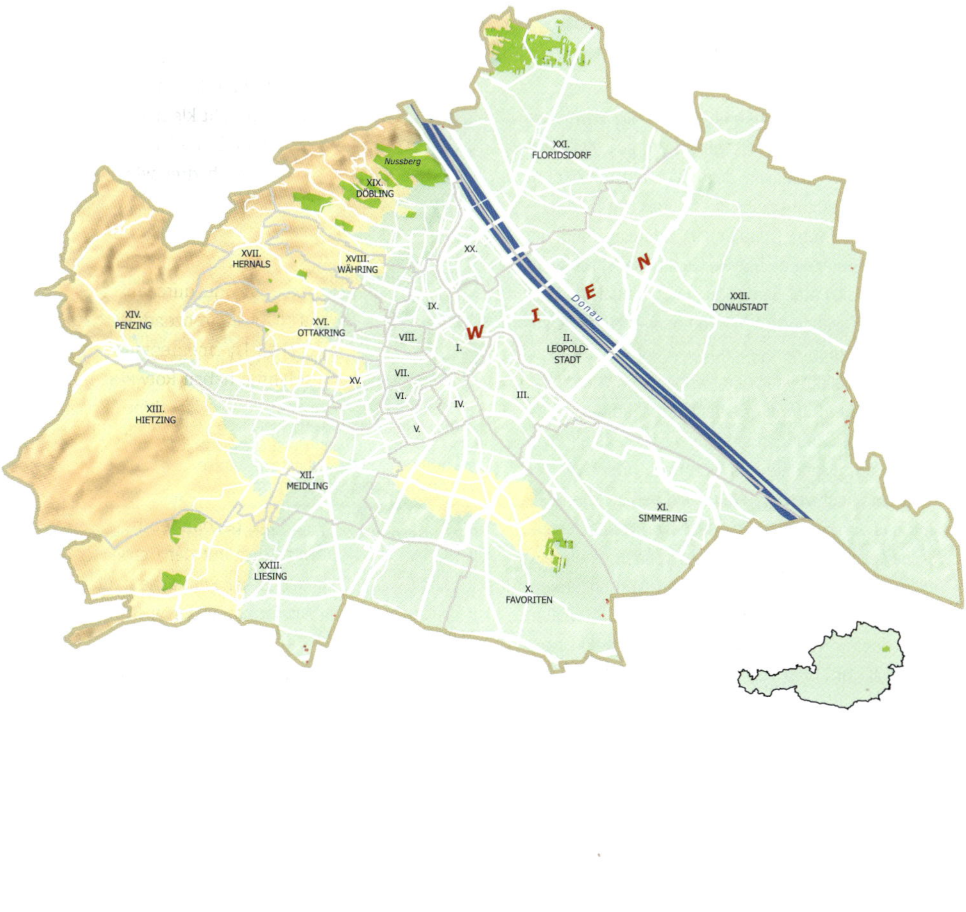
Nussberg
XIX.
DÖBLING
XXI.
FLORIDSDORF
XX.
XVII.
HERNALS
XVIII.
WÄHRING
W I E N
Donau
XXII.
DONAUSTADT
IX.
XIV.
PENZING
XVI.
OTTAKRING
VIII.
I.
II.
LEOPOLD-
STADT
XV.
VII.
VI.
III.
IV.
XIII.
HIETZING
V.
XII.
MEIDLING
XI.
SIMMERING
XXIII.
LIESING
X.
FAVORITEN

Weingut
Bernreiter

Peter Bernreiter
1210 Wien, Amtsstraße 24–26
TMobil: +43 699 117 147 60
office@bernreiter.at, www.bernreiter.at
11,5 Hektar, W/R 80/20, 25.000 Flaschen/Jahr

Der Wiener Traditionsbetrieb der Familie Bernreiter blickt auf eine bewegte Geschichte zurück. Als Peter Bernreiter als Absolvent der HBLA Klosterneuburg 1995 das Weingut seiner Eltern übernahm, begann der Wechsel vom Doppler zur Bouteille, und die Weingenießer stellten höhere Qualitätsansprüche an den Wein, die Peter Bernreiter schon damals erfüllen konnte. So avancierte der Traditionsbetrieb nicht zuletzt auch durch den prächtigen Heurigengarten zu einem der beliebtesten Familienheurigen Wiens.
Nun hat Peter Bernreiter entschieden, ab heuer den permanenten Heurigenbetrieb in ein Veranstaltungsservice umzuwandeln und sich noch intensiver der Bereitung hochwertiger Weine widmen zu können – und das erfolgreich, wie die aktuellen Weine zeigen. So beweist Peter Bernreiter sein Können eindrucksvoll mit seinem Grauburgunder und dem besonders gelungenen 2019 „Bernreiter Cuvée" aus weißen Burgunder-Sorten, während seine Rotwein-Cuvée 2018 „IL TRITTIKO" das oberste Segment vervollständigt. kk

WIENER GEMISCHTER SATZ DAC

★★ S €€ GS
2020 Wiener Gemischter Satz + Duftiges Kernobst; gelbe Äpfel, etwas Quitten, aromatisch gelbe Blüten, vollreife Zitrusfrüchte in lebendiger Säure, munter und animierend, etwas Wiesenkräuter im schwungvollen Abgang.

★★★ S €€ GS FUN
2020 Wiener Gemischter Satz Bisamberg + Junger Pfirsichduft; animierend hellgrün-gelbes Aromabild, feines Zitronensorbet, pikant gelb-grüner Apfelmix mit frischer Säure, Waldmeister und Basilikum, enorm schwungvoll, jugendlich-straff mit viel Trinkfreude.

★★★ S €€ GS PLV
2020 Wiener Gemischter Satz Ried Gabrissen (GV/PB/RI) + Reifes Obstkorbbukett; cremige Pfirsichnoten, etwas Marillen, gelbe Birnen und kandierte rosa Grapefruitzesten, vollmundig mit kraftvollem Fruchtdruck bei elegantem Säurebogen, vielschichtig und dicht, zartherbe Mineralik, bisschen Kräuterwürze und Zitronenmelisse, saftig im langen Finale.

WIEN

★★★ S €€ CH
2020 Chardonnay + Golden-Delicious-Duft, samtige Quittenaromen, etwas Honigmelone, Karamellnuancen von gelben Bratäpfel, mit saftiger Zitrusfrucht, etwas Exotik dabei, zarte Biskotten, nussig im gelbfruchtig langen Abgang.

★★★ S €€ PG PLV
2020 Grauburgunder + Einladender Quittenduft + reife Honigmelonen und Ringlottengelee, samtig-elegant, Kumquats und junge Mangofrucht, zart malzig, hochelegant ausgewogene Säure, extraktsüß gelb-orangefruchtig, mit kandierten gelben Blüten, kräftig und elegant, zarte Lorbeeraromen, Hauch Mandel, würzig-zitrusfruchtig im anhaltenden Rückaroma.

★★★ S €€ PB
2020 Weissburgunder + Frisches Apfel-Zitrus-Bukett; Exotische Früchte, gaumenfüllend und elegant, fruchtsüße Marillen mit Arancini in dichter Substanz, komplex und vielseitig, ein idealer Speisenbegleiter mit Charme.

★★★ S €€€ CW TIPP
2019 Bernreiter Cuvée (PB/PG/CH) + Vanillecremiges Birnenmus; Ringlotten-Confit mit feinen Malzaromen, sämigfruchtig, komplex und dicht, bisschen Mannerschnitten, süßer Tabak und kandierte Birnen, feine Holzwürze nach Vanille und Piment, saftige frische Blutorangen, im pikanten Nachhall etwas weiße Schokolade und Limoncello.

★★★ S €€€ MK
2020 Gelber Muskateller Orange Wine + Kerniger Kräuter-Blütenduft; kräftig strukturiert, gedämpfte Muskattrauben, cremig und komplex nach Bratapfel, Nüsse und Feigen, etwas Lebkuchengewürz und Salbei, mit feinkörnigen strukturierenden Gerbstoffen, heller Pfirsichtee mit Orangencreme, Rosenblätter und bisschen Mandel runden ab, apart fruchtig und gaumenfüllend im individuellen Finale.

★★★★ S €€€ CR PLV
2018 IL TRITTICO (CS/ME/SY) + Dunkelwürziger Beerenmix; fruchtsüße schwarze Johannisbeeren mit Bitterschokolade, straffe Tannine nach Mokka neben schmeichelndem Heidelbeermus, etwas Schwarzkirschen dahinter, gewinnt mit Luft an Eleganz, zeigt satten Körper mit fruchtiger Säure reifer Weichseln, ein Hauch Hagebutte dabei, saftig auf dem Gaumen, würzig-herber Nachhall mit Kirschkonfekt und schwarzen Maulbeeren.

Weingut **Christ**

Rainer Christ
1210 Wien, Amtsstraße 10–14
Tel. +43 1 292 51 52, Fax -53
info@weingut-christ.at, www.weingut-christ.at
20 Hektar, W/R 80/20, 120.000 Flaschen/Jahr

Rainer Christ ist es in bewährter Weise gelungen, das hohe Qualitätsniveau der vergangenen Jahre nicht nur zu halten, sondern bei einigen Weinen sogar noch zu übertreffen. Es ist immer wieder beeindruckend, wie es dem Winzer gelingt, in allen Kategorien, bei allen Rebsorten und in allen Gewichtsklassen zu überzeugen. Die Vertreter des Jahrgangs 2020 bestechen durch präzise Fruchtnoten, lässige Eleganz, vielschichtige Aromen, und auch die unterschiedlichen Bodenformationen kommen dabei tiefgründig zum Vorschein. Die beiden Weine aus den 1. ÖTW-Lagen der Rieden Wiesthalen und Falkenberg aus dem Jahrgang 2019 gehören unbestritten zu den allerbesten Weinen der Landeshauptstadt und werden noch über viele Jahre Freude bereiten. *gh*

WIENER GEMISCHTER SATZ DAC

★★★ **K €€ GS**
2020 Wiener Gemischter Satz Petershof Bisamberg + Weingartenpfirsich, knackiger Apfel, Williamsbirne, nasser Stein, etwas Tannennadeln, Orangenfilet; schwungvoll, richtig animierend, zarte Herbe, gelbe Grapefruit, Zitronenzesten, Kumquat, klingt angenehm mit viel Frische aus.

★★★★ **K €€€ GS** TIPP
2020 Wiener Gemischter Satz Bisamberg + Tiefgründig, hochelegant, vielschichtige Fruchtnuancen, saftige Marille, feine, dunkle Zitrusnoten, exotische Anklänge, etwas Kräuterwürze; saftig und zugleich mit animierender Frische, passendes Säuregerüst, Pfirsich und Nektarine, Blutorange, langer Nachhall, sehr gutes Entwicklungspotenzial, wird weiter zulegen.

★★★★★ **K €€€€ GS** TOP
2019 Wiener Gemischter Satz Ried Wiesthalen 1ÖTW + Nobel, komplex, reife, hochfeine Fruchtausprägung, Marille, Mango, feiner Blütenhonig, dunkle Zitrusaromen schwingen leise mit, einladend; Frucht wird noch intensiver, Marillenröster, rosa Grapefruit, frucht- und extraktsüß, ausgewogen und harmonisch, kraftvoll, Frische bleibt immer erhalten, langer Abgang.

WIEN

★★★ **S €€ GV**
2020 Grüner Veltliner Bruch + Karg, mineralisch, elegante Fruchtvielfalt, animierende gelbe und rosa Grapefruit, dezente Kräuterwürze; saftig, guter Biss, Frucht bleibt im Vordergrund, klingt schwungvoll mit Assoziationen von nassem Stein und zarter Salzigkeit anhaltend aus.

★★★ **S €€€ GV**
2020 Grüner Veltliner X Ried Gabrissen + Feinste Veltliner-Stilistik, blitzsaubere Fruchtnoten, frischer, gelber Apfel, Birnenanklänge, rosa Grapefruit, Orangenzesten; Kräuterwürze, recht saftig, lebendig, vermittelt viel Trinkfreude auf hohem Niveau, klingt mit angenehmer Fruchtsüße und viel Frische aus.

★★★★ **S €€€€ RI** TIPP
2020 Riesling Ried Zwerchbreiteln + Hochelegant, vibrierende Frische, mineralische Anmutung, ganz feine Fruchtnoten, exotische Anklänge à la Hawaii-Ananas, Fruchtfleisch von der rosa Grapefruit; ausbalanciert, perfekte Säure, vielschichtig, komplex, Marille und Nektarine im fruchtsüßen, langen Abgang, bestes Entwicklungspotenzial.

★★★ **S €€ PB**
2020 Weißburgunder Der Vollmondwein + Saftige Birne, Williamsbirne, animierende Zitrusnoten, kalkige Assoziationen; feinfühlig, guter Tiefgang, angenehm cremig, vielschichtige Fruchtaromen, etwas Steinobst, Nektarine, Kumquat, aus einem Guss, großes Trinkvergnügen.

★★★★ **K €€€€ PB** TIPP
2019 Weißburgunder Ried Falkenberg 1ÖTW + Kalkig, burgundisch, ganz fein und nobel, vielfältige Fruchtaromen sind präsent aber nie im Vordergrund, feinfühliger Holzeinsatz, elegant; extraktsüß, saftige Steinobstnoten, vollreife Mango, Nektarine, rosa Grapefruit schwingt mit, Frische pur, Trinkvergnügen auf hohem Niveau, langer, tiefgründiger Abgang, sicheres Potenzial.

★★★ **S €€ SB**
2020 Sauvignon Blanc Ried Breiten + Sortentypische, feine Vegetabilität, Paprika pur, Tomatenrispen, Kiwi und Stachelbeere, frisch und lebendig; Orangenfilets, etwas Grapefruit, leichtfüßig und sehr trinkig, klingt mit zarter Herbe animierend aus.

★★★ **S €€ GM**
2020 Gelber Muskateller + Feines Fruchtspiel, traubig, leichtfüßig, frische Holunderblüten, dezente Muskatnote, exotische Früchte; Marillen- und Pfirsichnoten, saftig und trinkanimierend, Mandarinenfilet, Orangenzesten, aus einem Guss, bleibt auf dem Gaumen.

Weingut
Wien Cobenzl

1190 Wien, Am Cobenzl 96
Tel. +43 1 320 58 05, Fax +43 1 328 22 86
office@weingutcobenzl.at, www.weingutcobenzl.at
60 Hektar, W/R 85/15, 400.000 Flaschen/Jahr

Vom Weingut Wien Cobenzl werden unter der Leitung von Thomas Podsednik von Weingärten in Grinzing, auf dem Nussberg und auf dem Bisamberg herausragende Qualitätsweine gekeltert. Die Vielfalt von Lagen und Rebsorten ergibt ein breites Angebot an hervorragenden Qualitätsweinen. Seit 2018 ist das Weingut Cobenzl Mitglied der Österreichischen Traditionsweingüter (ÖTW). Nur wenige ausgesuchte Lagen dürfen in Österreich die Klassifikation „Erste Lage“ 1ÖTW führen. Gleich drei der „Cobenzl-Rieden“ erfüllen die strengen Kriterien der Österreichischen Traditionsweingüter: Ried Seidenhaus und Ried Steinberg in Grinzing sowie die Ried Preussen auf dem Nussberg. Besonders hohen Stellenwert besitzt hier der „Wiener Gemischte Satz DAC“ als typischer Wiener Wein. *kk*

WIENER GEMISCHTER SATZ DAC

★★ S € GS **FUN**
2020 Wiener Gemischter Satz + Birnen-Apfel-Mix; anregendes Kernobst, fruchtige Grapefruits, gelbe Beeren, kräuterwürzig, fein nussig, unbeschwert schwungvoll.

★★★ S €€ GS
2020 Wiener Gemischter Satz Ried Reisenberg + Kernobstduft; gelbe Ringlotten und saftige Physalis, frisch gemähte Blumenwiese, Piment und Früchtetee, bisschen Zitronenmelisse und rote Blütenblätter, zitrusfruchtige Würze im Nachhall.

★★★★ K €€€€ GS **TIPP**
2019 Wiener Gemischter Satz Ried Steinberg 1ÖTW + Einladender Obstkorb; Aromabogen von Marillen über Quitten zu Tropenfrüchten, floral und extraktsüß, straff-feinkörnige Gerbstoffe, fruchtige Mandarinen und Grapefruits, Wiesenkräuter in mineralischen Spuren, lebhaft und dicht.

WIEN

★★ S €€ GV
2020 Grüner Veltliner Grinzing + Gelbe Äpfel; kandierte Grapefruitzesten, animierend reife grüne Schoten und fruchtsüßes Kernobst, nussig mit weißem Pfeffer, lebendig auf dem Gaumen.

★★★ S €€ GV **PLV**
2020 Grüner Veltliner Ried Pfeffer + Klares Veltliner-Bukett; Ringlotten, Quitten und knackige Grapefruits, gelbe Peperoni und grüne Oliven, straff steinige Einschlüsse, harmonisch-kräftiger Körper, fruchtig-herb im dynamischen Finale.

★★★ K €€ RI
2020 Riesling Ried Nussberg + Duftiger Obstkorb; junges Steinobst, rassige orangenfruchtige Säure, Ananas und Sternfrucht, bisschen Rhabarber, glasklar und zielstrebig, Prise Salz und Wiesenkräuter, lebhaft im Abgang.

★★★ K €€ PB **PLV**
2020 Weissburgunder Grinzing + Fleischige Ringlotten; Honigmelonen, helle Birnen, ein wenig Marillen, elegante Limonensäure, reif gelbschotig, floral-würzige Blumenwiese, helles Brot und etwas Eibisch, pikant reife Agrumen schaffen hohes Trinkanimo.

★★★ K €€ PB
2020 Weissburgunder Ried Reisenberg + Saftige Honigmelonen; gelbe Ringlotten mit Golden Delicious, gaumenfüllend, bisschen Nusscreme und Biskotten, seidig helle Blüten, reife Säure belebt den Schmelz von Feigen und süßem Tabak, wohlig auf dem Gaumen.

★★★★ K €€€€ PB **TIPP**
2019 Weißburgunder Ried Seidenhaus 1ÖTW + Gelbfruchtiger Duft; Nektarinen und Ringlotten-Confit, etwas Karamell, Nusskuchen und Nougat, lebendig-fruchtige Arancini, Hauch heller Tabak, pikante Kräuterwürze mit Mineralspur, mit eleganter Kraft perfekt ausgewogen im saftigen Trinkfluss.

★★★★ K €€€€ RI **TIPP**
2019 Riesling Ried Preussen Nussberg 1ÖTW + Dichter Pfirsichduft; saftig reifes Steinobst, druckvolles Volumen, gelbfruchtig mit floralem Touch, elegante Kumquats, weiße Johannisbeeren, würziger Waldmeister und Klee, reife gelbe Schoten und bisschen Salzmandel, komplex und potent.

★★★★ K €€€€ RI
2016 Riesling Ried Preussen + Noble Steinobstnase; Pfirsiche, Agrumen und Marillen, mit extraktreich-tropischem Flair, Ananas in fruchtsüß unterlegter Säure, würzige Küchenkräuter und helle Blütenblätter, mit zarter Quarzspur vornehm im Abgang.

★★★★ K €€€ PN
2017 Pinot Noir Ried Bellevue + Charmanter Waldbeerenduft; feine Beerenmelange zu straffen Preiselbeer-Aromen, Kirschsorbet in gefühlvoll balancierter Säure, zart rauchige Schokolade in feinkörnigen Tanninen, Spur dunkler Kräuterwürze, zeigt mit viel Luft tiefe Vielschichtigkeit.

Weingut
Edlmoser

Michael Edlmoser
1230 Wien, Maurer Lange Gasse 123
Tel. +43 1 889 86 80
office@edlmoser.com, www.edlmoser.com
15 Hektar, W/R 80/20, 100.000 Flaschen/Jahr

Auch das dritte Jahr der Umstellungsphase auf biologische Bewirtschaftung hat „Mike" Edlmoser bestens gemeistert, wie schon die sehr schwungvollen und präzisen 2020er zeigen. Und für die unter der 1ÖTW-Kennung laufenden besten Lagenweine konnte ja auf das exzellente Weinjahr 2019 zurückgegriffen werden. Von den leichteren Wiener Gemischten Sätzen ist der Maurerberg mit seinen ungemein saftigen Fruchtaromen ein mundwässernder Sorgenbrecher geworden, von den Sortenweinen wäre gewissermaßen der diesmal wesentlich leichtere und rassige Muskateller sein Pendant punkto Trinkvergnügen.

Aber die Degustation hat im Frühjahr 2021 auch einige Überraschungen zu bieten, wie zum Beispiel einen tabakigpfeffrigen Veltliner archetypischer Stilistik, den dieses Jahr im Vergleich zu den beiden Vorgängern sehr runden wie gemütlichen Sauvignon und einen erst jetzt präsentierten, in seiner Fruchtausprägung ganz klassisch erscheinenden Riesling Maurerberg 2019.

Keine Überraschungen gibt es allerdings an der Spitze des Repertoires. Diese bilden wieder der seinen Namen sehr zu Recht führende, messerscharf definierte Kalkstein-Riesling 2019 und der ein vielschichtiges Feuerwerk von Aromen entfachende, vornehme Gemischte Satz von der Ried Himmel. Ein wenig mehr Reifezeit sollte man wieder einmal dem monumental auftretenden Sätzen-Mischsatz geben oder ihn zumindest dekantieren. Dass er geduldiges Zuwarten in der Regel reichlich belohnen wird, hat er ja bereits mehrfach unter Beweis gestellt. *vs*

WIENER GEMISCHTER SATZ DAC

★★ S €€ GS
2020 Wiener Gemischter Satz + Fruchtbetonter Einstieg, nach Limette und Sommerapfel, frisch und blitzsauber bei schlanker Textur, nahezu filigran, tabakige, herbe Würze im Finish.

★★★ S €€€ GS FUN
2020 Wiener Gemischter Satz Maurerberg + Williamsbirne und geröstete Mandeln im weit aufgefächerten Bukett, einladender Früchtemix, viel Charme, saftige Kernobstfrucht, herzhaft, kernig und facettenreich, zupackend und rassig, Trinkspaß garantiert.

★★★★★ S €€€ GS TOP
2019 Ried Himmel Wiener Gemischter Satz 1ÖTW + Ein Reigen reifer, gelbfruchtiger Aromen, Ananas, Ringlotte und Bergamotte in bunter Abfolge, konturiert wie vielfältig, geballte Kraft, eng verwoben und elegant gerundet, ein voluminöses Fruchtfeuerwerk und Plädoyer für diese Wiener Spezialität.

★★★★ S €€€€ GS TIPP
2019 Sätzen Wiener Gemischter Satz 1ÖTW + Ausgereift und üppig, Dörrfrüchte und Kletzenbrot, nussige Würze, verrät bereits hohe Konzentration, mächtig, nahezu dickflüssig, Schwarzbrot und Waldhonig, von der Eiche nur umrahmt, vin de garde für die lange Lagerung, Potenzial.

WIEN

★★★ S €€€ SB
2020 Ried Kadoltzberg Sauvignon Blanc + Weihrauch und Menthol zum Auftakt, gegrillter, roter Paprika im Hintergrund, vielfältig wie individuell, körperreich und extraktsüß, satter, gelbfruchtiger Schmelz, später auch dunkelbeerige Ansätze, gute Länge, benötigt noch Geduld.

★★★ S €€€ GM FUN
2020 Ried Kadoltzberg Gelber Muskateller + Traubig und eindringlich, Muskatnuss und Holunderblüten, prägnant, jedoch nicht vorlaut, ein dichter Muskateller-Stil, heuer ein bisschen schlanker und rassiger als sonst, beweist Delikatesse und Schmelz, individuell und ganz trocken.

★★★ S €€€ RI
2019 Riesling Maurerberg + Archetypisches Riesling-Duftspiel nach Ananas und vollreifer Marille, saftig wie verlockend, harmonisch und recht dicht verwoben, gelbfruchtige Ausprägung, zeigt Konturen und Biss, die längere Reifezeit hat sich gelohnt.

★★★★★ S €€€€ RI TOP
2019 Riesling Kalkstein Ried Sätzen 1ÖTW + Zunächst markante kreidige Note vom kalkreichen Boden, dann kommen weiße Pfirsiche und Limetten zu ihrem Recht, noch immer sehr jugendlich und fordernd, ausgereift und druckvoll bei tiefer Würze, betont die Finesse, leichter Tannin-Schleier und hohe Rasse – ein toller Wiener Riesling reift heran.

Weingut
Fuhrgassl-Huber

Thomas Huber
1190 Wien, Neustift am Walde 68
Tel. +43 1 440 14 05
weingut@fuhrgassl-huber.at, www.fuhrgassl-huber.at
38 Hektar, W/R 75/25, 280.000 Flaschen/Jahr

Das Weingut Fuhrgassl-Huber hat sich bereits in der Vergangenheit vielen Rebsorten gewidmet. Seit Thomas Huber den Betrieb übernommen hat, gibt es fast jedes Jahr neue Ideen und innovative Produkte, der Qualitätsanspruch steht dabei natürlich an oberster Stelle. Mit den beiden jüngsten Jahrgängen wurde das Potenzial bestens ausgeschöpft. Besonders dürfen wir uns auf die 1 ÖTW Weine 2019 aus den Rieden Gollin, Preussen und Schenkenberg freuen. Einen Wein möchte ich noch hervorheben, der liebliche Traminer vom Nussberg aus dem Jahre 2017 ist jetzt im Verkauf und aktuell auf dem Punkt.

gh

WIENER GEMISCHTER SATZ DAC

★★★ S €€ GS
2020 Wiener Gemischter Satz Neustift + Aromatische Fruchtvielfalt, frische Steinobstnoten, exotische Früchte, rosa Grapefruit, feiner Blütenduft, zartwürzig; guter Biss, saubere Zitrusfrüchte, Kumquat, Blutorange, angenehme Bitternote im Finish.

★★★ S €€€ GS
2020 Wiener Gemischter Satz Ried Neuberg + Feine, tiefgründige Frucht, zeigt viele Facetten, exotische Noten à la Maracuja, etwas Kakaopulver und Karamell, saftige Grapefruitfilets; auf dem Gaumen noch extrem jugendlich, fruchtintensiv, Mandarinenfilet, Kumquat, rassige Säure, gute Reifeprognose.

★★★★ S €€€€ GS TIPP
2019 Wiener Gemischter Satz Ried Gollin 1ÖTW + Wunderschöne Fruchtvielfalt, Birnenaromen, dezenter Rosenduft, viel Ausdruck, vollreif und dicht, richtig einladend; kraftvoll, bildet perfekt mit viel Finesse die Aromavielfalt eines Wiener Gemischten Satzes ab, saftige Steinobstnoten, tiefgründig und vielschichtig, sehr gute Persistenz, beste Zukunfts- und Reifeprognose.

WIEN

★★★★ S €€€ GV
2019 Grüner Veltliner Ried Gollin 1ÖTW + Tiefgründige, dichte Nase, vollreife Apfel-Birnen-Aromen, Quitte, mineralische Assoziationen, rosa Grapefruit, feiner Würzeschleier, frisch geriebener Pfeffer, feinfühlig; saftig, fleischig, knackiger, gelber Apfel, gelbe Kriecherln, lebendige Säure, kalkig, zeigt Charakter, klingt mit animierenden Grapefruit-Zitronen-Noten nachhaltig aus.

★★★ S €€ RI
2020 Riesling Nussberg + Vollreife Steinobstnoten, Weingartenpfirsich, süße Marille, elegant, feine Kräuterwürze, zarter Blütenduft, traubig, Orangenzesten; animierende Säure, Mandarinenfilet, Kumquat, Marillenhaut, saftig, quicklebendig.

★★★★★ S €€€ RI TOP
2019 Riesling Ried Preussen 1 ÖTW + Präzise Frucht, Weingartenpfirsich, Mango, etwas rote Beeren, feine kalkige Noten, positiv vom Boden geprägt, zeigt unheimlich viel Finesse, Komplexität bereits im Duft erkennbar; fruchtsüß, sehr gute Fülle, bleibt dabei hochelegant, große Aromavielfalt, strukturiert, viel Biss, ganz großer Trinkgenuss auf hohem Niveau, langer Abgang, vielversprechendes Potenzial.

★★★ S €€€ RM
2020 Roter Muskateller Neustift + Aromatisch, helle und dunkle Zitrusfrüchten, Mandarinenfilet, Blutorange, Marille, Pfirsichanklänge, feiner Blütenduft; saftige Steinobstnoten, Birnenanklänge, Orangenzesten, Banane, zarter Muskatton, harmonisch, fruchtsüß, ruhig strömend.

★★★★ S €€€ PB TIPP
2019 Weißburgunder Ried Schenkenberg 1 ÖTW + Hochelegante, burgundische Stilistik, Biskuit, reife, gelbe Birne, Hawaii-Ananas, feine dunkle Zitrusnoten, vielschichtig; saftig, zeigt Biss, ausgewogen, Restzucker perfekt eingebunden, super Säure, gelbfruchtig, Marille und Pfirsichanklänge, exotische Noten, wieder vollreife Ananas, strukturiert, zieht richtig über den Gaumen, animierende Zitrusfrüchte im Abgang.

★★★★ S €€€ TR TIPP
2017 Traminer Nussberg + (lieblich) Süße, reife Fruchtnoten, Hawaii-Ananas, Rosenblüten, dicht, kraftvoll, gedörrte Marille, ein Hauch Botrytis, bleibt immer elegant; wunderschöne Frucht- und Extraktsüße, Marillengelee, feine Rosenaromen, saftige Mango, Restzucker perfekt eingebunden, fruchtbetonter Abgang.

★★★ G €€ ZW
2020 Rosé Antoinette + Feine Würze, Frucht bleibt dezent im Hintergrund, reife Erdbeere, etwas Blutorange, charmant; gelbe und rosa Grapefruit, Mandarine und Orange, leichtfüßig, guter Trinkfluss, vermittelt südliches Flair und Urlaubsgefühle.

BIO

Weingut
Hajszan Neumann GmbH

Ing. Fritz Wieninger
1190 Wien, Grinzinger Strasse 86
Tel. +43 1 290 10 12
wein@hajszanneumann.com, www.hajszanneumann.com
20 Hektar, W/R 90/10 , 100.000 Flaschen/Jahr

Die Prophetin im eigenen Land zählt nicht, so könnte man dieses Weingut titulieren. Der gelernte Österreicher hat dieses Weingut nicht auf dem Schirm. Dieses Weingut kann man getrost als Exportkaiser bezeichnen. Das Gros der Weine geht ins Ausland. Die Weine sind klassische Döblinger Gewächse. Voller Noblesse, filigran, von großer Eleganz. Neu im Sortiment ist ein Grüner Veltliner 2020, der auf der Ried Steinberg im Jahr 2004 gepflanzt wurde. Ein süchtig machender Wein von burgundischem Glanz. Die Ried Haarlocke ist ab 2020 im Grünen Veltliner Nussberg aufgegangen. Daher hat dieser Wein noch mehr Struktur. Der 2020 Riesling Steinberg ist gewohnt sensationellem Auftritt. Der unterschätzteste Riesling des Landes. Voller Noblesse ist der 2020 Weißburgunder Ried Gollin. Ein Wein von Klasse. Die beiden 2020 Gemischten Sätze Nussberg und Ried Weisleiten lassen keinen Wunsch offen.

Eine Spezialität des Hauses sind die sogenannten Natural Wines – in diesem Metier ist Fritz Wieninger ein Meister. Ein hervorragender 2020 Natural Grüner Veltliner und der 2019 Natural Zweigelt – ein toller Wein voller Transparenz und Beaujolais-hafter Feinheit – werden ergänzt mit einem tiefgründigen Natural Gemischter Satz. Zwei schmeckerte Natural Weine gibt es – Muskateller und Traminer. Weine von gerbstoffbetonter Aromatik, die auf die Reise gehen. Eine Empfehlung an viele Weinfreunde. Traut's euch was, und probiert diese Weine. Es eröffnet ein neues Bild von Wein. Der Zweigelt steht auf der Ried Weisleiten, eine besondere Lage, Rote Erde – heißt viel Eisen und uralte Reben. Übrigens – es wird vermehrt verkorkt in diesem Weingut. Diam-Korken auf Bienenwachsbasis werden verwendet. Ökologisch perfekt. *as*

WIENER GEMISCHTER SATZ DAC

★★★★ S €€€€ GS — TIPP
2020 Wiener Gemischter Satz DAC Ried Weisleiten + Ziemliche Struktur, noch etwas verschlossen, kompakt, einige Tiefe, Kräuter, Birnen, gelber Apfel, Mineral, Steinobst, Orangenschalen, passende Säure, viele Facetten, Zukunft.

WIEN

★★★ S €€€ GV
2020 Grüner Veltliner Ried Steinberg 1 ÖTW + Ungemein kühl, entwickelt viel Zug auf dem Gaumen, Pfeffer, exotisches Flair, Grapefruit, feste Struktur, eng, unglaublich mineralisch, salzige. Nahe an Burgund angelegt. Von kalkiger Frische, straff durchgezogen, viel Substanz.

★★★★ G €€€€ RI — TIPP
2020 Riesling Ried Steinberg 1 ÖTW + Ein Urgesteinsriesling von seltener Qualität. Kühl, Steinobst, vor allem Pfirsich, Granit pur, ungemein salzig, ungemein tiefgründig, fest strukturiert, tolle Säure (7,5g), die der dezente Restzucker (2,5g/l) auffängt. Hier regiert der Boden.

★★★ S €€€€ PB — TIPP
2020 Weißburgunder Ried Gollin 1 ÖTW + Fein und nobel. Trauben, viele gelbe Früchte, Mandel, feine Vanille, Orangenschalen, feine Opulenz, komplex, gediegen.

WEINLAND

★★★ K €€€ GS
2020 NATURAL Gemischter Satz + Getrocknete Kräuter, Pfeffer, ein Hauch von Orangenschalen, Pfirsich, Mango, Zwiebelschalen, moderater Gerbstoff, druckvoll, ein Hauch Exotik, guter Zug, kompakt, griffig, rauchig, individuell.

★★★ K €€€ GV
2020 NATURAL Grüner Veltliner + Leicht (12% Vol.,) und duftig, Citrus, Orangen, gelber Apfel, dezent hefige Noten, saftig, animierender Gerbstoff, der Essen verlangt. Feste Struktur, sehr elegant, sehr attraktiv, vorbildlich.

★★★ K €€€ GM
2020 NATURAL Muskateller + Orangenschalen, verblühende Rosen, Zitronenzesten, charmantes Bukett, trockene Frische, tapeziert den Gaumen, trinkanimierend, dichte Struktur, einiges Potenzial, Kernobstanklänge.

★★★ K €€€ TR — TIPP
2020 NATURAL Traminer + Rosenöl, ein Hauch Reduktion, kein Problem, blühende Rosen, kandierte Früchte, ziemlicher Stoff, trocken, milde Säure, animierender Gerbstoff, ziemlich dicht, Blütenhonig, Litschi, Mandeltöne, Braucht viel Zeit.

★★★ K €€€ ZW — TIPP
2019 NATURAL Zweigelt + Herzkirschen pur, Veilchen, kühl anmutend, hochelegant, voller Transparenz, ein Charmebolzen sondergleichen, erinnert an große Cru-Beaujolais-Weine, von kalkiger Frische, schwebt förmlich auf dem Gaumen. Cooler Rotwein von hoher Qualität, unglaublich attraktiv.

♛♛♛

Weingut & Buschenschank
Kroiss

Roland & Erika Kroiss
1190 Wien, Sieveringer Straße 108
Tel. +43 1 320 39 92
sievering@kroiss.wine, www.rolandkroiss.at
6,5 Hektar, W/R 85/15

Mit den Weinen des Jahrgangs 2020 wurde das hohe Niveau des Vorjahres noch einmal übertroffen. Die vier Wiener Gemischten Sätze haben das Thema in jeder Gewichtsklasse getroffen. Besonders hervorzuheben ist der Wiener Gemischte Satz der Paradelage auf dem Hackenberg, ein Ausnahmewein, der in diesem Jahr die qualitative Spitze anführt. Neu im Programm ist ein reinsortiger Sauvignon Blanc, der viel Sortentypizität zeigt und richtig gut gelungen ist. Der Chardonnay Ried Hackenberg 2019 von Tochter Julia Ist wieder ausgezeichnet geworden, die gefühlvolle Vinifikation mit angenehmer, eingebundener Holzdosis verspricht bereits in diesem frühzeitigen Stadium sehr viel. *gh*

WIENER GEMISCHTER SATZ DAC

★★★ **S €€€ GS**
2020 Wiener Gemischter Satz Ried Mitterberg + Frische pur, saftige, gelbe Birne, Kumquat, Blutorange, etwas Walderdbeere, weiße Stachelbeere, Cassis-Noten, Holunderblüten, zarte Vegetabilität; auf dem Gaumen straff, präsente Säure, gelbe Zitrusfrüchte, etwas Paprika, schwarze Johannisbeere im trinkanimierenden Nachhall.

★★★ **S €€€ GS**
2020 Wiener Gemischter Satz Ried Reissern + Fruchtbetont, am Beginn zeigt sich der Riesling, mit Luft der Grüne Veltliner, Kräuterwürze, frisch geriebener Pfeffer, saftige Apfelsorten, etwas Grapefruit; fruchtig-würzig, knackiger Golden Delicious, lebendige Säure, zieht angenehm über den Gaumen, großes Trinkvergnügen.

★★★★★ **K €€€€ GS** TOP
2020 Wiener Gemischter Satz Ried Hackenberg + Hochreif ohne jegliche Botrytis, dicht, gelber Paprika, eingelegter Pfefferoni, tiefgründiges Fruchtkonzentrat, Cassis, etwas Williamsbirne, saftiger Pfirsich, zeigt viele Facetten; schmelzig, pürierte Früchte, bleibt immer elegant, strukturiert, vielschichtig, gedörrte Marille, wunderschöne Extraktsüße, pointierte Zitrusnoten, langer Abgang, sehr gutes Reife- und Entwicklungspotenzial.

WIEN

★★★ **K €€€€ GV**
2020 Grüner Veltliner Ried Neuberg + Wunderschöne tiefgründige Fruchtausprägung, saftiger gelber Apfel, rosa Grapefruit, alles fein definiert, dunkle Kräuterwürze, frisch geriebener schwarzer Pfeffer; druckvoll, passende Säurestruktur, exotische Anklänge, knackige Apfelaromen, Mandarinenfilet, gute Spannung, animierende, zarte Bitternote im Nachhall.

★★★ **K €€€ RI**
2020 Riesling Ried Hackenberg Selection + Dicht, konzentrierte, hochreife Marille, wirkt dabei elegant, etwas Pfirsich, feiner Blütenhonig, dosierte Zitrusnoten, saftig und fruchtsüß; richtig zupackend, nervige Säure, blitzsaubere Fruchtausprägung, roter Pfirsich und Orangenfilets, jugendlich und noch ungestüm mit bester Zukunftsprognose.

★★★ **S €€€ SB** TIPP
2020 Sauvignon Blanc + Kühle, sortentypische Stilistik, reifer Paprika, Tomatenrispe, weiße Stachelbeere, schwarze Johannisbeere, etwas Kiwi, wird nie aufdringlich und zu laut; saftig, knackig, guter Biss, Frische pur, Frucht prägt den Gaumen, wieder Cassis und animierende Zitrusfrüchte, nachhaltiger, schwungvoller Abgang, die Premiere ist geglückt.

★★★★ **K €€€€ CH** TIPP
2019 Chardonnay Ried Hackenberg Julia + Feinfühlig im kleinen Holz vinifiziert, angenehme Röstaromen, etwas Vanille, vielschichtige Fruchteindrücke, ganz präzise dunkle Zitrusnoten, Mandarinenfilet, Hawaii-Ananas; Holz ist wohldosiert und bereits in diesem frühen Stadium gut eingebunden, saftige gelbe Birnennoten, feine Würze, klingt lange nach, großes Potenzial.

★★★ **S €€ ZW**
2020 Rosé + Zarte Frucht, etwas Erdbeere, rote Ribisel, rote Herzkirsche, Jostabeere, Orange, feinfühlig; recht druckvoll, solider Körper, passende Bitternote, saubere, knackige Weichselfrucht, aus einem Guss, klingt harmonisch und recht lange nach, gelungen.

★★★★ **K €€€ ZW** TIPP
2019 Zweigelt Ried Hackenberg + Super Frucht, tiefgründige, noble Kirsch-Weichsel-Noten, Schoko-Kirsch, saftig und fruchtsüß, Bitterschokolade, ein Hauch Orange, Waldbeerenanklänge; sehr guter Grip, reife Tanninstruktur, passende, frische Säure, Schwarzkirsche, eingelegte Weichsel, noch ganz jugendlich, langer, anhaltender Abgang, Potenzial.

Heuriger & Weingut
Karl Lentner

Karl Lentner
1210 Wien, Amtsstraße 44
Tel. +43 1 292 51 23
info@karl-lentner.at, www.karl-lentner.com
6,8 Hektar, W/R 75/25

Das Weingut Karl Lentner mit dem Heurigenlokal in Wien Großjedlersdorf zählt zu den beliebtesten Zielen für Wein- und Heurigenfreunde. An den einstigen Bauernhof mit seiner Schweinezucht und Hühnern erinnern heute nur mehr die bodenständig ehrliche Verpflegung und herzhafte Kochkunst von Eva Lentner, die das Buffet mit Liebe leitet und so viel zum Erfolg des Heurigen beiträgt. Auch sind die Getreidefelder der einstigen Landwirtschaft idyllischen Weingärten am Fuße des Bisambergs gewichen. Diese Weingärten sind Karl Lentners hochwertige Quelle, um authentische Weine wie den Wiener Gemischten Satz mit seiner fruchtig-pfeffrigen Sortentypizität zu keltern. *kk*

WIENER GEMISCHTER SATZ DAC

★★ S €€ GS
2020 Wiener Gemischter Satz + Birnen-Marillen-Bukett; saftiges Steinobst, vegetabile Würze und Orangenzesten, bodenständige Veltliner-Aromen mit frischem Pfeffer und tropischen Fruchtnoten, ein „Wiener Klassiker" mit pikantem Trinkfluss.

★★★ S €€ GS
2020 Wiener Gemischter Satz Ried Bisamberg + Duftiger Obstkorb; Pfirsich-Apfel-Melange, fruchtig-würzig, etwas Exotik in komplexer Frucht, harmonisch verwobene Säure frischer Clementinenzesten, bisschen Honigmelonen, muskulös und dynamisch strukturiert, mit süßlich-würzigen Kräuternoten im langen Finale.

★★★ S €€ GS **TIPP**
2020 Wiener Gemischter Satz Ried Jungenberg + Kühles Steinobstbukett; Birnen und elegante Marillenaromen, vielschichtiger Extrakt und eingebundene Säure, fruchtig-animierend mit Tiefe, vegetabile Würze in feinkörniger Mineralität, schon gut anzutrinken.

WIEN

★★ S €€ GV
2020 Grüner Veltliner Ried Steinbügeln + Apfel-Pfirsich-Bukett; extraktsüße Zitrusnoten zu reifem Kernobst, fruchtig-würzig mit „Pfefferl" im zügigen Trinkfluss.

★★★ S €€ GV **PLV**
2019 Grüner Veltliner Ried Kirchberg Alte Reben + Nobler Apfelduft; Golden Delicious und Granny Smith; saftig und reif, Zitronengelee und Honigmelonen, steinig-herbe Würze grüner Nüsse, dicht und stabil, elegante Vielschichtigkeit der alten Reben, gedeckte Fruchtaromen mit Spur Anis, etwas Exotik im charaktervollen, nuancenreichen Nachhall.

★★ S €€ GM **FUN**
2020 Gelber Muskateller + Duftige Holunderblüten; animierend muskattraubig, saftig und spielerisch, feinwürziger Waldmeister und Melisse, mit lebhafter Clementinensäure, Rosenblüten und Prise Piment, pikant schwungvoll im Finish.

★★★ S €€ RI **PLV**
2020 Riesling Ried Falkenberg + Saftige Marillennase; reif und fruchtig, gelbe Ringlotten und Pfirsiche, etwas Exotik, rassige Litschis und junges Zitronengras mit knackiger grüner Würze, lebhaft und dynamisch, mit dicht-steiniger Ader in saftiger Frucht und heller Vegetabilität, beständig im animierenden Rückaroma.

★★★ S €€ CH **PLV**
2020 Chardonnay Privat + Gelbfruchtiger Duft; Honigmelonen, gelben Ringlotten, reife Birnen, Bananen und gelbe Blütenblätter, gefühlvoll komponiert, schmelziges Karamell im dezenten Edelholz, Hauch Rosmarin, etwas Bischofsbrot und eingelegte Marillen, Kakao und Haselnusscreme, zart röstig, etwas heller Tabak, kraftvoll wärmend, komplex und gaumenfüllend mit hohem Potenzial.

★★ S €€ ME
2020 Merlot Blanc + Helles Beeren-Bukett; saftig-frisch, gelbe Johannisbeeren, zarte Erdbeeraromen, weiße Kirschen und feinwürzige rote Blütenblätter, etwas Blutorange, geschmeidig und unkompliziert im Trinkfluss.

★★★ S €€€ ME
2018 Merlot Ried Steinbügel Reserve + Fleischige Schwarzkirschen; Hauch Cassis, Heidel- und Brombeer-Confit, dicht und komplex, etwas Peperonata, straffe Lakritze und Schwarztee, zart rauchig mit eingebundener Fruchtsüße, Mokka und Granatapfel in präsenten Tanninen, kompakt im fruchtig-herben Finale.

★★★ S €€ CR
2018 Cuveé Exquisite + (CS/ME/ZW) Dichte Waldbeer-Aromen; kräftig mit füllig-saftigem Extrakt, Brombeer-Confit mit Weichselgelee, Würze gebratener roter Schoten, Prise Rosenpaprika, reife Tannine mit Orangenaromen und Schokolade, fruchtig-röstig integriertes Holz in komplexer Einheit, reif und fruchtbetont, mit hohem Trinkgenuss.

Weingut
Mayer am Pfarrplatz

Gerhard J. Lobner
1190 Wien, Pfarrplatz 2
Tel. +43 1 336 01 97
office@pfarrplatz.at, www.pfarrplatz.at

61 Hektar, W/R 95/5

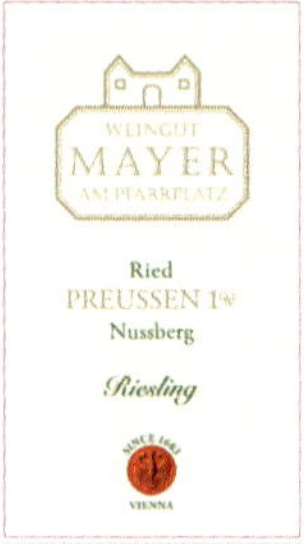

Das sicherlich schwierigere Weinjahr 2020 wurde vom Pfarrplatz-Team offensichtlich ebenso gut gemeistert wie der exzellente Jahrgang 2019 – dies beweisen bereits die vier verschiedenen Wiener Gemischten Sätze, die samt und sonders ihre Kategorie nahezu optimal repräsentieren. Ob man an der Spitze die elegante Ried Preussen oder den wieder fulminanten Langteufel bevorzugt, wird wohl An-sichtssache bleiben.

Die Überraschung schlechthin bildet für 2020 der ungewöhnlich aromatische Veltliner vom Grinzinger Schenkenberg, der von den höheren Niederschlägen schmeckbar profitiert hat. Aus dem Trio der Rieslinge – der Weiße Marmor wird erst im nächsten Jahr vorgestellt – brilliert die Preussen-Version mit tiefer Pfirsichfrucht und hoher Rasse. Erneut sehr gut gelungen sind die beiden Gewächse aus der Dornbacher Enklave Alsegg: Der noch immer sehr preisgünstige Riesling ist frei nach Weinheber wirklich ein kecker, der Sauvignon gefällt hingegen wieder durch seine tiefe Beerenfrucht. *vs*

WIENER GEMISCHTER SATZ DAC

★★ S €€ GS
2020 Wiener Gemischter Satz + Kühl, frisch und ziseliert, ein Hauch von weißem Pfeffer, schlank, doch spannungsgeladen, legt im Glas zu und entwickelt zarte Apfelfrucht, pikant und leichtfüßig.

★★★ S €€€ GS FUN
2020 Wiener Gemischter Satz Nussberg + Lindenblüten und Melisse im dezenten, leicht kreidigen Bukett, vital und zupackend, feingliedrige, pikante Zitrusfrucht mit chiliartiger Würze, zahlreiche Facetten und rassiges Finale.

★★★★ S €€€€ GS
2019 Wiener Gemischter Satz Ried Preussen Nussberg 1ÖTW + Beginnt mit Feuerstein und Salzblüte, auch leichter Blütenduft, feingliedrig wie vornehm, satte Birnenfrucht, extraktsüß und komplex, passende Säure im salzigen Nachhall.

★★★★ S €€€€ GS TIPP
2019 Wiener Gemischter Satz Ried Langteufel 1ÖTW + Nach Zitronenmelisse und Akazienblüten, vereint Strahlkraft mit Temperament, feine Kräuterwürze, verblüffend jugendlich und spannungsgeladen, extraktreich und dicht, viel Substanz und rassiges Säurekorsett, Zukunft.

WIEN

★★★ S €€€ GV TIPP
2020 Grüner Veltliner Grinzing + Von kühler Aromatik geprägt, die von der Feuchtigkeit des Jahres begünstigte Spitzenlage Schenkenberg entfaltet ihr Potenzial, dunkelbeeriger Fruchtschmelz, eng verwoben, voll Saft und Kraft, ein Wiener Grüner, wie man ihn selten findet.

★★★ S €€ RI PLV
2020 Riesling Ried Alsegg Hernals + Zunächst verschlossen, dann erstaunlich fein gesponnene, hellfruchtige Aromen à la Limette und grüne Stachelbeere; kühl und animierend trotz hoher Reife, mit stahliger Säure ausklingend.

★★★ S €€€ RI
2020 Riesling Nussberg + Gelber Pfirsich und Zuckermelone im offenherzigen Bukett, fein strukturiert und entgegenkommend, saftig, erfrischend und straff bei schlanker Textur, geht schön auf, präsente Säure.

★★★★ S €€€€ RI TIPP
2019 Riesling Ried Preussen 1ÖTW + Puristische Nase nach Weingartenpfirsichen und Fleur de Sel, bringt die kalkige Note der Lage voll zur Geltung, saftig, kraftvoll und markant, eine Spur Restzucker wird bestens integriert, hochelegant und verführerisch, lang und ausbaufähig.

★★ S €€ SB
2020 Sauvignon Blanc + Ausgewogenes Bukett nach Geißblatt und Cassis, Brennnessel-Würze dahinter, besitzt Spannkraft und Pikanz, vital und balanciert, baldiger Trinkspaß garantiert.

★★★ K €€€ SB
2020 Sauvignon Blanc Hernals + Weißer Spargel und schwarze Johannisbeeren im Duett, kühle Zurückhaltung, subtiles Spiel, rund, geschmeidig und fruchtsüß, von der suggestiven Beerenfrucht geprägt, gute Prognose.

Weingut
Rotes Haus

Gerhard J. Lobner
1190 Wien, Pfarrplatz 2
Tel. +43 1 336 01 97
office@pfarrplatz.at, www.pfarrplatz.at
9 Hektar, W/R 100/0

Das Rote Haus hat sich diesmal sozusagen auf seine Kernkompetenz konzentriert und „lediglich“ seine vier unterschiedlichen Wiener Gemischten Sätze vorgestellt. Diese sind allerdings ein eindringliches Plädoyer für diese so traditionsreiche Wiener Spezialität geworden, denn so fein und souverän haben sie sich noch nie präsentiert.
Schon der Einstiegswein gefällt mit Vitalität und tiefer Agrumenfrucht, und der Nussberger kann die dem „burgundisch“ dominierten Mischsatz innewohnenden Attribute Reife und Schmelz quasi perfekt mit dem Biss des feuchten Jahres 2020 verbinden. Große Klasse beweisen dann die beiden Grands Crus von den Rieden Preussen und Langteufel. Ist der ebenso machtvolle wie vielschichtige Langteufel ja in jedem Jahrgang ein Anwärter für den Titel des besten seiner Kategorie (die weißen Cuvées gleich eingerechnet), so erwächst ihm 2019 mit dem vornehmen und tieffruchtigen Preussen gleichsam ein ebenbürtiger Konkurrent im gleichen Haus.
Als erfreuliche Neuheit ist eine im Kellergebäude in der Kuchelauer Hafenstraße untergebrachte Vinothek zu vermelden, deren Ambiente viel Chic ausstrahlt. Dort können ab der Öffnung dann auch sämtliche Weine vom Roten Haus und des Schwesterweingutes Mayer am Pfarrplatz in relaxter Atmosphäre verkostet werden, wobei auch ältere Jahrgänge und Raritäten zur Verfügung stehen. Im Sommer wird wohl die großzügige Terrasse, die von der Lage zwischen Donau und Nussberg profitiert, zum bevorzugten Schauplatz werden. *vs*

WIENER GEMISCHTER SATZ DAC

★★★ S €€ GS
2020 Wiener Gemischter Satz + Klar und lebhaft, duftet nach Orangenzeste und Mandeln, sehr schwungvoll, bereits erstaunlich rund und harmonisch, feine Mandarinenfrucht, viel Biss.

★★★ S €€€ GS TIPP
2020 Wiener Gemischter Satz Nussberg + Der aus fünf Sorten komponierte Mischsatz zeigt schon in der Nase „burgundisches“ Flair sowie Charme und Tiefgang; Walnüsse, Lezithin und Blutorange, fleischig und cremig, viel Power, aber auch ungewohnte Rasse und Länge.

★★★★ K GS TIPP
2019 Wiener Gemischter Satz Ried Preussen 1ÖTW + Besticht diesmal von Anfang an mit dunkler Beerenfrucht, nobel und ausgereift; von nussiger Würze durchzogen, erneut rotbeerige Komponenten, cremiger Schmelz und perfektes Equilibre, große Ressourcen.

★★★★ K GS
2019 Wiener Gemischter Satz Ried Langteufel 1ÖTW + Maroni und Schälnüsse im ungestüm-juvenilen Bukett, auch etwas Verbene, dezente Noblesse; auf dem Gaumen bereits bedeutend ruhiger, nach Ananas und Hirschbirne, engmaschig wie vielschichtig, viele Nuancen und große Reserven.

BIO

Weingärtnerei
Peter Uhler

Peter Uhler
1190 Wien, Hackenberggasse 29/7/4
Mobil +43 660 533 75 51
peter.uhler@chello.at, www.weinuhler.at
2,5 Hektar, W/R 85/15, 10.000 Flaschen/Jahr

Musik & Wein, da tauchen gleich viele Parallelen auf. Peter Uhler hat es mit Leidenschaft und viel Einfühlungsvermögen geschafft, sich auch beim Wein auf unterschiedliche Interpretationen einzulassen. Eines sei gleich vorweggenommen, mit der aktuellen Weinserie konnte der Winzer nahtlos an die Qualität des Vorjahres anschließen. Jeweils eine Hälfte seiner Rebfläche steht auf dem Nussberg die andere auf dem Reisenberg. So wie es sich für einen Wiener Winzer gehört, ist der wichtigste Wein im Sortiment der Wiener Gemischte Satz, der beinahe 50% ausmacht. Die Rebanlagen sind seit dem Jahre 1999 sukzessive gewachsen und mit seinen Zugängen learning by doing, viel Bauchgefühl zulassen, keine Vorgaben und all das ohne finanziellen Zwang bewerkstelligen zu können eine perfekte Ausgangssituation. Die biologisch-dynamische Bewirtschaftung ist für Peter Uhler der zeitgemäße Weg, und wenn man den sympathischen Winzer persönlich kennengelernt hat, schlüssig und nachvollziehbar. *gh*

WIENER GEMISCHTER SATZ DAC

★★★ S €€€ GS
2020 Wiener Gemischter Satz Ried Mitterberg + Großes Sortenspektrum, gelbe Birne, Weingartenpfirsich, fruchtsüße Erdbeere, frische, dunkle Zitrusnoten, feinwürzig, eingelegter Pfeffer; kühle, kalkige Noten, mineralische Assoziationen vom schwarzen Schiefer, rassig und lebendig, Orangenzesten im Abgang.

★★★ S €€€ GS
2020 Wiener Gemischter Satz Ried Reisenberg + Hochreife Steinobstnoten, saftiger Weingartenpfirsich, gelbe Birnenaromatik, nussig, zarter Rosenduft, ein Hauch Blütenhonig; recht füllig, Kernobst, gelbe Kriecherln, rosa Grapefruit, richtig animierend, klingt mit angenehmer Bitternote recht lange nach.

★★★ S €€€ GS **TIPP**
2020 Wiener Gemischter Satz Ried Obere Schoss + Hochelegante Aromavielfalt, traubig, gelbfruchtige Noten, exotisches Feeling, vollreife Mango, Marillengelee, saftig und dicht; kalkige Noten, Bodenton setzt sich positiv durch, sehr gute Persistenz und beste Zukunftsperspektive.

WIEN

★★★ S €€€ GM
2020 Gelber Muskateller Ried Reisenberg + Rosenduft, vollreife Fruchtaromen, Pfirsich, Nektarine, Mango, Marille, frische Holunderblüten, Mandarinenfilet, etwas rosa Grapefruit; kühle Frucht, nasser Stein, feingliedrig, animierende, dunkle Zitrusaromen, saftig-fleischige Blutorange, gedörrte Marille im anhaltenden Abgang.

★★★ S €€ GV
2020 Grüner Veltliner Ried Langteufel + Vollreife Apfelaromen, feine Kräuterwürze, eine Prise frischer Pfeffer, rosa Grapefruit, Gute Luise, gelbe Ringlotten; animierende Zitrusnoten, knackiger Klarapfel, zeigt Biss, strukturiert, rosa Pfeffer, passende Bitternote im Finish.

★★★ S €€€ RI
2020 Riesling Ried Reisenberg + Feine Pfirsicharomen, saftige Nektarine, recht straff, wirkt mineralisch, hochreif und nobel; lebendige, präsente Säure, gut strukturiert, Marillenfrucht und Marillenhaut, jugendlich mit sehr guten Anlagen, klingt mit angenehmer Bitternote aus.

★★★★ K €€€€ CW **TIPP**
2020 Cuvée in weiß Ried Langbrunner + Mango, Blutorange, Kumquat, Mandarinenfilet, Weingartenpfirsich, vielschichtig und blitzsauber; dunkle Zitrusfrucht animierend und hochfein ausgeprägt, zeigt Spannung und Tiefgang, komplex, Orangenfilet, saftig mit viel Frische, sehr gute Persistenz, beste Zukunftsprognose.

★★★ S €€€ CW
2020 Burgundercuvée Ried Ring + (CH/WB) Kraftvoll und hochreif, passendes, noch präsentes Holz, exotische Noten, Hawaii-Ananas, etwas Karamell, saftig, dicht, feine Kräuterwürze, nussig; sehr guter Stoff, süßes Holz, beginnt sich bereits zu harmonisieren, Vanille, etwas Kokos, langer Abgang, sehr gutes Potenzial.

★★★★ S €€€ GV **TIPP**
2020 Grüner Veltliner Ried Reisenberg „Der Jubilar" Reserve + Veltliner-Würze, Grapefruitfilets, alles vom Holz angenehm umrahmt, reife, knackige Apfelsorten, mit Luft frisch geriebener Pfeffer, voll ausgereift, vielschichtig; komplex und fruchtbetont, blitzsaubere rosa Grapefruit, frischer und lang anhaltender Abgang.

BIO

Weingut
Wieninger

Fritz Wieninger
1210 Wien, Stammersdorfer Straße 31
Tel. +43 1 290 10 12
weingut@wieninger.at, www.wieninger.at
75 Hektar, W/R 65/35, 350.000 Flaschen/Jahr

Fritz Wieninger ist 2020 ein toller Jahrgang gelungen. Der Septemberregen sorgte zwar für etwas Botrytis, die aber vor allem den Rieslingen gut zu Gesicht steht. Die Weine haben eine seltene Mineralität, eine ungemeine Salzigkeit, welche der Regen transportiert hat. In diesem Jahr strotzen schon die sogenannten Basis-Weine vor Mineral. Es wird vermehrt verkorkt im Weingut Wieninger. Man verwendet Diam-Korken auf Bienenwachsbasis.

Alle tollen Weine hier aufzuzählen ist aus Platzgründen nicht möglich, die Highlights sind folgende: 2020 Grüner Veltliner Ried Kaasgraben – der nächste Anwärter für 1 ÖTW. Dieser Wein ist der vielleicht spannendste des Jahrganges. Die beiden Weine von der Ried Preussen – GV und RI sind großartig. Die Ried Rosengartl ist nicht umsonst das Flaggschiff des Hauses – ein brillanter Riesling und ein unfassbar toller Wiener Gemischter Satz DAC sprechen für sich. Da bleibt einem vor Staunen der Mund offen. Bestens ist die vielschichtige Ried Ulm Wiener Gemischter Satz DAC. Vom Bisamberg kommt ein formidabler Wiener Gemischter Satz DAC Ried Falkenberg – ein ungemein kompakter, sehr ernsthafter Wein. Der 2019 Chardonnay Grand Select gehört nicht umsonst zu den besten des Landes.

Die Rotweine sind großartig – 2018 Danubis Grand Select, 2019 Pinot Noir Grand Select, 2018 Merlot Grand Select etc. *as*

WIENER GEMISCHTER SATZ DAC

★★★★ G €€€€ GS TIPP
2020 Wiener Gemischter Satz DAC Ried Falkenberg 1 ÖTW/Bisamberg + Ausgeprägte Kräuternoten, Birnenfrucht, kompakter Körper, dunkle und helle Würze, salzig, dezent rauchig, kalkige Noten, tolle Länge, Steinobst, eng.

★★★★ K €€€€ GS TIPP
2020 Wiener Gemischter Satz DAC Ried Ulm 1 ÖTW + (WB, NB, RI, WR, GV, SI, TR) Momentan dominiert der GV, weißer Pfeffer, gelbe Früchte, Wiesenkräuter, bisschen Mango, gewisse Opulenz bei enormer Eleganz, zeigt Frische, auch Fülle, ein Langstreckenläufer, Walnüsse, Birnen.

★★★★ K €€€€ GS TIPP
2020 Wiener Gemischter Satz DAC Ried Rosengartel 1 ÖTW + (GV, RI, WB, WR, TR) Ungemein frisch, kühl, Steinobst, voller Mineral, dichte Struktur, gelber Apfel, Blütenhonig, äußerst vielschichtig, salzig, Orangenzesten, der Traminer fügt sich mit seinen blühenden Rosen ein, kompakt.

WIEN

★★★ K €€€€ GV TIPP
2020 Grüner Veltliner Ried Kaasgraben/Sievering + Grüner Veltliner von großer Konzentration, der Regen hat alle Mineralstoffe in den Trauben konzentriert, ein leichter, ungemein kühler Wein, so richtig Chablis-like, Salz, Tiefe, ungemein präzise, glockenklar, sensationelle Frische, Klasse.

★★★★ K €€€€ GV TIPP
2020 Grüner Veltliner Ried Preussen 1 ÖTW + Unglaublich spannend, hochmineralisch, straff, noch etwas Gerbstoff, strukturiert, Balance, Pfeffer, Blüten, ganz fein liniert. Dezente Exotik, Birnenhauch, Blütenhonig, sehr komplex.

★★★★ S €€ RI TIPP
2020 Riesling Ried Preussen 1 ÖTW + Geht in die Tiefe, engmaschig, rassig, Riesling pur, enorme Substanz, Kräuter, Steinobst, Weingartenpfirsich, steinige Aspekte, enorme Spannkraft, nie vordergründig, salzig, fest, tief.

★★★★ K €€€€€ RI TIPP
2020 Riesling Ried Rosengartel 1 ÖTW + Hintergründig, immer den Boden ausstrahlend, ungemein tiefgründig, ganz großer Stoff, viele Kräuter, Gewürze, Steinobst, tolle Säure, dichte Struktur, ein Riesling für die nächsten Jahrzehnte.

★★★★ K €€€€€€ CH TIPP
2019 Chardonnay Grand Select + Senfsaat, ganz viel Mineral, stoffig, kraftvoll, eng, Nelken, gelbe Früchte, Löwenzahn, Honigtöne, Quitte, Hauch Karamell, schönes Säurespiel, exotisch, rauchig, gelbfruchtig. Überaus vielschichtig.

★★★★ K €€€€€€ PN TIPP
2019 Pinot Noir Grand Select + Hohes Niveau, Pommard-like, dunkle Aromatik, Zwetschken, Waldbeeren, Unterholz, Leder, Pilze, karg am Gaumen, eng, etwas Schoko, feine Holznuancen, Kirschfrucht, Tabak, toller Pinot Noir mit Grip.

★★★★ K €€€€€ PN TIPP
2019 Pinot Noir TRIBUTE + Enorm konzentrierter Pinot Noir, reife Zwetschken, Himbeeren, dunkel getönt, erinnert an großen Grand Echezeaux, tiefgründig, total jung, großer Stoff.

★★★★ K €€€€ SL
2018 St. Laurent Grand Select + (Bisamberg) Cassis, Pflaumen, Heidelbeeren, Kaffee, Lebkuchen, toller Stoff, festes Tannin, Karamell, getrocknete Birne, ungemein saftig und typisch, Kräuternoten, schwarze Kirschen, etwas Nougat.

★★★★ K €€€€€ CR TIPP
2018 Danubis Grand Select + (CS, ME, ZW) Noble Schokotöne umschmeicheln die Nase, Waldbeeren, Kirschen, Cassis, Orangenschalen, ganz feine Tannine, mineralischer Ausdruck, perfektes Holz, Minze, ungemein vielschichtig.

VINOTHEKEN

1010 INNERE STADT

Julius Meinl am Graben GmbH
1010 Wien, Graben 19
Tel. +43 1 5323334
office@meinlamgraben.at
www.meinlamgraben.at

O boufés - Konstantin Filippou
1010 Wien, Dominikanerbastei 17
Tel. +43 1 512222910
reservation@konstantinfilippou.com
www.konstantinfilippou.com

Tinto Rosso – Die Weinbar
Gerlinde Kast und Kurt Perko
1010 Wien, Dr.-Karl-Lueger-Platz 4b
Tel. +43 699 19995012
wein@tintorosso.at
www.tintorosso.at

Vinothek St. Stephan
1010 Wien, Stephansplatz 6
Tel. +43 1 5126858
info@vinothek1.at
www.vinothek1.at

Vinothek Unger & Klein
1010 Wien, Gölsdorfgasse 2
Tel. & Fax +43 1 5321323
fragen@ungerundklein.at
www.ungerundklein.at

Wein & Co Stephansplatz
Shop.Bar.Restaurant
1010 Wien, Jasomirgottstraße 3-5
Tel. +43 1 50706-3121
jasbar@weinco.at

Zum Schwarzen Kameel
1010 Wien, Bognergasse 5
Tel. +43 1 5338125
info@kameel.at, www.kameel.at

Billa Corso Hoher Markt
1010 Wien, Hoher Markt 12
office.hohermarkt@billa.at
www.billa.at/aktionenundmaerkte/corso/
billa-corso-hoher-markt

1020 LEOPOLDSTADT

Barolista – Piemontweine
1020 Wien, Alliiertenstraße 12
Tel. + 43 1 2126951
info@barolista.at, www.barolista.at

Spezerei
1020 Wien, Karmeliterplatz 2
Tel. +43 699 17200071
office@spezerei.at, www.spezerei.at

Vinothek Zawadil
1020 Wien, Freudenau 255
Tel. +43 1 7266628, +43 664 3846223
vinothek@zawadil.at, www.zawadil.at

1030 LANDSTRASSE

Heunisch & Erben
Weinbar – Restaurant – Weinhandel
1030 Wien, Landstrasser Hauptstrasse 17
Tel. +43 1 2868563
erben@heunisch.at, www.heunisch.at

Weinskandal
1030 Wien, Ungargasse 28 (im Hof)
Tel. +43 676 83858182
shop@weinskandal.at, www.weinskandal.at
Öffnungszeiten: Di–Fr 16–19 Uhr

Lingenhel
1030 Wien, Landstraße Hauptstraße 74
Tel. +43 1 7101566
office@lingenhel.com

1040 WIEDEN

Eulennest Vinothek in Wieden
Stefan Friedenreich
1040 Wien, Operngasse 30
Tel. +43 1 8902272
eule1040@eulennest.at, www.eulennest.at

Edelgreisslerei Opocensky
1040 Wien, Favoritenstrasse 25
Tel. +43 1 5036311
office@opocensky.at, www.opocensky.at

Pro Vino Lang & Partner KEG
1040 Wien, Große Neugasse 6
Tel. +43 1 5815040
provino@aon.at, www.provinolang.at

1050 MARGARETEN

Pub Klemo Weinbar Wien
Robert Brandhofer
1050 Wien, Margaretenstraße 61
Tel. +43 699 11091332
info@pubklemo.at, www.pubklemo.com

Vinothek La Cave
Catherine Sajus & Michael Klonfar
1050 Wien, Bacherplatz 12
Tel. +43 1 5447383
vinothek@lacave.at, www.lacave.at

1060 MARIAHILF

Wein & Co Bar Am Naschmarkt
1060 Wien, Getreidemarkt 1
Tel. +43 1 5857257
nas@weinco.at
www.weinco.at/filiale/wien-naschmarkt

Wein & Co Cáfe Bar
Peter Hainz
1060 Wien, Mariahilfer Straße 36
Tel. +43 50706 3020
mar@weinco.at, www.weinco.at

1070 NEUBAU

Vinonudo
1070 Wien, Westbahnstraße 30
Tel. +43 650 8215552
office@vinonudo.at
www.vinonudo.at

1080 JOSEFSTADT

La Trouvaille
Bücher & Weine
1080 Wien, Blindengasse 2
Tel. +43 67762465658
info@la-trouvaille.com
www.la-trouvaille.com

VINOE Die Niederösterreich-Vinothek
1080 Wien, Piaristengasse 35
Tel. +43 1 4020961, +43 676 7879959
vinoe@aon.at, www.vinoe.at

1090 ALSERGRUND

Hofkellerei im Gartenpalais Liechtenstein
Vinothek und Bar (mit Garten)
1090 Wien, Fürstengasse 1
Tel. +43 1 3195767 300
vinothek@hofkellerei.at
https://www.hofkellerei.at/de/die-hofkellerei

Mast
1090 Wien, Porzellangasse 53
Tel. +43 1 9226679
contact@mast.wine
www.mast.wine

Walletschek
Weinversand Café Vinothek Greißlerei
1090 Wien, Sobieskiplatz 8
Tel. +43 1 3151061, +43 664 2103206
cafe.walletschek(at)chello.at
www.walletschek.at

1130 HIETZING

1130 Wein Vinothek
Robert Sponer-Triulzi
1130 Wien, Lainzerstrasse 1 Top5
(gegenüber Altgasse 27)
Tel. +43 699 18000002
vinothek@1130wein.at
www.1130wein.at

1180 WÄHRING

Vinophilia & Cetera
1180 Wien, Währinger Straße 145
Tel. +43 1 4700 1110
office@vinophilia.at
www.vinophilia.at

NEUSIEDLERSEE

Im Norden und Osten des Neusiedler Sees breitet sich das nach ihm benannte Weinbaugebiet bis zur ungarischen Grenze aus. Es reicht von den Hügeln der Weinstadt Gols über den flachen Heideboden bis hinunter in den beschaulichen Seewinkel. Die wichtigsten und bekanntesten Weinbauorte sind Gols, Mönchhof, Halbturn, Podersdorf, Frauenkirchen, Illmitz, Apetlon und Andau.

6.675 Hektar Weinanbaufläche
Die wichtigsten Rebsorten:
Welschriesling, Zweigelt

Durch die Einführung der DAC Neusiedlersee im Jahre 2011 hat sich das Weinbaugebiet etwas verkleinert; die am Westufer des Sees gelegenen Gemeinden Jois und Winden gehören nunmehr nicht mehr zum Weinbaugebiet Neusiedlersee. Weine, die dort gewachsen sind, tragen entweder die DAC Leithaberg oder die Herkunft Burgenland.

Die österreichweite Tendenz zur Auspflanzung von Rotweinen hat dazu geführt, dass einstige Weißweinzentren wie Gols zu Rotwein-Hochburgen geworden sind. War früher der Trend zu französischen Sorten wie Cabernet Sauvignon, Merlot und Syrah kaum aufzuhalten, so ist seit einigen Jahren die Rückbesinnung auf Zweigelt, St. Laurent und Blaufränkisch merkbar. Die „DAC Neusiedlersee" bezieht sich auf trockene Rotweine der Rebsorte Zweigelt (DAC) bzw. von Zweigelt dominierte Cuvées (Anteil mindestens 60%, nur autochthone Rebsorten als Cuvée-Partner) für DAC Reserve. Der Mindestalkoholgehalt beträgt 12% bzw. 13%, ein Restzuckergehalt bis 4 g/l ist zulässig. Für „Neusiedlersee DAC" ist Einreichung zur Prüfnummer ab dem 1. Februar des auf die Ernte folgenden Jahres möglich, für Reserven ab dem 1. Februar des auf die Ernte zweitfolgenden Jahres.

Die große Wasserfläche des Neusiedler Sees wirkt stabilisierend auf Temperatur und Luftfeuchtigkeit und kann auch die im Jahresschnitt sehr geringe Niederschlagsmenge zum Teil wettmachen. Dieses klimatische Phänomen bewirkt im Verein mit den meisten Sonnenstunden Österreichs eine hohe Zuckerreife. Diese wirkt sich auch positiv aus auf jene Zonen, die für die Gewinnung hoher und höchster Prädikatsweine geeignet sind. Das Zentrum der Süßwein-Produktion liegt im Seewinkel im äußersten Süden des Gebietes rund um Weinbauorte wie Podersdorf, Illmitz und Apetlon. Vor allem die See-nahen Lagen profitieren von der fast regelmäßig auftretenden Botrytis – Prädikate wie Beerenauslese (BA) und Trockenbeerenauslese (TBA) können in manchen Jahrgängen in erheblichen Quantitäten erzeugt werden. In Jahren, in denen der Herbst trocken verläuft, wird versucht, mittels der Eisweinerzeugung oder der Kelterung von Strohweinen bzw. Schilfweinen Abhilfe zu schaffen. Viele Süßwein-Spezialisten haben mit aromatischen Sorten wie Scheurebe (Sämling), Muskat-Ottonel oder Traminer besonders überzeugen können, aber auch mit Welschriesling, Chardonnay und Weißburgunder.

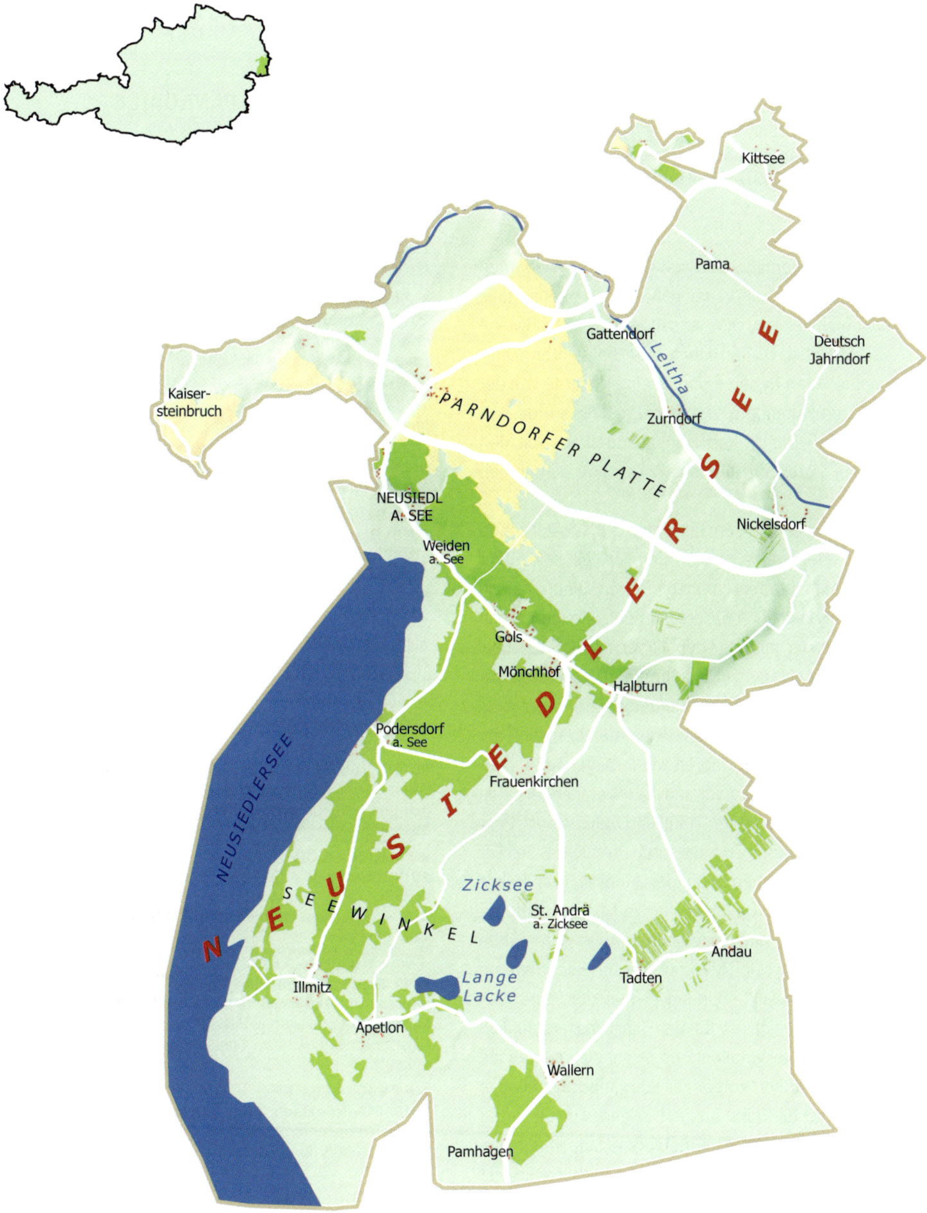
Kittsee
Pama
Gattendorf
Leitha
Deutsch Jahrndorf
Kaiser-steinbruch
PARNDORFER PLATTE
Zurndorf
NEUSIEDL A. SEE
Nickelsdorf
Weiden a. See
Gols
Mönchhof
Halbturn
Podersdorf a. See
Frauenkirchen
NEUSIEDLERSEE
Zicksee
SEEWINKEL
St. Andrä a. Zicksee
Andau
Tadten
Illmitz
Lange Lacke
Apetlon
Wallern
Pamhagen

BIO

Weingut
Paul Achs

Paul Achs
7122 Gols, Neubaugasse 13
Tel. +43 2173 2367, Fax -7
office@paul-achs.at, www.paul-achs.at
26 Hektar, W/R 20/80, 100.000 Flaschen/Jahr

Erwartungsgemäß hat Paul Achs die Ressourcen des tollen Weinjahrgangs genützt, um ebenso tolle Weine zu keltern. Dies ist schon für die Weißweine zu konstatieren, bei denen dem bekannten Chardonnay Alten Reben erstmals eine Variante von der Top-Lage Altenberg zur Seite gestellt wurde, die es punkto Dichte und Feinheit durchaus mit den großen Vorbildern aus der Bourgogne aufnehmen kann.

Bei den Roten 2019ern fällt sofort auf, wie gut schon die Einstiegsweine geraten sind: Das gilt sowohl für den noch straffen, archetypischen Blaufränkisch Edelgrund als auch für den saftigen wie markanten Zweigelt, der mit ungewöhnlicher Tanninfülle überrascht. Aber auch das „Mittelfeld" überzeugt sofort, denn charakteristischer und tiefgründiger kann ein Syrah wohl kaum sein, wenn man ihm auch am liebsten erst in fünf Jahren wiederbegegnen möchte. Ebenfalls ohne Fehl und Tadel präsentiert sich der elegante, bereits auffallend balancierte Pannobile. Aus dem Trio der drei Premium-Blaufränkischen präsentiert sich der Finesse und Rasse hervorkehrende Spiegel schon in früher Hochform, aber auch der tiefwürzige, stets etwas unterkühlte Ungerberg hat seine Meriten. Der 2018er Altenberg vom Muschelkalkboden beweist wieder seine Vielschichtigkeit und ist für den Jahrgang erstaunlich tanninreich ausgefallen – ob er ganz an die beiden ausgezeichneten Vorgänger-Jahrgänge anschließen kann, wird die nahe Zukunft zeigen. Für diese hat Paul Achs ja auch noch mehrere Atouts in der Hinterhand, und zwar in Gestalt von mittlerweile vier Jahrgängen eines Spiegel-Blaufränkischen, der rund fünf Jahre geduldig in 3000-Liter-Fässern gereift werden soll. *vs*

NEUSIEDLERSEE DAC

★★★ **K €€€€ CH**
2019 Chardonnay Alte Reben + Cremige Hefenote nach Brioche, auch Navel-Orange, schon harmonisch und einladend, satter, gelbfruchtiger Schmelz, offenherzig, balanciert und druckvoll, alles im Lot.

★★★★ **K €€€€€ CH** TIPP
2019 Chardonnay Altenberg + Ein Feuerwerk dunkler Fruchtaromen, primär nach Cassis und Holunder, dicht verwoben wie komplex, viel Finesse, konzentriert und fruchtsüß, auch sehr rassig im langen Nachhall, großes Potenzial.

★★★ **S €€€ BF** PLV
2019 Blaufränkisch Golser Ried Edelgrund + Tiefe Kirschfrucht, auch pfeffrige Würze, ein wenig hefig und unverblümt, kompakt und tiefgründig, zeigt noch Ecken und Kanten, wohl so gut wie noch nie, ein toller Einstieg in die Golser Blaufränkisch-Vielfalt.

★★★ **S €€€ ZW** PLV
2019 Zweigelt Alte Reben + Nach Powidl und schwarzen Kirschen, auch viel Kräuterwürze, offenherzig wie gediegen, erneut dunkler Aromareigen, erstaunliche Tanninfülle, samtig und ausdauernd.

★★★ **K €€€€ SY** TIPP
2019 Syrah BG + Lagerfeuer und Holzkohle im Duftspiel, könnte kaum sortentypischer sein, wenngleich noch jugendlich und reduktiv, supersaftig wie fruchtsüß, viel Druck und beste Ressourcen.

★★★ **K €€€€ CR** TIPP
2019 Pannobile + (BF/ZW) Zimtige Würze, apart und verlockend, reichhaltig wie authentisch; feine Klinge, konturiert und ausgewogen, klare Kirschfrucht, geschmeidig und lang, viel Trinkfluss.

★★★★★ **K €€€€€ BF** TOP
2019 Blaufränkisch Ried Spiegel + Veilchen und Heidelbeeren im bezwingenden Duftspiel, auch Wacholder, konzentriert und „geheimnisvoll", stets die kühle Eleganz der Lage betonend, wird im Glas immer feiner und expressiver, Zukunft.

★★★★ **K €€€€€ BF**
2019 Blaufränkisch Ried Ungerberg + Tiefwürzig und herzhaft von Anfang an, nach Brombeeren und Unterholz, pikant, kühl und pointiert, eng verwoben, kraftvoll und animierend, viel Biss und gute Länge.

★★★★ **K €€€€€ BF** TIPP
2018 Blaufränkisch Ried Altenberg + Anfangs nach Anis, Holunder- und Maulbeeren, noch ungestüm, auf dem Gaumen bereits balancierter, tiefe Waldbeerenfrucht, satter Schmelz, für den Jahrgang sehr tanninbetont, komplex und vielversprechend.

Weingut
Werner Achs

Werner Achs
7122 Gols, Golberg 5
Tel.&Fax: +43 2173 23900
kontakt@wernerachs.at, www.wernerachs.at
11,4 Hektar, W/R 0/100

Werner Achs hat an sich nur zwei Weine – einen Zweigelt Ried Goldberg und die Cuvée XUR. In großen Jahrgängen wie 2018 und 2017 gibt es noch eine Steigerung, nämlich den „WERNER ACHS". Das ist in Summe wenig – in der Qualitätsdichte überragend.
Es sind grandiose Rotweine von bestem burgenländischen Charakter. Weine, die auch im internationalen Kontext reüssieren. Werner Achs hat ein besonderes Händchen für sensiblen, punktgenauen Holzeinsatz, welcher die Frucht herrlich ummantelt. Weine von großer Klasse.
Der Zweigelt Ried Goldberg 2020 ist von feinster samtiger Fülle, da sind Tiefe und große Eleganz im Spiel. Preis/Leistung 20 Punkte.
Der XUR 2019 steht ganz am Anfang seiner Entwicklung, eine Cuvée von ganz besonderem Ausdruck. Mindestens 20 Jahre lagerfähig.
„WERNER ACHS" gibt es nur in großen Jahrgängen – eben 2019. Ein Ausnahme-Rotwein nur in Magnumflaschen von begeisternder Intensität. Da bleibt kein Wunsch offen. *as*

BURGENLAND

★★★ **S €€ ZW** TIPP PLV
2020 Blauer Zweigelt Ried Goldberg + Ein herrlicher Rotwein, ausgestattet mit vielen Nuancen, Orangenschalen, rote & schwarze Beeren, Kirschen, Vanillenoten, Brombeeren, Cassis, sehr schönes Holz, sehr sensibel eingesetzt, charmante Textur, elegante Note, von ungemeiner Feinheit, der Wein geht richtig auf, mit einer samtenen Struktur von seltener Noblesse. Das ist mit Sicherheit einer der besten Weine aus dieser Rebsorte.

★★★★ **K €€€€€ CR** TIPP
2019 XUR + (BF, ZW, SL) Schoko mit schwarzen Beeren, schwarze Kirschen, Cassis, ein holzverwobener Wein vom Feinsten, hochelegant, von einer charmanten Kühle, von innerer Harmonie getragen, Schokoladenoten, Blutorangen, weiche Fülle bei noch kernigem Tannin, enormer Zug auf dem Gaumen, unglaublich tiefgründig, immer eng und straff, Gewürze kommen hinzu, fast pfeffrig, Kardamom, vielschichtig, ein Wein für viele Jahre. Ein Wein von internationaler Klasse.

★★★★ **K €€€€€€ CR**
2018 WERNER ACHS + (BF, ME) Rote & schwarze Beeren vereint in Nougat, Herzkirschen, feinste Vanille, ummantelt von bestens eingesetzter Eiche, ein kraftvoller Rotwein von besonderem Ausdruck, einer festen Tanninstruktur, einer großen Eleganz, die Faust im Samthandschuh. Ein reichhaltiger, vielschichtiger Rotwein von warmem Timbre, einer exzellenten Saftigkeit. Hier hat man ein Meisterwerk im Glas, das ein großer Künstler geschaffen hat. It's a powerful elegance wine. Diesen außergewöhnlichen Wein gibt es ausschließlich ab Magnumflaschen – 1,5-Liter-Flaschen.

Weingut
AMSEE Pirker-Preisinger

Franz Pirker
7122 Gols, Neubaugasse 19
Mobil +43 664 750 386 76
office@wein-amsee.at, www.wein-amsee.at
W/R 5/95

Für Franz Pirker war 2020 ein „Superjahr", er zeigt das gleich mit einem jugendlich unbeschwerten Zweigelt als Einstiegswein, „alles handgelesen, alles selektiert". Größer könnten Jahrgangsunterschiede kaum sein als sie diesmal in Form des Cabernet Franc dargestellt werden. Wurden für den Vorgänger nur gebrauchte Fässer verwendet, so stieg der Anteil an neuem Holz beim aktuellen Jahrgang auf zwei Drittel. 2018 hatte mit 12,5% erstaunlich viel Power, ging etwas kühler genossen trotzdem als freundlicher Sommerbegleiter durch. Beim aktuellen 2019er stehen 14% auf dem Etikett, die man keinen Moment merkt. Das moderate Holz bildet das Fundament für fulminante Fruchtdarstellung, schon ein erster Genuss. Der „Alte Satz" gefällt zurzeit durch seine vielversprechenden Andeutungen im Duft, intensiv zupackende Gerbstoffe erschweren die Annäherung, es ist viel da, er bringt aber noch nicht alles auf die Reihe. „Drei Jahre Fasslagerzeit machen wenige, und das geht auch nicht in allen Jahren", so erklärt Franz Pirker den V36. Lagerzeit sei für ihn kein Dogma, vielmehr sein eigener Stil, den er mit einem sehr eleganten Wein demonstriert, der noch ein bisschen Zeit im Fass verbringen darf. Von 2013 gibt es auch noch einen V68, allerdings nur in Magnums. Aber warum 68 Monate und nicht 69 oder 72? Franz Pirker ist Jahrgang 1968. *db*

BURGENLAND

★★★ **G €€ ZW** FUN
2020 Zweigelt + Kräftiges Rubin, dunkler Kern, klassisch mit moderatem Holzeindruck, sehr saftige Kirschfrucht, eine Spur ledrig; fruchtsüß, schon recht anschmiegsame Gerbstoffe, erstaunlich zugänglich, gute Länge, etwas kühler gereicht ein fruchtfreundlicher Sommerwein.

★★★★ **G €€€ CF** TIPP
2019 Cabernet Franc + Glänzendes Rubin, dunkler Kern, ätherisch-würzige Cabernet-Franc-Frucht, etwas Zwetschke, dann Cassis und Holunderbeeren; noch straff, dahinter drängelt schon jede Menge Frucht, süße dunkle Beeren, herzhafte Säure bündelt das Ganze noch, kaum spürbares Holz, erster Genuss, sehr guter Ansatz, viel Cassis im Abgang.

★★★ **G €€€€€ CS**
2018 Cabernet Sauvignon Alter Satz + Dunkles Rubin mit Randaufhellung, dunkle Frucht, Brombeeren, Leder, tintige Strenge und eine Spur Jod, viel Cassis, auch ein paar Blätter sind dabei, vielversprechend; voluminöser, fruchtsüß untermauerter Einstieg, Kraft und Fruchtfülle sind noch nicht ganz auf einer Linie, braucht noch Zeit zur Harmonisierung.

★★★★ **G €€€€ BF** TIPP
2018 Blaufränkisch V36 + Schon wunderschöne Melange aus Frucht und Holz, sehr würzig, auch etwas harzig, Tannenzweigerl, Waldboden, dunkle Beeren, gewisser Süße-Eindruck; Gaumen zeigt schon erstes Zusammenspiel, Säure und Gerbstoff verweigern noch die konstruktive Mitarbeit, der Wein hat aber auch noch ein paar Monate im Holz vor sich, sehr viel Frucht, sehr dunkel mit feiner Brombeerschokolade im Ausklang, sehr lang, sehr elegant.

BIO

Weingut
Judith Beck

Judith Beck
7122 Gols, In den Reben 1
Tel. +43 2173 2755, Fax 22175
judith@weingut-beck.at, www.weingut-beck.at
20 Hektar, W/R 70/30

Judith Beck zählt in vielerlei Hinsicht zu den kreativsten Winzern des Landes. Ambitioniert hat sie sich zur Elite der burgenländischen Erzeuger hochgearbeitet, der sie seit geraumer Zeit zuzurechnen ist. Ökologische Nachhaltigkeit und Bioweinbau ist für sie alles andere als Lippenbekenntnis. Längst hat sie einen eigenständigen Stil kreiert, den sie in einfühlsamer Weise umzusetzen versteht, immer wieder ist sie für Überraschungen gut. Im Falle ihrer maischevergorenen Weine arbeitet die Winzerin seit Jahren vielschichtige und feine Nuancen heraus, ohne die maischigen Akzente übermächtig in den Vordergrund treten zu lassen.

Ein herrlich graziler Weißburgunder, der die Lebensgeister zu erwecken vermag, ist im 2020er-Jahrgang gelungen, man wird nicht müde, ihn zu trinken. Mit ihrem neuen Blaufränkisch „Hunny Bunny – No sexual services" hat Judith Beck heuer so richtig den Vogel abgeschossen. Ebenso außergewöhnlich wie der Weinname ist der Charakter dieses ungemein belebenden und zugleich stoffigen Gewächses.

Einigermaßen erklärungsbedürftig ist der Weinname „Koreaa". Die Früchte für diesen Gemischten Satz aus Weiß- und Rotweinsorten gedeihen an Reben, die sich in der Golser Ried „Fürstliches Prädium" befinden. Nach Übernahme der ehemals feudalen Gründe ins bäuerliche Eigentum prägten die Golser dafür den Namen „Korea" aus. Warum das so ist, vermag heute niemand mehr so richtig schlüssig zu erläutern. Judith Beck erweiterte den Vulgonamen für ihren Wein orthografisch um ein extravagantes weiteres „a". Ganz im Gegensatz zu den vorangegangenen Formaten treten im 2019er-Jahrgang die maischigen Akzente stärker hervor.

Ein herrlich kühlfruchtiges Gewächs, das zweifellos als Kreszenz angesprochen werden kann, ist die 2018er Cuvée Pannobile, die den erwähnten eigenständigen Weinstil der Winzerin in hervorragender Weise auf den Punkt bringt: Das gediegene Zusammenspiel aller Komponenten ist höchst erfreulich. Judith Beck hat damit ein überaus ernsthaftes, zugleich aber auch Frohmut erweckendes Gewächs erschaffen. *jw*

BURGENLAND

★★★ S €€ PB FUN PLV
2020 Weißburgunder + Im Bouquet nach Pfirsich, gelber Birne und Melone, kräuterwürzig, Brioche, auch nussige Anklänge und ganz dezente Einsprengsel nach Banane, gute Statur, saftig und vollmundig, sehr guter Trinkfluss, Blutorange im Finish.

★★★ D €€€ BF FUN
2020 Hunny Bunny – No sexual services + Einladende fruchtige Nase nach Himbeeren und dunklen Beeren, im Geschmacksbild setzt sich die Himbeere fort, hinzu treten Aromen wie Stachelbeere und Wacholder, vitaler Charakter, saftig und stoffig, feine Tanninstütze, animierend und trinkvergnüglich, ein ausgesprochen originelles Tröpfchen, kühl zu trinken.

★★★★ K €€€€ CR TIPP
2018 Pannobile + (ZW/BF) Elegantes Bouquet nach reifen Kirschen und kühler Dunkelfrucht, zarte Kräuteranklänge, zeigt am Gaumen kühlfruchtige Noblesse mit Einsprengseln von Heidelbeerfrucht, dicht verwoben, bestens balanciert, sehr guter Trinkfluss, zielstrebig strömend, gute Substanz, vital und erquicklich, lang, Marzipan im Nachhall. Alles in allem ein nuancierter, erquicklicher, distinguierter, Frohmut erweckender und zugleich ernsthafter Wein.

ÖSTERREICH

★★ D €€€ TR
2020 Traminer + Intensiver Orange-Farbton mit rötlichen Reflexen, Grapefruit, Duft nach Rosen, intensive Kräuteranklänge, Litschi, im Geschmacksbild setzt sich ganz deutlich die rosenblütenduftige Prägung fort, dicht, saftig, kräftiger Charakter.

★★ D €€€ GS
2019 Koreaa + (Gemischter Satz aus Weiß- und Rotweinsorten) Goldgelbe Farbe, im Bouquet deutliche Orange-Wine-Prägung mit maischigen Akzenten, kräuterwürzig, im Geschmacksbild nach Bitterorange und Grapefruit, vital, lässt einiges an Tannin verspüren, zupackend, ungezähmter maischebetonter Charakter.

★★★★ K €€€ NB TIPP
2019 Neuburger Bambule + Goldgelbe Farbe, in der Nase zunächst nach einem Kräutermix, hintennach treten auch Anklänge nach Pfirsich hinzu, weist zudem Einsprengsel nach Haselnüssen auf, feinmaschig und dicht, guter Körper, langer Abgang, ein Wein, der vor dem Trinken jedenfalls belüftet werden soll.

Weingut
Zur Dankbarkeit

Christine & Andreas Glück
7141 Podersdorf, P.A. Winklergasse 30
Tel. +43 2177 2829, weingut@dankbarkeit.at
www.weingutzurdankbarkeit.at
10 Hektar, W/R 60/40

Es ist der zweite Jahrgang, den Christine und Andreas Glück komplett eigenverantwortlich gemacht haben. Im Vorjahr hat Josef Lentsch sein Weingut an Tochter und Schwiegersohn übergeben. Die Jugend ist den alten Werten und Traditionen treu geblieben, dennoch wurde an ein paar neuen Stellschrauben gedreht: So gibt es jetzt zwei Weinlinien: die neue „frische Wind-Linie", bei der die Glücks verstärkt auf die aromatischen und klassisch ausgebauten Weine fokussieren, sowie die „barocke Linie", bei der die kräftigen und im Holz ausgebauten Weine zu finden sind: Das sind die Burgunder und Süßweine, die den Geschmack des Weinguts bislang geprägt haben.

Die Veränderungen sind merkbar, aber nicht revolutionär. Die Burgunder-Sorten dominieren nach wie vor. Beim Grünen Veltliner haben die Glücks neue Reize gesetzt. Vom Veltliner gibt es zwei Hektar – und einen neuen Wein: „Wir wollten immer schon einen kräftigen Veltliner im Stil eines Smaragdweins machen", sagt Andreas Glück. Der Erstling, der schlicht „Reserve" genannt wurde, steht auf einem Schotter-Lehm-Boden und gefällt in seiner burgenländischen Andersartigkeit. Vergoren im Stahltank und dann im 2.000-Liter-Fass ausgebaut, ist der Veltliner jedoch enorm alkoholkräftig ausgefallen.

Dass die Jugend auch mit Holz umgehen kann, zeigt sie mit dem ungemein balancierten und stoffigen Chardonnay Barrique – der zwar auch kräftig ist, aber feingliedrig über den Gaumen läuft. Wir dürfen schon gespannt sein, was als Nächstes kommt ...

hp

NEUSIEDLERSEE DAC

★★ S €€ ZW
2019 Zweigelt + Klassisch und sortentypisch, grüne Kirschen, bisschen würzig; mittelgewichtiger, balancierter Zweigelt, hinten etwas Gerbstoff, unkomplizierter Pasta-Wein.

BURGENLAND

★★ S € GV
2020 Grüner Veltliner BG + Weißer Pfeffer, gelbapfelig, Zitrusfrüchte, Orangen und Limetten; relativ saftig und balanciert, grüner Apfel, guter Biss, einfach trinkvergnüglich.

★★ S €€ CW
2019 Cuvée Dankbarkeit Weiß + (CH/PB/PG) Floral, gebrannte Nüsse, nur dezente Frucht, Feuerstein; Grapefruitnoten, bisschen salzig, Oliven, Spargel, vordergründig gerbstoffig.

★★★ S €€€ PG
2019 Pinot Gris + Schöner Fruchtschmelz, cremige Textur, rauchige Würze, Mandeln, schon Tiefe; röstig, Schokobananen, exotische Frucht, Mango, straff, kühle Würze, feine Länge.

★★★★ S €€€ CH **TIPP**
2019 Chardonnay Barrique+ Feine Röstnoten, dezent burgundisch, wirkt saftig, Pilze, helles Nougat, rauchig; super Toasting, Grapefruits, Maracuja, schwarze Oliven, dunkle Schokolade, tolle Länge.

★★★ S €€ GV **PLV**
2020 Grüner Veltliner Reserve + Exotische Fruchtfülle, Ananas, Apfelringe, helle Würze; kräftig, gute Sortentypizität, reifer Apfel, salzig-mineralisch, knochentrocken, aufgeweckter Veltliner mit Biss.

★★ S €€ WR
2019 Welschriesling Ried Schrammel BA + (110 g/l RZ/) Helle Würze, reife Ananas, eingelegte Birnen, Biskuit, Blütenhonig, weiche Textur; mollige Frucht, Rosinen, Maracuja, Grapefruit, zarter Gerbstoff.

★★★ S €€€ WR
2019 Welschriesling Ried Schrammel TBA + (170 g/l RZ) Viel Waldhonig, reifer Pfirsich, tropische Früchte; schöne Würze, Mango, Marzipan und Honig, Nusscreme, gerundet, mittellang.

★★ S €€ CR
2018 Dankbarkeit Rot + (PN/ZW/BF) Weich und würzig, Herzkirschen, Nougatschoko, dezent Zwetschkennoten; burgundisch geprägt, Ribisel, Schwarzbeeren, Kochschokolade, Gerbstoffbitterl.

★★★ S €€ BF **PLV**
2019 Blaufränkisch + Weiche Fruchtfülle, gute Würze, rotbeerig, schokoladig; saftig, Weichseln und Kirschen, relativ mineralisch, angenehme Säure, einige Tiefe, zeigt Länge.

★★ S €€ BF
2017 Blaufränkisch + Relativ würzig, Schwarzbeeren, bisschen Herzkirschen, Lebkuchen, mittlere Tiefe; würzige Frucht, Cassis, Kirschen, Lorbeer, rauchig, saftige Mitte, hinten schlanker.

★★★ S €€€ PN
2017 Pinot Noir + Burgunder-typisch, helle Beerenfrucht, gute Fülle, wirkt salzig; bisschen schokoladig, Minze, relativ saftig, Himbeere und Heidelbeere, ausgewogen, mittellang, Potenzial.

Weingut
Etl Wine & Spirits

Josef & Erich Etl
7131 Halbturn, Erzherzog-Friedrich-Straße 54
Tel. +43 699 113 530 68
office@weingut-etl.at, www.weingut-etl.at
25 Hektar, W/R 50/50

Die Familie Etl macht nicht nur hervorragende Weine – weiß, rot und süß –, sondern auch Brände wie Heathland Gin, Heathland Whisky, Marillen-Birnen-Quitten und Weinbrand, neuerdings auch einen G'spritzten: ein Weinmischgetränk von leichter, beschwingter Art. So mancher Bürgermeister wird darauf zurückgreifen.

Der Welschriesling ist ein feiner, leichter, unkomplizierter Wein ohne Schnörkel. Der Sauvignon Blanc ist ein typisches Seewinkel-Kind. Nie aufdringlich, vielleicht etwas schüchtern, doch durchaus angenehm.

Der Rosé vom Blaufränkisch ist von knackiger Anmutung. Ein Sommerwein, der Essen braucht. Charme versprüht der 2017 Zweigelt DAC. Das Gegenteil davon ist der 2019 Blaufränkisch. Ein herb-trockener Bursche.

Der Signatur Dish in Wein beim Etl ist die Spätlese Sweet Dream, aktuell 2019. Besser und günstiger geht nicht. *as*

NEUSIEDLERSEE DAC

★★ S €€ ZW
2017 Zweigelt + Ein Schwarzbeerenmix mit Schoko und Vanille, sehr schön eingebundenes Holz, charmanter Auftritt, tolle Tanninstruktur, schwarze Kirschen gesellen sich dazu, ein formidabler Zweigelt mit einigem Potenzial. Guter Druck, schön trocken, geht in die Tiefe.

BURGENLAND

★ S €€ BF
2019 Blaufränkisch + Relativ offen, schwarze Kirschen, Heidelbeeren, Brombeeren, Cassis, alles in Hülle und Fülle, auf dem Gaumen herb trocken, zusammenziehend, das ist kein Charmebolzen, sondern einer, der fordert. Ein eher ambivalenter Rotwein – die Nase voller Charme und gewinnend, auf dem Gaumen herb und fast abweisend. Beansprucht den Gaumen. Weiterhin beobachten.

★★ S € WR FUN
2020 Welschriesling + Gelbe Apfelschalen, Birnen, fruchtig-frisch, leicht, saftige Säure, lebendig, sehr trinkig, springlebendig, glockenklarer Ausdruck, ein Wein wie gemacht für leichte Vorspeisen.

★★ S € SB
2020 Sauvignon Blanc + Hier leuchten die pannonischen Brennnesseln, voller Pikanz, bisschen gelber Paprika, alles eher reduziert, nie laut, immer zurückhaltend, aber doch mit einiger Typizität, vegetabile Noten, fruchtig, angenehm, man spürt den Atem des Seewinkels.

★★ S € BF
2020 Rosé Blaufränkisch + Ein Reduktionsstinkerl empfängt den Gaumen, Erdbeeren, Flieder, braucht einige Luft, herzhaft auf dem Gaumen, herbe Noten, straff und geradlinig, guter Zug, das ist nix sommerlich, sondern von ernsthafter Distinguiertheit.

★★ S € PB FUN PLV
2019 Sweet Dream Spätlese + Apfelspalten mit Nüssen, fein und elegant, eine nie klebrige Süße, Zimtnoten, voller Frische, gehaltvoll mit feinen Linien, sehr balanciert, nie belastend, immer stimmig, feine Frucht, man will nur eines – trinken ohne Stillstand.

G,spritzter – Weißer Spritzer + (Weißwein mit Kohlensäure versetztes Wasser. Ein frisches, leichtes (5% Vol.) Weinmischgetränk. Belebend, Durstlöschend, sauber gemacht, lustig zu trinken, Nicht nur für die Jugend. Wo ist der Spritzwein? Beim Etl natürlich.

Weingut
Robert Goldenits

Robert Goldenits
7162 Tadten, Untere Hauptstraße 8
Mobil +43 699 123 675 00
robert@goldenits.at, www.goldenits.at
37 Hektar, W/R 25/75

Seit vielen Jahren zählt das Weingut Robert Goldenits zu den klingenden Namen im burgenländischen Seewinkel. Das Ansehen hat sich der Winzer, dessen markantes Hinterhaupt im Etikett der Premium-Cuvée aufscheint, vor allem mit Tetuna und Mephisto erworben. Fans des Weinguts wissen aber, dass auch im Weißweinbereich stets verlässliche Qualitäten vorhanden sind und auch sonst recht schmackhafte Varietäten in die Flaschen gelangen.

Mit Sauvignon Blanc 2020 und Chardonnay 2020 gibt es zwei Weißweinklassiker im sehr guten Preissegment. Die beiden Weine könnten von ihrem Charakter her gegensätzlicher nicht sein: Während Sauvignon Blanc den süffig-animierenden Weintyp repräsentiert, gibt der Chardonnay in seiner cremigen und kräftigen Art den idealen Speisenbegleiter für eine Palette an Gerichten mit herzhaften Saucen wie auch sonst für Speisen, die einen spürbaren Widerpart benötigen, ab. Beide Formate werden vom Säuregerüst passend unterstützt.

Der Tetuna Rosé mit seiner schönen lachsfarbenen Prägung ist, ins Glas eingeschenkt, eine wahre Augenweide. Längst hat sich erwiesen, dass dieser Blend aus nationalen und internationalen Rotweinsorten mit seinen vielfältigen, verführerischen Fruchtaromen beim Publikum außerordentlich gut ankommt. Tetuna Weiß ist in seiner zupackenden Art ganz deutlich vom Grauburgunder-Anteil geprägt, er ist die ideale Wahl für Freunde von Gewächsen mit barocker Statur. Das Vorhandensein einer Abfolge interessanter Phasen weist diesen Wein als gehobenes Format aus.

Ein in jeglicher Hinsicht mächtiger Sortenvertreter ist die 65 Zweigelt Reserve aus dem warmen 2018er- Jahrgang. Mit seiner Premium-Cuvée Mephisto aus dem sehr guten burgenländischen Rotwein-Jahrgang 2017 hat Robert Goldenits in bewährter Art eine straffe, tanninbetonte Kreation mit sehr langem Abgang an den Tag gebracht. Im Falle der zweiten Reserve-Cuvée in Rot, namentlich Tetuna, die ebenso ein Markenzeichen des Betriebs ist, erfolgt die Markteinführung nach einer weiteren Reifungsphase. *jw*

NEUSIEDLERSEE DAC

★★★★ K €€€€€ ZW
2018 65 Zweigelt Reserve + Dunkelfruchtiges Bouquet, Kirschen und Morellen, dezent rauchig, mit Röstaromatik unterlegt, hintennach ein Karamell-Touch, der sich am Gaumen fortsetzt, Vanille und Nougat, Mokka, offensiv aromatisch, vitaler Säurebogen, stoffig, saftig, charmante Fruchtsüße, Blutorange im Nachhall.

BURGENLAND

★★ S €€ SB FUN
2020 Sauvignon Blanc + Beschwingt-einladendes Bouquet nach Stachelbeeren, Hawaii-Ananas und Kräutern, ausgesprochen erfrischender Charakter, knackig und saftig, salzig-pikant, unkompliziert und süffig, klingt mit einer feinen Zitrusnote aus.

★★ S € FUN PLV
2020 Tetuna Rosé + Lachsfarbener Ton mit Randaufhellung, im Bouquet nach Erdbeeren und Himbeeren, dahinter klingt ganz zart auch Johannisbeere an, charmanter Charakter mit einschmeichelndem Zuckerspitzel, dabei gut vom Säurespiel gepuffert, klingt mit Blütenhonigtönen aus.

★★ S €€ CH
2020 Chardonnay + Ausgeprägtes Bananenaroma in der Nase, im Geschmacksbild auch nussige Anklänge, salzige Nuancen treten stimmig hinzu, mittelgewichtig bei guter Substanz, delikater Fruchtschmelz, pikante Säure, kräftiger Charakter.

★★★ K €€€ CW
2018 Tetuna weiß + (CH/PG) Im Bouquet nach Karamell, Mandarinen und Brioche, reife Äpfel, hintennach hefige Anklänge, auch Haselnussaromen gesellen sich hinzu, warmfruchtiger Charakter, barocke Statur, zeigt verschiedene Phasen, zwischendurch blitzt Karamell auf, auch Kräuteraromen treten hinzu, zupackend und kräftig, vom Grauburgunder-Anteil geprägt, wirkt interessant, unbedingt eine Zeit lang belüften.

★★★★ K €€€€€ CR TIPP
2017 Cuvée Mephisto + (SY/ME/CS) Im Bouquet nach Brombeere, Lakritze und Cassis, präsenter Holzeinsatz, Olive, reichlich Pfefferwürze, Karamell, warmfruchtiger Charakter, kräftige Tanninstütze, Nougat schwingt lange mit, ausgesprochen stoffig und mächtig, zarte Bitternote, Vanille im langen Nachhall.

Weingut

Haider

Theresa & Gerhard Haider
7142 Illmitz, Seegasse 16
Mobil +43 664 500 79 06
office@weinguthaider.at, www.weinguthaider.at

Das Weingut von Theresa und Gerhard Haider in Illmitz ist in erster Linie mit großartigen Prädikatsweinen aus dem Seewinkel bekannt. Doch im Schatten der glänzenden Süßweine gibt es auch respektable Rotweine und immer wieder eine neue Überraschung – wie in diesem Jahr, da es erstmals einen Sprudel im Haider-Sortiment gibt. Keinen normalen, sondern Gerhard Haider hat einen modernen Pet Nat gemacht, vom St. Laurent – ein spritziger, fast purpurroter Wein, der durch den Sommer pfeift.

Seit zwei Jahren gehen die Haiders den Bio-Weg – die Umstellung läuft seit 2019. „Biologisch-organischen Weinbau sehen wir als die natürliche Konsequenz unseres respektvollen Umgangs mit Natur, Böden und Pflanzen.“ Die positive Auswirkung auf die jungen Weine ist merkbar – sie sind kantiger und von einem gesunden Gerbstoff getragen.

Bei den Hochprädikaten wird Bio erst spürbar. Bei den saftigen Trockenbeerenauslesen steht gerade der 2017er-Jahrgang in Haiders Auslage, charaktervolle sortentypische Weine mit enormem Fruchtschmelz und fast zeitlosem Vergnügen. Hervorstehend und einladend sind die aromatischen TBA – Sämling und besonders der Welschriesling, bei denen Haider zeigt, dass er zu den besten Süßweinwein-Winzern im Land gehört. *hp*

BURGENLAND

★★★ K €€ TR
2019 Traminer Ried Domkapitel + Sortentypisch, Rosenholz, einiges Fruchtvolumen, Grapefruit, würziges Birnenkompott; Mandelcreme, gewürzig, salzig, Gerbstoff, lebhafter Traminer, Potenzial.

★★★ S €€ RI
2019 Riesling Spätlese + Marillenröster, eingelegte Pfirsiche, geschmeidig; viel Sorte, Pfirsich und Südfrüchte, Limette, Ananas, salzig, mineralisch, balancierter, dezent süßer Hausklassiker.

★★★ K €€ WR **PLV**
2019 Welschriesling Beerenauslese + (Restzucker/RZ: 138 g/l) Viel Frucht, Weingartenpfirsich und Honigmelone, rosinig, leicht salzig; Nektarinen, helle Würze, Wein mit viel Schliff und Balance.

★★★ K €€€€ CH
2017 Chardonnay TBA + (RZ: 187 g/l) Enorm röstig, Waldhonig, ätherisch, Tannenzapfen, Nelken, Bratapfel; viel Karamell und Stollwerck-Zuckerl, füllig und cremig, dunkles Nougat, Schokobanane, jugendlich.

★★★★ K €€ € GV
2017 Grüner Veltliner TBA + (RZ: 195 g/l) Charmante Honignoten, Apfelkompott, rosa Grapefruit, rauchige Textur; saftige Südfrüchte, Mango, Litschi, Blutorange, weißer Pfeffer, läuft elegant aus.

★★★★ K €€€€ SÄ **TIPP**
2017 Sämling TBA + (RZ: 192 g/l) Süße tropische Frucht, Ananas, Nektarinen, Papaya, salzige Mineralität; viel Honigschmelz, saftige Grapefruit, Limetten, viel Muskat, elegant, geschmeidige Länge.

★★★★ K €€€€ WR **TIPP**
2017 Welschriesling TBA + (RZ: 221 g/l) Pfirsich-Frucht-Konzentration, salzig, straff; rotbeerige Früchte, zart-würzig, viel Pfirsich, auch Zwetschken, ungemein stoffig, enorm balanciert, eleganter, langer Abgang.

★★ K €€ ME
2018 Merlot + Schöne Brombeer- und Kräuterwürze, dezent Minze, schokoladig; saftig mit typischer Merlot-Würze, Herzkirschen, griffiger Gerbstoff, knackig-fruchtiges Mittelgewicht für den Every-Day-Genuss.

★★★ K €€€ CR
2018 Mythos + (CS/ME/ZW) Zart-würzig, etwas rauchig, feines Cassis, Schwarzkirschen, gerundet; heller Nougat, Ribisel, rote Kirschen, integriertes Tannin, gute Würze, mittellang bis lang.

NEUSIEDLERSEE DAC

★★★ K €€€ ZW
2017 Zweigelt Selection Reserve + Relativ weich, Kirsch- und Weichselkompott, gewürzig, Anis und Fenchel; Kirschen, Zwetschke, griffiges Tannin, gute Frische und Würze.

ÖSTERREICH

★★ K €€€ CR
2020 Pet Nat. SNKT LRNT + Wirkt frisch, Walderdbeeren, grüne Kirschen; enorm spritzig-zischiger Perlwein mit saftiger Kirschenfrucht und lässiger Säure, einfach trinkvergnüglich.

BIO

Weingut
Heinrich

Gernot & Heike Heinrich
7122 Gols, Baumgarten 60
Tel. +43 2173 3176, Fax -4
weingut@heinrich.at, www.heinrich.at
100 Hektar, W/R 25/75

Bei Gernot und Heike Heinrich kommt das Wort „Stillstand“ nicht vor. Im Golser Weingut herrscht vielmehr immer Bewegung. Nicht nur gilt Gernot Heinrich in vielen Dingen als Bio-Vorreiter, er ist auch fest in der Respekt-Biodyn-Gruppe verankert und seit zwei Jahren auch Demeter-zertifiziert. Die Bio-Welt des Winzerpaares ist in drei Bereiche geteilt. Einerseits räumlich mit dem Leithaberg, der zwei Drittel der Weingärten umfasst, und mit den Golser Lagen, deren Weine mit Herkunft Burgenland vermarktet werden. Und dann gibt es noch die große Naturwein-Ecke, bei der sich Heinrich alle Freiheiten herausnimmt und mit attraktiven, von vitalem Gerbstoff geprägten Weinen punktet. In der Freyheits-Linie der 2019er ist diesmal die „Graue Freyheit“ der Primus inter Pares – eine lässige Burgunder-Cuvée mit straffer konzentrierter Frucht und herzhaftem, strukturgebendem Gerbstoff. Dekantieren und Belüften mögen alle „Freyheit“-Weine.
Viele aus den Naturweinen gewonnenen Erkenntnisse werden auch in die Lagenweine abgeleitet, wobei Heinrich seinen bekannten Golser Top-Cuvées Salzberg und Gabarinza zwei große Blaufränker vom Leithaberg im Premium-Segment zur Seite gestellt hat: Der Blaufränkisch vom Windener Alten Berg ist von Kalkstein geprägt, jener vom Breitenbrunner Edelgraben ist von Glimmerschiefer betont. Und der Salzberg? Steht einmal mehr als einer der besten Rotweine Österreichs da. *hp*

LEITHABERG DAC

★★★ G €€€ CH
2019 Chardonnay + Burgundisch, Oliven, Williamsbirnen, elegante Fülle; straff und kühl, rauchig-würzig, grüne Ananas, Maracuja, Limetten, Gerbstoff markant aber integriert, Wein mit viel Zug.

★★★★★ K €€€€€€ CR TOP
2017 Blaufränkisch Ried Breitenbrunner Edelgraben + Mineralische Würze, Weichseln und Brombeeren; viel Fülle und Gerbstoffbiss, Ribisel, dunkle Kirschen, straffe Mineralität, eleganter Blaufränker mit super Länge.

★★★★ G €€€€€€ BF TIPP
2017 Blaufränkisch Ried Windener Alter Berg + Füllig, kandierte Früchte, rauchig und torfig, leicht salzig; kräuterwürzig, Heidelbeeren, Ribisel, Brombeeren, Wein mit Mineralität, straffem Tannin und viel Potenzial.

BURGENLAND

★★★ G €€ PN
2019 Pinot Noir + Gewürzige Frucht, rauchig, rote Beeren; robustes Tannin, saftig und rund, rauchig, Waldhimbeeren und Zwetschken, leichtgewichtiger Wein mit ausreichend Druck.

★★★ G €€ BF
2018 Blaufränkisch + Brombeeren und schwarze Ribisel, Lakritze, bisschen schroff; von schöner Würze und Frucht getragen, Wildkirsche, saftig, tolle Würze, viel Sorte, mittellang.

★★★★ G €€€€ CR
2018 Pannobile + (ZW/BF) Rauchig, kühl aromatisch, Herzkirschen, Brombeergelee, Lebkuchen; gewürzig, super Gerbstoffgrip, Ribiseln, Weichseln, füllig und elegant zugleich, Druck und Länge.

★★★★ K/G €€€€€ CR TIPP
2017 Ried Golser Gabarinza + (BF/ME/ZW) Weiche Frucht, Ribiselkompott, kirschig, dezente Würze; festes Tannin, viel Substanz, schwarze Johannisbeere, Herzkirschen, einige Würze, kräftiger Wein mit Eleganz und Zukunft.

★★★★★ K €€€€€€ CR TOP
2017 Ried Golser Salzberg + (ME/BF) Super Tiefe, Cassis, reife Kirschen und Weichseln feines Nougat; Cassis pur, auch Heidelbeeren, Kräuterwürze, beeindruckende Bordeaux-Stilistik, viel Spannung, vielschichtig, druckvoll und lang.

ÖSTERREICH

★★★★ K €€€€ CW FUN
2019 Graue Freyheit + (PB/GB/CH) Tropische Frucht, Mango und Orange, rauchig, Weihrauch; straff, Bitterorange, Dörrfrüchte, salzig-mineralischer Einschlag, getrocknete Kräuter, balanciert.

★★★ K €€€€ TR
2019 Roter Traminer Freyheit + Enorm präziser Sortencharakter, Rosenholz, würzige Aromen, reife Ananas, zart-cremig; Bananencreme, Maracuja und Almkräuter, saftiger Biss, guter Gerbstoff-Halt, mittellang.

★★★ G €€€€ PN
2019 Pinot Freyheit + Feine Burgunder-Fülle, dunkle Beeren, eingelegte Kirsche, Lakritze, helle Würze; Ribisel, wirkt leichtgewichtig, durch Gerbstoff guter Zug, Lakritz, robuste Säure.

Weingut
Markus Iro

Markus Iro
7122 Gols, Neubaugasse 55
Tel. +43 2173 2139
wein@markusiro.at, www.markusiro.at
22 Hektar, W/R 30/70

Markus Iro hat zur Elite der Golser Winzerschaft aufgeschlossen. Das hatte ich schon im vorigen Jahr gemeint, und es hat sich bestätigt.

Neu im Programm sind zwei Frizzante – beide sind wunderbar zu trinken, von bestem Ausdruck, von kundiger Winzerhand geschaffen.

Bei den Weißweinen gäbe es noch Luft nach oben. Die Rotweine sind erstklassige Gewächse. Von großer Komplexität und bestem Sortenausdruck. Sehr schön ist der 2019 Zweigelt DAC. Der 2019 Zweigelt von der Ried Ungerberg ist ein Klasse-Wein. Sehr fein ist ebenfalls der 2019 Special Blend. Ein Wein von großer Eleganz. Hervorragend in seiner opulenten Fülle ist der Merlot 2019 Ried Gabarinza. Ein ungemein typischer Cabernet Franc 2019 Heideboden von klarem Sortenausdruck. Der 2019 Pinot Ried Hochreit mag so manchen puritanischen Burgunder-Kenner zu opulent erscheinen, doch ist es ein typisches – eher warmes – Seewinkler Gewächs. Nichtsdestoweniger typisch. Unausgesprochene Klasse haben die beiden großen Weine von Markus Iro: 2019 St. Laurent Ried Herrschaftswald und das Meisterwerk 2019. Das sind Weine von internationaler Klasse. Weine aus der Hand eines Meisters. *sa*

NEUSIEDLERSEE DAC

★★★ **S €€ ZW** FUN
2019 Zweigelt + Herzkirschen, Brombeeren, Cassis, ein so richtig einladendes Bouquet, offenherzig, charmant, herzhafte Frucht, ungemein saftig, weiches Tannin, jetzt wunderbar zu trinken, ein richtig schöner Zweigelt.

BURGENLAND

★★ **S € CH**
2020 Chardonnay classic + Überreifer Apfel, Mandarinen, fruchtbetont, weitmaschig, saftig, mittlerer Druck, etwas Marille, milde Säure, in sich harmonisch, weich und geschmeidig. Braver Chardonnay.

★★★ **K €€ ZW**
2019 Zweigelt Ried Ungerberg + Rumtopf, Kirschen mit Nougat, Cassis, ein schwarzer Beerenmix, Zimt, Vanille, sehr gut unterlegtes Holz, Schokolade die zerfließt, auf dem Gaumen präsent, toller Stoff, herrliche Fruchtsüße, schmelzig, Heidelbeeren, feminin-opulente Struktur, weibliche Fülle, viel Charme. Ein in sich gefestigter Wein, der jetzt wunderbar zu trinken ist, doch auch mit einigen Zukunftsperspektiven.

★★ **S €€ CR**
2019 Special Blend + (ZW, ME, SL) Schoko-Kirsch, Lebkuchen, Zwetschken, viele schwarze Beeren, dezenter Rumtopf, Lakritz, ungemein saftig mit weichen Tanninen, elegante Struktur, trinkfreudig, ein vollmundiger Rotwein von samtiger Textur, rund und mollig, jetzt bis in fünf Jahren trinken.

★★★ **S €€ CF**
2019 Cabernet Franc „Heideboden" + Grüner Paprika, Preiselbeeren, ganz klar Cabernet, etwas grün, von herzhafter Struktur, Bitterschokolade, Wacholder, kühle Noten, Hagebutten, Bordeaux lässt grüßen, Orangenschalen, zeigt Klasse, immer stimmig, gewisse Transparenz, ein hervorragender Rotwein der zu vielen Gerichten passt.

★★★ **S €€ ME**
2019 Merlot Ried Gabarinza + Rumtopf, pralle Kirschen, Schoko, Johannisbeeren, füllige Opulenz, vollmundig, weiche Tannine, gewürzig, Holzwürze, Vanillenoten, Zimtrinde, weich und rund, Tabakanklänge, Harmonie pur.

★★★ **K €€€ PN**
2019 Pinot Noir Ried Hochreit + Frische Himbeeren, Zwetschken, Leder, Heidelbeeren, dunkle Frucht, ein weicher, opulenter Pinot Noir, alles andere als feingliedrig, sondern ein Wein mit enormer Frucht, weichen Tanninen, einer samtenen Fülle, tollem Körper, vielen Aromen, herzhaft und rund, von pannonischem Flair, warmes Timbre, reife Trauben, viel Wein, viel Erlebnis.

★★★★ **K €€€ SL** TIPP
2019 St. Laurent Ried Herrschaftswald + Das ist großartiger St. Laurent von wahrlich herrschaftlicher Statur, Lebkuchen, pralle Kirschen, enorme Fülle, Mandeln, Tabak, Dörrpflaumen, ungemein reichhaltig, dezent rauchig, Marzipan, von innerer Harmonie vibrierend, Schokonoten, holzunterlegt, enorme Substanz. Erinnert an beste Weine von der südlichen Rhone. Großer Stoff. Der Wein gewinnt mit der Luft unglaublich. Der geht in die Tiefe, dass man ihm fast nicht folgen kann. Eine Substanz für Jahrzehnte.

★★★★★ **K €€€€ CR** TOP
2019 Meisterwerk + (CS, ME, ZW) Johannisbeeren pur, schon beim ersten Hineinschnuppern ist die große Klasse dieses Weines erkennbar. Ein Wein von adeliger Struktur, rote & schwarze Beeren, Kirschen, dunkle Schokolade, dunkle Mineralität, enorm komplex, Veilchen, perfekte Harmonie, weiche Tannine, zwar mächtig, doch nie überbordend. Bestens eingesetztes Holz, enorm reichhaltig, von männlicher Eleganz, ruhig fließend.

Weingut
Juris

Axel Stiegelmar
7122 Gols, Marktgasse 12–18
Tel. +43 2173 2748, Fax +43 2173 3323
office@juris.at, www.juris.at
20 Hektar, W/R 20/80, 100.000 Flaschen/Jahr

Viel wird, wenn's ums Weingut Juris geht, über Pinot Noir und St. Laurent geredet – und das zu Recht. Denn Winzer Axel Stiegelmar zählt in diesem Wein-Genre zu den besten im Land. Gleich drei verschiedene Lagen-Pinots baut der Golser – im Keller gleich – aus. Der Unterschied sind die Lagen mit ihren Böden: Die Ried Breitenteil in Mönchhof liegt auf der Parndorfer Platte, besteht aus Lehm und hat eine schwache Humusauflage. Die beiden anderen Pinot-Lagen sind in Gols: Die Haide ist eine sandige Lage mit hohem Kalkanteil; und Hochreit wiederum ist eine reine Schotterlage mit hohem Eisenanteil. Somit sind alle drei roten Burgunder erkennbar anders – die Vorliebe entscheidet der persönliche Geschmack, wobei beim aktuellen 2017er-Trio die Golser Seite und im Besonderen der Hochreit die meiste Spannung versprechen.

Allerdings bilden aus dem Jahr 2017 der markante kräuterwürzige Blaufränkisch Ungerberg und die an dieser Stelle schon im Vorjahr hochgelobte Top-Cuvée Ina'mera das Nonplusultra des Jahrgangs. Und hinschauen sollte man unbedingt auch auf Stiegelmars Weißweine, bei denen der Winzer nicht nur alle Jahre einen für Gols sehr knackigen, sommervergnüglichen Sauvignon Blanc macht, sondern mit seinen beiden Chardonnays für ziemlich viel Wind sorgt. Jener von den Alten Reben gilt als Klassiker. Der Chardonnay vom Altenberg ist neu im Sortiment – und pfeift von der ersten Minute an in hohen Tönen! *hp*

BURGENLAND

★★★ S €€ CH **PLV**
2019 Chardonnay Alte Reben + Zarte Burgunder-Note, frisch und kalkbetont, Pilznoten, bisschen Oliven; kühl-aromatisch, saftige Grapefruit, hinten straff, filigraner, mittellang bis lang.

★★★★ S €€€€ CH **TIPP**
2018 Chardonnay Ried Altenberg + Weiches Toasting, torfig, würzig, Schokobanane, salzig; cremige Fülle, Vanille, Maracuja, gutes Säurerückgrat, Wein mit vielen Reserven.

★★ S €€ MO
2019 Muskat Ottonel Auslese + Sortentypisch, viel Muskat, Bitterorange, wirkt frisch und fruchtig; gewürzig, Traminer-hafte Rosenblüten, Quitten, balanciert, zugänglich und trinkvergnüglich.

★★★ S €€ GT
2017 Gewürztraminer Auslese + Reife gelbe Äpfel, zarter Honig-Touch, schöne Gewürzigkeit; relativ mild, Nougat, gelbfruchtig, reife Nektarinen, saftig-mollig, charmanter Abgang.

★★★ K €€€€€ PN
2017 Pinot Noir Ried Breitenteil + Viel Kräuterwürze, etwas salzig, helle Beeren, relativ straff; Ribisel und dunkle Himbeeren, straff, kreidig, dunkle Schokolade, Salzmandel, festes, forderndes Tannin.

★★★★ K €€€€€ PN
2017 Pinot Noir Ried Haide + Weiche Textur, helle Schokolade, feine Himbeerfrucht; elegante Fülle, Nougatschokolade, gute Burgunder-Typizität, Holz schon gut eingebunden, gute Länge.

★★★★ K €€€€€ PN **TIPP**
2017 Pinot Noir Ried Hochreit + Stoffig, saftige Himbeeren, feines Toasting, Milchschokolade; Himbeeren, auch Johannis-beere, Kräuter, Tanninbiss, mineralisch-straff, kraftvoll, super Länge.

★★★★ K €€€€€ SL
2017 St. Laurent Ried Goldberg + Mineralische Würze, Weichseln, Ribiseln, Linzer Torte; rauchiges Tannin, Mokka, Wildkirschen, viel Stoff, kraftvoll, mineralisch, elegante Länge.

★★★★ K €€€€€ BF **TIPP**
2017 Blaufränkisch Ried Golser Ungerberg + Salzig-würzige Frucht, Cassis, Schwarzbeeren, viele Kräuter; Tanninbiss, Brombeeren und Cassis gleichermaßen, rauchige Kräuterwürze, Minze, druckvoll.

★★★ K €€€ BF
2018 Blaufränkisch Strohwein + (Restzucker: 120 g/l) Rosinierte Frucht, Brombeeren und Heidelbeeren, Amarone-Stilistik; feuriger Wein mit Fülle, kompottige Frucht, Herzkirschen, Minze-Schokolade.

Weingut
Keringer

Ing. Robert Keringer
7123 Mönchhof, Wiener Straße 22
Tel. +43 2173 80380, Fax -40
weingut@keringer.at, www.keringer.at
W/R 20/80, 500.000 Flaschen/Jahr

Robert Keringer spielt auf fast allen Klaviaturen des Weinbaus: trocken weiß – rot – Schaumwein – keinen Süßwein. Die Rotweine sind die Stärke des Hauses. Mächtige, füllige Gewächse von hedonistischer Art, die den klassischen Rotwein-Freunden sehr viel Freude bereiten. Auch hervorragende Sparkling Wines werden hier produziert. Von subtiler Eleganz zeigt sich der Muskat Ottonel Sparkling. Der Rosé Sparkling ist von kerniger Struktur und ein hervorragender Essensbegleiter. Dann gibt es noch den Massiv White Sparkling – einen mächtigen, ausdrucksstarken Schaumwein von schierer Größe und besonderem Ausdruck. Ein Wein für Hauptspeisen. All die tollen Rotweine aufzuzählen ist aus Platzgründen nicht möglich. Ich beschränke mich halt auf die gehaltvollen Rebsorten Weine der 100 Days. Ob Zweigelt DAC, Merlot, Cabernet oder Shiraz – das sind Weine auch für verwöhnte Gaumen. Es gibt dann noch zwei tolle Massiv-Weine – hier ist das Wort Programm: weiß und rot, wobei der rote von außergewöhnlicher Qualität ist. Der Weiße Massiv ist für mich ein richtiger Festtagswein. *as*

NEUSIEDLERSEE DAC

★★ S €€ ZW **FUN**
2019 Zweigelt „every Days“ + Reife Kirschen, Mandeltöne, ein Rotwein voller Eleganz und Feinheit, seidiges Tannin, Fruchtcharme, sehr ausgewogen, weich, großer Trinkspaß, bestens unterlegtes Holz, ein ungemein attraktiver Rotwein für alle Tage auf hohem Niveau.

★★★★ K €€€ ZW
2018 Zweigelt Reserve „100 Days“ + Eine Vielfalt an Kirschen, Pflaumen, dezente Schokotöne, Heidelbeeren, pfeffrig, dezente Rösttöne, Cassis, sehr stimmiges Holz, weich & mürb, sehr saftig, trotzdem mit Frische, Trinken ist angesagt.

BURGENLAND

★★★ K €€€€ CW
2018 Massiv white + (90% CH, 10% maischevergorener TR) Schmelzige Eiche, cremig-zerfließende Fülle, Rosenblätter, Vanille, Zimt, orientalisch anmutend, die Eiche dominiert, Haselnüsse, milde Säure, Orangenschalen, Weihrauch, fast sakrale Anklänge, gediegen, ruht in sich, weiche Frucht, harmonisch, perfekt zu Hauptspeisen.

★★ S €€ CR
2019 Heideboden Cuvée + (ZW, BF, SL) Rumtopf, Zwetschken, Kirschlikör, fruchtig, weiche Tannine, harmonisch, angenehm, schön zu trinken. Gewürznoten, Zimt, Nelken.

★★★ S €€ SL
2018 Commander St. Laurent + Kirschen mit Lebkuchen, druckvoll, fast mächtig, in sich harmonisch, weiche Frucht, sehr weinig, Veilchen, Gewürznoten, sehr typisch, klassisch St. Laurent, klassisch Seewinkel, total reife Trauben.

★★★ S €€ BF
2019 Aviator Blaufränkisch + Brombeerlikör, reife Kirschen, tolle Frucht, ungemein saftig, weiche Frucht, sehr harmonisch mit ganz dezenten kernigen Noten, bisschen Heidelbeermarmelade, Preiselbeeren, sehr viel Wein, wenig Blaufränkisch.

★★★ K €€€ CR
2018 Grande Cuvée + (ZW, RA) Zwetschken- & Kirschen-Confit, Cassis, relativ offen, vollmundig, weich, angenehme Säure, Waldbeeren, frisch, viele Aromen, großzügiger Alkohol, der nicht spürbar ist, sehr ausgewogen, mürbe Tannine, vielschichtig, jetzt angenehm zu trinken.

★★★★ K €€€ SY **TIPP**
2018 Shiraz „100 Days“ + Rumtopf, schwarze Oliven, total reife Trauben, herrliche elegante Fülle, Nougat, Cassis, ein sehr reichhaltiger Rotwein, dunkle Frucht, Tabak, samtige Textur, Shiraz pur, von orientalischer Finesse und Prunk.

★★★★ K €€€€ CS **TIPP**
2018 Cabernet Sauvignon „100 Days“ + Cassis, Bitterschokolade, mächtiges zugleich mürbes Tannin, von samtiger Struktur mit einigem Rückhalt, viel Stoff, sehr männlich, fast kalifornische Anmutung. Reic, für überzeugte Hedonisten.

★★★★ K €€€€€ CR **TIPP**
2017 Massiv + (ZW, RA, BF, CS, ME) Ein enorm tiefgründiger, mächtiger Rotwein von rotbeeriger Ausprägung, Kaffee, Preiselbeeren, Cassis, Pflaumen, Kirschen, von fülliger Eleganz, ungemein vielschichtig, große Klasse, von einer inneren Tiefe, von einer tollen Komplexität.

ÖSTERREICH

★★★ K €€ MO
NV Sparkling Days Muskat Ottonel + Betörende Aromatik, pralle Muskattrauben, von feinster Struktur, feine Restsüße, voller Pikanz, Zuckerwatte, kühle Noten, traubig, leicht, schmeichelt dem Gaumen, filigran, höchst attraktiv.

★★★ K €€€€ **TIPP**
2018 Massiv White Sparkling + (CH, TR) Gold-gelb, Rosenblätter, zerfließende Eiche, cremig, ziemlicher Druck, sehr eng, salzige Noten, dichte Struktur, massiver Schaumwein von enormer Kraft, Vanille, tiefgründig, Wahnsinns-Substanz, ungemein kompakt, ein großartiger Wein, gelbfruchtig, orientalische Gewürze, Anis, Orangenschalen, einige Exotik, bisschen Karamell, der Wein gewinnt mit der Luft ungemein. Man braucht Zeit, um all seine Facetten ergründen zu können. Hier wird die Opulenz zur Tugend.

Weinlaubenhof
Kracher

Gerhard Kracher
7142 Illmitz, Apetloner Straße 37
Tel. +43 2175 3377, Fax -4
office@kracher.at, www.kracher.at
32,5 Hektar, W/R 90/10

Gerhard Kracher steht für Süßwein. Und wenn es um die besten Trockenbeerenauslesen geht, ist der Illmitzer mit seinen Weinen Weltklasse. Doch Kracher hat mittlerweile auch ein stattliches und ansehnliches „trockenes" Weinsegment, das in Flaschen gerechnet etwa ein Drittel der Abfüllmenge ausmacht. Diese Weine wachsen nicht nur im Seewinkel, sondern auch auf dem Leithaberg und im Weinviertel, wo Kracher mit dem bekannten internationalen Sommelier Aldo Sohm sehr eigenständige Grüne Veltliner macht.

Es gibt auch ein durchaus interessantes Burgunder-Segment, aus dem die Chardonnays herausstechen: einerseits der „Kreuz" aus dem Seewinkel und den Kracher für 24 Monate zu 100 Prozent in neuen 225er-Barriques ausbaut und der Wein dementsprechend Zeit und Belüftung braucht. Andrerseits der Chardonnay „Blick" vom Leithaberg, der nur zu einem Drittel im neuen kleinen Holz liegt, der Rest ist im gebrauchten Barrique – dadurch wirkt der junge Chardonnay nicht so wuchtig und verfügt jetzt schon über eine feingliedrige Eleganz.

Da Gerhard Kracher mit seinen Weinen vor allem international unterwegs ist, die weltweite Pandemie aber den weltweiten Handelsfluss gebremst hat, nutzte der Illmitzer Süßwein-Winzer den Stillstand als Chance, mit seinen Trockenbeerenauslesen einen Jahressprung zu machen. Künftig reifen und ruhen Krachers TBA statt zwei Jahre jetzt drei Jahre auf dem Weingut, bevor sie mit September in die globalen Märkte gehen. Das startet mit dem Jahrgang 2018, den der Illmitzer Süßwein-Winzer trotz der Hitze „als tolles Jahr" sieht, bei dem erst sehr spät die Botrytis gekommen ist. Nur beim Muskat Ottonel ist nichts gegangen. Von allen anderen wichtigen Sorten gibt es eine TBA. Insgesamt neun Nummern umfasst heuer Krachers TBA-Kollektion, deren Weine entweder im Barrique ausgebaut sind, gekennzeichnet als Nouvelle Vague, oder im Stahltank, die den Zusatz „Zwischen den Seen" haben. Die Weine sind wie immer nach aufsteigendem Restzuckergehalt nummeriert.

Aus der gelungenen Serie leuchten vier TBA heraus: Das ist die No. 5, die Grande Cuvée, die Kracher immer als den Hauswein bezeichnet, weil die Cuvées aus Welschriesling und Chardonnay nicht nur die beiden wichtigsten Sorten des Weinguts enthalten, sondern dadurch auch immer den Süßweinjahrgang am besten reflektieren und abbilden. Die Grande Cuvée 2018 wirkt heuer trotz Holzausbau ungewöhnlich frisch. Die besten 2018er-TBA sind heuer die No. 7 und No. 8 – zwischen Scheurebe und Welschriesling ist es ein ganz enges Match, beide sind superelegante TBA mit einer straffen, saftigen Frucht und dieser lässigen Salzigkeit, die den Seewinkel-TBA oft innewohnt.

Und dann gibt es heuer noch eine hochkonzentrierte Nr. 9 – quasi einen Bonus-Wein. Allerdings darf diese No. 9 nicht Wein und TBA heißen, weil sie mit nur 4 PS zu wenig Alkohol hat. Laut Weingesetz ist das ein „teilweise gegorener Traubenmost", der halt fast 400 g/l Restzucker hat. Das macht diese Nektaressenz in seiner ersten Jugend sehr opulent und überkonzentriert. Wird aber dieser Fast-Wein erwachsen, wird die „9er-TBA" für Jahrzehnte marschieren. *hp*

BURGENLAND

★★★★ K €€€€ CH PLV
2017 Chardonnay Blick + Mild, zarte Burgunder-Noten, Oliven, Grapefruit; straffe, kreidig, exotische Frucht, Banane, Blutorangen, weißes Nougat, weiches Toasting. relativ lang.

★★★ K €€€€ CH
2017 Chardonnay Kreuz + Vanille, dezentes Toasting, Salbei und Fenchel; gut eingebundenes Holz, Schokonoten, Haselnuss, Mandarinen, Quitte, körperreich, gerundet, mittellang.

★★★ K €€€ CW
2017 „K" + (CH/WR/SÄ) Relativ füllig, Schwarzbrot, Liebstöckel, suppige Würze, Wiesenblumen, Feigen; reife Grapefruit, Blutorange, Oliven, bisschen nussig, üppiger Wein.

★★ S €€ MO
2019 Muskat Ottonel Auslese + (Restzucker/RZ: 100,1 g/l) Süß-traubig, muskatig, Weingartenpfirsich; balancierte Frucht, dezent Honig, weißes Nougat, eingelegte Feigen, salzig.

★★ K €€€ ZW
2018 Zweigelt Beerenauslese + (RZ: 115,8 g/l) Eingelegte Kirschen, dezente Würze, Schwarzbrot; leichte Würze, Kirschen und Weichseln, Ribiseln, Lakritze, Karamell, mittellang.

★★★ K €€€ CW
2018 Beerenauslese Cuvée + (WR/CH; RZ: 145,7 g/l) Zarte Honignoten, geschmeidige Fülle, Bratapfel, geradlinig, frisch; Bratapfel, Quitten, Pumpernickel, etwas salzig, gerundet.

★★★ K €€€€ ZW
2018 Zweigelt TBA No. 1 Nouvelle Vague + (RZ: 137,9 g/l) Kirschensirup, auch viel Beerenfrucht, leichte Röstnoten, Malzmandel; eingelegte Weichseln und Kirschen, Karamell, Stollwerk, salziges Finale.

★★★★ K €€€€ WR
2018 Welschriesling TBA No. 2 Zwischen den Seen + (RZ: 173,4 g/l) Viel Waldhonig, gewisse Fruchtfrische, Pfirsich, getrocknete Marillen; saftig, exotische Frucht, reife Ananas, mineralisch wie salzig, Trinkanimo mit Länge.

ÖSTERREICH

★★★★ K €€€€€€ WR TIPP
2018 Welschriesling No. 9 Zwischen den Seen + (RZ: 375,0 g/l) Eingelegte Pfirsiche, Marillen, Met und Blütenhonig; Dicksaft, hochkonzentrierte Frucht, opulente Fülle mit Würze und Frische, Nektarkonzentration, hält praktisch ewig.

★★★ K €€€€€ SÄ
2018 Scheurebe TBA No. 3 Zwischen den Seen + (RZ: 188,8 g/l) Sehr würzig, salzbetont, rauchig, Kernobst, gute Fülle; reife rosa Grapefruit, generell tropische Frucht, Mango, Litschi, auch Pfirsich, Eibisch, gute Länge.

★★★★ K €€€€€ WR
2018 Rosenmuskateller TBA No. 4 Nouvelle Vague + (RZ: 188,3 g/l) Aromatisch, Rosenblüten, weiches Nougat, würzig-rauchiges Tannin; ätherisch, Tannennadeln, Rosenblüten, Lakritze, mittellang.

★★★★ K €€€€€€ CW TIPP
2018 Grande Cuvée TBA No. 5 Nouvelle Vague + (WR/CH, RZ: 223,5 g/l) Frische, exotische Frucht, Mango und Papaya, Pilze, nussig; konzentrierte Ananasfrucht, Honigmelone, supersalzig, lebhaft, lang.

★★★ K €€€€€€ TR
2018 Traminer TBA No. 6 Nouvelle Vague + (RZ: 240,3 g/l) Samtig, dunkle Schokolade, füllig, rauchig, eingelegte Birnen, klassisch Rosenholz, wirkt wuchtig; saftig, viel Nougat und Karamell, Waldhonig, hohe Konzentration, sehr lang.

★★★★★ K €€€€€€ SÄ TOP
2018 Scheurebe TBA No. 7 Zwischen den Seen + (RZ: 234,5 g/l) Viel Maracuja, auch Kiwi, Orangenschalen, dezente Würze, lebhafte TBA; reife Südfrüchte, Ananas, Mango, Met und Marillennektar, salzig-mineralisch, extrem lang.

★★★★★ K €€€€€€ WR TOP
2018 Welschriesling TBA No. 8 Zwischen den Seen + (RZ: 271,1 g/l) Reichhaltig, reife Grapefruit, Birnen und Bratäpfel; viel Mineralität, enorm saftig, fleischiger Pfirsich, klirrende Säure, straff, mineralisch, endlos lang.

Weingut
Andi Kroiss

Andi Kroiss
7142 Illmitz, Untere Hauptstraße 32
Tel. +43 2175 2137
andi@kroiss.wine, www.kroiss.wine
14,5 Hektar, W/R 50/50, 40.000 Flaschen/Jahr

Andi Kroiss ist äußerst ambitioniert dabei, die Qualität stetig zu steigern und seine Vorstellungen letztendlich im Glas umzusetzen. Das Angebot hat einen merkbare Relaunch erfahren und soll letztendlich in einer dreistufigen Qualitätspyramide dargestellt werden. Besonders positiv anzumerken ist der beschrittene Weg, den Weinen ausreichend Fass- und Flaschenreife zu gönnen, bevor sie auf den Markt gebracht werden. Mit dem Chardonnay 2019 Ried Lüss hat Andi Kroiss viele seiner Vorhaben bereits umsetzen können. Der Primus inter Pares im Rotweinsegment ist der wahrscheinlich bis jetzt beste Trialog, der seine Leitsorte den Cabernet Sauvignon in perfekter physiologischer Reife präsentiert. *gh*

NEUSIEDLERSEE DAC

★★★ S €€ ZW
2019 Zweigelt + Süße, vollreife Herzkirsche, dunkle Weichselfrucht, Schokonote, Gewürzkräuter, einladend; saftige Kirsch-Weichsel-Aromen, zeigt viel Frische, gut strukturiert, Bitterschokolade, ein archetypischer Neusiedlersee DAC, etwas Säure und Adstringenz im Finish.

★★★ K €€€ ZW
2018 Zweigelt Ried Neufeld + Eingelegte Weichsel, tiefschwarze Kirsche, Anklänge an Brombeere und Heidelbeere, vollreife Himbeere, Bitterschokolade, ausgewogen; strukturiert, zeigt viel Frische, knackige Weichsel, jugendlich mit besten Anlagen, klingt fruchtbetont mit angenehmer Herbe lange nach.

BURGENLAND

★★★ S € CW
2020 Wildgansl + (WR/GV) Frische, saftige gelbe Birne, Apfelanklänge, Frühlingswiese, etwas Blütenduft, feine Zitrusaromen, lebendig, blitzsauber; trinkanimierende rosa Grapefruit, knackiger Apfel, Frische und Trinkvergnügen pur, Blutorange im Nachhall.

★★★ S €€ WB
2020 Weißburgunder Kalk & Sand + Fruchtbetont, Hawaii-Ananas, saftige Gute Luise, kalkige Noten, Orange und rosa Grapefruit; frisch, saftig, lebendige Säure, alles gut abgestimmt, passende Bitternote, dunkle Zitrusfrüchte und gelbe Birne im schwungvollen Nachhall.

★★★★ K €€€ CH **TIPP**
2019 Chardonnay Ried Lüss + Wohldosierter Ausbau im kleinen Holz, unaufdringliche Röstnoten, feine Vanille, zeigt auch viel Frucht, vollreife Birnenaromen, Eleganz bleibt immer im Vordergrund; saftig, zarte Würze, etwas Bittermandel, Holz harmoniert bereits in diesem Stadium perfekt, wunderschöne, reife gelbe Früchte, sehr gute Persistenz, beste Zukunftsprognose.

★★★ S € CR
2020 Rosé + (CS/SL/ME) Fruchtbetont, rote Ribisel, schwarze Johannisbeere, Jostabeere, Erdbeere, weiße Kirsche, von feiner Kräuterwürze unterlegt, richtig einladend; sehr gute Substanz, dicht, guter Druck, vollreife rote Früchte, harmonisch, Frische ist immer garantiert, klingt mit dunklen Zitrusnoten à la Mandarine recht lange aus.

★★★ S € CR **PLV**
2019 Selection Rot + (BF/SL/CS) Vollreife, dunkle Waldbeeren, konzentrierte schwarze Johannisbeere, von Kräuterwürze unterlegt, eingelegte Weichsel, schokoladig, süß ummantelt; fruchtsüß, bleibt bei dieser Säure-Tannin-Struktur unaufdringlich, wieder hochreife, präsente Schwarzkirsche und dunkle Weichsel, passende Bitternote im Finish.

★★★★ K €€€ CR **TIPP**
2019 Trialog + (CS/BF/ME) Präzise Beerenaromatik, schwarze Johannisbeere, Heidelbeere und Jostabeere, der Cabernet Sauvignon prägt den Duft, physiologisch voll ausgereift, elegant; kann auf dem Gaumen voll mithalten, süße, präzise Cassis-Noten, feine Kräuterwürze, guter Tiefgang, saftig, passende Adstringenz im langen Abgang.

★★★ S €€€ CS **PLV**
2018 Cabernet Sauvignon Kalk & Sand + Sortentypische Cassis-Frucht, fein und elegant, zarte Würze, Waldheidelbeere, Waldbrombeere, etwas Bitterschokolade; gute Fülle, wirkt dabei fast leichtfüßig, dosierte Säure-Tannin-Struktur, dunkle Weichsel, kalkige Assoziationen, wird mit Flaschenreife weiter zulegen.

★★★ K €€€ ME
2018 Merlot Ried Lüss + Elegant mit nobler, dunkler Frucht, feine Kräuterwürze, vollreife Brombeere, Herbsthimbeere, Waldboden, konzentrierte, präzise Weichselfrucht; elegant, harmonisch, strukturiert, pürierte Brombeere, Jostabeere, Waldheidelbeere, am Beginn eines langen Lebens, zeigt viel Frische im anhaltenden Abgang.

BIO

Weingut
Leitner

Gernot Leitner
7122 Gols, Quellengasse 33
Tel. +43 2173 2593, Fax +43 2173 21547
weingut@leitner-gols.at, www.leitner-gols.at
11 Hektar, W/R 20/80

Seit 20 Jahren macht Gernot Leitner in Gols Weine unter der Herkunft Burgenland. Seit zwei Jahren ist er auch Bio-Winzer. Rotwein ist sein Hauptgeschäft – wobei auch das Weißwein-Segment bei ihm immer eine Bedeutung gehabt hat und mittlerweile fast ein Drittel seines Weinschaffens ausmacht. Besonders hervorzuheben ist dabei der Salzberg, auf dem Leitner knapp einen Hektar bewirtschaftet.

Auf dem Salzberg fokussiert der „Pannobile"-Winzer auf Pinot Blanc und zieht aus dem besonderen Terroir zwei Riedenweine: Einer ist der klassisch im Stahltank ausgebaute „Salzberg". Und die ältesten Rebstöcke der 1988 gepflanzten Anlage werden für den reinsortigen weißen „Pannobile" genommen, der für ein Jahr auf der Feinhefe im Barrique ausgebaut wird und dann noch fünf Monate im großen Holz reift.

Die Leitner-Trauben werden händisch geerntet, alle Weine spontan vergoren. Bei den Rotweinen bilden die Heideboden-Weine die Basis. Darüber hat der Winzer einige bemerkenswerte Lagenweine, bei denen der Jahrgang 2019 aktuell im Fokus steht. Auf dem Plateau vom Golser Altenberg steht Leitners Premium-Zweigelt. Der schottrig, sandig-lehmige Boden hat auch viel Kalk, wodurch der Zweigelt viel Straffheit aufnimmt. Seit Jahren der Top-Wein im Haus Leitner ist der Blaufränkisch Ungerberg. Auch im 2019er-Jahr hat dieser auf einem Tschernosem stehende Blaufränker mit seiner unvergleichlichen Ungerberg-Kräuterwürze das größte Potenzial. Beide Lagen-Rote sind ab Herbst verfügbar. *hp*

BURGENLAND

★★ **S €€ GS**
2020 Gemischter Satz Ried Obere Breite + Sehr fruchtig, viel Apfel, Zitrus, gewürzig; straff, Steinobst, Weingartenpfirsich, Fülle von Burgunder-Sorten, etwas gerbstoffig, lebhafter Wein.

★★ **S €€ SB** FUN
2020 Sauvignon Blanc + Reife Stachelbeernoten, schotig, zarte Würze, dezent salzig; straff und knackig, kräuterwürzig, Mandarinen und Limette, Gerbstoff gibt Halt, geradlinig, relativ viel Säure.

★★ **S €€ PB**
2020 Pinot Blanc Ried Salzberg + Rauchige Textur, salzige Würze, Grapefruit, Oliven, Kräuternoten; gemahlene Haselnüsse, relativ saftig, lebhafte Säurestruktur, relativ frisch und knackig.

★★★★ **K €€€ PB**
2019 Pannobile Pinot Blanc Ried Salzberg + Cremig, bisschen Nougat, dezent rauchig und torfig, Lindenblüten, geschmeidige Tannine; Haselnuss-Schoko-Creme, fülliger Wein mit straffer Eleganz, Salzigkeit, schöne Länge.

★★★★ **K €€€€€ ZW** TIPP
2019 Zweigelt Ried Altenberg + Sehr würzig, viel Zweigelt-Typizität, reife Weichseln; stoffig, saftige Sauerkirschen, einiges Tannin, herzhafter Biss, gute Länge, hat noch ausreichend Entwicklungspotenzial.

★★★ **K €€€€ SY**
Syrah Ried Schafleiten + Rote Beeren, Cassis und Brombeeren, Schwarzbrot; eingelegte Kirschen und Weichseln, leichte Cassis-Noten, hinten Kräuterwürze und Bitterschokolade, mittellang bis lang.

★★★★ **K €€€€€ BF** TIPP
2019 Blaufränkisch Ungerberg + Kräuterwürze pur, enorm viel schwarze Johannisbeere, sehr Terroir-typisch; schmeichelnde Fülle, mediterrane Kräuter, süße Frucht, eingelegte Weichseln, Blaufränker mit Druck und Länge.

Seegut
Lentsch

Markus Lentsch
7141 Podersdorf, Neusiedlerstraße 40
Tel. +43 2177 2398
info@seegut-lentsch.com, www.seegut-lentsch.com
20 Hektar, W/R 45/55, 100.000 Flaschen/Jahr

Im sympathisch geführten Weingut Lentsch tut sich einiges. Neu ist die einheitliche Präsentation nach außen, was sich einerseits in der Umbenennung in Seegut als Zeichen enger Verbindung zum Neusiedler See zeigt, und andererseits im modernen Designlook der Etiketten. Vor Kurzem ist zum Kellermeister Markus sein Bruder Thomas als Weingartenmanagement-Verantwortlicher hinzugestoßen, die nun gemeinsam mit ihren Eltern Elisabeth und Franz das Seegut im besten Sinne als Familienweingut führen.
Das aktuelle Portefeuille präsentiert sich verlässlich von Jahr zu Jahr übersichtlich und klar strukturiert. Die fruchtbetonte Klassiklinie wird in Weiß in Edelstahl, in Rot in großen Holzfässern ausgebaut. Bei den Reserve-Weinen liegt der Fokus im weißen Bereich auf den Burgunder-Sorten, in Rot werden die heimischen Sorten Blaufränkisch, St. Laurent und Zweigelt gemeinsam mit den Bordeaux-Sorten geführt. In der Premium-Liga spielen die Lagenweine vom Zweigelt und Blaufränkisch die wichtigste Rolle, die erst nach etwas Reifezeit ihren betonten Sortencharakter voll ausspielen. *us*

NEUSIEDLERSEE DAC

★★★ **S €€ ZW**
2018 Blauer Zweigelt Reserve + Vollreife, saftige Schoko-Kirsche, dunkle Waldbeeren, zupackend, umwärmende Charakteristik, eingelegte Weichsel, feine Holzeinbindung, harmonisch, feiner Trinkfluss, gute Länge.

★★★★ **K €€ ZW** TIPP
2018 Zweigelt Ried Seeweingärten Reserve + Herzhafte Kirsch-Weichsel-Melange, viel Fruchtsüße, vital, engmaschig, dicht, schwarze Oliven, anmutig, aber mit Biss, tiefgründig und vielschichtig, tolle Länge, ungemein trinkanimierend, tolle Länge, Modellcharakter.

★★★★ **K €€€ BF** TIPP
2018 Blaufränkisch Ried Lüss Alte Reben + Elegante Kirsche, Brombeere mit feiner Kräuterwürze, saftig, dunkelfruchtig, dunkler Nougat, viel Tiefe, kompakte Textur, geradlinig, perfekt gereiftes Tannin, merkbarer Holzeinsatz, druckvoll, sehr langes Finish, ebenbürtig mit dem Vorgängerjahrgang.

BURGENLAND

★★ **S € PB** FUN
2020 Weißburgunder + Saftiges Fruchtspiel, vollreife Nektarine, Pfirsichanklänge, Exotik à la Litschi, extraktsüß, feine Säurepikanz, zarter Fruchtschmelz, balanciert und sehr attraktiv.

★★ **S €€ PB**
2019 Grauburgunder + Vollreife Gelbaromatik, Quitte, Pfirsich, feine Exotik à la Ananas, viel Fruchtpräsenz, Litschi, saftig und ausladend, herzhaft mit schöner Pikanz, idealer Speisenbegleiter.

★★★ **S € CH**
2019 Chardonnay + Ungemein dicht, vollreife Aromatik, ein Fruchtkorb von Ananas, Nektarine, gedörrte Marille, Hauch von heller Walnuss, vielschichtig, alles gut verwoben, harmonisch, langer Nachhall.

★★★ **S €€€ CH** TIPP
2018 Chardonnay Reserve + Bukett nach Brioche, unterlegt von zurückhaltenden Rösttönen, ausgeprägtes wie druckvolles Fruchtspiel, Exotik in Kombination mit Wildkräutern, kräftig und balanciert, ausgewogener Holzeinsatz, gut strukturiert, lebendige Säure, noch sehr juvenil, beste Perspektiven.

★★★ **K €€€ PG**
2019 Grauburgunder Reserve + Saftige Gelbfrucht, Mandarine, Maracuja, helle Walnuss, Darjeeling-Tee, feine Säurestütze, gut eingebundener Vanille-Holz-Ton, kräftig gebaut, mittlere Länge.

★★★ **S € ZW** FUN PLV
2019 Blauer Zweigelt + Betörende Herzkirsche, glockenklar mit saftiger Dichte, umspielt von vibrierend-lebendigem Timbre, feine Kräuterwürze, getrocknete Oliven, etwas Grafit, feines Bitterschoko, strukturiert, tolle Sorteninterpretation, sehr trinkfreudig.

★★★ **S €€ SL**
2019 St. Laurent + Saftige Herzkirschenaromatik, vollmundig mit ausgewogener Fülle in perfekter Säurebalance, harmonisch, Grafitton, ausgewogen, würzig im Nachhall, gute Länge und feiner Trinkgenuss.

★★★★ **K €€€ CR**
2018 Remanenz + (50ZW/BF/SL) Betörende wie einladende Rotbeerigkeit, saftige Fülle, Cassis, Herzkirsche, Maulbeere, dicht, eng verwobene Fruchtkomponenten, Bitterschoko, tiefgründige Textur, warmfruchtig mit viel Harmonie, strömt ruhig und lang, viel Entwicklungspotenzial.

★★★★ **K €€€ CF**
2018 Cabernet Franc + Blättrige Fruchtnase, elegantseidige Fruchtkomponenten, vollreif, samtige Textur, besticht durch zurückhaltende Eleganz und Harmonie, heller Tabak, feinkörnige Tannine, ruhende Mitte, aus einem Guss, tolle Sorteninterpretation, unprätentiös, großartig.

Weingut
Münzenrieder

Johannes Münzenrieder
7143 Apetlon, Wallernerstraße 27
Tel. +43 2175 2259, Fax -6
info@muenzenrieder.at, www.muenzenrieder.at
34 Hektar, W/R 50/50

Fährt man zu Johannes Münzenrieder nach Apetlon wird man immer etwas finden. Denn seine Weinpalette hat eine ungemeine Sortenvielfalt, Weißwein und Rotwein halten sich dabei die Waage, und die Palette reicht mittlerweile auch über drei Jahrgänge. Die lange Corona-Zeit hat dem Winzer diesbezüglich eine kleine Verschnaufpause verschafft, sodass seine Premium-Weine zurückgehalten werden konnten und länger Zeit bekommen. So darf man sich jetzt über Münzenrieders Rotwein-Cuvées Mavie und Zweiglas aus 2018 freuen. Mavie steht für die österreichische Ausprägung und wird vom Zweigelt gezogen; im Zweiglas, den der Winzer zusammen mit seinem Schweizer Händler kreiert hat, steht Merlot an erster Stelle und ist als Cuvée somit internationaler geformt.

Ganz puristisch vom Neusiedler See ist dagegen Münzenriders Zweigelt DAC Reserve vom Illmitzer Römerstein, die ab Herbst eingeschenkt wird. Dass Münzenrieder nicht nur im trockenen Weinbereich eine sichere Hand zeigt, beweist der Apetloner mit zwei Trockenbeerenauslesen: Der Sämling 2018 und der Welschriesling 2017 gehören zu den besten Süßweinen, die man im Seewinkel finden kann – zwei Weine von zeitloser Schönheit. *hp*

NEUDIEDLERSEE DAC

★★ S € ZW
2019 Zweigelt + Würzige Kirschfrucht, rauchig-speckige Noten, viel Sorte, Liebstöckel; kräftig, torfig, bisschen Grafit, Kirschen und Pflaumen, griffiges Tannin, Zweigelt mit Biss.

★★★★ K €€€ ZW PLV
2019 Zweigelt Ried Illmitzer Römerstein Reserve + Brombeere und Herzkirschen, helle Würze, gute Tiefe; straff und stoffig, Schwarzbeeren, Weichseln, Zweigelt mit Struktur und Tiefe, gute Länge.

BURGENLAND

★★ S € CH
2020 Chardonnay Haideboden + Gute Fülle, Pilze, Oliven, Pumpernickel, Kräuterwürze; Vanille, weiße Schokolade, rauchig-würzig, Mandarinen, Orangenzesten, grüne Banane, vorlauter Gerbstoff, mittellang.

★★★ S €€ CR
2018 Heideboden Reserve + (ZW/BF/ME) Kirschen, auch Brombeeren, viel Kräuterwürze, zugänglich; kühle Frucht, Heidelbeeren, auch Zwetschen, kräftig, rauchiger Würze, griffiger Gerbstoff.

★★★ S €€ ME
2018 Merlot Reserve + Viel Kräuterwürze und Cassis, sortentypisch, füllig; Tintenblei, Schwarzkirschen, Pflaumen, Hauch von Cassis, getrocknete Kräuter, balanciertes Tannin, mittellang.

★★★ S €€ CF
2018 Cabernet Franc Reserve + Sehr gewürzig, Johannisbeere, dezente Minze-Noten; schönes Toasting, torfig, saftig, Sauerkirsche, Brombeere, geschmeidig, rund und zugänglich.

★★★★ K €€€ CR
2018 Mavie + (ME/CF/ZW) Viel Kräuterwürze, bisschen Cassis, kirschig; samtige Frucht, Kirschen und Johannisbeeren, gute Holz-Unterstützung, harmonisch, Wein mit viel Trinkfluss und Länge.

★★★★ K €€€€ CR TIPP
2018 Zweiglas + (ZW/CF/ME) Weich, Haselnussschokolade, würzige Frucht, gute Dichte; stoffig, Brombeere, Johannisbeere, rauchige Würze, Nougat, gut eingebundener Gerbstoff, elegant, einiges Potenzial.

★★ S € CW
2018 Heideboden Spätlese + Birnenkompott, süß-apfelige Frucht, leichte Würze; reifes Kernobst, Mandarinen, gewürzig, mild, gerundet bis zum Schluss, unkomplizierter Trinkcharme.

★★★★ K €€€ WR
2017 Welschriesling Siddharta TBA + (240 g/l RZ) Weich, viel Karamell und Nougat, Vanillecreme, Bratapfel, röstig; Holz eingebunden, Waldhonig, nektarhafte Frucht, Mango, Litschi, üppiger Wein.

Weingut
PMC Münzenrieder

Christoph & Peter Münzenrieder
7143 Apetlon, Triftgasse 31
Tel. +43 2175 26700
office@weingut-pmc.at, www.pmc-muenzenrieder.at
28 Hektar, W/R 50/50, 150.000 Flaschen/Jahr

PMC – drei Buchstaben, zwei Brüder, ein Weingut. Christoph und Peter Münzenrieder bieten seit Jahren ein reichhaltiges und in die Tiefe gehendes Weinsortiment, in dem sich Rot und Weiß gleichermaßen finden. Das Familienweingut liegt mitten im Nationalpark, daher ist im Weinbau der behutsame Umgang mit der Natur für die Brüder nur logisch: Seit März dieses Jahres ist PMC „Nachhaltig Austria"-zertifiziert. „Soweit es geht, machen wir alles biologisch – aber durch den hohen Botrytisdruck im Seewinkel ist das schwierig", sagt Christoph Münzenrieder, der der Kellermeister und fürs Qualitätsmanagement zuständig ist. Bruder Peter ist der Marketing- und Verkaufsmann.

Größter Schatz im Weingut ist die Riede Neubruch, eine etwa 70 Hektar umfassende Lage, von Apetlon Richtung Frauenkirchen gelegen. Die Lage hat einen kargen Boden, geprägt vom roten Schotter und auch Sand. 13 Hektar bewirtschaften die Münzenrieders in der Ried Neubruch. „Aber wir verwenden nur drei Hektar davon für unsere Lagenweine", sagt Christoph Münzenrieder. Dementsprechend selektioniert sind die Neubruch-Weine, die allesamt ab Oktober in den Verkauf kommen. Das Nonplusultra der 2019er Neubruchs ist der Chardonnay, ein präziser wie eleganter Wein, der jetzt schon ansprechend ist. Aber auch der Zweigelt bietet viel Druck. Da hat sicher auch geholfen, dass die Winzerbrüder im Holzmanagement von 225er-auf 500er-Fässer umgestellt haben. Davon profitiert auch der ungemein charaktervolle Merlot, ein sortentypischer Wein mit Trinkcharme und Substanz – was aber für das Gros der PMC Münzenrieder-Weine gilt. *hp*

BURGENLAND

★★★ **S €€ GV** FUN
2020 Grüner Veltliner Ried Hollabern + Gewürziger Veltliner, eingelegte Äpfel, gute Tiefe; aromatisch, grüne Ananas, Litschi, Limetten, weißer Pfeffer, herzhafter Säurebiss.

★★★ **K €€€€ SB**
2019 Sauvignon Blanc Ried Neubruch + Weiches Toasting, bisschen internationale Stilistik, Vanille, weiße Schokolade, Sellerie; würzig, reife Schoten, Johannisbeere, salzig, trinkvergnüglich, mittellang.

★★★★ **K €€€€ CH** TIPP
2019 Chardonnay Ried Neubruch + Würziges Holz, Vanille, Nougatcreme, Steinpilze, schwarze Oliven; burgundisch, typische Seewinkel-Salzigkeit, mineralisch, lebhaft, dunkle Schokolade, elegant.

★★★ **K €€€€ PN**
2019 Pinot Noir Ried Neubruch + Einige Würze, Himbeeren, Lakritze, Mokka; straff, dunkle Schokolade, rauchiges Toasting, schöne Gerbstoffstruktur, Schwarzkirschen und Ribisel, gute Länge.

★★★★ **K €€€€ ZW**
2019 Zweigelt Ried Neubruch + Füllig, Pflaumen, eingelegte Sauerkirschen, einige Würze; festes Tannin, Herzkirschen, Liebstöckel, rauchiges Holz, würzige Frucht, jugendlich, gute Länge.

★★★ **K €€€ CR**
2019 Diabolus + (ZW/ME/BF) Schöner Beerenmix, Heidelbeeren, auch Kirschen, dezente Würze; man merkt stark den würzigen Merlot, forderndes, rauchiges Toasting, torfig, strukturierter Wein mit Biss.

★★★★ **K €€€€ ME** TIPP
2019 Merlot + Fülliger Merlot, viele Sauerkirschen, gewürzig, sortentypisch; robustes Holz, stoffige Cassis-Noten, konzentrierte dunkelbeerige Frucht, rassig, mit Belüftung filigraner, vielversprechende Länge.

★★★ **K €€€ WR**
2018 Welschriesling TBA + (250 g/l RZ) Schöne Würze und Frische, Honignoten, Pfirsich, viel Sorte; weich, üppige, nektarhafte tropische Früchte, Mango und Ananas, Lebkuchen, dezente Säure, mittellang.

★★★ **K €€€ SÄ**
2018 Scheurebe TBA + (210 g/l RZ) Waldhonig, dabei sehr frisch, Kräuter, Stachelbeere; Bratapfel und Honigmelone, geschmeidig, würzige Noten, betont salzig, etwas gerbstoffig, Säurebiss, gute Länge.

Weingut

Anita & Hans Nittnaus

Anita & Hans Nittnaus
7122 Gols, Untere Hauptstraße 49
Tel. +43 2173 2248, Fax 2248-20
office@nittnaus.at, www.nittnaus.at
40 Hektar, W/R 10/90, 220.000 Flaschen/Jahr

Hans Nittnaus ist einer der besten Weinmacher Österreichs. Das beweist er seit mittlerweile 30 Jahren. Mit ihm verwachsen sind sein grandioser Comondor, der in jeder Bordeaux-Blindprobe gute Figur macht, und der Pannobile, durch den Nittnaus dem heimischen Wein ein Herkunftsgesicht gegeben hat. Darüber hinaus zeigt Nittnaus seine Leithaberg-Leidenschaft mit vier genialen Lagen-Blaufränkern und zwei Chardonnay-Charakterdarstellern. Lauter Spitzenweine! Weniger im Scheinwerferlicht steht noch das noch schlanke Naturwein-Segment, auf dem sich die Nittnaus-Jugend, Martin, Andi und Lydia, in famoser Weise austobt, und das sukzessive mehr wird. Vier Weine gibt es, zwei Veltliner, zwei Blaufränker. Die Elektra-Weine kommen aus der Lage Lindauer in Jois. Die Manila-Weine sind vom Joiser Jungenberg. Alles ist erlaubt, vieles wird probiert – von ganzen Trauben bei der Vergärung bis zur Tonamphore. Alle Weine sind alkoholleicht, ihnen fehlt es aber nicht an Gewicht, sie haben einen herzhaften Gerbstoff und bieten einen großen Spannungsbogen. Man muss sich nur auf sie einlassen. *hp*

LEITHABERG DAC

★★★★ **K €€€€ CH**
2019 Chardonnay Freudshofer + Elegante Opulenz, füllig, zarte Mineralität, Pilze, röstig; lebhaft und frisch, kalkreich, Fruchtexotik, Maracuja, Kräuterwürze, straffe Struktur, schöne Länge.

★★★★ **K €€€€ CH** TIPP
2019 Chardonnay Bergschmallister + Frisch und engmaschig, schiefrige Mineralität, kalkig, straff; kühl-aromatisch, Steinobst, Riesling-haft nach Pfirsich, Riesenwein mit super Säure, beeindruckende Länge.

★★★★ **K €€€€ BF**
2018 Blaufränkisch Ried Joiser Altenberg + Rauchige Würze, Schwarzbrot, Pflaumenkompott, nussig, cremig; Kirschen, Wacholder, Preiselbeeren, vielschichtig, druckvoll, gute Länge.

★★★★ **K €€€€ BF**
2019 Blaufränkisch Ried Joiser Altenberg + Sehr würzig, schöne Fruchtfülle, Brombeeren, Herzkirschen; saftig, Kirschen, Schwarzbeeren, straffe Würze, feines Tannin, relativ lang.

★★★★ **K €€€€ BF**
2018 Blaufränkisch Ried Neusiedler Lange Ohn + Eingelegte Pflaumen, Johannisbeeren, gute Würze und Dichte; Minze und Cassis, super Gerbstoff, knochentrocken, eigenständig.

★★★★ **K €€€€€€ BF** TIPP
2019 Blaufränkisch Ried Neusiedler Lange Ohn + Schöne Würze, Lebkuchen, rotbeerig, Grafit, wirkt kräftig; viel Volumen, straffe Mineralität, Ribisel und Brombeeren, Tanninbiss, lang!

★★★★★ **K €€€€€€ BF** TOP
2018 Blaufränkisch Ried Joiser Jungenberg + Ätherisch, viel Fruchtfülle, Waldbeeren; kühl, rauchig, viel Würze, Wildkirschen und Schwarzbeeren, mineralisch, mächtiger, eleganter Blaufränker, Riesen-Abgang.

★★★★★ **K €€€€€€ BF** TOP
2018 Blaufränkisch Ried Joiser Gritschenberg + Rotbeerig, kreidige Noten, Feuerstein; leichtfüßig-elegant, Johannisbeere, Heidelbeere, Preiselbeere, super Gerbstoff und Tannin, mineralisch, Riesen-Spannung und Länge.

BURGENLAND

★★★★ **K €€€€ CR**
2019 Pannobile + (ZW/BF) Feine Fülle, Ribisel und Herzkirschen, rauchige Würze; viel Tannin-Biss, Cassis, kühle Würze, viel Struktur, straffer Pannobile, super Potenzial.

★★★★★ **K €€€€€€ BF** TOP
2018 Comondor + (ME/BF/CS). Bordeaux-hafter Charakter, viel Cassis und Kräuterwürze; dunkle Schokolade, feinwürziges Tannin, Pfefferkuchen, Cassis, Heidelbeeren, stoffig, großer Wein.

ÖSTERREICH

★★★ **K €€€ GV**
2020 Grüner Veltliner Manila + Wirkt leichtfüßig, würzig, kalkige Noten, gelbfruchtig; schöne Tannin- und Gerbstoffstruktur, stoffig, super Säuregerüst, Limetten, druckvoll, gute Länge.

★★★★ **K €€€ GV** PLV
2020 Grüner Veltliner Elektra + Kalkig, Grapefruit, Orangeschalen, dezente Würze, cremig; Birnen, rosa Grapefruit, mineralisch, super Gerbstoff, druckvoller Naturwein, bei dem die Sorte in den Hintergrund tritt.

★★★ **K €€€ BF**
2020 Blaufränkisch Manila + Helle Kirschen, sehr fruchtig, bisschen mineralisch; geschmeidig, Kirschen, Brombeeren und Himbeeren, wirkt Pinot-haft, feiner Gerbstoff, trinkvergnüglich.

★★★ **K €€€ BF**
2020 Blaufränkisch Elektra + Burgundische Noten, Himbeeren, etwas Würze, Veilchen; saftig, viele Kirschen, gute Gerbstoffstütze, knochentrocken, herzhafter Biss, leicht, aber gewichtig.

Weingut
Pittnauer

7122 Gols, Neubaugasse 90
Tel. +43 2173 3407, Fax +43 2173 20088
weingut@pittnauer.com, www.pittnauer.com
15 Hektar, W/R 30/70

Gerhard Pittnauer lässt sich in kein Schema pressen. Und er passt auch in kein vorgefertigtes Schema. Der Golser Winzer ist beim Weinmachen ein Freigeist, ein Vordenker, ein Pionier, aber auch ein Provokateur. Pittnauers puristische Weine werden über den Klee gelobt; oder man kann wenig mit diesen kantigen und oft sehr eigenständigen Weinen anfangen.

Pittnauer ist nicht kopierbar. Jeder seiner Weine ist eine eigene Offenbarung. Wer das annimmt und sich darauf einlässt, kann viel entdecken. Die Reise beginnt mit zwei schnörkellos guten Pet Nats: dem Rosé mit seinem etwas weicheren Habitus und dem strafferen weißen Pendant – ein Sprudel, nach dem man Jahr für Jahr Ausschau hält. Dem klassischen Schaumwein drückt der Winzer mittlerweile auch seine persönliche Note auf: Mit seinem „Himmelhoch Sparkling Rosé" hat er aus St. Laurent, einer seiner Lieblingssorten, einen fruchtigen Zero-Dosage-Sekt mit feinen Ecken und Kanten gemacht.

Pittnauer lässt unkonventionell Weiß mit Rot zusammenfließen, was in einem durchaus rhythmischen Wein mündet wie im „r&b", bei dem der Winzer auch gleich zwei Jahrgänge mitschwingen lässt. Bei Pittnauers „Blonde by Nature"-Wein kann auch ein Biertrinker schwach werden. Trotz des naturtrüben Charakters und seiner weißbierhaften Anmutung bleibt es immer ein typischer Pittnauer Wein – mit reichhaltiger Andersartigkeit und herzhaftem Gerbstoffbiss. Es gibt auch zwei Wein-Klassiker – auf ganz natürliche Art – mit Pittnauers Pannobile-Cuvée und Blaufränkisch Ungerberg. Dem naturnahen internationalen Weinpublikum gefällt's, was Pittnauer serviert. Seine natürlichen Weine sind in 15 Ländern präsent – in allen relevanten Weinmärkten in Europa bis nach Übersee. *hp*

BURGENLAND

★★★★ **K** €€€€€ **BF** TIPP
2018 Blaufränkisch Ried Ungerberg + Samtig, Brombeeren und Heidelbeeren, feine Kräuterwürze; viel Sorte und Terroir-Kräuterwürze, Heidelbeeren, Weichseln, rauchig, mineralisch, dezenter Gerbstoff, gute Länge.

ÖSTERREICH

★★★ **KK** €€€ **BF**
2020 Pitt Nat Rosé + Helle Kirschen, Ribisel, bisschen Zitrus-Frische, dezent Kräuter; cremig, feine Perlage, bisschen Würze und Gerbstoff, Walderdbeeren, trinkvergnüglich, aus einem Guss.

★★★★ **KK** €€€ **GS** PLV
2020 Pitt Nat Blanc + Frisch, schotig, Stachelbeeren, Limetten und Orangenzesten; cremig und spritzig zugleich, viel Holunder, Südfrüchte, Mandarinen und Blutorange, lässiger Pet Nat im Pitt-Nat-Stil. Ein Must-have-Sprudel.

★★ **K** €€
r&b red & white cuvée + (GV/SL, ohne Jahrgang) Wirkt saftig, Kirschen, Bratengewürz, Biskuit; Kräuterwürze, Limetten-Zesten, etwas gerbstoffig, Veltliner-betont, ungewöhnlicher, aber interessant Wein, rund.

★★★ **K** €€ **CW**
2020 Blonde by Nature + (MO/GM/SB/GV) Wirkt vollmundig und reichhaltig, gelbe Äpfel, Pfirsich und Mango, Muskat; saftig mit feinem Gerbstoff und Würze, reife Birnen, Nektarinen, Weißbier-Charme, guter Biss.

★★★ **K** €€€ **CW**
2020 Perfect Day + Super Frische, muskatig, viel Ananas, süße Äpfel, gehaltvoll; reifes Zitrus mit super Gerbstoffstütze, Grapefruit-Bitterl, Orangenzesten, balanciert, super Zug, einige Länge.

★★★ **KK** €€€€ **SL** TIPP
2015 „Himmelhoch" Sparkling Rosé Brut Nature + Waldbeerenfrucht, auch Wildkirsche, knackig; frisch, straffer Gerbstoff, knochentrocken, Walderdbeeren, Kirschen, außergewöhnlicher Sekt im Pittnauer-Style.

★★★ **K** €€ **SL**
2019 St. Laurent vom Dorf + Würzig und rauchig, helle Kirschen, Weichseln, wirkt leichtgewichtig; robuster Gerbstoff, viele Kräuter, Kirschen, balanciert, Struktur und Körper trotz geringem Alkohol, mittellang.

★★★ **K** €€€€ **CR**
2018 Pannobile + (BF/ZW) Rotbeerige Frucht, Heidelbeeren, würzige Weichseln, getrocknete Kräuter; saftige Frucht mit schöner Gerbstoffunterlegung und Würze, Kirsche, bisschen Cassis und Minze, harmonisch.

Weingut
Pöckl

René & Eva Pöckl
7123 Mönchhof, Zwergäcker 1
Tel. +43 2173 80258, Fax -44
info@poeckl.at, www.poeckl.at
42 Hektar, W/R 1/99, 150.000 Flaschen/Jahr

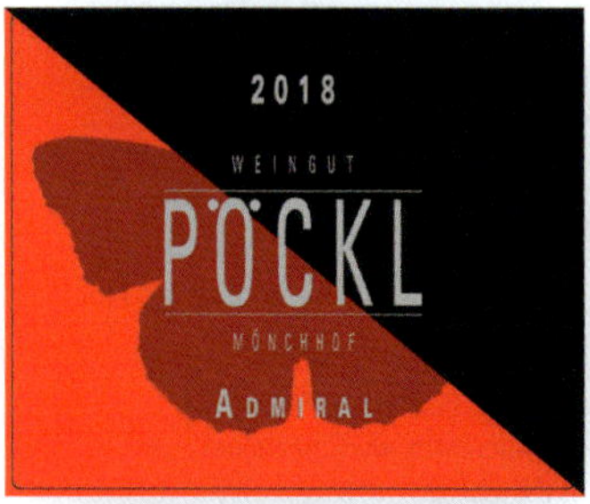

„Unsere wichtigsten Partner in der Weinproduktion sind die Böden und das Wetter", sagt René Pöckl. Seine Böden rund um Mönchhof kennt der Winzer ganz genau – und weiß, wo welche Sorte am besten gedeiht. Dass die Lagen alle im nahen Umkreis von Weingut sind, ist Pöckl auch wichtig, denn wenn das Wetter Kapriolen schlägt, müsse man schnell reagieren können. 2018, dessen Weine bei Pöckl gerade in der Auslage stehen, sei von der Reife ein sehr frühes Jahr gewesen. Pöckl spricht von einem Jahrgang, „den es bis dato so noch nicht gegeben hat". Die Alkoholwerte sind quasi explodiert. Pöckl hat dennoch in seiner unvergleichlichen Stilistik sehr harmonische und strukturierte Rotweine in die Flasche gebracht.

Gerade im heißen 2018er-Jahr hat Pöckl mit seiner Weingartenpflege, bei der er auf lockerbeerige, kleine Trauben fokussiert und seinem ausgesprochen straffen Holzmanagement im Keller einen gelungenen Konterpart gesetzt. Alle Pöckl-Premium-Weine werden für 18 Monate zu 100 Prozent im Holz ausgebaut – und zwar in französischen 225-Liter-Barriques, Medium Toasting. Auch beim Verschluss gilt Pöckl, der seit 2002 Kellermeister ist, als Mann der alten Schule: Alle Weine, das gilt ab der „Classique", werden mit Naturkork verschlossen.

Große Klasse beweist Pöckl, der das Weingut in vierter Generation mit seiner Frau Eva führt, einmal mehr bei seinen Top-Weinen. Mit seinem Admiral und seinem Rosso e Nero hat Pöckl quasi ein Bordelaiser System geschaffen – mit Erstwein und Zweitwein, beides sind Zweigelt-geprägte Cuvées und reflektieren am besten das Weingut. Und dann gibt es noch den „internationalen Pöckl" mit seinem Rêve de Jeunesse, wobei Cabernet Sauvignon und Merlot die Zugmaschinen sind. Ein Rêve, der auffällt, und ein Wein, der in keiner Bordeaux-Verkostung abfällt.

Es gibt erstmals eine Zweigelt DAC Neusiedlersee-Reserve von Pöckl – ebenfalls aus dem Jahr 2018, ebenfalls hochgradig kräftig, ebenfalls typisch Pöckl-Style, ebenfalls top – und eine Rarität: Pöckl hat nur vier kleine Fässer gemacht, von diesem Zweigelt-Monument, das im Frühling 2021 die Vinaria Neusiedlersee-DAC-Verkostung gewonnen hat. *hp*

BURGENLAND

★★★ **K €€€ CH**
2019 Chardonnay + Pilze und schwarze Oliven, dezent tropische Früchte, relativ lebhaft; mineralische Note, saftige Frucht bei kühler Aromatik, Birnen, Feigen, Litschis, mittellang.

★★ **K €€ ZW**
2018 Zweigelt Classique + Rauchige Würze, dunkelfruchtig, Brombeeren, Schwarzkirschen, gewisse Frische; beschwingt, relativ leichtgewichtig, Sauerkirschen und Zwetschken, würzig, straffes Tannin, mittlere Tiefe.

★★★ **K €€€€ PN**
2018 Pinot Noir Reserve + Weich, rotbeerig, Himbeerkompott, Lebkuchen, Nougatschoko; rauchiges Tannin, dunkle Schokolade, Ribisel, kräftiger Burgunder mit Tanninwürze, mittellang bis lang.

★★★★ **K €€€€ CR** PLV
2018 Rosso e Nero + (ZW/ME/CS) Super Fülle und Tiefe, würzige Frucht, Kirsche und Weichseln, Lakritznoten; rauchig, kräftiges, feines Tannin, Herzkirschen, Schwarzbeeren, Kakaonoten, hat Reserven für viele Jahre.

★★★★★ **K €€€€€ CR** TOP
2018 Admiral + (ZW/ME/CS/CF) Würziger Fruchtmix, Kirschen, Ribisel, dahinter feine Cassis-Noten, dunkle Schokolade, super Schliff und Tiefe; Fruchtschmelz, stoffiges Tannin, unvergleichlicher Pöckl-Röstigkeit, Kaffee und Kakao, elegant und lang.

★★★★★ **K €€€€€€ CR** TOP
2018 Rêve de Jeunesse 39 + (CS/ME/ZW/SY) Reife Johannisbeeren, Dörrfrüchte, Pflaumen, viel Würze, üppig; reife Kirschen und Cassis-Aromen, trotz des Riesenvolumens wirkt der Wein durch sein festes Tannin enorm straff, Kräuterwürze, druckvoll, beeindruckende Länge.

Weingut
Helmut Preisinger

Helmut Preisinger
7122 Gols, Neubaugasse 19
Mobil +43 676 749 55 22
office@weingut-preisinger.at, www.weingut-preisinger.at
14 Hektar, W/R 25/75

Bei der heurigen Sommerweinkost hat Helmut Preisinger mit dem „Kalbskopf" für Aufmerksamkeit gesorgt, einem wunderschönen Neuburger mit einer kecken Säure, die dieser Sorte sonst gerne in Abrede gestellt wird. Preisinger: „Der ‚Kalbskopf' ist eine etwa zwei Hektar große Lage gleich hinter unserem Haus mitten in Gols. Uns gehört etwa ein halber Hektar, der mit ca. 25 Jahre alten Reben auf schottrigem Boden mit etwas schluffigem Lehm bestockt ist. Den Wein gibt es erst seit vier Jahren." 2020 ist für ihn „ein extrem fruchtbetonter Jahrgang, ganz hervorragend im Weißweinbereich". Dass auch die Roten was können, zeigt er mit seinem enorm fruchtbeladenen Zweigelt Gols. Beim Holz setzt er auf feinporige Steineiche, „ganz egal, wo sie herkommt". Eingesetzt wird es mit Gaumenmaß, wie bei der schon herrlich zugänglichen GOLS Reserve. Ein eleganter, vielschichtiger Merlot Altenberg liegt noch im Fass und kommt in Großflaschen bis 18 Liter, „vielleicht im Herbst oder im Frühjahr". Einen ähnlichen Zeithorizont gibt es für die Cuvée Mithras, die sich zwar fruchtsüß, aber noch recht unnahbar präsentiert. *db*

NEUSIEDLERSEE DAC

★★ **S €€ ZW**
2020 Zweigelt Gols + Straffe, kontrastreiche Frucht, Weichselkompott und Zwetschkenröster; fruchtsüß mit kräftiger Säure im Gefolge, unbeschwert mit sanftem Gerbstoffgrip und jeder Menge Frucht im Nachklang, hat noch Zeit.

★★★ **D €€ ZW** FUN
2019 GOLS Reserve + Kräftiges Rubin, klassische dunkle, dichte Zweigelt-Frucht, fruchtsüß mit hübscher ätherische Frische darüber, eine Spur Tinte; bleibt klassisch, Holzeinsatz mit Gaumenmaß, frische Säure, ansprechende Fruchttiefe, schon ein Genuss.

BURGENLAND

★★ **S € WR**
2020 Welschriesling + Hübsche Apfelvielfalt von knackig bis reif, zitrusfrisch, zarte vegetabile Würze; trotz Leichtgewicht gute Fülle, der sportlichen Säure steht hübsche Fruchtsüße gegenüber, Zitruszesten und Fruchtfleisch, passt.

★★★ **S €€ NB** TIPP
2020 Neuburger Ried Kalbskopf + Hellblütig, aromatische Kernobstmischung, braucht Luft, Blütenblätter, Orangenzesten; recht straff, salzig, Steinmehl, will Beschäftigung und Zubrot, mineralisch, erstaunliche Säure, hübsche Rarität.

★★ **S € PG**
2020 Grauburgunder + Noch recht neutral, trocken, Anklänge an Honig, Melone, Limette, Zitronenmelisse, recht frisch; knackig und pointiert, salzige Pikanz, gute Länge, braucht noch, der Rote Schotterboden pusht Säure, mineralisch.

★★★★ **G €€€€ ME** TIPP
2019 Merlot Altenberg + Dunkles Rubin, fast schwarzer Kern, erstaunlich helle, strahlende Frucht, reichlich Kräuterwürze, geht mit Luft langsam in die Tiefe, wird dunkler, sehr beerig, Holz nur in Schwingungen vorhanden; kräftiger, kalkig unterlegter Einstieg, dunkle Frucht blitzt immer wieder kurz auf, Gerbstoff und Mineralik haben noch die Hand drauf, elegant und vielschichtig, wird langsam zugänglich, hat noch Zeit.

★★★ **G €€€€ CR**
2019 Mithras + (CS/ME) Etwas helleres Rubin, deutlich verschlossener als der Merlot solo, kühle Aromatik, recht würzig, rot- bis dunkelbeerig; fester Grip aus Säure, Gerbstoff und Mineralik, lässt der Frucht noch wenig Raum, bisschen fruchtsüß, noch unnahbar, wird vielleicht erst zu Weihnachten gefüllt.

ÖSTERREICH

★★ **S €€ CW**
2020 Preisecco lieblich + (SÄ/MO) Pfirsich und Macis-Blüte, auch ein paar helle Beeren, sehr präsente, verführerische Frucht; feiner Mousseux, in das viel Frucht und der Restzucker gepackt sind, witzig.

Weingut
Erich Sattler

Erich Sattler
7162 Tadten, Obere Hauptstraße 10
Tel. & Fax +43 2176 28182
erich@erichsattler.at, www.erichsattler.at
12 Hektar, W/R 15/85

Erich Sattler hat den Familienbetrieb in Tadten mit klarer Ausrichtung auf Rotweine im Jahr 2000 von seinen Eltern übernommen. Das Weingut gilt seit Jahren als eine der besten Adressen in der Region Neusiedlersee – umso erfreulicher, dass man hier sehr gute Qualität zu wirklich moderaten Preisen bekommt. Im Betrieb stehen zwei Rotweinsorten im Fokus, nämlich Zweigelt und Sankt Laurent. Daneben gibt es auch kleinere Anteile an Weißburgunder und Welschriesling sowie Syrah und Cabernet Sauvignon.

Die Reben stehen auf Böden mit dünner Braunerde-Auflage und einem hohen Anteil an Donauschotter, der durch eine ursprünglich hier verlaufende Schlinge der Urdonau abgelagert wurde. Wesentlichen Einfluss auf den Charakter der Weine hat natürlich auch das pannonische Klima. Die Weine sind geprägt vom heißen, trockenen Sommer, gefolgt vom sonnigen Herbst, der die Trauben reifen lässt. Teils mehr als 40-jährige Reben liefern das qualitativ hochwertige Grundprodukt für die Weine, die einerseits fast durchgehend von intensiver, klarer wie frischer Frucht geprägt sind, andererseits aber auch Kernigkeit und ein festes Rückgrat aufweisen. Zu den besonderen Stärken zählen zweifellos deren Balance und Ausgewogenheit, die sie oft schon in der Jugend zeigen, ohne dass es ihnen an Standfestigkeit für die Lagerung mangeln würde. Diese Eigenschaften werden offensichtlich auch in vielen anderen Ländern geschätzt – die Mehrheit der Weine geht üblicherweise in den Export. *psch*

BURGENLAND

★★ **S € WR**
2020 Welschriesling + Frische, elegante Nase mit dezenter, verspielter Frucht, Zitrus und Ringlotte; rassig, spritzig, frisch, betont zitrusfruchtig, schlank, kurz, Sommerwein.

★★ **S € ZW** PLV
2020 Zweigelt Rosé + Rotfruchtige Nase mit Akzenten von Rhabarber und Wiesenkräutern, getrocknete Malve, Würze; schlank, rotfruchtig Rose mit dezenter cremig-laktischer Note, saftige Mitte, ausgewogen, knackiges Finish.

★★ **S € ZW**
2019 Zweigelt + Recht cremig, bisschen schokoladig, Kirschfruchtaufstrich und Nelken, harmonisch und reif; recht saftiges Mittelgewicht mit geschmeidiger Frucht und dezentem Tannin, mittleres Finish.

★★★ **S € SL** FUN PLV
2019 St. Laurent + Anfangs ätherisch, dann viel Schlehen und Sauerkirschen, Würze nach Tabak, Maghreb-Gewürze, Chilis; saftiger Schmelz, recht griffiges Tannin, pikante Säure, gewisser Biss, fest, mittellang.

★★★ **S €€ CR**
2018 Heideboden + (ZW/SL/SY) Recht rauchige Nase, pikante Würze, Veilchen, Dörrzwetschken und reife Weichseln, Unterholz; mittelkräftig mit saftiger Beeren-Sauerkirschen-Frucht, recht fest, mittleres Finish.

★★★ **K €€€ ZW**
2019 Zweigelt Reserve + Helle Kirschen und Himbeeren, Krokant und French Toast, süß-cremig, etwas Malz; voller Saft und Kraft, reife Beeren-Kirsch-Frucht, etwas Rosen und Laub, einige Power, fest und herb, mittellang.

★★★★ **K €€€ SL** FUN TIPP
2018 St. Laurent Reserve + Klassische Nase mit Unmengen Dunkelfrucht, viel Weichseln, feuchter Waldboden, Zimthauch, schöne Fülle, etwas Schoko; kraftvoll mit viel saftiger Frucht, samtige Fruchtsüße, strukturiert, frisch mit dezenter Säure, einige Länge.

Weingut
Schaller vom See

Gerhard & Brigitte Schaller
7141 Podersdorf am See, Frauenkirchner Straße 20
Mobil +43 650 217 72 25
wein@schallervomsee.at, www.schallervomsee.at
10 Hektar, W/R 40/60

Ich gestehe, ich bin ein Fan von diesem Weingut. Ich liebe diese glockenklaren, ungemein optimistischen, transparenten Weißweine. Diese prachtvollen Rotweine mit ihrem pannonischen Timbre.

Schon der Welschriesling zaubert einem ein Lächeln ins Gesicht. Der „Swingin' White" ist bezaubernd, der Muskateller bezwingend. Die „Uferlos"-Weißweine sind sehr ausdrucksstark. Ob GV oder Chardonnay – beide sind hervorragend. Femininen Charme versprüht der 2019 Zweigelt DAC – von maskulinem Ausdruck ist der 2019 ZW Reserve Uferlos.

Uferlos Cabernet Sauvignon 2019 und Uferlos St. Laurent 2019 sind von einiger Präsenz.

Vielleicht in Zukunft etwas weniger Kohlensäure bei den Weißweinen. Ich darf diese Kritik üben. Als Fan. *as*

NEUSIEDLERSEE DAC

★★ S € ZW
2019 Zweigelt + Reife Kirschen, rote & schwarze Beeren, Heidelbeeren, dezente Schokotöne, ein offenherziger Wein von gewisser Opulenz, weiblicher Anmut, Zwetschken sorgen für aromatische Untermalung, fruchtig, sehr angenehm, weiche Tannine, doch charakterfest, sich nie hingebend.

★★★ S €€€ ZW
2019 Uferlos Zweigelt Reserve + Ein Rotwein von männlichem Charme, Rumtopf, Kirschenkompott, Schoko, schwarze Beeren, samtige Tannine, weiche Frucht, viel Wein, viel Erlebnis, viel Reichtum.

BURGENLAND

★★ S € WR FUN
2020 Welschriesling + Frisch, duftig, fröhlich, unkompliziert, knackig, geradlinig, Apfel, Birnen, von schwebender Leichtigkeit, glockenklar, spritzig, da macht jeder Schluck Lust auf mehr.

★★ S € CW
2020 Swingin' White + (WR, GV, GM) Ein zart blumiger Wein mit dezenten Holundernoten, etwas Zimt, eleganter Würze, zart nussig, leichtfüßig, Apfelnoten, ein Wein voller Optimismus und Finesse.

★★ S € GM FUN
2020 Muskateller + Apfelschalen mit Zimt, riecht nach Apfelstrudel mit Rosinen, ein so richtig zum Trinken einladender Wein, frische Frucht mit lebendiger Säure, Zitrustöne, Holunderhauch, verblühte Rosen. Ein richtiger Sorgenbrecher von traubiger Eleganz.

★★★ S €€ CH
2020 Uferlos Chardonnay + Reife Birnen, Nüsse, Blüten, saftige Frucht, ernsthafter Auftritt, zeigt Charakter, cremig, Marille kommt hinzu, bisschen Kaffee. Gewieftes Säurespiel. Etwas BSA? Feiner Wein!

★★★ S €€ GV
2020 Uferlos Grüner Veltliner + Exotik pur – Ananas & Co., weißer Pfeffer, gelber Pfirsich, aromatisch, etwas Apfel, Birnenmus, weiche Frucht, etwas burschikos, Citrus, von herzhafter Pikanz.

★★ S € CR
2020 Swingin' Rosé + (CS, ZW) Reife Erdbeeren, Flieder, der Sommer kann kommen, voller herber Frische, bisschen Leder und Moos, der Cabernet sorgt für Struktur, der Zweigelt für Eleganz, leicht (11,5% Vol.), knackig, entwickelt Druck auf dem Gaumen, doch nie fordernd, immer in der Balance, immer schön zu trinken. Der perfekte Picknick-Wein.

★★ S € CR
2019 Red Fred + (SL , ZW, CS) Schwarze Kirschen mit dunkler Schokolade, schwarze Beeren, mollige Struktur, weich und geschmeidig, etwas Vanille, gewisse Opulenz, aber auch Feinheit, elegante Fülle, saftige Frucht, gute Substanz.

★★★ S €€ CR
2019 Patfalu + (CS, ZW, SL) Der alte ungarische Name für Podersdorf. Rumtopf, kraftvolle Fülle, überreife Kirschen, schwarze Beeren, Cassis, Heidelbeeren, mollig, fruchtig, Vanille, satte Frucht, vollmundig. Holzsüße ausstrahlend.

★★★ S €€ CR
2019 Heideboden + (ZW, SL) Wiederum Rumtopf, schwarze Kirschen, Vanille, Cassis, vollfruchtig, samtige Fülle, enorme Frucht, angenehme Säure, ein prägnanter Rotwein von Seewinkler'schem Timbre, harmonisch und rund, mit rotbeerigen Aspekten, der St. Laurent dominiert das Geschehen, Lebkuchen, saftiges Tannin.

★★★ S €€€ CS
2019 Uferlos Cabernet Sauvignon + Herrliches Cassis mit schwarzen Kirschen, Schokotöne, weiche Tannine mit fruchtigem Schmelz, gewisse Salzigkeit, fruchtbetont, elegante Opulenz, gute Struktur, einiges Potenzial.

★★★ S € SL TIPP
2019 Uferlos St. Laurent + Ein eleganter, charmevollendender Rotwein, Weichsel und schwarze Kirschen, dunkle Schokolade, fein, vollmundig, voller Harmonie, das ist höchster burgenländischer, fast majestätischer Adel.

Weingut
Schwarz Wein

Michael Schwarz
7163 Andau, Langengasse 19
Tel. +43 2176 3231
office@schwarz-weine.at, www.schwarz-weine.at
29 Hektar, W/R 40/60

Mit der aktuellen Weinserie haben Hans und Michael Schwarz eindrucksvoll bewiesen, dass sie es geschafft haben, in den Kategorien Weiß, Rot und Süß zu überzeugen. Der Chardonnay vom Leithaberg prägt die feine und tiefgründige Cuvée Schwarz Weiß, einen Wein, der an Finesse von Jahr zu Jahr zugelegt hat. Die unbestrittene Nummer eins im roten Segment ist der Schwarz Rot, ein Wein, der für mich wieder zu den allerbesten Zweigelt des Landes zählt. Die Holzdosis wurde spürbar zurückgenommen, Frucht, Vielschichtigkeit und Tiefgang zeichnen den 2019er aus. Zum Abschluss gibt es noch zwei Süßwein-Highlights, zwei Stroh-Weine aus den Sorten Muskat Ottonel und Zweigelt, wobei vor allem die weiße Variante mit einer einzigartigen Aromavielfalt und perfekten Harmonie zwischen Alkohol, Säure und Restzucker begeistern konnte. *gh*

BURGENLAND

★★★ **S €€ CH** PLV
2020 The Butcher + (CH) Blütenduft, ein Hauch vom Holz, feine Fruchtnuancen, Birnen- und Quittenanklänge, geschälte Mandel, etwas dunkle Zitrusnoten, alles elegant ausgeprägt, richtig einladend; Frucht intensiviert sich, harmonisch mit angenehmem Trinkfluss, exotische Noten à la Hawaii-Ananas, richtig saftig, zarte Nougatnote, viel Frische und Orangenfrucht im Finish.

★★★★ **D €€€€ CW** TIPP
2019 Schwarz Weiß + (CH/GV) Hochelegant mit burgundischer Anmutung, feine kalkige Noten, gefühlvoller, wohldosierter Holzeinsatz, hochreife, saftige Birnen- und Quittenfrucht, ein Hauch Basilikum, alles präzise ausgeprägt; Holz noch spürbar, auch in dieser frühen Phase bereits gut eingebunden, wunderschöne Extrakt- und Fruchtsüße, cremig, Hawaii-Ananas, Feigen, etwas Mandarine und Kumquat, vermittelt viel Frische, weiße Ribisel im lebendigen, langen Abgang.

★★★ **D €€ ZW**
2018 The Butcher + (ZW) Präsente, blitzsaubere Schwarzkirsche, saftige Weichsel, Schoko-Kirsch, feine Kräuterwürze, samtig und einladend; auf dem Gaumen ganz frisch und lebendig, passende Säure, dunkle Weichsel, Bitterschokolade, klingt mit Orangenzesten schwungvoll aus.

★★★ **D €€€ CR**
2019 The Butcher + (ZW/BF/ME) Saftige Frucht, zeigt Substanz, dicht, schwarze Kirsche, Zwetschke, Veilchenanklänge, zarte Nougatnote, etwas Bitterschokolade; stoffig, sehr gute Tanninstruktur, knackige Weichsel, schwarze Maulbeere, präzise Fruchtausprägung, zeigt Spannung, rotbeerige Noten im Nachhall.

★★★ **D €€€ CR**
2019 Tiefschwarz + (ZW/BF) Dicht, recht kraftvoll, feine, dunkle Beerenfrüchte, Waldbrombeere, Kornelkirsche, Cassis-Anklänge, Schoko-Kirsch, etwas Kräuterwürze; vorerst dominiert der Blaufränkische, straff, strukturiert, frische, dunkle Kirschen, ein gelungener Mix aus Kraft und Finesse, harmonisiert sich mit Luft, gute Persistenz.

★★★★ **D €€€€€€ ZW** TIPP
2019 Schwarz Rot + (ZW) Noble Frucht, Herbsthimbeere, Herzkirsche, getrocknete Cranberrys, gleich einnehmend, angenehme Fruchtsüße, Nougat, feine florale Noten, Flieder; elegante Röstnoten und Frucht im Einklang, sehr guter Stoff, dicht, Granatapfel, feine Würze, zeigt viel Finesse, blitzsauber, Kaffeenoten und etwas Karamell im anhaltenden Abgang.

★★★★ **D €€€€€€ MO** TIPP
2019 Schwarz Gold Strohwein + (MO) Hochfein, pointierte Frucht, Hawaii-Ananas, Mandarine, Physalis, Zitronenmelisse, gelbe Ringlotten, saftige Williamsbirne, Muskatnuss, feiner Rosenduft, etwas Blütenhonig, Frische pur, vielschichtig und vielversprechend; setzt nahtlos auf dem Gaumen fort, reife Mango, cremig, Brioche, perfekt eingebundener Restzucker wird von der Säure gut abgepuffert, Süßwein-Trinkgenuss auf höchstem Niveau, feine Zitrus-Kräuter-Note im langen Abgang.

★★★★ **D €€€€€€ ZW**
2019 Schwarz Schwarz Strohwein + (ZW) Konzentrierte, würzebetonte dunkle Frucht, eingelegte Schwarzkirsche, Bitterschokolade, Rosinen, Anklänge an vollreife Himbeeren und Brombeeren, Portwein-Assoziationen; kann auf dem Gaumen noch einmal zulegen, saftige, dunkle Weichsel, wunderschöne Fruchtsüße, vermittelt auch bei diesem hohen Restzucker Frische, eine flüssige Nachspeise oder zum dunklen Mousse au Chocolat.

Winzerhof
Steiner

Julius & Mariella Steiner
7141 Podersdorf am See, Seezeile 2
Tel. +43 2177 2743, Mobil +43 664 524 84 10
info@julius-steiner.at, www.julius-steiner.at
9 Hektar, W/R 60/40

„Wein ist Kommunikation, Faszination und Genuss", sagt der Podersdorfer Winzer Julius Steiner. Diese Werte erleben die Weinbesucher auch in Steiners Wein-Mikrokosmos am Neusiedler See. Zusammen mit seiner Frau Mariella bewirtschaftet er sein Weingut, das mit angeschlossenem Winzerladen und Greißlerei sowie Übernachtungsmöglichkeit im seenahen Haus Mariella zum Wohlfühlort geworden ist. Natürlich steht der Wein im Mittelpunkt des Genuss-Geschehens – und hier erwartet den Gast eine reichhaltige Palette aus Weiß und Rot. Der von der Säure etwas straffer ausgeprägte 2020er-Jahrgang unterstützt bestens die trinkvergnüglichen jungen Weißweine der Steiners. 2019 gibt es auch etwas Feines: Mit dem Rohrwolf-Chardonnay, den es nur in den besten Jahren gibt, entfernt sich Steiner zwar von der „Burgenland-Typizität", doch das tut diesem Wein mit internationaler Ausprägung keinen Abbruch. Ein Riesenwein und dazu noch ein Weinschnäppchen. Bei Rot steht der Jahrgang 2019 in der Auslage mit soliden runden Weinen. Und dann gibt es noch die Laurentina-Weine, bei denen sich Winzertochter Patricia mit zwei empfehlenswerten Cuvées verwirklicht – wobei sich die rote Laurentina um einen Tick charmanter gibt. *hp*

BURGENLAND

★★★ **S € SB**
2020 Sauvignon Blanc Ried Zeiselfeld + Gute Sortentypizität, Stachelbeeren, schotig, Heu-Noten; frische, knackige Frucht, Grüner Paprika, relativ viel Säurebiss, supertrocken.

★★ **S € PB**
2020 Weißburgunder Ried Strassäcker + Dezenter Fruchtmix, Orangenzesten, Grapefruit, gelbapfelig, Bittermandel; zarte Burgunder-Fülle, rund, salzig, viel Birnenfrucht, mittellang.

★★★ **S € CH**
2020 Chardonnay Ried Zeiselfeld + Rauchig, Bananen, cremige Textur, Maroni, gebratene Pilze; würziger, aromatischer Burgunder, exotische Frucht, getrocknete Kräuter, ausgewogen.

★★★★ **S €€ CH** TIPP PLV
2019 Chardonnay „Rohrwolf" Ried Zeiselfeld + Rauchig-selchig, Vanille, Mandelcreme, Kaffee, gute Tiefe; feines Toasting, Quitten, Mango, kräftiger Chardonnay im internationalen Format, gute Länge.

★★★ **S €€ CW**
2019 Laurentina weiß by Patricia + (GB/CH/WB) Burgundisch, Oliven, gelbapfelig, Rosa Grapefruit; kreidig, relativ straff, Zitrus, Blutorange mittelgewichtig und trinkvergnüglich.

★★ **S € SÄ**
2020 Scheurebe Ried Grossfeld + (halbtrocken) Gewürzige Frucht, Maracuja, Gelber Paprika; salzig und frisch, paprizierte Frucht, viel Kräuterwürze, gerundet.

★★ **S € PG**
2020 Grauer Burgunder Spätlese + Bratapfel, karamellisierte Banane, unaufdringlich fruchtsüß; Aranzini und Dörrobst, im Hintergrund salzige Würze, mittlere Länge.

★★★ **S € GT** PLV
2020 Gewürztraminer Spätlese + Gewürzig, schöner Sortencharakter, Rosenblüten, viel Apfelmus; saftig, kühl-würzig, Grapefruit, Honigmelone, balanciert, aromatisch, animierend.

★★ **S €€ GT**
2019 „Fidelis" Gewürztraminer Beerenauslese + Bratapfel, Birnenkompott, sehr gewürzig; getrocknete Datteln, Zwetschkenröster, Mokka, rauchige Textur, röstig, Luft geben.

★★ **S € ZW**
2019 Blauer Zweigelt Ried Strassäcker + Würzig, Veilchen, Anis, getrocknete Kräuter, Weichseln, Preiselbeeren; kräftig, feurig, getrocknete Pflaumen, endet mit Kräuterbitterl.

★★ **S €€ SL**
2019 St. Laurent Heideboden + Würzig, Lakritze, Heidelbeere, gute Tiefe; rauchig, bisschen gerbstoffig, kerniges Tannin, würzige Kirschen, mittlere Länge.

★★ **S €€ ME**
2019 Merlot Heideboden + Relativ füllig, Wildkirsche, Cassis, helle Würze; viel Gerbstoff, trockene Würze, Waldbeeren und Kirschfrucht.

★★★ **S €€€ CR** PLV
2018 Laurentina rot by Patricia + (SL/ME/ZW) Viel Merlot-Kräuterwürze, rauchig, torfig, Schwarzbeeren, mittleres Toasting; dunkle Schokolade, Herzkirschen, Cassis und Weichseln, gute Länge.

Weingut
Tschida – Angerhof

Hans Tschida
7142 Illmitz, Angergasse 5
Tel. +43 2175 3150
weingut@angerhof-tschida.at, www.angerhof-tschida.at
40 Hektar, W/R 80/20

Wenn es um edle Prädikatsweine geht, kommt man am Angerhof und Hans Tschida nicht vorbei. Der Illmitzer Winzer ist einer der allerbesten Süßweinmacher im Land, dessen Ruhm weit über die Grenze hinausgeht. Gerade ist Tschida in London erneut als „Sweet Winemaker of the Year“ ausgezeichnet worden.

Es ist diese Leichtigkeit, die von Tschidas Süßweinen jeder Prädikatsstufe ausgeht – sowie die Fruchtpräzision und die Klarheit, die in jedem Wein stecken. Das gelingt ihm, weil er alle Weine ausnahmslos im Stahltank ausbaut. Die Sorten, auf die der Winzer setzt, sind durchwegs aromatische, die er selbst gernhat. „Sämling ist meine Lieblingssorte“, bekennt Tschida offen, „dann kommt Muskat Ottonel.“ Es sind zufällig auch jene Sorten, die im großen Süßweinjahr 2019 den meisten Esprit verkörpern: einerseits die bildhübsche Sämling TBA aus der Ried Lüss, die auch Tschidas erster Neusiedlersee DAC Reserve Seewinkel ist – seit Kurzem darf ja das Ortsdreieck Illmitz-Apetlon-Podersdorf, das als der historische Seewinkel gilt, diese enge Herkunftsbezeichnung auf der Flasche tragen. Andrerseits ist auch ein Top-Pick der hochkonzentrierte Schilfwein vom Muskat Ottonel – eine wahre Tropenfrucht-Nektar-Essenz mit Säurekick.

Es gilt noch einen dritten Wein hervorzuheben: den Grünen Veltliner Beerenauslese – denn auch dafür steht der Winzer: einen so famosen Süßwein zu machen, bei dem man praktisch mit einem Zehn-Euro-Schein auskommt. *hp*

NEUSIEDLERSEE DAC

★★★★★ G €€€€ SÄ **TOP**
2019 Sämling 88 Ried Lüss TBA Reserve Seewinkel + (RZ: 253,7 g/l) Kühle Aromatik, reichhaltig, Kernobst, Litschi, Kräuter, Waldhonig; saftige, reife Ananas, Mango, Quitte, dezente Würze und Salzigkeit, elegant, Riesenlänge.

BURGENLAND

★★ S €€ CW
2020 Spätlese + (Restzucker/RZ: 85,0 g/l RZ) Reife Birnen, Feigen, feine Würze, salzig; saftig, gelbapfelig, Nektarinen, bisschen Birnen, balanciert und trinkfrisch mit Pikanz, mittellang.

★★★ S €€ SÄ
2020 Illmitzer Spätlese + (SÄ, RZ: 94,2 g/l) Feine Würze, salzige Aromatik, exotische Frucht, Kiwi und Maracuja, gebündelter und mehr Tiefe; füllig Frucht, überbordende Aromatik, mehr Druck als die „normale“ Spätlese.

★★ S €€ ME
2020 Merlot Spätlese + (RZ: 95 g/l) Walderdbeere, einige Würze, Efeu, wirkt fast nicht süß, mehr Rotweincharakter mit Salzigkeit; mild, Kirschkuchen, durch lebendige Säure wirkt die Spätlese viel trockener, mineralischer Zug.

★★★ S €€ CW
2019 Auslese + (Cuvée, RZ: 116 g/l) Helle Würze, gute Dichte, Waldhonig, geschmeidig, Kernobst wie Steinobst; saftig, mineralisch, Birnen und Quitten, auch exotisch, Litschi und Orangen, viel Säurebiss und Nervigkeit, gelungen.

★★★ S €€ CW
2019 Muskat Ottonel Auslese + (RZ: 112,5 g/l) Sortentypisch, viel Muskat, auch traubig, Grapefruit-Zesten, Nektarinen saftig, Gewürzbrot, Bratapfel, Litschis, Orange, etwas rauchig, super Säure, Bilderbuch-Muskat.

★★★★ G €€ GV **PLV**
2018 Grüner Veltliner Beerenauslese + (RZ: 210 g/l) Schwarzer Pfeffer, eleganter Sortencharakter, exotische Frucht, reife Ananas; einiges Dörrobst, eingelegte Ananas, Mango, saftige Fülle, Pfefferwürze und die typische Seewinkel-Salzigkeit, super Beerenauslese!

★★★★ G €€€€ GM **TIPP**
2019 Gelber Muskateller Eiswein + (RZ: 220 g/l) Aromatisch, Muskatnuss, Holunder, relativ weich, eingelegte Feigen; frisch, saftig, super Frucht, Holunder pur, lässiger Säurebiss, schmeckt viel trockener, kühle Würze, beeindruckende Länge.

★★★★ G €€€€ MO **TIPP**
2019 Muskat Ottonel Schilfwein + (RZ: 300g/l) Muskat-Würze, Waldhonig, intensive Frucht, Bratapfel, Orangen und Mandarinen; Nektaressenz, Orangenlikör, Limette und Blutorangen, supersaftig, Säurekick, Riesenwein mit langem Abgang.

Weingut
Unger

Josef, Maria & Andreas Unger
7131 Halbturn, Quergasse 25
Mobil +43 699 171 480 80, info@weingut-unger.at
www.weingut-unger.at, www.andreas-unger.at
10 Hektar, W/R 30/70

Es sind Weine voller Eleganz, gepaart mit Körperreichtum, Finesse und höchster Authentizität. Die Handschrift von Andreas Unger ist immer erkennbar. Andreas Unger macht die Weine des Hause und seine ureigenen unter dem Label „ANDREAS UNGER". Irgendwann werden diese zwei Weinlinien wohl ineinander verschwimmen.

Sehr fein ist der 2020 Welschriesling, von unkompliziertem Trinkvergnügen. Der 2020 Pinot Blanc ist ein absoluter Preis-Leistungs-Hammer. So viel Wein für so wenig Geld bekommt man selten.

Der 2018 Kaiserberg – ein Zweigelt aus den ältesten Reben – ist von transparentem Tiefgang.

Bei den „Andreas Unger"-Weinen beginnt es mit einem Rosé „Donauschotter", der sich bestens darstellt. Von feiner Stilistik ist der 2020 Sauvignon Blanc. Noch etwas Zeit brauchend: der 2020 Chardonnay, die hatte der 2018er, der sich jetzt sehr gediegen präsentiert. Ich liebe den 2017 Zweigelt „Distelwiese" – eine Parzelle des Kaiserbergs, wobei Berg hier etwas übertrieben ist. Ein Zweigelt der hohen Schule. Von Fülle und opulenter Textur geprägt ist der 2018 Merlot Distelwiese. Bei diesem Wein stellt sich große Zufriedenheit ein. Andreas Unger ist auf dem besten Weg zur Seewinkler Spitzenklasse. *as*

NEUSIEDLERSEE DAC

★★★ **S €€ ZW**
2019 Zweigelt Donauschotter „ANDREAS UNGER" + Schwarze Beeren, schwarze Kirschen, Preiselbeeren, Schokonoten, fruchtiger Charme, butterweiche Tannine, bisschen Vanille, ein hervorragender Zweigelt, absolut typisch, mit einer feinen Stilistik, sehr typisch, Zweigelt vom Feinsten.

BURGENLAND

★★ **S € CW**
2020 Heideboden weiß + (WR, GM) Wiesenblumen, Kamille, frische Kräuter, geradlinig, schöne Säure, Citrus, etwas grasige Noten, Muskatnoten, gute Frische, zart nussig, ein wunderbarer Wein zu Fisch.

★★ **S € PB**
2020 Pinot Blanc + Eine Sommerwiese, Nüsse, Eleganz, fruchtig, Mineralität ausstrahlend, sehr gediegen, balanciert, sehr typisch, Apfel, Birne, angenehm zu trinken.

★★★ **S €€ CR** FUN
2020 Rosé „Donauschotter" ANDREAS UNGER + (ZW, BF) Helles Rosa, Himbeeren, Flieder, feine – herbe – Frucht, Zitronenzesten, von subtiler Feinheit, Weichsel, ein ungemein stimmiger Rosé von femininem Ausdruck.

★★★ **S €€ SB**
2020 Sauvignon Blanc „ANDREAS UNGER" + Cassis-Laub, zarte Brennnessel, zarte Stachelbeeren, gelber Paprika, ein sehr feiner, ja subtiler Sauvignon Blanc, dezente Kräuterwürze, ein zartbesaiteter Sauvignon von charakterfestem Ausdruck. Von pannonischem Sortenausdruck, filigranen Noten, fein liniert, von fast neuseeländischer Stilistik, doch mit der Seewinkler Säure.

★★★ **S €€ CH**
2020 Chardonnay „ANDREAS UNGER" + Tolle Exotik, Mango, Ananas, Nüsse, fruchtiger Charme, saftiger Ausdruck, weiche Frucht, harmonisch, angenehme Säure, Kräuter, elegant, gute Länge, sehr sensibel ausgebaut.

★★★ **S €€ CH**
2018 Chardonnay „ANDREAS UNGER" + Dunkle Würze, Kaffee, Lindenblüten, getrocknete Kräuter, brauchte einige Luft, um sich darzustellen, guter Druck, Kernobst, gelbe Früchte, ein in seiner ersten Reife befindlicher Chardonnay, der so richtig gediegen zu trinken ist.

★★★ **S €€ BF**
2019 Blaufränkisch „Donauschotter" ANDREAS UNGER + Dörrpflaumen, Zimtstange, rote Rüben, Mineralität ausstrahlend, würzige Noten, Preiselbeeren, ein Rotwein voller Pikanz, Tiefe, sehr vielschichtig, rotbeerige Aspekte, mit einer eleganten Struktur, noch total jung.

★★★★ **K €€€ ZW** TIPP
2017 Zweigelt Distelwiese „ANDREAS UNGER" + Ein nobler Zweigelt, feinste Eiche, ganz dezente Röstnoten, Schoko, Zimt, Vanille, feine Würze, schwarze Beeren, dunkle Anmutung, Leder, Pilze, sehr elegant, vollmundig, seidige Frucht, ein reichhaltiger Rotwein von glanzvoller Struktur.

★★★★ **K €€€ ME** TIPP
2018 Merlot Distelwiese „ANDREAS UNGER" + Reifster Paprika, Schoko, Kirschen, Vanille, vollfruchtig, insgesamt samtig, doch überaus feste Struktur, sehr schöne Eiche, tolle Frucht, viel Fülle, ganz viel Wein, ungemein saftig, kraftvolle Eleganz, sehr reichhaltig, ein toller Wein, sehr vielfältig. Das ist ein majestätischer Rotwein, ein Merlot der besonderen Art.

★★★ **K €€€ ZW**
2018 Kaiserberg + (ZW) Kühle Kirschfrucht, Brombeeren, von transparenter Struktur, frischer Säure, ein Hauch von Kirschlikör, Zwetschken, sehr animierend, schottrige Mineralität, ein Rotwein von kernigem Charme, einer tollen Säure, ein toller – hochwertiger – Speisenbegleiter.

VINOTHEKEN

APETLON

Nationalpark Vinothek
7143 Apetlon, Illmitzer Straße 25
Tel. +43 2175 2241

FRAUENKIRCHEN

Sailer's Vinothek
7132 Frauenkirchen, Kirchenplatz 27
Tel. +43 664 4109697
vinothek@sailers.at, www.sailers.at

GOLS

Weinkulturhaus Gols –
Vinothek und Tourismusinformation
7122 Gols, Hauptplatz 20
Tel. +43 2173 20039
info@weinkulturhaus.at
www.weinkulturhaus.at

NEUSIEDL AM SEE

Weinwerk Burgenland
7100 Neusiedl am See, Obere Hauptstraße 31
Tel. +43 2167 20705
vinothek@weinwerk-burgenland.at
www.weinwerk-burgenland.at

PODERSDORF AM SEE

Ortsvinothek Podersdorf – Weinclub 21
7141 Podersdorf, Seestraße 37
Tel. +43 2177 21170
info@weinclub21.at, www.weinclub21.at

MÖNCHHOF

Paradiso Pannonia
7123 Mönchhof, Sandhöhe 19
Tel. +43 660 5509119
www.paradiso-pannonia.at

GASTRONOMIE/NÄCHTIGUNG

ANDAU

Tauber
7163 Andau, Am Badesee
Tel. +43 2176 2180
www.tauberamsee.at

Lässiges Bistroambiente in einem Bungalow mit viel Holz und großen Glasfronten, die weite Blicke auf den Andauer See eröffnen. René Tauber serviert Gansl und Seefisch, das Burgerfleisch ist vom Steppenrind. Herzhaft präsentieren sich die Kalbswangerl mit Kartoffelpüree, Wels und Zander gibt es gebraten oder gebacken. Italofans mögen die Pizzavarianten.

APETLON

Residenz Velich
7143 Apetlon, Seeufergasse 12
Tel. +43 2175 54000
www.velich.at/residenz

Wohnen beim Winzer mit Stil. Ein ehemaliges Zollhaus wurde zeitgemäß mit einer Prise Design und moderner Kunst an den Wänden blitzblank renoviert, der historische Charakter des alten Hauses blieb aber erhalten. Auf dem Frühstückstisch finden die besten Käsen aus Frankreich und Wurstwaren aus Italien und Spanien genauso einen Platz wie heimischen Spezialitäten. Im Café gibt es selbstgemachten Mehlspeisen und Torten, im Restaurant regionale Küche mit zeitgemäßem Handwerk.

Gasthaus zum fröhlichen Arbeiter
Familie Tschida
7143 Apetlon, Quergasse 98
Tel. +43 2175 2218
www.froehlicherarbeiter.at

Wildfans werden hier froh. Hase, Fasan, Wildtaube und Ente sind regelmäßig auf der Karte – daraus werden zum Beispiel feine Wildbutterschnitzel gebrutzelt. Wer Wild meidet, wird auch fündig, Bodenständiges mit Anspruch ist das Markenzeichen.

FRAUENKIRCHEN

Altes Brauhaus
7132 Frauenkirchen, Kirchenplatz 27
Tel. +43 2172 2217
www.altesbrauhaus.at

Auf mehr als 300 Jahre Geschichte blicken die originalen Stuben mit Wandvertäfelung, Holzdecke und alten Thonet-Sesseln zurück. Wunderhübsch sitzt man im oleanderbestandenen Arkadenhof. Drinnen ist's gemütlich mit Kreuzgewölben, Riemenböden, Lamperien und alten Thonet-Sesseln. Die Küche konzentriert sich auf Österreichklassiker und vor allem pannonische Aromen: burgenländische Krautsuppe, Halászlé (ungarische Fischsuppe), Bakonyier (Putengeschnetzeltes mit Paprikarahmsauce und Butternockerln) oder Hortobagyer Palatschinken (mit Fleischfülle und Sauerrahm). Das Weinangebot ist stimmig und regionalpatriotisch.

St. Martins Therme & Lodge
7132 Frauenkirchen, Im Seewinkel 1
Tel. +43 2172 20500
www.stmartins.at

Die Nationalparklandschaft im Seewinkel ist der stimmungsvolle Rahmen für die mit Mut zur Moderne gestaltete Therme. Entspannen kann man sich auf der Liegewiese, am Kiesstrand und im Badesee. Die Lodge mit stilechtem Moskitonetz über dem Bett vermittelt Safarigefühl, Ranger unternehmen mit den Gästen Vogelbeobachtungstouren. Jede Menge Ausblicke bietet auch das Restaurant mit Open-Air-Terrasse.

GOLS

Landhotel Restaurant Birkenhof
7122 Gols, Birkenplatz 1
Tel. +43 2173 2346-0
www.birkenhofgols.at

Man frühstückt in der modernen, lichtdurchfluteten Orangerie oder auf der Terrasse. Das Restaurant konzentriert sich auf burgenländische Küche mit mediterranen Ausflügen. Beliebt sind die Sommerbuffets an ausgesuchten Freitagen im Juli und August, da dreht sich alles um Fische und Meeresfrüchte. Die Weinkarte bietet das Beste aus der Region, außerdem Weine aus den eigenen Weingärten.

B & B Domizil
7122 Gols, Untere Hauptstraße 5
Tel. +43 680 3342103
www.domizil-gols.at

Ria Korpan-Wenzl und ihr Mann Siegfried richteten die Zimmer liebevoll mit Mut zu Farbe und Design ein. Im Sommer sitzt man bei einem Glas Wein im pannonischen Innenhof, gutes Frühstück mit regionalen Produkten, hausgemachtem Kuchen, Sekt und Marillen-, Uhudler- und Zwetschgenmarmelade aus der Domizil-Minimanufaktur. Zum Domizil gehören auch die nahe gelegenen Studios Am Anger und das Cottage Gols.

HALBTURN

Knappenstöckl – Im Schloss Halbturn
7131 Halbturn
Tel. +43 2172 82390
www.knappenstoeckl.at

Schon ein besonderer Ort. Die Stuben in den barocken Mauern wurden rustikal mit eleganten Elementen gestaltet, man sitzt unter alten Bäumen mit Blick auf das entzückende Schloss. Serviert wird eine ambitionierte regionale Landhausküche mit den Produkten der Umgebung – Biorind aus dem Nationalpark, Wild aus der eigenen Schlossjagd etc. Die Weinkarte: feine Eigenbauweine, kleine Ausflüge in die Wachau und ein Schnuppertrip in die Steiermark.

ILLMITZ

Johannes-Zeche
7142 Illmitz, Florianigasse 10
Tel. +43 2175 2335-0
www.johannes-zeche.at

Zum Wohlfühlen: pannonisches Ambiente mit Strohdach und grob verputzten Wänden. Pannonisch ist auch die Küche unterwegs. Halaszlé (Fischsuppe), Krautsuppe, Kesselgulasch, Opa Taubers Wildsuppe und flaumige Esterházyschnitten gehören zu den Standards. Dazu werden Weine aus der eigenen Seewinkel-Vinothek serviert.

Karlo
7142 Illmitz, Seegasse 43
Tel. +43 699 10981422
www.landgasthaus-karlo.at

Von außen etwas unscheinbar, drinnen aber ein toller Garten mit Weitblick. Das Landgasthaus punktet mit Klassikern, Wildgerichten und als Spezialität kommen Gänge vom Nationalpark-Rind. Tipp: die schicken Tiny Houses (24 m^2) in Holzriegelbauweise mit eigener großer Terrasse und Aussicht auf den Nationalpark Neusiedler See-Seewinkel.

Hotel Nationalpark
7142 Illmitz, Apetloner Straße 56
Tel. +43 2175 3600
www.hotel-nationalpark.com

Modernes Vier-Sterne-Hotel. Neben solarbeheiztem Pool und Sauna- und Relaxbereich mit Sonnenterrasse bietet das Haus auch ein Restaurant mit zeitgemäßer pannonischer Küche. Ideale Lage für Ausflüge in das Naturschutzgebiet.

Presshaus Illmitz
7142 Illmitz, Apetloner Straße 13
Tel. +43 2175 2730
www.presshaus.com

Urige Stimmung und weltoffene Küche, der schräge Gegensatz passt bestens zusammen. Die Küche bringt pannonische Klassiker mit viel Esprit und Kreativität im neuen Gewand. Die Weinkarte mit über 600 Positionen beschränkt sich nicht auf Österreich, auch Weine anderer Weltgegenden – vor allem Frankreich – lagern im Keller. Großes Süßweinangebot.

Rosenhof Hotel Weingut Restaurant
7142 Illmitz, Florianigasse 1
Tel. +43 2175 2232
www.rosenhof.cc

Anziehungspunkt ist der üppig blühende Rosengarten. Bodenständige Gerichte mit individuellem Touch wie Paprikarahmsuppe mit Basilikumknödel, Lammbeuschel mit Safranknödel, hausgemachte Bratwürstel mit mariniertem Kraut, Gnocchi mit fein abgestimmtem Walnuss-Kräuter-Pesto oder Kriecherlpalatschinken. Dazu der Wein aus dem hauseigenen Weingut.

JOIS

Winzerhof Kiss
7093 Jois, Josef-Haydn-Gasse 1
Tel. +43 2160 8256
www.winzerhof-kiss.at

Wunderschöner Innenhof mit Wiese, Baum und Arkaden. Um den Hof reihen sich die Zimmer und Appartements, die liebevoll eingerichtet und im gemütlichen Landhausstil mit viel Holz gestaltet wurden. Hausherr Ronny Kiss bietet Tastings seiner prämierten Rotweine im Designerverkostungsraum an. Seine Frau Gerda ist die gute Seele im Haus.

Seejungfrau
7093 Jois, Hafen 1
Tel. +43 650 4200743
www.seejungfrau.org

Eine der schönsten Locations am Neusiedlersee, die Lage am Schilfgürtel ist ein Traum. Eine Mischung aus Strandcafé, Ort zum Chillen und Abendrestaurant. Regionaler Fisch und internationale Ausflüge vereinen sich auf der Karte. Beliebt ist das Frühstück.

NEUSIEDL AM SEE

Da Capo am Nyikospark
7100 Neusiedl am See, Untere Hauptstraße 59
Tel. +43 2167 8542
www.nyikospark.at

Das Da Capo übersiedelte in den Nyikospark. Geblieben ist das angenehme Ambiente mit lichtdurchflutetem Wintergarten und schattigem Garten mit uralten Nussbäumen. Die Küche ist jetzt vor allem italienisch inspiriert, viel Pasta und Pizza ist im Fokus, aber auch ein paar Fischgerichte. Einige italienische Flaschen auf Lager, aber natürlich auch viel burgenländischer Stoff.

Mole West
7100 Neusiedl am See, Strandbad-Westmole
Tel. +43 2167 20205
www.mole-west.at

Immer wieder großartig, diese Lage. Sonnenuntergänge lassen sich hier perfekt genießen. Das Restaurant liegt direkt am See, hat einen hauseigenen Steg und eine große Terrasse. Untertags ein beliebtes Strandcafé, abends fusioniert die Küche pannonische und internationale Strömungen: Poke Bowl, Burger, Tapas, Lamb Chops, Wiener Schnitzel oder Steak. Große Weinkarte, vor allem bei burgenländischen Roten geht es in die Tiefe.

Stadthaus
7100 Neusiedl am See, Kirchengasse 2
Tel. +43 2167 2883
marina@stadthaus-neusiedl.at
www.stadthaus-neusiedl.at

Zum echten Leben
Wein- & Kaffeehaus
7100 Neusiedl am See, Obere Hauptstraße 31
Tel. +43 680 2015132

PAMHAGEN

Vitatella
Im Hotel Vila Vita Pannonia
7152 Pamhagen, Storchengasse 1
Tel. +43 2175 2180-0
www.vilavitahotels.com

Feriendorf im Seewinkel am Rand des Nationalparks. 200 Hektar großes Gelände, Aktiv- und Wellnessfans finden genügend Betätigung: Reiten, Tennis, Beachvolleyball, Schilfhüttensauna, Hochseilklettergarten, Naturschwimmteich und Wellnesspark. Übernachten kann man in luxuriösen Suiten oder in typisch burgenländischen Dorfbungalows. Die Anlage ist kinderfreundlich gestaltet, das Gelände ist verkehrsberuhigt, es gibt kostenfreie Fahrräder, Spielplätze, eine Villa Kunterbunt und einen Streichelzoo.

PARNDORF

Pannonia Tower
7111 Parndorf, Pannoniastraße 3
Tel. +43 2166 22252
www.pannoniatower.at

Die Aussicht vom zwölften Stock ist eine Wucht. Moderne, gut ausgestattete Zimmer im Designerstil. Ein idealer Stützpunkt: Man geht ins Designer-Outlet Parndorf nebenan shoppen oder erkundet die nahen Weinbaugebiete Carnuntum, Neusiedlersee und Leithaberg, Rust uns Rosalia.

OX Steakhouse
Im Entertainment Center Parndorf
7111Parndorf, Gewerbestraße 3
Tel. +43 2166 43044
Office@ox-parndorf.at, www.ox-parndorf.at

Restaurant Landhaus Parndorf
7111 Parndorf, Neudorferstraße 35
Tel. +43 2166 22250
reservierung@landhaus-parndorf.at
www.landhaus-parndorf.at

PODERSDORF AM SEE

Zur Dankbarkeit
7141 Podersdorf am See, Hauptstraße 39
Tel. +43 2177 2223
www.dankbarkeit.at

Ein uriger Schankraum, knarzender Boden und eine Pendeluhr sind die Ingredienzien für das Ambiente. Klassiker sind jiddische Hühnerleber mit Brioche, Kaninchensulz mit pikant abgeschmeckten Linsen und knackigem Gemüse, eine feine paprizierte Krautsuppe, ein Filet vom Wels mit Krautfleckerln. Auf der Weinkarte findet man neben den eigenen Weinen eine Auswahl österreichischer Spitzenvertreter. Ums Eck in der Winklergasse 30 liegt ein weiteres Familienunternehmen: die Podersdorfer Weinstube. Neben den Hausweinen und anderen lokalen Flaschen gibt es als Begleitung Bratwurst und Blunz'n, Mangalitzaschweinswurst, Steppenrindschinken und feines Sauergemüse von Erich Stekovics. Ausgiebiger Genuss ist kein Problem, die neuen Zimmer des „Nachtquartiers" stehen bereit.

Lokalaugenschein
7141 Podersdorf, Seestraße 58
Tel. +43 699 11967631
www.lokalaugenschein.eu

Frischer Wind in der ehemaligen Podersdorfer Bar. Seewinkler Grundprodukte sind die Basis für Klassiker, die modern und innovativ interpretiert werden. Die zehn Gerichte wechseln laufend, Beispiele sind Geflügelleberpralinen / Brombeere / Frisée / Walnuss oder Feldhase / Rieslingkraut / Knödel. Neben Weinen gibt es auch alkoholfreie Hauskreationen.

Pannonia Hotel
7141 Podersdorf am See, Seezeile 20
Tel. +43 2177 2245
www.pannonia-hotel.at

Nettes Traditionshotel in Seenähe, das sehr persönlich von Familie Wein geführt wird. Pluspunkte sind die hellen Holzmöbel, der Gartenblick und die Sauna. Im ruhigen Innenhof kann man im überdachten Pool seine Runden ziehen. Direkt gegenüber liegt auch das Haus St. Florian im typischen Seewinkler Stil, die Zimmer sind mit großzügiger Terrasse mit herrlichem Seeblick ausgestattet.

WEIDEN AM SEE

Zur Blauen Gans
7121 Weiden am See, Seepark
Tel. +43 2167 70000
www.zurblauengans.at

Oliver Wiegand hat sich wieder gut eingelebt. Muscheln, Hummer oder Meeresfische haben Zutrittsverbot zur Küche, dafür werden regionale Produkte ins Rampenlicht gerückt. Das mit Spinat und Schwammerln gefüllte Hendl wird für zwei bis vier Personen frisch gebraten, dazu gesellen sich Klassiker wie Backhenderl oder Zwiebelrostbraten. Spannend ist die Gänseleber-Bosna mit Zwiebelconfit. Die fleischfreie Küche ist attraktiv, beispielsweise mit Kukuruz-Parmesan-Suppe, gebratener Zucchini mit Schafkäse und Erdäpfel-Kernöl-Schaum oder Mandel-Cassis-Tartelette. Das gut sortierte Weinangebot hat das Burgenland im Fokus.

Das Fritz
7121 Weiden, Seebad 1
Tel. +43 2167 40222
www.dasfritz.at

Ein imposanter moderner Bau mit viel Holz und Glas, Schilffassade und Dachbegrünung. Der Untertitel „Restaurant – Bar – Bühne" beschreibt das Konzept bestens. Auf der dreistufigen Seeterrasse genießt man das Wasser erste Reihe fußfrei. Das Spektrum ist groß: ein Glas Wein am Steg, regionale Kulinarik im Speiseraum, internationale Klassiker an der Fritz-Bar, Event und Kultur im Oberdeck, geschmackvolle Mitbringsel in der Speisekammer. Im Fokus sind mediterrane Pastagerichte mit Seewinkler Gemüse, paprizierte Fischsuppe oder trendige Gerichte wie Zander aus dem See mit Schwarzwurzelrisotto und Yuzu-Zitrone. Burgenland-Schwerpunkt im Weinkeller – auch Natural- und Orangeweine – und etliche weitgereiste Flaschen sowie ein nettes Angebot an Champagner.

Hoteldorf Seepark Weiden
7121 Weiden am See, Seepark Weiden
Tel. +43 2167 7322
www.seepark.at

Ganz stilecht sind die Dächer der pannonischen Häuschen mit Schilf gedeckt. Das idyllische Hoteldorf liegt direkt am Wasser, der Nationalpark Neusiedler See beginnt also quasi vor der Haustür. In den schönen Studios (40 bis 75 m2) logiert man inklusive Garten. Zum Betrieb gehört der Club 119 (119 m ü. d. M.) mit Bar-Lounge, offenem Kamin, Bibliothek und vielen kuscheligen Plätzen zum Chillen.

ZURNDORF

Am Friedrichshof
2424 Zurndorf, Römerstraße 2
Tel. +43 2147 7000600
www.restaurant-friedrichshof.at

Das geschichts- und geschichtenträchtige Kommunenleben ist Vergangenheit, die weltoffene Küche steht aber noch immer für freies Denken. Heute steht im Park ein Hotel und Restaurant. Der junge Stefan Steinhöfer hat die Küche übernommen. Die Bandbreite reicht von Klassikern wie Cordon bleu, Backhendl und Wiener Schnitzel bis zu ambitionierten Gängen wie geschmorter Kaninchenrollbraten mit Pilzen, Baby-Pak-choi und Kräuterknödeln oder confierter Steinbutt mit gelben Linsen, Curry und Baby-Pattisons.

TODAY'S FORECAST
99%
CHANCE OF
AUSTRIAN WINE
#austrianwine
AUSTRIAN WINE

LEITHABERG, RUST & ROSALIA

Das Weinbaugebiet **Leithaberg** ist seit 2009 eigenständig; davor war es ein wichtiger Teil von Neusiedlersee-Hügelland. Es liegt westlich des Neusiedler Sees an der burgenländischen Seite des Leithagebirges und zählt zu den ältesten Weinbauzonen der Welt. Hauptsächlich werden Weißburgunder, Chardonnay und Blaufränkisch angebaut, daneben auch Varietäten wie Welsch-

3.097 Hektar Weinanbaufläche

riesling oder Sauvignon Blanc. Das prägende Element der trockenen Weine sind die Böden am Abhang des Leithagebirges, wo zwischen kalkreichen Schichten immer wieder saure kristalline Schiefer und Gneise anzutreffen sind.

Die kleinklimatischen Vorteile des Gebietes, das natürlich auch von der regulierenden Wirkung der großen Wasserfläche des nahe liegenden Neusiedlersees profitiert, dokumentieren sich auch in der stetig zunehmenden Bedeutung der Rotweinproduktion. Sowohl in den See-nahen Gemeinden wie Purbach, Schützen, Oggau, St. Margarethen und Mörbisch wie auch in landeinwärts gelegenen Orten wie Großhöflein, Wulkaprodersdorf und Zagersdorf werden aus Blaufränkisch und Zweigelt sowie Cabernet Sauvignon, Merlot und Syrah feine Rote produziert – reinsortig oder als Cuvée.

Speziell in den Gemeinden am Westufer des Neusiedler Sees, fallweise aber auch rund um Eisenstadt werden durch das häufige Auftreten der Edelfäule ebenso hochgradige Dessertweine in Gestalt von Beerenauslesen, Ausbrüchen und Trockenbeerenauslesen gekeltert. Im Vergleich mit dem Gebiet Neusiedlersee sind die Rotweine hier insgesamt vielleicht etwas fester und tanninreicher, wobei der Sorte Blaufränkisch größere Bedeutung zukommt, die Dessertweine wiederum zeigen sich generell eine Spur kraftvoller und strukturierter.

Für die besonders gebietstypischen Weine wurde die Leithaberg DAC geschaffen. Das Produktionsgebiet umfasst den politischen Bezirk Eisenstadt-Umgebung, die Freistadt Eisenstadt und die politischen Gemeinden Jois und Winden. Der weiße Leithaberg DAC darf aus den Sorten Weißburgunder, Chardonnay, Neuburger oder Grüner Veltliner gekeltert werden. Zugelassen sind auch Cuvées aus diesen Sorten. Für den roten Leithaberg DAC ist Blaufränkisch vorgesehen, bis zum Jahr 2020 war ein Anteil von maximal 15% Zweigelt, St. Laurent oder Pinot Noir möglich. Der Alkoholgehalt muss mindestens 12,5% betragen. Roter Leithaberg DAC muss im Holzfass ausgebaut werden. Die Prüfnummer darf ab dem 1. Mai des zweiten auf die Ernte folgenden Jahres beantragt werden, bei den weißen DAC-Weinen ab dem 1. Mai des auf die Ernte folgenden Jahres. Trockene Blaufränkische aus Rust sowie Weißburgunder, Chardonnay, Neuburger, Grüne Veltliner bzw. Cuvées aus diesen vier weißen Rebsorten dürfen als Leithaberg DAC vermarktet werden. Der weltweit bekannte Ruster Ausbruch hat nun ebenfalls DAC-Status.

Rosalia

Die ehemalige Großlage „Rosalia" südlich des Leithagebirges wurde zu einem DAC-Weinbaugebiet; die Rebflächen gehören zum politischen Bezirk Mattersburg. Seinen Namen verdankt es dem Rosaliengebirge, das sich an der Grenze zwischen Niederösterreich und dem Burgenland erhebt. Das Klima ist pannonisch geprägt. Auf den fruchtbaren

297 Hektar Weinanbaufläche
Die wichtigsten Rebsorten:
Weißburgunder, Chardonnay, Blaufränkisch

Braunerde-Böden mit Löss-Untergrund fühlen sich Blaufränkisch und Zweigelt besonders wohl. Ab dem Jahrgang 2017 dürfen regionstypische „Rosalia DAC"- und „Rosalia DAC Reserve"-Rotweine sowie eigenständige Rosé-Weine unter der Bezeichnung „Rosalia DAC Rosé" vermarktet werden. Die Rot-

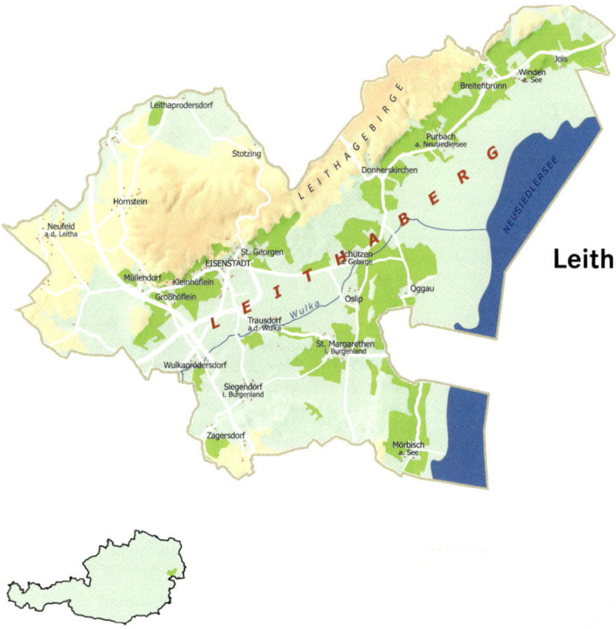

Leithaberg

Rust

Rosalia

weine müssen mindestens 12% Alkohol aufweisen (Reserven mindestens 13%), die Angabe einer Riede auf dem Etikett ist den Reserven und den Rosés vorbehalten. Die Einreichung zur Prüfnummer ist ab dem 1. Jänner des auf die Ernte folgenden Jahres zulässig, für DAC Reserve ab dem 1. November.

Rosalia DAC Rosé muss aus einer oder mehreren roten Qualitätsweinrebsorten vinifiziert werden. Die Rebsorte darf nicht auf dem Etikett angegeben werden. Der DAC Rosé ist trocken und muss ein Bukett nach roten Beeren aufweisen sowie einen frischen, fruchtigen und würzigen Geschmack.

BIO

Weingut
Markus Altenburger

Markus Altenburger
7093 Jois, Untere Hauptstraße 62
Tel. +43 2160 71089
halloservusgriasdi@markusaltenburger.com
www.markusaltenburger.com
17 Hektar, W/R 25/75

Es sind phantastische Weine die Markus Altenburger da fabriziert hat. Es sind absolut Naturnahe Gewächse. Es gibt nur Spontangärung. Verzicht auf technische und chemische Hilfsmittel. Keine Bakterien, Enzyme oder Hefen. Es sind Weine voller Authenzität und Spannkraft. Keine Schmeichler. Es sind Weine die Aufmerksamkeit heischen. Seit 2017 BIO zertifiziert. Das Wechselspiel aus See und Leithagebirge – Kalk & Schiefer – macht die Weine von Markus Altenburger zu dramatischen Erlebnissen.
Altenburgers Herz gehört dem Blaufränkisch. Seit 2006 wurde nur diese Rebsorte nachgepflanzt. Der Blaufränkisch vom Kalk 2018 ist von einer herrlichen kühlen Frische. Von gediegenem Format präsentiert sich der 2018 Blaufränkisch „Markus Altenburger". Ein Weinerlebnis der besonderen Art bieten die beiden großen Blaufränkisch 2018 vom Gritschenberg (Kalk) und Jungenberg (Schiefer).
Bei den Weißweinen ist neu der 2020 Chardonnay vom Kalk. Ein weiniger, unfiltrierter Weißwein von spannender Harmonie. Zukunft pur trinkt man beim 2019 Chardonnay Jungenberg. Der geht seinen Weg. Das Herr Altenburger sich dem Neuburger widmet – diese fast vergessene Rebsorte – ehrt ihn. Neuburger betont 2020 ist anders als die andern.
Der auf Kalk stehend Grüne Veltliner 2019 vom Ladisberg ist eine besondere Definition dieser Sorte, einer unvergleichlichen Salzigkeit, einem Spannungsbogen wie ein großer Burgunder. *as*

LEITHABERG DAC

★★★★ **K €€€€ GV** TIPP
2019 Grüner Veltliner Ladisberg + (BIO) Unfiltriert. Sattes Gelb-Grün, dieser Wein strahlt vor salziger Reduktion, dichte Struktur, enorm kompakt, Riesensubstanz, dunkel und rauchig, von einer Wahnsinns-Mineralität getragen, Pfefferwürze, tropische Anklänge, Petrol, unglaublich tolle Frucht, intensiv auf dem Gaumen, Hauch von Kaffee, Pfirsichtöne im Hintergrund, ein Mundgefühl wie ein großer Burgunder.

★★★★ **K €€€€ CH** TIPP
2019 Chardonnay Ried Jungenberg + (BIO) Schiefrige Noten, Nüsse, Orangen, Ananas, Petrol, ein Wein, der lange brauchte, um sich etwas zu öffnen, salzige Anklänge, viel wie im Mund habend , ungemein ausdrucksstark, Weingartenpfirsich, eine Symbiose zwischen heller Frucht und dunkler Tönung.

★★★ **K €€€ BF**
2018 Markus Altenburger rot +Rauchige Würze, ein Hauch Vanille, schwarze Beeren, ein gediegener, mundiger, typischer Blaufränkisch in seiner ersten Reife, charaktervoll, einige Tiefe, gewisse Noblesse, etwas dunkle Schokolade.

★★★★★ **K €€€€ BF** TOP
2018 Blaufränkisch Ried Gritschenberg + (BIO) Herrliche Kühle, rauchig, Veilchen, ganz feine Frucht, hochelegant, dunkelwürzig, rote & schwarze Beeren, Zwetschken, Kirschen, nobel, saftig, reichhaltig, ganz viel Blaufränkisch mit viel Zukunft.

★★★★ **K €€€€€€ BF** TIPP
2018 Blaufränkisch Ried Jungenberg + (BIO) Großartiger Blaufränkisch, der sich wie ein ganz großer Burgunder darstellt. Von einer zart pilzigen Anmutung, Zwetschken, Kirschen, Beeren, mit einer seidigen Frucht, schiefrige Noten, seidiger Glanz, enormer Druck, ohne je breit zu sein, eine tiefgründige Feingliedrigkeit, von seltener Eleganz, legt Schicht für Schicht frei, ein großer Leithaberger. Faszinierend.

BURGENLAND

★★★ **K €€ BF** TIPP
2019 Blaufränkisch vom Kalk + Kalkige Frische entströmt dem Glas, gepaart mit Brombeeren, Heidelbeeren, Cassis, Ribisel, Veilchen, zarter Eichen-Touch, ein richtiger Beerenmix, fester Biss, rassig, kühl.

ÖSTERREICH

★★★ **K €€€ CR**
2017 Markus Altenburger Rosé prickelnd + (ZW, BF) Brut Nature – Zero Dosage, abgefüllt Juni 2018 – degorgiert November 2020. Feiner anhaltender Mousseux, Weichsel, Briochenoten, knochentrocken, Erdbeeren; blitzsauber und ziemlich straff, total eng, der braucht unbedingt Essen, tiefgründig, kalkige Frische, viel Substanz, straff durchgezogen.

★★★ **K €€ CH**
2020 Chardonnay vom Kalk + Bisschen hefetrüb, dezent mostig, kreidig, Pfirsich, Grapefruit, Wildkräuter, Exotik, ungemein salzig, spannungsgeladene Frische, Reduktion, braucht viel Luft, eher leicht, saftig und voller Pikanz, sehr weinig.

WEINLAND

★★★ **K €€€ NB**
2020 Neuburger betont + (Schiefer & Kalk + Alte Reben) Gritschenberg/Buschenberg. Spontan maischevergoren und ausgebaut im Beton-Ei. Naturtrüb, dunkle Mineralik, tolle Reduktion, feste Struktur, leicht (11% Vol.), höchst individuell, elegante Note, Nüsse, guter Druck, dabei transparent, elegant, Pomelo, Orangenzesten, geht richtig auf, braucht einige Luft.

Weingut
Bayer – Erbhof

Josef Bayer
7082 Donnerskirchen, Hauptstraße 50
Tel. +43 2683 8550 0, Fax -5
weingut@bayer-erbhof.at, www.bayer-erbhof.at
22 Hektar, W/R 85/15

Die Weine von 2020 präsentieren sich in ihrer typischen knackigen Frische. Leichter im Alkohol. Viel Mineral. Genauso zeigt sich der Gelbe Muskateller Ried Wolfsbach. Selbiges gilt für den Sauvignon Blanc Ried Kreuzweingarten.

Die Lagenweine kommen aus dem Jahrgang 2019. Leithaberg DAC Chardonnay – von fast seidiger Anmutung. Unverwechselbar – Leithaberg DAC Grüner Veltliner, ein grandioser Wein. Beim 2019 Grünen Veltliner Ried Himmelreich begibt man sich in eigene Sphären. Ein Wein von absoluter Klasse.

Die Untouched Serie spielt in einer eigenen Liga. Weine nicht von dieser Welt: Pinot Blanc – Grüner Veltliner – Muskat Ottonel. Vielleicht sind diese außergewöhnlichen Weine den herkömmlichen überlegen. Die Diskussion ist eröffnet. Die Rotweine von 2019 kommen dann im Herbst 2021. *as*

LEITHABERG DAC

★★★ S €€ CH TIPP
2019 Chardonnay + Eine richtige Kräuterwiese hat man da im Glas, viele gelbe Früchte, ein bisschen Vanille, kein vordergründiges Holz, dezent rauchig, ein sehr eleganter Wein, der auf dem Gaumen um eine Dimension zulegt. Feine Mineralik, feine Frucht. Fast seidig anmutend.

★★★★ S €€€ GV TIPP
2019 Grüner Veltliner + Dunkle Schiefernoten, Exotik, salzige Mineralik, total eng, anfangs etwas reduktiv, spielte sich frei, toller Stoff, jodig, rauchig, enorme Substanz, kühl, tolle Frucht, ganz viel Boden, straffer Wein von burgundischem Tiefgang. Höchst individueller Wein.

★★★★ K €€€€ GV TIPP
2019 Grüner Veltliner Ried Himmelreich + (Schiefer) Ein – noch – opulenter Wein mit merkbarem Holz, barock anmutend, Orangenschalen, Citrus, weißer Pfeffer, eine Anmutung von Tee, schiefrige Noten, der Boden spielt hier die Hauptrolle, dunkel getönt, ein großartiger, mächtiger Wein, mit einem Potenzial für die nächsten 15 Jahre.

BURGENLAND

★★ S € CW FUN
2020 Fresh & easy + (GV, SB) Eine feine Mischung von Pfefferschleier und Sauvignon-Würze, eine harmonische Symbiose, einiger Druck auf dem Gaumen, wobei der Sauvignon etwas den Ton angibt. Ein herzhafter Wein mit einer stimmigen Säure, mit kompaktem Körper und guter Länge.

★★ S €€ GM
2020 Gelber Muskateller Ried Wolfsbach + Holler, gelber Pfirsich, Zimt, Muskatnuss, leichtfüßig, voller Frische, wirkt leichter, als er ist (13% Vol.), ein eher – jahrgangsbedingt – zart besaiteter, doch ein feiner und typischer Muskateller.

★★★ S €€ SB
2020 Sauvignon Blanc Ried Kreuzweingarten + Ein kühler, vielleicht etwas grüner Sauvignon Blanc von ziemlichem Trinkfluss, Spur Paprika, Brennnesseln, alles gut integriert, mineralischer Touch, knackige Frische, sehr typisch, bisschen Cassis, schlanke Eleganz, sehr trinkig.

★★★ S €€ PB
2020 Pinot Blanc Ried Kapellenjoch + Etwas Kreuzkümmel, gelber Apfel, Citrus, bisschen Pomelo, geradlinig, trocken, zieht auf dem Gaumen, Spargeltöne, dezente Fruchtnoten, gut und sehr typisch. Ein richtiger Fischwein.

★★★ S €€ CH
2020 Chardonnay Ried Martinsberg + Ananas, kühle Apfelfrucht, frisch und lebendig, zarte Frucht, elegante Note, gelbe Früchte, einige Exotik, ein feiner Wein von mittlerer Länge, stimmiger Struktur und einiger Typizität.

★★ S €€ MO FUN
2020 Muskat Ottonel Spätlese + süß Ein zarter, feingliedriger Wein mit seinen typischen Aromen, feiner Süße, schlanker Struktur, traubiger Eleganz, immer trinkig, nie ausufernd, von fast karger Anmutung, erinnert an einen charmanten Dandy.

ÖSTERREICH

★★★★ K €€€ PB TIPP
2019 untouched Pinot Blanc + Spontan – unberührt – unfiltriert . 50% Ganztraubenpressung. Ein großartiger Wein von ganz hoher Klasse, einer salzigen Note, wie man sie ganz selten findet. Das ist feinste kalkige Mineralität, Feuerstein, reife Birnen, von einer kühlen Note, von besonderem Ausdruck, einer Tiefe, einer Vielschichtigkeit, das ist eine eigene Dimension Wein. Kamille, viele Kräuter, geht ungemein in die Tiefe, braucht Luft, eine wahre Offenbarung. Das ist höchst lustvolles Trinken. Ganz großartiger Wein!

★★★★ K €€€ GV TIPP
2019 untouched Grüner Veltliner + Spontan – unberührt – unfiltriert. Zarte Trübung, schiefrige Mineralität, dunkel getönt bei gelber Frische, hochelegant, bisschen Marille, exotische Früchte, von einer Eleganz, die ihresgleichen sucht, von feinster Klinge, von salziger Ausprägung, unglaublich filigran, unfassbar seidig, fast unnahbar.

★★★★ K €€€ MO TIPP
2019 untouched Muskat Ottonel + Spontan – unberührt – unfiltriert, drei Wochen maischevergoren, Ausbau zwölf Monate in kleinen Fässern. Gold-gelb, eine Ahnung trüb, ein Bouquet von himmlischer Anmutung, von sakralem Ausdruck, herrlich trocken, Honig, pralle Muskattrauben, reife Pfirsiche, von einer kompakten Eleganz, einer kompakten, dezent opulenten Eleganz, einer ungemeinen Vielschichtigkeit, einem himmlischen Antlitz. Spannender Wein.

Weingut
Esterházy

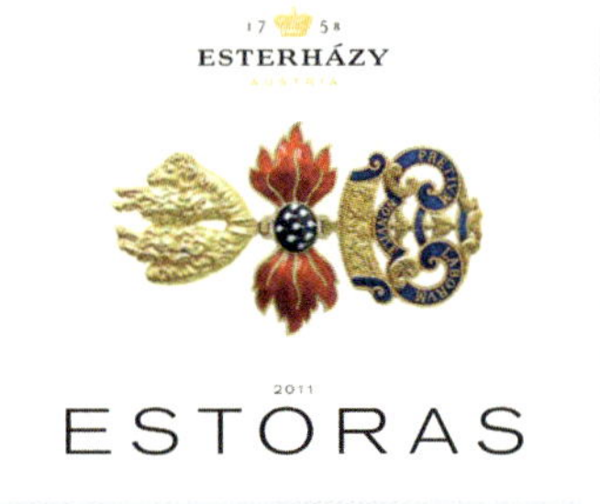

7061 Trausdorf 1
Tel. +43 2682 63348, Fax -16
weingut@esterhazywein.at, www.esterhazywein.at
60 Hektar, W/R 40/60, 400.000 Flaschen/Jahr

Es bleibt spannend im Weingut Esterhazy. Die Weine sind vom Feinsten. Von enormer Spannkraft sind die beiden Weine vom Esterhazy-Projekt – ein 2019 Pinot Blanc und ein 2020 Blaufränkisch. Das sind Weine mit glasklaren Strukturen, vollem Tiefgang, einfach grandios. Weine für Kenner. Diese Weine sind ungemein innovativ mit dem Blick nach vorne.

Toll ist der 2019 Chardonnay Ried Lama. Überaus typisch. Hervorragend und klassisch: 2018 Blaufränkisch aus der Ried Fölligberg. Voller Würze und Rasse.

Unvergleichlich komplex und von besonderer Klasse: 2018 Blaufränkisch Ried Schildten – ein Weingarten in St. Georgen –, der spielt in der höchsten Liga des Burgenlandes. Das Flaggschiff des Hauses ist der TESORO 2017– eine Rotwein Cuveé von internationaler Stilistik.

Esterhazy ist auf einem sehr guten Weg, der in die Zukunft führt. Hier geht es vorwärts. Großes Kompliment!!!! *as*

LEITHABERG DAC

★★★ **K €€€ CH**
2019 Chardonnay Ried Lama + vis-à-vis vom Steinbruch in St. Margarethen. Gelb-grüne Farbe, tolle Mineralik mit „süßem" Holz, ungemein saftig, fruchtig, Vanille, tropisch, Ananas, Mango, gute Struktur, gute Länge, guter, typischer Chardonnay.

★★★ **K €€€ BF**
2018 Blaufränkisch Ried Fölligberg/Groß Höflein + Tiefschwarz, Brombeeren, Heidelbeeren, schwarze Kirschen, Frischehauch, tolle Struktur, rassig, straffes Tannin, fordernd, nervig, Hauch von Vanille, ein spannender Blaufränkisch.

★★★★ **K €€€€€ BF** **TIPP**
2018 Blaufränkisch Ried Schildten/St. Georgen + Tiefschwarz, ein nobler, eleganter, feinfruchtiger Blaufränkisch, rotbeerig, Vanille, Orangenschalen, auch schwarze Beeren, etwas Schoko, geht richtig auf, mineralische Noten, total eng, druckvoll, ungemein spannend, tolle Säure, der geht richtig in die Tiefe, das ist toller Wein.

WEINLAND

★★★★ **K €€€ PB** **TIPP**
2019 Pinot Blanc Esterhazy Projekt + 30 Tage auf der Maische, spontan vergoren, sechs Monate auf der Hefe, keine BSA, sieben Monate Ausbau in Stockinger „Y", Kühler, mineralischer Ausdruck, salzige Noten, keine Holznoten, glasklare Strukturen, so richtig tief, straff und salzig, herrlich trocken, ein so richtig starker Wein. Das sind neue Maßstäbe im Hause Esterhazy. Großes Kompliment!!!!

★★★ **K €€€€ BF**
2020 Blaufränkisch Esterhazy Projekt + 100% mazeration carbonique, Spontangärung, kaum Schwefel, vier Monate Stahltank. Pure Eleganz, frische Brombeeren, Heidelbeeren, immer kühl, traubige Fülle, nie breit, immer klar und lebendig, traubig, feingliedrig, von feinster Beaujolais-hafter Ausprägung. Macht großen Spaß!!!

BURGENLAND

★★★★ **K €€€€ CR**
2017 TESORO + (BF, ME) Schoko, Eichennoten, dunkelfruchtig, Vanille, Heidelbeeren, Cassis, ein eher moderner Rotwein, einiges Holz, sehr gediegen, viel Wein, schwarze Beeren, schwarze Kirschen, füllig, vollmundig, kräftig, volles Tannin, internationaler Stil.

BIO

Weingut
Feiler-Artinger

Kurt Feiler
7071 Rust, Hauptstraße 3
Tel. +43 2685 237, Fax -22
office@feiler-artinger.at, www.feiler-artinger.at
26 Hektar, W/R 45/55, 110.000 Flaschen/Jahr

Das Traditionsweingut, erfolgreich geführt von Kurt & Katrin Feiler, befindet sich im Herz der Freistadt Rust in einem der historischen Bürgerhäuser. Die 26 Hektar Weingärten liegen rund um die Stadt an den sanften Hängen des „Ruster Hügellandes" und werden seit 2008 biodynamisch bewirtschaftet. Einzigartig für Weinbaubetriebe ist die natürliche Pflege der Begrünung mithilfe von Mutterkühen. Der historische Bestand von Weingartenpfirsichbäumen in den Rebzeilen werden von Kurt und Katrin ebenfalls sorgfältig gepflegt. Gut tausend dieser Obstbäume beleben malerisch das Landschaftsbild und dienen Insekten und Vögel als schützenswerter Lebensraum. Im Familienweingut Feiler-Artinger wird ehrwürdige Tradition mit Weitblick in die Zukunft verbunden, so zeugen alle hier entstehenden Weine von hoher Winzerkunst und Konzentration auf höchste Qualität im Einklang mit der Natur. *kk*

RUSTER AUSBRUCH DAC

★★★★ **S €€€€**
2018 Ruster Ausbruch + (WR/PG/PB) Kandiertes Steinobst; reife Tropenfrüchte in eleganter Botrytis-Würze, Mango, Feigen, gelbe Blüten, fest verwobene Ananas und Litschi, Honigkuchen mit Orangenkonfitüre, enormer Fruchtdruck im voluminösen Nachhall.

★★★★ **S €€€€** PLV
2018 Ruster Ausbruch Pinot Cuveé + (PB/CH/PG) Opulenter Steinobstduft; samtige Tropenfrüchte, Haselnüsse in Honig, Vanillecreme und süße Tabakblätter, mit fruchtiger Säure reifer Ananas, traubige Botrytis-Würze und kandierte Kumquats im wohlig langem Nachhall.

★★★★ **S €€€€ GM**
2018 Ruster Ausbruch Gelber Muskateller + Verführerisches Muskat-Bukett; kandierte Macis-Blüten, eingelegtes Steinobst und Tropenfrüchte, fruchtsüß und attraktiv, Maracuja und Ananas in spannender Säure, seidig-herbe Melisse und Arancini, Honigaromen, Vanille und weiße Schokolade im saftig-süßen Finale.

★★★★★ **S €€€€€ PB** TOP
2018 Ruster Ausbruch Essenz Weißburgunder + Betörender Blütenhonigduft; getrocknete Marillen, cremiger Honig-Nuss-Kuchen, pikante Litschi in eleganter Harmonie mit vielschichtigem Fruchtdruck, kandierte Agrumen mit lebhaften Physalis- und Ananasaromen, darunter Kräuter- und Botrytis-Würze, etwas Piment, strömt lang anhaltend als elegantes, fruchtsüßes Monument vom Gaumen.

LEITHABERG DAC

★★★ **S €€€€ BF**
2018 Blaufränkisch Ried Ruster Oberer Wald + Tiefer Waldbeerenduft; vornehmer Himbeer-Heidelbeer-Mix, fruchtunterlegte Edelholzwürze, bisschen Veilchen, zart ledrige, feinkörnige Tannine, rotfruchtige Säure reifer Kirschen, elegant und anspruchsvoll mit Nussschokolade im fruchtigen Finale.

BURGENLAND

★★ **S €€ GM** FUN
2020 Gelber Muskateller + Feiner Muskatduft; charmante Holunderblüten, straffe Mandarinenzesten, glasklare Säure weißer Johannisbeeren, sehr traubig, etwas Melisse und Waldmeister, pikant und animierend.

★★★ **K €€€ WR**
2019 Welschriesling O.S. Olé Bio + Seidig gelbfruchtig; gebratene Marillen, kühler Früchte-Kräuter-Tee mit Holunderblüten, zart-rauchig helle Tabakblätter, erdverbunden asketisch und substanzreich, ausgewogene Säure kühler Grapefruitzesten, eine Prise Kräutersalz im charaktervollen Finale.

★★★★ **S €€€€ BF**
2018 Blaufränkisch Reserve + Rotbeerige Würze; Waldbeeren, rote Paprikaschoten und kandierte Veilchen, straffe Tannine junger Himbeeren, pikante Agrumenzesten, etwas Kokos und Prise Ziegelstaub, elegant und kompakt, selbstsicher im geradlinigen Finale.

★★★★ **S €€€€€ CR** TIPP
2018 Solitaire + (BF/ME) Herzkirschenbukett; extraktreich schwarzes Beeren-Confit von Heidel-, Brom- und Maulbeeren, dicht und saftig in dynamischer Struktur, würzige Peperonata, charmante Weichselsäure mit Blutorangen, reife Tannine, fein rauchiger Mokka und Zimtwürze zu süßem Pfeifentabak, fleischig-elegant im anhaltenden Abgang.

★★★★ **S €€€€ CS**
2016 Cabernet Sauvignon + Komplexer Beerenduft; gaumenfüllende Cassisaromen mit Rosenpaprika und getrockneten Wiesenkräuter, Maulbeeren und Schwarzkirschen, feinkörnige schokoladige Tannine, Ledernuancen, zart röstige Edelholzwürze, im Nachhall frische schwarze Waldbeeren in Vanille.

Weingut
Grenzhof – Fiedler

Bernhard Fiedler
7072 Mörbisch am See, Weinzeile 2
Tel. +43 2685 8276
weingut@grenzhof-fiedler.at, www.grenzhof-fiedler.at
10 Hektar, W/R 55/45

Die Weine von Bernhard Fiedler werden weithin aufgrund des herkunftstypischen, gemäßigt-modernen Ausbaustils auf hohem Niveau sehr geschätzt. Und das zu einem sensationellen Preis-Qualitäts-Verhältnis, das seinesgleichen sucht. Im aktuellen Jahrgang spielen die weißen wie die roten Ortsweine ihre Vorzüge von feingliedriger Fruchtfrische und klarer Sortenspezifität voll aus. Eindrucksvoll ist die Performance der Premium-Weine des Superjahrgangs 2019, die durch die sensible Terroir-Interpretation aus gekonnter Winzerhand begeistern.
Der in klarer Frucht mit feinziselierter Vitalität strahlende Pinot Blanc Leithaberg trägt klar die Handschrift der kalkigen Lehmböden mit Schiefer-Quarz-Untergrund der Ried Wieser.
Ebenso ist die mineralisch geprägte Chardonnay Reserve gleichsam ein Spiegelbild der Ried Goldberg, bestehend aus sandig-lehmigen Böden mit Schiefer, Quarz und Gneis im Untergrund.
Die roten Premium-Weine kommen unisono von den etwas höher gelegenen zum Neusiedler See sanft abfallenden Hanglagen: Die Blaufränkisch Reserve stammt aus der Ried Hader (sandig-steiniger Boden mit Schieferuntergrund), der Leithaberg Rot gedeiht in der Ried Goldberg, und der Cabernet Sauvignon wird von beiden Rieden als Lagencuvée ausgebaut. Schiefrige Vitalität prägen die jeweiligen roten Jungweine, die in der Reife mit Vielschichtigkeit und Tiefgang zur harmonischen Vollendung finden. *us*

LEITHABERG DAC

★★★ S €€ PB
2019 Weiß Ried Mörbischer Wieser + Frische Walnussnase, saftige Aromatik, Pfirsich, etwas Grapefruit, kräftig mit tollem Säurebiss, präzise mit schiefrigem Nerv, feingliedrig mit langem Nachhall, sehr gelungen..

★★★★ K €€€ CR
2019 Rot Ried Goldberg + Dunkle Rotbeerigkeit, Kirsche, Maulbeere, animierendes Unterholz, klares Fruchtbild, saftig, kompakt, würzig hinterlegt, reintönig mit viel Biss, straffe Tannine, gute Länge, Potenzial.

BURGENLAND

★★ S € GV
2020 Grüner Veltliner + Reifer Apfel, Ringlotte, frisch und knackig, getrocknete Kräuterwürze, tänzelndes Fruchtspiel, pfeffrig im Nachhall.

★★★ S € MO
2020 Muskat-Ottonel + Eleganter Rosenduft, feine gelbfruchtige Fruchtaromatik mit Muskat-Anklängen, saftig, dabei prägnant und einladend fein, feine Säurestütze, sehr harmonisch, jedes Jahr eine sichere Bank, gefällt.

★★ S € PB FUN
2020 Pinot Blanc + Kreidig-elegantes Geschmacksprofil, feine Fruchtkomponenten mit saftiger Frische, Haselnuss, druckvoll und vielschichtig, viel Biss in vitaler Fruchtführung, perfekte Säureeinbindung, harmonisch bis ins lange Finale, idealer Speisenbegleiter.

★★★ S € CH TIPP PLV
2020 Chardonnay Duett + Frische Walnuss, würzig, saftig, dicht, mineralisch geprägt, Quitte, Boskop, Hauch von Exotik, lebendig mit knackigem Säurespiel, stoffig, mit feiner Holzabstimmung vital bis in den langen Abgang.

★★★★ S € CH TIPP
2019 Chardonnay Reserve + Exotische Fruchtanklänge, Ananas, Maracuja, feine Kräuterwürze, hellfruchtige Präsenz, vibrierende Mineralität, elegante Fruchtführung, straff und engmaschig, finessig, vielschichtig, noble Zurückhaltung, Potenzial und sehr lang im Finish.

★★ S € ZW
2020 Zweigelt Rosé + Animierende Himbeernase, Ribisel, rotbeerige Aromatik, knackig, frisch, etwas floral, leichtfüßige Anmutung, ausgewogen, animierend.

★★★ S € ZW FUN
2020 Blauer Zweigelt + Betörende Rotbeerigkeit, Waldbeeren, Schwarzkirsche, saftige Textur, Schoko-Kirsch-Melange, guter Spannungsbogen, feingliedrig und harmonisch, ein idealtypischer Zweigelt.

★★★★ S €€ BF TIPP PLV
2019 Blaufränkisch Reserve + Feines rotbeeriges Fruchtspiel, viel Kirsche, Heidelbeere, Brombeere, gelbfruchtige Anklänge, etwas Zimtwürze, juvenil, knackig, perfekt strukturiert, straffe Textur, engmaschige, geradlinig, viel Grip und lang im Nachhall.

★★★ K €€€ CS
2017 Cabernet Sauvignon + Betörende Cassis-Brombeer-Nase, auf dem Gaumen ausgeprägtes Cassis, Granatapfel, zarte Bitterschoko, rund, ausgewogen in harmonischer Anmutung, noch jugendliche Tannine, geschmeidig-kerniges Rückgrat, stoffig, deutet sein Lagerpotenzial an, braucht Zeit.

Weingut
Hermann Fink

Hermann & Anna Fink
7051 Großhöflein, Hauptstraße 78
Tel. +43 2682 64376
office@hermann-fink.at, www.hermann-fink.at
6,5 Hektar, W/R 65/35, 10.000 Flaschen/Jahr

Hermann Fink ist ein Stammkundenwinzer mit ausgesprochen preisgünstigem Weinsortiment. Unterstützt wird er seit etlichen Jahren von Tochter Anna Fink, die unter ihrem Namen eine eigene Weinlinie etabliert hat. Fink ist eines der raren Weingüter, die noch das traditionelle nordburgenländische Spektrum vertreten, bei dem auch zarte Spätlesen und Auslesen mit ansonsten bereits selten gewordenen Sorten wie Muskat Ottonel und Traminer eine Rolle spielen. Eine besondere Stärke des Betriebes sind die Hochprädikate, unter denen im aktuellen Sortiment die Welschriesling Trockenbeerenaus-lese herausragend ist. *jw*

LEITHABERG DAC

★★★ **K €€ NB**
2020 Neuburger + Leuchtendes Hellgelb, intensive Nase nach Kräutern, Minze, Mango und einem Hauch Vanille, im Geschmacksbild schöne Frucht nach Pfirsich und Mango, aber auch Banane und Blüten, saftig, würzig, leicht salzig, dezent nussig, stoffig-dicht, schöner Körper, vitaler Säurebogen, gut ausbalanciert, gediegener Abgang mit feiner Bitter- und Mango-Note im Finish.

★★ **K €€ BF**
2018 Blaufränkisch Anna Fink + Dunkelbeeriges Bouquet, Brombeeren, schwarzer Pfeffer, Lakritze, Vanille, etwas Wacholder, rauchige und röstige Akzente, Schokolade, Vanille, Malz, Kaffee, abgerundet, ausgesprochen warmfruchtige Prägung, Fruchtsüße und Karamellnote im Finish.

BURGENLAND

★★ **S € SB**
2020 Sauvignon Blanc + Typischer, duftiger Sortenvertreter mit Holunderblütenaroma, auch schwarze Johannisbeeren klingen an, etwas papriziert, grasig im Geschmacksbild, knackig, Limette im Nachhall.

★★ **S € GM** FUN PLV
2020 Gelber Muskateller + Duftiger Sortenvertreter mit markanter Honignote und nussigen Einsprengseln, hintennach treten auch apfelige Anklänge und Kräuternoten hinzu, verabschiedet sich mit einer anhaltenden Zitrusnote.

★★ **S € WR** FUN PLV
2020 Welschriesling + Dezentes einladendes Bouquet nach Kräutern und Hawaii-Ananas, würzig-salzig, saftig, belebender Charakter, gewitzter leichtfüßiger Sortenvertreter mit gutem Trinkfluss.

★★★ **S €€ CH**
2019 Chardonnay Neusatz Anna Fink + Beginnt mit einer Karamellnote, dahinter Anklänge an Mandarinen, Kokoseinsprengsel, etwas Banane und Marzipan, Brioche, auch zart nussig, salzig-pikant, druckvoll, vitaler Säurebogen, würzig im Nachhall.

★★ **S € ZW**
2019 Zweigelt + Dunkelfruchtige Nase, Brombeeren, reife Kirschen, Schoko, im Geschmacksbild Würzenoten und Weichselanklänge, auch röstige Akzente, langer Säurebogen, mittlerer Körper.

★★ **S € ZW** PLV
2018 Zweigelt Neusatz + Einladendes Bouquet nach Heidelbeeren, fruchtige Prägung, Kräuterwürze, hintennach auch Nougat und Lakritze, saftig, salzig, guter Körper, balanciert, klingt erfrischend aus.

★★★ **S € BF** FUN PLV
2019 Blaufränkisch + Einladendes Bouquet nach Heidelbeeren, hintennach auch reife Kirschen und Blutorangen, schönes Gewürzsträußchen, zupackend, saftiger Charakter, vergnüglicher Trinkfluss, bestens balanciert, würzebetonter Abgang, ein gelungener Klassiker.

★★ **S € PB**
2020 Weißburgunder Spätlese + Dezentes Bukett, leichter Blütenduft sowie etwas Banane und Zuckermelone, sodann auch ein bisschen Walnusswürze; am Gaumen reichliche Süße, vermittelt eher Auslesecharakter, hintennach mostig, gute Säurestruktur, dennoch nicht wirklich in Harmonie, kann die Bouquet-Eindrücke nicht vollends umsetzen, eher einfach.

★★★ **S € MO** PLV
2020 Muskat Ottonel + Ausgeprägtes Bouquet nach Rosenblüten und Zitronengras, elegant-aromatischer Charakter, Kräuterwürze, Honiganklänge, Rosenwasser, ein unkomplizierter Sortenvertreter.

★★★★ **K €€€ MO** PLV
2018 Eiswein + Im Bouquet kandierte Ananas, Ringlotte, Pfirsich, Ingwer und Blütenhonig, am Gaumen auch grüner Apfel, leichtfüßiges Hochprädikat mit gutem Trinkfluss und feinem Abgang.

★★★★ **K €€€ WR**
2018 Welschriesling Trockenbeerenauslese + Betörendes Bouquet, Waldbienenhonig- und Mandarinen-Anklänge, feines Fruchtspiel, essenzartige Konsistenz, salzige Einsprengsel, dicht und konzentriert, gute Balance von Säure und Süße, vitaler Charakter, vollmundig, reichlicher Tiefgang, klingt elegant und anhaltend aus.

Weinmanufaktur
Follner

Dagmar & Dr. Ludwig Follner
1140 Wien, Anzengruberstraße 77/11
Mobil +43 664 914 07 69
office@follner.com, www.follner.com
2,5 Hektar, W/R 0/100

Die Weingärten der Weinmanufaktur Follner liegen in den besten Lagen des Ruster Hügellandes. Dagmar und Ludwig Follner sind überzeugt, dass die Qualität in großem Ausmaß im Weingarten beeinflusst und geprägt wird.

Weine mit eigenständigem Charakter zu schaffen, die komplex und vielschichtig sind, die Tiefe und Spannung erkennen lassen und natürlich Freude und Genuss vermitteln, sind ihr Ziel.

Als Qualitätsfanatiker wird der Betreuung der Rebstöcke höchste Priorität gegeben. Die Weinstöcke werden das ganze Jahr über ausschließlich mit Hand bearbeitet. Die rigorose Selektion spiegelt sich in einem Hektar-Ertrag von durchschnittlich nur 20 Hektolitern wider. Ganz selbstverständlich ist für das Ehepaar die biologische Wirtschaftsweise.

Mit Rat und Tat werden sie vom Golser Paradewinzer John Nittnaus betreut, in dessen Keller die Weine auch reifen. Im Weinkeller wird nur versucht, die eingebrachte Qualität nach traditionellen Methoden auf höchsten Standards zu erhalten. Auf jegliche Art von Konzentration wird verzichtet.

Bereits mit ihrem ersten Jahrgang, 2006, wurde die Qualitätslatte sehr hoch gelegt. Im Herbst 2020 konnten sich die Weine der Familie Follner bei zwei großen Vinaria Blindverkostungen im absoluten Spitzenfeld klassieren. Mit der Liebe pur 2012 wurde der erste Platz bei den gereiften Cuvées aus internationalen Sorten errungen. Ende des Jahres fand traditionell die große Premium-Rotwein-Verkostung von Vinaria statt. Freude pur, Liebe pur und Lebenslust pur aus dem Jahrgang 2017 konnten in jeder Hinsicht überzeugen und sich unter den Allerbesten platzieren.

Die Namen ihrer Weine spiegeln die Leidenschaft und Liebe ihres Tuns wider: Der reinsortige Blau- fränkisch „Freude pur“, die vom Cabernet dominierte Cuvée „Liebe pur“, der reinsortige Merlot „Lebenslust“ und die zum Großteil aus Merlot bestehende Cuvée „Das Glück“. Somit stehen bei den Follners Freude, Liebe sowie Lebenslust im Vordergrund, und das Glück schaut auch immer wieder vorbei. *gh*

BURGENLAND

★★★★ K €€€€€ BF **TIPP**
2018 Freude pur Blaufränkisch Ried Ritter + Hochreife, akzentuierte Brombeere, Waldheidelbeere, ganz feine Klinge, Kräuterwürze ergänzt die Fruchtvielfalt, zeigt Eleganz, deutet bereits im Duft seine Komplexität an; super Stoff, druckvoll, strukturiert, vermittelt dabei auch Frische, feinwürzig, angenehme Extrakt- und Fruchtsüße, passende Blaufränkisch-Säure im langen Abgang, großes Potenzial.

★★★★ K €€€€ ME
2018 Lebenslust Merlot + Blitzsaubere, animierende Weichsel, hochreife, dunkle Beerenaromen, Kornelkirsche, würzig-erdige Noten, straff, kühle Fruchtausprägung, öffnet sich ganz langsam und legt kontinuierlich zu; dieser Eindruck setzt sich auf dem Gaumen fort, tiefgründig, vielschichtig, „italienische“ Säure-Tannin-Struktur, extrem jugendlich, adstringierend im Abgang, braucht sehr viel Luft, beste Zukunftsprognose.

★★★★ K €€€€€ CR
2018 Liebe pur + (CS/ME) Wunderschöne, definierte Frucht, Beerenvielfalt, Jostabeere, Cassis, dunkle Weichsel, angenehme Kräuterwürze, vielschichtig, jugendlich; reife Tannine, Waldheidelbeere, Brombeere, sehr guter Stoff, komplex, geht in die Tiefe, steht am Beginn eines langen Lebens, adstringierender, anhaltender Abgang.

★★★★★ K €€€€€ CR **TOP**
2017 Liebe pur + (CS/ME) Nuanciertes Bukett nach Cassis, Weichseln und dunklen Waldbeeren, nobel, elegant und blitzsauber ausgeprägt, zartwürzig, vielschichtig, zeigt immer neue Facetten; besticht bei aller Kraft durch Eleganz, super Ausdruck, schwarze Johannisbeere, Schwarzteearomen, komplex, rassiger, langer Nachhall, großes Potenzial.

Weingut
Giefing

Claudia Giefing
7071 Rust, Hauptstraße 13
Tel. +43 2685 379
giefing@wein-rust.at, www.wein-rust.at
16 Hektar, W/R 20/80

Erfreulicherweise pflegen Claudia und Erich Giefing schon seit geraumer Zeit die Usance, ihre Gewächse erst nach sinnvoller Fass- und Flaschenreife auf den Markt zu bringen. Den erfrischenden Auftakt setzt ein beintrockener, seine Rebsorte nie verleugnender Pinot-Noir-Sekt, der diesmal beson-ders gut gelungen ist. Bei den Chardonnay-Varianten sei an dieser Stelle auf die noch vom Fass geprägte, doch cremige und lagerfähige Contessa hingewiesen.

Von den leichteren Roten überzeugt der springlebendige, sortentypische St. Laurent von Anfang an, während der Pinot Noir, ebenfalls von der Ried Umriss, noch etwas schüchtern und zurückhaltend erscheint. Gar nicht schüchtern oder verhalten gibt sich hingegen der „Gute Rote"-Blaufränkische, der seine Ruster Herkunft auf kernige Art gut widerspiegelt. Der Syrah von 2017 wirkt im Vergleich bereits weiter entwickelt und bei aller Tanninfülle schon sehr balanciert. An der Spitze der roten Pyramide stehen diesmal der Cavallo.Pinot – markante Eiche, dunkelbeerig, offenbar für die längere Reifung konzipiert – und die Blaufränkisch Reserve aus der legendären, kalkreichen Ried Oberer Wald: reichhaltig und fleischig, viel Saft und Kraft, großes Potenzial. *vs*

BURGENLAND

★★ S €€ CH
2020 Chardonnay Muschelkalk + Feines Bukett nach Brioche und Marillen, hefiger Touch, kreidige Note des kalkigen Untergrundes, kompakt und knusprig bei schlanker Textur, recht charmant.

★★★ K €€€€€ CH
2018 Contessa Chardonnay + Karamell und weißer Nougat, dahinter Orangenzeste, sehr reichhaltig, fein liniert, cremig und machtvoll, noch von der Eiche geprägt, lang und zukunftsträchtig.

★★ S €€ CH **PLV**
2017 St. Laurent Ried Umriss + Herbe Weichsel- und Zwetschkentöne, gesammelt und konturiert, schlank, doch sehr prägnant, mundwässernde Frische, klarer Sortencharakter.

★★ S €€€ PN
2017 Pinot Noir Ried Umriss + Bukett nach Hagebutten und Dörrobst, auch Unterholz, straff und kompakt, schüchterne, rotbeerige Frucht, rassiger Abgang.

★★★ K €€€ BF
2017 Guter Roter Blaufränkisch + Dunkelbeeriges Entrée, auch Kräuterwürze, rauchige Untertöne; herzhaft und kernig bei mittlerem Gewicht, noch streng und juvenil.

★★★ S €€€ SY
2017 Syrah Reserve + Saloppe Nase nach Lakritze und Himbeeren, auch brenzlige Note, ausgereift und druckvoll, elegant gerundet, bleibt mit reifen Tanninen gut haften.

★★★ K €€€€€ PN
2017 Cavallo Pinot Noir + Tiefe Würze, Anklänge von Eisenkraut und schwarzen Oliven, verrät hohe Reife; merkliche Eiche, kraftvoll, dunkle Fruchtnuancen, eigenständige Interpretation.

★★★★ K €€€€€ BF **TIPP**
2017 Blaufränkisch Reserve Ried Oberer Wald + Aus den ältesten Reben der Lage Oberer Wald, tiefdunkles Bukett nach Brombeeren und Heidelbeeren, auch Waldboden, mächtig angelegt, leichte Extraktsüße, erneut dunkelbeeriger Schmelz, lang und vielversprechend.

ÖSTERREICH

★★★ K €€€ PN **FUN**
2017 Blancs de Noirs Brut + Feinperlig moussierend, zartblumige Nase, Anklänge von Erdbeeren und Verbene; feinkörnig und anregend, sehr individuell, vielleicht der bisher beste seiner Art.

NEU

Weinhaus
Haiden

Hannes Haiden
7067 Oggau, Sechshausgasse 24
Mobil +43 676 633 16 85
office@weinhaushaiden.at, www.weinhaushaiden.at
21 Hektar, W/R 40/60, 100.000 Flaschen/Jahr

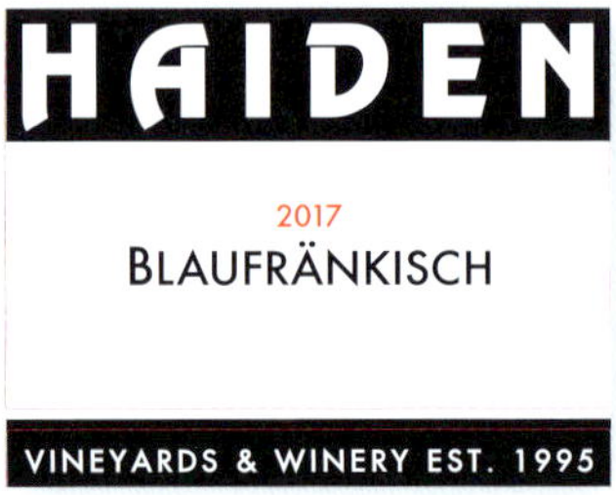

Im Jahr 1995 hat Hannes Haiden das Weingut seiner Eltern in Oggau übernommen. Schon vor vielen Jahren ist er uns wegen des attraktiven Preis-Leistungs-Verhältnisses seiner Weine aufgefallen; daran hat sich bis heute nichts geändert. Die Anbaufläche hat er jedoch zwischenzeitlich auf mehr als 20 Hektar ausgeweitet. An seinen Weingärten auf dem Leithaberg faszinieren ihn die abwechslungsreichen Bodenverhältnisse – meterdicker Muschelkalk, Sandstein und karger Schiefer – sowie das Zusammenspiel mit dem See. „Kalt und warm, hart und weich, weiß und rot", wie es der Winzer pointiert zum Ausdruck bringt. In den vielen Jahren hat der naturnah arbeitende Mann ein feines Gespür für seine Rieden entwickelt. In den höheren, kühlen Winden ausgesetzten Lagen baut er Weißwein an, was Frische garantiert. Die windgeschützten Rieden an den Ausläufern des Leithagebirges sind für Rotweine prädestiniert. Sie profitieren von der Wärmestrahlung des Neusiedlersees, fallen aber dank der geologischen Randbedingungen nie üppig aus. Als Beispiel sei der Blaufränkisch PFWG genannt, dessen Trauben von mehr als 50 Jahre alten Rebstöcken aus der Lage Pfarrweingarten in Oggau stammen, ausgebaut in neuen Fässern aus Waldviertler Eiche mit 500 Liter Inhalt. Der Blanc de Blanc wurde zur Hälfte in den gleichen Gebinden erzogen, allerdings nur sechs Monate, der Rest in Edelstahl. Zu einem Verkaufshit hat sich der Rosé entwickelt; der Most stammt aus der Presse, nicht von Saftabzug. *ww*

BURGENLAND

★★ S € SI
2020 Grüner Sylvaner Ried Steinmühle + Kräuterwürzig, Äpfel, frisch; grüne Äpfel, zartes Säurerückgrat, lebhaft, trinkanimierend, Kräuter im Nachhall, eigenständig.

★★★ S €€ CW PLV
2018 Blanc de Blanc Ried Hochberg + (40CH/40PB/SB) Dezent rauchig, Fenchelsaat, grüne Früchte; schließt aromatisch an, auch Zitrus und Physalis, frisch, einige Kraft, lebhaft, trinkanimierend, gute Länge, im Finish und im Nachhall hauchzarte Gewürznoten.

WEINLAND

★★ S € GV
2020 Grüner Veltliner Am See + Dezent, reife Äpfel, Prise Kräuter; ansprechende Säure, lebhaft, feine Würze im Nachhall.

★★ S € GM
2020 Gelber Muskateller Am See + Dezent, sortentypisch, Holunderblüten, Zitronenschalen, Kräuter; schließt aromatisch an, angenehme Säure, frisch, Zitrus und Kräuter im mittellangen Abgang.

★★ S € GS
2020 Gemischter Satz Muschelkalk + (GV/WR/SI/MT) Alte Apfelsorten, Quitten, Mandarinenschalen, Kräuter, bisschen floral; freundlich, integrierte Säure, einige aromatische Facetten.

★★★ S € CR FUN PLV
2020 Rosé + (50PN/SL) Interessant, Weichseln, knackige Cassisbeeren, Marillenkerne, Marzipan, grünblättrige Würze; saftig, fruchtbetont, Gerbstoffe nur zu erahnen, Zug, rotfruchtiger Nachhall.

★★ S € ZW
2019 Zweigelt Rossi + Fruchtbetont, Kirschen, Heidelbeeren, Zwetschken, Gewürze angedeutet; frisch, transparent, zugänglich, feines Säurespiel, mittelgewichtig.

★★★ S €€ ME
2019 Merlot Muschelkalk + Dunkle Beeren, Tomatenmark, Gartenkräuter, ätherische Noten; Zug, Gewürze, Beeren, ange-nehme Gerbstoffe, feine Säure, Struktur, ganz dezenter Holzeinsatz, trinkig, mittlere Länge.

★★★ S €€ ME PLV
2018 Merlot Muschelkalk + Wertiger Eindruck, zarte Gewürzaromen, dunkle Frucht, Hauch Efeu; saftig, Frucht und Gewürze, feingliedrig, Gerbstoffnetz, zarte Holznoten lange auf dem Gaumen.

★★ S € CR
2018 Amo Rosso + (50ME/SY) Frucht, Prise Würze, Holz kein Thema; Waldbeeren, Vogelbeeren, grünblättrige Akzente, gut integrierte Tannine, animierend, im Abgang auch Efeu.

★★★ S €€ SY
2018 Shiraz vom Schiefer + Dezent, frisch, Beeren, Hauch Kakaopulver und Kakaobohnen; lebhaft, fast leichtfüßig, integrierte Gerbstoffe, zugänglich, vom sandigen Boden geprägt, mittlere Länge, Vogelbeeren und zarteste Gewürznoten im Nachhall.

★★★★ S €€ BF TIPP PLV
2018 Blaufränkisch PFWG + Dezent rauchig, Holunder, Brombeeren, Schwarzkirschen, kaltes Lagerfeuer, Gewürze à la Piment; aromatisches Dacapo, vorne mehr Frucht, im Finish mehr das Würzige, Säurespiel, unaufdringliche Gerbstoffe, gute Länge, dunkelfruchtig-würziger Abgang.

BIO

Weingut

Hammer Wein Rust

Markus Hammer & Birgit Tombor
7071 Rust, Hauptstraße 9
Tel. +43 2685 231
info@hammerwein.at, www.hammerwein.at
5 Hektar, W/R 70/30

Es sind beeindruckende Weine, die uns Markus Hammer präsentiert. Weniger ist mehr – das ist das Credo von Markus Hammer. Man lässt den Weinen Zeit, daher gibt es noch keinen Wein vom Jahrgang 2020. Markus Hammer hat das Weingut im Jahr 2014 übernommen.

Der 2019 Sauvignon Blanc Ried Umriss ist sehr typisch. Eine Symbiose von grün-frischer Frucht und Körperreichtum. Von toller Komplexität ist der 2019 Sauvignon Blanc Ried Ludmaisch. Ein wahres Meisterwerk ist der 2017 Sauvignon Blanc Ried Geyer. Große Lage, großer Jahrgang und toller Winzer.

Ebenfalls aus 2017 kommt die Burgunder Cuveé Alte Reben, die viel Substanz aufweist, Größe zeigt und auch ein gewisses Verständnis des Verkosters erfordert.

Von dramatischem Ausdruck ist der 2017 Chardonnay Selection. Das ist ein Wein von höchster burgundischer Eleganz und Dimension. Ein Wein, der keinen Gegner scheuen muss.

Gut ist auch der 2017 Blaufränkisch Rusterberg. Ein typischer Vertreter seiner Sorte.

Ruster Ausbruch – der klassische Wein dieser Stadt. Ein Mythos in Wein. Der 2014er zeigt sich momentan von seiner schönsten Seite. Perfekte Botrytis. Reichhaltig, fast essenzhaft. Eine wahre Schönheit, die ihre Pracht im Glas zeigt. *as*

BURGENLAND

★★★ **S €€€ SB**
2019 Sauvignon Blanc Ried Umriss + Gelber Paprika mit Holundernoten, ein Hauch von Brennnesseln, Steinobst, Wiesenkräuter, knackige Frische, voller Pikanz, dezente Apfeltöne, zarte grün-grasige Noten, die ihm gut stehen, sehr typisch, ohne laut zu sein, guter Körper, sehr stimmig, bester Struktur, sehr guter Länge.

★★★★ **S €€€ SB** **TIPP**
2019 Sauvignon Blanc Ried Ludmaisch + Eine Blumenwiese, Kräuter, Gewürze, Cassis, rauchige Mineralität, äußerst vielschichtig mit vielen Facetten, tolle Säure, gediegen bei fester Struktur, prägnant, tief, straffer Körper, pickt auf dem Gaumen, ein Sauvignon, der mit einem spielt. Viel Substanz,wird noch viele Jahre großes Vergnügen bereiten.

★★★★ **K €€€€€ SB** **TIPP**
2017 Sauvignon Blanc Ried Geyer + (Sandiger Löss auf Urgestein – Ausbau in neuen 500-Liter-Fässern) Sattes Gelb mit Goldreflexen, das Holz ist verbunden mit vielen Aromen wie Löwenzahn, Kümmel, eben sehr gewürzig, Kräuter in Hülle und Fülle, Vanille, Orangen, Citrus, Ananas, rote Johannesbeeren, sehr kompakt und eng, sehr komplex, cremige Textur.

★★★ **K €€€€€ SB**
2018 Ried Geyer + Im Moment liegt der Wein noch im Fass. Kommt im Herbst 2021. Kühles Aroma, das Holz ist im Moment total im Hintergrund, viele Mineralien, salzige Noten, cremige Frische, sehr eng und straff. Wo ist da das heiße Jahr??? Da kommt einiges auf uns zu!!!!

★★★ **K €€€ CW**
2017 Alte Reben Burgundercuveé + (WB, GB – Ried Plachen – WB – Rieb Bandkräften – GB) Der Grauburgunder mit seiner Bratenaromatik stellt sich in den Vordergrund, Senfsaat, salzige Noten, der Weißburgunder sorgt für die Anmut, sehr elegant, wiederum viele Kräuter, Pfefferschleier, mollige Struktur bei einiger Tiefe, sehr gute Substanz, in sich geschlossen, perfekte Balance, ein Zwei-Reben-Orchester, das sich sehr gut versteht. WB Pflanzjahr 1970, GB Pflanzjahr 1976.

★★★★ **K €€€€€ CH** **TIPP**
2017 Chardonnay Selection + (Ried Bandkräften – Schwarzerde auf Kalkschotter) Gelb mit Goldreflexen, das ist hochgradiger Burgunder, Ananas, Grapefruit, Citrus, Steinobst, bestes Holz, ganz feine Vanille, geriebene Nüsse, ein unglaublich eleganter Wein, salzig, ein Chardonnay von burgundischem Reichtum, ganz dezenter Rauchton, total eng, eine Kreszenz mit dem Flair eines großen Weines. Ein spannender Wein, der sich im Kontext der großen Weines dieser Welt befindet.

★★★ **S €€€ BF**
2017 Blaufränkisch „Rusterberg“ + (Lehm/Sand auf Schotter – Vogelsang-Waldumriss), gebrauchtes Barrique. Ein überaus gediegenes Bouquet nach Brombeeren, feinem Eichenton, dezente Würze, von seltener Eleganz, feingliedrig und straff bei rassiger Säure, ganz klar Blaufränkisch, dichte Struktur, ziemlich eng, dieser Wein repräsentiert die Ruster Noblesse.

★★★ **S €€€€€€ ME**
2016 Merlot + (Sandiger Löss mit Kalkschotter – Lage kleiner Wald – unterer Hang des oberen Waldes) Getrocknete Johannesbeeren, feine Holzaromen, ein gereifter Rotwein von kühler Struktur, Hagebutten, einer konzentrierten Frucht, trocken, Waldbeeren, total eng, Orangenschalen, ungemein feste Struktur, dieser Wein braucht unbedingt Essen.

★★★ **S €€€€ SB**
2014 Ruster Ausbruch + (0,375l-Fl.) Gold, Waldhonig, Karamell, Brioche, ein Wein von enormem Reichtum, Weingartenpfirsich, Weißbrot, von fast barocker Fülle, weiche Opulenz, süß und vollmundig, sehr reichhaltig, viele Gewürze, ungemein saftig, die Süße ist nie klebrig, nie ausufernd, wenn auch präsent.

BIO

Weingut
Toni Hartl

Toni Hartl
2440 Reisenberg, Florianigasse 7
Tel. +43 2234 80636
wine@toni-hartl.at, www.toni-hartl.at
25 Hektar, W/R 34/66

„Immer wieder mit einzigartigen Kreationen überraschen" steht auf der Webseite des Weingutes. Stimmt – Toni Hartl überrascht mit einem maischevergorenen Furmint, der in Purbach auf der Ried Edelberg steht. Lese am 14. September 2019, spontan vergoren, 13 Monate Reifung in der Tonamphore und im 600-Liter-Fass.

Toni Hartl bewirtschaftet Weingärten in zwei Weinbaugebieten. Auf dem Reisenberg – Thermenregion – und in Purbach – Leithaberg. Die Weine sind immer spannend und sehr langlebig. Eigentlich sollte man jetzt seine 2015er trinken.

Großartig ist der 2019 Chardonnay Leithaberg – wow, ganz große Klasse. Noch größer, dichter ist der 2017 Chardonnay Ried Thenau – einer der besten des Landes, der aber noch Flaschenreife benötigt. Erwerben und ab in den Keller. Die beiden Pinot Noir 2019 von der Ried Goldberg und dem Reysenperg sind von fast monumentaler Struktur. Ein toller 2019 Syrah Ried Thenau und der 2019 Inkognito erfüllen die Wünsche aller Hedonisten. Die Blaufränkisch sind überaus typische Gewächse vom Leithaberg. Der 2019 Ried Rosenberg ist ein salziger, straffer Wein. Überstrahlt wird alles vom 2017 Blaufränkisch Ried Eisner. Ein besonderer Weinberg mit eisenhaltigem Urgesteinsschiefer und Muschelkalkauflage. Ein atemberaubender, ungemein spannender Wein. Wie großer Burgunder.

as

LEITHABERG DAC

★★★★ **K €€€ CH** TIPP
2019 Chardonnay + Großartiger dezent nussiger Chardonnay von unglaublicher Schiefriger Mineralität. Dunkelwürzig. Von Salzigkeit durchzogen. Herrliche Exotik. Mango, Ananas etc. Riesenstoff für viele Jahre.

★★★ **K €€€€€ BF** TIPP
2019 Blaufränkisch Ried Rosenberg + Ätherisches Bukett, Kaffee, Pflaumen, viel Mineral, rauchig, gewinnt zusehends, ganz viel Fülle, Bitterschokolade. Riesenwein mit enormer Substanz. hochelegant. Unbedingt dekantieren.

BURGENLAND

★★★★ **K €€€€€€ CH** TIPP
2017 Chardonnay Ried Thenau-Purbach + 28 Monate in 600-Liter-Fässern. Zitrustöne, ungemein spannend, kalkige Noten, sehr Puligny-Montrachet-like, hochreife Ananas, ungemein saftig, ein überaus reichhaltiger Wein, weißer Pfirsich, ein toller Wein, der nie belastet, immens lagerfähig, einer der besten Chardonnays des Landes. Ganz große Zukunft.

★★★ **K €€€€ SY**
2019 Syrah Ried Thenau-Purbach + Schwarze Oliven, ein fruchtbetonter, tiefgründiger Rotwein, tanninbetont, Preiselbeeren, Cassis, Zwetschken, viel Wein, viel Tiefe, sehr eng, das ist feste Struktur. Ein reichhaltiger Rotwein mit Eleganz, der in einigen Jahren einen unvergleichlichen Charme entwickelt.

★★★ **K €€€€€ CR**
2019 Inkognito + (BF, CS, SY) Dunkle Schokolade, schwarze Oliven, Cassis, Heidelbeeren, Gewürze, Datteln, „süße" Frucht, bisschen Speck, sehr viel Wein, viel Rückhalt. Super Stoff, supersaftig, super Zukunft. Absolute Klasse!!!!

★★★★ **K €€€€€€ BF** TIPP
2017 Blaufränkisch Ried Eisner-Purbach + (48 Jahre alte Reben) Edelholzwürze, 38 Monate ausgebaut in 600-Liter-Fässern aus französischer Eiche. Ein ungemein fest strukturierter Rotwein von kühlem Timbre. Feinwürzig, Himbeeren, Brombeeren, von burgundischer Tiefe, von feingliedrigem Ausdruck, einem Flair der besonderen Weine. Von reifem Feminismus. Ein Referenz-Blaufränkisch.

NIEDERÖSTERREICH

★★★ **K €€€€ PN**
2019 Pinot Noir Ried Goldberg + Teeriges Bukett, kühle Noten, Bitterschokolade, Rumtopf, sehr trocken mit gewisser Frucht, kräftig, rauchig-ätherische Struktur, viel Stoff, viel Zukunft. Burgundisch – Himbeeren, Pflaumen, Pilze, elegant.

★★★★ **K €€€€€ PN** TIPP
2019 Pinot Noir Ried Reysenperg + Rumtopf, schwarze Nüsse, Zwetschken, enormer Stoff, Herzkirschen, kraftvoll, viel Frucht, Pinot Noir mit viel Ausdruck und Fülle, dunkle Schokolade, Preiselbeeren, Dörrpflaumen, ganz viel Stoff.

★★★ **S €€ CH**
2019 Chardonnay + Strohgelb, zarte Reduktion, die nicht stört, Vanillenoten, ein wunderbar gelbfruchtiger Wein, Kokos, dezent rauchig, exotische Noten – Mango etc., Blütenhonig, ein toller jetzt zu trinkender Wein und mit viel Luft nach oben.

ÖSTERREICH

★★★ **K €€€€€ FU**
2019 Furmint + Trübe Farbe, maischevergoren, kühle, etwas luftige Nase, gebändigter Gerbstoff, rauchige Noten, Orangenschalen, Reduktion tief im Hintergrund, kaum Frucht, kompakt und eng, kräftig, so richtig trocken, extraktreich, geht richtig auf, guter Stoff, sehr individuell, braucht unbedingt Essen. Ein spannender, hochinteressanter Furmint.

Weingut
Leo Hillinger

7093 Jois, Hill 1
Tel. +43 2160 8317 0
office@leo-hillinger.com, www.leo-hillinger.com
100 Hektar, W/R 45/55

Leo Hillinger polarisiert, steht oft in der Öffentlichkeit, aber er ist der Motor des Weingutes. Leo ist trotz seiner Präsenz in TV & more ein Naturmensch geblieben. Seine Weingärten werden zu 100% biologisch bewirtschaftet. Die Weine sind zum einen perfekte Widerspiegelungen des Leithagebirges, zum anderen Gewächse von höchstem internationalem Niveau.

Der Pinot Blanc 2017 ist ein würdiger Vertreter des Leithaberges, ebenso der 2017 Grüne Veltliner – ein Wein von sensationeller Dichte. Der 2017 Blaufränkisch Ried Ruster Umriss vereint die Leithaberg Würze mit der Ruster Noblesse. Sehr balanciert und feinfruchtig präsentiert sich die 2017 Cuveé Hillside red.

Die Hill Serie 1, 2 und 3 spielen in ihrer eigenen Liga. Weine, die auf der ganzen Welt Gefallen finden.

Hill 2 – sollte sich auf jeder Weinkarte wiederfinden.

Hill 1 – ist ein Rotwein von internationalem Format.

Hill 3 – einer der herrlichsten Vertreter der Süßweine Pannoniens. *as*

LEITHABERG DAC

★★★ **K €€€ PB**
2017 Pinot Blanc + Gelbe Farbe, rauchiges Citrus, viel Salz, dezente Holzwürze, wobei das Holz nur zu erahnen ist, gute Struktur, Hauch von Toast, etwas Marille, gelber Apfel, würzig, gute Länge, Pomelo, eine Symbiose zwischen heller & dunkler Frucht, Williamsbirne, Kräuter, Blütenhonig, gesicherte Zukunft.

★★★ **K €€€ GV** TIPP
2017 Grüner Veltliner + Gelbe Farbe, Citrus, salzig, schiefrig, schwarzer Pfeffer, dunkel und rauchig, wow – der zieht auf dem Gaumen, Orangenschalen, die totale Mineralik, enorm dicht, fast fordernd, dezent holzunterlegt, langatmig, straff, dunkelwürzig, das typische Bild eines großen Leithaberg Veltliners.

★★★ **K €€€ BF**
2016 Blaufränkisch + EWürzenase, Zwetschken, schwarze Beeren, Hauch Vanille, steinige Aspekte, Brombeeren, Kirschen, voller Würze, dichte Struktur, liegt fest auf dem Gaumen, erste Reife, schön trocken, fordert den Gaumen.

★★★★ **K €€€€ BF** TIPP
2017 Blaufränkisch Ried Ruster Umriss + Ein gediegener Blaufränkisch mit der typischen Ruster Noblesse, Herzkirschen, feine Vanille, große Eleganz, Blutorangen, Hagebutten, Zwetschken, Himbeeren, von burgundischer Stilistik, Gewürze ausspielend, ein ungemein vielschichtiger Wein aus einem ganz großen Jahrgang. Ein Referenz-Blaufränkisch, der auch verwöhnte Gaumen befriedigt.

BURGENLAND

★★ **S €€ CH** FUN
2020 Chardonnay + So richtig duftig, reife Birnen, nussig, Melone, transparente Fruchtigkeit, elegante Note, saftig, sanfte Säure, ein feiner, sehr trinkiger Chardonnay, der einigen Spaß macht.

★★★ **K €€€ GV**
2016 Grüner Veltliner Terroir + Grün-gelbe Farbe, Citrus, Kräuter, ziemlich gewürzig, Kümmel, Bratennote, rauchig, frische Reife, salzig, viel Mineral, schön trocken, sehr eng, tolle Säure, zieht auf dem Gaumen, ein so richtig cooler Wein, der unbedingt Essen braucht.

★★★★ **K €€€€ CW** TIPP
2017 HILL 2 + (CH, SB) Sattes Grün, der Sauvignon Blanc hüpft aus dem Glas, rauchig, Citrus, Grapefruit, reife Trauben, perfekte Säure, Spur Vanille, ein bisschen reife Stachelbeeren, straff und fest, viel Mineral, exotischer Touch, total eng, sehr lang, Marillen, ungemein vielschichtig, sehr balanciert. Das ist Wein von internationaler Dimension. Schreit nach Fisch!

★★★ **K €€€ CR**
2017 HILLside red + (SY, ZW, ME) Schwarze Beeren, Schoko, Zwetschken, Kirschen, feines Holz, Vanille, fruchtig, Tabak, Waldbeeren, samtige Tannine, Dörrpflaumen, saftig, in sich harmonisch, Kräuter kommen ins Spiel, Brombeeren, der Wein befindet sich in seiner ersten Reife, doch noch mit einiger Zukunft.

★★★ **K €€€ PN**
2016 Pinot Noir Terroir + Ein reifer, typischer Pinot Noir, Zwetschken, Feigen, Leder, Pilze, Unterholz, mürbe Frucht, Laub, Himbeeren, trockene Frucht, jetzt hervorragend zu trinken. Nicht mehr warten.

★★★ **K €€€ BF**
2015 Blaufränkisch Terroir + Pflaumen, Brombeeren, Kirschen, würzige Noten, Grip auf dem Gaumen und Zug nach hinten, mineralische Noten, Kräuterwürze, ein sehr typischer Blaufränkisch auf hohem Niveau, der nach einiger Belüftung momentan sehr gut zu trinken ist. Ein feiner Rotwein mit einer eleganten Note, charaktervoll, angenehme Tannine. Absolut empfehlenswert.

★★★★ **K €€€€€ CR** TIPP
2015 HILL 1 + (ME, BF, ZW) Ein ungemein feiner Rotwein, der den Charme eines Weltbürgers ausstrahlt, schwarze Oliven, Brombeeren, Kirschen, feinste Vanille, perfektes Holz, dezent rauchig, saftige Frucht, große Eleganz, harmonische Fülle, Johannisbeeren, Schoko, tiefgründig, erinnert an große Rotweine von der Rhone. Ein absoluter Klasse-Rotwein!!!

★★★★ **K €€€€€ CW** TIPP
2017 HILL 3 TBA + (CH, SB) 0,375l Fl. Süß-sattes Gelb, der Honig dominiert die Nase, Bienenwachs, perfekte Botrytis, herrlich süß (260g/l), Kamille, Quitte, Haselnüsse, holzunterlegt, Pannonien pur, Karamell, gelbe Früchte, opulent, ohne breit zu wirken, ungemein reichhaltig, angenehme Fülle, getrocknete Früchte, ein ganz toller Süßwein von größtmöglicher Harmonie.

BIO

Weingut

Winzerschlössl Kaiser

Kurt & Silvia Kaiser
7000 Eisenstadt, Satzriedgasse 1
Tel. +43 2682 67100
wein@winzerschloessl.at, www.winzerschloessl.at
26 Hektar, W/R 80/20, 150.000 Flaschen/Jahr

Das Weingut von Kurt und Silvia Kaiser blickt auf eine lange Tradition zurück. Der Gewölbekeller wurde 1492 von Fürst Esterházy erbaut und 1994 mit Fingerspitzengefühl restauriert. Es ist gelungen, modernste Technik in die uralte Bausubstanz zu integrieren. Ungewöhnlich ist die Vita von Stefan Kaiser, dem Großvater von Kurt. Er ging 1938 als Weinmissionar nach Japan, um im Kloster Shudoin Budoshu Wein zu machen. Und der war so gut, dass er innert kurzer Zeit den Weg ins Kaiserhaus fand. Dem fernöstlichen Herrscher, dem Tenno, verdankt das Flaggschiff in Rot seinen Namen. Es handelt sich um eine Auslese der besten Fässer.

Kurt und Silvia Kaiser haben sich dem biologischen Weinbau verschrieben. Begonnen haben sie damit im Jahr 2002, sieben Jahre später wurde der Betrieb zertifiziert. Die alten Rebanlagen werden penibel gepflegt, um sie möglichst lange zu erhalten. Das alles habe den Weinen sehr gut getan, sagt der Winzer, sie wurden ausdrucksstärker und langlebiger bei weniger Alkoholgehalt. Er sieht das als klaren Vorteil angesichts des Klimawandels. Zu den naturverbundenen Ansätzen gehören auch 25 Kamerunschafe, die in den Weingärten grasen. „Wir haben viel nachgedacht, wie wir die Weichen für die Zukunft stellen können. Um die Frucht bei den Weißweinen zu erhalten, gehört die Gärführung genauso dazu wie die rigorose Selektion im Weingarten. Die Weißweine liegen lange auf der Feinhefe." Die weißen Reben stehen auf einem sandigen Schieferboden, durchsetzt mit Muschelkalk. Die roten Varietäten gedeihen auf einem schweren, humusreichen Lehm-Löss-Boden. Die Weißweine der aktuellen Serie sind glockenklar und fruchtbetont, die Rotweine ehrlich, ungekünstelt und sehnig mit Trinkfluss. Seit Kurzem gibt es auch Gästezimmer auf dem Hof. *ww*

LEITHABERG DAC

★★★ **K € BF** PLV
2018 Blaufränkisch + Reintönig, sortenaffin mit zarter Kräuterwürze, Kirschen und etwas Brombeeren; saftig, viel Frucht, Kräuter unterlegt, griffige Tannine, animierendes Säurespiel, Pikanz, mittlere Länge.

BURGENLAND

★★ **S € WR**
2020 Welschriesling + Freundlich und sortentypisch, knackige Äpfel, glockenklar; angenehme und belebende Säure, betont apfelfruchtig, zarter Schmelz, mittleres Gewicht.

★★ **S € GV**
2020 Grüner Veltliner St. Georg + Ruhig, bisschen Kräuterwürze und grüne Äpfel, winziger Hauch Fichtennadeln; die Frucht gibt den Ton an, knackige Äpfel, eine Prise Kräuter eingestreut, trinkanimierend und entgegenkommend.

★★ **S €€ SB**
2020 Sauvignon Blanc + Anfänglich etwas verhalten, zarteste Kräuterwürze, gelbe Äpfel, ein Hauch von Stachelbeeren, mit Luft auch Rhabarber; freundliche, weiß getönte Frucht, saftig, angenehmes Säurespiel, lebhaft, trinkanimierend, mittlere Länge.

★★★ **S €€ PG**
2020 Grauburgunder Ried Kräutergarten + Zartes Sortenbukett, Anklänge von gelben Birnen und Nektarinen; einige Kraft, cremiger Touch, sortentypische Aromen, fast mollig, gute Länge, Kräuter und Birnen im Abgang und im Nachhall.

★★★ **S € BF** FUN
2020 Rosé + (BF) Spontan ansprechend mit Zuckerwatte und reifen Himbeeren, ein wenig Kirschen und Johannisbeeren; diese Aromen finden sich auch auf dem Gaumen wieder, angenehmes Säurespiel, lebhaft, trinkanimierend, Weichseln und Himbeeren klingen nach. Toller Sommerwein.

★★★ **S €€ CR**
2019 Zweigelt-Syrah Reserve + Druckvoll und fruchtbetont, Schwarzkirschen, Hauch Lorbeerblatt, dunkle Beerenfrucht; saftig, lebendig, gute Tanninstruktur, Säurespiel, Prise Gewürze, feine Spannung, mittelgewichtig, in keiner Phase langweilig.

★★★★ **K €€ BF** PLV
2017 Blaufränkisch Perfektion + Gediegen mit viel Kirschfrucht, zarten Kräuternoten und einer Prise Gewürze, Holz nur zur Untermalung; schließt aromatisch nahtlos an, unverfälschte Sortentypizität, angenehmes Säurespiel, feinfühliger Holzeinsatz, zartes Gerbstoffnetz, Kirschen, reife Blaubeeren und orientalische Gewürze klingen lange nach.

★★★★ **K €€€€ CR** PLV
2015 Tenno + (CS/SY) Elegant und dabei druckvoll, viel dunkle Beerenfrucht, reife schwarze Johannisbeeren, feine Gewürznoten; noble Melange aus dunklen und roten Beeren sowie Gewürzen, feines Tanninrückgrat, präzise Struktur, Spannung und Grip, lang und sehnig, viel Frucht und eine Prise Gewürze im Nachhall. Unglaublich jung.

Weingut
Kirchknopf

Michael Kirchknopf
7000 Eisenstadt-Kleinhöflein, Johann Kodatsch-Straße 15
Tel. +43 2682 62837
office@weingut-kirchknopf.at, www.weingut-kirchknopf.at
14 Hektar, W/R 50/50

Das aktuelle Weinportefeuille von Michael Kirchknopf präsentiert sich beeindruckend im hohen Qualitätsbereich und komplementär zur seiner neuen Serie „ChurchButton“ – ausschließlich im DAC-Status. Das gesamte Sortenspektrum ist fokussiert auf Chardonnay, den besonders anspruchsvollen wie raren Neuburger und Blaufränkisch. Weiß wie Rot werden traditionell in minimalinvasiver Ausbauweise und langen Feinhefekontakten in 500-Liter-Holzfässern (Tonneau) zur Reife gebracht. Die aktuellen Weine zeigen sich unisono vielschichtig, dicht mit viel Vitalität. Dem Winzer hat der Jahrgang 2019 viel Freude bereitet, dem er zum Vorgängerjahrgang eine „kühlere Frucht und präzisere Fruchtführung“ attestiert. Besonders die weißen Burgunder-Sorten bereiten bereits im jugendlichen Stadium großes Trinkvergnügen. Als Juwel ist der Chardonnay aus der berühmten Ried Tatschler zu bezeichnen, der ab heuer in etwas holzreduzierter Ausbauweise Kraft wie Finesse in idealer Weise kombiniert und das Potenzial zu einem vorzüglichen Vin de Garde hat.

Die beiden Blaufränkisch DAC präsentieren sich mit feinziselierter wie tiefgründiger Dichte und mit viel Blaubeerwürze. Beide Varietäten benötigen noch etwas Reifezeit und werden dann ihr Potenzial voll zur Geltung bringen.

Neu im Hause Kirchknopf ist die hinsichtlich seines Familiennamens mit Augenzwinkern benannte Linie „ChurchButton“. Diese versteht sich komplementär zur reinsortigen und Terroir-spezifischen DAC-Linie als eine Premium-Linie in „saftiger, wärmender Fruchtführung von roten Sortencuvées“, wie der Winzer betont. Mit der Cuvée Nr. 1 in stoffiger Dichte, kombiniert mit feiner Fruchtziselierung, ist der Start gelungen. *us*

LEITHABERG DAC

★★★ K €€€ CH FUN
2019 Chardonnay Kalk & Schiefer + Großzügiges Duftspiel, Nektarine, getrocknete Marille, etwas Exotik, saftig, kompaktes wie pointiertes Fruchtspiel, druckvoll mit viel Biss, Terroir-betont, vom Schieferboden nervig-ziselierte Mitte, geradlinige Präsenz vom Kalkboden, perfekt strukturiert, feiner Säureschliff, körperreiche Stilistik mit viel Vitalität und guter Länge, sehr gelungen.

★★★ K €€€ NB
2019 Neuburger + Verführerischer Duft nach Blüten, Limette, Banane, heller Tabak, saftig-knackige Gelbfruchtigkeit, Steinobst, kandierte Orange, etwas Exotik à la Maracuja, Kumquats, Walnuss, harmonisches wie fein strukturiertes Säure-Frucht-Spiel, toller Spannungsbogen, zarter Schmelz im langen Abgang.

★★★★★ K €€€€€ CH TOP
2019 Chardonnay Ried Tatschler + Großzügige wie fruchtklare Ananasnase, Limettenanklänge, etwas Brioche, saftige Dichte mit vielen ausgereiften Fruchtkomponenten, Ananas, Litschi, Quitte, Haselnuss, engmaschig, druckvoll, reife Säurepikanz, delikate Kaffeeröstaromen, fein dosiertes Holz, substanzreich mit viel Potenzial bis ins lange Finish, ein großer Wein.

★★★ K €€€ BF TIPP
2018 Blaufränkisch Kalk & Schiefer + Feines Bukett nach Kirsche und Weichsel, charmante, rotbeerige Pikanz, helle Kirsche, Bitterschoko, pfeffrige Würze, ausgeprägtes Fruchtspiel mit viel Frische, vital, knackig, schiefrige Noten, verführerische Finesse, zarte Mokkatöne, gefällt jedes Jahr durch viel Balance und Länge im Abgang, tolle Sorteninterpretation.

★★★★ K €€€€€ BF
2018 Blaufränkisch Ried Reisbühl + Ausgeprägte Kirschnase, Weichsel, saftig, druckvoll mit viel Fruchtfülle, Schwarzkirsche, Maulbeere, feine Thymianwürze, pfeffrig, vital in perfekter Struktur, dunkelfruchtig, zarte Röstaromatik von harmonischer Holzeinbindung, saftige Mitte, feine Textur, sehr harmonisch und transparent, ruhige Eleganz, gute Länge mit Perspektive.

BURGENLAND

★★★ S €€€ CR FUN
2018 Mr. ChurchButton Cuvée No. 1 + (BF/ME/ZW) Rotbeerige Fruchtfrische, betont saftig mit viel Kirschfrucht, unterlegt von zart blättrigen Noten, feiner Säurebiss, ungemein harmonisch, zartes Mokka mit etwas Thymianwürze unterlegt, strukturiert, bereitet viel Trinkspaß, jetzt trinkreif.

Weingut
Klosterkeller Siegendorf

Vertrieb: Weinkellerei Lenz Moser
7011 Siegendorf, Rathausplatz 12
Vertrieb: 3495 Rohrendorf, Lenz-Moser-Straße 1
Tel. +43 2732 85541, Fax 85900
office@lenzmoser.at, www.klosterkeller-siegendorf.at
25 Hektar, W/R 15/85

Seit dem Jahr 1988 wird dieser größte zusammenhängende Weinberg des Burgenlandes von der Weinkellerei Lenz Moser bewirtschaftet: 25 Hektar Rebfläche. Auf diesem Weinberg steht ein erstklassiger Weißburgunder 2020 von einer Top-Qualität. Ansonsten haben französische Rotweinsorten das Sagen: Cabernet Sauvignon, Cabernet Frans und Merlot. In diesem warmen, pannonischen Klima reifen diese Reben bestens.
Ein sehr stimmungsvoller Siegendorf rot 2017 macht Lust auf mehr. Der 2017 Cabernet Sauvignon Barrique trägt einen dann in luftige Höhen. Dort oben gibt es dann O'Dora – den tollen 2018er, sehr Bordeaux-like, und den großartigen 2017er, der in die Geschichte des Weingutes eingehen wird. Das ist großes Kino. *as*

BURGENLAND

★★★ **S € PB**
2020 Siegendorf Weißburgunder + Wiesenblumen, Agrumen, klar liniert, schlanke, aber feste Struktur, ist noch total jung, wächst noch zusammen. Nelken, Kräuter, dezente Würze, sehr stimmig, Grapefruit. Ein richtiger Fischwein.

★★ **S €€ CR**
2017 Siegendorf rot + (CS, ME) Rotbeeriger Auftritt, Tomaten, Cassis, Brombeeren, Zwetschken, sehr ansprechend, guter Zug auf dem Gaumen, der Cabernet dominiert. Ein sehr guter Wein, im Jahr 2017 noch besser als normal, viel Wein für nicht viel Geld.

★★★ **K €€ ME**
2015 Merlot Barrique + Tomaten, Olivenpaste, Cassis, feinkörniges Tannin, Mohnstrudel, gewisse Opulenz, vollfruchtig, Schoko, jetzt wunderbar zu trinken.

★★★ **K €€ CS** TIPP
2017 Cabernet Sauvignon Barrique + Aber hallo, was für ein spezieller Cabernet, jede Menge Cassis, feinste Vanille, hochelegant bei seltener Prägnanz, sehr Bordeaux-like, toller Stoff, angenehme Tannine, sehr typisch, Hauch Lakritz. Ein vorbildlicher Cabernet.

★★★★ **K €€ CR** TIPP
2018 O'Dora Barrique + (CS, CF) Johannisbeeren, Brombeeren, Nougat, Orangenzesten, ganz feine Tannine, sehr in der Balance, ganz hohe Qualität, kräftige Eleganz, dezente Holzwürze, saftige Frucht. Ein relativ offener Rotwein, der jetzt sehr schön zu trinken ist, aber auch noch Zukunftsperspektiven hat. Erinnert mich an einen Pichon Lalande.

★★★★ **K €€ CR** TIPP
2017 O'Dora Barrique + (CS, CF) Das ist ein taxfrei grandioser Rotwein, noch etwas verkapselt, großer Stoff, Cassis, Veilchen, Maulbeeren, ganz große Eleganz, nie üppig, immer elegant, enorme Tiefe ausstrahlend, Schoko, Oliven, Lakritz, Powidl, ganz viel Zukunft. Ein absoluter Klasse-Wein für ganz wenig Geld. Unschlagbar!

Weingut
Kollwentz

Andi & Heidi Kollwentz
7051 Großhöflein, Hauptstraße 120
Verkauf/Büro Gartengasse 4b
Tel. +43 2682 65158, Fax -13
kollwentz@kollwentz.at, www.kollwentz.at
25 Hektar, W/R 50/50, 100.000 Flaschen/Jahr

Das Weingut Kollwentz ist eine fixe Größe im Kanon der österreichischen Spitzenwinzer und stets Botschafter seines Terroirs in der ganzen Welt. Die Säulen des Erfolgs basieren auf einer jahrhundertealten Familiengeschichte, die eine kontinuierliche weinbauliche Tradition aufweist, die bis in das 18. Jahrhundert zurückreicht, exakt auf die urkundliche Erwähnung von 1779. Dynastisch betrachtet, führen Andi und Heidi heute das Familienweingut in der achten Generation. Die großen Fundamente dieser Erfolgsgeschichte legten die Eltern Anton und Margarethe Kollwentz, denen der Vinaria Autor Johann Werfring vor Kurzem eine große Festschrift widmete. Der Weinbaupionier Anton Kollwentz, so der Titel des Festbuches, erzählt darin von seiner inzwischen mehr als 80-jährigen Lebensberufung als Winzer, die er bis heute noch mit viel Elan und Leidenschaft lebt.

Die Weine des Hauses Kollwentz sind im Weiß- wie im Rotweinbereich gleichermaßen Garant für große Weine, die mit Eleganz, Terroir-betonter Tiefgründigkeit und perfekter Balance sowie außergewöhnlicher Lagerfähigkeit bestechen. Wenig bekannt ist, dass Anton Kollwentz am Beginn seiner Karriere in der Kategorie der Süßweine reüssierte – für die das Haus Kollwentz heute noch ein Geheimtipp ist – und als einer der ersten Winzer Anfang der 1970er-Jahre im Burgenland den trockenen Ausbaustil für Weißweine eingeführt hat.

In der Phalanx der jährlich zahlreich anfallenden Spitzenqualitäten im Hause Kollwentz ragen heuer die Top-Lagen-Chardonnays aus dem Jahrgang 2019 heraus. Bereits der Auftakt mit der Ried Neusatz lässt mit viel saftiger Gelbfrucht samt exotischen Anklängen im harmonischen Frucht-Säure-Spiel erahnen, zu welchen Höchstnoten die weiteren Varietäten abheben werden. Die in der Chardonnay-Trias ansonsten als fruchtkräftigster Vertreter apostrophierte Ried Tatschler präsentiert sich heuer mit einer feingliedrigeren Frucht-Säure-Balance in schieferbetonter Charakteristik. In strukturierter Perfektion, komplex und in tiefgründiger Würze tritt uns die Ried Katterstein entgegen, die viel Harmonie bereits im Jungstadium aufzeigt. Der Kalkanteil im Schieferboden dieser Riede beträgt zirka fünfundzwanzig Prozent und weist eine gute Wasserversorgung auf. Aus den puren Kalkböden der heute in Glagsatz umbenannten Ried stammt der Chardonnay Gloria, der noch ganz verschlossen in feinziselierter Finesse und druckvoller Spannkraft pure Eleganz ausstrahlt. Noch nie traten die drei Top-Chardonnays im Hause Kollwentz in puncto Finesse, Dichte und Eleganz auf so hohem, ja kaum überbietbarem Niveau auf wie in diesem Traumjahrgang 2019. Chapeau! Gebührt hier Andi Kollwentz, der bereits vor Jahren mit dem Titel „Mister Chardonnay von Österreich“ zum König in dieser Sortenkategorie geadelt wurde.

Die Rotwein-Kollektion spielt unisono die Vorzüge des Jahrgangs 2018 mit klarer Fruchtfülle in saftiger Charakteristik aus. Ausgesprochen kernig mit viel Saftigkeit und würzigem Hintergrund präsentiert sich der Blaufränkisch Ried Point. Im Vergleich dazu komplementär verhält sich der Blaufränkisch Ried Setz in ruhiger, vollmundiger Fruchtführung, sodass dieser nach ein paar Jahren Reifephase gleichwertig zum Point aufschließen wird. Der Cabernet Sauvignon strahlt in perfekt strukturiertem Fruchtspiel und zeigt sich jahrgangsbedingt in etwas transparenterer Charakteristik zum Vorgängerjahrgang, jedoch in derselben idealtypischen Sorteninterpretation. Mit vollendeter Harmonie in Verbindung von Eleganz und Kraft verführt bereits im jugendlichen Charme die Top-Cuvée Steinzeiler, die nicht umsonst als das Aushängeschild des Hauses Kollwentz gilt. *us*

LEITHABERG DAC

★★★★ K €€€€ SB FUN

2020 Sauvignon Blanc Steinmühle + Feines Cassis-Bukett, etwas Thymian, ausgeprägte Cassis-Frucht, straff und elegant, etwas Stachelbeere, distinguierte Kräuterwürze, juvenil, knackig-frischer Säurebogen, feinziseliert und engmaschig, perfekt strukturiert, ausgewogen, gediegene Größe in balancierter Perfektion, Eleganz pur, lang im Nachhall, einfach großartig!

★★★★ K €€€€ CH

2020 Chardonnay Leithakalk + Ausgereifte Fruchtnase, saftige, gelbfruchtige Aromatik, pointierte Fruchtführung, rauchige Komponenten mit Würze unterlegt, hellfruchtig, toller Spannungsbogen von Frucht und knackiger Säure, vital, viel Substanz und Harmonie, aus einem Guss.

★★★★ K €€€€€€ CH TIPP

2019 Chardonnay Neusatz + Blumenduftig, feine kräuterwürzige Nase, ungemein saftige Gelbfrucht mit exotischen Anklängen à la Maracuja, Ananas, vibrierende Frische mit festem Säurebiss, engmaschig, besticht mit tiefgründiger Komplexität, zarte Vanilletöne, Kräuterwürze im Nachhall, bereits im Jungstadium strahlende Harmonie, viel Potenzial und lang im Finish.

★★★★ K €€€€€€ CH TIPP

2019 Chardonnay Tatschler + Vielschichtiges Duftspiel, Steinobst, Quitte, Limettenzeste, zarte Vanille, ausgereifte Gelbfrucht mit exotischem Hintergrund, kräuterwürzig, saftige Dichte mit extrem viel mineralisch-schiefriger Prägung, Vielschichtigkeit und Engmaschigkeit stehen im Vordergrund, perfekt strukturiert in höchster Harmonie, zarter Fruchtschmelz im Nachhall, aber im Gesamtbild finessig wie nie zuvor, viel Potenzial und ewig lang.

★★★★ K €€€€€€ CH TIPP

2019 Chardonnay Katterstein + Dichte Fruchtnase, Bergamotte, Steinobst, Thymian, druckvolle, gelbfruchtige Aromatik mit deutlicher Kräuterwürze, Bergamotte, feinziseliertes wie finessenbetontes Fruchtspiel, dabei engmaschig, kompakt in bester Strukturierung, baut enorm viel Druck auf, Limette, zarte Exotiknoten, komplexes Terroir-Spiel von Schiefer und Kalk, Eleganz in Perfektion, großes Entwicklungspotenzial, ewig lang im Finish.

★★★★★ K €€€€€€ CH TOP

2019 Chardonnay Gloria + Ungewohnt mächtige wie offene Fruchtnase, Gelbfrucht, Maracuja, rosa Grapefruit setzen sich auf dem Gaumen fort, engmaschiges Fruchtspiel, Power pur, knackig, zugleich fein ziseliert, komplex und noch sehr juvenil, geradlinige Eleganz in höchster Terroir-Vollendung (Kalk), ein Langstreckenläufer in bisher kompromisslosester Ausdruck von Tiefe, Eleganz und Vielschichtigkeit, strebt einer großen Zukunft entgegen, Chapeau!

★★★ K €€€€ BF

2018 Blaufränkisch Leithakalk + Knackig, kühle Fruchtaromatik, Kirsche, Brombeere, klar strukturiert, fruchtbetonte Stilistik, etwas Schoko, strömt ruhig in trinkanimierender Ausgewogenheit, vorzügliche Sorteninterpretation, gute Länge.

★★★★ K €€€€ CR FUN

2018 Eichkogel BG + (BF/ZW) Präsente dunkelbeerige Fruchtaromatik, Schwarzkirsche, etwas Heidelbeere, feine Würze, schwarze Oliven, saftig in fruchtfrischer Charakteristik, vollmundig, ausgewogene Frucht-Kräuter-Würze, kompakte Textur, dicht bei guter Länge.

★★★★ K €€€€€€ BF

2018 Blaufränkisch Setz + Klare Fruchtnase nach schwarzer Kirsche, würzig, offenherzige Aromatik mit viel Fruchtsüße, saftig, reif, viel Schwarzbeere, Heidelbeere, tiefgründige Anmutung, zarte Kräuterwürze, feinkörniges Tannin, Harmonie in gediegener Größe, konturiert bis ins lange Finale.

★★★★ K €€€€€€ BF TIPP

2018 Blaufränkisch Point + Dichtes dunkelbeeriges Bukett, viel Kräuterwürze, saftige Aromatik, Herzkirsche-Bitterschoko-Melange, Wildkirsche, transparent, kernig und druckvoll, feine, ja transparente Struktur, verbindet Eleganz mit klassisch schöner Fruchtfülle, pfeffrige Komponenten, wie aus einem Guss, Harmonie pur bis ins lange Finale, groß.

★★★★ K €€€€€€ CS

2018 Cabernet Sauvignon BG + Klassische Cassis geprägte Aromatik, heller Tabak, saftig mit klar strukturierter Fruchtpräsenz, verbindet Dichte mit feiner Ziselierung, ausgewogen, feinkörniges Tannin, noch sehr verhalten, klassisch mit sicherem Entwicklungspotenzial.

★★★★ K €€€€€€ CR

2018 Steinzeiler BG + (BF/CS/ZW) Blaubeeriges Würzebukett, ungemein saftig-stoffiger Brombeere-Maulbeere-Cocktail mit etwas Cassis, viel Grip und Fruchtfrische, zeigt Eleganz mit tiefgründiger Komplexität, helle Tabakwürze, Schokonoten, perfekt strukturiert, feinkörniges Tannin, feinziselierte Charakteristik und Vitalität, eindrucksvolle Harmonie, verspricht eine große Zukunft, sehr lang im Finish.

Weingut
Leberl

Alexander Leberl
7051 Großhöflein, Hauptstraße 91
Tel. +43 2682 67800, Fax -14
weingut@leberl.at, www.leberl.at
22 Hektar, W/R 30/70

Alexander Leberl ist ein Tüftler, da wird Zufall ausgeschaltet. Es wird strengstens selektioniert, ob im Weingarten oder im Keller, nur das Beste kommt in die Flasche.

Alexander lebt die Tradition und liebt Innovation. Das, was seine Eltern aufgebaut haben, wird weiterentwickelt. Er leitet das Weingut seit 2012.

Von den beiden Sauvignon Blancs kann man den 2020 „Frucht mit Kern" schon trinken, den von der Ried Tatschler erst im Herbst. Ich finde, dass der Chardonnay 2019 „Reisbühel" zu Unrecht im Schatten des 2019 „Katterstein" steht. Es sind beide tolle, sehr typische Vertreter ihrer Sorte und Lage.

Bei den Rotweinen macht der charmante 2019 Zweigelt Ried Föllikberg jetzt großen Spaß. Die „Kleine Sünde" 2018 – eine Rotwein Cuvée – bereitet einen auf die lässliche Sünde vor: Peccatum Cuvée 2018, der Klassiker des Hauses – ein reichhaltiger, vollmundiger Rotwein von großem Tiefgang.

Die beiden Blaufränkisch bestechen durch ihren Typus – der Neusatz besticht durch seine Extraktsüße, der Reisbühel durch seinen Hedonismus. Für die Bordeaux-Freunde ist mit dem 2017 Cabernet Sauvignon/Merlot bestens gesorgt. *as*

BURGENLAND

★★ **S €€ SB**
2020 Sauvignon Blanc „Frucht mit Kern" + Stahltank. Cassis pur, gelber Pfirsich, ungemein saftig, voller Frucht, exotische Töne, traubige Fülle, harmonisch, elegant, Kräuter, ein Hauch von Brennnesseln, kernige Struktur, salzig, geht in die Länge. Ein sehr schöner Sauvignon Blanc aus reifen Trauben.

★★★ **S €€ SB**
2020 Sauvignon Blanc Ried Tatschler + Muschelkalk/Glimmerschiefer, Stahltank. Kühl und mineralisch, exotisch, Maracuja, gelber Pfirsich, Kräuter, ziemliche Rasse, fester Kern, die Säure beißt noch etwas, schlanke Struktur. Kreidige Noten, ist noch total jung. Da müssen wir den Herbst abwarten.

★★★ **S €€ CW**
2020 Chardonnay/Weissburgunder + Stahltank. Kühl, Citrus, Grapefruit, Nüsse, weiche Frucht, gelbe Früchte, Nelken, gelbe Früchte, gewisse Eleganz, feine Frucht, Mandeltöne, gute Balance, angenehme Säure, ein guter Essensbegleiter.

★★★★ **S €€€ CH** **TIPP**
2019 Chardonnay Ried Reisbühel + Fruchtige Mineralität, Citrus, dezente Holzwürze, feine Cremigkeit, hochelegant, angenehm fruchtig, in sich harmonisch, weich, bestens integriertes Holz, salzige Noten, gelbfruchtig, Vanille, Kamille, ein Chardonnay von ganz feiner Textur.

★★★★ **S €€€€ CH** **TIPP**
2019 Chardonnay Ried Katterstein + Spontan vergoren. BSA. 16 Monate auf der Feinhefe in kleinen Eichenfässern. Kühle, gepaart mit feiner Eiche und viel Mineral, Grapefruit, Marille, exotisch, Ananas, Vanille, ziemlich mineralische Ader, sehr burgundisch, hat fast eine mollige Frucht, milde Säure, Schiefer und Feuerstein, da steckt einiges drinnen.

★★ **S €€ CS**
2020 Rosé Cabernet Sauvignon + Ein würziger, geradliniger Rosé, Flieder, Cassis, straff und trocken, Ribisel, knackig, schiefrige Noten, ziemlich fest, Himbeeren, rassige Säure, voller Pikanz. Ein Essensbegleiter par excellence.

★★ **S €€ ZW** **TIPP**
2019 Zweigelt Ried Föllikberg + Teils Stahl, teils großes Holz. Weichsel, ganz feine Aromen, Schoko, Vanille, eine Fruchtbombe, sehr charmant bei fester Struktur, burschikose Frische, hat gewisse Substanz, ein guter, typischer Zweigelt, durchaus attraktiv.

★★ **S €€ CR**
2018 Kleine Sünde + (BF/ME/CS) gebrauchtes Holz. Der kleine Peccatum. Kirschen, Cassis, Schoko, relativ offen, ganz feine Frucht, sehr elegant, ein kleiner großer Wein. Gute Struktur, festes Tannin. Substanz!

★★★ **K €€€ BF**
2018 Blaufränkisch Ried Neusatz + Dunkel, schwarze Kirschen, Mandeln, feines Holz, Brombeeren, Heidelbeeren, extraktsüß, Fruchtsüße, angenehme Holznoten, weiche Tannine bei kerniger Struktur. Zeigt mineralische Noten, guter Druck, hat einiges Potenzial.

★★★ **K €€€ BF**
2018 Blaufränkisch Ried Reisbühel + Kalk. Vanille-unterlegte schwarze Beeren, schwarze Kirschen, Cassis, kräftige Würze, bei aller Kraft ist der Wein mit einem seidigen Glanz unterlegt. Sehr schönes Tannin, fest auf dem Gaumen, gut integriertes Holz, ein fast mächtiger Blaufränkisch der würzigen Art, ziemliche Substanz. Von hedonistischer Ausprägung.

★★★ **S €€ CR**
2017 Cabernet Sauvignon-Merlot + 30 Monate in kleinen Eichenfässern – gebraucht. Ein Bündel Cassis, vollfruchtig, Wacholder, kernige Tannine, tapeziert den Gaumen, einige Mineralität, ziemlich eng, Schokotöne, tanninbetont, trocken auf dem Gaumen, viel Stoff.

★★★★ **K €€€€ CR** **TIPP**
2018 Peccatum + Kalk (BF, CS, ME) Alte Reben. Erstmalig 1996. Es ist keine Sünde, diesen formidablen Rotwein zu genießen. Schoko und Vanille, Zimtstange, Brombeeren, Cassis, kräftige Tanninstruktur, ziemlich trocken, kraftvoll, doch nie überbordend, eng, tief, zeigt Klasse.

Weingut
Liegenfeld

Andreas Liegenfeld
7082 Donnerskirchen, Johannesstraße 25
Tel. +43 2683 8307, Fax -4
weingut@liegenfeld.at, www.liegenfeld.at
33 Hektar, W/R 85/15, 250.000 Flaschen/Jahr

Sehr gut gelöst haben die Liegenfelds diesen gar nicht einfachen Jahrgang 2020. Wir beginnen mit einem kühlen, unkomplizierten Grünen Veltliner, schreiten weiter zum Welschriesling vom Schiefer, ebenfalls knackig und süffig.

Ich gestehe, dass ich den Müller-Thurgau vom Liegenfeld liebe und schätze. Ein ungemein angenehmer, beruhigender Wein von unaufgeregter Schönheit, in sich harmonisch. Danke, dass ihr diese traditionelle Rebsorte so liebevoll hegt und pflegt.

Von innerer Harmonie getragen ist der Grüne Veltliner Ried Bergweingarten. Aus selbiger Riede kommen Pinot Blanc und Sauvignon Blanc – sehr typisch in ihrer Art. Von der Ried Vogelsang kommt der Chardonnay.

Jetzt komme ich zu den außergewöhnlichen Weinen des Gutes: Weißburgunder Leithaberg DAC – bei diesem Wein spielt der Berg alle Stückerln. Höchste Leithaberg'sche Qualität bietet der Grüne Veltliner – ein sehr spannender Wein.

Überragend präsentiert sich der Grüne Veltliner von der Ried Himmelreich – perfekt eingesetztes Holz, welches die schiefrigen Noten dieser großen Lage herrlich transportiert. Hier steht der Weinberg über der Rebsorte. *as*

LEITHABERG DAC

★★★ K €€ PB TIPP
2020 Weißburgunder + Ganz feines Aroma nach frischen Früchten, Kernobst, Mandeln, sehr einladend, elegant, feingliedrig, feine Würze, Citrus, Orangenblüten, Ananas, salzige Mineralität, fruchtfrisch, tolle Stilistik. Ein herrlicher Leithaberger von überzeugender Noblesse.

★★★ K €€ GV
2020 Grüner Veltliner + (Kalk/Schiefer) Feinpfeffrig mit exotischen Noten, Nüssen, Kräuter, kalkige Mineralik, Mango & Co., gelbe Früchte, sehr elegant, Zitrusfrische, pikante Noten, hellfruchtig, ein ungemein stimmiger Grüner Veltliner von hoher Qualität, einiger Substanz, Trinkfluss auf höchstem Niveau.

★★★★ K €€€ GV
2020 Grüner Veltliner Ried Himmelreich + (Schiefer) Der Ausbau im neuen Holz unterstützt die schiefrigen Noten, rauchig, tabakig, etwas Karamell, feine Exotik, weißer Apfel, salzige Noten, sehr spannend bei hellfruchtigem Auftritt, viel Struktur, viel Tiefe, immer eng, gewürzige Noten, filigrane Pikanz, ein vielschichtiger Wein mit viel Zukunft.

BURGENLAND

★★ S € GV
2020 Grüner Veltliner Classic + Tolle Pfeffrigkeit, Kernobst, frische Säure, sehr lebendig, dezente Frucht, geradlinig, unkompliziert, so richtig zum Zwitschern.

★★ S € WR
2020 Welschriesling vom Schiefer + Rauchig-schiefrige Töne, gewinnt mit der Luft, brauchte einige Zeit, wurde strukturiert, Kernobst, ernsthafte Frische, schlanker, doch fester Körper, einige Dichte, Mineralik ausstrahlend, gelbfruchtige Noten.

★★ S € MT FUN
2020 Müller-Thurgau + Wiesenblumen, fruchtiger Schmelz, weinige Struktur, weiche Frucht, cremiger Ausdruck, angenehme Fülle, bisschen Marille, unaufgeregt, harmonisch. Ein so richtig sympathischer Wein, der einem ein gutes Gefühl gibt, dass einem nichts passieren kann. Ein Wein der Herzen.

★★★ S €€ GV
2020 Grüner Veltliner Ried Bergweingarten + Pfefferschleier, Ringlotten, frischer Apfel, getrocknete Kräuter, Kamille, feinfruchtig, sehr elegant, von innerer Harmonie, weiche Frucht, angenehme Säure, weinig, Birnenfrucht, blumige Noten, sehr balanciert, höchst angenehm, sich nie in den Vordergrund stellend. Ein Essensbegleiter der gehobenen Art.

★★ S € PB
2020 Pinot Blanc Ried Bergweingarten + Kernobst, Kräuterwürze, Zigarettenrauch, zeigt einige Facetten, Hauch von Mandeln, weich, angenehm zu trinken, unspektakulär, sich hingeben und genießen.

★★ S €€ CH
2020 Chardonnay Ried Vogelsang + Weißer Apfel, Birnenfrucht, ganz dezent zimtige Noten, Fruchtcharme ausstrahlend, saftig, weich und in sich harmonisch, weiße Schokolade, milde Säure.

★★ S €€ SB
2020 Sauvignon Blanc Ried Bergweingarten + Stachelbeeren, rotbeerige Frische, gelber Paprika, etwas Cassis, nie vordergründig, Wiesenkräuter, Brennnesseln kommen hinzu, dezent cremige Textur, typisch, ein Hauch von Holunder, fruchtig, lebendige Säure, von innerer Harmonie getragen.

★ S € CS
2020 Rosé Cabernet Sauvignon + Helles Pink, Paprika, grasig, etwas grüne Aromen, rustikal zupackend, nervige Struktur, knackige Frische, rassig, insgesamt grün, ein richtiger Kneipp-Wein. Dieser Wein braucht unbedingt Essen mit Sauce.

Weingut
MAD

Sebastian & Tobias Siess
7063 Oggau, Antonigasse 1
Tel. +43 2685 7207, Fax -4
office@weingut-mad.at, www.weingut-mad.at
32 Hektar, W/R 40/60

Das 1786 gegründete Weingut MAD – Haus Marienberg Oggau am Westufer des Neusiedler Sees verkörpert im besten Sinne Weinbautradition samt zukunftsorientiertem Qualitätsweinbau, was es zu einem der ersten Adressen im Lande macht. Heuer gilt es das 235-Jahr-Betriebsjubiläum zu feiern. Die Brüder Sebastian und Tobias Siess führen in der achten Generation gemeinsam mit der Familie Rafaela und Christian Händler mit großem Engagement und der Unterstützung der gesamten Großfamilie das Weingut.

Das Weinportefeuille präsentiert sich im vielfältigen Sortenspektrum und übersichtlich strukturiert. Naturnaher Weinbau wird im Hause Mad groß geschrieben, das für die fruchtfrische Basislinie in Weiß, Rosé und Rot ebenso gilt wie für die Premium-Linie aus den besten Lagen des Leithagebirges, die in der Leithaberg DAC Eingang finden.

Aus der Fülle der Top-Weine seien hier die körperreiche Sortencuvée Furioso hervorgehoben und der lagenreine Blaufränkisch aus der berühmten Ruster Riede Marienthal. *us*

LEITHABERG DAC

★★★ **S €€ PB**
2020 Pinot Blanc + Feine Walnussaromatik, saftig, frisch, animierende Säurestruktur, feine Holzeinbindung, zarte Vanille, vollmundig mit Biss, feiner Trinkfluss, gefällt.

★★★ **S €€ CH** FUN
2020 Chardonnay + Vitales Fruchtspiel, cremig-saftige Stilistik, vollreife Gelbfrucht, Ananas, Mandarine, satter Fruchtschmelz im Finale, toller Speisenbegleiter, langes Finish.

★★★ **S €€ GV** FUN
2020 Grüner Veltliner + Boskop-Apfel, Steinobstnoten, knackig-frischer Früchtecocktail, elegante Anmutung mit straffer Säurestütze, präsente Wiesenkräuter, sehr animierend mit viel mineralischer Frische, lang.

★★ **S €€ BF** PLV
2019 Blaufränkisch + Stoffig-seidige Fruchtführung, Schokokirsche, Brombeere, ausgereifter Fruchtcharme, extraktreich u. vollmundig, harmonische Mitte, feinkörniges Tannin, delikate Kräuterwürze, unkompliziertes Trinkvergnügen.

BURGENLAND

★★ **S € GV**
2020 Grüner Veltliner Seestern + Frischer Apfel, pointiert schlank, delikate Saftigkeit, dezente Kräuterwürze, vital mit viel Verve, animierender Sommerwein.

★★ **S € CR**
2020 Rosé Pink Bliss + (CS/PN/BF) Saftabzug, Erdbeergelee, Stachelbeere, saftig und vollmundig, frische Säurestütze, zarte Würze, feines wie präsentes Extrakt, Limettenzeste im Nachhall.

★★★ **S €€ CR** FUN
2020 Rosé Blaufränkisch Ried Marienthal + Saftige wie mundfüllende Anmutung, betörende Walderbeerenaromatik, Erdbeere, perfekte Frucht-Säure-Balance, feines Fruchtspiel, harmonisch, strukturbildendes Tannin, stilvolle Art, perfekter Essensbegleiter mit viel Freude.

★★★ **S €€ ZW** FUN
2019 Zweigelt Ried Neugebirge + Saftiges Fruchtspiel, Schoko-Kirsch-Melange, mineralisch, vital, feine Textur, trinkanimierend, lang.

★★★ **S €€ ZW** FUN
2017 Zweigelt Reserve + Expressive wie wärmende Fruchtfülle, vollreife Herzkirsche, Bitterschoko, zartes Würzespiel, runde Tannine, bekömmlich, ausgewogen, ein idealer Essensbegleiter, auf dem Höhepunkt der Reife.

★★★ **S €€ ME** FUN PLV
2019 Merlot Ried Loisland + Saftige, straffe Fruchtführung, viel Rotbeerigkeit, druckvoll, stoffig, gut strukturiert, angenehme blättrige Würze, sehr feine Sorteninterpretation, braucht Zeit, mit Potenzial.

★★★ **K €€€€ CR** TIPP
2018 Furioso + (BF/ CS/ME/ ZW) Stoffig-seidige Fruchtführung, Cassis, Kirsche, Heidelbeere, Bitterschoko, vollmundig mit harmonischer Mitte, verbindet knackige Frucht mit tiefgründiger Aromatik, feinkörniges Tannin, Tabakwürze, gute Länge, Potenzial.

★★★★ **K €€€€ CF**
2018 Cabernet Franc Ried Neugebirge + Feine Cassis-Paprika-Aromatik, Kräuterwürze, saftig mit kräftiger Statur, balanciert finessig, zarter Fruchtschmelz, vollreife Tannine, perfekter Holzeinsatz, überzeugende Sorteninterpretation, harmonisch im Nachhall bis ins lange Finale.

★★★★ **K €€€€ BF** TIPP
2018 Blaufränkisch Marienthal + Feine, dunkelfruchtige Brombeer-Aromatik, Schokokirsche, dicht, saftiges Fruchtspiel, umspielt von Würze, strömt ruhig mit viel Präsenz und Finesse, feinkörniges Tannin, ausgewogen, dezenter Holzeinsatz, noch sehr jugendlich, kalkiger Biss im Nachhall, tolle Länge, ein Charakterwein mit viel Potenzial für eine große Zukunft.

Weingut
Hans Moser

Hans Moser
7000 Eisenstadt, St. Georgener Hauptstraße 13
Tel. +43 2682 66607, Fax -14
weingut@hans-moser.at, www.hans-moser.at
14 Hektar, W/R 60/40, 80.000 Flaschen/Jahr

Hans Moser gilt als kritischer Denker seiner Zunft. Zugleich ist er innovativ und ein Garant für qualitätsvolle Herkunftsweine vom Leithaberg, die mit unverkennbarer Typizität und sortenreiner Charakteristik überzeugen. Das Sortiment des Familienweingutes ist breit gefächert und umfasst die frisch-fruchtige Einstiegslinie, dann die im großen Holzfass ausgebaute „Leithakalk"-Klassik-Linie und die Premium-Line, deren Varietäten in Weiß wie Rot mit mineralischer Dichte und Fruchtfinesse bestechen.

Die weißen Gutsweine zeichnen sich wie jedes Jahr in verlässlicher wie transparenter Fruchtstilistik mit würziger Aromatik und angenehmem Trinkanimo aus. Hervorzuheben sind der Sauvignon Blanc und der Blanc de Rouge vom Syrah, der, inzwischen von Sohn Johannes überantwortet, mit würziger Pikanz und viel Trinkfluss beeindruckt.

Glanzpunkt in der weißen Premium-Linie ist der feinziselierte Chardonnay Scheibenberg, der, im großen Eichenholzfass ausgebaut, inzwischen als sichere Bank mit mineralischer Prägung und Finesse glänzt. Die rote Premium-Linie präsentiert sich eindrucksvoll im aktuellen Portefeuille mit dem St. Georgener Blaufränkisch Reserve und dem wunderbaren, straff-würzigen Merlot Ried Joachimstal vom ausgezeichneten Jahrgang 2017. *us*

LEITHABERG DAC

★★★★ K €€€ CH **TIPP**
2018 Chardonnay Scheibenberg + Feines Bukett nach Nektarine und Ananas, saftige Gelbfruchtaromatik, Pfirsich, Ananas, Mango, geschmeidig mit perfekter Holzeinbindung, strömt ruhig mit feinem Säureschliff, fein strukturiert, mineralisch geprägt, harmonisch bis ins lange Finale.

BURGENLAND

★★ S € SY **PLV**
2020 Harys Syrah + (Weißgepresst) Duftet nach mediterranen Kräutern, saftig, Holunder, Stachelbeere, Kornelkirsche, kompakt, fein hinterlegte Säurestruktur, gerbstoffgebende Struktur, mineralische Spannung, geradlinig mit leicht salzigem Nachhall, sehr trinkanimierend, gelungen.

★★ S € WR
2020 Welschriesling + Verführerische Fruchtnase nach frischen Äpfeln, saftige Frische, knackig mit viel Säurebiss, würzig, geradlinig und vital.

★★★ S € GW **FUN** **PLV**
2020 Gemischter Satz + (GV/PB/CH/NB u.a.) Blütenduftige Nase, Kamille, saftiges Fruchtspiel, Boskop, Steinobst, Limettenanklänge geschliffene Säurestruktur, temperamentvoll, dabei süffig, sehr trinkanimierend.

★★★ S €€ SB **FUN**
2020 Sauvignon Blanc Leithakalk + Paprikanase, knackig-saftige Fruchtaromatik, rote Paprika-Stachelbeere-Melange, mineralisch, ausgewogen, mit Säurebiss, gute Struktur bei mittlerer Länge, ausgewogen und würzig im Nachhall.

★★★ S €€€ GV **TIPP**
2020 Grüner Veltliner Leithakalk + Betörender Duft nach reifen Apfel, Ringlotte mit würzigen Komponenten, auf dem Gaumen delikate Saftigkeit, Apfel, gelbfruchtig unterlegt, pfeffrige Würze, perfekte Säurestruktur, knackig, viel Biss und Vitalität, geschmeidig im Abgang, tolle Länge, tolle Sorteninterpretation mit Potenzial.

★★ S €€ BF
2020 Blaufränkisch Rosé + Animierender Duft nach Waldbeeren, ruhige und zugleich lebendige Fruchtprägung, Kirsche-Waldbeeren-Aromatik, pointierte und ruhige Stilistik, dezent-pikanter Tannin-Rückhalt, zeigt Esprit im schwerelosen Trinkvergnügen, idealer Sommerwein.

★★★★ K €€€ BF
2017 St. Georgener Blaufränkisch Reserve + Intensives Kirsch-Schoko-Bukett, etwas Tabak, saftige Fruchtaromatik, Herzkirsche, Brombeere, dunkelfruchtig, würzig, gute Fülle mit geschmeidiger Textur, kraftvoll, ruhende rotbeerige Mitte, harmonisch und kraftvoll, festes Tannin, höchst angenehm trinkig bei sehr guter Länge.

★★★★ K €€€ ME **TIPP**
2017 Merlot Ried Joachimstal + Dichtes Bukett nach Schwarzkirsche, Brombeere, blättrige Würze, auf dem Gaumen ein weiter Fruchtbogen von Kirsche, Maulbeere, Paradeiser, dunkelfruchtig und tiefgründig, dicht, vollreife Tannine, heller Tabak, viel Esprit in perfekter Strukturierung, kraftvoll, zeigt viel Tiefe mit vielen blättrigen Noten im Abgang, tolle wie modellhafte Stilistik.

♛♛ BIO

Weingut
Martin Pasler

Martin Pasler
7093 Jois, Obere Hauptstraße 44
Mobil +43 664 380 21 84
office@martinpasler.com, www.pasler.com
10 Hektar, W/R 50/50, 50.000 Flaschen/Jahr

LEITHABERG

Klar strukturiert im Sortenspiegel als auch in der Ausbaustilistik präsentiert sich das aktuelle Pasler'sche Portefeuille. Die weißen Klassiker glänzen mit vitalem wie würzig-mineralischem Fruchtspiel, besonders die Burgunder-Sorten präsentieren sich Jahr für Jahr in Top-Form. Kellertechnisches Understatement von less is more, Spontangärung und längere Feinhefelagerzeiten kennzeichnen die Weinbauphilosophie im Hause Pasler. Und das ist in den roten Gutsweinen von Zweigelt und Blaufränkisch mit feinen fruchtfrischen Varietäten ebenso anzutreffen wie in einer unisono hohen Qualitätsdichte der roten Premium-Line. *us*

LEITHABERG DAC

★★★ K €€€ CH
2020 Chardonnay + Kräuterwürzes Bukett, Walnuss, Vanille, saftige Gelbfrucht, Ananas, Litschi, vollreife Säure, mineralisch, strömt ruhig, perfekte Holzeinbindung, Limettenzeste im Nachhall und zart salzig, vital und lang im Finish.

★★★ S €€€€ BF
2019 Blaufränkisch + Rotbeeriges Fruchtspiel, Weichsel, Kirsche, Cranberry, knackig, saftig, engmaschig, Vanille, geradlinig, feine Textur, guter Säurebiss, mineralisch geprägt, vital, sehr ansprechend.

BURGENLAND

★★ S €€ CR
2020 Frizzante Rosé Schwerelos + Feine Erdbeernase, frische und knackige Frucht, Erdbeer-Weichsel-Melange, vital mit feinem Säurespiel, feinkörnige Perlage, gutes Volumen, toller Apéro.

★★★ S €€€ WR
2020 Welschriesling + Blütenduftige Kräuter unterlegt mit mediterraner Würze, Limette, saftig, extraktreich, Quitte, etwas Maracuja, pikant und ausgewogen, reife Säure, viel Fruchttiefe, salzig, trinkanimierend, tolle Sorteninterpretation.

★★★ S €€€ CH FUN
2020 Chardonnay + Blütenduftige Zitrusnase, knackige mit saftiger Pikanz, mineralisch, gelber Apfel, Quitte, Ananas, Litschi, feine, mit Vanille unterlegte Holzunterstützung, vital, mineralische Prägung, ausdrucksstark, kernige Mitte, vornehme Art, beste Prognose.

★★★ S €€€ NB TIPP
2020 Neuburger + Elegante Gelbfrucht, exotische Früchte, druckvoll und pointiert, saftig mit mineralischem Verve, fruchtbetonte Stilistik in perfekter Sorteninterpretation in starker Terroir-Prägung, salzig, würzig und gerundet im Nachhall, sehr lang, Neuburger at its best!

★★★ S €€€ CW
2020 Muschelkalk + (CH/NB/MO, halbtrocken) Rosenblüten duftige Nase, viel frische Saftigkeit, feines Würzespiel, etwas Exotik, Limette, ausladend und zugleich rassig, mineralische Frische, gute Länge, gelungener easy drinking wine.

★★★★ K €€€€€€ CH
2020 Chardonnay „Wild" + (Maischevergoren) Bukett nach orientalischen Gewürzen, Orangenzeste, vitale Fruchtigkeit, Blutorange, Granatapfel, Quitte, kandierter Pfirsich, etwas Marille, harmonisch mit viel Würzespiel, Muskatnuss, Thymian, leichtfüßig und vital, salzig im Nachhall, lang, tolle Stilistik.

★★★ S €€€ ZW FUN
2020 Zweigelt + Vollreife Kirschnase, saftig mit viel frischer Schwarzkirsche, Bitterschoko, stoffig und dicht, fordernde Biss, balanciert, ausgereift mit feinem Trinkfluss, zart würzig im Nachhall.

★★★ K €€€ CR TIPP
2017 Joiser Berg BG + (BF/ZW) Saftige Kirsche, Heidelbeere, rote Ribisel, vital, knackig, perfekt strukturiert, feine Würzetöne, straff mit viel Power in zurückhaltender Eleganz, ruhende Mitte, feinkörnige Tannine, anspruchsvoll in sehr trinkanimierender Stilistik, lang, einfach toll.

★★★★ K €€€ CS TIPP
2018 Cabernet Sauvignon + Wärmende Cassis-Nase, Blutorange, Tabaknoten, saftige und vielschichtige Rotbeerigkeit, viel Cassis, Herzkirsche, Maulbeere, gelbfruchtige Anklänge à la Pfirsich, reif und vollmundig, kernige Mitte, strömt ruhig mit viel lebendiger Fruchtpräsenz, feinkörniges Tannin, viel Grip, druckvoll, zurückhaltendes Würzespiel, gediegene Größe mit viel Potenzial, sehr lang im Finish.

★★★★ K €€€€ ME
2019 Merlot + Blättrige Kräuternase, Paradeisblatt, stoffig umwärmender Fruchtcharme, Cranberry, Weichsel, Blutorange, heller Havannatabak, engmaschig, präsentes Tannin, blättrige Würzigkeit, ausgewogen mit samtenem Druck, tolle auf geschmeidig-feingliedrige Stilistik ausgelegte Interpretation, bereits gut antrinkbar, lang, mit Potenzial.

Weingut
Prieler

Georg Prieler
7081 Schützen am Gebirge, Hauptstraße 181
Tel. +43 2684 2229, Fax -4
weingut@prieler.at, www.prieler.at
22 Hektar, W/R 40/60, 70.000 Flaschen/Jahr

Das Familienweingut Prieler in Schützen ist schon seit Jahrzehnten Quelle für Charakterweine von höchster Güte. Wesentlichster Grund dafür ist, dass Terroir und Rebsorte hier immer im Mittelpunkt standen und bei der Vermählung von Rebe und Boden stets mit Einfühlungsvermögen und Umsicht vorgegangen wurde. Die Weine aus dem Hause Prieler sind dementsprechend treffliche Botschafter ihres Terroirs, zeigen aber auch eine ausgeprägte Typizität der jeweiligen klassischen Sorte – und zwar in Weiß wie Rot.

An der Spitze des bereits von Engelbert und Irmgard Prieler zu hohem Renommee geführten Familienweinguts steht nun schon seit etlichen Jahren Georg Prieler – ein ebenso engagierter wie talentierter Weinmacher, der die Weine mit einer Extraportion Finesse und Balance versehen hat.

Echte Bodenschätze stellen die Weingärten in hervorragenden Lagen dar, die sich mehrheitlich in Schützen sowie den angrenzenden Gemeinden Oggau und Oslip befinden. Im Weißwein-Bereich ist Pinot Blanc Platzhirsch, sekundiert von Chardonnay und Welschriesling, auf dem roten Sektor dominiert Blaufränkisch, dazu gibt es Pinot Noir und heuer erstmals wieder St. Laurent sowie die Bordeaux-Sorten Cabernet Sauvignon und Merlot. Seit der Ernte 2018 ist der Betrieb bio-zertifiziert.

In den vergangenen Jahren hat sich Georg Prieler intensiv mit Weinbehältnissen aus verschiedenen Materialien und Größen beschäftigt. Neben Eichenholzfässern von klein bis groß sind mittlerweile auch Amphoren (750l) Fixbestandteil im Reifungskeller.

Die aktuelle Serie umfasst Weißweine aus den Jahrgängen 2020 und 2019 sowie Rotweine aus dem heißen Jahrgang 2018. Im Weißwein-Bereich stehen die beiden Pinot Blancs vom Leithaberg an der Spitze, beim Rotwein ist der Goldberg Primus inter Pares. *psch*

LEITHABERG DAC

★★★★ **K €€€ BF** FUN
2019 Pinot Blanc + Reichhaltige Nase, cremig, viel Biskuit, bisschen Exotik, aber auch etwas gelber Pfirsich, geröstete Haselnüsse; ungemein vital und kernig, elegant-saftiger Schmelz, wunderschöner Fruchtausdruck, pikant mit Zitrusbiss, straff, subtile Länge, feine Linien.

★★★★★ **K €€€€ PB** TOP
2019 Pinot Blanc Ried Haidsatz + Dezent, rauchig-cremige Fülle, kühle Exotik, Guave, kandierte weiße Ananas, Kokoshauch, seidige Fülle, Weihrauch; kernig, erfrischend, elegante Frucht, pikanter Biss, lebhaft, ungemein saftige Mitte, sehr gutes Gerbstoffrückgrat, straff.

★★★ **K €€€€ BF**
2018 Blaufränkisch + Würzig und rauchig, Schwarzpfeffer, recht mollige dunkelbeerige Frucht, etwas Dörrnoten, Schwarztee, Vanillehauch; einnehmend saftig, recht lebhaft, Mix aus Brom- und Himbeeren, hinten recht fest, mittellang.

★★★★ **K €€€€€€ BF** TIPP
2018 Blaufränkisch Ried Marienthal + Samtige Nase mit reichhaltiger Frucht, dunkles Laub, Earl Grey, reiche Fülle, Nelken, dunkle Kirschen, Heidelbeeren; zeigt sich kraftvoll und ziemlich saftig, ausgewogen, recht seidig, lebhaft, mittlere Tiefe, recht fest, recht lang.

★★★★★ **K €€€€€€ BF** TOP
2018 Blaufränkisch Ried Goldberg + Sehr würzig und rauchig, viel Dunkelfrucht und Veilchen, ausgereift, schwarzer Tabak, Pfeffer, getrocknete Morcheln, Efeu; saftige Fruchtfülle, geschmeidig und doch auch strukturiert, recht kernig, gewisser Biss, festes Tannin, langes Finish.

BURGENLAND

★★★ **S €€€ BF**
2020 Rosé vom Stein + (BF) Sehr fruchtbetont, Wassermelone, verspielt, sanft und einnehmend, ausgewogen; saftig, erfrischend, guter Biss, feinherb, recht knackig, rote Ribiseln, individuell.

★★★ **S €€€ CH**
2020 Chardonnay Sinner + Dezent cremige Nase mit etwas Würze, bisschen Kernobst, Wiesenkräuter, dezent; saftiger Auftakt, recht kernig, etwas Grapefruits, reife Gelbfrucht, feinherbe Stütze, knackig, mittellang, hübsch.

★★ **S €€€ PB**
2020 Pinot Blanc Seeberg + Helle Aromatik, Biskuit, geriebene Mandeln, leicht röstig, die Frucht eher verdeckt, Sandkuchen; saftiges Entree, mittelgewichtig, griffig, strukturiert, noch etwas streng, mittleres Finish.

★★★ **K €€ BF**
2018 Blaufränkisch Johanneshöhe + Reife Nase mit geschmeidig-weicher Dunkelfrucht, samtig, leichte Gewürznoten; harmonisch, schmelzig, dezentes Tannin, saftige Frucht nach Waldbeeren und Zwetschken, trinkig, mittlere Länge.

NEU

Weingut
Christian Rainprecht

Christian, Clemens & Doris Rainprecht
7063 Oggau, Hauptstraße 32
Tel. +43 2685 7222
weingut@rainprecht.at, www.rainprecht.at
50.000 Flaschen/Jahr

Der Familienbetrieb der Rainprechts besteht seit 1881 und umfasst momentan zehn Hektar Rebfläche. Sohn Clemens ist Weinbau- und Kellermeister und voll im Betrieb tätig. Christian Rainprecht bewirtschaftet beste Lagen des Ruster Hügellandes – wie die Ried Steinhutäcker – im Volksmund „Stoaweiat" („Steinweingarten") genannt. Ein Südhang des Ruster Hügellandes mit stark verwittertem Schotterboden und hohem Kalkanteil. Ein Drittel der Rebfläche befindet sich in dieser Lage, bepflanzt mit Chardonnay, Blaufränkisch, Zweigelt, Merlot, Cabernet Sauvignon, Weißburgunder, Gelber Muskateller. Bei den Weinen hat der Welschriesling Klassik 2020 sehr gut gefallen. Ebenfalls sehr stimmig waren der 2020 Gelbe Muskateller und 2020 Sauvignon Blanc. Angenehm aufgefallen ist der 2020 Chardonnay „Stoaweiat". Beim „Clemens", einem Weißburgunder 2016, von Sohn Clemens gekeltert, ist mir der Holzeinsatz etwas zu großzügig bemessen. Die Zeit wird zeigen, wie er sich entwickelt.
Bei den Rotweinen fand der 2019 Zweigelt Klassik großen Gefallen. Der 2019 Blaufränkisch Klassik besticht durch tollen mineralischen Ausdruck.
Wunderbar ist der 2018 Merlot, ein Wein von ziemlicher Klasse. Selbiges kann man vom 2018 Panorama sagen. Eine Rotwein Cuveé von fester Struktur. Klasse zeigt der 2017 C.C.R. – eine Cuveé in Rot, welche die Anfangsbuchstaben der Proponenten trägt: Clemens – Christian – Rainprecht. Großer Jahrgang, toller Wein, viel Zukunft. *as*

LEITHABERG DAC

★★ K €€€ BF TIPP PLV
2016 Blaufränkisch Ried Oggauer Steinhut + Getrocknete Feigen, Hagebutten, orientalische Noten, Amarenakirschen, Zimt, Eukalyptus, sehr trocken, Zwetschken, viel Stoff, ziemlich trocken, etwas marmeladig, Gewürznoten, schwer zu beurteilen, wie er sich entwickelt. Weiter beobachten.

BURGENLAND

★★ S € WR FUN
2020 Welschriesling + Apfelspalten, Heublumen, Kräuternoten, knackige Frische bei kerniger Struktur, kompakt, extraktsüß, kernobstig, gute Struktur, Birnenfrucht, ein hervorragender Welschriesling mit Körper, Dichte, guter Substanz, entwickelt Druck auf dem Gaumen, die Säure passt, ein toller Essensbegleiter.

★★ S €€ GM
2020 Gelber Muskateller „Stoaweiat" + Grüner Apfel, Holunder, Orangenblüten, Citrus, so richtig frisch und knackig, rassige Säure, weißer Pfirsich, nie vordergründig, herzhaft, typisch, straff durchgezogen, guter Druck, ein Apéro, der einen einstimmt auf die Tafel.

★★ S €€ SB
2020 Sauvignon Blanc + Ein prägnanter, doch nie lauter Sauvignon Blanc, brauchte einige Luft, um sich zu öffnen, Brennnessel, Mandarinen, eher im Hintergrund stehend, auf dem Gaumen rassig, voller Pikanz, auf dem Gaumen kommt das Cassis hinzu, sehr eng, mineralische Anklänge, geriebene Nüsse, ein typischer Sauvignon Blanc von charakterfester Statur.

★★ S €€ CH
2020 Chardonnay „Stoaweiat" + Mandarinen, Lebkuchen, Blüten, Zuckermais, gemahlene Nüsse, getrockneter Apfel, pikante Noten, in der Balance, Zitrusgelee, wird fein, braucht Luft, Pomelo, elegante Noten, sehr schmackhaft, gut gebaut.

★★ K €€€ PB
2016 CLEMENS + Gelbe Farbe, ein orientalisches Bouquet , Curry, Zimt, Vanille, Lakritz, getrocknete Feigen, Rosinen, einiges Holz, Karamell, Orangen, Schoko, der Wein sollte das Holz noch verdauen, der Stoff ist gut.

★★ S € BF
2020 Rosé + Lachsrosa, Erdbeeren, Himbeeren, Flieder, Brombeeren, ein kerniger Rosé mit rassiger Säure, straff, standfest, schön trocken mit Rückhalt, ein gut gebauter Rosé, der in die Tiefe geht.

★★ S €€ ZW
2019 Zweigelt Klassik „Stoaweiat" + Reife Kirschen, Brombeeren, Zwetschken, ein Hauch Vanille, fruchtig, charmant, geriebener Mohn, ein sehr eleganter Wein, saftig, mit einer feinen Fülle.

★★ S €€ BF
2019 Blaufränkisch Klassik „Stoaweiat" + Brombeeren, fein verwoben, ganz sensibles Holz, sehr elegant, kirschig, Nougat, kühl-fruchtige Noten, gute Substanz, feste Struktur, ein Blaufränkisch von besonderem Ausdruck. Mineralischer Touch.

★★★ S €€€ ME
2018 Merlot „Stoaweiat" + Ein ganz feiner, vanilliger Merlot, dunkle Schokolade, schwarze Kirschen, feinkörniges Tannin, hochelegant, Orangenschalen, vollfruchtig mit festem Tannin, Kirschengelee, ein hervorragender Merlot mit fester Struktur, absolut in der Balance. Ein toller Rotwein.

★★★ K €€€ CR
2018 Panorama + (BF, ME, CS) Schwarzviolett, weiße Schokolade, Rumtopf, dunkel getönt, Kirschlikör, unterlegtes Holz, festes Tannin, stark auftretend, kraftvoll, ziemlich fest, gibt richtig Gas, geht richtig auf.

★★★ K €€€ CR TIPP
2017 C.C.R. „Stoaweiat" + (BF, ZW, ME) Ein großer ernsthafter Rotwein, ganz viel Struktur, schwarze Beeren, Kirschen, dunkle Schokolade, ganz große Eleganz, sehr präzises Tannin, perfekt eingearbeitetes Holz, absolut homogen, ein Wein für Jahrzehnte. Klasse zeigend, toller Stoff.

Weingut
Franz Schindler

Franz Schindler
7072 Mörbisch, Neustiftgasse 6
Mobil +43 650 938 85 52
office@weingut-schindler.at, www.weingut-schindler.at
70.000 Flaschen/Jahr

Die Weine der Familie Schindler sind mit ihrer kräftigen Rotwein-Stilistik im internationalen Zuschnitt weit über die Grenzen bekannt und geschätzt. Bereits die weiße Sortencuvée d'Argent zeigt unverkennbar die von Ferry Schindler präferierte Stilistik im Premium-Bereich: kräftig, dicht, mit präsentem Holzeinsatz im Medium-Toasting.
Fruchtfülle, Kraft und Dichte sind bei den Premium-Rotweinen das Markenzeichen im Hause Schindler. Der Blaufränkisch von den 70-jährigen Reben aus der Ried Lehmgrube strotzt förmlich mit dunkelfruchtiger und dichter Fruchtführung. Straffer und vielschichtiger strukturiert zeigen sich der Blaufränkisch Goldberg und die Sorten-Blends der „Cuvée d'Or"-Linie: Besticht die kleinere Schwester mit vielschichtiger Fruchtfülle, so ist die preisgekrönte Flaggschiff des Hauses „Grande Cuvée d'Or", die nur in Top-Jahren gefüllt wird, in Dichte und Konzentration unübertroffen. Erfreulicherweise geht die Tendenz der roten Gutsweine mehr in Richtung Fruchtfrische, was der Sortenspezifität wie der Trinkfreude beim Blaufränkisch sehr willkommen ist. *us*

BURGENLAND

★★ **S €€ SB** FUN
2020 Sauvignon Blanc + Stachelbeere, Cassis, knackig, frisch, ziseliert, gute Struktur, facettenreich, rosa Grapefruit, saftig im Abgang, tolle Sorteninterpretation.

★★★ **K €€€ CR** TIPP
2018 Cuvée d'Argent + (80% CH/SB) Zart buttrige Würzenase, saftig, viel Gelbfrucht, Mango, Maracuja, dicht, druckvoll, mit feiner Würze, perfekt strukturiert, viel, aber gut integriertes Holz, cremig buttrige Stilistik in überzeugender Interpretation, Potenzial, lang.

★★ **S € BF** FUN
2020 Blaufränkisch + Viel rotbeeriges wie würziges Bukett, saftig mit ziseliert-verspielter Frucht, stoffig, geradlinig, feinkörniges Tannin, zeigt Tiefe, schwarze Oliven, reife Tannine, tolle Sorteninterpretation, vital, easy drinking wine mit Niveau.

★★★ **K €€€€ BF**
2018 Blaufränkisch Ried Lehmgrube + Intensive Brombeere, Maulbeere, saftig mit geschmeidiger Mitte, dunkelfruchtig, viel Kräuterwürze, röstige Noten, gute Tanninstruktur, kräftige Textur, druckvoll, markante Holzprägung, tiefgründig, juvenil, gute Länge.

★★★ **K €€€€ BF** TIPP
2019 Blaufränkisch Ried Goldberg + Glockenklare Rotbeerigkeit, Kirsche-Brombeer-Aromatik, Walderdbeeren, straff und vielschichtig, geröstete Haselnuss, baut viel Druck auf, öffnet sich allmählich in dunkelbeeriger Charakteristik, enge Maschen, perfekter Holzeinsatz, viel Potenzial und lang auf dem Gaumen, sehr gelungen.

★★★★ **K €€€€ CR**
2018 Cuvée d'Or + (60 BF /CS/ME) Vollmundig, satt mit viel Körper, Waldbeeren, Cassis, Brombeere, integrierte Thymianwürze, hohe Blaufränkisch-Präsenz, die zusehends mit Cassis in Harmonie tritt, Bitterschoko, gut strukturiert, reifes Tannin, markanter, dunkler Holzeinsatz, viele Reserven bis ins lange Finish.

★★★ **K €€€€ CS**
2018 Cabernet Sauvignon + Röstige Cassis-Nase, Leder, saftige Cassis-geprägte Fruchtaromatik, straff, Bitterschokolade, kraftvoll, kerniges Tannin, klar strukturiert, viele rauchige Holzkomponenten, noch sehr juvenil und kantig, hat Potenzial.

★★★★ **K €€€€ ME**
2018 Merlot + Würzig-blättriges Bukett, Kardamom, saftigem rotbeerige Komponenten, Paradeiserblatt, strömt ruhig, ausgewogen, markantes Holz, feinkörniges Tannin, Tabakwürze, gut strukturiert, sortentypisch mit gutem Trinkfluss, lang.

★★★★★ **K €€€€€€ CR** TOP
2017 Grand Cuvée d'Or + Elegante Fruchtnase, vollreife, ja opulente wie vielfältige Fruchtaromatik, Schwarzkirsche, Zwetschke, Bitterschoko, umspielt von blättriger Würze, helle Tabakwürze, kräftig gebaut, druckvoll, noch ganz jugendlich, feinkörniges Tannin, gediegene, in sich ruhende Größe, perfekte Holzeinbindung öffnet sich langsam zu einem samtig wie kompakten Gesamtkunstwerk, viel Entwicklungspotenzial, sehr lang auf dem Gaumen, ein Klassiker!

★★★ **K €€€ BO**
2019 Beerenauslese Bouvier + (Lieblich) Früchtebrot in der Nase, Brioche, auf dem Gaumen, Marille, reife Ananas, kandierte Früchte, blättrige Komponenten, Haselnuss, druckvoll mit guter Säurestruktur, leicht salzig, geschmeidig im Finish.

Winzerhof
Harald Schindler

Harald Schindler
7072 Mörbisch, Kinogasse 9
Mobil +43 676 629 67 02
wein@winzerhof-schindler.at, www.winzerhof-schindler.at
8 Hektar, W/R 50/50, 40.000 Flaschen/Jahr

Der Familie Schindler ist weit über die Grenzen beliebt, weil sie auf bravouröse wie sympathische Weise zweierlei verbindet: Erholung in einem stilvollen Feriendomizil und ein breites Sortenspektrum von naturnahen Weinen, allesamt ausgebaut in einem vorbildhaften Winzerbetrieb.

Die aktuellen Gutsweine in Weiß begeistern durch viel Frische und Vitalität, besonders der neu ins Programm aufgenommene Sauvignon Blanc. Die kräftigeren Weine aus den Burgunder-Sorten Chardonnay und Neuburger sind in saftiger und vollreifer Fruchtstilistik Jahr für Jahr eine sichere Bank. Nicht zu vergessen sind hier die verschiedenen Varietäten von Schaumweinen, die mit viel Fruchtfrische in feiner Perlage als Apéro ebenso wie als Speisenbegleiter voll punkten.

Im roten Bereich kommt die Vorliebe des Winzers für gehaltvolle Rotweine voll zum Ausdruck. Der Sorten-Blend Fuego zeigt hier, wohin die Reise geht: Vollmundig und würzig, gereift mit maßvollem Barrique-Einsatz aus französischer Provenienz, versprechen auch die weiteren Weine aus der Premium-Linie eine große Zukunft: Auch mit dem Top-Jahrgang 2019 hält der Syrah erneut alle Trümpfe eines großen Vin de Garde in Händen. *us*

BURGENLAND

★★ S €€ CW
2020 Secco + (WR/GM), Feine Holunderblütennase, reife Äpfel, pikant und animierend, gute Fülle, feine Perlage, geschmeidiger Apéro.

★★ S €€ SB FUN
2020 Secco Sauvignon Blanc + Dezente Stachelbeer-Aromatik, Äpfel, Nektarine, Maracuja, geschmeidige Frucht, Brioche, gute Fülle, pikant.

★★ S €€ MO
2020 Secco Muskat + (halbtrocken) Feiner Muskatton, vollfruchtig, viel Gelbaromatik, Holunderblüten, cremige Fülle, trinkanimierend.

★★ S € CR
2020 Rosecco + Würzeunterlegte Aromatik, Walderdbeere, Brombeere, frisch u. würzig, idealer Speisenbegleiter.

★★ S €€ CR
2020 Rosé + (BF/ZW/SY) Saftabzug, Cassis- Erdbeere-Melange, feine Kräuterwürze, animierende Frische, schöner Sommerwein.

★★ S €€ GV
2020 Grüner Veltliner BG + Knackige frische Früchte, Boskop-Apfel, Limette, knackig und vital, klingt in schöner Kräuterwürze aus, gefällt.

★★ S €€ SB FUN PLV
2020 Sauvignon Blanc + Präsente Stachelbeer-Holunderblüten-Melange, strotzt förmlich vor Vitalität und Saftigkeit, fein integrierte Würze, mineralisch, perfekt strukturiert, ungemein trinkanimierend, gute Länge, begeistert bis ins lange Finale.

★★ S €
2020 Neuburger + Feines Wallnussspiel, Pistazie, fruchtig und ausgewogen, tolle Sorteninterpretation, schöner Speisenbegleiter.

★★ S € FUN PLV
2020 Chardonnay + Fruchtbetonte Charakteristik, Pfirsich, Mandarine, etwas Exotik, lebendig, dicht, zarte Würze, cremig im Nachhall.

★★★ S €€ PG FUN
2020 Pinot Gris + Walnussaromatik, reife Früchte, harmonisch, feine Tabakwürze, gehaltvoller Vertreter mit viel Fruchtschmelz, gute Länge..

★★★ S €€ CH
2020 Chardonnay Ried Kräftn + Extraktsüß und saftig, Ananas, Vanille, stoffig in runder Anmutung, sehr gute Holzeinbindung, vital, idealer Essensbegleiter.

★★★ S €€€ CR FUN
2019 Fuego + (50% BF/ME/ZW) Teeblättrige Nase, viel dunkelfruchtige Saftigkeit, Brombeere, Herzkirsche, Lakritze, stoffig mit runder Anmutung, helle Tabaknoten, markanter Holzeinsatz, feines Trinkvergnügen bei guter Länge.

★★★★ S €€€ SY TIPP
2019 Syrah + Ruhige klare Fruchtnase, saftige Brombeere, Herzkirsche, druckvolle Saftigkeit, vollreich mit kerniger Mitte, helle Tabakwürze, klar strukturiert, perfekte Holzabstimmung, harmonisch, tolle Sorteninterpretation, lang mit viel Zukunft.

★★★★ S €€€€ CR
2019 Excelso BG + (40% BF/40% ZW/SY) Tabaknase, satte Fülle, Brombeere, Herzkirsche, Maulbeere, Zimtwürze, Lebkuchen, pikante Würze, körperreich, gut strukturiert, markante Holzprägung, dabei viel Fruchtschmelz.

★★★ S €€ CW
2020 Beerenauslese + (0,35 l, süß) Helle Fruchtaromatik, Quitte, Brioche, delikates Fruchtspiel, pikant, leichtfüßig, glockenklare Fruchtausprägung, lebendig Säure, Orangenzesten, klingt harmonisch aus, ansprechend bei guter Länge.

Weingut
Schönberger

Günter Schönberger
7072 Mörbisch, Hauptstraße 82
Tel. +43 2685 8266, +43 3119 2842
ente@schoenberger.eu, www.schoenberger.eu
12,5 Hektar, W/R 45/55, 60.000 Flaschen/Jahr

Günter Schönberger hat schon in der Zeit seiner Musiklaufbahn die Liebe zum Wein entdeckt und im Jahr 1991 realisiert. Mittlerweile bewirtschaftet er zusammen mit Sohn Jakob und Tochter Johanna 16 Hektar Rebfläche. Die Weingärten werden biologisch-dynamisch nach Demeter bewirtschaftet. Man verzichtet auf Schönung, Filtration, verwendet keine Enzyme, kaum Schwefel. Es sind vegane Weine. Es wird nur spontan vergoren.

Die Weine aus dem Jahrgang 2020 waren noch nicht verkostbar. Daher gibt es die Jahrgänge 2019, 2018 und 2017, die aktuell im Verkauf sind. Von besonderem Ausdruck ist der 2019 Mörbisch Pinot Blanc.

Köstlich und vielschichtig in seiner tollen Exotik ist der 2019 Mörbisch Chardonnay. Ein Fischwein der besonderen Art.

Würzig, salzig, tiefgründig – 2018 Blaufränkisch Ried Kräften. Ein kerniger Rotwein.

Beim 2017 Blaufränkisch Lehmgrube erübrigt sich jedes Wort. Einfach großartig. Enorme Substanz. Wird eine Granate. *as*

ÖSTERREICH

★★★ **S €€ PB** TIPP
2019 Mörbisch Pinot Blanc + Haselnuss, salzig, weißer Pfirsich, Wiesenkräuter, ein herzhafter Wein mit einigem Druck nach hinten, viel Mineral, ziemlich dicht, Lindenblüten, das ist ganz toller Stoff, sehr in der Balance, dabei aber fordernd, nicht nachlassend. Ein wunderbarer Wein von fester Struktur, absolut überzeugend.

★★★ **S €€ CH** TIPP
2019 Mörbisch Chardonnay + Dezent hefetrüb, herrliche Exotik, Ananas, getrocknete Mango, auch Pfirsich, viel Salz, Hauch Vanille, Grapefruit, von sturer Eleganz, gelbe Früchte, gewisse Creme, sehr vielschichtig, fordernde Säure, die nicht bissig ist, ein Wein mit sehr viel Zukunft. Dazu einen gebratenen Fisch vom Neusiedler See, und die Welt ist in Ordnung.

★★ **S €€ SB**
2019 Mörbisch Sauvignon Blanc + Rauchig, etwas röstig, Haselnüsse, dunkle Tönung, Kräuter, weißer Pfirsich, feine Würze, schön trocken, in sich ruhend, aber auch spannend, nie laut, ein Hauch von Cassis, hintergründig angelegt. Wird sich bestens entwickeln. Sehr guter Speisenbegleiter.

★★ **S €€ BF**
2018 Mörbisch Blaufränkisch + Rauchige Würze, Zwetschken, Brombeeren, getrocknete Kräuter, auf dem Gaumen dezente Frucht, schön trocken, hat Grip, ein strammer Bursche, Kirschen übernehmen das Kommando, geht richtig auf, jodige Anklänge, viel Boden.

★★★ **S €€€ BF** TIPP
2017 Blaufränkisch Kräften + Grüne Walnuss, erinnert an gereiften Bordeaux, Kirschen, Zwetschken-Anklänge, ziemlich trocken, rauchig, dicht, sehr trocken, salzig, dunkel, sehr eng, das ist Wein, der ohne Essen nicht bestehen kann. Da sollte es ein gebratenes Lamm mit Rosmarin sein. Sehr guter Stoff. Braucht viel Luft. Unbedingt dekantieren.

★★★★ **S €€€€ BF** TIPP
2017 Blaufränkisch Lehmgrube + Schwarze Beeren im Salzmantel, Schokolade, tolle Frucht, sehr engmaschig, noble Gestik, ein Hauch Kaffee, Dörrpflaumen, sehr charaktervoll, feine Würze, von großer Eleganz, viel Stoff, ein Wein, der viel Zeit braucht. Da steckt enorm viel drinnen. Unbedingt einige Zeit vor dem Genuss in eine Karaffe geben, Burgunder-Glas, nicht zu warm. Dieser Wein hat ein Potenzial für Jahrzehnte.

Bioweingut
Schreiner

Victoria & Gernot Schreiner
7071 Rust, Hauptstraße 4
Mobil +43 688 822 95 91
office@weinbau-schreiner.at, www.weinbau-schreiner.at

25.000 Flaschen/Jahr

Ein denkmalgeschützter Vierseithof aus dem 16. Jahrhundert beherbergt dieses von Tradition geprägte und gleichzeitig von der Kreativität der Betreiber beseelte Weingut in der Ruster Altstadt. Dabei hätte alles ganz anders kommen können, befanden sich doch Victoria und Gernot Schreiner ursprünglich auf ganz anderen Lebenswegen: sie Absolventin der Fachhochschule im Sozialbereich, die nach vier Jahren Großstadt wieder in die Heimatgemeinde zurückkehrte, er HTL-ausgebildeter Informatiker, der sich dann doch zu einer landwirtschaftlichen Ausbildung entschloss und sich nach mehr als zehnjähriger Mitarbeit in einem Top-Betrieb in Rust ganz dem eigenen Betrieb widmete.
Die Schreiners bewirtschaften rund sieben Hektar Rebfläche in Rust, wobei sich die Weingärten auf klassische Rieden mit klingenden Namen wie Vogelsang, Geier Umriss, Bandkräftn, Gemärk, Oberer Wald etc. verteilen. Der enge Bezug zur Natur drückt sich in der biologischen Bewirtschaftung aus, für die man bereits seit 2012 die Zertifizierung erhielt, ist aber auch als fundamentaler Bestandteil des Weltbildes von Victoria und Gernot Schreiner spürbar.
Im Betrieb wird die Rust-typische vinophile Dreifaltigkeit gelebt – trockene Weißweine und Rotweine gibt und wenn es der Jahrgang erlaubt Prädikatsweine.
Die Weißweine tragen teils Fantasienamen wie der in der Krise als Dank an die Kunden geborene „Träum dir Bullerbü“ oder der jedes Jahr einem bestimmten sozialem Projekt gewidmete „Zusammen gehen“ sowie Mandelbaum als kräftige pannonische Burgunder-Cuvée oder der zwischen Weiß und Orange angesiedelte Dunkelbunt. Die Rotwein-Palette reicht von den tadellosen Klassikern Zweigelt und Blaufränkisch über die kraftvolle Lagen-Cuvée Gemärk und den herzhaften Blaufränkisch Rhodolith bis hin zu diversen Premium-Weinen, von denen derzeit der elegante, konturierte „Zuversicht Severin“ aus Cabernet Franc aktuell ist. Edelsüß gibt es schließlich den hervorragenden Ruster Ausbruch Extrem Vinzenz 2018. *psch*

BURGENLAND

★★★ S € BF
2019 Blaufränkisch + Transparente, frische rotbeerige Frucht, Ribiseln, pikante Würze, Kräuternoten; strotzt vor saftiger Frucht, erfrischend und anregend, bildhübsch.

★★★ S €€ CR FUN PLV
2019 Ried Gemärk + (CF/BF/ME/CS) Recht samtige Fülle, Brombeeren und Kirschen, Moos, Nussöl, leichte Wachsnote, ausgewogen; kraftvoll und energetisch, reife rote Waldbeerenfrucht, pikanter Biss, mittellang.

★★★★ G €€ BF TIPP PLV
2019 Blaufränkisch Rhodolith + Samtige Fülle, ausgereifte Beerenfrucht, Efeu, rauchig, schwarze Oliven; juvenile Beerenfrucht, tiefe Saftigkeit mit Pikanz, reifes Tannin, einige Länge.

★★★★ G €€€€ CF FUN
2017 Zuversicht Severin + (CF) Klassische Nase mit frischer wie tiefer Frucht, Kirschen und Walderdbeeren, Efeu, kühler Hauch; kernig und elegant, einnehmend reife rotbeerige Aromen, schöner Biss, konturiert, mittellang.

★★★★ G €€€€ CW TIPP
2018 Ruster Ausbruch Extrem Vinzenz + Barocke Fülle, Biskuitrolle, reife Mango, Datteln, leichte Würze; enorm füllig, nektarhafte Frucht, opulente Süße, rosinig, Honigbrot, enorme Länge, flüssige Mehlspeise.

WEINLAND

★★ S € BF
2020 Rosé Blaufränkisch halbtrocken + Recht fruchtbetont, reife rote Ribiseln, Früchtetee; leichtgewichtig, dabei ziemlich saftig, fruchtsüß, rassiger Biss, süffig.

★★ S € CW
2020 Zusammen gehen Storchenverein Rust + (PB/CH) Charmante Frucht nach Mirabellen und etwas Birnen; saftiger Vertreter mit dezenter Frucht, Grapefruits, Weißbrot, vital.

★★ S € CW
2020 Träum Dir Bullerbü + (SB/PB/MT) Charmante Nase, leicht hefig, zarte helle Würzenoten, Hollerblüten; schlank, feingliedrig, transparent, betonte Zitrusfrucht, pikant.

★★★ S €€ SB FUN
2020 Sauvignon Blanc + Duftige Nase nach dunklen Blüten, weißer Pfeffer, Melisse, pfiffig und pikant, Menthol-Hauch; saftig, kraftvoll, Unmengen Frucht, dunkle Beeren, Pflaumen, Blüten, kernig, wuchtig, strukturiert, lang.

★★ S € CW
2019 Mandelbaum + (CH/PB) Rauchig-röstig, cremig, Mandelmilch und Toast, hohe Reife, Zwieback; kraftvoll, recht würzig, Zitronenzesten, zartherb, wuchtig, braucht noch.

★★★ G €€ SB FUN
2019 Dunkelbunt Reserve + Cremig-samtig, etwas exotische Gelbfrucht, türkischer Honig, subtil; saftiger Biss, Grapefruits und etwas Marzipan, saftiger Biss, leicht rauchig, konturiert.

Weingut
Heidi Schröck & Söhne

Heidi, Johannes und Georg Schröck
7071 Rust, Rathausplatz 8
Tel. +43 2685 229
heidi@heidi-schroeck.com, www.heidi-schroeck.com
10 Hektar, W/R 70/30, 45.000 Flaschen/Jahr

Im traditionsreichen barocken Familien-Gutshof inmitten von Rust betreiben Heidi Schröck & Söhne Georg und Johannes Weinbau auf höchstem Qualitätsniveau. Klar strukturiert präsentiert sich das vielfältige Weinportefeuille, das von Weiß, Rosé und Rot bis zu den berühmten Ruster Süßweinen reicht.

Im Hause Schröck wird Weinbautradition gelebt, und dies ist eng verbunden mit qualitätsorientierter Produktion und einer sicheren Hand für die Kultivierung von Lagenvielfalt. Individuelle Terroir-Interpretation in den Weinen zum Ausdruck zu bringen wird ebenso höchste Priorität eingeräumt, wie eine minimalinvasive Kellertechnik diese kompromisslos unterstützt.

In diesem Umfeld fügt sich auch die Vielfalt der Sorteninterpretationen ideal ein. Diese reichen von Sorten-Cuvées wie dem fruchtfrischen, roten „Jungen Löwen" bis zum reinsortigen Einzellagen-Ausbau, meist mit längerem Feinhefekontakt (Furmint), oder erfreuen durch maischevergorene Varianten wie den feinen Muskateller. Zweigelt, Blaufränkisch und Sankt Laurent von jüngeren Pflanzungen bilden die Basis für fruchtfrische Allrounder, Top-Lagen bleiben ausschließlich den roten Riedenweine vorbehalten. Es ist die Harmonie der Vielfalt im Weingut Schröck, die es zu einem Ruster Juwel macht. *us*

BURGENLAND

★★★ **S €€ GM**
2020 Muskateller + Helle Kräuterwürze, verspielt mit schwereloser Leichtigkeit auf dem Gaumen, feine Rosenaromatik, vital mit mineralischer Charakteristik, feiner Säurebiss, schöne, transparente Sorteninterpretation, gute Länge und sehr trinkanimierend.

★★ **S €€ PB**
2020 Weißburgunder + Rieden-Cuvée, feine wie saftige Gelbfruchtigkeit, würzig, straff strukturiert mit perfekter Säurebalance, vital und trinkanimierend, kühler Hauch, balanciert, helle Walnussaromatik im Nachhall, gute Länge.

★★★ **S €€ PB** TIPP
2020 Weißburgunder Ried Vogelsang + Elegantes Bukett nach Wiesenkräuter, zart rauchig, pikante wie gelbfruchtige Saftigkeit, pointiert, engmaschig, Limettenzeste, druckvoll und balanciert, tiefgründig, hellfruchtige Charakteristik, helle Nüsse im Nachhall, lang im Finish, beeindruckend.

★★★ **S €€ FU** FUN PLV
2020 Furmint + Feine, kräuterduftige Nase, Thymian, hellfruchtige Aromatik, viel Capri-Zitrone, Holunder, Quitte, Weingartenpfirsich, straff und engmaschig, druckvoll, mineralisch, pointierte Stringenz, juvenil mit viel Potenzial, animierend bei guter Länge.

★★★ **S €€ PG** FUN
2019 Grauburgunder + Vielschichtiges Bukett nach Holunderblüten, Ananas und Brioche, saftig, getragene Gelbfrucht, Ananas, Maracuja, Kumquats, würzig-mineralisch geprägter Spannungsbogen, viel Körper, schöne Säurepräsenz, ausgewogen, überzeugende Sorteninterpretation, viel Potenzial, lang und toll.

★★ **S €€ CR**
2020 Tour de Rosé + Direktpressung, ein Strauß von rotbeerigem Fruchtcharme, rote Ribisel, Himbeere, Erdbeere, gehaltvoll mit perfekter Säurebalance, knackig mit viel Biss, vital, zarte Würze, sehr ansprechend.

★★ **S €€ CR**
2019 Junge Löwen + (85% BF/SL) Offenherzige Kirschnase, saftig und pointiert, viel Weichsel, Kirsche, lebendig, geradlinig, feine Tanninstütze, unkompliziertes Trinkvergnügen mit Niveau, mittlere Länge.

★★★ **S €€€ ZW** FUN PLV
2019 Zweigelt Rusterberg + Herzhaftes wie lebendiges Fruchtspiel, hellfruchtig, Weichsel, Kirsche, rote Ribisel, Hauch von Schoko, unprätentiöse Eleganz, feinkörnige Textur, glockenklar, harmonisch, mineralisch, gute Länge, Zweigelt at its best.

★★★★ **K €€€ BF** FUN
2019 Blaufränkisch Ried Kulm + Rotbeeriges Fruchtspiel, Weichsel, Kirsche, Waldbeeren, saftig mit straffer Fruchtführung, viel Kräuterwürze, tiefgründig, baut zusehends Druck auf, juvenil, finessiger Vertreter mit viel Potenzial, sehr lang.

★★★★ **K €€€€ CW** TIPP
2020 Beerenauslese + + (WR/PB) Vollreife Quitte, Apfel, Nektarine, strömt ruhig und gediegen, hellfruchtige Saftigkeit, dicht, kompakt, konzentriertes Fruchtspiel mit exotischen Komponenten à la Mango, cremige Fülle, umspielt von feiner Säure, Nougat, zeigt viel Tiefe, lang, einfach toll.

BIO NEU

Weingut
Georg Seiler

Georg Seiler
7071 Rust, Conradplatz 10
Mobil +43 699 122 932 28
office@weingut-seiler.at, www.weingut-seiler.at
10 Hektar, W/R 55/45

GEORG SEILER

Ruster Ausbruch

Auf dem Weingut Seiler in Rust wurden schon vor Jahren entscheidende Weichenstellungen vorgenommen. So hat Viktor Seiler, der Großvater von Georg, 1951 Furmint ausgepflanzt, als andere die alten Bestände rodeten. Sein Vater Friedrich Seiler war Gründungsmitglied des Cercle Ruster Ausbruch und hat maßgeblich dazu beigetragen, diesen Süßwein, der einst in den Königshäusern kredenzt wurde, für das 21. Jahrhundert zu etablieren. Georg Seiler hat 2016 mit der Umstellung auf biologische Bewirtschaftung begonnen, mit dem Jahrgang 2019 wurde das Weingut zertifiziert. Erste Schritte wurden bereits Anfang der 1980er-Jahre gesetzt, indem die Weingärten zur Eindämmung der Erosion begrünt wurden. Der Untergrund der Rieden ist abwechslungsreich, von extrem kalkhaltigen Standorten wie in der Ried Oberer Wald bis zu Böden kristallinen Ursprungs wie in den Rieden Geyer, wo sich der Furmint besonders wohlfühlt, oder Rieglband, wo der Chardonnay des Hauses herkommt. Dass sich die Riede Oberer Wald hervorragend für Blaufränkisch eignet, ist längst kein Geheimnis mehr.

Den Ausbaustil von Georg Seiler kann man als traditionell umschreiben. Die Weine werden vergleichsweise spät abgezogen und erst knapp vor der Füllung filtriert, bei Rotweinen mit längerer Fasslagerung nicht vor Mai oder Juni. Die leichten und fruchtigen Weißen werden im Stahltank ausgebaut, die kräftigen im großen Holzfass. Bei den Rotweinen geht ohne Holz gar nichts, selbst die fruchtigen liegen rund ein halbes Jahr in diesen Gebinden.

Im Buschenschank, der seit 2004 nach seiner Restaurierung wieder geöffnet ist, lassen sich die hauseigenen Weine in entspannter Atmosphäre verkosten. *ww*

RUST DAC

★★★★ S €€€€ CW TIPP
2018 Ruster Ausbruch + Dunkle Aromatik, Liebstöckl, Honig, Marillennektar; Substanz, Säure und beachtlicher Restzucker ausgewogen, lebendig, getrocknete Früchte, kandierte Zitrusfrüchte und Kräuter klingen lange nach.

BURGENLAND

★★★ S €€ FU PLV
2020 Furmint + Kräftig, Quitten, Birnen, weiße Johannisbeeren; schließt so an, hinten auch Prise Kräuter, lebhaft, Fokus, frisch, gute Länge, Trinkfluss.

★★★ S €€ FU
2019 Furmint + Hochgradig eigenständig, Pistazien, zuerst Sardellenfilets, dann Quitten und Marillen; Quitten dominant, feine Säure, Prise Salz, Kraft, im langen Nachhall auch getrocknete Apfelspalten und Zitrus.

★★★ S PB
2019 Weißburgunder + Druckvoll, Haselnüsse, Kräuter, mit Luft frische Äpfel; mehr Frucht, nussige Komponenten, Substanz, im Nachhall Kräuter und Pistazien.

★★★ S €€ CH TIPP PLV
2019 Chardonnay Ried Rieglband + Druck, Kletzen, kandierte Orangen, Haselnüsse; vielschichtig, lebhaft, feines Säurenetz, Substanz, unauffällige Gerbstoffe, Dörrobst und reife Frucht im langen Abgang.

★★ S € BF PLV
2020 Blaufränkisch Rosé + Sympathisch, Kirschen, dezente Würze; Kirschen und rote Beeren, Gerbstoffe angedeutet, angenehme Säure, Substanz, rote Frucht im Nachhall, Essensbegleiter.

★★★ S €€€ CF
2019 Cabernet Franc + Kühl, klare Frucht, ätherisch, grünblättrige Würze, Pfefferoni; kühle Frucht und Würze, Säurespiel, feine Tannine, Schwarzkirschen klingen lange nach.

★★★ S €€€ CR TIPP
2018 Rusterberg + (75BF/CS) Elegant, reintönig, Kirschen, Brombeeren, Cassis, Gewürze unterlegt; schließt so an, fein strukturiert, fernab jeder Üppigkeit, Finesse, zartes Gerbstoffnetz, mittlere Länge, wertig.

★★★ S €€€ BF
2018 Blaufränkisch Ried Oberer Wald + Brombeeren, Kirschen, frische Kastanien, Würze, Orangen angedeutet; saftig, hauchzartes Säurespiel, trinkanimierend, klare Frucht, Gerbstoffe integriert, Holz kein Thema, im Nachhall Kräuter.

WEINLAND

★★ S €€ GM
2020 Gelber Muskateller + Eigenständig, Kräuter, eingelegte Früchte, Grapefruits und deren Zesten, Holunderblüten; schließt aromatisch an, bekömmlich, Säurespiel, gelbe Zitrusaromen und grüne Kräuter im Nachhall.

Weingut

Sommer

Leopold Sommer
7082 Donnerskirchen, Johannesstraße 26
Tel. +43 2683 8504, Fax -4
info@weingut-sommer.at, www.weingut-sommer.at
30 Hektar, W/R 80/20

Es sind besondere Weine, die Leo Sommer uns präsentiert. Das Weingut gibt es seit 1698. Leo Sommer keltert Weine von höchster Authentizität, sehr charaktervoll, individuell, von großer Klasse. Ich beginne mit den großen Leithaberg DAC Weinen. 2019 Chardonnay Ried Riefring-Thal – mehr Ausdruck geht kaum. 2019 Grüner Veltliner – tiefgründig und von höchster Präzision. 2019 Ried Himmelreich – der sprengt alle Grenzen. Die sogenannten Basis-Weine wie Welschriesling, Grüner Veltliner oder der MUMO (GM, MO) decken ein breites Segment ab. Bestechend sauber, voller Frische, zwitschern auf einigem Niveau. Zu den Lagen-Weinen von 2020: Grüner Veltliner Ried Bergweingarten – sehr typisch und balanciert. Chardonnay Ried Kreuzjoch – ungemein typisch und ausdrucksstark. Sauvignon Blanc Ried Kreuzjoch – man trinkt momentan reine Zukunft. Viel Substanz. Riesling Ried Bergweingarten – da beginnt es zu faszinieren. Die Weine der sogenannten HANDWERK Linie 2020 sind von außergewöhnlicher Tiefe und großer Persönlichkeit. Weine, die ihre Zeit brauchen, um sich darzustellen. Richtige Lagerweine. Diese Weine kommen aus den Rebsorten wie Welschriesling – wahnsinnig gut –, Riesling – von dramatischer Größe –, Sauvignon Blanc – hier ist noch viel Geduld erforderlich, doch kein Problem –, Traminer – noch sehr embryonal, doch mein Herzenswein.

Leo Sommer und Donnerskirchen – ein unschlagbares Duo. *as*

LEITHABERG DAC

★★★★ K €€€€ CH TIPP
2019 Chardonnay Ried Riefring Thal + Orangenblüten, Citrus, Nüsse, salzige Frische, Brotrinde, Hauch Vanille, kein Holz merkbar, tolle Struktur, schiefrige Töne, sehr elegant, eine Symbiose zwischen heller und dunkler Tönung, exotische Anklänge, sehr vielschichtig, viel Substanz, ungemein präzise, von charmantem Tiefgang. Das ist Leithaberg pur von internationaler Größe.

★★★★ K €€€€ GV TIPP
2019 Grüner Veltliner + Dunkler Schiefer, weißer Pfeffer, salzige Noten, getrocknete Kräuter, viele Gewürze, Grapefruit, eng und druckvoll, sehr typisch, ein äußerst präziser Grüner Veltliner, Leithaberg perfekt herausgearbeitet.

★★★ K €€€€ GV
2019 Grüner Veltliner Ried Himmelreich + (Schiefer) Citrus, viele Kräuter, Thymian, Lorbeerblatt, extrem mineralisch, extrem druckvoll, extrem vielschichtig, braucht enorm viel Luft, legt Schicht für Schicht frei, Pfeffer, Grapefruit, burgundische Finesse, Meersalz, Orangenschalen, Holz, das man nicht bemerkt, jodige Textur, irre tief und irre lang, da steckt enorm viel drinnen, ein Potenzial für Jahrzehnte, tolles Säurespiel, sehr präzise, Klasse.

BURGENLAND

★★★ S €€ GV
2020 Grüner Veltliner Ried Bergweingarten + Ein feinpfeffriger Wein von großer Eleganz, ein Hauch Citrus, bisschen Pomelo, Mandarinen, gewisse Exotik, von gediegener Finesse, angenehmer Fruchtsüße, dezent rauchig, frische Kräuter, sehr balanciert, sehr typisch, sehr guter Wein!

★★★ S €€ RI
2020 Riesling Ried Bergweingarten + (Schiefer) Das ist Riesling vom Feinsten, Ananas, Marillen, hochelegant, schiefrig, feinste Exotik, von einer herrlichen feingliedrigen Festigkeit, so richtig tief, tolle Säure, knackig, rassig, das ist mineralischer Riesling, der immer präsent ist. Viel Zukunft!

★★★ S €€ SB
2020 Sauvignon Blanc Ried Wolfsbach + (Schotter, Schiefer) Brennnesseln, Cassis, Paprika, voller Pikanz, etwas grüne Töne, die trinkanimierend wirken, sehr typisch, grasige Noten, fordernde Säure, braucht unbedingt Flaschenreife, da gibt es noch exotische Noten, die sich – noch – nicht hervortrauen. Der Schiefer setzt sich durch, Citrus, kernige Struktur. Ein Wein von rustikalem Charakter. Sehr positiv.

★★★ K €€€ SB
2020 Handwerk Sauvignon Blanc + Noch sehr embryonal, alles noch versteckt, Hefe, Cassis, Stachelbeeren, rote & schwarze Beeren, dieser Wein ist wie der Urknall, alles konzentriert, knapp vor der Explosion. Ganz große Tiefe, ein Riesenwein steht uns bevor. Geduld, Geduld.

★★★★ K €€€ WR TIPP
2020 Handwerk Welschriesling + Die Orangenblüten verstecken sich noch in der Hefe, Ananas, total salzig, eine tolle Frucht ahnend, ganz viel Struktur, unglaublich viel Stoff, immer fest, immer tief, ein Welschriesling der besonderen Art.

★★★★ K €€€ RI TIPP
2020 Handwerk Riesling + Die totale schiefrige Salzigkeit hervorkehrend, nasser Stein, jodige Anklänge, Boden pur, so etwas von eng, Steinobst, alles gebündelt, alles sekundär, straff, perfekte Säure, dichte Struktur, die Mineralien fordern den Gaumen, ganz große Klasse.

★★★★ K €€€ TR
2020 Handwerk Traminer + Rosen, die am Verblühen sind, gelber Pfirsich, total jung, total unfertig, aber irre spannend, totale Zukunft, fruchtig-weiche Frucht, doch kompakt, trocken, salzige Noten, bisschen Wachs, Riesenpotenzial.

Weingut
Ernst Triebaumer

Ernst Triebaumer
7071 Rust, Raiffeisenstraße 9
Tel. +43 2685 528
office@ernst.triebaumer.com, www.triebaumer.com
18 Hektar

Beginnen wir einmal mit den unkonventionell bereiteten Weinen, von denen heuer zwei ganz verschiedene auf dem Prüfstand waren. Zum einen ein spontan mit der ganzen Traube vergorener Traminer, der 18 Monate im großen Fass reifte und trotz dieser ungewöhnlichen Methode und minimaler Schwefelzugabe die Aromatik der Rebsorte in individueller Weise zum Ausdruck brachte. Zum anderen präsentierte sich im roten Bereich der bereits bekannte, ohne Schwefelzugabe gereifte Blaufränkisch Urwerk 2017 recht maischig und archaisch, aber dennoch charakteristisch, was Weinfreunde, die diese ungeschminkte, puristische Stilistik schätzen, sicher erfreuen wird.

Haben wir ja schon im Vorjahr die überzeugende Frühform der preisgünstigen Rotweine hervorgehoben, so ist die Lobeshymne dieses Jahr noch zu steigern, sind doch die 2019er Standardweine so gut wie noch nie ausgefallen. Dies gilt für die vor Fruchtfülle und Saftigkeit prunkenden Blaufränkischen Rusterberg und Gemärk im Besonderen, aber auch für den durch den hohen Merlot-Anteil schon sehr runden und harmonischen Tridendron. Auch der hauptsächlich auf Blaufränkisch aus der Spitzenlage Mariental basierende Maulwurf verdient ein Sonderlob, zumal er sich mit seinem kirschfruchtigen, rassigen Stil dem „großen Bruder" in Gestalt des Mariental-Blaufränkischen immer weiter annähert.

Punkto Komplexität und Finesse scheint der Blaufränkische 2019 von der Ried Oberer Wald nahezu eine neue Dimension zu erreichen. Auch er könnte bei kontinuierlicher Weiterentwicklung zum besten aller Zeiten erwählt werden; bereits jetzt erinnert er mit seinem Tiefgang an die größten Vorjahre wie 2006, 2012 und 2016. Während der 2018er Cabernet-Merlot eine für den Jahrgang ungewöhnliche Tanninfülle besitzt und zu seiner Harmonisierung vermutlich von weiterer Flaschenreife profitieren dürfte, präsentiert sich der bereits legendäre Blaufränkische von der Ried Mariental aus diesem Jahr doch bedeutend offenherziger und zugänglicher, als dies etwa in den beiden Vorgängerjahren der Fall war, und scheint somit ein typisches Kind des Jahrgangs zu sein. Dennoch sollte er in keiner Sammlung von Liebhabern dieses unverkennbaren Modellweines fehlen, denn der Vergleich mit Jahrgängen wie 2011 und 2015 könnte schon spannend werden. *vs*

BURGENLAND

★★ G €€ GM
2020 Gelber Muskateller Ried Greiner + Feiner Blütenduft, Zitrone, kühl und beschwingt, feingliedrig und schlank, dezente Muskataromen, guter Biss.

★★★ G/K €€€ CH
2018 Chardonnay Ried Bandkräftn + Intensive, malzige Nase nach Hefegebäck und Mandarinen, auch Salzkaramell, rund und ausgewogen, gelbfruchtiges Spiel, satter Schmelz und gute Länge, hat sich positiv entwickelt.

★★★ K €€€ TR
2018 Traminer Ganze Traube + Archaisch anmutendes, hefig-traubiges Bukett, Anflug von Rosenblüten und Eibisch, feine Wermutnote, recht kühl und leichtfüßig, andererseits auch dicht und fleischig – höchst individuelle Interpretation.

★★★ G €€ BF PLV
2019 Blaufränkisch Ried Rusterberg + Pikante Weichselfrucht, auch etwas Moosbeere, pfeffrig, frisch und konturiert, feingliedrig und saftig zugleich, fest verwoben, dunkelfruchtiges Finale, der bislang beste Rusterberg.

★★★ G €€ BF PLV
2019 Blaufränkisch Ried Gemärk + Marzipan und Herzkirschen im Überfluss, auch Granatapfel, lebhaft wie verlockend, gediegen und kernig, betont heuer die „blauen" Aromen, herzhaft, engmaschig und lang.

★★★ G/K €€ CR
2019 Tridendron + (ME/BF/CS) Schwarze Oliven und Kirschen, der Merlot gibt klar den Ton an, offenherzig und geschliffen, fruchtsüß und ausgewogen bei mittlerem Gewicht, reife Tannine im sanften Abgang.

★★★ G/K €€€ CR TIPP
2019 Maulwurf + (BF/CS/ME) Markanter Blaufränkisch-Auftakt à la Mariental, würzig und eindringlich, auch schotige Akzente vom Cabernet, engmaschig und körperreich, satte Brombeerfrucht, Waldboden und Wacholder, auf dem Weg zum Klassiker.

★★★★ G/K €€€€ BF TIPP
2019 Blaufränkisch Ried Oberer Wald + Betörendes, hochfeines Duftspiel nach Zwetschken, Schwarztee und Blutorange, geht sofort in die Tiefe, reichhaltig und vielschichtig, süßer Früchtereigen, viel Finesse, klingt „ewig" lange nach – schlägt für den Oberen Wald ein neues Kapitel auf!

★★★ G/K €€€€€€ BF
2017 Blaufränkisch Urwerk (schwefelfrei) + Zunächst rauchig, maischig und verhalten, Maulbeeren und Zwetschken im Hintergrund, auf dem Gaumen präsenter und fruchtbetont, kernig und dicht, noch embryonal, fordernde Art.

★★★★ G/K €€€€€ CR
2018 Cabernet-Merlot + Nach dunkler Schokolade und Efeu duftend, ein Hauch von Cassis, reichhaltig und ausgereift, für 2018 erstaunlich druckvoll, reintönig und dicht, reife Tannine, ganz gute Länge.

★★★★★ G/K €€€€€€ BF TOP
2018 Blaufränkisch Ried Mariental + Feine Melange aus Brombeeren und schwarzen Kirschen, auch Weihrauch und Menthol, elegant, etwas sanfter und offener als gewohnt, extraktsüß und vielfältig, samtige Tannine im langen Nachhall, sehr vornehm.

Weingut
G + R Triebaumer

Günter & Regina Triebaumer
7071 Rust, Neuegasse 18
Mobil +43 676 724 87 97
weingut@triebaumer.at, www.triebaumer.at
24 Hektar, W/R 45/55

Günter und Regina Triebaumer haben das alteingesessene Ruster Weingut in den vergangenen knapp zwei Dekaden merklich verändert: Der klassischen Herkunft wurde durch die Restrukturierung der Palette samt Einführung neuer Sorten und Weine sowie durch die Befruchtung mit kreativen Konzepten und Ideen neues Leben eingehaucht. Seitdem haben die beiden einen qualitativen Höhenflug absolviert und zählen mittlerweile zu den bekanntesten burgenländischen Weingütern.
Die Weingärten liegen fast zur Gänze in und um Rust – lediglich 1,3 Hektar mit Muskateller stehen in Reginas Heimatgemeinde Gols –, wobei sich die Rebflächen auf viele der Top-Rieden der Freistadt verteilen. Im Weißwein-Bereich gibt es eine starke Präsenz von aromatischen Sorten – neben Muskateller und Sauvignon Blanc wird auch die historische Sorte Furmint kultiviert. Premium-Wein in Weiß ist allerdings der Lagen-Chardonnay von der Ried Geyerumriss. Und weil der früher bei einer großen Weinhandelskette beschäftigte Günter und Weinakademikerin Regina Triebaumer mit autochthonen Top-Sorten aus verschiedenen Ländern intim vertraut sind, findet man solche – u.a. den weißen Viognier aus dem Rhonetal, Petit Manseng aus den Pyrenäen, dazu seit langem Syrah und Nebbiolo.
In dem von Blaufränkisch dominierten Rotwein-Segment sind bereits die hochwertigen Basisweine hervorzuheben, die mit Sortentypizität und Fruchttransparenz glänzen. Unter den Reserven gibt es eine aus einem internationalen Sortenmix bestehende „Weite Welt". Das Top-Segment bilden drei Lagenweine: Cabernet Franc Gillesberg sowie je ein Blaufränkisch von den Rieden Plachen und Oberer Wald. *psch*

BURGENLAND

★★ S €€ BF
2020 Rosé vom Blaufränkisch Reserve htr + Zurückhaltend im Duft, rote Beeren, Keks; recht saftig, leicht malzige Ribiselfrucht, strukturgebendes Tannin, rassig.

★★★ S €€ FU
2020 Furmint + Dezent nach Frühlingswiese und grünem Spargel, frische Quitten, helle Würze; knackig, erfrischend, spritzig, zartherb, Sommerwein mit Biss und Charme.

★★★ S €€ SB FUN
2020 Sauvignon Blanc + Dezente Nase, süße Schoten, helle Frucht, etwas Steinobst; kernig, straff, reife süß-saure Zitronen, viel Rasse und Grip, packend.

★★★★ S €€€€ FU
2019 Ried Geyerumriss Furmint + Schüchtern, gewisse Tiefe, zart rauchig, Frühlingswiese, Quitten; saftig, voller Frucht, geschmeidig mit Biss, feiner Schmelz, schliffig, mittellang.

★★★ S €€ BF FUN PLV
2019 Blaufränkisch + Volle Nase nach Dunkelbeeren und Zwetschken, etwas schokoladig; viel Frucht, recht elegant, knackig, saftig nach hinten, mittleres Finish.

★★★ S €€ ME
2019 Merlot + Samtige Nase nach dunklen Beeren mit dunkelfloralen Noten, vanillig, geräuchert; schmelzig und schmalzig, mollige Frucht, weich, mittellang.

★★★ S €€ CS FUN PLV
2019 Cabernet Sauvignon + Cassis, Efeu, ölig, Lavendel, Kürbiskerne, beachtliches Volumen; satter Fruchtschmelz, reich, Fruchtschokolade, kraftvolles Tannin, recht lang.

★★★★ S €€€€ CR TIPP
2018 Weite Welt + Samtig-tiefe Fruchtfülle, dunkle Beeren, Veilchen, Granatapfel, Tabak und Kaffee; satte Substanz, saftige Beerenfülle, jugendlich, feiner Säurebiss und Struktur, gebündelt, wuchtig, lang.

★★★ S €€€€ BF
2018 Blaufränkisch Reserve + Schwarzkirschen und Brombeeren, würzig, rosa Pfeffer, opulente Fülle; saftig, kraftvoll, relativ geschliffene Beerenfrucht, wuchtig, mittellang.

★★★★ S €€€€€ CF TIPP
2018 Cabernet Franc Ried Gillesberg + Opulentes Bukett nach Kirschkuchen und getrockneten Erdbeeren; kraftvoll und vollmundig mit straffem Tannin, satt mit vollreifer Frucht, feurig und strukturiert, lang, Geduld.

★★★ S €€€€€ BF
2018 Blaufränkisch Ried Oberer Wald + Opulenter, fülliger Duft nach eingemachten Beeren und Powidl, süß und einladend; wuchtig, recht dichte Frucht, Waldbeeren, sehr zugänglich, dabei ruppig, kraftvoll.

★★★★★ S €€€€€ BF TOP
2018 Blaufränkisch Ried Plachen + Kalter Rauch, dunkles Laub, Heidelbeeren und Preiselbeeren, Piemontkirschen, bisschen speckig-pfeffrig; Riesenfrucht, reife rote Beeren, feurig, reichhaltig, wuchtig, sehr strukturiert, lang, embryonal.

★★★★ S €€€€€ GM TIPP
2018 Ruster Ausbruch Gelber Muskateller + Rauchig, Honig, kandierte gelbe Trauben und Marillen, verführerisch, Orangenschalen; herrlich saftig, tolle Frucht, hell und vibrierend, energetisch, knackig, Quitte und Blutorange, lang.

Weingut
Wagentristl

Rudolf Wagentristl
7051 Großhöflein, Rosengasse 2
Tel. +43 2682 61415
weingut@wagentristl.com, www.wagentristl.com
14 Hektar, W/R 35/65 60.000 Flaschen/Jahr

Das romantisch mitten im Ort gelegene Weingut ist ein traditionelles Familienunternehmen, das bis auf das Jahr 1888 zurückreicht und heute sehr erfolgreich von Rudolf Wagentristl geführt wird. Rudi, wie er allgemein genannt wird, ist ein Garant für lineare Weine, die in feingliedriger Stilistik und mit mineralischer Tiefe gepaart unisono überzeugen. Und das gilt gleichermaßen für seine Gutsweine wie für die Premium-Line.

Die Vorliebe des Winzers für die Burgunder-Sorten spiegelt sich im Sortenspektrum ebenso, wie den heimischen Traditionsreben höchste Aufmerksamkeit zuteilwird. Besonders hervorzuheben sind im aktuellen Portefeuille die beiden Rieden Blaufränkisch von den kalkhaltigen Böden der Südost ausgerichteten Reisbühl und von der Ried Kreidestein (etwas höher gelegener Südwest-Hang). Geradezu idealtypisch ist hier der Terroir-betonte Ausbauphilosophie nachvollziehbar: Saftig-füllig in wärmender Fruchtfülle präsentiert sich der Blaufränkisch von der Ried Reisbühl, hingegen frisch-vital mit hoher Extraktdichte jener Vertreter vom steinigen Kalk.

Als Juwel des Hauses Wagentristl gilt der Weißburgunder Ried Kreidestein, der Jahr für Jahr zu Fixstarten für den besten Weißburgunder des Landes zu zählen ist. *us*

LEITHABERG DAC

★★★ S €€ CH
2019 Chardonnay + Vollreife, süße Gelbfrucht, Steinobst, etwas Exotik à la Ananas, mineralisch geprägt, etwas Vanille, herzhaft und knackig, perfekt strukturiert, toller Säurebiss, vital, fein würzig im Nachhall, gute Länge.

★★★★ K €€€€ PB TIPP
2019 Müllendorfer Weißburgunder Ried Kreidestein + Intensive Walnussaromatik, gelbes Fruchtspiel, reifer Apfel, Papaya, perfekter Säurerückhalt, etwas Vanille, vital und feingliedrig, Wiesenkräuterwürze, tolle Sorteninterpretation mit viel mineralischer Finesse, lang im Finish, ein Klassiker im Hause Wagenstristl.

★★★ K €€ BF TIPP
2019 Blaufränkisch + Gediegene Kirsch-Schoko-Nase mit feiner Würze, saftig, kompakt, straffe Fruchtführung, frisch mit enormer Fruchttiefe, geprägt von Mineralität und Würze, präzise, feinkörnige Tannine, viel Potenzial, tolle Länge.

★★★★ K €€€€ BF
2018 Kleinhöfleiner Blaufränkisch Ried Reisbühl + Dunkelfruchtige Anmutung, Waldbeere, Maulbeere, feiner Würze-Hintergrund, ausgewogen, feinkörniges Tannin, geradlinig mit kerniger Mitte, strömt ruhig, lang.

★★★★ K €€€€ BF TIPP
2018 Müllendorfer Blaufränkisch Ried Kreidestein + Feine Kirsch-Brombeer-Melange, dicht mit straffer Fruchtführung, kompakt mit rotbeerigem Kern, geradlinig, vitale Säurestütze, druckvoll mit viel Grip, öffnet sich allmählich mit ziseliertem Frucht-Würze-Spiel, Finesse, viel Terroir-Prägung, sehr lang mit tollem Entwicklungspotenzial.

BURGENLAND

★★ S € CW FUN
2020 Weiße Vielfalt + (GV/WR/MT/MO) Schöne frische Frucht, Melange von Birne und weißer Melone, feine Muskatwürze, Wiesenkräuter, klar, saftig mit Grip, schlank, zugleich gerundet, toller Sommerwein.

★★ S €€ PB FUN
2020 Weißburgunder Gutswein + Animierende gelbfruchtige Nase, Nuancen von Wiesenkräutern, hellfruchtige wie geschmeidige Fruchtkomponenten, helle Walnuss, Nektarine, Limettenzeste, straff, perfekt eingebundenes Säurekorsett, frische Kühle, sehr trinkanimierend.

★★ S €€ CR
2019 Cuvée Ried Föllikberg + (BF/ZW) Dunkelfruchtige Anmutung, Waldbeere, Maulbeere, pfeffrige Würze, vollreif, saftig mit feinem Schmelz, feinkörnige Tannine, harmonisch, würzig im Nachhall.

★★ S €€ BF FUN PLV
2019 Blaufränkisch Gutswein + Feine, würzebetonte Fruchtnase, Waldbeeren, glockenklares Geschmacksbild, reife Kirsche, Heidelbeere, pfeffrige Würze, strömt in voller Harmonie, vitaler Säurebogen, viel Präsenz, substanzreich, trinkanimierend bis ins lange Finish.

★★★ K €€€ CR
2018 Heulichin + (CS/BF/ZW) Cassis-Lakritze-Nase, vollmundig, stoffig auf dem Gaumen, Kornelkirsche, Brombeere, Schoko, dunkelfruchtig mit feiner Würze-Abstimmung, pikant, dicht und balanciert, perfekt strukturiert, dezenter Holzeinfluss, saftig und gerundet im Nachhall, harmonisch, sehr gelungen.

Weingut
Michael Wenzel

Michael Wenzel
7071 Rust, Hauptstraße 29
Tel. +43 2685 287, Fax -4
office@michaelwenzel.at, www.michaelwenzel.at
8 Hektar, W/R 60/40, 35.000 Flaschen/Jahr

Michael Wenzel ist zielstrebig, visionär und immer in Bewegung. Rückhalt bietet ihm das über viele Winzergenerationen geführte Familienweingut mitten im historischen Ensemble von Rust. Zielstrebig ist er in der konsequenten Umsetzung eines naturnahen Weinbaus, was im Weingarten mit sorgfältiger Rebpflege beginnt und konsequent im minimalinvasiven Kellerausbau seine Vollendung findet. Visionär ist sein Agieren, die Zukunft des Qualitätsweinbaus durch permanente Weiterentwicklung zu sichern.

Das aktuelle Portefeuille spiegelt gleichsam die Weinbauphilosophie des Winzers, und das in zweierlei Hinsicht. Da wäre die klassische Ausbaulinie mit dem Hauptakteur Furmint: der Einsteiger „Quarz" ist fruchtbetont und vital, die Premium-Linie „Vogelklang" aus der Riede Vogelsang und „Garten Eden" von wurzelechten Klonen begeistern durch viel Terroir-betontes Frucht-Würze-Spiel. Ergänzt wird diese Ausbauart durch den „Blaufränkisch 28", der achtundzwanzig Monate im traditionellen 500-Liter-Holzfass gereift ist.

Die zweite Ausbaulinie nennt sich „wild & free" und basiert auf einen maischevergorenen Ausbau in Weiß. „Lockvogel" ist eine Sorten-Cuvée, und hingegen reinsortig präsentiert sich „Voodoo", dessen Name sich von seiner rosa Farbe herleitet, die der Pinot Gris durch die längere Extraktion seiner rötlich-bronzierten Schalenpigmente erhält.

Neu ist „Fränk", ein Roter mit intrazellulärem Gärverlauf (maceration carbonique), der als fruchtbetonter Tischwein mit weichen Tanninen mediterrane Lebensfreude aufkommen lässt. *us*

BURGENLAND

★★★ **K €€ FU** FUN PLV
2020 Furmint aus dem Quarz + Reifer Pfirsich, Kumquats, Limette, Brioche, ziselierter Verve, druckvoll, viel hellfruchtige Anmutung mit salziger Frische, bereitet ungemein viel Trinkspaß, viel Kräuterwürze im Nachhall, toller Speisenbegleiter.

★★★★ **K €€€€ FU** TIPP
2019 Furmint Vogelklang + Frische wie duftige Honigmelone-Kamille-Nase, ungemein fokussiertes Fruchtspiel, Quitte, Limettenzeste, Birne, strotzt förmlich vor mineralischer Vitalität, druckvoll, kompakt, feine Kräuteraromen in mediterraner Art, straff, zeigt viel Tiefe, engmaschig mit feinziseliertem Spanungsbogen, druckvoll, viel Terroir-Ausdruck, enorme Zukunft, einfach groß.

★★★★ **K €€€€€ FU** TIPP
2019 Furmint Garten Eden + Elegantes Steinobstbouquet, orientalische Würze, dicht und saftig, Melone, Mirabelle, Limettenzeste, ein Strauß von Kräuterwürze, engmaschig und druckvoll, Vitalität pur mit viel mineralischer Salzigkeit, gleitet auf dem Gaumen mit viel Finesse bis ins endlose Finale, Chapeau!

★★★ **K €€ CW**
2020 Lockvogel wild & free + (SB, CH, GM, maischevergoren) Rosenflorales Entrée, vollreife wie gelbfruchtige Aromatik, Lederapfel, etwas Grapefruit, vital, feine Würze, mineralisch-kreidige Anmutung, die viel Stringenz und Finesse verleiht, dezentes strukturgebendes Tannin, ungemein trinkanimierend, toll.

★★★ **K €€€ PG**
2020 Voodoo Child, wild & free + (PG, maischevergoren) Orientalische Basar-Würze, Kirsche, saftige wie hellfruchtige Rotbeerigkeit, Kornelkirsche, Weichsel, Erdbeere, strömt ruhig in saftiger Dichte, zurückhaltende Kräuterwürze, Lebkuchengewürz, Lorbeer, gelbfruchtige Steinobstanklänge, ausgewogenes Frucht-Tannin-Gefüge, vital mit mineralischer Prägung, füllig mit getragener Säurestütze, vielschichtig, braucht Zeit, gute Länge.

★★★ **K €€ CR**
2020 Fränk wild & free + (BF/PN, maischevergoren) Bukett nach reifer Heidelbeere, Herzkirsche, knackige Saftigkeit, viel Rotbeerigkeit, Waldbeeren-Reminiszenz, fruchtfrisch und strotzend vor mineralischen Komponenten, stoffig, feinkörnig, rundes Tannin, vital, harmonisch, strömt ruhig, Kräuterwürze im Nachhall, toller Speisenbegleiter.

★★★ **K €€€ BF** TIPP
2018 Blaufränkisch 28 + Betörende, ruhende Heidelbeernase, feiner Würze-Touch, saftige wie dichte Rotbeerigkeit, reife Maulbeere, kompakt, druckvoll mit ruhender Mitte, lebendiger Säurehintergrund, Hauch von Pfefferwürze, harmonisch bei sehr guter Länge, überzeugende Stilistik mit viel Vitalität, Terroir-betont mit besten Perspektiven, lang bis ins Finale.

VINOTHEKEN

EISENSTADT

Selektion Vinothek Burgenland
7000 Eisenstadt, Esterházyplatz 4
Tel. +43 2682 63345
wein@selektion-burgenland.at
www.selektion-burgenland.at

Kompetente Vinothek in historischen Räumen. Die Selektion Vinothek & Weinbar Burgenland bietet über 600 Weine von 100 Winzern aus allen Regionen des Burgenlands, dazu werden kleine Happen serviert.

MÖRBISCH

Mörbischer Vinothek
Mag. Fritz Sommer, Petra Hauer
7072 Mörbisch, Hauptstraße 95
Tel. +43 664 3161669
mag.sommer@aon.at
www.vinothek-moerbisch.at

Gemütliche Ortsvinothek, die nicht nur so gut wie alles auf Lager hat, was in der Gegend einmal eine Weintraube war, sondern auch durch kompetente Beratung überzeugt.

RUST

Weinakademie Österreich
mit Gebietsvinothek
7071 Rust, Hauptstraße 31
Tel. +43 2685 68530
www.weinakademie.at/bas_rust.php
Bei Voranmeldung für Gruppen
ab 10 Personen kommentierte Degustationen.

PURBACH

Haus am Kellerplatz
7083 Purbach, Am Kellerplatz 1
Tel. +43 2683 5920
www.haus-am-kellerplatz.at

SIEGENDORF

Weinhandel Wild
7011 Siegendorf, Hauptstraße 16
Tel. +43 664 5223193
wild.wien@bkf.at, www.weinhandel-wild.at
Mit Voranmeldung

GASTRONOMIE/NÄCHTIGUNG

BAD SAUERBRUNN

Rosengarten
7202 Bad Sauerbrunn, Bahngasse 2
Tel. +43 660 5238466
www.rosengarten-badsauerbrunn.at

Das Rosengärtchen duftet, die Küche leicht und zeitgemäß: Terrine von Huhn mit Eierschwammerln und Petersilienwurzelcreme, Nudeln mit geräuchertem Tofu und Karfiol, Coq au Vin mit Sommergemüse, geschmortes Reh mit Pilzen und Polenta. Gut gepflegtes Käseangebot und ein Weinangebot, das keine Langeweile aufkommen lässt.

EISENSTADT

Henrici
7000 Eisenstadt, Esterházyplatz 5
Tel. +43 2682 62819
www.henrici.at

Stimmungsvolle Location, besonders im offenen Säulengang mit Blick auf das Schloss. Viele hochwertige Produkte wie Fisch, Rind, Wild oder Wein werden in den eigenen Landwirtschaftsbetrieben der Esterházys produziert. Auf den Teller kommt ein regional-mediterraner Mix mit zeitgemäßen Anleihen. Am Wochenende lockt das Flying Frühstück mit zahlreichen Häppchen.

Die Alm by Rabina
7000 Eisenstadt, Glorietteallee 51
Tel. +43 2682 24090
www.diealm.at, diealm@rabina.at

Die Alm ist das höchst gelegene Lokal von Eisenstadt, nämlich in der Gloriette. Michael Rabina pflegt internationale Trendküche sowie mediterrane und österreichische Klassiker, aber auch vegetarische Gerichte, dazu gibt es eine feine Auswahl an Weinen aus dem Burgenland und anderen Gefilden.

Restaurant Ruckendorfer
7000 Eisenstadt, Joseph-Haydn-Gasse 43
Tel. +43 2682 64688
www.ruckendorfer.com

Nettes Bistro mit viel Glas und einem von Steinmauern umgebenen Garten. Gelungene Kombination aus pannonischer und moderner Crossover-Küche. Da kommen Gänge wie Carpaccio vom Black Angus mit Kapern, Oliven, Cherrytomaten & Grana Padano, Backhendl oder gelbes Chickencurry. Recht ausführliche Weinkarte, fast ausschließlich burgenländische Weine.

Hotel Ohr Restaurant & Catering
7000 Eisenstadt, Ruster Straße 51
Tel. +43 2682 62460
www.hotel-ohr.at

Im gemütlichen Familienhotel sorgt Johannes Ohr in dritter Generation für Akzente in der Küche. Viele Kreationen stammen aus dem Rezeptfundus der Oma, der Enkel achtet darauf, dass sie nicht in Vergessenheit geraten. Gerne kombiniert er auch mit internationalen Zutaten. Die Kalbsbrust ist genauso beliebt wie das Zanderfilet mit Krabbensauce. Angenehmer Garten mit schattenspendender Platane. Gute Weinkarte mit Schwerpunkt Burgenland, hausgemachte Schnäpse.

WeinSchwein – Hofpassage
7000 Eisenstadt, Hauptstraße 30
Tel. +43 2682 64752
contact@hofpassage.at
www.hofpassage.at/weinschwein

Café, Heuriger und Bar: Ungezwungen essen und ein Glas Wein in der Hofpassage in Eisenstadt. Hier werden bodenständige traditionelle Gerichte ebenso serviert wie Tapas und Brote, dazu etliche vegetarische Speisen.

Osteria del Corso
7000 Eisenstadt, Hauptstraße 48b
Tel. +43 650 9907217
www.osteria-corso.at

Original mediterranes Feeling in der sympathischen Osteria mit Gewölbe und Kerzenscheinromantik, im Sommer sitzt man im netten, begrünten Hof. Patron Helmut Hager konzentriert sich auf typisch Italienisches, nett auf einer Kreidetafel präsentiert. Reiche Auswahl an leichten, authentischen Gerichten: Antipasti, hausgemachte Pasta, Meeresfische und -früchte und Bistecca Fiorentina aus der Toskana. Sehr schönes Weinangebot: rund 240 verschiedene Weine, davon circa 20 glasweise. Auch ältere Jahrgänge, teils Bordeaux und Schaumweine.

Haydnbräu
7000 Eisenstadt, Pfarrgasse 22
Tel. +43 2682/63945
office@haydnbraeu.at, www.haydnbraeu.at

FORCHTENSTEIN

Restaurant Grenadier
7212 Forchtenstein 290/1
Tel. +43 2626 83068
www.restaurant-grenadier.com

Außen die historische Substanz von Burg Forchtenstein, innen verschmelzen die steinernen Mauern mit eleganter Moderne. Küchenchef Michael Strobl werkte u. a. in Mooslechners Bürgerhaus in Rust, zuletzt war er Küchenchef in Toni Mörwalds Hotel Ambassador. Im Burgrestaurant kocht er pannonisch-bodenständig: gefüllte Paprika mit Gemüsecouscous und Paradeisersauce, zweierlei gekochtes (Bio-)Rindfleisch mit Erdäpfelschmarren, Cremespinat, Apfelkren. Damit man sich wieder erinnert, wie authentisches Essen schmeckt.

MÖRBISCH

Casa Peiso
7072 Mörbisch, Herrengasse 15
Tel. +43 2685 8221
www.casapeiso.at

Idyllischer Streckhof mit geschmackvollen Suiten auf zwei Stockwerken. Die Zimmer haben Steinwände und Ziegelgewölbe. Den Abend ausklingen lassen kann mit einer Flasche im romantischen Weinkeller.

Das Schmidt
7072 Mörbisch, Raiffeisenstraße 8
Tel. +43 2685 8294
www.das-schmidt.at

Nettes familiäres Hotel mit Wellnessanlage, Garten und Biotop. Die Küche versteht sich auf Klassiker wie Hochzeitssuppe und Zwiebelrostbraten, aber so nah beim See natürlich auch auf Fisch. Da kommen Gänge wie Zanderfilet auf Gemüsetagliatelle. Immer gut sind die Desserts wie der gezogene Apfelstrudel.

Winzerhof Schindler
7072 Mörbisch, Kinogasse 9
Tel. +43 2685 8389
www.winzerhof-schindler.at

In der Früh hört man nichts außer Vogelgezwitscher und das Klappern des Frühstücksgeschirrs aus dem blütenduftenden Innenhof. Die Winzersuiten wurden lässig gemütlich gestaltet. Viel Licht und warme Holz- und Stofffarben wirken entspannend. Familienanschluss hat man bei Alexandra Schindler und den Schwiegereltern. Winzer Harald Schindler führt durch das Kellergewölbe und schenkt feinen Blaufränkisch aus.

NEUDÖRFL

Piribauer
7201 Neudörfl, Hauptstraße 71
Tel. +43 2622 772910
www.piribauer.net

Sehr gemütlicher Heuriger mit viel Holz. Neben klassischer, kalter Jause wird auch warm gekocht: Sautanzpfanne mit Schweinsbraten, Blunze, Bratwürstel, Sur- und Kümmelbraten genauso wie Beuschel, gebackene Leber, Ripperln oder Backhendl. Dazu gibt es gute eigene Rotweine.

OGGAU

Gutsgasthaus zum Herztröpferl
7063 Oggau, Triftgasse 1
Tel. +43 2685 7258
www.herztroepferl.at

Weiße Tischtücher, Sesselbezüge und Sitzpölster bilden die Klammer zwischen rustikalen Tischbeinen, modernen Sesseln und den heurigenartigen Nischen mit den langen Bänken. Für das Backhendl ist das Herztröpferl bekannt. Maria Siess hat aber auch anderes im Angebot, etwa Schnecken aus dem Südburgenland (ganz klassisch mit Kräuter-Knoblauchbutter überbacken und mit Weißbrot serviert), burgenländischen Prosciutto, paprizierte Fischsuppe, fleischfreie Gerichte bis hin zum gebratenen Tofu mit Wokgemüse und Reis oder Zander und Karpfen aus dem Neusiedler See. Markenzeichen ist der Bohnenstrudel. In der Weinkarte ist natürlich alles aus dem eigenen Weingut Mad vertreten, aber auch burgenländische Kollegen und Flaschen aus dem Burgund und Piemont entdeckt man.

Landgasthof Sebastiankeller
7063 Oggau, Sebastianstraße 68
Tel. +43 2685 7297
www.sebastiankeller.at

Oggau hat noch einen Fischer, der die frischen Fische aus dem Neusiedler See fischt. Und Oggau hat den „Sebastiankeller", der den Fang zu Fischsuppe, Wels mit Salbei und Speck oder gebratenem Aal mit Erdäpfeln und Sauce tartare verarbeitet. „Aal rot" mit Paprikarahmsauce und Kartoffeln ist eine Spezialität, die Chefin versteht sich aber auch auf die pannonische Küche wie Krautfleckerln, Blutwurst, Surbraten oder Szegediner. Säfte, Weine und Brände stammen aus eigener Produktion.

Gut Oggau
7063 Oggau, Hauptstraße 31
Tel. +43 664 2069298
www.gutoggau.com

Edelheuriger von Winzer Eduard Tscheppe und Stephanie Tscheppe-Eselböck. Stephanie serviert hervorragend verfeinerte Heurigengerichte mit Aufstrichen, Räucherfischen, Speck oder Seewinkler Gemüse, die gut zu Eduard Tscheppes biodynamischen Weinen passen. Jedem Wein wird eine bestimmte Persönlichkeit zugeschrieben, die mit ihrem gezeichneten Konterfei auf dem Etikett zu sehen ist. Sogar das Museum of Modern Art in San Francisco stellte die Weinflaschen aus.

PÖTTELSDORF

Biohof Neuberger
7023 Pöttelsdorf, Bachzeile 40
Tel. +43 699 10287887
www.biohof-neuberger.at

Was für ein Frühstück! Marmelade, Brot, Kuchen, Traubensaft, Müsli, Eierspeise und noch andere Aufwecker stehen auf dem Tisch, alles vom eigenen Bauernhof. Serviert wird von Hausherrin Petra Neuberger, eine nette Gastgeberin, bei der man sich gleich zu Hause fühlt. Auf dem Hof streichelt man Katzen und in den heimelig eingerichteten Wohnungen mit Naturholzmöbeln hört man – nichts. Könnte gerne zum Dauerzustand werden.

PÖTTSCHING

Zur Grenze
7033 Pöttsching, Zipfwald 1
Tel. +43 2631 2265
www.gasthof-zur-grenze.at

Die Adresse lässt es vermuten, der Gasthof liegt doch etwas versteckt mitten im Wald, der volle Parkplatz zeigt aber, dass die Küche gar nicht hinterwäldlerisch ist. Autochthones wie Fleischstrudelsuppe, Schwammerlrostbraten oder Backhendl werden begleitet von Inspiriertem von rund um den Globus wie etwa Steinpilzcremesuppe mit Kokosmilch, Chili und Koriander, grünem Gemüsecurry mit Okraschoten, Ananas und Basmatireis, allerlei Quesadillas oder karibisch marinierten Fischfilets. Im Sommer wird am Donnerstag der Grill angeheizt, zu besonderen Anlässen wird ein ganzes Spanferkel zubereitet.

PURBACH

Fossil
7083 Purbach, Kellergasse 6K
Tel. +43 2683 21025
www.restaurant-fossil.at

Der Weinkeller aus dem Jahr 1870 wurde liebevoll revitalisiert und zum Lokal umgebaut. Thomas Pugel, früher Koch im Kloster am Spitz, pflegt eine niveauvolle Regionalküche mit Gängen wie Cappuccino vom Seewinkler Spargel mit knuspriger Blutwurst oder Erdäpfel-Teigtascherln mit Leithaberg-Brennessel-Topfen und Balsamico-Glace.

Restaurant Gut Purbach
7083 Purbach, Hauptgasse 64
Tel. +43 2683 56086
www.gutpurbach.at

Spannende Mischung aus historischen Räumlichkeiten und moderner Landküche. Bei der Zubereitung von Innereien hat Max Stiegl eine Meisterschaft entwickelt. Er vertritt die Nose-to-tail-Philosophie verwendet also alle Teile und nicht nur die Filets. Hirn beweist Stiegl, weil sich sein Küchenspektrum nicht nur auf die inneren Werte beschränkt. Seine pannonischen Gerichte sind ideenreich, spannend, aber nicht plakativ. Gerne schaut er über die Grenzen des Tellerrands und macht Regionalität nicht zum Dogma, etwa, wenn er Ruster Mangalitza-Schinken mit Gekrösewurst und Sardine serviert oder Ruster Zander mit Orangenmarinade, Trausdorfer Kichererbsen und Avocado. Pluspunkt ist auch die Weinkarte mit gereiften burgenländischen Spezialitäten sowie herausragende Jahrgänge aus Bordeaux und Burgund. Übernachten kann man in historischen Räumen mit zeitgemäßem Design. Neuerdings hat Max Stiegl auch die Küche im Knappenhof am Fuße der Rax übernommen.

Hotel und Restaurant Pauli's Stuben
7083 Purbach, Fellnergasse 1a
Tel. +43 2683 5513-0
www.braunstein.at

Ehrliche Wirtshausküche wie früher, nach Rezepten der Familie werden Klassiker wie Bohnen-Ziegenkitz-Strudel oder pochierte Wachtel auf gebratenem Kraut serviert. Unter Paul Braunstein jun. wird aber auch zeitgemäß gekocht, zum Beispiel gebackener Kalbskopf mit Linsensalat oder Neusiedler See Welsfilet im Speckmantel auf Paradeiskraut und Polenta. Dazu werden Weine vom Leithaberg ausgeschenkt, vor allem die hauseigenen von Birgit Braunstein: dichte Blaufränker, Merlots, Pinot noirs, im Barrique ausgebaute Chardonnays und auf der Maische vergorenen und in der Amphore unter der Erde gelagerte Chardonnays sowie Blaufränkische.

RUST

Hotel Schandl
7071 Rust, Rathausplatz 7
Tel. +43 2685 6202
www.hotelschandl.at

Im Herzen der historischen Altstadt am Rathausplatz warten im denkmalgeschützten Objekt aus dem 17. Jahrhundert geschmackvoll renovierte Zimmer. Die eigene Buschenschank Peter Schandl ist nur 168 Schritte entfernt, das Weingut Peter Schandl 118 Schritte.

Pension Drahteselböck
7071 Rust, Dorfmeistergasse 21
Tel. +43 2685 301
www.drahteselboeck.at

Eselböck? Spitzenküche, Greißlerei und stilvoll eingerichtete Zimmer im eigenen Schlafgut. Aber Eselböck ist mehr: Die schicke Fahrradpension beherbergt 19 Zimmer im hippen Retrostil, alle mit Blick auf den Pool im Innenhof. Ein eigener Drahteselstall beherbergt die Fahrräder.

Mooslechners Bürgerhaus
7071 Rust, Hauptstraße 1
Tel. +43 2685 6162
www.mooslechners.at

Wunderbare Suiten mit Blumen, bunten Farben und Landhausstilmöbeln. Nicht weit entfernt am Rathausplatz 18 betreiben Tina und Michael Mooslechner im Rusterhof ein Edelwirtshaus. Verfeinerte Regionalküche, unbedingt die jiddische Gänseleber mit Grappa-Rosinen und hausgemachtem Brioche probieren oder knusprig gebratenes Zanderfilet auf Belugalinsen mit Schwarzwurzeln und knackigen Erbsenschoten. Sehr schönes Weinangebot mit großem Angebot aus der Region Neusiedlersee.

Wirtshaus im Hofgassl
7071 Rust, Rathausplatz 10
Tel. +43 2685 60763
www.hofgassl.at

Im romantischen, baumbeschatteten Hof gelangt man über das namengebende, historische Gassl mit üppig blühenden Blumen. Küchenchef Michael Pilz beherrscht kreative Regionalküche aus besten Grundprodukten genauso wie die klassische Küche mit bodenständigen Akzenten. Beispiele? Ceviche vom Neusiedler-See-Waller mit Avocado, Fenchel und Limette oder Kalbsschulterscherzel & Gänseleber mit frischen Eierschwammerln und braunem Butterpüree. Weinkarte mit regionalem Schwerpunkt.

SCHÜTZEN AM GEBIRGE

Taubenkobel
7081 Schützen, Hauptstraße 33
Tel. +43 2684 2297
www.taubenkobel.at

Walter Eselböck war der erste Küchenrocker des Burgenlands, der die Produkte seiner Umgebung mit allerhöchster Küchenkunst veredelte. Den eingeschlagenen Weg gehen seine Tochter Barbara und ihr Mann Alain Weissgerber weiter. Zu den beglückenden Gängen werden die besten Vertreter naturbelassener Weine serviert, natürlich auch die Kreszenzen von Barbaras Schwester Stefanie und Schwager Eduard Tscheppe. Wer will, kann sich auch mit Säften begleiten lassen. Eselböck für Einsteiger gibt es nebenan in der „Greißlerei". Übernachten kann man auch. Walter Eselböck richtete die Zimmer so ein, wie er selbst wohnen möchte. Das Ergebnis: eine Art Boutique-Hotel, wie man es in der Umgebung von Nizza finden würde. Formidable!

TRAUSDORF AN DER WULKA

Oleander Heuriger
7061 Trausdorf an der Wulka, Flugplatzstraße 7
Tel. +43 2682 62153
www.oleander-heuriger.at

Eine blühende Oase, im Arkadenhof sitzt man besonders nett. Signature Dish ist der „Hahn im Korb" – steirisches Backhendl –, auch Gänseleberpastete, Bauernblunze, Kürbis in allen Variationen im Herbst und das Gansl werden serviert. Romantische Zimmer.

WIMPASSING AN DER LEITHA

Ziegelwerk
2485 Wimpassing an der Leitha, Ziegelofengasse 28
Tel. +43 2623 737 96
www.ziegelwerk-gasthaus.at

Beim historischen Kalkofen entstand ein luftiges, lichtdurchflutetes Restaurant, das alte Bausubstanz und modernes Design bestens miteinander vereint. Die Herkunft der sympathischen Wirtsleute Julia Weber (aus Vorarlberg) und Werner Tschiedel aus Wimpassing spiegelt sich auch in der Karte wider. Leithaland-Salate mit geschmorten Rüben und Ziegenkäse, Grammelknöderl mit lauwarmem Krautsalat und Kümmelsaftl oder Perlhuhnbrust mit Tomaten-Zucchinigemüse und Polentaspitz machen das Leben schön, die Käseknöpfle sind die Hommage an Julias Heimat.

FEELIN'
GROOVY
VELTLINER
#austrianwine
AUSTRIAN WINE

MITTELBURGENLAND

Das Mittelburgenland ist ein ausgesprochenes Rotweingebiet: Die Rebfläche ist zu mehr als zwei Dritteln mit Rotweinreben bestockt, wobei sich die Anteile stetig weiter zugunsten des Rotweines verschieben. Seine Lagen an den sanften Ausläufern des Ödenburger Gebirges ziehen Nutzen aus den lehmigen bis sandigen, mitunter schottrigen Böden. Zum Teil dominieren auch sehr schwere Lehmböden, die naturgemäß gerade in heißen und trockenen Weinjahren ihre Vorteile ausspielen können. Aber auch in klimatischer Hinsicht ist das Gebiet begünstigt: So wird es im Norden vom Ödenburger Gebirge, im Westen von der Buckligen Welt und im Süden vom Günser Bergland bestens gegen negative Wettereinflüsse abgeschirmt, während die freie Öffnung gegen Osten hin bewirkt, dass sich die warmen pannonischen Klimaeinflüsse ungehindert ausbreiten können.

2.104 Hektar Weinanbaufläche
Die wichtigste Rebsorte:
Blaufränkisch

Im Mittelburgenland dominiert die klassische Rotweinsorte Blaufränkisch mit großem Abstand vor allen anderen. Tatsächlich haben die jüngsten Weinjahrgänge ausgezeichnete Rahmenbedingungen für die Rotweinerzeugung und vor allem für den Blaufränkisch geboten, was sich in entsprechend markanten und kräftigen Gewächsen niedergeschlagen hat. Die besten Rotweinlagen befinden sich in den Weinorten Horitschon, Deutschkreutz, Lutzmannsburg, Neckenmarkt, Raiding und Ritzing. Eine Besonderheit von Neckenmarkt sind seine relativ steilen Südhänge. Klangvolle Riednamen sind etwa der Hochberg und der Bodigraben in Neckenmarkt, in Horitschon Dürrau oder Hochäcker. Gewissermaßen eine Weinbauinsel bildet das Lutzmannsburger Plateau, dessen außerordentlich schwere Lehmböden ebenfalls beste Voraussetzungen für qualitativ hochwertigen Rotweinanbau aufweisen, auch wenn das Potenzial nicht immer ganz ausgeschöpft wird.

Im Mittelburgenland sind auch St. Laurent, Blauburgunder, Cabernet, Merlot und Syrah ausgepflanzt; die Rotweine der Premium-Kategorie sind allerdings oft Cuvées aus mehreren Rebsorten.

Mit dem Jahrgang 2005 wurde die Herkunftsbezeichnung DAC Mittelburgenland eingeführt. „Mittelburgenland DAC" steht für fruchtbetonte, würzige Weine aus Blaufränkisch, die im traditionellen großen Holzfass und/oder im Stahltank ausgebaut wurden. Mit einer Riedenbezeichnung wird ein kräftigerer Blaufränkisch-Stil gekennzeichnet, der Ausbau in gebrauchten Barriques ist zulässig, Alkohol mindestens 13%, maximal 13,5%. Mit „Reserve" werden die gehaltvollsten Blaufränkisch mit einem Mindestalkohol von 13% gekennzeichnet. Diese Weine dürfen auch in neuen kleinen Holzfässern ausgebaut werden. Die Prüfnummer für Mittelburgenland DAC darf frühestens ab dem 1. Mai des auf die Ernte folgenden Jahres beantragt werden, verkauft werden darf er nicht vor dem 1. August. Für DAC mit Riedenbezeichnung gelten der 1. Juli bzw. der 1. Oktober, für Reserven der 1. Jänner bzw. der 1. März des auf die Ernte zweitfolgenden Jahres.

Ritzing
Kobersdorf
Lackenbach
Neckenmarkt
Deutschkreutz
Horitschon
Raiding
Markt
St. Martin
Kaisersdorf
Großwarasdorf
Kleinwarasdorf
Nikitsch
MITTEL-
BURGENLAND
Draßmarkt
Oberpullendorf
Unterpullendorf
Lutzmannsburg
Rabnitz
Frankenau
Güns
Lockenhaus
Geschriebenstein
884 m

Kellerei Heribert Bayer

In Signo Leonis

Patrick Bayer
7311 Neckenmarkt, Wirtschaftspark 5
Mobil +43 664 434 90 04
bayer@weinfreund.at, www.weinfreund.at
20 Hektar, W/R 15/85, 100.000 Flaschen/Jahr

Nachdem der Albatros-Chardonnay im Vorjahr noch als einsamer weißer Elefant im von Rotwein dominierten Portefeuille von Patrick Bayer figuriert hat, wird er heuer von zwei Artgenossen trefflich flankiert. Zum einen von einem sehr sortentypischen, nussigen Weißburgunder, der im Glas schön aufgeht und sich als kulinarischer Allrounder erweisen wird, zum anderen von einem sehr fruchtbetonten Chardonnay, der das Neusiedler Terroir mit Reife und Kraft in idealtypischer Weise zur Geltung bringt. Die Krönung des weißen Sortiments stellt freilich nach wie vor der mächtige wie komplexe Albatros aus der Ruster Ried Bandkräften dar, der heuer schmeckbar vom großen Weinjahr 2019 profitiert, das ihm zusätzliches Fruchtspiel und viel Biss verleiht.

Auf dem roten Sektor geht nunmehr der ausgereifte und harmonische 2017er Pinot Noir namens „In Signo Tauri" auf den Markt, dem die ausgedehnte Fass- und Flaschenreife ebenso gutgetan hat. Da er diesmal eher auf Eleganz als auf Kraft setzt und auch der Eicheneinsatz dezent erscheint, hat offenbar ein gewisser Paradigmenwechsel in der Stilistik stattgefunden. Erst in diesem Frühjahr sind der Blaufränkische im Zeichen des Schützen und der Blend im Zeichen des Löwen auf die Flasche gegangen. Gegenwärtig erscheint der dunkelbeerige Sagittarius einen kleinen Vorsprung punkto Reifeentwicklung und Strahlkraft zu haben, aber erfahrungsgemäß holt diesen die Cuvée im Lauf der Jahre wieder auf. Wer den unmittelbaren Vergleich anstellen möchte, dem seien die jetzt im Verkauf befindlichen Jahrgänge 2014 und 2015 empfohlen – eine der wenigen Gelegenheiten, ausgereifte österreichische Premium-Rotweine zu erwerben. *vs*

BURGENLAND

★★★ **S €€€ PB**
2018 Weißburgunder Ex-qui-sit + Frische Walnüsse und ein Hauch von Campari, lebhaft und noch ganz jugendlich, feine Birnenfrucht, elegant gerundet, ein dezenter kulinarischer Allrounder.

★★★ **S €€€ CH**
2018 Chardonnay Ex-qui-sit + Saftig und fruchtbetont, gelber Pfirsich und Navel-Orange, jahrgangsbedingt schon recht rund und einladend, gelbfruchtige Präsenz, aber auch genügend Rasse.

★★★★ **K €€€€€€ CH** **TIPP**
2019 Albatros BG + Exotischer Früchtecocktail, aus dem Ananas und Kumquats noch hervorragen, etwas Haselnuss und Hefegebäck im Hintergrund, dezente Eiche, bei aller Kraft auch sehr fein gesponnen und vielschichtig, weißer Nougat, viel Biss.

★★★★ **K €€€€€ PN**
2017 In Signo Tauri BG + Zunächst Schlehen, dann eher Brombeeren, herber, sortentypischer Auftakt, vornehmes, dunkelbeeriges Fruchtspiel, feine Klinge, setzt diesmal mehr auf Eleganz.

★★★★ **K €€€€€ BF** **TIPP**
2018 In Signo Sagittarii BG + (BF) Entfacht ein Feuerwerk von dunklen Fruchtaromen: Heidelbeeren und schwarze Kirschen, komplex und verlockend, ein wenig Mokka vom Holz im Hintergrund, überaus dicht und langatmig, ein großer Blaufränker im Werden.

★★★★ **K €€€€€ CR** **TIPP**
2018 In Signo Leonis + (BF/ZW/CS) Feiner Duft nach Bourbonvanille und eingelegten roten Beeren, vor allem Himbeeren, stattlich und fest verwoben, aber auch mit feinen Akzenten versehen, Rumfrüchte und Kakao auf dem Gaumen, kraftvoll, ja mächtig, auf reifen Tanninen lange nachklingend.

Weingut
Eichenwald Weine eGen

DI Johannes Forauer
7312 Horitschon, Günser Straße 54 und 60
Tel. +43 2610 42321, Fax -4
office@eichenwald.at, www.eichenwald.at
400 Hektar, W/R 10/90

Eichenwald Weine ist das größte Weingut im Mittelburgenland, hervorgegangen aus der Genossenschaft Vereinte Winzer Blaufränkischland mit rund 100 Mitgliedern. Trauben von 400 Hektar Weingärten in Horitschon, Unterpetersdorf, Lutzmannsburg, Deutschkreutz und Raiding werden verarbeitet, 100 Hektar davon in Premium- und Reserve-Qualität – buchstäblich Weinberge, so weit das Auge reicht. Der Großteil der Produktion, nämlich 90%, entfällt auf Rotweine, Blaufränkisch dominiert. Top-Lagen werden gezielt unter Vertrag genommen. Eichenwald Weine verfügt über Anteile an höchst renommierten Rieden wie Hochäcker oder Dürrau. Mit der Namensänderung wurde auch das etwas verstaubte Image abgelegt. Die umfangreiche Produktpalette wurde modernisiert – von originellen Weinbezeichnungen bis zur Flaschenausstattung.

Das Führungsteam rund um Johannes Forauer, Gregor Wolf und Johannes Berger achtet penibel auf die Qualität. Das Preis-Leistungs-Verhältnis ist beeindruckend. Selbst die einfachen Basisweine wirken authentisch. Allen Rotweinen gemeinsam sind eine feine Art, eine klare Frucht und eine passende Gerbstoffstruktur. Mit der Cuvée „The Oak“ wurde ein uneingeschränkt zu empfehlendes Aushängeschild geschaffen.

Auch optisch macht das Weingut am Ortsrand von Horitschon einiges her. Dank der großzügigen Räumlichkeiten und der weitläufigen Außenanlage bietet sich der Sitz von Eichenald Weine für Veranstaltungen und Seminare an. *ww*

MITTELBURGENLAND DAC

★★★ S € BF
2019 Der Gugafanga Blaufränkisch Ried Gfanger + Dezente Gewürznoten, feine Frucht, kühl; saftig, feiner Zug, fruchtig, Gerbstoffnetz, klar strukturiert, mittelgewichtig, Kräuter im Nachhall.

★★★★ K €€€ BF FUN PLV
2017 Blaufränkisch Reserve Ried Dürrau „Der Geistesblitz“ + Kühl, rotbeerig, Kirschen, noble Würze; schließt nahtlos an, fein strukturiert, zartes Gerbstoffnetz, Säurespiel, bodenständige Würze im Abgang und im langen Nachhall.

BURGENLAND

★★ S €€ GM
2020 Der Fruchtkorb Gelber Muskateller + Dezent, Zitrus, Limettenblätter, Holunderblüten, Muskatnuss; schließt aromatisch an, belebendes Säurespiel, sanfter Schmelz, trocken und trinkanimierend.

★★ S € CR FUN
2020 Die Korallenrebe Rosé + Kirschen, Prise Kräuter, dezent; schließt fruchtbetont an, erfrischende Säure, Trinkfluss, passende Substanz, fruchtiger Nachhall.

★★ S € ZW
2019 Die Ritterehre Zweigelt + Dezente Würze, Kirschen; schließt aromatisch an, markantes Tannin-Rückgrat, fast straff, gute Länge, preiswert.

★★★ S € BF PLV
2019 Der Traubendieb Blaufränkisch + Ein wenig rauchig, Irisch Moos, Wermut, Weihrauch-Harz, Kirschen und Brombeeren; schließt aromatisch an, reife Gerbstoffe, feine Säure, viele Gewürzaromen und kühle Frucht im Nachhall.

★★★ S €€ ME
2019 Das hohe Ross Merlot + Reife Paradeiser und Tomatenmark, Anklänge von dunkler Frucht und mediterranen Kräutern; geradlinig, saftig, Struktur, dunkle Frucht und dunkle Würze, trinkanimierend bei guter Länge.

★★★ S €€ CS
2018 Der Aristokrat Cabernet Sauvignon + Reife Cassisbeeren, Grafit, Tintenblei, sensorisch kaum Holz; aromatisches Dacapo, Prise Gewürze, feiner Tanningrip, lebhaft, einige Länge, gutes PLV.

★★★ S €€€ CR
2018 Die Zeitreise – Cuvée + (BF/ZW/ME) Gediegen, ausgewogen, Kirschen, Waldbeeren, Pflaumen, dezent rauchig; saftig, belebendes Säurespiel, gut eingebundene Gerbstoffe, Kräuterwürze klingt nach.

★★★★ K €€€ ZW
2018 Zweigelt Reserve „Das Federviech“ + Merklich dunkles Holz, Holunderbeeren, frisch gerösteter Kaffee, mit Luft Frucht im Vordergrund; Gewürze und dunkle Frucht, kraftvoll, reife Gerbstoffe, Zug, Frucht und Würze im langen Nachhall, wertig.

★★★★ K €€€€€ CR TIPP
2017 The Oak – Cuvée + (BF/ZW/ME/CS) Profund, reife und klare Frucht, Kakaopulver, Mandeln, Holz perfekt eingebaut; nobel, sehnig, kraftvoll, reife Gerbstoffe, dunkle Frucht, feinkörnige Würze, lang, Holz kommt durch, jung mit besten Perspektiven.

NACHHALTIG AUSTRIA

Weingut
Ernst

Bernhard & Sylvia Ernst
7301 Deutschkreutz, Neubaugasse 21
Mobil +43 664 386 02 20
info@weinguternst.at, www.weinguternst.at
10 Hektar, W/R 10/90

Mit Bedacht hat Bernhard Ernst den kleinen Familienbetrieb umgestaltet. Im Jahr 2018 wurde neu gebaut. Im Verkaufsraum fühlt man sich wohl, die Kellertechnik ist auf dem neuesten Stand. Durchschnittlich mehr als 35 Jahre alt hingegen sind die Reben in den Weingärten, und darauf ist er stolz. Sie seien sein Kapital, betont er: „Wir denken, dass biologische Bewirtschaftung der einzig mögliche Weg ist, einen gesunden Boden und eine saubere Umwelt zu hinterlassen." Das Weingut befindet sich diesbezüglich in der Umstellung, mit der Zertifizierung ist 2023 zu rechnen.

Ganz klar die Leitsorte ist Blaufränkisch mit rund 70% Anteil. Neben Zweigelt gibt es noch Cabernet Sauvignon, Merlot, Syrah und weiße Varietäten. Die Böden in den einzelnen Lagen unterscheiden sich zum Teil merklich. Hohe Reputation genießen die Rieden Hochberg, Goldberg und Fabian. Erstere charakterisiert ein leicht sandiger Lehmboden mit hohem Kalkgehalt. Zusammen mit der südwestlichen Exposition und den alten Reben begünstigt diese Lage Blaufränkisch mit klarer, kühler Frucht. Auch der Goldberg ist kalkhaltig, die schwere Lehmschicht ist bis zu zwei Meter dick. Die Ried Fabian auf dem Deutschkreutzer Hochplateau, wo meist ein kühler Wind weht, begünstigt trotz des üppigen Untergrundes aus Lehm Weine mit frischer, klarer Frucht.

Die Rotweine werden in Holzfässern ausgebaut, davor teilweise im Stahltank. Für die Top-Weine kommt auch neues Holz zum Einsatz, Gebinde mit 500 Liter Inhalt ebenso wie Barriques. Für den „Zion" und den „La Mission" verwendet der Winzer ausschließlich neue kleine Eichenfässer. Die Weine der Linie „Sideways" stellen rigorose Selektionen aus den einzelnen Rieden dar. Es gibt sie nur in Jahren mit optimaler Witterung; den aktuell im Verkauf befindlichen Jahrgang 2016 haben wir voriges Jahr vorgestellt. Diese Weine sollen zeigen, dass ein junger Winzer abseits des Mainstreams unterwegs ist, eben auf Seitenwegen. *ww*

MITTELBURGENLAND DAC

★★★★★ **K €€€ BF** TOP PLV
2018 Blaufränkisch Ried Goldberg + Gediegen, noble Melange aus dunkler Frucht und nussigen Aromen, kühle Würze; schließt mit diesem vielschichtigen Aromenmix nahtlos an, frische Anmutung, elegante Gewürznoten im Finish und im Abgang, feinkörniges Tannin und Säure geben Struktur, gute Länge, klassische Prägung auf hohem Niveau.

BURGENLAND

★★ **S €€ GS**
2019 Gemischter Satz + Charmant, viele Fruchtaromen, Traubenzucker, Anklänge von Kräutern und Blüten; schließt aromatisch an, Zitrus, hinten auch Lederäpfel, geradlinig, gute Säure, einige Facetten, originell.

★★★ **S €€ BF**
2020 Rosé + (BF) Gediegen, Preiselbeeren, Sauerkirschen, grüne Kräuter, Wermut; erfrischend, belebendes Säurespiel, klare Frucht, Würze eingestreut, gute Substanz, ernsthaft.

★★ **S €€ ZW**
2019 Zweigelt + Fruchtbetont, reife Kirschen, kühle Kräuterwürze; saftig, animierend, Kirschen, rotbeerige Akzente à la Preiselbeeren, unaufdringliche Gerbstoffe, mittleres Gewicht, für diese Herkunft kühler Wein.

★★★ **S €€ BF**
2019 Blaufränkisch Deutschkreutz + Sortentypisch, Kirschen, Hauch Brombeeren, zarte Kräuternote; schließt aromatisch an, lebhafte Säure, glockenklar, transparent, Alkohol sehr gut eingebunden, feine Tannine, Frucht und sortentypische Würze im Nachhall.

★★★ **K €€€ BF**
2018 Blaufränkisch Reserve Ried Hochberg + Präzise, fruchtbetont, Brombeeren, Kirschen, feine Kräuternote, Prise Gewürze; saftig, klar strukturiert, feine Säure, viel Frucht, Holz nur zur Untermalung, zartes Gerbstoffnetz, gute Länge.

★★★★ **K €€€ BF**
2018 Blaufränkisch Reserve Ried Fabian + Ganzer Fruchtkorb, Blaubeeren, Brombeeren, Kirschen, dunkle Würze, Prise Kakao; klar, Holz hält sich im Hintergrund und lässt der Frucht den Vortritt, zarte Säure, feines Tanninrückgrat, Trinkfluss, geradlinig und ehrlich.

★★★★ **K €€€ CR**
2018 Zion + (50BF/CS) Elegant, Blaufränkisch dominiert minimal, dunkelbeerig, kräuterwürzig, reife Cassisbeeren, frische Zwetschken und Pflaumen; Cabernet kommt deutlicher, präzise strukturiert, Säure und Gerbstoffe ausgewogen, Holz feinfühlig eingesetzt, lang, Cassis und Kräuterwürze im Nachhall.

★★★★ **K €€€€€ CR** TIPP
2018 La Mission + (60ME/CS) Erdig, ätherisch, Efeu, grüne Würze, schwarze Oliven, dahinter eingetrocknete schwarze Johannisbeeren, zarteste Holznoten, alles harmonisch verwoben; aromatisches Dacapo, noble Anmutung, feines Gerbstoffnetz, Tiefgang, in keiner Phase üppig oder langweilig, Frucht und Würze klingen lange nach.

NACHHALTIG AUSTRIA

Weingut
Gager

Horst Gager
7301 Deutschkreutz, Karrnergasse 2 und 8
Tel. +43 2613 80385, Fax -15
info@weingut-gager.at, www.weingut-gager.at
38 Hektar, W/R 0/100, 240.000 Flaschen/Jahr

GAGER
Die Quadratur des Weines

Das Weingut Gager gehört seit Jahren zu den Leitbetrieben des Mittelburgenlandes. Gegründet wurde es von Josef Gager im Jahr 1984. Rotweine hoher Qualität mit einer gesunden Härte wurden bald zu seinem Markenzeichen. Mittlerweile führt sein Sohn Horst das Weingut. Er hat etwas an Strenge weggenommen, ohne den Charakter der Gager'schen Kreszenzen zu verwässern. Aktuell kann das Weingut eine vergleichsweise große Jahrgangstiefe anbieten, nämlich 2017, 2018 und 2019. Die Kunden sind in der glücklichen Lage, aus drei sehr guten Jahrgängen zu wählen. 2019 hat es den Winzern nicht leicht gemacht, die Bekämpfung von Oidium war eine echte Herausforderung. Die Gagers haben stark ausgedünnt, folglich war die Erntemenge gering. Grundsätzlich werden alle Rotweine im Holz ausgebaut, für die Klassik-Linie werden Barriques aus siebter und achter Befüllung verwendet, um schmeckbares Holz zu vermeiden. Für die Flaggschiffe des Hauses kommt ausschließlich neues kleines Holz zum Einsatz.

Den Cabernet Franc und den Merlot gibt es reinsortig nur in sehr guten Jahren; diese fordernden Weine werden nicht aktiv beworben, nur über den Newsletter angekündigt. Der Blaufränkisch Gager, kurz BFG, wird nur in den besten Jahren vinifiziert. Die aktuelle Ausgabe ist 2017. Dieses beeindruckende Sortenkonzentrat haben wir voriges Jahr vorgestellt, ebenso den gleich alten Tycoon, beides große Weine. Die Cuvée „Gager Gold" aus je einem Drittel Blaufränkisch, Cabernet Sauvignon und Merlot gibt es nur in Top-Jahren wie 2015. Wegen der sehr geringen Menge wird auch dieser Wein nicht aktiv beworben.

Vater und Sohn arbeiten an einem Wermut-Projekt. Die ersten Versuchsmuster lassen ein Getränk erwarten, das sich in die Gager'sche Stilistik einfügt, also nicht weichgespült.

ww

MITTELBURGENLAND DAC

★★★★ K €€€ BF
2019 Blaufränkisch Reserve Ried Mitterberg + Profund, satte Frucht von neuem Holz untermalt, Prise getrocknete Kräuter; aromatisches Dacapo, süße Frucht, belebendes Säurespiel, Tiefgang, markantes Gerbstoffgerüst, Gewürze à la Nelken und Frucht klingen lange nach.

BURGENLAND

★★ S € BF
2020 Rosé + (BF) Ausdrucksstark, Wermut, klare Kirschfrucht; saftig, animierendes Säurespiel, frische Kirschen, hauchzarter Tanninschleier.

★★★ S €€ BF PLV
2019 Blaufränkisch Klassik + Zarte Würze, dunkle und tiefe Frucht, Kirschen, Brombeeren; Frucht dominiert, subtile Holzaromen, feines Säurespiel, gute Substanz.

★★★ S €€ ZW
2019 Zweigelt + Eigenständig, druckvoll, Schwarzkirschen, Kakaopulver, traubig, wertige Anmutung; glockenklare Frucht, reife Gerbstoffe, ungewöhnlich stoffig und tief.

★★★ S €€ BF
2019 Blaufränkisch Ried Fabian + Frucht dominiert, Kirschen, knackige Brombeeren, zarte Kräuterwürze; schließt aromatisch an, feinkörnige Säure, Schwarzkirschen, gute Tanninstruktur, dunkle Würze hinten.

★★★ S €€ CR
2019 Q2 + (60BF/25CS/SY) Dezent rauchig, dunkelbeerig, feinwürzig; akzentuierte Tannine, Holunderbeeren, Brombeeren, einige Kraft, Zug, rauchiges Finale.

★★★★ S/K €€€ CR TIPP
2019 Quattro + (30CS/30BF/20ME/ZW) Dunkle Tönung, Cabernet und Merlot dominieren, Holz gut integriert, Irisch Moos, Wermut; schiebt kräftig an, Cassis, Holunder, kaltes Lagerfeuer, Tannin-Grip, balanciert, dunkle Frucht und dunkles Holz im langen Nachhall.

★★★★ K €€€€€ CR TIPP
2019 Cablot + (60CS/30ME/CF) Vielschichtig, dunkle Beeren, Cassis, kühle Würze, Merlot kommt sensorisch durch, Hauch Paprika und getrocknetes Paradeiserkraut; straff, fast fordernd, Gager-like, viel Extrakt, lang, Berge von Tannin und Frucht, braucht noch viel Zeit.

Weingut
Familie Gesellmann

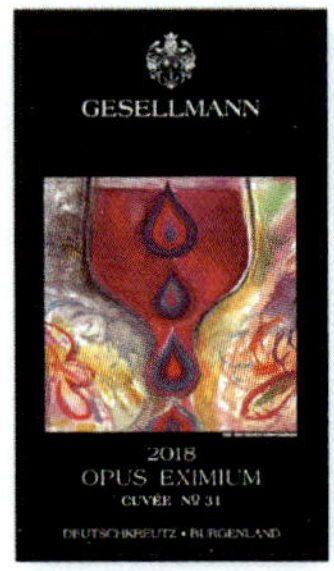

Albert Gesellmann
7301 Deutschkreutz, Langegasse 65
Tel. +43 2613 80360, Fax -15
weingut@gesellmann.at, www.gesellmann.at
50 Hektar, W/R 11/89

Der Betrieb blickt auf eine lange Tradition zurück. Die erste urkundliche Erwähnung geht auf das Jahr 1719 zurück. Nicht ganz so alt sind die Reben in den Weingärten, aber manche bringen es auf das nahezu biblische Alter von 90 Jahren. „Die regulieren den Ertrag ohne mein Zutun", erklärt Albert Gesellmann.

Bei den Rotweinen ist Holzeinsatz selbstverständlich. Es kommen überwiegend Fässer mit 500 Liter Inhalt zum Einsatz, die Eichenaromen sollen sich dem Wein unterordnen, der Wein soll der Hauptdarsteller sein. Auch Zeit ist ein wichtiger Faktor. Dem „G" gönnt Albert Gesellmann vier bis fünf Jahre, bevor das Flaggschiff des Hauses in den Verkauf kommt. Diesen noblen Wein gibt es nur in sehr guten Jahrgängen. Sein Dasein verdankt er den ältesten Rebstöcken des Weingutes, er wird aus kleinbeerigen Blaufränkischtrauben und etwas St. Laurent gekeltert und rund 40 Monate in Barriques geschult. Wegen der geringen Mengen ist der „G" nur in limitierter Flaschenanzahl verfügbar, was bei genauerer Betrachtung ein echtes Problem für die Gesellmanns darstellt – man will ja keinen Kunden beleidigen. Ein verlässlich sehr guter Wein ist auch der Blaufränkisch hochberc, dessen Trauben aus dem steilsten Filetstück der Ried Hochberg stammen, der Unterboden aus Kalksandstein ist mit einem sehr dünnen Oberboden aus sandigem bis schwerem Lehm bedeckt. Die Reben für den Hochberc weiß, einen Gemischten Satz, wurden im Jahr 1959 gepflanzt. Lagenrein wird auch der Pinot Noir ausgebaut, er stammt von der kalkreichen und nach Norden offenen Ried Siglos. Kühle Nächte und ein fast ununterbrochen blasender Wind sorgen für Finesse.

Das Weingut Gesellmann ist zuletzt aus allen Nähten geplatzt. Deshalb hat Albert Gesellmann eine komplett neue Verarbeitungsstätte gebaut inklusive neuen Gärkellers. Dort gibt es jetzt keine Beeren- und Saftpumpen mehr, das erledigt die Schwerkraft in Verbindung mit mechanischen Hebeeinrichtungen. Für den Weißwein wurde eine gekühlte Presse installiert, welche die Mazeration der Trauben über Nacht erlaubt. Auch am neuen Standort laufen die Trauben ausnahmslos über Sortiertische. Dabei werden beeinträchtigte Beeren mit großer Treffsicherheit ausgeschieden, aber auch Unmengen von Insekten. Das ist im Interesse der Reintönigkeit und Finesse absolut notwendig, betont der gelassene Winzer. Auch der Verkostungsraum wurde großzügig umgebaut, Besucher können nun in den Fasskeller blicken. *ww*

MITTELBURGENLAND DAC

★★★ **S €€€ BF**
2019 Blaufränkisch Creitzer Reserve + Glockenklar, reife Schwarzkirschen, hauchzarte Würze; saftig, feinkörnige Säure, frische Frucht, fein strukturiert, fruchtbetonter Abgang, spät im Nachhall Bittermandeln.

BURGENLAND

★★★ **S €€ SB**
2020 Sauvignon Blanc + Grünblättrige Würze, Hauch Buchsbaum und grüner Paprika, kompakt; saftig, akzentuierte Säure, Zitrus, Stachelbeeren, grünblättrige Würze, gute Länge.

★★★ **S €€€ CH**
2020 Chardonnay + Kühl, Zitrus, Holz nur in Spuren; schließt aromatisch an, Säurerückgrat, viel frische Frucht, quicklebendig, Holz zur Untermalung, zieht durch, gute Länge.

★★★ **S €€€ GS** TIPP
2019 Hochberc weiß + (GV/WB/CH/WR/RI/TR) Große Aromenvielfalt, Kräuter, reife Birnen, alte Apfelsorten, ruhig; viele Fruchtnuancen, auch ein wenig Zitrus, zarte Würze, feines Säurespiel, balanciert, kräftig, trinkanimierend, individuell.

★★★★ **S €€€€ CH**
2019 Chardonnay Ried Steinriegel + Fruchtig, Quitten, dezente Holznote; Frucht eingebettet in eine animierende, aber nicht aggressive Säure, zarter Schmelz, lang, im Finish und im Nachhall zarteste Gewürzaromen.

★★★★ **S/K €€€€ PN**
2018 Pinot Noir Siglos + Als Sorte unverkennbar, jugendliche Frucht, Himbeeren, Kirschen, hauchzarte Gewürzaromen à la Wacholderbeeren und Lorbeerblatt, Prise getrocknete Kräuter; enormer Zug, akzentuiertes Säurespiel, quicklebendig, kein Gramm Fett, Säurerückgrat bis in den langen Abgang hinein, noch zu jung.

★★★ **S €€ BF** PLV
2019 Blaufränkisch vom Lehm + Reintönig, frische Frucht, gerade reif gewordene Kirschen, knackige Brombeeren, Kräuter; Zug, akzentuiertes Säurespiel, Frucht, straff, Kräuterwürze, sortentypisch, für diese Liga erstaunliche Länge.

★★★★ **S/K €€€€ CR**
2019 Opus Eximium No 32 + (60BF/30ZW/SL) Ausgewogen, klare Frucht gibt den Ton an, Schwarzkirschen, Brombeeren, Weichseln, Waldbeeren, Prise Kräuter, braucht Luft; zieht durch, Säurerückgrat gibt Leben, strahlende Frucht, Tannin-Grip, präzise Struktur, frei von Üppigkeit, lang.

★★★★ **S/K €€€€€ CR**
2018 Bela Rex + (55ME/CS) Ruhig strömend, Schwarzkirschen, ätherische Würze, Zedernholz, reife Cassisbeeren, roter Paprika, Pflaumen angedeutet, mit Luft Cassis und Cassislaub; Cassis, Tintenblei, ätherische Würze, feinmaschiger Gerbstoff, Säurespiel, frei von Üppigkeit, langer Abgang.

★★★★★ **S/K BF** TOP
2018 Blaufränkisch Hochberc + Nobles Sortenbukett, tiefe Frucht, überreife Herzkirschen, Brombeeren, komplettiert mit feiner Kräuterwürze à la Irisch Moos und Wermut; schließt aromatisch an, ergänzt um zarte Gewürznoten im Abgang und im Nachhall, feines Tanningerüst, gut passende und stützende Säure, Wermut hinten, Finesse, „Mon Chéri" klingt nach.

★★★★★ **S/K CR** TOP
2017 G + (95BF/SL) In sich ruhend, druckvoll, dunkle Frucht und dunkle Würze, Anklänge von Grafit und Jod; schließt aromatisch nahtlos an, Gelassenheit bei merklichem Druck, perfekt integrierte Säure, Gerbstoffnetz gibt präzise Konturen, lebendig bis ins Finish, groß.

Weingut
Silvia Heinrich

Silvia Heinrich
7301 Deutschkreutz, Karrnergasse 59
Tel. +43 2613 89615, Fax -4
office@weingut-heinrich.at, www.weingut-heinrich.at
38 Hektar, W/R 0/100

Im Jahr 2010 hat Silvia Heinrich das Weingut von ihren Eltern übernommen. Ihr Vater Johann hatte es schon vor vielen Jahren zu einem Leitbetrieb im Mittelburgenland gemacht. Längst hat sie ihren eigenen Stil gefunden und entwickelt diesen mit Fingerspitzengefühl weiter. In letzter Zeit hat sie den Holzeinsatz sensorisch zurückgenommen. „Weiter auf dem eingeschlagenen Weg, mehr Sorte und Herkunft, die Weine emanzipieren sich vom Holz", antwortet die Winzerin auf meine Frage nach ihren mittelfristigen Perspektiven. Die aktuelle Serie liefert den Beweis für diese Nachjustierung. Insbesondere mit dem Jahrgang 2019 ist das Holz zugunsten der Frucht in den Hintergrund getreten. Die Weine sind spannend und sehnig, sie laden zum Trinken ein. Genau genommen erfolgte der Startschuss mit der voriges Jahr vorgestellten Linie „Silvia Heinrich Edition" aus alten Reben. Es gibt einen Pinot Noir und einen Blaufränkisch. Die Trauben für Letzteren kommen von den ältesten Rebstöcken, er wird offen vergoren und vier Jahre in einem neuen Fass aus Manhartsberger Eiche, Inhalt 1.800 Liter, ausgebaut. Der Jahrgang 2017 soll noch heuer gefüllt werden. Der Wein ist frei von Üppigkeit und wirkt völlig ungekünstelt – back to the roots im besten Sinn. Ganz bewusst als Kontrapunkt im Hause Heinrich will Silvia den Cupido verstanden wissen, einen von dunklem Holz und enormer Frucht geprägten Blaufränkisch großer Klasse, dessen noch erhältliche Ausgabe 2017 wir schon vorgestellt haben. Diese Selektion der besten Fässer gibt es nur in sehr guten Jahren. Gleiches gilt für die Bordeaux-Cuvée Elegy. *ww*

MITTELBURGENLAND DAC

★★★ K/S €€€ BF PLV
2019 Blaufränkisch Ried Goldberg + Gesetzt, Kirschen, zarte Kräuterwürze; saftig, kühle Kirschfrucht, feinkörnige Tannine, gute Länge, kaum schmeckbares Holz, lebhaft fruchtig im Nachhall.

BURGENLAND

★★★ S €€ BF
2020 Blaufränkisch Deutschkreutz + Kräuterwürze, Beeren, Hauch von rotem Paprika; frisch, fast leichtfüßig, filigrane Frucht, saftig, mittelgewichtig, zugänglich.

★★★ S €€ CR
2019 Blaufränkisch Deutschkreutz + Klassisch, wertig, Brombeeren, reife Kirschen, Kräuterwürze; schließt aromatisch an, glockenklare Frucht, animierendes Säurespiel, hat Substanz.

★★★ S €€ CR
2020 Ried Siglos + (60ZW/BF) Erinnert an distinguierten Blaufränkisch; animierendes Säurespiel, Zug, frische Frucht, gut integrierte Gerbstoffe, mittlere Länge, Trinkspaß. Von den sehr alten Reben geprägt.

★★★★ S €€€ CR
2019 Maestro + (CS/BF/ME) Vielschichtig, wertige Anmutung, betont dunkelfruchtig, feinste Gewürznoten à la Piment; sehnig, präzise, Säurespiel, Tannin-Grip, Holz angedeutet.

★★★★ K €€€€ CR
2018 Terra O + (BF/CS/SY/ME) Ausgewogen, elegant, vielschichtige Frucht, Würze unterlegt; schließt aromatisch nahtlos an, lebhaft, Säurespiel, feine Tannine, fruchtsüß à la „Mon Chéri", sehnig mit attraktiver Länge.

★★★★ K €€€€ BF
2018 Blaufränkisch Ried Goldberg Reserve + Abgeklärt und ruhig, feine Gewürznoten, rotbeerige Akzente, Wildkirschen; Fokus, saftige Frucht, Zug, fein mit vielen Facetten, reife Gerbstoffe, gute Länge, Piment und etwas frische Pflaumen im Nachhall.

★★★★ K €€€€€€ BF TIPP
2017 Silvia Heinrich-Edition Blaufränkisch Alte Reben + Konsolidiert, in sich ruhend, weitestgehender Verzicht auf schmeckbares Holz, reife Frucht, sortentypische Würze, Rosenblätter angedeutet, balanciert; aromatisches Dacapo, lebendig, ausgeglichen, jugendlich, nobel, reife Gerbstoffe, klare Struktur, im sehr langen Nachhall zarte Gewürznoten, selbsterklärend.

★★★★ K €€€€€€ CR
2017 Elegy + (50CS/ME) Neues Holz absorbiert, beide Rebsorten ausgewogen, konsolidiert, Cassis, Efeu, getrocknete Tomaten, schwarze Oliven, salzig; viel Frucht, jugendlich, Säurespiel, würzig, markante Gerbstoffe, viel Substanz, lang, Aromen vom Bukett auch im Nachhall, salzige Bodentöne, rauchig. Reserven.

ÖSTERREICH

★★ S €€ CR PLV
Magic Moments + (BF/PN/CS) Klare Frucht, Kräuterwürze, frische Mandeln, Spur Granny Smith; saftig, kühl, feine Perlage, knackige Äpfel, Prise Kräuter, zurückhaltende Dosage.

Weingut
Hundsdorfer

Lukas Hundsdorfer
7311 Neckenmarkt, Lange Zeile 10
Tel. +43 2610 42034
info@hundsdorfer.at, www.hundsdorfer.at
20 Hektar, W/R 2/98

Das Weingut Hundsdorfer ist ein ausgesprochener Familienbetrieb mit vorzüglichen Neckenmarkter Weinberglagen. Die mitwirkenden Akteure haben sich in unkapriziöser Art die Bodenständigkeit der bäuerlichen Vorfahren bewahrt. Lukas Hundsdorfer ist Betriebsführer, unterstützt wird er bei wichtigen Agenden im Keller von seinem Bruder Anton Hundsdorfer und vom Vater Anton Hundsdorfer, der sich als Allrounder mannigfach einbringt.

Seit Jahren liefert das Weingut Hundsdorfer im Klassiksegment solide Qualitäten mit sehr gutem Preis-Wert-Verhältnis. Im Premium-Segment stellt alljährlich die Cuvée Canis die Qualitätsspitze dar. Aus dem guten 2017er-Jahrgang hat Hundsdorfer eine elegante Kreszenz geformt, die Freunde von druckvollen, vielschichtigen Rotwein-Blends gewiss begeistern wird. Die Markteinführung der weiteren Premium-Formate ist infolge der jüngsten gesellschaftspolitischen Entwicklungen verzögert und für das kommende Jahr zu erwarten. *jw*

MITTELBURGENLAND DAC

★★★★ S €€ BF TIPP PLV
2019 Blaufränkisch Ried Hochberg + Dichtes Dunkelrot, einnehmend würzige Nase nach dunkler Beerenfrucht, im Geschmacksbild dunkle, sortentypische und üppige Weichselfrucht, auch Brombeere, schwarzer Pfeffer, sehr würzig, leicht salzig, saftig, dicht und extraktreich, schöner Körper, kräftige samtig-herbe Tannine, maskulin, süffig, feiner Abgang, gutes Lagerpotenzial, gehobener Klassiker mit tollem Preis-Leistungs-Verhältnis.

★★★ K €€€ BF
2017 Blaufränkisch Reserve + Betörende Nase nach dunkler, reifer Kirschfrucht, Kräutern, schwarzem Pfeffer, feinen Röstaromen und Vanilleschoten, im Geschmacksbild üppige dunkle warme Frucht nach Kirsche und Brombeere, Vanille, sehr würzig, leicht salzig, vollmundig und saftig, viel Extrakt, muskulös, engmaschig-dicht, kompakt, zupackend und druckvoll, leicht erdig und herb mit kräftigen, aber geschmeidigen Tanninen, belebendes Säurespiel mit charmanter Fruchtsüße, alkoholisch und etwas kompottig, finale Bitterschoko-Note im Abgang von einiger Länge, alles in allem eine „muskulöse" Sorteninterpretation.

BURGENLAND

★★ S € ZW PLV FUN
2019 Zweigelt Classic + Dunkles Rubinrot, einladende Nase nach kühler Kirschfrucht und Waldkräutern, am Gaumen dunkle sortentypische Kirschfrucht, würzig, salzig, saftig, dabei druckvoll, herb, vitaler Säurebogen, süffig, geradliniger und guter Trinkfluss mit edler Zartbitternote im Abgang, angenehmer, vergnüglicher Klassiker mit einigem Gewicht.

★★★ K €€€ SL
2018 St. Laurent Reserve + Tiefdunkles Rubingranat mit violetter Randaufhellung, verführerische Nase nach warmer, dunkler Beerenfrucht, Waldkräutern, Edelhölzern und Vanilleschoten, im Geschmacksbild üppige dunkle Frucht nach Weichsel, Brombeere und Wacholder, würzig, leicht salzig, vollmundig und extraktreich, dabei saftig und straff, kräftig mit feinem Schmelz, ausgewogene Holzschulung, geschmeidig und weich, edelherbe Tannine, durchtragend vitaler Säurebogen, durchaus süffig, Abgang mit guter Länge und einer angenehmen Vanille-Schoko-Note sowie einem Hauch Karamell im Finish. Eine gehobene und vergnüglich-gefällige St. Laurent Reserve mit gutem Potenzial.

★★★★ K €€€ CR PLV TIPP
2017 Cuvée Canis Reserve (BF/ZW/CS/ME) + Einnehmende Nase nach dunklen, reifen Waldbeeren, feiner Würze, Vanilleschoten und dezenter Nougat-Karamell-Note, im Geschmacksbild üppige dunkle Frucht primär nach Weichsel, aber auch Brombeere, Cassis, Wacholder, etwas Lakritze und ein Hauch Vanille, würzig und herb, salzig, stoffig-dicht, dabei saftig, feine Textur, wunderbarer Schmelz, vielschichtig-komplex, mächtig, druckvoll und zupackend, kräftige und samtige Tannine, charmante Fruchtsüße, im elegant-vitalen Säurebogen gut ausbalanciert und angenehm dahinströmend, dabei immer neue Nuancen offerierend, nachhaltiger Abgang mit zarter edelherber Bitternote, etwas Nougat und Vanille im Finish, gehobenes Trinkvergnügen mit beachtlicher Gewichtigkeit, eine Kreszenz.

BIO

Rotweingut
Iby

Anton Markus Iby
7312 Horitschon, Am Blaufränkischweg 3
Tel. +43 2610 42292, Fax -90, Mobil +43 664 920 14 78
weingut@iby.at, www.iby.at
40 Hektar, W/R 0/100, 180.000-220.000 Flaschen/Jahr

Das neue, großzügige Betriebsgebäude der Familie Iby am Blaufränkischweg 3 ist seiner Bestimmung übergeben. „Hier kann ich so kompromisslos vinifizieren, wie ich es mir immer gewünscht habe", sagt Anton Iby. „Kräftig, intensiv, elegant und fein, so will ich meinen Wein haben." Der neue Keller eröffne ihm die Möglichkeit, mehr Struktur in seine Weine zu bringen. Toni iby ist ein naturverbundener Winzer mit tiefem Verständnis für die Zusammenhänge. Auch im Weingarten arbeitet er mit Akribie, weil ein guter Wein draußen in den Rieden entstehe. Der alteingesessene Betrieb, seit Generationen in Familienbesitz, verfügt über Anteile an renommierten Lagen. Toni Iby ist bestrebt, deren Charakteristika präzise herauszuarbeiten. Die Ried Rager zeichnet sich durch einen hohen Kalkanteil aus, der Merlot von hier ist betont papriziert. Der Tonmergelboden der Lage Hochäcker ist mit Kies und eisenhaltigen Schichten durchsetzt, was dem Blaufränkisch eine fruchtig-würzige Note verleiht. Die abschüssige Ried Gfanger mit ihrem Oberboden aus sandigem Lehm und einem Unterboden aus Tonmergel fördert die Eleganz der Weine. Das Eisen im Untergrund der Ried Dürrau sorgt für salzige Töne, der Blaufränkisch von hier wird in Fässern aus österreichischer und slawonischer Eiche ausgebaut. Die Trauben für den 2018er Blaufränkisch Chevalier, der seit vorigem Jahr nochmals zugelegt hat, kommen zum Großteil von hier. Ein unglaublich eleganter und jugendlicher Wein findet sich seit Kurzem auf der Raritätenliste, der Blaufränkisch Confessio aus 2009. Er reifte zehn Jahre in der Magnum und ist streng limitiert. *ww*

MITTELBURGENLAND DAC

★★★ G €€ BF
2019 Blaufränkisch Reserve Ried Hochäcker + Nobel, feingliedrig, dunkle Frucht, Wermut und Wacholder; schließt aromatisch und strukturell an, klassisch, fast filigran, Säurespiel, Frucht und Würze klingen lange nach.

★★★★ G €€€ BF
2018 Chevalier Blaufränkisch + Ruhig, Wermut, Irisch Moos, mit Luft mehr dunkelfruchtig, Anklänge von Cassis; schließt aromatisch an, gesetzt, mit Luft supersaftige Kirschfrucht, reife Tannine, reife Frucht à la Pflaumen im Nachhall.

★★★★ G €€€€€ BF TIPP
2017 Quintus + (BF) Elegant, sortenaffin, Würze, dezente Frucht, dunkle Blüten, Irisch Moos, Prise Salz; fein strukturiert, Säurespiel, zarte Frucht, Gerbstoffnetz, Kräuterwürze, Holz kein Thema, salzig im langen Abgang, Kumquats im Nachhall, zeitlos, spielt die leisen Töne.

BURGENLAND

★★ S €€ BF FUN
2020 Blaufränkisch Rosé + Sorte klar, zarte Frucht und Würze; freundlich, Prise Restzucker vermittelt Trinkspaß, frische Kirschen, mittleres Gewicht, Säurespiel.

★★★ S €€ ZW
2019 Zweigelt Classic + Kirschen, Wiesenkräuter; saftig, kirschfruchtig, einige Kraft, Spiel, reife Kirschen klingen lange nach.

★★★ S €€ BF PLV
2019 Blaufränkisch Classic + Herzhafte Wildkirschen, grüne und getrocknete Kräuter; klare und saftige Frucht, unaufdringlicher Tannin-Grip, gute Substanz.

★★★ G €€ CR
2019 Big Blend + (70ZW/ME) Ausgewogen, Kirschen, feine dunkle Würze, schwarze Oliven, Kakao und Pfeffer; ansprechende Melange aus Frucht, Würze, Tannin und Säure, balanciert, mittlere Länge, würziger Nachhall.

★★★ G €€€ ZW
2019 Zweigelt Reserve + Schwarzkirchen pur, dicht, satt; zugänglich, Tannin-Rückgrat, wertig, verständlich, hinten etwas Holz, Prise Pfeffer, gute Länge.

★★★★ G €€€ ME TIPP
2019 Merlot Reserve + Balanciert, kühlfruchtig, Efeu, Thymian und Oregano, etwas Heu; viel Frucht, reif, dunkel getönt, stützende Gerbstoffe, Zug und Pikanz, Fruchtschmelz, große Länge, Holz erst im Finish und im Nachhall.

ÖSTERREICH

★★ S €€ BF FUN
Frizzante + (BF) Als Sorte unverkennbar, Würze, Kirschen, knackige Brombeeren; süffig, unkompliziert, würzig, fruchtbetont.

Wein-Gut
Iby-Lehrner

Melanie & Michael Lehrner
7312 Horitschon, Hauptstraße 34
Tel. +43 2610 42113, Fax +43 2610 43687
info@iby-lehrner.at, www.iby-lehrner.at

21 Hektar, W/R 5/95, 70.000 Flaschen/Jahr

Michael Lehrner und seine Frau Melanie haben sich einen Namen gemacht für gebietstypische Rotweine mit einem ausgesprochen attraktiven Preis-Leistungs-Verhältnis. Die Formkurve zeigt nach oben. Ihre besondere Liebe gilt dem Blaufränkisch, der mittlerweile 70% der Anbaufläche ausmacht. „Diese Rebsorte verkörpert das Gebiet wie keine andere." Sie zeige das ganze Potenzial der Böden und wohl auch des Winzers. Der Fokus liegt auf ehrlichen, authentischen Weinen. Alle Rotweine werden in Holzfässern ausgebaut, die Basisweine in neutralen Gebinden mit 4.000 Liter Inhalt; die Gärung erfolgt in der Regel im Stahltank. Die Reserven werden in kleinen Eichenfässern erzogen. Der junge Winzer hält die alten Reben hoch in Ehre. Jene für den meistverkauften Wein des Hauses, den Blaufränkisch Ried Hochäcker, sind bis zu 30 Jahre alt. Den Rohstoff für den Blaufränkisch Rondo Reserve liefern Weinstöcke, die grundsätzlich mehr als 30 Jahre alt sind. Die Trauben kommen aus den beiden Top-Lagen Dürrau und Hochäcker.

Die aktuelle Serie präsentiert sich klar, straff und bar jeder Üppigkeit, der Holzeinsatz ist wohldosiert und präzise. Die Lagencharakteristika kommen präzise zum Ausdruck.

Gut angekommen bei den Gästen ist die „Wein-Träumerei", Gästezimmer mit hochwertiger Einrichtung und starkem Bezug zum Wein. Weil die Nachfrage so rege ist, wird zugebaut. Der enge Kontakt zu den Kunden wird durch die Aktion „Lebe deinen Weintraum" verstärkt; hier steht die Mitarbeit auf dem Weingut im Zentrum. *ww*

MITTELBURGENLAND DAC

★★★ **S €€ BF** **PLV**
2019 Blaufränkisch Ried Hochäcker + Kühl, Preiselbeeren, Brombeeren, Kirschen, zarte Würze; saftig, kein Gramm Fett, vom Schotterboden geprägt, frische Frucht, feiner Tanningrip, gute Länge.

★★★ **K €€€ BF**
2018 Blaufränkisch Reserve Rondo + Tiefe und kühle Frucht, Heidelbeeren, Brombeeren, Prise Kräuter, Holz zu erahnen; aromatisches Dacapo, Holz ein wenig prägnanter, präzise, feine Tanninstruktur, Säurespiel, gute Länge, dunkle Frucht und Gewürze im Nachhall, Trinkfluss.

BURGENLAND

★★ **S € PB**
2020 Weißburgunder + Sanfter Druck, Kräuter, Birnen; lebendig, markante Säure, gute Substanz, Kräuter, Äpfel und Birnen mit einer Prise Haselnüsse.

★★★ **S € ZW** **PLV**
2019 Zweigelt Classic + Ungewöhnlich tief, Schwarzkirschen, Pflaumen, Hauch Gewürznelken; saftige Frucht, animierendes Säurespiel, Holz nur zu erahnen, mittlere Länge, wertig.

★★ **K €€ SL**
2019 St. Laurent Ried Gfanger + Zarte Gewürzaromen, Kirschen, ruhig und frisch; jugendliche Frucht setzt sich mehr in Szene, Würze zur Untermalung, Säurespiel, feine Struktur, mittlere Länge, quicklebendig.

★★★ **S €€ CR**
2018 Cuvée Mosso + (ME/ZW/SY) Wertige Anmutung, ruhig, Vogelbeeren, Hauch Kirschen, feine Gewürze; schließt aromatisch an, Kirschnote kommt deutlicher, angenehme Säure, klar strukturiert, lebhaft, Tannin-Grip, mittlere Länge.

★★★★ **K €€€ SY** **TIPP**
2018 Syrah + Würzig, Wacholderbeeren, Vogelbeeren, Sandelholz; feinfühliger Holzeinsatz, dunkle und rotbeerige Frucht, enormer Zug, Druck, Tannin-Grip, Ecken und Kanten im positiven Sinn, große Reserven.

★★★★ **K €€€€ BF**
2018 Blaufränkisch Kaporjan + Fein und nobel, rotbeerige Akzente, Kräuterwürze, Prise Salz, Lorbeerblatt; feines Säurerückgrat, präzise Textur, feinmaschiges Gerbstoffnetz, zarte Frucht, kalkiger Boden kommt durch, salzig, Reserven.

★★★★ **K €€€€€ BF** **TIPP**
2017 Blaufränkisch Ried Dürrau + Noble Würze, Nelken, Piment, dunkle Frucht, lagentypische Bodentöne; saftig, fokussiert, Säurespiel, elegante Frucht, Holz perfekt integriert, vielschichtig, Gewürze eingestreut, im Abgang Eisenoxid, Hauch „After Eight" im Nachhall.

Weingut
Hans Igler

Clemens Reisner & Anna Reisner-Iorillo
7301 Deutschkreutz, Schaflerhof 1
Tel. +43 2613 80365
info@hans-igler.com, www.hans-igler.com
35 Hektar, W/R 2/98, 175.000 Flaschen/Jahr

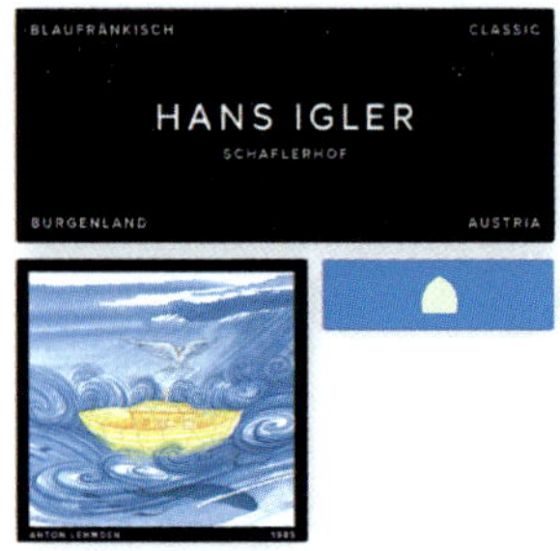

Das Weingut Igler in Deutschkreutz zählt seit Langem zu den Renommierbetrieben des Mittelburgenlandes. Im Betriebsnamen wird Hans Igler geehrt, der zu den Qualitätspionieren des Burgenlandes zählt. Repräsentanz ist der sehenswert revitalisierte Schaflerhof, der einst als Wirtschaftsanwesen dem Schloss Deutschkreutz beigeordnet war. Das überwiegend auf rote Gewächse spezialisierte Weingut hat eine recht eigenständige Linie hervorgebracht: Bereits die Klassikweine trumpfen durch ihre kräftige Anlage auf, in der Reserve-Kategorie setzt sich diese Ausrichtung mit entsprechendem Tiefgang fort. Zu den herausragenden Klassikern des Blaufränkisch-Landes mit sehr gutem Preis-Wert-Verhältnis darf der 2019er Blaufränkisch Classic Schaflerhof gezählt werden. Im Premium-Segment zählt Blaufränkisch C11 zu den Formaten der vielschichtigen und zugleich vollmundigen Ausrichtung. Mit dem 2018 Chardonnay aus der sehr guten Weinberglage Goldberg ist ein interessanter burgundischer Wein mit vorzüglichem Trinkfluss im Sortiment. *jw*

MITTELBURGENLAND DAC

★★★ S €€ BF
2019 Blaufränkisch Ried Hochberg + In der Nase dunkle reife Beerenfrucht, eine Prise schwarzer Pfeffer, am Gaumen klingt viel dunkle kühle Frucht nach, Brombeere und Wacholder, salzig, saftig, stoffig und dicht, druckvoll, samtige Tannine in schöner Balance mit elegant-vitalem Säurebogen, guter Trinkfluss, edelherbe Zartbitternote und ein Hauch Vanille im Abgang von guter Länge, würziger Nachhall.

BURGENLAND

★★★ K €€€ CH PLV
2018 Chardonnay Ried Goldberg + Strahlendes Goldgelb, einnehmende Nase nach Gelbfrucht, Wiesenkräutern und einem Hauch Vanilleschoten, am Gaumen üppige kühle Gelbfrucht nach Pfirsich und Ringlotte, leicht nussig, ein Hauch Pfeffer, würzig, vollmundig und druckvoll, viel Extrakt, zarter Schmelz, dicht und vielschichtig, leicht cremig, saftig, feine Tannine, vitaler Säurebogen, angenehmer Trinkfluss, anhaltender Abgang mit einem Touch Vanille im Finish, elegant-gewichtige Sorteninterpretation mit perfekter Holzschulung.

★★ K €€ SL FUN
2018 St. Laurent Classic 2018 + Feines Bouquet nach Weichseln und Heidelbeeren mit einer Prise schwarzem Pfeffer, im Geschmacksbild sortentypische Dunkelfrucht und reife Weichselfrucht, auch Zwetschke und Wacholder klingen an, feine Würze, reichlich Pfeffer, saftig, straff, schöner Körper, gut strukturiert, feine Fruchtsüße, weiche Tannine, guter Säurebiss, herb, süffig, angenehmer Trinkfluss, ein feiner, vergnüglicher Klassiker.

★★★ S €€ ZW
2019 Zweigelt Classic + Einnehmend würziges Bouquet nach dunkler reifer Weichselfrucht und feinen Vanilleschoten, am Gaumen üppige warme Weichsel-Kirschfrucht-Aromatik, etwas Brombeere, Vanille und ein Hauch Karamell, vollmundig, weich und rund mit geschmeidigen Tanninen, stoffig, vitales Säurespiel, salzig, charmante Fruchtsüße, süffig, angenehmer Trinkfluss, guter Abgang mit feinem Vanille-Touch im Finish, gehobener und holzgeschulter „Klassiker" mit einigem Potenzial.

★★ S €€ BF PLV FUN
2019 Blaufränkisch Classic Schaflerhof + Feine und würzige Nase nach Kirsch- und Weichselfrucht, am Gaumen viel sortentypische Weichselfrucht, pfeffrig-würzig, saftig, animierender Säurebogen, süffig, straff, herb, angenehmer Trinkfluss, guter Abgang mit feiner Bitternote, ein vergnüglicher, anspruchsvoller Klassiker.

★★★★ K €€€€€ BF
2014 Blaufränkisch C11 + Tiefgründiges Rubingranat mit purpurnen Reflexen, feine würzige Nase nach dunkler Beerenfrucht, schwarzem Pfeffer, getrockneten Tomaten, mit einem Hauch Tabak, etwas Pfefferminze und Vanilleschoten, am Gaumen dunkle kühle Weichselfrucht, Brombeere, Blutorange, etwas Karamell, zarte Röstaromen, feine Pikanz, leicht pfeffrig, mineralische Anmutung, vollmundig, viel Extrakt mit überaus feinem Schmelz, zupackend, mächtig und druckvoll, dabei vielschichtig und komplex, saftig, kräftige, aber geschmeidig-samtige Tanninstruktur mit raffiniertem Säurebogen, elegant dahinströmend, gediegener Abgang mit feiner Salzigkeit, einer zarten Bitterschoko-Note und einem Hauch Vanille.

Weingut
Josef Igler

Josef Igler
7301 Deutschkreutz, Hauptstraße 59/61
Tel./Fax +43 2613 80213
info@igler-weingut.at, www.igler-weingut.at
12,5 Hektar, W/R 10/90

Josef Igler gehört zu den aufstrebenden Winzern im Mittelburgenland. Seine Weine sind bekannt für ihr attraktives Preis-Leistungs-Verhältnis. Das Weingut besitzt Anteile an renommierten Lagen wie Goldberg, Satz, Hochberg oder Mitterberg. Der Fokus liegt auf Blaufränkisch, für Josef Igler ganz klar die wichtigste Rebsorte. Dieser Varietät widmet er sich mit Hingabe, seit er Wein macht. Unterstützt wird er dabei von Mario Felder, hauptverantwortlich für den Keller. Die Komplementärsorten Cabernet Sauvignon und Merlot ergänzen die von Blaufränkisch dominierte Cuvée Maximus. Der im großen Holzfass ausgebaute Basiswein „Classic“ enthält neben Blaufränkisch auch Zweigelt und St. Laurent. Abgerundet wird das übersichtliche Sortiment durch einen sortenaffinen, ansprechenden Sauvignon Blanc und den fröhlichen „Rosé Secco“. Unangefochten die Nr. 1 im Portfolio ist eine Blaufränkisch-Selektion aus den ältesten Reben der Rieden Goldberg, Satz und Hochberg, für zwölf Monate in Barriques aus französicher Eiche ausgebaut und 18 Monate in der Flasche gereift. Josef „Joe“ Igler nennt diesen hochgradig eleganten Wein schlicht „Joe No 1“.

Den Stil von Josef Igler kann man mit sehnig, trinkanimierend, ungekünstelt und authentisch ohne jegliche Üppigkeit umschreiben. Seine Weine sind über jeden Verdacht erhaben, Blender zu sein. Sie neigen eher zu Understatement. *ww*

BURGENLAND

★★ **K € SB**
2020 Sauvignon Blanc + Grünfruchtig, Granny Smith und Karambole, grüne Kräuter; frisch, saftig, die Frucht dominiert, angenehme Säure, gute Substanz, zarteste Würze im Finish, glockenklar.

★★★ **K € CR** PLV
2018 Classic + (BF/ZW/SL) Die Frucht gibt eindeutig den Ton an mit Aromen von Heidelbeeren, Kirschen und Brombeeren, eine hauchfeine Würze schwingt mit, ungekünstelt und ausgewogen; saftig, viel Frucht, Kirschen dominieren, feines Säurespiel, gute Länge, klassische Prägung, für einen Basiswein beachtlich.

★★★ **K €€€ BF**
2018 Reserve + (BF) Öffnet sich rasch mit Luft, dunkle Frucht, Hauch Lakritze, Prise sortentypischer Würze, kräftig, getrocknete Beeren, tief im Glas Wacholderbeeren; druckvoll, Holz perfekt eingebaut, angenehme Tannine, gut strukturiert, viel dunkle Beerenfrucht, eine Prise frisch gemahlener Kaffee im Finish, begleitet von sortentypischer Würze, gute Länge.

★★★★ **K €€€ CR** TIPP PLV
2018 Maximus + (BF/CS/ME) Rauchig, dunkle Waldbeeren, Cassis, Havanna-Zigarren, kühle Würze, unaufdringliche Eichennote; schließt aromatisch an, sehnig, Power ohne Üppigkeit, das neue Holz fügt sich perfekt ein, reifes Gerbstoffnetz, lang.

★★★★ **K €€€€€ BF** TIPP
2017 Joe No. 1 + (BF) Ruhig strömend, viel dunkle Beerenfrucht, zarteste Gewürznoten, dunkler Tabak und Walnüsse angedeutet, nobel; feine Frucht, Beeren, Schwarzkirschen, nussige Akzente, engmaschiges Gerbstoffnetz, Struktur und Finesse, fein liniert, zartes Säurespiel sorgt für Leben, würzig im langen Nachhall, Understatement.

ÖSTERREICH

★★ **K €€ CR** FUN
Rosé Secco + Eigenständig, rote Blüten, rote Früchte, Prise Paprika edelsüß, Lorbeerblatt, alles fein verwoben; freundliche Frucht, angenehme Perlage, zartester Tanninschleier, fröhlich.

Weingut
Kerschbaum

Michael Kerschbaum
7312 Horitschon, Hauptstraße 111
Tel. +43 2610 42392, Fax -40
weingut@kerschbaum.at, www.kerschbaum.at
40 Hektar, W/R 1/99

Das Weingut Kerschbaum, ein Leitbetrieb im Mittelburgenland, war viele Jahre Produzent hervorragender Rotweine, Weißwein war kein Thema. Das hat sich geändert, denn Michael beschäftigt sich nun auch mit weißen Varietäten. Mit der Ried Kirchholz verfügt er über einen Weingarten, wo der Grüne Veltliner im Jahr 1941 gepflanzt wurde. Die Trauben für den Chardonnay hat er mit seiner Mannschaft in Höflein bei Eisenstadt selbst geerntet und in Horitschon gekeltert. Vergoren und ausgebaut wurde er im Holzfass. Beide Weine gibt es noch, wir haben sie voriges Jahr vorgestellt.
Auf dem roten Sektor führt Michael Kerschbaum behutsam das weiter, was sein Vater Paul geschaffen hat. Dabei hat dieser bescheidene junge Mann seinen eigenen, authentischen Stil gefunden. Betriebsleiter Josef Pusch, als Kellermeister ein sprichwörtliches Urgestein, steht dem jungen Winzer zur Seite. Michaels Frau Stefanie komplettiert das Team; sie ist für den administrativen Part zuständig. Verkauf, Füllanlage und Lager befinden sich im Betriebsgebäude an der westlichen Ortseinfahrt von Horitschon, der Keller ist nach wie vor am Stammsitz im Dorfzentrum situiert.
Nach wie vor ist der Blaufränkisch die wichtigste Rebsorte. In der Top-Lage Dürrau wurzeln die bis zu 70 Jahre alten Rebstöcke in einem tiefgründigen, eisenhaltigen Lehmboden. Das fördert kräftige, vielschichtige Weine. Der Boden der Ried Hochäcker ist ein Gemisch aus Lehm und Löss, darunter befindet sich wasserdurchlässiger Kies. Der Blaufränkisch von hier zeichnet sich durch eine dezente Pfeffernote aus. Grundsätzlich liegen alle Weine für mindestens vierzehn Monate im Holz, auch jene der Basislinie, je nach Wein auch deutlich länger. Der Fokus ist auf eine präzise Frucht ausgerichtet. Diesem Anspruch kommt die Lagerung im großen Holzfass sehr entgegen. Der Blaufränkisch Ried Dürrau wird ausschließlich in neuem Holz ausgebaut, 80% davon sind Barriques, der Rest Gebinde mit 500 Liter Fassungsvermögen. Für die Lagenweine verwendet Michael nur Reben, die mindestens 25 Jahre alt sind. Die Top-Qualitäten bleiben bis zu fünf Wochen auf der Maische. Das setzt im Interesse der Ausgewogenheit physiologisch reife Beeren voraus, das heißt, reife Tannine. Michael Kerschbaum hat das Holz zurückgenommen, um die Sortentypizität und die Frucht zu betonen.

ww

BURGENLAND

★★★ **S €€ BF** **PLV**
2018 Blaufränkisch Ried Hochäcker + Als Sorte unverkennbar, Waldbeeren, Kakao, feinfühliger Holzeinsatz lässt der Sorte Platz, ein Hauch von pfeffriger Würze; viel Frucht, Gerbstoffe gut eingebaut, sehnig, belebendes Säurespiel, ausgewogen, trinkanimierend, Beeren klingen lange nach.

★★★★ **K/G €€€€ BF** **TIPP**
2018 Blaufränkisch Ried Dürrau + Dezent rauchig, Boden kommt durch mit einem lagentypischen Hauch Eisenoxid, elegant, dunkelfruchtig, bisschen Powidl, noble Würze; feingliedrig, dennoch viel Schub, Säure macht den Wein lebendig, feines Gerbstoffnetz, frei von jeder Üppigkeit, Trinkvergnügen auf hohem Niveau, lang, Weihrauch im Nachhall, Potenzial.

★★★★ **K/G €€€€ CR** **TIPP**
2018 Cuvée Impresario + (60BF/20ZW/15ME/CS) Ganzer Korb von Beeren wie Blaubeeren und Himbeeren, auch Kirschen, Prise Pfeffer und Lorbeerblatt, Kakao, getrocknete Kräuter, vielschichtig und nobel; aromatisches Dacapo, Kakao kommt auf dem Gaumen deutlicher und hält sich bis in den Abgang hinein, Säure und perfekt integrierter Gerbstoff geben Struktur, salzige Ader, Holz nur zur zarten Untermalung.

Weingut
K+K Kirnbauer

Markus Kirnbauer
7301 Deutschkreutz, Rotweinweg 1
Tel. +43 2613 89722, Fax -12
kirnbauer@phantom.at, www.phantom.at
45 Hektar, W/R 10/90, 280.000 Flaschen/Jahr

Weithin sichtbar thront das Weingut auf einem Hügel über Deutschkreutz. Große Bekanntheit erlangt hat die Familie Kirnbauer durch das Phantom, eine Cuvée aus Blaufränkisch, Merlot, Cabernet Sauvignon und Syrah. Der Konquest, ein reinsortiger Cabernet Franc, ist jedes Jahr im Handumdrehen ausverkauft. Er reift in neuen Barriques aus amerikanischer Eiche. Bei Weinsammlern hoch im Kurs steht die markante, drei Jahre in Barriques erzogene Bordeaux-Cuvée Forever, die ihre Meriten erst nach einigen Jahren Flaschenlagerung zur Gänze zeigt. Rund 1.000 Barriques lagern im Keller. Ihre Einstellung zu diesen Gebinden definieren die Kirnbauers so: Die Harmonie von Wein und Holz steht über allem. Der Blaufränkisch Gold Reserve wird zur Gänze in neuen kleinen Eichenfässern erzogen. Und der Zweigelt Girmer heißt so, weil das Holz für die Gebinde im eigenen Girmer-Wald geschlagen wurde.
Schon Walter Kirnbauer hat die Weichen in Richtung nachhaltige Bewirtschaftung gestellt, sein Sohn Markus ist zutiefst davon überzeugt, dass Natur und Ressourcen im Interesse der nachfolgenden Generationen geschont werden müssen. Man war „nachhaltig Austria“ zertifizierter Betrieb der ersten Stunde. Im Jahr 2019 wurde die kontrollierte biologische Bewirtschaftung eingeführt, das Weingut befindet sich derzeit in der Umstellungsphase. *ww*

MITTELBURGENLAND DAC

★★★★ K €€€€ BF
2019 Blaufränkisch Gold Reserve + Tiefe Frucht, Schwarzkirschen, Tintenblei, Graphit, noble Würze à la Lorbeerblatt und Thymian; Frucht und Würze, Kakaopulver, Zug, im Finish auch Dörrpflaumen, Holz erst im Nachhall.

BURGENLAND

★★★ S €€€ CH
2019 Chardonnay Zwickl + Dezentes Holz, Gewürze, Birnen, Hauch Dörrbirnen; schließt nahtlos an, lässt dem Kalkboden Raum, Biskuit, kernig, fokussiert.

★★★ S € CR PLV
2018 K+K Cuvée + (BF/ZW/CS/ME/SY) Ausgewogen, viele Fruchtaromen, dezente Würze; charmante Frucht, animierendes Säurespiel, mittlere Länge, trinkanimierend.

★★★ S €€ BF
2018 Blaufränkisch 7301 + Für diese Liga druckvoll, Brombeeren, Kirschen, Maroni, Prise Kräuter; frische Frucht, Kirschen, angenehme Gerbstoffe, mittelgewichtig.

★★★★ K €€€ ZW
2018 Zweigelt Girmer Reserve + Druckvoll, Schwarzkirschen, dezente Eichenaromen, Sandelholz, Datteln; zu diesen Aromen gesellt sich rote Frucht, feines Gerbstoffnetz, saftig, trinkanimierend, merkliche Substanz, dunkles Holz im Nachhall.

★★★★ K €€€€ CR PLV
2019 Phantom + (35BF/32ME/32CS/SY) Vielschichtig, dunkel, Kakaopulver, hochreife Kirschen, Maulbeeren; aromatisches Dacapo, reife Gerbstoffe, kühler Hauch, ätherische Einsprengsel, fokussiert, dicht, ausgewogen, Marzipan, Bittermandeln und dunkle Schokolade im langen Nachhall.

★★★★ K €€€€ ME
2019 Merlot Reserve + Graphit, schwarze Oliven, salzig, Heidelbeeren, Tintenblei, kühle Würze; druckvoll, mächtige Substanz, markantes Tannin, getrocknete Tomaten, lang, Tomatenkraut und dunkle Beeren im Nachhall.

★★★ K €€€€ SY
2018 Syrah Reserve + Sortentypisch, Vogelbeeren, getrockneter Estragon, grüne Bananen angedeutet; Zug, Säurespiel, Vogelbeeren, Weichseln, Tanningrip, gute Länge, noch fast fordernd.

★★★★ K €€€€€ CF TIPP
2018 Konquest + (CF) Kühle Würze, roter Paprika, gerade reif gewordene Cassisbeeren; fordernd, straff, glockenklar, Holz völlig absorbiert, kühle Würze, schwarze Johannisbeeren, lang, quicklebendig.

★★★★ K €€€€€€ CR TIPP
2017 Forever + (50ME/40CS/CF) Graphit, Tintenblei, Cassis, kühle Würze, Kakaopulver, Pekannüsse, Marzipan in dunkler Schokolade; aromatisches Dacapo, straff, juvenil, Säurespiel, Tanningrip, Holz absorbiert, Marzipan, Walnüsse und dunkle Beeren im langen Nachhall. Beste Anlagen.

★★★ K €€€ CW FUN
2020 Royal Selection + (80SB/GV, RZ 90 g/l) Animierend, Almdudler, Kräuter, süßer Touch, Rhabarberkompott, Birnennektar; Twinni-Eis, Birne, Orange, Karamell, Stollwerk, animierendes Süße-Säure-Spiel, nicht überfordernd süß, Fruchtbombe.

ÖSTERREICH

★★★ K €€ CW
Cesario brut + (SB/CF) Sanft, distinguiert, hefig, Sauvignon dezent angedeutet, bisschen Cassis; schließt aromatisch an, fein liniert, angenehmes Mousseux, beschwingt.

Rotweine
Lang

Andrea & Stefan Lang
7311 Neckenmarkt, Lange Zeile 11
Tel. +43 2610 42384, Fax -6
office@rotweinelang.at, www.rotweinelang.at
30 Hektar, W/R 0/100

Das Weingut von Andrea und Stefan Lang in Neckenmarkt hat sich dem Rotwein verschrieben. Leitsorte ist der Blaufränkisch, aber auch mit Cuvées weiß man hier hervorragend umzugehen. Die Basislinie nennt sich „Classic" und ist ab heuer nur mehr im Lebensmitteleinzelhandel erhältlich. Sie zeichnet sich durch Sortentypizität und einen attraktiven Preis aus. Diese Weine reifen im großen Holz und in mehrfach befüllten Barriques, sie sind leicht verständlich. Darüber wurde die Linie „ECHT LANG" eingeschoben. Die Preisdifferenz ist marginal, das Preis-Leistungs-Verhältnis überzeugend; die Feinheit des Blaufränkisch ist ungewöhnlich für diese Klasse. Die Premium-Weine sind ausgesprochen feingliedrig, ihnen sind Finesse und Trinkfluss zu attestieren. Herausragend ist der Blaufränkisch V-MAX Grande Réserve, fein, perfekt integrierte Tannine, Finesse vor Wucht. In einer eigenen Liga spielt die „Raue Liebe". Diese limitierte und nur auf Reservierung erhältliche Cuvée reift dreieinhalb Jahre in kleinen französischen Eichenfässern, die dann zur Sommersonnenwende für ein weiteres Jahr in der Erde vergraben werden. Die ausgelesenen Trauben stammen aus den besten Rieden des Weingutes.
Als Reaktion auf die Corona-Pandemie wurde dem Rosé ein neues Etikett des berühmten Spanischen Malers Jordi Labanda verpasst, das dem Weinfreund mitteilt: „Das Leben ist kurz – der Rosé LANG." *ww*

MITTELBURGENLAND DAC

★★★★ K €€€ BF **TIPP**
2018 Blaufränkisch Reserve L1 + Nobel, Blaubeeren, Brombeeren, Schwarzkirschen, Irisch Moos, schwarzer Pfeffer; saftig, Zug, elegant, würzig, fruchtig, feinmaschiges Gerbstoffnetz, Frucht und Gewürznoten klingen lange nach.

BURGENLAND

★★ S €€ BF
2020 Der Rosé LANG + Ernsthaft, dunkle Beeren, Kirschen, Kräuterwürze; schleßt so an, feine Tannine geben Struktur, mittlere Länge.

★★★ S €€ ZW
2020 Zweigelt ECHT LANG + Feingliedrig, Kirschen, Heidelbeeren, hauchzarte Gewürznoten; fruchtbetont, guter Zug, merkliche Tannine, Struktur, mittlere Länge, fruchtig-würziger Nachhall.

★★★ S €€ SL
2020 St. Laurent ECHT LANG + Spontan einnehmend, Kirschen, Anklänge von Orangen, Piment und Kardamom angedeutet; feine Textur, saftig und frisch, ansprechende Substanz.

★★★ S €€ BF **PLV**
2019 Blaufränkisch ECHT LANG + Klassisch auf gehobenem Niveau, dunkel getönt, süße Frucht, hauchzarte Gewürze; schließt aromatisch an, feines Gerbstoffnetz, trinkanimierende Säure, ordentliche Länge, ungewöhnlich fein.

★★★ K €€ BF
2019 Blaufränkisch Vitikult + Dezent, dunkle Beeren, Kirschen, getrocknete Kräuter, Prise Gewürze; schließt nahtlos an, harmonisch, klassisch, feine Prägung, mittleres Gewicht.

★★★ K €€€ CR **PLV**
2019 Cuvée Fusion One + (90ME/BF) Heidelbeeren, ätherisch-rauchig, Kirschen, Merlot-typische Würze, dunkler Tabak; vielschichtig, Gerbstoffnetz, Trinkfluss und Tiefe, balanciert, reife Frucht und feinkörnige Würze im langen Abgang.

★★★ S € CR
2018 Schnelle Liebe – Quickie + (BF/ME, 0,375 l) Druckvoll fruchtig, rauchig, Beerenmix, offen; saftig, klare Frucht, unauffällige Gerbstoffe, im Finish und im Abgang rauchig-würzige Aromen, einiges Gewicht.

★★★★ K €€€€ CR
2018 Cuvée Excelsior + (BF/CS/SY/ME) Gediegen, Kirschen, Cassis, ätherische Würze, auch getrocknete Tomaten; vielschichtige Aromatik, reife Frucht, zarte Würze, perfekt eingebundene Gerbstoffe, ohne Üppigkeit, lang und balanciert.

★★★★ K €€€€€€ BF **TIPP**
2018 Blaufränkisch Grande Réserve + Kräftig, Heidelbeeren, Schwarzkirschen, „Mon Chéri", Waldboden, heller Tabak, Gewürze; saftig, klare Frucht gibt den Ton an, Finesse, Power, Tanninrückgrat, dunkle Würze, neues Holz perfekt integriert und klingt mit Frucht leise nach, Finesse vor Wucht.

★★★★★ K €€€€€€ CR **TOP**
2015 Raue Liebe + (BF/ZW/SL/CS/ME) Dunkle Frucht, Rosinen, Würze, eingelegter Ingwer, Waldbeeren, Powidl, Weichseln, ätherisch-erdig, mit Luft Anklänge von Single Malt Whiskey; mit Luft immer mehr Frucht, Morcheln, feste Tannine, druckvoll, Waldhimbeeren und deren Kerne im langen Nachhall.

ÖSTERREICH

★★ K €€ CW **FUN**
Prickelnde Liebe Frizzante + (SB/GM) Holunderblüten, Muskat, Minze, zarte Frucht; aromatisches Dacapo, sanft, erfrischend, Kräuter und feine Zitrusnote im Abgang.

Weingut
Pfneisl

Gerhard Pfneisl
7301 Deutschkreutz, Karrnergasse 30-32
Tel. +43 2613 80048, Mobil +43 676 519 46 38
wein@weingut-pfneisl.at, www.weingut-pfneisl.at
23 Hektar, W/R 15/85

Das Weingut Pfneisl in Deutschkreutz ist mit einer Palette an nationalen und internationalen Sorten breit aufgestellt. Eine Innovation der vergangenen Jahre ist die trinkvergnügliche „Pepper"-Linie. Einen starken Fokus bildet von jeher die rote Cuvée-Linie. *jw*

BURGENLAND

★★ S € VI FUN PLV
2020 White Pepper histaminfrei + Feine Nase nach Kräutern, Wiesengras und einer frischen Prise Pfeffer, im Geschmacksbild charmant aromabetont, Pfirsich, Holunder, Marzipan mit einem Touch Rosenblüten und Grapefruit, feines Pfefferl, würzig, kompakt, zugleich knackig und frisch, animierend und angenehm süffig.

★★ S €€ CW FUN
2020 Offspring Cuvée weiß histaminfrei + (GV/GM) Animierend frisches Blüten-Bouquet, fruchtig, Weingartenpfirsich und Stachelbeere mit etwas frischem Wiesengras, charmant aromatisch mit feiner Würze, jugendlich vital, knackig und animierend mit einem Hauch Grapefruit im Abgang, erfrischendes Trinkvergnügen, guter Speisenbegleiter zu pikanten Gerichten.

★★★ S €€ SY
2019 Black Pepper + Nomen est omen: einladende Nase nach dunklen Waldbeeren, Kräutern und einer frischen Prise Pfeffer, im Geschmacksbild dunkle Frucht nach Weichseln und dunkeln Beeren, pfeffrig und würzig, stoffig-dicht mit feinen samtigen Tanninen, charmante Fruchtsüße mit edelherber Zartbitternote im Abgang.

★★★ K €€ CS PLV FUN
2018 Cabernet Sauvignon + Würzige Nase nach dunkelbeeriger süßer Frucht, im Geschmacksbild dunkle Frucht nach Weichsel, Cassis, Brombeeren und Wacholder, Lakritze, ein Hauch Marzipan, würzig, pfeffrig und salzig, schöner Körper, vollmundig, straffe vitale Struktur, weiche Tannine, guter Trinkfluss, eleganter Abgang mit feiner Bitternote und guter Länge, gehobenes Trinkvergnügen.

★★★ K €€€€ SY
2018 Shiraz Maria's Vinegard + Kräftiges und sehr würziges Bouquet nach dunklen Beeren und feinen Röstaromen mit einer zarten Schokonote, im Geschmacksbild viel dunkelbeerige süße Frucht nach Brombeeren und Kirsche, ein Hauch Vanille, würzig und salzig, vollmundig mit feinem Schmelz, kompakt und vielschichtig, kräftige Tanninstruktur mit animierendem Säurespiel gut ausbalanciert, mit cremiger edel-herber Schokonote und einer Prise Pfeffer im anhaltendem Abgang.

★★★★ K €€€€ CR TIPP
2018 Cuvée Pentagon (BF/PN/CS/ME/SH) + Verführerisch-tiefe Nase nach feinem Kräutermix, dunklen Waldbeeren, einer Prise Pfeffer, frischem Holz und feinen Röstaromen, im Geschmacksbild viel dunkelbeerige Frucht, Weichsel, Brombeeren und Wacholder, feine Würze, leicht salzig, stoffig-dicht, dabei ziselierte und vielschichtige Textur, vollmundig und geschmeidig dahinströmend, überaus feiner Schmelz, samtige Tannine von durchtragendem elegantem Säurebogen gepuffert, charmante Extraktsüße, edel-herbe Bittertöne, dezente Nougatnote im gediegen-nachhaltigen Abgang, eine prachtvolle, elegant-opulente Cuvée.

★★★★ K €€€€€ CR
2018 Cuvée Hexenberg (ME/SY) + Verführerisch tiefe Nase nach dunklen Waldbeeren, Lorbeer, schwarzem Pfeffer, Kräutern, frischem Holz, feinen Röstaromen mit dezentem Vanille-Schoko-Ton, im Geschmacksbild dunkle Frucht nach Weichsel und Brombeeren, Granatapfel, Karamell, Vanille, pfeffrig-würzig, salzig, stoffig-dicht, dabei saftig und vollmundig, feiner Schmelz, geschmeidig mit kräftigen, aber samtig-weichen Tanninen und durchtragend animierendem Säurebogen, Abgang von souveräner Länge mit edel-herber Nougat-Bitternote, zartem Karamell und einem Hauch Mokka im Finish.

★★★★ K €€€€€€ CR
2017 Cuvée Ego (CS/ME) + Einnehmendes Bouquet nach dunklen Waldbeeren, Kräuterwürze, dezenter Nougatton, im Geschmacksbild dunkelbeerige, schlanke Frucht nach Weichsel, Cassis und Brombeere, schwarzer Pfeffer, würzig, feine Röstaromen mit einem dezenten Hauch Vanille und Mokka, vollmundig, mächtig, stoffig-dicht, dabei vielschichtig und feinmaschig, elegante Opulenz mit feinem Schmelz, ein wunderbar animierender Säurebogen trägt souverän durch kräftige, aber überaus geschmeidige Tannine, edelherbe Bitternote im elegant-gediegenen Abgang von anhaltender Länge.

Weingut
Reumann

Josef & Maria Reumann
7301 Deutschkreutz, Neubaugasse 39
Tel. +43 2613 80421, Fax -4
info@weingut-reumann.at, www.weingut-reumann.at
10 Hektar, W/R 4/96, 100.000 Flaschen/Jahr

Ein kleiner, aber feiner Rotweinbetrieb ist das Weingut Josef & Maria Reumann inmitten des Blaufränkisch-Landes. Der Blaufränkisch ist mit 53% Anteil auch die dominierende Rebsorte. Davon zeugt der formidable 2018 aus der Ried Fabian, ein klassischer Mittelburgenländer. Doch gibt es auch einen hervorragenden 2018 St. Laurent Selection und einen 2019 Zweigelt Classic.

Der 2018 Blaufränkisch Original Deutschkreutz ist ein ungemein fest strukturierter, sehr typischer Rotwein. Mittelburgenland pur.

Ein 2017 Merlot zeigt, zu welcher Größe dieses Weingut außerhalb des Blaufränkisch fähig ist. Der zukünftige 2019 Vinum sine nomine – der Wein ohne Namen – aus überwiegend Merlot und etwas CS ist von unglaublicher Größe und Dichte. Ein Rotwein, der zu den größten in Österreich zählt. Man nimmt schon Vorausreservierungen entgegen.

Nun zur Cuveé Phoenix Nr 23 – einem der verlässlichsten, standfestesten Rotweine ever. Ein Wein, der eigentlich nie enttäuscht. Auch der aktuelle Jahrgang entwickelt sich prachtvoll. Hier wird das Mittelburgenland in bester vinarischer Form dargestellt. *as*

MITTELBURGENLAND DAC

★★ **S €€€ BF**
2018 Blaufränkisch Ried Fabian + Ein sehr typischer Blaufränkisch, der etwas Luft benötigte, Kirschen in Hülle und Fülle, Brombeeren, Cassis, Zwetschken, dezent rauchig, würzig, bisschen Schokolade, fruchtig, saftig, gutes Potenzial.

BURGENLAND

★★ **S €€ ZW**
2019 Zweigelt Classic + Kirschen im Verbund mit Brombeeren, von herbem Charme, gute Substanz, gute Tanninstruktur, schön trocken, guter Druck, gewürzige Noten, da steckt einiges drinnen.

★★ **S €€€ SL**
2018 St. Laurent Selection + Ganz klar St. Laurent, Weichselkirschen, Lebkuchen, dunkelfruchtig, weiche Tannine, schöne Säure, frisch-fruchtiger Auftritt, etwas Marzipan, elegante Note.

★★★ **S €€€ ME**
2018 Merlot Selection + Dunkle Würze, Orangenschalen, Hagebutten, schwarze Kirschen, ein herzhafter Merlot, säuregestützt, angenehme Tannine, mittleres Gewicht, guter Trinkfluss, Olivenpaste, gute Substanz, einige Zukunft.

★★★ **S €€ BF**
2018 Blaufränkisch Deutschkreutz Original + Würzenase, rauchige Noten, Brombeeren, Cassis, Schlehen, Wacholder, voller Fruchtcharme, Kirschen, feines Holz, ein eleganter Wein von feinem Schliff. Mittelburgenland pur.

★★★ **K €€€€ CR** **TIPP**
2018 Phoenix NR 23 + (BF, CS, ME, SY) Pflaumen, Kirschen, Heidelbeeren, Cassis, dunkle Schokolade, ganz toller Stoff, bestes Tannin, tolle Frucht, viele Kräuter, feine Würze, ein gediegener, eleganter Rotwein von bester Struktur, pfeffrige Noten, ganz einfach hervorragend. Ein Wein, der viel Zeit braucht, der sich zwischendurch zurückzieht, um sich danach von seiner besten Seite zu zeigen. Trinken nicht vor 2022.

★★★ **K €€€ ME** **TIPP**
2017 Merlot + – liegt noch im Fass – Rauchig, Heidelbeeren, Hagebutten, dunkle Schokolade, Zwetschken, Orangenschalen, Zedernholz, festes Tannin, ganz toller Stoff, ganz viel Substanz, der geht richtig auf, da kündigt sich ein großer Wein an.

★★★★ **K €€€€€ CR** **TIPP**
2019 eine weitere Fassprobe – 95% ME, 5% CS – wird wohl der vinum sine nomine – der Wein ohne Namen. Ein Rotwein von Samt und Seide, reifste Tannine, eine unglaubliche Eleganz, Schokolade, viele rote & schwarze Beeren, von schierer Feinheit, ein Rotwein, der Maßstäbe setzt. Ein Stoff, aus dem die Träume sind. Der Masseto des Mittelburgenlandes.

ÖSTERREICH

★★ **K €€ ZW** **FUN**
NV Schaumwein Rose secco + (ZW) Fester Schaum, kleinperlig, reife Erdbeeren, Kirschen, straffe Struktur, liegt fest auf dem Gaumen, herb trocken, geht in die Länge, sehr ernsthaft, ein hervorragender Aperitif, doch auch sehr gut für leichte Vorspeisen.

Weingut
Strehn

Pia Strehn
7301 Deutschkreutz, Weinbergweg 1
Tel. +43 664 163 65 70, Fax +43 2613 89589
pia@strehn.at, www.strehn.at
45 Hektar, W/R 20/80

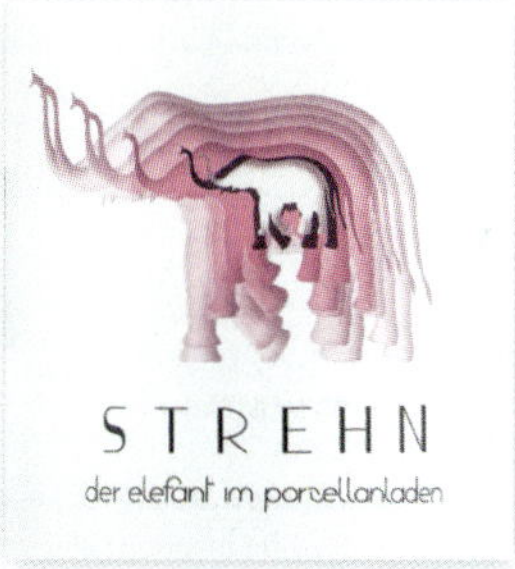

Als Familienbetrieb sind die Strehns unschlagbar. Mutter Monika mit ihren Kindern Patrick, Andy und Pia – welche die kreative Ader ist. Ihre Leidenschaft für Rosé-Weine kann sie hier voll ausleben. Rosé-Freunde können mittlerweile auf sechs verschiedene Weine zurückgreifen. Diese sind auf einem sehr hohem Niveau. Herausragend ist der 2020 „Der Elefant im Porzellanladen", das ist ein Wein von internationaler Größe. Mein Herzens-Rosé ist der „Sushi". Doch im Weingut Strehn kann man nicht nur Rosé, sondern auch hervorragenden Weißwein und großartige Rotweine verkosten.
Beim Weißwein ist der 2020 Weißer Schotter von besonderer Klasse. Von höchster, vielleicht etwas unterschätzter Qualität ist der 2020 Chardonnay.
Ein toller Rotwein steht im Startloch – 2019 Cuvée Reserve CASHMERE. Das ist bester Stoff mit ziemlicher Substanz. Hervorragend ist die Cuvée Pandur 2019. Der Rote Schotter 2019 ist ein Blaufränkisch von faszinierender Größe. Ein Rotwein von der Qualität bester Bordeaux-Weine. Perfektes Holz. Große Finesse. Ein Wein auch für verwöhnte Gaumen. Weiter so, meine Lieben!!!!! *as*

BURGENLAND

★★★ **S €€ BF**
2020 Rosé Blaufränkisch + Helles Rosa, salzig, Hagebutten, Schlehdorn, Orangenzesten, buttrige Noten, schlanke Struktur, dabei aber ziemlich eng, würzig, griffig, saftige Mineralität, guter Trinkfluss, Citrus, dezente Herbe, lebhafte Ernsthaftigkeit. Jahrgangsbedingt etwas kühler.

★★★ **S €€€ BF**
2020 Rosé Seerose + Kühl nach frischen Erdbeeren duftend, Flieder, Waldmeister, Orangenschalen, Waldhimbeeren, straff durchgezogen, feste Struktur, elegantes Flair, ein Rosé mit der feinen Klinge. Ungemein fein.

★★★ **S €€ CW**
2020 Cuvée Weißer Schotter + (SB, WR, GV, GS)Gelbfruchtige Noten, feine Vanille, weiße Blüten, sensibel eingesetztes Holz, reifer Apfel, bisschen Citrus, etwas Heu, ein Hauch von Stachelbeeren, von feiner Struktur, einer eleganten Note, guter Druck, Honigmelone, ein hervorragender, wunderbar trockener Fischwein.

★★★ **K €€ CH**
2020 Chardonnay + (Eichen-Touch, Dörrfrüchte, kandierte Orangen. Citrus, Vanillenoten, frische Kräuter, ein sehr feiner Wein, kalkige Noten, strahlt Mineralität aus, ist strukturiert, sehr balanciert, sensibel eingesetztes Holz, salzig, sehr ausgewogen, da stimmt alles.

★★★ **K €€€ CR**
2019 Pandur + (BF, ME, CS) Zwetschken mit Mandeln, schwarze Beeren, Dörrpflaumen, Lebkuchen, Kirschlikör, Bitterschokolade, feines Holz, tolle Struktur, pickt auf dem Gaumen, Schokonoten, da kommt sehr Gutes auf uns zu.

★★★★ **K €€€ CR**
2019 Cuvée Reserve Cashmere + (CS, CF, ME) Tiefschwarze Farbe, reifste Kirschen, Schokolade, schwarze Oliven, viel Stoff, enorme – enge – Frucht, Tannin in Hülle und Fülle, enorme Substanz, Heidelbeeren, Edelholz, toller Rotwein.

★★★★ **K €€€€ BF** **TIPP**
2019 Roter Schotter + (BF) Herzkirschen, Brombeeren, pfeffrige Noten, Tiefe und Eleganz zeigend, stimmiges Holz, dieser Wein ist Bordeaux-like, Mouton Rothschild Intension, Heidelbeeren, Veilchen, Vanille, perfektes Tannin, dunkle Schokolade, schwarze Beeren, unglaublich elegant, von einer tiefgründigen Feinheit, die ihresgleichen sucht. Ein grandioser österreichischer Rotwein kündigt sich an. Von einer Noblesse, die man selten findet!!!! Ganz viel Zukunft!!!

ÖSTERREICH

★★★★ **S €€€ CR** **TIPP**
2020 Sushi Rosé + (BF, CS) Rote Farbe, Ein unglaublich eleganter Rosé mit salzigen Noten, kühl und balanciert, Kirschen und Erdbeeren, vielschichtig und trinklustig, Orangenschalen, voller Fruchtcharme, pfiffig auf höchstem Niveau, das ist Rosé vergleichbar mit den besten aus der Provence.

★★★ **K €€€ CR**
2020 Rosé „Pia und die starken Männer" + Dunkelrot, Orangen, Ribisel, Erdbeeren, etwas Grapefruit, Kirschen, Hagebutten, Kräuternoten, Rosenöl, Holzfassausbau – neues 500-Liter-Fass –, dezent rauchig, braucht viel Luft, sollte man dekantieren, viel Struktur, harmonisch, ein hervorragender Essensbegleiter.

★★★★ **S €€€ CR** **TIPP**
2020 Rosé „Der Elefant im Porzellanladen" + (BF) Orangefarben, Holz-Touch, Vanille, herrliche Würze, rauchig, Orangenschalen, kraftvolle Struktur, reichhaltig, ungemein saftig, Zitrusgelee, voller Pikanz, toller Körper, Erdbeeren, helles Nougat, ein Wein, der richtig aufgeht, Herzkirschen, mineralisch, viele Facetten zeigend. Einer der großen Ros-Weine des Landes!!!! In der Provence steigt die Nervosität.

★★★ **S €€ CR**
2019 Rosé Reserve „Pia pur" + Orangefarben, Barriqueausbau, Orangenschalen, eichenverwoben, Apfel mit Zimt, Vanille, Waldhonig, strukturiert, Rotwein-Charakter, sehr ernsthaft, viel Substanz, sehr individuell, langatmig, ein Rosé mit festem Charakter.

Weingut
Familie Weber

Günther Weber
7361 Lutzmannsburg, Neustiftgasse 15
Mobil +43 664 503 23 78
info@weingut-fam-weber.at, www.weingut-fam-weber.at
10 Hektar, W/R 0/100, 60.000 Flaschen/Jahr

Günther Weber führt das Familienweingut in vierter Generation. Gegründet hat es Johann Weber. Die Cuvée Avus ist eine Hommage an ihn. Er war der Erste in Lutzmannsburg, der vor nunmehr 80 Jahren Wein in Flaschen füllte. Heuer soll es ein Fest zu diesem Jubiläum geben. Sein Sohn Rudolf Weber zählt zu den Rotwein-Pionieren des Mittelburgenlandes. Helmut Weber baute das Weingut weiter aus und festigte dessen Ruf. Er kreiert immer wieder besondere Weine wie den Blaufränkisch „Weißleit'n" oder ganz neu den „Rebenspiel", einen Blaufränkisch mit einem Schuss Cabernet Sauvignon. „Das ist mein Pensionistenprojekt, so stelle ich mir einen Blaufränkisch vor, mit ein wenig Cabernet zur Untermalung", erklärt er mir schmunzelnd. Dieser Wein bleibt zwei Jahre im Fass und reift vor dem Verkauf noch einmal so lange in der Flasche. Die Trauben wachsen auf einer frühen Südostlage, der Untergrund besteht aus kalkhaltigem Löss. Unter der Ägide seines Sohnes Günther wurde mit dem Jahrgang 2015 ein weiterer Blaufränkisch im Spitzensegment geschaffen, der Stieglitz. Dabei handelt es sich um eine Auslese aus den zuckerreichsten Trauben von den kalkhaltigen Böden des Lutzmannsburger Hochplateaus. Woher der Name? Die Großmutter erzählt, vor vielen Jahren habe man Trauben geerntet, die extrem süß waren. Der Stieglitz, der sie auf dem Weg in den Keller stehlen wollte, sei daran picken geblieben. Aktuell ist die Ausgabe 2017, die wir voriges Jahr vorgestellt haben. Es gab genau zwei Barriques von diesem bemerkenswerten Wein – eines war neu, eines gebraucht. *ww*

MITTELBURGENLAND DAC

★★ **S € BF**
2020 Blaufränkisch Classic + Kirschen, sortentypische Würze; saftige Kirschfrucht, grünblättrige Würze eingestreut, feine Gerbstoffe, dezente Säure, mittleres Gewicht, Pinot-artiger Nachhall mit Mandeln.

★★★ **K €€€ BF**
2019 Blaufränkisch Reserve + Ruhig strömend, satte Frucht, reife Kirschen, Prise grüner Kräuter und Hagebutten; feiner Zug, quicklebendig, frische Frucht, Holz zur Untermalung, feinkörniges Tannin, strukturiert, animierend, mittlere Länge.

BURGENLAND

★★ **S € ZW** PLV
2020 Zweigelt Classic + Profund, Kirschen, Heidelbeeren; herzhaft, sanfter Druck, primär Kirschen, auch Preiselbeeren und Heidelbeeren, Prise Pfeffer, unauffällige Gerbstoffe.

★★★ **S €€ PN**
2019 Pinot Noir + Sortenaffin, rotbeerige Akzente, dezente Würze, Waldboden; rote Beeren, angenehme Tannine, feines Säurespiel, sanfter Druck, sortentypische Frucht und ein Hauch von Mandeln klingen nach.

★★★★ **K €€€ CR** PLV
2019 Villa Nomine Lusman + (50BF/40M/5ZW/CS) Ausgewogen, dunkelbeerig, auch Schwarzkirschen, feine Würze; schließt aromatisch an, feines Säurespiel, lebhaft, keinerlei Üppigkeit, hinten Paradeiserkraut und getrocknete Tomaten, feines Gerbstoffnetz, im Nachhall dunkle Holznoten.

★★★ **K €€€ ME**
2019 Merlot + Ruhig strömend, dunkelfruchtig, getrocknete Tomaten, Trockenkräuter; aromatisches Dacapo, in sich ruhend, gute Substanz, akzentuierte Tannine, gute Länge, im Nachhall wieder getrocknete Tomaten und dezente Würze.

★★★★ **K €€€€ CR**
2018 Avus + (BF/ZW/CS/ME) Kühl, elegant, Frucht und Würze; saftig, feingliedrig, vielfältige Frucht- und Gewürzaromen, feinmaschiges Gerbstoffnetz, im Finish unaufdringliches Holz mit dezenter Kaffeenote. Eleganz vor Wucht.

★★★★ **K €€€€ BF** TIPP
2018 Blaufränkisch Weißleit'n + Sanfter Druck, Frucht und Würze; schließt nahtlos an, feines Säurespiel, Holz nur zu erahnen, reife Tannine geben Struktur, im Finish und im Nachhall sympathische süße Frucht, klassische Anmutung auf hohem Niveau.

★★★★ **K €€€€€ CR** TIPP
2017 Rebenspiel + (93BF/CS) Eigenständig, druckvoll, kalkiger Lössboden zu erkennen, rote Beeren, nussig, Kräuterbouquet, rote Rosen; sanfter Schmelz, kraftvoll, reife Cassisbeeren, gute Struktur, akzentuierte Gerbstoffe, unaufdringliche Säure sorgt für Trinkfluss, lang, dunkelfruchtig-würziger Nachhall, Holz ist kein Thema.

Weingut
Weninger

Franz Reinhard Weninger
7312 Horitschon, Florianigasse 11
Tel. +43 2610 42165
weingut@weninger.com, www.weninger.com
26 Hektar, W/R 4/96, 120.000 Flaschen/Jahr

Ganz und gar vergnüglich ist es, einem spannenden Vortrag zu lauschen, bei dem in sinnvoller Weise Abschweifungen geboten werden. Franz Reinhard Weninger ist einer, der es versteht (und der sich traut), in seinem önophilen Wirken Abschweifungen zu tätigen – oft genug stellen sie sich als sinnvoll und spannend heraus. Der für mittelburgenländische Verhältnisse absolut ungewöhnliche, geradezu elfenhafte Weißburgunder ist eine solche Abschweifung. Überhaupt sind Weningers Aktivitäten als grundlegende Abschweifungen vom Mainstream zu verstehen. Als weitere innovative – und sinnvolle – Abschweifung (von seiner eigentlichen Passion, die dem Blaufränkisch gilt) darf die neue Komposition „Ponzichter" aus der ungewöhnlichen Vermählung von Pinot Noir, Zweigelt und Cabernet Franc gelten. Der Name dieses ungemein vergnüglichen Gewächses geht auf Kaisers Zeiten zurück, in denen im westungarischen Raum, zu dem das Gebiet des heutigen Burgenlandes zählte, zwischen den an Stöcken gezogenen Reben Bohnen gezüchtet wurden.

Zu den Talenten Franz Reinhard Weningers zählt es, Frohmut evozierende Weine zu kreieren. Nichtsdestoweniger handelt es sich dabei in hohem Maße um ernsthafte Weine, und zwar sowohl bei den Klassikern als auch bei den Premium-Gewächsen wie den hier beschriebenen aus den Lagen Kirchholz oder Kalkofen, die als außergewöhnliche Kreszenzen gelten dürfen. *jw*

BURGENLAND

★★★ **D €€ PB** FUN PLV
2019 Weißburgunder + Im Bouquet nach Pfirsich, Ringlotte und Kräutern, im Geschmacksbild gelbfruchtig, auch Melone klingt an, saftige Prägung, supersüffig, zart salzig, verabschiedet sich mit einer erfrischenden Limonen- und Grapefruit-Note, gelungen und köstlich.

★★★ **D €€ CR** FUN
2019 Ponzichter (PN/ZW/CF) + Dunkelfruchtige Nase nach Walderdbeeren, ein Hauch Flieder und Veilchen, hintennach gesellen sich Aromen nach Blutorange, Granatapfel und roten Ribiseln hinzu, der Cabernet Franc gibt immer den Ton an, schöner Säurebiss, saftig und straff, süffig, ein ungewöhnlicher und zugleich sehr origineller Klassiker.

★★★ **D €€ ZW** FUN PLV
2019 Zweigelt im Fluss + Verlockendes Bouquet mit sortengerechtem Fruchtspiel, feenhaft fein ziselierter Charakter, saftig und vital, geradezu beflügelnd, herrlich dahinströmend, ein charaktervoller Zweigelt mit pointierter Winzerhandschrift.

★★★ **D €€ BF** FUN PLV
2019 Blaufränkisch + Im einladenden Bouquet nach edler Heidelbeerfrucht, kühlfruchtig, saftig, kompakt, zupackend, gute Substanz, superbekömmlich, voller Leben, völlig unmanieriert, salzig, ein anspruchsvoller, vergnüglicher Edelklassiker.

★★★ **D €€€ BF**
2018 Blaufränkisch Ried Hochäcker + Dunkelbeerige Nase mit Brombeer-Dominanz, reife Fruchtcharakteristik, hintennach treten interessante Gewürzanklänge hinzu, im Geschmacksbild deutlich nach Blutorange, fleischig und vollmundig, saftig, die Würze bleibt in allen Phasen bis zum Abgang tonangebend.

★★★★ **D €€€ BF** TIPP PLV
2018 Blaufränkisch Kirchholz + Fragiles, nobel-zurückhaltendes Bouquet, Heidelbeeren, ganz zart nach Veilchen und Efeu, hintennach auch ledrige Anklänge, grazile Pfefferwürze – alles sehr fein und einladend, mineralischer und zugleich kühlfruchtiger Charakter, salzig-kreidig, saftig und komplex, feinkörnige Tannine, gute Substanz, erquickliches Säurespiel, völlig in Harmonie, vergnüglicher Trinkfluss auf sehr gutem Niveau, verabschiedet sich mit einer pfiffigen Zitrusnote. Ein Charakterwein, der großartige Gaumenfreuden evoziert.

★★★★ **D €€€€€ BF** TIPP
2017 Blaufränkisch Kalkofen + Kreidige Nase, im Bouquet nach Waldbeeren, Blutorange und getrockneten Tomaten, mineralische Ader, salzig, auch hintennach stark vom Kalk geprägt, elegant und zugleich vollmundig sowie zupackend, reichlicher Tiefgang, komplex, dicht, belebender Charakter, schöner Säurebiss, sehr präzise und in jeder Phase ausgesprochen elegant, zeigt viele Schichten, herrliches Trinkvergnügen, gediegen im anhaltenden Abgang. Eine köstliche Kreszenz, mit der man entsprechend „umgehen" soll, vor Genuss jedenfalls ausreichend belüften, großartiges Potenzial.

Weingut
Juliana Wieder

7311 Neckenmarkt, Lange Zeile 76
Tel. +43 2610 42438, Fax -20
info@weingut-juliana-wieder.at, www.weingut-juliana-wieder.at
40 Hektar, W/R 5/95

Es sind durch die Bank überaus tiefgründige, ja mächtige Rotweine, die Georg Wieder keltert. Von besten Tanninen, tollster Würze und immer Mittelburgenland. Er ist zielsicher beim Ausbau im Barrique. Die Weine sind nie überholzt, sondern strukturgebend. Und lagerfähig!!!! Der Blaufränkisch steht natürlich im Mittelpunkt.

2018 Blaufränkisch Ried Bodigraben – ein Beispiel für Rebsorten-Ausdruck, Boden und eingesetztes Holz. Die Blaufränkisch Reserve 2017 ist ein ungemein attraktiver Rotwein. Sehr schön ist auch der 2017 Zweigelt Reserve – ein Wein, der Charme und Größe verbindet. 2017 Cuvée Morandus, ein Wein mit viel Struktur und erdigen Komponenten. Langlebig und grandios. Beim 2018 Cabernet Sauvignon werden wohl auch eingefleischte Bordeaux-Freunde schwach. Es gibt auch etwas Weißwein hier. Ein bezaubernder 2020 Muskat Ottonel „unwiderstehlich" – da kommt man so richtig ins Trinken. 2019 Chardonnay Ried Bodigraben – ein sehr typischer Chardonnay, der keinen Wunsch offenlässt. Nicht zu vergessen: der Neckenmarkter Fahnenschwinger – das ist ein sehr typischer Blaufränkisch 2018, der Neckenmarkt vinarisch darstellt.

Mein Herzens-Wein in diesem Weingut ist der 2018 Blaufränkisch Glimmerschiefer – von burgundischer Dimension, klirrt vor Mineralität, geht so richtig in die Tiefe. Hier regiert der Boden. *as*

MITTELBURGENLAND DAC

★★★★ **S €€€ BF** TIPP
2018 Blaufränkisch Reserve „Glimmerschiefer" + Schiefer pur, ganz viel Mineral, jodige Aspekte, sehr eng und tiefgründig, von burgundischem Flair, das ist ein unglaublich spannender Blaufränkisch, total salzig, Pfeffer, hier steht der Boden auf Augenhöhe mit der Rebsorte. Bei aller Spannkraft ist es ein Wein von filigranem Ausdruck. Absolut authentisch.

★★★ **K €€€ BF**
2018 Blaufränkisch Reserve Ried Kohlenberg + Sehr attraktiver, relativ offener Blaufränkisch, holzunterlegt, etwas Vanille, Kirschen, ein sehr schöner Wein, schön trocken, sehr typisch, gewisser Charme, von kerniger Struktur, Blaufränkisch aus einem Guss.

★★★ **K €€€ BF** TIPP
2018 Blaufränkisch Ried Bodigraben + Rumtopf, Kirschen, Zwetschken, schwarze Beeren, dunkle Frucht, ganz dezente Animalik, ganz dezent!!, anfangs mit vielen orientalischen Gewürzen, doch danach total steinig, sehr eng, wuchs zusammen, Brombeeren, sehr gutes Holz, viel Struktur, viel Spannung.

★★★ **K €€€€€ BF**
2017 Blaufränkisch Reserve + Schwarze Beeren, Kirschen-Confit, Heidelbeeren, viel Frucht, ungemein saftig, tolles Tannin, kraftvoll mit viel Eleganz, Brombeeren, sehr guter Stoff, das ist viel Wein, zeigt eine tolle Länge, ist anfangs relativ offen, um sich dann wieder zu verschließen. Da steckt sehr viel drinnen, der geht auf die Reise.

BURGENLAND

★★★ **S €€ MO**
2020 Muskat Ottonel „unwiderstehlich" + Betörendes Bukett, Orangen, Citrus, Ananas, Bananen, Litschi, viele tropische Noten, ein unwiderstehlicher Muskat mit expressiver Frucht, glockenklar, schön trocken, voller Frische, die prallen Muskat-Trauben im Glas verströmen herrlichen Optimismus.

★★★ **S €€€ CH**
2019 Chardonnay Ried Bodigraben + Super Holz, gelbe Frucht, Kräuter, kreidige Noten, viel Mineral, Blütenhonig, tolle Creme, gemahlene Nüsse, ganz klar Chardonnay, geht richtig auf, wird gelb, weiße Blüten, Pfirsich, sehr elegant, ein ganz feiner Wein. Brauchte einige Luft, um aus sich herauszugehen.

★★★ **K €€€ ZW**
2017 Zweigelt Reserve + Ungemein tief, von großer Eleganz, das ist noble Struktur, sehr attraktiv, etwas Schoko, Cassis, feinste Tannine, kraftvolle Fülle, mineralische Noten, ein sehr guter – ja, großer Zweigelt. Eine Substanz für Jahre.

★★ **S €€€ BF**
2018 Blaufränkisch „Fahnenschwinger" + Ein feinwürziger, sehr typischer Blaufränkisch, Brombeeren, mandelig, sehr attraktiv, Heidelbeeren, der Klassiker von Neckenmarkt, sehr hohe Qualität, viele Kirschen, ein so richtig schöner Wein, der wirklich gut schmeckt. Höchst angenehm, feine Frucht.

★★★ **S €€ CR**
2018 Cuvée Georg + (BF, SY) Ein sinnlicher Rotwein mit einigen Johannisbeeren, reifen Kirschen, enorme Frucht, ungemein saftig, reife Frucht, angenehmes Tannin, ein sehr guter Rotwein, der von ernsthafter Struktur ist.

★★★ **K €€€ CR** TIPP
2017 Cuvée Morandus + (BF, ZW, CS, ME) Brombeeren, dezenter Rumtopf, Hauch von Heidelbeeren, ziemlich erdig, sehr kompakt, Cassis, ein hervorragender Rotwein mit viel Struktur, viel Stoff, viel Tiefe, festes Tannin. Absolute Klasse.

★★★ **K €€€€ CS** TIPP
2018 Cabernet Sauvignon + Cassis pur, festes Tannin, Zwetschken, sehr präsent, Kräuter, viel Wein, viel Energie. Schokotöne, fester Druck, viel Stoff, ein erstklassiger – männlicher – Cabernet. Bordeaux lässt grüßen, toll. Dekantieren!

AGE AND
GLASSES OF
AUSTRIAN WINE
SHOULD
NEVER BE
COUNTED
#austrianwine
AUSTRIAN WINE

VINOTHEKEN

DEUTSCHKREUTZ

Burgenland Vinothek Glöckl
7301 Deutschkreutz, Hauptstraße 42
Tel. +43 2613 80200
deutschkreutz@burgenland-vinothek.at
www.burgenland-vinothek.at

Vinatrium Gebietsvinothek
7301 Deutschkreutz, Hauptstraße 55
Tel. +43 2613 89768
vinothek@vinatrium.at
www.vinatrium.at

LUTZMANNSBURG

Die Vinothek
7361 Lutzmannsburg, Thermengelände 4
Tel. +43 2615 81222
www.thermenhotel.com

NECKENMARKT

Ortsvinothek Neckenmarkt
7311 Neckenmarkt, Rathausgasse 1
Tel. +43 2610 42388
www.wbv-neckenmarkt.at

GASTRONOMIE/NÄCHTIGUNG

DEUTSCHKREUTZ

Gager
7301 Deutschkreutz, Karrnergasse 8
Tel. +43 2613 80385
www.weingut-gager.at

Im Dachgeschoß des Weinguts vermietet die Winzerfamilie farbenfrohe, helle Zimmer. Jedes ist individuell eingerichtet und thematisch einem Wein zugeordnet. Im gesamten Weingut wird Grander-Wasser angeboten. Frühstücksbuffet mit regionalen Produkten.

Heinrich
7301 Deutschkreutz, Karrnergasse 59
Tel. +43 2613 89615
www.weingut-heinrich.at

Neue sympathische Zimmer, das angenehm familiäre Ambiente ist gleichgeblieben. Zum Frühstück gibt es Kuchen, Wurst, Käse, guten Kaffee. Weinverkostung im blühenden Innenhof möglich. Auch tagsüber oder am Abend kann man sich nach Lust und Laune an der Espressomaschine und im Weinklimaschrank bedienen. Zum Wohlfühlen.

Kirchenwirt
7301 Deutschkreutz, Hauptstraße 53
Tel. +43 2613 80291
www.kirchenwirt-heinrich.at

Modern geschmackvolle Zimmer in frischen Farben. Das Gasthaus ist für sein gekochtes Rindfleisch bekannt.

Das Blaufränkisch
7301 Deutschkreutz, Girmer Straße 45
Tel. +43 2613 80322
www.dasblaufraenkisch.at

Der ehemalige „Schreiner" wurde von den Familien K+K Kirnbauer und Nourani übernommen. Andreas Fuchs (früher Küchenchef im renommierten Asiarestaurant Yohm in Wien) kombiniert Klassisches mit authentisch asiatischen Gerichten. Die Weinkarte hat natürlich viel Stoff aus dem Familienweingut, aber auch andere gute Flaschen aus der Region. Ein Plus ist auch der neu gestaltete Gastgarten.

Prunner Brot
7301 Deutschkreutz, Hauptstraße 65
Tel. +43 2613 80229
www.prunnerbrot.at

Eine Institution. Auf 80 Jahre Geschichte blickt die Bäckerei zurück. Eine Besonderheit sind die Brotmobile: Die rollenden Filialen sind in fast allen Ortschaften der Bezirke Oberpullendorf, Mattersburg, Eisenstadt-Umgebung und Neusiedl unterwegs. Im Sortiment gibt es dunkle Spezialbrotsorten, rustikales sowie ballaststoffreiches Brot.

Schenk'Haus Strehn
7301 Deutschkreutz, Mittelgasse 9
Tel. +43 2613 89362
www.strehn.at

Der ehemalige Kuhstall mit 500 Jahre alter Holzdecke und Kalkmauern hat Barcharakter. Bodenständige Buschenschankküche darf man sich nicht erwarten. Auf den Teller kommen Weinbergschmecken, Gazpacho, Gänse-Maki oder Oktopus-Presswurst mit Grammeln, Käferbohnen und Kernöl. Lange vorher reservieren nötig.

Blaufränkischhof Zistler
7301 Deutschkreutz, Langegasse 21
Tel. +43 2613 89642
www.zistler-rot.com

Seit mehr als 30 Jahren öffnet der Heurigenkeller mit Weinlaube. Gegessen wird burgenländisch: Fleischklassiker (Kümmel- und Surbraten, Geselchtes) und eine vegetarischen Rohkostplatte, auch Kraut- und Topfenstrudel. Im ruhigen Innenhof des kleinen Weinguts liegen vier charmante Doppelzimmer und eine kleine Ferienwohnung.

Vinatrium
7301 Deutschkreutz, Hauptstraße 55
Tel. +43 2613 89768
www.vinatrium.at

In der Vinothek lagern über 400 Weine von 50 Winzern des Blaufränkischlands.

LANDSEE

PUR Café-Restaurant-Konditorei
7341 Landsee 162
Tel. +43 676 4000505
www.pur-landsee.at

Man würde diesen modernen Holzbau mit schöner Rundumterrasse abseits der Hauptrouten nicht vermuten. Kulinarisch begeistern nicht nur Kardinalschnitte und Co., sondern auch die Frühstücks- und Eiskarte sowie eine ausgesuchte Weinauswahl. Samstags (ab 17 Uhr) gibt es regelmäßige kulinarische Themenabende.

LOCKENHAUS

Burghotel Lockenhaus
7442 Lockenhaus
Tel. +43 2616 23940, www.ritterburg.at

Die 1200 erbaute große Burganlage mit den rotgelb-roten Fensterläden thront imposant auf einem Burgberg. Modern eingerichtete Doppelzimmer, Suiten, Mansardenzimmer und Appartements. Bei Voranmeldung wird ein uriges Raubritteressen oder Landsknechtmahl serviert. Aktivmenschen probieren Bogenschießen- und Trommel-Workshops oder das Knappentraining mit verschiedenen Waffen (Axtwurf, Bogenschießen, Rammbock etc.).

LUTZMANNSBURG

Thermenhotel Sonnenpark
7361 Lutzmannsburg, Thermengelände 2
Tel. +43 2615 87171-1000, www.sonnentherme.at

Das moderne Vier-Sterne-Haus ist ganz auf Familien spezialisiert. Die Badelandschaft ist direkt mit der Sonnentherme Lutzmannsburg verbunden. Geräumige Zimmer, mehrere Gastronomiebereiche und angenehmer Wellness-Bereich mit Bioschwimmteich und mehreren Saunen. Tipp: die längste Virtual-Reality-Wasserrutsche der Welt mit 212 Metern. Einfach die VR-Brille aufsetzen – und los geht's.

Thermenhotel Kurz
7361 Lutzmannsburg, Thermengelände 6
Tel. +43 2615 81244, www.kurz.cc

Das Familienhotel ist vor allem für Sportler attraktiv. Das Angebot: Tennisplätze, Naturrasen-Fußballplatz, Bowlingbahnen, Tischtennis. Direkter Zugang zur Sonnentherme Lutzmannsburg. Anziehungspunkt für Kinder sind vor allem die Rutschen, die größte davon 270 Meter lang.

Lutschburger Stub'n
7361 Lutzmannsburg, Thermenstraße 24
Tel. +43 660 6568821, www.lutschburger-stubn.at

Gemütlicher Heuriger mit knorrigen Weinstöcken, Holzvertäfelung und angenehmer Terrasse mit Laube. Täglich frisches Brot, Spezialität ist das ein Meter lange belegte Brot. Auch warme Gerichte wie Blunzen- und Pilzgröstl gibt es.

NECKENMARKT

Gasthof zur Traube
7311 Neckenmarkt, Herrengasse 42
Tel. +43 2610 42256
www.gasthof-zur-traube.at

Der Name sagt es bereits: Die „Traube" ist Gasthaus und gut bestückte Vinothek. Pannonische Hausmannskost wird kreativ aufgewertet. Auf die Will-haben-Liste sollte der Zickentaler Moorochse aus dem Südburgenland. Auch Raritäten wie Beuschel vom Maibock gibt es. Auf der Weinkarte finden sich allein aus Neckenmarkt und Umgebung 100 Positionen. Gut, dass die „Traube" Zimmer hat.

OBERPULLENDORF

Gasthof Krail
7350 Oberpullendorf, Hauptstraße 37
Tel. +43 2612 42220, +43 664 4109139
www.krail.at

Alteingesessener Weingasthof mit gutbürgerlicher Küche, aber auch Mediterranes wie Tomaten-Mozzarella Mousse mit Basilikumpesto oder Gnocchi mit Steinpilzen sind dabei. Spezialität ist Gegrilltes auf dem heißen Stein, der am Tisch serviert wird. Die Weinkarte enthält 80 Weine aus dem Burgenland und dem restlichen Österreich, Einkaufsmöglichkeit zu Ab-Hof-Preisen. Zimmer im Haus.

RATTERSDORF

Gasthof Hutter
7443 Rattersdorf, Hauptstraße 20
Tel. +43 2611 2224
www.gasthof-hutter.at

Durch und durch ehrliche Küche. Hier wird mit regionalen Produkten sorgfältig gekocht. Beliebt sind die Liebstöckel-Grießnockerlsuppe, die burgenländische Krautsuppe oder der zarte Hirschbraten. Eine Spezialität ist auch der Schindelbraten: Schweinsrückensteak, schindelförmig aufgelegt, mit Knoblauch, Zwiebeln und Speck. Auf der Getränkekarte steht eine kleine Auswahl an mittelburgenländischen Weinen zu günstigen Preisen. Übernachtungsmöglichkeit.

EISENBERG

Das Südburgenland ist als wahre „Weinidylle" treffend bezeichnet, jedoch ist dieses landschaftlich sehr reizvolle Gebiet nur in Gestalt einiger Enklaven mit Reben bestockt. Die bekanntesten Weinberge befinden sich rund um Deutsch Schützen sowie am legendären Eisenberg. Hier gedeihen überaus mineralische, kernige und strukturierte Rotweine, und zwar überwiegend aus der heimischen Rebsorte Blaufränkisch. Wichtig ist auch der Zweigelt, weniger Bedeutung haben die französischen Sorten à la Cabernet Sauvignon und Merlot, die meist Eingang in Blends mit Blaufränkisch finden.

515 Hektar Weinanbaufläche
Die wichtigsten Rebsorten:
Blaufränkisch, Zweigelt, Welschriesling

Weitere Weingärten finden sich im Hügelland westlich des Pinkatals sowie auf den nach Süden exponierten Hängen des Geschriebensteins. Hier werden traditionell auch weiße Rebsorten kultiviert, wobei den spritzig-schlanken Welschrieslingen, die an die südoststeirischen Gewächse erinnern, die größte Bedeutung zukommt, darüber hinaus werden auch Weißburgunder und Chardonnay angebaut.

Im äußersten Süden des Weinbaugebietes, dort wo die idyllischen, holzgeschnitzten Kellerstöckel der Presshäuser zur Einkehr einladen, wird noch der urwüchsige Uhudler ausgeschenkt. Dabei handelt es sich um einen Sammelbegriff für diverse amerikanische Unterlagsreben. Die Uhudler ergeben teils plakativ rotfruchtige, rassige Sommerweine, die eine eingeschworene Liebhabergemeinde besitzen.

Die typischen Blaufränkisch im Südburgenland werden ab dem Jahrgang 2009 unter der Bezeichnung Eisenberg DAC (Eisenberg DAC Reserve ab dem Jahrgang 2008) vermarktet. Der Alkoholgehalt beträgt mindestens 12,5%, die Reserve-Kategorie beginnt bei 13%. Der Restzucker ist mit 4 g/l limitiert. Der Verkauf der DAC-Weine ist ab dem 1. September des auf die Ernte folgenden Jahres zulässig (Einreichung zur Prüfnummer 1. August), bei den Reserven erst ab dem 1. März des auf die Ernte zweitfolgenden Jahres (Einreichung zur Prüfnummer 1. Februar). Alle anderen Weine führen die Herkunftsbezeichnung „Burgenland".

EISENBERG
Bernstein
Pinka
Grafen-
schachen
Pinkafeld
Bad
Tatzmannsdorf
Stadtschlaining
Neumarkt
i. Tauchental
Rechnitz
Markt Allhau
OBERWART
Schachendorf
Großpetersdorf
Hannersdorf
Burg
Lafnitz
Olbendorf
Eisenberg
a.d. Pinka
Kohfidisch
Deutsch-
Schützen
Stegersbach
Harmisch
Rauchwart
i. Burgenland
St. Michael
i. Burgenland
St. Kathrein
i. Burgenland
Winten
Eberau
Gaas
Kukmirn
Sulz
i. Burgenland
Moschendorf
Rudersdorf
GÜSSING
Strem
Strem
Heiligenbrunn
Maria Bild
JENNERSDORF
St. Martin
a.d. Raab
Minihof-Liebau
Neuhaus
Bonisdorf

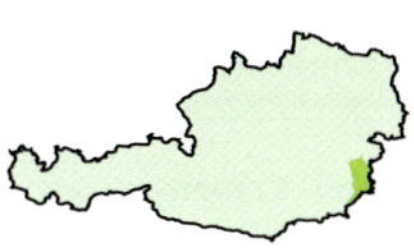

Ausschnitt
Neumarkt
i. Tauchental
Rechnitz
Schachendorf
Großpetersdorf
Hannersdorf
Burg
Eisenberg
a.d. Pinka
Kohfidisch
Csaterberg
Deutsch-
Schützen
Harmisch
St. Kathrein
i. Burgenland
Winten
Eberau
GÜSSING
Strem
Heiligenbrunn

Weingut
Jalits

Mathias Jalits
7512 Badersdorf/Eisenberg, Untere Dorfstraße 16
Mobil +43 664 330 38 27
office@jalits.at, www.jalits.at
16 Hektar, W/R 20/80

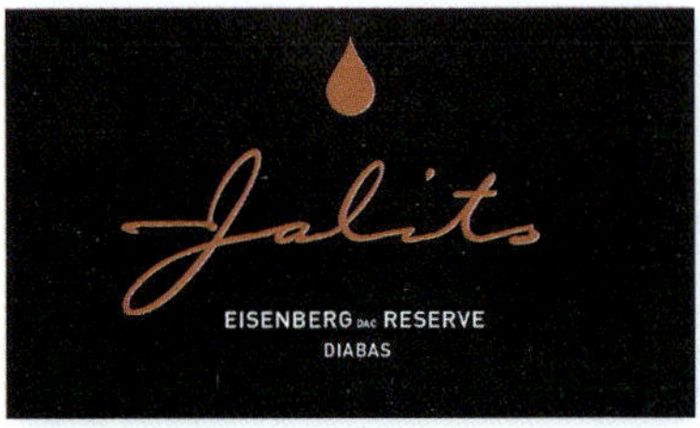

Mathias Jalits führt den traditionellen Familienbetrieb erfolgreich in der fünften Generation. Den Eisenberg mit seinen unverwechselbaren Lagen geschmacklich zum Leben zu erwecken, gilt seine große Aufmerksamkeit. Die Hauptrolle spielt die Sorte Blaufränkisch, die ausschließlich auf den Top-Lagen vorzufinden ist, aber auch die französischen Sorten Cabernet Sauvignon, Merlot und der Pinot Noir liefern im sortenreinem Ausbau charaktervolle Vertreter mit viel Tiefgang, die erst in der Reife ihre ganzen Vorzüge ausspielen.

Alle Blaufränkisch-Vertreter in der Premium-Klasse sind DAC-klassifiziert, und zeigen in beeindruckender Weise in kräftiger wie tiefgründiger Charakteristik mit würzig-mineralischer Prägung die unterschiedlichen Charaktere der jeweiligen Top-Lagen. Besonders hervorgehoben sei hier die 2017er Ried Reiburg Reserve vom reinen Schiefergestein, und die mit viel rotbeeriger Finesse mit satter Fülle voll überzeugt. Die Reserve-Variante vom etwas dunkel fruchtigeren Ried Szapary ist eine Spur kräftiger gebaut und zeigt sich zurzeit verschlossen, sollte aber in naher Zukunft zur soliden Größe heranreifen. Ein besonders gutes Händchen zeigt der Winzer mit den Bordeaux-Sorten Cabernet Sauvignon und Merlot, die in der Reserve-Kategorie jeweils reinsortig ausgebaut werden. Sie verschmelzen auf ideale Weise die Eigenschaften des schiefrigen Muttergesteins mit einer körperreichen Statur.

Ein besonderes Kleinod ist heuer Mathias Jalits mit dem reinsortigen Weißburgunder gelungen, der mit tollem Frucht-Säure-Bogen in Terroir-typischer Stilistik vollends mit viel Frische und Vielfalt überzeugt. *us*

EISENBERG DAC

★★★★ **K €€€€ BF**
2017 Blaufränkisch Ried Saybritz Reserve + Rotbeeriges Bukett, saftige wie vollreife Wildkirscharomatik, Waldbeeren, dicht mit viel stoffigem Körper, dunkelfruchtig, anfänglich noch straff, dann vielschichtig, Kornelkirsche, heller Tabak, mineralisch geprägt, vital, markanter, aber gut eingebundener Holzeinsatz, gute Länge.

★★★★ **K €€€€ BF**
2017 Blaufränkisch Ried Reihburg Reserve + Ausgeprägte Weichsel-Kirsch-Melange, geradlinig und klar strukturiert, kompakte Struktur, viel Fruchttiefe im guten Spannungsbogen, griffige Textur, markanter aber gut eingebundener Holzeinsatz, hat Potenzial, lang im Finish.

BURGENLAND

★★ **S € WR**
2020 Welschriesling + Trockenaromatische Würzenase, weißfruchtige Noten, Limettenzeste, dezente Apfelfrucht, knackig mit lebendigem Säurespiel, straff, geradlinig, dezente Kräuternoten, viel Grip im Abgang.

★★★ **K €€€ WB** TIPP
2019 Weißburgunder + Zitrus-Walnuss-Nase, rauchig-cremige Fülle, würzig betonte Frucht, kandierte exotische Früchte, Papaya, Maracuja, gelbfruchtige Noten, Pfirsich, feine Limettenzeste, strömt ruhig in gezügelter Kraft, feine Säureabstimmung, gute Holzeinbindung, mineralisch, zeigt Biss bei mittlerer Länge.

★★★ **K €€€ CR**
2018 Cuvée Kontur + (BF/ME/CS) Vitale Brombeernase, saftig-stoffige Rotbeerigkeit, Brombeere, Maulbeere, dunkelfruchtig, Kräuterwürze, Bitterschoko, druckvoll mit nerviger Mitte, kräftige Textur, blättrig-würzige Komponenten im Nachhall, mittlere Länge, ausgewogen.

★★★ **K €€€€ PN**
2018 Pinot Noir Ried Szapari + Getrocknete Wiesenkräuter, Kirsche-Schoko-Nase, vollreife Schwarzkirscharomatik, Schoko, saftig und füllig, viel mineralische Pikanz, helle Tabaknoten, würzig, markante Tannine, vibrierende Mitte, druckvoll, markanter Holzeinsatz.

★★★ **K €€€€ CS**
2018 Cabernet Sauvignon Reserve + Extraktsüßes Cassis, dunkle Waldbeerenfrüchte, Maulbeere, viel Fruchtpräsenz, dicht und kraftvoll, Bitterschoko, Mokka, dunkler Tabak, saftig bei mittlerer Länge, Grafitnoten, Kräuterwürze im Nachhall, mittlere Länge.

★★★★ **K €€€€ ME**
2018 Merlot Reserve + Pfeffrig-würzige Nase, vollreife Walderdbeeren, Weichsel, ziemlich satt und dicht, ungemein viel Frucht und Saft, viel Holz, Tabaknoten, Mokka, druckvoll mit kerniger Mitte, straff und rassig nach hinten, substanzreich mit mineralischer Prägung, Potenzial, lang im Nachhall.

Weingut
Kopfensteiner

Thomas Kopfensteiner
7474 Deutsch Schützen, Untere Hauptstraße 31
Tel. +43 3365 2236, Fax -5
weingut@kopfensteiner.at, www.kopfensteiner.at
16 Hektar, W/R 10/90

Das von Astrid und Thomas Kopfensteiner seit 2005 geführte Familienweingut gleichen Namens ist eine der ersten Adressen für all jene, die nach unverfälschten Charakterweinen suchen, die von der einzigartigen Frucht, Würze und Struktur der Herkunft Eisenberg geprägt sind. Kein Wunder, werden hier doch den überwiegend roten Kellerkindern viel Freiheiten gelassen ohne dass deren Erziehung vernachlässigt wird. Zudem erkannte Thomas Kopfensteiner auch schon früh, dass die verschiedenen Terroirs bzw. Rieden deutlich unterschiedliche Charakterzüge aufwiesen und so entschied er sich schon vor vielen Jahren zum Ausbau von Einzellagenweinen. Mittlerweile bilden die riedenreinen Blaufränkisch-Abfüllungen das Herzstück der Kopfensteiner'schen Palette.

Die Weingärten verteilen sich auf Deutsch Schützen – vor allem in der Ried Weinberg – , wo die schweren Lehmböden über dem Muttergestein besonders tiefgründig sind, sowie auf den Eisenberg, wo der Lehm besonders eisenhaltig ist und der Grün- und Blauschiefer näher an der Oberfläche liegt. Wichtigste Eisenberger Lagen sind die karge, zusätzlich mit Quarzsand versehene Ried Saybritz in gut 400 Meter Seehöhe sowie die in ähnlicher Höhe liegende Ried Szapary und die tiefer situierte Ried Reihburg mit schwerem Lehmboden.

In den Weingärten dominiert die Sorte Blaufränkisch, die in verschiedenen Varianten ausgebaut wird: Als Basis dient ein fruchtbetonter Herkunftswein, kräftiger und strukturierter ist der Ortswein aus Deutsch Schützen. Die Spitze bilden die drei Einzellagen-Reserven vom Eisenberg. Darüberhinaus gibt es u.a. auch Zweigelt sowie die Cuvée Border aus Blaufränkisch und Bordeauxsorten. Derzeit aktuell bei den Roten ist der opulente Jahrgang 2018, aus dem der reichhaltige, samtige Vertreter aus der Ried Reihburg hervorsticht. Unter den Weißweinen gefällt der aus Weißburgunder und Veltliner bestehende Verschnitt aus der Ried Saybritz mit ausgeprägter mineralischer Würze und fester Struktur. *psch*

EISENBERG DAC

★★★ K €€€ BF
2018 Deutsch Schützen Blaufränkisch Reserve + Kühle Laubnoten, Waldboden, viel Brombeeren, etwas Sauerkirschen, ausdrucksvoll, etwas Tabak; saftig, mittelkräftig, relativ weicher, runder Fruchtfond, rotbeerig, dezenter Säurebiss, mittleres Finish.

★★★ K €€€€ BF FUN
2018 Ried Szapary Blaufränkisch Reserve + Ausgeprägte Nase, schwarze Oliven, Waldboden, schwarzer Pfeffer, rote Schoten, Brombeeren und Himbeeren; kernig und lebhaft, sehr pikant, rotbeerige Frucht, saftige Mitte, mittelkräftig, schöne Vitalität, gebündelt, mittleres Finish, anregend.

★★★★ K €€€€ BF
2018 Ried Saybritz Blaufränkisch Reserve + Rauchig, schotig, pfeffrig, dicht, Preiselbeeren, Brombeeren und Weichseln, Veilchen, ungemein samtig, charaktervolle Würze; voller Saft und Kraft, geschmeidig, rote und dunkle Waldbeeren, viel Biss, vital, fest, recht lang, Geduld.

★★★★ K €€€€ BF TIPP
2018 Ried Reihburg Blaufränkisch Reserve + Reichhaltig, samtige Fülle, tief, viel dunkles Laub und Hyazinthen, Pflaumen, Heidelbeeren, Eiskonfekt; schmelzig mit geschmeidiger Textur, kraftvoll, kernig, verbindet markante Struktur mit Saftigkeit bis nach hinten, gute Länge, heuer die Nr. 1.

BURGENLAND

★★★ K €€€
2019 Ried Saybritz weiß + (PB, GV) Ziemliche Würze, pfeffrig, getrocknete Zitronenzesten, grüne Oliven, Wiesenkräuter, Gesteinsmehl, getrocknete Apfelscheiben; mittlerer Schmelz, viel Zitrus, straff, betont tocken, strukturierender Gerbstoff, griffig, mittellanges Finish.

★★★ K €€€€
2018 Border + (BF, ME, CS) Tiefe Duftfülle, Cassis und Zwetschken mit süßen Gewürzen, frische Pilze, Kuchen, Vanillehauch, ausgereift; kräftige Statur ohne Schwere, jede Menge Frucht, gewisser Schliff, kräftiges Tanninrückgrat, kompakt, rassig, gewisse Länge.

Weingut

Arkadenhof Mandl-Brunner

Helga & Erhard Brunner
7471 Rechnitz, Lindengasse 7
Mobil +43 664 91 61 059, Fax +43 3363 77148 5
office@arkadenhofmandl.at, www.arkadenhofmandl.at
8 Hektar, W/R 70/30

Die Familie Brunner vom Arkadenhof in Rechnitz ist bekannt für ein attraktives Preis-Leistungs-Verhältnis. Die Weine der Linie Rechnitz stellen die Basis dar, darüber angesiedelt sind die Riedenweine, auf dem roten Sektor nennt sich die Spitze „Majestas" – neben einem Blaufränkisch Eisenberg Reserve. Rotweine werden nur in kleinen Mengen angebaut, auf die Qualität jedoch wird höchstes Augenmerk gelegt. Besonders angetan hat es Erhard Brunner der Pinot Noir. Lange Zeit dominierte der Welschriesling das weiße Portfolio. Wenn die Witterung passt, gibt es auch süße Prädikatsweine. Die aktuelle Serie spiegelt den Stil des Hauses wider. Jeder der drei Welschrieslinge ist eigenständig, der Sauvignon Blanc als Sorte nicht zu verkennen. Die weißen Burgundersorten sind feingliedrig und machen richtig Spaß. Die Rotweine von 2017 haben sich gut entwickelt, der voriges Jahr schon vorgestellte Blaufränkisch Eisenberg Reserve ist noch ein wenig eleganter geworden. Der vielschichtige Majestas Merlot punktet mit Trinkfluss, Kühle und Zug.

Bei den Gästen sehr beliebt ist der Buschenschank im Rechnitzer Weingebirge. Selbst gebackenes Brot, hausgemachte Fleisch- und Wurstspezialitäten und nicht zuletzt die tolle Aussicht sind wahre Publikumsmagneten. *ww*

EISENBERG DAC

★★★ K €€€ BF
2017 Blaufränkisch Reserve + Elegant, sortentypisch, klassische Art, Kirschen, Waldbeeren, feine Würze; unaufdringliche Tannine, klare Frucht, Gewürznoten hinten, feinfühliger Holzeinsatz, dezentes Säurespiel, mittlere Länge.

BURGENLAND

★★ S € WR
2020 Welschriesling Rechnitz + Granny Smith, hauchzarte Würze; saftiger Apfel, animierende Säure, lebhaft, gute Substanz.

★★ S € WR
2020 Welschriesling Ried Fuchsschweif + Fein, zart nach Äpfeln, Hauch Kräuter; sanft, lebendig, feine Textur, glockenklar, Äpfel im Finish und im Nachhall.

★★ S € WR
2020 Welschriesling Ried Berngraben + Präzise, reife Äpfel, Blumenwiese; Zug, angenehme Säure, klare Frucht, mittleres Gewicht, feingliedrig.

★★★ S €€ SB
2020 Sauvignon Blanc Rechnitz + Akzentuierte grünblättrige Würze, Buchsbaum, Brennnesseln, schwarze Johannisbeeren; schließt nahtlos an, viele Johannisbeeren, einige Kraft, gut eingebundene Säure, im Nachhall auch grüne Bananen.

★★★ S € PB
2020 Weißburgunder Rechnitz + Zart, Birnen, Steinobst, frische Haselnüsse; zu diesen Aromen kommt Zitrus, mittleres Gewicht, im Finish knackige Nektarinen.

★★★ S € CH FUN
2020 Chardonnay Rechnitz + Feingliedrig, glockenklar, fruchtbetont; saftig, helle Früchte, feines Säurerückgrat, verabschiedet sich mit grünen Äpfeln und hauchzarter Würze.

★★★ S € ZW
2019 Zweigelt Ried Rosengarten + Herzhaft, Weichseln, Sauerkirschen, Hauch dunkler Beeren; anregende Säure, kühle Frucht, unaufdringliche Gerbstoffe, mittleres Gewicht, im Nachhall dezent würzig.

★★★ S € BF PLV
2019 Blaufränkisch Ried Rosengarten + Kühle Frucht, Blaubeeren, Kirschen, Kräuterwürze; schließt aromatisch an, auch Kakaopulver, transparent, Trinkfluss, klassisch auf ansprechendem Niveau.

★★★ S € PN
2019 Pinot Noir Rechnitz + Waldhimbeeren, Kirschen, reintönig, sortenaffin, unaufdringlich; zunächst saftige Kirschen, hinten Himbeeren, hauchzartes Gerbstoffnetz, feines Säurespiel, beschwingt, mittlere Länge.

★★★ K €€€ CR PLV
2017 Majestas Maxima + (CS/ME/BF) Ausgewogen, Kirschen, Pflaumen, dunkle Beeren, dunkle Würze; schließt aromatisch an, balanciert, Gerbstoffschleier, feine Klinge, Trinkfluss, mittlere Länge, Eleganz vor Kraft.

★★★★ K €€€ ME TIPP
2017 Majestas Merlot + Sortentypisch, kühl, mediterrane Kräuter, getrocknete Tomaten, Kapern, dunkle Beeren, Oliven und Kakaopulver; vielschichtig, ausgewogen, perfekt integrierte Gerbstoffe, saftig, trinkanimierend, Holz ist kein Thema, kühle Frucht und würzige Noten klingen lange nach.

FURMINTABLE!
#austrianwine
ÖSTERREICH WEIN

Weingut
Krutzler

Reinhold Krutzler
7474 Deutsch Schützen, Untere Hauptstraße 6
Tel. +43 3365 21868, Fax 20013
weingut@krutzler.at, www.krutzler.at
13 Hektar, W/R 4/96, 70.000 Flaschen/Jahr

Dieses national wie international renommierte Spitzenweingut in Deutsch Schützen wird schon seit vielen Jahren von Reinhold Krutzler und seiner Frau Melanie höchst erfolgreich geführt. Den Grundstein für den Erfolg legte Vater und Weinbaupionier Hermann Krutzler mit seiner Frau Martha, der den im ebenso idyllischen wie versteckten Südburgenland gelegenen Betrieb mit seinen charaktervollen, herkunfts- wie sortentypischen Rotweinen in die Weinelite Österreichs führte. Hermann Krutzler erhielt für seine Verdienste um und Impulse die rare Vinaria Trophy für sein Lebenswerk.

Die gutseigenen Weingärten verteilen sich auf den Deutsch-Schützer Berg und den Eisenberg, wo leichte bis mittelschwere Lehmböden mit hohem Eisengehalt und teils Schieferanteilen das perfekte Substrat für die im Weingut dominierende Sorte Blaufränkisch darstellen, die es in mehreren Varianten gibt: Die Basis bildet ein fruchtbetonter Vertreter mit Herkunft Burgenland, der von einem Zweigelt sekundiert wird. Der klassische Eisenberg DAC fungiert als Bindeglied zu ebenfalls mit der Herkunft Eisenberg versehenen Reserve. Ein Krutzler'scher Klassiker ist der „Alte Weingarten" aus einer alten Rebanlage in der Ried Weinberg, der zu vier Fünfteln aus Blaufränkisch sowie Zweigelt besteht. An der Spitze steht dann der Kultwein Perwolff, der schon seit etlichen Jahren ebenfalls reinsortig aus Blaufränkisch besteht.

Gut etabliert hat man sich mittlerweile mit den Weißweinen, bei denen Krutzler weniger auf Primärfrucht als vielmehr auf Struktur und gewisse Kraft setzt. Der Basisblaufränkisch aus dem etwas kühleren, pikanteren Jahrgang 2020 zeigt sich sehr anregend. Die Rotweine aus dem heißen, ausgereiften Jahrgang 2019 präsentieren sich körperreich und zugleich vital und vermitteln sehr gut die mineralische Würze des südburgenländischen Terroirs. An der Spitze steht wie üblich der hervorragend gelungene Perwolff, gefolgt vom Alten Weingarten. Bildhübsch sind der sehr elegante Blaufränkisch Lena aus dem Jahrgang 2016 sowie die einnehmende Spätfüllung Eisenberg 2017. *psch*

EISENBERG DAC

★★★ K €€€ BF FUN
2019 Blaufränkisch + Recht samtig-volle Nase nach Brombeeren und Preiselbeeren, leicht röstig, Pfeffer; saftig und kernig, guter Biss, griffig, klare Frucht, Waldbeeren, feiner Säurebiss, mittellang.

★★★ K €€€ BF
2017 Blaufränkisch Spätfüllung + Reife Beerenfrucht mit Kirschen und Marzipan, gediegen, dicht; kerniger Biss, mittelgewichtig, viel Himbeeren und Brombeeren, auch Ribisel, pikante Säure, mittellang.

★★★★ K €€€€ BF
2019 Blaufränkisch Reserve + Reife Fülle, Marzipan und Schwarzkirschen, feuchtes Moos, zart rauchig; griffig, kernig, fest, strukturiert, guter Fruchtausdruck, straff, gewisse Länge, Reserven.

BURGENLAND

★★★ K €€€€€ WR
2019 Welschriesling Ried Ratschen + Recht wachsig, Pfefferkuchen, Wiesenblüten, etwas Heu, Frucht eher im Hintergrund; dezent saftig, mittelkräftige Substanz, Zitrus, Stroh, gewisser Extrakt, straffer Biss, hinten schlanker.

★★★ K €€€ GS
2019 Gemischter Satz Alte Reben + Samtig-volle Nase, eingelegte Honigmelonen und Akazienhonig, cremig, Eibisch; saftig, feinherbes Rückgrat, juvenil, straff, griffig, etwas asketisch, kompakt, recht konturiert, mittellang.

★★ S €€ BF
2020 Blaufränkisch + Fruchtbetont, frisch, dunkle Trauben, Brombeeren und Kirschen, etwas Efeu; leichter bis mittlerer Körper, voller frischer Frucht, knackig, rotbeerig.

★★★★★ K €€€€ CR TOP
2019 Alter Weingarten + Rauchig, Tabak und Wildbret, Maghreb-Gewürze, tolle Fruchtfülle, Schwarzkirschen und Heidelbeeren, tief; ungemein saftiges Entree, Heidelbeeren mit etwas Cassis, Tintenblei, ausgezeichnete Struktur, lang.

★★★★ K €€€€€€ BF TIPP
2019 Perwolff Blaufränkisch + Herrlich tiefgründig, tolles Volumen, Marzipan und Kandis, Efeu, Minze, Veilchen, Heidelbeeren und Brombeeren; saftig-elegante Fruchtausprägung, Waldbeeren, ungemein saftige Mitte, griffig, geht langsam auf, sehr lang, Geduld.

★★★★ K €€€€€ ME
2019 Merlot + Süß und üppig, Nelken und Zimt, etwas Plumpudding und Erdbeergelee; schmelziges Fruchtentree, recht kompakt, mittelkräftig, guter Biss, fest, mittleres Spiel, recht lang.

WEINLAND

★★★★ K €€€€€ CR TIPP
2016 Lena Blaufränkisch + Samtig-cremige Fruchtfülle, Veilchen und Zimt, subtile Tiefe, dunkelbeerige Frucht, würzig, Pfeifentabak, kalter Rauch; mittelkräftig, kernig, sortentypische Brombeer-Himbeer-Frucht, griffig, einige Länge, legt laufend zu.

weingut
schiefer.pur

Schiefer & Domaines Kilger GmbH & Co. KG
7503 Großpetersdorf, Welgersdorf 3
Mobil +43 664 521 90 47
office@weinbau-schiefer.at, www.weinbau-schiefer.at
16 Hektar

Mit der Gründung des Weinguts von Uwe Schiefer vor mehr als fünfundzwanzig Jahren kam die Eleganz an den Eisenberg. Geprägt vom allgegenwärtigen Schieferboden offenbaren seine Weine von Beginn an jene unverkennbare Stilistik von Finesse und Bekömmlichkeit, die in höchster Vollendung im Einklang mit der Natur inzwischen weltweit höchstes Renommée genießen.

Feinfühlig und wissend betreibt Uwe Schiefer – nomen est omen – die unterschiedlichen Terroir-Interpretationen, in Weiß wie in Rot. Mit dem Weißen Schiefer „s“ gelang nicht nur die Renaissance des Welschrieslings samt Sprung in die Top-Liga – zu der das kürzlich gestartete Riesling-Projekt demnächst aufschließen wird –, darüber hinaus ist es Uwe Schiefer gelungen, den Merlot und speziell den Pinot Noir auf dem Eisenberg an die internationalen Top-Levels heranzuführen.

Die weißen Premium-Weine waren zum Zeitpunkt der Verkostung noch nicht verfügbar, ausgenommen der Riesling aus der Nordost positionierten Junganlage auf dem Eisenberg. Dieser stahlt in der aktuellen Jahrgangsfüllung förmlich mit mineralischer Vitalität, gepaart mit einem vibrierenden Säure-Frucht-Schliff, ganz entsprechend der Jahrgangscharakteristik mit viel Biss.

Im roten Top-Segment begeistern heuer die Blaufränkisch-Weine vom Eisenberg DAC und der aus dem Mittelburgenland stammende, fruchtkonzentrierte Blaufränkisch Lutzmannsburg V.V. (Vieille Vigne). Uwe Schiefer verfolgt im sortenreinen Ausbau der roten Premium-Linie zwei Varietäten: die der herkunftstypischen Lagen-Assemblage und den lagenreinen Ausbau aus seinen Top-Lagen. Zu diesen zählen die Ried Fasching und Reihburg (Grün- und Blauschiefer, tonige Lehmböden) und die hoch gelegene wie steile Ried Szapary (karge Schieferverwitterungsböden). Innerhalb der Blaufränkisch-Kollektion gilt der Szapary als die feingliedrigste Interpretation und zählt aufgrund der fordernden Raffinesse und Fruchttiefe zu den besten Sortenvertretern im Lande. *us*

★★★ S €€€ RI FUN

2020 Riesling vom blauen Schiefer + Zarte, blütenduftige Nase und weißer Pfirsich in mineralischer Prägung, Würzehauch, saftiges wie präzise Fruchtaromatik, Weingartenpfirsich, elegant, ziseliert, perfekt strukturiert, knackige Säurestringenz, tolle Süße-Säure-Balance, mineralische Tiefe, vielschichtig und ausgewogen, feine rauchige Würze im Nachhall, lang, mit Potential.

★★ S €€ ZW

2020 Zweigelt + Knackige Schwarzkirsche, blaubeerig unterlegt, saftig, dicht, fein würzig, fein verwobene Komponenten, mediterrane Kräuterwürze, Thymian, kompakter Kern, viel Biss, toller Schliff, trinkig auf sehr hohem Niveau.

★★★ K €€€€ BF FUN

2018 Blaufränkisch + Wärmende Nuss-Schoko-Kirschnase, saftige Rotbeerigkeit, Herzkirsche, reife Fülle, Darjeeling-Tee, etwas getrocknete schwarze Oliven, vollreif, kraftvoll und lebhaft, kernige Mitte, mineralischer Würzebiss, gute Länge

★★★★ K €€€ BF

2019 Blaufränkisch Königsberg + Viel Wildkirsche, Maulbeere, athletische Saftigkeit, ziseliert, tiefgründige Dunkelbeerigkeit, Bitterschoko, vital mit würzigen Komponenten, feinkörnige Textur, tolle Sorteninterpretation bei mittlerer Länge.

★★★★ K €€€€€€ BF TIPP

2018 Blaufränkisch Lutzmannsburg V.V. + Ätherisch, dunkelfruchtiges, kirschbetontes Bukett, komprimierte wie kleinbeerige Rotbeerigkeit, ungemein dicht und konzentriert, Waldbeere, Kirsche, tiefgründig mit griffiger Textur, engmaschig, präzise Fruchtführung in finessiger Stilistik, geschliffen, toller Frucht-Säure-Spannungsbogen, komplexer Sortenvertreter mit stoffigem Rückhalt, noch sehr jugendlich, zeigt sein großes Potenzial, druckvoll bis ins lange Finale.

★★★★ K €€€€€€ BF TIPP

2017 Blaufränkisch Ried Szapary + Rotbeerige, vollreife Fruchtnase, ungemein schiefrig geprägte Aromatik, dicht, viel Wildkirscharomatik, delikates Würzespiel, glockenklare Finesse in Kombination mit etwas mehr stoffiger Textur, tiefgründig und druckvoll, engmaschig, feine Pfefferwürze im Nachhall, modellhafte Terroir-Interpretation, ewig lang, einfach groß!

Weingut
Wachter-Wiesler

Christoph Wachter
7474 Deutsch Schützen, Untere Hauptstraße 7
Tel. +43 3365 2245
wachter@wachter-wiesler.at, www.wachter-wiesler.at
15 Hektar

Seit vier Jahren ist Christoph Wachter als Obmann von Eisenberg DAC auch weinbaupolitisch aktiv. Dementsprechend hat er hinsichtlich des Herkunftsgedankens im Gebiet eine Vorreiterrolle übernommen: Gleich sieben seiner Weine aus der gegenständlichen Weinprobe sind DAC-Formate, sechs davon im Premiumsegment.

Mit dem aktuell verfügbaren 2018er-Jahrgang hat Christoph Wachter die Zertifizierung für biologisch-organische Wirtschaftsweise erreicht. Dies bemerkenswerterweise ohne jegliche Qualitätsbeeinträchtigung. Ganz im Gegenteil: Die von ihm forcierte Weinlinie mit vital-geradlinigen Gewächsen ist sogar noch um eine Nuance besser ausgefallen, als sie es in den Jahren zuvor ohnedem schon war.

Die nun schon etliche Jahre konsequent praktizierte Umsetzung des Konzepts von Gebietswein (Bela-Joska), Ortswein und Riedenwein funktioniere gut und werde im Ausland bestens nachvollzogen, sagt Christoph Wachter. Sämtliche Blaufränkische der Reserve-Kategorie zählen zum Feinsten, was das Burgenland in Rot derzeit aufzubieten hat. Die Gewächse lassen sowohl das großartige Potenzial der Deutsch Schützener Weinberglagen als auch jener vom Eisenberg erkennen. Die Blaufränkisch-Reserve von der Ried Weinberg hat mit ihrem feenhaft-beschwingten Charakter geradezu eine Alleinstellung im Gebiet. Was die aktuelle Qualitätsspitze vom Eisenberg anbelangt, hat Christoph Wachter wiederholt unter Beweis gestellt, dass das Potenzial der Ried Saybritz jenem von der Ried Reihburg ebenbürtig ist. *jw*

EISENBERG DAC

★★★ K €€€ BF FUN PLV
2018 Blaufränkisch Béla-Jóska + Tiefes Dunkelrot, in der Nase nach Heidelbeeren und Kirschen, auch Weichselanklänge treten hinzu, Pfefferwürze, kühlfruchtiger Charakter, maskuline Prägung, puristische Machart, feines Säurespiel, angenehmer Trinkfluss, ein rundum gelungener gebietstypischer Klassiker.

★★★★ K €€€ BF
2018 Blaufränkisch Reserve Eisenberg + Dunkelfruchtige Nase, schwarzer Tee, Pfeffer, Kräuter, im Geschmacksbild üppige Morellenfrucht, warmfruchtige Anmutung, komplex und saftig, straffe Tanninstruktur, zupackend, kräftige Statur, vitales Säurespiel, Sauerkirsche im Abgang.

★★★★ K €€€ BF PLV TIPP
2018 Blaufränkisch Reserve Deutsch Schützen + Fruchtaromatische Nase nach Brombeeren und Heidelbeeren, feinwürzig, hintennach Einsprengsel nach Marzipan, dicht, mineralisch, komplex, sehr elegantes Gaumengefühl, feines Substrat mit zartem Schmelz, seidige Tanninstruktur in perfekter Balance zum Säurespiel, würzebetonter Abgang.

★★★★ K €€€€€ BF
2018 Blaufränkisch Reserve Ried Ratschen + Verführerische Nase, dunkles Fruchtspiel, Lorbeer, Kräuter und eine Prise Pfeffer, wirkt alles sehr stimmig, intensives Mundgefühl, dezente Nougatanklänge, Amaretto-Note, körperreich, feinmaschig-dicht, vitaler Säurebogen, vielschichtig, feine Fruchtsüße, verabschiedet sich anhaltend mit einer zarten Bitterschokonote.

★★★★ K €€€€€ BF TIPP
2018 Blaufränkisch Reserve Ried Weinberg + Einladendes Bouquet nach Dunkelfrucht, reichliche Würze, hintennach treten nussige Einsprengsel hinzu, auch Morellen klingen an, filigrane Noblesse, herrlich dahinströmend, seidiger Glanz, betörendes Substrat, extraktreich und erquicklich, zeigt sehr schöne Phasen, verabschiedet sich zart würzig und anhaltend.

★★★★★ K €€€€€€ BF TOP
2018 Blaufränkisch Reserve Ried Reihburg + Sehr schöner Farbton mit leuchtendem Rubingranat, verführerische Würzenoten im Bouquet, dunkelfruchtige Beerenaromatik, zupackender und zugleich vitaler Charakter, dicht und extraktreich, langer Säurebogen, herrlich dahinströmend, benötigt entsprechende Belüftung, zeigt sich sodann recht vielschichtig, gediegener Abgang, ein großartiges Gewächs.

★★★★ K €€€€€€ BF TIPP
2018 Blaufränkisch Reserve Ried Saybritz + Kirsch- und Weichselaromatik im verlockenden Bouquet, hintennach auch Anklänge nach Blutorange, satter Fruchtschmelz, druckvoll und zupackend, absolut tiefschürfend, euphorisierende Stoffigkeit, bestechende Vitalität, vergnüglich auf hohem Niveau, perfekt ausbalanciert, ein großes Format von ausgesprochener Eleganz.

Weingut **Weber**

Martina & Isabella Weber
7474 Deutsch Schützen, Winzerstraße 23
Mobil +43 664 787 42 19
mail@weinweber.at, www.weinweber.at
5 Hektar, W/R 8/92, 15.000 Flaschen/Jahr

Das Weingut Weber ist ein Stammkundenbetrieb, der sich in hohem Maße dem Herkunftsgedanken verschrieben hat und Weine mit sehr gutem Preis-Wert-Verhältnis offeriert. Mit dem Jahrgang 2017 hat Weber eine wesentliche Umstellung vorgenommen: Seither werden die roten Premium-Weine nicht mehr in Barriques, sondern nur noch in 500-Liter-Fässern mit moderatem Toasting ausgebaut. Sowohl die Klassik- als auch die Reserve-Weine bieten vorzügliches Trinkvergnügen. *jw*

EISENBERG DAC

★★★ S €€ BF
2019 Blaufränkisch Classic + Dunkles Rubinrot, feinwürziges Bouquet nach dunklen Beeren, mit einer Prise schwarzem Pfeffer unterlegt, im Geschmacksbild kühle sortentypische Frucht nach Weichsel, aber auch Heidelbeere, pfeffrig-würzig und betont salzig, feinmaschig-dicht, dabei elegant und süffig, saftig, sehr geschmeidig und überaus vital, zieht geradlinig durch, mineralisch-salziger Abgang mit guter Länge, alles in allem ein vergnüglicher Eisenberg DAC mit einiger Raffinesse.

★★★★ K €€€ BF TIPP
2018 Blaufränkisch Centauros Reserve + Dunkles Rubinrot mit violetten Reflexen in der Randaufhellung, tiefes und überaus würziges Bouquet nach Weichseln und dunklen Waldbeeren, im Geschmacksbild kühle dunkle Weichselfrucht, auch Brombeere klingt an, feine Würze, etwas schwarzer Pfeffer, mineralisch-salzig, stoffig-dicht mit viel Extrakt, dabei feinmaschig-komplex mit filigraner Textur, überaus feiner Schmelz, kompakt und druckvoll, sehr geschmeidig mit samtigen Tanninen, durchtragend elegantes und subtil animierendes Säurespiel, strömt zügig voran, gediegener und nachhaltiger Abgang mit dezent-edelherber Bitternote und einem Hauch Marzipan im Finish, eine raffiniert vielschichtige Kreszenz, die leicht gekühlt genossen werden sollte.

BURGENLAND

★★ S € WR FUN PLV
2020 Welschriesling + Helles Grüngelb, feine Nase nach Kräutern und frischem Gras, schöne Frucht nach grünem Apfel mit einem Hauch Stachelbeere, frisch, saftig, belebendes Säurespiel, zieht schön durch, feines Trinkvergnügen, guter Speisenbegleiter.

★★ S €€ BF FUN
2020 Isamar Frizzante (Rosé) + Leuchtendes Lachsrot, einladend duftige Nase nach Blüten, Kirsche und einem Hauch Holunder, sehr fruchtig nach Erdbeere und Kirsche, aber auch Himbeere, saftig, charmant mit feiner Fruchtsüße, süffig, vitaler Säurebogen, guter Trinkfluss mit eleganter Grapefruit-Note im Finish. Feiner Aperitif, erfrischendes Trinkvergnügen.

★★★ K €€€ WR TIPP
2019 Adaxl Welsch + Einnehmende Nase nach Kräutern, Wiesengras, feinen Röstaromen mit einem Hauch Vanille, im Geschmacksbild kühle Frucht nach grünem Apfel und Stachelbeere, ein Hauch Pfefferminze, kräutrig-würzig, leicht salzig, Edelhölzer klingen an, stoffig-komplex, saftig, vital, dabei druckhaft, angenehmer Trinkfluss, Abgang mit guter Länger und feiner Bananennote im Finish. Gehobene und gekonnt holzgeschulte Sorteninterpretation mit moderatem Alkoholgehalt.

★★ S € ZW FUN PLV
2019 Zweigelt + Einladende Nase nach dunklen Beeren, Kräutern und einem Hauch schwarzen Pfeffer, am Gaumen kräftige sortentypische Kirschfrucht, würzig, saftig, vitale Säure, schöne Herbe, feine Tannine, süffig, geradliniger und guter Trinkfluss. Angenehmer, trinkfreudiger Klassiker und guter Speisenbegleiter.

★★★ S € BF PLV
2019 Blaufränkisch Ried Ratschen + Einnehmende Nase nach dunklen Waldbeeren und feinen Kräutern, im Geschmacksbild tiefe sortentypische Weichselfrucht, Brombeere, würzig und betont mineralisch-salzig, saftig, stoffig und vielschichtig, druckvoll, dabei süffig, samtig-herbe Tannine und elegant-vitales Säurespiel, guter Trinkfluss und feiner Abgang. Unverfälschte und elegante Sorteninterpretation auf hohem Niveau, ein Blaufränkischer wie aus dem Bilderbuch.

★★★ K €€€ CR
2018 Cuvée Vinea (CS/ME/BF) + Strahlend leuchtendes Rubingranat, tiefe und konzentrierte Nase nach Waldkräutern, Kirschen und dunklen Beeren, feinen Röstaromen mit einem Hauch Karamell, im Geschmacksbild üppige Kirschfrucht mit einem Touch Amaretto, viel Würze, schwarzer Pfeffer, betont salzig, stoffig-dicht, dabei filigran-vielschichtig, geschmeidige Tannine, durchtragend-animierender Säurebogen, gediegener Abgang mit feiner Bitternote.

VINOTHEKEN

EISENBERG

Ortsvinothek Eisenberg
7474 Eisenberg, Am Naturpark 1
Mobil +43 664 4344224
www.vinothek.eisenberg.at

MOSCHENDORF

Gebietsvinothek Südburgenland
im Weinmuseum Moschendorf
7540 Moschendorf, Weinmuseum 1
Tel. +43 3324 63182
www.weinidylle.at

GASTRONOMIE/NÄCHTIGUNG

BAD TATZMANNSDORF

Reiter's Supreme Hotel
7431 Bad Tatzmannsdorf, Am Golfplatz 1
Tel. +43 3353 8841
www.reiters-reserve.at

Luxuriöses Fünf-Sterne-Wellness-Resort mit der größte Hoteltherme Europas (8.000 m^2). In der Küche wird niveauvoll gekocht, vieles dreht sich dabei um das Fleisch von eigenen Mangalitzaschweinen, Schafen, Rindern und Wasserbüffeln. Im Shop gibt es ausgesuchte regionale Spezialitäten wie Honig, Schnäpse, selbstgemachte Marmeladen oder Kernöl. Sehr gute Weinkarte mit Fokus auf das Südburgenland.

Gasthaus Treiber
7431 Bad Tatzmannsdorf
Jormannsdorfer Straße 52
Tel. +43 3353 8271
www.burgenlandurlaub.at

Herbert Treiber, der sein Handwerk bei Kochikone Werner Matt verfeinerte, versteht sich auf Österreich-Klassiker wie Backhendl, Krautfleckerln, hausgemachte Nudeln, Fischgerichte und knusprig-saftige Spareribs, aber auch Pizza, Chicken Wings, Ripperln oder gebackene Calamari werden serviert. Ist ihm das Jagdglück treu, setzt der Hausherr auch Wildgerichte auf die Karte. Eigene Vinothek, dort gibt es auch Weine aus eigenem Anbau in Deutschkreutzer Riede.

BILDEIN

Weinarchiv

7521 Bildein, Florianigasse 1
Mobil +43 664 2809287 (Wolfgang Lechner)
www.bildein.at/kultur-und-freizeit/weinarchiv

Das Weinarchiv in Bildein ist keine Vinothek wie jede andere. Hier wird in lockerer Atmosphäre geplaudert, Wein verkostet und natürlich auch verkauft. Über Jahre hinweg werden hier die besten Jahrgänge der Regionswinzer gelagert. Im historischen Gewölbe werden stimmungsvolle Weinverkostungen durchgeführt.

DEUTSCH SCHÜTZEN

Wachter-Wieslers Ratschen

7474 Deutsch Schützen 254
Tel. +43 3365 20082
www.ratschen.at

Was als Heuriger begann, hat sich zu einer der besten Adressen des Landes entwickelt. Am Herd haben Alexander Reiter und Philipp Kaufmann das Ruder erfolgreich übernommen. Regionale Küche mit Niveau ist das Credo. Da kommen Gänge wie konfierte Lachsforelle, Ochsenherzparadeiser auf Burrata und Apfel-Balsam-Essig, weiter geht es mit gebratenem Perlhuhn mit Sommertrüffel, dann noch Rücken vom Milchkalb mit sautiertem Bries.

Wohnothek

7474 Deutsch Schützen, Ratschen 254a
Mobil +43 664 4180705
www.wachter-wiesler.at/home-wohnothek

Die moderne Interpretation des Kellerstöckls mit lichtdurchfluteten, nach Holz duftenden Würfeln. Traumhafte Lage in den Weinbergen umgeben von Bäumen und Wiesen, Heizung und Stromversorgung arbeiten nach ökologischen Gesichtspunkten.

DEUTSCH TSCHANTSCHENDORF

Walits-Guttmann

7535 Deutsch Tschantschendorf 27
Tel. +43 3327 2285
www.walits-guttmann.at

Typisch burgenländischer Gasthof abseits der touristischen Trampelpfade. Die Einheimischen sind Stammkunden, Auswärtigen sei das Haus auch ans Herz gelegt. Die bodenständigen Gerichte sind einfach gut: Wildgerichte wie Hirschbraten in Lebkuchensauce mit Kürbisspätzle, Pannonisches wie Reindlrostbraten in Uhudlersauce oder Szomlauer Nockerln. Natürlich stehen die traditionellen Gerichte der Oma im Rampenlicht: Krautstrudel, gesalzenen Topfenstrudel, Ripperln mit Paradeiskraut oder die Grammelpogatscherln.

EISENBERG

Hotel Das Eisenberg

8383 Eisenberg an der Raab, Mitterberg 32–34
Tel. +43 3329 48833-0
www.daseisenberg.at

Moderne, helle Vier-Sterne-Zimmer im Haupthaus, das Landhaus ist ein liebevoll restauriertes Bauernhaus, der Romantikstadl mit viel Holz bietet Gemütlichkeit. Die Lage im 15 Hektar großen Naturareal mit Uhudlerweingarten und Weingartenpavillons garantiert Ruhe. Das Restaurant mit Panoramafenstern konzentriert sich auf regionale Küche, der Keller lagert Qualitätsweine aus dem Burgenland, der Steiermark, Slowenien und Ungarn.

GROSSPETERSDORF

Hotel GIP
7503 Großpetersdorf, Ungarnstraße 10
Tel. +43 3362 30088
www.hotel-gip.at

Modernes, helles Hotel. Gratis Zugang zum Freibad und zur Tennisanlage des TC Großpetersdorf.

MINIHOF-LIEBAU

Landhofmühle
8384 Minihof-Liebau, Windisch-Minihof 48
Tel. +43 3329 2814
www.landhofmuehle.at

Paradies im Paradies, die Landhofmühle liegt mitten im Naturpark Raab. Mit romantischem Teich, hübschem Garten, liebevoll zubereitetem Frühstück. Zimmer mit geölten Lärchendielenböden und Massivholzmöbeln.

HAGENSDORF

Schwabenhof
7522 Hagensdorf 22
Tel. +43 3324 7333
www.schwabenhof.at

Sympathisches, familiäres Hotel in einem ehemaligen Gemischtwarenladen aus dem Jahr 1938. Gemütliche Zimmer mit moderner oder rustikaler Einrichtung. Gefrühstückt wird im Wintergarten, es gibt auch einen japanischen Garten und einen Außenpool. Das Restaurant ist bekannt für seine burgenländischen Strudelvariationen und seine Moorochsen-Gerichte. Feines Angebot an burgenländischen Weinen, die in einem denkmalgeschützten Weinkeller lagern.

HEILIGENBRUNN

Krutzler
7522 Heiligenbrunn 16
Tel. +43 3324 7241, 7240
www.hotel-krutzler.at

Im Restaurant wird eine tadellose österreichisch-ungarische Fusionsküche gepflegt. Interessant sind zweierlei Beef Tatar vom Moorochsen und auch fast vergessene Gerichte wie Bohnensterz, Eiernockerln oder Krumpanudeln (gewuzelte Nudeln mit Kartoffeln) nach Omas Rezepten. Sympathische Zimmer, Pluspunkt ist das Hallenbad.

JENNERSDORF

Wein & Specereien Csuk
8380 Jennersdorf, Hauptstraße 2
Tel. +43 664 4324532

Liebevoll geführte Weinbar mit Delikatessengeschäft. Die Weinauswahl ist mit 150 Positionen groß, die Jahrgänge reichen bis 20 Jahre zurück. Zur Weinverkostung werden kleine Happen gereicht: verschiedene Salamis, Proscutto aus Italien, 20 verschiedene Käse aus Frankreich.

KOHFIDISCH

Gasthaus Csencsits
7512 Kohfidisch, Harmisch 13
Tel. +43 3366 77220
www.gasthaus-csencsits.at

Jürgen Csencsits kocht pannonisch, aber immer mit einer Prise Weltoffenheit. Gehoben, aber nicht abgehoben, ist seine Philosophie. Aus seinem Holzofen duftet es öfter nach Kalbsstelze oder Bildeiner Lammschulter, sogar die Brat apfeltorte wird dort zubereitet. In den Menüs lässt er neben seiner Liebe für Herzhaftes natürlich auch seine Vergangenheit in der Hochgastronomie aufblitzen. Da kommen Gänge wie Entenleber, Kakao, Pfirsich und Brioche. Großes Sortiment regionaler Spitzenweine, auch einige internationale Glanzlichter sind dabei. Sehr nettes Service.

Kellerstöckl Isabell
7512 Kohfidisch, Klein Csater
Tel. +43 664 5437855
www.kellerstoeckl-isabell.at

Ausrasten statt ausrasten. Der Csaterberg, wo das Kellerstöckl steht, ist dafür ideal – und Hasen, Füchse und internetfreie Zone helfen dabei. Eine Architektin und ein Netzwerktechniker restaurierten dieses kleine Weinkellergebäude aus den späten 60er-Jahren mit ökologischen Baustoffen wie Holz, Hanf und Lehm. In der Küche warten der traditionelle Holzofen und auf der Terrasse der Griller auf den Einsatz.

OBERDORF

KOI - Kulinarik am Teich
Familie Dirnbeck
7501 Oberdorf, Teichwald 1
Tel. +43 676 4605745
www.koi-kulinarik.at

Ein Lokal für Romantiker, dieses Knusper häuschen aus Holz mit modernem Anbau. Der Fokus liegt bei Fisch, der frisch aus dem Teich vor der Haustür gefangen wird, ergänzt durch allerlei Meergetier. Aus dieser Mischung entstehen Gänge wie Fischsulz mit Stegersbacher Flusskrebsen und Dillschaum oder Miesmuscheln im Rieslingsud. Saisonales wie Steckerlfisch, südburgenländische Weidegans oder Wildwochen runden das Ganze ab.

PINKAFELD

Weinstube Familienbetrieb Szemes
Hauptstraße 33, 7423 Pinkafeld
Tel. +43 3357 42305
www.szemes.net

Für pannonische Hausmannskost steht der Szemes, abends wird man auch mit einem Genießermenü eingekocht. Gegrilltes geht gut: Pastrami, Beef Brisket oder Pulled Pork oder Wagyu-Burger. Hin und wieder gibt es auch Flusskrebse aus Stegersbach oder Taube aus Deutsch Tschantschendorf. Veganer werden auch glücklich, sogar fleischlose Menüs werden zubereitet. Gutes Gin-, Whiskey- und Wodkaangebot.

VULKANLAND STEIERMARK

Das „Vulkanland Steiermark“ ist aus dem Weinbaugebiet Südoststeiermark hervorgegangen. Es stellt kein geschlossenes Anbaugebiet dar, vielmehr gibt es hier eine Reihe von Weinbauinseln, die für österreichische Begriffe relativ weit voneinander entfernt sind und auch in puncto Bodenbeschaffenheit und Kleinklima wenig miteinander zu tun haben. Insbesondere im Dreiländereck rund um Klöch und Straden, wo steile Kogel vulkanischen Ursprungs aus dem Weinland herausragen, konnten sich einige Betriebe mit fruchttiefem Sauvignon Blanc, Morillon und Traminer profilieren. Regelmäßig können hier Kreszenzen mit sehr hohem Mostgewicht gewonnen werden, und auch der österreichische Trend zum Rotwein ist in dieser kleinklimatisch begünstigten Ecke deutlich zu bemerken, wobei sich der Zweigelt als Leitsorte herauskristallisiert hat. Der würzig-aromatische Traminer, für den es speziell in Klöch eine eigene Markengemeinschaft gibt, hat – begünstigt durch einige sonnige Herbste – eine wahre Renaissance erlebt.

1.524 Hektar Weinanbaufläche
Die wichtigsten Rebsorten:
Welschriesling, Weißburgunder, Sauvignon Blanc, Traminer

In der Oststeiermark, etwa auf dem Ringkogel bei Hartberg oder in den weiteren Zentren um Gleisdorf und Fürstenfeld, werden deutlich härtere Weißweintypen gekeltert, wie animierende Welschrieslinge, saftige Weißburgunder und rassige Sauvignons. Unmittelbar an der Thermenlinie, nahe den boomenden Heilbädern, gewinnen die Rotwein-Rebsorten immer stärker an Bedeutung, wobei der vorherrschende Zweigelt durch Komplementärsorten wie Blauburgunder und Syrah ergänzt wurde.
Im Jahr 2018 wurden DAC-Regelungen eingeführt. Im Fokus steht die Herkunft, also eine Klassifizierung in Gebietswein, Ortswein und Riedenwein. Es dürfen nur folgende Rebsorten verwendet werden: Welschriesling, Weißburgunder, Morillon, Grauburgunder, Riesling, Gelber Muskateller, Sauvignon Blanc, Traminer und Verschnitte daraus. Die Prüfnummer darf ab dem 15. Jänner des auf die Ernte folgenden Jahres beantragt werden, für Welschriesling ab dem 1. Dezember des Erntejahres. Der Wein darf nicht vor dem 1. März des auf die Ernte folgenden Jahres verkauft werden; ausgenommen davon sind Weine der Rebsorte Welschriesling.

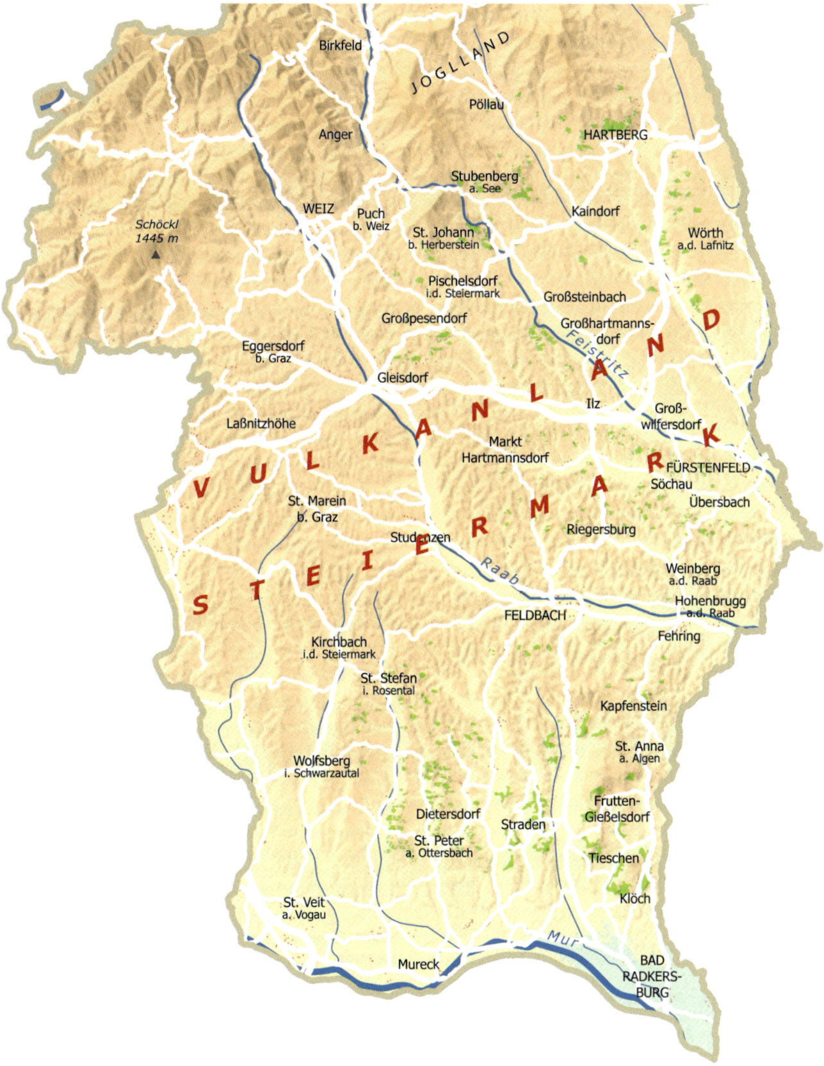
Birkfeld
JOGLLAND
Pöllau
Anger
HARTBERG
Stubenberg a. See
WEIZ
Puch b. Weiz
Kaindorf
Schöckl 1445 m
St. Johann b. Herberstein
Wörth a.d. Lafnitz
Pischelsdorf i.d. Steiermark
Großsteinbach
Großpesendorf
Großhartmanns-dorf
Feistritz
Eggersdorf b. Graz
Gleisdorf
Ilz
Groß-wilfersdorf
Laßnitzhöhe
Markt Hartmannsdorf
FÜRSTENFELD
Söchau
Übersbach
VULKANLAND STEIERMARK
St. Marein b. Graz
Riegersburg
Studenzen
Raab
Weinberg a.d. Raab
FELDBACH
Hohenbrugg a.d. Raab
Fehring
Kirchbach i.d. Steiermark
St. Stefan i. Rosental
Kapfenstein
St. Anna a. Aigen
Wolfsberg i. Schwarzautal
Frutten-Gießelsdorf
Dietersdorf
Straden
St. Peter a. Ottersbach
Tieschen
Klöch
St. Veit a. Vogau
Mur
Mureck
BAD RADKERS-BURG

Weingut
Frauwallner

Walter Frauwallner
8345 Straden, Karbach 7
Tel. +3473 7137
weingut@frauwallner.com, www.frauwallner.com
30 Hektar, W/R 90/10

Knapp die Hälfte des aktuellen Sortiments – von einem anspruchsvollen Welschriesling, einem Festival von Burgundern und Schmeckerten über zwei Rote bis zu einer Fruchtorgie von Essenz – wurde diesmal zur Verkostung vorstellig, eindeutig zu viele, um jeden einzelnen vor den Vorhang zu bitten. Die Burgunder sind alle spontan vergoren, bei den Ortsweinen schwingt schon ein bisschen Holz mit und immer auch etwas vom Buch, der kommt zur Gänze aus dem kleinen Gebinde, und da dürfen auch „ein paar Kanten sein". Ein Nischenprogramm sind die Grauburgunder, der mächtige Rosenberg ist schon ein jugendliches Vergnügen. Neutraler Holzeinsatz unterstreicht beim Sauvignon Rosenberg die unglaubliche Fruchtmenge, Buch wirkt ernsthafter, dunkler, komplexer, zwei große Weine. Beim Heimspiel wähnt man sich bei einem Mokka, einem Stück Schwarzwälder Kirschtorte, und vom Nebentisch weht Zigarrenduft. Für Freunde der unverfälschten Gangart gibt es wieder einen fruchtstrotzenden Wildbacher und zur Erholung eine schon recht gut balancierte Essenz vom Rosenberg. *db*

VULKANLAND DAC

★★★ **S €€ GM** PLV
2020 Gelber Muskateller + Frische, resche Noten von vielerlei Südfrucht; elegante Frucht, pfeffrig, kecke Säure, reifer Sortenausdruck, Pfirsich und Mango im Nachklang.

★★★ **S €€€€ PB**
2019 Weißburgunder Ried Buch GSTK + Feines Holz, Bananenkuchen, anschmiegsam, getrocknetes Steinobst, zart nussig; lebendige Säure, straffe Mineralik, voluminös.

★★★ **S €€€ CH**
2020 Morillon Straden + Auf Stroh gebettete Pfirsiche, bisschen Grüntee, zart nussig; Karamell, Nougat, Tee ist mit leichter Süße mitgekommen, feste Säure, schon recht gute Länge, braucht Zeit.

★★★★ **S €€€€ CH** TIPP
2019 Morillon Ried Buch GSTK + Salz und Pfeffer, konzentriertes Steinobst, röstig, Teer, Leder, reife Zitrusnoten dahinter, kontrastreich; barocker Ansatz, in die Breite wollend und stahlig straff gehalten, griffige Mineralik, ein erster Genuss.

★★★ **S €€€ PG**
2020 Grauburgunder Straden + Zart süßes Holz, Karamell, Kandis, getrocknete Marille und Kräuter, mediterranes Feeling; dicht, bisschen süß, kecke Säure, mineralisch streng, guter Fluss.

★★★★ **S €€€€ PG** FUN
2019 Grauburgunder Ried Stradener Rosenberg 1STK + Freundliche Frucht von feinem Holz umspült, dunkle Aromatik, Lakritze, Karamell, Dörrobst; sinnliches Holz umgibt sich mit vielfältiger Frucht, Gerbstoff, Mineralik, pfeffrig, fast Chilianklänge, mächtig und doch trinkig.

★★★ **S €€€ SB**
2020 Sauvignon Blanc Straden + Engmaschig, Cassis, schwarzer und roter Pfeffer, sehnige Konturen; etwas Fruchtsüße zur Entspannung, konzentrierte Cassis-Noten, Holunder- und Brombeeren, dann grüne, frische Noten, etwas Exotik, eine Menge Wein.

★★★★ **S €€€ SB** TIPP
2019 Sauvignon Blanc Ried Stradener Rosenberg 1STK + In Salz eingelegte Bergamotte, Bitterorange, etwas Salbei, Cassis-Zuckerl, grandios; holzsüß, viel Mineralik, mächtige Säure öffnet ein weites Spektrum an Parametern, Brennnessel, Holunderblätter, getrocknete Tomaten, zahlreiche Kräuter in Salz, sehr pikant, geht immer tiefer, großer Ansatz.

★★★★★ **S €€€ SB** TOP
2019 Sauvignon Blanc Ried Buch GSTK + Eindrucksvolle Holz-Cassis-Melange, Salbeiblätter, Zitronenthymian, Brennnessel, Holundermark; zartbittere Ganache mit tiefdunklen Beeren, lebendige Säure, fester mineralischer Grip, salzig, Fruchtsüße im Ausklang.

★★★ **S €€€ TR**
2020 Traminer Ried Stradener Rosenberg 1STK + Feinst zermörserte Botanicals wie Bergamotte, Zesten, Macis, Limette, Rosenblätter, Wacholder, Steinmehl; erfreuliche Säure, kleiner Zuckerrest, bringt die Fruchtfülle auf den Gaumen.

★★★★ **S €€€€ GM**
2017 Gelber Muskateller TBA Essenz Ried Stradener Rosenberg + Rosinen, Honigwabe, Lanolin, zart kräuterwürzig, Kletzen, Datteln, Zwetschgen, auch ein paar Steinobstnoten Frische, beschwingte Säure, fast trocken im Ausklang mit viel Trockenfrucht.

STEIERMARK

★★★★ **K €€€ CR**
2018 Heimspiel Ried Buch + (ZW/ME) Jede Menge Frucht, weiche, samtige und auch zischig freche Züge; holzbetont, sportliche Säure, runde Tannine, viel Frucht im Finish, anspruchsvoller Spaß.

★★★ **K €€€ BW** FUN
2018 Blauer Wildbacher + Stachelbeeren, Brennnesseln, Johannisbeer- und Holunderblätter, kreidig-streng, Cassis, Tinte; große Fruchtfülle, energische Säure, Extraktsüße, fester Gerbstoffgrip, Hagebutten und rote Ribisel im Abgang.

Weingut
Frühwirth

Fritz Frühwirth
8493 Klöch, Deutsch Haseldorf 46
Tel. +43 3475 2338, Fax -4
weingut@fruehwirth.at, www.fruehwirth.at

12 Hektar, W/R 85/15

„2020 darf man nicht unterschätzen", ist Fritz Frühwirth überzeugt, „sie sind bissiger, knackiger, aber die Harmonie passt." Auch mit den Lagenweinen ist er sehr zufrieden, sie zeichnen sich durch gute Bodendarstellung aus, punkten nicht durch extreme Kraft, sondern mit Trinkfluss. Welschriesling, Weißburgunder und ein gefährlich animierender Morillon bespielen das, beinahe möchte man sagen, neutrale Segment, das Hauptaugenmerk liegt natürlich bei den aromatischen Sorten. Muskateller gibt es als duftiges, elegantes Vergnügen und fast in der Überzeichnung als Blütenmuskateller. Vom Sauvignon bekommt man alles, was man sich von einem steirischen Klassiker erwartet. Verführerisch süffig baut der Traminer „Hoch 3" einiges an Druck auf, der Gelbe Traminer verströmt nobles Sortenflair und klingt fast trocken mit feinem Fruchtglanz aus. Dem Gewürztraminer „Extrem" ist ein kleiner Zuckerrest hängen geblieben, er wird sich als finessenreicher Begleiter zu einer Vielzahl von Speisen bewähren. Der „Rote Koasasteffl" empfiehlt sich als anspruchsvoller Genuss, dem man noch etwas Zeit gönnen sollte. Der „Fritzzante" punktet mit seinem sanften Schilcher-Feeling. *db*

VULKANLAND DAC

★★ S € WR
2020 Welschriesling Klassik + Frühlingsduftig, helle Blüten, ein paar hübsch drapierte Kräuter, Südfruchtfrische; kühle Stein- und Kernobstnoten, geeister Obstsalat, erfrischend, steirisch, passt.

★★ S €€ PB
2020 Weißburgunder Klassik + Im Duft verhalten, reife Äpfel, ein bisschen pfeffrig; gute, noch neutrale Präsenz, grüner Apfel, appetitliche Bitternoten, solide Länge.

★★ S €€ GM
2020 Gelber Muskateller + Zeigt erst zögerlich aromatische Anklänge, bringt dfür auf dem Gaumen elegantes Muskatellervergnügen, reife, reichhaltige Frucht, Nelke, fast pfeffrig, Macis, angenehme Säure und feiner Gerbstoffschleier im Hintergrund.

★★★ S €€ SB **TIPP**
2020 Sauvignon Blanc Klassik + Hellfruchtig, grünwürzig, frischer Grasschnitt, Brennnessel, grüne Paprika, auch gegrillt; bleibt auf dem Gaumen nichts schuldig, fruchtbetont, sortenaffin, stimmig.

★★★ S €€ CH **FUN**
2020 Morillon RB + Frisches, kühles Steinobst, Kamille und Strohblumen; ansprechende Mischung aus fester Substanz, typischer Säure, mineralischem Hintergrund und gutem Fruchtausdruck, animierend, stoffig.

★★★ S €€ TR
2020 Traminer Hoch 3 + Würzig, fast ein wenig harzig, gelbfruchtig, Grapefruit, Bergamotte, sehr ansprechend; Zuckerrest (6) sitzt auf erfrischender Säure, beide treiben die Frucht voran, mineralischer Rückhalt, salzig, druckvoll.

★★★ S €€€ TR **TIPP**
2020 Klöch Gelber Traminer halbtrocken (12) + Zart röstig, Bienenwabe; Säure, Kohlensäure und der vulkanische Untergrund bringen Spannung, Restzucker passt perfekt, Bienenstich, Mineralik und etwas Gerbstoff sorgen für fast trockenen Abgang.

★★★ S €€€ GT
2020 Klöch Gewürztraminer Extrem Spätlese lieblich (30) + Feinduftig, traubig, Mandelgebäck, Bergamotte und Zitronat-Zitrone, Nelken, frisch und einladend; klassischer, verführerischer Gewürztraminer von der leichten, animierenden Art, belebende Säure trägt Frucht in den Abgang.

STEIERMARK

★★ S € GS
2020 Tausendsassa Gemischter Satz + Neutral würzig, ein paar Kräuter und frische grüne und gelbe Äpfel; knackige Säure, zu den Äpfeln gesellt sich feines Birnenaroma, feinherbes Gerüst, solide Länge, unkomplizierter Genuss.

★★★ S €€ BM
2020 Blütenmuskateller + Von Grafit unterlegte, sehr intensive, fast messerscharfe Muskatellerfrucht, Grapefruit, Macis, Szechuanpfeffer; der knackigen Säure steht ausreichend Substanz gegenüber, forsch, für Individualisten.

★★★ S €€ CR **FUN**
2019 Roter Koasasteffl + (ME/BF/SY) Noch etwas verschlossen, Karamell, Kräuter, Holz; verschwenderisch fruchtsüß, heftiger Disput zwischen Tannin, Säure und jeder Menge Frucht. Noch jugendlich ungestüm, gutes Potenzial.

ÖSTERREICH

★★ S €€ BW
2020 Schilcher Fritzzante Rosécco + Typische Beerenaromatik vom Klöch-Terroir betont, dezent süße (18) rot- bis dunkelbeerige Frucht, eine Spur Cassis; üppiges Mousseux, durch den sich der Schilcher erst graben muss, moderate Säure, typischer Fruchtausdruck.

♛♛

Weingut
Giessauf-Nell

Josef & Katja Nell
8493 Klöch 63
Tel. +43 3475 7265
giessaufnell@gmail.com, www.giessauf-nell.at
6 Hektar, W/R 100/0

Gießauf-Nell hat wieder Saison – das kleine Weingut in Klöch mit feinem Buschenschank bewirtet seit einigen Wochen wieder seine Gäste. Und die Weine, die Josef Nell mit tatkräftiger Unterstützung von Tochter Katja macht, passen perfekt zu einer Jause und spiegeln die Umgebung, in der der Traminer mit all seinen Spielarten die Hauptrolle verkörpert. Mit rund 50 Prozent Traminer-Anteil bei seinen sechs Hektar setzt Nell voll auf Klöchs Paradesorte – und im Speziellen auf Gelben und Gewürztraminer.

Was man bei Klöcher Traminern jedoch in Kauf nehmen muss – oder was sie so begehrenswert macht, ist, dass die Sorte ihre Klasse ausspielt, wenn Restsüße im Spiel ist. Daher halten sich die Gelben und Gewürztaminer vom Weingut Gießauf-Nell auch alle im halbtrockenen und lieblichen Bereich auf. „Mit gefällt das, und ich trink das auch gern", sagt der Winzer. Und der Jahrgang 2020 liefert eine weitere Komponente für viel Trinkvergnügen. Die Traminer haben alle eine super Säure gehabt, womit sie viel trockener erscheinen, andererseits sorgt die Säure für einen enormen Trinkfluss. Zucker und Säure zusammen – diese Traminer halten lange!

Heuer haben die Nells noch einen bemerkenswerten Wein: Beim Weißen Burgunder xxNell, der im 1000er-Holz (erste Befüllung) ausgebaut ist, zeigt Nell sein Händchen für Vulkanland-Burgunder. *hp*

VULKANLAND STEIERMARK

★★ **S €€ GM**
2020 Gelber Muskateller + Gewürzige Holunderblüten, Nelken- und Muskatnoten, leicht nach Birnen; guter Sortencharakter, viel Muskat, schotig, grüner Apfel, Säurebiss.

★★ **S €€ SB**
2020 Sauvignon Blanc + Paprikanoten, schotig, Küchenkräuter, rund; spritzig, etwas Kohlensäure, leicht dropsig, viel Zitrus, Grapefruit, sehr trocken, guter Säurebiss.

★★ **S € PB** FUN
2020 Weißer Burgunder + Relativ frisch, mehliger Apfel, Bananenchips, leichte Würze; geriebene Haselnüsse, rosa Grapefruit, Bitterorange, knackiger Weißburgunder.

★★★ **S €€ GT**
2020 Gewürztraminer Selection Klöch + (Halbtrocken) Dezent rosenduftig, Almkräutern, Apfelkompott; mild, rosa Grapefruit, Blutorange, relativ frische Säure, wodurch sich der Wein relativ trocken nach hinten legt, feine Länge.

★★★ **S €€ TR**
2020 Gelber Traminer Klöch K8 + (Halbtrocken). Sanft, Rosenholz, Bananencreme, weiche Fülle; cremig und saftig, andererseits voll Säurepikanz, mineralisch, ausbalanciert, feine Länge.

★★★ **S €€€ TR** PLV
2020 Gelber Traminer Ried Röhrl + Sehr gelbfruchtig, Schokobanane, getoastetes Brot, Orangenzesten; tropischer Fruchtmix, Maracuja, Kiwi, rassiger Traminer mit attraktivem Gerbstoffgerüst, wirkt ziemlich trocken.

★★ **S €€ GT**
2020 Gewürztraminer sensatioNell Klöch Spätlese + (Lieblich). Leicht röstig, Haselnussschokolade, cremig, Kräuter, Honig- und Wachsnoten; charmante Süße, Rosenholz, eingelegte Birnen und Nektarinen, gerundet.

★★★ **S €€€ CH**
2019 Chardonnay xxNell + Grüne Oliven, salzig, Bittermandeln, Wachsnoten, Liebstöckel; von Oliven- und Bitterorangen geprägt, Kochschokolade, hinten Gerbstoff, straffer Burgunder, mittlere Länge.

★★★★ **S €€ PB** TIPP
2019 Weißer Burgunder xxNell + Nussstrudel, Rosinen, wirkt cremig-weich und saftig, feines Toasting; Holz super integriert, dezente schokoladige Note, charmante Fülle, Fruchtexotik, Blutorange und rosa Grapefruit, gute Länge.

ÖSTERREICH

★★ **S € MS**
2020 Muscaris + Muskat- und Nelkennoten, süßer Apfel, gerundet; balancierte Frucht, traubig, relativ milde Säure, Kräuter, runder Wein, der gleichermaßen Sauvignon- und Muskateller-Trinker anspricht.

Weinhof
Gollenz

Alois Gollenz
8355 Tieschen, Laasen 2
Mobil +43 664 944 44 13
info@dergollenz.at, www.dergollenz.at
12 Hektar, W/R 95/5

Im Vorjahr haben wir berichtet, dass Alois Gollenz seinen Weinhof in Tieschen zu einer neuen Weinerlebniswelt umbauen will. Das hat der Winzer auch trotz Corona durchgezogen – Mitte Juni 2021 war die Eröffnung. Die „Unendlichkeit“ war das zentrale Motiv. „Generationen von Winzern sind nur ein Augenblick im Vergleich zu der Geschichte des steirischen Vulkanlands, die bis ins Unermessliche zurückreicht – fließen die Erdzeitalter, die in jedem Quadratmeter der Region stecken, in die Trauben ein, die dort wachsen, wo früher heiße Lava die Hänge bedeckte.“ Sagt der Winzer. So werde Unendlichkeit zur zentralen Eigenschaft von Land und Wein.

Erneuerung findet auch auf Gollenz’ Flaschen statt – mit neuen Etiketten hat er seinen Weinen ein Gesicht gegeben. Die Tongesichter verkörpern laut Gollenz „Porträts der Unendlichkeit“, und er hat dafür schon viel positive Resonanz aus dem Markt bekommen. Das Auge kostet zwar immer mit, aber der Gaumen entscheidet – und da bietet Gollenz von Jahr zu Jahr mehr und wird noch sichtbarer. Seit März gehört Gollenz der Vereinigung der Eruption Winzer an, die die brennende Energie des Vulkanlandes verkörpert. Die tragenden Wein-Säulen sind bei Gollenz der Sauvignon Blanc und die Burgunder-Sorten – was der Winzer bei seinen Riedenweinen zeigt, die er ausschließlich im großen und kleinen Holz ausbaut, ist beachtlich. *hp*

VULKANLAND STEIERMARK

★★ **S €€ GM**
2020 Gelber Muskateller + Sehr sortentypisch, Holunder pur, leicht, frisch, zart mineralisch; spritzige, saftige Frucht, Limetten, Zitronenzesten, knackige Säure, viel Trinkanimo.

★★ **S €€ SB**
2020 Sauvignon Blanc + Sehr klassisch, frisch, saftig, steirisch, paprizierte Frucht, auch Grapefruit, Gewürznelken; viel Zitrus, Mandarinen, Feuerstein, kräftiger Säurebiss, guter Zug, mittlere Länge.

★★ **S €€ PB**
2020 Weißburgunder + Relativ frisch und duftig für einen Burgunder, feuchter Waldboden, Champignons, Weißbrot; gewisse Fülle, Kräuter, Blutorange, relativ knackiger, säurebetonter Klassik-Burgunder.

★★★ **S €€ PG**
2019 Grauburgunder + Einige Fülle, Weißbrottoast, rauchig, tabakig; füllig, Karamell- und Haselnusscreme, teigig, hinten Säurekick merkbar, guter Sortenvertreter mit gewisser Länge.

★★★ **S €€ SB** PLV
2019 Sauvignon Blanc Tieschen + Viel Paprikawürze, Schoten, etwas Holunder, gewürzig, viel Sorte; straffe Säure, auch Mineralität, Grapefruit- und Orangenzesten, lebhaft, schon druckvoller Wein.

★★★★ **K €€€€ SB**
2018 Sauvignon Blanc Ried Preguckenberg + Gewürzig, Brennnessel, Melisse, Malven, sehr röstig, wirkt juvenil; holzbetont, mit Belüftung zunehmend fruchtiger, exotische Frucht, etwas Johannisbeere, hat Potenzial, gute Länge.

★★★★ **S €€€€ CH** TIPP
2018 Chardonnay Ried Königsberg + Robustes Toasting, Pilze, Waldboden, mit Luft cremig, Vanille, Frucht nur dezent; relativ gut eingebundenes Holz, dunkle Schokolade, cremig und weich, Bitterorange, fordernd, unbedingt belüften, super Potenzial.

★★★★ **K €€€€ PG** TIPP
2018 Grauburgunder Ried Klöchberg + Dezent röstig, weiche Frucht, eingelegte Marillen, Bratapfel; Honigmelone, Schwarze Oliven, rauchiges Tannin, dunkle Schokolade, straffe Konturen, aber auch super Volumen, Zeit geben, Potenzial, feine Länge.

★★★ **H S €€€€ TR**
2018 Traminer Ried Klöchberg + Sehr klassisch und lebhaft, rosenduftig, Quitte, dezentes Toasting; Mandarine und Blutorange, Rosenblüten, relativ saftig, wirkt dabei sehr trocken, Säurebiss, mittellang.

★★★ **S €€€ TR**
2018 Traminer Beerenauslese Klöch + Intensiver Rosenduft, auch sehr sortentypisch, reifer Bratapfel, eingelegte Früchte, leicht rauchig; geschmeidige Frucht, mineralisch unterlegt, rund und elegant, mittellang.

Weingut
Krispel

Stefan Krispel
8345 Straden, Neusetz 29
Tel. +43 3473 7862, Fax -4
office@krispel.at, www.krispel.at
34 Hektar, W/R 98/2

„Durch die lange Vegetationsperiode haben wir eine durchschnittliche Menge bei optimaler physiologischer Reife lesen können“, fasst Stefan Krispel das Jahr zusammen. Die Burgunder haben sich ein bisschen leichter getan, aber auch die Aromasorten können sich jetzt schon kosten lassen. Bei den 19er-Ortsweinen hat der Sauvignon eindeutig die Nase vorn, die Burgunder geben sich eher noch etwas zugeknöpft. 2020 haben Stefan und Julia geheiratet, als Hochzeitswein haben sie aus ihren Lieblingssorten „Soil & Soul“ kreiert, beneidenswert, wenn man sich selbst solche Geschenke machen kann. Gegen den Neusetzberg tut sich der 19er-Sauvignon noch ein bisschen schwer, beim ein Jahr älteren Hochstrandl hat sich schon sehr guter Trinkfluss eingestellt. Der Grauburgunder Hochstrandl ist ein vielschichtiges, massives Erlebnis für Liebhaber individueller Weine. Fast schlank wirkt der Weißburgunder Neusetzberg dagegen, nicht zuletzt auch wegen des hohen Kalkgehalts unter der Rotlehmschicht. Der Chardonnay vom Kaargebirge zeigt starken Ansatz, mindestens ebenso groß ist seine derzeitige Unnahbarkeit. *db*

VULKANLAND DAC

★★★ **S €€ GM** TIPP
2020 Gelber Muskateller + Feingliedrige Muskateller-Aromatik, erfrischend und freundlich; setzt sich auf dem Gaumen stimmig mit knackiger Säure fort, mineralischer Schleier bringt Spannung, ein Genuss.

★★★ **S €€ PG**
2020 Grauburgunder + Blütenduftig mit feinen Honignoten, reife rote Äpfel, frische Einsprengsel von Pfirsich und Zitrusfrucht; Holz lässt dem bunten Fruchtmix den Vortritt, gute Substanz.

★★★ **S €€ SB** FUN
2020 Sauvignon Blanc + Brennnessel, frischer Grasschnitt, grüne Kräuter, zitrusfrisch; rauscht mit frecher Säure voller Lust über den Gaumen, unbeschwerter steirischer Sauvignon mit Anspruch.

★★★ **S €€€ PG**
2019 Grauburgunder Straden + Stahlig, Ananas, etwas würzig, aromatische Schärfe, süßer Fruchtsalat, ein paar Himbeeren; frucht- und holzsüß, Frucht im Hintergrund, mächtiger Wein.

★★★ **S €€€ CH**
2019 Chardonnay Straden + Engmaschiges Holz, straffe Mineralik, schwarzer Pfeffer, intensiv würzig, Gewürzanklänge, Sternanis, Nelke; druckvoll, kandiertes Obst, Marillen, Ananas, Äpfel.

★★★★ **S €€€ SB** TIPP
2019 Sauvignon Blanc Straden + Prächtiger Sortenauftritt, sehr würzig, geht schnell in die Tiefe, gegrillte Paprika, Cassis, Senfsaat; bringt die Fruchtmenge lässig auf den Gaumen, kraftvolle Eleganz, süffig.

★★★ **S €€€ GM**
2019 Gelber Muskateller Ried Stradener Rosenberg + Hochelegant, Zesten von Bitterorangen, Bergamotte und Kumquats, eine Prise Pfeffer, bisschen rauchig; weich, warm, Weihrauch, Säure wird von Mineralik und etwas Gerbstoff unterstützt, kleiner Zuckerrest.

★★★ **S €€€ CW** FUN
2019 The Krispels Soil & Soul + (PB/SB/PG) Ansprechender Fruchtmix mit aromatischen Verzierungen; Holz und Burgunder, dann rote und schwarze Johannisbeeren, kleiner Zuckerrest (5) puffert den strengen Auftritt des Bodens.

★★★★ **D €€€€ SB**
2019 Sauvignon Blanc Ried Neusetzberg 1. Eruption + Dunkle Fruchtnoten, frische Brennnessel, Stachelbeere, etwas Mango; fein dosiertes Holz, straff geführt, salzig mit exotischer Frucht im Finish.

★★★★ **D €€€€ PG** TIPP
2018 Grauburgunder Ried Hochstrandl G. Eruption + Butterscotch, dunkle Beeren, Zesten von Bitterorange; frucht- und holzsüßer, vollmundiger Auftritt, Gerbstoff, salziger Bodenton und lebhafte Säure bilden ein nur schwer erschütterbares Gegengewicht, spannend.

★★★★ **D €€€€ SB**
2018 Sauvignon Blanc Ried Hochstrandl G. Eruption + Konzentrierter Sortenausdruck, dunkle Frucht, kalkig-kreidig-trocken, Cassis-Zuckerl, schwarzer Pfeffer; kraftvoll und doch erfrischend lebendig, mineralische Unterstützung verfeinert den Fruchtausdruck.

★★★★ **D €€€€ PB** TIPP
2018 Weißburgunder Ried Neusetzberg 1. Eruption + Kalkig-rau mit hellen Fruchtanklängen, Steinmehl, pfeffrig, getrocknete Pilze; getrocknete Früchte wie Ananas, Marillen, auch ein paar Beeren, gut entwickelt, Muschelkalk hat den Wein im Griff, im Abgang wieder Ananas, zarte Süße, beweglich und facettenreich.

★★★★ **D €€€€ CH**
2018 Chardonnay Ried Kaargebirge 1. Eruption + Straff mit einer Andeutung von Süße, getrocknetes Obst, Strohblumen, zart röstig, leicht harzig, verlockend im Duft; auf dem Gaumen noch fordernd, durch Herkunft und Holzgerbstoff unnahbar.

Weingut
Müller Klöch

Stefan Müller
8493 Klöch 51
Tel. & Fax +43 3475 7160
mail@weingut-mueller.at, www.weingut-mueller.at
14 Hektar, W/R 90/10, 70.000 Flaschen/Jahr

Natürlich kommt man der Traminer wegen zum Müller nach Klöch, aber schon nach den ersten Kostproben merkt man, dass hier vielerlei Sorten von den richtigen Lagen in den richtigen Händen sind. Wenn nicht Hochwarth draufsteht, dann schwingt fast immer mehr oder weniger Seindl mit, so auch bei den Alten Reben, die spontan im Stahl vergoren wurden. Selten war der Unterschied zwischen Hochwarth und Seindl so deutlich zu erschmecken wie beim Sauvignon 1.Eruption und dem Gewürztraminer G.Eruption. Der Seindl lässt den Sorten kaum Raum zur Entwicklung, das Salzige des Vulkans steht wehrhaft der Sortendarstellung entgegen, der Seindl braucht Zeit. Der Basalt vom Hochwarth lässt die Traminer-Frucht sehr schön in die Breite wachsen, gibt den Weinen Halt und Ausdruck, sie brauchen nicht ganz so lange. Immer eine Überraschung ist der wunderbar leichte Riesling, der Seindl gehört noch in den Keller. Die höheren Chargen der Burgunder zeigen moderaten Holzeinsatz, sie wissen Luft und ein großes Glas zu schätzen. Muskateller und Sauvignon leiten gut gelaunt ins aromatische Reich der Sinne. Hier sollte zwischen lässigem Gelbem Trinktraminer, staubtrockenem Seindl und holzgeschultem Hochwarth für jeden Gaumen etwas dabei sein. *db*

VULKANLAND DAC

★★★ S €€ RI **FUN**
2020 Riesling + Grazile Fruchtentwicklung, kühles Steinobst, weiße und rote Ribisel, ätherische Kräuternoten; Säure, kleiner Zuckerrest (8) und Frucht rangeln um die besten Plätze.

★★★★ S €€€ RI **TIPP**
2019 Riesling Ried Seindl + Weitgefasste Aromatik, knackig, dezent rauchig, etwas rosenduftig, Kamille; reife Säure trägt die Frucht weiter, salzige Schärfe, starke Sache mit verspielter Eleganz.

★★★ S €€€ PB
2019 Weißburgunder Ried Seindl + Eine Spur Holz, etwas Frucht dahinter, attraktive Würze; Holzsüße wird von Seindls Salzigkeit und etwas Gerbstoff fast neutralisiert, noch recht fordernd.

★★★ S €€€ CH
2020 Chardonnay Alte Reben Klöch + Reifer Pfirsich, getrocknete Marillen, darüber viel Zitrusfrische; knackige Säure, gute Substanz, etwas karamellig, guter Fluss.

★★★★ S €€€ CH **TIPP**
2019 Chardonnay Ried Seindl 1. Eruption + Dunkle Trockenfrucht-Aromatik, frisches Steinobst; salzig, extraktsüß, Frucht hinter Herkunft, reifes Steinobst, gewisse Schärfe, etwas Gerbstoff.

★★★ S €€ SB **FUN**
2020 Sauvignon Blanc + Hellfruchtig, vegetabil-würzig; Sorte setzt sich in Szene, legt mit Luft zu, ein pfiffiger, durchaus anspruchsvoller Genuss.

★★★ S €€€ SB
2020 Sauvignon Blanc Alte Reben Klöch + Ruhig, sehr würzig, Ölpfefferoni, Grasschnitt, Cassis, helle Blüten; gute Substanz, delikate Schärfe, auch salzig, Frucht noch im Hintergrund.

★★★★ S €€€ SB **TIPP**
2019 Sauvignon Blanc Ried Seindl 1.Eruption + Holunderblätter, Cassis, Frucht und Laub; kandierte Schale von Bitterorangen, gewisse Schärfe und Salzigkeit, dunkle Aromatik gräbt sich in die Papillen.

★★★ S €€ TR **FUN**
2020 Gelber Traminer Klöch + Gelbfruchtig, zitrusfrisch, Rosenduft, etwas vegetabile Würze; erfreuliche Säure und Herkunft sorgen für Spannung, kleiner RZ (4) ist gut verpackt.

★★★ S €€€ TR
2020 Traminer Ried Seindl + Feingliedrig, ein bisschen rauchig, straff; lebhafte Mischung von Sorte, Säure und Herkunft, muss sich noch entwirren, salzig.

★★★ S €€ GT
2020 Gewürztraminer Klöch halbtrocken + Feine Sortenaromatik mit Blutorangen und Zesten vermengt; Zuckerrest von ausreichend Säure umhüllt, verspielt bei delikatem Fruchtausdruck.

★★★★ S €€€€ GT **TIPP**
2019 Gewürztraminer Ried Hochwarth G.Eruption + Kraftvoll und doch elegant, Bergamotte, Rosenduft, Ananas, vielschichtige Zitrusaromatik; braucht sehr viel Luft, etwas Holz spürbar, wird immer eleganter, spannender Genuss.

STEIERMARK

★★★ S € BW **FUN**
2020 Schilcher + Viel Frucht von rot- bis dunkelbeerig, frischer Grasschnitt, Brennnessel, etwas Cassis; gnädige Säure, ausreichend Frucht und Substanz sorgen für ein erfreuliches Ergebnis.

★★★ S €€€ ZW
2018 Eruption Rot Zweigelt Alte Reben + Salbeiblätter, rotbeerige Frucht, eine Ahnung von Holz unterstützt die süße Kirschfrucht; etwas Gerbstoff und viel Mineralik bilden tragendes Gerüst, unbeschwerter Fruchtgenuss mit Anspruch.

Weingut
Pfeifer

Daniel Pfeifer
8354 St. Anna am Aigen, Plesch 43a
Tel. +43 3158 29018
office@pfeifer-weingut.at, www.weingut-pfeifer.at
10 Hektar, W/R 85/15, 40.000 Flaschen/Jahr

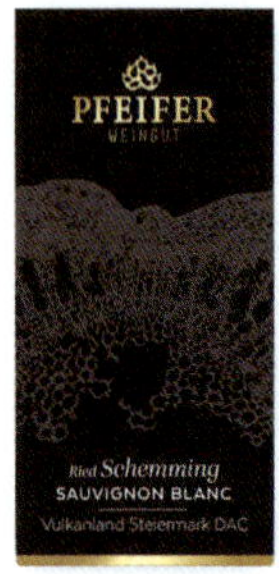

Seit 2010 ist Daniel Pfeifer im Betrieb als Kellermeister verantwortlich, und seither hat er kein so spätes Jahr erlebt. Für ihn war es „ein cooler Jahrgang“, er ist begeistert von „super Säurewerten und der guten physiologischen Reife“. Wie spät das Jahr war, zeigt der Welschriesling, da war erst Mitte Oktober Schluss mit der Lese. Der Weißburgunder hat im Keller am längsten gebraucht und konnte zum Grauburgunder noch nicht aufschließen, er kommt aus dem großen Holz und vom Basalt. Der Chardonnay Ried Schemming hat von seiner kalkigen Herkunft eine pikante Finesse mitbekommen, für den Eruptionswein wurden zwei Parzellen extra ausgelesen. Die Muskateller sind mustergültig vom Sortenausdruck, der Lagenwein braucht viel Luft zur Entfaltung. Breit aufgestellt ist der Betrieb in Sachen Sauvignon. Intensiv grünwürzig springt der Gebietswein fast ein wenig vorwitzig aus dem Glas, für den Ortswein wurde ein kleiner Teil im Holz ausgebaut, die Frucht wirkt ruhiger und tiefer. Das dezent gesetzte 500-Liter-Fass erlaubt dem Schemming schon gute Fruchtentfaltung, und für die Reserve wurden die reifsten Trauben aus den oberen Stöcken im Barrique vergoren und gelagert. Ein fruchtvoller Cool-Climate-Wein ist die rote „Eruption“, die sich auf dem Gaumen noch zurechtschleifen muss. *db*

VULKANLAND STEIERMARK

★★★ S € WR
2020 Welschriesling + Herrliche Vielfalt von knackigem Kernobst, auch ein bisschen Birne, reife Zitrusfrucht; resch mit fruchtsüßer Substanz, mit viel Fruchtausdruck erfreulich lange anhaltend.

★★★ S €€ PB
2020 Weißburgunder + Etwas kalkig kreidig belegt, gelbfruchtig, klassisches Nusserl; gute Statur, Kalk hält den Fruchtausdruck in Zaum, gute, spannende Länge.

★★★★ D €€€ CH FUN
2019 Chardonnay Ried Schemming + Reife, gelbe Frucht, angenehmes Holz, Kokosflocken, Nougat, „Raffaello“; anspruchsvolles Süße-Säure-Spiel, feiner Schliff, Frucht hat Raum, herzhafter Zugriff von Säure und Boden, salzig, fordernd.

★★★★ D €€€ CH
2018 Chardonnay Reserve Ried Schemming G. Eruption + Rauchig, Frucht, Holz und Boden ringen um den besten Platz; festfleischige, gelbe Frucht, schon recht kompakte Erscheinung, im Abgang ein wenig adstringierend.

★★★ S €€ PG TIPP
2020 Grauburgunder + Blütenduftig, erfrischende Mischung aus reifem Kernobst und knackigem Pfirsich; sehr gute Substanz, reife Zitrusfrucht, fest zupackende Herkunft, vibrierendes Finish, Zitronencreme im Nachhall.

★★★ S €€ GM
2020 Gelber Muskateller + Ruhig, zeigt einigen Tiefgang, Holunderaromatik, Südfrüchte, Litschis; geht ruhig weiter, saftig, Bergamotte, hübscher Schmelz, knackiges Finish.

★★★ S €€€ GM TIPP
2020 Gelber Muskateller Ried Schemming + Neben heller, knuspriger Frucht auch dunkle Noten, Rosenduft, aromatische Birne, ein paar Almkräuter; anschmiegsam mit kleinem Zuckerrest (3), pfiffige Säure und viel Kalk vom Schemming, Potenzial.

★★ S €€ SB
2020 Sauvignon Blanc + Vegetabil-würzig, Stachelbeere, grüne Paprika; guter Stoff, Boden und Aromatik graben sich tief in die Papillen, neben den klassischen Attributen bringt er auch noch Pfirsich und Mango ins Finale, vielschichtig.

★★★ S €€€ SB TIPP
2020 Sauvignon Blanc St. Anna + Straff mit hübscher Exotik; anspruchsvolles Spiel aus Sorte, Säure und Herkunft, dann viel Cassis, ebenso Pfirsich, Maracuja im Finish, kompakt und sehr pikant.

★★★ D €€€ SB
2019 Sauvignon Blanc Ried Schemming + Klassische vielgestalte Sauvignon-Frucht; bröseltrocken bei gutem Extrakt und rassiger Säure, sehr straff, fast streng durch Gerbstoff und viel Kalk, dunkle Frucht kommt mit viel Luft, warten.

★★★★ D €€€€ SB
2019 Sauvignon Blanc Reserve Ried Schemming + Tiefdunkle Aromatik, etwas röstig, viel Cassis, reife Zitrusfrucht; Holz ist von viel Frucht umfangen, extraktsüß, salzig, fest zupackende Mineralik, wirkt schlank auslaufend, sehr guter Ansatz.

STEIERMARK

★★★ D €€€ CR FUN
2018 Eruption Rot + (ZW/ME/CS) Moderater Holzeindruck, zart röstig, Weichselfrucht dominiert anfangs die Nase, dann hübsche Mischung aus Nougat und dunkler Schokolade, Kaffeenoten, dunkle Beeren; helle, freundliche Frucht, knackige Säure, Sauerkirsche, spröde vom Kalk, Fruchtsüße dahinter, packende Gerbstoffe, durch Fruchtfülle schon zugänglich.

Weinhof
Platzer

Robert Platzer
8355 Tieschen, Pichla 25
Tel. +43 3475 2331, Fax -4
platzer@weinhof-platzer.at, www.weinhof-platzer.at
34 Hektar, W/R 870/30

Der September entpuppte sich als schönster Monat des Jahres, gelesen wurde bei kühleren Temperaturen „eher oktoberlastig“. Schäden gab es keine, Mehltau hatte man im Griff, die Menge passt, die Weine zeigen sich bei guter Reife mit viel Frucht und „alles im extratrockenen Bereich“. Sprich, man kann bei Platzers Weinen wieder aus dem Vollen schöpfen. Die Klassik-Linie ist fruchtprall mit klassischem Sortenausdruck, der Aunberg sorgt für kantige Spannung, neu ist nur, dass es keine Reserven mehr gibt, die heißen jetzt Privat. Der Taste of Styria hat sich seit der Sommerweinkost sehr gut entwickelt, der Welschriesling Aunberg gefällt in seiner anspruchsvollen Unbeschwertheit. Beim Grauburgunder hat man die Wahl zwischen ein bisschen Holz und sehr viel Frucht und von allem noch viel mehr im Privat, ein herrlich barocker Wein. TAU stammt auch zum Teil aus kleinem Holz, der mächtige Privat braucht noch viel Luft. Leicht fällt die Wahl heuer bei den Sauvignons, man nimmt am besten alle drei, für jede Stimmung und jede Gelegenheit. Die beiden 19er Roten brillieren mit fast ausufernder Fruchtfülle. *db*

VULKANLAND DAC

★★★ S €€ WR
2020 Welschriesling Ried Aunberg + Kräuter, Steinobst, Agrumen-Vielfalt, weißer Pfeffer; weitgefasster Fruchtbogen, Frucht bleibt lange haften, gute Spannung.

★★★ S €€ RI
2020 Riesling + Pfiffig, viel Steinobst, knackige gelbe und grüne Äpfel spielen mit, zarte Aromatik; etwas rosenduftig, kleiner Zuckerrest in peppige Säure gepackt.

★★★ S €€ PG
2020 Grauburgunder + Weites Fruchtspektrum, Kontrast aus stahligen und fast cremigen Komponenten, gebrannte Mandeln; feste Substanz, lebhafte Säure, mineralischer Grip, Potenzial.

★★★★ S €€€ PG TIPP
2019 Grauburgunder Ried Aunberg Privat + Süßes, vanilliges Holz, feine Zitronencreme, mit Luft sehr animierend; viel Holz, viel Wein, etwas Gerbstoff, fester kalkiger Grip, erfrischend, jugendlich ungestüm, braucht noch etwas Schliff, großartige Länge.

★★★ S €€ CH TIPP
2020 TAU + Zart nussig, reifes weiches Fruchtfleisch von Pfirsich und roten Äpfeln, Kräuter; viel Frucht und moderates Holz, zart süß, etwas cremig, typische Säure, klingt trocken mit einiger Spannung aus.

★★★★ S €€€ CH FUN
2019 Chardonnay Ried Aunberg Privat + Straff, fast stahlig, etwas röstig, viel Zitrus, geeister Pfirsich, Tabak, bisschen Bergamotte; frucht- und holzsüß, druckvoll, markante Säure als passendes Gegenstück, zarte Petrolnote, verspielt mit Potenzial.

★★★★ S €€ SB PLV
2020 Sauvignon Blanc Ried Aunberg + Kalkig rau, fordernd, weißer Pfeffer, Zesten von Blutorange und Pink Grapefruit; fordernder Kontrast zwischen wunderschöner Frucht- und Extraktsüße und fast sehniger, noch etwas spröder Gesamterscheinung.

★★★★ S €€€ SB TIPP
2019 Sauvignon Blanc Ried Aunberg Privat + Gelungene Kombination aus Sortendarstellung und weichem, süßem Holz, gegrillte grüne Paprika, Senfsaat, viel Cassis, noch recht jugendlich; extrakt- und fruchtsüße Erscheinung, dunkle Aromatik, griffiger Gerbstoff, Zitronen-Vanille-Creme.

STEIERMARK

★★ S € CW
2020 Taste of Styria + (WR/SB) Holunderblüten, reife Zitrusnoten, auch Zesten; ruhiger Auftritt, dann lebendige Säure, steiniger Grip, viel Wein.

★★★ S €€ GM
2020 Gelber Muskateller Klassik + Lychees, Mandarine, Blutorange, leicht süße Gewürzmischung, einschmeichelnd; kandierte Früchte, herzhaft zupackende Säure, angenehme, extraktsüße Länge.

★★★ S €€ SB
2020 Sauvignon Blanc Klassik + Gelbe und grüne Paprika, Holunderblüten, Senfsaat, Dill, wird mit Luft dunkler, Cassis; bittersüß nach Holunderbeeren und Cassis-Zuckerl, extraktdicht, frische Säure, viel Sortencharme.

★★★ S €€ PB
2020 Weissburgunder Klassik + Aromatische Apfelblüten, Mandarine, Pink Grapefruit; wirkt anfangs weich, auch fruchtsüß, dann Säure und kantige Mineralik, viel Wein.

★★ S €€ CR
2019 Cuvée Königsrot + (ZW/SL) Zarter Holzeindruck, Tabak, Tinte, kräuterduftig; holzsüß, vanillig, sanfte Gerbstoffe bieten Rückhalt, trinkanimierende Länge.

★★★ S €€€ SY TIPP
2019 Laudatio® + Leder, Tinte, viel Holz, süße, dunkelbeerige Frucht, Brombeer-Confit; einladend, Säure, Gerbstoff und jede Menge Kalk bremsen noch, feinziseliertes Finale, erfrischende Länge, starkes Stück.

VINOTHEKEN

PREDING

Weinkultur Ernst
8160 Preding , Moarweg 23
T. +43 3172 38272
www.weinkulturernst.at

KLÖCH

Vinothek im Weinbaumuseum Klöch
8493 Klöch 191
Tel. +43 3475 2097
www.kloecherweine.at

ST. ANNA AM AIGEN

Gesamtsteirische Vinothek
8354 St. Anna am Aigen, Marktstraße 6
Tel. +43 3158 2801
www.gesamtsteirische-vinothek.at

GASTRONOMIE/NÄCHTIGUNG

BAD GLEICHENBERG

Delikaterie
8344 Bad Gleichenberg,
Kaiser-Franz-Josef-Straße 5/2
Tel. +43 03159 44606
www.delikaterie.at

Modernes Interieur mit schönem Holzboden und Wänden in Latte-Macchiato-Braun. Die Küche versteht sich auf Fisch, Gemüsegerichte und Risotto sowie kräftig gebratenes Fleisch mit Naturjus, aber auch selten servierte Klassiker wie Rindsroulade mit Kartoffelpüree. Zum Dessert gibt's Tonkabohnen-Vanille-Panna-cotta.

BAD RADKERSBURG

Das Altstadthaus
8993 Bad Radkersburg, Hauptplatz 19
Tel. +43 03476 20271
www.das-altstadthaus.at

Mediterranes Ambiente in ansprechenden Türkistönen, der Schwerpunkt liegt auf der Gradeser Fischküche. Meeresgetier von der Adria wird zweimal pro Woche geliefert, das Gemüse großteils von heimischen Produzenten bezogen. Im dazugehörigen Genussladen kann man sich mit italienischen und istrischen Schmankerln eindecken.

BAD WALTERSDORF

Erhardt
8271 Bad Waltersdorf, Waltersdorfberg 99
Tel. +43 3333 2275
www.gasthof-erhardt.at

Ein Klassiker. Andrea Rath führt die Küche ganz im Sinn von Reinhold Erhardt weiter. Im Garten blüht eine bunte Blumenoase, bodenständige Küche mit viel Herz ist das Markenzeichen. Fans schwören auf den Zwiebelrostbraten vom eigenen Angus-Rind mit Petersilienerdäpfeln oder auf Rinderfiletspitzen Stroganoff mit Kroketten und Speckfisolen.

FEHRING

Lilli
8350 Fehring, Hauptplatz 9
Tel. +43 0677 642 496 33
lilli-fehring.at

In der Saziani Stub'n in Straden kochte Walter Triebl zuletzt auf Dreihaubenniveau, jetzt siedelte er um. Mit seiner Partnerin Verena Leitner sperrt er das Lilli auf. In der Wirthauskarte zeigt er, wie gut klassische Küche schmecken kann, wenn sie von einem Könner liebevoll behandelt wird. Wer Lust auf mehr hat, bestellt ein Fine-Dining-Menü mit fünf oder sieben Gängen.

FELDBACH

Pfeilers
Bürger-Stüberl Hotel
8330 Feldbach, Bürgergasse 26
Tel. +43 3152 2403
www.hotel-seminar-restaurant.at

Gelungene Mischung aus Tradition und Design in den Zimmern, im Restaurant schmeckt man die Kochleidenschaft. Auf der Karte: klassisch Steirisches, Saisonales, gesunde Vollwertküche, gluten- und laktosefreie Gerichte. Säfte und Weine aus der Region.

HARTBERG

Pusswald
8230 Hartberg, Grazer Straße 18
Tel. +43 3332 62584
www.restaurant-pusswald.at

Die vielseitige Küche ist auf drei Säulen aufgebaut: steirisch, mediterran und asiatisch, auch Steaks sind zu haben. Kochtricks verrät Küchenchef Hannes Pusswald in seinen Kursen. Große Weinkarte, neue moderne Zimmer.

Alter Gerichtshof
8230 Hartberg, Herrengasse 4
Tel. +43 3332 63356
www.hotel-altergerichtshof.at

Früher ein Meierhof des Hartberger Schlosses, im heutigen Hotel verbinden sich zeitgemäßer Komfort und der Charme eines historischen, denkmalgeschützten Gebäudes. Sehr persönlich, sehr charmant und individuell im Landhausstil mit warmen Farben und geschmackvollen Möbeln eingerichtet, dazu ein großer Hofgarten mitten in der Altstadt.

Retter-Kneissl
8230 Hartberg, Löffelbach 7
Tel. +43 3332 63186
www.retter-kneissl.at

Moderner Buschenschank, der nach der Slow-Food-Philosophie lebt. „Da rockt das Wollschwein", wie es der Chef formuliert, aus den hauseigenen „Wollis" werden Speck und verschiedene Schinkenvarianten hergestellt, Wachteleier aus eigener Haltung. Die Weine steuert der aufstrebende Junior bei.

HATZENDORF

Malerwinkl
8361 Hatzendorf 152
Tel. +43 3155 2253
www.malerwinkl.com

Vinothek, Wirtshaus und Galerie für die Bilder von Peter Troißinger sen. In der Küche werken zwei Generationen, zwei Meister, zwei Kreativköpfe: Peter sen. und Peter jun., die sich gegenseitig beflügeln. Das Ergebnis: regionales Soulfood mit feinem Handwerk und guten Ideen. Tochter Anna kennt sich beim Wein aus und versprüht viel Lebensfreude.

ILZ

Gasthaus Haberl
8262 Ilz, Walkersdorf 23
Tel. +43 3385 260
www.finks-haberl.at

Das passt zusammen: Hans Peter Finks Wirtshausküche mit Esprit und die eingelegten Spezialitäten seiner Frau Bettina. Zu Mittag serviert er gerne Klassiker wie Klachelsuppe mit wunderbarem Säurespiel, Grammeln und Sterz. Am Abend darf es auch ein raffiniertes mehrgängiges Menü sein. Bei den Gästen beliebt sind Kalbsrahmbeuschel und knuspriges Surbrüstl, im Frühling begeistern Wiesenkräuterschaumsuppe oder Frühlingsrollen mit Asia-Salat, im Herbst das Eierschwammerlgulasch. Kompetenter Weinservice mit einer Karte, die fast schon ein Buch ist.

KAPFENSTEIN

Schloss Kapfenstein – Hotel und Restaurant
8353 Kapfenstein 1
Tel. +43 3157 30030-0
www.schloss-kapfenstein.at

Ein Schloss wie aus dem Bilderbuch. Familie Winkler-Hermaden wandelte das Gut in ein romantisches Burghotel mit Bioweingut und Restaurant um. Martin Winkler-Hermaden setzt auf eine leicht kreative, steirische Linie. Lamm spielt eine der Hauptrollen, schließlich kann der Küchenchef auf das Fleisch der eigenen Krainer Steinschafe zurückgreifen. Als Menübegleitung sucht man aus: die hauseigenen Weine oder die hausgemachten Säfte. Wer Lust hat, bestellt einen Picknickkorb: das „Backhendl-Picknick" oder das „Vegetarische Picknick".

KLÖCH

Hotel und Restaurant Klöcherhof
8493 Klöch 4
Tel. 03475 2206-0
www.kloecherhof.at

Heimeliges Restaurant mit gepflegter, bodenständiger Küche. Die Stärken sind die einfachen Genüsse, das fängt beim Biokartoffelsalat oder bei den Käferbohnen an. Beliebt sind das Hendlbuffet und Martini Ganserl & Wildspezialitäten. Im modernen Hotel mit kleinem Wellnessbereich wohnt es sich im Herzen des Traminerdorfes besonders nett.

Schöne Aussichten
8493 Klöch, Gruisla 10
Tel. 03475 7545
www.schoeneaussichten.at

Maria, die Schwester von Traminerwinzer Stefan Müller, führt den stimmungsvollen Hof als Frühstückspension. Der Arkadengang ist prächtig, im Garten blühen Rosen und andere bunte Blumen, vom Swimmingpool aus sieht man weit über die sanften Wellen des Vulkanlands. Das Café lockt mit köstlichen Mehlspeisen und Torten.

Weingut & Buschenschank Frühwirth
8493 Klöch, Deutsch-Haseldorf 46
Tel. 03475 2338
www.fruehwirth.at

Buschenschankpionier in der Traminerregion. Auf der Weinbergterrasse ist man den Weinreben ganz nahe. Spezialitäten wie geräucherte Forelle, Klöcher Vulkanjause und verschiende Käsesorten auch Rohmilchkäse stehen zur Auswahl. Sehr gute hauseigene Weine, darunter komplexe Traminer.

PIRCHING AM TRAUBENBERG

Berggasthof Fink
8081 Pirching am Traubenberg, Edelstauden 19
Tel. 03134 2314
www.berggasthof-fink.at

Gutbürgerliches Haus in wärmendem Gelb, drinnen ist das Ambiente fast schon italienisch. Klassiker wie Cordon bleu oder Backhendl sind knusprig, kräftig die Rindsuppe mit Lungenstrudel. Highlights sind das Fischbüffet und die Wildbretwochen. Auch die mediterranen Gerichte gelingen: schwarze Tortelloni mit Räucherlachs und Frischkäse oder Vitello tonnato sous vide gegart. Recht ausführliche Weinkarte.

PÖLLAUBERG BEI HARTBERG

Berggasthof König
8225 Pöllauberg 5
Tel. 03335 2311
www.berggasthof-koenig.at

Küchenchef Manfred Geier hat Spaß an regionalen Produkten, und das schmeckt man. Die Pöllauer Hirschbirne ist schon lange ein Begriff, in der Mostsuppe mit Hirschbirnknöderln oder beim Hirschbirnenbrand läuft sie zu ihrer vollen Form auf. Fein schmecken auf den Punkt gebratener Bachsaibling mit Balsamico-Linsen oder gebackenes Kitz. Kalbsbeuschel mit gebratener Erdäpfelwurst ist genauso ein Klassiker auf der Karte. Juniorchef Matthias König pflegt einen spannenden Weinkeller, auch mit französischen Weinen.

Retter
8225 Pöllauberg, Oberneuberg 88
Tel. 03335 2690
www.retter.at

Bio-Natur-Resort in einer Bilderbuchlandschaft. Mitten in der Genussregion Hirschbirne im Naturpark Pöllauer Tal blickt man vom prachtvollen Vorzeigebetrieb aus in viel Grün, Naturgärten und Obstanlagen. 18 verschiedene Bio-Brotsorten werden selbst gebacken, außerdem Pasta, Marmeladen, Säfte und Edelbrände hergestellt. Was der Küche wichtig ist? Mit heimischen Bio-Lebensmitteln steierische Schmankerln zu zaubern. Das Fleisch stammt ausschließlich von Freilandtieren – Lamm, Rind oder Schwein werden zur Gänze verarbeitet. Fein sind Polentaschnitte mit Spinat, Lammsuppe mit Lammfleischknödel oder Rindsrouladen mit Speckbohnen.

RIEGERSBURG

Genusshotel Riegersburg
8333 Riegersburg, Starzenberg 144
Tel. 03153 20020
www.hotel-riegersburg.at

Als Hersteller von feinen Bränden und Essigen hat Alois Gölles eine Marke geschaffen. Dass sein Genusshotel denselben Anspruch hat wie die Produkte, ist selbstverständlich. Eingebettet in die Weingärten ist das elegant-moderne Genusshotel. Einer der Anziehungspunkte ist der ganzjährig benützbare Infinity-Pool. Taucht man in das Wasser ein, hat man das Gefühl, auf die Riegersburg zuzuschwimmen. Ein Hauptaugenmerk liegt auf der Kulinarik. Küchenchef Rainer Kaufmann – früher Souschef bei Hans Peter Fink im Sacher Wien – serviert abends 5-Gang-Menüs: kreativ-klassisch mit den Produkten aus der Region. Das Starzenberger Dry-aged-Steak wird im Haus mindestens 30 Tage gereift, der Starzenberger Käse wird sogar 18 Monate lang mit altem Apfelbrand und Apfelessig verfeinert.

Wippl's Hofbergstubn
8333 Riegersburg, Hofberg 67
Tel. 03153 20060
www.hofbergstubn.at

Buschenschank, Weinhof und Heuriger zugleich. In der Küche steht Stefan Wippel fest verwurzelt im Vulkanland, das an tollen Produkten so reich ist. Ein Traum sind die gebackenen Eierschwammerlknödel in Kürbiskernpanier oder das Filet vom Jungstier mit Eierschwammerlrahmsauce. Ein Muss ist der gebratene Schafskäse im Vulkanospeckmantel. Flecksuppe, Tafelspitzsülzchen, gebratener Polenta auf Letscho – wir wollen am liebsten alles probieren.

Fromagerie zu Riegersburg
8333 Riegersburg, Bergl 2
Tel. 0660 2521811
www.thecheeseartist.at

Kreativität trifft Geschmack. Bernhard Grubers Spezialität sind Rohmilchkäse, die er zu extravaganten Eigenkreationen reifen lässt. Blauschimmelkäse aus Kuhrohmilch wird mit Uhudlergelee überzogen und mit entkeimtem Heu bedeckt. Natürlich verwendet Bernhard Gruber auch gerne regionale Zutaten, etwa Zotterkuvertüre und Gölles-Schokolikör für den Kuhmilch-Roquefort.

Das Meister
8333 Riegersburg, Hofberg 58
Tel. 03153 8613
www.das-meister.com

Neu erstrahlt das elegante Hotel Meister in Hofberg. Das Haus wurde mit nachhaltiger Architektur umgestaltet. Geheizt wird mit eigenen Hackschnitzeln, alles ist mit Steinwolle isoliert, in den 16 Zimmern wurde für Böden und Möbel nur Echtholz verwendet. Der weitläufige Wintergarten mit bodentiefen Fenstern holt die Weingärten herein. Zum Frühstück gibt es beste regionale Produkte. Oder man schenkt sich ein Glas vom hauseigenen Sekt ein, der nach der Champagner-Methode hergestellt wird.

ST. ANNA AM AIGEN

Weinhof Scharl
8354 St. Anna am Aigen, Plesch 1
Tel. 03158 2314
www.weinhof-scharl.at

Nette Menschen und gute Weine waren schon immer das Rezept eines erfolgreichen Buschenschanks, und so ist es auch beim Scharl. Gustoteller, Vulkanjause, hausgemachtes Bauerngeselchtes und Schafkäse bilden nur eine kleine Auswahl der Köstlichkeiten. Gemütliche Winzerzimmer. Die Winzerzimmer (Plesch 45, 0664 429 39 79) eine Autominute entfernt liegen an einem besonderen Platz. Die Aussicht auf die Weinberge und St. Anna sind konkurrenzlos, sehr große, praktisch neue Zimmer, ganz sympathische Hausleute.

STRADEN

Greißlerei De Merin
8345 Straden 5
Tel. 03473 75957
www.demerin.at

Rund vierzig bäuerliche Produzenten aus der Region Straden liefern Schinken, Speck, Säfte, Liköre, Brände, Aufstriche, Chutneys, Senf etc. Auch ausgewählte regionale Weine werden angeboten.

Saziani Stub'n
8345 Straden 42
Tel. 03473 8651
www.neumeister.cc

Nach dem Abgang von Vierhaubenkoch Harald Irka sorgte letztes Jahr Walter Triebl für gelungene Aromenkombinationen. Der ehemalige „Junge Wilde" eröffnet nun aber sein eigenes Gasthaus Lilli in Fehring. Die Betreiberfamilie Neumeister überrascht nun mit einer neuen Gestaltung des Küchenteams. Die üblichen Positionen mit Chef und Souschef gibt es nicht

mehr, jetzt ist jeder im Team gleichwertig – ohne großen Chef: Manuel Ulrich, Janos Babicz, Csaba Nagy und Thomas Hofmarcher. Neu ist auch der Saziani G'wölbGarten: Darin befindet sich der hauseigene kleine feine Bioladen.
Den Gästen werden dort kleine, feine, unkomplizierte Speisen aus dem Umland serviert: Di bis Fr 12 bis 15 Uhr.

Krispels Genusstheater
8345 Hof bei Straden, Neusetz 29
Tel. 03473 7862
www.krispel.at

Die Wollschweinspezialitäten stehen im Mittelpunkt, wirklich saumäßig gut. In der Kostbar kann man sie nach wie vor genießen. Neu ist heuer das Restaurant Genusstheater. Dort betört Küchenchef Daniel Weißer die Sinne der Gäste. Er zaubert am Block aus Basalt eine Küche mit regionalen Köstlichkeiten, lässt jedoch Geschmackskompositionen aus aller Welt zu. Dazu die hervorragenden Weine von Stefan Krispel. Schöne Zimmer.

Bulldog-Wirt
8345 Hof bei Straden, Hof 2,
Tel. +43 3473 8267
www.bulldogwirt.at

Schon schräg, diese Sammlung: Von alten landwirtschaftlichen Werkzeugen bis hin zum Traktoren ist hier alles dabei. Gute, herzhafte Küche mit Spezialitäten wie Klachelsuppe mit Sterznockerln, hausgemachte Breinwurst auf Grammel-Sauerkraut, Weinbeuschel mit Kräuterknödeln, Steaks oder Sterzpudding.

TRAUTMANNSDORF

Steira Wirt
8343 Trautmannsdorf 6
Tel. +43 3159 4106
www.steirawirt.at

Wer bei Richard Rauch zu Gast ist, hat Glückseligkeit auf seiner Seite. Rauch hat sich in den letzten Jahren so ziemlich alle Ehren verdient, die in so einem jungen Leben möglich sind. Der Kochkreative zieht alle Register, das beginnt schon mit den unzähligen kleinen Küchengrüßen. Zwei Linien werden geboten: gehobene Wirtshausküche mit neu interpretierten österreichischen Klassikern voller Geschmack. Und eine gehobene, die vor Kreativität und Mut zum Risiko nur so sprüht. Abgerundet wird das Paket durch die hübschen Zimmer, den Greißlerladen und die Kochkurse. Hervorragender Weinservice durch Richard Rauchs Schwester Sonja.

UNTERLAMM

Weingarten-Resort Unterlamm Loipersdorf
8352 Unterlamm 177
Tel. +43 6216 204 59
www.weinurlaub.at

Fesche 40-Quadratmeter-Häuser in moderner Holzoptik in den Weingärten. Große Glasfronten und Sonnenterrasse, Infrarotkabine und Klimaanlage.

SÜDSTEIERMARK

Das österreichische Weinwunder hat hier seinen Ursprung gehabt. Nach der Krise Mitte der 1980er-Jahre hat eine gut ausgebildete Generation ehrgeiziger junger Winzer in den führenden Betrieben das Ruder herumgerissen und mit trockenen, sehr fruchtbetonten Weinen die österreichischen Weinliebhaber überzeugt. Daneben wurde das Vorurteil der angeblich so kurzen Lagerfähigkeit der

2.563 Hektar Weinanbaufläche
Die wichtigsten Rebsorten:
Welschriesling, Sauvignon Blanc, Muskateller, Weißburgunder, Morillon

südsteirischen Weißweine durch spät gelesenen Sauvignon Blanc und Morillon, ausgebaut zum Teil in Barriques, zum Teil im großen Holzfass, widerlegt. Eine schwarz-weiß malende Differenzierung zwischen Weinen der Steirischen Klassik, die im Stahltank ausgebaut werden, und den in neuen oder gebrauchten Holzfässern ausgebauten Weinen ist nicht mehr angebracht, ist doch der schmeckbare Holzanteil in den jüngsten Jahren merklich zurückgegangen. Der Herkunftsgedanke setzt sich zusehends durch in Gestalt von Gebiets-, Orts- und Riedenweinen. Die wichtigsten Weinbauorte sind Gamlitz, Ratsch, Berghausen, Spielfeld und Leutschach sowie im Sausal Kitzeck und Sankt Nikolai.

Bei den Rebsorten dominieren Sauvignon Blanc, Muskateller, Welschriesling, Weißburgunder und Morillon, im Sausal fühlt sich auch der Riesling ausgesprochen wohl. Die Böden sind vielschichtig. Sie reichen von Sand und Schiefer über Schotter und Konglomerate bis zu Mergel und Kalkstein. Der Opok, ein verfestigtes, nicht sehr grobkörniges Sedimentgestein, ist typisch für die Gegend um Leutschach, Gamlitz und Spielfeld. Kristalline Untergründe findet man vor allem im Sausal. Feuchtwarmes, mediterranes Klima bestimmt den langen Vegetationsverlauf, kühle Nächte fördern die Entwicklung einer frischen und tiefen Aromatik.
Im Jahr 2018 wurden DAC-Regelungen eingeführt. Im Fokus steht die Herkunft, also eine Klassifizierung in Gebietswein, Ortswein und Riedenwein. Nur die folgenden Rebsorten sind zugelassen: Welschriesling, Weißburgunder, Morillon, Grauburgunder, Riesling, Gelber Muskateller, Sauvignon Blanc, Traminer sowie Verschnitte daraus. Die staatliche Prüfnummer darf nicht vor dem 15. Jänner des auf die Ernte folgenden Jahres beantragt werden, bei Welschriesling nicht vor dem 1. Dezember des Erntejahres. Der Wein darf nicht vor dem 1. März des auf die Ernte folgenden Jahres verkauft werden; ausgenommen davon sind Weine der Rebsorte Welschriesling. Der Gehalt an unvergorenem Zucker darf maximal 4 g/l betragen, Riesling und Traminer müssen trocken im Sinne des Weinrechts sein.

Wildon
Kainach
Laßnitz
Mur
St. Nikolai i. Sausal
Kaindorf
St. Andrä i. Sausal
SAUSAL
Höch
Kitzeck i. Sausal
LEIBNITZ
Seggau-berg
Heimschuh
Fresing
Gleinstätten
Sulm
Großklein
Saggau
Gamlitz
Ehrenhausen
Spielfeld
St. Johann i. Saggautal
Eichberg-Trautenburg
Ratsch a.d. Weinstraße
Graßnitz-berg
Sulztal a.d. Weinstraße
Glanz a.d. Weinstrasse
Arnfels
Leutschach
Schloßberg
Langegg
SÜDSTEIERMARK

Weingut
Dreisiebner Stammhaus

Hannes Dreisiebner
8461 Gamlitz, Sulztal 35
Tel. +43 3453 2590, Fax -22
stammhaus@dreisiebner.com, www.dreisiebner.com

17 Hektar, W/R 95/5, 100.000 Flaschen/Jahr

„Klare Ordnung, klare Weine" ist seit Jahren das Motto im Hause Dreisiebner. Die Classic-Linie ist der perfekte Einstieg in die steirische Weinwelt – aufmachen und genießen. Weißburgunder und Muskateller machen es besonders spannend, im Duft eher verhalten, zeigen beide auf dem Gaumen eindrucksvoll, wo's langgeht, beim Sauvignon weiß man von Anfang an, woran man ist. Für die Ortsweine steht stellvertretend ein anfangs schüchterner Roter Traminer, der sich mit ausreichend Luft als eleganter, eng geführter Wein mit klassischem Sortenausdruck entpuppt. Als Ausblick auf kommende Hochsulz-Weine wurde ein junger, sehr straffer, in dunkle Frucht gehüllter Sauvignon Blanc geschickt, man darf gespannt sein. Viel Freude bereitet der Muskateller, der mit nur 12,5% kraftvoll zupackt. Mit den Alten Reben wurde keine neue Kategorie eingeführt, so heißen ab sofort die Reserven, denn „Reserven trinkt keiner!". Ob Reserve oder Alte Reben, der 18er Sauvignon ist ein prachtvoller Wein mit sensiblem Holzeinsatz. 2017 wurde ein imposanter Traminer gelesen und für zwei Jahre im neuen Holz versteckt, „mit fünf Jahren soll er ideal sein", gibt Hannes Dreisiebner die Richtung vor, der Wein ist auf dem besten Weg dorthin. *db*

SÜDSTEIERMARK DAC

★★★ **S €€ WR**
2020 Welschriesling Classic + Zitrusfrisch, würzig, fruchtsüß nach reifen gelben Äpfeln, weiße Ribisel; knackige Säure, erfrischend und belebend, treibt viel Frucht über den Gaumen, gute Substanz und etwas steinig Griffiges im Finish.

★★★ **S €€ PB** FUN
2020 Weißburgunder Classic + Etwas schüchtern, gelber und grüner Apfel, gewisse Substanz andeutend; das Versprechen nach Substanz wird mehr als eingelöst, ein herrliches Maul voll Wein, viel Kernobstfrucht, anregende Säure, Herkunft hat den Wein fest im Griff.

★★★ **S €€ SB**
2020 Sauvignon Blanc Classic + Klassisch mit eindrucksvoller Sortendarstellung, präzise und verführerisch; lässt auf dem Gaumen nicht aus, knackig, auch ein bisschen kantig, Holunderblüten, Cassis, grüne Paprika, wunderschöne Vielfalt, trinkig, passt.

★★★ **S €€ GM** FUN
2020 Gelber Muskateller Classic + Zurückhaltend, aber alles da, was einen Muskateller ziert, wird mit Luft deutlicher; weitgefasstes Fruchtspektrum, fruchtsüß, appetitliche Säure, feingriffige Mineralik, super Länge, verführerisch.

★★★ **S €€€ TR** TIPP
2020 Gamlitz Roter Traminer + Zart rosenduftig, kühle Frische und ein paar Gewürze; nicht knochentrocken, aber in ausreichend Säure und Mineralik gebettet, feingliedriger Trink-Traminer, etwas Trockenfrucht, Stein, zarte Süße, kraftvoll, stimmig, macht gute Laune.

★★★★ **S €€€ SB**
2020 Sauvignon Blanc Ried Hochsulz + Sehr ruhig, stahlig mit leisen Sortenansätzen; straff auf dem Gaumen, pfeffrig würzig, viel Cassis, Holunderröster, kraftvoll zupackend, dabei leichtgängig und anhaltend, Süßholz im Ausklang.

★★★★ **S €€€ GM**
2019 Gelber Muskateller Ried Hochsulz + Mundwässernd, buntes Agrumen-Allerlei, Limequats, Bergamotte, Blutorange, Sternanis, geht an der Luft schnell auf; die Sorte schmeichelnd, der Wein bleibt straff, fast fordernd, bringt die Vielfalt vom Duft direkt auf den Gaumen, herrlich.

★★★★ **S €€€€ SB** TIPP
2018 Sauvignon Blanc Ried Hochsulz Alte Reben + Starker Sortenauftritt, von strahlend grünwürzig bis Cassis, fruchtsüß, Holz höchstens als gewisse Strenge interpretierbar, Golatsche; straff, spannendes Spiel um Frucht, Sorte, Holz und Boden, etwas Petrol, sehr gute Länge.

★★★ **S €€€€ TR**
2017 Ried Hochsulz Gelber Traminer Seven Sense + Breit und kraftvoll angelegte Frucht, konzentrierter Sortenausdruck, etwas rosinig, kommt langsam in die Gänge; ruhig fließend, dann erstaunlich kecke Säure, hübsche Kombination aus hellen Anklängen vom Muskateller und eher dunkler Aromatik vom Traminer, Holz bringt bisschen Süße, von Gerbstoff und Mineralik aufgefangen, druckvoll und doch sehr süffig, ein charmanter Begleiter zur Nachspeise.

STEIERMARK

★★ **S €€ SÄ**
2020 Sämling Classic + Dezent duftig, hübsch zwischen Riesling und Sauvignon, rote Ribisel mit Staubzucker, fruchtsüß; kleiner Zuckerrest bringt die Frucht zum Strahlen, süffig mit erfreulicher Länge.

Weingut
Elsnegg

Regina Elsnegg
8462 Gamlitz, Eckberg 26
Tel. +43 3453 4812
weingut@elsnegg.at, www.elsnegg.at

12 Hektar, W/R 98/2

Das Weingut Elsnegg ist bekannt für seine gebietstypischen, glockenklaren und fruchtbetonten Weine – und für ein attraktives Preis-Leistungs-Verhältnis, wäre noch zu ergänzen. Engelbert Elsnegg hat sich aus dem Tagesgeschäft zurückgezogen, seine Tochter Regina steht nun vorne. Die Weine machen der Altmeister und sein Schwiegersohn Wolfgang Elsnegg-Dilsky jetzt gemeinsam. Mit dem Jahrgang 2020 ist die Familie mehr als zufrieden. „Schon beim Verkosten der Trauben im Weingarten waren die physiologische Reife und die Aromatik beeindruckend und vielversprechend." Dieses gesunde Lesegut ergab eine tolle Serie, die Weine sind fein, zugänglich und stoffig, sie zeugen von ihrer Herkunft, tragen eine steirische Handschrift, wenn man so will. Das gilt schon für die Basislinie „ARTE Styria". Ungewöhnlich fein mit Tiefgang sind auch die Riedenweine ausgefallen, wobei insbesondere beim Riesling und beim Sauvignon Blanc vom Urlkogel der sandige Boden klar zu erkennen ist. Neu ist der Ortswein Gelber Muskateller Gamlitz, er bringt den Untergrund klar zum Ausdruck, ist angenehm unplakativ und uneingeschränkt zu empfehlen. Auch die Serie der Sauvignons ist gekennzeichnet vom Terroir. Beste Anlagen zeigt der kräftige, noch vom Holz geprägte 2019er Grauburgunder Eckberg Reserve.

Zwischen der Linie „ARTE Styria" und den Lagenweinen angesiedelt ist die Serie „Steilhang", die zum Verkostungszeitpunkt noch nicht fertig war. *ww*

SÜDSTEIERMARK

★★ S € WR FUN
2020 Welschriesling Arte Styria + Rote Williamsbirnen, Äpfel, Mandarinen; kräftig, Fruchtschmelz, Birnen, Äpfel, einladend, zugängliche Säure, Kernobst klingt nach.

★★ S €€ PB
2020 Weißburgunder Arte Styria + Glockenklar, Birnen und frische Haselnüsse; schließt aromatisch an, süße Frucht, hinten eine winzige Prise Kräuter, mittleres Gewicht.

★★ S €€ CH
2020 Morillon Arte Styria + (Noch) verhalten, dezente Würze, Kernobst; deutlich offener, Marillen, Äpfel, Birnen, angenehme Säure, Substanz, lebhaft, fruchtiger Nachhall.

★★ S €€ GM
2020 Muskateller Arte Styria + Dezent, Prise getrockneter Holunderblüten und Muskatnuss, Zitronenzesten, Litschi; schließt aromatisch an, sanft, Körper, unaufdringliche Säure, animierend, Grapefruits und eine Prise Kräuter im Abgang und im Nachhall.

★★★ S €€ SB PLV
2019 Sauvignon Blanc Gamlitz + Fein, grünfruchtig, ein wenig Steinobst, zarteste grünblättrige Würze; viel Sorte, Frucht gibt den Ton an, grüne Birnen, Pfirsiche, Karambole, ungewöhnlich fein, gute Länge, Trinkfluss.

★★★ S €€ RI
2020 Rheinriesling Urlkogel + Helle Blüten, Pfirsiche, frisch; vorne auf dem Gaumen geballte Frucht, Pfirsiche und reife Äpfel, angenehme Säure, Sandboden kommt durch und gibt eine feine Struktur, im langen Nachhall glockenklare Steinobstnote.

★★★ S €€ GM TIPP PLV
2020 Muskateller Gamlitz + Feingliedrig, Boden kommt durch, zartest nach Holunderblüten, Kräutern und Zitrus; schließt nahtlos an, auch Minze und Limetten, elegant, feine Textur, fruchtbetonter Abgang mit einer Prise Kräuter.

★★★ S €€ SB PLV
2020 Sauvignon Blanc Gamlitz + Markant, nicht vorlaut, grünvegetabilisch, Stachelbeeren, weiße Johannisbeeren, Hauch Feuerstein; aromatisches Dacapo, zugängliche Säure, einige Substanz, Trinkfluss, im Finish und im Nachhall viel Frucht.

★★★ S €€€ SB
2020 Sauvignon Blanc Ried Urlkogel + Werti, Stachelbeeren, Prise grünblättriger Würze à la Cassislaub; druckvoll, animierend, Sorte klar, die Aromen vom Bukett kommen wieder, zugänglich, sanfter Druck, fruchtig-würziges Finale.

★★★ S €€ PB
2020 Weißburgunder Ried Edelbach + Nussig, Gewürznoten vom Holz, zartest nach Dörrobst à la Birnen und Marillen, frisch; Zug und sanfter Druck, eine Fruchtsüße, zugängliche Säure, klingt nussig-fruchtig aus.

★★★ S €€€ PG
2020 Grauburgunder Ried Eckberg + Rote Birnen, Hauch Malz und Cerealien; schließt nahtlos an, Blockmalz, kühl, trotz aller Kraft lebhaft, hinten frische Birnen, Prise Gerbstoffe für die Struktur, präzise mit guter Länge.

★★★★ K €€€€ PG TIPP
2019 Grauburgunder Reserve Ried Eckberg + Gewürze, Walnüsse, Walnussblätter, Kletzen, Blutorangen, Hauch Malz und Nougatcreme; stoffig ohne Wucht, Schmelz, cremiger Touch, viele Gewürze, Dörrobst, Säurerückgrat, eine Prise Gerbstoffe, markante Gewürznoten à la Nelken und Piment im langen Nachhall.

Weingut
Felberjörgl

Hans-Peter Temmel
8442 Kitzeck, Höch 47
Tel. +43 3456 3189
info@felberjoergl.at, www.felberjoergl.at
12 Hektar, W/R 98/2

Burgunder und Aromasorten inkl. Riesling sind die Hauptakteure von Hans-Peter Temmels Weinschaffen, aber schon der Welschriesling ist ein anspruchsvoller Einstieg ins aktuelle Sortiment. Auf den Weißburgunder Kreuzegg lohnt es sich zu warten, er zeigt beachtliches Potenzial. Auch die Rieslinge sind noch viel zu jung, kosten sich dabei schon sehr spannend und individuell. Aufmachen und wohlfühlen lautet die Devise für den Muskateller; der Sauvignon Kitzeck-Sausal macht vielleicht gerade wegen seines etwas zerzausten Erscheinungsbildes schon recht viel Spaß. Steinig-streng gönnt die Ried Kreuzegg dem Sauvignon nicht den ganz großen Auftritt, auch der Schiefer vom Mosergut hat die Sorte noch im Griff, lässt dafür im Nachklang schon viel Frucht aufblitzen. Bei der Reserve ringen neues Holz, Gerbstoff, Mineralik und Sorte um die besten Plätze. Holz ist auch ein Thema bei der recht jugendlichen Zwickl Reserve. Der Traminer vom Mosergut kommt aus dem Stahl, ihn könnte man tagelang bei der Entwicklung beobachten, starkes Stück. Die zweite Füllung des Brut war mittlerweile fast drei Jahre auf der Hefe und verführt mit burgundischem Spiel. *db*

SÜDSTEIERMARK DAC

★★★ **S € WR**
2020 Welschriesling Klassik + Zitronenpfeffer, konzentrierte Frucht, Kräuter, etwas Steinobst; knackige Säure von Mineralik aufgestachelt, recht straff mit guter Statur.

★★★ **S €€ GM**
2020 Gelber Muskateller Klassik + Herrlich knusprig, alles da, was einen Muskateller ziert, Prise Pfeffer; zischig, frech, zeigt viel Sorte und Herkunft, adrettes Süße-Säure-Spiel, lässige Länge.

★★ **S €€ SB**
2020 Sauvignon Blanc Klassik + Mit Salz zerriebene Agrumen, strahlend helle, gelbe Frucht, Holunderblüten; fruchtsüßer Einstieg, kräuterwürzig, grüne Paprika, Brennnessel, streng im Finish.

★★★ **S €€ SB** FUN
2020 Sauvignon Blanc Kitzeck-Sausal + Zerriebene Brennnesseln, herbal-würzig, gelbe und grüne Paprika, deutliches Cassis; geht schon gut auf, feste Statur, satte Länge, Fruchtspiel braucht noch, anspruchsvoll.

★★★ **S €€ PB**
2020 Weißburgunder Ried Kreuzegg + Mit Zesten und Staubzucker feinst zerriebenes Steinobst, strenge Herkunft; pointierte Säure, Gerbstoff und viel Mineralik bremsen die Darstellung, hängt sich lange ein.

★★ **S €€ SB**
2020 Sauvignon Blanc Ried Kreuzegg + Heferau mit guter Sortenpräsenz, steinig; fruchtsüß, massive Säure, Blutorangen- und Grapefruitzesten, salzig, etwas Gerbstoff, zu jung.

★★★★ **S €€€ SB** TIPP
2020 Sauvignon Blanc Ried Mosergut + Kreidig, staubig, etwas Frucht dahinter, Zitronenverbene; beginnt süß, dann salzig-scharf, großartiger Ansatz, reiner Bodenabdruck.

★★★ **S €€€ SB**
2018 Sauvignon Blanc Reserve Ried Mosergut + Neues Holz, dunkle Frucht, recht zurückhaltend; langsam baut sich Frucht auf, konzentriert wie Chutney, mächtiger Wein.

★★★ **S €€ RI**
2020 Riesling Kitzeck-Sausal + Zart duftig, etwas röstig, verschlossen; deutlicher RZ (7), Säure typisch für Sorte und Jahr, gute Definition, große Spannung auf dem Gaumen, Zuckerrest scheint sich aufzulösen, mineralischer Schliff, trocken im Finish, Potenzial.

★★★ **S €€ RI**
2020 Riesling Ried Höchleit'n + Kräuterduftig, Kamille, Trockenfrucht, Herkunft legt Schleier darüber; Süße-Säure-Spiel (6), fast knirschende Mineralik, fordernder Ansatz, rau und unnahbar im Finish, warten.

★★★ **S €€€ CW**
2017 Ried Zwickl Reserve + (PG/PB/CH) Schwarztee, Kamille, holzsüß, Spätlesecharakter, weihnachtliche Stimmung; präsente Säure, kräftiger Wein, Holz noch nicht eingebunden, ansprechende Länge.

★★★★ **S €€€ TR** TIPP
2020 Traminer Ried Mosergut + Dezent, salzig, knusprig, etwas rosenduftig; weicher Beginn, dann viel Mineralik, pointierte Säure, wunderbares Fruchtspiel, guter Aufbau, sortentypisch, großer, spannender Ansatz.

STEIERMARK

★★★ **S € SÄ**
2020 Sämling Klassik + Rote und schwarze Ribisel, Salzzitrone, Safran, viel Steinobst; bringt die Frucht souverän auf den steinigen Gaumen, deutlicher Zuckerrest (9), attraktive Länge.

ÖSTERREICH

★★★ **K €€€ PB** TIPP
2017 Weißburgunder Brut + Erste Reife mit viel frischer Frucht, Hefegebäck, Zwetschkenröster, getrocknete Marille, Rosmarin- und Lavendelblüten; fester Mousseux, griffig, fast champagnerhafte, kreidige Strenge.

Weingut
Gross

Johannes Gross
8461 Ehrenhausen, Ratsch an der Weinstraße 26
Tel. +43 3453 2527
weingut@gross.at, www.gross.at
37 Hektar

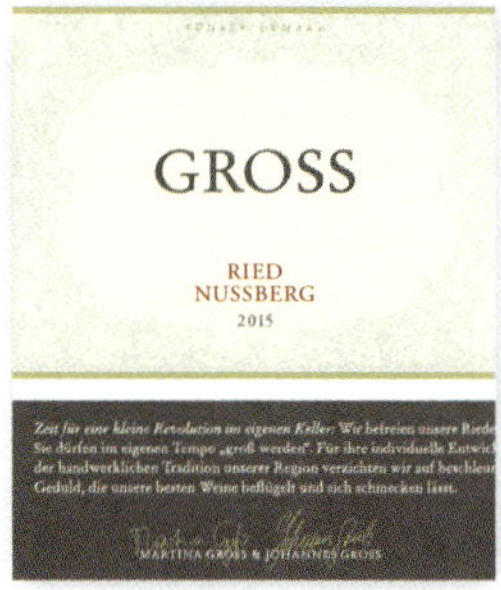

Schon der Auftakt mit den beiden Einstiegsweinen Mitzi und Jakobi, für welche die Brüder Johannes und Michael Gross bekanntlich gemeinsam verantwortlich sind, ist ein überaus vergnüglicher. Bei aller Frische und Knusprigkeit bringen sie nämlich bereits dezenten Sortencharakter und jene Balance auf, die sie über den reinen Sommerwein erhebt.

Von den Ortsweinen, die sämtliche erst aus dem Paradejahrgang 2019 kommen, kann beispielsweise der ebenso harmonische wie herkunftstypische Sauvignon aus Gamlitz als Musterbeispiel für den zurückhaltenden, „neuen" Hausstil herangezogen werden. Aber auch über „echte" Neuigkeiten ist zu berichten, etwa über den aus den steirischen Hauptsorten Welschriesling und Sauvignon komponierten Bergwein, der vornehmlich für den Export gedacht, doch selbstverständlich auch ab Hof erhältlich ist. In die fernere Zukunft zielt die ebenso mutige wie wegweisende Entscheidung von Johannes Gross, die Lagenweine erst nach mehr als vierjähriger Reifung auf den Markt zu bringen. Schon lange ist sich ja Familie Gross einig, dass die mittels Spontangärung, langer Verweildauer auf der Hefe und ausgedehnter Reifung im großen Fass bereiteten Weine eben viel Geduld erfordern, um ihre Vorzüge voll und ganz entfalten zu können. Folgerichtig werden die vielversprechenden Top-Weine aus 2019 erst 2024 auf dem Markt zu finden sein, die 2018er im Jahre 2023. Ganz dieser kompromisslosen Philosophie entspricht eben die Vorstellung der auf dem Etikett mit dem Zusatz „FR" bezeichneten Fassreserven und einiger Archivweine. *vs*

SÜDSTEIERMARK DAC

★★ S €€ GM
2020 Gross & Gross Mitzi + Feine Nase nach Hollerblüten, zart und ziseliert, quasi in sich ruhend, doch frisch und lebhaft, ein sommerlicher Durstlöscher.

★★ S €€ SB FUN
2020 Gross & Gross Jakobi + Nach Geißblatt und Ribiseln, kühl und erfrischend, aparte, schlanke Stilistik, gewisse Eleganz, diesmal besonders gelungen.

★★ S €€ WR
2020 Welschriesling + Animierend und frisch, nach Sommerapfel und Rhabarber, herzhaft und kernig, sehr schlank und leichtgewichtig, Trinkspaß garantiert.

★★★ S €€ GM PLV
2020 Gelber Muskateller + Klare Birnenfrucht gepaart mit Grapefruit, bloß zart muskatig, schwungvoll, kühl und anregend, ein Touch von Ingwer, zupackende Säure.

★★ S €€ PB
2020 Weißburgunder + Kühl und erfrischend, ein wenig Haselnuss im Hintergrund, pfeffrige Akzente bei schlanker Textur, frisch und animierend, recht leichtgewichtig.

★★★ S €€ SB PLV
2020 Sauvignon Blanc + Zuerst verhalten, dann nach Zuckererbsen und gelbem Paprika duftend, schlank, doch griffig und kompakt, geht schön auf und entwickelt gewisse Eleganz, gute Definition.

★★★ K €€€ SB
2019 Gamlitz Sauvignon Blanc + Zitronengras und Melisse im Bukett, feingliedrig und apart, noch ganz jugendlich, Erbsenschoten und herbe Apfelnote, herzhaft und ausbaufähig, feine Klinge.

★★★ K €€€ CW
2019 Bergwein + (SB/WR) Zurückhaltend und klirrend frisch, feine Biskuit- und Kernobsttöne, fest verwoben wie zupackend, kernig, vital und lange nachklingend.

ÖSTERREICH

★★★★ K €€€ SB TIPP
2016 Ehrenhausen Sauvignon Blanc + Sehr geschmeidiger Archivwein, der einige Anlaufzeit benötigt, dann akzentuiert wie subtil, dezentes, helles Fruchtspiel, Pouilly-Fumé-Affinität, feine Klinge, Dekantieren empfohlen.

★★★★ K €€€€€€ SB TIPP
2015 Sauvignon Blanc Ried Sulz „FR" + Diese Fassreserve beginnt mit Anklängen von Salbei und Williamsbirne, erst dahinter Stachelbeere, entwickelt sich im Glas und offeriert später die üblichen blättrig-schotigen Akzente, distinguierte Art, cremig-weiche Fülle vor dem Abgang.

★★★★ K €€€€ CH
2018 Chardonnay + Karamell und Toffee im ausgereiften Bukett, fein verwoben, tiefe, gelbe und rote Fruchtaromen, von der Eiche bloß dezent flankiert, elegant und druckvoll zugleich, cremiger Schmelz, salzige Note im langen Nachhall.

★★★★ K €€€€ SB TIPP
2017 Sauvignon Blanc Beerenauslese + Zu Beginn etwas schüchtern, geht aber rasch auf, nur dezente Botrytis, ein exotischer Obstkorb: grüne Banane, Mango und Marille, charmant wie vielfältig, schönes Equilibre von Zucker und Alkohol, Reserven.

Weingut
Harkamp

Petra & Hannes Harkamp
8430 Leibnitz, Hollerbrandweg 6
Tel. +43 3452 76420
weingut@harkamp.at, www.harkamp.at/weingut
20 Hektar W/R 85/15

Mittlerweile nimmt Sekt bereits 65% der Gesamtproduktion von Petra und Hannes Harkamp ein. Mit der Demeter-Zertifizierung wurde auch die Stilistik der Stillweine grundlegend umgestellt. Sie werden gleich wie die Sekt-Grundweine vinifiziert, das heißt: lange Lagerung auf der Vollhefe und minimale Schwefeldosis. Die Basislinie heißt „Natural". Das bedeutet, dass keinerlei Zusätze wie Zucker oder Säure im Spiel sind, dass die Weine spontan vergoren wurden und unfiltriert, aber so klar wie möglich auf die Flasche kommen. Alle Stillweine sind weit weg von Gewohntem. Besonders hervorzuheben ist der Riesling Alte Reben, ein Wein zwischen Genie und Wahnsinn.
Hannes Harkamp hat sich in den vergangenen Jahren einen Namen als anerkannter Spezialist für hochwertigen Schaumwein gemacht. Sein jüngstes Kind ist ein Sekt, dessen Grundwein nach dem Solera-Verfahren entsteht, was bedeutet, dass die Jahrgänge nach Sherry-Art vermischt werden. Dieses schäumende Getränk geht weg wie die sprichwörtlichen warmen Semmeln. Die erste Serie war im Handumdrehen ausverkauft, die nächste gibt es im Herbst 2021. Die Prestige-Cuvée des Hauses nennt sich „5 Elemente". Es gibt sie nur in den besten Jahren, aktuell ist der Jahrgang 2015. Die Lagen für die Sekt-Grundweine werden sukzessive biozertifiziert. *ww*

SÜDSTEIERMARK DAC

★★★★ **K €€€€ RI** TIPP FUN
2020 Riesling Alte Rebe + Spontan einnehmend, Weingartenpfirsich, Sorte kommt klar durch, individuell; supersaftig, warm getönte Frucht, sensorisch unauffälliger Restzucker erzeugt beeindruckenden Trinkfluss, Säure sorgt für Leben, deutsche Anmutung, Prise Gerbstoffe, höchst eigenständig.

★★★ **K €€€€€ SB**
2019 Sauvignon Blanc Ried Kogelberg + Druckvoll, gesetzt, nussige Anklänge, grünfruchtige Elemente, florale Noten; sanfter Zug, unaufdringliche Säure, kühle Frucht, leicht nussig, passende Gerbstoffe, exotisch-fruchtig im Nachhall. Individuell.

★★★★ **K €€€€€ PG**
2019 Grauburgunder Ried Oberburgstall + Malz, rotbackige Birnen; Fruchtschmelz, sanft, von einer feinen Säure getragen, Gerbstoff sensorisch kein Thema, lang, lebhaft mit einiger Kraft und Länge.

STEIERMARK

★★★ **K €€€€ CW**
Solera Reserve Steiermark + (PB/ZW) Zugänglich, feine Hefenote, zarte Frucht erinnert an reife Äpfel; sanft, trinkanimierend, zugänglich, bisschen Marille, feine Säure, gelungen!

★★★★ **K €€€€ CW**
BRUT Reserve + (40PN/20PB/40CH, 4 g Dosage) Feingliedrig, kühl, frische Frucht, helle Hefetöne; feine Textur, belebendes Säurespiel, Zitrus, knackig, tanzt, frische Frucht und Hefe im Nachhall.

★★★★ **K €€€€€€ CH** TIPP
2015 5 Elemente Große Reserve + (CH) Ruhig strömend, feinste Anklänge von Steinobst und Birnen, dezent rauchig; gediegen, Pfirsich, Birne, Banane, hinten Zitrus, feiner Mousseux, eingebundene Säure, dunkle Hefenote im langen Nachhall, frei von jeder Nervosität.

★★★ **K €€€ CR**
BRUT Rosé + (80PN/PB) Attraktive und dezente rote Frucht, kühl, Burgundersorten zu erkennen, sanfter Touch, Hauch Karamell; schließt aromatisch an, Pinot Noir kommt durch, ruht in sich, Trinkfluss, fruchtiger Ausklang.

★★ **S €€€ GM**
2020 Gelber Muskateller Natural + Betont floral, exotische Blumen, orange getönte Frucht, Maischegärung zu erkennen; schließt nahtlos an, auch Zitrus, angenehme Gerbstoffe, stoffiger, als es der geringe Alkohol erwarten lässt. Fernab gewohnter Stilistik.

★★★ **S €€€ GM**
2020 Gelber Muskateller Natural + Betont floral, exotische Blumen, orange getönte Frucht, Maischegärung zu erkennen, ohne störend zu sein; schließt nahtlos an, dazu auch Zitrus, angenehme Gerbstoffe, stoffiger, als es der geringe Alkohol erwarten lässt. Fernab gewohnter Stilistik.

★★★ **S €€€ SB**
2020 Sauvignon Blanc Natural + Gesetzt, ruhig, Bratapfel, Hefe, getrocknete Kräuter, mit Luft rote Zitrusfrüchte; fast süße Frucht, von der Hefe gestützt, sanft, mollig, Gerbstoffe geben Halt, reife Äpfel im Nachhall, hochgradig eigenständig.

★★★★ **S €€€€€€ CH**
2019 Morillon Kogelwenzel + Sortentypisch, Haselnüsse, reife Birnen und Marillen, Cerealien; aromatisch nahtlos anschließend, Fruchtschmelz, gute Säure, einige Substanz, vielschichtig, Gerbstoff perfekt eingebunden, völlig individuell.

★★★★ **K €€€€€€ PB** TIPP
2019 Weißburgunder Ried Khalchluckhen + Minimal Holz, gediegen, dezente Frucht, Birnen, exotischer Touch, Bodentöne; animierende Säure, sanfter Zug, Hefe gibt zusätzliche Facetten, Struktur, fordernd, frei von Opulenz. Individuell.

BIO

Weingut
Hirschmugl – Domaene am Seggauberg

Anton & Astrid Hirschmugl
8430 Leibnitz, Am Plöckelberg 6
Tel. +43 3452 86300, Mobil +43 664 882 288 70
info@hirschmugl-domaene.at, www.hirschmugl-domaene.at
18 Hektar, W/R 80/20, 40.000 Flaschen/Jahr

Die Domaine am Seggauberg ist idyllisch gelegen. Vor mehr als fünfzehn Jahren haben Anton & Astrid Hirschchmugl begonnen, den damaligen Obstbauernhof umzugestalten. Aktuell bewirtschaften sie 18 Hektar Weingärten, die etwas verstreut sind – vom Sausal über Seggauberg und den Kreuzberg in Eichberg-Trautenburg bis zur Ried Obegg in Spielfeld. Die unterschiedlichen Böden in Verbindung mit individuellen kleinklimatischen Verhältnissen sorgen für Abwechslung in den Weinen. Der Betrieb wurde von Anfang an nach biologischen Grundsätzen geführt. So gesehen war es naheliegend, dass sich die Familie schon früh mit pilzwiderstandsfähigen Rebsorten wie Cabernet Blanc, Muscaris und Cabertin beschäftigte, weil PiWis mit weniger Spritzungen auskommen und somit auch weniger Fahrten mit dem Traktor anfallen. Die Basisweine firmieren unter der Bezeichnung „Linie Trinkvergnügen“, die im Holz erzogenen Terroirweine kommen als „Linie Nobilis“ in den Verkauf, daneben gibt es für besondere Ausbauformen die Kategorie „Spezialitäten“, die Spitze stellt die „Linie Aurum“ dar. Diese Weine sind limitiert und lagern mehrere Jahre in Holzfässern. Abgerundet wird das Portfolio durch Rotweine und prickelnden Stoff. Für Kellermeister Alexander Scherübl stehen Trinkfluss und Lagerfähigkeit im Vordergrund.

Ein eleganter Festsaal, eine Gartenanlage und der historische Gewölbekeller bieten ein exklusives Ambiente für Seminare, Hochzeiten und andere Feiern; übernachten kann man in vier stilvollen Appartements. *ww*

SÜDSTEIERMARK

★★ **S €€ WR**
2020 Welschriesling + Boskop-Äpfel, Prise Wiesenkräuter; saftige Äpfel, angenehme Säure, lebhaft, hinten Marillen und Mandarinen, mittleres Gewicht, fruchtbetonter Nachhall.

★★ **S €€ PB** PLV
2020 Weißburgunder + Dezent, weiße Früchte, Hauch Pistazien und Cashewnüsse; fein liniert, zarte Säure, Birnen und Äpfel, im Finish nussig, mittlere Länge.

★★★ **S €€€ SB**
2020 Sauvignon Blanc + Markant, grünblättrige Würze, knackige schwarze Johannisbeeren, grünvegetabilische Noten angedeutet; sanft, Fruchtschmelz, angenehme Säure, gute Substanz, mehr Frucht als Würze, im Abgang Galiamelone und Karambole.

★★★ **G €€€ SB**
2019 Sauvignon Blanc Ried Wiesberg + Elegant, Einlegegewürze, Fenchelsaat, Kamillen; schließt nahtlos an, Säurerückgrat, Schmelz, nobel und unaufdringlich, Boskop-Äpfel angedeutet, mittlere Länge, Reserven.

★★★ **S €€€ CH**
2018 Chardonnay Ried Rettenberg + Druckvoll, geröstete Haselnüsse, gelbfruchtige Noten, mit Luft auch Kletzen, Gewürzaromen zu erahnen; schließt nahtlos an, Frucht dominiert, lebhaft, feines Säurenetz, präzise strukturiert, Trinkfluss, im Finish Frucht, zarteste Würze und nussige Akzente.

★★★★ **S €€€€ CH** TIPP
2018 Chardonnay Nobilis Ried Rettenberg + Kräftig, Gewürze, Tabak, Senfkörner, Marillen angedeutet; kommt so auch im Geschmack, Frucht ist präsenter, Holz noch dezenter, kräftig, sehnig, lebendig, Tiefgang.

★★★★ **S €€€€ TR** TIPP
2018 Traminer Nobilis Ried Rettenberg + Attraktiv, Litschi, Rosenblätter, Rosenholz, Kokosraspel; aromatisches Dacapo, feinfühliger Holzeinsatz, hinten ein Hauch Karamell, Rosen, rosa Grapefruits und Rosenholz klingen lange nach, Finesse.

STEIERMARK

★★★★ **K €€€ CR**
Decto Rosso Brut Reserve + (50ZW/SL) Zart rotfruchtig, noble Hefenoten; fein strukturiert, elegante Frucht, Hauch Würze, trocken, Tanninschleier, angenehmer Mousseux, kühl.

ÖSTERREICH

★★★ **S €€€ Muscaris**
2020 Muscaris + Holunderblüten, Anklänge von Steinobst und roten Zitrusfrüchten, zarte Kräuternote; saftig, frische Frucht, Pfirsiche, Holunderblüten und Kräuter angedeutet, feines Säurespiel, im Nachhall Steinobst und ein Hauch Grapefruits.

★★★ **S €€€ Cabernet Blanc**
2019 Cabernet Blanc + Interessant, geröstete und gesalzene Pistazien, gelbe Blüten, Erbsenschoten, Anklänge von grünem Spargel; vielfältig auch im Geschmack, Substanz, zugängliche Säure, hinten grünfruchtig, im Abgang etwas grüner Paprika.

★★★ **G €€€€ Cabernet Blanc**
2018 Cabernet Blanc Nobilis + Gewürze, Kumquats, Quitten, sanfter Druck; zu diesen Aromen kommt eine Prise Kräuter, Säurespiel, frisch, Schmelz, zarteste Karamellnote klingt lange nach.

★★★ **K €€€ CW**
Brut Blanc + Elegant, Marillen, Quitten, Hefe, Brioche, Marillenkerne; schließt so an, daneben Quitten, Substanz, zurückhaltende Dosage, feinherbe Quitten und Hefen im Abgang und im Nachhall.

NEU

Weingut
Jöbstl

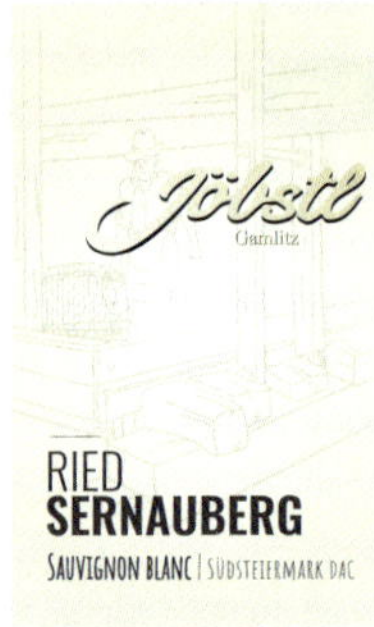

Johannes Jöbstl
8462 Gamlitz, Sernau 10
Tel. +43 3453 7265 umd +43 3183 8409
keller@joebstl-weingut.at, www.joebstl-weingut.at
13 Hektar, W/R 96/4, 90.000 Flaschen/Jahr

1954 kam das Weingut in den Besitz der Familie Jöbstl; die Ursprünge reichen bis ins Jahr 1747 zurück. In dritter Generation ist Johannes Jöbstl seit 2016 für die Geschicke des Betriebs verantwortlich. Seine Philosophie verknüpft Tradition und Fortschritt: „Werte bewahren, Entwicklungen forcieren und Qualitätsprodukte auf höchstem Niveau kreieren.“ Der Keller ist auf dem Stand der Technik. Die Trauben wachsen auf Süd- und Südwestlagen, der Untergrund besteht aus sandigem Lehm, wie er für Gamlitz typisch ist. Die Produktpalette gliedert sich in Gebietsweine und Riedenweine, Letztere ausschließlich von der renommierten Ried Serbauberg. Ergänzt wird das Portfolio durch die Linie „Spezialitäten“; dort finden sich Rotweine ebenso wie ein Frizzante oder ein Sauvignon Blanc aus dem Granitfass. Darüber hinaus gibt es Edelbrände, Essig und Traubensaft. Besonders angetan hat es den Jöbstls der Muskateller, von dem mehrere Spielarten ausgepflanzt sind. Die aktuelle Serie ist fein gehalten, die Weine sind auf eine dezente Art sorten- und herkunfts-typisch; sie laden zum Trinken ein.

Wer sich einen Überblick über die rebenbewachsenen Hügel in Sernau verschaffen und nebenbei ganz ungezwungen die Weine der Familie Jöbstl verkosten will, hat dazu im Pavillon, eine Art Aussichtsplattform mitten in den Weingärten, die Gelegenheit – die Weine stehen gekühlt in Selbstbedienung bereit. Der „Rosenweg“ lädt zur Wanderung entlang der Rebzeilen ein, und auf dem „Genussplatz“ beim Klapotetz kann man sich erholen. Überhaupt sieht die Familie Jöbstl Kunden nicht nur als Gäste, sondern als Freunde. *ww*

SÜDSTEIERMARK DAC

★★ S €€ WR FUN

2020 Welschriesling + Fein gehalten, dezent, frische Äpfel, zarteste Kräuternote; frisch, animierende Kohlensäure, Äpfel, bisschen Kräuter, quicklebendig, trinkig.

★★★ S €€ PB

2020 Weißburgunder + Sorten- und herkunftsaffines Bukett, frische Haselnüsse, weiße Fruchtaromen und Kräuter angedeutet; zeigt im Geschmack viel mehr Frucht, Pfirsiche, Nektarinen und frische Äpfel, feines Säurespiel, im Abgang eine Prise Kräuter.

★★ S €€ GM

2020 Gelber Muskateller + Sortentypisch, wohltuend unplakativ, zarte Melange aus Holunderblüten, frischen Kräutern und Zitrus, auch Muskatblüten; schließt aromatisch an, angenehme Säure, transparent, animierend, im Abgang und im Nachhall auch Grapefruitzesten.

★★★ S €€ SB PLV

2020 Sauvignon Blanc + Als Sorte unverkennbar, fröhlich und unbeschwert, klassische Prägung, Cassislaub, knackige schwarze Johannisbeeren und Stachelbeeren, leicht papriziert; aromatisches Dacapo, herzhaft, viel Sorte, angenehme Säure, mittelgewichtig, transparent, Trinkfluss.

★★★ S €€ PB

2019 Weißburgunder Ried Sernauberg + Leicht exotisch angehaucht, Tropenfrüchte à la Maracuja, bisschen Haselnüsse und Cashewnüsse; Schmelz, nussige Noten bis in den Abgang hinein, feines Säurespiel, mittlere Länge, im Nachhall Pistazien.

★★★ S €€ SB PLV

2019 Sauvignon Blanc Ried Sernauberg + Klassische Sortenaromatik, fein gehalten, grünblättrige Würze, Stachelbeeren, Cassis und gelber Paprika angedeutet; diese Aromen finden sich auch im Geschmack, zart strukturiert, zugängliche Säure, grüne Kräuter und Johannisbeerblätter im Abgang und im Nachhall.

Weingut
Domaines Kilger

Hans Kilger
8462 Gamlitz, Eckberger Weinstraße 32
Tel. +43 3465 50 500 50
schrei@domaines-kilger.com, www.domaines-kilger.com
80 Hektar, W/R 70/30, 350.000 Flaschen/Jahr

Der Firmensitz der zum Drei-Kronen-Betrieb aufgestigenen Domaines Kilger, die der Münchner Entrepreneur Hans Kilger erfolgreich auf vielen Säulen im Weinland Steiermark und Burgenland aufbaut, ist nun auf das Schloss Gamlitz gewechselt. Die beeindruckende Sommerresidenz im historisierenden Barockstil bietet sich nach behutsamer Renovierung und Modernisierung den Besuchern ab Sommer als Hotel, Event Location (traumhaft für Hochzeiten) und für Weineinkäufe samt Weinmuseum an.
Der historische Weinkeller im „Kilgers Schloss Gamlitz" steht ab nun dem Weinbau für die neuen Rieden-Weine der Südsteiermark zur Verfügung. Die Gesamtregie im Keller liegt bei Walter Polz, der die vielen Sauvignon-Blanc-Varietäten samt dem vielfältigen Sortenspektrum sukzessive zu neuen Qualitäten führt. Die Weinlinie präsentiert sich mit viel Terroir-Typizität in pointierter Stilistik voller Harmonie von Kraft, Saft und Finesse. *us*

SÜDSTEIERMARK DAC

★★ **S €€€ GM**
2020 Muskateller + Aromatisch-rosenduftige Nase, Zimt, Muskatnuss, saftige Aromatik, feine Würze, Grapefruit, kompakt und saftig, kristallin, feine Sorteninterpretation, gute Länge.

★★ **K €€ SB** FUN
2020 Sauvignon Blanc + Feine Haselnuss-Kräuterwürze-Nase, Stachelbeerfrucht, etwas Mohn, saftig, schwungvoll, knackig, gute Substanz, lang..

★★★ **K €€€ SB**
2019 Sauvignon Blanc Ried Sonneck + Feinwürzig, Stachelbeere, Weingartenpfirsich, saftig mit kühlem Touch, herzhaft, viel Exotik, Ananas, Maracuja, dicht, perfekt strukturiert, lebendige Frische, rassig, expressiv, balanciert, lang.

★★★★ **K €€€ SB** TIPP
2018 Sauvignon Blanc, Ried Sonneck + Dezent würzige Nase, frische Früchte, saftig mit viel Tiefe, gelber Paprika, Papaya, rosa Grapefruit, kühler Touch, vital und schwungvoll, vornehm, dabei druckvoll, kernige Mitte, salzige Untertöne, strahlt mit Vitalität und toller Länge.

★★★ **K €€€€ SB**
2019 Sauvignon Blanc Ried Kranachberg + Stachelbeere, Nektarine, Brioche, strömt ruhig im feinen Fruchtspiel, zart würzig, zurückhaltend mit feiner Struktur, etwas Gerbstoffeinbindung, pikant, tiefgründig, guter Spannungsbogen.

★★★ **K €€€€ SB**
2018 Sauvignon Blanc Ried Kranachberg + Vollreife Fruchtnase, etwas Zitrus, saftiges Fruchtspiel, Stachelbeere-Maracuja-Melange, strömt gediegen, Zimt, würzig, hochreif mit feinem Fruchtschmelz, substanzreich bis ins lange Finale.

★★★★★ **K €€€€€€ SB** TOP
2019 Sauvignon Blanc, Ried Kranachberg Reserve + Exotische Fruchtfülle, Papaya, Ananas, etwas Vanille, dicht mit schöner Fülle, Zitrusfrische, heller Tabak, vielschichtig, tiefgründig, perfekter Holzeinbindung, vital in getragener Größe, viel Potenzial, tolle Länge.

★★★★★ **K €€€€€€ SB** TOP
2018 Sauvignon Blanc Ried Kranachberg Reserve + Vollreifes Fruchtbukett, Brioche, Kräuterwürze, Weingartenpfirsich, Ananas, weiße Ribisel, kühle Komponenten, Limette, lebhaft mit viel mineralischer Prägung, ziseliert, vielschichtig, zart-blättrige Noten, substanzreich, viel Tiefe, toll strukturiert, ausgewogen, einfach groß.

★★★ **S €€€ CH** FUN
2020 Chardonnay Leutschach + Blättrige Würze, klar, fruchtfrisch, Pfirsich, Quitte, etwas Dörrobst, elegant, präzise, kühl, straffer Hintergrund, kernig.

SÜDSTEIERMARK

★★★ **K €€€ SB**
2020 Sauvignon Blanc Gamlitz + Saftiges wie druckvolles Fruchtspiel, Stachelbeere, Exotik à la Maracuja, Litschi, tiefes Fruchtspiel, Limette, würzig, ausgewogen mit knackiger Tendenz, trinkanimierend mit guter Länge.

★★★ **K €€€ SB** TIPP
2020 Sauvignon Blanc Hans und Walter + Feinziseliertes Holunderblüten-Duftspiel, ungemein lebendiges Fruchtspiel, feine Kräuterprise, etwas Darjeeling-Tee, Limette, engmaschig, druckvoll, fein ziseliert, salzig im Nachhall, sehr elegante Sorteninterpretation, viel Potenzial, langes Finish.

★★★ **K €€€€€ CH** TIPP
2017 Chardonnay Ried Kranachberg Reserve + Saftige Gelbfrucht, Marille, etwas Exotik à la Maracuja, Blutorange, Tabak strömt ruhig, gute Säure, dezenter Vanille-Holz-Ton, strukturiert, rosa Grapefruit im Nachhall, viel Trinkvergnügen, lang.

WESTSTEIERMARK

★★ **S €€ BW**
2020 Globetrotter Rosé + Prägnante Walderdbeernase, kühle Frucht, geradlinig, Erdbeere, Rhabarber, Johannisbeerlaub, kompakt, frisch und zugänglich, feiner Säurehintergrund.

Weingut
Kodolitsch

8430 Leibnitz, Kodolitschweg 9
Mobil +43 664 422 59 19 und +43 664 188 01 82
weingut@kodolitsch.at, www.kodolitsch.at
14 Hektar, W/R 100/0, 75.000 Flaschen/Jahr

Das Weingut Kodolitsch am Seggauberg bei Leibnitz ist ein Familienbetrieb mit langer Tradition, man blickt auf eine 300-jährige Geschichte zurück. Zu einem modernen Anwesen haben es die jetzigen Besitzer gemacht, Christa und Nikolaus Kodolitsch. Mit Mario Weber hat vor einigen Jahren ein der Qualität verschriebener junger Mann die Verantwortung für fast alles übernommen, was mit dem Entstehen von Wein zu tun hat. „Im Keller werden wir immer ruhiger und greifen weniger ein, große Gewächse entstehen im Weingarten. Und darauf ist unser Fokus gerichtet", gibt er sich bescheiden. Als Beispiel nennt er den Sauvignon Blanc T.M.S., dessen Trauben von vergleichsweise alten Rebstöcken aus einer einzigen Parzelle der Ried Rosengarten stammen, und der 24 Monate auf der Vollhefe lag. Diese Faktoren führen zu einer unverwechselbaren Stilistik. Das Kürzel „T.M.S." steht für „Trink ma selbst" und bedarf keiner Interpretation. „2020 ist unser größter Jahrgang bisher, die Weine sind kompakt, die Balance aus Reife und Säure ist perfekt, zu vergleichen mit dem Ausnahmejahr 1997." Die Erträge werden gering gehalten. Die Reben stehen in den Rieden Rosengarten und Kogelberg. Erstere liegt auf dem Seggauberg und ist südlich bis südwestlich exponiert, die Weine von hier sind füllig. Einen völlig anderen Charakter ergibt der Kogelberg auf der anderen Seite des Sulmsees. Der kalkfreie Boden aus verwittertem rotem Schiefer forciert Eleganz und Feingliedrigkeit. *ww*

SÜDSTEIERMARK DAC

★★ **S €€ PB**

2020 Weißburgunder + Kernig, betont apfelfruchtig, hauchzarte Kräuternote; Lageräpfel, Kräuter, Grip, einige Substanz, noch ein wenig Ecken und Kanten.

★★ **S €€€ GM**

2019 Gelber Muskateller Gamlitz + Ganz unplakativ, floral, Anklänge von Kräutern und Grapefruits; führt die feine Klinge, noble Sortenausprägung, leichtfüßig, Kräuter, Holunderblüten, Muskat und Zitruszesten klingen nach.

★★★ **S €€€ SB** PLV

2019 Sauvignon Blanc Kitzeck-Sausal + Fein, frische Pfefferoni und grüner Paprika, Gewürznoten, tief im Glas etwas Cassis; knackige Johannisbeeren, grünblättrige Würze, vegetabilische Einsprengsel, feines Säurerückgrat, Pep, Herkunft klar definiert.

★★★ **S €€€ SB**

2019 Sauvignon Blanc Gamlitz + Frisch, feingliedrig, bodenstämmige Würze, Kräuter und Paprika; klassisch, ansprechendes Niveau, fein, Kräuter und grünblättrige Würze im Nachhall.

★★★ **K €€€ RI** FUN

2019 Riesling Blanc Kitzeck-Sausal + Filigran, floral mit Einsprengseln von knackigen Pfirsichen, Prise Kräuter tief im Glas; auf dem Gaumen kommt das Steinobst deutlicher, saftig, belebendes Säurespiel, mittleres Gewicht, kristalliner Untergrund prägt den Wein.

★★★ **K €€€ PB**

2019 Weißburgunder Ried Rosengarten + Nobel, hell getönt, feinste Kräuterwürze, Birnen und Äpfel, Quitten und Kräuter angedeutet; elegant, zarte Frucht, feine Bodentöne, mittleres Gewicht, Prise Gerbstoffe für Struktur.

★★★ **K €€€€ GM**

2019 Gelber Muskateller Ried Rosengarten + Druckvoll, sortenaffin, getrocknete Holunderblüten, Anklänge von Grapefruits, Hauch Muskat; aromatisches Dacapo, Grapefruitsaft, dunkle Blüten, Zug, einige Substanz, feines Säurerückgrat, elegant.

★★★★ **K €€€€€€ CH**

2018 Chardonnay Ried Rosengarten Alte Reben + Fast puristisch, Anklänge von Fenchelsaat und orientalischen Gewürzen, zarteste Frucht, grüne Walnüsse zu erahnen; straff, Zug, Gewürze und Frucht innig verwoben, lang, hinten eng, Gewürznelken im langen Nachhall.

★★★★★ **K €€€€€€ CH** TOP

2018 Chardonnay Ried Kogelberg Alte Reben + Subtile Gewürznoten, grüne Walnüsse, tief im Glas Dörrobst, sanfter Druck; Kraft, Biss und Leben, Säure trägt ihn, Gewürze und Limettenblätter klingen lange nach, Gerbstoffe für Struktur, frei von Schnörkeln und Gefälligkeit.

★★★★ **K SB**

2019 Sauvignon Blanc Ried Kogelberg Alte Reben + Tief, sortenaffin, Gewürze, schwarze Johannisbeeren und Cassislaub, kündet Druck an, Holz tritt sensorisch kaum in Erscheinung; saftig, vielschichtig, feiner Schmelz, Gewürze, Holz nur zur Untermalung, kühle Frucht neben zarten Gewürznoten, Trinkfluss, lang.

★★★★★ **K €€€€€€ SB** TOP

2018 Sauvignon Blanc Ried Rosengarten T.M.S. + Feingliedrig, elegante Gewürzaromen, Hauch Walnüsse, salzig, spielt die leisen Töne; aromatisch perfekter Anschluss, Gewürze und zarte Frucht verwoben, Finesse und Eleganz, komplex, im Abgang und im langen Nachhall auch grüne Kräuter.

Weingut
Kollerhof am Eichberg

Harald & Birgit Lieleg
8463 Leutschach, Eichberg-Trautenburg 39
Tel. +43 3454 439, Fax -12
weinbau@kollerhof.com, www.kollerhof.com
11 Hektar, W/R 92/8, 60.000 Flaschen/Jahr

Er war erst 19 Jahre alt, als Harald Lieleg 1999 das Traditionsweingut auf dem Eichberg bei Leutschach von seinen Eltern übernahm. Seit 1728 ist es im Besitz der Familie, gegründet wurde es 1495. Angeschlossen sind Gästezimmer und ein Buschenschank.
Der Kollerhof befindet sich im Steigflug, bildlich gesprochen. Die Weine von Harald Lieleg und seiner Frau Birgit sind uns bei Blindverkostungen in den vergangenen Jahren immer wieder positiv aufgefallen. An dieser Stelle können wir aus Platzgründen nur einen repräsentativen Auszug aus der umfangreichen Produktpalette vorstellen. Der Schwerpunkt liegt auf den DAC-Weinen. Die Reserven reifen mindestens zwei Jahre in kleinen Holzfässern. Auf dem Kollerhof werden auch pilzwiderstandsfähige Rebsorten angebaut, derzeit sind es fünf. Abgerundet wird das Angebot von Amphorenweinen, süßen Prädikaten, Rotwein, Edelbränden und naturbelassenen Säften.
Die Weine von Harald Lieleg sind nie nervös oder auf Gefälligkeit getrimmt, sie ruhen in sich, sind bekömmlich und orientieren sich nicht am Mainstream. „Es geht dabei nicht ums Tempo, nicht um Masse, es geht einzig und allein um Qualität."
Das Weingut verfügt über Kessellagen und extreme Steilhänge, der Untergrund besteht aus Eichberger Konglomerat, der die Wärme gut gespeichert. Der kühle Wind von der Koralm fördert die Aromatik. Das Zusammenspiel dieser günstigen Randbedingungen ermöglicht aromatische Weine mit feiner Struktur. *ww*

SÜDSTEIERMARK DAC

★★ S €€ WR
2020 Welschriesling

★★★ S €€ SB
2020 Sauvignon Blanc Südsteiermark + Freundlich, gelbe Zitrusnoten und Stachelbeeren, zarteste Würze; schließt nahtlos an, zugängliche Säure, mittleres Gewicht.

★★★ S €€ GM PLV
2020 Gelber Muskateller Eichberg + Nobel, Holunderblüten, Muskatblüten, Zitronenzesten; sanfte Frucht, Mandarinenfilets, Kräuter, guter Stoff, fein.

★★★ S €€ SB
2019 Sauvignon Blanc Ried Steinkogl + Herzhaft, grüne Kräuter, Stachelbeeren, Galiamelone, Cassisbeeren; schließt nahtlos an, angenehme Säure, einige Substanz, sortenaffin, trinkanimierend, zugänglich.

★★★★ K €€ GM TIPP
2018 Gelber Muskateller Reserve + Ruhig, satt, dunkle Blüten, getrocknete Holunderblüten, bisschen rosa Grapefruit, Hauch Minze, erdiger Touch, Thymianhonig, mit Luft auch Kurkuma; dunkle Blüten, Zitrus, vielschichtig, stoffig, im Finish hauchzart Karamell, balanciert, Biss, wird hinten eng, Ausnahmemuskateller.

★★★★ K €€€€ SB TIPP PLV
2018 Sauvignon Blanc Reserve + Anfänglich Holz, Gewürze, kühle Frucht, Pfirsiche und gelbe Äpfel, später auch getrocknete Feigen; Frucht dominiert, Schmelz, angenehme Säure, einige Substanz, strukturiert, eigenständig mit vielen Facetten, abseits des Mainstreams.

★★★ S €€ GM
2019 Gelber Muskateller Ried Steinkogl + Unaufdringlich, sortentypisch, Holunderblüten und gelbe Zitruszesten, Hauch Limetten und weiße Johannisbeeren; Kräuter, Holunderblüten, feine Zitrusnote, im Finish Grapefruitzesten, mittlere Länge.

★★★ K €€€ PB
2019 Weißburgunder Steinkogl + (limitierte Vinotheksfüllung) Druckvoll, sanft, Marillen, frisch geriebene Haselnüsse, Kletzen; zusätzlich zarte Gewürzaromen, Fruchtschmelz, beachtliche Substanz, getragen von einer feinen Säure, lang, frisch im Abgang und im Nachhall.

STEIERMARK

★★★ S €€ PG
2019 Grauburgunder Ried Steinkogl + Dunkel getönt, Rosenblätter, Pfirsich, Kletzen, Birnen, Zuckerwatte; schließt aromatisch an, ruhig, rund, angenehme Säure, recht füllig, rotbackige Birnen und Quitten im Finale.

★★★★ K €€€ ZW TIPP
2019 Donauriesling + Kühle Würze, dunkle Frucht; saftig, Säurespiel, Frucht, wenig Holz, Gerbstoffnetz, nussig-fruchtig im langen Nachhall.

★★★ S €€ Sauvignon Gris
2020 Sauvignon Gris + Ruhig, reife Frucht, hauchzarte Kräuternote; schließt nahtlos an, freundlich, angenehme Säure, sanfter Schub, an helles Steinobst erinnernde Frucht klingt nach.

★★★★ S €€€ WR TIPP
2019 Welschriesling TBA + Hochreife Mangos und Passionsfrüchte, Blütenhonig, Primelblüten, Lebkuchen, Honigmelone; schließt aromatisch an, Restzucker von rassiger Säure austariert, Zug und Rasse, Mango klingt lange nach.

Weingut **Lambauer**

Bernhard Lambauer
8442 Kitzeck, Greith 19
Tel. +43 3456 2235
info@weingut-lambauer.at, www.weingut-lambauer.at
10 Hektar, W/R 90/10

Seit mehr als 20 Jahren leitet Bernhard Lambauer, er ist Önologe und Diplom-Sommelier, die Geschicke des Familienweinguts hoch oben in Kitzeck. Die kristallinen Böden des Sausals – sie bestehen aus paläolithischem Schiefer und tertiärem Kalk – prägen seine Weine. Die Familie besitzt Anteile an den renommierten Rieden Gaisriegel und Annaberg. „Wein lässt uns die Erde schmecken", lautet das Credo von Bernhard Lambauer.

Die Lage Gaisriegel ist nach Südwesten ausgerichtet und extrem steil. Dort stehen Sauvignon Blanc, Muskateller und Riesling. Annaberg ist eine kleine, nach Südosten exponierte Riede. Dort ist der Humusanteil etwas höher, was den Burgundersorten sehr entgegenkommt. Diese Weine werden meist im Holz erzogen, während die anderen weißen Varietäten hauptsächlich in Edelstahltanks ausgebaut werden. Die Rotweine gären großteils ebenfalls in diesen Behältern, zum Teil durchlaufen sie eine offene Maischegärung.

Die aktuelle Serie spiegelt den kristallinen Untergrund, in dem die Reben wurzeln, glasklar wider. Das zeigt sich schon in der Basislinie „Schiefer", naturgemäß noch deutlicher bei den Lagenweinen. Keiner der Weine ist schwerfällig, alle besitzen eine feine Handschrift und erzählen von ihrer Herkunft.

Besucher sind eingeladen, die Weine im hauseigenen Buschenschank zu verkosten. Fünf Gästezimmer mit atemberaubendem Panoramablick laden zum längeren Verweilen ein. *ww*

SÜDSTEIERMARK DAC

★★ **S** €€ **WR** FUN
2020 Welschriesling Schiefer + Freundlich, frisch, glockenklar, saftige Äpfel und ein Hauch Mandarinen; supersaftig, Äpfel, hinten winzige Prise Kräuter, gut eingebaute Säure, animierend.

★★ **S** €€€ **PB**
2020 Weißburgunder Schiefer + Ausgesprochen dezent, weißfleischiges Kernobst und Haselnüsse angedeutet; auf dem Gaumen mehr Frucht, Zitrus, Hauch Maracuja, quicklebendig, herkunftstypisch.

★★ **S** €€ **GM**
2020 Gelber Muskateller Schiefer + Unverkennbar mit Holunderblüten und Muskatnuss, Kräutern und einem Hauch Grapefruits; aromatisches Dacapo, angenehme Säure, leichtfüßig vom Boden, feiner Aperitif.

★★★ **S** €€ **SB** PLV
2020 Sauvignon Blanc Schiefer + Dezent, feingliedrig, Holunderblüten, Johannisbeeren, Stachelbeeren und Cassislaub; schwarze Johannisbeeren, etwas grüner Paprika, angenehme Säure, im mittellangen Abgang Beeren und grünblättrige Würze. Sehr kultiviert!

★★★ **S** €€€ **RI**
2019 Riesling Ried Gaisriegel von den Terrassen + Getragen, sanft, Weingartenpfirsiche, rote Früchte à la Kaki, florale Einsprengsel, Hauch Pfefferminze; beachtliche Substanz, der kristalline Boden gibt feingliedrige Würze und Leben, pikant, frische Frucht, feines Säurenetz, lang.

★★★★ **S** €€€ **SB**
2018 Sauvignon Blanc Ried Gaisriegel + Druckvoll, gelbe Früchte, Senfsaat, Fenchel, Anis; schließt nahtlos an, zugängliche Säure, Fruchtschmelz, Kraft, harmonisch, im langen Abgang Gewürze, exotische Früchte und bodenstämmige Noten.

★★★★ **S** €€€ **PB**
2018 Weißburgunder Ried Annaberg + Kompakt, vielschichtig, Walnüsse, Gewürze, Haselnusscreme, hochreife Marillen und Beeren; Holz kommt deutlicher, ohne aufdringlich zu sein, saftige Frucht, feingliedriges Säurenetz, Zug und Pikanz, bringt den kristallinen Untergrund überzeugend zum Ausdruck.

★★★★ **K** €€€€ **CH** TIPP
2017 Morillon Ried Gaisriegel + Merklich Holz, Walnüsse, Gewürze, auch Kumquats und Heublumen; schließt aromatisch an, ausgewogen, Finesse, feingliedrig trotz beachtlicher Substanz, Prise Gerbstoff, im Nachhall frisches Steinobst und Gewürze à la Fenchelsaat.

Weingut
Familie List

Matthias List
8481 Siebing 17
Tel +43 3472 8279 Mobil: +43 650 534 96 06
info@listwein.at, www.listwein.at
6 Hektar, W/R 90/10

Die Familie List hat sich einen Namen gemacht mit Weinen, die ein attraktives Preis-Leistungs-Verhältnis aufweisen. Verantwortlich für den kleinen, aber feinen Betrieb ist Matthias List, ein besonnener junger Mann, der sein Rezept für gute Weine so zusamenfassst: „Möglichst wenig Eingriffe im Keller, nicht zu überreif, der Boden soll sprechen!“ Das Weingut blickt auf eine lange Tradition zurück. 1789 erwarb einer der Vorfahren Weingärten auf dem Grassnitzberg, die noch heute das wirtschaftliche Rückgrat bilden. Dort steht ein idyllisches Ferienhaus mit fantastischer Aussicht in Tuchfühlung mit den Weingärten. Von dort kommt der Primus der heurigen Verkostung, den wir vergangenes Jahr schon als Fassprobe vorgestellt haben, der im kleinen Holz geschulte Morillon Ried Grassnitzberg; er transportiert den stark kalkhaltigen Boden auf unverkennbare Weise. Als Resümee der heurigen Verkostung ist festzuhalten, dass sich die Weißweine ausgesprochen fein präsentieren; in dieser Hinsicht glänzt der Welschriesling ganz besonders, selten fällt diese Varietät im klassischen Sektor so zart aus.
Rotwein gibt es im Hause List nur in sehr guten Jahren. Besonders ins Herz geschlossen hat der junge Winzer die Diva unter den weißen Rebsorten, den Gelben Muskateller. „Mit Muskateller kann man so viel machen“, sagt er fast euphorisch. Die Bestätigung für diese Aussage liefert heuer der Muskateller Ried Grassnitzberg, er ist sehr eigenständig. *ww*

SÜDSTEIERMARK DAC

★★ **S € WR**
2020 Welschriesling + Sehr fein, weißfleischige Äpfel, helle Blüten; schließt nahtlos an, zartes Säurerückgrat, unaufdringliche Frucht, trinkanimierende Kohlensäure.

★★ **S €€ PB**
2020 Weißburgunder + Fein, sortentypisch, Äpfel, frische Birnen, Haselnüsse; lebhaft, fein strukturiert, Säurespiel, die Aromen vom Bukett kommen wieder, im Finish eine Prise Kräuter.

★★ **S €€ CH**
2020 Morillon + Nussig, Marillen und Birnen; saftig, trinkanimierender Zug, klare Frucht, Marillen, Birnen, fein gehalten, mittlere Länge, fruchtbetonter Abgang.

★★ **S €€ GM**
2020 Muskateller + Unverkennbar, dezent, Holunderblüten, Schalen von gelben Zitrusfrüchten, Kräutermix, Prise Muskatnuss; knochentrocken, schnörkellos, Kräuter und Zitrus, passende Säure, mittlere Länge, anregend.

★★★ **S €€ SB** PLV
2020 Sauvignon Blanc + Feine Aromatik, Prise Meersalz, grünvegetabilisch, Cassislaub, weiße Johannisbeeren und Rhabarber; ungewöhnlich fein und zartfruchtig, perfekt integrierte Säure, grüne Früchte und dezente Sortenwürze im Abgang, mittleres Gewicht.

★★★ **S €€€ SB**
2019 Sauvignon Blanc Ried Grassnitzberg + Klassisch geprägt, feinste Anklänge von Senfsaat, Pfefferoni, Erbsenschoten und grünem Spargel; schließt an, dazu zarte Frucht, feinstes Säurespiel, im mittellangen Abgang auch eine Prise Kräuter, feingliedriger Wein.

★★★★ **S €€€ CH** TIPP PLV
2019 Morillon Ried Grassnitzberg + Viel Sorte, frisch gemahlene Haselnüsse, Birnen, Marillen, Bananenchips, hauchzarte Gewürznote; Gewürze deutlicher, Dörrbirnen, kalkig-steinig, lagentypisch, angenehme Säure, bar jeder Üppigkeit, feine Holznoten klingen lange nach, Reserven.

★★★ **S €€ GM**
2018 Muskateller Ried Grassnitzberg + Eigenständig, dunkle Blüten, Malz, Muskatblüten, Holunder, Kaki; Substanz, unaufdringliche Säure, bisschen Zitrus, dunkle Blüten und getrocknete Kräuter, im Abgang Bodentöne, individuell.

STEIERMARK

★★ **S € SÄ** FUN
2020 Scheurebe + Zart, Pfirsiche, weiße Johannisbeeren, grünfruchtige Noten; saftig, animierend, glockenklare Frucht, kühl, leichtfüßig.

★★ **S € ZW**
2020 Rosé + (ZW) Glockenklare Frucht, frische Kirschen, rote Johannisbeeren; feines CO_2, ansprechende Säure, zarte Frucht, Gerbstoffe nur zu erahnen, zugänglich.

★★★ **S € ZW**
2018 Zweigelt + Kirschen, Hauch Kräuter; schließt aromatisch an, kühl, unaufdringliche Gerbstoffe, im Finish und im mittellangen Abgang auch Waldbeeren.

★★★ **S €€ ZW**
2018 Der Listige Rote + (ZW) Kühle Frucht à la Herzkirschen, feine Gewürzaromen, frische Zwetschken; saftig, zartes Säurespiel, feine Gerbstoffstruktur, Holz perfekt eingebunden, kühle Frucht und Würze klingen nach.

Weingut
Wolfgang Maitz

Wolfgang Maitz
8461 Ehrenhausen an der Weinstraße, Ratsch 45
Tel. +43 3453 2153, Fax -7
weingut@maitz.co.at, www.maitz.co.at
10 Hektar, W/R 95/5

Mit den jüngsten Jahrgängen ist Wolfgang Maitz sehr zufrieden. Die Lese 2020 hat sich bis zum 31. Oktober hingezogen. Das hat der Aromatik und der Säure sehr gut getan. Die Gebietsweine sind ungewöhnlich fein. Gleiches gilt für die um ein Jahr älteren Ortsweine, sie bringen die kalkhaltigen Böden präzise zum Ausdruck. Der einjährige Ausbau in Holzfässern fördert die Komplexität und führt weg von vordergründigen Fruchtaromen. Mit dem Muskateller Krois ist dem besonnenen und naturverbundenen Winzer ein völlig ungewöhnlicher Sortenrepräsentant gelungen. Die beiden Sauvignons von den Top-Rieden Schusterberg und Hochstermetzberg könnten unterschiedlicher kaum sein. Beide bringen ihre Herkunft klar zum Ausdruck. Das verbindende Element ist ihr subtiler, nobler Charakter.

„Wir geben den Weinen jene Zeit, die sie zu ihrer Entfaltung brauchen. Die Qualität in den Weingärten stellen wir durch kleine Erträge sicher. Durch die naturnahe und nachhaltige Bewirtschaftung gibt es nun tendenziell weniger Alkohol", umreißt Wolfgang Maitz seine Betriebsphilosophie. Zum Teil werden schon die Gebietsweine in großen Holzfässern ausgebaut, ab der Kategorie Ortswein sind Eichengebinde obligatorisch. *ww*

SÜDSTEIERMARK DAC

★★ **S €€ WR**

2020 Welschriesling + Sonnig, reife Äpfel, rote Zitrusfrüchte; kompakt, ernsthaft, klare Frucht, Äpfel im Nachhall.

★★ **S €€ GM**

2020 Gelber Muskateller + Gediegen, kräuterbetont, Grapefruits, Pfirsiche angedeutet; feingliedrig, wieder Steinobst und Kräuter, Blumenwiese, ungewöhnlich feiner Gebietswein.

★★★ **S €€ SB**

2020 Sauvignon Blanc + Helle Frucht, reif, für diese Liga vielschichtig; viel saftige Frucht, Zitrus, gelbe Stachelbeeren, bisschen Steinobst, im Finish zarteste Würze, Hauch Orangenzesten, vergleichsweise stoffig.

★★★ **S €€€ PB**

2019 Ehrenhausen Sauvignon Blanc + Eigenständig, floral, dunkle Blüten, Hauch Malz, kühle und grünfruchtige Elemente sowie grüne Kräuter; dieser Aromenmix auch auf dem Gaumen, dazu Prise rosa Grapefruit, kräftig, lebendig, subtiles Säurespiel, gute Länge.

★★★ **S €€€ PB**

2019 Ehrenhausen Weißburgunder + Individuell, Kräuterbouquet, kalkige Note, knackige Birnen und Blutorangen angedeutet; Herkunft von den kalkigen Böden kommt durch, Kräuter und Birnen, fein gehalten, Säure eingebunden, gute Länge.

★★★ **S €€€ CH**

2019 Ehrenhausen Morillon + Reife Birnen, Marillen, nussige Akzente, bisschen Banane; aromatisches Dacapo, Hauch Gewürze, einige Kraft, hinten eng und kreidig-kalkig, Prise Salz.

★★★ **S €€€€ WR**

2019 STK Ried Sulz Welschriesling + Druckvoll, eigenständig, alte Apfelsorten, grüne Kräuter, Jod; kühle Frucht, schließt aromatisch an, erstaunlicher Druck, kompakt, Säure gut integriert, langer Nachhall.

★★★★ **S €€€€ GM** TIPP PLV

2019 Ried 1STK Krois Gelber Muskateller + Tiefe Frucht, hochreife Muskateller-Trauben, dezente Traminer-hafte Würze, Grapefruits; glockenklare Frucht, frische Grapefruits, Würze zart unterlegt, beachtlicher Druck, präzise, animierendes Säurespiel, lang, rosa Grapefruits im Nachhall.

★★★★ **S €€€€€ TR**

2019 Ried Krois 1STK Gewürz Traminer + Litschi, Rosen, Rosenholz, dunkle Blüten; dieser Aromenmix findet sich auch im Geschmack, lebhafte Säure, knochentrocken, zarteste Gewürzaromen hinten, Zimtrinde, saftige Frucht im Nachhall.

★★★★ **S €€€€ SB** TIPP

2019 Ried Schusterberg 1STK Sauvignon Blanc + Spielt die leisen Töne, Anklänge von Pfefferoni und Kräutern, Wacholderbeeren, Pinienkerne, Frucht blitzt durch; der filigrane und subtile Charakter setzt sich fort, erinnert an Gin Tonic, kommt auch im Nachhall so. Hochgradig feiner Sauvignon.

★★★ **S €€€€€ RI**

2019 Ried Hochstermetzberg GSTK Rheinriesling + Würzebetont, Prise Kräuter, Weingartenpfirsiche und Äpfel; die Kräuternoten kommen auf dem Gaumen deutlicher, Apfel unterlegt, kalkig-kreidig, straffe Struktur, braucht Zeit.

★★★★★ **S €€€€€ SB** TOP

2019 Ried Hochstermetzberg GSTK Sauvignon Blanc + Druck, zarteste Würze, Grüntee, grünvegetabilische Einsprengsel, gelassen und ruhig strömend, kalkige Ader; wunderbarer Fruchtschmelz, sanfter Zug, viele Facetten, frei von Schroffheit, im Finish strukturgebende Tannine und Lindenblüten, im Abgang und im Nachhall viel Frucht.

Weingut
Domäne Müller Südsteiermark

DI Yves Michel Müller
8522 Groß Sankt Florian, Grazerstrasse 71
Tel. +43 3464 2234, Fax 2116 25
office@mueller-wein.at, www.muellerwein.at
24 Hektar, W/R 70/30, 150.000 Flaschen/Jahr

Yves Michel Müller überzeugte heuer mit einer sehr stimmigen Weinserie. Ungemein knackige, überzeugende Gebietsweine voller Frische, glasklarer Strukturen, Südsteiermark vom Feinsten. Ein toller Muskateller 2020, ein Welschriesling 2020, der alle Stückerln spielt, vor allem der Sauvignon Blanc 2020, der in Höchstform ist.

Ein hervorragender Ortswein Ehrenhausen SB 2020 leitet über zu den Lagenweinen, allen voran der 2019 Privat Sauvignon Blanc Ried Zieregg. Da schlummert einiges.

Detto der 2019 Privat SB Ried Wielitsch. Ein enorm gelbfruchtiger Wein – bei beiden ist das Holz noch dominierend, doch das ist kein Problem.

Beachtlich sind die beiden verkosteten Rotweine – 2019 Privat Cabernet Sauvignon Riede Ottenberg –, so gehört Cabernet. 2019 Climax – so gehört Cuvée à la Bordeaux.

Es geht vorwärts in diesem Weingut. *as*

SÜDSTEIERMARK DAC

★★ S €€ WR FUN
2020 Welschriesling + Der Wein hat ein tolles Aroma nach Äpfel und Birnen, kühl und lebendig, knackige Frische, frische Kräuter, Birnenfrucht, ein höchst attraktiver Wein, der Lust auf mehr macht. Glasklar Südsteiermark.

★★ S €€ GM FUN
2020 Muskateller + Holunderblüten, Zimt, sehr präsent, überaus typisch, voller Pikanz, rote Beeren, rassig, total steirisch, frisch und saftig, sehr typischer Muskateller.

★★ S €€ CH
2020 Chardonnay + Ein fast schotiger Chardonnay, bei aller Frische spielt der Wein eine dezente Cremigkeit aus. Aschantinuss. Frischer steirischer Apfel, rassig, frisch, knackig. Voller Leben. Einiger Druck, gediegen und lebendig, sehr typisch Südsteiermark. In sich ruhend, balanciert und sehr fein.

★★ S €€€ SB FUN
2020 Sauvignon Blanc + Die taufrische südsteirische Kühle empfängt die Nase, kühl und kräutrig, grün-fruchtig, knackige Frische, zarte Würze, ein Sauvignon Blanc, der einen fordert. Ein hervorragender Repräsentant der Region.

★★ S €€€ SB
2020 Sauvignon Blanc „Ehrenhausen" + Gelbfruchtig, Cassis, ein sehr hochwertiger Ortswein, dunkles Cassis, Holunderbeeren, etwas rauchig, fruchtig mit einiger Eleganz, etwas grüne Frucht, doch sehr animierend. Absolut typisch.

★★★ K €€€ SB
2020 Sauvignon Blanc Ried Sulztal + Noch total verkapselt, etwas Paprika, Holunderbeeren, dunkles Cassis, Grapefruit, Rauch, ein sehr einnehmender Sauvignon Blanc. Feste Struktur, weißer Rauch, ein Klasse-Wein!

★★★ K €€€€ SB
2020 DER Sauvignon Blanc Riede Grassnitzberg + Kühle aromatische Würze, reifer Apfel, bisschen Stachelbeeren, fruchtig-mineralisch, kühl, durchaus in der Balance, ein Hauch von grüner Wiese, Frische ausstrahlend, Südsteiermark vom Feinsten. Brennnessel, Cassis, einige Tiefe. Viel Zukunft.

★★★ K €€€€ CH
2020 DER Chardonnay Riede Grassnitzberg + Nussig-kräutrig, ein Chardonnay, der kompakt auf dem Gaumen liegt, Mineralik aufweisend. Citrus, Orangenzesten. Ziemliche Frische, kühl, voller Pikanz. Sehr langatmig.

★★★ K €€€€ CH
2019 PRIVAT Chardonnay Riede Wielitsch + Gold-gelb, Holz und Kräuter, Vanille, süßes Holz, viele gelbe Früchte, exotische Töne, Citrus, Orangenschalen, noch steht das Holz im Vordergrund. Wird sich mit der Zeit erledigen. Ein Wein für viele Jahre.

★★★ K €€€€ SB
2019 PRIVAT Sauvignon Blanc Riede Wilitsch + Dunkel, Vanille und Apfelfrucht, Nektarinen, einiges Holz, Citrus, sehr salzig, so richtig nervig und dicht. Cassis, viel frischer Apfel, braucht noch einige Zeit. Ein intensiver Sauvignon Blanc mit einer Anmutung von Tee.

★★★★ K €€€€ SB TIPP
2019 Privat Sauvignon Blanc Ried Zieregg + Dunkel, rauchig, Vanille, Apfelfrucht, viel Citrus, getrocknete Kräuter, Cassis, gelbfruchtig, das Holz dominiert, ganz viel Stoff, Ananas, Vanille, weiße Schokolade, ungemein spannend, ungemein tiefgründig, braucht noch viel Zeit – aber dann ...

★★★★ K €€€€ CS TIPP
2019 PRIVAT Cabernet Sauvignon Riede Ottenberg Cassis + Cassis und Kräuter, ledrige Töne, Heidelbeeren, sehr schönes Holz, einfach prachtvoll, weiche, angenehme Tannine, sehr elegant, brauchte viel Luft, legte Schicht für Schicht frei, so richtig wunderbar zu trinken.

★★★★ K €€€€ CR TIPP
2019 CLIMAX + (CS, ME, CF) Ledrige Bordeaux-Anklänge, ein sehr hintergründiger Wein, weiße Schokolade, Zeit und Raum brauchend, viel Potenzial, Cassis, Heidelbeeren, brauchte viel Luft, die er auch bekam, wurde weich und rund, hochelegant, feingliedrig, ein Wein von internationalem Touch.

Weingut
MUSTER.gamlitz

Reinhard Muster
8462 Gamlitz, Grubtal 14
Tel. +43 3453 2300
weingut@muster-gamlitz.at, www.muster-gamlitz.at
57 Hektar, W/R 100/0

Reinhard Muster hat bereits in jungen Jahren die Verantwortung für den Keller des elterlichen Weinguts im Ortsteil Grubtal bei Gamlitz übernommen, bald auch für den gesamten Betrieb. Er hat seinen Weinstil mit Bedacht weiterentwickelt, Evolution statt Revolution. Auch persönlich ist er nicht stehen geblieben, ihn kennzeichnen eine ruhige Art, eine Gelassenheit und das Bestreben, die großen Zusammenhänge zu erfassen. Diese Charaktereigenschaften spiegeln sich in seinen Weinen. „Wir haben nicht die Intention, die Weinszene in der Steiermark zu revolutionieren, wir werden immer normaler", sagt er. „Als wir uns vor einigen Jahren auf die Suche nach dem perfekten Wein begaben, war uns nicht bewusst, dass es eine nie enden wollende Reise werden sollte." Er spricht von kontrollierter Schlampigkeit und meint damit Freiräume, die man dem Wein geben müsse. Wichtig ist ihm sein Team, in dem ein amikaler und wertschätzender Umgang gepflegt wird. Primär ist der Fokus auf die Weingärten gerichtet, denn dort liege das größte Potenzial.

Richtig bekannt geworden ist Reinhard Muster mit seinen Flaggschiffen aus der Monopollage Grubthal, unter anderem als Weltmeister mit dem 2013er Sauvignon Blanc im Rahmen des Concours Mondial du Sauvignon. Sein jüngster Coup: Der 2017er Sauvignon Blanc Ried Grubthal wurde im Spätherbst 2020 mit dem Titel „World's Best Sauvignon Blanc" bei der großen und wichtigen Cathay Pacific Wine & Spirits Competition in Hongkong geadelt. Den Weinen aus dieser Top-Riede kann man bedenkenlos Terroir attestieren. Der Siegerwein von Hongkong wurde zur Hälfte in Barriques ausgebaut, der Rest in großen Holzfässern und im Edelstahl, insgesamt waren es zwanzig Chargen. Ein Teil wurde auf der Maische vergoren. Beim gleich alten Chardonnay aus dieser Lage kamen ausschließlich Holzgebinde zum Einsatz, die zu 70% neu waren. Mit einer Traube pro Stock war der Ertrag ausgesprochen gering.

Der Jahrgang 2020 habe Weine mit typisch steirischem Charakter gebracht, aber es sei ein Jahr der Extreme gewesen, sagt Reinhard Muster. Schaltjahre seien immer speziell.

Was ist neu auf dem Weingut Muster? Im Sommer 2020 wurden eine neue Buschenschank und Gästezimmer am Standort Grubtal 31, gleich gegenüber dem Stammhaus, errichtet.

Reinhard Muster schuf in Kooperation mit der Firma Motif drei trendige Getränke; es handelt sich um Wermut in Weiß, Rosé und Wot. *ww*

SÜDSTEIERMARK DAC

★★ S € WR
2020 Welschriesling Klassik + Grüne und gelbe Äpfel, Apfelblüten, Kräuter, dezent; zarte Zitrusnoten kommen dazu, lebendig, mittelgewichtig, fruchtig im Abgang mit Anklängen von Äpfeln und Mandarinen.

★★★ S €€ SB PLV
2020 Sauvignon Blanc Klassik + Spontan ansprechend, freundlich, knackige Passionsfrucht, Prise Kräuter, grüne Bananen und grüne Äpfel; frische Frucht, angenehme Säure, gute Substanz, sortenaffin mit exotischem Touch.

★★ S €€ PB
2020 Weißburgunder Klassik + Betont kräuterwürzig, frisch geerntete Haselnüsse, Anklänge von Äpfeln; belebende Säure, knackige Äpfel, bisschen Zitrus, Frucht dominiert, fast leichtfüßig, im Finale und im Abgang auch Kräuter.

★★★ S €€ CH PLV
2019 Chardonnay Marienkreuz + Reife gelbe und getrocknete Birnen, ein Hauch Blutorangen, zarteste Gewürzaromen, sortentypisch; schließt aromatisch an, zugängliche Säure, gute Substanz, hinten und im Abgang knackige Birnen, Kletzenbrot im Nachhall, viel Wein fürs Geld.

★★★ G €€ PB PLV
2019 Weißburgunder Reverenz + Glockenklares und präzises Bukett, Kräuter geben den Ton an, auch florale Noten und ein wenig Äpfel; die Apfelnote kommt im Geschmack deutlicher, hauchzarte Kräuterwürze, lebhaft, feingliedrig und jugendlich.

★★★ G €€€ SB
2018 Sauvignon Blanc Reverenz + Dezent mit sortentypischen Aromen à la Fenchelsaat, Johannisbeeren und Kräutern, auch Müsliriegel und Cerealien, tief im Glas etwas Malz; auf dem Gaumen Würzenote und frische Frucht, trinkanimierend, mittlere Länge, Johannisbeeren, Stachelbeeren und zarte Würze im Nachhall.

★★★ G €€€ PG
2019 Grauburgunder Riegelbauer + Kompakt, kraftvoll, als Sorte unverkennbar, Dörrbirnen, Milchschokolade, zarteste Anklänge von Bratensaft, auch rotbackige Birnen; aromatisches Dacapo, lebhafte Säure, zarter Fruchtschmelz, gute Struktur und Länge, ausgewogen, punktet mit Trinkfluss.

★★★★ G €€€€€ CH TIPP
2017 Chardonnay Ried Grubthal + Kräftig im Auftritt, Holz, Gewürze, geröstete Haselnüsse, Dörrbirnen, Anklänge von Fenchelsaat und getrockneten Kamillen; schließt kraftvoll an, feiner Schmelz, gute Struktur, Dörrobst, Kräuter, florale Akzente, der Boden kommt durch, Zug, sehnig, absolut ernsthaft.

★★★★★ G €€€€€ SB TOP
2017 Sauvignon Blanc Ried Grubthal + Glockenklares, sortenaffines und exotisch angehauchtes Bukett mit zarten Anklängen von hochreifen Passionsfrüchten sowie Kräutern, tief im Glas Einlegegewürze und ein Hauch Malz; praktisch völliger Verzicht auf schmeckbares Holz, das mit einer zarten Prise von Gewürzen nur zu erahnen ist, lebhaft, fokussiert, entwickelt Zug, perfekt eingebundene Säure, trinkt sich fast schlank, der Boden kommt durch, mehr als gelungene Sorteninterpretation auf hohem Niveau.

STEIERMARK

★★ S €€ GM
2020 Gelber Muskateller Klassik + Dezentes Sortenbukett, frische Kamillen, Holunderblüten, Muskatblüten, Frucht unterlegt; zugänglich, sortenaffin, lebhaft, fast leichtfüßig, ausgewogen, im Finish Zitrus und Kräuter.

★★ G € SÄ
2020 Sämling 88 Klassik + Freundlich, fast filigran, knackige Pfirsiche, florale und kräuterwürzige Einsprengsel; würzige Komponente ist deutlicher, Steinobst, leichtfüßig, Zitrus und Nektarinen im Finish.

Weingut
Pichler-Schober

Sabine & Johannes Pichler
8505 St. Nikolai im Sausal, Mitteregg 26
Tel. +43 3456 3471, Fax -4
weingut@pichler-schober.at, www.pichler-schober.at

15 Hektar, W/R 85/15

Das Weingut Pichler-Schober ist bekannt für Weine mit attraktivem Preis-Leistungs-Verhältnis. Unermüdlich wird behutsam an der Linie gefeilt, wird auf Qualität geachtet. Darüber hütet Sabine Pichler, die Herrin des Hauses, mit wachem Auge. Die Leistungen von Sohn Johannes und dem jungen Kellermeister Martin Schröcker genügen ihren hohen Ansprüchen. Auch Tochter Anna Maria arbeitet nun im Betrieb mit.

Die Weine des Jahrgangs 2020 sind fruchtbetont, glockenklar und bringen die Herkunft präzise zum Ausdruck. Das Weingut verfügt über die Lagen Mitteregg und Nebenegg. Hier wachsen die Trauben auf kristallinen Böden, wie sie im Sausal häufig anzutreffen sind. Entsprechend feingliedrig präsentieren sich die Weine. Die klassisch geprägte Basis wird im Stahltank ausgebaut, die Lagenweine im Holz. Das beste Lesegut kommt in die Medigon-Linie. Wie der Name vermuten lässt, handelt es sich dabei um Trauben aus der Ried Mitteregg, Erziehung in Barriques. Nur in guten Jahren gibt es die Cuvée Medigon aus Blauem Wildbacher und Zweigelt. Im Jahrgang 2020 wurden auch zwei Süßweine gekeltert, ein fruchtiger und sortenaffiner Traminer und eine erst im Jänner 2021 geerntete Auslese vom Welschriesling, die gute Ansätze zeigt, aber noch längst nicht fertig ist.

Ein Besuch auf dem Weingut ist auch wegen des sehenswerten Buschenschanks sehr zu empfehlen, wo der Gast die Produkte des Hauses bei unvergleichlichem Ausblick in ungezwungener Atmosphäre probieren kann. *ww*

SÜDSTEIERMARK DAC

★★★ **S €€ CH** PLV

2020 Morillon + Haselnüsse, frische Birnen, grünfruchtig; viel Frucht, Birnen, Galiamelonen, feines Säurerückgrat, mittleres Gewicht, frische Frucht im Nachhall.

★★★ **S €€ SB** PLV

2020 Sauvignon Blanc + Sortenaffin in klassischer Ausprägung, Cassis und Cassislaub, auch Stachelbeeren; saftig, präzise, Frucht und grünblättrige Aromen, mittleres Gewicht, Cassislaub und -beeren im Nachhall.

★★★ **S €€ PB** PLV

2020 Sauvignon Blanc SIEME Kitzeck-Sausal + Feingliedrig, zarte Frucht, Kräuter eingestreut; findet seine Fortsetzung auf dem Gaumen, eine helle Frucht à la Nektarinen und Stachelbeeren gibt den Ton an, feines Säurespiel, gute Länge, kristalliner Boden unverkennbar.

★★★ **S €€€ SB**

2019 Sauvignon Blanc Ried Nebenegg + Einiger Druck, süße Blüten, Blütenhonig, Walderdbeeren, ein wenig Karamell und Malzbonbons, getrocknete Kräuter; schließt aromatisch an, Fruchtschmelz, einige Kraft, feine Säure, dezente Würze im Nachhall.

★★★ **S €€ CH**

2019 Morillon Ried Nebenegg + Betont nussig, ein Hauch von Dörrbirnen, fokussiert; diese Aromen finden sich auch im Geschmack, daneben zarte Gewürznoten, etwas Zitrus und frische Marillen, gute Säure, mittleres Gewicht.

STEIERMARK

★★ **S € SÄ** FUN

2020 Sämling 88 + (halbtrocken) Diszipliniertes Sortenbukett, Anklänge von Nektarinen, Rhabarber und Frühlingsblumen; feinfruchtig, süffig, leichtfüßig, zugänglicher Sommerwein.

★★★★ **S €€€ CH** TIPP PLV

2017 Morillon Medigon + Individuell, salzig, Gewürze, Kriecherl, Zuckerrohr, frische Vogelbeeren; feine Gewürze, eingelegte gelbe Früchte, fermentiertes Zuckerrohr, Zug, kristalliner Boden im Finish bemerkbar, lang, fruchtig-würzig im Nachhall.

★★★★ **S €€€ SB**

2017 Sauvignon Blanc Medigon + Fenchelsaat, Senfsaat und Sesam, getrocknete Apfelspalten, zeugt von reifem Lesegut; unaufdringliche Gewürzaromen dominieren, zugängliche und doch lebhafte Säure, Biss und Pikanz, gute Länge.

★★★ **S €€€ PG**

2018 Grauburgunder Medigon + Frucht und feinkörnige Gewürze, rote Beeren, rotbackige Birnen, distinguiert; Anklänge von Birnen, orientalische Gewürze, ganz zart auch Beerenfrucht, Prise Gerbstoffe gibt Struktur, belebende Säure, Gewürznelken und Zimt klingen lange nach.

★★★ **S €€ CR**

2017 Cuvée Medigon + (ZW/BW) Frischer Mohn, dunkle Beeren, auch reife und gedörrte Pflaumen, ganz zarte Gewürznoten; feiner Zug, zarte Frucht, lebhaft, Gerbstoffnetz, Säurespiel, einige Facetten, trinkanimierend bei mittlerer Länge.

Weingut
Pilch

Reinhard & Rudolf Pilch
8461 Ehrenhausen an der Weinstraße, Ottenberg 34
Tel. +43 3453 2582, Fax -4
info@weingut-pilch.at, www.weingut-pilch.at
8,5 Hektar, W/R 80/20, 70.000 Flaschen/Jahr

„2020 war ein tolles Jahr, die Weine sind saftig, die Säure ist gut eingebunden. Nicht so toll war der Infektionsdruck bei den Pilzkrankheiten Ende August", fasst der junge und mit Bedacht agierende Weinmacher Reinhard Pilch den Jahrgang zusammen. Die Verkostung der aktuellen Serie bestätigt diese Aussage. Die Weine sind trinkanimierend lebhaft, die Säure präsent ohne jegliche Aggressivität, die Frucht glockenklar, die Struktur feingliedrig bis elegant. Dabei ist das Preis-Leistungs-Verhältnis durchgehend attraktiv.

Neben den für die Südsteiermark typischen weißen Rebsorten werden mit Erfolg auch rote Varietäten angebaut. Die Trauben wachsen auf der renommierten süd- bis ostexponierten Lage Oberranzried. Zwei Bodentypen herrschen vor, nämlich sandiger Lehm und Lehm mit hohem Tonanteil. Das sind kühlere Böden mit etwas späterem Austrieb, die Wasser und Nährstoffe gut speichern, was sich in überdurchschnittlichen Extraktwerten bemerkbar macht. Die bereits vergangenes Jahr vorgestellten Rotweine sind noch erhältlich. Besonders hervorzuheben ist die Cuvée Privat Reserve von 2015. Wie bei den roten Sorten ist auch beim Gelben Muskateller Traubenteilung Stand der Technik. In Verbindung mit dem tiefen, wasserspeichernden Lehmboden zeichnet sich diese Varietät durch vergleichsweise hohe Dichte aus.

Die Weine des Hauses sind in ungezwungener Atmosphäre im beliebten Buschenschank zu verkosten. Gemütliche Gästezimmer laden zum Verbleiben. *ww*

SÜDSTEIERMARK DAC

★★ S € WR
2020 Welschriesling Südsteiermark + Glockenklar, Äpfel, Hauch Zitrus; die Zitrusnote ist auf dem Gaumen noch präsenter, Apfel gibt den Ton an, akzentuierte, aber nicht aggressive Säure, mittlere Länge.

★★ S €€ PB
2020 Weißburgunder Südsteiermark + Dezent, sortentypisch, Kernobst, Prise Kräuter, helle Blüten; schließt aromatisch an, Äpfel, Birnen, feines Säurespiel, hinten Kräuter, im Nachhall glockenklare Kernobstaromen.

★★ S €€ GM
2020 Gelber Muskateller Südsteiermark + Fruchtbetont, dezent, Steinobst, Birnen und Kräuter, Prise Holunderblüten; schließt fruchtig an, zarte Kräuterwürze, Hauch Lachsrosen, sanfte Säure, bisschen Zitrus und Kräuter im Nachhall.

★★★ S €€ SB PLV
2020 Sauvignon Blanc Südsteiermark + Klassisch geprägt, Cassislaub, grüner Paprika, Stachelbeeren und Ribisel, fein gehalten; Würze kommt noch deutlicher, Fruchtaromen vom Bukett, Säurerückgrat, zupackend ohne Aggressivität, gute Länge, fruchtbetont im Abgang, grüne Banane.

★★★ S €€ H PLV
2019 Morillon Ehrenhausen + Ruhig, präzise, viele Facetten, Steinobst, knackige Birnen, Haselnüsse, Brioche; schließt mit diesen Aromen an, zarter Schmelz, sanfter Druck, feine Säure, elegant, hauchzarte Gerbstoffe hinten, klare und frische Frucht klingt lange nach.

★★ S €€ OG
2019 Grauburgunder Ehrenhausen + Dezent, Birnen, Hauch Zitronenblüten; auf dem Gaumen kommen diese Aromen prägnanter, auch Marille, angenehme Säure, mittleres Gewicht, saftig, sanfte Säure.

★★★★ S €€€ PG TIPP
2017 Grauburgunder Ried Oberranzried + Druckvoll, traubig, satte Frucht, kaum Holz; feinkörnige Säure, lebhaft, feinfühlig dosiertes Holz, zarte Gewürznoten, Fruchtschmelz, strukturgebende Gerbstoffe, langer Nachhall mit Gewürzen, Walnüssen und reifer Frucht.

STEIERMARK

★★ S € SÄ FUN
2020 Sämling 88 Klassik + Fein, Riesling-hafte Akzente, knackige Pfirsiche, weiße Johannisbeeren, Rhabarber; schließt aromatisch an, hell getönte Frucht, angenehme Säure, mittleres Gewicht, trinkig.

★★ S € ZW
2020 Rosé + (ZW) Freundlich, Kirschen, Erdbeeren, Rhabarber, offen; saftige Frucht auch auf dem Gaumen, Hauch von Gerbstoffen, gut integrierte Säure, mittleres Gewicht, rotfruchtige Noten klingen nach.

ÖSTERREICH

★★ S €€ GM FUN
Gelber Muskateller Frizzante + Zartes, sortentypisches Bukett, Zitrus, etwas Holunderblüten; schließt aromatisch an, fast süße Zitrusnoten, trinkanimierender Restzucker, gemäßigte Kohlensäure, mittleres Gewicht.

♛♛♛♛

ZERTIFIZIERT 2995450 NACHHALTIG AUSTRIA

Weingut
Polz

Erich Polz
8472 Strass in Steiermark, Am Grassnitzberg 39
Tel. +43 3453 2301, Fax -6
weingut@weingutpolz.at, www.weingutpolz.at
85 Hektar, W/R 80/5, 500.000 Flaschen/Jahr

Auf dem Weingut Polz hat sich einiges geändert. Die beiden Seniorchefs Erich und Walter Polz haben sich zurückgezogen, die Gesamtleitung liegt nun in den Händen von Erich jun. Kellermeister ist nach wie vor sein Bruder Christoph Polz, der seinen eigenen Stil gefunden hat und diesen mit viel Fingerspitzengefühl optimiert. Auch der Rest der Mannschaft ist unverändert. Für das Hotel am Pössnitzberg und die Vinofaktur sind die beiden Brüder nicht zuständig, was zusätzliche Freiheiten schaffe und die Fokussierung auf den Wein erleichtere, erklärt Erich.

Das Weingut ist „nachhaltig Austria"-zertifiziert, die Umstellung auf biologische Bewirtschaftung wurde bereits in die Wege geleitet. Christoph Polz legt großen Wert darauf, die Herkunft seiner Weine erkennbar zu machen. Um das Profil der Rieden vom Sausal mit ihrem kristallinen Untergrund zu schärfen, erzieht er diese Weine ausschließlich im Stahltank. Für die anderen Lagen bevorzugt er den Ausbau im Holz, die sensorisch wahrnehmbare Dosis hat er in den vergangenen Jahren merklich zurückgenommen. Gerne experimentiert er auch mit alten Rebstöcken, die in einer kleinen, extrem kalkhaltigen Parzelle auf dem Hochgrassnitzberg stehen. Die Gebietsweine von 2020 sind saftig, trinkanimierend und fein gehalten, die um ein Jahr älteren Ortsweine bringen ihre Herkunft von den kalkhaltigen Böden präzise zum Ausdruck. Eine Klasse für sich sind der Sauvignon Blanc vom Hochgrassnitzberg und der Morillon von der Ried Obegg; beiden drückt der extrem kalkhaltige Untergrund seinen Stempel auf. *ww*

SÜDSTEIERMARK DAC

★★ **S € WR**

2020 Südsteiermark Welschriesling + Gesetzt, reife Äpfel, Hauch rote Zitrusfrüchte; rotfleischige Äpfel, saftig, trinkanimierend, reife Äpfel klingen nach.

★★ **S €€ PB**

2020 Südsteiermark Weißburgunder + Zart, feingliedrig, Birnen und geriebene Haselnüsse; ruhig, feine Säure, zart liniert, frisches Kernobst im Nachhall.

★★ **S €€ GM**

2020 Südsteiermark Gelber Muskateller + Dezent, Zitronenzesten, Kräuter und etwas Holunderblüten; Zitrus, dezente Kräuternote, feine Säure, klar, trocken, Kräuter und Holunder klingen nach.

★★★ **S €€€ CH**

2020 Südsteiermark Morillon + Eigenständig, dezent würzig, filigrane Frucht, frische Mandeln; saftig, lebendig, Zitrus, knackige Nektarinen, gute Substanz.

★★★ **S €€ SB**

2020 Südsteiermark Sauvignon Blanc + Klassisch geprägt, Stachelbeeren, Johannisbeeren, Kräuterwürze, grün-vegetabilische Aromen; vorne dominiert die Frucht, weiter hinten grünblättrige Würze, lebhaft ohne Aggressivität, gute Länge, im Nachhall auch grünfruchtig.

★★★ **S €€€ SB**

2019 Ehrenhausen Sauvignon Blanc + Hauchzarte Würze, kalkiger Untergrund zu erkennen, sanfte Frucht; bunter Fruchtmix, sanfter Druck, gut integrierte Säure, einige Kraft, Struktur, passende Gerbstoffe, ernsthaft.

★★★★ **S €€€€ SB**

2019 Ried Theresienhöhe 1STK Sauvignon Blanc + Paprika, Cassislaub, Stachelbeeren, Johannisbeeren, feingliedrig; schließt aromatisch an, Frucht präsenter als im Bukett, Schieferboden trägt den Wein, feingliedrig, ohne jedes Fett, Frucht und Würze im Nachhall.

★★★★ **S €€€ SB**

2019 Ried Witscheiner Herrenberg Sauvignon Blanc + Dunkle Würze, Beeren, bisschen Malz; auch im Geschmack so, dazu zarte Gewürznoten, gut integrierte Säure, lebhaft, einiger Druck, Prise Gerbstoffe, lang, fruchtig-würziger Nachhall, Potenzial.

★★★★ **K €€€€€€ SB** TIPP

2019 Ried Hochgrassnitzberg GSTK Sauvignon Blanc + Geprägt vom kalkhaltigen Boden, steinig, dezente Würze, Kümmel, Anis, Senfsaat, grünvegetabilische Anklänge; schließt so an, akzentuierte Säure, Struktur, kraftvoll, viel Zitrus, Zug, wird hinten eng, kalkig im Abgang und im Nachhall.

★★★★ **S €€€ CH** TIPP

2018 Ried Grassnitzberg 1STK Morillon + Mix aus feinen Gewürznoten und kühler Gelbfrucht, auch Dörrbirnen; aromatisches Dacapo, voller Leben, saftig, viel Frucht, kalkige Ader, gewisse Straffheit, Gewürzaromen im langen Nachhall.

★★★★★ **K €€€€€€ CH** TOP

2019 Ried Obegg GSTK Morillon + Feingliedrig, Mandeln, exotisch, Maracuja, Kumquats, Prise Petersilie, kalkig; elegant, feinfühliger Holzeinsatz, Walnüsse, Mandeln, animierende Säure, Einlegegewürze und Kletzen, feine Holznote im langen Nachhall.

Weingut
Pongratz

Markus & Sabine Pongratz
8462 Gamlitz-Kranachberg, Sonnleitenweg 73
Mobil +43 676 337 96 52
kontakt@weingut-pongratz.at, www.weingut-pongratz.at
10 Hektar, W/R 95/5

Der junge Winzer Markus Pongratz arbeitet beharrlich an der Qualität seiner Weine, der Trend zeigt nach oben. Seinem ganzen Portfolio ist Herkunftstypizität zu attestieren, und Üppigkeit wird man auf diesem Weingut vergeblich suchen. Die von ihm propagierte feine Linie wird durch die Rieden auf dem Kranachberg begünstigt. Die Ried Hochberg weist einen sandig-lehmigen, leicht kalkhaltigen und von Schotter durchzogenen Boden auf. Der sandige Schotter der Lage Kranachberg ist wasserdurchlässig, er enthält salzige Minerale, die man in den Weinen schmecken kann. Die Spitze der Qualitätspyramide nennt sich „Schwalbenhimmel"; dabei handelt es sich um einen Chardonnay und um einen Sauvignon Blanc, beide aus der Ried Hochberg. Diesen Weinen lässt der junge Winzer viel Zeit – aktuell im Verkauf ist der Jahrgang 2018. Sie liegen zwei Jahre auf der Feinhefe in neuen Barriques, auf eine Batonnage wird bewusst verzichtet. Die Fässer für den Sauvignon Blanc sind nicht getoastet, die Dauben werden mit Heißdampf in Form gebracht. Die Etiketten hat der Künstler Gerald Brettschuh gestaltet. Den Mittelbau des Sortiments bilden die Lagenweine, erkenntlich an den gelben Kapseln. Die Basis mit den grünen Kapseln besteht aus der Linie „Classic" und den nicht näher bezeichneten Gebietsweinen. Sehr gefragt ist der Grauburgunder Ried Hochberg, der neue Stern auf dem Weingut, wie Markus Pongratz betont. Am 18. Dezember 2020 wurde nach langer Zeit wieder einmal ein Eiswein geerntet, der zum Zeitpunkt meiner Verkostung noch gärte – mehr dazu nächstes Jahr. *ww*

SÜDSTEIERMARK DAC

★★★ **S €€ SB**
2020 Sauvignon Blanc Classic + Fein, Stachelbeeren, grüner Paprika, knackige schwarze Johannisbeeren, Cassislaub; schließt aromatisch an, Johannisbeeren noch präsenter, feines Säurespiel, mittlere Länge, lebhaft.

★★★ **S €€€ SB**
2020 Sauvignon Blanc Ried Kranachberg + Lagentypisch kühl und fein, Stachelbeeren, zarte Kräuterwürze; schließt aromatisch an, ergänzt mit Zitrus, Säurerückgrat, gute Substanz, noch jung.

★★★ **S €€ PB** **PLV**
2020 Weißburgunder + Viel Sorte, cremig, reife Birnen, Hauch Haselnusscreme; schließt nahtlos an, Schmelz, rotbackige Birnen, Marillen und Haselnüsse, weiche Säure, einladend, gute Substanz, lebhaft und fruchtbetont im Finish.

★★★ **S €€ CH**
2020 Chardonnay Ried Kranachberg + Fruchtbetont, Birnen, Marillen und Haselnüsse, dabei lagentypisch; feine Linie setzt sich fort, dezent fruchtbetont, elegantes Säurespiel, gute Substanz, Reserven.

★★★ **S €€€ PG**
2020 Grauburgunder Ried Hochberg + Sanft, frische Birnen, Hauch Dörrbirnen, Marillen, Quitten und Honigmelonen; aromatisches Dacapo, reife Frucht, ausgewogen, von feiner Säure getragen, sanfter Druck, lebhaft.

★★★ **S €€ GM**
2020 Gelber Muskateller Kranachberg + Markant, dezent, getrocknete Holunderblüten, Zitronenzesten, Grapefruits, Muskatblüten; straff, fokussiert, Zitrus, Kräuter, Prise Holunderblüten, perfekt integrierte Säure, knochentrocken, im langen Abgang gelb getönte Frucht.

★★★★ **S €€€ SB**
2019 Sauvignon Blanc Ried Hochberg + Fein, Cassis, Pfirsich, rote und weiße Johannisbeeren, zarte Würze; schließt aromatisch an, Zug, feine Struktur, Säurerückgrat, gute Länge, salziges Finale.

★★★★ **K €€€€€ SB** **TIPP**
2018 Schwalbenhimmel Sauvignon Blanc Ried Hochberg + Nobel, druckvoll, neues Holz fast zur Gänze absorbiert, lässt der Frucht Raum, zarteste Würze; verspielt, elegant, bar jeglicher Üppigkeit, jugendliche Frucht, hinten Mandarinenfilets, langer Nachhall, salzig, Finesse.

★★★★ **K €€€€€ SB** **TIPP**
2018 Schwalbenhimmel Chardonnay Ried Hochberg + Ansprechender Holzeinsatz, Nougatcreme, Dörrbirnen, gelbe Birnen, rote Zitrusfrüchte, feinkörnige Gewürze; feine Holznote, Gewürznelken, gelbfruchtig, exotischer Touch, feinmaschig, saftig, Finesse vor Wucht, Gewürze à la Nelken klingen sehr lange nach.

STEIERMARK

★★ **S € GS** **FUN**
2020 Steirischer Mischsatz + (GM/WR/SÄ/CH/SB/PB/MT) Spontan ansprechend, viele Fruchtnuancen und Kräuter; herzhaft, frische Äpfel, Quitten, Prise Kräuter, angenehme Säure, gute Substanz.

Weingut
Stefan Potzinger

Stefan Potzinger
8424 Gabersdorf 12
Mobil +43 664 521 64 44
potzinger@potzinger.at, www.potzinger.at
20 Hektar, W/R 90/10

„2020 war kein besonders heißer Sommer, dafür seit Langem wieder ein Jahr mit ausreichender Wasserversorgung", so resümiert Stefan Potzinger den aktuellen Jahrgang. Es wurde rechtzeitig trocken, und so konnte man in einer „lang gezogenen, relativ stressfreien Lese" auf die gewünschten Gradationen warten. Herausgekommen ist viel Wein bei moderatem Alkohol, alles naturbelassen, nichts aufgebessert, nichts entsäuert, „wir machen den Wein auf dem Stock". Mineralik bräuchte man bei den Weinen nicht einzeln dazuzuschreiben, die Herkunft ist das Um und Auf seines Weinschaffens. Eine spätsommerliche Streuobstwiese zaubert der Gemischte Satz ins Glas, und beim „Steirischen Trinkvergnügen" ist der Name Programm. Der Weißburgunder gehört zu den Topsellern des Hauses, der Muskateller ist wieder Garant für feinsinniges Vergnügen. Einen starken Auftritt legt der Riesling hin, er steigert sich über eine lange Zeit. Erfrischend und gewinnend gefällt der Sauvignon „Tradition", der jugendliche „Czamillonberg" steht noch über der Sorte, und beim „Joseph" fügen sich Holz, Frucht, Sorte, Jahrgang und Herkunft zu einem beeindruckenden Gesamterlebnis. Die großartige Kaltenegg Reserve wird nur ab Hof an langjährige Kunden und Freunde in kleiner Menge abgegeben. „Black Hand" beweist nachdrücklich, dass das Team auch Rot kann. *db*

SÜDSTEIERMARK DAC

★★★ S €€€ GS
2020 Gemischter Satz Alte Reben + Eng geknüpfter mineralischer Schleier, würzig, zart aromatisch, recht burgundisch, helle Blüten; lustvolles Hin und Her zwischen Frucht und Herkunft, gutes Volumen, unbeschwerte Unterhaltung auf hohem Niveau.

★★★ S €€ PB
2020 Weißburgunder Tradition + Ruhig beginnend, durchaus fordernd, sehr mineralisch, was sich auf dem Gaumen bestätigt; reife Zitrusnoten, fein nussig, kreidiger Schleier, spannend, öffnet sich wunderbar, Zitrus-Traubenzucker, Grapefruit-Bitternoten, super Länge.

★★★ S €€ GM
2020 Gelber Muskateller Tradition + Zarter Einsatz, öffnet sich mit Luft und Temperatur; sehr elegant, feingliedrig, gute, wenn auch noch delikate Sortenpräsenz, appetitliche Säure, mineralischer Schleier.

★★★ S €€ SB PLV
2020 Sauvignon Blanc Tradition + Reife und doch noch zischige Zitrusfrucht, aromatisch bis hin zu Bergamotte, gelber und grüner Paprika, auch etwas pfeffrig; resche Säure bildet mit steinigem Untergrund fast eine Barriere, hell- bis rotbeerige Frucht, Ribisel, Stachelbeere, erfrischend und gewinnend.

★★★ S €€€ SB
2019 Sauvignon Blanc Ried Czamillonberg + Reife, tiefe Anmutung, Herkunft steht über der Sorte, Dill, Senfsaat, nicht der vordergründige plakative Typ, unterhaltsames Süße-Säure-Spiel, mineralischer Grip, sehr gute Länge, noch recht jugendlich.

★★★★ S €€€€ SB TIPP
2019 Sauvignon Blanc Joseph Ried Sulz + Dunkle Sauvignon-Frucht in präsentes süßes Holz gepackt, Cassis, Vanille, geröstete Paprika; Holz, Frucht, Sorte, Jahrgang und Herkunft fügen sich schon gut zusammen, noch recht griffig im Ausklang, vielschichtig und leichtgängig, sehr gute Länge mit viel Sauvignon-Flair im Nachhall.

★★★★ S €€€ CW
2017 Kaltenegg Reserve + (TR/SB/CH) Wunderschöne, elegante Traminer-Frucht, Eibischzuckerl, Rose, Kumquats, Weihrauch; ein herrliches Maul voll Wein, der Traminer hat weiter das Sagen, Sauvignon trägt mit Cassis zur Vielfalt bei, Chardonnay befeuert das Ganze mit herzhafter Säure, gefährlich süffig.

STEIERMARK

★★★ S € CW
2019 Steirisches Trinkvergnügen + Frisch, traubig, Mandarine, Blutorange, Litschi, blitzsauber, sehr saftig; knochentrocken mit hübschem Fruchtcharme, mittlere Substanz, einfach zum Nachschenken.

★★★★ S €€€ RI TIPP
2019 Riesling vom Schiefer halbtrocken + Ausladend mit erster Reife, etwas Feuerstein, Cumin, kandierte Südfrüchte, reife Ananas, Tiefgang; wunderschönes Spiel aus Frucht, kleinem Zuckerrest (9), peppiger Säure und natürlich auch deutlicher Mineralik, Kamille, starke Sache.

★★★ S €€€ CR FUN
2016 Black Hand + (ZW/ME/SY) Üppiger Fruchtausdruck, dunkelbeerig, Tinte, frische Kräuter, Lorbeer, Salbei, Tomatenrispen und getrocknete Oliven, bei aller Tiefe und Dichte recht lebensfroh; dunkler Beerenmix, saftig und süß, schon seidige Tannine, lebendige Säure, herrlicher Trinkfluss, anspruchsvolles Vergnügen.

Weingut
Primus

Christian & Thomas Polz
8472 Grassnitzberg, Am Graßnitzberg 15
Tel. +43 664 870 64 79
weingut@primus.cc, www.primus.cc
17 Hektar, W/R 100/0, 80.000 Flaschen/Jahr

Im Vergleich zu den vergangenen Jahren war 2020 ein relativ spätes Weinjahr, mit der Lese wurde in der letzten Septemberwoche begonnen. „Eigentlich normal", erinnert sich Christian Polz, „mit einem Sommer wie früher." Mit ihren Weinen wollen Christian und sein Bruder Thomas prinzipiell deutlich später auf den Markt kommen, den Jahrgangswechsel hinauszögern, deshalb geben sie heuer eine eher schmale, doch wie immer beeindruckende Auswahl zum Besten. Im Weingut kann auch noch ein Blick über die Grenzen auf die slowenischen Weine geworfen werden, Stichwort Muschelkalk. Welschriesling und Weißburgunder zeigen als eher neutrale Sorten recht deutlich, was es mit dem Boden hier auf sich hat. Während der Welsch vom Start weg bestes Steirermark-Feeling verströmt, hat der Kalk den Weißburgunder noch fest im Griff. Der Chardonnay Ehrenhausen kommt zu 100% aus dem Stahl, der Zieregg-Ehrenhausen wurde in neuen und gebrauchten kleinen Fässern vergoren und blieb auch bis kurz vor der Füllung im Holz, er ist dankbar für ein großes Glas und etwas Zeit. Klassisch steirisch wird es wieder mit dem substanzreichen „kleinen" Sauvignon, dem man auch etwas Luft gönnen sollte. Trauben mit hoher Reife wurden für den Grassnitzberg geerntet und klassisch mit langem Hefelager ohne Rühren ausgebaut. Herausgekommen ist eine perfekte Darstellung von Sorte, Herkunft und Jahrgang. Vom Grassnitzberg kommt schließlich noch ein Musterbeispiel eines Muskatellers. Die Preise sind wie immer sehr konsumentenfreundlich. *db*

SÜDSTEIERMARK DAC

★★ **S € WR**

2020 Welschriesling + Grüne und gelbe Äpfel, kalkig straff, reife Zitrusfrucht, ansprechend, zart aromatischer Einschlag; erstaunliche Fülle, fruchtsüß, dann knackige Säure, typisch für Sorte und Herkunft, etwas Birne im Ausklang, eine Spur Gerbstoff und kalkiger Grip.

★★★ **S €€ PB**

2020 Weißburgunder + Hell blütenduftig, frisch und freundlich, zart karamellig, etwas röstig; gute Fülle, zeigt am nächsten Tag anregenden Kontrast aus Fruchtsüße und fest zugreifender Mineralik.

★★★ **S €€ CH**

2019 Chardonnay Ehrenhausen + Ganz ruhig, fast meditativ, etwas Heu, trockenes Laub, Blumen, hellfruchtig, ein Hauch Kamille; Kamille auch zum Einstieg, fast prickelnd besetzt die kalkige Herkunft den Gaumen, Frucht erst in Ansätzen vorhanden, schon recht lang, ein fordernder Genuss.

★★★ **S €€€ CH** TIPP

2020 Chardonnay Ehrenhausen + FP, Saftige, fein süße Frucht, gelbe Äpfel, Zimt, Trockenaromen nach Kräutern, Laub und Blüten, etwas Honig; sehr gute Fülle, viele Steinobstnoten, fruchtsüßer Eindruck bleibt lange hängen, dann kräftiger mineralischer Zugriff, engt den Fruchtauftritt ein, guter Ansatz.

★★★★ **S €€€€ CH** TIPP

2018 Chardonnay Ried Zieregg-Ehrenhausen + Einnehmende Kombination aus Holz und Frucht, herbstlich reif getönt, Zimt, ein Tropfen Honig, trocknendes Laub, etwas barocke Erscheinung; kleidet den Mund vollständig aus, wechselt zwischen kalkiger Spannung und frucht- und holzsüßer Unterhaltung, schon recht zugänglich, sehr gute Länge.

★★ **S €€ SB**

2020 Sauvignon Blanc + Röstig, etwas grünwürzig, Sorte mit Paprika und Cassis angedeutet; belebendes Säurespiel, Sortenausdruck kommt mit Luft, herrliche Länge mit festem Grip.

★★★★ **S €€€ SB** TIPP

2019 Sauvignon Blanc Ried Grassnitzberg + Sorte dunkel und kernig präsent, eingelegte Pfefferoni, Dillgurken, Senfsaat, vielschichtig und kraftvoll; geht mächtig auf, Kohlensäure, Säure und der kalkige Grassnitzberg sorgen für Ausgleich, schon wunderbar zugänglich, tolle Länge, ein Hochgenuss.

★★★★ **S €€ GM** FUN

2020 Gelber Muskateller Ried Grassnitzberg + Ganz fein strukturierte, vielfältige Frucht, stellt die Sorte perfekt dar, gewisse Schärfe, rosa Pfeffer, auch etwas rosenduftig, Marzipan, Bergamotte; setzt sich druckvoll fort, mächtige Erscheinung, großartige Länge, dabei süffig und verführerisch.

Weingut
Erwin Sabathi

Erwin Sabathi
8463 Leutschach an der Weinstrasse, Pössnitz 48
Tel. +43 3454 265
weingut@sabathi.com, www.sabathi.com
51 Hektar, W/R 100/0

„Unsere Weine sind Ausdruck unseres Terroirs", bringt Erwin Sabathi sein Leitbild auf den Punkt. Dieser Betriebsphilosophie ist alles untergeordnet. Weil biologische Bewirtschaftung die Reben stärkt und den Trauben zu mehr Ausdruck verhilft, sind seit 2019 alle Weine bio. Um große Gewächse machen zu können, müssen sich Boden und Rebstock im Gleichgewicht befinden, ist der Winzer überzeugt. Äußerlich sichtbares Zeichen der naturnahen Bewirtschaftung sind die kleinwüchsigen, bergtauglichen Krainer Steinschafe, die in allen steilen Weingärten weiden; knapp 200 solcher „Mitarbeiter" hat Erwin Sabathi angestellt. Auch bei den Korken setzen die Sabathis auf Bio. Sie werden von einer kleinen Firma in Portugal produziert, jeder einzelne wird sensorisch beurteilt und freigegeben. Auf dem Weingut werden weder Reinzuchthefen noch Enzyme eingesetzt, auf Klärschönung wird verzichtet, filtriert wird sanft.

Doch zurück zur Herkunft, zum Terroir. Die trockenen Weine – und das ist der mit Abstand größte Teil des Sortiments – entsprechen den DAC-Herkunftsregeln. Folgerichtig gliedert sich das Angebot in Gebietsweine, Ortsweine Leutschach und Riedenweine. „Die Orts- und Riedenweine sollen anspruchsvoll sein, die Gebietsweine verständlich", erklärt Erwin Sabathi seine Marschrichtung. Sauvignon Blanc wird ausschließlich im neutralen Holz ausgebaut, schmeckbare Eiche ist nur beim Chardonnay ein Thema. Für alle Lagen wird das gleiche Holz verwendet, um so den Riedencharakter zu schärfen und nicht durch unterschiedliche Hölzer zu verwässern.

Weil einige Weingärten extrem viel pflanzenverfügbaren Kalk aufweisen, hat der Winzer auf spezielle Unterlagsreben aus Frankreich gesetzt, wie sie auch in Burgund verwendet werden. Die tonhaltige Ried Saffran ist eine Monopollage der Sabathis, benannt nach Hans Saffran, dem Vorbesitzer des Weinguts. Die Familie Sabathi verfügt über Anteile an bekannten Rieden wie Poharnig, Krepskogel und Jägerberg, die Lage Pössnitzberg besitzt die höchste Reputation. Sie ist extrem steil, der kalkhaltige Opokboden prägt den Charakter der Weine.

Erwin Sabathi führt das Weingut, das zur Gruppe der STK-Winzer gehört, gemeinsam mit seiner Frau Patrizia, unterstützt durch seine Brüder Christoph – hauptsächlich im Büro anzutreffen – und Gerd, zuständig für die Weingärten. Um den Kunden zehn Jahrgänge anbieten zu können, wurde im Frühjahr 2021 mit dem Bau eines neuen Weinlagers begonnen. *ww*

SÜDSTEIERMARK DAC

★★ S €€€ GM
2020 Gelber Muskateller Südsteiermark + Dezent und betont zitrusfruchtig, Zitronenzesten, Kräuter, sortentypisch; schließt aromatisch an, angenehme und erfrischende Säure, im Abgang und im Nachhall kräuterwürzig mit Grapefruits.

★★★ S €€€ GM
2019 Gelber Muskateller Ried Krepskogel + Kalkhaltiger Opok-Boden bereits im Duft bemerkbar, fein angelegt, Anklänge von Mandarinen, auch reife Marillen, zarte Kräuterwürze; betont fruchtig, zarter Schmelz, sanft bei guter Fülle, Kräuter und Grapefruitzesten im Finish und im Nachhall.

★★★ S €€€ SB
2020 Sauvignon Blanc Südsteiermark + Auf eine dezente Weise sortentypisch, grüner Paprika, Prise grünblättrige Würze, tief im Glas Johannisbeeren und Stachelbeeren; markanter Zug, quicklebendig, kühle Frucht, grünblättrige Aromen unterlegt, im Abgang und im Nachhall Grapefruits.

★★★ S €€€ SB PLV
2019 Leutschach Sauvignon Blanc + Pointierte Sortenaromatik, exotisch angehaucht à la Maracuja, aber auch reife Stachelbeeren, kündigt Substanz an; der Gaumen hält dieses Versprechen, sanfter Fruchtschmelz, freundlich, zarte Bodentöne, im Finish auch ein wenig Zitrus, für einen Ortswein bemerkenswerte Länge.

★★★ S €€€€ SB
2019 1STK Ried Poharnig Sauvignon Blanc + Reife rote Früchte, sanft und kompakt, filigrane Würze, Cerealien tief im Glas; saftig, sanfter Druck, viel Frucht, belebendes Säurespiel, gute Länge, geht mit Zitrus und feiner Würze ab.

★★★★ K €€€€€ SB
2019 GSTK Ried Pössnitzberg Sauvignon Blanc + Kompakt, druckvoll, klassische Prägung auf hohem Niveau, grünvegetabilische Anklänge, Johannisbeeren, Prise Cassislaub und Grapefruit, Opokboden zu erkennen; aromatisches Dacapo, stoffig, präzise, integrierte Säure, zarter Fruchtschmelz, große Länge, der Untergrund kommt durch.

★★★★ K €€€€€€ SB TIPP
2019 GSTK Ried Pössnitzberg Alte Reben Sauvignon + Nobel und kräftig, kein schmeckbares Holz, reife Stachelbeeren, Hauch Cassis; schließt aromatisch nahtlos an, viel Substanz, kompakt, wird hinten eng und kalkig, Orangenzesten, Kumquats, lang, beachtliche Reserven.

★★★★ K €€€€€€ SB TIPP
2018 GSTK Ried Pössnitzberger Kapelle Sauvignon + Tiefe Frucht, vielschichtig, kündigt Kraft an, zarter Würzeschleier, Bodentöne; schließt aromatisch nahtlos an, ruhig strömend, gesetzt, Tiefgang, viel Kraft, beachtliche Länge, salzig im Abgang und im langen Nachhall, monolithischer Sauvignon.

★★★ S €€€ CH
2019 Leutschach Chardonnay + Sortentypisch, dezent, kalkig-würzig, filigrane Frucht; saftig, Säurerückgrat, zarte Fruchtaromen, lebhaft bei mittlerer Länge.

★★★ K €€€€ CH
2019 GSTK Ried Pössnitzberg Chardonnay + Markante Bodentöne, Schießpulver, Orangen angedeutet; Zug, rote Zitrusfrüchte, die Bodentöne wieder und erinnern an Schießpulver und Grafit, feines Säurerückgrat bis in den Abgang hinein.

★★★★ K €€€€€ CH
2019 Ried Saffran Chardonnay + Kühl, gebündelt, puristisch, dunkel getönt, zarteste Gewürznoten; diese Charakteristik findet ihre Fortsetzung, frei von jeglicher Üppigkeit, präzise, Verzicht auf schmeckbares Holz, lebhaft und lang, wird hinten eng.

★★★★ K €€€€€€ CH TIPP
2019 GSTK Ried Pössnitzberg Alte Reben Chardonnay + Profund, vielschichtige Aromatik, Beeren, würzig, Boden kommt durch; tiefe Frucht, elegantes Säurespiel, kalkige Noten, Druck und Zug, steinig im Abgang, Holz ist kein Thema, kein Gramm Fett, auf das Wesentliche reduziert, große Länge, große Klasse.

★★★★★ K €€€€€€ SB TOP
2018 GSTK Ried Pössnitzberger Kapelle Chardonnay + Markante Bodentöne, dunkel, Feuerstein, Kalk, hauchzarte Gewürznoten, Druck bei gutem Fokus; schließt mit dezenter Würze an, Schmelz, Kraft, Opok-Boden prägt den Wein, lang, bracht noch Zeit.

Weingut
Hannes Sabathi

Hannes Sabathi
8462 Gamlitz, Kranachberg 51
Tel. +43 3453 2900
office@hannessabathi.at, www.hannessabathi.at
40 Hektar, W/R 99/1

Hannes Sabathi ist nicht der lauteste Winzer. Er lässt lieber seine Weine sprechen – und da zählt der Winzer vom Kranachberg zu den besten der Steiermark. Was die Weine auszeichnet? Sabathi fängt unverkennbar das Terroir seiner Rieden ein und gönnt seinen Riedenweinen Zeit beim Ausbau – das gilt auch für seine Burgunder-Ortsweine. Nur sein frischer Gamlitzer Sauvignon Blanc darf früher strahlen.

Die Burgunder ziehen ihre Kraft vor allem vom Jägerberg, der sandig lehmig geprägt ist und sich mit seinen Kalk-Einschlüssen perfekt für Burgunder und Morillon eignet. Der Sauvignon Blanc ist auf dem Kranachberg zu Hause. Diese kühlere, höher gelegene Große STK-Lage hat sandig-schottrige Böden, die dem Wein viel Mineralität und Kräuterwürze geben – was Sabathi in einem brillanten Kranachberg 2019 und einer gigantischen Kranachberg-Reserve 2017 eingefangen hat.

Seit ein paar Jahren hat Sabathi auch beim Sauvignon den kurzen Weg nach Leutschach genommen, wo er in der „Lores", einer Subriede des Pötznitzbergs, einen interessanten Wein vom typisch steirischen Opok-Boden zieht. Ganz anders wiederum ist Sabathis Ausflug nach Graz, wo der Winzer seit ein paar Jahren unter dem Label „Falter Ego" duftig-knackig-frische „Stadtweine" macht. Die Sabathi-Spielerei in Graz ist nicht groß, aber interessant. *hp*

SÜDSTEIERMARK DAC

★★★ **G €€€ PB**
2019 Weißburgunder Gamlitz + Gebrannte Nüsse, Oliven, moosig, generell Waldboden; relativ salzig und straff, guter Gerbstoff, einige Würze, betont trocken, Grapefruitbitterl, mittlere Länge.

★★★ **G €€€ CH** PLV
2018 Chardonnay Gamlitz + Geröstete Noten, Pistazien, Banane, Birnen, leichte Würze, braucht Luft; Orange und Mandarine, Oliven, Kräuter, Nougatschoko-Note, schon druckvoll, läuft saftig aus.

★★★ **G €€€ PG**
2019 Grauburgunder Ried Jägerberg 1STK + Gute Dichte, tiefgründig, rauchig, Waldhonig, etwas Wachsnoten, Lakritze, dezent Orange; rund und weich, tropische Frucht, Maracuja, Zitrus, kalkig, samtig auslaufend.

★★★★ **G €€€ CH**
2019 Chardonnay Ried Jägerberg 1STK + Leicht reduktiv, kalkig-kreidig, schöne Burgunderfülle, weiß-pfeffrig, gute Tiefe, fein-röstig; Orangenzesten, pfeffrig, super Gerbstoff, kalkig, facettenreicher Wein mit Potenzial und Länge.

★★★ **G €€€ SB**
2020 Sauvignon Blanc Gamlitz + Reife Schoten, wirkt wuchtig, dezent röstig und rauchig; samtige Kräuterwürze, Mandarinen, viel Säure, paprizierte Frucht, salzige Mineralität, klare Kranachberg-Stilistik, relativ lang.

★★★★ **G €€€€ SB**
2019 Sauvignon Blanc Leutschacher Ried Loren + Leicht reduktiv, Schoten, Bitterorangen, Quitten, Melisse, fein gewoben; charmantes Toasting, helles Nougat, kompakte Säure und Mineralität, Limette, Johannisbeere, guter Abgang.

★★★★★ **G €€€€ SB** TOP
2019 Sauvignon Blanc Ried Kranachberg GSTK + Geschmeidige Frucht, gelber Paprika, würzig und salzig, Oliven, Kakao, super Volumen; saftige Frucht mit Säurekick, reifer Paprika, elegante Holzeinbindung, reichhatige Substanz, attraktive Länge.

★★★★★ **G €€€€€€ SB** TOP
2017 Sauvignon Blanc Ried Kranachberg GSTK Reserve + Jede Menge Stoff und Tiefe, feines Toasting, Fruchtexotik, Limettenschalen, kühl-aromatisch; enorm druckvoll, Mandarinen, viel Blutorange, beeindruckende Länge, Potenzial für Jahrzehnte.

WESTSTEIERMARK

★★★ **G €€€ SB** FUN
2020 Sauvignon Blanc „Falter Ego" + Duftfrisch, grasig, viel Sorte, gewürzige, schotige Noten; Bilderbuch-Sauvignon mit kühlen Noten, exotischem Fruchtspiel, grüne Ananas, Paprikaschoten, super Säurebiss, Fun von A bis Z.

BIO

Familienweingut
Sattlerhof

8462 Gamlitz, Sernau 2
Tel. +43 3453 2256, Fax 5732
weingut@sattlerhof.at, www.sattlerhof.at
35 Hektar, W/R 95/5, 140.000 Flaschen/Jahr

Der Sattlerhof und der Sauvignon Blanc – das gehört zusammen wie der weiße Panther auf grünem Schild im steirischen Landeswappen. Mehr als die Hälfte der Weingärten ist mit Sauvignon Blanc bestockt. Das hat Winzer Willi Sattler über viele Jahre geschaffen – und das wollen seine Söhne Andreas und Alexander so weiterführen, auch wenn die jungen das eine oder andere Mal ihre eigenen Interpretationen entwickeln.
Wie viel Vielfalt und Charakteristiken der Fokus auf Sauvignon Blanc bietet, zeigen die Sattlers in mittlerweile sechs unterschiedlichsten Riedenweinen – wobei an der Spitze nach wie vor der Kranachberg steht. Es ist seit Jahrzehnten Sattlers Signature-Wein und beim Sauvignon Blanc generell oft Maß der Dinge. Konsequent baut Sattler den Kranachberg im Stahltank aus. Nur in ganz großen Weinjahren gibt es, on top, vom Kranachberg einen Sauvignon „Privat", bei dem Holzausbau zum Thema wird. Der Jahrgang 2015 ist gerade am Start. Wo immer man eine Flasche entdeckt, sollte man zuschlagen! Mit der noch relativ jungen Grassnitzburg entwickelt sich immer mehr ein weiterer markanter Sauvignon. Doch dieser Wein braucht immer etwas mehr Zeit. Generell ist Zeit bei Sattler-Weinen entscheidend. Egal ob Sauvignon oder Burgunder, auch da haben die Sattlers viel zu sagen, dekantieren Sie die Riedenweine – der Genuss wächst zum Quadrat. Und die besten Weine vom Sattlerhof sind zeitlos gut ... *hp*

SÜDSTEIERMARK DAC

★★★ **G €€€ CH**
2018 Morillon Ried Kapellenweingarten + Relativ reichhaltig, Pilze, cremig, tabakig, Wiesenkräuter; frische, kühl-aromatische Frucht, rosa Grapefruit, trinkvergnüglich, passable Länge.

★★★★★ **G €€€€€ CH** TOP
2017 Morillon Ried Pfarrweingarten GSTK + Samtiges Tannin, Oliven, Windgebäck, vielschichtig, enorme Tiefe; Nougat, Kakao, Trockenfrüchte, Nüsse, kreidig, eleganter Burgunder mit enormer Länge.

★★ **G €€€ SB**
2019 Sauvignon Blanc Gamlitz + Salzig, schotig, Kräuterwürze; animierende Säure, kühl, Blutorangen, saftig.

★★★ **G €€€€ SB**
2019 Sauvignon Blanc Ried Marein + Viel Kräuterwürze, Brennnessel, reife Schoten, Orangenzesten; charaktervoller Sauvignon mit viel grünem Paprika und Würze, mineralisch, ansprechende Länge.

★★★ **G €€€€ SB**
2019 Sauvignon Blanc Ried Kapellenweingarten + Weiche Noten, rauchige Kühle, Minze, Brennnessel; relativ saftige Schoten, bisschen Orangen, kühl-würzig, betonte Säure, sehr klassisch, mittlere Länge.

★★★ **G €€€€ SB**
2019 Sauvignon Blanc Ried Sernauberg 1STK + Viel Johannisbeere, Holunderblüten, super Sortentypizität; kühl und straff, mineralisch unterlegte Frucht, Gelber Paprika, tolle Säure, trinkig, gute Länge.

★★★★ **G €€€€ SB**
2019 Sauvignon Blanc Ried Pfarrweingarten GSTK + Dezent reduktiv, weiche tropische Früchte, Maracuja, Grapefruit, roter Paprika, etwas Würze; salzige Frische, mediterrane Kräuter, herzhafter Biss, elegante Säure, langer Abgang.

★★★★★ **G €€€€€ SB** TOP
2018 Sauvignon Blanc Ried Kranachberg GSTK + Markante Kranachberg-Stilistik, kühlwürzig und enorm salzig, viel Johannisbeeren; stoffig und hochreife Frucht, Cassis pur, kühle Würznoten, straffe Mineralität, superlang.

★★★★ **G €€€€€€ SB** TIPP
2017 Sauvignon Blanc Grassnitzburg Ried Hochgrassnitzberg + Enorm kalkig, zarte Mineralität, viel Kräuter, tropische Früchte; viel Terroir-Charakter, mineralisch, grüne Ananas, Schoten, messerscharf mit Länge und Riesenpotenzial.

★★★★★ **G €€€€€€ SB** TOP
2015 Sauvignon Blanc Privat + Hochreife Südfrüchte, eingelegter roter Paprika, dezente Würze, Waldhonig, süßes Holz; balanciert, kühle Frucht mit verspielter salziger Note, Johannisbeere pur, Blutorange, feine Eleganz, Mega-Potenzial, endlos lang.

★★★★ **G €€€€€ SB** TIPP
2017 Sauvignon Blanc TBA + Sauvignon-Konzentration, tropischer Fruchtmix, Maracuja, Mango, viel Mineralität; dezente Würze, Honignoten, reife Ananas, Dörrmarillen supersaftig, klirrende Säure, enorm lebhaft, TBA mit Pfiff und Länge.

ÖSTERREICH

★★★ **G €€€€ SB**
2017 Pinot Noir „Freude am Leben" + Würzige Frucht, Dörrobst, Ribisel und Pflaumen, einige Tiefe; strukturgebender Gerbstoff, straff und salzig, Herzkirschen, eigenständiger Burgunder.

Bischöflicher Weinkeller
Schloss Seggau

8430 Leibnitz, Seggauberg 1
Tel. +43 3452 824350
weinkeller@seggau.com, www.seggau.com
7,77 Hektar, W/R 89/11

Im bischöflichen Weinkeller Schloss Seggau hat sich sehr viel getan in letzter Zeit. Ursula Lechenauer ist organisatorisch für alles verantwortlich, was mit Wein zu tun hat. Die Bewirtschaftung der bischöflichen Weingärten und die Vinifizierung der Trauben wurden zu Beginn des Jahres 2020 der Landwirtschaftlichen Fachschule für Obst- und Weinbau Silberberg übertragen. Diese Partnerschaft liegt schon aus rein geografischen Gründen nahe, man kann vom Schlossareal direkt auf das Landesweingut Silberberg hinuntersehen. Aus der Sicht der Verantwortlichen wurde damit weinmäßig ein neues Kapitel in der mehr als 1000-jährigen Geschichte von Schloss Seggau aufgeschlagen. Der erste Wein aus dieser Zusammenarbeit wurde im Spätherbst 2020 in Form des Junkers präsentiert. Neu sind auch die Etiketten, die von der steirischen Künstlerin Renate Krammer entworfen wurden; sie sollen an die Hügellandschaft der Südsteiermark erinnern.

Mit seinen Weingärten an den Hängen des Sausals verfügt Schloss Seggau über ausgezeichnete Rieden. Hier wachsen die Reben auf kristallinem Verwitterungsgestein, das für filigrane Weine mit ausgeprägtem Herkunftscharakter sorgt. Die Lagenweine waren zum Zeitpunkt unserer Verkostung noch nicht fertig, weshalb wir uns auf die Basislinie beschränkt haben. Diese Weine zeichnen sich durch Frucht, Trinkfluss und Feinheit aus.

Das Schloss hat sich einen guten Namen für Kongresse, Seminare und Hochzeiten gemacht. Ein eigenes Hotel gehört dazu. Das weitläufige Gelände schließt im Norden mit dem über 300 Jahre alten Bischöflichen Weinkeller ab, der zu den ältesten und größten in Europa zählt. Die beeindruckende Landschaft, die historische Bausubstanz in Kombination mit moderner Architektur, die vielen Kunstschätze und nicht zuletzt der Wein üben eine magische Anziehungskraft auf die internationale Gästeschar aus. *ww*

SÜDSTEIERMARK DAC

★★ **S €€ WR**

2020 Welschriesling + Knackige Äpfel, ein Hauch von hellen Blüten; animierendes Säurespiel, frische Äpfel, im Abgang und im Nachhall auch eine Prise Kräuter, mittlere Länge.

★★ **S €€€ PB**

2020 Weißburgunder + Sortentypisch, zart, Anklänge von frischen Haselnüssen und Kernobst, Hauch Pistazien; nussig-fruchtig, weißfleischige Birnen, zarter Schmelz, mittelgewichtig, trinkanimierend.

★★ **S €€ GM**

2020 Gelber Muskateller + Als Sorte unverkennbar mit Holunderblüten, gelben Zitrusfrüchten, einem Hauch Muskatnuss und einer Prise Kräuter; saftig, unaufdringliche Säure, lebendig und einladend, die Aromen vom Bukett kommen wieder, im Finish Holunderblüten und Grapefruitzesten, diese Aromen klingen nach.

★★★ **S €€€ SB** **PLV**

2020 Sauvignon Blanc + Auf eine dezente Weise klassisch geprägt, grünblättrige Würze, ein Hauch Paprika, dazu Stachelbeeren, freundlich; schließt aromatisch an, ein bisschen Zitrus kommt dazu, belebendes Säurespiel bei mittlerem Körper, Frucht und Würze im Nachhall.

STEIERMARK

★★ **S €€ GS** **FUN**

2020 Steirischer Mischsatz + Ansprechendes, einladendes Bukett, in dem sich Holunderblüten und Kräuter ebenso finden wie Stachelbeeren und Äpfel; saftig, zugänglich, sanfte Säure, viel Frucht, feine Würze, für den geringen Alkohol überraschend stoffig.

★★★ **S €€ CW** **PLV**

2020 Messwein + Äpfel, Kräuter eingestreut, frisch und kompakt; einige Substanz, fast mollige Frucht, Schmelz, einladend, sanfte Säure, grüne Äpfel und Kräuterwürze klingen lange nach.

Weingut
Schmölzer

Gustav & Nicol Schneeberger
8444 St. Andrä-Höch, Sausal 72
Tel. +43 3185 8247
info@weingut-schmoelzer.at, www.weingut-schmoelzer.at
20 Hektar, W/R 90/10

Gustav Schneeberger ist ein Tüftler, der seinen Betrieb stetig nach oben führt. Er lege Wert auf große Vielfalt; aktuell finden sich 30 verschiedene Weine im Angebot. „In dieser Hinsicht ist das Weingut Kollwentz mein großes Vorbild", sagt der engagierte Winzer. Aufgefallen ist er uns vor einigen Jahren durch charakterstarke Muskateller, aber auch durch eine breite Palette an Sauvignon Blanc. Die aktuelle Serie zeigt, dass er ebenso für die Burgundersorten eine glückliche Hand besitzt. Als herausragend ist der Morillon Privat zu apostrophieren, den Gustav Schneeberger nach seiner Tochter Emma benannt hat. Dafür hat er die besten Trauben ausgelesen und diesen hochwertigen Rohstoff im kleinen Holz ausgebaut.

Die Basis des Sortiments in Weiß nennt sich „classic", darüber sind die Lagenweine angesiedelt, die Spitze bildet die Linie „Privat". Rotweine, süße Prädikate und Schaumweine runden das Portfolio ab. Ausgebaut werden die Weine im Stahltank, im großen Holzfass, teilweise auch in Barriques.

Die Reben wurzeln in überwiegend kalkfreiem, kristallinem Untergrund. Dank dieser kargen Böden können die Muskateller-Trauben sehr lange an den Stöcken hängen. Die Ried Gaisriegl ist vergleichsweise hoch gelegen und sehr steil, der Boden besteht hauptsächlich aus rotem Schiefer. Von dieser Lage gibt es in sehr guten Jahren auch einen Riesling aus der Magnum, leider nur in mehr als überschaubarer Quantität. Den 2019er haben wir vergangenes Jahr vorgestellt, der 2020er ist noch nicht fertig, zeigt aber hervorragende Ansätze. *ww*

SÜDSTEIERMARK DAC

★★★ S €€ GM

2020 Gelber Muskateller Ried Gaisriegl + Sanft, unplakativ sortentypisch, feine Melange aus floralen Noten, Kräutern und Zitrus; aromatisches Dacapo, fast filigran, kristalliner Boden kommt durch, Grapefruits im Finish und im Abgang.

★★★★ S €€€ GM **TIPP**

2020 Gelber Muskateller Privat + Abgeklärt, ruhig, getrocknete Kräuter, Holunderblüten, Heublumen und Grapefruitzesten; klare Frucht und Kräuter harmonisch, ruhig, zugängliche Säure, gute Länge, elegant und eigenständig.

★★★ S €€ PB **PLV**

2020 Weißburgunder Ried Hederer + Sorte und Herkunft unverkennbar, frische Haselnüsse, Kräuter, auch florale Anklänge und Birnen; schließt nahtlos an, angenehmes Säurespiel, glockenklar, gute Länge.

★★★ S €€€ PG

2020 Grauburgunder Ried Harrachberg + Frisch, dezent, sortentypisch, Birnen, etwas Dörrbirnen, Haselnüsse; nussig, fruchtig, Birnen, Äpfel und Prise Zitrus, fein liniert, ungemein lebhaft, Herkunft vom Sausal unverkennbar.

★★★ S €€€ SB

2018 Sauvignon Blanc Ried Hederer + Nussig, Kräuter, Galiamelone und Sternfrucht; sympathische Melange aus grünfruchtigen Aromen und Kräutern, konsolidiert, angenehme Säure, verabschiedet sich mit grünen Tropenfrüchten, Stachelbeeren und Kräutern.

★★★★ S €€€ SB **FUN**

2018 Sauvignon Blanc Ried Gaisriegl + Auf eine noble Art ungemein fruchtig, rotbackige Birnen, gelbe Äpfel, etwas Karambole; charmante Fortsetzung, elegante Fruchtmelange, zarte Säure, winzige Prise Kräuter im Finish, eigenständig mit Trinkspaß.

★★★★ S €€ SB

2020 Sauvignon Blanc Ried Grillbauer + Feinkörnige Würze, Boden schwingt mit, tief im Glas kühle grüne Frucht; schließt fruchtbetont an, Würze hauchzart unterlegt, kein Gramm Fett, Grapefruitzesten und Bodentöne im Abgang und im langen Nachhall.

STEIERMARK

★★ S €€ PB

2020 Weißburgunder classic + Sortenaffin, Äpfel, frisch geerntete Haselnüsse, knackige Birnen; schließt so an, lebhaft, beschwingt, animierend, mittleres Gewicht, glockenklar.

★★ S €€ SB

2020 Sauvignon Blanc + Frisch, Kräuter, Galiamelone, Johannisbeeren und Cassislaub; auf dem Gaumen auch Zitrus und Äpfel, kräuterbetont, lebhafte Säure, mittlere Länge.

★★★★ S €€€€ SB **TIPP**

2018 Sauvignon Blanc Privat + Druckvoll, reife gelbe Früchte, Fenchelsaat, Anis; schließt mit den gleichen Gewürznoten an, gelbe Äpfel und reife Maracuja unterlegt, zugängliche Säure, große Länge, Gewürznoten klingen lange nach, Potenzial.

★★★★★ S €€€€ CH **TOP**

2018 Emma 1 Morillon Privat + Feine Holznote, Gewürzbouquet, bodenständige Würze, Anklänge von Mandarinenschalen und Sandelholz; kräftig ohne Opulenz, kristalliner Untergrund kommt durch, in sich ruhend, feine Pikanz, elegant, lang, beste Perspektiven.

Weingut
Schwarz – Kitzeck

Werner Schwarz
8442 Kitzeck, Greith 35
Tel. +43 3456 3064 Fax 2745 2
wein@schwarz-kitzeck.at, www.schwarz-kitzeck.at
10 Hektar, W/R 100/0, 50.000 Flaschen/Jahr

Hans Schwarz, der Senior auf dem Weingut hoch oben in Kitzeck, hat vor Jahren die Weichen in Richtung Qualität und Herkunft gestellt. Noch immer ist er seinem Sohn Werner eine große Stütze, ist mitverantwortlich für den Stil der Weine. Werner Schwarz obliegt neben der Arbeit in den Weingärten und im Keller die Repräsentation des Familienweingutes nach außen. Die Familie verfügt über zehn Hektar an steilen Weingärten. Die Reben treiben ihre Wurzeln in den für diese Gegend so typischen kristallinen Untergrund. Das vergleichsweise hoch gelegene Sausal profitiert zudem von den ausgeprägten Temperaturunterschieden zwischen Tag und Nacht.

Die aktuelle Serie ist durchgängig von diesen Randbedingungen geprägt. Die kristallinen Böden sind selbst bei den Basisweinen zu erkennen, den Riedenweinen drücken sie förmlich ihren Stempel auf. Besonders hervorzuheben ist die renommierte Lage Wunsum, sie bringt Weine mit feingliedriger Struktur und guter Lagerfähigkeit. Das zeigt sich eindrücklich am 2015er Sauvignon Blanc aus dieser Riede, einem Wein, den wir seit einigen Jahren beobachten, und dem ein verblüffendes Maß an Zeitlosigkeit in die önologische Wiege gelegt wurde. Die Familie Schwarz setzt voll auf das DAC-Reglement. Das ist insofern nicht verwunderlich, als die DAC-Herkunftspyramide ziemlich genau dem entspricht, was hier schon seit Jahren praktiziert wird. Ab dem Jahrgang 2020 gibt es beim Sauvignon Blanc keinen Gebietswein mehr, die Serie beginnt mit dem Ortswein Kitzeck-Sausal. *ww*

SÜDSTEIERMARK DAC

★★ **S € WR**
2020 Welschriesling + Sanft und sortentypisch, reife gelbe Äpfel, eine Prise Kräuter; zupackend, animierende Säure, viel grüner Apfel, im Finish auch Kräuter.

★★ **S €€ PB**
2020 Weißburgunder + Ruhig, frische Haselnüsse, Birnen, florale Aromen angedeutet; lebhaft, Sorte und Herkunft klar definiert, schlank gehalten.

★★ **S €€ GM**
2020 Gelber Muskateller + Springt als Sorte aus dem Glas, dunkle Blüten, Kräuter, getrocknete Holunderblüten, Muskatnuss, Grapefruitzesten; geradlinig, die Aromen vom Bukett werden durch eine feine Zitrusnote ergänzt, knochentrocken, schnörkelloser Aperitif.

★★★ **S €€ SB**
2020 Sauvignon Blanc Kitzeck-Sausal + Ausdrucksstark, klassisch geprägt, Buchsbaum, grüner Paprika, Cassisbeeren; viel Frucht, schwarze Johannisbeeren, Stachelbeeren, Cassislaub, gut eingebundene Säure, einige Substanz, grünfruchtige Aromen und Kräuter im Nachhall.

★★★ **S €€ SB** PLV
2019 Sauvignon Blanc + Freundlich, ruhig, kündigt Druck an, zarteste Gewürznoten à la Fenchelsaat, bisschen Malz, hochreife Stachelbeeren; lebhaft, Säurerückgrat, Gewürze und Frucht fein verwoben, stimmig, gute Substanz, für diese Liga beachtlicher Sauvignon.

★★★★ **S €€€€ SB** TIPP
2019 Sauvignon Blanc Reserve Ried Wunsum + Vielschichtig, nobel, druckvoll, Gewürze, Holz angedeutet, getrocknete Walnussblätter, reife Cassisbeeren; aromatisches Dacapo, Zug, jugendliche Frucht, engmaschig, kristalliner Boden kommt durch, Grapefruitzesten im Nachhall, gute Länge, noch viel zu jung, Reserven.

★★★★ **S €€€ SB**
2017 Sauvignon Blanc Ried Wunsum + Harmonisch, Fenchelsaat, Anis, Grapefruits; Grapefruit deutlicher, unterlegt mit Gewürzaromen, im Finish auch Blutorangen, Prise Gerbstoffe, klar und präzise strukturiert, Gewürze im langen Nachhall.

★★★★ **S €€€ SB** TIPP PLV
2015 Sauvignon Blanc Ried Wunsum + Lindenblüten, Feuerstein, getrocknete Kräuter, Gewürze à la Fenchelsaat, wird mit Luft immer harmonischer und nobler; zarter Fruchtschmelz, getrocknete Äpfel, Gewürze, feines Säurespiel, unpuristisch steinig, kristalliner Boden prägt den Wein, zeitlos, gediegen, balanciert, gute Länge.

★★★ **S €€ RI** FUN
2018 Riesling Kitzeck-Sausal + Prägnant, Weingartenpfirsiche, Kräuter; schließt aromatisch an, gute Säure, zarter Schmelz, mittlere Substanz, im Finish und im Abgang auch Zitrus.

★★★ **S €€€ PG**
2017 Grauburgunder Ried Koregg + Druckvoll, jugendlich, rotbeerig, gedörrte Birnen, Gewürze, Cerealien, Malz und Toffee; schließt nahtlos an, Säurerückgrat gibt Halt und Struktur, elegante Schlankheit, im Nachhall feine Gewürznoten, Toffee und jugendliche Frucht.

Landesweingut
Silberberg

Klaus Fischer & Menhart Karl
8430 Leibnitz, Silberberg 1
Tel. +43 3452 82339 45
weinkeller.lfssilberberg@stmk.gv.at, www.silberberg.at
27 Hektar, W/R 92/8, 100.000 Flaschen/Jahr

Der langjährige und versierte Önologe Reinhold Holler wurde zum Direktor von Silberberg bestellt, seine Stelle hat Karl Menhart eingenommen. Er und Klaus Fischer, Kellermeister und Weingutsverwalter, arbeiten eng zusammen, tatkräftig unterstützt von Kellermeister Josef Auer. Der Wechsel hat perfekt geklappt. Die aktuelle Serie ist fein und ausdrucksstark, die Weine zeugen von ihrer Herkunft.

Silberberg ist Landesweingut und Kaderschmiede für den Winzernachwuchs zugleich. Deshalb wird im Keller und in den Weingärten am Puls der Zeit gearbeitet. Der Ausbau von Wein in alternativen Gebinden gehört ebenso dazu wie die Maischegärung, und auf kleinen Flächen wurden die pilzwiderstandsfähige Rebsorten Muscaris, Souvignier Gris und Cabernet Jura ausgepflanzt. Silberberg verfügt über ein beachtliches Portfolio an Rieden mit unterschiedlichsten Bodenbeschaffenheiten. Entsprechend abwechslungsreich ist das sensorische Profil der Weine, deren Herkunft von reinen Sedimentböden bis zu Schieferuntergrund reicht. Ausschließlich biologisch bewirtschaftet werden die Weingärten am Schlossberg in Leutschach.

Im Wesentlichen entspricht die Produktpalette der DAC-Herkunftspyramide: Gebietsweine Südsteiermark, Ortsweine und Riedenweine. Darüber hinaus gibt es beachtliche Schaumweine, in guten Jahren auch Rotweine und süße Kreszenzen. Aktuell besonders zu empfehlen sind der champagnerhafte Sekt brut Reserve und der 2018er B.O.S. Sauvignon Blanc. Der Name steht für „Best of Silberberg“. *ww*

SÜDSTEIERMARK DAC

★★ S €€ PB
2020 Weißburgunder Südsteiermark + Dezent, Kernobst; saftig, Nektarinen, Äpfel, zartes Säurenetz, Prise Kräuter im mittellangen Abgang, fruchtig im Nachhall.

★★ S €€ CH
2020 Morillon Südsteiermark + Sortentypisch, fein, Marillen, nussig; schließt nahtlos an, zugängliche Säure, sanft, Fruchtschmelz, mittlerer Körper, Herkunft klar.

★★★ S €€ SB PLV
2020 Sauvignon Blanc Südsteiermark + Dezent, grünfruchtig, Cassislaub, Hauch Buchsbaum, etwas Paprika; schließt nahtlos an, zugängliche Säure, lebendig, viel Frucht, mittleres Gewicht, ungewöhnlich nobler Gebietswein.

★★★ S €€ GM PLV
2020 Gelber Muskateller Kitzeck-Sausal + Feingliedrig, elegante Kräuternote, gelbe Pflaumen und sonnengereifte Zitronen angedeutet; fast filigran, süße Frucht, kristalliner Boden, Grapefruitzesten im Nachhall, ungewöhnlich elegant.

★★★ S €€€ SB
2020 Sauvignon Blanc Kitzeck-Sausal + Kühl, zarteste Anklänge von Anis, Senfsaat, Cassis und Stachelbeeren; saftig, Zug, Frucht, einige Substanz, im Finish auch Zitrus.

★★★★ G €€€ SB
2020 Sauvignon Blanc Ried Steinbruch + Kühl, druckvoll, klassisch, Stachelbeeren, Johannisbeeren, Karambole, Cassislaub, Buchsbaum; schließt aromatisch an, noble grünblättrige Würze, Substanz und Leben, gute Länge.

★★★ S €€ RI TIPP
2019 Riesling Kitzeck-Sausal + Sortentypisch, Babyananas, Birnen, Marillen; noble Fruchtaromatik, feines Säurerückgrat, lebendig, elegant mit guter Länge.

★★★ S €€ PB
2019 Weißburgunder Ried Annaberg + Sanfter Druck, Birnen, Kletzen, Haselnusscreme, Blockmalz; schließt so an, hinten auch getrocknete Feigen und Malz, zugängliches Säurespiel, einige Kraft, zarteste Gewürze klingen nach.

★★★ S €€ PG
2019 Grauburgunder BIO + Dezent, reife Birnen, Hauch Malz und Gewürze; frisch, Birnen, Malz, Trockenfrüchte angedeutet, lebendig, Struktur, Hauch Tannin, im Nachhall Quitten und noble Gewürznoten.

★★★★ K €€€€ SB TIPP
2019 Grauburgunder BIO + Tief, kräftig, Fenchel, Anis und Senfsaat, Dörrfrüchte zu erahnen; kraftvoll, Schmelz, Gewürze und Dörrobstaromen, Säurerückgrat gibt Konturen, gediegen und lang, Gewürze und Boden im Nachhall.

STEIERMARK

★★★★ K €€€ ZW
2016 Zweigelt Reserve + Feingliedrig, Dörrpflaumen, Tabak, Kirschen, Gewürze; aromatisches Dacapo, kühl, in sich ruhend, elegantes Gerbstoffnetz, Grip, Saftigkeit, jung, gute Länge, fruchtig-würziger Nachhall.

★★★★ K €€€ CW TIPP
Silberberg brut Reserve ST + (CH/WR) Champagnerhaft, helle Hefenoten, edel, winzige Prise Kräuter, gelbfruchtig; feiner Mousseux, samtig, elegant, Substanz, ausgewogen, zugängliche Säure, exotische Gewürzaromen, Weingartenpfirsiche im Abgang, großartiger Winzersekt.

Weingut
SKOFF ORIGINAL – Walter Skoff

Walter Skoff
8462 Gamlitz, Eckberg 16
Tel. +43 3453 4243, Fax -17
office@skofforiginal.com, www.skofforiginal.com
60 Hektar, W/R 92/8

Das Portfolio des Weinguts Skoff Original ist derart umfangreich, dass wir aus Platzgründen nur eine repräsentative Auswahl vorstellen können. Allein die Beschreibung aller Sauvignons wäre seitenfüllend. Die Produktlinie ist klar gegliedert und entspricht der DAC-Herkunftspyramide: Die Basis bilden die Gebietsweine „Südsteiermark", die 2020 ungewöhnlich feingliedrig geraten sind. Darüber findet sich ein umfassendes Angebot an Ortsweinen. Die Spitze bilden zahlreiche Riedenweine von unterschiedlichen Böden. Extrem kalkhaltiger Untergrund ist ebenso vertreten wie völlig kalkfreier Schotter, Konglomerat oder sandiger Opok. Eine gewisse Sonderstellung genießt der „Royal", den es als Sauvignon Blanc und als Chardonnay gibt, jeweils als Positivselektion aus renommierten Lagen. Ein ungewöhnlicher und uneingeschränkt zu empfehlender Wein ist der Sauvignon Blanc Stoan. Er wurde im Granitfass ausgebaut, die Trauben kommen überwiegend von der Ried Hochsulz.

Neu ist die Linie BIO, diese Weine sind biologisch zertifiziert, nächstes Jahr kommen noch ein Weißburgunder sowie ein riedenrein ausgebauter Sauvignon Blanc dazu. Die Flaschenausstattung und die Kartons entsprechen den Kriterien der Nachhaltigkeit. *ww*

SÜDSTEIERMARK DAC

★★ S €€ WR
2020 Welschriesling Südsteiermark

★★ S €€ GM
2020 Gelber Muskateller Südsteiermark

★★ S €€ CH
2020 Morillon Südsteiermark + Fruchtbetont, reife Marillen, Hauch gelbe Birnen, subtil nussig; geradlinig, recht straff, kühle Frucht, Säurerückgrat, mittlere Länge.

★★★ S €€€ GM
2020 Gelber Muskateller Ried Eichberg + Dezent, Zitrus, Holunderblüten, Muskatnuss; Zitrus, getrocknete Holunderblüten, feines Säurerückgrat, gute Substanz, gelassen, Grapefruits im Nachhall.

★★★ S €€ PB FUN
2020 Weißburgunder Südsteiermark + Birnen, frisch geerntete Haselnüsse; schließt aromatisch an, feingliedrig, klar, Säurespiel, mittleres Gewicht.

★★★ S €€€ PG
2020 Grauburgunder Südsteiermark + Zart, frisch, Birnen; Zug, lebendig, frische Frucht, Birnen u. saftige Äpfel, gute Länge.

★★★ S €€ TR
2020 Gewürztraminer Südsteiermark + Filigran, Litschi, Lachsrosen, Kokos; schließt aromatisch an, Kokosnote deutlicher, hinten „Bounty"-Riegel, animierendes Säurespiel, quicklebendig, Litschi im Nachhall.

★★★ S €€ SB PLV
2020 Sauvignon Blanc Südsteiermark + Exotisch, Passionsfrucht, Mangos; zusätzlich Stachelbeeren, zarteste Säure, filigran, betont fruchtig.

★★★ S €€€ SB
2020 BIO Sauvignon Blanc + Ruhig, grünvegetabilisch, grünblättrige Würze, Stachelbeeren; Fruchtkorb, Säurespiel, gediegen, im Nachhall auch Zitrus.

★★★ S €€€ SB
2020 Sauvignon Blanc Eichberg + Stachel- und weiße Johannisbeeren, hauchzarte Kräuternote; schließt aromatisch an, geradlinig, filigrane Frucht, im Abgang auch Zitrus und etwas Maracuja.

★★★★ S €€€ SB PLV
2018 Sauvignon Blanc Ried Grassnitzberg + Kalkig, kühle Frucht, Sesam, weitere Gewürze; kalkig-steinig, gelbe Frucht, hauchzarte Würze, fein angelegt, einige Substanz und Länge, betont würziger Nachhall. Reserven.

★★★★ S €€€ SB
2018 Sauvignon Blanc Ried Hochsulz + Opok erkennbar, reife gelbe und kühle Früchte, noble Würze; schließt so an, feine Textur, zarteste Würze, im Abgang und im langen Nachhall auch Grapefruitzesten.

★★★★ €€€€€€ SB TIPP
2019 Sauvignon Blanc Stoan + Reintönig, hochreife Stachelbeeren, Anklänge von gelben Birnen und Rhabarber; auf pure Frucht reduziert, eleganter Schmelz, das Granitfass drückt dem Wein seinen kühlen Stempel auf, kraftvoll, Tiefgang, keine Spur von übertriebener Reduktivität, Sauvignon pur, Stachelbeeren und Rhabarber im langen Nachhall.

★★★★ S €€€€ SB TIPP
2018 Sauvignon Blanc Ried Obegg + Kalkig-kreidig, Gewürze, Bitterorangen, puristische Ader; schließt nahtlos an, schnörkellos, null Fett, steinig, feinkörnige Gewürze und grüne Gartenkräuter in Abgang und Nachhall, fordernd, präzise, kaum Holz.

★★★★ S €€€€€ SB
2018 Sauvignon Blanc Royal + Fenchelsaat, Kreuzkümmel, dicht, kalkig; schließt aromatisch an, zusätzlich gelbe Frucht, Zug, beachtliche Substanz, puristisch, hinten steinig und eng, viele Gewürze im langen Nachhall. Reserven.

Domäne Kranachberg

Peter Skoff – Domäne Kranachberg

Peter Skoff
8462 Gamlitz, Kranachberg 50 – Sauvignonweg
Tel. +43 3454 6104, Fax -5
weingut@peter-skoff.at, www.peter-skoff.at
55 Hektar, W/R 98/2, 100.000 bis 150.000 Flaschen/Jahr

Die Brüder Markus und Peter Skoff vom Kranachberg glänzen mit einer reichhaltigen Weinpalette, mit hoher Qualität und einem attraktivem Preisverhältnis. Und wer das aufstrebende Weingut besucht, bekommt auf der Terrasse des Buschenschanks einen atemberaubenden Ausblick gratis dazu serviert.

Der Kranachberg, wo die Mehrzahl der Skoff-Weine ihren Ursprung hat, ist mit seiner prägnanten Salzigkeit und kühlen Aromatik geschmacklich fast immer präsent und erkennbar. Der Kranachberg ist die DNA der Skoff'schen Weine und der Sauvignon Blanc das Aushängeschild, das die Brüder in fast zehn Ausformungen ausbauen – von der Klassik über den Ortswein bis zum Lagenwein und Naturwein. Spannend, was da passiert – und es gibt noch mehr: Denn auch beim Morillon und Traminer beweisen die Skoff-Brüder ein gutes Händchen. Im Gut Kaspar fassen die Skoffs ihre Bio-Weine zusammen. Alles zusammen: gelungen! *hp*

SÜDSTEIERMARK

★★★ **S €€ SB**
2020 Sauvignon Blanc Gamlitz „G.XX" + Würzig-schotig, Brennnessel, viel Frische, mittlere Tiefe; relativ saftig, exotische Frucht, grüne Ananas, Kiwi, Limette, etwas Gerbstoff, betont trocken.

★★★ **S €€€ SB** FUN
2020 Sauvignon Blanc Ried Jungfernhang + Rauchig-würzig, grüner Paprika, etwas Mineralität; gewürzig, relativ saftig, Blutorange, grüne Johannisbeere, rassig, guter Säure-Biss.

★★★ **S €€€ SB**
2019 Sauvignon Blanc Ried Jägerberg + Sanfte Frucht, kreidig, gelber Paprika, grüne Banane, viel Kräuterwürze; saftige, weiche Frucht, reifes Cassis, trinkvergnüglich, mittellang.

★★★★ **S €€€ SB**
2019 Sauvignon Blanc Ried Kranachberg + Eingelegter Paprika, einige Würze, Weißbrot, etwas Mineralität; füllige exotische Frucht, Maracuja, Ananas, Limetten, straffe Säure, fordernd, gute Länge.

★★★ **S €€€ SB** PLV
2019 Sauvignon Blanc „Finum" Ried Kranachkogel + Frisch und kräuterwürzig, Feuerstein, Kernobst, brotig, Sesam, rosa Grapefruit, kühl; fruchtsüß, Paprika und Johannisbeere, mineralisch, lebendige Säure, gute Länge.

★★ **S €€€ SB**
2018 „Gut Kaspar" Bio Sauvignon Blanc Ried Kranachberg + Mild, Biskuit, zart gewürzig, grüne Oliven, mittlere Tiefe; samtig, gerundet, bisschen schotig, leichtgewichtig, Gerbstoff Gripp gibt Halt.

★★★★ **S €€€€ SB** TIPP
2017 Sauvignon Blanc Ried Kranachberg Reserve + Exotische Fruchtfülle, charmantes Toasting, Kakao, Lorbeerblätter, rosa Grapefruit; schöner Schmelz, saftig, mineralischer Biss, Cassis, typische Kranachberg Salzigkeit, super Abgang.

★★ **S €€€ PB**
2018 Weißburgunder Ried Kranachberg + Dunkles Nougat, leicht röstig, getoastetes Brot, getrocknete Kräuter; robust, kühle Würze, getrocknete Marillen, grüne Banane, straffer, mineralischer Burgunder.

★★★ **S €€€ CH**
2018 „Gut Kaspar" Bio Morillon Ried Kranachberg + Almkräuter, wirkt frisch, Walnuss, burgundisch; mittelgewichtig, robust und relativ straff, Mandeln, Orangen und Mandarinen, mittellang.

★★★ **S €€€ CH**
2019 Morillon Steinfass Ried Kranachberg + Mineralischer Burgunder, kühl-würzig, Grapefruit, Pilze, rauchig; straffe Würze, Mandarine, Orange, gesunder Gerbstoff, salziger Terroir-Charakter, balanciert.

★★★★ **S €€€ CH** TIPP
2017 Morillon Ried Kranachberg Reserve + Gute Tiefe und Frische, Bratapfel, Mürbteig; saftig, schön eingebundenes Holz, straffe Würze, Mokka, Bananen, strukturiert, noch viel Potenzial, attraktive Länge.

★★★ **S €€€ GT**
2020 Gewürztraminer Gamlitz + Sortentypisch, intensiv nach Rosenblüten, sehr frisch, salzig, mediterrane Kräuter; mineralische Würze, relativ viel Säure, einige Exotik, Litschi, etwas muskatig, betont trocken.

STEIERMARK

★★★ **S €€€ GT**
2018 Gewürztraminer TBA + Salzige Noten, Rosenblüten, Marzipan, Honignoten, wirkt füllig; schöne Säure und Gerbstoff, wodurch die TBA trockener erscheint, getrocknete Früchte, Karamell, Limette, relativ straff.

ÖSTERREICH

★★★ **K €€€ SB**
2019 „Gut Kaspar" Bio Sauvignon Blanc Natural Ried Kranachberg + Robust, rauchige Würze, gelbfruchtig, Honig, Sorte nur dezent; cremig, reifes Kernobst, Bitterorange, Weihrauch, kühle Aromatik, viel Gerbstoff, solider Naturwein mit mineralischem Grip.

Weingut
Bernd Stelzl

Bernd Stelzl
8463 Leutschach a. d. Weinstraße, Schlossberg 119
Tel. +43 3454 340
weingut@berndstelzl.at, www.berndstelzl.at
8 Hektar, W/R 95/5

Bernd Stelzl hat bereits als 20-Jähriger – nach einigen Jahren Praxis und Kellerarbeit bei zwei renommierten steirischen STK-Winzern – im Jahre 2006 begonnen, den richtigen Qualitätsstart zu setzen und in den vergangenen Jahren Beachtliches erreicht. Der wichtigste Weingarten des Betriebes liegt in der Lage Hirritschberg, perfekt nach Südosten ausgerichtet, von kalkhaltigen Opok-Böden und Mergelschiefer geprägt. Auf den derzeit 3,5 Hektar Rebfläche, die ausschließlich von Bernd Stelzl bewirtschaftet werden, wachsen die besten Sauvignon-Blanc- und Burgunder-Sorten des Betriebes, die ihre Herkunft nie verleugnen (sollen) und immer vielschichtig, tiefgründig sowie mit sehr gutem Lager- und Reifepotenzial ausgestattet auf den Markt kommen. Als weitere Steigerung gibt es noch das Herzstück dieses speziellen Weinberges, die Einzellage Hirritsch Hube, eine nach Süden ausgerichtete Kessellage, die einfach prädestiniert für einen Chardonnay vorreserviert ist, der bereits seit einigen Jahren eine unverwechselbare und einzigartige Charakteristik aufweist. Mit dem Jahrgang 2019 sind sowohl beim Sauvignon Blanc als auch beim Chardonnay auf dem Hirritschberg zwei außergewöhnliche Weine gelungen, die schon in dieser frühen Phase als Fassprobe überzeugen konnten, eine vielversprechende Zukunft ist gesichert. Zwei würdige Nachfolger der überzeugenden Vorgänger von 2018. Beim Jahrgang 2020 ist der Sauvignon Schlossberg bereits etwas weiter als im Vorjahr und könnte den 2019er übertrumpfen. Eine Bereicherung, die großes Trinkvergnügen verspricht, sind die prickelnden Varianten vom Muskateller und von einem richtig trinkanimierenden Rosé – der Sommer kann kommen. *gh*

SÜDSTEIERMARK DAC

★★★ **S €€ PB**

2020 Weißburgunder + Füllig, fruchtbetont, Birnenaromatik, feine Kräuterwürze, elegant angelegt, zart nussig; knackiger, gelber Apfel, zeigt Biss, frische, steirische Säure, lebendig und richtig trinkig.

★★★ **S €€ GM**

2020 Gelber Muskateller + Elegant, blitzsauber, Holunderblüten, Muskatnuss, Mandarinenfilet, feine Würze, sortentypisch, frische, einladende Zitrusaromatik; kann auf dem Gaumen voll mithalten, saftig, typische Holunderblüten, aus einem Guss, ganz großes Trinkvergnügen.

★★★ **S €€ SB**

2020 Sauvignon Blanc + Präziser Mix aus vegetabilen und fruchtigen Aromen, gelber Paprika, feine Beerenfrüchte, Waldbrombeere, schwarze Johannisbeere, etwas rosa Grapefruit; frischer roter Paprika, saftig, fruchtbetont, für diese Kategorie beachtlich.

★★★ **S €€€ SB** PLV

2020 Sauvignon Blanc Ried Schlossberg + Blitzsauber, präsente Fruchtausprägung, schwarze Johannisbeeren, Blutorange und etwas rosa Grapefruit, vegetabile Noten, grüner und gelber Paprika, Tomatenrispen, feine Würze, etwas Nektarine und ein Hauch Mango; saftig, frisch und animierend, dunkle Zitrusfrucht, Stachelbeeren, Jostabeeren, gut strukturiert, viel Sorte, wird nie zu laut, beschwingter Nachhall.

★★★★★ **K €€€€ SB** TOP

2019 Sauvignon Blanc Ried Hirritschberg + Hochelegant, feinfühlig, Terroir-Feeling, noble, hochelegante Sortentypizität, reife Cassis-Frucht, Jostabeeren, reife vegetabile Noten, etwas Tomatenrispe und eingelegte Pfefferoni, animierende, dunkle Zitrusfrucht; tiefgründig, komplex, zeigt viel Finesse, toller Aromabogen, exotische Früchte à la Kiwi, Blutorange, langer Abgang, vielversprechende Zukunft.

★★★★★ **K €€€€€ CH** TOP

2019 Chardonnay Ried Hirritsch Hube + Noble, kalkige Noten, wohldosierter, feinfühliger Holzeinsatz, Eleganz pur, burgundische Assoziationen, etwas Hawaii-Ananas, frische, dunkle Zitrusfrüchte, vielschichtig; Holz bereits jetzt gut eingebunden, Frucht baut sich langsam auf, angenehme Frucht- und Extraktsüße, Kumquat bringt Frische im langen Nachhall, großes Potenzial.

ÖSTERREICH

★★★ **D €€ ZW/BW**

Rosé brut Frizzante + Schwarze Johannisbeere, rote Ribisel, Erdbeere, Herzkirsche; Herbsthimbeere, etwas Waldbrombeere, saftig, blitzsauber, sehr guter Trinkfluss, hoher Spaßfaktor.

Panoramaweinhof
Strablegg-Leitner

Franz & Franz jun. Strablegg- Leitner
8454 Arnfels, Eichberg-Trautenburg 54
Mobil 0664 542 82 68, Fax +43 3455 429
weingut@strablegg-leitner.at, www.strablegg-leitner.at
16 Hektar

Seit 30 Jahren bewirtschaftet die Familie Strablegg-Leitner ihr Panoramaweingut auf dem Eichberg bei Leutschach. Franz sen. hat einen erfolgreichen Weg eingeschlagen, „mit Konsequenz und Kontinuität", wie er selbst sagt. Sein Sohn Franz, verantwortlich für den Betrieb, bleibt diesem Grundsatz treu. „Die Basis für guten Wein liegt im Weingarten. Deshalb konzentrieren wir uns darauf, dort optimale Qualität zu schaffen. Im Keller kann man nur noch einen gewissen Feinschliff anbringen", ist der Junior überzeugt. Auf diesem Betrieb wird biologisch gearbeitet.

Die „Panoramaedition" stellt die Basis des Sortiments dar. Darüber steht der Ortswein Eichberg, die Riedenweine bilden die Spitze. Die Betonung der Herkunft ist der Familie Strablegg-Leitner sehr wichtig; so gesehen war der Übergang auf DAC nur konsequent. Die Weingärten stehen in drei Quartieren, nämlich Eichberg, eine kühle Lage mit einem Untergrund aus Konglomerat-Schotter, Wurzenberg in Glanz, eine neuere Riede mit einem Boden aus Rotsanden, und Kaiseregg – ehemals herrschaftlicher Besitz zu Arnfels – mit steinig-trockenem, alkalischem Konglomerat. Die Oberhube ist die höchstgelegene Parzelle der Ried Kaiseregg, die zu den ehemaligen Schlossweingärten gehört, der Boden besteht aus kalkhaltigem Konglomerat. Hier fühlt sich der Morillon besonders wohl.

Die Serie des Jahrgangs 2020 ist fruchtbetont, glockenklar, freundlich und lebhaft, die Säure zugänglich. Vorlaut sind die Weine von Strablegg-Leitner ohnehin nie. Die 2019er Sauvignon Blanc TBA wurde Mitte Jänner 2020 völlig frei von Botrytis gelesen. *ww*

SÜDSTEIERMARK DAC

★★ **S € WR**
2020 Welschriesling + Steirisch ohne Vordergründigkeit, saftige Äpfel, Prise Kräuter; knackig, saftig, akzentuierte Säure, mittleres Gewicht, fruchtig im Nachhall.

★★★ **S €€ SB**
2020 Sauvignon Blanc Selection + Grünblättrige Würze, Paprika, etwas gelbe Stachelbeeren; freundliche Frucht à la Stachelbeeren und Johannisbeeren, auch knackiges Steinobst, Würze unterlegt, Säure gibt Leben, harmonisch, mittlere Länge.

★★★ **S €€ SB**
2020 Sauvignon Blanc Ried Wurzenberg + Johannisbeeren, Stachelbeeren, Prise Kräuter; auch im Geschmack so, etwas Rhabarber, sanfte Säure, mittlerer Körper, zugänglich und sortenaffin.

★★★ **S €€ SB** PLV
2020 Sauvignon Blanc + Freundliche und warm getönte Frucht zu erkennen; zeigt auf dem Gaumen deutlich mehr, grünfruchtige Elemente à la Galiamelone, Zitrus, auch reife Nektarinen, animierendes Säurespiel, mittlere Länge, fruchtbetonter Nachhall.

★★ **S €€ GM**
2020 Gelber Muskateller Ried Wurzenberg + Ruhig strömend, dezent, dunkle Blüten, getrocknete Holunderblüten, Muskatnuss, Grapefruits; Kräuter, Holunderblüten, Zitrus, eingebundene Säure, gute Länge, filigran, Kräuter und rosa Grapefruits im Nachhall.

★★★ **S €€ GM**
2020 Gelber Muskateller Ried Kaiseregg + Filigran, Zitrus, zarte Kräuterwürze, Holunderblüten und Lachsrosen angedeutet; schließt aromatisch an, Säurespiel, leichtfüßig, gelbfruchtiger Nachhall, kalkhaltiger Konglomeratboden prägt den Wein, feingliedrig und nobel.

★★ **S €€ CH**
2020 Morillon Eichberg + Leise Töne, gelbe Birnen, eine Prise Haselnüsse; schließt nahtlos an, bekömmlich, beschwingt, dezent, Fruchtschmelz, balanciert, selbsterklärend, trinkig.

★★★★ **K €€€ SB** TIPP PLV
2019 Sauvignon Blanc Ried Oberhube + Dezent, ausgewogen, zarte Gewürznoten, grünfruchtig; saftig, feine Struktur, animierendes Säurespiel, zunächst markante Gewürznoten, dann reife Frucht bis in den langen Abgang hinein, im Nachhall wieder Gewürze.

SÜDSTEIERMARK

★★ **S €€ PB** FUN
2020 Weißburgunder Panoramaedition + Freundlich, sortentypisch, Birnen; schließt fruchtbetont an, Birnen, etwas Nektarinen und Zitrus, angenehme Säure, glockenklar, mittlere Länge.

★★ **S € ME**
2020 Rosé Rosa + (ME) Betont fruchtig, Johannisbeeren, dunkle Stachelbeeren, Kirschen, Cassislaub; schließt aromatisch an, belebende Säure, zartester Tanninschleier, Substanz, trocken, ernsthaft.

★★★★ **S €€€€ SB**
2019 Sauvignon Blanc TBA Edition Flora Ried Wurzenberg + Angenehme Süße, pointierte Kräuteraromatik, getrocknete Marillen und Kastanienhonig; Restzucker wird von beachtlicher Säure gebändigt, Kräuter, Honig, vibrierend, klar, grünfruchtige Strähnen im Nachhall. Frei von Botrytis.

Familienweingut
Trabos

Familie Trabos
8462 Gamlitz, Kranachberg 30
Tel. +43 3454 430, Fax 6830
weingut@trabos.at, www.trabos.at
10 Hektar, W/R 90/10, 60.000 Flaschen/Jahr

2020 war für Christian Trabos „ein wunderschönes Jahr mit genug Regen und ausreichend Sonnenschein bis hin zu einem perfekten Lesezeitpunkt". Die Burgunder sind gut aufgestellt von einem klassischen, wohlproportionierten Weißburgunder über einen fruchtstrahlenden Morillon hin zum elegant zurückhaltenden Kranachberg. Die aromatischen Sorten bilden das Gros des Sortiments. Schon in der Steirer Cuvée hat eindeutig der Sauvignon das Sagen, Klassik braucht noch etwas Zeit, dafür verwöhnt der jugendliche LUIS schon mit seiner reich strukturierten Erscheinung. Der teils in Holz, teils in Stahl ausgebaute Kranachberg ist bei gutem Ansatz noch ein wenig unentschlossen. Sehr offen präsentieren sich die Muskateller. Der Klassik ist bereits ein verführerisches Glas Wein, die elegante ANNA bietet eine Menge Vergnügen bei nur 12% Alkohol, und der Kranachberg zeigt Herkunft, Jahrgang und Sorte in spannendem Wettstreit. Für Unentschlossene steht auch noch ein extra trockener Sekt parat. Zuverlässig fruchtbetont und animierend sind wieder die Roten. *db*

SÜDSTEIERMARK DAC

★★ S € WR
2020 Welschriesling Klassik + Zart gezimteter roter Apfel, weißer Pfeffer, helle Beeren, vielschichtig und animierend; sehr schöne Fülle, knackige Säure, appetitliches Kernobst.

★★★ S € PB
2020 Weißburgunder Klassik + (WR/PB/SB) Dezent aromatisch, kühl, Birne und saftige helle Äpfel, kräuterduftig; fruchtsüß verpackt, fester Grip, sehr süffig.

★★ S € CW
2020 Der Steirer Klassik + Hauch von gerösteten Nüssen, Bratapfel, reife Zitrusnoten, Mandarine; fester Grip, angenehmes Säure-Extraktsüße-Spiel, viel Wein.

★★ S €€ SB
2020 Sauvignon Klassik + Recht ruhig, die Sorte angedeutet, vegetabil-würzig; gewisse Fülle, Sorte zeichnet sich ab, Beeren von hell bis dunkel, transparente Erscheinung.

★★★ S €€ GM FUN
2020 Gelber Muskateller Klassik + Herrlich duftig, zischig, Eibisch- und Holunderblüten, reife, saftige Zitrusfrucht; delikate Kombination aus hellen vegetabilen Noten und dunkleren Anteilen, sehr süffig, zartes Pfefferl im Ausklang.

★★★ S €€ CH
2020 Morillon Gamlitz + Dezent röstig, hübscher Fruchtkorb, feine Exotik; über lebendige Säure und etwas Mineralik recht pikant und straff, festes Steinobst, gute Länge.

★★★ S €€ SB
2020 Sauvignon Blanc Gamlitz „LUIS" + Feingliedrige, herbal-würzige Frucht, weißer Pfeffer, grüner Paprika, etwas exotisch; straff mineralisch, fast salzig, präziser Ansatz, recht jugendlich.

★★★ S €€ GM TIPP
2020 Gelber Muskateller Gamlitz „ANNA" + Straffe, feinziselierte Sortenaromatik, Eibischblüten, Bergamotte, Limette, herrlich; Kohlensäure vervielfacht die Aromafülle, reife Säure, Sorte bleibt lange präsent.

★★★★ S €€€ GM TIPP
2020 Gelber Muskateller Ried Kranachberg + Hocharomatische Südfrüchte, Schalen und Fruchtfleisch, ein Ahnung von Cassis, bisschen harzig, Mastix; süß, sauer, salzig, Mineralik gibt die Frucht noch nicht ganz her, schon eine Orgie, man darf gespannt sein

★★★ S €€€ BP
2019 Weißburgunder Ried Kranachberg + Reifes Kernobst, Apfelkompott, eine Idee von Salbei; mürbes, leicht süßes Fruchtfleisch, steiniger Grip, zeigt sehr gute Substanz, braucht noch.

★★ S €€€ SB
2018 Sauvignon Blanc Ried Kranachberg + Eine Idee von Holz im Duft, zaghafte Frucht, reife, dunkel getönte Exotik; fruchtsüß, Holz ist gut verpackt, herzhafter Grip, gute Länge.

SÜDSTEIERMARK

★★ S € SÄ
2020 Sämling 88 Klassik halbtrocken + Leicht gepfeffertes Steinobst, Thymian; hübsches Spiel aus frischem Stein- und reifem Kernobst, der kleine Zuckerrest (9) bringt Trinkfluss ins kalkige Gefüge, trocken ausklingend.

★★ S €€ ZW
2018 Kräftig Blauer Zweigelt + Eng gepackte Beerennoten, dunkel, leicht röstig, ruhig strömende Fruchtfülle; braucht kurzen Anlauf, dann dunkle Beeren, zarter Holzanklang, feine Röstnoten, gefühlvoller Gerbstoffgrip, sehr süffig.

★★★ S €€ CR TIPP
2017 Der Josef + (ZW/ME/RÖ) Leder, gepfeffertes dunkles Beerenmus, Weichsel, Cassis und Holunderbeeren; dezenter Holzeinsatz, reife Tannine, einschmeichelnde Fruchtsüße, schon sehr zugänglich.

ÖSTERREICH

★★ K €€€ GM
Sekt Gelber Muskateller extra trocken + Elegante Frucht, Bergamotte, Bitterorange, Limette; fester Mousseux, harmonisch mit dem Restzucker abgestimmt, pointierte Säure, animierend.

NACHHALTIG AUSTRIA

Weingut
Tschermonegg

Erwin Tschermonegg
8463 Leutschach a. d. Weinstraße, Glanz 50
Tel. +43 3454 326, Fax -50
weingut@tschermonegg.at, www.tschermonegg.at
30 Hektar, W/R 90/10, 150.000 Flaschen/Jahr

„Eine so stressfreie Lese wie 2020 hatten wir schon ewig nicht mehr, die Trauben waren gesund und physiologisch reif, die gefürchteten Herbst-Niederschläge sind ausgeblieben", umreißt Erwin Tschermonegg den aktuellen Jahrgang. Sein Sohn Franz Josef hat als verantwortlicher Kellermeister die Gunst der Stunde genutzt und eine in jeder Hinsicht überzeugende Serie vinifiziert. Im Gespräch wird schnell klar, dass er die Tüftler-Gene seines Vaters geerbt hat. Die Ortsweine sind ausnahmslos typisch für die Böden, auf denen die Trauben gewachsen sind, keiner der Weine weist unreife Töne auf, keiner ist anbiedernd oder vorlaut, alle sind saftig und trinkanimierend. Der engagierte Mann ist nun auch Mitglied der SIEME, einer Vereinigung junger Winzer aus der Südsteiermark. Auch im Weingarten hat er seine Vorstellungen umgesetzt. So wurde beispielsweise der Grauburgunder deutlich früher als in den vergangenen Jahren geerntet, was einerseits zu geringerem Alkohol geführt hat, andererseits zu deutlich mehr Trinkfluss.

Die aktuellen Lagen-Sauvignons vom Lubekogel und von der Ried Oberglanzberg haben wir voriges Jahr schon vorgestellt, die Ausgaben 2019 sind noch nicht fertig, zeigen aber schon jetzt vielversprechende Ansätze, Trinkfluss und Eleganz.

Anlässlich meines Besuches habe ich eine Baustelle angetroffen. Im Buschenschank wurden Gasträume und Infrastuktur angepasst. *ww*

SÜDSTEIERMARK DAC

★★ S €€ WR
2020 Welschriesling

★★ S €€ GM
2020 Gelber Muskateller + Nicht vordergründig, Holunderblüten, Zitrus, Muskat-Hauch; Kräuter und Frucht, hinten Grapefruits, lebhaftes Säurespiel, trinkanimierend.

★★★ S €€€ PB PLV
2020 Weißburgunder + Kräftig, Birnen, nussig; stoffig, zarter Schmelz, gediegen, feinkörnige Säure, fruchtiger Nachhall.

★★★ S €€€ SB FUN
2020 Sauvignon Blanc + Grünblättrige Würze, Stachelbeeren und Erbsenschoten; lebhafte Säure, weiße Johannisbeeren, Stachelbeeren, im Finish und im Nachhall grünblättrige Würze und Paprika.

★★ S €€€ CH
2020 Morillon Leutschach + Kräuter, Birnen und Haselnüsse; viel frische Frucht, Nektarinen, Hauch Zitrus, lebhaft, feiner Zug, einige Substanz, Opok-Boden zu erkennen.

★★★ S €€€ SB
2020 Sauvignon Blanc SIEME Gamlitz + Reife Maracuja, reife Grapefruits, Hauch Cassislaub; aromatisches Dacapo, saftig, Fruchtschmelz, Substanz, charmant, Passionsfrucht auch im langen Nachhall.

★★★ S €€€ PG
2020 Grauburgunder Leutschach + Kühl, freundlich, feine Frucht, Bananen; ausgesprochen lebendig, akzentuierte Frucht, kühl, exotischer Touch, Schokobananen, Zug, Trinkfluss.

★★★ S €€€ GM
2020 Gelber Muskateller Gamlitz + Druckvoll, floral geprägt, getrocknete Holunderblüten, Zitronenblüten und Zitronen; feine Struktur, sandige Böden kommen durch, Zitrus, Kräuter, Blüten, sanfter Druck und feiner Schmelz.

★★★★ S €€€ TR TIPP
2020 Traminer Trio Leutschach + Exotisch angehaucht, frisch, Kräuter, frische Kokosnuss; schließt aromatisch an, rund, zugänglich, in keiner Phase langweilig, Litschi und Rosenholz klingen lange nach.

STEIERMARK

★★ S €€ CW
2020 Steirerbua + (50WR/MT/SB/GM) Ausgewogen, freundlich, Kräuter, Äpfel; helle Frucht und feine Würze, zugängliche Säure, beschwingt, zugänglich.

★★ S €€ SÄ FUN
2020 Sämling 88 + (halbtrocken) Halb Riesling, halb Sauvignon, einladend; im Geschmack mehr Riesling, Pfirsiche und Nektarinen, Prise Kräuter, Steinobst im Nachhall.

★★ S €€ RM
2020 Roter Muskateller + Gesetzt, floral, Holunderblüten angedeutet, rote Frucht; sanft und ruhig, betont fruchtig, Muskateller-Würze zur Untermalung, zugänglich, Zitrus und Holunderblüten klingen nach.

ÖSTERREICH

★★★ K €€€ GM
Gelber Muskateller Sekt + (Brut) Ungewohnt fruchtig, zarte Holunderblütenaromen, reife Marillen, frische Kräuter; schließt aromatisch an, feingliedrig, unaufdringlich, feiner Mousseux, zurückhaltende Dosage, feiner Winzersekt.

★★★ S €€ Cabernet Blanc
2020 Cabernet Blanc + Eigenständig, kompakt, grünblättrig, süße Blüten, frische Pfefferoni und gelbe Früchte; würzig, grünvegetablisch, bisschen Zitrus, Grapefruitzesten und grüne Bananen hinten, kräftig.

Weingut
Wohlmuth

Gerhard Wohlmuth
8441 Kitzeck im Sausal, Fresing 24
Tel. +43 3456 2303, Fax +43 3456 2121
wein@wohlmuth.at, www.wohlmuth.at
65 Hektar, W/R 90/10, 350.000 Flaschen/Jahr

Gerhard Wohlmuth hat sein einst sehr umfangreiches – um nicht zu sagen, schwer überschaubares – Sortiment dankenswerterweise stark gestrafft, wodurch es sehr an Übersicht und punkto Stufenbau gewonnen hat. Zudem sind die Weine der Gamlitzer Meinhardt Hube zum Großteil in das Repertoire des Weingutes Wohlmuth integriert worden, was ebenfalls bedeutend zur Transparenz beiträgt.
Den Einstieg in die südsteirische Weinwelt realisieren die einst als Klassik bezeichneten „Standardweine" ohne Orts- oder Lagenangabe, welche bereits durch die Bank gehobene Geschmackseindrücke bescheren. Zur Verkostung standen Muskateller, Sauvignon und Morillon bereit, die jeweils überwiegend aus Sausaler Schieferlagen stammen, was sich auch schon im kühlen, erfrischenden Duftspiel deutlich bemerkbar machte. Primus inter Pares war zum Degustationszeitpunkt zweifellos der herzhaft-temperamentvolle, von der Ribiselfrucht dezent geprägte Sauvignon.
Eine Stufe höher sind dann die unter der unverwechselbaren Ortsbezeichnung Kitzeck-Sausal laufenden Gewächse angesiedelt, die auch durchwegs für weitere Qualitätssteigerungen sorgen. Ein Musterbeispiel ist etwa der Gelbe Muskateller Ortswein, der subtil und animierend über den Gaumen fließt und aus dem Jahr 2020 sogar eine gewisse Traminer-Affinität wachruft. Aber auch der Riesling, der die unverkennbare Kräuterwürze des Schieferbodens widerspiegelt, und der straffe wie zupackende, doch nie vorlaute Sauvignon sind wohl gelungen.
Bei den Rebsorten legt Gerhard Wohlmuth den Schwerpunkt deutlicher denn je auf Riesling und Sauvignon Blanc, die mit jeweils drei Repräsentanten von den Top-Lagen an den Start gehen. Hier ent-scheiden dann die persönlichen Präferenzen. Bei den Rieslingen behauptet zwar der feinmaschige und aparte Edelschuh nach wie vor die Spitzenposition, doch ist ihm der kecke, von kühler Eleganz und stahliger Säure geprägte Dr. Wunsch „gefährlich" nahegerückt. Neu ist als Dritter im Riesling-Bunde der eher gelbfruchtig getönte „Strohbart" von der Ried Steinriegl. Noch schwieriger fällt die Entscheidung bei den Sauvignons, von denen bereits der klirrend frische Steinriegl 2020 Kitzecker Feeling verströmt. Sozusagen auf gleichem Niveau präsentieren sich die 2019er Premium-Sauvignons von den Lagen Hochsteinriegl und Edelschuh. Kann Ersterer bereits mit schotiger Pikanz und reifem, rotbeerigem Fruchtschmelz punkten, so brilliert der souveräne Edelschuh mit Eleganz und vielschichtigem Aromareigen. Über diese Elogen sei jedoch nicht auf den Morillon vergessen, der von der Riede Sausaler Schlössl puristischsteirischen Chardonnay-Charakter mit der dieser Lage eigenen Spannkraft verbindet.
Schon seit Langem hat Familie Wohlmuth auch ein Faible für riedenreine Sortencuvées, können diese doch den speziellen Charakter einer hochwertigen Lage quasi unverfälscht wiedergeben. Freudige familiäre Anlässe waren der Ursprung der beiden Blends namens Gola und Edelschuh. Während Ersterer aus dem Jahrgang 2017 nach dreijähriger Reifung im großen Fass mit gelbfruchtigen Akzenten spannungsgeladen und zeitlos zugleich über den Gaumen gleitet, erscheint der aus den drei wichtigsten Sausaler Rebsorten komponierte 2018er Edelschuh derzeit noch vom Chardonnay und Holzeinfluss dominiert, aber ohne Zweifel für die lange Lagerung prädestiniert. *vs*

SÜDSTEIERMARK DAC

★★ S €€ GM
2020 Gelber Muskateller + Stammt vor allem aus Sausaler Schieferlagen, was sich bereits im kühlen, erfrischenden Duft bemerkbar macht, Muskatnuss und Mandarine, klar und leichtgewichtig, sommerlicher Trinkspaß garantiert.

★★★ S €€€ GM FUN
2020 Gelber Muskateller Kitzeck-Sausal + Feine, geschliffene Nase nach Litschi und Zitronengras, auch eine Prise von Ingwer, gewisse Traminer-Affinität, glasklar und animierend, subtile Nuancen und Eleganz, einfach modellhaft.

★★★ K €€€ GM TIPP
2019 Gelber Muskateller Ried Steinriegl + Traubig und intensiv, Holunderblüten und Thymian, schwungvoll und apart, hat sich wunderbar harmonisiert, elegant und fein gezeichnet, etwas rosa Grapefruit, ein Salonsteirer mit Tiefgang und Stehvermögen.

★★★ S €€ SB PLV
2020 Sauvignon Blanc + Feiner Kräutermix, nach Salbei und Melisse, viel Elan und Temperament vom Schiefer geprägt, dezente Ribiselfrucht, herzhaft und kompakt bei schlanker Struktur, viel Biss.

★★★ S €€€ SB
2020 Sauvignon Blanc Kitzeck-Sausal + Zitronenmelisse und Thymian sowie ein Touch von Holunderblüten, pfeffrig und pfiffig, besitzt dieses Rieslingartige Temperament, wie es nur die Sausaler Sauvignons haben, straff und zupackend, rassiger Nachhall.

★★★ S €€€ SB
2020 Sauvignon Blanc Ried Steinriegl + Geißblatt und gelber Paprika, auch rotbeerige Momente, ein archetypischer Kitzecker, klirrend frisch bei mittlerem Gewicht, zurückhaltende Schiefernote, Stachelbeere und weißer Pfeffer, rassig ausklingend, vielversprechend.

★★★★ K €€€€ SB TIPP
2019 Sauvignon Blanc Ried Hochsteinriegl + Prachtvolles Entrée, rote Ribiseln und Stachelbeeren vereint mit schotiger Pikanz, Peperonata und satter, rotbeeriger Fruchtschmelz, ganz trocken und kompromisslos, erbringt immer wieder neue Details – ein Modellbeispiel, das erst ganz am Anfang steht.

★★★★ K €€€€€€ SB TIPP
2019 Sauvignon Blanc Ried Edelschuh + Wunderbarer Aromareigen, der von Passionsfrucht über Cassis bis zur Bitterorange reicht, fruchtsüß und vielschichtig, vom Ausbau in großen Fässern schön gerundet, harmonisch, cremig und etwas weich, zeigt Finesse und Länge, ohne mächtig zu wirken.

★★ S €€ CH
2020 Morillon + Mirabellen und Biskuit im schwungvollen Bukett, feinmaschig und apart, Babybanane und Zitrusfrüchte, hübsch gezeichnet und fruchtbetont bei schlankem Körperbau, ganz trocken.

★★★★ K €€ CH TIPP
2019 Morillon Sausaler Schlössl + Die typisch steirische Chardonnay-Ausformung in puristischer Erscheinung: Melange von Mokka und Waldbeeren, von der Eiche bloß umrahmt, engmaschig und druckvoll, beschreibt einen weiten Bogen, Haselnuss und Nougat, vielfältig wie lebhaft und lang.

★★★ S €€€ RI
2020 Riesling Kitzeck-Sausal + Hat die Kräuterwürze des Schieferbodens von Anfang an verinnerlicht, etwas Salbei, aber auch rotbeeriges Fruchtspiel, spannender Süße-Säure-Kontrast, schlank und lebhaft, nerviger Abgang.

★★★★ K €€€ RI
2020 Riesling Ried Dr. Wunsch + Limetten und rote Ribiseln im kecken, fordernden Duftspiel, erfrischend, intensiv und voll Elan, temperamentvoll sowie von kühler Eleganz geprägt, feine Klinge, helle Fruchtaromen, stahlige Säure im Finish.

★★★ K €€€ RI
2019 Riesling Ried Steinriegl „Strohbart" + Ausgereifte Nase nach Navel-Orangen und Lezithin, malzige Untertöne, rund und offenherzig, von der gelbfruchtigen Aromatik geprägt, durch Kräuterwürze ergänzt, saftig und anhaltend, einiger Biss.

★★★★ K €€€€€ RI TIPP
2019 Riesling Ried Edelschuh + Weißer Pfirsich und Zitronenmelisse im Bukett, ziseliert und feinmaschig, durch die prolongierte Fasslagerung ganz ruhig strömend, rote Ribiseln blitzen auf, betont vor allem die Eleganz, benötigt viel Luftzufuhr, dekantieren empfohlen, vielversprechend.

★★★★ K €€€€€ RI
2018 Ried Edelschuh + (CH, SB, RI) Offen und entgegenkommend, leichte Kaffeenote vom derzeit dominanten Morillon, deutliche Eiche, reichhaltig, mollig und sanft strömend, karamellige Note, für die längere Lagerung prädestiniert.

★★★★ K €€€€€€ CW TIPP
2017 Ried Gola + (GB, CH, PB, RI) Brioche und Haselnuss bestimmen den Auftakt, gelbfruchtige Aromen à la Kirschpflaume und Physalis kommen hinzu, nach drei Jahren im großen Holzfass auf der Feinhefe verblüffend zeitlos, ja jugendlich, dicht und vom burgundischen „Feeling" geprägt, auch ausdauernd, ein perfekter Botschafter seiner Herkunft.

Domaine
Wolf

8462 Gamlitz, Steinbach 35
Tel. +43 3453 2300
admin@domainewolf.com, www.domainewolf.com
50 Hektar, W/R 70/30

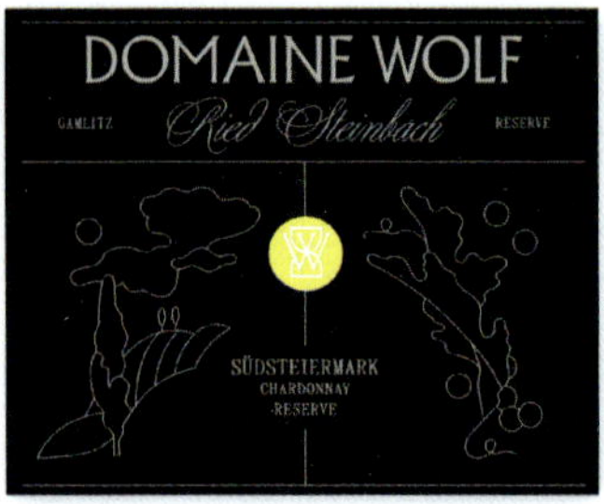

Als im Jahr 2019 alte Weingärten in Steinbach bei Gamlitz rekultiviert wurden, blieb buchstäblich kein Stein auf dem anderen. Es handelte sich dabei um den nach außen hin sichtbaren Startschuss des Automanagers Siegfried Wolf im Weingeschäft. Er hatte immer schon ein Faible für guten Wein gehabt. So entschloss er sich, ein Weingut zu gründen.

Die Weingärten befinden sich an zwei völlig unterschiedlichen Standorten. Im südsteirischen Gamlitz wurde ein großzügiger Weinkeller gebaut, wo im Endausbau die Trauben von rund 50 Hektar Anbaufläche verarbeitet werden können. Aktuell werden die Weißweine von Reinhard Muster vinifiziert, der sich bereits in jungen Jahren einen hervorragenden Ruf als Winzer erworben hat. Noch immer herrscht eine Art Aufbruchsstimmung. Telefonanrufe beispielsweise nimmt das Weingut Muster in Gamlitz entgegen.

Die Lagen in Steinbach genießen seit dem Mittelalter hohes Ansehen; erstmals urkundlich erwähnt wurden sie im Jahr 1196 als „Stainpack Gomeliz". Zwischenzeitlich holte sich der Wald Teile davon zurück; sie wurden im Rahmen einer spektakulären Baustelle rekultiviert. In den schon lange bestehenden Weingärten finden sich zum Teil sehr alte Reben, aus denen beispielsweise der Chardonnay Ried Steinbach gekeltert wird.

Von der Domaine Wolf gibt es auch Rotweine. Die Trauben kommen aus dem Mittelburgenland, genauer gesagt: aus Rieden mit alten Reben, die Sigi Wolf in Deutschkreutz und Raiding erworben hat. Als Kellermeister konnte er hier niemand Geringeren als Albert Gesellmann an Bord holen. Gelagert, abgefüllt und verkauft werden die Weine, die in Barriques angeliefert werden, in Gamlitz.

Das Portfolio ist gegliedert in Regionsweine, große Klassiker und Reserven. *ww*

SÜDSTEIERMARK DAC

★★★ **G €€€€ PG**

2019 Grauburgunder Ried Steinbach + Druckvoll und konturiert, Kletzen, heller Tabak, dunkle Blüten, etwas Milchschokolade; saftig, pikant, hat Pep, trinkanimierend, kein Gramm Fett, bunter Aromenmix – Dörrbirnen und frische Birnen über Haselnüsse bis Zitrus, gute Länge, Reserven.

★★★ **G €€€€ SB**

2019 Sauvignon Blanc Ried Steinbach + Gediegene Melange aus reifen Tropenfrüchten à la Maracuja, Äpfeln und Kräutern; schließt mit Passionsfrüchten an, dann reifer Apfel, etwas Zitrus und Kräuter, gute Substanz, gediegen, im Finale und im Abgang rosa Grapefruits.

★★★★ **G €€€€€€ CH** TIPP

2017 Chardonnay Ried Steinbach Reserve + Merkliches, aber nicht vordergründiges Holz, frische Heublumen, Tabak, Gewürze, bisschen Dörrobst, nobel und klar; auch im Geschmack ist das Holz präsent, Fenchelsaat, orientalische Gewürze, dabei lebhaft mit feinem Säurerückgrat, Hauch Zitrus, präzise strukturiert, lang und frei von Üppigkeit.

STEIERMARK

★★ **S €€ GM** FUN

2020 Illyricus + Gleich ansprechend, Frühlingsblumen, frische Äpfel, etwas Nektarinen, Kräuter, Holunder; schließt aromatisch an, knackige Äpfel vorne, hinten mehr kräuterwürzig, beschwingt, leichtfüßig, trinkanimierend.

MITTELBURGENLAND DAC

★★★★ **K €€€€€€ BF** TIPP

2017 Blaufränkisch Ried Hochberg Reserve + Nobel und distinguiert, dunkle Beeren, Schwarzkirschen, zarte Würze, ruhig strömend; unaufdringlich mit zartem Säurespiel, transparente Frucht, sowohl dunkelfruchtige als auch rotbeerige Akzente, Gewürze eingestreut, feinmaschiges Gerbstoffnetz, Lorbeerblatt, Wacholderbeeren, gute Struktur, trinkanimierend, Frucht und Gewürze klingen lange nach.

BURGENLAND

★★★★ **K €€€€€€ BF** TIPP

2017 Pannonica + (ZW/BF) Einnehmend, dunkel getönt, Waldbeeren, Zedern, frisches Lorbeerblatt, einige Facetten; schließt aromatisch an, markante Gerbstoffe, animierendes Säurespiel, harmonisch, Trinkfluss vor Wucht, mittleres Gewicht, dunkle Beeren und ätherische Würze im Nachhall.

★★★★ **K €€€€ BF**

2017 Blaufränkisch + Dunkle Beeren, Heidelbeeren, ein Hauch von Gewürzen, Anklänge von Lorbeerblättern, Holz feinfühlig eingesetzt, tief im Glas Preiselbeeren und Laub von Preiselbeeren; harmonisch, Frucht und Würze ineinander verwoben, als Sorte selbsterklärend, unspektakulär, griffige Tannine, gute Länge, trinkanimierend.

YESTERDAY
I WANTED
AUSTRIAN WINE
TODAY
I'M DRINKING
AUSTRIAN WINE
FOLLOW YOUR
DREAMS!
#austrianwine
AUSTRIAN WINE

VINOTHEKEN

VOGAU

Vinofaktur Südsteirisches Genussregal Vogau
8461 Vogau, An der Mur 13
Tel. 03453 40677-320
www.genussregal.at

GASTRONOMIE/NÄCHTIGUNG

BERGHAUSEN

Steinberghof – Weingut Firmenich
8461 Ehrenhausen, Wielitsch 62
Tel. +43 3453 2435
www.firmenich.at

Aus dem über 200 Jahre alten Presshaus haben Dieter und Uli Firmenich ein wahres Schmuckstück gemacht. Ihre kreative Ader fließt in alle Bereiche, sei es bei den Kunstwerken in der Galerie, den gutseigenen Weinen oder der Küchenlinie. Eine imposante Aussicht hat man vom ruhigen Gastgarten aus auf die Weingärten. Zu den Klassikern der Buschenschankküche zählen Leberparfait, Mangalitzaspeck und Kürbiskernpesto auf hausgemachtem Brot. Die Renner sind der sogenannte „Freche Sterz" mit Sauerrahm und Grammeln und die veganen „Orangen Nudeln". Tipps: der „STIN – Styrian Gin" und der intrazellulär vergorene „Limestone".

Magnothek
8461 Berghausen, Zieregg 3
Tel. +43 3453 22122
www.magnothek.at

Berauschender Ausblick von der Terrasse. Die Stube mit den alten Steinwänden wurde mit modernen Holzelementen aufgefrischt. Die Küche zeigt sich bodenständig gut mit Klassikern wie Backhendl und knusprigem Schweinsbauch. Im verglasten Schaukeller sammelte Hausherr und Winzer Manfred Tement seine größten Schätze von der Magnum- bis zur 18-Liter-Flasche.

Winzarei
8461 Berghausen, Zieregg 4-5
Tel. +43 3453 4101
www.winzarei.at

Winzerzimmer als Schmuckstücke. Manfred Tement hat nicht nur eine gute Hand für Wein, sondern auch ein Gespür für stilvolle Inneneinrichtung. Ehemalige Winzerhäuser wurden umgeben von Weingärten und blühenden Wiesen zu zeitgemäßen Zimmern umgebaut. Steinwände, edle Holzböden und Möbel, Design und moderne Kunst verstehen sich miteinander.

EHRENHAUSEN

Loisium Wine & Spa Resort
8461 Ehrenhausen, Am Schlossberg 1a
Tel. +43 3453 28800
www.loisium-suedsteiermark.at

Imposant und futuristisch – so präsentiert sich das Vier-Stern-Superior-Designhotel. Besonders begehrt sind die Weingartenblick-Suiten und das Loisium Wine Spa inklusive ganzjährig beheiztem Außenpool. Gut gehen lässt man es sich auch im 1400 m² großen Wine Spa Wellnessbereich. Beeindruckende Lage mit einer Fernsicht über die südsteirischen Hügel bis auf die Koralm. Gut sortierte Vinothek.

Lilli & Jojo – Das kleine Wirtshaus
8461 Ehrenhausen, Sulztal 22
Tel. +43 3453 2310
www.lilliundjojo.at

Dreihaubenmann und ehemaliger Koch des Jahres, Joachim Gradwohl, und Lilli Kollar führen nun das liebevoll dekorierte Juwel. Der Blick von der lauschigen Weinlaube in die steilen Weinlagen ist atemberaubend, ein Erlebnis ist auch die Küche. Da kommen die Klassiker wie würziges Beef Tatar, Backhuhn à la Lilli & Jojo oder Topfenknödel mit Erdbeeren & FrouFrou. Aber auch liebevoll kreierte, kreative Gradwohl-Gerichte wie gebeizte rosa Forelle mit bunten Karfiolröschen und Kren oder Coq au Vin „Edition Südsteiermark", junger Brokkoli und Polenta. Regional mit Niveau. Dazu kommt Lilli Kollars liebevolles Service. Sympathisch!

Die Weinbank
8461 Ehrenhausen, Hauptstraße 44
Tel. +43 3453 22291
www.dieweinbank.at

Gerhard Fuchs ist ein Erneuerer steirischer Kreativküche. Der Dreihaubenmann hatte aber auch immer ein Herz für die bodenständige Wirtshausküche. Da kommen gefüllte Paprika auf den Tisch, saftiges Reisfleisch oder ein krosses Bratl vom Freilandschwein mit Sauerkraut und Knödel. Sommelier Christian Zach verfügt über eine beachtlichen Weinkeller mit Naturweinen.

Vinea
8461 Ehrenhausen, Gamlitzer Straße 104
T: +43 664 38 66 766
www.facebook.com/VineaRestaurant

Mix aus Restaurant, Weinbar und Vinothek. Große Fenster, Beton und Holz verbinden sich gelungen. Neuer Küchenchef und Mitbetreiber ist Dreihaubenkoch Alexander Posch, mit an Bord auch Sommelier Christopher Pohn, zuletzt beim Gault-&-Millau-Koch des Jahres 2019, Benny Parth, tätig. Die mediterrane Küche mit Nähe zu Slowenien bleibt bestehen.

FRESING

Wutte
8441 Fresing 34
Tel. +43 664 1822027
www.weingut-wutte.at

Mut zur Moderne. Der Buschenschank zeigt sich markant mit Spitzdach in Grau-Weiß, hoch wie ein Kirchturm. Von vorne wurde die Fassade bis zum Giebel verglast. Sehr gut: Schweinsbrüstl, warme Selchwurst, Kardinalschnitte. Sympathische Wirtspaar.

GABERSDORF

Pures Leben
8424 Gabersdorf, Neudorf an der Mur 105
Tel. +43 3452 74102
www.puresleben.at

Erwachen zwischen Rebstöcken, Frühstück unterm Apfelbaum und Pools mit Weinbergblick in den Häusern. Pures Leben vermittelt dieses Lebensgefühl in südsteirischen Stadln, Weinstöckeln und Winzerhäuser, die zu exklusiven Landhäusern im Designstil umgebaut wurden. Regionale Produkte zum Frühstück. Mehrere Standorte zur Auswahl.

GAMLITZ

Domaines Kilger Jaglhof
8462 Gamlitz, Sernau 25
Tel. +43 3454 6675
www.jaglhof.at

Schöne Ausblicke gibt es in der Südsteiermark viele, der vom Jaglhof gehört gefühlt aber wohl zu den besten drei. In der Küche geht es frisch und herzhaft zu, aber immer mit einem Twist. Signature Dish ist das Tatar vom Bison aus eigener Zucht, als Hauptgänge kommen Backhendl, Rindersteak oder Saibling mit Pack choi und Salzzitrone, auch Degustationsmenüs gibt es. Hübsche Winzerzimmer.

Logis 125
8462 Gamlitz, Grubtal 125
Tel. +43 664 5258532
www.logis125.at

Hannes Sabathis Schwester betreibt dieses feine Boutiquehotel. Der ortstypische langgestreckte Bau wurde außen mit schwarzen Eternit-Tafeln verkleidet, die Innenräume bilden mit weiß gekalkten Platten den freundlichen Kontrast. Neu ist der Hofladen mit Weinen aus der Umgebung und Produkten aus eigener Erzeugung: Fruchtsäfte, Kernöl, Edelbrände, Marmeladen, Knabberkerne, Selbstgebackenes.

Sattlerhof – Hannes Sattler
8462 Gamlitz, Sernau 2
Tel. +43 3453 4454-0
www.sattlerhof.at

Weingut, Genießerhotel, Wirtshausküche und gehobenes Restaurant unter einem Dach. Hannes Sattler beherrscht die typischen Klassiker wie Backhendl, Rindfleischsulz oder Käferbohnensalat genauso wie eine regional inspirierte Küche mit internationalem Esprit. Zusätzliches Sommerhighlight sind die Barbecue-Abende. Ausführliche Weinkarte, natürlich große Jahrgangstiefe bei den Weinen des eigenen Weinguts.

Hotel Wurzenberg
8462 Gamlitz, Fötschach 102
Tel. +43 664 1008061
www.wurzenberg.at

Beeindruckende Lage an einem der höchsten Punkte der Südsteiermark. Der moderne, transparente Holzbau lässt Natur und Zimmer nahtlos ineinander übergehen. Das Spektakuläre ist hier das Unspektakuläre: Bienen, Blumenwiesen und Berge mit Weinreben lassen jeden seine Mitte wiederfinden. In chicen Lodges bertachtet man durch große Glasfronten das Weinland, besser als fernsehen. In der Mispellodge 270° ist der Rundumblick – wie der Name schon sagt – besonders umfassend.

GLEINSTÄTTEN

Zur Hube
8443 Gleinstätten/Pistorf, Sausal 51
Tel. +43 3457 3271, 0664 9164630
www.zurhube.at

Klein, aber fein. Auf der Terrasse blühen Lavendel und Oleander, im Winter sitzt man im Wohnzimmer. Ein besonders stimmungsvolles Plätzchen, dieses 300 Jahre alte Weinstöckl. Gepflegter Garten, herrliche Aussicht und heimelige Stuben mit Wohnzimmerflair. Zweihaubenköchin Gingi Peez-Petz vereint steirische und istrische Tradition mit viel Gefühl.

HEIMSCHUH IM SULMTAL

Gasthaus Koschak Wirt & Weinbauer
8451 Heimschuh, Nestelberg 43
Tel. +43 3456 2401
www.koschak.at

Tradition und echte, wahre Werte sind Silvia und Martin Koschak ein Herzensanliegen. Alle Suppen, Saucen, Cremen, Marmeladen, Pestos, Essig, Hausbrot und vieles mehr sind selbst gemacht. Steirisches spielt die Hauptrolle, ein Blick über die Grenzen ist aber auch erlaubt. Beispiele sind Brennesselrisotto oder Ravioli mit Kräuter-Topfenfülle.

Schneeberger
8451 Heimschuh, Pernitschstraße 31
Tel. +43 3452 83934
www.weingut-schneeberger.at

Ein Bilderbuchbuschenschank. Johann Schneeberger sen. züchtet alte Schweinerassen in Freilandhaltung, Tochter Margret Reinprecht verarbeitet das Fleisch zu exzellenten Schinken (Wacholder-, Rosmarinrohschinken etc.). Sehr kreativ. Eingelegtes Gemüse, Spargel- und Fischterrine, Kürbis-Schafskäsestrudel. Prämierte Weine, hauseigener Gin aus 27 Zutaten.

KAINDORF AN DER SULM

Winzerhaus Kogelberg
8430 Kaindorf an der Sulm, Kogelberg 10–11
Tel. +43 3452 83451
www.kogelberg.at

Ein hübsches Winzerhaus mit urigen Bauernstuben, unter der dicht behangenen Weinlaube sitzt es sich wie im Paradies. Peter Mosser pflegt eine international angehauchte Regionalküche. Die Karte besteht durchwegs aus Mosser-Klassikern: Kalbsrahmgulasch mit Spätzle, gebratene Kalbsniere mit Senfsauce oder gefüllter Ochsenschwanz in Rotweinsauce. Grandiose Terrasse mit Weinlandblick.

Hotel-Restaurant Staribacher
8430 Kaindorf an der Sulm, Grottenhof 5
Tel. +43 3452 82550
www.staribacher.at

4-Sterne-Hotel mit großem Wellnessbereich. Das Restaurant bringt die Klassiker wie Backhendl oder Zwiebelrostbraten, versteht sich aber auch auf Gehobenes wie sous-vide gegarte Scheibe vom Rind mit Rotweinjus, Spargel, Süßkartoffelpüree und Shiitake-Pilzen oder Kernöl-Panna cotta mit Cassis-Eis.

KITZECK IM SAUSAL

Weinhof Kappel
8442 Kitzeck, Steinriegel 25
Tel. +43 3456 2347
www.weinhof-kappel.at

Wein in allen Lebenslagen. Hausherr Dietmar Kappel keltert seinen eigenen Wein, der in der Rieslingsuppe und als Essensbegleitung auf den Tisch kommt. Auch im Wellnessbereich kommt er zu Ehren, als Peeling mit Traubenkernöl oder als feine Wein-Massage. Hier wird der Urlaub zur Freude. Die Zutaten dafür sind gemütliche Zimmer, ein großer Außenpool und eine in der Region verwurzelte Küche, die schmeckt. Standards sind Tafelspitzsülzerl, sautierte Steinpilze, Wiener Schnitzel vom Woazschwein, Backhendl vom Sulmtaler Maishendl, Schokoauflauf mit Feigeneis. Zum Schluss ein hauseigener Edelbrand.

Steirerland
8442 Kitzeck, Höch 10
Tel. +43 3456 2328
www.steirerland.co.at

Heile-Welt-Sucher lieben den Blick ins Sausal. Dazu servieren die Geschwister Stelzer in der Küche (Ruth) und im Service (Maria) seit Jahren ein ausgezeichnetes Slow-Food-Programm. Hier gibt es noch Köstlichkeiten wie Krautfleckerln, steirisches Misthäuferl (Sterz, geschnetzeltes Hühnerbrüstl, Schwammerlsauce) und Lammstelze mit Rahmpolenta und Bohnengemüse. Wir kosten uns auch durch Sausaler Weinsuppe mit Zimtbrotwürfel, Brennnesseltascherl und Haussulzerl. Butterweich das Schulterscherzerl mit Semmelkren. Sommelière Maria Stelzer betreut die gut sortierte Vinothek mit einer umfassenden Sammlung Sausaler Winzer. Zwölf nach Feng-Shui eingerichtete Gästezimmer.

Buschenschank Reiterer
8442 Kitzeck, Einöd 10
Tel. +43 3456 2537
www.kitzecker-reiterer.at

Die Tattooträger Reinmund und Beate Reiterer stellen Traditionen lustvoll auf den Kopf. Im ersten Stock gibt es eine Lounge mit Ledersofas. Auf der Karte haben sie Bachkrebse in Avocado-Salsa, in Zweigelt marinierte Mangalitza-Salami und Carpaccio mit hauchdünnem, leicht geräucherten Sausaler Biorind, dazu Asmonte, Nusskrokant, Walnuss- und Kernöl. Göttliche Kernöleierspeis. Stilvolle Zimmer mit natürlichen Materialien wie Nussholz oder Schiefer.

LEIBNITZ

Der Hans
8430 Leibnitz, Grazer Gasse 7
Tel. +43 3452 823730
www.derhans.at

Im urig-modernen Lokal mit schönem Steingewölbe spielen Steaks die Hauptrolle. Das Fleischangebot reicht vom australischen Hereford bis hin zu Wagyu und natürlich auch steirischem Rind – alles in bester Qualität, alles sehr zart. Auch das große Beilagenangebot macht Freude. Ausgezeichnete Weinkarte.

Kogel 3
8430 Leibnitz, Kogelbergstraße 62
Tel. +43 3452 74935
www.kogel3.com

Der ehemalige Buschenschank Krautgasser im neuen Gewand. Das alte Gebäude wurde zwar abgerissen, aber originalgetreu wieder aufgebaut und zeitlos lässig gestaltet. Tausende auch internationale Flaschen Wein lagern im einsehbaren Keller. Die Küche setzt auf Bodenständiges. Am Sonntag reibt man sich die Hände, wenn das Ofenbratl auf den Tisch kommt. Nicht versäumen: Trixi's Bakery mit feinen Kuchen der Hausherrin.

Ranninger am Grottenhof
8430 Leibnitz, Grottenhof 1
Tel. +43 3452 73221
www.cuisinesensuelle.at

Thomas Ranninger arbeitete als Küchenchef in den Kempinski-Restaurants in St. Moritz, Peking und Baku, nun zeigt er sein Können mit einer klassisch-modernen Küche. Bei der Weinkarte ist vor allem die ausgedehnte Rubrik mit Magnumflaschen interessant. Gewürze, Waldhonig oder Olivenöl kann man für zu Hause mitnehmen.

Schlosskeller Südsteiermark
8430 Leibnitz, Seggaubergstraße 5
Tel. +43 3452 744 99
www.schlosskellersuedsteiermark.at

Markus Rath übersiedelte vom Längsee zurück in seine steirische Heimat. Und auch dort verbindet er gekonnt Beuschel, Backhenderl, Grammelknödel, Gulasch und Kreationen mit neuen Ideen. Spezialitäten sind die hauseigene Schweinerei oder der Braten am Sonntag. Großartiger Blick von der Terrasse ins Weinland.

LEUTSCHACH

Kreuzwirt
8463 Leutschach, Pössnitz 168
Tel. +43 3454 205
www.poessnitzberg.at

Bezaubernder Platz, der moderne Bau der Polz-Brüder glänzt mit Cinemascope-Blick ins Weinland der Südsteiermark. Rundherum Hügel mit Weinstockreihen wie gekämmt, mitten drinnen das Restaurant. Lange Fensterfronten holen die Natur herein oder man rückt dem Grün auf der Terrasse näher. Mit Produkten aus heimischer, ökologischer Landwirtschaft werden steirische Klassiker gekocht, aber auch Inspiriertes wie Zanderfilet, Erdäpfelrisotto und Lardo. Beliebt sind gefüllte Kalbsbrust oder aufgesetzte Henne.

Liepert's Kulinarium
8463 Leutschach, Arnfelser Straße 2
Tel. +43 664 1418116
www.lieperts.at

Zubereitungsarten sind das Markenzeichen von Stefan Liepert. Beispiele? Taco mit Lammfleisch und Frischkäse oder Linsenchip mit eingelegter Wiener Schnecke und Räucherforellen-Zabaione. Ausgefeilte Weinkarte mit einigen Raritäten.

Sabathihof
8463 Leutschach, Rebenweg 142
Tel. +43 3454 495
www.sabathihof.com

Das Hotel wurde blitzblank herausgeputzt. Den Wellnessbereich mit Swimmingpool in den Weinbergen möchten wir am liebsten gar nicht verlassen, die Terrasse und die Laube mit fantastischem Ausblick sind die reizvolle Alternative. Ausgezeichnete steirische Küche, die Rotwild aus dem eigenen Gehege und Kräuter aus dem Hausgarten verwendet.

Weingut Tschermonegg
8463 Leutschach, Glanz 50
Tel. +43 3454 3260
www.tschermonegg.at

Das behutsam renovierte Winzerhaus liegt am höchsten Punkt der Südsteirischen Weinstraße mit prächtigem Panorama. Zum Weingut gehört eine urige Buschenschank mit alter Baumpresse. Zu den hauseigenen Weinen werden steirische Schmankerln, Käsevariationen mit Bärlauchpesto oder die exzellenten Mehlspeisen serviert. Gemütliche Gästezimmer.

PISTORF

Schneideranner
8443 Pistorf, Sausal 27
Tel. +43 3457 2581
www.schneideranner.at

Traumhafte Terrasse mit einem von Glyzinien umrankten Holzhaus, gemütliche Stuben mit offenem Kamin, in der Bauernstube sind die Wände holzgetäfelt. Die Spezialitäten werden selbst gemacht: luftgetrocknetes Lendbratl und Osso Collo, rotweingereiftes Schweinsfischerl, saftiges Kübelfleisch. Tipp: das Kürbiskerntiramisu.

RATSCH

Moarhäuser am Rebenhof
8461 Ratsch 2
Tel. +43 3453 2135
www.rebenhof.at

Zum Weingut Rebenhof gehört die Ferienhausanlage in idyllischer Lage mit Blick nach Slowenien. Große Zimmer mit viel Holz, Frühstücksbuffet in der Kachelofenstube oder im Garten. Solarbeheiztes Schwimmbad, eigene Kegelbahn, Boccia, Sauna. Nett ist auch der Buschenschank, zu den freigeistigen Weinen von Hartmut Aubell kostet man Köstlichkeiten wie steirischen Lardo und knusprigen Leberkäse.

Maitz
8461 Ratsch 45
Tel. +43 3453 2153
www.maitz.co.at

Die hügeligen Weinberge rund um den schönen Familienbetrieb nehmen einen gleich gefangen. Die Wohlfühlsuiten bieten sich zum Übernachten an, genauso wie die Winzerzimmer – herrlicher Ausblick garantiert. Betreiber ist Wolfgang Maitz, Winzer aus Leidenschaft mit großem Gespür für seine Rieden und Befürworter einer möglichst naturnahen Weinwerdung. Die Ergebnisse kann man natürlich im großartigen Wirtshaus genießen. Am Herd steht Stefan Prenninger, der kreativ-bodenständige Gerichte mit viel Herz und Seele auf den Teller bringt. Mit Begeisterung züchtet er selbst freilaufende Kogelberger Schweine. Rund um das großartige Fleisch entstehen so herrliche Gänge wie knusprig gebratene Blunz'n mit Zucchini, Steinpilzen und Senf. Sehr sympathisch!

Buschenschank Kögl

8461 Ratsch 59
Tel. +43 3453 4314
www.weingut-koegl.com

Das 300 Jahre alte Haus wurde mit Lehmverputz und altem Holz revitalisiert. Der Platz unter dem großen Baum mit Panoramablick erzeugt ein Hochgefühl. Die Klassiker: selbstgemachtes Bratlfett, Verhackert und Geselchtes. Tante Martha und Mama Kögl zaubern auch Rote Rüben mit Kürbiskern- und Walnussfüllung, marinierten Schafkäse und Spagatkrapfen. Tamara Kögl steuert ihre Bio-Weine bei.

ST. ANDRÄ IM SAUSAL

Harald Irka Pfarrhof
8444 St. Andrä im Sausal 1
Tel. +43 660 3944628
www.ampfarrhof.com

Ausnahmekoch Harald Irka und Lisa Gasser haben sich bestens am bildhübsch renovierten Pfarrhof eingelebt. Große Sorgfalt bei der Auswahl der Produkte, Klarheit bei der Komposition und Vielschichtigkeit stehen für Harald Irka. Mit rund einem Dutzend Happen und Gerichten wird man beim Genussmenü verwöhnt. Da kommen Gänge wie Sturm mit roter Rübe, dazu Strudelteig mit Gänseleberpastete und Maroni, eine gelungene Mischung aus exquisit und erdig. Dann eine intensive und dennoch so leichte Krebsschaumsuppe mit gebratenem Carabinero, Fenchel, Lauch, Gurken und Kräuteröl. Sehr sensibel abgeschmeckt die rote Zahnbrasse mit grüner Paradeiser, roter Bete, angerösteten Walnüssen, einer Wolke aus Selleriegrün und Zitronenverbeneöl. Die vielschichtige Sauce bleibt noch lange im Gedächtnis. Großartig ist auch die Weinbegleitung. Übernachten kann man in einem der Zimmer mit Ziegelgewölbe.

ST. NIKOLAI IM SAUSAL

Weingartenhotel Harkamp
8505 St. Nikolai im Sausal, Flamberg 46
Tel. +43 3185 2280
www.harkamp.at

Designer-Weingartenhotel in einer Traumlage auf der Riede Oberburgstall. Hausherr Heinz Harkamp ist ein Meister niveauvoller Herzhaftigkeit. Hausherr Heinz Harkamp ist ein Meister niveauvoller Herzhaftigkeit und verbindet Weltoffenheit mit regionalen Produkten. Klassiker sind Flamberger Weinsuppe mit Zimtbrot, das legendäre Backhendl und das erfrischende Weingelee. Dazu gibt es die Weine von Harkamps Bruder Hannes. Designer-Hotelzimmer mit Weingartenblick.

ST. VEIT IM VOGAU

Gasthaus Restaurant Thaller
8423 St. Veit im Vogau 44
Tel. +43 3453 2508
www.gasthaus-thaller.at

Bodenständiges aus der Region – neu interpretiert. Norbert Thaller beherrscht diese Kunst hervorragend. Sein Gasthaus liegt in einem üppig blühenden Park, Kräuter, Gemüse und Fisch wachsen hier ganz natürlich. Abends kommt große Oper auf den Tisch: Weidehendl, roter Curry und Kohlrabi oder Maibock, Haselnuss und Schwarzbeer. Beeindruckender Weinkeller.

SULZTAL

Dreisiebner
8461 Sulztal 44
Tel. +43 3453/2809
www.weinidylle-dreisiebner.at

Komfortable Winzerzimmer in den Weinbergen, Tipp: das sonnendurchflutete Giebelzimmer mit großer Fensterfront. Tipp: das Weingartenhaus mit alten Weinstöcken als Fassade. Im Buschenschank serviert man Brot, Würste, Schinken, Verhackert aus Eigenproduktion, gute, hauseigene Weine.

Fischwirt im Urmeer
8461 Sulztal an der Weinstraße 18

Das ehemalige Gasthaus Tscheppe in Sulztal an der Weinstraße wird im Sommer als „Fischwirt im Urmeer" neu eröffnet, Betreiber ist die Gastrofamilie Grossauer-Widakovich. Der Name ist Programm, hier werden regionale Fischspezialitäten mit Weitblick serviert. Beste heimische Produkte treffen auf kreative Zubereitungsarten. Auf der Karte wird es feine Fisch-Vorspeisen wie die Fischsuppe Alpe Adria oder ein Sashimi von der Forelle geben. Fische im Ganzen spielen eine ebenso große Rolle. Kontakt und Website waren zu Redaktionsschluss noch nicht bekannt.

Hotel Vincent
8461 Sulztal 13
Tel. +43 3453 22101
www.vincent-hotel.at

Mitten in den Weinbergen, mit Gartenanlage, Seerosenteich und Pool. Man hat die Wahl, wo man den Tag verbringen will: in der Lounge mit offenem Kamin, auf der Sonnenterrasse, im Garten oder im Pool. Hochwertiges Frühstück.

WESTSTEIERMARK

Den Ruf der Weststeiermark begründet hat zweifellos der Schilcher, ein überaus charaktervoller, von rassiger Säure geprägter Rosé aus der Rebsorte Blauer Wildbacher, einer der urwüchsigsten autochthonen Sorten in Österreichs Weingärten. Der Begriff Schilcher kommt

546 Hektar Weinanbaufläche
Die wichtigsten Rebsorten:
Blauer Wildbacher, Sauvignon Blanc, Weißburgunder

dabei von Schillern, also den Facetten dieses von Pink bis Dunkelrosa changierenden Weines, wobei die Farbkraft lediglich von der Maischestandzeit abhängig ist. Die früher betonten Unterschiede zwischen Stainzer Schilcher und den dunkleren Deutschlandsberger Typen sowie die Differenzierungen der verschiedenen Schilcher-Spielarten sind mittlerweile längst obsolet geworden.

Das typische, an Cassis, Walderdbeeren oder Himbeeren erinnernde Bukett, begleitet von Noten nach Brennnesseln, Johannisbeerblättern und Paprika, entwickelt der Blaue Wildbacher in seiner schillernden Ausprägung allerdings nur in seiner Urheimat Weststeiermark. Den Blauen Wildbacher auf einen rassigen Rosé zu beschränken wäre zu kurz gegriffen. In besonders reifen Jahrgängen werden aus Wildbacher teils auch restsüße Spät- und Auslesen, ganz vereinzelt auch Eisweine und sogar Trockenbeerenauslesen oder Strohweine gekeltert.

Eine relativ neue Ausbauweise manifestiert sich in kraftvollen, tanninbetonten Rotweinen, die zum Teil in Barriques ausgebaut werden. Eine gewisse Bedeutung erreicht haben auch die schäumenden Schilcher in Gestalt von Frizzante und Schilchersekt.

Die führenden Betriebe der Weststeiermark setzen selbstverständlich nicht mehr nur auf den Blauen Wildbacher in all seinen Spielarten, sondern versuchen sich – bestärkt durch die günstigen klimatischen Voraussetzungen der vergangenen Jahre – mit aromatischen Weißweinen wie Sauvignon Blanc und Gelbem Muskateller, die aus dieser Herkunft, entsprechenden Ausbau vorausgesetzt, sehr erfrischende und rassige Weine mit einem frühlingshaft anmutenden Fruchtspektrum ergeben können.

Im Jahr 2018 wurden DAC-Regelungen eingeführt. Im Fokus steht die Herkunft, also eine Klassifizierung in Gebietswein, Ortswein und Riedenwein. Nur die folgenden Rebsorten sind zugelassen: Blauer Wildbacher (ausgebaut als Schilcher), Welschriesling, Weißburgunder, Morillon, Grauburgunder, Riesling, Gelber Muskateller, Sauvignon Blanc, Traminer und Verschnitte daraus. Die staatliche Prüfnummer darf nicht vor dem 15. Jänner des auf die Ernte folgenden Jahres beantragt werden, für Schilcher und Welschriesling nicht vor dem 1. Dezember des Erntejahres. Der Wein darf nicht vor dem 1. März des auf die Ernte folgenden Jahres verkauft werden; ausgenommen davon Schilcher und Welschriesling. Der Gehalt an unvergorenem Zucker ist mit 4 g/l limitiert, Riesling und Traminer müssen trocken im Sinne des Weinrechts sein.

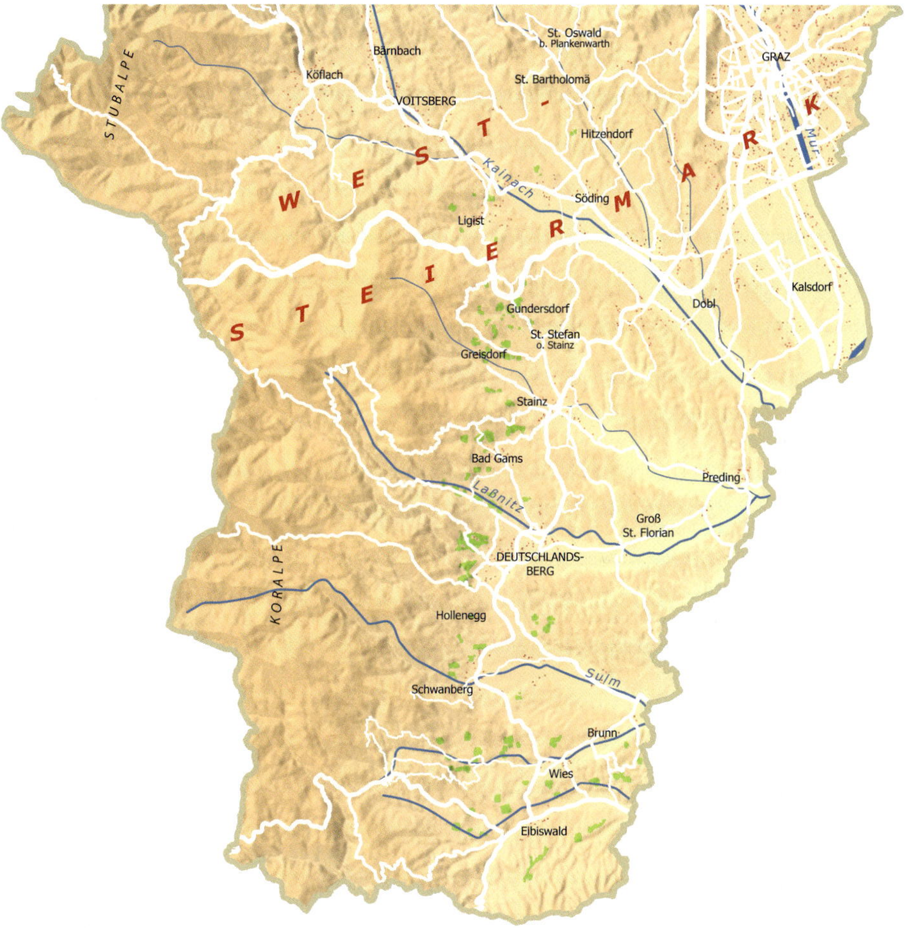
STUBALPE
Bärnbach
Köflach
VOITSBERG
St. Oswald
b. Plankenwarth
St. Bartholomä
GRAZ
Mur
Hitzendorf
Kainach
Söding
Ligist
WEST-
STEIERMARK
Kalsdorf
Dobl
Gundersdorf
St. Stefan
o. Stainz
Greisdorf
Stainz
Bad Gams
Laßnitz
Preding
Groß
St. Florian
DEUTSCHLANDS-
BERG
KORALPE
Hollenegg
Sulm
Schwanberg
Brunn
Wies
Eibiswald

Schilcherweingut
Friedrich

Christian & DI Isabella Friedrich
8511 St. Stefan, Langegg 18
Mobil +43 664 252 40 06
info@friedrich-schilcher.at, www.friedrich-schilcher.at
8 + 2 Hektar, W/R 0/100

„Das Wetter hat es gut gemeint mit uns, kein Frost, genügend Niederschläge, ein relativ trockener, sonniger Herbst und eine entspannte Lese", umreißt Christian Friedrich den Jahrgang 2020. „Die Riedenschilcher sind etwas kräftiger im Alkohol, haben eine schöne Säurestruktur und sind vielschichtig." Bei der Familie Friedrich dreht sich alles um die Blaue Wildbacherrebe. Es gibt eine breite Palette an Weinen, von zwei gleichgepressten Weißen über Frizzante und Sekt bis zu Süßweinen und – wenn die Witterungsbedingungen passen – auch anspruchsvollen Rotwein. Der Schwerpunkt liegt selbstverständlich auf den Schilchern. Ab dem Jahrgang 2018 wurde mit der Reserve von der Ried Pirkhofberg eine neue Stilrichtung etabliert: hochreife Trauben im Spätlesebereich, 100% biologischer Säureabbau, Ausbau in neuen Barriques aus französischer Eiche. Dieser Wein spielt in einer völlig anderen Liga und ist für lange Haltbarkeit konzipiert. Mit herkömmlichem Schilcher ist er nicht zu vergleichen. Gerade in der gehobenen Gastronomie werde er sehr gut angenommen. „Da ist so mancher kritische Gast positiv überrascht." Der leichteste Schilcher nennt sich „Pius" und ist als Hommage an die Tradition gedacht. Er erfreut sich mittlerweile einer großen Fangemeinde, das Etikett ist völlig anders gestaltet als der Rest des Portfolios. *ww*

WESTSTEIERMARK DAC

★★ **S € BW** PLV
2020 Schilcher Klassik + Ruhig, frisch, dunkle Stachelbeeren, Johannisbeeren, grünblättrige Würze; glockenklar, dunkelbeerige Frucht, hinten auch Wildkirschen, lebhafte Säure, mittleres Gewicht, zugänglich.

★★★ **S €€ BW**
2020 Stainzer Schilcher + Fröhlich, rotbeerig, Anklänge von Holunderblüten; saftig, frische Säure, rotbeerige Frucht, im Finish auch dezente Kräuterwürze.

★★★ **S €€ BW**
2020 Schilcher Ried Kirchberg + Ernsthaft, reife Johannisbeeren, frische Pflaumen, zarteste Würze; aromatisches Dacapo, in sich ruhend, zugängliche Säure, gute Länge, unaufgeregt, Boden kommt durch.

★★★★ **S €€ BW**
2020 Schilcher Ried Langegg + Feingliedrig, Johannisbeeren, Ribiselgelee, Stachelbeeren, Rhabarber, Prise Cassislaub; viele Facetten, frische Frucht unterlegt mit grünblättriger Würze, angenehme Säure, glockenklar, hauchzarte Gerbstoffe, ansprechende Länge.

★★★★ **S €€ BW** TIPP
2020 Schilcher Ried Pirkhofberg + Sanft, elegant, rote Beeren, florale Akzente, Stachelbeeren; schließt nahtlos an, viele Facetten, Frucht im Vordergrund, nobel und druckvoll, feinste Gerbstoffe, pikantes Finish.

STEIERMARK

★★ **S €€ BW**
2020 Sopran + (BW gleichgepresst) Weiße Johannisbeeren, Rhabarber, Cassislaub, sympathisch; viel Frucht, auch Nektarinen, angenehme Säure, erfrischend, gute Substanz.

★★ **S €€ BW**
2020 Mezzosopran + (BW gleichgepresst, halbtrocken) Sortenaffin, Ribisel, Cassislaub, grünblättrige Würze; schließt aromatisch an, unaufdringlicher Restzucker, süffig, frisch, sortentypische Aromen im Abgang und im Nachhall.

★★ **S €€ BW**
2020 Schilcher Pius + Sanft, sortentypisch, Gartenerdbeeren, Johannisbeeren; auch auf dem Gaumen als Schilcher unverkennbar, leichtfüßig, wilder als im Bukett, Säurerückgrat, Zug, fruchtbetont, Grip, knackige Johannisbeeren im Nachhall.

★★★★ **K €€€ BW** TIPP
2019 Schilcher Ried Pirkhofberg Reserve + (Barrique) Völlig eigenständig, reife Vogelbeeren, dunkle Stachelbeeren, Wildkirschen, Walnüsse und Walnussblätter, ruhig strömend und druckvoll; sanft, rund, Fruchtschmelz, noble Würze vom Holz, stoffig, reife dunkle Beeren und feinkörnige Gewürze klingen lange nach.

★★★ **S €€ BW**
2020 Prima Donna + (Schilcher halbtrocken) Markant, dunkle Stachelbeeren, reife Cassisbeeren und Walderdbeeren; geballte Ladung Frucht, Restzucker wird von belebender Säure austariert, kräftig, trinkanimierend.

★★★ **S €€ BW**
2019 Schilcher Liebelei + (Spätlese süß) Hochreife Cassisbeeren, Stachelbeeren, Powidl, grünblättrige Würze; sanfter Druck, lebhaft, aromatisches Dacapo, angenehme Süße, eine Prise Gerbstoff im Finish.

ÖSTERREICH

★★ **S €€ BW** FUN
Schilcher Frizzante + Fröhlich, verspielt, helle Frucht, weiße Ribisel, Spur Nektarinen, Rhabarberkompott, hauchzarte Kräuternote; schließt aromatisch an, zugängliche Säure, unkompliziert, hell getönt, zarteste Gerbstoffe, gute Substanz.

Schilcherei® | Weingut H & L Jöbstl
Jöbstl

Hannes & Luise Jöbstl
8551 Wernersdorf/Wies, Am Schilcherberg 1
Tel. +43 3466 43210, Fax -53
info@joebstl.eu, www.joebstl.eu
7,8 Hektar, W/R 30/70, 40.000 Flaschen/Jahr

„Schilcherei“ nennt die Familie Jöbstl ihr Weingut. Damit bringen Hannes und seine Frau Luise ihre Vorliebe zur Rebsorte Blauer Wildbacher unmissverständlich zum Ausdruck. Das Portfolio jedoch beschränkt sich bei Weitem nicht auf Schilcher alleine. Die Familie Jöbstl keltert buchstäblich alles, was sich aus der Blauen Wildbach errebe keltern lässt, vom Weißgepressten über Sekt und Frizzante bis zu Rotwein und Süßweinen, die mitunter richtiggehend vibrieren. Sogar ein „Portwein“ wurde schon vinifiziert; diese Rarität ist auf dem Weingut noch erhältlich. Daneben werden auch die für die Weststeiermark typischen weißen Rebsorten angebaut. Hannes Jöbstl und Luise sind naturverbundene Menschen. Jeder Weinberg habe seine Aura, und nur ein umsichtiger Winzer könne den Reben Leben einhauchen und daraus Weine machen, welche die Seele berühren. „Als Winzer bin ich Begleiter der Traube – von der Blüte bis zum Wein.“ Vegane Weine sind den Jöbstls ein Anliegen. Das Weingut kann auf eine lange Tradition zurückblicken. Der Grundstein wurde im 17. Jahrhundert gelegt. Damals betrieben die Vorfahren der heutigen Besitzer eine gemischte Landwirtschaft. Heute empfängt man gerne Besucher. Das Weingut lädt zu Verkostungen, zu Firmen- und Familienfesten, begleitet Hochzeiten, vermittelt das Flair des Schilcherlandes. Für drei Campingbusse wurden Abstellplätze geschaffen, die für bis zu 24 Stunden frei genutzt werden dürfen. *ww*

WESTSTEIERMARK DAC

★★★ **S €€ SB**
2020 Sauvignon Blanc + Fröhlich, grüner Paprika, Holunderblüten, Stachelbeeren; Stachelbeeren kommen deutlicher, Schmelz, einige Substanz, zugängliche Säure, sortentypische Frucht und Würze im Abgang und im Nachhall.

★★★ **S €€€ CH** **TIPP**
2020 Ried Schilcherberg Chardonnay Lignum + Aromen vom Holz, Vanille, Heublumen, Haselnüsse, Dörrobst angedeutet; aromatisches Dacapo, lebhaft, Säurespiel, fein strukturiert, Finesse, guter Körper, Holzaromen im langen Nachhall.

★★★ **S € BW**
2020 Schilcher Ried Krass + Druckvoll, Stachelbeeren, reife Erdbeeren, Cassis, Prise grünblättrige Würze; viel sortentypische Frucht, belebendes Säurespiel, Cassislaub unterlegt, zugänglich bei mittlerem Gewicht.

★★★★ **S €€ BW**
2020 Schilcher Ried Schilcherberg + Kühl, rote und gerade reif gewordene schwarze Johannisbeeren, Prise Kräuterwürze; neben diesen Aromen auch dunkle Stachelbeeren, angenehme Säure, einige Substanz, zugänglich, trinkanimierend, nobel.

STEIERMARK

★★ **S €€ CW** **FUN**
2020 Blauer Wildbacher Weiß + (gleichgepresst) Ruhig, zart, Äpfel, helle Beeren, grünblättrige Würze; schließt aromatisch an, lebhaft, angenehme Säure, verabschiedet sich mit grünen Äpfeln und etwas Zitrus.

★★★ **S €€€ BW** **TIPP**
2015 Sir Wilderlot + (80BW/ME) Markant, eigenständig, kühle Frucht, Wacholderbeeren, Lorbeerblatt, Zwetschken, dezent rauchig; schließt mit rauchigen Aromen an, transparente Frucht, Tanninrückgrat, Zug, saftig, schlank gehalten, kühles und würzig-fruchtiges Finale.

★★★★ **S €€€€€ BW** **TIPP**
2017 Schnürlwein vom Schilcher + Getrocknete Walderdbeeren und Marillen, zarte Würze; herzhaft, Dörrobst, primär Marillen, im Finish auch Feigen, unaufdringliche Süße, zugängliche Säure, gute Länge, getrocknete Früchte klingen lange nach.

Weingut
Langmann vlg. Lex

Stefan Langmann
8511 St. Stefan ob Stainz, Langegg an der Schilcherstraße 23
Tel. +43 3463 61 00, Fax -4
weingut@weingut-langmann.at, www.weingut-langmann.at
60 Hektar, W/R 34/66

Mit dem Jahrgang 2020 ist Stefan Langmann sehr zufrieden. „Wir hatten eine etwas spätere Ernte, die physiologische Reife war top, die Zuckergradationen lagen im perfekten Bereich." Sein Sortiment ist so umfangreich, dass wir hier nur einen Querschnitt präsentieren können. Neu ist der Weißburgunder von der Ried Greisdorf, ein Projekt, für das seine Tochter Verena verantwortlich zeichnet; sie hat 2020 in Klosterneuburg maturiert. Der karge Boden aus Gneis und Glimmerschiefer prägt den Wein, den wir nächstes Jahr vorstellen werden; er liegt noch auf der Feinhefe. Gleiches gilt für den vielversprechenden Sauvignon Blanc dieser Herkunft. Der nobelste und kräftigste Schilcher des Hauses stammt von sehr alten Rebstöcken der Ried Hochgrail. Diesen ungewöhlichen Wein gibt es auch als Reserve aus dem kleinen Holz, ein Pinot-artiger Schilcher, der weit weg ist von Gewohntem und einen neuen Weg weisen sollte. Ebenfalls neu ist die rote Reserve vom Blauen Wildbacher aus dieser Top-Lage, Jahrgang 2018; sie lag zum Verkostungszeitpunkt noch in den Barriques und kommt im Sommer. Sekt wird zur Gänze auf dem Weingut hergestellt. Das Angebot ist groß. Im Herbst wird es die 2018er Große Reserve Stainz geben. Ein Sprudel der besonderen Art ist der Schilcato, er wird wie ein Moscato d'Asti im Drucktank vinifiziert.

Die Familie legt großen Wert auf alte Reben. Sie besitzt auch Weingärten auf dem südsteirischen Eichberg, die als DAC Südsteiermark vermarktet werden. *ww*

WESTSTEIERMARK DAC

★★★ **K €€€ RI**
2019 Riesling Ried Hochgrail + Zunächst verhalten, öffnet sich mit Luft, Marillen, frische Feigen, Kiwis, grüne Kräuter, Hauch Sesam; viel Steinobst, Limetten und Kiwis, Schmelz, Substanz, Zug, fruchtbetonter Nachhall.

★★★ **S €€ SB** PLV
2020 Sauvignon Blanc Klassik + Archetypisch, Cassislaub, schwarze Johannisbeeren, Hauch Buchsbaum; schließt nahtlos an, lebhaft, Stachelbeeren klingen lange nach.

★★★ **K €€€ SB**
2019 Sauvignon Blanc Ried Greisdorf + Klassisch, grünblättrige Würze, weiße Johannisbeeren, Rhabarber; Substanz, Schmelz, cremiger Touch, viel Frucht, füllig, zarteste Würze und geröstete Sesamkörner, exotischer Nachhall.

★★★★ **K €€€€ SB** TIPP
2018 Sauvignon Blanc Reserve Ried Greisdorf + Feine Holznote, Gewürze, Stachelbeeren; schließt nahtlos an, Fruchtschmelz, cremiger Touch, harmonisch, füllig, Gneis- und Schieferboden zu erkennen, elegant, Reserven.

★★★ **S €€ BW**
2020 Schilcher Stainz + Sanft, Granatäpfel, Himbeeren, dunkle Stachelbeeren; Frucht dominiert, stoffig, Sortencharakter, Zugangstor zur Welt des Schilchers.

★★★ **S €€ BW**
2020 Schilcher Ried Langegg + Fein, rotbeerig, Ribisel, Erdbeeren, Stachelbeeren; saftig, feiner Grip, Johannisbeeren, Säurespiel, fast leichtfüßig, Finesse.

★★★★ **S €€ BW** TIPP
2020 Schilcher Ried Hochgrail + Dunkel; druckvoll, Stachelbeeren, Bodentöne, Hauch von Kräutern, gediegen; schließt nahtlos an, Kraft, viel reife Frucht, Säure gut eingebunden, Charakter, dunkle Frucht klingt lange nach.

★★★★ **K €€€ BW** TIPP
2020 Schilcher Ried Hochgrail Reserve + Dezentes Holz, dunkle und reife Frucht, getrocknete Kräuter, Bitterorangen; stoffig, Würze, Frucht, dunkel getönt, bisschen Eiche, lebhaft, feines Tanningerüst, Gewürze und Kumquats im langen Nachhall.

SÜDSTEIERMARK DAC

★★ **S €€ GM**
2020 Gelber Muskateller Klassik + Unplakativ sortentypisch, zart, Holunderblüten, Kräuter, Muskatblüten, reife Zitronen; saftig, zugänglich, vielschichtige Aromatik, trinkanimierend, Körper, fein.

STEIERMARK

★★★ **K BW**
Schilchersekt Klassik Brut + Rotfruchtig, Kräuter, zarte Hefenote, dezent; zupackend, feiner Säuregrip, angenehmer Mousseux, zarte Gerbstoffe, ernsthafter Rosé-Sekt.

★★★★ **K €€ GM** TIPP
Gelber Muskateller Sekt Brut + Zitrus, Zitronenzesten, traubig, Holunderblüten, Prise Muskatnuss und Steinobst; Zitrus, Zitronengras, Holunderblüten, feine Säure, sanfter Mousseux, Grapefruitzesten im Abgang, trinkanimierend und nobel zugleich.

ÖSTERREICH

★★★ **K €€€ CW**
Pet Nat Brut Nature + Ernsthaft, Holunderblüten, Quitten, Marillen, Birnen, Kräuter, Zitrus, gelbe Kriecherl; knochentrocken, Quitten, zart herb, Prise Kräuter, sanfte Perlage, kernig, im Finish grüne Bananen und Weingartenpfirsiche.

Weingut
Domäne Müller Weststeiermark

DI Yves Michel Müller
8522 Groß Sankt Florian, Grazerstrasse 71
Tel. +43 3464 2234, Fax 211625
office@mueller-wein.at, www.muellerwein.at
24 Hektar, W/R 70/30, 150.000 Flaschen/Jahr

Die Domäne Müller ist in zwei Weinbaugebieten der Steiermark tätig. In der Süd- und in der Weststeiermark – im Schilcher-Gebiet. Von diesem Wein gibt es einige Varianten. Ein wunderbarer 2019 Schilcher Sekt Jahrgangsreserve, die sich nicht nur als Aperitif-Wein eignet, sondern sich vielmehr zum Essen von ihrer besten Seite zeigt.

Ein sehr stimmiger 2020 Schilcher Klassik, der in seiner Urwüchsigkeit sehr präsent ist.

Beim 2020 Schilcher Ortswein „Deutschlandsberg" wird es dann gediegener. Ein nuancierter Schilcher, bei dem der Kellermeister seine feine Klinge beweist.

Das Flaggschiff des Hauses ist DER Schilcher aus der Ried Burgegg 2020, von burschikoser Feinheit, schliffig, mit einiger Tiefe ausgestattet.

Es sind sehr typische Deutschlandsberger Schilcher, die immer etwas dunkler in der Farbe erscheinen.

Doch Yves Michel Müller kann nicht nur Schilcher, sondern auch Grauburgunder. Einen guten 2020er und einen 2019 PRIVAT aus der Riede Burgegg. Noch dominiert die neue Eiche. Ist nur eine Frage der Zeit. Substanz ist genug vorhanden.

Ein hervorragender 2019 Zweigelt Origo 34 – den Prof. Fritz Zweigelt damals eigenhändig auf der Ried Burgegg gepflanzt hat – ist von saftiger Eleganz, von charmanter Fülle und höchst angenehm zu trinken.

as

WESTSTEIERMARK DAC

★★ S €€ BW FUN
2020 Schilcher Klassik + Paprikapulver, rote Johannisbeeren, Walderdbeeren, rassig, feurig, der passt so richtig zur zünftigen Jause. Rustikal, doch mit Charakter. Knackig, typisch, jeder Zoll Schilcher. Unkompliziert auf einigem Niveau.

★★ S €€€ WB
2020 Schilcher „Deutschlandsberg" + Reife Johannisbeeren, bisschen Paprika, von gediegener Rotfruchtigkeit, prägnant, nicht von einem loslassend, aber nie aufdringlich, ein Schilcher mit Nuancen, mit feiner Klinge. Von bäuerlichem Adel. Das ist Schilcher, der mit sich im Reinen ist.

★★★ S €€€ WB TIPP
2020 DER Schilcher „Riede Burgegg" + Reife Ribisel, fast fein anmutend, natürlich mit rustikalem Touch, da sind reife Trauben im Spiel, ein Wein von innerer Harmonie, doch den burschikosen Charme des Schilchers nie verlierend. Voller Rasse, Nerv und spannendem Reiz. Das ist Schilcher für Kenner.

STEIERMARK

★★ S €€€ PG
2020 Grauburgunder + Honig, Fichtennadeln, Weißbrot, Bananen, Trockenfrüchte, gewisse Frische, mittlerer Druck, typisch, durchaus attraktiv, aber mit eher wenig Prägnanz.

★★★ K €€€€ PG
2019 PRIVAT Pinot Gris „Riede Burgegg" + Bratennase gepaart mit Citrus und Orangen, Bananen, salzige Noten, frischer Gerbstoff, eng auf dem Gaumen. Insgesamt noch sehr zugeknöpft, lassen wir ihm Zeit. Noch dominiert das Holz.

★★★ K €€€ ZW
2019 Zweigelt Origo '34 Riede Burgegg + Ein sehr feiner Wein mit noblem Ausdruck, von innerer Harmonie durchzogen, ein Wein, der Geborgenheit ausstrahlt, sich nie anbiedernd, untadelig, von bürgerlicher Eleganz, ein sehr angenehmer Rotwein, so richtig schön zu trinken.

ÖSTERREICH

★★★ K €€€ BW
2019 DER Schilcher Sekt Jahrgangsreserve + Dunkelrote Farbe, gute Schaumbildung, rotbeerig, dezent selchiges Aroma, knackig und kompakt, ein Schaumwein, der zum Essen gehört. Das geht nicht so nebenbei. Das ist sehr weiniger Schaumwein, fruchtig, mit einer angenehmen Pikanz, sehr balanciert, hier sind dem Schilcher die Zähne gezogen worden. Ein Schilcher für gehobene Ansprüche.

Weingut
Christian Reiterer

Christian Reiterer
8551 Wies, Lamberg 11
Tel. +43 3465 3950, Fax -6
info@weingut-reiterer.com, www.weingut-reiterer.com
50 Hektar, W/R 10/90

Das Weingut von Christian Reiterer geht auf das 17. Jahrhundert zurück. Als er es von seinen Eltern übernommen hat, war es bescheidene drei Hektar groß. Nach Lehr- und Wanderjahren auf französischen und italienischen Weingütern beschloss der junge Mann damals, sich intensiv um die Blaue Wildbachertraube zu kümmern. Er kaufte Weingärten, von denen manche auch in der Südsteiermark liegen. Die Erfahrungen, die er im Ausland gesammelt hat, sind in seine Weine eingeflossen. Heute kann der Weinmacher aus einem beachtlichen Portfolio an Rieden schöpfen, unter ihnen die Monopollagen Lamberg und Engelweingarten. Bei Letzterer handelt es sich um einen vergleichsweise hoch gelegenen und nach Süden orientierten Weinberg mit mehr als 40 Jahre alten Rebstöcken. Ungewöhnlich ist die umfangreiche Palette an Schaumweinen. Der Arunda Rosé Brut entstammt einer Kooperation mit Sepp Reiterer aus Südtirol, wo die Grundweine aus Österreich und Südtirol in traditioneller, 36 Monate dauernder Flaschengärung zu Sekt werden. Bei den Schilchern legt Christian Reiterer Wert auf eine zeitgemäße Interpretation, die der Zugänglichkeit und den Sortenspezifika gleichermaßen Rechnung trägt. Es sind Roséweine ohne Härte, die Aromatik der Blauen Wildbacherrebe ist dennoch unverkennbar. Jedes Jahr Primus inter Pares ist der Schilcher Ried Engelweingarten Alte Reben. Davon gibt es auch einen noblen, ernsthaften Reserve-Sekt g.U. Der Sauvignon Blanc Ried Lamberg stammt vom „Hausberg" des Betriebs, er ist im großen und im kleinen Holzfass gereift. Der Großteil wird in Magnum gefüllt. *ww*

WESTSTEIERMARK DAC

★★★ **S €€ SB**
2020 Sauvignon Blanc Klassik + Unplakativ, Cassislaub, Buchsbaum, Cassis; schließt so an, hinten auch Steinobst, zugängliche Säure, Trinkfluss, mittlere Länge.

★★★ **K €€€ SB**
2019 Sauvignon Blanc Ried Lamberg + Sanfter Druck, dezent, reife Frucht, Gewürze, Prise Blockmalz; Schmelz, Kraft, moderate Säure, frische Frucht, hauchzarte Würze, im Abgang grünfruchtig mit Kräutern.

★★★★ **K €€€ SB** TIPP
2018 Sauvignon Blanc Ried Lamberg + Feingliedrig, Gewürznoten, Grapefruits und Karambole; Frucht deutlicher, würzige Untermalung, fein strukturiert, Säurespiel, Würze und Frucht im langen Abgang.

★★ **S €€ BW** FUN
2020 Schilcher Rosé Klassik + Sanft, Erdbeeren, Stachelbeeren, Hauch grüne Blätter; glockenklare Frucht, belebende Kohlensäure, Gerbstoffe angedeutet, Fruchtaromen vom Bukett klingen lange nach.

★★★ **S €€ BW**
2020 Schilcher Rosé Ried Engelweingarten + Stachelbeeren, schwarze Johannisbeeren, Cassislaub; knackige schwarze Johannisbeeren, animierende Säure, Körper, schwarze Johannisbeeren und grünblättrige Würze klingen nach.

★★★ **S €€ BW**
2020 Schilcher Rosé Ried Lamberg Alte Reben + Sanfter Druck, Ribiselgelee, Gartenerdbeeren, Kräuter; schließt nahtlos an, ausgewogen, gut integrierte Säure, Körper, Länge, zugänglich mit Fruchttiefe.

★★★★ **S €€ BW** TIPP
2020 Schilcher Rosé Ried Engelweingarten Alte Reben + Tiefe Frucht, elegant, druckvoll; Säurespiel, Struktur, Frucht und Tiefgang, feinste Gerbstoffe, dunkle Beerenfrucht und bodenstämmige Noten klingen lange nach.

STEIERMARK

★★★★ **K €€€€ BW** TIPP
Schilcher Sekt Reserve Engelweingarten Alte Reben + Distinguiert, Erdbeeren, dunkle Hefenoten; kühl, elegant, vom kargen Untergrund geprägt, Frucht und Würze, angenehmer Mousseux, dezente Dosage, eigenständig und ernsthaft.

ÖSTERREICH

★★ **S €€ GM**
Muskateller Frizzante + Dezent, Kräuter, Holunderblüten, Zitronenzesten, Prise Muskatnuss; aromatisches Dacapo, angenehme Perlage, animierende Prise Restsüße.

★★★ **K €€ BW** PLV
ZERO Rosé Frizzante + (unfiltriert, ohne Schwefel) Zunächst Erdbeermarmelade, dann schwarze Johannisbeeren und deren Blätter, Pflaumen; schließt nahtlos an, trocken und zugänglich, sanfte Säure, angenehme Perlage, Frucht und Würze im Nachhall, ernsthaft.

EUROPA

★★★★ **K €€€ CR**
Arunda Rosé Brut + (Grundweine aus mehreren Ländern der EU) Gesetzt, freundlich, rotbeerig, Hefearomen; elegante Frucht, zurückhaltende Dosage, trocken, hauchzarte Gerbstoffe, feine Textur, dunkle und von Hefen unterstützte Aromatik im Abgang und im Nachhall.

MY KIND
OF POP
ART
AUSTRIAN SEKT
#austrianwine
AUSTRIAN WINE

VINOTHEKEN

GRAZ

Schaeffer's Selektion feiner Weine
8010 Graz, Kaiser-Josef-Platz 6
Tel. +43 664 4502553
www.schaeffers.at

Vinothek bei der Oper, Karl Lamprecht
8010 Graz, Tummelplatz 1
Tel. +43 316 828834
vinothekgraz.com

Weinhof Auer
8074 Raaba bei Graz, Josef-Krainer-Straße 11
Tel. +43 316 401100
www.weinhof-auer.at

GASTRONOMIE/NÄCHTIGUNG

DEUTSCHLANDSBERG

Burghotel und Restaurant Deutschlandsberg
8530 Deutschlandsberg, Burgplatz 1
Tel. +43 3462 5656-0
www.burghotel-dl.at

Als ob einer auf die Stopp-Taste gedrückt hätte. Im Wappensaal fühlt man sich in alte Zeiten zurückversetzt, Karl Kollmann ist mit seiner Küche im Heute verankert. Er schwört auf Regionalküche, macht das aber nicht zum Dogma, vor allem mediterrane Elemente fließen immer wieder ein. Der Weinkeller im historischen Gewölbe hat viel Stoff aus der Steiermark, auch Deutschland und Frankreich kommen zu Wort. Schöne Zimmer.

Bio-Hotel Koralpenblick
8530 Deutschlandsberg, Trahütten, Rostock 15
Tel. +43 3461 210
www.koralpenblick.at

Der Blick von der Terrasse über die Koralpen ist phänomenal. Bio wird hier gelebt, auf dem eigenen Bauernhof wachsen prächtige Rinder, Fische drehen ihre Runden in den eigenen Teich. In der schönen Stube mit Holztramen schmecken Schwammerlsuppe und kräftige Rindsuppe mit Lungenstrudel, butterweicher Tafelspitz mit Semmelkren oder Rindschnitzel in der Kürbispanier. Dazu ein Glas Most oder Apfelsaft vom Haus. Wir gehen nicht ohne ein Stanitzel mit Schlag.

Theresas eine ART-Gasthaus
8530 Deutschlandsberg, Kirchengasse 2
Tel. +43 3462 39182

Bodega, Weinbar und Gasthaus. Die Accessoires reichen vom alten Filmplakat bis zum Kaiser-Franz-Josef-Porträt. Gerhart Poprask kocht nach dem Prinzip „Limited Edition" („Wenn's aus is, is aus"). Auf einer schwarzen Schiefertafel steht, was es täglich gibt. Wie jedes Mal ist man versucht, einfach alles zu probieren. Flecksuppe,

Calamari und Filetsteaks sind und bleiben beliebte Klassiker. Ein Hochgenuss die Artischockenböden mit Wildhasenragout gefüllt und gratiniert. Schönes Weinangebot, gut gebucht sind die Menüs mit Bordeaux-Flaschen als Begleitung.

EIBISWALD

Gasthof Safran
8552 Eibiswald, Aichberg 83
Tel. +43 3466 42310
www.gasthof-safran.at

Der Name ist nicht Programm. Orientalische Aromen darf man sich nicht erwarten, im bürgerlichen Gasthaus geht es weststeirisch im besten Sinn zu. Frische Ideen haben dennoch Platz, etwa wenn gebratener Sobother Saibling auf Avocadosalat mit Blattspinat serviert wird. Die Weinkarte bietet eine repräsentative Auswahl an steirischen Weinen. Wunderbare Sonnenterrasse mit Blumengarten, schöne Zimmer im Haus.

GROSS ST. FLORIAN

Landhaus Oswald
8522 Groß St. Florian, Unterbergla 15
Tel. 03464 2270
www.landhaus-oswald.at

Ein Familienbetrieb, wie man ihn sich vorstellt. Rustikale und moderne Elemente geben sich hier die Hand. Klassisch sind Braten und Filetspitzen mit Schupfnudeln. Ins Gourmetmenü (nur samstags und sonntags auf Vorbestellung) von Wolfgang Edler und seiner Tochter Nina mischen sich mediterrane und asiatische Einflüsse.

HOLLENEGG

Zum Gregorhans'l
8541 Hollenegg, Kruckenberg 19
Tel. 03462 2610
www.alpengasthaus.com

Ein gestandenes Wirtshaus, das von einem engagierten deutsch-vorarlbergerischen Team geführt wird. Mit viel Liebe und heimischen Produkten werden Wirtshausgerichte abseits der kulinarischen Trampelpfade gekocht. Tipp: das legendäre Hendl-Buffet jeden Freitagabend von Juli bis Ende September.

ST. JOSEF

Beim Broadmoar
8503 St. Josef, Oisnitz 36
Tel. +43 664 2382860
www.beimbroadmoar.at

Johann Schmuck hat sich bestens im neuen Heim eingelebt. Weinpresse, Holztramen und Designelemente vertragen sich gut. Das Fine-Dining-Menü bringt raffinierte Augenweiden mit wunderbaren Kombis: zum Beispiel pochiertes Wachtelei, Selleriecreme, Kartoffelschaum, geriebenes Ziegenjoghurt. Hervorragendes Service durch Joachim Retz, der Sommelier hat immer wieder Überraschungen von kleinen, feinen Weingütern parat.

STAINZ

Die Mühle
Rathausplatz 2, 8510 Stainz
Tel. +43 664 2382860
www.muehle-stainz.at

Johann Schmuck zog ins Broadmoar in St. Josef um, die Mühle betreibt er aber auch noch. Max Grandtner und Florian Veit setzen eine vibrierende Fusionsküche mit Vorliebe zu asiatischen

Aromen um. Besonders gefiel uns der gebratene Spargel mit Stundenei, Tamago-Eirolle und Schwarzteesud. Schöne, sehr persönlich zusammengestellte Weinkarte.

Rauch-Hof
8510 Stainz, Wald 21
Tel. +43 3463/2882
www.rauch-hof.at

Karin und Willi Rauch surfen von einem Saisonhöhepunkt zum nächsten. Im Frühjahr ernten sie auf ihren Feldern Spargel, einen Teil der Ernte spart sich Willi Rauch für seinen Spargelgeist auf. Im Sommer geht es weiter mit den Kürbinarischen Wochen. Im Herbst bringt der Oberförster des Grafen von Meran feinstes Wildbret. Forellen wachsen in den eigenen Teichen, in der Speisekarte im Stil eines Schulhefts findet man sie als Forellentatar mit Limetten-Ingwer-Chilli-Gelee oder Forellen im Speckmantel mit Schilchersauce. Naturbadeteich, Liege- und Spielwiesen, verträumter Garten, Tennisplätze und Romantikzimmer.

Buschenschank Klug vulgo Voltl
8511 St. Stefan, Steinreib
Tel. +43 3463 6464
www.klug-voltl.at

Man sitzt auf einem Bergrücken mit wunderschönem Rundblick über die Weststeiermark. Auf den Tisch kommen bäuerliche Produkte aus eigener Erzeugung wie Schinken, Hauswürstl, Mehlspeisen, Fruchtsäfte und verschiedene Edelbrände. Auch einen Streichelzoo für die Kleinsten gibt es.

Buschenschank Langmann
8511 St. Stefan/Stainz, Langegg 23
Tel. +43 3463 6100
www.l-l.at

Auf der genialen Panoramaterrasse schmecken neben den hauseigenen guten Schilchern Forellen-mousse, Kübelfleisch, Brettljause, Schafkäse und Strauben. Schöne Winzerzimmer mit Panoramablick über das Weinland.

Weingasthof Jagawirt
8511 St. Stefan, Sommereben am Reinischkogel 2
Tel. +43 3143 8105
www.jagawirt.at

Man hat das Gefühl, durch ein Schöner-Wohnen-Magazin zu spazieren. Wandvertäfelung, Kachelofen, Großmuttervorhänge und Holzdecke schaffen Behaglichkeit. Im großen Freigehege leben mehrere Schweine, die Basis für die eigene Fleischerei und Küche sind. Auch Säfte und Gemüse kommen aus eigener Produktion. Rund um geglücktes Slow-Food-Idyll.

Wassermann
8511 St. Stefan/Stainz, Sommereben 8
Tel. +43 3143 8113
www.wassermann-wirt.at

Damwild und Rothirsche züchtet man selbst, in der eigenen Fleischerei entstehen daraus Grundprodukte für die Restaurantküche und schmackhafte Hirschsalami. Zur Hirschleber passen Schupfnudeln, zu den gebackenen Hirsch-Nüsschen Polenta und gebratenes Gemüse. Italien fließt auch immer wieder ein, bei rosa Bio-Lammrücken mit Bärlauchgnocchi und Spargel. Im November ist das Bio-Martinigansl beliebt.

Buschenschank Weber
8511 St. Stefan ob Stainz, Lestein 73
Tel. +43 664 736526 95
weingutweber.at

Ein Schmuckkästchen mit romantischer Holzfassade, gepflegtem Innenhof mit Blumenschmuck, einer Terrasse mit weitem Blick ins Land und neuer Buschenschank, die alt und einen Schuss Design harmonisch vereint. Täglich frisches Brot, Kreatives wie Hendlsulz oder Vitello tonnato mit Forellen-Kernöl-Creme.

ICH
MACH
HEUT MAL
BLAU
FRÄNKISCH
#austrianwine
ÖSTERREICH WEIN

BERGLAND

Wein wird in Österreich nicht nur in den Weinbauregionen Weinland (Niederösterreich, Burgenland, Wien) und Steirerland (Steiermark) angebaut, sondern auch in allen anderen Bundesländern, die in der Weinbauregion Bergland zusammengefasst sind.

237 Hektar Weinanbaufläche
Die wichtigsten Rebsorten:
Unterschiedlich je nach Bundesland

Vorarlberg

Mit mehr als zehn Hektar Weinanbaufläche entfällt ein kleiner Teil des bunt gemischten Bergland-Konglomerats auf Vorarlberger Rieden, wo der Weinbau einstmals große Bedeutung besaß. Heute beschränkt er sich im Wesentlichen auf die steilen Röthner Lagen rund um den Viktorsberg und auf Rankweil, die eine tadellose Exposition nach Süden aufweisen. Einige kleinere Einsprengsel von Weinfluren befinden sich noch in Frastanz, Rankweil, Bludesch, Feldkirch, Klaus und Bregenz. Sofern die regelmäßig auftretenden, herbstlichen Föhnperioden für eine gute Ausreifung des Traubengutes sorgen, können durchaus feingliedrige und fruchtbetonte Blauburgunder gekeltert werden; auch die weiße Burgunder-Familie bringt mit Weißburgunder, Grauburgunder und Chardonnay immer wieder ordentliche Weinqualitäten hervor. Der ebenfalls angebaute Riesling fällt in Vorarlberg animierend aus.

Kärnten

Der Weinbau in Kärnten befindet sich seit Jahren im Aufschwung – binnen relativ kurzer Zeit stieg die Rebfläche auf aktuell gemeldete 170 Hektar an. Die Zentren des Kärntner Weinbaus liegen im Bezirk St. Veit mit dem Längsee und dem Gebiet um die Burg Hochosterwitz, im Lavanttal, im Bereich von Feldkirchen und rund um die Stadt Klagenfurt. 2013 wurden erstmals drei Kärntner Weine im Salon Österreich Wein ausgezeichnet.

Oberösterreich

In Oberösterreich werden rund 45 Hektar auf sonnigen Standorten des Donautales, des Machlandes, des Linzer Gaumberges, am Rande des Eferdinger Beckens, im oberösterreichischen Zentralraum, im hügeligen Innviertel, in luftigen Lagen des Mühlviertels und im Süden des Salzkammergutes bewirtschaftet. Es dominieren die Rebsorten Grüner Veltliner, Chardonnay, Zweigelt und Roesler.

Andere

Schon immer Weinbau in bescheidenem Ausmaß gab es in Nordtirol. Aktuell sind fünf Hektar Anbaufläche gemeldet. Relativ neu im Bergland-Reigen ist Salzburg mit sieben Hektar.

Weingut
Chesa Druschauna

Gert Markowski
6811 Göfis, Hofnerstraße 19a
Mobil +43 664 385 02 30
gert.markowski@gmail.com, www.druschauna.at
0,5 Hektar, W/R 30/70, ca. 2.000 Flaschen/Jahr

Es hat sich einiges getan auf dem kleinen Weingut von Gert Markowski, das dieser engagierte, qualitätsbewusste und naturverbundene Winzer im Nebenerwerb führt. Neu ist die Cuvée Retico aus Blaufränkisch und Roesler, die wohl noch für einige Zeit im Fass liegen wird. Für eine zuverlässige Bewertung ist es noch viel zu früh, die Ansätze jedoch sind vielversprechend; herausragend ist eine tiefe Frucht. Noch heuer in den Verkauf kommen wird der „Lucius“, die Erstausgabe vom Blauburgunder, benannt nach dem Kirchenpatron von Göfis – oder nach dem Heiligen Lucius von Chur, denn dieser Wein könnte ohne Weiteres aus einer sehr guten Lage in Graubünden stammen. Weil extrem ausgedünnt wurde, gibt es nur eine geringe Menge dieses feingliedrigen, im Stahltank ausgebauten Weines. Wenn der Ertrag in den nächsten Jahren besser wird, ist der Ausbau im Barrique vorgesehen. Die Ausgaben 2020 vom Blaufränkisch und vom Roesler sind noch längst nicht fertig, selbst auf den 2019er Roesler müssen die treuen Fans noch eine Weile warten, mindestens bis 2022. Ebenfalls neu ist der „Fragolino“, ein fröhlicher und trinkanimierender Wein aus der Isabella-Traube.

Mit dem Jahrgang 2020 ist der junge Winzer hochzufrieden, nur der Infektionsdruck bei den Pilzerkrankungen habe ihn richtig gefordert. Die Qualität kommt nicht von ungefähr. Pro Stock bleiben nur zwei Trauben hängen, bei den Junganlagen noch weniger. Gert Markowski ist der Überzeugung, dass man den Weinen jene Zeit lassen muss, die sie brauchen. Der Roesler ist der eindrückliche Beweis für diese Haltung. Der Chardonnay lag Ende Februar noch auf der Feinhefe, die alle zwei bis drei Tage umgerührt wird. *ww*

VORARLBERG

★★ **K €€€ CH**
2020 Chardonnay + Knackig, frisch, nussig, Kräuter, Kernobst; viel Frucht, Granny Smith, bisschen Kräuter, Tropenfrüchte à la Ananas im Nachhall, gute Säure, kernig.

★★ **K €€ BF**
2020 Blaufränkisch Rosé + Rotbeerig, Kräuter, frische Äpfel, rote Johannisbeeren; zarte Frucht, Kräuter, frische Mandeln hinten, grünblättrige Würze, beschwingt.

★★★ **K €€€ BF**
2019 Blaufränkisch + Markant, nussig, zarte Holznote, Kirschen und dunkle Beeren, Prise getrockneter Kräuter; schließt aromatisch an, belebendes Säurespiel, feingliedrig, Zug, mittleres Gewicht, unauffällige Gerbstoffe, Trinkfluss, zeigt mit Luft immer mehr Frucht.

★★★ **K €€ PN** **TIPP**
2020 Lucius + (PN) Hochgradig individuell, als Sorte klar zu erkennen, nussig, Pistazien, Bucheneckern, Waldboden, rote Beeren, Kümmel, tief im Glas Kirschen; seidige Textur, sortenaffin, samtige Gerbstoffe, elegantes Säurespiel, mittlere Länge, Frucht und feine Kräuternote im Nachhall, schon jetzt harmonisch, ein feiner Herr!

ÖSTERREICH

★★ **K €€ Isabella** **FUN**
2020 Fragolino + Walderdbeeren, grünblättrige Würze, Erdnussschalen, frische Pfefferoni angedeutet; süffig, Kohlensäure, passende Prise Restzucker, feines Säurespiel, Erdbeeren, Pflaumen und rotfleischige Äpfel im Nachhall.

Weinbau
95 Tage Familie Eschlböck

Florian Eschlböck
4063 Hörsching, Bahnhofstraße 26
Tel. +43 699 10643360
office@95tage.at, www.95tage.at

100 Rebstöcke, 95 Tage, ein Winzer. Um Florian Eschlböck zu beschreiben, blickt man am besten 15 Jahre zurück. In eine Zeit, in der Weinbau in Oberösterreich zwar nicht von null begann, aber zumindest sein Comeback feierte. Einst war heimischer Wein sehr begehrt, ehe der Weinanbau durch das Klima und die Präsenz von Obstmost, Bier und Branntwein beinah zum Erliegen kam. Geschmunzelt wird schon lange nicht mehr, wenn über Wein aus Oberösterreich gesprochen wird. Das Aushängeschild ist Florian Eschlböck. Vor 15 Jahren begann er mit 100 Rebstöcken, heute bewirtschaftet der Hörschinger zwölf Hektar rund um Linz und ist somit auch quantitativ ein ernst zu nehmender Winzer. 2017 schaffte er zuerst mit dem Riesling Petronilla und danach mit dem „95 Tage Chardonnay Classic 2018" das Kunststück, beim SALON dabei zu sein. Zudem gewann er bei der AWC Vienna, der weltweit größten offiziell anerkannten Weinprämierung, die Silbermedaille.

„Wir sind auf dem aufstrebenden Ast, aber wir müssen nicht um jeden Preis wachsen", sagt Eschlböck, der mit seiner Frau und seinem Vater den Betrieb am Laufen hält und klar sagt, dass ein Wachstum auf Kosten der Qualität gehen würde.

Eschlböck ist ein Qualitätsverfechter, und die erreicht man laut dem Winzer nur, wenn man sich auch über Ökologie Gedanken macht. „Wir reden immer über Nachhaltigkeit, und jetzt tun wir es", sagt Eschlböck, der dazu PiWi-Sorten wie Donau-Veltliner auspflanzt. „Wir benötigen weniger Pflanzenschutz. Das Problem ist der Vertrieb", sagt der Winzer. Er sieht darüber hinweg und wird die Zukunft genauso stark und souverän meistern wie die Vergangenheit. Bei Eschlböck kann man sich dessen sicher sein. *pb*

OBERÖSTERREICH BERGLAND

★★★ **S € CH** FUN
2020 Chardonnay all u need + Frische, Zitrus, grüner Apfel, Kernobstnoten, die Antwort auf GV, guter Trinkfluss, schöne Säure am Ende, mit Speisen kombinierbar, zum Süffeln, ohne philosophieren zu müssen, animierender Trinkwein.

★★★★ **S €€ SB** PLV
2020 Sauvignon Blanc + Animierende Frucht, reife Birne, schwarze Johannesbeere, saftig auf dem Gaumen, austariert, gute Balance, raffiniert, ungeschminkt, lässige Fruchtsäure, schrill war gestern, Understatement ist heute, so wenig und so viel wie möglich, schön zum Dahintrinken, tiefgründig, lädt zum Entdecken ein, ein Sauvignon Blanc zum Nachdenken.

★★★★ **S €€ RI** PLV
2019 Riesling Petronilla + Betörendes Steinobstaroma, intensiver Pfirsich, elegante Säure, ein Streichkonzert auf dem Gaumen, sehr animierend, Frucht, Zucker und Säure in einer Welle.

★★★ **S €€ ZW** FUN
2020 Zweigelt Sommersee Rosé + In der Nase anfangs Erdbeere, verflüchtigt sich nach einer Zeit, auf dem Gaumen beerig, hält die Länge überraschend lang, angenehmer Gerbstoff, die oberösterreichische Antwort auf die Provence, süffig, am Ende Säurespitzerl, schlank.

★★★ **S €€€ ZW**
2018 Cuvée Barrique + (ZW, Rösler) Viel Trinkfluss, Akazienholz als Buddy für Rösler, leichtes Tannin, Vanille, schöne Beerenfrucht, reife Zwetschke, Dörrobst, sehr elegant und nuanciert, ein Schrittmacher mit Power, der zum Training animiert.

★★★★ **S €€ CH** PLV
2018 Chardonnay Pulverturm + Goldene Farbe, leichte Honignoten, etwas Blütenaromatik, kraftvoll, ohne opulent zu sein, guter Säurebogen, Tannin, 13,5% Alk. tanzen leichtfüßig auf der Zunge, kein BSA, lebendig, Extrakick, Extraktdichte, bestes Traubenmaterial überrascht mit einer Leichtigkeit, sehr guter Trinkfluss.

★★★★ **S/K €€€€ MS** TIPP FUN
2020 Pet Nat + (Muscaris) Alles Handarbeit, alles von daheim, feine Holunderblüte, angenehme Perlage, null Restzucker, Holunder, Apfel, Birne, Molke auf dem Gaumen, leichte Exotik, lässige Säure, lockert auf, hebt die Stimmung, natural und schwefelfrei.

★★★★ **K €€€ CH**
2017 Chardonnay Barrique + Der Burgunder aus dem oberösterreichischen Holzfass, geschmeidig zu trinken, Vanille im Ansatz, elegante Säure, Zitrus, Kräuter, rauchig, erstaunlich schlank, naturbelassen, Holz ist der Komparse, Wein der Hauptdarsteller, Alkohol kaum spürbar, Trinkfluss und kraftbetont.

ZERTIFIZIERT 1234567 NACHHALTIG AUSTRIA

Weinhof
vlg. Ritter

Sabine David
9470 St. Paul, Loschental 8
Mobil +43 680 302 71 00
wein@vulgoritter.at, www.vulgoritter.at
1,3 Hektar, W/R 80/20, 10.000 Flaschen/Jahr

Im Jahr 2010 fassten Sabine David und ihr Mann den Entschluss, im klimatisch begünstigten Lavanttal im Nebenerwerb Wein anzubauen. Aktuell verfügen sie über Weingärten am Josefsberg bei St. Paul und in der Weinzedlei bei Wolfsberg. Zunächst wurde in der Ried Steinbruch im Norden von Wolfsberg in mühevoller Handarbeit ein Weingarten angelegt. Zwei Jahre später übersiedelte der damals noch winzige Betrieb in den Bauernhof „Vlg. Ritter", ehemalige Streuobstwiesen wurden terrassiert, weitere Reben wurden ausgepflanzt. Kontinuierlich wird an der Stilistik gefeilt. Der Trend zeigt klar nach oben; die aktuelle Serie ist die beste bisher. Sabine David hat die Besonderheiten der einzelnen Rieden gezielt herausgearbeitet.

Die Ried Steinbruch ist eine nach Süden ausgerichtete, kalkhaltige Kessellage. Die Vegetationsperiode beginnt sehr früh, die Trauben werden reif und aromatisch. Die Lage Josefsberg liegt in der Nähe von St. Paul auf 450 Meter Seehöhe. Wegen der Steilheit wurde das Gelände terrassiert. Der Boden aus kristallinem Gestein begünstigt vielschichtige und feingliedrige Weine. Mit den ältesten Reben bestockt ist die Ried Weinberg, eine lehmige Lage. Ab dem aktuellen Jahrgang gibt es drei Sauvignons sowie zusätzlich einen kühlfruchtigen Pinot Noir. Ab sofort steht Gästen eine Ferienwohnung auf dem Hof zur Verfügung. ww

KÄRNTEN

★★ S €€€ CH
2020 Chardonnay Ried Josefsberg + Gelbe Birnen, Prise Haselnüsse, dezent; feingliedrig, glockenklare und saftige Frucht, Zug, kühle Fruchtaromen klingen lange nach.

★★★ S €€€ CH
2020 Chardonnay Ried Steinbruch + Kompakt, kalkhaltiger Boden kommt durch, Birnen, Marillen, etwas Haselnüsse; sanfter Druck, unplakative Frucht, zugängliche Säure, einige Substanz, Untergrund zu erkennen.

★★★ S €€€ CH
2020 Chardonnay Ried Weinberg + Zugänglich, Frucht, Haselnüsse; Zug, frisch, zartes Säurenetz, Prise Gerbstoffe, Pfirsiche und Birnen im Nachhall.

★★★ S/K €€€€ CH TIPP
2019 Chardonnay Reserve + Druckvoll, Dörrobst, Kletzen, kandierte Orangen und Haselnusscreme; schließt aromatisch an, Gewürze klingen lange nach, gute Substanz, zugängliche Säure, Prise Salz im Abgang.

★★ S €€€ SB
2020 Sauvignon Blanc + Frisch, Birnen, Steinobst, grünfruchtige Elemente, tief im Glas Kräuter; saftig, die Aromatik vom Bukett kommt wieder, für die Basislinie überraschend körperreich, angenehme Säure, zarte Würze im Nachhall.

★★★ S €€€ SB
2020 Sauvignon Blanc Ried Josefsberg + Anklänge von Cassislaub und grünem Paprika, Stachelbeeren, Johannisbeeren, freundlich; aromatisches Dacapo, animierendes Säurespiel, glockenklar, im Finish auch grüne Äpfel und Zitrus, mittlere Länge, Trinkfluss.

★★★ S €€€ SB PLV
2020 Sauvignon Blanc Ried Steinbruch + Reife Passionsfrüchte, grünblättrige Würze; kühl, wieder Maracuja, Karambole und Anklänge von Pfirsichen, feines Säurerückgrat, im Nachhall Schalen von Passionsfrüchten.

★★ S €€ CR FUN
2020 Rosa Mantis + (PN/BB/ZW) Gesetzt, rote Frucht, Kräuterwürze; vielschichtig, rote Beeren, Kirschen, hauchzarte Würze, Gerbstoffe angedeutet, animierendes Säurespiel, ernst zu nehmend.

★★★ K €€€ PN
2019 Pinot Noir Ried Josefsberg + Frisch, transparent, rote Beeren und Kirschen, sortentypisch; schließt aromatisch an, feines Gerbstoffnetz und Säurespiel sorgen für Struktur, grünblättrige Würze im Abgang und im Nachhall, mittelgewichtig, kühl.

★★★ K €€€ CR
2019 Cuvée Granat + (BB/ZW) Dunkle Beeren, Kirschen, Wacholderbeeren, Lorbeerblatt, kühler Touch; aromatisches Dacapo, feines Gerbstoffnetz, saftig, animierend bei mittlerer Länge, Hauch Mandeln im Nachhall.

ÖSTERREICH

★★★ K €€€ CW TIPP
Vin² de Femme Brut + Helle Hefe, Brioche, Marillen und Nektarinen, fein; viel Frucht, feine Textur, kräftiger Mousseux, animierend, zugängliche Säure, gut getroffene Dosage, hefig und hell getönt im Abgang und im Nachhall.

vinaria
ÖSTERREICHS ZEITSCHRIFT FÜR WEINKULTUR
LWmedia
WEIN &
GENUSS
Linz
18. & 19. FEB 2022
Design Center Linz, 13 bis 20 Uhr
BESTE
WEINE
HÖCHSTER
GENUSS
Das Top-Event für Freunde des edlen Genusses. Beste Winzer aus ganz Österreich und Anbieter erstklassiger Lebens- und Genussmittel präsentieren bei dieser Fach- und Publikumsmesse feinste Produkte. Zum Kosten und Kaufen.
www.weingenusslinz.at
Tips total. regional.
Rosch & Frisch
AM LIEBSTEN IMMER.
GASTEINER
OÖNachrichten
nachrichten.at
Zalto
LT1
Genussland Oberösterreich
Schlägl Bier
PORSCHE
Porsche Zentrum Oberösterreich

VINOTHEKEN/OBERÖSTERREICH

LINZ

Haschka Weinbar
4020 Linz, Klosterstraße 3
Tel. +43 732 776673
bar@haschka.bar
www.haschka.bar

Weinhof Schenkenfelder
4020 Linz, Pollheimerstr. 20
Tel. +43 732 670711
weinhof@schenkenfelder.at
www.schenkenfelder.at

Schenki¹s Vinothek
4020 Linz, Landstr. 12
Tel. +43 732 795444
vinothek@schenkenfelder.at

LICHTENBERG

Weinhaus Wakolbinger
4040 Linz/Lichtenberg, Am Holzpoldlgut 14
Tel. +43 7239 6228
weinhaus@wakolbinger
www.wakolbinger.at

LUFTENBERG

Die Weinhandlung
4225 Luftenberg, Oberfeldstr 2
Tel. +43 660 900 77 04
hannes@dieweinhandlung.at
office@dieweinhandlung.at
www.dieweinhandlung.at

LAAKIRCHEN

Wagners Weinshop
4664 Laakirchen, Weinstr. 31
Tel. +43 7613 440440
vinothek@wagnerweb.at
www.wagners-weinshop.com

ASCHACH

Vinothek Rathmair
4082 Aschach an der Donau, Grünauerstr. 20
Tel. +43 676 7073964
albert@rathmair.com
www.rathmair.com

VINOTHEKEN/VORARLBERG

BLUDENZ

Weinpunkt
6700 Bludenz, Rathausgasse 12
Tel. +43 680 3134466
info@weinpunkt.at
www.weinpunkt.at

BREGENZ

Weinzeit – Bioorganische Winzerweine
Groß- und Einzelhandel
6900 Bregenz, Mariahilferstraße 29
Tel. +43 5574 48354
office@weinzeit.at
www.weinzeit.at

DORNBIRN

Vinothek Bruvino
6850 Dornbirn, Bahnhofstrasse 8
Tel. +43 699 10072993
vinothek@bruvino.at
www.bruvino.at

FELDKIRCH

Rauch Gastronimie
6800 Feldkirch, Marktgasse 12–14
Tel. +43 5522 76355
info@rauchgastronomie.at
www.rauchgastronomie.at

HARD

Vinothek IL CONTADINO
6971 Hard, Seestraße 7
Tel. +43 5574 62025
office@ilcontadino.at
www.ilcontadino.at

LAUTERACH

Pfanner & Gutmann Vinothek
6923 Lauterach, Alte Landstraße 10
Vinothek: Lerchenauerstraße 9
Tel. +43 5574 6720 460
vinothek@pfanner.com
shop.pfanner-destillate.com

RÖTHIS

Vinothek Peter Stöger
6832 Röthis, Rautenastraße 59/61
Tel. +43 664 3404035
info@stoegerwein.at
www.stoegerwein.at

SCHRUNS

Vinothek Jenny
6780 Schruns, Dorfstr. 12
Tel. +43 5556 72881
office@vinothek-jenny.at
www.vinothek-jenny.at

SCHOPPERNAU

Vinothek Franz Michl
6886 Schoppernau, Unterdorf 2a
Tel. +43 664 3801536
franzmichl64@gmail.com
www.franzmichl.at

vinaria

WEISSWEIN

REBSORTENKUNDE

Chardonnay (Morillon)

Alle Rebenfotos: ÖWM / Oberleithner

In der Steiermark ist diese Sorte schon seit mehr als 120 Jahren unter der Bezeichnung Morillon verbreitet. Charakteristisch für einen im Stahltank ausgebauten Chardonnay sind Aromen von Äpfeln über Zitrusnoten bis zu tropischen Früchten. Bei der Erziehung im Holz gesellt sich für die meist extraktreichen Weine eine röstige Note hinzu, die an Gewürze, Mokka, Karamell, Vanille oder Dörrobst erinnern kann.

Frühroter Veltliner (Malvasier)

Diese Sorte, die wenig Primärfrucht besitzt, hat bei eher niedrigem Extraktgehalt eine sehr milde Säure, weshalb sie in erster Linie für Primeur- bzw. Sommerweine herangezogen wird.

Furmint

Der Furmint wurde schon vor Jahrhunderten in und um Rust für die Kelterung des berühmten Ausbruchs herangezogen. In jüngster Zeit hat er eine gewisse Renaissance erfahren, wobei seine Eignung für hochgradige Dessertweine unumstritten ist. Trockener Weißwein aus dieser Sorte ist oft sehr dezent mit einer relativ herben Note am Gaumen.

Grauburgunder (Ruländer, Pinot Gris)

Diese Sorte ergibt charakteristische Weine, wenn eine Traubenreife von mindestens 19 °KMW erreicht wird. In den besten Jahren und aus den besten Herkünften – etwa Südsteiermark, Thermenregion und dem nördlichen Burgenland – können zart-würzige Exemplare von großer Substanz und geschliffenem Ausdruck entstehen. Wichtig für Trinkfluss und Lebhaftigkeit ist ein angemessener Säurerückhalt. Die Sorte eignet sich für den holzbetonten Ausbau ebenso wie für den Verschnitt mit den anderen weißen Burgundersorten oder für hochklassige Dessertweine.

Grüner Veltliner

Über die österreichische und in erster Linie niederösterreichische Leitsorte wurde schon so gut wie alles gesagt. Charakteristisch ist die Würze der Weine, die sich bei jeder Reifestufe zeigt. Die Bandbreite des Grünen Veltliners ist beachtlich und auch insofern verständlich, als er als leichter Sommerwein ebenso seine Meriten hat wie in Gestalt phänomenaler trockener Premiumweine mit großer Strahlkraft und Lagerfähigkeit; auch Eisweine aus dieser Varietät können sehr sortenspezifisch ausfallen. Zu den positiven Eigenschaften des Veltliners gehört auch, dass er auf vielen verschiedenen Böden sein Profil behält.

Gelber Muskateller

Diese kapriziöse Bukettsorte hat ihren Siegeszug in der Steiermark begonnen, aber auch in Niederösterreich bringt sie überaus ansprechende Ergebnisse. Obwohl sie anfällig für Fäulnis ist und auch starke Jahrgangsschwankungen zeigt, wird sie als Aperitif oder trockener Essensbegleiter ihres betörend aromatischen Duftes wegen geschätzt. Bei eher niedrigem Extraktgehalt ist die Säure oft knackig bis rassig. Ganz exzellent können Prädikatsweine aus dieser Rebsorte ausfallen, da sie zumeist über ein gutes Säurerückgrat verfügen.

Muskat-Ottonel

Pannonischer als diese etwas in die Breite gehende, meist wenig säurebetonte Rarität kann kaum ein Wein sein. Ausgezeichnet können die hochgradigen Dessertweine aus dieser Sorte geraten, aber auch die trockenen Muskat-Ottonel sind in den letzten Jahren positiv in Erscheinung getreten.

Neuburger

Ehemals in Spitz sowie in und um Gumpoldskirchen verbreitet, zählt der Neuburger heute zu den rückläufigen Sorten; die Speisetrauben sind übrigens von unnachahmlicher Güte. Bei sorgfältiger Vinifikation erbringt er dezent nach grünen Nüssen und Dörrobst duftende, kraftvolle, wenn auch etwas neutrale Weine, die jahrzehntelang reifen können. Eine besondere Rarität stellen die seltenen hohen Prädikatsweine aus dieser Rebsorte dar.

Riesling (Rheinriesling, Weißer Riesling)

Obschon mit nur 4,1% der Anbaufläche mengenmäßig kein Schwergewicht, ist Riesling für einige der interessantesten und elegantesten österreichischen Weißweine verantwortlich. Speziell auf den Urgesteinslagen der Wachau, des Kremstals, des Kamptals und anderer österreichischer Gebiete können grandiose Weine voll Komplexität und Finesse entstehen. Typisch sind Fruchtanklänge an Steinobst, aber auch an Stachelbeeren, Cassis, Kernobst und Rosenblüten. Von den Muschelkalkböden in und um Wien kommen ebenfalls hochwertige Rieslinge, welche mit ihren kreidigen Noten dieses Terroir hervorkehren.

Rivaner (Müller-Thurgau)

Einst fälschlich als Kreuzung von Riesling und Sylvaner angesehen und auch in Österreich weit verbreitet, ist diese Rebsorte ohne nennenswerte Eigenschaften in einem wohlverdienten Rückzugsgefecht begriffen. Allerdings gibt es neben einfachen Tafelweinen teils sehr gute Prädikatsweine aus dieser Rebsorte.

Roter Veltliner

Die einstige Leitsorte des Wagram hat – nachdem sie nicht zuletzt ihrer Fäulnisanfälligkeit wegen fast ausgestorben war – in den letzten Jahren eine deutliche Renaissance erfahren. Das Primärbukett ist im Jugendstadium zaghaft bis bescheiden, mit etwas Lagerung zeigen die Weine gelbfruchtige Nuancen und brotige Komponenten. Substanzreiche Rote Veltliner können unglaublich lange halten, ohne ihr inneres Gefüge wesentlich zu verändern – sie nähern sich dann im Ausdruck großen weißen Burgundern.

Rotgipfler

Die führende Spezialität der Thermenregion lässt jüngst immer mehr aufhorchen. Sie hat ein eher dezentes Bukett, das an Äpfel, Honigmelonen und Kräuter erinnern kann. Bei hohem Extraktgehalt besitzt sie eine meist adäquate Säurestruktur und eignet sich sowohl für den Ausbau im Stahltank als auch für die Reifung im Holzfass; allerdings benötigt der Rotgipfler eine Zuckerreife, die einen natürlichen Alkoholgehalt von 13% ergibt, um wirklich charaktervolle, lagerfähige Weine hervorzubringen. Sehr gut harmoniert die Sorte auch mit dem Zierfandler, der traditionelle Blend nennt sich Spätrot-Rotgipfler.

Sauvignon Blanc

Dass diese Sorte in der südlichen Steiermark einst von Erzherzog Johann eingeführt wurde, ist Legende. Von dort hat sie allerdings ihren Siegeszug in alle anderen Weinbaugebiete Österreichs angetreten. In der klassischen Ausprägung duften die Weine nach Spargel, Brennnesseln, Paprika, Holunderblüten, diversen Schoten, Cassis, frisch gemähtem Heu und vielem mehr und punkten mit Trinkfluss. Mit hoher Reife des Lesegutes entwickeln die Weine Kraft, das Bukett erinnert an exotische Früchte und Gewürze. Der Holzeinsatz wurde in den letzten Jahren merklich zurückgenommen. Heute zählen die österreichischen Sauvignons, vor allem jene aus der Steiermark, zusammen mit Vertretern von der Loire und aus Neuseeland zu den besten der Welt.

Sämling 88 (Scheurebe)

Einst als leichter Riesling-Ersatz geortet, hat sich diese etwas aromatische Rebsorte im trockenen bis halbtrockenen Bereich erst in den letzten Jahren durchsetzen können und geht mitunter als des Sauvignons kleiner Bruder durch. Darüber hinaus liefert sie speziell im Seewinkel den Grundstoff für hervorragende, hochgradige Süßweine, die dann punkto Fruchtintensität und Klasse den besten Rieslingen und Muskatellern um nichts nachstehen.

Grüner Sylvaner (Sylvaner)

Früher durchaus populär, hat diese Rebsorte auch von der Renaissance der Raritäten kaum profitieren können. Im Bukett zeichnet sie sich durch eine seltsam ledrige Komponente aus, die ein wenig an Williamsbirne erinnert; sie ist meist relativ geschmacksneutral.

Traminer

In Österreich wird zwischen drei Traminer-Spielarten unterschieden: Beim rötlich gefärbten Roten Traminer ist die kokosflockenartige Würze am stärksten ausgeprägt; der Gewürztraminer zeichnet sich eher durch honigartige Noten und würzige Aromen aus. Am feinsten ist der kräuterwürzige Gelbe Traminer, der sich für den trockenen Ausbau am besten eignet. Wirklich interessant sind Traminer erst ab einer hohen Traubenreife. Bestechend sind Traminer mit Restzucker, und zwar nicht nur hochgradige Dessertweine, sondern auch liebliche Spätlesen und Auslesen. Die Haltbarkeit der besten Traminer ist legendär.

Weißburgunder (Pinot Blanc)

Eine in so gut wie allen österreichischen Anbaugebieten beheimatete, traditionsreiche Rebsorte, die in der Jugend Anklänge an grüne Nüsse und Zitrusfrüchte verströmt, die mit etwas Flaschenreife Richtung Walnuss, Haselnuss und Weißbrot tendieren. Erfolgreich sind die relativ schlank gehaltenen, steirischen Exponenten, die jung genossen werden sollten. Kräftige, trocken ausgebaute Weißburgunder ab einem natürlichen Alkoholgehalt von rund 13% können sehr vielschichtig und lagerfähig sein, dennoch sind sie etwas aus der Mode gekommen. Diese Weine eignen sich auch für den moderat holzbetonten Ausbau.

Welschriesling

Nicht nur in der Steiermark, auch in vielen anderen Weinbaugebieten Österreichs nimmt der Welschriesling als Sommerwein eine unangefochtene Spitzenstellung ein, die ihm erst seit einigen Jahren die leichteren Veltliner-Varianten ein wenig streitig machen. In der schlank-spritzigen Variante, deren Buketteindrücke den Bogen von frisch gemähtem Gras über Granny Smith und Pfirsiche bis zu diversen Küchenkräutern spannen, gefällt er trocken am besten. Hervorragend ist die Eignung des Welschrieslings zur Erzeugung vielschichtiger, lagerfähiger Dessertweine.

Zierfandler (Spätrot)

Eine regionale Spezialität der Thermenregion, die große Anforderungen an den Winzer stellt, weil sie an einer Rebe Trauben und auf einer Traube Beeren unterschiedlichster Reife hervorbringt. Am besten schmeckt sie als mächtiger, trockener Wein oder mit ein bisschen Restzucker ausgebaut. Das eher verhaltene Primärbukett kann mit Flaschenreife zu Riesling-artiger Finesse mutieren. Charakteristisch sind der hohe Extrakt sowie die rassige Säurestruktur. Bei entsprechend hoher Reife können Zierfandler jahrzehntelang reifen, auch als Cuvée mit Rotgipfler. Legendär sind ferner die Eleganz, die Rasse und die Standfestigkeit der besten Zierfandler-Süßweine.

Blütenmuskateller

Donauriesling

Muscaris

Souvignier Gris

vinaria

ROTWEIN

REBSORTENKUNDE

Blauburger

Diese österreichische Neuzüchtung mit den Elternteilen Blaufränkisch und Blauer Portugieser, die sich nie so recht durchgesetzt hat, ergibt meist einen Rotwein ohne besondere Eigenschaften, dessen tiefe Farbe und samtiges Tannin am besten zu Cuvées mit ausdrucksstärkeren Sorten à la Zweigelt oder Blaufränkisch genützt wird.

Blauburgunder (Pinot Noir, Spätburgunder)

Da ihn die Zisterzienser praktisch in allen ihren Weingärten angepflanzt haben, kann der Pinot Noirauch in Österreich auf eine lange Tradition zurückblicken. Dennoch ist er lange Zeit das Stiefkind der österreichischen Rotweinlandschaft geblieben. Mittlerweile hat der Pinot Noir aber auch hierzulande seine verdiente Wertschätzung erfahren und befindet sich in so gut wie allen nennenswerten Rotweingegenden im Vormarsch. Ausgesprochen ansprechende Ergebnisse haben in den letzten Jahren Pinots aus der Thermenregion, aus Carnuntum, vereinzelt aus dem Weinviertel und dem Kamptal sowie vom Leithagebirge und vom Westufer des Neusiedler Sees geliefert.

Blauer Portugieser

Einstmals war der Blaue Portugieser geradezu ein Synonym für den Rotwein der südlichen Südbahn, wo noch heute sein Schwerpunkt liegt, abgesehen vom nördlichen Weinviertel. Diese intensiv nach Blumen duftende, moderat saure Rebsorte ist auf dem Rückzug. Ihre manchmal ausdrucksarme Art und der bescheidene Tanningehalt liegen nicht im Trend der Zeit. Dennoch kann aus einem sehr guten Weinjahr vereinzelt bei geringen Erträgen ein Portugieser mit einiger Standfestigkeit gewonnen werden, der ein bisschen gekühlt als Sommer-Rotwein à la Beaujolais durchaus Spaß macht.

Blauer Wildbacher

Aus dieser weststeirischen Spezialität wird hauptsächlich ein animierender, fruchtiger Roséwein gemacht: der Schilcher. Sein unnachahmliches Bukett erinnert mit Cassis, Johannisbeerlaub oder Stachelbeeren entfernt an Sauvignon Blanc. Die stilistische Ausrichtung reicht vom traditionell etwas säurebetonteren Typus bis zu relativ sanft anmutenden Gewächsen. Auch die Bandbreite der Sorte ist in den letzten Jahren gewachsen und reicht von süßen Varianten über Frizzante und Sekt bis zu echten Rotweinen, denen bei ausreichender Substanz eine Erziehung im Holz durchaus gut steht. Blauer Wildbacher hat als Rotwein sowohl reinsortig als auch in Cuvées mit bekannteren Rebsorten seine Meriten.

Blaufränkisch

Die altösterreichische Rebsorte Blaufränkisch ist wohl die wichtigste rote Varietät des Burgenlands und wohl auch die wertvollste Rotweinsorte hierzulande. Das Bukett ist unverkennbar eigenständig mit reichen Fruchtnuancen, die von Herzkirschen über Waldbeeren, Weichseln und Zwetschken reichen können, gepaart mit feiner Würze. Mit längerer Flaschenreife wechseln viele hochwertige Blaufränkische zu einem fast Pinot-artigen Geschmacksbild über. Auf den schweren Böden des Mittelburgenlands kann der Blaufränkische schon ab einem Mostgewicht von rund 17° KMW durchaus achtbare Ergebnisse liefern, während dies anderswo erst ab etwa 19° KMW möglich ist. Der Blaufränkisch eignet sich für den holzbetonten Ausbau ebenso wie für den Verschnitt mit Zweigelt, Merlot oder Cabernet; in solchen Cuvées gibt er meist den Ton an. Hervorragende Blaufränkischweine gedeihen im ganzen Burgenland, vor allem an den Abhängen des Leithagebirges sowie im Mittel- und Südburgenland.

Cabernet Sauvignon

Mit zunehmendem Alter der Rebstöcke und bei entsprechender Traubenreife hat sich die Qualität der österreichischen Cabernets deutlich gesteigert. Die gelungenen Vertreter zeigen vornehme Aromen nach Cassis, Zedernholz, Tabak, Mokka oder Milchschokolade. Bei hoher Reife sind auch in Österreich, und dies wohl am ehesten im nördlichen Burgenland und in der Thermenregion, profilierte Cabernets möglich. Allerdings ist der reinsortige Cabernet im Rückzug begriffen; meist wird einer Cuvée mit Merlot bzw. Blaufränkisch der Vorzug gegeben, was in der Regel zu besseren Resultaten führt.

Merlot

Anfangs bloß als weitere Varietät aus dem Bordelais angesehen und weniger beachtet, hat der Merlot in Österreich nun deutlich an Prestige gewonnen. Bei entsprechender Ertragsbeschränkung und hoher Reife glänzt er mit einem feinen, unverkennbaren Bukett nach Efeu, schwarzen Oliven, geröstetem Kaffee und Waldbeeren. Reinsortiger Merlot kann, speziell in der Thermenregion, in den nordburgenländischen Weinbaugebieten und im Mittelburgenland, hervorragende und eigenständige Weine erbringen. Seine Eignung zu Cuvées mit Cabernet, Blaufränkisch und Zweigelt ist unbestritten. Bei dieser Sorte sind in Österreich noch beachtliche Steigerungen zu erwarten.

Roesler

Eine interspezifische rote Neuzüchtung aus Klosterneuburg, bei der Pilzresistenz ein Züchtungsziel war. Bei tiefer Farbgebung und robustem Körper sowie angemessenen Tanninen ergibt Roesler fruchtbetonte und saftige Weine, die auch über ein gewisses Profil verfügen. Ihre wichtigste Rolle dürfte diese Rebsorte als Verschnittpartner für rote Cuvées spielen.

St. Laurent

In den 1950er-Jahren fast ausgestorben, hat diese Rebsorte endlich die wohlverdiente Renaissance erfahren. Genetisch, ampelographisch und sensorisch weist sie Ähnlichkeiten mit dem Pinot Noir auf. Sie ist im Weingarten sehr anspruchsvoll und bildet nicht allzu viel Zucker, weshalb ein natürlicher Alkoholgrad von 13% kaum übertroffen wird. Das bildet die Grundlage für elegante Weine. St. Laurent verbindet auf unnachahmliche Weise Feinheit, Eleganz und Rasse eines sehr guten Pinot mit einer tiefen Frucht, meist nach Weichseln und Brombeeren, und besitzt genau jene Tanninstruktur, die Lagerweine benötigen. Die besten St. Laurents eignen sich hervorragend für moderat holzbetonten Ausbau sowie für die Verwendung in Cuvées mit Pinot Noir oder Blaufränkisch. Seine Vorzüge bringt St. Laurent allerdings reinsortig am besten zur Geltung. Die Urheimat des St. Laurent dürfte die Thermenregion sein.

Syrah (Shiraz)

Als dritte französische Rebsorte hat der von der nördlichen Rhône stammende Syrah den Weg zu uns gefunden. In hinreichend warmen Weinjahren kann Syrah einen an kalten Rauch, Teer, Schwarztee, Leder sowie dunkle Beeren erinnernden Aromenmix zeigen. Am Gaumen präsentiert sich meist ein kraftvoller, tanninreicher Wein, der holzbetonten Ausbau problemlos verkraftet.

Zweigelt (Blauer Zweigelt, Rotburger)

Ohne Zweifel handelt es sich beim Zweigelt um jene europäische Rotweinzüchtung – aus den Elternteilen Blaufränkisch und St. Laurent –, die mit Abstand den größten Erfolg erzielt hat und bei sinnvoller Ertragsbeschränkung sowohl reinsortig als auch im Verein mit Rebsorten wie Blaufränkisch, St. Laurent, Cabernet oder Merlot sehr gute Ergebnisse liefern kann. Auf das rotbeerige Bukett, das an Zwetschken, Herzkirschen und Rumtopf erinnert, folgen meist eine eher milde Säurestruktur und ein mittlerer Tanningehalt, wobei viele Zweigelt-Varianten eher an den Vater Blaufränkisch als an die Mutter St. Laurent erinnern. Hervorragende, reinsortige Zweigelt-Exemplare können über viele Jahre ohne Qualitätsverlust reifen. Das Qualitätspotenzial der Rebsorte ist sicher noch nicht völlig ausgelotet.

Pilzwiderstandsfähige Rebsorten

Der Großteil der heutigen pilzwiderstandsfähigen Rebsorten, kurz PiWis, basiert auf französischen Hybriden, das heißt, Kreuzungen von Amerikanerreben mit europäischen Edelreben. Die sukzessive Ausdünnung von nicht europäischem Erbgut hat zwar die geschmacklichen Eigenschaften verbessert, aber die Mehltauresistenz hat gelitten. Folglich sind die neuen PiWis auf Pflanzenschutz angewiesen.

Es gibt sie als rote Varietäten ebenso wie als weiße Trauben. **Bronner** beispielsweise erinnert an Weiß- und Grauburgunder, **Cabernet Blanc** an Sauvignon Blanc, **Johanniter** hat sensorische Gemeinsamkeiten mit Riesling und Grauburgunder, **Muscaris** kann seine Verwandtschaft mit Muskateller und Muskat-Ottonel nicht verleugnen. Beim **Donauriesling** herrschen sensorisch starke Parallelen zum Riesling. **Souvignier Gris** gibt dichte, gelbe Weine mit betonter Frucht und moderater Säure. Der **Blütenmuskateller** hat sensorische Ähnlichkeiten mit dem originalen Muskateller, allerdings sind ihm dessen kapriziöse Eigenschaften weitgehend unbekannt. **Cabernet Jura** enthält zu einem maßgeblichen Teil Gene des Cabernet Sauvignon und liefert kräftige, dunkle und vollmundige Rotweine. **Regent** ist eine seit 1967 bekannte rote Rebsorte, die zu den bedeutendsten pilzwiderstandsfähigen Reben weltweit gehört; sie liefert farbintensive, kräftige Rotweine.

GLOSSAR

Abgang Die anhaltende Empfindung der Geschmacks- und Aromastoffe nach dem Hinunterschlucken eines Weines. Je nachhaltiger und ausdrucksstärker, desto besser ist in der Regel die Weinqualität. Das Maß für eine Sekunde Abgang ist 1 „Caudalie" (lateinisch cauda = Schweif). 20 Caudalies sind gut, 50 grandios.

Abgebaut Wein, der den Höhepunkt seiner Entwicklung schon deutlich schmeckbar hinter sich hat.

Aceton Ein stechender Geruch, der an Nagellackentferner erinnert. Im Grunde ein Weinfehler, in geringem Ausmaß je nach persönlicher Empfindlichkeit mehr oder weniger tolerabel.

Adstringierend Ein Merkmal bestimmter Gerbstoffe, hinterlässt ein trockenes, zusammenziehendes oder raues Gefühl im Mund. Kann appetitanregend wirken.

Alkoholisch Bezeichnet den Eindruck, dass ein Wein sensorisch überproportional viel Alkohol enthält. Der Begriff bezieht sich nur auf die relative Wirkung des Alkohols im Verhältnis zum Körper bzw. Extrakt eines Weines.

Alt Bezeichnet einen (meist oxidierten) Wein, der seinen Reifehöhepunkt überschritten hat.

Animalisch Bezeichnung für Aromen, besonders in Rotweinen, die an Tiere und Tierisches erinnern, wie Schweiß, Fell, Moschus, Pferdestall, Fleisch, Blut.

Aromahefen Hefen, die kurzlebige und intensive Aromen bilden, die mitunter sogar die Sortenaromatik überdecken.

Aromasorte Alle Rebsorten sind mehr oder weniger aromatisch. Diejenigen unter ihnen, bei denen die Aromatik besonders ausgeprägt ist, werden so genannt. Im Regelfall meint man damit die Muskatfamilie (Gelber Muskateller und Muskat-Ottonel), Riesling, Sauvignon Blanc und Traminer, aber auch Scheurebe (Sämling 88) und Müller-Thurgau (Rivaner) zählt man dazu.

Aromatisch Ein duft- oder geschmacksintensiver Wein; vor allem die sogenannten Aromasorten wie Riesling, Sauvignon Blanc, Traminer, Sämling, Syrah oder Zinfandel präsentieren sich so.

Ausgewogen Der Wein enthält alle wünschenswerten Elemente (Säure, Alkohol, Geschmacksstoffe etc.) in gut abgestimmtem und erfreulichem Verhältnis.

Balance *Siehe Ausgewogen.*

Barrique Bezeichnung für ein kleines Eichenfass. Die Bezeichnung ist auf Bordeaux zurückzuführen, wo Barriques als Ausbau- und Lagerfässer mit 225 Liter Inhalt verwendet werden. Das typische Aroma von Barrique-Weinen erinnert an Vanille, Zimt und Nüsse sowie Toast und Rauch, wenn das Fass getoastet wurde. Zu viel überdeckt die Frucht und maskiert die Rebsorte.

Biologischer Säureabbau *Siehe Malolaktische Gärung.*

Biowein Ein Wein, dessen Trauben nachweislich in organisch-biologischer oder biologisch-dynamischer Bewirtschaftungsweise gewonnen wurden. Der Nachweis wird durch Mitgliedschaft in einem zugelassenen Bioverband und Kontrolle durch diesen geführt („Zertifizierung").

Biss Der erste, meist durch betonte Frucht, Säure oder Tannin ausgelöste Eindruck, den ein Wein auf der Zunge macht. Er sollte positiv sein, braucht aber nicht unbedingt übermäßig kräftig auszufallen. Fehlt der Biss ganz, wirkt ein Wein schwächlich oder flach.

Blumig Weist auf Anklänge von Blumen im Duft oder Geschmack eines Weines hin. Gelegentlich ist von Rosen, Veilchen etc. die Rede. Oft auch als floral bezeichnet.

Böckser Unangenehmer Geruch, der oft an faule Eier erinnert. Zählt zu den unerwünschten Reduktionsaromen und wird von Hefen aus Aminosäuren und Schwefelverbindungen gebildet.

Botrytis cinerea Eine Schimmelpilzart. Bei unreifen Trauben bewirkt der Pilz Sauerfäule, bei reifen Trauben Edelfäule. Er durchlöchert die Beerenhäute, sodass ein Teil des Wassers verdunstet und der Extrakt – die festen Inhaltsstoffe, vor allem Zucker – konzentriert wird. Notwendig für die Erzeugung von Beerenauslesen, Ausbrüchen und Trockenbeerenauslesen.

Brandig *Siehe Alkoholisch.*

Brett Kurzform für Brettanomyces, eine Hefeart, die animalische Aromen – etwa in Richtung Pferdeschweiß – verursacht.

Brut, Herb Schaumweine mit max. 12 g/l Zuckerrest (Dosage).

Brut Nature Schaumweine ohne bis minimale Dosage (0 bis 3 g/l).

Bukett/Bouquet Die Gesamtheit aller Geruchseindrücke eines Weines. Wird bestimmt durch die Rebsorte, die Art der Weinbereitung und bei älteren Weinen durch die Flaschenreife.

Burgundergruppe Damit sind im engeren Sinn Weißer, Grauer und Blauer Burgunder (Pinot Blanc, Gris und Noir) gemeint; oft wird auch von einer erweiterten Burgunder-Gruppe gesprochen, in diesem Fall zählt man in Weiß die aromatisch eher neutralen Sorten Chardonnay und Neuburger dazu; in Rot meint man dann Pinot Noir und St. Laurent.

Charmant Bezieht sich meist auf einen eleganten, ansprechenden Wein mit Charisma. Selten etwas herablassend gemeint – z.B. wenn es sich um Wein handelt, der eindrucksvollere Qualitäten haben sollte.

Cremig Ein sanfter, dichter Wein (meist Weißwein) mit hohem Extrakt und nicht allzu viel Säure, der den Gaumen „eincremt".

DAC Districtus Austriae Controllatus (Österreichische kontrollierte Herkunftsbezeichnung) für regionaltypische Weine, die nach entsprechender Prüfung zur staatlichen Prüfnummer diese Bezeichnung tragen dürfen. Existiert derzeit für alle Weinbaugebiete Niederösterreichs, des Burgenlandes und der Steiermark sowie für Wien mit Ausnahme der Thermenregion und des Wagram.

Demi-Sec, Halbtrocken Schaumweine mit einer Dosage von 32 bis 50 g/l.

Dicht Ein körper- und extraktreicher Wein mit engmaschiger Struktur, mit einem dicht gewebten Stoff vergleichbar.

Dosage Die Einstellung des gewünschten Restzuckergehalts (in g/l gemessen) bei Schaum- und Perlweinen.

Doux, Süß Schaumweine mit einer Dosage von über 50 g/l.

Dry, Sec, Trocken Schaumweine mit einer Dosage zwischen 17 und 32 g/l.

Dünn Ein wässriger Wein mit schwachem Körper, wenig Extrakt und Aroma.

Dumpf Muffiger Geruch, oft aufgrund von Verschlussfehlern oder mangelnder Hygiene im Keller beziehungsweise bei der Abfüllung.

Eckig Kantiger, unausgeglichener Wein, oft mit hohem Gerbstoff, grüner Säure und (zu) wenig Körper. Kann aber bei jungen Weinen positiv gemeint sein, wenn man davon ausgeht, dass sich Ecken und Kanten mit der Reifung abschleifen und harmonisieren werden.

Eichenholz Das am meisten verwendete Holz zur Herstellung von Fässern für Weinlagerung und Reifung. – Siehe auch Barrique.

Elegant Auf eine unaufdringliche Art hochgradig ausgewogener Wein, dessen Proportionen (Gehalt, Geschmack, Aroma, Struktur) ebenso wie seine Nachhaltigkeit und Konsistenz überzeugen und im Gleichgewicht stehen.

Erdig Wird entweder für Weine gebraucht, die stark mineralisch duften, oder für solche, die eine Note nach frisch aufgerissener Erde (meist Rotweine) aufweisen. Überwiegend positiv gemeint.

Erste Lage Lageneinstufung des Vereins der „Österreichischen Traditionsweingüter" ohne offiziellen Charakter.

Essigstich Geruch nach Weinessig, Folge einer Weinkrankheit, hervorgerufen durch Essigbakterien.

Extra Brut, Extra herb Schaumweine mit maximal 6 g/l Dosage.

Extrakt Gesamtheit aller im Wein gelösten Inhaltsstoffe. Üblicherweise gilt: je mehr, desto besser. Weine mit zu viel Extrakt werden allerdings hart; hier wurden den Traubenschalen und -kernen zu viele Extraktstoffe entzogen.

Federspiel Wachauer Weißweinkategorie mit 11,5 bis 12,5% Alkohol (Etikettenangabe).

Fest Eine Geschmacksvielfalt, die Gaumen und Zunge stark durch kräftige Säure oder Herbheit beeindruckt und ein Gefühl von jugendlicher Kraft vermittelt, sodass man sicher ist, dass dieser Wein im Alter sanftere Nuancen annehmen wird.

Fett Ein Wein, dessen Geschmack und Konsistenz den Mund ganz ausfüllen. Meist ein alkoholreicher, schwerer Wein.

Feurig Kraftvolle, alkoholstarke Weine mit rundem Körper und samtigem Tannin, die den Eindruck von Wärme und Temperament vermitteln.

Finesse Wein von großer Delikatesse und Feinheit, von besonderer Klasse.

Firn Alterston im Bukett infolge fortgeschrittener Reife. – *Siehe auch Oxidation.*

Fleisch Stoffige, dichte Weine mit sehr viel Substanz und Frucht.

Flüchtig Hat zwei Bedeutungen: einerseits nur kurzer Geschmackseindruck. Meist aber als Kurzform für „flüchtige Säure merklich" verwendet, was ein Synonym für den beginnenden Essigstich ist.

Frizzante Wörtlich „spritzig", in Italien weinrechtlich das Synonym von Perlwein.
Siehe auch Perlwein.

Fruchtig Ein viel gebrauchter Ausdruck, der die Fruchtigkeit eines aus guten, reifen Trauben gewonnenen Weins bezeichnet. Ein fruchtiges Aroma ist nicht dasselbe wie ein blumiges. Hilfreich sind Versuche herauszuspüren, welche Frucht sich im Duft oder Geschmack eines Weins befindet, z.B. Grapefruit, Zitronen, Pflaumen, Marillen. Man sollte allerdings nicht ganze Aromawolken dieser Früchte, sondern nur zarte Anklänge erwarten.

Füllig Weine mit viel Extrakt, Alkohol und Körper, die den Mund ausfüllen.

Gefällig Ein Wein, an dem man Gefallen findet, ohne dass er Gemüt und Geist zu sehr in Anspruch nimmt. Er trinkt sich angenehm, braucht keine lange Reifezeit und bleibt als erfreuliches Getränk und nichts weiter sonst in Erinnerung.

Gehaltvoll Bezieht sich auf den Geschmack insgesamt und auf den Alkoholgehalt, Extrakt, Körper und vor allem Glyzerin. Manchmal verbirgt sich hinter diesem Wort das Gegenteil von Eleganz, nämlich Überfülle. Meist wird es positiv gebraucht.

Gerbstoff Die Gesamtheit der Polyphenole in einem Wein wird als Gerbstoffe oder Tannine bezeichnet (die Bezeichnung „Gerbsäure" ist chemisch nicht korrekt, da es sich nicht um Säuren handelt). Gerbstoffe sind in hohem Maß in den Stielen, Kernen und Traubenschalen enthalten. Je länger der Most also auf den eingemaischten Beeren bleibt, desto höher wird der Gerbstoffgehalt des Weines. Auch der Ausbau in neuen Holzfässern erhöht den Gerbstoffgehalt.

Geschmeidig Sanft, rund und anschmiegsam – wird meist auf junge Rotweine angewandt. Eher lebhafter als nur „gefälliger" Wein, wobei sich gute Qualität eigentlich von selbst versteht.

Gespriteter Wein Wein, dem im Zuge seiner Herstellung Alkohol zugesetzt wurde. Sherry, Port und Madeira sind die bekanntesten. Weinrechtlich in Österreich „Likörwein".

Glasverschluss Eine Entwicklung von ALCOA Deutschland in Bad Kreuznach unter dem Markennamen Vino-Lok. Der Glasstöpsel hat einen Dichtungsring aus lebensmittelechtem PVDC, der dafür sorgt, dass der Stöpsel in der (eigens für den

Glasstöpsel hergestellten) Flasche einrastet. Eine Kapsel sorgt für Schutz. Dem Vorteil der besseren Akzeptanz beim Publikum steht der Nachteil der unbekannten Langzeitdichtigkeit gegenüber. Allerdings haben sich die ältesten damit verschlossenen Weine – heimische Weiße aus dem Jahrgang 2003 – bis jetzt tadellos gehalten.

Glatt Ein anspruchsloser Wein mit wenig Charakter, oft flach und mit wenig Struktur.

Gleichgewicht *Siehe Ausgewogen.*

Grasig Einerseits: Grünlicher, unreifer Geschmack, der von zu früh geernteten Trauben oder zu starker Pressung stammt. Andererseits: als sortentypisches Aroma für jene Sauvignon Blancs verwendet, die nach Kräutern, Gras oder Brennnesseln riechen.

Großlage In Österreich in der Praxis kaum gebräuchliche, gesetzlich festgelegte Bezeichnung für kleinere Einheiten innerhalb eines Weinbaugebiets, in Deutschland wegen der Verwechslungsmöglichkeit mit Einzellagen ganz besonders im Schussfeld der Kritik.Mit der Umbenennung des Donaulands in Wagram wurde die neue Großlage Klosterneuburg eingeführt (in der Praxis aber kaum benützt). Die bekannteste Großlage ist der Wiener Nussberg.

Grün Synonym für unreife Noten.

Halbtrocken Weine mit 9 bis 18 g/l unvergorenem Restzucker (sofern die Differenz zwischen Säure und Zucker nicht mehr als 10 g/l beträgt).

Harmonie *Siehe Ausgewogen.*

Hart Meist junger Wein mit hohem, abweisendem Gerbstoffgehalt. Oft findet ein solcher Wein auch nach längerer Reife nie wirklich seine Harmonie.

Herb Wird für durchgegorene Rotweine mit viel Tannin (und Säure) verwendet.

Honigartig Duft und Aroma, die vor allem bei edelfaulen Weinen auftreten, oft aber in geringem Maße und in ansprechender Weise auch bei anderen reifen Weinen eines guten Jahrgangs.

Kabinett Trockener, unaufgebesserter Wein mit 17° KMW Mindestmostgewicht, maximal 13% Alkohol.

Kantig *Siehe Eckig.*

Kernig Wein mit knackig-kräftiger Säure (weiß) oder ebensolchem Tannin (rot), der mit der Reife milder wird.

Kompakt Dicht verwobener Gesamteindruck.

Konzentration Hat zwei völlig verschiedene Bedeutungen. Zum einen die hohe Dichte der geschmacklichen und aromatischen Eindrücke im Wein. Zum anderen ist Konzentration ein Verfahren, das dem Most (erlaubt) oder Wein (verboten) Wasser entzieht. Das Gerät dazu heißt Konzentrator, das Verfahren entweder Umkehrosmose oder Vakuumdestillation.

Korkgeschmack Ein muffiger Beigeschmack, bei starker Ausprägung wie dumpfer, alter Kork, der von chemischen Abbauverbindungen wie Trichloranisol und Bromphenolen stammt. Ebendiese Substanzen können im Ausnahmefall auch in schlecht oder falsch gereinigten Kellern entstehen und unabhängig vom Verschluss einen „Korkgeschmack" verursachen. Dieser Fehlton kann von kaum merklich bis aufdringlich sein, ist aber stets inakzeptabel.

Körper Ein körperreicher Wein verfügt über hohen Extrakt, viel Substanz und Stoff sowie einen hohen Alkoholgehalt. *Siehe auch „Gehaltvoll" und „Voll".* Auch in diesem Sinn verwendet: Körper im Sinne von Bau oder Struktur eines Weines.

Kräftig Sind fest gebaute Weine mit viel Stoff, Volumen und Alkohol.

Kurz Nach dem Schlucken rasch verklingender Geschmack. *Siehe auch Abgang.*

Lage Auch Weinberglage genannt. *Siehe Ried(e).*

Lang Bedeutet, dass der Geschmack eines Weines nach dem Schlucken länger anhält.
Siehe auch Abgang.

Lebendig Frische, spritzige Weine mit Rasse.

Leicht Mit relativ wenig Alkohol und Körper. Eine sehr willkommene Qualität in Weinen, zu denen sie passt – nicht aber bei Rotweinen, die mehr Intensität und Schwere verlangen.

Lieblich Wein mit 18–45 g/l unvergorenem Restzucker.

Mächtig Schwerer, körper- und alkoholreicher Wein.

Maderisiert Wenn ein Wein so stark oxidiert ist, dass er ähnlich wie ein Madeira schmeckt und riecht. Ein schwerer Fehler, wenn nicht beabsichtigt.

Malolaktische Gärung Auch Biologischer Säureabbau oder Milchsäuregärung genannt. Chemischer Vorgang, bei dem Milchsäurebakterien die spitz und sauer schmeckende Äpfelsäure in die mildere Milchsäure umbauen. Wird vor allem bei Rotweinen und Barrique-ausgebauten Weißweinen durchgeführt.

Matt Müder Wein ohne Frische.

Mild Wein mit wenig Säure, manchmal restsüß.

Mollig Gehaltvolle Weine mit weichen Rundungen, die meist vom hohen Extrakt- oder Restzuckergehalt stammen.

Muffig *Siehe Dumpf.*

Muskulös Stabil und robust gebaute Weine mit Biss und kräftiger Struktur, oft kraftvoller Alkohol.

Nachhall/Nachgeschmack *Siehe Abgang.*

Nase *Siehe Bukett.*

Nervig Mit prägnanter, aber sympathischer Säure, gepaart mit Lebendigkeit und Rasse.

Neutral Entweder ein Wein mit schwachem, aromatischem Ausdruck oder aus einer eher neutralen Sorte, wie etwa Welschriesling.

Nuanciert Vielschichtige Weine, die dezent aufeinander abgestimmte, vielfältige Aromen zeigen.

Ölig Weine mit hohem Glyzeringehalt, fließen ölig ins Glas und auf den Gaumen.

Orange Wine Maischevergorener Weißwein, der oft herstellungsbedingt eine orange Farbe aufweist.

Oxidation Wenn ein Wein oxidiert ist, dann erinnert er in Geruch oder Geschmack an langsam vor sich hin bräunende Apfelschalen (die unter dem Sauerstoffeinfluss ebenfalls oxidieren). Bei sehr alten Weinen akzeptabel, bei jungen nicht (Fassproben ausgenommen). *Siehe auch Firn und Maderisiert.*

Perlwein „Halb schäumender Wein" Weine mit einem CO2-Überdruck von maximal 2,5 bar, entstanden durch zweite Gärung (siehe Schaumwein) oder durch CO2-Zusatz (in letzterem Fall muss das auf dem Etikett vermerkt sein). Die Geschmacksangaben trocken (Restzuckergehalt zwischen 0 und 35 g/l), halbtrocken (zwischen 35 und 50 g/l) sowie mild (mehr als 50 g/l) sind zulässig, aber nicht vorgeschrieben.

Pfeffrig Sortentypisches Aroma des Grünen Veltliners, vor allem im leichteren Bereich. Erinnert an Pfefferoni, Paprika und Pfeffer.

Pikant Frische, feinwürzige oder mit feiner Säure versehene Weine.

Premium Bezeichnung für österreichischen Qualitätswein mit Jahrgangsangabe mit mindestens 13% Alkohol (Etikett).

Rassig Eleganter, nerviger Wein mit straffer Säure.

Reduktiv Durch Vermeidung von Oxidation gekelterte und ausgebaute Weine zeigen vor allem im Jungweinstadium klare, aber noch nicht vollständig entwickelte Aromen. Diese werden als reduktiv angesprochen, der Weinstil kann generell als reduktiv wahrgenommen werden.

Reichhaltig Nicht unbedingt süß, jedoch einen Eindruck von opulenter Fülle vermittelnd.

Reintönig Sauber im Bukett und auf dem Gaumen. Klares Aromabild.

Reinzuchthefen In der Natur vorkommende selektionierte und vermehrte Hefestämme.
Siehe auch Aromahefen und Spontangärung.

Resch Wird für durchgegorene Weißweine ohne merklichen Restzucker und mit hoher Säure (meist Äpfelsäure) gebraucht.

Reserve Weine, die den Bestimmungen für die Bezeichnung „Premium" entsprechen *(siehe dort);* zusätzlich darf der Antrag auf Erteilung der staatlichen Prüfnummer erst ab 15. März nach der Lese (weiß) bzw. dem darauf folgenden 1. November (rot) eingereicht werden.

Ried(e) Bezeichnung für eine bestimmte Weinbergslage.

Robust Herzhaft, fest und kräftig, mit jungem Tannin, mit Tendenz zu rustikalen Aromen.

Rund Harmonisch und voll.

Saftig Im Sinne von Saft und Kraft, mit einer Substanz so recht zum Kauen.

Samtig Weiche, ausgeglichene, dennoch kräftige Rotweine ohne dominierendes Tannin, in denen sich süßes Glyzerin, hoher Extrakt und reife Säure zu einem schmeichelnden Gesamtbild vereinen.

Säure Für Laien oft ein negativ besetzter Begriff, wird meist als „zu scharf" verstanden. Doch verschiedene Säuren sind für die Qualität und die Haltbarkeit eines Weins (insbesondere eines weißen) unentbehrlich; sie geben ihm auch seine erfrischende Kraft. Bei der malolaktischen Gärung wird die pikantere Äpfelsäure in mildere Milchsäure umgewandelt, dadurch bekommt der unmittelbare Biss des Weins einen milderen, komplexeren Geschmack. Unerwünscht ist die Essigsäure, die man als flüchtige Säure bezeichnet. Enthält ein Wein zu viel davon, beginnt bald sein Abstieg.

Schaumwein Ein schäumender Wein, dessen CO2-Gehalt durch eine zweite alkoholische Gärung in Drucktank (Méthode Charmat) oder Flasche (Méthode traditionelle) oder durch Zusatz von CO2 entstanden ist (Letzteres ist auf dem Etikett anzugeben). Der Mindestdruck beträgt drei Bar, in der Praxis sind es fünf bis sechs Bar. Schaumweine müssen eine Süßebezeichnung tragen: *Siehe Brut, Extra Dry, Dry, Demi-Sec, Doux.* Die Grenzen wurden 2009 neu festgelegt, neu ist eine Toleranz von ±3 g/l bei jeder Süßestufe.

Schlank Ein dünner Geschmackseindruck, der sich auf den ganzen Wein beziehen, aber auch nur zu Beginn oder Abgang desselben auftreten kann. Bei frischen, spritzigen Weinen in Ordnung, ist das Attribut „schlank" bei kraftvolleren Weinen beziehungsweise Premium-Gewächsen negativ zu sehen.

Schlicht Einfacher Wein, wenn auch oft nicht ohne Charme.

Schmalzig *Siehe Fett.*

Schmelz Taktiler Eindruck eines Weins auf dem Gaumen, dessen cremige Textur mit einem Hauch von Glanz einhergeht.

Schraubverschluss Der meistverwendete Verschluss in Österreich. Jahrzehntelange positive Erfahrungen mit Schraubverschlüssen bei Weiß- wie Rotwein gibt es aus Frankreich und Australien. Dem steht nur der Nachteil gegenüber, dass der Wein füllfertig sein und die Dosierung der Schwefelbeigabe genau abgestimmt werden muss, da es sonst zu Reduktionsnoten kommen kann.

Sekt Ein schäumender Wein, dessen CO_2-Gehalt durch eine zweite alkoholische Gärung in Drucktank (Méthode Charmat) oder Flasche (Méthode traditionelle) entstanden ist.
Siehe Schaumwein.

Smaragd Trockene Wachauer Weißweinkategorie von 12,5% (Etikettenangabe) aufwärts, oft aber 13% und mehr.

Sommerwein Synonym für leichtgewichtige, jugendlich zu trinkende Weine, die auch bei warmem Wetter Freude bereiten.

Spontangärung Der Verzicht auf den Einsatz von Reinzuchthefen, im (oft berechtigten) Vertrauen, dass die im Weingarten und Keller natürlich vorkommenden Hefen einen Most vielleicht langsamer, aber im Endeffekt ebenso gut vergären können wie Reinzuchthefen. Anhänger der Spontangärung erwarten sich damit spannendere, weniger gleichförmige Weine.

Spritzig Leicht und meist angenehm säuerlich-frisch, oft durch einen gewissen Gehalt an Kohlensäure unterstützt.

Steinfeder Trockene Wachauer Weißweine mit maximal 11,5% Alkohol (Etikettenangabe).

Stilvoll Ausdrucksvoll und eigenständig bei hoher Eleganz.

STK Abkürzung für „Steirische Terroir- und Klassikweingüter", eine privatrechtliche Vereinigung steirischer Topwinzer. Diese haben ihre Lagen in „Erste" und „Große STK-Lagen" klassifiziert (ohne offiziellen Charakter).

Stoffig Wein mit Körper und Substanz, also Extrakt.

Süffig Salze und Ester der schwefeligen Säure, umgangssprachlich „Schwefel" genannt, die zur Haltbarmachung des Weins unumgänglich sind.

Sulfite Salze der schwefeligen Säure, umgangssprachlich „Schwefel" genannt, die zur Haltbarmachung des Weins unumgänglich sind.

Süß Weine mit mehr als 45 g/l unvergorenem Restzucker.

Tannin *Siehe Gerbstoff.*

Terrassenwein *Siehe Sommerwein.*

Terroir Umfassender Begriff, der das Zusammenspiel von Boden, Rebe und Kleinklima beschreibt, die im Wein zum Ausdruck kommen sollen.

Tief(gang) Ein so beschriebener Wein will aufmerksam genossen sein. An ihm ist mehr, als der erste Eindruck verrät; sein Geschmack entfaltet sich auf der Zunge zu ungeahnten Dimensionen. (Tiefe Farbe bedeutet dagegen nur dunkle Farbe.) Alle wirklich feinen Weine haben Tiefe.

Trocken Weine bis maximal 9 g/l unvergorenem Restzucker, wenn die Gesamtsäure nicht mehr als 2 g/l niedriger ist. Beispiel: Ein Wein mit 8 g/l Zucker muss mindestens 6 g/l Säure haben, um als trocken deklariert zu werden.

Unharmonisch Das Gegenteil von „harmonisch".

Verschlossen Wein, der (noch) wenig von sich preisgibt, oft betrifft dies junge Weine, manchmal phasenweise auch reifere Gewächse.

Voll Manchmal auch durch „körperreich" wiederzugeben: Ein Wein mit „weiniger" Fülle, d.h. Alkohol und Extrakt (alle Geschmacksstoffe) in vollmundigem Zusammenwirken.

Weich Sanftes, anschmiegsames Tannin und reichhaltiger, runder Körper, niedrige Säure.

Wuchtig Sehr kraftvolle Weine mit Substanz und Dichte.

Würzig In der Nase und/oder auf dem Gaumen ausgeprägte Gewürzaromen wie Muskat, Zimt, Koriander, Kümmel, Anis etc.

Zart Delikat, filigran und dezent.

HERKUNFT

Die österreichische Weinbaupolitik und die Österreich Wein Marketing GmbH (ÖWM) haben eine Doppelstrategie ausgearbeitet, die einerseits Raum für Innovation lässt, andererseits aber einige gebietstypische Herkunftsweine als Archetypen der österreichischen Weinstile propagiert.

Da gibt es zunächst den generischen Qualitätswein, bei dem es sich um 40 zugelassene Qualitätsweinrebsorten handelt. Diese können aus neun generischen Weinbaugebieten, die mit den Bundesländernamen bezeichnet werden, oder aus spezifischen Weinbaugebieten stammen. Die bedeutendsten generischen Weinbaugebiete sind Niederösterreich, Burgenland, Steiermark und Wien. In der Weinbauregion Bergland befinden sich fünf weitere Weinbaugebiete (Kärnten, Oberösterreich, Salzburg, Tirol und Vorarlberg).

Die zweite Schiene nennt sich spezifischer Qualitätswein. Zurzeit umfasst Österreich 18 spezifische Weinbaugebiete, nämlich acht im generischen Weinbaugebiet Niederösterreich (Wachau, Kremstal, Kamptal, Traisental, Wagram, Weinviertel, Carnuntum, Thermenregion), sechs im Burgenland (Neusiedlersee, Leithaberg, Rosalia, Rust, Mittelburgenland, Eisenberg) und drei im generischen Weinbaugebiet Steiermark (Vulkanland Steiermark, Südsteiermark, Weststeiermark). Wien ist ein Sonderfall, da die Hauptstadt gleichzeitig als generisches und spezifisches Weinbaugebiet firmiert.

Alle spezifischen Weinbaugebiete arbeiten an einer Profilierung mit herkunftstypischen Terroir-Weinen. Zuerst werden Fokussorten und gebietstypische Weinstile definiert, bevor das Gebiet beim Landwirtschaftsminister einen DAC-Status beantragen kann, der per Verordnung Gesetzeskraft erlangt. Derzeit gibt es zwei spezifische Gebiete mit Fokussorten; sie haben noch keinen DAC-Status (Wagram und Thermenregion) und können theoretisch Qualitätswein aus 40 Sorten erzeugen. In der Praxis agieren jedoch nur wenige Fokussorten als Zugpferde.

Wenn ein Gebiet zur Ansicht kommt, dass sein Fokus klar ist und nur eine oder wenige Sorten für das Gebiet sprechen sollen, kann das Regionale Weinkomitee über das Nationale Weinkomitee den Status eines DAC-Gebiets mit einem oder wenigen herkunftstypischen DAC-Weinen beantragen. Aktuell verfügt Österreich über 16 DAC-Weinbaugebiete, die jeweils per Verordnung in den Gesetzesrang erhoben wurden bzw. werden. Das betreffende Gebiet darf seine herkunftstypischen Weine mit dem Namen des Gebiets und dem Zusatz DAC (= Districtus Austriae Controllatus) bezeichnen. Alle anderen Qualitätsweine tragen als Herkunftsbezeichnung den Namen des Bundeslandes, in dem das DAC-Gebiet liegt.

Die Bezeichnung Weinviertel DAC gilt für Grünen Veltliner als Klassik und Reserve. Die kontrollierten Herkünfte der Donauregion – Kamptal DAC, Kremstal DAC und Traisental DAC – weisen sehr ähnliche Regelungen auf: In allen drei DAC-Gebieten sind Grüner Veltliner und Riesling zugelassen, und es gibt sie ebenfalls in den zwei Kategorien Klassik und Reserve. Zudem besteht hier seit Kurzem ein hierarchisches System aus Gebietswein, Ortswein und Riedenwein.

Etwas vielfältiger gestaltet sich das DAC-Angebot Leithaberg, zumindest beim Weißwein. Erlaubt sind Weißburgunder, Chardonnay, Grüner Veltliner, Neuburger oder eine Cuvée dieser Sorten sowie Blaufränkisch. Rotweine der Rosalia DAC bestehen aus den Rebsorten Blaufränkisch oder Zweigelt, Rosalia DAC Rosé aus einer oder mehreren roten Qualitätsweinsorten. Der weltweit bekannte Ruster Ausbruch hat nun ebenfalls DAC-Status.

Eisenberg DAC steht für Blaufränkisch, und zwar Klassik und Reserve. Carnuntum DAC bezeichnet Chardonnay, Weißburgunder und Grüner Veltliner sowie Zweigelt und Blaufränkisch. Rote und weiße Cuvées, die mindestens zu zwei Dritteln aus diesen Varietäten bestehen, sind zulässig.

Das DAC-Reglement der Wachau basiert auf einer Herkunftspyramide mit Gebietsweinen, Ortsweinen und Riedenweinen. Für Letzteres sind nur Riesling und Grüner Veltliner zugelassen, für Ortsweine insgesamt neun Varietäten, für Gebietsweine 17.

Für Wien ist es einfach: Es gibt den Wiener Gemischten Satz DAC für Gemischten Satz und Gemischten Satz mit Lagen. Wie allgemein gilt auch hier, dass nun der Lagenbezeichnung das Wort „Ried" voranzustellen ist.

Im Mittelburgenland steht Blaufränkisch im Zentrum, wobei das DAC-System drei Kategorien umfasst (DAC, DAC mit Angabe einer Riede sowie DAC Reserve). Für Neusiedlersee DAC ist Zweigelt vorgesehen, für Neusiedlersee DAC Reserve entweder Zweigelt oder eine Zweigelt-dominierte Cuvée (Minimum 60% Zweigelt und nur autochthone Rebsorten als Cuvée-Partner). Rosalia DAC gilt für Blaufränkisch und Zweigelt – als Rotwein, aber auch als Rosé ausgebaut.

Die steirischen DAC-Gebiete treten als Trio auf und betreffen alle Herkünfte des Bundeslandes – Vulkanland Steiermark DAC, Südsteiermark DAC und Weststeiermark DAC. Das Herkunftssystem ist dreistufig (Gebietswein, Ortswein und Riedenwein) und das Sortenspektrum wesentlich breiter angelegt als bei den anderen DAC-Gebieten, ausgenommen Wachau: Zugelassen sind je nach Stufe Welschriesling, Weißburgunder, Morillon, Grauburgunder, Riesling, Gelber Muskateller, Sauvignon Blanc, Traminer und Schilcher (nur Weststeiermark) sowie Cuvées aus diesen Sorten.

Über keine DAC-Regelung verfügen derzeit nur noch die spezifischen Weinbaugebiete Wagram und Thermenregion.

WEINGESETZ

Die wichtigsten Grenzwerte und Regulierungen für ausgewählte Weinkategorien

Landwein, Qualitätswein

- ausschließlich Qualitätsrebsorten
- Wein muss eine der Bezeichnung entsprechende und typische Eigenart aufweisen
- bestimmte Mindestsäure und Mindestmostgewicht, zulässiger Höchstertrag

Landwein

- Weintrauben aus einer Weinbauregion; diese muss auch auf dem Etikett angegeben sein
- Mostgewicht der Trauben mind. 14° KMW

Qualitätswein

Hierfür darf die Bezeichnung „Qualitätswein" verwendet werden:

- Weintrauben ausschließlich aus einem einzigen Weinbaugebiet; die Herstellung erfolgte in der Weinbauregion des betreffenden Weinbaugebietes oder in daran angrenzenden Weinbauregionen; die Herkunft aus Österreich muss auf dem Etikett angegeben sein
- Mostgewicht mind. 15° KMW
- Traubenmost darf aufgebessert werden, bis max. 13,5% bei Weißweinen und max. 14,5% bei Rotweinen
- Wein muss staatliche Prüfnummer haben
- Alkoholgehalt des Weines mind. 9%, bei Prädikatswein mind. 5%

Kabinett

(zusätzlich oder abweichend von Qualitätswein):

- Mostgewicht mind. 17° KMW
- Lesegut und Wein darf nicht aufgebessert sein
- Gehalt an unvergorenem Zucker max. 9 g/l
- Gesamtalkoholgehalt (Alkoholgehalt inklusive unvergorenem Zucker) max. 12,9% Vol.
- Wein muss im Inland abgefüllt worden sein

Prädikatswein

(bzw. Qualitätswein besonderer Reife und Leseart): Prädikatsweine (Spätlese bis TBA) dürfen nicht aufgebessert werden; Herkunft: Weinbaugebiet. Spätlesen und Auslesen dürfen ab dem 1. Jänner nach der Lese zur staatlichen Prüfnummer eingereicht werden, die anderen Prädikate ab dem 1. Mai.

Prädikatsweinstufen

Spätlese: Wein aus Trauben, die nach der allgemeinen Lese der Sorte im vollreifen Zustand geerntet worden sind, Mostgewicht mind. 19° KMW.

Auslese: Wein aus ausschließlich sorgfältig ausgelesenen Trauben (alle nicht vollreifen, fehlerhaften oder kranken Beeren müssen ausgesondert worden sein); Mostgewicht mind. 21° KMW.

Beerenauslese (BA): Wein aus überreifen und edelfaulen Trauben; Mostgewicht mind. 25° KMW.

Eiswein: Mostgewicht mind. 25° KMW. Die Trauben sind bei Lese und Kelterung gefroren (dadurch sind Inhaltsstoffe sehr konzentriert; Eis bleibt im ausgepressten Trester zurück).

Strohwein oder Schilfwein: Der Wein wird aus Beeren gewonnen, die mindestens drei Monate auf Stroh oder Schilf gelagert bzw. an Schnüren aufgehängt waren; Mostgewicht mind. 25° KMW.

Trockenbeerenauslese (TBA): Wein aus größtenteils edelfaulen, weitgehend eingeschrumpften Beeren; Mostgewicht mind. 30° KMW. Für Trockenbeerenauslesen aus der Freistadt Rust darf auch der Begriff „Ausbruch" verwendet werden bzw. ist die Verkehrsbezeichnung „Ausbruch" exklusiv nur im Zusammenhang mit der geografischen Angabe „Rust" zulässig.

INDEX

A

B

C

D

E

F

G

H

I

J

K

L

M

S

T

U

V

W

Z